LA RÉGENTE

DU MÊME AUTEUR

SON FILS UNIQUE *(Su único hijo)*, roman, traduit de l'espagnol par Claude Bleton, Fayard, 1990.

LEOPOLDO ALAS dit CLARÍN

LA RÉGENTE

roman

traduit de l'espagnol par

ALBERT BELOT, CLAUDE BLETON, JEAN-FRANÇOIS BOTREL,
ROBERT JAMMES, YVAN LISSORGUES (coordinateur)

Introduction de

YVAN LISSORGUES

FAYARD

Titre original :
LA REGENTA

Introduction

La Régente... cent ans après

Les deux tomes de *la Régente,* de l'écrivain espagnol Leopoldo Alas, plus connu peut-être sous le pseudonyme journalistique de Clarín, furent publiés successivement en 1884 et 1885.

De nos jours, *la Régente* est considérée dans le monde hispanique comme « le meilleur roman espagnol du dix-neuvième siècle », selon l'appréciation particulièrement autorisée de Mario Vargas Llosa. Ces dix dernières années, une dizaine d'éditions différentes ont vu le jour. La plus populaire, celle réalisée par Gonzalo Sobejano pour les éditions Castalia de Madrid, en est à sa quatrième réédition depuis 1981. Ce succès de librairie va de pair avec l'intérêt que le roman suscite dans le monde de la critique, et pas seulement de la critique universitaire. Depuis une trentaine d'années, de nombreuses études sous forme de livres ou d'articles ont été consacrées à Leopoldo Alas et à son œuvre, principalement à *la Régente.* A ce jour, la bibliographie sur le roman et son auteur est énorme et en tenir l'inventaire exige une constante mise à jour.

Le centenaire de la première publication du roman a été marqué, en 1984 et 1985, par de nombreuses manifestations culturelles et scientifiques en Espagne et aux États-Unis : congrès, colloques, numéros spéciaux de journaux et de revues. Certains commentateurs, un peu dépassés sans doute par leur enthousiasme, sont allés jusqu'à associer le nom de Clarín à celui de Cervantès; quoi qu'il en soit, *la Régente* est maintenant unanimement considérée comme un classique de la littérature espagnole, au même titre que le sont, en France, *le Rouge et le Noir, les Rougon-Macquart,* ou *Madame Bovary...*

Mais il n'en fut pas toujours ainsi. Lors de sa publication, *la Régente* connut un certain succès... de scandale. L'évêque d'Oviedo fulmina contre son compatriote Leopoldo Alas, alors professeur à l'Université, une pastorale qui, entre autres choses, accusait ce dernier de brigandage moral à l'égard de personnes respectables et dénonçait « un roman saturé d'érotisme, et outrageant pour les pratiques chrétiennes ». Qu'ultérieurement les deux hommes en vinssent à s'estimer ne change rien au fait, d'autant moins que la critique bien pensante ne cessa de condamner *la Régente* au nom de la morale et d'affirmer, pour en détourner les lecteurs, que le livre était ennuyeux et mal écrit(!)). Bref, cloué au pilori par les chantres, puissants à l'époque, du conservatisme le plus réactionnaire qui y virent, et avec juste raison, une acerbe critique de la société de la Restauration et une féroce dénonciation des mœurs cléricales, le roman pouvait difficilement s'imposer dans une Espagne culturellement dominée par un catholicisme qui tenait le libéralisme pour un péché.

Certes, la critique éclairée et plus ou moins libérale salua l'événement dans les années 1884-1885. Pérez Galdós envoya une lettre de félicitations et d'encouragements à « son jeune ami », admirateur enthousiaste de son œuvre et dont le désir avoué était d'écrire un roman qui suscitât l'intérêt de l'auteur de *Doña Perfecta* et de *La desheredada*. Les commentateurs les plus perspicaces surent souligner que l'originalité de *la Régente* était moins dans la peinture des mœurs de Vetusta ou dans la narration de faits et de scènes plus ou moins colorés que dans l'analyse profonde « du cœur et de l'âme de l'individu et de la société ». A l'époque, note Jacinto Octavio Picón, peu d'auteurs s'aventurent aussi profondément dans l'intériorité. Mais précisément, cette valeur d'intériorité ne semble pas avoir été bien comprise par les lecteurs, même éclairés, de l'époque. Même lorsqu'on sentait dans *la Régente* un possible chef-d'œuvre, on lui reprochait ses longueurs, ses « monologues » interminables; on était manifestement habitué à un autre *tempo* narratif... Il semble bien que le public n'était pas préparé à pleinement recevoir un roman qui était en avance sur son temps. Il faut ajouter aussi que lorsqu'il publie *la Régente,* Clarín est célèbre comme journaliste et, pour beaucoup, il est le critique littéraire tenté par l'aventure du roman. Il n'a pas préalablement fait ses preuves — comme les grands romanciers de l'époque, Galdós, Pereda, Valera, etc. A priori, on n'y croit pas trop, et cet a priori se maintient, car le deuxième et dernier roman de Clarín, *Su único hijo (Son unique fils),* encore plus incompris que le premier, ne sera achevé qu'en 1891. Pour beaucoup de ses contemporains, Clarín est un grand journaliste, un critique littéraire solide et redouté, peut-être un bon auteur de contes, mais il reste un romancier occasionnel. Et de fait, la deuxième édition de *la Régente,* accompagnée d'un important prologue de Galdós, ne devait voir le jour qu'en 1901, quelques mois avant la mort de l'auteur.

Ensuite, et jusqu'à ces trente dernières années, Clarín et *la Régente* sont un peu oubliés, pour des raisons diverses, qu'il serait long et plutôt inopportun d'analyser ici. Il faut bien dire cependant que le premier tiers du vingtième siècle est marqué en Espagne par une évolution sociale et culturelle qui entraîne une crise du roman réaliste, hâtivement considéré comme un produit de la société aristocratico-bourgeoise abhorrée, celle de la Restauration. Parallèlement apparaissent d'autres tendances qui mettent en exergue l'imagination au détriment de l'observation de la réalité. L'art, pour un temps, se dégage de l'éthique... Quelques rares voix, comme celle d'Azorín en 1917, s'élèvent parfois pour rappeler le nom de Clarín mais, se sentant incapables de faire reconnaître la pleine valeur de son œuvre, elles ne peuvent qu'en appeler à la postérité, qui devra tôt ou tard rendre sa justice.

Et ce fut la féroce injustice, historique, sociale, humaine, culturelle du franquisme. Le roman de Clarín lui aussi fut enterré : il fallait occulter ce miroir sacrilège qui reflétait encore ces mêmes fausses valeurs qui avaient retrouvé vie à la base du régime. Pourtant, en 1952, un groupe d'universitaires et de critiques osa célébrer le centenaire de la naissance de Leopoldo Alas, à Oviedo, là même où le peintre de Vetusta avait vécu, là-même où quinze ans auparavant son fils Leopoldo, recteur de cette même université où Clarín avait professé pendant dix-neuf ans, avait été fusillé sur ordre exprès du Caudillo. La critique universitaire avait su, avec courage, rester fidèle à sa mission. Il faut le dire. Dès lors, était engagé le processus qui, lentement d'abord, devait conduire à l'éclatante reconnaissance d'une œuvre qui s'est trouvée portée en quelques années, mais cent ans après sa publication, au rang de chef-d'œuvre de la littérature espagnole.

Le journaliste Clarín et l'art du roman

Si Leopoldo Alas n'a pas été vraiment reconnu de son vivant comme romancier, sa personnalité intellectuelle et morale a occupé une place importante dans l'Espagne de son époque grâce à son infatigable activité journalistique. De 1875 à 1901, il publie plus de deux mille articles, d'abord dans la presse « démocratique » d'opposition à la Restauration, ensuite, dès 1880, dans les plus grands organes de la presse plus ou moins libérale de Madrid, Barcelone, etc., comme *El Imparcial* ou *La Publicidad.* Il collabore également de manière assidue à certaines revues littéraires ou satiriques. A partir d'une position idéologique et éthique clairement définie qui est celle de l'intellectuel libéral et progressiste à la recherche en tout domaine de l'authenticité, il dénonce sans trêve aussi bien la corruption des mœurs politiques ou cléricales que les fausses valeurs intellectuelles ou littéraires. Sa présence constante sur tous les fronts lui assure une précoce et durable célébrité parmi ses contemporains et aussi de féroces inimitiés.

Le journalisme est pour Clarín une passion et une mission, outre qu'il permet, à partir de 1882, au professeur d'université d'arrondir des fins de mois souvent difficiles. Clarín se rend compte parfois, et il l'avoue, qu'il gaspille son talent et ses forces dans ces innombrables feuillets dont la chaleur de communication s'évapore très vite, mais il sait aussi que, grâce à eux, il est une des consciences agissantes de son époque. Il ne peut renoncer à ce pouvoir. D'autant moins qu'il sait que dans ce pays où on lit peu de livres, la presse en plein essor est un moyen irremplaçable pour secouer la léthargie ambiante, pour susciter intérêt pour les choses de l'esprit et promouvoir le goût de la culture. Car la grande tentation de Leopoldo Alas, c'est la littérature. Il est fasciné par le roman et quand, en 1882 ou 1883, il se décide lui aussi, avec *la Régente,* à tenter l'aventure, il a lu tous les grands auteurs de son époque, Valera, Pereda, Stendhal et surtout Galdós, Flaubert et Zola. Son goût pour l'écriture littéraire s'exprime constamment dans les nombreux contes qu'il publie dans la presse. Le récit court, conte ou nouvelle, relativement vite écrit, est une sorte de compromis entre l'article journalistique et ce que Clarín appelle la grande littérature, c'est-à-dire le roman. De nos jours, L. Alas, avec une centaine de récits courts publiés de 1876 à 1901, est considéré comme un des tout premiers auteurs de contes de son époque. Mais ce qu'il convient de souligner, c'est que sa première tentative romanesque est précédée et préparée par une pratique assez soutenue de l'écriture littéraire. D'ailleurs, sur les vingt-cinq contes publiés avant 1884, plusieurs présentent des éléments thématiques ou structurels que l'on retrouve intégrés dans l'univers romanesque de *la Régente.* Certains personnages du roman, comme Celedonio ou Bismarck, ont déjà fait une courte apparition dès 1879 et même les silhouettes du Magistral et de la Régente se dessinent dans un conte de 1880 *(El diablo en Semana Santa).* La surprenante rapidité de la rédaction de *la Régente* (moins de trois ans pour les deux tomes, d'après la critique), d'autant plus surprenante que le professeur et le journaliste laissent peu de temps au romancier, s'explique par le fait que le roman a été longuement pensé, « ruminé » comme il a été dit, et que l'auteur a vécu longtemps avec ses personnages avant de donner forme et vie à l'ensemble sur le papier. *La Régente* est le produit de grandes méditations, d'une gestation prolongée et non le résultat de la mise en forme d'un dossier d'enquête. Clarín ne travaille manifestement pas comme Zola. *La Régente* a la chaleur de la chose longtemps mûrie...

Il n'est pas inutile que les lecteurs de *la Régente* aient une idée de l'idéal profond qui anime le journaliste Clarín. Pour celui-ci, le journalisme est d'abord une lutte nécessaire, *hygiénique* (c'est son mot) contre tout ce qui, à ses yeux, est injustice, pesanteur, fausseté. Mais ce combat est mené au nom d'une conviction idéale : le progrès est un lent cheminement vers l'harmonie et il ne peut y avoir de véritable progrès sans conquête de l'homme pour lui-même et par lui-même. La seule voie ouverte (sur un avenir infini) est celle du développement des valeurs authentiquement humaines : valeurs culturelles, éthiques, spirituelles, mais toutes valeurs d'intériorité. Clarín a assimilé au plus profond de lui-même l'idéologie libérale idéalement vivifiée par l'éthique qui imprègne la pensée des professeurs krausistes de l'université de Madrid, Francisco Giner de los Ríos notamment. Pour ces hommes, si l'idéal reste lointain, la pratique qui y conduit est immédiate, quotidienne, pourrait-on dire : c'est un vouloir-mieux-être moral au fond de soi. Si bien que ces valeurs humaines, une fois intériorisées, deviennent le moteur profond et actif de l'amélioration de l'être ; il importe peu, alors, que l'idéal soit aux portes de l'utopie.

Cette conception, ou plutôt cette intime conviction, est celle qui anime, d'une manière plus ou moins apparente, la pensée de L. Alas tout au long de sa vie. C'est à partir de ce noyau éthique que Clarín dénonce dans ses articles les fausses valeurs qu'il discerne dans la société et chez les hommes de son époque.

De la même façon, et c'est là qu'il fallait en venir, la peinture de Vetusta et de ses personnages est réalisée par un créateur qui place les êtres et les choses dans une discrète mais permanente perspective critique. La réalité romanesque est aussi vivante que la vie, mais elle a tout de même cette pigmentation morale que lui communique le regard de l'observateur qui la crée. Cela dit, en quelques mots, pour montrer qu'il y a continuité entre le journaliste Clarín et le créateur de la fiction romanesque. Comment en serait-il autrement puisque l' « objet » de l'un et de l'autre est le même : la réalité ? La connaissance des positions du journaliste par rapport à cette réalité permet de mieux expliquer la position d'un narrateur qui s'implique, souvent clairement, dans l'acte d'écriture et qui, en tout cas, s'affirme toujours supérieur au monde qu'il peint ou aux personnages qu'il crée.

Sur quoi peut reposer cette supériorité que le narrateur s'arroge sans complexe sinon sur des certitudes que le romancier réaliste possède à priori et qui ordonnent sa création dans une certaine perspective ? Considérée sous le seul angle social, la peinture du monde de *la Régente*, même quand elle se donne l'apparence de l'objectivité, est une satire : satire des mœurs, satire de l'imposture cléricale, satire de la corruption politique, satire de l'inculture qui se donne des airs... Or, la satire n'a de sens que dans la mesure où elle laisse supposer (où elle suppose) qu'il devrait exister une politique régie par une morale, des mœurs sans hypocrisie, une Église religieuse, une vraie culture, etc., dans la mesure où celui qui la manie *a l'idée* de ce que devrait (ou pourrait) être l'authentique, face à tout ce qui, à ses yeux, est distorsion humaine ou morale. Sur ce point, la définition que Lucien Goldmann donne des valeurs authentiques, s'adapte parfaitement à *la Régente* : « Par valeurs authentiques, il faut comprendre, bien entendu, non pas les valeurs que le critique ou le lecteur estiment authentiques, mais celles qui, sans être manifestement présentes dans le roman, organisent sur le mode *implicite* l'ensemble de son univers » (*Pour une sociologie du roman,* Gallimard, 1964, p. 23).

Ici pourrait être posé le délicat problème des limites du réalisme. Pour tous les écrivains de la deuxième moitié du dix-neuvième siècle, quelle que soit leur conception du monde, le réalisme est une exigence éthique autant qu'esthétique : observer la réalité pour mieux la comprendre, et la peindre pour mieux la faire comprendre. Tous, de doña Emilia Pardo Bazán à Galdós, de Pereda à Clarín, adhèrent à cet impératif, mais cette réalité chacun la voit avec ses yeux, ou si l'on préfère, l'art de chacun est orienté (façonné même peut-être) par son propre regard. Zola, malgré sa préoccupation scientifique, n'a jamais su (ou n'a jamais osé) définir clairement la relation de l'objet au sujet-observateur. Tout au plus concède-t-il à ce dernier la liberté de se créer un style en accord avec un tempérament face à un objet dont la positive autonomie est postulée.

Clarín, ardent défenseur du naturalisme, d'un certain naturalisme, écrit en 1882, peu de temps avant de commencer la rédaction de *la Régente,* que « la représentation artistique [de la réalité] requiert toujours l'intervention de la finalité de l'artiste, de sa conscience et de son habileté ». La citation pose de manière éclatante le problème fondamental de la relation entre l'artiste et la réalité : celle-ci est, mais le sens qu'elle prend dans l'œuvre d'art est celui que lui donne la conscience de l'artiste. Ainsi, le statut du sujet est clairement défini par rapport à l'objet dans son rôle d'organisateur de sens. Reconnaître ainsi la prédominance de la conscience sur le réel revient à avouer que l'agent actif de la *mimésis* est l'œil de l'observateur. De nos jours c'est peut-être une évidence mais, à l'époque du naturalisme, peu d'auteurs le reconnaissent.

La citation précédente (que l'on pourrait expliciter par d'autres textes postérieurs à *la Régente*) révèle la lucidité et l'honnêteté intellectuelle de L. Alas et surtout elle laisse entrevoir une réflexion théorique approfondie sur la problématique du roman réaliste (et naturaliste).

Quand, en 1883, Clarín commence à rédiger *la Régente,* son premier roman, il a derrière lui, à trente ans, un court mais très actif passé de critique littéraire. Il a analysé pour les lecteurs de *La Unión,* de *El Progreso,* de *La Diana,* du prestigieux *El Imparcial,* etc., toute la production de Pedro Antonio de Alarcón, de José María de Pereda, et surtout de Pérez Galdós et de Zola. Soit dit en passant, on ignore encore en France que le plus fin commentateur de l'œuvre zolienne à l'époque est certainement Leopoldo Alas, de qui l'auteur de *Germinal* dit un jour qu'il était le critique qui, en Europe, l'avait le mieux compris. Les divers articles consacrés à l'œuvre de Zola et échelonnés de 1880 à 1901 pourraient constituer un ouvrage qui ne manquerait pas d'intérêt.

Pour des raisons historico-culturelles qu'il n'est pas possible d'analyser dans cette courte introduction, la littérature espagnole, après la convulsion révolutionnaire de 1868 à 1874, s'est résolument située dans le réalisme. L'objet exclusif de la littérature est la réalité contemporaine ou l'histoire immédiate. Il est fondamental de souligner que l'observation prend le pas sur l'imagination :

> La réalité est infinie — écrit Clarín en 1887 — et les combinaisons de qualité auxquelles l'infini peut donner lieu permettent des beautés supérieures à tout ce dont pourrait rêver l'imagination.

L'imagination n'est plus créatrice, on ne lui concède pas ce droit que le romantisme lui avait largement accordé. Par contre, et même si on ne l'avoue pas, elle conserve une fonction *re-créatrice.* Heureusement! Et *la Régente* pourrait en être la plus parfaite illustration. Cette « position réaliste » s'impose, au départ, comme un impératif éthique qui reste actif et sous-jacent jusqu'à la fin du siècle et l'évolution du roman durant toute la période apparaît comme la recherche d'une esthétique mieux adaptée à son objet. Et Clarín prend, pendant un quart de siècle, une part active à cette recherche en tant que critique et en tant que créateur.

Jusque dans les années 1880, le roman « réaliste » est le reflet des luttes idéologiques qui divisent la société espagnole, et donc les romanciers, en deux blocs : les défenseurs des valeurs du passé, d'un côté, qui voient dans la Restauration de la Monarchie d'Alfonse XII, en 1875, une sorte de retour à la normale (Restauration, qui est l'œuvre de Cánovas del Castillo) et, de l'autre, les partisans d'un affranchissement de ces mêmes valeurs par la conquête d'une liberté profonde qui permette à l'homme espagnol de se libérer des préjugés sociaux, moraux ou religieux. Le jeune Clarín est en première ligne dans cette lutte pour ce qu'il appelle « le libre-examen » et il soutient avec virulence et finesse le combat littéraire mené par Galdós dans ses romans *Doña Perfecta, Gloria, La familia de León Roch.* Toutefois, s'il écrit en 1876 que la littérature doit être un combat, il éprouve peu de temps après, le besoin de préciser que l'art doit garder ses droits. A ses yeux, et pendant une certaine période, le roman galdosien est un modèle car il est la « copie artistique de la réalité », mais orientée de manière à susciter une prise de conscience chez le lecteur. Il faut bien voir que ces romans tendent avant tout à montrer, ou mieux à dénoncer le mal dominant : le fanatisme et l'intolérance. Autrement dit, pour aussi « artistiques » qu'ils soient, ils sont l'illustration d'une idée préalable. Ils sont peut-être « réalistes » dans la mesure où ils se situent dans un espace social et humain qui est une copie du réel, mais ils sont traversés par une intention qui, elle, est « idéaliste ». Et Clarín se rend compte très vite qu'en fait ce sont des romans tendancieux, des romans à thèse. Il affirme alors que « la tendance de l'auteur à vouloir démontrer quelque chose » enlève à l'œuvre d'art son caractère spécifique. La position du romancier « progressiste » Galdós, comme celle du critique « démocrate » Clarín, est un peu inconfortable et elle n'est dépassée que lorsque s'affirme l'idée qu'il suffit d'observer la réalité pour que s'impose l'enseignement que celle-ci renferme. Dès lors, l'idée préalable est inutile. En fait, la foi du romancier en sa capacité réformatrice se déplace, elle devient foi dans l'évolution des choses de la réalité. Il semble bien que le génial Galdós ait compris la nécessité de ce déplacement de foi avant l'irruption du naturalisme en Espagne. Il publie *La desheredada* en 1881, au moment où le naturalisme alimente les polémiques dans la presse et à l'Ateneo.

Quoi qu'il en soit et au-delà de tous les enrichissements thématiques, linguistiques ou autres (et la synthèse reste à faire) qu'apporte l'*acclimatation* du naturalisme aux lettres espagnoles, le mouvement vient d'abord restituer à la littérature une autonomie, tout au moins apparente, par rapport à l'idéologie, dans la mesure où il prétend considérer scientifiquement l'objet de l'étude du romancier. En tout cas, il contribue à installer le romancier, surtout le romancier libéral, dans une certitude littéraire qui, par chance, se confond avec une sorte de foi en l'évolution immanente de la société bourgeoise. C'est pendant cette période d'une dizaine d'années que le réalisme, enrichi par le naturalisme, produit ses meilleures œuvres, depuis *La desheredada* jusqu'à *Fortunata y Jacinta* (que les lecteurs français peuvent connaître grâce à l'excellente traduction de Robert Marrast) en passant par *la Régente,* le chef-d'œuvre du genre et bien plus que cela... Après 1890, diverses fractures historiques (crise économique depuis 1886, brutale émergence des mouvements ouvriers, défaite de 1898 face aux États-Unis et perte des derniers vestiges coloniaux) aiguisent chez les intellectuels une certaine conscience de la décadence espagnole qui développe chez eux un sentiment d'échec quant à leur capacité réformatrice. La foi en l'immanente évolution de la société bourgeoise chancelle, l'idée de progrès abandonne pour un temps le terrain de l'histoire et s'échappe vers des valeurs plus spirituelles. Pour le romancier réaliste, le fragile équilibre des certitudes est rompu et alors le narrateur, qui jusque-là avait sans complexe régi son monde, se remet en question...

Clarín, dès 1881, devient d'emblée un des plus ardents défenseurs du naturalisme et surtout un de ses plus lucides commentateurs. Il publie en 1882, une série de sept longs articles intitulés *Du naturalisme,* écrit le prologue de *la Question palpitante,* édition en livre d'articles d'Emilia Pardo Bazán sur le sujet. La question a été largement étudiée. Il nous suffira de dire que Leopoldo Alas (tout comme Galdós ou doña Emilia) accepte et adopte avec enthousiasme tout ce que le mouvement naturaliste apporte de nouveau comme moyen de conquête littéraire du réel : observation, expérimentation, prise en compte de tous les apports de la science, attention au corps et approfondissement de la psychophysiologie, étude du milieu et de son influence dans le conditionnement de l'être, recherche *proclamée* de l'impassibilité du romancier... Mais il faut bien préciser que Clarín (comme tous les grands romanciers espagnols du dernier quart du dix-neuvième siècle) ne reçoit pas comme un dogme la doctrine naturaliste, il n'en retient que ce qui lui paraît *opportun.* Pour des raisons diverses (socio-culturelles et aussi spirituelles) il rejette ce qui, dans *le Roman expérimental,* lui paraît excessif et restrictif. La société espagnole ne s'est pas bien dégagée de l'emprise des structures (y compris économiques) et des valeurs de la société aristocratique et la bourgeoisie, en ascension certes, préfère pactiser avec l'aristocratie plutôt que de s'ériger en « classe conquérante ». *La Régente* est une éclairante illustration de ce moment historique (le pivot de la vie à Vetusta est toujours la noblesse, représentée par la maison du marquis de Vegallana).

D'autre part, et corrélativement, l'essor des sciences et des techniques en Espagne est relativement limité et n'autorise pas cet engouement positiviste pour *l'Avenir de la science* (Renan) qui, en France, porte un Zola à *imaginer* une littérature fondée sur des principes scientifiques. Comme l'écrit fort justement Henri Mitterand, « *le Roman expérimental* est [...] la construction fantasmatique d'une théorie du récit. C'est un rêve d'époque... » (*Zola et le naturalisme,* P.U.F., *Que sais-je?* p. 33). Ce rêve fait presque sourire à cette même époque les intellectuels espagnols les plus lucides. Notre auteur, pour sa part, n'accepte à aucun moment que l'art puisse se réduire à la science ou qu'il s'enferme dans les étroites limites du positivisme. « L'art, écrit-il en 1882, doit être, à sa façon, un reflet de la vérité, car il est une manière irremplaçable de connaissance et de conscience totale du monde sous un aspect spécial de totalité et de substantivité que ne peut donner l'étude scientifique. » Voilà qui est clair. L'art est totalité, le roman est intégration : rien de ce qui est humain ne lui est étranger. La vérité ? Pour Clarín (plus encore que pour Galdós) la vérité est une recherche (que de nos jours nous qualifions de phénoménologique) qui s'achemine, sans a priori théorique, au plus profond des choses et des êtres. C'est une approche qui préserve la complexité parce qu'elle en a conscience. La réalité n'est donc pas seulement ce que l'on peut découper, isoler à l'aide d'un scalpel, la réalité a des racines mystérieuses, *nécessairement* spirituelles. La quête d'Ana Ozores est hautement spirituelle dans la mesure où elle est recherche d'une harmonie supérieure (impossible, certes, mais en permanente potentialité), qui est tout le contraire de cette béatitude à laquelle aspire désespérément Emma Bovary. Oui, la spiritualité est chez l'auteur de *la Régente* une dimension profonde et supérieure que l'on ne peut gommer. Il s'agit, évidemment, d'une spiritualité épurée, libérée de tout dogme, sans doute grâce à l'influence du krausisme. On comprend, dès lors, que le déterminisme au sens où l'entend Zola, ne trouve à aucun moment droit de cité dans les écrits théoriques de Clarín. Le monde humain de *la Régente* ignore totalement ce filet héréditaire qui emprisonne les personnages de Zola et les prive de toute liberté *essentielle* Les personnages de *la Régente* sont conditionnés par le milieu, évidemment, mais ils sont libres, potentiellement au moins. Allons jusqu'au bout, car la question est d'importance : Ana Ozores n'est en aucune façon *déterminée* par l'origine de sa mère et c'est la *classe,* pétrie dans un catholicisme de routine, qui la juge selon un faux positivisme déterministe. Quelle ironie!

Le naturalisme a été en Espagne un enrichissement considérable du réalisme, tant du point de vue de la thématique que de celui de l'orientation générale : il a permis de sortir de l'impasse du roman à thèse. Enfin et surtout, les romanciers espagnols, et Clarín mieux que tous, ont su adapter et assimiler ce que le naturalisme zolien avait de plus *naturel,* c'est-à-dire de moins théorique. Il est significatif que Clarín se réfère beaucoup plus au *roman* naturaliste, à l'art de Zola, au poète Zola, comme il dit, qu'au *discours* naturaliste du *Roman expérimental.* C'est encore une preuve de lucidité.

Les quelques notes qui précèdent, bien que succinctes, disent clairement que lorsque Leopoldo Alas se décide à écrire *la Régente,* il sait ce qu'est le roman à son époque et il a une idée claire de ce qu'il doit être. Il a en outre une certaine pratique de l'écriture littéraire comme en témoignent ses contes. Alors, *la Régente,* premier roman? Oui, mais ce premier roman est l'aboutissement d'une profonde vocation littéraire, vocation fortifiée par une réflexion passionnée sur l'écriture et par une capacité d'assimilation culturelle hors du commun.

Car le roman réaliste *la Régente* est aussi une somme culturelle. Il y a d'abord ces innombrables œuvres et ces innombrables auteurs qui émergent plus ou moins de l'univers mental des personnages et qui vont de saint Augustin, Fray Luis de León, sainte Thérèse, Calderón, Victor Hugo ou Alexandre Dumas à Rudolf Virchow, Ludwig Büchner, ou à Dufour et son *Histoire de la prostitution.* La liste en est longue, et elle déroule un vaste paysage culturel, dont l'épaisseur est très variable selon le degré d'influence que ces auteurs exercent sur les personnages. Ce paysage, qu'il serait aisé de reconstruire, appartient dans sa totalité à l'auteur; c'est une évidence. Mais il y a un autre niveau culturel, qui n'émerge pas de manière explicite, mais qui imprègne et parfois modèle et infléchit (peut-être inconsciemment) la création elle-même. L'œil de l'artiste donne à voir (observation) ce que la conscience pénètre, interprète et reconstruit artistiquement (pour Clarín, c'est cela l'expérimentation). Or la conscience n'est pas un simple miroir, elle est riche de tout un savoir qui participe activement à la reconstruction, à la création. Si bien que la réalité romanesque est nécessairement plus riche que la réalité observée : elle est passée par une conscience (et, rappelons-le, orientée par une finalité), une conscience qui est un tissu de références que le lecteur qui a fait le même parcours culturel que l'auteur peut, éventuellement, déceler. *La Régente* est, à cet égard, d'une exceptionnelle richesse. Il convient ici d'en donner une idée, succinctement car la question est complexe et, d'ailleurs, elle a été étudiée par la critique espagnole et elle le sera, nous n'en doutons pas, par la critique française. Il est aisé de voir qu'il existe des analogies de situation et même de point de vue entre *la Régente* et *Madame Bovary.* (Et pourtant, au plus haut niveau, les deux romans s'opposent. Comme l'écrit Gonzalo Sobejano, le plus profond commentateur de *la Régente* : « *Madame Bovary* est un roman antiromantique sur l'âme romantique dégradée, alors que *la Régente* est un roman romantique contre le monde antiromantique et un roman en hommage à l'âme belle et bonne, vaincue mais inadaptable ».) Il existe des homothéties structurelles entre le roman de Clarín et *la Conquête de Plassans* de Zola (un des arguments de *la Régente* est la « conquête de Vetusta » par le Grand Vicaire, Fermín de Pas, mais celui-ci a une énorme épaisseur humaine qui fait entièrement défaut au personnage fonctionnel qu'est l'abbé Faujas), et aussi *O Primo Basilio* de l'écrivain portugais Eça de Queiroz (un libertin séduit une femme mariée et la servante de celle-ci dénonce l'adultère). L'amour du Magistral (le prédicateur du chapitre) pour Ana peut nous amener à évoquer *la Faute de l'abbé Mouret* de Zola, *O crime do Padre Amaro* d'Eça de Queiroz, ou *Tormento* de Pérez Galdós. Certains passages de *la Régente* nous renvoient à Cervantès (Quintanar, le vieux mari d'Ana qui vit un peu dans un autre monde, celui du théâtre calderonien, apparaît comme un Quichotte dégradé; par ailleurs, il se comporte parfois comme Anselmo du *Curieux impertinent*) ou à Moratín (le choix d'un mari pour Ana ne peut que faire penser au *Oui des jeunes filles*). Don Alvaro Mesía est le « brillant » reflet positiviste, bourgeois, dégradé de don Juan et de son mythe. Tout cela a été dit et plus ou moins étudié. Peu après la publication du roman, on a même accusé Clarín de plagiat... Il ne s'agit certes pas de cela, mais il n'est pas douteux que tous ces textes et bien d'autres (par exemple, et ce n'est qu'un détail : le Magistral qui du haut de la tour observe les coins et les recoins de Vetusta avec sa longue-vue, est une référence implicite au *Diablo cojuelo* de Vélez de Guevara qui inspira le *Diable boiteux* de Lesage) ont fonctionné à un moment ou à un autre et d'une manière plus ou moins « présente » dans l'acte de création comme *hypotextes,* c'est-à-dire comme réminiscences (conscientes ou inconscientes) qui orientent l'élaboration romanesque (l'expérimentation).

Mais précisément, une *certaine* originalité de *la Régente* est de les contenir tous et donc de les dépasser tous, car ces textes constituent une expérience, parmi beaucoup d'autres, vécue par l'auteur et, comme le dit Milan Kundera, « chaque œuvre contient toute expérience antérieure au roman ».

Il faut aussi évoquer les connaissances psycho-physiologiques et médicales qui sont entrées en Espagne avec le naturalisme et auxquelles Leopoldo Alas s'est vivement intéressé. A-t-il lu Wilhelm Wündt ou Charcot, ou d'autres psycho-physiologistes avant 1884? C'est difficile à dire. En tout cas, le jeune docteur, Benítez, est porteur de cette nouvelle médecine qui, pour soigner l'esprit, se préoccupe du corps et le narrateur Clarín souligne souvent à propos de son héroïne que tel état d'exaltation ou de dépression est lié à une certaine faiblesse du corps. Il semble acquis pour notre auteur que le moral soit en étroite dépendance du physique. Ceci admis, est-il permis de voir dans Ana Ozores un cas clinique? L'hystérie était à la mode à la fin du dix-neuvième siècle et la critique (même récente) a eu trop tendance à voir de l'hystérie partout, dans la moindre crise nerveuse, dans l'instabilité des états intérieurs, etc. C'est une explication bien facile et bien rapide. La Régente est une *âme* en quête d'absolu, plongée dans un sentiment de profonde frustration et son impulsion vers cet infini qui serait plénitude est vécue (subie pourrait-on dire) d'une manière si exacerbée que les frontières rationnelles chavirent parfois. Peut-on pour autant parler d'hystérie? Cela semble presque incongru. Ce qu'il faut dire, c'est que le personnage d'Ana Ozores, et même celui de Fermín de Pas, sont explorés avec une intuition humaine et une capacité de sympathie inouïes, jusque dans leurs profondeurs inconscientes. Freud a peut-être donné un nom à la psychanalyse mais il ne l'a pas inventée. Les meilleurs romanciers et Clarín plus que tous ont eu l'intuition du tréfonds de l'être et ont su, sinon l'analyser en termes « scientifiques », du moins s'en approcher en suivant la vie elle-même.

Tout ce qui est dit dans les pages qui précèdent peut constituer une approche peut-être nécessaire pour comprendre *la Régente*, mais prétendre expliquer le roman est autre chose. Nous n'avons pas cette prétention; l'afficher serait avouer une méconnaissance de la complexité de l'œuvre. Car, en effet, ce roman est infiniment supérieur à toutes les perspectives que l'analyse peut légitimement isoler : il est intégration et dépassement fictionnel de tout ce que l'auteur a pu observer, de tout ce qu'il pense, de tout ce qu'il a pu penser ou pourrait penser et aussi de ce qu'il est ou pourrait être... *La Régente* est reconstruction de vie et exploration d'existence.

Aussi bien pourrions-nous conclure ici, au seuil de la lecture, si ne s'imposait la nécessité d'examiner quelques aspects de la spécificité littéraire de *La Régente.*

Quelques facettes d'un grand roman

Quelques facettes seulement, car ce grand roman rend un peu dérisoires les divers schémas d'analyse qu'il peut susciter. Certains commentateurs, adeptes de théories modernes prétendument scientifiques, se rendant compte après maints chalutages que les barreaux de leurs grilles syntagmatiques n'emprisonnent que des structures mortes, évacuent leur gêne en proclamant que *la Régente* est un livre ambigu. Non, la vie n'est pas ambiguë, elle n'est que complexe dans sa problématique incertitude. Le roman de Clarín est clair reflet de vie profonde, il n'est pas construit sur une thèse et il contient « comme toutes les grandes œuvres (et justement parce qu'elles sont grandes) [...] une part d'inaccompli » (Milan Kundera). Face à *la Régente*, le critique doit se résoudre à l'humilité. Quelques facettes, donc.

Et d'abord le titre. Pourquoi *la Regenta*? La *Regenta* était en Espagne, jusque dans les années 1880, l'épouse du *Regente*, c'est-à-dire du président d'un tribunal territorial. Lorsque le roman paraît, en 1884, le mot a pratiquement disparu et a été remplacé par le traitement plus moderne de *Presidente*. Il faut donc dire que la *Regenta* serait un mot aussi insolite pour un Espagnol de notre époque qui découvrirait le roman que l'est la *Régente* pour un Français. C'est ce titre hiérarchique, vestige de la société aristocratique, presque désuet au moment où il écrit, que Leopoldo Alas choisit, apparemment sans hésitation, pour désigner son premier roman. Un titre est un choix, mais un choix imposé dans une certaine mesure par l' « orientation » romanesque dont il est le reflet. Zola, par exemple, ne peut que rarement se hasarder à donner à ses romans de la série des *Rougon-Macquart* un titre autre que thématique, car le thème et la trame sont premiers par rapport aux personnages, et cela en vertu de l'esthétique naturaliste qui refuse à ces derniers le statut de protagonistes (Pascal Rougon est *le Docteur Pascal* et Eugène Rougon, *Son Excellence Eugène Rougon* : la fonction est presque plus importante que le personnage en soi). Alas, adepte proclamé du naturalisme, n'hésite pourtant pas à placer tout le foisonnement qu'est l'univers de Vetusta sous l'exergue de *la Régente*. Ce faisant, il reconnaît à Ana Ozores le statut privilégié (qui est le sien) de protagoniste. En fait, l'auteur n'a pas choisi, c'est sa création qui lui a imposé son choix. Aurait-il dû, comme l'a suggéré tel critique, intituler son œuvre *le Roman de Vetusta*? C'eût été un contresens. En effet, il y a Ana Ozores, encore rehaussée par son titre, la Régente, et tous les autres, il y a la Régente et tout le reste, la Régente face à Vetusta. Comme il y a Emma Bovary et tout le reste, mais dans une situation phénoménologique assez différente (voir *supra* la citation de G. Sobejano).

Le titre est le reflet de toute la problématique profonde du roman, dont le conflit majeur s'établit entre Ana et sa quête d'authenticité, d'absolu, de poésie et le monde de Vetusta refermé sur son espace, sur ses valeurs sociales routinières et de pure façade, qui ne sont en fait, que des anti-valeurs : hypocrisie, tromperie, superficialité, prosaïsme... L'univers vétustain ne peut accepter la différence, il aspire à absorber et à digérer l'individualité singulière qu'il sent comme un défi lancé à son confort faussement moral. Pourquoi la Régente serait-elle différente? Il faut qu'elle tombe, pense Visitación, comme les autres.

L'insidieuse agression est longuement préparée, pendant trois ans, par Alvaro Mesía, le plus parfait représentant de la société de Vetusta, le don Juan vieillissant mais portant beau, habile comédien, grand maître dans l'art de la tromperie. Le Magistral, don Fermín de Pas, bien que venu d'ailleurs, est aussi un Vétustain, le plus intelligent peut-être, en tout cas le rival du cacique libéral Alvaro Mesía dans la conquête de la ville. Il est un Vétustain (c'est-à-dire qu'il fonctionne selon les schémas du dehors pour satisfaire une ambition dominatrice), jusqu'au jour où sa rencontre avec la Régente provoque la déchirure qui le fait entrer en lui-même. Il entrevoit alors un autre monde possible, celui des sentiments innommés, de l'absolu, de la poésie. Pour un temps, il devient lui aussi, avec Ana, un *supra-Vétustain* (p. 381).

Le conflit intérieur que vit Ana, partagée entre les émotions de sa foi exaltée et celles de sa chair rebelle et déchirée, s'articule sur celui qui naît de l'opposition entre la Régente et le milieu où elle est condamnée à vivre. (« Elle se réfugiait dans ses rêves et se réservait ainsi le droit de mépriser son tyran », p. 134).

Dire, en trois mots, que *la Régente* est l'histoire d'un adultère, c'est appliquer au roman un schéma vétustain, dégradant, et c'est précisément ce schéma que le roman rejette. Les mille pages du livre montrent qu'Ana reste authentique, donc pure, toujours. Sa spiritualité est toujours vivante et vraie, malgré les illusions du rêve mystique auquel elle se livre ou les enflures de la dévotion attisée par le Magistral. A Mesía, elle offre la pureté de son amour et elle ignore jusqu'à la chute, jusqu'au scandale, qu'elle est indignement trompée. Elle est victime de la pureté de ses sentiments et à Vetusta, où tout est douteux, tout ce qui est pur doit être souillé. Le roman s'arrête, en effet, sur l'image d'une Régente humiliée, mais non soumise, et ce sont les lèvres de Vetusta et non les siennes qui ont la viscosité du crapaud. Ana ne se suicide pas, elle accepte de faire face. Vetusta peut la dégrader et la bafouer, mais non l'assimiler.

Le résumé thématique qui précède pourrait laisser croire qu'il est possible de réduire le roman à une sorte de symbolique. C'est que le critique est condamné à mettre en idées ce qui est reflet de vie, à appliquer un *discours* à une *création,* qui ne se laisse pas mettre en formules.

Ce que l'on peut appeler l'action, le roman d'Ana Ozores, s'étend sur un millier de pages, car cette action implique tout un monde, le monde de Vetusta, qui surgit le plus souvent en liaison avec les personnages principaux et que le narrateur s'attarde à peindre avec précision et à faire vivre avec complaisance. Le roman commence une après-midi du 2 octobre 187... et se termine un soir de la mi-octobre, trois ans plus tard. Or, les quinze premiers chapitres se déroulent en trois jours (les 2, 3 et 4 octobre) durant lesquels le récit peut être considéré comme une sorte de vecteur narratif, assumé alternativement par le Magistral Alvaro Mesía ou la Régente, et dont le mouvement sinueux nous fait pénétrer dans les différents espaces de Vetusta qui sont explorés sous toutes les dimensions (topographiques, architecturales, historiques, sociales...), soit à travers le regard d'un personnage, soit par le narrateur lui-même (le Cercle de Vetusta, chap. six), soit enfin, et le plus souvent, par les deux regards (celui du narrateur et celui du personnage) qui se combinent et se complètent selon deux angles de vue (chap. neuf : promenade d'Ana à la fontaine de Mari-Pepa et ensuite à travers le Boulevard). Les différents éléments du paysage urbain sont ainsi révélés dans de nettes panoramiques exploratoires, dont la profondeur de champ intègre aussi bien l'espace social et ses valeurs que la base historique sur laquelle ces différents paysages ont surgi et se sont modelés. Ces divers et multiples plans captent, au passage, dans le présent du récit, une multitude de personnages (149, selon l'inventaire de Mariano Baquero Goyanes), récurrents (Ripamilán, Gloucester, Foja, Obdulia, Visitación, Ronzal, etc., etc.) ou fugaces (Herédite, un professeur de l'Université, Bismarck, etc.), mais toujours fortement individualisés.

Le chapitre un donne d'emblée une image panoramique, unifiée et interprétée par le regard du Magistral, de l'espace de Vetusta, avec ses quartiers hiérarchisés : la Encimada, autour de la cathédrale (noblesse et clergé cathédral), la Colonia (domaine des *indianos*), le Campo del Sol, relégué à la périphérie (monde ouvrier).

Ensuite, et jusqu'au chapitre quinze, se succèdent une série d'images fragmentaires mais en gros plans qui parfois ont les caractéristiques du tableau de mœurs (*Cuadro de costumbres*) : la sacristie, le Cercle (la Vetusta intellectuelle!), l'hôtel de Vegallana, la demeure des Ozores, l'Évêché, la maison du Magistral, la promenade aristocratique et cléricale de l'Espolón, le Boulevard, la rue du Commerce, etc. Seuls sont laissés dans l'ombre le Campo del Sol et l'Université (il y a sans doute une université à Vetusta, puisque l'un de ses professeurs fréquente le Cercle, mais l'auteur n'a pas voulu l'intégrer à sa vision!). Tout cet espace, structuré par la tradition, est régi par une sorte de code mondain, par tout un jeu de valeurs sociales plus ou moins invétérées, que le narrateur montre en permanence en action (alors même qu'il s'attache à les démystifier). A un autre niveau, plus immédiat (moins profond), il est aussi régi par les institutions que sont l'Église et la politique : une Église sans religion, et une politique qui repose sur la corruption du système du caciquisme et n'a d'autre finalité que celle de fabriquer les élections qui permettent la « pacifique » alternance au pouvoir du parti conservateur (de Cánovas del Castillo) et du parti libéral (de Sagasta). Vetusta est un reflet de toute l'Espagne de la Restauration.

Pendant ces quinze premiers chapitres, le court temps du récit (trois jours) s'ouvre largement sur le passé. La plupart des portraits des personnages secondaires intègrent une dimension biographique qui remonte plus ou moins dans le temps et donne à chacun une profondeur explicative. C'est le cas, par exemple, de Ripamilán, Visitación, Obdulia, Pepe Ronzal, Gloucester, Víctor Quintanar, Petra, de doña Paula, dont l'histoire, jusqu'à son installation à Vetusta (chap. quinze), est tout un roman (naturaliste). Il faut remarquer que Mesía n'a pas de passé, il n'a que quelques souvenirs d'aventures amoureuses. C'est un personnage bien vivant, certes, mais vide, dont les monologues ne révèlent que des calculs ou des stratégies. Mesía est un homme du présent, un positiviste de l'immédiat, comme peut l'être (et comme doit l'être) un cacique politique. Il intègre dans un personnage donjuanesque toutes les valeurs dégradées (et dégradantes) de la Restauration (hypocrisie, tromperie, recherche de l'efficacité), dont il joue avec une étonnante habileté. C'est presque un archétype, sans épaisseur humaine, mais bien vivant.

Par contre, Ana et Fermín ont un passé qui explique, dans une large mesure, ce qu'ils sont au moment où l'action commence. Ce passé est une dimension déterminante de leur être car ils le portent en eux, et ils le redécouvrent (et le révèlent) au cours de diverses méditations. Ainsi, peu à peu, surgit tout un être dans l'être, dont ils sentent la présence en profondeur d'identité, bien que parfois morcelé par le temps. On voit même dans le chapitre trois la Régente essayant de revivre l'aventure du bac de Trébol, dont l'onde traumatisante indélébile a creusé en elle le sentiment de culpabilité. Or, elle à l'impression que ce qu'elle retrouve n'est pas vraiment l'aventure vécue, mais la réfraction de celle-ci dans une réélaboration ultérieure (p. 86). Pour ces deux personnages privilégiés (par l'auteur) la mémoire, et plus spécialement la mémoire affective, est un élément essentiel de leur identité. Un seul exemple : don Fermín au contact de l'âme belle et pure de la belle Régente se remet en question et se rend compte, dans la situation pathétique où il se trouve, que l'ambition n'est peut-être que « la forme impropre d'une autre passion plus noble » (p. 245), ineffable, poétique. Il retrouve alors, enfoui au fond de lui-même et oublié jusque-là, le souvenir de ses rêves d'enfant, dont la nature poétique lui paraît semblable à ces aspirations innommées qu'il est en train de vivre (pp. 47, 245, 251...). Le pathétique du présent se double d'un pathétique plus diffus mais plus profond : celui qui naît de la conscience de ne pouvoir plus être celui qu'il aurait pu être. Le pathétique devient élégie.

Tout le volume du passé vivant au fond des deux personnages leur donne une profondeur et une densité humaines qui leur fait presque dépasser, dans l'illusion romanesque, leur statut de personnages. On en vient, à la fin des trente chapitres qui les font vivre dans cette « tranche de vie » de trois ans, à les considérer comme des êtres. En tout cas, ils sont vraiment pour l'auteur des *ego expérimentaux*, « vécus » par une énorme sympathie. L'imagination re-créatrice, c'est aussi cela. Le thème, on le sent bien, est inépuisable.

Pour en revenir au temps du roman, il faut ajouter que toutes ces rétrospectives permettent à l'auteur de tisser en toile de fond, apparemment presque sans le vouloir, un ensemble d'éléments qui restituent l'image d'une certaine évolution de la vie à Vetusta. Il est vrai que l'impression dominante est celle d'une vieille cité qui « fait la sieste », enveloppée dans ses coutumes, une cité où la vie est figée par la tradition.

Le pouvoir moral et même économique (rente sur la terre) sont encore entre les mains de la noblesse (marquis de Vegallana), alliée à l'Église. Et pourtant, les mœurs évoluent : la *classe* n'est plus aussi stricte dans l'étiquette qu'à l'époque des sœurs Ozores, doña Anunciación et doña Agueda. Maintenant, les riches *indianos* et les plus riches personnalités de la classe moyenne « passent la tête » par la porte entrouverte de l'aristocratie. Les mariages entre la noblesse ruinée et la roture enrichie, toujours considérés comme une dégradation, deviennent plus courants. Et surtout, il y a à la périphérie, dans le Campo del Sol, cet étrange monde du travail qui ne cesse de grandir avec tous ces bras qui accourent des campagnes. En quelques années, la force du muscle s'est tellement développée, qu'elle a osé investir tout un coin de la ville et elle se déverse maintenant, chaque soir, sur le Boulevard (p. 210). Il suffirait d'une étincelle de conscience pour transformer toute la force accumulée de cette « pauvreté » en redoutable marée capable de balayer l'oisive et molle noblesse. Plus grave encore, cette *masse* échappe de plus en plus à l'emprise de l'Église. Pour le Magistral, les rebelles campent aux portes de la ville (p. 49). Le prolétariat est là en puissance.

Les pesanteurs du passé, aussi fortes soient-elles à Vetusta, n'arrêtent pas l'histoire. La civilisation fait son chemin. Ana, après son mariage, quitte Vetusta en diligence; maintenant, quelques années après, le train omnibus de Madrid arrive chaque soir à la gare. Don Robustiano Somoza, le médecin de l'aristocratie, aux connaissances incertaines, est remplacé par le jeune docteur Benítez qui vient d'arriver avec sa nouvelle science médicale.

Le roman de Vetusta, dans l'ensemble du livre, est lui aussi inépuisable et il est inséparable du roman de l'intériorité. Le milieu est aussi vivant que l'individualité problématique qui le brave. Le conflit lui aussi, dans la fiction, est comme la vie.

Il y a toutefois une question qu'il faut bien poser : Vetusta est-elle Oviedo ? Certainement. C'est sa ville qui est pour Clarín l'objet d'une observation dont il s'est longuement imprégné. Mais si Oviedo et certains de ses habitants (Clarín lui-même a reconnu que deux personnes, l'évêque Sanz y Forés et le chanoine Cos y Macho, lui avaient servi de modèle de départ dans l'élaboration des deux personnages de Mgr Camoirán et du Magistral) ont été la base de l'observation, Vetusta et ses personnages sont tout autre chose. Entre la réalité et la fiction littéraire il y a tout le complexe de la re-création imaginative, si bien que le roman est une fiction de la réalité infiniment supérieure (dans sa construction, sa cohérence, son sens...) à la réalité elle-même. Bref, le roman est une représentation *artistique* de la réalité (ce qui est tout dire ou ne rien dire, selon que l'on explique ou non en quoi consiste la représentation artistique).

Il faut donc bien examiner (sans aucune prétention à l'exhaustivité, ici non plus) le problème du point de vue (ou de l'énonciation) que nous nous limitons à aborder par le biais du narrateur.

En accord avec la problématique fondamentale du roman, à savoir le conflit Ana/Vetusta, on peut distinguer (si l'on passe sur toutes les nuances) deux grandes instances narratives. Il y a, d'une part, le narrateur extérieur qui décrit l'espace de Vetusta et fait vivre les Vétustains, et de l'autre, le narrateur de l'*intériorité,* celui qui pénètre au plus profond de certains personnages (Ana Ozores d'abord, mais aussi don Fermín et parfois quelques autres).

Le premier, le peintre de Vetusta, est toujours un narrateur supérieur et toujours, plus ou moins, un *narrateur ironique* qui se donne un pouvoir semblable à celui du *Diable boiteux*. Nous retrouvons là, en action dans l'écriture, le noyau éthique dont nous avons parlé précédemment. L'ironie est parfois implicite, si l'on peut dire; il suffit de montrer comment sont les personnages ou comment fonctionnent les institutions pour que s'impose corrélativement, et sans que le narrateur ait trop à intervenir, du moins directement, l'écart entre ce qui est et ce qui devrait être. Le fonctionnement de la machine politique à Vetusta est évoqué tout au début du chapitre huit. Le système soi-disant parlementaire de la Restauration est déjà vicié par le caciquisme mais à Vetusta, le cacique conservateur, le marquis de Vegallana, et le cacique libéral, Alvaro Mesía, qui devraient défendre leur « idéal » (le mot ne peut être qu'ironique) s'entendent comme « larrons en foire ». Et la conclusion s'impose d'elle-même : à Vetusta le système est doublement corrompu. Quant aux mœurs cléricales, qui occupent une place énorme dans l'univers romanesque de Vetusta, elles ne laissent percer à aucun moment la moindre préoccupation religieuse (sauf dans le cas de l'Évêque). C'est une vision exclusivement ironique qui est donnée de ce catholicisme de « vénérables » chanoines qui vont à l'office pour bâiller (chap. deux). Le narrateur n'a pas besoin de dire que l'Église est une institution figée dans sa routine et vide de toute spiritualité. Cela se voit. En ce qui concerne la culture, Vetusta est un désert. Le théâtre est un lieu où l'on va par habitude, pour sortir, pour se voir et étaler ses toilettes. La bibliothèque du Cercle (la seule de Vetusta) est d'une pauvreté affligeante et d'ailleurs la plupart des sociétaires la voient « comme si elle était peinte sur le mur » (c'est le narrateur qui le dit : l'ironie n'est pas toujours implicite...)

Il est aisé de se rendre compte que l'espace social de Vetusta, à une exception près, est l'œuvre d'un narrateur ironique qui voit et juge son monde (celui de sa création et donc le monde réel) à travers ses propres valeurs authentiques qui ne sont jamais formulées mais qui s'affirment dans l'écart ironique. C'est pourquoi l'ironie de Clarín n'est pas le mépris de Flaubert : elle n'est pas dissolvante, elle est plutôt purificatrice. Clarín et Flaubert pourchassent la bêtise, mais pour Clarín, celle-ci n'est pas irrémédiable. *La Régente* n'a pas le gris pessimisme de l'*Éducation sentimentale.* Par exemple, *la Régente* est, entre autres choses, un roman de mœurs cléricales que Clarín montre et dénonce, « mais il ne peut le faire que parce qu'il a conscience de ce que doit être — ou devrait être — la véritable spiritualité » (Y. Lissorgues, *la Pensée philosophique et religieuse de Leopoldo Alas (Clarín), 1875-1901*, Paris, Éditions du CNRS, 1983, p. 11). Il y a une exception, disions-nous : la description du monde ouvrier, *saisi* dans sa promenade du Boulevard. Là, c'est un narrateur sérieux et même grave qui évoque ce tableau animé qui pourrait renvoyer à Manet.

Cette ironie n'est implicite que dans la mesure où elle est écart entre ce qui est dit et ce que l'auteur pense et ne dit pas. C'est sans doute cela que Clarín appelle « comique naturaliste » dans l'article qu'il consacre, en 1882, à *Pot-Bouille.* Le comique naturaliste est produit non par les « facultés subjectives » de l'auteur mais par ses « facultés d'observation profonde et exacte ». Il y a dans cette manière de comique, précise Clarín, un sérieux et une sincérité qui le rendent plus piquant et plus efficace que le comique le plus appuyé. La « satire implicite » sous cette forme est « supérieure à la fureur d'un Juvénal ».

Cependant, dans *la Régente*, cette ironie ne reste pas toujours dissimulée derrière une apparente impassibilité. Bien souvent, au contraire, elle pétrit le texte, et avec un évident plaisir du narrateur qui se délecte dans l'enflure de la caricature ou du grotesque. Le personnage de Pepe Ronzal, alias Tromblon, en est un bon exemple. Mais voici le chanoine don Restituto Mourelo, dit Gloucester : c'est un envieux, un jaloux (comme il y en a partout, même dans les institutions les plus vénérables) qui ne vit que pour « baver » sur son prochain. Or, il est un peu difforme de l'épaule droite (ce n'est pas un péché) mais au lieu de le cacher « il soulignait ce vice de son corps en se tordant plus encore vers sa droite, en se penchant comme un saule pleureur. Le résultat de cette étrange attitude était que Mourelo avait l'air d'un homme perpétuellement à l'affût, allant au-devant des rumeurs en éclaireur de lui-même pour apprendre les nouvelles, débusquer les intentions et même écouter par le trou des serrures » (p. 68).

Il y a dans l'ironie toute la gamme des écarts. Car ce qui caractérise le style de L. Alas, et dans tous ses registres, c'est une grande souplesse qui paraît naturelle et spontanée : un style sans corset, une écriture qui se libère. Quelle différence avec Flaubert! *La Régente* est aussi un reflet de la joie d'écrire et du plaisir des mots.

Presque à ce propos, et avant d'aborder la grande question du *narrateur de l'intériorité*, nous voudrions attirer l'attention sur un aspect un peu oublié par la critique espagnole. Dans le roman apparaît aussi un narrateur amusé, plutôt bienveillant, qui devient même parfois lyrique. Il y a, en effet, un certain lyrisme, qui n'est pas toujours le fait des seuls personnages, dans l'évocation de la nature. Il y a dans cette perception horizontale (c'est-à-dire sans écart de supériorité) du monde naturel une vibration que la beauté du paysage ne suffit pas à expliquer et qui naît, à n'en pas douter, de l'amour de l'auteur pour son pays (pour sa terre, dit-on en espagnol). Même la pluie, si fréquente à Vetusta, odieuse à tous les Vétustains et sans doute aussi à l'auteur, est comme une enveloppe qui réunit en un sort commun tous les habitants de la vieille cité. Elle est odieuse, mais elle est familière, on la hait mais on l'aime, car on ne peut imaginer une Vetusta sans sa pluie. Le narrateur, malgré sa fonction *supra-vétustaine,* se laisse aller parfois à être ce qu'il est : un Vétustain. Il se promène, lui aussi, le soir au milieu de la foule qui remplit la rue du Commerce (chap. neuf), il observe les vitrines, les femmes, les gens et il éprouve (on le sent bien) une certaine chaleur à être au milieu des autres et il se prend alors, l'espace d'un instant, à réfléchir : « Les Vétustains s'aiment et se haïssent, ils ont besoin les uns des autres et se méprisent. » Le Vétustain passe sa vie à dire du mal de ses concitoyens, mais si on l'arrache de là, il n'a qu'une idée : revenir (p. 214). Nous savons que lorsque L. Alas est pour quelques jours loin d'Oviedo, à Madrid par exemple, il n'a qu'une hâte : revenir. Cet amour du pays sera le thème, pris à un autre niveau, du conte *Un rapatriado* (*Un rapatrié*) de 1899.

Cette souplesse narrative dont nous parlions précédemment est due, pour une bonne part, au fait que le monde de Vetusta est vu, souvent, à travers les personnages. *La Régente* dans sa totalité, est un tissu de points de vues, une sorte de conscience multiple, bien que toujours orientée par la vision du romancier. La voix de l'intériorité *semble* dominante, Clarín est pleinement conscient des possibilités de cet art nouveau du récit. En 1881, il écrit à propos de *La desheredada* : « Un autre procédé employé par Galdós [...] est celui déjà employé par Flaubert et Zola, avec des résultats si impressionnants : remplacer les observations sur la situation d'un personnage, faites fréquemment par l'auteur au moyen de sa propre voix, par l'observation du personnage lui-même et avec son propre style, mais non sous forme de monologue, mais comme si l'auteur était à l'intérieur de celui-ci. » Ce nouveau moyen, que Clarín appelle *style latent* et qui est pour nous le *style indirect libre*, implique, comme l'a fait remarquer John Rutherford, l'auteur de la traduction anglaise de *la Régente*, un changement fréquent de perspective et il ne permet pas toujours de distinguer aisément la voix du narrateur de celle du personnage. Une des originalités stylistiques de *la Régente* est de combiner l'indirect libre et des fragments de monologues (à la troisième personne) présentés entre des guillemets qui, apparemment, dégagent le narrateur de toute responsabilité. On entend alors uniquement la voix intérieure du personnage.

Par ailleurs, le discours intérieur est sans cesse interrompu par l'irruption du monde extérieur. Si bien que ces « monologues » sont une perpétuelle dialectique entre « les mondes subjectifs et objectifs » (J. Rutherford).

En outre, du fait même de cette perception intérieure des choses, le temps objectif du récit se double de l'épaisseur temporelle du temps vécu, du temps psychologique. C'est ce qui explique, selon une logique interne qu'il est toujours possible de déceler, toutes ces ruptures narratives qui donnent au récit cette forme éclatée qui paraît si moderne et qui devait être assez déroutante pour les lecteurs de l'époque.

Mais cette écriture se révèle d'une surprenante efficacité quand le narrateur pénètre dans la conscience profonde des personnages. L'ironie, alors, cède le pas à la compréhension; le *narrateur intérieur* est toujours un *narrateur en sympathie*, tout au moins quand il suit les mouvements intimes des deux personnages *supra-vétustains*. Ce qui ne l'empêche pas de s'affirmer supérieur à eux par sa lucidité : il les connaît mieux qu'eux-mêmes ne peuvent se connaître.

Don Fermín, quand il cesse d'être un personnage épique (dont la passion exclusive, selon Hegel, est de s'emparer de l'objectivité du monde) et qu'il devient un personnage lyrique (c'est-à-dire, toujours selon Hegel, une subjectivité qui se confesse), fait preuve à son égard d'une grande lucidité. Il est alors particulièrement émouvant : il se rachète à nos yeux par sa vérité et par sa densité humaines. (Quelle différence avec le personnage fonctionnel qu'est l'abbé Faujas de *la Conquête de Plassans*!). Mais il ne peut pas (ou ne veut pas!) comprendre cette « passion innommée » qui lui fait oublier « le monde entier, son ambition de prêtre, les sordides manigances de sa mère » (p. 491). Sa conscience se perd dans cette zone obscure où il est difficile de distinguer ce qui relève de la chair de ce qui appartient à l'âme. Alors, le narrateur intervient pour révéler que son personnage se cache à lui-même « les ramifications charnelles que pouvait avoir cette passion idéale » (p. 490). Pour aussi profondément que le créateur pénètre dans l'âme du personnage, grâce à l'intuition de l'autre, il y a toujours une courte distance introduite par la simple présence de l'observateur-narrateur; or cette présence est compréhension, et comprendre c'est dominer. Clarín est très conscient du problème et il n'éprouve aucune gêne à l'assumer. Au contraire; il s'en explique dans un texte (de 1890, il est vrai) : « Le romancier fait parler ses créatures de ce qu'elles ne peuvent observer en elles-mêmes, tout au moins distinctement, de ce qu'observe l'écrivain, et qui est dans le roman le reflet complet de la réalité imaginée. » Le romancier, grâce à l'introspection, doit pénétrer « non seulement dans la conscience du personnage, mais dans son âme tout entière ».

C'est pour cela que don Fermín devient émouvant : parce qu'il descend en lui-même à un moment donné. C'est aussi le cas de Quintanar, quand, après la *catastrophe* finale, il comprend enfin, il se voit comme le principal responsable du malheur. Comme don Quichotte au moment de mourir (mais le mari d'Ana n'a jamais été un personnage épique, il n'a été que comique) il (re)trouve sa lucidité et, avec elle, l'authenticité humaine. Mesía, lui, n'est jamais émouvant : « le bel homme » n'est qu'un habile positiviste sans scrupules, totalement inapte au lyrisme.

Quant à Ana, elle est vraiment *le* personnage privilégié, elle est la Régente, et nous n'insisterons pas (il faudrait beaucoup de pages!). Elle est, elle aussi, *un ego expérimental*, mais elle est plus que cela. Comment Leopoldo Alas peut-il s'insinuer ainsi entre les fibres les plus profondes de son personnage pour « vivre » ce qu'il vit, pour sentir ce qu'il sent ? On pourrait l'expliquer par le mystère de la sympathie créatrice, qu'il est impossible d'expliquer. L'intuition de l'autre suffit-elle à l'auteur pour coïncider d'une manière aussi parfaite avec l'âme de son personnage, pour être « l'âme de son âme » ? Peut-être. Il faut toutefois signaler que sur bien des points (position morale, aspiration à l'absolu, peut-être aussi vécu existentiel...) il y a beaucoup de Clarín dans la Régente. Selon Gonzalo Sobejano, « l'âme de L. Alas est l'âme d'Ana ». Certainement, pour l'essentiel. Mais il y a souvent une certaine distance entre *l'intériorité* d'Ana et celle de l'auteur. D'abord parce que le personnage féminin a une entière cohérence artistique, irréductible à toute assimilation systématique à son auteur. Ensuite, parce que la quête d'Ana, ses expériences, ses enthousiasmes, ses hésitations, ses fluctuations, ses angoisses, Clarín les a vécues antérieurement et, sans les avoir vraiment dépassées (la vie, pour Clarín, est une recherche constante de certitudes, à partir de permanentes incertitudes), il les domine un peu. De sorte que si, pour une bonne part de sa biographie vitale, intellectuelle, morale et spirituelle, Ana est un *double* de L. Alas, elle est un double plus ou moins éloigné et pas nécessairement dans le temps.

Mais pour l'essentiel, pour la recherche d'une impossible unité de l'être, pour l'aspiration à une plénitude qui dépasse les limites de la matière et de l'esprit, pour l'aspiration à « quelque chose » qui transcende l'existence, il y a coïncidence. Ana est plus qu'un *ego expérimental*, elle est un *ego lyrique*. Elle est la poésie du cœur qui cherche à dépasser la prose de la vie, mais avec la douloureuse conscience de son impuissance. Et c'est pourquoi elle est aussi un *ego universel*.

YVAN LISSORGUES

La bibliographie en français sur *la Régente* est très réduite.

En espagnol, la meilleure synthèse de l'œuvre totale de Clarín et des études *clariniennes* est l'ouvrage de Gonzalo Sobejano : *Clarín en su obra ejemplar*, Madrid, Castalia, 1985, qui offre aussi la bibliographie la plus complète. Parmi les éditions espagnoles, outre celle de Gonzalo Sobejano (4e édition, Madrid, Castalia, 1985), remarquable par son introduction, la précision et la richesse intertextuelle de ses notes, signalons l'ample et solide présentation qu'offre l'édition de Juan Oleza (Madrid, Cátedra, 1984), ainsi que le précieux *Index des personnages* qui figure dans celle de Mariano Baquero Goyanes (*Selecciones Austral*, n° 119, Madrid, Espasa-Calpe, 1984).

Repères chronologiques

1852 Naissance à Zamora de Leopoldo García Alas y Ureña, fils de don Jenaro García Alas, modeste propriétaire terrien de Carreño (Asturies), qui a été nommé gouverneur civil (préfet) de Zamora quelques mois avant la naissance de Leopoldo, et de doña Leocadia Ureña, issue d'une grande famille de León.

1854 La famille s'établit à León, où Leopoldo fait ses premières classes chez les Jésuites de San Marcos.

1859 Retour à Oviedo, après un bref séjour à Guadalajara.

1863 Études secondaires au Lycée d'Oviedo.

1868 Révolution de septembre *(la Glorieuse)* que Leopoldo suit, à Oviedo, avec enthousiasme. Gustavo Adolfo Bécquer publie ses *Rimas.*

1869 Promulgation, à Madrid, de la Constitution de 1869. Leopoldo obtient la mention très bien au baccalauréat et rentre, en octobre, à la Faculté de Droit d'Oviedo. G. Flaubert publie *l'Éducation sentimentale.*

1870 Amédée de Savoie est élu roi d'Espagne (16 novembre). Benito Pérez Galdós publie *La Fontana de Oro.*

1871 Leopoldo obtient en juin, le grade de licencié en droit civil et canonique. En octobre, il va à Madrid pour préparer le doctorat en droit et suivre les cours de « Philosophie et Lettres » de l'Université Centrale. Il assiste aux cours de Nicolás Salmerón, Urbano González Serrano, Francisco Giner de los Ríos... Émile Zola publie *la Fortune des Rougon, la Curée.*

1873 La République fédérale (Première République) est proclamée le 7 avril. Pérez Galdós publie les premiers *Episodios Nacionales.* É. Zola : *le Ventre de Paris.*

1874 Le Pronunciamiento de Martínez Campos à Sagunto met fin à la période dite du *sexenio* (six ans) révolutionnaire. Restauration de la monarchie : Alphonse XII, roi d'Espagne. Juan Valera publie :

Pepita Jiménez, Pedro Antonio de Alarcón : *El sombrero de tres picos,* É. Zola : *la Conquête de Plassans.*

1875 Alas collabore au journal d'opposition *El Solfeo.* Le 11 juin, il utilise pour la première fois le pseudonyme de *Clarín.* É. Zola : *la Faute de l'abbé Mouret.*

1876 La Constitution de 1876 est promulguée (elle restera en vigueur jusqu'en 1930). F. Giner de los Ríos fonde la Institución Libre de Enseñanza.

Pérez Galdós : *Doña Perfecta.* É. Zola : *Son Excellence Eugène Rougon.*

1877 Pérez Galdós : *Gloria.* É. Zola : *l'Assommoir.*

1878 L. Alas est docteur en droit; titre de la thèse : *El Derecho y la Moralidad (le Droit et la Moralité).* Il est classé premier au concours pour la chaire d'Économie politique de l'université de Salamanque, mais le Ministre, Toreno, nomme le second de la liste.

Pérez Galdós : *Marianela, La familia de León Roch.* José María de Pereda : *Don Gonzalo González de la Gonzalera.*

1879 J. Valera : *Doña Luz.* Emilia Pardo Bazán : *Pascual López.*

1880 Émile Zola : *Nana, le Roman expérimental.* J. M. de Pereda : *De tal palo tal astilla.* José Echegaray : *El Gran Galeoto* (drame).

1881 Premier ministère libéral de Sagasta (l'alternance pacifique —*el turno*— commence). Mesures libérales en faveur de la presse, l'enseignement, les associations.

Clarín publie son premier livre de critique : *Solos de Clarín* (qui comprend également 6 contes). Pérez Galdós : *La desheredada.* É. Zola : *les Romanciers naturalistes.*

1882 Leopoldo Alas est nommé professeur d'Économie politique à l'université de Saragosse. Il se marie à Oviedo avec Onofre García Argüelles.

Voyage en Andalousie (de décembre 1882 à février 1883), où viennent d'éclater les troubles dits de *La Mano Negra,* comme correspondant du journal *El Día.*

Publication des sept articles regroupés sous le titre *Du naturalisme* et du deuxième livre de critique (en collaboration avec Armando Palacio Valdés) : *La literatura en 1881.*

Pérez Galdós : *El Amigo Manso.* E. Padro Bazán : *La Tribuna.*

1883 Alas est nommé professeur de Droit romain à l'université d'Oviedo.

Installation définitive dans la capitale des Asturies.

E. Pardo Bazán : *la Question palpitante,* avec prologue de Clarín. Guy de Maupassant : *Une vie.* Paul Bourget : *Essai de psychologie contemporaine.* É. Zola : *Au Bonheur des Dames.*

1884 Le chef du parti conservateur, Antonio Cánovas del Castillo, remplace Sagasta (le système du caciquisme fonctionne bien).

Naissance du premier fils de Clarín : Leopoldo.
Publication à Barcelone du premier tome de **la Régente** (Éd. Daniel Cortezo y Cía). Pérez Galdós : *Tormento, Lo prohibido, La de Bringas.* É. Zola : *la Joie de vivre.*

1885 Mort d'Alphonse XII, régence de Marie Christine. Sagasta forme un nouveau ministère. Publication du deuxième tome de **la Régente** et du troisième livre de critique : ... *Sermón perdido.* É. Zola : *Germinal.*

....

1886 L. Alas devient le représentant à Oviedo du parti républicain de Castelar. Il publie le recueil de contes : *Pipá.* Pérez Galdós : *Fortunata y Jacinta.* E. Pardo Bazán : *Los Pazos de Ulloa.*

1887 L. Alas est élu conseiller municipal d'Oviedo. Naissance de son deuxième fils : Adolfo. Quatrième livre de critique : *Mezclilla.* É. Zola : *la Terre.*

1890 Première célébration en Espagne du 1er Mai. Naissance du troisième enfant de L. Alas : Elisa. Publication du deuxième roman : *Su único hijo.*

1899 L. Alas traduit *Travail* d'É. Zola. (La traduction paraîtra à la fin de 1901, après la mort de Clarín.)

1901 Leopoldo Alas meurt le 13 juin, à 49 ans.

Note des traducteurs

Le texte de base de la traduction a été celui de l'excellente édition de Gonzalo Sobejano (Madrid, Castalia, 1981); en outre, nous avons pu bénéficier des corrections pour la 4e édition que ce dernier a eu l'amabilité de nous communiquer dans leur forme manuscrite.

La traduction collective d'un roman comme *la Régente* est une expérience originale. Nous avons, bien sûr, rencontré de multiples problèmes d'uniformisation, que des réunions de concertation et des révisions mutuelles ont permis d'aplanir, mais l'union de nos efforts a indubitablement donné au texte second de meilleures garanties de fidélité et d'exactitude. C'est pourquoi la traduction proposée est collectivement signée. L'un d'entre nous, Claude Bleton, nous a rejoints en cours de route, après avoir fait, seul, tout le parcours. L'équipe s'en est trouvée fortifiée et rassurée.

Un de nos critères fondamentaux a été de préserver la spécificité de l'écriture de Leopoldo Alas, sa spontanéité, son « souffle ». Ce roman longuement mûri, est parfois écrit comme une série d'articles, sans que Clarín en conserve le brouillon, et en oubliant même quelque fois le nom de certains personnages, comme il l'avoue lui-même dans l'une de ses lettres (voir *Clarín y sus editores,* édition de Josette Blanquat et Jean-François Botrel, Université de Rennes 2, 1981, p. 43). Ce jaillissement de la chose imaginée donne au texte cette chaleur vitale évoquée dans l'*Introduction,* mais déborde aussi parfois les rives de la syntaxe. D'autres pages, en revanche, sont minutieusement élaborées et avec un évident plaisir du créateur. Le traducteur doit « saisir » ces différents rythmes, préserver la « respiration » du texte...

Le roman de Clarín est aussi un tissu de références multiples, historiques, culturelles, ... qui pourraient exiger un grand nombre de notes explicatives. Mais cette édition n'est pas une édition critique et nous avons renoncé à donner toutes les clefs possibles, dont une grande partie peut être trouvée dans un bon dictionnaire encyclopédique. Nous avons cependant éclairé notre traduction de quelques notes concernant des points particuliers manifestement incompréhensibles pour le lecteur non espagnol.

Les mots français dans le texte original sont suivis dans la traduction d'un astérique (*).

Nous avons conservé :

— les noms propres avec leur graphie espagnole;

— *don* et *doña,* marques de respect et de déférence, qui s'emploient devant les prénoms;

— les diminutifs (affectifs ou ironiques) de prénoms : *Alvarito, Alvarín* (Alvaro); *Anita* (Ana); *Joaquinito* (Joaquín); *Teresina* (Teresa), ainsi que les formes familières : *Fermo* (Fermín); *Paco, Paquito* (Francisco); *Ronzalillo* (Ronzal); *Visita* (Visitación).

Nous avons également gardé cinq termes qui ne trouvent pas d'équivalent satisfaisant en français :

— *Régente :* le terme est clairement expliqué dans le roman (p. 71). Voir aussi l'*Introduction,* p. 19.

— *Magistral,* qui est le prédicateur du chapitre. Le terme *Magistral* est attesté comme l'un des « quatre chanoines d'office » pour l'Espagne (avec le Théologal, le Lecteur et le Pénitencier) dans le *Dictionnaire du droit canonique* publié à Paris, chez H. Walzer, en 1890 (p. 774).

— *Indiano* ou *americano* était le nom donné à l'Espagnol qui était allé faire fortune aux Indes Occidentales et particulièrement à Cuba, une des dernières colonies à l'époque de *la Régente,* et que l'Espagne perdra en 1898.

— *Sereno,* qui était le pittoresque veilleur de nuit qui, jusque dans les années 1977-1978, était chargé de surveiller la rue, d'ouvrir et de fermer les portes, de crier l'heure.

LA RÉGENTE

Chapitre un

L'héroïque cité faisait la sieste. Chaud et paresseux, le vent du sud poussait de pâles nuages qui se déchiraient dans leur course vers le nord. Dans les rues, point d'autre bruit que la rumeur stridente des tourbillons de poussière, de chiffons, de brins de paille et de papiers qui allaient de caniveau en caniveau, de trottoir en trottoir, d'un coin de rue à l'autre, voltigeant et se poursuivant comme des papillons qui se cherchent et se fuient et que l'air enveloppe dans ses plis invisibles. Tels des bandes de gosses, ces débris d'ordures, ces restes de n'importe quoi s'amassaient, s'arrêtaient un moment, comme endormis, et, réveillés en sursaut, bondissaient à nouveau et se dispersaient, les uns grimpant le long des murs jusqu'aux carreaux branlants des réverbères, d'autres jusqu'aux affiches de papier mal collé aux coins des rues et telle plume atteignait même un troisième étage, et tel grain de sable s'incrustait pour des jours, voire pour des années, dans la vitrine d'une devanture, accroché à un plomb.

Vetusta, la très noble et très loyale cité, ville de cour en un siècle lointain, digérait son pot-au-feu et son bouilli et se reposait en écoutant dans un demi-sommeil le tintement monotone et familier de la cloche du chapitre qui résonnait là-haut au sommet de la tour élancée, dans la Sainte Basilique. La tour de la cathédrale, romantique poème de pierre, hymne délicat, aux douces lignes d'une beauté muette et pérenne, ouvrage du seizième siècle, bien que commencé plus tôt, était de style gothique, mais modéré, si l'on peut dire, par un instinct de prudence et d'harmonie qui tempérait les outrances les plus vulgaires de cette architecture. Le regard ne se lassait pas de contempler, des heures durant, cet index de pierre pointé vers le ciel; ce n'était pas une de ces tours dont la flèche s'amenuise au point de se briser, une de ces tours plus grêles qu'élancées, maniérées, comme des mijaurées serrant trop leur corset; elle était massive sans rien perdre de sa grandeur spirituelle et s'élevait comme une forteresse jusqu'aux deuxièmes galeries, élégantes balustrades, et de là, s'élançait en une pyramide à la pente gracieuse, aux mesures et proportions inimitables. Tel un faisceau de muscles et de nerfs, la pierre enlacée à la pierre s'élevait vers les hauteurs en des prouesses dignes d'équilibristes et, tour de force prodigieux, sur une pointe de calcaire se maintenait, comme aimantée, une grosse boule de bronze doré, avec au-dessus une autre boule plus petite, elle-même surmontée d'une croix de fer qui s'achevait en paratonnerre.

Quand, dans les grandes occasions, le chapitre faisait illuminer la tour avec des lampions de papier et des lumignons de toutes les couleurs, cette romantique masse se détachant des ténèbres avait bien fière allure ; mais ainsi parée, elle perdait l'ineffable élégance de sa silhouette et prenait l'aspect d'une énorme bouteille de champagne. Il valait mieux la contempler par un beau clair de lune, se découpant sur un ciel pur, entourée d'étoiles comme d'une auréole, drapée dans ses replis d'ombre et de lumière, fantôme géant veillant sur la ville, toute petite et noire, qui dormait à ses pieds.

Bismarck, un illustre garnement de Vetusta, ainsi surnommé dans sa corporation sans qu'on sût pourquoi, avait en main la corde bien lustrée du formidable battant de la Wamba, la grosse cloche qui appelait à l'office les très vénérables chanoines, chapitre cathédral prééminent par ses qualités et privilèges.

Bismarck était de son métier postillon de diligence, il faisait partie des *fouette-cocher,* comme on appelait à Vetusta ceux de sa profession ; mais ses goûts le portaient vers les clochers et, par délégation de Celedonio, homme d'église, acolyte faisant fonction de sonneur, bien qu'également non titulaire, l'illustre représentant des *fouette-cocher* avait l'honneur, certains jours, de réveiller le très vénérable chapitre de sa béate sieste pour le convoquer aux chants et aux prières propres à son office.

Le postillon, à l'ordinaire frondeur, gai et turbulent, maniait le battant de la Wamba avec tout le sérieux d'un haruspice de bonne foi. Quand il *tintait* l'heure de l'office — comme on disait —, Bismarck avait le sentiment d'avoir un peu la dignité et la responsabilité d'une horloge.

Celedonio, serré dans sa soutane noire, sale et élimée, faisait le fanfaron à califourchon sur l'appui d'une baie, en crachant dédaigneusement du coin des lèvres sur le parvis et, quand cela le prenait, lançait des petits cailloux sur quelque rare passant qui lui semblait de la taille et de l'importance d'un souriceau. Pareille hauteur montait à la tête des deux garnements et leur inspirait un profond mépris pour les choses terrestres.

— Tu sais ce qu'i dit Chiripa ? Qu'il est pu fort que moi ! dit l'enfant de chœur, en crachant quasiment ses mots ; et il lança un morceau pourri de pomme de terre cuite dans la rue en visant un chanoine, certain qu'il était de ne pas le toucher.

— Pu fort que toi ! répondit Bismarck, qui dans le clocher adulait

Celedonio mais dans la rue le traitait comme un chien et lui arrachait de force les clefs pour monter sonner les *prières.* T'es pu fort que tous les postillons, sauf moi.

— Pace que toi, chef, tu fais des croche-pieds et t'es plus grand... Tiens, mon gars, M. le Magistral qui entre juste là, tu veux que je le dégomme ?

— Tu le reconnais d'ici ?

— Ben oui, mon vieux, je le reconnais à sa façon de balancer sa cape. Tiens, amène-toi. Tu vois pas comme en marchant il l'envoie un coup en arrière, un coup en avant ? Ça, c'est parce qu'il vous prend de ces airs ! M. Custodio, le bénéficier, le disait l'autre jour : « Ce don Fermín il est pu fier qu'un Artaban », et don Pedro rigolait; et attends un peu, l'autre après il lui dit, quand don Fermín a eu été passé : « Allez, allez, beau gosse, on voit bien que tu es poudré à blanc ! » Qu'est-ce t'en dis, mon gars ? Il s'maquille.

Bismarck ne voulut pas croire au coup du maquillage. C'était parce que don Custodio était jaloux. Si lui Bismarck serait chanoine et *dinité* (il croyait que le Magistral l'était), au lieu d'être postillon, avec un surnom *pêché* sur une boîte d'allumettes, il serait plus fier qu'un palefrenier. Pour sûr. Et s'il serait sonneur, enfin le vrai sonneur, don Pedro quoi... Alors là, sacristie, il parlerait plus qu'à l'Évêque et à M. Roque, le conducteur de la poste.

— Ben mon vieux, tu sais pas ce qui t'attend, parce que le bénéficier il disait qu'en Église il faut savoir être humble, comme qui dirait, se mettre à plat ventre devant les gens, s'écraser, quoi, et savoir ramasser une torgnole à l'occasion; et si tu me crois pas, t'as qu'à voir le Pape, qui est... je sais plus comment il m'a dit... quelque chose comme... le larbin de tous les larbins.

— Mon œil, oui, répliqua Bismarck. Tu penses, le Pape qui commande plus que le roi ! Même que je l'ai vu en peinture, sur une grande grande image, assis dans sa voiture, que c'était comme un fauteuil, et au lieu d'un attelage de mules c'était des *corbeaux* (des prêtres dans la bouche de Bismarck), et avec tout ça, on lui chassait les mouches avec un parapluie, qu'on aurait dit que c'était comme au théâtre... enfin... comme si je savais pas !

Le ton monta. Celedonio prenait la défense des coutumes de l'Église primitive; Bismarck était partisan de toutes les splendeurs du culte. Celedonio menaça le sonneur par intérim de lui demander sa démission. Le fouette-cocher fit allusion à mots couverts à certaines gifles probables *dès qu'on s'rait* en bas. Mais une cloche qui tinta sur un toit de la cathédrale les rappela à l'ordre.

— Les *Laudes,* s'écria Celedonio, vas-y, c'est le signal.

Et Bismarck empoigna la corde et frappa le métal avec la boule du formidable battant.

L'air trembla et le postillon ferma les yeux tandis que Celedonio affichait une imperturbable sérénité en entendant, comme s'il s'était trouvé à deux lieues de là, les coups de cloche graves, puissants, que le vent arrachait à la tour pour emporter leurs vibrations par-dessus Vetusta vers les montagnes voisines et les vastes campagnes qui brillaient au loin, en mille nuances de vert.

C'était le début de l'automne. Les prairies renaissaient; l'herbe, avec les dernières pluies de septembre, avait repoussé, fraîche et drue. Les châtaigniers, les chênes et les pommiers qui parsemaient le fond et les pentes de la vaste vallée faisaient des taches sombres sur les prés et les champs de maïs. La paille du blé, rare, apportait des touches de jaune parmi tant de verdure. Les fermes et quelques villas, toutes blanches, éparpillées dans la montagne et dans la vallée reflétaient la lumière comme des miroirs. Ce verdoiement resplendissant aux chatoiements d'or et d'argent s'atténuait sur les montagnes comme si l'ombre d'un invisible nuage en avait recouvert la cime et les pentes, et une teinte rouge apparaissait entre les zones d'une végétation moins vigoureuse et moins variée que dans la vallée. Les montagnes se dressaient au nord-ouest, tandis qu'au sud, où la vue était dégagée, l'horizon se faisait plus lointain, signalé seulement par les contours des sommets qui s'évanouissaient dans la brume éblouissante comme un nuage de poussière lumineuse. Au nord, derrière l'arc parfait de l'horizon, on devinait la mer, sous un ciel dégagé que sillonnaient, comme des navires, de légers nuages d'un or pâle. Comme un grêle lambeau arraché à ces nues, la lune blafarde flottait dans le pâle azur.

Près de la ville, dans les jardins maraîchers, les cultures plus intensives, mieux fumées, d'une grande variété et très bien entretenues, faisaient sur la terre des taches de couleurs, indéfinies, qui se dessinaient sur le fond brun foncé de la terre constamment retournée et bien arrosée.

Quelqu'un montait par l'escalier en colimaçon. Les deux gamins s'entre-regardèrent stupéfaits. Qui pouvait avoir l'audace?

— Est-ce que ça serait Chiripa? dit Celedonio, mi-furieux, mi-effrayé.

— Non, c'est un *corbeau,* t'entends pas sa cape?

Bismarck avait raison : le frottement du tissu sur la pierre faisait un sifflement sourd, comme celui d'une voix étouffée voulant imposer le silence. La cape apparut par la trappe; c'était celle de don Fermín de Pas, Magistral de cette sainte église cathédrale et Grand Vicaire. Le postillon en eut le frisson. Il pensa :

— Il vient peut-être nous battre?

Il n'y avait aucune raison pour cela, mais c'était sans importance. Lui, il avait l'habitude de recevoir des gifles et des coups de pied sans savoir pourquoi. Dans l'idée de Bismarck, tous les puissants de ce monde, et pour lui don Fermín était un personnage des plus haut placés, usaient et abusaient du pouvoir de distribuer des taloches. Il ne discutait pas la légitimité de cette prérogative, il se contentait d'éviter les grands de la terre, au nombre desquels figuraient les sacristains et les sergents de ville. Il s'accommodait de cette loi et s'efforçait d'en éviter les effets. S'il avait été quelqu'un, maire, chanoine, fontainier, gardien du Jardin Botanique, employé des octrois, veilleur de nuit, bref quelque chose d'important, il aurait fait la même chose : mettre de ces coups de pied au cul! mais il n'était que Bismarck, un postillon, et il savait ce qu'il avait à faire, éviter les *chefs* de Vetusta.

Mais là il n'y avait pas moyen de s'échapper. Ou il se jetait par la fenêtre ou il attendait l'orage. L'escalier était bloqué par le chanoine. Bismarck n'eut d'autre ressource que de se pelotonner, de se cacher derrière la Wamba, juché sur une poutre, et d'attendre la suite des événements.

Celedonio n'était pas étonné par cette visite. Il se souvenait d'avoir souvent vu le Magistral monter l'après-midi dans la tour, avant ou après l'office.

Que venait donc faire en cet endroit un monsieur aussi respectable? C'était la question que les yeux du postillon posaient à ceux de l'acolyte. Cela, Celedonio le savait aussi mais il ne disait rien et souriait, prenant plaisir à voir la peur de son ami.

L'air hautain de l'enfant de chœur s'était transformé en une attitude d'humilité. Son visage avait tout à coup revêtu l'expression de rigueur. Celedonio avait douze ou treize ans mais il savait déjà adapter les muscles de son visage camus aux exigences de la liturgie. Ses yeux étaient grands, d'un marron sale, et quand ce garnement se croyait dans l'exercice de fonctions ecclésiastiques, il les faisait bouger avec affectation, de bas en haut et de haut en bas, imitant ainsi bon nombre de prêtres et de bigotes qu'il connaissait et fréquentait.

Mais sans le vouloir, il mettait des intentions lubriques et cyniques dans son regard, comme une fille qui fait le trottoir et annonce son triste commerce avec les yeux sans que la police puisse arguer des droits de la morale publique. Sa bouche grande ouverte et édentée suivait à sa façon les mimiques du regard; Celedonio, avec ses expressions de béate humilité, passait alors de la laideur tolérable à la laideur répugnante.

De même que chez les filles de son âge on pressent, dans les subtiles turgescences des formes, les lignes élégantes du sexe, de même chez cet acolyte qui n'était pas encore ordonné, on pouvait deviner l'annonce d'une proche perversion des instincts naturels, déjà provoquée par une éducation corrompue. Quand il voulait imiter, sous sa soutane maculée de cire, le rythme des mouvements ondulants de don Anacleto, un familier de l'Évêque, Celedonio avait la démarche et les gestes d'une femme impudique, d'une Vénus de garnison. *Le Pigeon,* employé laïque de la cathédrale en charge du bas office de bedeau, l'avait bien remarqué. Mais il n'avait osé faire part de ses appréhensions à aucun de ses supérieurs, suivant en cela un critère grâce auquel, trente ans durant, il avait rempli avec dignité et prestige ses complexes fonctions d'entretien et de surveillance.

En présence du Magistral, Celedonio avait croisé les bras et incliné la tête, après être descendu de la baie. Ce même don Fermín qui tout en bas dans la venelle de la Rúa ressemblait à un vermisseau, comme il semblait grand à présent aux yeux baissés de l'enfant de chœur, et de ceux atterrés de son camarade! Celedonio arrivait à peine à la ceinture du chanoine. Il voyait en face de lui sa soutane bien lustrée, aux plis sculpturaux, droits, symétriques, une soutane de demi-saison, en beau castor fin, sur laquelle flottait l'ample cape de soie ondulant de ses nombreux plis.

Bismarck, dissimulé derrière la Wamba, ne voyait du chanoine que la partie inférieure qui le remplissait d'admiration. Voilà ce qui s'appelait de la classe! Pas une seule tache! Ses pieds étaient comme ceux d'une dame; il portait des bas violets tout comme ceux d'un évêque; et ses souliers étaient de très belle façon, en cuir très fin, avec une boucle d'argent, simple mais élégante, qui allait très bien avec la couleur des bas.

Si les garnements avaient osé regarder don Fermín en face, ils l'auraient vu, quand il apparut dans le clocher, l'air sérieux, les sourcils froncés, légèrement se troubler lorsqu'il remarqua la présence des deux sonneurs, et sourire aussitôt, avec une douceur fuyante dans le regard, une bonté stéréotypée sur les lèvres. Le postillon avait raison. De Pas ne se maquillait pas. Il semblait plutôt de stuc. De fait, la blancheur de son teint en avait bien les reflets. Sur ses pommettes, légèrement saillantes, suffisamment pour donner de l'énergie et du caractère à son visage, sans l'enlaidir, il y avait une légère touche d'incarnat qui tirait parfois sur la couleur de son col et de ses bas. Ce n'était pas du fard, ni des couleurs de bonne santé ni celles qui trahissent l'alcool; c'était de ce rouge qui monte aux joues sous le feu des mots d'amour ou de honte qu'on murmure près d'elles, des mots semblables à des aimants qui attirent le feu du sang. Cette espèce de congestion trouve aussi sa cause dans l'orgasme de pensées de même nature. Dans les yeux du Magistral, qui étaient verts, avec des mouchetures qui évoquaient des grains de tabac à priser, le plus remarquable était leur douceur de lichen; mais parfois, de l'épaisseur mielleuse de leur chair jaillissait un éclair fulgurant, qui était une désagréable surprise, comme une aiguille dans un oreiller de plumes. Ce regard, rares étaient ceux qui arrivaient à y résister; aux uns il inspirait la peur, aux autres le dégoût; mais quand quelqu'audacieux venait à le soutenir, alors le Magistral baissait les yeux en les couvrant du rideau charnu de ses larges paupières, épaisses, insignifiantes, comme l'est toujours la chair informe. Son nez long, droit, sans correction ni dignité, était aussi trop fourni en son extrémité et était courbé comme un arbre sous le poids d'un excès de fruits. Ce nez-là était comme l'œuvre morte dans ce visage si plein d'expression, bien qu'écrit en hébreu, car il n'était pas facile de lire ni de traduire ce que le Magistral sentait et pensait. Ses lèvres longues et minces, fines, pâles, semblaient condamnées à vivre comprimées par le menton qui avait tendance à remonter, menaçant d'entamer dans une vieillesse encore lointaine, une conversation avec la pointe de son nez claudicant. Pour l'heure, ce défaut ne donnait pas à son visage l'apparence de la vieillesse mais une expression de prudence, d'une prudence qui frise la lâcheté hypocrite et annonce un égoïsme calculateur et froid. On pouvait être assuré que ces lèvres-là gardaient comme un trésor la meilleure des paroles, celle qu'on ne prononce jamais. Son menton, pointu et volontaire, était comme le cadenas de ce trésor. Sa tête, petite et de belles proportions, aux cheveux noirs, épais et coupés courts, reposait sur un cou robuste, blanc, aux muscles puissants, un cou d'athlète, bien en rapport avec le tronc et les membres du solide chanoine qui aurait été dans son village le meilleur joueur de quilles, le plus en vue; et s'il avait porté une redingote cintrée, le plus élégant de tous les batteurs de pavé de Vetusta.

Comme s'il s'agissait de quelqu'un d'important, le Magistral salua Celedonio en s'inclinant avec grâce et en lui tendant sa main droite, blanche, fine, aux doigts très effilés, tout aussi soignée que celle d'une dame de l'aristocratie. Celedonio répondit par une génuflexion, comme on en fait en servant la messe.

Bismarck, de sa cachette, fut tout étonné de voir que le chanoine sortait d'une poche intérieure de sa soutane un tube qui lui sembla être en or. Il vit que le tube se laissait étirer comme s'il avait été en caoutchouc et qu'il se changeait en deux, puis en trois tubes, tous collés les uns à la suite des autres. A n'en pas douter, il s'agissait d'un petit canon, bien suffisant pour supprimer un postillon aussi insignifiant que lui. Non; c'était plutôt un fusil parce que le Magistral l'approchait de son visage et mettait en joue. Bismarck respira : le tir n'était pas dirigé contre sa misérable personne; le corbeau visait en direction de la rue, depuis une des baies. L'acolyte, sur la pointe des pieds, sans faire de bruit, s'était approché, par derrière, du Grand Vicaire et essayait de suivre la direction de la longue-vue. Celedonio était un enfant de chœur qui fréquentait le monde, il avait ses petites et ses grandes entrées dans les meilleures maisons de Vetusta et s'il avait su que Bismarck prenait une lunette pour un fusil, il lui aurait ri au nez.

Un des passe-temps solitaires de don Fermín de Pas consistait à escalader les hauteurs. Il venait de la montagne et d'instinct il était attiré par les cimes et par les clochers des églises. Dans tous les pays qu'il avait visités, il avait gravi la montagne la plus haute, à défaut, la tour la plus monumentale. Aucun site n'était pour lui vraiment connu tant qu'il ne l'avait pas vu à vol d'oiseau, en l'embrassant complètement du regard, et d'en haut. Quand il accompagnait l'Évêque lors de ses visites pastorales dans les villages, toujours il lui fallait entreprendre, à pied ou à cheval, par n'importe quel moyen, une excursion à l'endroit le plus haut perché. Dans la province, dont la capitale était Vetusta, il y avait partout une profusion de ce type de montagnes qui se perdent dans les nuages; eh bien, le Magistral faisait l'ascension des plus escarpées et des plus hautes, en laissant loin derrière lui le marcheur le plus robuste, le montagnard le plus endurci. Plus il montait, plus haut il désirait monter; au lieu de la fatigue, il sentait comme une fièvre qui donnait à ses jambes une vigueur d'acier et à ses poumons un souffle de forge. Atteindre le point le plus haut était pour De Pas un triomphe plein de volupté. Voir à tant de lieues à la ronde, deviner la mer dans le lointain, contempler les villages à ses pieds comme de vrais jouets, s'imaginer que les hommes étaient comme des infusoires, voir passer sous ses yeux, selon les parages, un aigle ou un milan qui lui montrait son dos doré par le soleil, regarder les nuages d'en haut, tout cela procurait à son esprit altier d'intenses plaisirs auxquels De Pas s'adonnait chaque fois qu'il le pouvait. Alors oui, il y avait du feu sur ses joues et dans ses yeux des flèches. A Vetusta, il ne pouvait assouvir cette passion; il devait se contenter de monter de temps en temps en haut de la tour de la cathédrale. Il le faisait généralement à l'heure de l'office, le matin ou l'après-midi, à sa convenance. Celedonio qui en certaine occasion avait profité d'un moment d'inattention pour regarder dans la lunette du Grand Vicaire, en connaissait tout le pouvoir d'attraction; depuis les deuxièmes galeries, qui étaient beaucoup plus hautes que le clocher, il avait parfaitement vu la Régente, une très belle dame, se promener en lisant un livre, dans son jardin qu'on appelait le Parc des Ozores; parfaitement, il l'avait vue comme si elle avait été à portée de sa main, et pourtant son palais était à l'angle de la Place Neuve, assez loin de la tour, puisqu'entre les deux il y avait le parvis de la cathédrale, la venelle de la Rúa et la rue de San Pelayo. Quoi d'autre? Avec cette lunette, on voyait un bout du billard du Cercle qui était près de l'église de Santa María; même que lui, Celedonio, il avait vu passer les boules d'ivoire qui roulaient sur le tapis. Et sans la lunette, tiens, le balcon était pas plus grand que la porte d'une cage à grillons. Tandis que l'acolyte parlait ainsi, à voix basse, à Bismarck qui s'était risqué à s'approcher, assuré qu'il n'y avait pas de danger, le Magistral, indifférent à la présence des sonneurs, promenait lentement son regard sur la ville, scrutant ses recoins, soulevant les toits par la pensée, appliquant son esprit à cette minutieuse inspection comme le naturaliste étudie les particules des corps à l'aide de son puissant microscope. Il ne regardait pas la campagne, il ne contemplait ni les montagnes ni les nuages au loin; son regard ne quittait pas la ville.

Vetusta était sa passion et sa proie. Alors qu'il jouissait d'une réputation de savant théologien, de philosophe et de jurisconsulte, il mettait quant à lui au-dessus de toutes les autres sa science de Vetusta. Il la connaissait dans ses moindres détails, du dedans et du dehors, dans son âme et dans son corps, il avait fouillé les recoins des consciences et les recoins des maisons. Ce qu'il ressentait en présence de l'héroïque cité, c'était de la gourmandise; il faisait l'étude de son anatomie, non point comme le physiologue qui veut simplement observer, mais comme le gastronome qui recherche les morceaux appétissants; il n'appliquait pas le scalpel mais la fourchette à découper.

Et c'était déjà beaucoup se résigner que de se contenter, pour le moment, de Vetusta. De Pas avait rêvé à de plus hautes destinées et n'y avait pas encore renoncé. Comme souvenirs d'un poème héroïque lu avec enthousiasme dans sa jeunesse, il gardait présents à la mémoire de fastueux tableaux que l'ambition avait fait peindre à son imagination; il s'y contemplait en train d'officier à Tolède avec tous les ornements pontificaux ou bien assistant à Rome à un conclave de cardinaux. Même la tiare ne lui aurait pas semblé trop grande; l'avenir lui appartenait; l'important c'était de continuer à avancer. Mais au fur et à mesure que le temps passait, tous ces rêves se faisaient de plus en plus diffus et paraissaient s'éloigner. « Ainsi en est-il des perspectives de l'espérance, pensait le Magistral; plus nous approchons du but de notre ambition, plus l'objet convoité semble lointain, parce qu'il n'appartient pas à l'avenir mais au passé; ce que nous voyons devant nous, c'est un miroir qui reflète les scènes enchanteresses qu'on a laissées derrière soi, aux jours lointains où l'on rêvait... » Il ne renonçait pas à s'élever, à arriver le plus haut possible, mais il pensait de moins en moins à ces vagues ambitions à long terme, propres à la jeunesse. Il avait atteint les trente-cinq ans et sa soif de pouvoir était plus forte et moins idéaliste; il se contentait de moins mais il le désirait avec plus de force, il en ressentait un besoin plus immédiat; c'était comme la faim qui n'attend pas, la soif dans le désert brûlant qui s'étanche dans une flaque impure sans attendre de découvrir la source qui est au loin dans un lieu inconnu.

Sans vouloir se l'avouer, il avait parfois la sensation que sa volonté et sa confiance en lui avaient des défaillances qui lui donnaient le frisson; dans ces moments-là, il pensait qu'il ne serait peut-être jamais rien de ce à quoi il avait aspiré, que peut-être il allait finir sa carrière sans changer d'état, ou bien au fond d'un évêché de seconde zone, dans ses vieux jours, une vraie dérision. Quand il était pris par de telles idées, pour en venir à bout et les oublier il se livrait furieusement à la jouissance du présent, du pouvoir qu'il avait entre les mains; il dévorait sa proie, la Vetusta dévote, tout comme le lion dans sa cage dévore les bas morceaux de viande que le dompteur lui jette.

Concentrée sur un point concret et tangible, son ambition se faisait alors beaucoup plus intense; l'énergie de sa volonté ne rencontrait dans tout le diocèse aucun obstacle capable de lui résister. Il était le maître du maître. Il tenait l'Évêque entre ses griffes, prisonnier volontaire inconscient de ses propres chaînes. Ces jours-là, le Grand Vicaire était un ouragan ecclésiastique, un châtiment biblique, un fléau de Dieu qui avait la sanction de Monseigneur.

Ces crises de son esprit étaient souvent provoquées par l'annonce de mouvements de personnel : la nomination d'un jeune évêque, par exemple. Il faisait ses comptes : il avait beaucoup de retard, il ne pourrait accéder à certains degrés de la hiérarchie. Telles étaient ses pensées alors que don Custodio, le bénéficier, le haïssait principalement parce qu'il était devenu Magistral à l'âge de trente ans.

Don Fermín contemplait la ville. C'était une proie qu'on lui disputait, mais qu'il finirait par dévorer à lui seul. Enfin! Allait-on aussi lui arracher ce misérable empire ? Non, c'était le sien. Il l'avait gagné à la régulière. Fallait-il qu'ils soient sots! L'air des hauteurs montait aussi à la tête du Magistral; lui aussi voyait les Vétustains comme des vermisseaux; leurs vieilles demeures toutes noires, écrasées, que les vaniteux habitants de la ville prenaient pour des palais, ce n'étaient que des terriers, des grottes, des tas de terre, travail de taupes... Qu'avaient donc fait les propriétaires de ces vieux hôtels en ruines de La Encimada qui étaient là à ses pieds ? Qu'avaient-ils fait ? Ils avaient hérité. Et lui ? Lui, qu'avait-il fait ? Il avait conquis. Quand c'était l'ambition de ses jeunes années qui pétillait dans son âme, don Fermín se trouvait à l'étroit à l'intérieur de Vetusta; lui qui avait prêché à Rome, lui qui un temps, avait humé et savouré l'encens de la louange dans de très hautes sphères, il se croyait confiné dans la cathédrale vétustaine. Mais à d'autres moments, les plus fréquents, c'était le souvenir de ses rêves d'enfant, à l'ambition précoce, qui l'assaillait, et alors il voyait, dans cette ville qui tout autour de lui se prosternait à ses pieds le comble de ses désirs les plus fous. Ce qu'il ressentait en comparant les illusions de son enfance avec la réalité présente, c'était, pensait De Pas, une espèce de plaisir matériel. Si dans sa jeunesse il avait aspiré à de bien plus grandes choses, son pouvoir présent semblait être la terre promise des pensées ressassées dans son enfance, peuplée d'après-midi solitaires et mélancoliques dans les alpages. Le Magistral commençait à mépriser quelque peu les années de sa jeunesse encore proche, ses chimères d'alors lui paraissaient parfois quelque peu ridicules et sa conscience ne se complaisait point à passer en revue tous les faits et gestes de cette époque pleine de passions rentrées, peu ou mal satisfaites. La plupart du temps, il préférait recréer son esprit dans la contemplation du passé au plus profond de ses souvenirs; son enfance l'attendrissait, sa jeunesse lui déplaisait comme le souvenir d'une femme qu'on a beaucoup aimée, qui vous a fait commettre mille folies et qui aujourd'hui vous paraît digne d'oubli et de mépris. Ce qu'il appelait plaisir matériel et qui avait bien des aspects puérils, c'était la consolation de son âme quand son esprit connaissait l'abattement, ce qui était fréquent.

Le Magistral avait été berger dans les cols de Tarsa et c'était lui, lui-même en personne qui à présent avait à sa façon la haute main sur Vetusta! Dans ce saut de l'imagination, résidait l'essence de ce plaisir intense, enfantin et matériel dont De Pas jouissait comme d'un péché de lasciveté.

Que de fois alors qu'il était en chaire, son corps robuste et gracieux, bien pris dans la blancheur éclatante des fronces du rochet, revêtu du camail de cérémonie, n'avait-il pas dû, en lisant au-dessous de lui sur le visage de tous les fidèles l'admiration et l'enchantement, suspendre le vol de son éloquence parce que le plaisir l'étouffait et lui nouait la voix dans la gorge! Et tandis que l'auditoire attendait en silence, retenant sa respiration, que l'émotion religieuse permît à l'orateur de continuer, il entendait comme en une extase d'autolâtrie le grésillement des cierges et des lampes; il aspirait avec une étrange volupté l'air tout embaumé par l'encens du maître-autel et par les effluves chaudes et parfumées qui montaient des dames qui l'entouraient; comme un murmure de brise dans les feuilles d'un bois, il sentait le crissement contenu de la soie, le battement d'aile des éventails; et, dans ce silence de l'attention suspendue à ses lèvres, au bord du délire, il croyait reconnaître et savourait une muette adoration qui montait vers lui; et il était sûr qu'à ce moment-là, les fidèles pensaient à l'orateur svelte, élégant, à la voix mélodieuse et aux gestes gracieux qu'ils entendaient et voyaient, et non au Dieu dont il leur parlait. C'est alors que, sans qu'il pût refouler ces souvenirs, il revoyait son enfance dans les montagnes; ces après-midi de sa vie de berger mélancolique et songeur. Des heures entières passées jusqu'au crépuscule, à rêver tout éveillé, sur une cime, en écoutant les sonnailles de son troupeau égaillé dans la montagne, et à quoi songeait-il ? que là-bas, tout en bas, dans le vaste monde, très loin, il y avait une ville immense, au moins cent fois plus grande que le village de Tarsa; cette ville s'appelait Vetusta, elle était beaucoup plus grande que San Gil de la Llana, le chef-lieu du canton, qu'il n'avait pas vu non plus. Il peuplait cette grande ville de mille merveilles qui flattaient ses sens et meublaient la solitude de son esprit inquiet. Rien ne séparait cette enfance d'ignorance visionnaire du moment où le Magistral se contemplait; il se voyait enfant et il se voyait Magistral : le présent était la réalisation du rêve de son enfance et de là venait sa jouissance.

C'étaient des émotions de ce genre qui occupaient son âme tandis que la longue-vue, reflétant en de vifs éclats les rayons du soleil, se déplaçait lentement, promenant son regard de toit en toit, de fenêtre en fenêtre, de jardin en jardin.

Autour de la cathédrale s'étendait, sur une zone étroite, l'enceinte primitive de Vetusta. Elle comprenait ce qu'on appelait le quartier de la *Encimada* et dominait toute l'agglomération qui s'était progressivement étalée au nord-ouest et au sud-est. De la tour, on voyait, dans les cours et les jardins de certaines vieilles maisons délabrées, des restes de l'ancienne muraille, transformés en terrasses ou en murs mitoyens séparant potagers et basse-cours. La Encimada était le quartier noble et le quartier pauvre de Vetusta. Les mieux nés voisinaient avec les plus pouilleux, les uns bien à leur aise, les autres serrés comme des harengs. Le vrai Vétustain était de la Encimada. Quelques fats attachaient un grand prix à être propriétaires d'une maison, aussi misérable fût-elle, dans la partie haute de la ville, à l'ombre de la cathédrale, ou de Santa María ou de San Pedro, les deux très anciennes églises paroissiales proches de la Basilique qui se partageaient le noble territoire de la Encimada. Le Magistral voyait à ses pieds le quartier historique composé de grosses bâtisses aux prétentions de palais; de couvents grands comme des villages; et de taudis où s'entassait la plèbe vétustaine, trop pauvre pour pouvoir habiter les nouveaux quartiers, là tout en bas de la ville, dans le Campo del Sol, au sud-est, où la vieille usine dressait ses augustes cheminées, autour desquelles un village d'ouvriers avait surgi. Presque toutes les rues de la Encimada étaient étroites, tortueuses, humides, sans soleil : dans certaines, l'herbe avait poussé; dans celles où les grandes familles — ou du moins celles qui en avaient la prétention — étaient les plus nombreuses, la propreté respirait la tristesse, presque la misère, comme dans les modestes cuisines des hospices; on aurait dit que le balai municipal et le balai de la plus haute noblesse avaient laissé sur ces places et ruelles les traces que la brosse laisse sur le drap élimé. Les boutiques y étaient rares et de piètre apparence. Depuis la tour on voyait l'histoire des classes privilégiées racontée par les pierres et les briques dans l'enceinte primitive de Vetusta. L'Église d'abord; les couvents occupaient près de la moitié du terrain; Santo Domingo, à lui seul prenait un cinquième de la surface totale de la Encimada; venaient ensuite, par rang de taille, les Recollettes, où s'étaient regroupées au temps de la révolution de Septembre deux communautés de religieuses; elles étaient au nombre de dix et occupaient à elles toutes avec leur couvent et leur jardin, un sixième du quartier. Il est vrai que San Vicente était transformé en caserne et dans ses murs retentissait le son indiscret du clairon, constante profanation du silence sacré et séculaire; du couvent ampoulé et plateresque des Clarisses, l'État avait fait un bâtiment destiné à toute sorte de bureaux; quant à San Benito il était devenu pour les délinquants, une prison lugubre mais peu sûre. Tout cela était triste; mais le Magistral, qui voyait, l'amertume aux lèvres, toutes ces dépouilles dont sa longue-vue lui transmettait une éloquente image, pouvait ouvrir son cœur au réconfort et à l'espérance en contemplant, au-delà du quartier noble, à l'ouest et au nord, des signes manifestes du renouveau de la foi, dans la banlieue de Vetusta, où la piété construisait de nouvelles demeures pour la vie conventuelle, plus luxueuses, plus élégantes que les anciennes sinon aussi solides et aussi grandes. La Révolution [1] avait démoli, avait volé, mais la Restauration, qui n'était pas en mesure de restituer les biens, encourageait l'esprit de reconstruction et déjà les Petites Sœurs des Pauvres avaient fini de construire leur édifice qui brillait comme un sou neuf près de l'Espolón [2], à l'ouest, non loin des hôtels et des *chalets* * de la Colonia, c'est-à-dire le nouveau quartier des *americanos* et des commerçants de la métropole. Vers le nord, au milieu des prés de velours épais, d'un vert sombre, profond, se dressait la blanche

1. La Révolution de 1868, la *Glorieuse,* ouvre une période de six ans, le *sexenio* révolutionnaire, à laquelle met fin en 1875 la restauration de la monarchie d'Alphonse XII.

2. *Espolón* : « quai » qui, dans certaines villes (Burgos, Valladolid) sert de promenade.

usine que construisaient, à grands frais, les Visitandines, présentement confinées dans Vetusta, près du dépotoir de la Encimada, presque enterrées au milieu des cloaques, dans une vieille maison, qui avait pour église un misérable oratoire. C'est là qu'habitaient, comme dans des niches de cimetière, les héritières de nombreuses familles nobles et riches; en offrande au Crucifié, elles avaient troqué la douceur de leur vaste et commode palais des hauts quartiers pour l'exiguïté malsaine de cette porcherie tandis que leurs parents, leurs frères et sœurs et autres membres de la famille dorlotaient leurs corps paresseux dans les aises des grosses bâtisses sinistres mais spacieuses de la Encimada. L'Église n'était pas la seule à pouvoir s'étirer et se dégourdir les jambes dans la partie haute de l'enceinte de Vetusta, les héritiers de parchemins et de manoirs avaient aussi mis la main sur de bonnes parcelles et sur des jardins qui pouvaient passer pour des bois, compte tenu de l'étendue de la ville, et qui étaient, en effet, appelés parcs, non sans quelque hyperbole, lorsqu'ils étaient aussi grands que celui des Ozores ou celui des Vegallana. Et tandis qu'on laissait aux couvents, aux palais et aux arbres le champ libre pour s'agrandir et s'étirer à leur guise, les malheureux plébéiens, tellement pauvres qu'ils n'avaient pas pu résister aux poussées de l'égoïsme nobiliaire ou régulier, vivaient les uns sur les autres dans des maisons de terre que la municipalité les obligeait à dissimuler sous une couche de chaux; et il fallait voir comme ces masures, entassées, s'encastraient, se chevauchaient, et s'enfonçaient les toits dans les yeux, c'est-à-dire dans les fenêtres. On aurait dit un troupeau de bêtes bondissantes qui, dans le rétrécissement d'un chemin, sautent et grimpent sur le dos de celles qui les précèdent.

Malgré cette injustice distributive que don Fermín avait sous les yeux, sans qu'il en fût irrité, le bon chanoine aimait le quartier de la cathédrale, cet enfant chéri de la Basilique. La Encimada était son empire naturel, la métropole du pouvoir spirituel qu'il exerçait. La fumée et les sifflements des usines lui faisaient lancer des regards craintifs du côté du Campo del Sol; c'était là que vivaient les rebelles; les travailleurs sales, noirs de charbon et de fer pétris dans la sueur; ceux qui écoutaient bouche bée les énergumènes qui leur prêchaient l'égalité, la fédération, le partage, mille inepties, et qui refusaient de l'entendre lui, quand il leur parlait de récompenses célestes, de réparations d'outre-tombe. On ne pouvait pas dire qu'il n'eût là aucune influence, mais il n'en avait que sur une minorité. Bien sûr, quand les croyances authentiques, quand la foi catholique prenaient chez eux, c'était avec de robustes racines, comme avec des chaînes d'acier. Mais pour un bon ouvrier, un ouvrier croyant qui mourait, il en naissait deux, trois, qui plus jamais n'entendraient parler de résignation, de loyauté, de foi et d'obéissance. Le Magistral ne se faisait pas d'illusions. Le Campo del Sol était en train de leur échapper. Les femmes y tenaient les derniers retranchements de la foi. Peu de temps avant ce jour où De Pas méditait ainsi, plusieurs habitantes du quartier des ouvriers avaient voulu tuer à coups de pierre un étranger qui s'intitulait pasteur protestant ; mais ces excès, ces paroxysmes de la foi moribonde attristaient le Magistral plus qu'ils ne le réconfortaient. Non, cette fumée n'était point d'encens, elle s'élevait dans l'air mais n'allait pas au ciel ; les sifflements des machines lui faisaient l'effet de railleries, de sifflets de satire, de sifflements de fouet. Même ces cheminées, minces, longues comme des monuments d'un culte idolâtre avaient l'air de parodier les flèches des églises...

Le Magistral tourna sa longue-vue vers le nord-ouest; c'est là que se trouvait la *Colonia,* la toute nouvelle Vetusta, tirée au cordeau, éblouissante avec ses couleurs vives aux reflets métalliques; on aurait dit un oiseau des forêts d'Amérique ou une sauvage indienne parée de plumes et de rubans aux tons discordants. Égalité géométrique, inégalité, anarchie chromatique. Sur les toits toutes les couleurs de l'arc-en-ciel comme sur les murs d'Ecbatane; des galeries vitrées qui partout privent les constructions de l'élégance qu'on aurait pu leur supposer; des étalages de pierre inopportuns, une solidité factice, un luxe criard; le résultat d'un croisement entre les rêves d'un *indiano* et ceux d'un usurier, ou bien d'un marchand de drap ou de farine qui a les pieds sur terre et bâtit en conséquence. Le risque d'une pneumonie pour un mur portant économisé; une absence de confort assurée pour un faste ridicule, mais, qu'importe, le Magistral ne s'en soucie guère; il ne voit que de la richesse; un Pérou en miniature, dont il veut être le Pizarre spirituel. Ce qu'il est en train de devenir. De retour à Vetusta, les *indianos* de la *Colonia,* qui en Amérique n'allaient que fort peu à la messe, reviennent, comme à une patrie, à la piété de leurs ancêtres : la religion sous les formes apprises dans leur enfance est pour eux une des douces promesses de cette Espagne qu'ils voyaient dans leurs rêves d'outre-mer. De plus, les *indianos* ne veulent rien qui ne soit de bon ton, rien qui fasse peuple ou même qui puisse rappeler les humbles origines de leur famille; à Vetusta, les mécréants, c'est trois ou quatre pelés qui ne possèdent même pas la corde pour se pendre; tous les gens fortunés croient et pratiquent, comme on dit maintenant. Páez, Don Frutos Redondo, les Jacas, Antolínez, les Argumosa et tant d'autres illustres Amerigo Vespucci du quartier de la Colonia copient scrupuleusement, dans la mesure où ils les comprennent, les mœurs *distinguées* des Corujedos, Vegallanas, Membibres, Ozores, Carraspiques et autres familles nobles de la Encimada, qui se piquent d'être de bons chrétiens de très bonne souche. Et si les Páez, les Redondo, etc., ne s'y conformaient pas de leur propre initiative, le sexe faible en la personne de leurs épouses, filles et autres membres de leur famille, les obligerait à imiter en matière de religion, comme en toutes choses, les manières, les idées et les paroles de cette aristocratie tant jalousée. C'est pour tout cela que le Grand Vicaire regarde le quartier du nord-ouest avec plus de convoitise que d'antipathie; s'il y a là beaucoup d'esprits qu'il n'a pas encore pu sonder, s'il y a beaucoup de terres à découvrir dans cette Amérique en raccourci, les explorations menées, les *comptoirs* établis ont donné de très bons résultats et don Fermín ne désespère pas d'apporter la lumière de la foi la plus pure, et avec elle sa naturelle influence, jusqu'au fond des maisons bien alignées de la *Colonia,* dont, par décision de la municipalité, pas un toit n'est plus haut que l'autre.

Mais, en attendant, De Pas ramenait amoureusement le regard de la longue-vue sur son Encimada bien-aimée, la noble, la vieille Encimada blottie à l'ombre de la monumentale tour. Tournées l'une vers l'orient et l'autre vers l'occident, à ses pieds, il avait, comme faisant une garde d'honneur à la cathédrale, les deux très vieilles églises qui peut-être présidèrent à la naissance de celle-ci ou, du moins, la virent accéder à des grandeurs et à des splendeurs dont elles-mêmes furent toujours privées. Elles s'appelaient, comme on l'a déjà dit, Santa María et San Pedro; leur histoire est rapportée dans les brèves chroniques de la Reconquête et elles partent glorieusement en morceaux, victimes de l'humidité et réduites en poussière par le cours des siècles. Autour de Santa María et de San Pedro se trouvent disséminés, au hasard des ruelles et des places, des hôtels dont la plus grande gloire serait de pouvoir se proclamer contemporains des deux temples délabrés. Mais c'est chose impossible, car la relative jeunesse de ces demeures est trahie par leur architecture qui dénote le mauvais goût décadent, lourd ou surchargé de siècles très postérieurs. La pierre de tous ces bâtiments est noircie par la rigueur des intempéries qui, à Vetusta-l'humide, ne laissent rien de net bien longtemps et ne tolèrent guère de blancheur durable.

Don Saturnino Bermúdez, qui jurait détenir des documents prouvant à tout spécialiste en héraldique que son nom lui venait du roi Bermude en personne, était le plus compétent pour raconter l'histoire de chacune de ces demeures qu'il considérait comme autant de gloires nationales. Chaque fois qu'une municipalité radicale entreprenait ou simplement projetait la démolition de quelque ruine ou l'expropriation de quelque terrain pour cause d'utilité publique, don Saturnino poussait des cris d'orfraie et publiait dans *El Lábaro,* l'organe des ultramontains de Vetusta, de longs articles que personne ne lisait et que le maire n'aurait pas compris s'il les avait lus; il y portait au pinacle les mérites archéologiques de chaque cloison et s'il s'agissait du mur portant, il démontrait que c'était un vrai monument. Il ne fait aucun doute que M. don Saturnino, fût-ce pour le plus grand bien de l'art, mentait un bon peu et abusait du roman et du mudéjar. Pour lui, tout était mudéjar ou sinon roman et, plus d'une fois, il fit remonter au temps du roi Fruela les fondations d'un mur monté par quelque modeste tailleur de pierre encore bien vivant. Ces lapsus de l'érudit ne ternissaient en rien sa réputation parce que les rares personnes en mesure de les déceler les considéraient comme de pieuses exagérations, comme des anachronismes méritoires; quant aux autres Vétustains, ils ne lisaient rien de tout cela. Mais cela n'empêchait pas le savant de continuer à fourbir sa rhétorique, à laquelle il croyait, avec tout un étalage d'images hardies, de figures particulièrement vigoureuses, parmi lesquelles on remarquait les personnifications les plus téméraires et les épanadiploses les mieux cadencées : les murailles parlaient comme des livres et disaient couramment : « tremblent mes fondations et mes créneaux tremblent »; il y eut même une porte cochère qui déclencha des larmes par ses discours pathétiques; c'est pourquoi l'article de l'archéologue se terminait généralement par : « Enfin, messieurs de la Voirie, *sunt lacrimae rerum*! »

Cet après-midi-là, le Magistral passa plus d'une demi-heure dans son observatoire. Fatigué de regarder ou ne pouvant voir ce qu'il cherchait là-bas, du côté de la Place Neuve, il s'écarta de la baie, réduisit à sa taille minimum l'appareil optique, le rangea soigneusement dans sa poche et saluant les sonneurs de la main et du chef, il descendit du même pas majestueux, par l'escalier de pierre en colimaçon. Dès qu'il eut ouvert la porte de la tour et qu'il se retrouva dans la nef nord de l'église, il reprit son sourire immobile, expression habituelle sur son visage, croisa ses mains sur son ventre, inclina légèrement en avant sa tête bien modelée avec une certaine langueur à la fois mystique et romantique et, plus qu'il ne se déplaça, il glissa sur le marbre du dallage qui ressemblait à un jeu de dames, blanc et noir. Par les fenêtres-hautes et par les rosaces de l'arc central et des collatéraux entraient des faisceaux de lumière multicolores qui faisaient comme des morceaux d'arc-en-ciel à l'intérieur des nefs. La cape, auquel le rythme des pas du chanoine imprimait un léger balancement, prenait dans ses plis, en flottant au ras des dalles, des reflets de plumes de faisan et à d'autres moments, on aurait dit la queue d'un paon ; quelques franges de lumière grimpaient jusqu'au visage du Magistral et lui donnaient tantôt une teinte d'un vert pâle et blanchâtre, comme celle d'une plante d'ombre, tantôt l'apparence visqueuse d'une plante sous-marine, tantôt la pâleur d'un cadavre. Épars dans la grande nef centrale de l'avant-chœur, il n'y avait que quelques rares fidèles, dispersés aux quatre coins ; dans les chapelles latérales, ouvertes dans les murs épais, tapies dans l'ombre, on distinguait à peine des groupes de femmes agenouillées ou accroupies, autour des confessionnaux. Çà et là, on entendait la légère rumeur de la conversation secrète entre un prêtre et une dévote au tribunal de la pénitence. Dans la deuxième chapelle nord, la plus sombre, don Fermín aperçut deux femmes parlant à voix basse. Il poursuivit son chemin. Elles voulurent le rejoindre, l'appeler, mais n'osèrent point. Elles l'attendaient, le cherchaient, et durent renoncer à le voir.

— Il va à l'office, dit une des dames. Et elles s'assirent sur l'estrade qui entourait le confessionnal plongé dans les ténèbres. C'était la chapelle du Magistral. Sur l'autel, il y avait deux candélabres de bronze, sans cierges, retenus par des chaînettes en fer. Devant le retable, un Jésus de Nazareth, en bois sculpté; ses tristes yeux de verre brillaient dans l'obscurité; leurs reflets donnaient l'impression d'une humidité froide. Cette figure était celle d'un anémique; l'expression maniérée du visage traduisait une idée fixe pétrifiée sur ces lèvres fines et sur ces pommettes aiguisées, comme usées par le toucher des baisers de dévotion.

Sans s'arrêter, le Magistral passa près de la porte dérobée du chœur; il arriva à la croisée du transept; la clôture qui va du chœur au maître-autel était fermée. Don Fermín, qui se rendait à la sacristie, fit le tour par le déambulatoire, flanqué d'une autre série de chapelles. En face de chacune d'elles, encastrés dans le mur de l'abside il y avait des faisceaux de colonnes dans lesquelles étaient dissimulés autant de confessionnaux, invisibles tant qu'on ne se plaçait pas en face. C'est là que d'ordinaire les bénéficiers liaient et déliaient les péchés. D'une de ces cachettes jaillit au passage du Grand Vicaire, comme une perdrix levée par les chiens, M. don Custodio, le bénéficier, le visage pâle, à part ses joues en feu qui tiraient sur l'incarnat. Il transpirait comme un mur humide. Le Magistral regarda le bénéficier sans sourire, le criblant de ces aiguilles qu'il avait dans la molle épaisseur de la chair de ses yeux. Don Custodio baissa les siens et s'éloigna, la tête basse, confus, déconcerté, en direction du chœur. Il était grassouillet, efféminé, il avait des allures de commissionnaire français mais en habit ecclésiastique, très coquet et élégant. Sous sa majestueuse cape, son corps bien tourné était pris dans un rochet qui avait l'air d'un vêtement féminin, sur lequel s'étalait le léger camail en soie, propre à son bénéfice. Ce don Custodio était un ennemi domestique, un bénéficier de l'opposition. Toutes les insultes par lesquelles on cherchait à renverser le Grand Vicaire, il les tenait pour vraies ou, du moins, les ébruitait, et il l'enviait pour le fond de vérité qu'il aurait pu y avoir dans tant de calomnies. De Pas le méprisait ; l'envie de ce pauvre prêtre l'aidait à voir, comme dans un miroir, ses propres mérites. Le bénéficier admirait le Magistral, croyait en son avenir, l'imaginait évêque, cardinal, favori à la Cour, influent dans les ministères, dans les salons, choyé des dames et des puissants. Son envie poussait le bénéficier à imaginer, pour don Fermín, plus de grandeurs que n'en espérait le Magistral lui-même. Le regard de ce dernier se porta tout de suite, preste et fureteur, sur le confessionnal d'où sortait l'envieux. Agenouillée près d'une des grilles, il vit une jeune personne pâle dans son habit du Carmel.

Ce n'était pas une demoiselle; peut-être une fille de service, une cousette, ou quelque chose comme cela, pensa le Magistral. Elle avait les yeux pleins d'une curiosité malicieuse plus excitée que satisfaite ; elle se signa, comme si elle avait voulu manger le signe de la croix, et se recueillit, assise sur ses talons, pour savourer tous les détails de sa confession. Sans bouger d'où elle était, collée contre le confessionnal encore plein de la chaleur et de l'odeur de don Custodio.

Le Magistral poursuivit son chemin, fit le tour de l'abside et entra dans la sacristie. C'était une chapelle en forme de croix latine, grande, froide, avec quatre voûtes. Tout au long des murs se trouvaient les meubles de châtaignier à tiroirs, où l'on rangeait les habits et les objets du culte. Au-dessus des tiroirs, étaient accrochés des tableaux de peintres de troisième ordre, anciens pour la plupart, et quelques copies passables de bons artistes. Entre chaque tableau quelques miroirs à appliques dont la glace reflétait à peine les objets, à cause de la poussière et des mouches, étalaient leur vieille dorure. Au milieu de la sacristie, une table de marbre noir du pays occupait un large espace. Deux enfants de chœur en robe incarnat rangeaient les chasubles et les chapes dans les armoires. Le *Pigeon,* dans une soutane sale et échancrée, la tête couverte d'une énorme perruque rejetée en arrière, finissait de balayer dans un coin les immondices d'un certain chat qui, on ne savait comment, entrait dans la cathédrale et profanait tout. Le bedeau était furieux. Les enfants de chœur faisaient comme si de rien n'était, mais lui, sans les regarder, les mettait en cause et les menaçait d'hypothétiques mais terribles châtiments, répugnants pour l'estomac principalement. Le Magistral passa, feignant de ne pas s'attarder à de si grossiers détails, étrangers à la sainteté du culte. Il s'approcha d'un groupe qui à l'autre bout de la sacristie chuchotait de cette voix sourde qu'adoptent les conversations profanes qui veulent respecter le caractère sacré des lieux. C'étaient deux dames et deux messieurs. Tous les quatre avaient la tête renversée en arrière. Ils contemplaient un tableau. La lumière pénétrait par d'étroites fenêtres ouvertes dans la voûte et parvenait en oblique, très atténuée, jusqu'aux peintures. Le tableau qu'ils regardaient était presque dans l'ombre et on aurait dit une grande tache de noir mat. Comme autre couleur, on ne voyait que l'os frontal d'une tête de mort et le tarse d'un pied nu et décharné. Pourtant, cela faisait déjà cinq minutes que don Saturnino Bermúdez s'employait à expliquer les mérites de cette peinture à ces dames et au monsieur qui, pleins de foi, écoutaient bouche bée l'archéologue. Il ne se passait guère de jour sans que le Magistral ne trouvât don Saturnino en train de se livrer à cette occupation. Quand un étranger de quelque importance arrivait à Vetusta, il se mettait aussitôt en quête d'une recommandation pour que Bermúdez voulût bien avoir la bonté de l'accompagner pour une visite des antiquités de la cathédrale et d'autres de la Encimada. Don Saturnino avait ses journées très occupées, mais de trois heures à quatre heures et demie, il était toujours à la disposition de toute personne décente, comme il disait, souhaitant mettre à l'épreuve ses connaissances archéologiques et son amabilité invétérée. Parce que, outre le premier antiquaire de la province, il croyait être, et c'était la vérité, l'homme le plus délicat et le plus courtois d'Espagne. Il n'était pas prêtre, mais amphibie. Dans son bel habit noir de la tête au pied, on discernait quelque chose que Frígilis, personnage darwiniste que nous rencontrerons plus loin, appelait l'adaptation à la soutane, l'influence du milieu, etc.; c'est-à-dire que si don Saturnino avait pu avoir la grande audace de se décider à engendrer un Bermúdez, celui-ci serait déjà né diacre, pour le moins, selon Frígilis. L'archéologue était petit, il avait les cheveux taillés courts comme une brosse de soies noires; il s'ingéniait à bien dégarnir ses tempes, et il était clair qu'une calvitie précoce ne lui aurait pas déplu. Il n'était pas vieux : « L'âge de Notre Seigneur Jésus-Christ », disait-il, pensant ainsi avoir risqué un trait d'esprit respectueux encore qu'un peu mondain. Comme le fait de ressembler à un prêtre n'était pas dans ses intentions, mais dans les lois de la nature, don Saturno, ainsi l'appelait-on, après avoir perdu certaines de ses illusions dans une aventure sérieuse où on l'avait pris pour un prêtre, se laissait pousser la barbe, d'un noir d'encre de Chine, mais il la taillait comme le buis de son jardin. Il avait une très grande bouche, et quand il souriait avec l'intention d'être aimable, ses lèvres se fendaient d'une oreille à l'autre. On ne sait pourquoi, mais c'est alors qu'on comprenait le mieux que Bermúdez ne se plaignait pas sans motif de son fichu estomac, de ses digestions laborieuses et surtout de sa constipation chronique. C'était avec ce sourire plein de rides, qui était comme une grimace provoquée par une douleur intestinale, que Bermúdez comptait passer pour l'homme le plus *spirituel* de Vetusta et le mieux à même de comprendre une passion profonde et alambiquée. Car il faut préciser que ses austères lectures de vieilles chroniques et d'autres livres anciens alternaient dans son esprit ambitieux avec les romans les plus raffinés et les plus psychologiques écrits alors à Paris. Son allure de prêtre, il l'avait bien malgré lui. Il se commandait des redingotes de *tricot* * comme celles des dandys mais au grand étonnement du tailleur, il suffisait que don Saturno passât le vêtement pour en faire une soutane. Il avait toujours l'air d'être en deuil même quand ce n'était pas le cas. Cependant, il était rare qu'il enlevât le crêpe de son chapeau parce qu'il se considérait comme le parent de toute la noblesse vétustaine et qu'il prenait le deuil dès que mourait un aristocrate. Dans le tréfonds de son âme, il était convaincu d'être né pour l'amour et sa passion pour l'archéologie était un sentiment de l'ordre des succédanés. Ayant constaté que dans les romans français et espagnols les plus réputés, les personnages de la meilleure société ressentaient à peu de chose près les mêmes démangeaisons que celles dont il était victime, il n'hésita plus à penser que ce qui lui avait manqué c'était un bon décor. Les jeunes filles de Vetusta étaient incapables de le comprendre, certes, mais il s'avouait aussi à lui-même que jamais il n'aurait l'audace d'en approcher une seule pour lui dire la moindre chose sérieuse en matière d'amour.

Peut-être que les femmes mariées, certaines du moins, pourraient mieux le comprendre. La première fois qu'il eut une telle pensée, il en éprouva des remords durant une semaine; mais l'idée revint à la charge, tentatrice, et comme dans les romans dont il se délectait, il arrivait presque toujours que les héroïnes fussent des femmes mariées, pécheresses assurément, mais finalement rachetées par l'amour et leur foi profonde, il en vint à découvrir et à tenir pour évident qu'on pouvait aimer une femme mariée et même le lui dire, si l'amour restait dans les limites de l'idéalisme le plus pur. De fait donc, Saturno tomba amoureux d'une femme mariée; mais avec elle ce fut comme avec les célibataires; il n'osa pas le lui dire. Certes ses yeux le lui faisaient comprendre et même certaines paraboles et allégories qu'il empruntait à la Bible et à d'autres livres orientaux ; mais la dame de son cœur ne faisait aucun cas des regards de don Saturno, pas plus qu'elle ne comprenait les allégories ni les paraboles ; elle se contentait de dire dans son dos :

— Je ne comprends pas comment ce don Saturno peut savoir tant de choses; on dirait qu'il a la tête un peu dérangée.

Cette dame qu'à Vetusta on appelait la Régente, parce que son mari, aujourd'hui à la retraite, avait été régent du Tribunal d'Instance, ne sut jamais l'ardente passion de l'archéologue. Le sentimental et savant jeune homme se lassa de dévorer en silence son unique amour et s'appliqua à être velléitaire, à se laisser troubler, et cela lui était facile parce que jamais on ne vit homme plus troublé que lui dès qu'une femme voulait lui faire tourner la tête avec une ou deux œillades. Depuis quatre ans, il ne manquait pas un bal, pas une réunion entre amis, pas une représentation théâtrale, pas une promenade, et chaque fois qu'elles le voyaient danser le rigodon (il ne s'attaquait jamais à la valse ni à la polka), les dames s'exclamaient :

— Quand même, ce Bermúdez, qui aurait cru cela de lui ?

Tous, sans exception, s'étaient mis dans la tête qu'il menait une vie de moine ! Cela le désespérait. Certes, il n'avait jamais goûté aux grossières et matérielles douceurs de l'amour charnel; mais cela, les gens le savaient-ils ? Certes, don Saturnino était plus ponctuel à la messe de huit heures que le soleil à l'orient, mais cette dévotion, tout comme le fait de communier deux fois par mois, ne pouvait aucunement *préjudicier* (c'était son style) aux titres d'homme du monde qu'il revendiquait. Ah, si on avait su ! Par exemple, qui était cet homme caché derrière sa cape, qui la nuit, à l'heure des servantes, comme on dit à Vetusta, sortait avec mille précautions dans la rue du Rosario, tournait dans l'ombre la rue de Quintana et, de rue en rue, arrivait aux arcades de la Place du Pain, puis quittait la Encimada pour s'aventurer dans la Colonia, déserte à pareille heure ? Eh bien, c'était don Saturnino Bermúdez, docteur en théologie, *in utroque,* en droit civil et en droit canon, licencié ès-lettres et bachelier ès-sciences : rien moins que l'auteur de *Vetusta Romaine, Vetusta Wisigothe, Vetusta Féodale, Vetusta Chrétienne* et *Vetusta Transformée,* autant de tomes que de Vetusta. C'était lui, qui sortait caché sous sa cape et un chapeau mou. Dans cet accoutrement personne ne risquait de le reconnaître. Et où allait-il ? Il allait lutter contre la tentation au grand air; fatiguer sa chair dans des promenades interminables; et un peu aussi flairer le vice, le crime pensait-il, le crime qu'il était sûr de ne pas commettre, moins grâce aux efforts de la vertu qu'à ceux de l'irrésistible force de la peur qui ne le laissait jamais franchir le dernier pas décisif dans sa course à l'abîme. Chaque nuit, il en était au bord et c'était généralement une porte branlante, sale et noire dans l'ombre de quelqu'immonde ruelle. Parfois, du fond du susdit abîme, la tentation l'appelait; alors le savant battait plus vite en retraite, regagnait le terrain perdu, retournait dans les rues plus larges et, avec délices, respirait l'air pur; pur comme son corps; et pour gagner plus rapidement les régions de l'idéal qui était son ambiance familière, il chantait la *Casta Diva* ou le *Spirto gentil* ou le *Saint Fort,* et il pensait à ses amours d'enfant ou à quelque héroïne de ses romans.

Ah! que de bonheur il y avait dans ces victoires de la vertu! Avec quelle clarté et quelle évidence lui apparaissait alors l'idée d'une Providence! L'extase des mystiques devait être quelque chose comme cela! Et don Saturno, pressant le pas, rentrait chez lui ivre d'idéalisme, inondant les revers de sa cape des larmes que lui faisait verser ce bain d'idéalité, comme il se disait à lui-même. Son attendrissement était d'une rare piété, surtout les nuits où brillait la lune.

Enfermé chez lui, dans son bureau, après souper, il écrivait des vers à la lumière d'une lampe à pétrole ou bien compulsait ses vieux bouquins; et enfin, il se couchait, satisfait de lui-même, content de la vie, heureux d'être dans ce monde si calomnié où, quoi qu'on dise, il existe encore des hommes bons, des âmes fortes. Cette impression voluptueuse et idéale d'avoir bien agi, associée à l'agréable sensation de l'exquise chaleur de son doux lit douillet, faisait peu à peu de don Saturno un autre homme; et il se mettait alors à imaginer de romantiques aventures d'amour à Paris qui était le pays de ses rêves, en tant qu'homme du monde. Dans les romans qu'il lisait avant de s'endormir, revenait sans cesse l'image de la Régente et il entamait avec elle, ou avec d'autres dames tout aussi jolies, des dialogues particulièrement savoureux où il faisait s'opposer le tempérament féminin et le mâle et sérieux tempérament qui était le sien; et c'est dans ces interminables controverses où tout n'était que spiritualisme et tout au mieux, vagues promesses de faveurs futures que le sommeil prenait l'archéologue; alors la logique déraillait, même le sens moral se pervertissait, tandis que s'effondraient les derniers garde-fous de la peur qui peu auparavant avaient sauvé le docteur en théologie.

Le lendemain, don Saturno s'éveillait de mauvaise humeur, avec des douleurs d'estomac, l'âme remplie d'un pessimisme désespéré et le corps de flatulences. *Memento homo*!, disait le malheureux, et il se jetait hors du lit avec dégoût, plein de terribles et lancinants remords mais aussi de bonnes intentions, et partant du ferme propos de se reprendre qu'il activait en s'aspergeant à grande eau la nuque et en se lavant le corps à grands coups d'éponge. La propreté, cette grande vertu que Mahomet recommande tant, c'était peut-être la seule véritable qu'eût l'auteur de *Vetusta Transformée.* Une fois bien lavé, il allait sans faute à la messe, en quête de l'homme nouveau que réclame l'Évangile. Peu à peu, l'homme nouveau apparaissait; et par vanité ou par foi, ce dévot du cœur de Jésus croyait tous les matins en sa régénération. Voilà pourquoi son esprit ne vieillissait pas : c'était son estomac, ce fichu estomac qui ne tenait pas compte de la fervente contrition du pauvre homme. Qui aurait osé dire à don Saturno que la matière n'est pas vile ni grossière?

Ce jour-là, il avait reçu avant le déjeuner un billet parfumé de sa chère amie Obdulia Fandiño, la veuve Pomares. Quelle émotion! Il ne voulut pas décacheter le mystérieux pli avant d'avoir fini sa soupe. Pourquoi ne pas rêver? De quoi pouvait-il bien s'agir? O.F. faisaient les deux lettres enchevêtrées comme des couleuvres dans le chiffre de l'enveloppe. De la part de doña Obdulia, avait dit le domestique. Cette dame-là, tout Vetusta le savait, était une femme sans préjugés, un peu trop peut-être; c'était une originale... Alors... peut-être, pourquoi pas?... un rendez-vous... Après tout, ils s'entendaient assez bien, pas autant que certains l'insinuaient, mais ils s'entendaient... A l'église, elle le regardait et soupirait. Une fois, elle lui avait dit qu'il en savait plus que Pic de la Mirandole, éloge qu'il sut apprécier à sa juste valeur, car il avait lu l'illustre fils de l'Italie. Une fois, elle avait laissé tomber son mouchoir, un mouchoir qui avait le parfum de cette lettre, et lui l'avait ramassé et en le lui rendant, leurs doigts s'étaient effleurés et elle lui avait dit : « Merci Saturno. » Saturno, tout court, et pas don Saturno.

Un soir, dans les salons de Visitación Olías de Cuervo, elle lui avait frôlé la jambe d'un de ses genoux. Lui n'avait pas retiré sa jambe et elle n'avait pas retiré son genou; de son pied, il avait touché celui de la belle et elle ne l'avait pas retiré... Il avala de travers une cuillerée de soupe. Il but un peu de vin et ouvrit la lettre. Elle disait ceci :

« Saturno, mon cher : vous qui êtes si bon, voudrez-vous me faire l'honneur de venir chez moi à trois heures cet après-midi? Je vous attends avec... » Il fallut tourner la page.

« Avec impatience », pensa le savant. Mais il était écrit : « ... Je vous attends avec des amis de Palomares qui veulent visiter la cathédrale en compagnie d'une personne intelligente, et cetera, etc. » Don Saturno devint tout rouge, comme si on l'avait ridiculisé devant tout le monde.

— Bah, se dit-il, cette visite à la cathédrale est un prétexte.

Et il ajouta :

— Dieu sait si je déplore la profanation à laquelle on me convie! Il s'habilla le plus correctement qu'il sut et après s'être vu dans son miroir en Lovelace étudiant l'archéologie à ses moments perdus, il se rendit chez doña Obdulia.

Tel était le personnage qui expliquait à deux dames et à un monsieur les mérites d'un tableau tout noir, au milieu duquel on voyait à peine un crâne olivâtre et le talon d'un pied décharné. La toile représentait saint Paul premier ermite; le peintre était un Vétustain du dix-septième siècle, connu des seuls spécialistes en antiquités de Vetusta et de la province.

C'est pourquoi le tableau et le peintre étaient si remarquables aux yeux de Bermúdez.

Le monsieur de Palomares portait un paletot d'été très long, couleur de raisin sec, et tenait dans sa main droite un panama tout à fait hors de saison, mais qui valait bien quatre ou cinq pesos (son prix à La Havane), et c'est pourquoi il pensait qu'il pouvait bien le porter tout l'automne. M. Infanzón s'estimait mieux à même de comprendre l'enthousiasme artistique du savant que les dames, qui du fait de leur ignorance naturelle avaient quelque excuse si elles ne se pâmaient pas devant un tableau qu'on ne voyait pas. Il chercha quelque phrase de circonstance et, en attendant mieux, trouva ceci :

— Oh! beaucoup! évidemment! bien entendu!

Puis il inclina la tête sur sa poitrine, comme pour méditer, mais en réalité en vérité — expression de Bermúdez — pour se reposer, par un mouvement inversement proportionnel, de la posture incommode où le savant l'avait tenu pendant un quart d'heure. Enfin l'homme au panama s'exclama :

— Il me semble, monsieur Bermúdez, que ce très célèbre tableau de l'illustre...

— Cenceño.

— C'est cela, de l'illustrissime Cenceño; il serait mieux mis en valeur si...

— Si on pouvait le voir, coupa l'épouse de M. Infanzón. Ce dernier la fulmina d'un terrible regard de répréhension conjugale et rectifia par ces mots :

— Il serait mieux mis en valeur... s'il n'était pas un petit peu enfumé... Sans doute... la cire... l'encens...

— Enfumé? Mais vous n'y êtes pas, répondit le savant, en souriant jusqu'aux oreilles. Ce que vous croyez être l'œuvre de la fumée, c'est la patine; tout le charme des tableaux anciens précisément.

— La patine! s'exclama l'homme de la campagne, convaincu. Oui, c'est le plus probable. Et il se jura, dès son retour à Palomares, de chercher dans le dictionnaire ce qu'était la patine.

Au même moment, le Magistral s'approchait pour saluer don Saturno; il reconnut Obdulia et il s'inclina en souriant mais moins qu'en saluant Bermúdez. Ensuite, il inclina la tête et une partie du corps devant le couple de Palomares qui lui fut présenté par le savant.

— M. don Fermín De Pas, Magistral et Grand Vicaire du diocèse...

— Oh, oh! oui, oui! s'exclama Infanzón qui depuis longtemps admirait de loin M. le Magistral. L'épouse du villageois manifesta l'intention de baiser la main du Grand Vicaire, mais le regard de son mari l'arrêta une fois de plus, et elle se contenta de fléchir les genoux comme si elle avait été sur le point de tomber. Le Magistral parlait à voix haute si bien que ses paroles résonnaient sous les voûtes, et les autres, encouragés par son exemple, haussèrent aussi le ton. Bientôt, les éclats de rire d'Obdulia Fandiño, frais, perlés, comme les qualifiait don Saturno, remplirent l'air ambiant, déjà profané par l'odeur mondaine dont elle avait infesté la sacristie dès qu'elle y était entrée. C'était l'odeur du billet, l'odeur du mouchoir, l'odeur d'Obdulia dont le savant rêvait parfois. Mélangée à celle de la cire et de l'encens, elle ravissait l'antiquaire, dont l'idéal était de mêler ainsi les odeurs mystiques et les odeurs érotiques, grâce à une harmonie ou à un compromis qui, à son avis, devait être dans un monde meilleur la récompense accordée à ceux qui, ici-bas, avaient su résister à toutes les tentations.

Obdulia, qui dissimulait mal son ennui tandis qu'on parlait tableaux, ogives, arcs surhaussés, voussoirs et autres inepties auxquelles elle n'avait jamais rien compris, reprit vie avec la présence du Magistral dont elle était la pénitente, bien que ce dernier eût tenté à plusieurs reprises de la confier aux soins de don Custodio, qui était très friand de ce genre de proies. Cette femme horripilait don Fermín; c'était un scandale ambulant. Il suffisait de voir dans quelle tenue elle se rendait à la cathédrale. « Ce genre de dames discréditent la religion. » Obdulia arborait une capote de velours cramoisi, d'où s'échappaient, comme une cascade d'or, des flots de boucles d'un blond sale métallique, artificiel. Huit jours plus tôt, à travers la grille du confessionnal, le Magistral avait vu cette tête complètement brune! La jupe n'avait rien de particulier tant que la dame ne bougeait pas; elle était noire, en satin. Mais le pire de tout était une cuirasse de soie écarlate à faire hurler. Cette cuirasse était appliquée contre quelque armature (il n'y avait pas d'autre explication) qui lui donnait les formes d'une femme exagérément dotée par la nature des attributs de son sexe. Quels bras! Quelle poitrine! Tout paraissait sur le point d'éclater! Tout cela enchantait don Saturno tandis que le Magistral s'en irritait, car il ne voulait pas de pareils scandales dans l'église. Cette femme comprenait la dévotion d'une façon qui aurait pu passer ailleurs, dans un grand centre, à Madrid, à Paris, à Rome; mais à Vetusta, non. Elle confessait de ces atrocités sur le ton de la confidence, comme elle devait les raconter dans son cabinet de toilette à quelque amie de son espèce. Elle aimait à citer son ami le Patriarche et le brave évêque de Nauplie; elle proposait des tombolas catholiques, elle *organisait* des bals de charité, des neuvaines et des jubilés sur invitation, pour les personnes comme il faut... mille absurdités! Le Magistral la réfrenait à chaque fois qu'il le pouvait, mais il ne le pouvait pas toujours. Son autorité, qui était presque absolue, ne réussissait pas à maîtriser ce vif-argent qui lui glissait entre les doigts. Cette doña Obdulia le fatiguait, lui donnait le tournis. Et elle qui voulait le séduire, en faire sa chose comme l'évêque de Nauplie, ce prélat si distingué qui ne la quittait pas d'un pouce quand ils habitaient à l'hôtel de *la Paix* * à Madrid, séparés par une simple cloison! Les regards les plus enflammés, les plus noirs de ces yeux noirs, grands et ardents étaient pour De Pas; les adorateurs de la veuve le savaient et ils l'enviaient. Mais lui, il maudissait le siège dont il était l'objet.

— Cette sotte s'imagine-t-elle qu'on peut faire ma conquête comme celle de don Saturno ?

Malgré cette cordiale antipathie, il était toujours affable et poli avec la veuve, parce que sur ce point, il ne faisait pas de différence entre amis et ennemis. Il fallait qu'une personne fût sous ses pieds, écrasée, pour que don Fermín n'usât point à son égard de façons irréprochables. La politesse était un dogme pour le Magistral, tout comme pour Bermúdez, mais ils en tiraient un parti très différent. Tandis qu'on parlait de toutes les belles choses qu'il y avait dans la cathédrale et que le villageois se pâmait et que sa femme faisait écho à ses cris d'admiration, Obdulia se regardait tant bien que mal dans les miroirs au-dessus d'elle.

Le Magistral prit congé. Il ne pouvait accompagner ces dames, il le regrettait beaucoup... mais ses devoirs l'attendaient... l'office. On se salua.

— Priorité à la priorité, dit, par allusion à la Divinité, le citoyen de Palomares, en faisant une génuflexion (devant la Divinité ou devant le Magistral, on ne savait trop).

Heureusement, selon don Fermín, son incompétence ne leur serait d'aucune utilité, tandis que Bermúdez était une vivante chronique des antiquités vétustaines.

Don Saturno écarquilla les sourcils et donna l'impression de vouloir embrasser le sol; puis il lança à Obdulia un regard sérieux, pénétrant, comme une sonde, comme pour lui dire :

— Tu as entendu; c'est moi, le premier antiquaire de Vetusta, de l'avis du meilleur théologien, moi qui me déclare ton esclave.

C'est tout cela qu'il voulut dire avec les yeux; mais elle ne dut pas comprendre parce qu'elle prit congé du Magistral en abandonnant son âme, par le canal de ses pupilles, dans les amples plis de sa cape au rythme balancé. Don Fermín ôta celle-ci, après s'être approché d'une armoire, et avec une grande gravité, il revêtit son rochet bien ajusté, son camail de cérémonie et sa chape.

— Comme il est beau ! dit de loin Obdulia, tandis que le couple de villageois admirait avec la foi du charbonnier un autre tableau dont Saturnino leur chantait les merveilles.

Ils firent le tour complet de la sacristie. Près de la porte, il y avait quelques tableaux récents qui étaient des copies assez bien venues de peintres célèbres. Ils durent plaire à la dame Infanzón plus que les merveilles de Cenceño, sans doute parce qu'ils se voyaient mieux. Mais son prudent époux, constatant que Bermúdez passait avec un dédain affecté devant ces couleurs vives et trop brillantes, donna un coup de coude à sa femme pour lui faire comprendre qu'on passait là sans s'extasier. Parmi ces tableaux, il y avait une copie assez fidèle et très honnêtement comprise du célèbre tableau de Murillo *Saint Jean de Dieu*, de l'Hôpital des incurables de Séville. L'attention de la dame de la campagne fut attirée par la tête du saint, car il suffit de l'avoir vue une seule fois pour ne plus l'oublier.

— Oh, que c'est beau! s'écria-t-elle sans pouvoir se retenir.

Don Saturno regarda avec un sourire plein de commisération et dit :

— Oui, c'est joli; mais très connu.

Et il tourna le dos à saint Jean qui portait sur ses épaules le mendiant malade, dans les ténèbres.

M. Infanzón pinça sa femme ; il devint tout rouge et à voix basse la gourmanda en ces termes :

— Faudra-t-il que tu me fasses toujours honte ? Tu ne vois pas que cela manque de... patine ?

Ils sortirent de la sacristie.

— Par ici, dit Bermúdez, en leur indiquant la droite; et ils traversèrent la croisée du transept non sans scandaliser quelques bigotes qui interrompirent leurs dévotions pour découdre et retailler la cuirasse de feu d'Obdulia. La jupe en satin, qui n'avait rien de particulier tant qu'elle n'était pas en branle, était la partie la plus subversive du costume dès que la veuve se mettait à marcher. Elle était si serrée au corps que ce qui était jupe semblait être une culotte moulant étroitement de sculpturales formes qui, montrées de la sorte, ne convenaient point à la sainteté des lieux.

— Mesdames, Monsieur, nous allons voir le Panthéon des Rois, murmura très placidement l'archéologue qui était déjà en train de préparer des morceaux choisis de sa *Vetusta Wisigothe* et de sa *Vetusta Chrétienne.* Et l'on doit à la vérité de dire que les rois allaient et venaient dans sa tête; autrement dit, il les mélangeait, les confondait, et la cause de telles confusions était la jupe d'Obdulia, car le savant ne pouvait pas faire moins que d'admirer cette invention particulièrement audacieuse, nouvelle à Vetusta, en vertu de laquelle apparaissaient à ses yeux de gracieuses et significatives courbes que jusqu'alors il n'avait jamais vues que dans ses rêves. Avec consternation, le dévot antiquaire comprenait que le contraste entre les lieux sacrés et les insinuations vestimentaires de la Fandiño, loin d'éteindre ses feux intérieurs, alimentait une combustion qu'il déplorait, comme si sur un brasier on avait jeté du pétrole.

Ils pénétrèrent dans la Chapelle du Panthéon. Elle était large, sombre, froide, de facture grossière mais d'une simplicité imposante et majestueuse. Le bruit irrespectueux des talons des bottines couleur de bronze, qu'Obdulia laissait voir sous sa jupe courte et ajustée; le bruissement de la soie frottant sur ses jupons, le crissement de l'amidon de ces dessous de neige et d'écume que don Saturno, qui les avait déjà vus, imaginaient comme tels, tout cela aurait été capable de réveiller de leur sommeil séculaire les rois enterrés en ces lieux si les commentaires de l'archéologue sur le repos éternel de si respectables personnes avaient été vrais :

— Ici reposent depuis le siècle huitième MM. les rois don... et il prononça les noms de six ou sept souverains avec des altérations de voyelles, à ce qu'il sembla au villageois qui, suivant en cela des déformations populaires, disait *moué* au lieu de *moi* et autres extravagances.

Le campagnard était profondément émerveillé par la science et l'éloquence de don Saturno.

Dans une crypte creusée dans un des murs, il y avait un sépulcre en pierre, de grande taille, couvert de bas-reliefs et d'inscriptions illisibles. Un étroit passage, d'un pied de large, était ménagé entre le sépulcre et le mur et de l'autre côté, à égale distance, il y avait une grille en fer. Au fond, l'obscurité était totale. Les deux villageois restèrent du côté de la grille. Bermúdez, et derrière lui, Obdulia, disparurent dans le passage plongé dans les ténèbres. Après l'énumération de don Saturno, il se fit un grand silence. Le savant avait toussé, il allait parler :

— Craquez donc une allumette, M. Infanzón, dit Obdulia.

— Je n'en ai pas... ici. Mais on peut demander un cierge.

— Non merci, ce n'est pas nécessaire. Je sais les inscriptions par cœur... et d'ailleurs, on ne peut pas les lire.

— Elles sont en latin? se risqua à dire la dame Infanzón.

— Non, Madame, elles sont effacées.

On ne fit pas de lumière.

L'archéologue parla près d'un quart d'heure. En faisant mine d'improviser, le filou récita les chapitres 1, 2, 3 et 4 de l'une de ses *Vetustas* et il allait conclure par l'épilogue que nous reproduirons à la lettre, quand Obdulia l'interrompit par cette exclamation :

— Mon Dieu! Y aurait-il des souris? Je crois sentir...

Elle poussa un cri et s'agrippa à don Saturno qui, à la faveur des ténèbres, osa saisir dans les siennes la main qui lui pressait l'épaule; et après avoir rassuré Obdulia d'une étreinte énergique, il conclut de cette façon :

— Tels furent les insignes personnages qui rendirent hommage et firent présents de riches joailleries, d'enviables privilèges et de pieuses fondations à cette sainte église de Vetusta qui a baillé un pérenne séjour ultratellurique à leurs mortelles dépouilles; avec la majesté desdits dépôts, sa renommée grandit tant qu'elle s'érigea bientôt en *emporium* et exerça une hégémonie, n'ayons pas peur des mots, sur les non moins saintes églises de Tuy, Dumio, Braga, Iria, Coïmbre, Viseu, Lamego, Celeres, Aguas Cálidas et *sic de coeteris*.

— Amen! s'exclama la villageoise sans pouvoir se retenir, tandis qu'Obdulia félicitait Bermúdez en lui pressant la main dans l'ombre.

Chapitre deux

L'office était terminé : pour ce jour, les vénérables chanoines s'étaient acquittés du devoir qu'ils ont de louer le Seigneur, non sans moult bâillements. L'un derrière l'autre, ils pénétraient dans la sacristie avec cet air d'ennui qu'a tout fonctionnaire remplissant mécaniquement les tâches officielles, toujours de la même manière, sans croire à l'utilité de l'effort qui lui fait gagner son pain quotidien. Avec la patine des jours et des heures canoniales, le zèle de ces honorables prêtres s'était fait moins éclatant de même que la plupart des rochets, camails et chapes qu'ils ôtaient pour remettre leur cape d'ecclésiastiques. On remarquait dans le chapitre de Vetusta quelque chose de courant dans bon nombre de corporations : certains de ces messieurs les prébendés ne se parlaient pas; d'autres évitaient même de se saluer. Mais pour un étranger, il n'était pas facile de déceler ce défaut d'harmonie : la prudence conseillait de ne pas étaler ce genre de frictions au grand jour, et dans l'ensemble, il régnait la meilleure et la plus cordiale entente. Tout n'était que poignées de mains, petites tapes sur l'épaule, plaisanteries classiques, bons mots, rires, secrets chuchotés à l'oreille. Certains, plus taciturnes, prenaient rapidement congé et quittaient le temple; il y en avait même qui partaient sans dire au revoir.

Au moment précis où le Magistral entrait dans la sacristie, Son Excellence don Cayetano Ripamilán, un Aragonais de Calatayud, posait une main sur le marbre de la table, trop haute pour qu'il pût y appuyer les coudes, et s'exclamait, après avoir flairé à plusieurs reprises, comme un chien qui suit une trace :

— *Il m'est venu aux narines une odeur de...*

Devant le Grand Vicaire, l'Archiprêtre se retint et, coupant court à sa citation, il ajouta :

— On dirait, monsieur De Pas, que nous avons eu la visite du beau sexe ?

Et sans attendre de réponse, il fit des allusions polies mais malicieuses et même un peu égrillardes à la resplendissante beauté de la belle veuve.

Don Cayetano était un petit vieillard de soixante-seize ans, pétulant, gai, maigre, sec, couleur de vieux cuir, ridé comme un parchemin sous l'action du feu, et l'ensemble de sa chétive personne rappelait sans qu'on sût exactement pourquoi la silhouette d'un vautour grandeur nature; encore que, selon d'autres, il ressemblât davantage à une pie ou à une grive craintive et ébouriffée. A n'en pas douter, il tenait beaucoup de l'oiseau par son allure et ses traits et plus encore quand on voyait son ombre. Il était anguleux et pointu, il portait un chapeau de curé de l'ancien temps, long et étroit, aux bords très resserrés, à la don Basile, et comme il le rejetait sur la nuque, on aurait dit qu'il portait un télescope sur la tête; il était myope et corrigeait ce défaut par des lunettes cerclées d'or, à cheval sur un long nez crochu. Derrière les verres brillaient de petits yeux inquiets, tout noirs et tout ronds. Il portait sa cape en arrière à la façon des étudiants, mettait souvent les mains sur les hanches et si la conversation roulait sur un sujet de théologie ou de droit canon, il portait la main droite en avant et faisait comme un lorgnon entre son pouce et son index. Comme son interlocuteur était généralement plus grand, pour voir son visage, Ripamilán tordait le cou et ne le regardait que d'un œil, comme le font fréquemment les oiseaux de basse-cour. Bien que Ripamilán fût chanoine, avec rien moins que la dignité d'archiprêtre qui lui valait l'honneur de s'asseoir dans le chœur à la droite de l'Évêque, il considérait quant à lui qu'on lui devait respect et même admiration, non point pour ces titres vulgaires, ni pour la croix qui lui valait le titre d'Excellence, mais pour ses dons inestimables de poète bucolique et épigrammatique. Ses dieux étaient Garcilaso et Martial, son illustre pays. Il avait également beaucoup d'estime pour Meléndez Valdés et ne détestait pas Inarco Celenio [3]. Il était arrivé à Vetusta comme bénéficier à quarante ans; trente-six années durant il avait suivi l'office dans cette église et il pouvait se considérer aussi vétustain que n'importe qui. Beaucoup ignoraient qu'il était d'une autre province. Outre la poésie, il avait deux passions mondaines : la femme et la chasse. Il avait renoncé à cette dernière, mais pas à la première qu'il continuait d'adorer en lui rendant le même culte, pudibond et ingénu, qu'à trente ans. Pas un Vétustain, y compris les libres penseurs, qui dans certain restaurant mangeaient de la viande le Vendredi Saint, pas un seul n'aurait osé mettre en doute la chasteté quasi séculaire de don Cayetano. Il ne s'agissait point de cela. Le culte qu'il rendait aux dames n'avait rien à voir avec les exigences du sexe. La femme était l'objet poétique, comme il disait, car il se piquait de parler comme les poètes des temps meilleurs et pour lui le sujet était l'objet. Il éprouvait depuis sa jeunesse l'impérieux

3. *Inarco Celenio*: nom poétique de Leandro Fernández de Moratín (1760-1828).

besoin d'être galant avec les dames, de les fréquenter assidûment et d'en faire l'objet de madrigaux aussi innocents dans l'intention que pleins de malice et de sel dans la conception. Le chapitre traversa des périodes de noire intransigeance, où l'on persécuta la marotte de Ripamilán comme un crime, où l'on parla de scandale et où il fut question de brûler un livre de vers que l'Archiprêtre avait publié aux frais du marquis de Corujedo, grand protecteur des lettres. C'est à cette époque-là qu'on voulut excommunier don Pompeyo Guimarán, personnage qu'on rencontrera plus loin.

Cette bourrasque de fanatisme passa et l'Archiprêtre, qui ne l'était pas encore, en réchappa avec toute sa cargaison de fadaises bucoliques, bien aimé de tous, sauf des lapins et des perdrix des champs. Mais comme ces temps-là étaient loin! Qui se souvenait encore de Meléndez Valdés ou des *Églogues et Chansons par un Berger de Bilbilis*, c'est-à-dire par don Cayetano Ripamilán? Le romantisme et le libéralisme avaient fait des ravages. Et le romantisme avait passé, mais le genre pastoral n'était pas revenu et les épigrammes ne faisaient plus leur effet, toutes malicieuses qu'elles fussent. Don Cayetano n'était pas du nombre de tous ces chanoines *laudatores temporis acti*, comme il disait : il ne chantait pas les louanges du temps passé par principe, mais côté poésie, il fallait bien reconnaître que la révolution n'avait rien apporté de bon.

— Nous vivons dans une société hypocrite, triste et sans éducation, disait-il souvent aux jeunes de Vetusta, qui l'aimaient beaucoup. Vous, par exemple, vous ne savez pas danser, ou alors, dites-moi un peu d'où vous tenez que c'est se montrer bien élevé que de prendre une demoiselle par la taille et de la serrer contre sa poitrine?

Il croyait que dans les salons, on dansait la polka rapprochée que lui, bien des années auparavant, avait vu danser à Madrid, à l'occasion d'un voyage assez spécial.

— De mon temps, on dansait autrement.

L'Archiprêtre oubliait en toute bonne foi qu'il n'avait jamais dansé qu'avec des chaises. Oh oui, du temps où il était encore au séminaire, il avait été grand joueur de flûte et grand danseur sans cavalière. De toute façon, quand l'imagination débordante et poétique que Dieu lui avait donnée l'amenait à évoquer les rigodons où il avait brillé par son charme et par sa prestance, il lui arrivait souvent, *en petit comité* *, comme il disait, de rejeter sa cape en arrière, de mettre son chapeau sous son bras, de soulever un peu sa soutane et de faire quelque cavalier seul, plein de demi-pointes alambiquées, de pirouettes, de génuflexions et même d'entrechats. Les jeunes gens riaient de bon cœur et le brave Archiprêtre était aux anges, car il remportait avec ses pieds des triomphes que sa plume ne pouvait plus récolter en ces temps de prose où l'on vivait.

Ces exhibitions avaient généralement pour cadre les réunions auxquelles le septuagénaire ne manquait pas de se rendre, car depuis que les médecins lui avaient interdit d'écrire et même de lire le soir, il ne pouvait se passer de cette joyeuse et galante compagnie. Jouer à l'hombre l'ennuyait et les conciliabules des chanoines et des évêques en redingote, comme il disait toujours, le rendaient morose : « Il n'était ni libéral, ni carliste. Il était prêtre. » La jeunesse l'attirait et il préférait son commerce à celui des Vétustains les plus sages. Les faiseurs de rimes et les folliculaires de la *localité* trouvaient en lui un censeur narquois et malicieux, quoique toujours courtois et affable. Rencontrait-il dans la rue Trifón Cármenes, celui des poètes de Vetusta qui avait le plus de souffle, l'éternel vainqueur des inoffensives joutes du gai savoir ? Il l'appelait du doigt, approchait son nez crochu de la grande oreille du barde et lui disait :

— J'ai lu ce que vous avez fait. Ce n'est pas mal; mais il ne faut pas oublier le vieux *versate manu.* Les classiques, mon petit Trifón, les classiques avant tout! Où trouver plus grande simplicité que :

J'ai vu un petit oiseau
Se poser sur un roseau ?

Et il récitait la tendre poésie de Villegas jusqu'au dernier vers, les larmes aux yeux et les lèvres humides. La majeure partie du chapitre absolvait l'Archiprêtre pour ce manque de sérieux, à condition qu'on le tînt pour gâteux.

— Et même dans ces conditions, disait un chanoine, fort bien fait de sa personne, nouveau à Vetusta et dans la fonction, parent du ministre de la Justice, même dans ces conditions, on ne peut rester impassible devant l'imprudence avec laquelle il parle de tout; c'est un moulin à paroles qui a des jugements à l'emporte-pièce, et il use de mots et d'allusions impropres à une dignité.

Ce même chanoine lui avait parfois reproché à mots couverts le piquant de ses épigrammes, mais l'Archiprêtre lui clouait le bec :

— Taratata, disait-il, je vous répète ce que Martial, mon bien-aimé poète et pays, a écrit pour de tels cas, à savoir :

Lasciva est nobis pagina, vita proba est.

Par là, il laissait entendre, et c'était vrai, que lui c'était la langue qui le démangeait alors que chez d'autres, tout aussi chanoines que lui, c'était un autre endroit. Et la grande honnêteté de don Cayetano sur ce plan ne datait pas d'aujourd'hui : toute sa vie, il avait eu, pour de tels sujets, la langue bien pendue, mais rien que la langue. C'était la traduction libre du vers de Martial.

Cette après-midi-là, l'Archiprêtre était très loquace. La visite d'Obdulia à la cathédrale avait réveillé ses instincts anaphrodites, sa passion désintéressée pour la femme, ou plus précisément, pour la femme mariée. Ce parfum d'Obdulia que plus personne ne remarquait, don Cayetano le sentait encore.

Le Magistral répondait par de vagues sourires. Mais il ne partait pas. Il avait quelque chose à dire à l'Archiprêtre. De Pas n'était pas de ceux qui restaient faire causette, comme ils disaient pour la savoureuse conversation qui se tenait à la sacristie après l'office. S'il faisait beau, les adeptes de la causette partaient ensemble se promener sur une route ou se rendaient à l'Espolón. S'il pleuvait ou si le temps était à la pluie, ils prolongeaient leur causerie jusqu'à ce que le *Pigeon* fît discrètement sonner les clefs de la cathédrale et chacun des chanoines rentrait alors chez lui. Il ne faut pas croire pour autant que les amateurs de conversations de sacristie fussent des amis intimes. Ils n'échappaient pas à la loi qui régit tous les cercles de société : ensemble ils disaient du mal des absents, comme si eux-mêmes n'avaient aucun défaut, étaient dans le juste milieu de tout et ne devaient pas se quitter de toute leur vie. Mais l'un d'eux s'en allait et pendant quelques minutes les autres lui manifestaient quelque respect. Quand on supposait le téméraire rendu chez lui, l'un de ceux qui restaient disait tout à coup :

— C'est comme l'autre...

Et tous savaient que montrer la porte de la tête et prononcer ces mots voulaient dire :

— Feu à volonté!

Et ils se mettaient à casser du sucre sur le dos de *l'autre*.

L'Archiprêtre n'était pas des moins médisants.

C'était lui qui avait attribué à l'Archidiacre, don Restituto Mourelo, le surnom que celui-ci portait à son insu, comme une casserole attachée à la queue d'un chien. Dans le chapitre personne ne l'appelait Mourelo ni Archidiacre, mais Gloucester. Don Restituto était un peu difforme de l'épaule droite, fort beau garçon par ailleurs, presque aussi grand que le parent du Ministre, et comme ce défaut incurable était un obstacle aux prétentions d'élégance qu'il avait toujours nourries, il décida, comme on dit, de faire contre mauvaise fortune bon cœur, c'est-à-dire de tirer parti de ce défaut dont il était marqué, pour en faire un avantage. Au lieu de le cacher, il soulignait ce vice de son corps en se tordant plus encore sur sa droite, en se penchant comme un saule pleureur. Le résultat de cette étrange attitude était que Mourelo avait l'air d'un homme perpétuellement à l'affût, allant au-devant des rumeurs, en éclaireur de lui-même, pour apprendre les nouvelles, débusquer les intentions et même écouter par les trous de serrure. Sans avoir lu Darwin, l'Archiprêtre trouvait une relation mystérieuse et peut-être cabalistique entre cette sorte de F que dessinait son corps et la sagacité, l'astuce, la dissimulation, la malice prudente et même le machiavélisme canonique qui pour lui comptait plus que tout. Il s'imaginait abuser le monde entier par son sourire un peu copié sur celui du Magistral. Oui, à n'en pas douter, don Restituto avait deux visages : il courait avec le lièvre et chassait avec la meute; il dissimulait l'envie derrière une amabilité mielleuse et faisait celui qui tombe des nues, ce qui ne lui arrivait jamais.

— Mais, disait l'Archiprêtre, son amabilité ne trompe personne et il a beau être un fieffé fricoteur, il n'est pas aussi machiavélique qu'il le croit.

Il parlait, à chaque fois qu'il le pouvait, à l'oreille de son interlocuteur, clignait alternativement des yeux, aimait fort les phrases à double et même à triple sens, comme des gobelets de prestidigitateur; bref, c'était un hypocrite qui affectait un certain laisser-aller dans les formes extérieures du culte pour que sa piété parût simple et spontanée. Tout était matière à secrets. Il disait qu'il ouvrait son cœur pour la première et la dernière fois, au premier interlocuteur venu.

— Trop parler nuit, je le sais bien. Je ne suis pas de ceux qui oublient que la parole est d'argent et le silence d'or; mais avec vous, je ne crains pas d'être clair et franc, peut-être pour la première fois de ma vie. Eh bien, écoutez ce secret.

Et il le confiait. Il parlait à voix basse, en faisant des mystères. Il entrait souvent dans la sacristie en disant si bas qu'on l'entendait à peine :

— Voilà bien du beau temps, messieurs! Pourvu que cela dure!

Ripamilán qui, des années plus tôt, allait parfois au théâtre en catimini, en se cachant dans l'ombre d'une baignoire d'avant-scène, autrement nommée *poche,* Ripamilán, donc, vit un soir un drame intitulé *les Enfants d'Édouard*, adapté par Bretón de los Herreros, et à peine vit-il entrer en scène Gloucester, l'infâme Régent bossu et difforme, qu'il s'exclama :

— Voilà l'Archidiacre !

La phrase fit fortune et, pour toute la Vetusta éclairée don Restituto Mourelo fut désormais Gloucester. Il était là à écouter avec une feinte complaisance les histoires malicieuses de l'Archiprêtre, dont, présent ou absent, il redoutait la langue. Quand don Cayetano tournait le dos (il parlait souvent en pivotant sur ses talons), Gloucester faisait des clins d'œil au Doyen et du doigt se vrillait la tempe. Il voulait faire allusion à la folie du poète bucolique, lequel poursuivait en ces termes :

— Non, messieurs, je sais bien ce que je dis; je connais la vie que menait cette veuve à Madrid, car elle était au mieux avec le célèbre évêque de Nauplie dont j'étais alors des plus proches. Dans un petit hôtel de la rue de l'Arenal, j'ai pu faire plus ample connaissance avec ladite Obdulia que je saluais à peine auparavant, bien qu'ici nous fussions tous deux des habitués de la maison du marquis de Vegallana. A présent, nous sommes de grands amis. Elle est épicurienne : jeûne, mais pas d'abstinence.

Ce fut un éclat de rire général. Seul le Grand Vicaire se contenta de sourire, en inclinant la tête avec l'air d'un martyr qui, pour l'amour de Dieu, supporte le scandale infligé à ses oreilles. L'Archidiacre rit à contrecœur.

L'histoire d'Obdulia Fandiño profana l'enceinte de la sacristie tout comme l'avaient profanée, peu auparavant, son rire, sa toilette et ses parfums.

L'Archiprêtre racontait les aventures de la dame comme l'aurait fait Martial, latin mis à part.

— Messieurs, Joaquinito Orgaz m'a confié que les robes qu'arbore cette dame quand elle va à l'Espolón...

— Sont bien scandaleuses, dit le Doyen.

— Mais très chic, remarqua le parent du Ministre.

— Et elle n'en manque pas! Elle ne porte jamais la même; chaque jour, une nouvelle fanfreluche, ajouta l'Archidiacre; j'ignore d'où elle les sort, car elle n'est pas très riche; quoi qu'elle dise, elle n'est pas du tout noble et n'a que de bien maigres rentes en plus de sa pension de veuve qui est dérisoire.

— Mais c'est là que je veux en venir, l'interrompit triomphalement don Cayetano. Le fils Orgaz qui a fini ses études de médecine à San Carlos m'a dit que ces dernières années Obdulia était à Madrid au service de sa cousine Tarsila Fandiño, la célèbre maîtresse du célèbre...

— Oui, et alors?

— Alors, elle lui servait d'entremetteuse, pour ainsi dire. Enfin pas tout à fait; mais quand même, elle l'accompagnait et... bien sûr, l'autre, reconnaissante... lui envoie maintenant les robes dont elle ne veut plus, et comme elles sont neuves et toutes plus belles les unes que les autres...

Le chapitre qui faisait semblant d'écouter l'Archiprêtre par politesse, sans plus, s'intéressait vraiment à cette chronique mondaine. Ripamilán se régalait de cette conversation lascive uniquement pour le ton plaisant qu'elle avait. Les autres commencèrent à éprouver une sorte de gêne collective devant ces médisances. De ses petits yeux noirs, l'Archiprêtre fixait le Magistral qui était le confesseur d'Obdulia; il semblait solliciter son témoignage.

Le Grand Vicaire ne restait que parce qu'il voulait parler seul à seul avec don Cayetano. Il supportait avec flegme ses impertinences. Il l'estimait. Il lui pardonnait ces innocentes manifestations d'érotisme rhétorique parce qu'il connaissait ses mœurs irréprochables et son cœur d'or. Ils étaient très bons amis et Ripamilán s'affirmait comme le partisan le plus décidé et le plus enthousiaste de don Fermín dans les luttes du chapitre. D'autres le suivaient par intérêt, beaucoup par crainte; don Cayetano, incapable de craindre qui que ce fût, le servait et l'aimait parce que, selon lui, c'était le seul homme supérieur de la cathédrale. L'Évêque était un saint homme; Gloucester un roublard avec plus de malice que de talent; le Magistral, un savant, un littérateur, un orateur, un homme de gouvernement, et ce qui, à son avis, valait plus que tout, un homme du monde. Quand on lui parlait de prétendues subornations du Grand Vicaire, de sa tyrannie, de son commerce sordide, le vieil homme s'indignait et niait en bloc jusqu'aux cas de simonie les plus vraisemblables. Si on abordait devant lui le chapitre des aventures amoureuses qui n'étaient rien d'autre que des rumeurs anonymes, trop inconsistantes pour constituer la moindre preuve, l'Archiprêtre souriait en les niant, laissant ainsi entendre que cela était possible, mais avait beaucoup moins d'importance.

— La vérité, c'est que don Fermín est très beau garçon, et si les bigotes tombent amoureuses de lui quand elles le voient si bien fait, si beau et si élégant et quand elles l'entendent parler en chaire comme un saint Jean Bouche d'Or, ce n'est pas de sa faute et la chose n'est pas contraire à la sagesse des lois naturelles.

Le Magistral savait tout ce que l'Archiprêtre pensait de lui et le considérait comme le plus fidèle de ses partisans. C'est pour cela qu'il l'attendait. Il devait lui poser certaines questions qui, avec tout autre que l'Archiprêtre, auraient pu être dangereuses. Gloucester avait flairé quelque chose.

« Et alors, le Magistral ne partait pas? Comment pouvait-il supporter pareille scie? Eh bien non, lui non plus n'abandonnerait pas son poste. » L'Archidiacre Mourelo était le plus cordial ennemi du Grand Vicaire. En effet, dans ses menées, le fin du fin du machiavélisme consistait à conserver en apparence de bonnes relations avec le « despote », à passer pour un de ses partisans tout en lui minant le terrain et en lui préparant une chute du tonnerre de Dieu. Les plans de Gloucester étaient particulièrement vastes, pleins de tours et détours, d'embuscades et de labyrinthes, de pièges et de pétards et même de machines infernales. Don Custodio le bénéficier était son lieutenant. Cette après-midi-là, c'est lui qui lui avait appris la nouvelle : la Régente se trouvait dans la chapelle du Magistral où elle l'attendait pour se confesser. Ça c'était une nouvelle! La Régente, une femme de tout premier rang, était l'épouse de don Víctor Quintanar, régent de divers tribunaux, de celui de Vetusta en dernier lieu, où il avait pris sa retraite, soi-disant pour faire cesser des bruits au sujet de litigieuses incompatibilités; mais en réalité parce qu'il était fatigué et qu'il pouvait vivre confortablement en abandonnant le service actif. On continua à appeler sa femme la Régente. Le successeur de Quintanar était célibataire et il n'y eut pas de problèmes; une année passa, vint un autre régent qui avait une femme, mais voilà! A Vetusta, la Régente, c'était une fois pour toutes la femme de Quintanar, de l'illustre famille vétustaine des Ozores. Quant à la *nouvelle*, elle dut lui en faire grâce et se contenter d'être l'*autre* Régente. D'ailleurs, le conflit ne devait pas durer longtemps; on commençait déjà à employer le mot « Président » et bientôt chacune aurait un nom différent. En attendant, la Régente, c'était toujours la descendante des Ozores. Laquelle avait toujours été la pénitente de don Cayetano, mais celui-ci, qui depuis quelques années ne confessait qu'un petit nombre de personnes, des dames de haut rang pour la plupart et quelques rares amis et amies, s'était aussi lassé de cette charge légère, lourde pour son âge, et résolu à se retirer complètement du confessionnal, il avait supplié ses pénitentes de lui épargner cette peine et leur avait même indiqué un successeur dans ce ministère à la fois si grave et si passionnant; un successeur différent selon les personnes. Cette espèce d'héritage ou mieux, de succession *inter vivos*, était très convoitée dans le chapitre ainsi que par tous les membres du clergé cathédral. Avant les réactions religieuses provoquées à Vetusta comme dans toute l'Espagne par les excès des libres penseurs improvisés dans les tavernes, cafés et congrès, l'Archiprêtre était le confesseur de la fleur de la Encimada, parce qu'il avait la manche large dans certains domaines ; mais la mode désormais avait changé, on était plus pointilleux en matière de péchés et le Magistral, qui savait prendre des gants, était préféré. Cependant, soit par habitude, soit pour ne pas faire un affront à don Cayetano, soit encore parce qu'elles s'accommodaient bien de ce système de la manche large, certaines dames continuaient à fréquenter le tribunal du latitudinaire, jusqu'au moment où lui-même se lassa et se mit, en respectant les formes, à chasser les mouches importunes.

Don Custodio, jeune homme aux folles ambitions, croyait trop aux miracles de la fortune qu'engendre la confession auriculaire et leur attribuait à tort les progrès du Magistral; c'est pourquoi il guettait la succession de l'Archiprêtre avec plus de convoitise que les autres, avec une passion démesurée. Il avait découvert que doña Olvido, l'orgueilleuse fille unique de Páez, un des plus riches *indianos* de la Colonia était passée, quelque temps auparavant, du confessionnal de Ripamilán à celui de don Fermín. C'était déjà un morceau de choix. Mais, ô scandale! maintenant (don Custodio l'avait appris en écoutant derrière une porte), maintenant voilà que ce vieux gâteux de poète bucolique laissait au Magistral le plus enviable de ses joyaux pénitenciels, c'est-à-dire la digne, vertueuse et très belle épouse de don Víctor Quintanar. Et don Custodio de sentir l'allégorique bave de l'envie lui couler des lèvres! Après être tombé sur le Grand Vicaire derrière le maître-autel, il s'était dirigé vers l'arrière-chœur : dans la chapelle de *l'autre*, du coin de l'œil il avait vu deux dames, des *nouvelles* sans aucun doute, puisqu'elles ne savaient pas que, cette après-midi-là, don Fermín ne *siégeait* pas. Il était repassé, avait mieux regardé, discrètement, et malgré l'obscurité de la chapelle, il avait pu voir qu'une de ces deux femmes était bien la Régente en personne.

Il pénétra dans le chœur et le dit à Gloucester. L'Archidiacre aspirait précisément à cette succession; il croyait qu'en raison de sa dignité l'honneur de confesser doña Ana Ozores lui revenait. L'Évêque, il ne fallait pas en tenir compte; le Doyen était un vieillard qui ne faisait que trembler et manger; au cours d'une procession de réparation, une bande d'ivrognes lui avaient fait une belle frayeur dont seul son estomac s'était remis : il digérait très bien mais ne savait plus raisonner; il pensait juste le nécessaire pour continuer à végéter et à assister à l'office; il ne fallait pas en tenir compte non plus; l'Archiprêtre renonçant à la Régente, quelle dignité venait ensuite ? La sienne! La hiérarchie désignait l'Archidiacre. Il s'agissait donc d'un coup de force, d'une injustice dont il prenait le ciel à témoin faute de pouvoir s'adresser à l'Évêque, puisque ce dernier était l'esclave de don Fermín. Cette opinion de Gloucester, don Custodio la partageait; le bénéficier n'allait pas jusqu'à prétendre s'attribuer un si beau morceau, mais il voulait du moins ne pas le voir tomber sous la dent de l'ennemi. Il adulait Gloucester et l'encourageait à lutter pour la juste cause de leurs droits. Gloucester, flatté et rouge comme une betterave, dit à l'oreille de son informateur :

— Cette dame a-t-elle vraiment eu liberté de choix ? Et s'écartant un peu pour mesurer l'effet de sa malice, il regarda le bénéficier avec des yeux pleins de malins sous-entendus, tandis qu'à ses joues violacées et gonflées on voyait bien qu'une bouffée de rire était prête à fuser par les commissures de ses lèvres.

— Cela se pourrait bien, répondit don Custodio, en appuyant sur les mots, pour montrer qu'il avait saisi l'allusion de l'autre.

Tandis que l'Archiprêtre profanait les quatre branches de la croix latine (c'était la forme de la sacristie) avec le récit mondain des faits et gestes d'Obdulia Fandiño, Gloucester, tout en souriant, pensait aux motifs qui pouvaient pousser le Magistral à écouter don Cayetano au lieu de courir à son confessionnal près duquel l'attendait la pénitente la plus convoitée de Vetusta-la-noble.

Le Machiavel du chapitre se jurait à lui-même de ne pas abandonner son poste avant de savoir à quoi s'en tenir.

Le Magistral avait résolu de ne pas aller ce jour-là dans la chapelle qui était connue sous son nom. Confesser cet après-midi-là aurait été une exception qui aurait pu faire jaser. Ces deux dames étaient-elles encore là ? En descendant de la tour et en passant par l'arrière-chœur il les avait vues et même reconnues : c'étaient la Régente et Visitación; il en était sûr. Mais comment avaient-elles pu venir sans le prévenir ? Don Cayetano devait le savoir. Quand une dame en vue, comme l'était la Régente, voulait devenir pénitente du Magistral, elle l'en informait en temps opportun, elle lui demandait une heure de rendez-vous. Les personnes qui n'étaient pas connues, les femmes du peuple, n'en faisaient pas autant et les rares qui se confessaient à lui, se rendaient sans autres formalités dans la chapelle obscure dont l'Archidiacre enviait les secrets; elles y attendaient leur tour de pénitentes anonymes. Ces humbles dévotes connaissaient bien le jour de repos du Magistral. Ce jour-là en était un et c'est pourquoi la chapelle était restée déserte jusqu'à l'arrivée des deux dames. Visitación se confessait tous les deux ou trois mois et ne connaissait pas les jours *fastes* et *néfastes*, elle ignorait quand le Grand Vicaire *siégeait* et quand il ne *siégeait* pas. La Régente venait pour la première fois, « pourquoi ne l'en avait-elle pas avisé ? L'événement était suffisamment solennel et allait faire suffisamment de bruit pour mériter des préliminaires plus cérémonieux. Était-ce de l'orgueil? Était-ce que cette dame s'imaginait qu'il grillait d'impatience au point de chercher à savoir quand elle viendrait lui faire la faveur de sa visite?... Était-ce de l'humilité? Était-ce qu'avec une délicatesse et un bon goût chrétien peu commun parmi les dames de Vetusta, elle voulait se confondre avec la plèbe, se confesser incognito, n'être qu'une parmi tant d'autres? » Cette dernière hypothèse séduisait beaucoup le Magistral. Cela lui semblait un trait poétique et sincèrement religieux. « Il était fatigué des Obdulia et des Visitación. Ces dames avaient si peu de plomb dans la tête, elles et d'autres, qu'elles en venaient à se montrer irrévérencieuses, grossières, oui grossières, à l'égard du sacrement et plus généralement du culte tout entier. Elles prenaient de ces libertés! De vraies profanations! Elles se comportaient bien vite avec une familiarité importune qui prêtait le flanc aux calomnies des sots et des malveillants.

« Il n'avait rien d'un don Custodio qui ignorait tout du monde et rêvait, encore plein d'illusions, de cette sorte d'oripeau ecclésiastique dont on peut sans doute se nantir au confessionnal; non, lui n'était pas homme à être encore curieux de ces révélations imprudentes qui ne servaient qu'à inonder son âme de dégoût. Il attendait quelque chose de neuf, de plus délicat, de plus distingué. Il savait par des rumeurs que l'Archiprêtre avait conseillé à la Régente de se rendre désormais à la chapelle du Magistral puisque lui-même se retirait du confessionnal. Mais don Cayetano ne lui en avait rien dit. En outre, comme en matière de confession les bons prêtres sont très réservés, Ripamilán, qui savait traiter sérieusement les affaires sérieuses, n'avait jamais parlé au Magistral de ce que pouvait être la Régente, vue du tribunal sacré. Ce soir-là, De Pas espérait apprendre quelque chose. Mais Gloucester ne s'en allait pas. On ne parlait plus d'Obdulia, ni de sa cousine, celle de Madrid, son modèle; on parlait du temps; et Gloucester ne bougeait pas. MM. les chanoines, les uns après les autres avaient tous pris congé; il ne restait qu'eux trois et le *Pigeon* qui ouvrait et fermait les tiroirs avec fracas en grommelant; des malédictions sans aucun doute. »

Don Cayetano ralentit le débit de ses paroles, comprit que le Magistral souhaitait lui dire quelque chose et que Gloucester était de trop; il se souvint tout à coup que lui aussi voulait parler au Grand Vicaire et comme en pareilles circonstances il ne se mordait pas la langue, il coupa court la conversation et dit :

— Ah! sacrée mémoire! Don Fermín, juste un mot, avec la permission de M. l'Archidiacre... Mais que dis-je un mot? nous avons beaucoup à parler... il s'agit d'intérêts spirituels.

Gloucester se mordit les lèvres; il salua de son buste difforme, en se muant en arche de pont, et sortit de la sacristie en marmonnant dans son rabat violet et blanc :

— Cette espèce de vieux radoteur mal élevé me paiera tout cela!

L'Archiprêtre savait se jouer de la diplomatie et du machiavélisme de l'Archidiacre par ses sorties déconcertantes, son franc-parler et d'autres expédients du même genre : « Si tout le monde était comme moi, Gloucester ne saurait que faire de son habileté et de sa cautèle. Mais que seraient les renards, si les poules n'étaient pas des poules! »

Gloucester sortait toujours par la porte du cloître, ouverte à l'extrémité nord du transept; par là il était plus vite rendu chez lui; mais cette fois, il voulut sortir par la porte de la tour, car ainsi il passait près de la chapelle du Magistral. Il regarda; il n'y avait personne. Alors il s'arrêta, regarda à nouveau avec insistance, fit un pas à l'intérieur de la chapelle; il n'y avait personne; il en était sûr. « Donc ces dames étaient reparties sans se confesser; donc le Magistral s'offrait le luxe de faire un affront à la Régente, excusez du peu! » L'Archidiacre entrevit tout un monde d'intrigues qu'on pouvait échafauder sur cette faute du Grand Vicaire. Il prit de l'eau dans un grand bénitier de marbre noir et tandis qu'il se signait en s'inclinant face à l'autel de l'arrière-chœur, il se disait en lui-même :

« Ce sera son talon d'Achille. Cette faute va te coûter cher. Je l'exploiterai. »

Et il sortit de la cathédrale en faisant sur ses doigts toutes sortes de calculs où tout n'était que cabales, guets, espionnage, intrigues et même portes dérobées et escaliers souterrains.

L'Archiprêtre était resté bouche bée en entendant De Pas lui dire que la Régente était dans la cathédrale, à ce qu'il paraissait, et qu'il ne s'était pas précipité pour la saluer et la confesser, si c'était pour cela qu'elle venait, comme c'était probable.

— Mais que va penser cet ange de bonté? s'écria don Cayetano, alarmé pour de bon.

— Voyons, Rodríguez (le *Pigeon*), cours à la chapelle de M. le Magistral et si tu y vois une dame...

C'était inutile. A ce moment entrait Celedonio, l'acolyte, qui se mêla à la conversation :

— Non, monsieur l'Archiprêtre, dit-il, elles sont déjà parties. C'était doña Visita et Mme la Régente. Elles sont parties. Je leur ai parlé. Je leur ai dit qu'aujourd'hui M. le Magistral ne siégeait pas; et doña Visita qui voulait déjà partir depuis un moment a pris doña Ana par le bras et l'a emmenée.

— Et que disaient-elles? demanda don Cayetano.

— Doña Ana se taisait. Doña Visita était contrariée parce que Mme la Régente avait voulu venir sans avoir envoyé un message. Je crois qu'elles sont allées se promener, parce que doña Visita a dit je ne sais quoi à propos de l'Espolón.

— A l'Espolón! s'écria Ripamilán, saisissant le bras du Magistral d'une main et son chapeau de l'autre. A l'Espolón!

— Mais, don Cayetano!

— C'est une question d'honneur pour moi; d'une certaine manière, je suis responsable de cet affront.

— Mais, il ne s'agit pas d'affront, ne cessait de dire le Grand Vicaire, en se laissant emmener, le visage transformé par une sorte de lumière spirituelle qui l'inondait de joie.

— Je vous dis que si; et de toutes façons, affront ou pas, je veux donner des explications à ma chère amie... A l'Espolón! chemin faisant nous parlerons; je veux que vous connaissiez bien cette femme, psychologiquement comme disent les pédants d'aujourd'hui; c'est une femme remarquable, un ange de bonté comme je vous l'ai déjà dit; un ange qui ne mérite pas d'être offensé.

— Mais puisqu'il n'y a pas eu offense... Je vais vous expliquer... Je ne savais pas...

Et il parlaient à voix basse, parce qu'ils étaient déjà dans la nef sud de la cathédrale, en direction de la porte. De ce côté-là, la dernière chapelle était celle de Santa Clementina. Elle était grande, construite au dix-septième siècle, bien après les autres chapelles. Quatre autels en occupaient le centre; ses murs étaient ornés d'une profusion de feuillages, d'arabesques et autres pommades du genre décadent auquel elle appartenait.

Le Magistral et l'Archiprêtre entendirent des voix dans la chapelle. De Pas n'y fit pas attention, mais Ripamilán s'arrêta, le flair en éveil, et tendit le cou, toute oreille dehors.

— Sur ma foi, mais c'est eux! dit-il intrigué.

— Qui?

— Eux; la veuve et don Saturno; je reconnais le cri-cri de ce grillon désaccordé.

L'Archiprêtre, qui, quelques instants plus tôt, avait manifesté tant de hâte à sortir du temple, voulut à tout prix entrer dans la chapelle de Santa Clementina. Le Magistral le suivit, pour cacher le désir qu'il avait d'arriver à l'Espolón le plus tôt possible.

C'était *eux,* en effet.

Au milieu de la chapelle, don Saturnino, suant d'abondance, la redingote couverte de toiles d'araignées et de taches de chaux, le visage rubicond, les oreilles violacées, haranguait son auditoire, le bras tendu vers la voûte. Il était indigné, semblait-il, et, de gré ou de force, communiquait son indignation aux Infanzón.

— Messieurs-dames, s'exclamait-il, vous le voyez bien; cette chapelle est le défaut, le vilain défaut, la tare, devrais-je dire, de ce joyau gothique. Vous avez vu le panthéon, d'une sévère architecture, œuvre sublime dans son dépouillement; vous avez vu le cloître, du pur ogival; vous avez parcouru les galeries de la voûte, d'un gothique sobre et sans affectation aucune; vous avez visité la crypte qu'on appelle la Sainte-Chapelle-des-Reliques, et vous avez pu voir une réplique des églises chrétiennes primitives; dans le chœur, vous avez savouré la délicatesse du relief, sinon d'un Berruguete, du moins d'un Palma Artela, artiste inconnu mais sublime; sur le retable du maître-autel vous avez admiré et apprécié, non sans délices, les élans géniaux, oui, je peux dire géniaux, du ciseau d'un Grijalte; et pour *raisumer,* dans toute la Sainte Basilique, vous avez pu corroborer l'idée que ce temple est le fruit d'un art sévère, pur, simple, délicat... *Nonobstant,* Messieurs-dames, force est de le reconnaître, ici le mauvais goût le plus effréné, l'enflure, la redondance, se sont donné rendez-vous pour sculpter ces pierres où le maniérisme donne la main à l'extravagance, la surcharge à la difformité. Cette Santa Clementina, je parle de sa chapelle, est un déshonneur pour l'art, l'ignominie de la cathédrale de Vetusta.

Il se tut un instant pour essuyer la sueur de son front et de sa nuque avec le mouchoir parfumé d'Obdulia, car cela faisait longtemps que le sien était trempé d'éloquence liquéfiée.

Les Infanzón transpiraient aussi. Le mari avait la tête farcie. En une heure et demie, il avait entendu un cours péripatétique d'archéologie et d'architecture, et un autre cours d'histoire pragmatique, le tout debout et sans arrêter de marcher! Le malheureux confondait déjà les califes de Cordoue avec les colonnes de la Mosquée et ne savait plus lesquels étaient plus de huit cents, des colonnes ou des califes; il mélangeait les ordres doriques, ioniens et corinthiens avec les Alphonses de Castille et il ne savait déjà plus si la fondation de Vetusta était due à un frère déchaux, ou à l'arc en plein-cintre; pour *raisumer,* comme disait le savant, il était en proie à des nausées irrépressibles et il entendait à peine l'archéologue, plus préoccupé qu'il était par ses efforts pour contenir les impulsions de son estomac dont le débordement eût été pure irrévérence.

« Si nous étions sur un bateau, ce ne serait pas aussi inconvenant, pensait-il, mais dans une cathédrale! »

Le sieur Infanzón, de fait, avait l'impression d'être en pleine mer et chaque fois qu'il entendait dire la nef sud, la nef nord, la nef centrale, il se croyait à la tête d'une escadre et se figurait que don Saturno puait le goudron. Mais le pauvre villageois continuait à dire oui à tout.

« Il était d'accord, tout cela était une profanation. Quelle lourdeur dans ces niches, dans ces dais! Pour être lourds, ils étaient lourds! au point que le sieur Infanzón avait bien peur qu'ils lui tombent dessus; parce qu'ils bougeaient, il en était sûr. Mais Grand Dieu! ajoutait-il au fond de lui-même, si le genre plateresque est assommant et excessivement lourd, où trouver chose plus plateresque que ce M. don Saturnino? »

Il en vint à se demander s'il n'était pas en train de se moquer d'eux parce qu'ils étaient d'une bourgade de pêcheurs. Mais non; il n'avait pas une tête à mentir; il disait la vérité; ce qu'il racontait sur le roi Veremundo [4] et sur l'émigration de la pomme de pin de la Perse aux colonnes arabes, c'était vrai; seulement, tout cela, qu'est-ce qu'en avait à faire un grand électeur comme lui!

4. *Veremundo :* nom semi-latin de Bermudo el Diácono (Bermude le Diacre), roi des Asturies (788-791).

La digne épouse Infanzón elle aussi était fatiguée, saturée, fourbue, mais elle n'avait pas le tournis. Depuis plus d'une heure elle n'écoutait plus un mot de tout ce que racontait ce bavard, ce dévergondé, ce libertin. Oh si seulement son mari n'avait pas vu de l'inconvenance et du manque d'éducation partout! Si seulement ils ne s'étaient pas trouvés dans la maison du Seigneur! Elle était scandalisée, furieuse. Le joli rôle qu'ils étaient en train de jouer, elle et son gros benêt de mari! Elle lui avait fait des signes, mais en vain. Il pensait qu'elle voulait parler de l'architecture et faisait semblant de ne rien voir. Et cette doña Obdulita? Ah ça, en matière de manigances, elle se posait là! Ils n'avaient pas manqué une seule occasion. Évidemment! et c'est comme cela qu'ils les avaient traînés partout, des caves aux greniers, morts de fatigue! Dès qu'il faisait noir... évidemment! ils se prenaient la main. Elle les avait vus une fois et avait supposé les autres. Et il lui faisait du pied... et ils ne se quittaient pas; et dès qu'il y avait un passage étroit, ils voulaient passer en même temps... et ils passaient! Quelle honte! Mais d'où venait à son mari l'amitié de cette jolie dame? La noble villageoise en devenait même jalouse. Elle ne pipait mot; et si Obdulia et Bermúdez avaient été moins absorbés par la Renaissance, ils auraient remarqué le sourcil froncé et la sécheresse de la dame de la campagne, naguère si aimable et polie. Don Saturno reprit son discours. Il s'agissait de prouver ses injurieuses assertions.

— Il n'est que de voir, poursuivait-il, ce qui saute aux yeux, aux yeux de l'âme, veux-je dire, de toute personne de goût. Maudit soit le très digne évêque, sauf le respect, maudit soit donc le très digne évêque don García Madrejón qui a laissé faire ce monceau confus d'ornements et de feuillages, quintessence du baroque, de la profusion débridée et de l'inauthenticité! Consoles, médaillons, niches (et ils les montrait du doigt) chapiteaux, demi-frontons, guirlandes, suspensoirs, feuillages, arabesques, vous qui pullulez dans les décorations de portes, fenêtres, œils-de-bœuf et pendentifs ; au nom de l'art, de la sainte idée de sobriété et de celle non moins immortelle et immaculée de l'harmonie, je vous condamne à être maudits par l'histoire !

— Eh bien, voyez-vous, se risqua à dire la dame Infanzón sans regarder son époux, vous direz ce que vous voudrez, cette chapelle, moi je la trouve très jolie; et par contre, je trouve très vilain de profaner le temple... en blasphémant ainsi Dieu et ses saints!

Allons bon, elle en avait eu assez; elle voulait livrer bataille au libertin et choisissait, avec une pudeur évidente, le terrain neutre de l'Art, pur et désintéressé. En outre, elle aimait vraiment la chapelle et n'était plus disposée à prendre des gants.

Le villageois crut que sa femme était devenue folle.

« Elle devait avoir mal au cœur comme lui. » Il voulut parler mais les mots ne sortirent pas aussi vite qu'il l'aurait voulu. Obdulia partit d'un grand éclat de rire que don Cayetano entendit de l'extérieur. Don Saturno, pris de court et se doutant un peu de la cause de cette opposition inattendue, se contenta de s'incliner à la manière du Magistral et de tordre la bouche et les sourcils d'une manière qu'il avait inventée lui-même devant son miroir. Cela voulait dire qu'un Bermúdez n'entrait pas dans des débats avec les dames. Il se contenta de répondre :

— Madame... moi, je ne profane rien... L'Art...

— Moi, je vous dis que si!

— Voyons, mon amie! Carolina, voyons!

— Oh, laissez-la, monsieur Infanzón, moi je respecte toutes les opinions.

Et craignant que la villageoise n'eût la partie belle sur le point de savoir s'il avait profané ou non, il s'empressa d'ajouter :

— Pour le reste, vous comprendrez bien, cher ami, qu'en condamnant énergiquement le goût baroque, je ne fais que suivre les canons de la beauté classique... C'est plateresque.

— Pire, churrigueresque! s'exclama le grand électeur, voulant ainsi compenser l'extravagante sortie faite par sa femme.

— Churrigueresque! répéta-t-il, c'est à vomir! et l'on vit clairement qu'il sentait ce qu'il disait.

— Churrigueresque! put-il dire encore une fois.

— Roccoco! trancha Obdulia.

A cet instant, l'Archiprêtre s'inclinait pour la saluer comme s'il avait été pour baiser ses bottines couleur de bronze.

Ils sortirent tous ensemble dans la rue.

Don Saturno s'empressa de prendre congé. Ses joues étaient en feu. Il était sans paletot et avait très froid. Le vent chaud lui laisait l'effet d'une bise glacée.

— Je crains une pneumonie! dit-il, tandis qu'il se sauvait en boutonnant sa redingote à la ceinture.

Il avait besoin de savourer dans la solitude les émotions de l'après-midi.

« Il aimait et croyait être aimé. »

Chapitre trois

Cette après-midi-là, à la promenade, la Régente et le Magistral se parlèrent. Ils s'étaient rencontrés grâce à l'Archiprêtre qui, fort de la confiance de la Régente, avait facilité l'entrevue.

La belle dame et le Grand Vicaire n'avaient échangé de paroles qu'en de rares occasions, et jamais leur conversation n'était allée au-delà des lieux communs dictés par les convenances sociales.

Doña Ana Ozores n'appartenait à aucune confrérie. Elle payait tous les mois sa cotisation aux Écoles Dominicales, mais n'assistait pas aux leçons ni aux conférences; elle vivait loin du petit monde sur lequel régnait le Grand Vicaire. Ce dernier visitait peu les personnes qui ne pouvaient ou ne voulaient pas servir ses plans de propagande. Quand don Víctor Quintanar était Régent de Vetusta, le Magistral lui rendait visite dans toutes les circonstances où les usages locaux prescrivaient cette démonstration de civilité; ces visites, M. Quintanar les lui rendait avec l'exactitude qui le caractérisait en la matière, car il était le plus parfait gentilhomme de la ville, après Bermúdez. Quand don Víctor prit sa retraite, le Magistral, sans qu'on sût pourquoi, fut moins assidu à présenter ses devoirs, et finalement les visites cessèrent.

Don Víctor et don Fermín se parlaient parfois dans la rue, sur l'Espolón; ils se saluaient toujours avec la plus grande amabilité. Ils s'estimaient mutuellement. Les calomnies que les mauvaises langues colportaient sur De Pas arrivaient à don Víctor comme l'électricité à un isolateur ; il n'était pas conducteur du tout et ne les propageait donc pas ; mieux, il prenait sur lui de combattre leur pernicieuse influence. Doña Ana n'avait jamais parlé seule à seul avec le Magistral et, quand il eut cessé ses visites, elle n'eut plus guère l'occasion de l'approcher. En tout cas elle ne s'en souvenait pas. Don Cayetano, qui savait tout cela, fit un simulacre de présentation dans les formes, sur le ton mi-plaisant, mi-sérieux, dont il ne se départait jamais. Eux, la Régente et le Magistral, n'avaient pas beaucoup parlé; tout ou presque avait été dit par Ripamilán, et Visitación, qui accompagnait Mme Quintanar, s'était chargée du reste; doña Ana rentra vite chez elle. Elle se retira tôt ce soir-là.

De la brève conversation de l'après-midi, elle n'avait retenu qu'une chose : le lendemain, après l'office, le Magistral l'attendrait dans sa chapelle. Il lui avait fait comprendre, à demi-mot, il est vrai, qu'il convenait, quand on changeait de confesseur, de faire une confession générale.

Il avait parlé avec beaucoup d'affabilité, d'une voix melliflue, sans trop, avec une certaine froideur dans le ton, et un peu distrait en apparence. Elle n'avait pas vu ses yeux. Elle n'avait vu que ses paupières, lourdes de chair blanche. Sous les cils filtrait une lueur singulière.

Agenouillée près de son lit, la Régente pria quelques minutes.

Puis, elle s'assit dans une berceuse près de sa coiffeuse, dans son boudoir, loin du lit pour ne pas céder à la tentation de se coucher, et lut pendant un quart d'heure un livre de dévotion qui traitait du sacrement de la pénitence sous forme de questions et de réponses. Elle ne tournait pas les pages. Elle cessa de lire. Son regard restait fixé sur des mots qui disaient : *Si vous avez mangé de la viande...*

Mentalement et comme machinalement, elle répétait cette phrase qui pour elle avait perdu toute signification ; elle la répétait comme s'il s'était agi d'une langue inconnue.

Puis, sa pensée émergeant d'elle ne savait quel trou noir, elle prit conscience de ce qu'elle lisait. Elle posa son livre sur la coiffeuse et croisa les mains sur ses genoux. Son abondante chevelure, d'un châtain assez clair, ruisselait en cascade sur son dos jusqu'au fond de la berceuse, et par-devant lui recouvrait entièrement la poitrine; entre ses doigts croisés, s'étaient pris quelques cheveux. Un frisson la parcourut et elle s'aperçut qu'elle serrait les dents au point de se causer une douleur sourde. Elle se passa la main sur le front, prit son pouls et se mit les doigts devant les yeux. C'était là sa façon de vérifier si oui ou non elle allait perdre connaissance. Elle fut soulagée. Ce n'était rien. Le mieux était de ne plus y penser.

« Une confession générale! » Oui, c'est ce que ce prêtre lui avait laissé entendre. Ce livre ne lui servait à rien pour la circonstance. Mieux valait se coucher. L'examen de conscience de ses péchés depuis la dernière fois était fait depuis la veille. L'examen pour sa confession générale du lendemain, elle pouvait le faire au lit. Elle pénétra dans sa chambre. Elle était grande, haute de plafond, un plafond à caissons, et était décorée de stucs.

Un entrecolonnement garni d'élégantes tentures de satin grenat la séparait du boudoir. La Régente dormait dans un lit à deux places, des plus ordinaires, doré, à pavillon blanc. Sur le tapis, au pied du lit, il y avait une authentique peau de tigre. Il n'y avait d'autres images saintes qu'un crucifix en ivoire accroché au chevet ; penché au-dessus du lit, il semblait regarder à travers le tulle du pavillon blanc.

Obdulia, à force d'indiscrétion, avait pu entrer là plusieurs fois.

« Quelle femme, cette Anita! »

« Elle était propre, on ne pouvait le nier, une vraie hermine; c'était quand même une qualité... et une pierre dans le jardin de bien des dames de Vetusta. »

« Mais, ajoutait Obdulia, propreté et ordre mis à part, rien qui révèle la femme élégante. La peau de tigre, dites-moi, cela a-t-il du *cachet* *? Comment dire? A mon avis, c'est un caprice coûteux et extravagant, peu féminin pour tout dire. Le lit est une pure horreur! Tout juste bon pour la femme du maire de Palomares. Un lit à deux places! Et quel lit! D'un vulgaire! Et le reste? Rien. Tout cela est sans sexe. L'ordre mis à part, on dirait une chambre d'étudiant. Pas un objet d'art. Pas le moindre petit *bibelot* *; rien de ce que recommandent le *confort* * et le bon goût. L'alcôve, c'est la femme, comme le style, c'est l'homme. Dis-moi comment tu dors et je te dirai qui tu es. Et la dévotion? En matière de piété, il n'y a qu'un vulgaire Christ placé d'une façon contraire aux *convenances*. »

« Quelle pitié, concluait Obdulia, qui en réalité n'en éprouvait aucune, qu'un si beau *bijou* * ait un écrin si misérable! »

« Ah! elle devait reconnaître que la parure de lit était digne d'une princesse. Quels draps! Quelles taies d'oreillers! Elle avait promené la main sur tout cela, quelle douceur! Le contact de ces draps ne devait pas sembler bien rugueux au satin de ce beau corps de rêve! »

Obdulia admirait sincèrement les formes et le teint d'Ana, et tout au fond d'elle-même, elle lui enviait sa peau de tigre. A Vetusta, il n'y avait pas de tigres; la veuve ne pourrait exiger de ses amants cette preuve d'affection. Au pied de son lit elle avait bien une chasse au lion, mais imprimée sur un misérable tapis!

Ana ferma très soigneusement les tentures grenat comme si quelqu'un avait pu la voir de son boudoir. Elle laissa négligemment tomber son peignoir bleu à dentelle crème et apparut dans toute sa blancheur, telle que se la figurait don Saturno peu avant de s'endormir, mais beaucoup plus belle que Bermúdez ne pouvait se l'imaginer. Une fois ôté tout ce qui ne devait pas l'accompagner au lit, elle resta sur la peau de tigre, enfonçant ses pieds nus, petits et potelés, dans l'épaisseur des taches brunes. Elle avait un bras nu appuyé sur sa tête, légèrement penchée, et l'autre pendait le long du corps, suivant la courbe gracieuse de la hanche robuste. On aurait dit un modèle impudique qui se serait oublié dans une pose académique imposée par l'artiste. Jamais l'Archiprêtre ni aucun autre confesseur n'avait interdit à la Régente cette volupté qu'elle éprouvait à délasser dans l'intimité de sa chambre, ses membres engourdis et à sentir sur tout son corps le contact de l'air frais à l'heure du coucher. Jamais elle n'avait cru que pareil abandon pût être matière à confession.

Elle ouvrit son lit. Sans bouger les pieds, les bras en croix, elle se laissa tomber à plat ventre dans cette molle douceur. Elle appuyait sa joue contre le drap et avait les yeux grand ouverts. Tout son corps, de la taille aux tempes, frémissait de plaisir à ce contact.

« Une confession générale ! » pensait-elle. « C'est-à-dire l'histoire de toute une vie. » Une larme perla de ses yeux, qui étaient bleu clair, et s'en alla mouiller le drap.

Elle se souvint qu'elle n'avait pas connu sa mère. Ce malheur était sans doute la cause de ses plus grands péchés.

« Ni mère, ni enfants. »

Cette habitude de caresser le drap avec sa joue, elle l'avait conservée depuis son enfance. Une femme sèche, mince, froide, cérémonieuse, l'obligeait tous les soirs à se coucher avant d'avoir sommeil. Elle éteignait la lumière et s'en allait. Anita pleurait sur son oreiller, puis sautait du lit ; mais elle n'osait pas marcher dans l'obscurité et collée contre son lit, elle continuait à pleurer, allongée comme cela, à plat ventre, comme maintenant, caressant de son visage le drap qu'elle mouillait également de ses larmes. Cette douceur des couettes, c'était tout ce qu'elle pouvait attendre de maternel. C'était la seule tendresse pour cette pauvre enfant. D'après ses vagues souvenirs, elle devait alors avoir quatre ans. Vingt-trois ans avaient passé et ce chagrin-là la bouleversait encore. Ensuite, au cours de sa vie, elle avait souvent connu de grandes contrariétés, mais elle en méprisait désormais le souvenir ; une bande d'idiots s'était conjurée contre elle ; elle répugnait à évoquer tout cela ; mais son chagrin d'enfant, l'injustice d'être envoyée au lit sans avoir sommeil, sans caresses, sans lumière, la révoltait encore et lui inspirait une très douce pitié d'elle-même... Celui qu'on oblige à sortir du lit avant qu'il n'ait pris un repos suffisant, éprouve une sensation étrange qu'on pourrait appeler nostalgie de la douceur et de la chaleur du sommeil ; avec une sensation du même ordre, Ana avait, toute sa vie, éprouvé une nostalgie des bras de sa mère. Jamais on n'avait serré sa tête d'enfant contre un sein chaud et doux ; et elle, la pauvre gamine, cherchait partout quelque chose de ce genre. Elle se souvenait vaguement d'un noble et beau chien noir à longs poils frisés ; ce devait être un terre-neuve. Qu'était-il devenu ? Le chien se couchait au soleil, la tête entre ses pattes, et elle s'étendait à côté de lui et appuyait sa joue contre son dos frisé, où son visage disparaissait presque dans les poils doux et chauds. Dans les prairies elle se laissait tomber à plat ventre ou sur le dos dans les tas de foin. Comme personne ne venait sécher ses larmes quand elle s'endormait, elle finissait pas chercher du réconfort en elle-même en se racontant des histoires pleines de lumières et de caresses où elle avait une maman qui lui donnait tout ce qu'elle voulait, qui la serrait contre son cœur et qui l'endormait en chantant contre son oreille :

Samedi, oui samedi, ma brune,
On a coffré l'oiselet
Avec chaînes et boulêêêt...

Et cette autre :

La cocotte rouge et blanche
à l'ombre de vertes branches...

Ces chansons, elle les entendait sur une grande place où les femmes du village chantaient pour bercer leurs petits.

Et comme eux, elle aussi s'endormait, s'imaginant que son oreiller était le sein de la mère dont elle rêvait, et qu'elle entendait réellement ces chansons qui résonnaient dans sa tête. Peu à peu, elle s'était habituée, habituée à n'avoir d'autres plaisirs purs et tendres que ceux de son imagination.

Quand la Régente pensait à la petite fille qu'elle avait été, elle l'admirait et il lui semblait que sa vie s'était coupée en deux; sa première vie était celle de cet angelot qu'elle croyait mort. La petite fille qui sautait du lit dans le noir avait plus d'énergie que cette Anita d'aujourd'hui, elle avait une force intérieure étonnante pour résister sans s'humilier aux exigences et aux injustices des personnes froides, sèches et capricieuses qui l'élevaient.

« Drôle de façon de faire son examen de conscience! » pensa Ana, un peu honteuse.

Elle sortit pieds nus de sa chambre, prit le livre de prières qui était sur sa coiffeuse et courut à son lit. Elle se coucha, approcha la lumière et se mit à lire, la tête enfoncée dans les oreillers. *Si vous avez mangé de la viande,* ses yeux lourds de sommeil virent à nouveau cette phrase mais elle continua. Une, deux, trois pages... Elle ne savait pas ce qu'elle lisait. Enfin, elle s'arrêta sur une phrase qui disait :

« Les lieux où vous êtes allée... »

Cela elle le comprit. Tandis que, machinalement, elle tournait les pages, sans savoir comment elle s'était mise à penser à don Alvaro Mesía, le Président du Cercle de Vetusta et le chef du parti libéral dynastique ; mais en lisant : « Les lieux où vous êtes allée », son esprit sauta à nouveau dans le passé. Quand elle était petite, mais qu'elle allait déjà à confesse, chaque fois que le manuel de confession indiquait : « Repassez en mémoire les lieux où vous êtes allée », elle se souvenait malgré elle du bac de Trébol, de ce grand péché qu'elle avait commis, sans le savoir, la nuit qu'elle avait passée dans la barque avec Germán, son ami... Les infâmes ! Au souvenir de cette calomnie, la Régente sentait monter en elle la honte et la colère. Elle posa son livre sur la table de nuit, encore un meuble vulgaire qui irritait le bon goût d'Obdulia, éteignit la lumière... et elle se retrouva dans le bac de Trébol, à minuit, aux côtés de Germán, un garçon tout blond de douze ans, deux de plus qu'elle. Lui, plein d'attentions, la couvrait d'un sac de grosse toile qu'ils avaient trouvé au fond de la barque. Elle avait insisté pour qu'il se couvre lui aussi. Sous le sac, en guise d'édredon, ils étaient étendus tous deux dans le fond de la barque dont les bords sombres les empêchaient de voir la campagne; ils ne voyaient que les nuages qui tout là-haut défilaient devant la face de la lune :

— Tu as froid? demandait Germán.

Et Ana répondait, ses yeux grands ouverts, fixés sur la lune qui défilait devant les nuages :

— Non!

— Tu as peur?

— Penses-tu!

— Nous sommes mari et femme, disait-il.

— Moi, je suis une maman!

Et elle entendait sous sa tête un doux murmure qui la berçait comme pour l'endormir; c'était le murmure du courant.

Tous deux s'étaient raconté plein d'histoires. Il avait aussi raconté la sienne. Il avait un papa à Colondres et aussi une maman.

— Comment c'est une maman?

Germán l'expliquait comme il pouvait.

— Elles font beaucoup de baisers les mamans?

— Oui.

— Et elles chantent?

— Oui, j'ai une petite sœur et on lui chante des chansons. Moi, je suis trop grand.

— Et moi, je suis une maman!

Ensuite, venait son histoire à elle. Elle vivait à Loreto, un village, assez loin de ce côté de la ria, mais tout près de la mer, par là-haut, du côté du banc de sable. Elle vivait avec une dame qui s'appelait Gouvernante et doña Camila. Elle ne l'aimait pas. Cette dame gouvernante avait des valets et des servantes et un monsieur qui venait le soir et qui embrassait doña Camila et elle le tapait en disant : « Pas devant la petite; elle est si pleine de malice! »

On lui disait qu'elle avait un papa qui l'aimait beaucoup et que c'était celui qui envoyait les vêtements, l'argent et tout. Mais il ne pouvait pas venir, parce qu'il était à tuer les Maures. On la punissait beaucoup, mais on ne la battait pas : simplement, on l'enfermait, on la privait de manger et — la pire des punitions — on la couchait tôt. Elle s'échappait par la porte du jardin et courait en pleurant jusqu'à la mer; elle voulait monter dans un bateau et voguer jusqu'au pays des Maures et aller chercher son papa. Parfois, un marin la trouvait en larmes et la consolait de ses caresses. Elle lui demandait de l'emmener, le marin se mettait à rire, lui disait d'accord, la prenait dans ses bras, mais le méchant la ramenait chez sa gouvernante et on l'enfermait à nouveau. Un après-midi, elle s'était échappée par un autre chemin, mais elle ne trouvait pas la mer. Elle était passée près d'un moulin; un chien lui avait barré le passage alors qu'elle traversait le bief sur un pont fait d'un tronc creux de châtaignier. Ana s'était allongée dans le tronc parce qu'elle avait le vertige à voir l'eau toute blanche qui grondait en dessous, comme le chien en face d'elle. Le chien était passé par-dessus Anita; il n'avait pas voulu la mordre. Alors, elle, de l'autre bord, l'appela et lui dit :

— Tiens, mon chien, c'est pour toi.

C'était son goûter qu'elle avait dans sa poche; un peu de pain beurré trempé de ses larmes.

Presque toujours le pain qu'elle mangeait au goûter était salé de larmes. Quand elle était seule, elle pleurait de chagrin; mais devant la gouvernante, les domestiques et cet homme, elle pleurait de rage. Après le moulin, elle avait trouvé un bois et l'avait traversé en courant, en chantant, et pourtant elle avait encore les yeux pleins de larmes, mais elle chantait de peur. Au sortir du bois, elle avait vu un pré couvert d'herbe très verte et très haute...

— Et moi, j'étais là, hein? s'écria Germán.

— Oui, c'est cela.

— Et je t'ai demandé si tu voulais monter dans le bac de Trébol parce que le passeur avait été mon domestique et que moi j'étais de Colondres, qui se trouve de l'autre côté de la ria.

— Oui, c'est cela.

La Régente se souvenait de tout cela tel quel, dialogue compris; mais elle avait l'impression qu'en fait ce n'étaient pas les mots eux-mêmes qu'elle se rappelait, mais un souvenir postérieur où la fillette avait animé et romancé les événements de cette nuit-là.

Puis, ils s'étaient endormis. Il faisait déjà jour lorsqu'ils furent réveillés par une voix qui criait depuis la rive de Colondres. C'était le passeur qui voyait sa barque sur une petite île que la mer faisait au milieu de la ria en se retirant. Le passeur les gronda très fort. Un de ses fils la reconduisit à Loreto; mais en chemin, ils tombèrent sur un valet de la gouvernante. On la cherchait partout. On croyait qu'elle était tombée à la mer. Doña Camila était au lit, malade de peur.

L'homme qui embrassait la gouvernante saisit Ana par un bras et serra jusqu'au sang. Mais elle ne pleura pas.

On lui demanda où elle avait passé la nuit et elle ne voulut pas répondre de peur qu'on punisse Germán si on l'apprenait. On l'enferma, on la priva de manger ce jour-là, mais elle n'avoua rien. Le lendemain, la gouvernante fit appeler le passeur de Trébol. D'après cet homme, les enfants s'étaient entendus pour passer une nuit tous les deux dans la barque. Qui l'aurait cru? Finalement, Ana avoua qu'ils avaient dormi ensemble mais qu'ils ne l'avaient pas fait exprès. Leur idée était d'emprunter la barque pour une nuit, quitte à se faire gronder à la maison, passer tout seuls d'une rive à l'autre, et ensuite rentrer, lui à Colondres et elle à Loreto. Mais de l'eau de la ria s'était retirée, la barque avait touché le fond à cause des pierres au milieu du passage et ils avaient eu beau faire ils n'avaient pas réussi à la déplacer. Alors, ils s'étaient couchés et s'étaient endormis. S'ils avaient pu couper la corde qui retenait le bac, ils seraient partis pour le pays des Maures, parce que Germán connaissait le chemin par la mer; elle aurait cherché son papa et lui il aurait tué plein de Maures; mais la corde était trop solide. Ils n'avaient pu la couper et ils s'étaient couchés pour se raconter des histoires avant de s'endormir.

Germán avait raconté la même chose au passeur mais on ne les crut pas.

Quel scandale! Doña Camila saisit Anita à la gorge et faillit l'étrangler. Ensuite elle cita un proverbe grossier, insultant pour sa mère et pour elle-même, à ce qu'elle comprit beaucoup plus tard parce qu'alors elle ne comprenait pas ces mots-là.

Doña Camila rendait l'homme qui l'embrassait responsable des malfaisances de l'enfant.

— C'est toi qui lui a ouvert les yeux avec tes imprudences.

Anita ne comprenait pas et l'homme, l'ami de la gouvernante, riait à gorge déployée.

Depuis ce jour-là, cet homme la regardait avec des lueurs dans les yeux et souriait, et dès que la gouvernante était sortie de sa chambre, il lui demandait de lui faire un baiser, mais elle avait toujours refusé.

Vint un curé qui s'enferma avec Ana dans la chambre de la fillette et lui demanda des choses dont elle n'avait pas la moindre idée. Plus tard, à force de réflexion, elle finit par comprendre en partie. On voulut la convaincre qu'elle avait commis un grand péché. On la conduisit à l'église du village et on la fit se confesser. Elle ne sut pas répondre au curé et celui-ci déclara à la gouvernante que la fillette n'était pas encore apte, parce que, ignorance ou malice, on ne pouvait lui faire dire ses petits péchés. Les garçons dans la rue la regardaient comme l'homme qui embrassait doña Camila; ils la prenaient par le bras et voulaient l'emmener elle ne savait où. Elle ne sortit plus sans sa gouvernante. Quant à Germán, elle ne l'avait pas revu.

— J'ai écrit à ton papa pour lui dire ce que tu es. Dès que tu auras onze ans, tu iras dans un collège de Récollettes.

La menace de doña Camila en resta là mais Ana voulait bien quitter Loreto, aller n'importe où.

Dès lors, on la traita comme un animal précoce. Sans bien saisir ce qu'elle entendait, elle avait compris qu'on imputait à des fautes de sa mère les péchés qu'on lui attribuait.

La Régente en était là de ses souvenirs, quand elle sentit qu'elle étouffait, ses joues étaient en feu. Elle fit de la lumière, repoussa la lourde courtepointe, révélant ses formes de Vénus, un peu flamande, qu'accentuait la très fine couverture en laine multicolore qui lui moulait le corps. La courtepointe se retrouva en bouchon au pied du lit. Tous ces souvenirs d'enfance disparurent mais la colère qu'ils avaient réveillée et qui remontait pourtant à si loin ne s'évanouit pas avec eux.

« Quelle vie stupide! » pensa Ana, passant à des réflexions d'un autre genre.

Sa mauvaise humeur augmentait à mesure qu'elle prenait conscience d'être dans son quart d'heure de révolte. Elle croyait vivre en se sacrifiant à des devoirs qu'elle s'était imposés; ces devoirs elle se les représentait parfois comme une poétique mission qui expliquait le pourquoi de la vie.

« La monotonie, pensait-elle alors, la fadeur de cette existence ne sont qu'apparentes ; mes journées sont occupées à de grandes choses ; ce sacrifice, cette lutte, sont plus grands que n'importe quelle aventure au monde. »

A d'autres moments, comme maintenant, sa passion dominée rongeait son frein ; son égoïsme protestait, la traitait de folle, de romantique, de sotte et lui soufflait :

— Quelle vie stupide !

Elle avait conscience de cette révolte et en était irritée; elle voulait la calmer et la révolte s'avivait. Elle sentait comme des chardons dans son cœur. Dans ces moments-là, elle n'aimait personne, elle n'avait de pitié pour personne. A cet instant, elle aurait voulu entendre de la musique; aucune voix ne répondrait mieux à son attente. Et sans savoir comment, sans le vouloir, le Théâtre Royal de Madrid lui apparut et elle vit don Alvaro Mesía, le Président du Cercle, en personne, drapé d'une cape à revers écarlates, chantant sous les balcons de Rosine :

— *Ecco ridente il ciel...*

La respiration de la Régente était forte, rapide; son nez palpitait et se dilatait, ses yeux avaient des éclats de fièvre; ils fixaient le mur, où se découpait l'ombre sinueuse de son corps moulé dans la couverture multicolore.

Elle voulut penser à tout cela, à Lindor, au Barbier, pour calmer le malaise qui mortifiait son âme.

Si j'avais un enfant!... maintenant... ici... que je l'embrasse, que je le berce de mes chansons...

La vague image du bébé disparut et le beau don Alvaro réapparut, mais en paletot blanc, bien cintré à la taille, qui la saluait à la façon du roi Amédée [5]. Ce faisant, Mesía baissait ses yeux chargés d'amour devant ceux impérieux et souverains de la Régente.

Elle sentit son âme s'alanguir. La sécheresse et la tension qui la mortifiaient devinrent tristesse et désolation...

Elle n'était plus mauvaise maintenant, elle sentait les choses comme elle voulait les sentir; et l'idée de son sacrifice lui réapparut; mais cette fois-ci, dans toute sa grandeur, sublime, comme un flot de tendresse capable d'inonder le monde. L'image de don Alvaro elle aussi s'estompa,

5. *A la façon du roi Amédée* : allusion à la réputation d'élégance du roi Amédée (Amédée de Savoie, roi d'Espagne du 2 janvier 1871 au 11 février 1873).

comme dans des vues de lanterne magique qui se fondent; on ne voyait plus que le paletot blanc et derrière, en une sorte d'infiltration de lumière, se dessinaient peu à peu une robe de chambre écossaise à carreaux, un bonnet à pompon en velours, vert et or, des moustaches et une barbiche blanches, des sourcils gris très épais... et finalement sur un fond noir brilla dans son entier la respectable et familière figure de son mari, don Víctor Quintanar, toute nimbée de lumière. C'était le sujet du sacrifice, comme aurait dit don Cayetano. Ana Ozores déposa un chaste baiser sur le front de son noble époux.

Et elle ressentit le véhément désir de le voir, de l'embrasser pour de vrai comme la vue de lanterne magique.

L'heure, sans doute, n'était pas la mieux choisie.

Mais le hasard vint favoriser les desseins de la chaste épouse. Elle prit son pouls, regarda ses mains; elle distinguait mal ses doigts, son pouls battait avec violence; sous ses paupières, éclataient de petites étoiles comme des étincelles de feux d'artifice; oui, oui, elle n'était pas bien, elle allait avoir son attaque; il fallait appeler; elle saisit le cordon, elle sonna. Deux minutes passèrent. On n'entendait donc pas ?... Rien. Derechef elle empoigna le cordon et sonna. Elle entendit des pas précipités. En même temps que par une porte dérobée entrait Petra, sa femme de chambre, effrayée, à moitié nue, la tenture grenat s'écarta et la vue de lanterne magique apparut, l'homme à la robe de chambre écossaise et au bonnet vert, un bougeoir à la main.

— Mais qu'as-tu, mon enfant ? s'écria don Víctor en s'approchant du lit.

C'était son attaque, et pourtant nerveusement elle ne semblait pas aussi secouée que d'habitude, mais pour les symptômes pas de doute : elle ne voyait pas bien, des étincelles de brasero éclataient sous ses paupières et dans son cerveau, ses mains étaient presque froides et si lourdes qu'elles lui semblaient appartenir à une autre. Petra courut à la cuisine sans attendre les ordres; elle savait bien ce qu'il fallait faire, du tilleul et de la fleur d'oranger.

Don Víctor fut rassuré. Il était habitué aux attaques de sa chère épouse; la malheureuse souffrait, mais ce n'était pas grave.

— N'y pense pas; tu sais bien que c'est le meilleur remède.

— Oui, tu as raison, rapproche-toi, parle-moi, assieds-toi ici.

Don Víctor s'assit sur le lit et *déposa* un baiser paternel sur le front de son épouse. Elle prit sa tête qu'elle serra contre sa poitrine et versa quelques larmes, lesquelles furent bientôt remarquées par don Víctor qui aussitôt s'exclama :

— Tu vois? Ça y est, tu pleures; c'est bon signe. L'orage des nerfs fond en eau; l'attaque est conjurée; tu vas voir comme elle va s'arrêter.

En effet, Ana commença à se sentir mieux. Ils parlèrent. Elle lui manifesta une tendresse qu'il sut apprécier à sa juste valeur. Petra revint avec le tilleul.

Don Víctor remarqua que la domestique n'avait pas réparé le désordre de son costume qui n'en était pas un, puisqu'il se composait de sa chemise, d'un petit châle en laine, jeté sur ses épaules, et d'une jupe, mal ajustée, qui laissait deviner les charmes de la femme de chambre, enfin les charmes supposés, car don Víctor n'avait pas ce genre de curiosités, ce qui ne l'empêcha pas, malgré lui, d'émettre intérieurement l'hypothèse qu'elle devait avoir la peau très blanche vu qu'elle était d'un blond safran...

Avec le tilleul et la fleur d'oranger, Anita se remit tout à fait. Elle respira profondément; elle ressentit un bien-être qui remplit son âme d'optimisme.

« Comme Petra était dévouée! Et son Víctor, qu'il était gentil! Et il avait été beau, sans aucun doute. C'est vrai qu'avec ses cinquante et quelques années, on lui en donnait soixante; mais soixante ans d'une robustesse enviable; ses moustaches blanches, sa barbiche blanche, ses sourcils gris lui donnaient l'aspect vénérable et même héroïque d'un général de brigade et pourquoi pas d'armée! on n'aurait pas dit un Régent de Tribunal en retraite mais un illustre chef militaire, en position de non-activité. »

Petra, qui grelottait de froid, les bras croisés, de fort jolis bras tout blancs, se retira discrètement, mais resta dans la pièce voisine à attendre les ordres.

Ana se mit en tête de faire boire à Quintanar, elle l'appelait presque toujours ainsi, le petit fond de tilleul qui restait dans la tasse; mais puisque don Víctor, lui, ne croyait pas aux nerfs! Puisqu'il était très détendu! Mort de sommeil, mais parfaitement calme.

« Tant pis. C'était un caprice. Il ne s'en rendait pas compte, mais il avait eu peur! »

— Mais non, mon enfant; je te jure...

— Mais si, mais si...

Don Víctor but le tilleul et bâilla aussitôt énergiquement.

— Tu as froid?

— Froid, moi?

Et il pensa que dans trois heures, avant le jour, il sortirait dans le plus grand secret, par la porte du parc — le jardin des Ozores. Alors oui, il ferait froid, surtout quand ils arriveraient au Montico, lui et son cher Frígilis, son Pylade cynégétique, comme il l'appelait. Ils allaient à la chasse; une chasse que la Régente interdisait à pareille heure. Anita ne libéra pas Víctor aussi vite qu'il l'aurait voulu. Sa chère petite femme était bien bavarde. Elle lui rappela mille épisodes de leur vie conjugale qui n'était que paix et harmonie.

— Tu ne voudrais pas avoir un enfant, Víctor? demanda l'épouse en appuyant sa tête contre la poitrine de son mari.

— Avec la plus grande joie! répondit l'ex-Régent en cherchant dans son cœur la fibre de l'amour paternel. Il ne la trouva point et pour s'en faire à peu près une idée, il pensa à sa perdrix-chanterelle, un très beau cadeau de Frígilis.

« Si ma femme savait qu'il ne me reste que deux heures et demie pour me reposer, elle me laisserait retourner au lit. »

Mais la pauvre petite ignorait tout, elle devait tout ignorer. La Régente mit plus d'une demi-heure à se fatiguer de cette loquacité nerveuse Que de projets! Que de lendemains tout en rose! Et toujours, toujours ensemble, Víctor et elle.

— N'est-ce pas?

— Mais oui, ma chère enfant; mais tu dois te reposer; tu t'excites à tant parler...

— Tu as raison; je sens une douce fatigue... Je vais dormir.

Il se pencha pour lui baiser le front, mais elle, jetant ses bras autour de son cou et renversant la tête en arrière, reçut le baiser sur les lèvres. Don Víctor rougit un peu; il sentit son sang bouillir dans ses veines. Mais il n'osa pas. En outre, dans moins de trois heures, il devait être sur le chemin du Montico, le fusil à l'épaule. S'il restait avec sa femme, adieu la partie de chasse... Et Frígilis était intraitable sur ce point. Il tolérait tout sauf qu'on fasse faux-bond ou qu'on arrive en retard à des rendez-vous matinaux comme celui-là.

« Sauvons les principes », pensa le chasseur.

— Bonne nuit, ma tourterelle!

Et il pensa à celles qu'il avait dans sa volière.

Et après avoir *déposé* un autre baiser, de sa propre initiative, sur le front d'Ana, il sortit de l'alcôve avec, dans sa dextre, le bougeoir; de la main gauche, il souleva la tenture grenat; il se retourna, salua son épouse d'un sourire, et d'un pas majestueux, malgré les pantoufles brodées qu'il avait aux pieds, retourna vers sa chambre qui était à l'autre bout de l'hôtel des Ozores.

Il traversa une grande pièce qu'on appelait le salon; il parcourut de longs et larges couloirs, arriva dans une galerie vitrée et là hésita un moment. Il fit demi-tour, refit en sens inverse tous les couloirs et discrètement frappa à une porte.

Petra apparut dans le même désordre qu'auparavant.

— Qu'y a-t-il? Elle est plus mal?

— Non ma petite, ce n'est pas cela, répondit don Víctor.

« Quel culot! cette jeune personne ne réalisait-elle pas qu'elle était à moitié nue?

— C'est que... c'est que... au cas où Anselmo dormirait et n'entendrait pas le signal de don Tomás (Frígilis)... Anselmo est si bête... Je veux que tu m'appelles si tu entends les trois aboiements... tu sais bien... don Tomás...

— Mais oui, je sais. Ne vous en faites pas, monsieur. Dès que don Tomás aboiera, j'irai vous appeler. Rien d'autre? ajouta la blonde safran avec un regard provocant.

— Rien d'autre. Et couche-toi, car tu es bien légèrement vêtue et il fait très froid.

Elle feignit une gêne qu'elle était bien loin d'éprouver et lui tourna le dos, un dos pas très couvert. Don Víctor leva alors les yeux et put vérifier que les charmes que cette jeune personne cachait si mal étaient effectivement charmants.

La porte de la chambre de Petra se referma et don Víctor entreprit à nouveau sa marche majestueuse à travers les couloirs.

Mais avant d'entrer dans sa chambre, il se dit :

« Allons; puisque je suis debout, je vais jeter un coup d'œil sur ma petite famille. »

A une extrémité de la galerie vitrée il y avait une porte; il la poussa doucement et pénétra dans la maison d'habitation de ses oiseaux qui dormaient du sommeil du juste.

De sa main restée libre, il fit un écran devant la lumière du bougeoir et sur la pointe des pieds, s'approcha de la cage aux canaris. Il n'y avait rien à signaler, son inopportune visite ne fut remarquée que par deux ou trois canaris qui battirent des ailes en s'ébrouant et cachèrent leur tête sous leurs plumes. Il fit encore quelques pas. Les tourterelles dormaient aussi; il y eut là quelques murmures de désapprobation et don Víctor s'éloigna pour ne pas être indiscret. Il s'approcha de la cage de « la grive la plus philharmonique de toute la province, toute vanité mise à part ». La grive était perchée sur un barreau, *la tête enfoncée dans les épaules* ; mais elle ne dormait pas. Ses yeux impertinents soutinrent le regard de son maître et elle ne voulut pas le reconnaître. La sacrée bestiole, par défi, aurait bien pu passer toute la nuit avec l'air de dire : Tu ne m'as jamais vue? sans baisser les yeux; il la connaissait bien; elle était aussi têtue qu'un Aragonais. Et comme elle ressemblait à Ripamilán! Il passa. Il voulut voir sa caille; mais la sauvage africaine, effarouchée, allait donner de la tête contre le dessus de toile de sa petite cage et il la laissa se calmer. Devant sa perdrix-chanterelle, il tomba en extase et si quelque pensée impure avait pu souiller sa conscience quelque temps auparavant, la contemplation de cet appeau, de ce chef-d'œuvre de la nature, lui rendit toute la hauteur de vue et la grandeur d'âme qui seyaient au premier ornithologue et au meilleur chasseur de Vetusta.

L'esprit remis d'aplomb, il retourna se blottir dans ses draps.

C'était dans cette pièce, dans le lit doré d'Anita que, quelques années plus tôt, ils dormaient elle et lui en époux qui s'aimaient. Or... ils avaient eu la même idée.

Elle était gênée par ses levers de chasseur trop matinal; lui, il était gêné parce qu'elle l'obligeait à se sacrifier et à se lever moins tôt qu'il n'aurait dû, pour ne pas la réveiller. En outre, les oiseaux étaient dans une sorte d'exil, très loin de leur maître. Les rapprocher, alors qu'Ana était là, aurait été cruel; ils ne l'auraient pas laissée faire la grasse matinée. Mais lui, avec quelles délices aurait-il savouré les premiers sifflements de la grive, le voluptueux roucoulement des tourterelles, le rythme monotone de la caille, le cra-cra cacophonique de la farouche perdrix, si doux à l'oreille du chasseur!

On ne sait plus lequel des deux, mais il pense que c'est Anita, osa exprimer tout haut le désir de ne plus partager le lit conjugal — *quod ad thorum.* Cette timide proposition fut accueillie avec une joie mal dissimulée et le couple le mieux assorti du monde fit chambre à part. Elle s'en fut à l'autre bout de l'hôtel qui était chaud parce qu'exposé au sud et lui resta dans sa chambre. Anita put désormais faire la grasse matinée, sans personne pour interrompre ce régal; et Quintanar put se lever aux aurores et réjouir ses oreilles des concerts matinaux des cailles, grives, perdrix, tourterelles et canaris, ses voisins. S'il manquait quelque chose auparavant pour parfaire l'harmonie de ce couple, leur bonheur domestique était désormais à son comble, sur le plan de l'entente.

Et à ce sujet, don Víctor, se souvenant du temps où il était magistrat, aimait à dire :

— La liberté de chacun s'arrête où commence celle des autres; parce que je ne l'ai jamais oublié, j'ai toujours été heureux en ménage.

Il voulut dormir le peu de temps qui lui restait mais en vain. A chaque fois qu'il allait sombrer dans le sommeil, il rêvait qu'il entendait les trois aboiements de Frígilis.

Comme c'était drôle! D'habitude cela ne lui arrivait pas, il dormait comme une souche et se réveillait au moment voulu.

Ce devait être le tilleul! Il ralluma la lumière. Il prit le seul livre qu'il avait sur sa table de nuit. C'était un fort volume. « Calderón de la Barca », était-il écrit en lettres dorées au dos du livre. Il se mit à lire.

Il avait toujours beaucoup aimé jouer dans des pièces de théâtre et il avait une prédilection pour celles du dix-septième siècle. Il était fou des mœurs de ce temps-là où l'on savait ce qu'était l'honneur et comment le sauvegarder. D'après lui, personne n'était plus chatouilleux ni pointilleux que Calderón en cette matière, personne ne donnait mieux à propos les coups d'estoc qui blanchissent les réputations et aucun auteur ne lui arrivait à la cheville quand il fallait disserter sur ce qui est amour et ce qui ne l'est point. Quand aux justes et savoureuses vengeances des maris outragés, le divin don Pedro avait su en parler comme personne et sans dénier au *Châtiment sans vengeance*, et à d'autres chefs-d'œuvre de Lope, le mérite qu'ils avaient, don Víctor ne trouvait rien qui valût *Le Médecin de son honneur.*

— Si ma femme, disait-il à Frígilis, venait à faire un faux-pas digne de châtiment...

— Ce qui est absurde même par supposition...

— Entendu, mais supposons cette absurdité... je la saigne à mort.

Et il citait même le nom du vétérinaire qu'il ferait venir et à qui il banderait les yeux, avec tout le reste de l'argument.

Mettre le feu à la maison et ainsi secrètement venger l'adultère supposé de sa femme ne lui semblait pas non plus une mauvaise idée. Si le cas se présentait — et bien sûr il ne se présenterait pas —, il n'envisagerait pas quant à lui de partir dans une belle tirade de vers, parce que d'une part il n'était pas poète et que d'autre part il n'était pas homme à se chauffer aux flammes de sa maison en feu; mais pour tout le reste, mis devant le cas, il ne serait pas moins impitoyable que tel ou tel gentilhomme de même trempe qui vivait dans cette Espagne des temps meilleurs.

Frígilis était d'avis que tout cela était fort bien au théâtre mais que dans la vie un mari n'est pas là pour divertir le public avec des émotions fortes et tout ce qu'il doit faire, en si fâcheuse situation, c'est poursuivre le séducteur devant les tribunaux et s'arranger pour que sa femme entre dans un couvent.

— Absurde! Absurde! criait don Víctor, on n'a jamais rien fait de semblable dans les temps glorieux où vivaient ces insignes poètes.

— Heureusement, ajoutait-il en se calmant, je ne me verrai jamais dans la douloureuse situation d'avoir à cogiter sur la façon de venger pareils affronts; mais je jure devant Dieu que si le cas se présentait, mes atrocités seraient dignes d'être mises en strophes caldéroniennes.

Et il le pensait comme il le disait.

Tous les soirs avant de s'endormir il se prenait une bonne dose d'honneur à l'ancienne, c'était son expression; un honneur qui parlait aussi bien avec l'épée qu'avec toutes les subtilités de la langue. Quintanar maniait le fleuret, l'épée espagnole, la dague. Ce goût lui était venu de sa passion pour le théâtre. Quand il *montait sur les planches* en amateur, il avait compris par les nombreux duels qu'il avait eus sur scène la nécessité de savoir l'escrime et il y avait mis tant de cœur, il était si naturellement doué qu'il était presque devenu un maître. Bien entendu, il n'entrait pas dans ses intentions de tuer qui que ce fût; il était un spadassin lyrique.

Mais c'était au maniement du pistolet qu'il était le plus habile; d'une seule balle il enflammait une allumette à vingt-cinq pas, tuait un moustique à trente et brillait dans d'autres exercices de ce genre. Mais il n'était pas homme à s'en vanter. Il faisait peu de cas de son adresse; presque personne n'était au courant. L'essentiel, c'était d'avoir cette sublime idée de l'honneur qui convenait si bien aux quatrains et même aux sonnets. Il était pacifique; il n'avait jamais frappé personne, les arrêts de mort qu'il avait signés en tant que juge, lui avaient toujours coupé l'appétit et donné des maux de tête, bien qu'à son sens, il n'y fût pour rien.

Don Víctor lisait donc Calderón inlassablement et il était sur le point de voir comment deux malheureux gentilshommes qui soupiraient pour une même dame allaient se pourfendre à coups de strophes, quand au loin, il entendit trois aboiements. « C'était Frígilis. »

Doña Ana mit longtemps à s'endormir mais son insomnie n'était plus impatiente, ni désagréable à supporter. Avec le nouveau tour qu'avaient pris ses pensées, son esprit s'était apaisé. Ce noble époux qui lui avait donné une vie digne et indépendante méritait bien l'abnégation constante à laquelle elle était résolue. Elle lui avait sacrifié sa jeunesse :

pourquoi ne pas continuer le sacrifice? Elle ne pensa plus aux temps de cette calomnie qui aurait pu corrompre l'innocence la plus pure, elle pensa au présent. Peut-être cette aventure du bac de Trébol avait-elle été providentielle. Si au début, parce qu'elle était trop petite, elle n'avait tiré aucun enseignement de cette injuste persécution de la calomnie, plus tard, grâce à elle, elle avait appris à sauver les apparences; elle sut, en se rappelant les événements passés, que pour les gens il n'est d'autre vertu que celle qui se donne en spectacle. Son âme se réjouit de contempler en imagination l'holocauste du respect unanime, de l'admiration qu'on lui vouait en raison de sa vertu et de sa beauté. A Vetusta, dire la Régente, c'était dire la parfaite épouse. Anita ne voyait plus *la stupide existence* d'avant. Elle se souvenait qu'on l'appelait la mère des pauvres. Sans être bigote, elle était considérée par les plus ardentes fanatiques comme une bonne catholique. Les plus hardis don Juans, célèbres pour leurs audaces, baissaient les yeux devant elle et l'on adorait sa beauté en silence. Beaucoup l'aimaient, sans doute, mais personne ne le lui disait... Don Alvaro lui-même qui avait la réputation de tout oser et de tout obtenir l'aimait, l'adorait sans aucun doute, elle en était même sûre ; cela faisait plus de deux ans qu'elle s'en était rendue compte; mais il n'avait parlé qu'avec ses yeux où Ana feignait de ne pas reconnaître une passion qui était un crime.

Certes, ces derniers mois, surtout depuis quelques semaines, il se montrait plus hardi... et même un peu imprudent, lui qui était la prudence même, et pour cette seule raison, digne qu'elle ne s'irritât point de son infâme entreprise... mais elle saurait bien le maintenir à distance; oui, elle le remettrait à sa place d'un seul de ses regards de glace... Et tout à la pensée de convertir don Alvaro en glaçon, alors qu'il s'obstinait à être de feu, doucement elle s'endormit.

Pendant ce temps, en bas, dans le parc, don Víctor, pâle et les yeux cernés, comme au sortir d'une orgie, regardait les volets fermés du balcon de la Régente; il tapait des pieds sur le sol pour chasser le froid et disait à Frígilis, son ami...

— La pauvre petite! comme elle doit être loin d'imaginer, là, dans la quiétude de son sommeil, que son époux la trompe et sort de chez lui deux heures plus tôt qu'elle ne le croit!...

Frígilis eut un sourire de philosophe et se mit en route le premier. C'était un homme carré, ni grand ni petit; il portait une vareuse en drap brun; il était coiffé d'une casquette noire à oreillettes et n'avait pour se protéger qu'une immense écharpe à carreaux qui lui faisait dix fois le tour du cou. Tout le reste n'était qu'ustensiles et attributs de chasse, mais aussi sobres que ceux d'un Nemrod.

Arrivé à la porte du parc, Víctor se retourna vers le balcon, plein de remords.

— Pressons, pressons, il se fait tard, dit Frígilis, tout bas.

Il ne faisait pas encore jour.

Chapitre quatre

La famille des Ozores était une des plus anciennes de Vetusta. Nombre de comtes et de marquis avaient porté ce nom, et rares dans la ville étaient les nobles à ne pas être, d'un côté ou de l'autre, quelque peu parents d'une si glorieuse lignée.

Don Carlos, le père d'Ana, était le fils aîné d'un cadet du comte d'Ozores. Don Carlos avait eu deux sœurs, Anunciación et Agueda, qui vécurent longtemps avec leur père dans l'hôtel de leurs aïeux. La branche aînée, celle des comtes, avait émigré depuis longtemps.

L'aîné du cadet voulut faire des études, être un peu plus que l'héritier de quelques fermes, de quelques baux emphythéotiques et d'un hôtel particulier perclus de crevasses. Il devint ingénieur militaire. Il se comporta comme un brave; lors de nombreuses batailles il fit preuve de grandes connaissances dans l'art de Vauban, construisit en divers points de la côte des fortins robustes et de belles proportions et devint vite colonel, chef de corps. Fatigué de casemates, courtines, parallèles et forteresses, il obtint une affectation dans la capitale et perdit peu à peu le goût de la chose militaire, ne gardant d'intérêt que pour les sciences : il préféra la physique et les mathématiques à leurs applications, au génie, et devint de moins en moins guerrier. Mais en même temps, il se laissait aller aux délices de Capoue et finalement, après bon nombre de liaisons, il eut un amour sérieux, une passion de savant sur le retour ou quelque chose de ce genre.

Fou d'amour, don Carlos Ozores épousa à trente-cinq ans une humble couturière italienne qui vivait, pauvre mais honnête, au milieu de séductions sans nombre. Ce fut la mère d'Ana, qui décéda à sa naissance.

« Tant mieux! » pensèrent les sœurs de don Carlos, là-bas dans leur hôtel de Vetusta.

A la suite de son mariage, le colonel avait rompu avec sa famille. Ils s'étaient écrit deux lettres sèches et leurs relations avaient cessé.

« Si mon père vivait encore, pensait Ozores, il pardonnerait certainement ce mariage inégal. »

« Si père vivait encore, il mourrait de chagrin! disaient les implacables vieilles filles. »

Toute la noblesse vétustaine approuvait la conduite de ces demoiselles, qui avaient vu un châtiment de Dieu dans les funestes couches de la couturière italienne, leur indigne belle-sœur.

L'hôtel des Ozores appartenait à don Carlos; ses sœurs le lui rappelèrent dans une autre lettre froide et laconique : elles étaient disposées à le quitter, s'il l'exigeait; tout ce qu'elles lui demandaient, c'était de veiller à conserver ce précieux vestige de tant de noblesse et d'en trouver les moyens.

Le colonel répondit « que, au nom de Dieu et de tous les saints, il les suppliait de rester vivre où elles étaient nées, pour le bien même de la maison qui, sans elles, s'effondrerait ».

Les vieilles filles, sans répondre ni transiger sur le mariage, restèrent dans l'hôtel pour qu'il ne croulât point.

Don Carlos souffrit beaucoup qu'on ne lui demandât même pas des nouvelles de sa fille. De l'avis de la noblesse de Vetusta, la bête était morte, mais pas le venin; la mort providentielle de la couturière ne justifiait pas à elle seule qu'on fît la paix avec cet infâme don Carlos ou qu'on s'intéressât au sort de sa fille.

Il serait toujours temps de recueillir la fillette si, comme on pouvait le supposer, la folle conduite de son père la poussait à la misère. En outre, le bruit courut à Vetusta que don Carlos s'était fait franc-maçon, républicain et donc athée. Ses sœurs se vêtirent de noir et reçurent dans le grand salon d'apparat toute l'aristocratie de la ville, comme s'il s'était agi de visites de condoléances.

La pièce était plongée dans la pénombre ; par les volets des grandes baies, on ne laissait filtrer qu'un rayon de lumière ; on parlait peu, on soupirait et l'on entendait le souffle des éventails.

— Comme il eût mieux valu qu'il devînt fou! s'exclama le marquis de Vegallana, le chef du parti conservateur de Vetusta.

— Comment!... Fou! répliqua une des sœurs, doña Anunciación. Dites plutôt, Marquis, que Dieu eût mieux fait de se souvenir de lui et ne pas le laisser finir ainsi.

Les signes d'approbation furent unanimes. Beaucoup hochèrent tristement la tête; et l'on se remit à soupirer. Être « républicaniste »! cela se passait de commentaires.

Don Carlos était effectivement devenu un libéral avancé; et des études physico-mathématiques, il était passé aux études philosophiques; résultat : c'était un homme qui ne croyait plus que ce qu'il touchait, exception faite de la liberté qu'il ne put jamais toucher du doigt mais à laquelle il crut pendant de nombreuses années. La vie d'un libéral militant à l'époque était tout, sauf tranquille. Don Carlos se voua à la philosophie et aux conspirations, ce pourquoi il jugea opportun de demander son congé définitif.

« Moi ingénieur, je ne pourrais jamais conspirer (il croyait à l'esprit de corps); comme simple particulier, je peux rechercher le salut de mon pays par les moyens les mieux appropriés. »

Il ne faut pas croire que don Carlos fût un sot; c'était un bon mathématicien, assez compétent dans plusieurs matières. Il avait pu se constituer une jolie bibliothèque qui comptait bon nombre de livres mis à l'index. Il aimait ardemment la littérature et était alors aussi romantique qu'il le fallait pour conspirer avec des progressistes.

Ce qu'il pouvait y avoir de faux et de contradictoire dans le caractère de don Carlos, il le devait à son temps. Il ne manquait pas de talent, c'était un passionné et il assimilait avec facilité toute sorte d'idées qu'il saisissait très vite, mais il ne brillait ni par l'originalité ni par la prudence. Son amour-propre de libre penseur n'avait pas atteint cette hiérarchie de l'orgueil où l'on n'admet que ce que l'on a façonné pour soi. En tout état de cause, il était sympathique.

Sa fille fut victime de ses défauts. Après avoir beaucoup pleuré la mort de son épouse, don Carlos se remit à penser à des sujets qui lui paraissaient sérieux, comme par exemple de propager le libre examen dans un cercle bien délimité d'Espagnols; de vouloir le triomphe du système représentatif dans son intégralité. Cela équivalait alors à se faire bandit solitaire avec toute la stabilité de vie d'un oiseau sur la branche. Un conspirateur ne peut s'embarrasser d'une fille sans mère. On lui parla de collèges, mais il les avait en horreur. Il prit une gouvernante, une Espagnole anglaise qui n'avait rien à voir avec celle de Cervantès, car elle était dénuée de charmes moraux; quant aux charmes physiques, si elle en avait quelques-uns, elle en faisait mauvais usage. Cela, don Carlos l'ignorait; il l'avait engagée comme gouvernante parce qu'elle était catholique libérale.

« C'est une femme éclairée, quoique espagnole, lui avait-on dit; éduquée en Angleterre où elle a appris la grandeur de l'esprit de tolérance. »

En outre, elle soignait l'esprit et le cœur des enfants à grand renfort de pilules bibliques et de cachets de romans anglais à l'usage des familles. En fin de compte, c'était une de ces saintes nitouches qui savent bien que les hommes n'aiment ni les bigotes ni les mécréantes, mais une sorte de compromis qu'eux-mêmes ne savent pas doser. L'hypocrisie de doña Camila était telle qu'elle l'avait dans le sang, car, si son aspect était celui d'une statue anaphrodite, d'un être asexué, sa principale passion était la luxure, satisfaite à l'anglaise : une luxure qu'on aurait pu qualifier de méthodiste si ce n'avait été une profanation.

Don Carlos dut émigrer et Ana resta sous la coupe de doña Camila qui, par suite de l'imprudence impardonnable d'Ozores, put disposer à sa guise de la majeure partie des rentes de son maître, de plus en plus maigres, vu que les conspirations coûtent cher à qui les finance.

Les médecins conseillèrent pour l'enfant l'air de la campagne et de la mer, aussi la gouvernante écrivit-elle à don Carlos qu'un de ses amis, Iriarte, celui-là même qui lui avait recommandé doña Camila, vendait dans une province du nord, tout près de Vetusta, une maison de campagne dans un petit village pittoresque, port de mer et très bon pour la santé par tous les vents. Ozores donna des ordres afin de vendre comme on pourrait le peu qu'il possédait dans la province de Vetusta et qu'il n'avait pas encore dilapidé, et il consacra la moitié du produit d'une aussi folle vente à l'achat de la maison de son ami Iriarte. L'autre moitié fut destinée à secourir des patriotes plus ou moins authentiques. A Vetusta il ne lui restait plus que son hôtel particulier qu'habitaient, sans payer de loyer, les deux vieilles filles. La maison de campagne et les terres qui l'entouraient ou en dépendaient valaient beaucoup moins que ce que pouvait présumer le conspirateur, à en juger par ce qu'il lui en coûtait, mais il n'était pas homme à s'attarder à de tels détails : il allait à la ruine, ni plus ni moins que sa patrie; mais autant devant la liste civile il souffrait comme s'il avait dû la payer tout entière de sa poche, autant le micmac qu'on faisait avec ses biens lui importait peu. Ce n'était pas seulement du désintéressement : il voyait vaguement se profiler à l'horizon un avenir d'indemnisations patriotiques; mais elles avaient beau être inscrites au programme de son parti, il n'en vit jamais la couleur.

Anita, la gouvernante et les domestiques se rendirent tous dans les nouveaux domaines de don Carlos, suivis de *l'homme,* comme toujours la fillette appela le personnage qui vint souvent troubler le sommeil de son innocence. C'était Iriarte, l'amant de doña Camila et ancien propriétaire de cette maison de campagne.

La gouvernante avait tenté de séduire don Carlos; elle savait que sa défunte épouse était une humble couturière et elle, doña Camila Portocarrero, qui croyait descendre de nobles, pouvait bien prétendre à la succession de l'Italienne. Elle crut que don Carlos s'était marié par obligation, qu'il était homme à se marier avec les domestiques. Elle connaissait le genre et savait comment s'y prendre. Mais ce fut inutile. Pendant le peu de temps qu'elle put mettre à profit pour déployer son savant et complexe système de séduction, don Carlos ne remarqua même pas qu'on lui tendait des rets amoureux. A cette époque-là, il était presque saint-simonien. Ozores dut émigrer et doña Camila voua une haine éternelle à l'ingrat et, avec la patience des réformistes anglais, entretint un culte de jalousie posthume à l'égard de la couturière italienne qui avait pu se marier avec ce bloc de marbre. Anita paya pour les deux.

La gouvernante, avec force interjections aspirées, affirmait à qui voulait l'entendre que l'éducation de cette demoiselle de quatre ans requérait des soins très spéciaux. Par de vagues et perfides allusions, toutes enrobées de mystères, à la condition sociale de l'Italienne, elle laissait entendre que la science pédagogique n'attendait rien de bon de ce rejeton de méridionales concupiscences. A voix basse, la gouvernante disait que « peut-être, la mère d'Anita, avant d'être couturière, avait été danseuse ».

De toutes manières, doña Camila s'entoura d'un luxe de précautions pédagogiques et prépara pour l'enfance d'Ana Ozores un véritable gymnase de moralité à l'anglaise. Quand cette tendre plante commença à poindre au ras du sol, un tuteur l'attendait déjà pour la faire pousser droit. La gouvernante affirmait qu'Anita avait besoin de cette trique près d'elle et qu'il fallait étroitement l'y attacher. La trique, c'était doña Camila. Le cachot et le jeûne furent ses disciplines.

Ana, qui dans sa vie, n'avait jamais connu ni joie, ni rires, ni baisers, se mit à en rêver dès l'âge de quatre ans. Quand elle perdait sa liberté, elle était désespérée, mais bientôt ses larmes séchaient sous le feu de son imagination, qui lui échauffait la tête et les joues. L'enfant s'inventa d'abord des miracles qui l'arrachaient à ses chaînes, pour elle pires que la mort, elle se figura d'impossibles envols.

« J'ai des ailes et je vole au-dessus des toits, pensait-elle; je m'en vais comme ces papillons »; sitôt dit, sitôt fait, elle était partie. Elle volait dans l'azur qu'elle voyait tout là-haut.

Si doña Camila s'approchait de la porte pour écouter par le trou de la serrure, elle n'entendait rien. L'enfant, les yeux grand ouverts, brillants, les pommettes rouges, passait des heures et des heures à parcourir les espaces qu'elle créait, pleins de rêves confus, mais illuminés par une lumière diffuse qui scintillait dans son cerveau.

Jamais elle ne demandait pardon; elle n'en avait pas besoin. Elle sortait de son cachot noir pensive, altière, silencieuse; elle continuait à rêver; la diète lui donnait de nouvelles forces pour cela. L'héroïne de ses histoires d'alors, c'était sa mère. A six ans, dans sa petite tête frisée, d'un blond vénitien, elle avait fait un poème. Ce poème était fait des larmes de ses malheurs d'orpheline maltraitée et de fragments d'histoires qu'elle entendait de la bouche des domestiques et des bergers de Loreto. Chaque fois qu'elle le pouvait, elle s'échappait de la maison; elle courait seule, à travers les champs, entrait dans les cabanes où elle était connue et fêtée surtout par les gros chiens; elle mangeait souvent avec les bergers. De ses courses dans la campagne, elle ramenait, comme l'abeille le suc des fleurs, des matériaux pour son poème. Tout comme Poussin cueillait des herbes dans les prés pour étudier la nature qu'il transposait sur ses toiles, Anita revenait de ses escapades de sauvageonne avec des trésors plein les yeux et la tête; ce furent-là les plus grands plaisirs de sa vie. A vingt-sept ans, Ana Ozores aurait pu réciter ce poème du début jusqu'à la fin, et pourtant à chaque âge de sa vie, elle y avait ajouté une nouvelle partie. Dans la première, il y avait une colombe enchantée, une épingle noire enfoncée dans la tête; c'était la reine maure, sa mère, la mère d'Ana qui ne venait jamais. Toutes les colombes avec des taches noires sur la tête pouvaient être une mère, dans la logique poétique d'Anita.

L'idée du livre, comme source de merveilleux mensonges, fut la plus grande révélation de toute son enfance. Savoir lire! cette ambition fut sa première passion. Les tourments par où doña Camila la fit passer pour arriver à lui apprendre les syllabes, elle les lui pardonna de tout cœur. Enfin, elle sut lire. Mais les livres qu'on mettait entre ses mains ne lui parlaient pas de ce qui peuplait ses rêves. Tant pis; elle leur ferait dire ce qu'elle voudrait.

On lui enseignait la géographie; là où il y avait de pénibles énumérations de fleuves et de sommets, Ana voyait des eaux courantes, cristallines et la montagne couverte d'immenses pins et de troncs majestueux; elle n'oublia jamais la définition de l'île, parce qu'elle se représentait un jardin entouré de mer; et c'était une grande joie. Dans l'aridité des leçons de doña Camila, l'histoire sainte fut une manne pour son imagination. Son poème prit des formes concrètes et cessa d'être nébuleux; dans les tentes des Israélites qu'elle broda de franges de couleurs, elle fit camper des armées de fiers marins de Loreto, les jambes nues, musculeuses et velues, coiffés du bonnet catalan, le visage tanné, triste et bon, la barbe épaisse et frisée et les yeux noirs.

La poésie épique prédomine dans l'enfance des peuples aussi bien que dans celle des hommes. Désormais, Ana rêva, avant tout, de batailles, d'une Iliade, mieux, d'un Râmâyana sans argument. Il lui fallait un héros et elle le trouva : ce fut Germán, le garçon de Colondres. Sans se douter des aventures périlleuses où l'engageait son amie, il se laissait aimer et venait aux rendez-vous qu'elle lui fixait dans le bac de Trébol.

Elle ne lui disait rien de ces grandes batailles qu'elle l'obligeait à gagner en Extrême-Orient, où elle l'assistait dans le rôle de reine consort avec des élans d'amazone. Elle lui proposait quelquefois, au creux de l'oreille, des voyages très périlleux vers de lointains pays, dont il ne connaissait même pas le nom. Germán acceptait aussitôt, et il était prêt à se transformer en diligence si Ana acceptait l'emploi de mule, ou vice-versa. Ce n'était pas cela. La fillette voulait aller au pays des Maures pour de vrai, tuer des infidèles ou les convertir, comme Germán voudrait. Celui-ci préférait les tuer; sitôt dit, sitôt fait, ils se retrouvaient dans la barque, tandis que le passeur dormait à l'ombre d'un abri sur la rive. Au prix de grands efforts, ils arrivaient à imprimer au grand navire qu'ils manœuvraient un léger roulis, et alors, ils se croyaient en train de voguer, toutes voiles dehors, sur des mers jamais explorées.

Germán criait :

— Lofe!... A bâbord, à tribord! Un homme à la mer!... Un requin!...

Mais ce n'était pas cela non plus que voulait Anita; elle voulait partir pour de vrai, très loin, échapper à doña Camila. Une seule fois, Germán correspondit au caractère et aux qualités requises par le personnage idéal conçu par Anita : c'est lorsqu'il accepta l'escapade nocturne avec elle, pour voir ensemble la lune du fond de la barque et se raconter des histoires. Ce projet lui avait semblé plus viable que de partir pour le pays des Maures, aussi fut-il réalisé. On sait comment la grossière et lascive doña Camila interpréta l'aventure des deux enfants. Cette femme était si méchante qu'elle était prête à accepter toutes les conséquences de cette affaire où sa responsabilité était engagée, pourvu que les faits confirment ses pronostics.

— Comme sa mère ! disait-elle aux personnes de confiance. *Improper, improper !* Je vous l'avais bien dit ! L'instinct... le sang... L'éducation ne peut pas tout faire contre la nature.

Dès lors, elle éleva la fillette sans espoir de la sauver; comme on cultive une fleur où le ver s'est déjà mis. Elle n'espérait aucun résultat, mais elle faisait son devoir. Comme Loreto était un petit village, doña Camila racontait l'aventure à qui voulait l'entendre, en pleurant, pauvre d'elle, écrasée qu'elle était sous le poids de la responsabilité (et elle ne pouvait pas faire grand-chose contre la nature). Le scandale courut de bouche en bouche; même au Cercle on fut au courant de cette affaire de la confession qu'on avait imposée à la coupable. Le cas fut discuté du point de vue physiologique. On prit parti; certains disaient que c'était parfaitement possible, et l'on citait force exemples d'une semblable précocité.

— Croyez-le bien, disait l'amant de doña Camila, l'homme naît naturellement mauvais, et la femme aussi.

D'autres niaient au moins la vraisemblance du fait.

— Si vous mettez cela dans un livre, personne ne vous croira.

Ana devint l'objet de la curiosité générale. On voulait la voir, éplucher toutes ses expressions, tous ses mouvements, pour voir si l'on pouvait y remarquer quelque indice.

— Pour ce qui est d'être développée, elle l'est, et même beaucoup pour son âge, disait l'homme de doña Camila, qui savourait par avance des luxures à venir.

— En effet, c'est comme une vraie petite femme.

Et on la dévorait des yeux; on espérait comme un miracle la croissance instantanée de charmes qui n'existaient pas chez la fillette, mais seulement dans l'imagination des membres du Cercle.

Quant à Germán, qu'on n'avait pas vu à Loreto, on lui donnait dans les quinze ans. « De ce côté il n'y avait pas de problème. »

Doña Camila, en toute conscience, se crut obligée de dire quelque chose à la famille. Pas au père ; c'eût été vouloir sa mort. Elle écrivit aux tantes de Vetusta.

« C'était le coup de grâce! Le nom des Ozores déshonoré! Parce que, malgré tout, la fillette, quoiqu'indigne, était une Ozores. »

Alors, doña Anuncia, la sœur aînée, écrivit à don Carlos, parce que l'affaire était délicate. Elle ne lui rapportait pas de point en point cet épisode honteux, parce qu'elle ignorait ce qui s'était réellement passé et qu'il était peu décent de rapporter à un père de tels scandales; de plus, une demoiselle, célibataire, même si elle avait plus de quarante ans, ne pouvait descendre à certains détails. Ce qu'elle écrivit à don Carlos tenait dans ces quelques mots : il devait reprendre Anita avec lui, car si la fillette ne vivait pas auprès de son père, l'honneur des Ozores serait fortement menacé, s'il n'était pas directement en danger. Mais don Carlos ne pouvait pas encore se rendre à sa patrie, comme il disait.

Les années passèrent; il put bénéficier d'une amnistie, l'accepta et revint désabusé. Doña Camila et Ana se transportèrent à Madrid et ils y vivaient tous les trois une partie de l'année, mais passaient l'été et l'automne dans la villa de Loreto.

La calomnie qui devait, dans l'esprit de la gouvernante, flétrir à tout jamais la pureté virginale d'Anita, perdit de sa force; les gens oublièrent une telle absurdité, et quand la fillette eut quatorze ans, plus personne ne se souvenait de cette grossière et cruelle imposture, sauf la gouvernante, son homme, qui espérait toujours, et les tantes de Vetusta. Mais Ana, elle, s'en souvenait, oh combien! Au début, la calomnie ne lui avait pas fait beaucoup de mal, c'était une des nombreuses injustices de doña Camila; mais peu à peu un doute s'insinua dans son esprit, et, avec une concentration incroyable, elle appliqua toute la force de ses facultés à résoudre l'énigme qui pesait tellement sur sa vie, qui obligeait la gouvernante à prendre tant de précautions; elle voulut savoir quel était ce péché dont on l'accusait, et la méchanceté de doña Camila, la vie de turpitudes mal déguisées de cette femme finirent par dégourdir l'esprit de la fillette qui comprit peu à peu en quoi consistait l'honneur et comment on le perdait; et comme tout le monde laissait entendre que son aventure du bac de Trébol avait été une honte, son ignorance tint pour avéré qu'elle avait péché. Bien plus tard, quand fut tombé le dernier voile de son innocence et qu'elle put y voir clair, cet âge était déjà loin; elle se rappelait vaguement son amitié avec ce garçon de Colondres, mais elle ne distinguait clairement que le souvenir de son souvenir, et elle se posait des questions, ne sachant si elle avait été coupable ou non de tout ce qu'on racontait. Quand personne n'y pensait plus, elle y pensait encore et, confondant les actes innocents et les véritables fautes, elle en venait à se méfier de tout. Elle crut en une grande injustice qui était la loi de ce monde, parce que Dieu l'avait voulu; elle eut peur de ce que les hommes pensaient de ses actes, et, faisant violence aux puissants instincts de sa nature, elle vécut à l'école de la dissimulation perpétuelle, contint tout mouvement spontané de gaieté; elle, autrefois si fière et capable de faire face au monde entier, se déclara vaincue, suivit la conduite morale qu'on lui imposa, sans la discuter, aveuglément, sans y croire, mais sans jamais la trahir.

Elle était déjà ainsi quand son père revint d'exil. Un tel caractère ne lui plut guère.

Ne lui avait-on pas dit que l'enfant était un danger pour l'honneur des Ozores ? Eh bien lui voyait, au contraire, une fille trop timide et réservée, d'une sagesse exagérée pour son âge. Il regrettait bien d'avoir livré sa fille à la pruderie anglaise qui, selon lui, n'était pas adaptée à la race latine. Il se sentait très latin depuis son retour. Heureusement, il était là pour corriger cette mauvaise éducation. Il congédia doña Camila et prit en charge l'instruction de sa fille. A l'étranger, don Carlos était devenu plus philosophe et moins politique. Il n'y avait pas moyen de sauver l'Espagne. C'était un peuple usé. L'Amérique avalait l'Europe. Il était très préoccupé par les viandes en conserve en provenance des États-Unis.

— On est dévorés, dévorés! on est pauvres, très pauvres, des misérables tout juste bons à lézarder au soleil.

Il était pauvre, certes, et de plus en plus, mais il imputait sa gêne à la décadence générale, au manque de sang dans la race et autres sornettes. Il lui restait sa bibliothèque, qu'il avait enrichie, et ses amis, nouveaux, bien entendu.

Tous les jours, en présence d'Ana, la divinité du Christ était mise sur le tapis à l'heure du café. Les uns l'appelaient le premier démocrate. Les autres disaient qu'il était le symbole du soleil et les apôtres, les constellations du Zodiaque.

Ana s'arrangeait pour se retirer dès qu'elle pouvait le faire sans offenser la susceptibilité de son libre penseur de père. Et la fillette se disait avec tristesse, bien malgré elle, que les amis de son père étaient des gens peu délicats, des bavards bien téméraires! Et ce qui était pire, mais il fallait bien le dire aussi, son propre papa, un homme de talent capable d'inventer la poudre, une montre, un télégraphe, n'importe quoi, son cher papa devenait fou à force de philosopher, et ne savait pas vivre avec une fille qui s'y connaissait déjà mieux que lui en matière de religion.

Cette soumission apparente, ce sacrifice de la vie courante et des relations ordinaires aux préjugés et aux injustices du monde, tout cela n'était point de l'hypocrisie chez Anita ni le masque de l'orgueil; on ne pouvait juger sur de telles apparences ce qui se passait en elle. Déjà, dans son enfance, elle se réfugiait dans ses rêves pour échapper aux sottes et mesquines persécutions de doña Camila, et maintenant qu'elle était adolescente, elle se repliait encore dans son esprit pour compenser les humiliations et les chagrins qu'elle essuyait. Elle n'osait plus imposer ses propres désirs à ce qu'elle croyait être la conjuration des sots du monde entier, mais seule dans son coin elle se rattrapait. L'ennemi était le plus fort, mais il lui restait ce réduit inexpugnable.

On ne lui avait jamais enseigné la religion comme un sentiment de réconfort : doña Camila entendait le christianisme comme la géographie ou l'art de coudre ou de repasser : c'était une manière d'ornement ou un besoin domestique. Elle ne lui avait rien dit contre le dogme, mais jamais elle n'avait essayé de lui expliquer la douceur de Jésus par un baiser maternel. Sainte Marie était la mère de Dieu, en effet ; mais un jour qu'Ana rentra de promenade en déclarant que la Vierge, elle en était sûre, lavait les langes de l'enfant Jésus à la rivière, doña Camila, indignée, s'exclama :

— *Improper!* Mais qui peut mettre dans la tête de cette gamine de si vulgaires inepties ?

Sur ce point précis, don Carlos approuvait la façon de voir de doña Camila; précisément il croyait que le Mystère de l'Incarnation était comme la pluie d'or de Jupiter; et en remontant plus loin, en vertu de la mythologie comparée, il trouvait dans la religion des Indiens des dogmes analogues.

Chez son père, Ana disposait de peu de livres de dévotion. Mais en revanche, elle savait beaucoup de choses en mythologie, avec ou sans voiles.

Mis à part ce que la pudeur la plus élémentaire commande de couvrir, don Carlos ne cachait rien à sa fille. Elle pouvait et devait tout savoir. Pourquoi pas ? Et à grand renfort de citations, Ozores expliquait et recommandait l'éducation *omnilatérale et harmonique,* telle que lui l'entendait.

— Je veux, concluait-il, que ma fille connaisse ce qui est bien et ce qui est mal, en sorte qu'elle puisse choisir librement le bien; car sinon, quel mérite auraient ses actions ?

Cependant, si sa fille avait été funambule, et qu'elle se fût produite sur le fil, il aurait tendu un filet, quitte à enlever du mérite au numéro. Il lui interdisait de lire certains romans modernes, mais dès qu'il s'agissait d'art classique, « d'art véritable », il n'y avait plus de voiles, on pouvait tout lire. Notre romantique Ozores était classique depuis son voyage en Italie.

— L'art n'a pas de sexe ! s'écriait-il. Voyez, je donne à ma fille ces gravures d'art antique qui célèbrent toutes les beautés du nu que nous, les modernes, nous voudrions bien pouvoir imiter. Il n'y a plus de nu ! Et il soupirait.

Anita finit par connaître la mythologie aussi bien que l'histoire d'Israël quand elle était petite.

— *Honni soit qui mal y pense* *, répétait don Carlos; ou bien encore : *O procul, procul estote prophani!*

Il ne prenait pas d'autres précautions.

Par chance, la plus forte impression que l'art antique et les fables grecques firent sur l'esprit d'Ana fut d'ordre purement esthétique ; elle fut touchée dans son imagination surtout et grâce à elle, et non à don Carlos, l'étude inopportune du nu classique ne causa aucun dommage.

L'adolescente enviait les dieux d'Homère qui vivaient comme elle avait rêvé de vivre, à l'air libre, en pleine lumière, avec beaucoup d'aventures et loin de la férule d'une gouvernante à moitié anglaise.

Elle enviait aussi les bergers de Théocrite, Bion et Moschos; elle rêvait de la grotte fraîche et obscure du Cyclope amoureux et se faisait une joie, à peine teintée de mélancolie, de se transporter avec ses illusions dans cette ardente Sicile qu'elle se représentait comme un nid d'amour. Mais comme en s'abandonnant à ses instincts, à ses rêves, à ses chimères, elle avait abouti à la nébuleuse aventure du bac de Trébol, qui lui faisait encore honte, elle regardait avec méfiance, avec une répugnance morale même, tout ce qui avait trait aux relations entre hommes et femmes, s'il s'ensuivait un plaisir quelconque, pour aussi idéal qu'il fût. Cette confusion, mélange de malice et d'innocence, où les calomnies de la gouvernante et les grossiers commentaires des gens avaient plongé son esprit, la rendirent insensible, hostile et rebelle à tout ce qui touchait à l'amour tel qu'elle se le figurait. On l'avait systématiquement écartée du contact des hommes, comme on éloigne du feu une matière inflammable. Doña Camila l'éduquait comme si elle avait été une poudrière. « L'instinct naturel de son enfance s'était fourvoyé. Son amitié avec Germán avait été un péché, qui l'eût cru? Le mieux était de fuir l'homme. Elle ne voulait pas de nouvelles humiliations. » Cette aberration de son esprit était favorisée par les circonstances.

Don Carlos avait pour tous amis quelques vieux loups solitaires, philosophes au petit pied et conspirateurs. Ces messieurs devaient être seuls au monde; s'ils avaient femme et enfants, ils ne les montraient ni n'en parlaient jamais. Anita n'avait pas d'amies. En outre, don Carlos la traitait exactement comme l'art, comme si elle n'avait pas de sexe. C'était une éducation neutre. Ozores avait beau réclamer à cor et à cri l'émancipation de la femme et applaudir chaque fois qu'à Paris une dame brûlait le visage de son amant au vitriol, au fond de lui-même il tenait la femme pour un être inférieur, comme un bon animal domestique. Il ne lui arrivait jamais de se demander quels pouvaient être les besoins d'Anita. Il avait beaucoup aimé sa mère, avait baisé ses pieds nus pendant leur lune de miel, qui avait été vraiment folle; mais peu à peu, sans le vouloir, lui aussi avait vu en elle l'ancienne couturière et il la traita finalement comme l'aurait fait un bon maître, affable et satisfait. Quoi qu'il en fût, il croyait faire ce qu'il fallait en emmenant Anita au musée des Beaux-Arts, au palais des Armures, parfois au Théâtre Royal et presque toujours en promenade avec des libres penseurs, des amis à lui qui s'arrêtaient tous les dix pas pour discuter.

C'étaient de ces hommes qui n'ont presque jamais parlé à une femme. Cette espèce d'hommes, rare à première vue, est plus courante qu'on ne le croit. L'homme qui ne parle pas aux femmes se reconnaît habituellement à ce qu'il parle beaucoup de la femme en général; mais les amis d'Ozores ne faisaient même pas cela; c'étaient des pins solitaires du nord qui ne soupiraient après aucune palme du Midi.

Bien qu'Ana eût presque l'âge où les filles peuvent déjà plaire en tant que femmes, elle n'attirait pas le regard; personne n'était tombé amoureux d'elle. A eux deux, doña Camila et don Carlos avaient flétri les roses de son visage; cette poussée et cet épanouissement des formes qui faisaient étinceler les yeux de l'amant de la gouvernante, s'étaient comme interrompus; Anita allait se transformer en femme alors qu'elle semblait encore loin de cette période critique; elle était maigre, pâle, frêle; ses quinze ans étaient bien ingrats : à dix ans elle en paraissait treize, mais à quinze elle en faisait deux de moins.

Comme il n'a pas encore été décidé que le Trésor Public doive entretenir les philosophes, don Carlos, qui passait son temps à refaire le monde et à le condamner tel qu'il était, se trouva rapidement dans une situation financière délicate.

« Il était fatigué; il avait suffisamment combattu dans sa vie », selon lui, et il ne lui vint pas à l'idée de chercher du travail; il ne voulait plus travailler. Il préféra se retirer dans sa maison de Loreto, accédant par là aux suppliques d'Anita qui le lui demandait à deux genoux. La pauvre enfant s'ennuyait beaucoup à Madrid. Tandis que l'Olympe ou le musée des Beaux-Arts livraient la Grèce à son imagination, elle, Ana Ozores, l'être en chair et en os, devait vivre dans une ruelle étroite et obscure, dans un misérable entresol qui pesait sur sa tête comme un couvercle. Certaines voisines voulaient l'emmener en promenade, l'inviter chez l'une ou chez l'autre ou l'entraîner dans les théâtres mal famés qu'elles fréquentaient. A Madrid, la pauvreté ne peut être que résignation ou prétention. Ces voisines étaient prétentieuses. Anita ne pouvait les supporter; elles, leur compagnie et leurs spectacles la dégoûtaient. On eut vite fait de l'appeler le pou orgueilleux, Madame je-sais-tout. Elle supportait beaucoup mieux les six autres mois à la campagne, bien que le village eût été témoin de sa captivité et de l'aventure du bac, avec toutes les calomnies qui s'ensuivirent. Mais de tous ceux qui auraient pu lui rappeler cette *honte,* elle ne voyait que M. Iriarte, l'homme de la gouvernante, qui venait voir don Carlos et regardait l'enfant avec les yeux d'un propriétaire s'apprêtant à faire sa récolte.

Quand don Carlos décida de vivre à Loreto toute l'année, pour faire des économies, Anita couvrit ses yeux et sa bouche de baisers et redevint pendant tout un jour la fillette expansive et joyeuse qu'elle promettait de devenir avant d'être transplantée dans la serre pédagogique de doña Camila.

Les autres années, don Carlos apportait au village quelques cartons de livres; cette fois-ci, par le commissionnaire, il fit envoyer la bibliothèque tout entière, objet de son légitime orgueil.

Un beau jour, au soleil de mai, Ana, qui se préparait intérieurement à une vie nouvelle, chantait joyeusement en nettoyant les étagères de la bibliothèque dans la propriété. Elle mettait les livres dans les cases après en avoir secoué la poussière, dans l'ordre indiqué sur le catalogue rédigé par don Carlos.

Elle vit un volume en français, recouvert d'un fin bristol jaune; elle crut qu'il s'agissait d'un de ces romans que son père lui interdisait de lire et elle allait passer à un autre quand elle lut au dos du livre : *Confessions de saint Augustin.*

Que faisait là saint Augustin ?

Don Carlos était un libre penseur qui ne lisait aucun ouvrage de saints, de curés, ou de *calotins*, comme il disait. Mais saint Augustin était une de ses rares exceptions. Il le considérait comme un philosophe.

Ana éprouva une envie irrésistible; elle voulut lire ce livre immédiatement. Elle savait que saint Augustin avait été un païen libertin converti par des voix célestes, sous l'influence des larmes de sa mère, sainte Monique. Elle n'en savait pas plus. Elle lâcha le plumeau avec lequel elle secouait la poussière; et debout, sa tête menue et frisée et le livre ouvert baignant dans un rayon de soleil, elle lut les premières pages. Don Carlos n'était pas là. Ana sortit avec le livre sous le bras, elle alla au jardin. Elle pénétra sous la tonnelle recouverte d'un épais liseron vivace. Les ombres des petites feuilles de la voûte de verdure folâtraient sur les pages du livre, noires et blanches et brillantes; tout près, derrière, on entendait le murmure discret et frais de l'eau d'une rigole qui coulait doucement en se chauffant au soleil; hors du jardin les branches des hauts peupliers bruissaient du léger bruit de castagnettes des jeunes et tendres feuilles brillantes comme des lances d'acier.

Toute l'âme d'Ana était suspendue aux mots qu'elle lisait. Quand elle arrivait au bout d'une page, son esprit était déjà à la suivante. Voilà qui était nouveau. Toute la mythologie était une folie, d'après le saint. Et l'amour, ce fameux amour, ce qu'elle se figurait, péché, bassesse; une erreur, un aveuglement. Elle avait bien fait de se méfier. Elle se souvint qu'à Madrid deux étudiants lui avaient écrit des lettres auxquelles elle n'avait pas répondu. C'était sa seule aventure, après la honte du bac de Trébol. Le saint disait que les enfants sont instinctivement méchants, que leur perversion innée ravit et fait rire ceux qui les aiment; mais toutes les grâces qu'ils font sont des défauts : c'est l'égoïsme, la colère, la vanité qui les poussent.

« C'est vrai, c'est vrai », pensait-elle repentante.

Mais alors, il fallait autre chose. Le vide de son cœur allait-il se remplir ? Cette vie sans attrait, au passé noir, à l'avenir noir, cette vie inutile, environnée d'ennuis et de bêtise, allait-elle finir ? Ce fut comme une explosion et dans sa tête retentit un « oui » terrible qui éclata dans son esprit en mille brillantes étincelles. Elle était alors en pleine lecture; elle était encore étourdie, presque effrayée par cette voix qu'elle avait entendue au fond d'elle-même, quand elle arriva au passage où le saint raconte qu'en se promenant lui aussi dans un jardin, il entendit une voix lui dire : « *tolle, lege* », et qu'il se précipita sur le texte sacré pour lire un verset de la Bible... Ana poussa un cri, elle sentit un frémissement lui parcourir toute la peau du corps et à la racine des cheveux comme un souffle qui les fit se dresser et les maintint dans cet état durant des secondes.

Elle eut peur du surnaturel; elle crut que quelque chose allait lui apparaître... Mais la panique passa, et la pauvre enfant sans mère sentit, apaisant pour son cœur, un doux ruisseau monter en elle jusqu'aux fontaines de ses yeux. Les larmes qui les remplissaient brouillaient les lettres à sa vue.

Et elle pleura sur les *Confessions de saint Augustin*, comme dans le giron d'une mère. A ce moment-là, son âme devenait femme.

L'après-midi même, elle acheva le livre. Elle renonça à lire les derniers chapitres qu'elle ne comprenait pas.

Ce soir-là, dans la bibliothèque, se trouvaient à discuter don Carlos, un prêtre de Loreto et divers amateurs de philosophie et de bon cidre dont Ozores, tout ruiné qu'il était, se montrait prodigue pourvu que cela lui amenât des contradicteurs. Penser sans amis, c'est penser à demi, disait-il. Il avait besoin d'une opposition. Le chapelain voulait porter haut et ferme l'étendard de l'Église et passer agréablement les soirées qui avaient tendance à être interminables à Loreto, même au printemps.

Assise à l'écart, quasiment perdue tout au fond d'un énorme fauteuil en gutta-percha, à grandes oreilles, où elle rêvait souvent toute éveillée, Ana rêvait encore ce soir-là, les yeux grands ouverts, fixes. Elle pensait à saint Augustin; elle se l'imaginait coiffé d'une grand mitre dorée et revêtu d'une chape en satin brodé d'or, parcourant le désert d'une Afrique qu'elle peuplait de fauves et de palmiers montant jusqu'aux nues. Comme dans son enfance, elle se laissait emporter avec délices par son imagination; c'était un nouveau chant pour son poème. Au seul souvenir de la douce réconciliation de saint Augustin avec un ami venu l'écouter prêcher et qu'il avait cessé de fréquenter, Ana se sentait envahie d'une ineffable tendresse qui la portait à aimer l'univers entier à travers cet évêque.

Au même instant, don Carlos jurait que le christianisme était une importation de la Bactriane.

Il n'était pas certain que c'était Bactriane qu'il avait lu, mais au village, dans ses controverses, il n'était pas trop scrupuleux en matière de données historiques, parce qu'il comptait sur l'ignorance de l'auditoire.

Le chapelain ne savait pas ce qu'était la Bactriane; c'est pourquoi l'idée de faire venir le christianisme de là, lui semblait la plus ridicule et la plus drôle des extravagances.

— Mais quelles *bactriâneries* nous sortez-vous là! disait-il, mort de rire. Où donc M. Ozores a-t-il lu cela?

« Le chapelain n'était pas un saint Augustin, pensait Anita; non, parce que saint Augustin n'aurait pas bu de cidre, n'aurait pas si mal réfuté des arguments tels que ceux de son père. N'importe, le prêtre avait raison et cela suffisait; il disait de grandes vérités sans le savoir. » A ce moment-là, don Carlos se mit à prendre la défense des Manichéens.

— Il me semble moins absurde de croire en un Dieu bon et un autre méchant que de croire en Jehova Eloïm qui était un despote, un dictateur, un ultra.

« Son père était manichéen! Il fallait voir ce que saint Augustin, qui avait aussi cru à de telles erreurs, disait des Manichéens. Mais son père finirait par se convertir; comme elle, dont le cœur débordait d'amour pour tout le monde et de foi pour Dieu et pour le saint évêque d'Hippone. »

Plus tard, en fouillant dans la bibliothèque, elle trouva *le Génie du Christianisme*, qui fut pour elle une révélation. Prouver la religion par la beauté lui parut la meilleure idée du monde. Si sa raison ne cédait pas aux arguments de Chateaubriand, bien vite son imagination se déclarait vaincue, et avec elle son libre arbitre.

« Un drôle de paltoquet que ce M. Chateaubriand, d'après don Carlos. Il avait ses œuvres parce que le style n'était pas mauvais. » C'était l'époque où l'on disait partout beaucoup de mal de Chateaubriand.

Puis Ana lut *les Martyrs*. Elle aurait bien voulu être Cimodocée; son père aurait pu faire un Démodocus très passable, surtout après son voyage en Italie, qui en avait fait un païen. Mais Eudore? Où trouver Eudore? Elle pensa à Germán. Qu'était-il devenu?

Elle eut du mal à trouver, parmi tous les livres de son père, des ouvrages parlant de religion, en bien, évidemment. Un volume du *Parnasse espagnol* était consacré à la poésie religieuse. Dans l'ensemble, les vers étaient lourds, obscurs, mais elle en trouva qui lui firent une plus grande impression que Chateaubriand lui-même. Des quintils de Fray Luis de León commençaient ainsi :

Un jour si tu veux
Chanter de blonds cheveux,
Chante ceux de Marie,
Plus dorés et plus jolis
Que soleil en plein midi.

Le poète ecclésiastique qui oubliait d'autres cheveux pour chanter ceux de Marie lui sembla sublime dans sa tendresse; ces cinq vers éveillèrent dans le cœur d'Ana ce qu'on pourrait appeler le *sentiment de la Vierge*, parce qu'il ne ressemble à aucun autre. Et ce fut sa folie d'amour religieux.

Marie, Reine des Cieux, était aussi une Mère, celle des Affligés. Si elle lui était apparue, elle n'aurait pas eu peur. La dévotion à la Vierge pénétra avec plus de force que celle de saint Augustin ou de Chateaubriand dans le cœur de cette enfant qui devenait femme. L'Ave Maria et le Salve acquirent un nouveau sens pour elle. Elle priait sans cesse. Mais cela ne suffisait pas, elle voulait plus, inventer elle-même de nouvelles prières.

Don Carlos possédait aussi le *Cantique des Cantiques*, dans la version poétique de saint Jean de la Croix. Il faisait partie des livres interdits à Ana.

— On ne me la fait pas, disait don Carlos en clignant de l'œil, cette *bien-aimée* est peut-être l'Église, mais... j'ai des doutes... j'ai des doutes...

Et de sortir les pires extravagances; parce que lui qui était incapable de calomnier son prochain, pensait que lorsqu'il s'agissait de saints ou de curés on pouvait y aller.

Ana lut les vers de saint Jean de la Croix; ils lui délièrent la langue pour improviser des prières; elle les récitait en vers dans ses promenades solitaires au-dessus de Loreto, à travers les collines qui sentent bon le thym et tombent à pic jusqu'à la mer.

Des vers *à la saint Jean*, comme elle disait pour elle-même, jaillissaient à flots de son âme, faits tout d'une pièce, simples, tendres et passionnés; et c'était sa façon de parler à la Vierge.

Anita remarquait avec nervosité et excitation — et ce faisant, elle ressentait un mal de tête étrange — une mystérieuse analogie entre les vers de saint Jean de la Croix et la senteur du thym qu'elle foulait en escaladant les collines.

Il est vrai que depuis quelque temps, son esprit cherchait et trouvait, sans qu'elle le voulût, des relations secrètes entre les choses, et leur vouait à toutes une tendresse mélancolique qui débouchait sur d'épouvantables migraines.

Un soir d'automne, après avoir accepté un petit verre de kummel que son père voulait lui faire boire après son café, Anita s'en alla toute seule, avec l'intention de commencer à écrire un livre, là-haut dans la ravine des pins qu'elle connaissait bien; c'était *une œuvre* qu'elle avait imaginée quelques jours auparavant, un recueil de poésies « A la Vierge ».

Don Carlos l'autorisait à se promener seule quand elle montait jusqu'aux collines où poussait le thym, en passant par la porte du jardin; par là, personne ne pouvait la voir, et l'on ne montait là-haut que pour ramasser du bois.

Ce jour-là, sa promenade dura plus que de coutume. La pente était rude, un vrai chemin de chèvres : à droite, d'effrayantes falaises tombaient à pic dans la mer qui, hurlant de colère, se brisait en écume tandis que sous ses pieds la terre semblait gronder. A gauche, les champs de thym accompagnaient le chemin jusqu'au sommet couronné de pins où le vent à travers les branches imitait comme un écho la plainte inextinguible de l'océan. Ana montait à grands pas. L'effort qu'exigeait la pente l'excitait; elle se sentait toute fiévreuse; ses joues d'habitude glacées étaient en feu, comme aux jours lointains. Elle montait avec une ardeur passionnée, comme si le chemin devait la conduire droit au ciel.

A un détour du sentier qu'elle suivait, Ana découvrit soudain un nouveau panorama; Loreto avait disparu de sa vue. Devant, il y avait la mer qu'elle entendait auparavant sans la voir; la mer, beaucoup plus grande que vue du port, plus pacifique, plus solennelle; de là, les vagues ne paraissaient plus être les violentes secousses d'un fauve dans sa cage, mais le rythme d'une chanson sublime, les vibrations de plaques sonores, égales, symétriques, allant de l'Orient vers l'Occident. Au fin fond du couchant, elle apercevait un amphithéâtre de montagnes, semblable à un escalier de géant montant jusqu'au ciel; nuages et cimes se mêlaient en des jeux colorés de lumière. Au point le plus élevé de ce *cumulus* de pierre céleste, Ana distingua un point; elle savait que c'était un ermitage. La Vierge était là. Au même moment, tous les nuages du couchant se déchiraient, et la lumière jaillit de leurs entrailles pour faire une auréole à la Mère de Dieu dont le temple était sur cette cime. Le coucher du soleil était une apothéose. Les voiles des barques de Loreto, prises dans l'ombre de la montagne, tout en bas, avaient l'air de colombes volant sur les eaux.

Ana arriva enfin à la *ravine des pins*. C'était une gorge entre deux petits coteaux couronnés d'arbustes et de quelques magnifiques spécimens de l'arbre qui lui donnait son nom. Au milieu, le lit d'un torrent à sec laissait voir son fond de pierres blanchâtres; un oiseau, qui pour la jeune fille devait être un rossignol, chantait, caché dans les arbustes du coteau le plus à l'ouest. Ana s'assit sur une pierre, près du torrent à sec. Elle se croyait dans le désert. Aucun bruit ne rappelait l'existence de l'homme. La mer qu'elle ne voyait plus faisait entendre à nouveau son murmure souterrain; les pins bruissaient à l'instar de la mer et l'oiseau chantait comme un rossignol. Elle était assurée de sa solitude. Elle ouvrit un gros cahier relié, le posa sur ses genoux et écrivit au crayon sur la première page : « A la Vierge. »

Elle réfléchit, attendant l'inspiration sacrée.

Avant d'écrire, elle laissa parler son esprit.

Quand le crayon traça le premier vers, la première stance était déjà achevée dans son cœur. Le crayon continua de courir sur le papier, mais son cœur allait toujours plus vite; les vers engendraient les vers comme un baiser en appelle cent; de chaque concept amoureux et rythmique jaillissaient des essaims d'idées poétiques qui naissaient, revêtues de toutes les couleurs et tous les parfums, de ce langage lyrique simple, noble, passionné.

Alors que son esprit dictait toujours des flots de vers, sa main dut renoncer à le suivre, parce que le crayon ne pouvait plus écrire : les yeux d'Ana ne voyaient plus ni les lettres ni le papier, ils étaient pleins de larmes. Elle sentait des coups de fouet lui battre les tempes et une main de fer lui serrer la gorge.

Elle se leva, voulut parler, cria; sa voix enfin résonna dans le vallon; le rossignol d'Ana se tut et les vers qu'elle récitait comme une prière au milieu des larmes, furent emportés par le vent et repris par l'écho dans les collines. Avec des mots de feu, elle invoquait sa Mère céleste. Sa propre voix l'enthousiasma, elle fut saisie de frissons et ne parvint plus à parler : ses genoux fléchirent, elle appuya son front contre terre. Un effroi mystique la domina un moment. Elle n'osait lever les yeux. Elle craignait d'être entourée de surnaturel. Une lumière plus forte que celle du soleil traversait ses paupières fermées. Elle entendit du bruit tout près, cria, releva la tête avec terreur... pas de doute, un buisson avait bougé, sur le coteau d'en face... et, les yeux ouverts au miracle, elle vit un oiseau noir s'envoler d'un roncier et passer au-dessus de son front.

Chapitre cinq

A quarante-sept ans, Mlle Anunciación Ozores n'avait jamais dépassé les limites de la province de Vetusta. Il était donc pour elle très ennuyeux, peut-être même dangereux, de s'aventurer à parcourir en vingt heures de diligence la route de la côte qui menait à Loreto. Don Cayetano Ripamilán, chanoine respectable par sa condition et par son âge, ainsi qu'une ancienne domestique l'accompagnèrent dans son voyage.

Don Carlos était mort subitement, une nuit, sans confession, sans aucun sacrement. Le docteur avait parlé d'hémorragie, d'un vaisseau... Pur matérialisme. Doña Anunciación voyait là la main de Dieu et son juste châtiment. Ceci n'empêcha point que, durant le voyage, Mlle Ozores, strictement vêtue de deuil, manifestât une douleur à peine atténuée par la résignation chrétienne.

Ana, la fille de la couturière, était clouée au lit. Elle était seule, aux mains de domestiques; il n'y avait pas d'autre solution que d'aller la recueillir. Devant cette mort prenaient fin les différends familiaux.

— « Morte la bête, mort le venin », avait dit un des nobles de Vetusta.

Doña Anunciación et don Cayetano trouvèrent la jeune fille en danger de mort. Il s'agissait d'une fièvre nerveuse. Une crise terrible, avait dit le docteur; la maladie avait coïncidé avec certaines transformations propres à l'adolescence; propres à l'adolescence, certes, mais devant des demoiselles ces choses n'auraient pas dû être expliquées, comme le faisait le docteur, avec clarté et avec tous les détails. Don Cayetano pouvait tout entendre, mais doña Anunciación aurait préféré des métaphores et des périphrases. « Le développement contenu », « la métamorphose critique et mystérieuse », « la chrysalide qui s'ouvre », tout cela était fort bien, mais le docteur ajoutait des détails que doña Anunciación n'hésitait pas à qualifier de grossiers.

— Mon frère avait de drôles de fréquentations, disait-elle, en levant les yeux au ciel.

Cette pauvre enfant, orpheline et malade, avait vécu pendant quinze jours sous la dépendance des domestiques, car doña Anunciación ne s'était décidée à entreprendre ce voyage de vingt heures que lorsqu'on lui eut demandé cette œuvre de charité au nom de sa nièce moribonde. Ana était déjà malade lorsque la catastrophe s'abattit sur elle. Sa maladie était mélancolique : elle était triste sans savoir pourquoi. Au début, la perte de son père l'effraya plus qu'elle ne l'affligea. Elle ne pleurait pas; elle restait toute la journée à grelotter de froid, dans une somnolence traversée de pensées extravagantes. Elle se sentit gagnée par un égoïsme horrible, plein de remords. Le sentiment d'être abandonnée, qui l'atterrait, lui était alors plus douloureux que la mort de son père. Tout son courage disparut : elle se sentit esclave des autres. Elle n'en pouvait plus de souffrir en silence et de se réfugier dans sa vie intérieure : elle avait besoin du monde, d'un refuge. Elle savait qu'elle était très pauvre. Son père, quelques mois avant sa mort, avait vendu à vil prix à ses sœurs la demeure ancestrale de Vetusta. C'était tout ce qui restait de son patrimoine. Le produit de cette mévente avait servi à payer d'anciennes dettes. Mais il en restait d'autres. La villa elle-même était grevée d'hypothèques et ce qu'elle valait ne pouvait tirer personne d'embarras. Ce qui aurait dû lui revenir s'était dissipé entre les mains du philosophe.

« C'est-à-dire que je suis presque dans la misère. »

Elle devrait attendre longtemps pour percevoir sa pension d'orpheline qui, lui dit-on, ne serait qu'une aide dérisoire, presque rien; et personne pour lui expliquer comment et où elle devait la demander. Elle était seule, complètement seule. Qu'allait-elle devenir? Les amis du philosophe ne lui furent d'aucun secours. Ils ne savaient que discuter. Le chapelain ne reparut pas : la mort subite de don Carlos sentait un peu le soufre.

Un jour, trois ou quatre après l'enterrement de son père, Ana voulut se lever et elle n'y parvint pas. Des bras invisibles la maintenaient dans le lit. La veille, elle s'était endormie les dents serrées et tremblant de froid. Elle avait voulu écrire à ses tantes de Vetusta, mais elle n'avait pas pu coordonner ses mots; elle doutait même de leur orthographe.

Elle fit des cauchemars, et malgré ses efforts pour dissimuler son état, le mal fut le plus fort et eut raison d'elle. Le docteur parla de fièvre, de la nécessité de soins vigilants. Il lui posa des questions auxquelles elle ne savait ni ne voulait répondre. Elle était seule et c'était absurde. Ce docteur dit qu'elle n'avait personne sur qui compter et il pesta contre l'incurie des domestiques.

— Ils vous laisseront mourir, mon enfant.

Ana poussa des cris, eut très peur, se sentit faible, et, en pleurs, les mains jointes, elle supplia que l'on appelât ses tantes, les sœurs de son père qui vivaient à Vetusta et qui, à ce qu'elle avait cru comprendre, étaient de très bonnes chrétiennes.

Les tantes éprouvaient de vagues remords à la suite de l'achat de la demeure. Elles comprenaient qu'elle valait plus, beaucoup plus qu'elles ne l'avaient payée, abusant de la situation désespérée de don Carlos qui, en outre, était un étourdi en matière d'intérêts. Lui qui avait renié la foi des Ozores... « Pour ne pas être victime d'une mystification! »

L'occasion se présentait d'apaiser leur conscience en recueillant la malheureuse fille de ce pauvre frère.

Doña Anunciación put mieux apprécier la grandeur de son œuvre de charité quand elle vit qu'Ana « était à la rue », ou peu s'en fallait. La villa qu'elles avaient imaginée digne d'un Ozores, même égaré, était une maison villageoise de belle allure, mais sans valeur, avec un jardin de médiocre utilité. En outre, elle était grevée d'une dette qui aurait du mal à être épongée avec ce qu'elle valait. Anita était dans de beaux draps! Ce malheureux athée n'avait même pas su devenir riche. Perdre son âme et son corps, le ciel et la terre! Une belle réussite! Enfin, c'était ainsi.

Elle avait pris sur ses épaules une charge bien lourde : mais qui n'a pas sa croix?

Ana garda le lit pendant un mois.

Mais doña Anunciación s'ennuyait à Loreto où il n'y avait pas de bonne société. Aussi le voyage de retour à Vetusta fut-il hâté, contre les conseils de ce médecin grossier qui prodiguait les termes techniques les plus transparents.

Dès qu'elles arrivèrent à Vetusta, l'orpheline eut un « retard de convalescence », selon le médecin de famille, qui, lui, était mesuré et n'appelait pas les choses par leur nom.

Ce retard se manifesta par un autre accès de fièvre qui mit de nouveau la vie d'Ana en danger.

Les demoiselles Ozores et la noblesse de Vetusta suspendirent leur jugement sur la fille de don Carlos et de la couturière italienne jusqu'à plus ample informé. Durant la période où la jeune fille fut entre la vie et la mort, doña Anunciación trouva sa conduite irréprochable.

Elle devait à la vérité de reconnaître qu'il n'y avait rien à dire contre son éducation ni contre son caractère. C'était une bonne malade. Elle ne demandait rien; elle prenait tout ce qu'on lui donnait, et si on lui demandait :

— Comment te sens-tu, Anita?

— Un peu mieux, madame, répondait la jeune fille chaque fois qu'elle le pouvait.

Parfois elle ne répondait pas parce qu'elle n'avait pas la force de parler. Et parfois elle n'entendait même pas.

Durant sa nouvelle convalescence, elle ne se montra jamais impertinente.

Elle ne se plaignait pas; tout était très bien. Elle était toujours très mesurée.

Au Cercle aristocratique de Vetusta, auquel appartenaient tout naturellement les demoiselles Ozores, on ne parlait que de l'abnégation de ces saintes femmes.

Gloucester, c'est-à-dire don Restituto Mourelo, simple chanoine à l'époque, disait d'une voix mielleuse et mystérieuse durant les soirées du marquis de Vegallana :

— Messieurs, voilà la vertu traditionnelle au lieu de cette fausse et verbeuse philanthropie moderne. Les demoiselles Ozores accomplissent une œuvre de charité qui, si nous voulions l'analyser avec soin, nous révèlerait une longue suite de bonnes actions. Il ne s'agit pas seulement d'endosser l'énorme charge de nourrir, et je crois même de vêtir et de chausser, une personne qui leur survivra, selon toute probabilité, charge de toute leur vie, viagère par conséquent; mais en outre, il y a le fait que cette jeune fille incarne une abdication que je m'abstiens de qualifier, une abdication de son père...

— Une abdication abominable, se hasarda à dire un baron ruiné.

— Abominable, ajouta Gloucester en s'inclinant. Elle est l'incarnation d'une alliance néfaste, celle du sang, à l'évidence bleu, des Ozores avec le sang plébéien, et ce qui est pire..., comme nous savons tous, cette enfant est l'incarnation de la peu pointilleuse moralité de sa mère, de sa malheureuse...

— Mais oui, coupa brusquement la marquise de Vegallana qui ne tolérait pas les discours de Gloucester, mais oui, sa mère était une rien du tout, d'accord, mais la fille semble bien, selon ses tantes : elle est très docile et très discrète.

— Discrète, oui, c'est sûr, vu qu'elle a encore de la peine à parler tellement elle est faible.

Ces paroles furent prononcées par le médecin de l'aristocratie, don Robustiano, qui soignait Ana.

C'est au cours de cette soirée que l'on décida d'accueillir la fille de don Carlos comme une Ozores, comme une descendante de la meilleure noblesse. Il ne serait plus question de sa mère. En parler fut désormais chose interdite. Elle, par contre, serait considérée comme la nièce de celles qui méritaient tant d'éloges.

Doña Anunciación et doña Agueda éprouvèrent un grand soulagement lorsque le médecin leur apprit cette résolution de la noblesse de Vetusta.

Ana était seule durant de longues heures. Ses tantes avaient coutume de travailler — tricoter et faire du crochet — dans la salle à manger. La chambre de la nièce était à l'autre bout de la maison.

En outre, les illustres dames passaient de longs moments hors de la triste demeure de leurs ancêtres. Elles fréquentaient régulièrement la meilleure société de Vetusta et s'étaient imposé, une fois par semaine, une veillée de prières et une visite au Sacré-Cœur. Elles assistaient à toutes les neuvaines, à tous les sermons, à toutes les réunions de confréries et à toutes les soirées de bon ton. Elles déjeunaient deux ou trois fois par semaine hors de chez elles. Bref, elles passaient la majeure partie de leur temps en visites. Pour elles, c'était l'occupation la plus importante parmi toutes celles de leur existence bien remplie. Ne pas rendre une visite *de classe* était à leurs yeux le plus grand crime que l'on pût commettre dans une société civilisée. Elles aimaient la religion, comme un timbre de leur noblesse, mais elles n'étaient pas très dévotes. Le culte de la classe occupait la première place dans leur cœur et si elles avaient dû choisir entre la visite à la Chapelle-de-Marie et la soirée de Vegallana, la Très Sainte Marie, dans son immense bonté, aurait pardonné, mais elles auraient assisté à la soirée.

L'étiquette, comme on l'entendait à Vetusta, était la loi qui gouvernait le monde : c'est à elle que l'on devait l'harmonie céleste.

Si l'on supprimait l'étiquette, les étoiles se heurteraient et s'écraseraient probablement. Que pouvait comprendre de tout cela la petite nièce ? C'était toute la question. Les regards de doña Agueda, un peu plus grosse, plus jeune et plus affable que sa sœur, étaient chargés de ces interrogations quand, au moment de lui servir un bol de bouillon, ils se fixaient sur Anita.

L'orpheline souriait toujours, remerciait toujours. Elle était d'accord sur tout. Les tantes voyaient non sans impatience se prolonger cet état. La jeune fille ne guérissait pas vraiment et ne rechutait pas non plus. Aucune solution ne se dessinait. En outre, dans ces conditions, on ne pouvait pas connaître son véritable caractère. Cette soumission absolue pouvait être due à la maladie. Don Robustiano affirma que tel était le cas.

Un soir, croyant peut-être que la petite nièce dormait ou ayant oublié qu'elle était à côté, les deux sœurs abordèrent un sujet très important dans la pièce voisine de sa chambre.

— Je tremble et je parie que tu ne sais pas pourquoi, disait doña Anunciación.

— Ne serait-ce pas précisément ce qui me préoccupe ?

— C'est-à-dire ?

— Cette enfant...

— Cette histoire honteuse...

— C'est ça !

— Te rappelles-tu la lettre de la gouvernante ?

— Bien sûr, puisque c'est moi qui la conserve.

— La fillette avait douze ou quatorze ans, n'est-ce pas ?

— Un peu moins, mais c'est pire.

— Et tu crois... que...

— Euh ! Évidemment.

— Est-il possible qu'elle soit une Obdulia ?

— Ou une Tarsila. Tu te souviens de Tarsila qui eut une histoire avec un jeune officier et ensuite je ne sais quelles amourettes avec don Alvaro Mesía ?

— Et ce n'était qu'innocence, selon les nigauds d'ici.

— Oui, une belle innocence. Je crois qu'à Madrid elle a autant d'amants que ça — et elle joignait et séparait ses doigts.

— Évidemment, on ne se refait pas...

— Quand il n'y a pas de base ferme...

— A qui le dis-tu!

— Et Obdulita! Tu sais bien ce que l'on a raconté l'an passé. Ensuite on a dit que non, on a affirmé que c'était de la calomnie...

— Oui, oui, je connais la musique!

— A qui le dis-tu!

— Ah, si on avait voulu!

Et la demoiselle Ozores soupira. Et sa sœur soupira aussi. Ana, qui reposait toute habillée sur son pauvre lit, se mit debout aux premières paroles de cette conversation. Pâle comme une morte, deux larmes glacées au coin des paupières, ses pauvres mains en croix, elle entendit tout le dialogue de ses tantes.

Entre elles, elles ne parlaient pas comme devant les gentilshommes de *la classe*; elles n'étaient ni prudentes ni mesurées et elles n'enveloppaient pas leurs propos. Doña Anunciación disait des mots qui, sur d'autres lèvres, l'auraient scandalisée. La conversation ne revint pas tout de suite sur le péché d'Ana dont leur parlait, à sa grande honte, la lettre de doña Camila. De sa chambre, l'orpheline entendait des histoires qui blessaient sa pudeur, qui lui dévoilaient des nudités qu'elle n'avait jamais vues dans les livres de mythologie. Les deux femmes l'avaient oubliée. Tarsila, Obdulia, Visitación, cette autre jolie fille qui s'échappait par le balcon en compagnie de son amant, la marquise de Vegallana elle-même, ses filles, ses nièces de la campagne, tout Vetusta, y compris la bonne société, était traîné dans la boue, dans cette vengeance solitaire des deux immariables demoiselles Ozores. Dans ce monde de faiblesses et de scandales, qui se souvenait encore de l'aventure, peu connue en fin de compte, de la petite nièce malade?

Et cependant, les vieilles filles revinrent au point de départ. D'après elles, c'était un marin qui avait abusé de l'innocence ou de la précocité de la fillette. On discuta, comme on l'avait fait au Cercle de Loreto, de la vraisemblance du délit d'un point de vue physiologique. Les deux demoiselles parlèrent comme deux sages-femmes en titre. Quelle abondance de détails! Quelle richesse documentaire dans cet empirisme! Doña Anunciación avait la bouche toute en eau. Elle n'arrêtait pas de chercher le récipient de porcelaine qui était au pied de son fauteuil.

« Quant à la morale, la chose ne devait pas non plus être très grave, car probablement personne ne savait rien à Vetusta. Le pire serait que cette enfant eût persisté dans une aussi mauvaise voie. Mais il n'y avait aucune raison de le penser. Elles n'avaient rien appris d'autre qui puisse permettre de la condamner. Et surtout, on verrait bien vite ce qu'il en était. »

Ana, qui eut le courage d'écouter cette conversation jusqu'au bout, comprit que ses tantes pardonnaient tout à condition que les apparences soient respectées : pourvu qu'à l'avenir elle leur ressemblât, le passé serait oublié, quel qu'il ait pu être. Elle commençait à bien comprendre ce qu'elles étaient. Mais elle approfondirait la question.

Quelques minutes de silence avaient suivi.

Doña Agueda le rompit par ces mots :

— Je pense que si elle se remet, ce sera une belle fille.

— Je crois qu'elle était un peu rachitique ou tout au moins peu développée..

— Cela n'a pas d'importance; j'étais comme ça et après que... — Ana sentit ses joues s'embraser — j'ai commencé à grossir, à bien manger et je suis devenue toute rondelette.

Et doña Agueda soupira de nouveau en pensant à ses rondeurs passées.

Doña Anunciación avait eu ses raisons pour ne pas grossir : de véhémentes amours romantiques. Il lui en était resté plusieurs chansons à la lune, en forme de plain-chant, qu'elle-même accompagnait à la guitare. L'une de ces chansons commençait ainsi :

Cette lune qui brille au firmament,
grande mélancolie m'inspire :
c'est la dernière note de ma lyre
que pour la dernière fois l'on entend.

Il s'agissait d'un condamné à mort.

Le bel idéal de doña Anunciación avait toujours été un voyage à Venise avec un amant. Mais depuis que le siècle s'était *métallisé* et que les jeunes filles ne savaient plus s'énamourer, elle voulait utiliser, si cela était possible, la beauté d'Ana qui, si elle s'alimentait bien, serait belle comme son père et comme tous les Ozores, car c'était un trait de race. Oui, il fallait qu'elle mange bien, qu'elle grossisse. Ensuite, on lui chercherait un prétendant. Entreprise difficile, mais non impossible. Un noble, il ne fallait pas y penser. Ces derniers faisaient montre d'une courtoisie et d'une galanterie parfaites envers celles de leur classe, mais si elles étaient sans dot, ils épousaient les filles des *indianos* enrichis ou des opulents propriétaires terriens. Elles en savaient quelque chose, elles, hélas, et par expérience. Les jeunes *non-nobles*, si l'on pouvait dire, de Vetusta n'étaient pas de beaux partis; et quand bien même on se résoudrait à se rabattre — se rabattre, ainsi disait doña Agueda dans l'intimité — sur quelque avocaillon, aucun de ces nigauds n'oserait courtiser une Ozores, même s'il mourait d'amour pour elle. Le seul espoir était un *indiano*. Ceux-ci aspiraient avec plus de force à la noblesse et étaient plus hardis, ils avaient confiance dans le prestige de l'argent. On chercherait par conséquent un riche *indiano*. Mais d'abord, il fallait que la jeune fille retrouve la santé et qu'elle grossisse.

Ana comprit quelle était son obligation immédiate : guérir au plus vite.

Sa convalescence devenait une impertinence. Elle employa toute sa volonté à recouvrer le plus tôt possible la santé.

Depuis le jour où le docteur avait déclaré qu'il était temps de bien manger, elle, les larmes aux yeux, elle mangea autant qu'elle put. Si elle n'avait pas entendu cette conversation entre ses deux tantes, la pauvre orpheline n'aurait pas osé manger beaucoup, même si elle avait eu faim, pour ne pas augmenter la charge qu'elle représentait. Mais maintenant, elle savait à quoi s'en tenir. On voulait l'engraisser comme une vache que l'on doit conduire au marché. Il fallait dévorer, même s'il devait en coûter au début de faire passer les bouchées.

Bien vite la nature vint seconder ce terrible effort de volonté. Ana désirait ardemment forces, santé, couleurs, chair, beauté, afin de pouvoir au plus vite libérer ses tantes de sa présence. Prendre soin d'elle-même, bien se nourrir, lui parut alors le devoir suprême. Son état d'esprit ne contredisait pas ces intentions.

Ces accès de religiosité, qu'elle avait pris pour providentielle révélation d'une véritable vocation, avaient disparu. Ils avaient déterminé la violente crise qui mit sa vie en danger, mais lorsque la santé revint, ils ne se manifestèrent plus : le sang nouveau les repoussait.

Durant ses insomnies, au cours de ses exaltations nerveuses qui touchaient au délire, les visions mystiques, les puissantes intuitions de la foi, les attendrissements subits avaient été, à certains moments, une consolation et, à d'autres, un tourment. Elle avait remarqué avec tristesse que cette foi qui l'animait était trop vague; elle croyait avec force, mais sans savoir exactement en quoi. Le plus grand malheur qu'elle avait enduré, la mort de son père, n'avait pas trouvé une consolation aussi forte qu'elle l'espérait dans cette piété qu'elle avait crue si ferme et si profonde, bien que nouvelle. Pour combler cette absence, pour cette nécessité qui s'imposait à elle de croire qu'elle verrait son père dans l'autre monde, la religion lui était cependant utile; mais elle l'était fort peu comme remède à ses propres maux, pour apaiser les angoisses de l'égoïsme alarmé par les tourments actuels qui naissaient de la solitude et de la pauvreté. Contre la panique de se sentir abandonnée — et ce sentiment l'emporta sur tous —, la foi ne pouvait rien.

« La Vierge est à mes côtés », pensait Ana dans son lit, là-bas à Loreto, et elle finissait par pleurer, par prier avec ferveur et elle sentait sur sa tête les caresses de la main invisible de Dieu. Mais dès que survenait une attaque nerveuse, elle était reprise par l'angoisse de la solitude, de la froideur ambiante, de sa détresse sourde et muette, et alors les images mystiques ne venaient pas à son secours. Une protection tangible était nécessaire. C'est pourquoi elle pensa à ses tantes, qu'elle ne connaissait pas, dont elle n'avait jamais entendu dire beaucoup de bien, et elle désira leur présence, elle crut fermement à la force du sang, aux liens familiaux.

Durant la convalescence de sa première fièvre, les premières forces qui lui revinrent furent épuisées par son cerveau qui imaginait des poèmes, des romans, des drames, des poésies. Elle se lançait dans cette activité de création constante, d'imagination débridée, car c'était, au début, un passe-temps agréable et qui, en outre, flattait sa vanité; mais à la fin, c'était un vrai tourment. Tout ce qu'elle imaginait lui semblait excellent et lorsqu'elle contemplait la beauté qu'elle venait de créer, elle l'admirait tant qu'elle pleurait toute attendrie, elle pleurait comme lorsqu'elle pensait à l'amour de l'Enfant Jésus et de sa Sainte Mère. Pendant certains moments de sereine réflexion, elle constatait sans plaisir la ressemblance entre ces deux émotions. Elle se sentait aussi profondément et aussi sincèrement attendrie devant l'artistique beauté de ses œuvres que lorsqu'elle contemplait la splendeur de l'idée de Dieu. Ces deux sentiments, l'un comme l'autre, étaient-ils religieux? Ou bien cet attendrissement avait-il sa source dans la vanité et l'égoïsme? Quoi qu'il en soit, elle souffrait beaucoup. Elle se figurait que toute sa vie lui était montée à la tête; que son estomac était une machine arrêtée, et son cerveau un four où se consumait toute sa vie intérieure. Le fait de penser sans le vouloir, contre sa volonté, des choses compliquées, originales, délicates, raffinées, finit par lui causer des nausées, et elle en vint à envier les animaux, les plantes, les pierres.

Durant la convalescence de sa deuxième fièvre, à Vetusta, cette activité incontrôlable de sa pensée l'importuna encore; mais dès qu'elle eut commencé à bien s'alimenter, au prix des suprêmes efforts déjà évoqués, elle remarqua que certains rouages qui tournaient dans sa tête étaient animés d'un mouvement plus lent, et prenaient un rythme harmonieux. Elle n'imaginait plus tous ces héros et toutes ces héroïnes et ceux qui restaient encore dans sa tête étaient moins fantastiques, leurs sentiments moins alambiqués, et elle prenait plaisir à décrire leur beauté extérieure; elle les plaçait dans des paysages délicieux et pittoresques et toutes les aventures se terminaient en batailles ou en scènes d'amour.

Au réveil, chaque matin, Anita se surprenait à sentir un sourire dans son âme et à éprouver une douce paresse dans le corps. Ses tantes lui permettaient de se lever tard, et elle jouissait avec délices de ces instants. Pour elle, son lit n'était plus dans cette demeure de ses ancêtres, ni à Vetusta, ni sur la terre : il flottait, dans les airs, quelque part. Elle se laissait bercer dans la moelleuse nacelle qui naviguait dans l'éther de ses rêves... Et pendant que les personnages de son imagination se disaient des choses tendres, elle leur préparait un succulent déjeuner dans un jardin plein de parfums purs et pénétrants. Ana aspirait avec un plaisir voluptueux les parfums idéaux de ses visions turgides.

Parfois, malheureusement, le prince russe vêtu de fines fourrures ou le noble écossais qui montrait un mollet robuste et bien tourné dans son bas à carreaux brillants, se changeait tout à coup en un monsieur malade du foie, pâle, maigre, coiffé d'un panama, un monsieur qui prenait congé de la dame de ses pensées par ces mots :

— Au revoir, au revoir. Je reviens, je reviens bientôt, avec un balancement de hamac sur les fins de mots. C'était l'*indiano* qu'elle et ses tantes voyaient poindre à l'horizon.

Doña Agueda était très bonne cuisinière; elle avait l'expérience de l'art et, en plus, dans l'exercice de celui-ci, elle s'appuyait sur des principes. Elle savait par cœur *le Cuisinier européen,* livre qui donne la manière de préparer tous les plats de la cuisine anglaise, française, italienne, espagnole et autres. Mais, selon doña Agueda, cuisiner d'après l'*Européen* revenait très cher. Quand il s'agissait d'un grand repas ou d'un grand goûter de l'aristocratie, elle dirigeait les opérations dans la cuisine du marquis de Vegallana et alors elle avait recours à l'*Européen.* Chez elle, le manque d'argent l'obligeait à se contenter des recettes de ses aïeux. Anita savoura merveilles et perfections de la cuisine domestique dès que son estomac put les tolérer. Doña Agueda, de ses yeux doucereux, inutilement grands, dont personne n'avait voulu, regardait avec extase la convalescente qui grossissait à vue d'œil, selon les demoiselles Ozores. Tandis que la jeune fille savourait ces mets en adressant, à chaque bouchée, un éloge à la cuisinière, doña Agueda, satisfaite au plus profond de sa vanité, passait sa petite main grassouillette, aux doigts semblables à des *chorizos* couverts de bagues, sur les cheveux ondulés, mi-blonds, mi-châtains, de la petite nièce de son cœur, comme elle disait. L'artiste et son œuvre s'adressaient de mutuels sourires entre chaque plat.

Doña Anunciación ne cuisinait pas, mais elle allait au marché avec la servante et rapportait ce qu'il y avait de meilleur et de moins cher. Un ancien professeur de psychologie, de logique et d'éthique, partisan convaincu de la cuisine écossaise et de la charcuterie domestique, la conseillait judicieusement dans ses achats. Il ne se fiait guère au témoignage de ses sens et n'avait guère confiance dans les saucisses du marché. C'était un grand ami de doña Anunciación et il l'aidait à marchander.

La vieille fille, après son marché, parcourait une à une les maisons de la noblesse, pour publier à haute voix cet extraordinaire exemple de charité qu'elle et sa sœur donnaient au monde.

— Si vous la voyiez, disait-elle, on ne la reconnaît pas, elle grossit à vue d'œil. On dirait un ballon qui se gonfle peu à peu. Il faut dire que notre Agueda a de ces mains... Enfin, vous savez par expérience comment cuisine ma chère sœur. Moi, je me mets en quatre pour cette enfant. Chez nous, on ne fait pas la charité à moitié. Tous les jours, on voit recueillir un parent pauvre, et pourquoi ? pour faire l'économie d'un serviteur ou d'une femme de chambre. On lui jette un morceau de pain et on ne lui donne pas un sou. Nous, nous comprenons la charité d'une autre façon. Enfin, vous verrez cette petite. Et je vous assure qu'elle va être belle. Vous verrez, vous verrez.

En effet, la noblesse allait en cortège voir ce prodige, voir grossir la jeune fille.

L'élément masculin remarqua bien avant l'élément féminin l'extraordinaire beauté d'Anita. Quelques mois après son accès de fièvre, Ana avait grandi comme par miracle, ses formes avaient pris une ampleur harmonieuse qui remplissait d'orgueil la noblesse de Vetusta. Ainsi donc le type aristocratique ne se perdait pas, n'en déplaise à la racaille qui n'admet pas de classes. Dès que cette enfant avait été arrachée à une vie vulgaire, où elle était au pouvoir d'un père égaré, d'un pauvre libéral, et qu'elle avait été bien nourrie, elle avait retrouvé le type de sa race. Il fut décrété à l'unanimité qu'elle était très belle. Les petites gens pensaient la même chose, ainsi que la classe moyenne. La réputation de cette beauté s'affirma en peu de temps, et Anita Ozores devint par acclamation la jeune fille la plus jolie de la ville. Quand un étranger arrivait, on lui montrait le clocher de la cathédrale, la Promenade d'Été, et, si c'était possible, la nièce des demoiselles Ozores. C'étaient les trois merveilles de la cité.

Doña Agueda était toute aise de ce triomphe, tout comme Phidias aurait pu l'être de l'admiration du monde pour sa Minerve.

— C'est une statue grecque ! avait dit la marquise de Vegallana, qui imaginait les statues grecques d'après l'idée que lui avait suggérée un de ses adorateurs, amateur de formes pleines.

— C'est la Vénus de l'*Ilot* ! déclarait avec extase un gros malin, appelé Ronzal, alias l'Étudiant.

— Plutôt que la Vénus de Milo, celle de Médicis, rectifiait le jeune et déjà savant Saturnino Bermúdez, qui savait ce qu'il voulait dire, ou à peu près.

— C'est *un* Phidias ! s'exclamait le marquis de Vegallana qui avait voyagé et se souvenait que l'on disait : « un Zurbarán », « un Murillo », etc., lorsqu'il était question de tableaux.

Et Bermúdez se risquait encore à rectifier :

— A mon point de vue, ce serait plutôt du Praxitèle.

Le marquis haussait les épaules.

— Soit, du Praxitèle.

Les dames étaient mieux à même de bien juger, car beaucoup avaient réussi à voir Anita comme on voit les statues. Elles ne savaient pas si c'était *un* Phidias ou *un* Praxitèle, mais pour elles, c'était une belle fille, un *bijou* *, disait la baronne ruinée qui avait été huit jours à l'Exposition de Paris.

L'orpheline fut sauvée par sa beauté. Elle fut admise sans objection dans *la classe,* dans l'intimité de la classe, grâce à sa beauté. Tout le monde avait oublié la couturière italienne. Ana elle-même, sur l'ordre exprès de ses tantes, ne devait surtout pas prononcer son nom. Tout était oublié, tout, y compris le républicanisme du père. C'était un pardon général. Ana appartenait à la classe, elle y faisait honneur par sa beauté, comme un pur sang au pelage de soie fait honneur à l'écurie et même à la maison d'un potentat.

Les demoiselles de la noblesse n'enviaient guère Anita, car elle était pauvre. Pour elles, la beauté était une chose secondaire. Elles accordaient plus de valeur à la dot et à la toilette, et elles pensaient que les bons partis — les prétendants acceptables — faisaient de même. Elles savaient à quoi s'en tenir. Dans les soirées, les bals, les excursions champêtres, *la nièce* ne manquerait pas d'adorateurs. Presque tous les jeunes de l'aristocratie étaient des libertins plus ou moins avoués, ils seraient attirés par le physique d'Ana, mais ils ne l'épouseraient pas. Une demoiselle de l'aristocratie n'avait d'autre précaution à prendre que d'interdire à son fiancé en titre — son futur époux — de faire la cour à l'orpheline, tout au moins en présence de sa future. Si Anita n'y prenait pas garde, pensaient les riches héritières, elle pouvait se trouver compromise, pour rien. Il était probable qu'elle ne se marierait pas dans la noblesse. Les nobles riches recherchaient les aristocrates riches, leurs égales. Les nobles pauvres cherchaient un bon parti dans le quartier neuf de Vetusta, dans la Colonia indienne, expression employée par les aristocrates pour désigner le faubourg des *indianos.* Un *indiano* plébéien, un *vespucci* — comme on appelait encore ces derniers — payait très cher le plaisir de se voir beau-père d'un personnage bien titré ou, tout au moins, d'une personne d'origine illustre.

La grande beauté d'Ana n'avait pas modifié le calcul de ses tantes vis-à-vis du mariage. Un noble ne l'épouserait pas pour sa beauté. Il fallait renoncer à cette idée et la marier à un richard de la roture. En attendant, une grande vigilance s'imposait et la jeune fille devait être bien prévenue.

— Dans le grand monde de Vetusta, disait doña Anuncia, il faut un quant-à-soi très difficile à apprendre.

Bien que l'explication de cet équilibre à trouver, de ce quant-à-soi fut quelque peu embarrassante et plus encore pour une demoiselle qui, officiellement, devait tout ignorer, comme c'était le cas pour doña Anunciación, les deux sœurs décidèrent qu'il était indispensable de donner des instructions à la jeune fille.

Ana se permettait rarement de manifester ses désirs, ses penchants ou ses répugnances, et moins encore celles-ci, lorsqu'entraient en jeu les goûts et les prédilections de ses tantes. Un soir, cependant, alors qu'elle rentrait seule de la soirée entre intimes de chez les Vegallana, elle ne put s'empêcher de donner son opinion.

— Tu t'es bien amusée ? demanda doña Anunciación, qui était restée dans la salle à manger, près de la grande cheminée, à lire le feuilleton de *Las Novedades.* (Elle était libérale en matière de feuilletons.)

— Non, madame, je ne me suis pas amusée. Et je ne voudrais pas y revenir sans l'une d'entre vous. Quand j'y vais seule...

— Quoi ? s'écria doña Anunciación, invitant sa nièce par le ton âpre de ce monosyllabe à s'abstenir de toute critique contre sa soirée préférée.

— Quand j'y vais seule... Ces jeunes messieurs m'ennuient trop.

Ce n'était pas ce qu'elle voulait dire. Sa tante le comprit bien, mais elle voulait des précisions et elle reprit :

— M'ennuient! M'ennuient! Expliquez-vous, mademoiselle. Est-ce que la bonne société de Vetusta vous paraît peu raffinée?

Le vous et l'ironie firent comprendre à Ana que doña Anunciación était contrariée.

— Il ne s'agit pas de cela, ma tante. C'est que certains sont... très effrontés... Je ne sais pas ce qu'ils s'imaginent. Vous ne voulez pas que je sois effacée, sérieuse, farouche...

— Bien sûr que non.

— Eh bien, qu'ils ne soient pas effrontés. Si Obdulia leur permet certaines choses... moi, je refuse, je refuse.

— Et je ne veux pas, moi non plus, que tu te compares à Obdulia. C'est... une moins que rien, et je ne sais pas comment elle peut être admise à la soirée. Parce qu'elle se donne de grands airs, et qu'elle se dit intime de la Marquise et de ses filles, elle se croit tout permis. Toi, tu appartiens à la classe.

— C'est que Obdulia n'est pas la seule à tolérer... ce que je ne veux pas tolérer. Même Emma, Pilar et Lola permettent des familiarités...

— Ne me dis pas de mal des filles du Marquis, cria la tante, en se levant et en laissant tomber le Werther sur le tapis usé.

« Je suis une sotte, pensa-t-elle, j'aurais dû me taire. » Chaque fois qu'elle allait à l'encontre de son intention de ne pas contredire ses tantes, elle éprouvait une sorte de remords, semblable à celui de l'artiste qui se trompe.

Doña Agueda entra; du salon, elle avait entendu la conversation. Les deux sœurs se regardèrent. Le moment d'expliquer ce qu'était le quant-à-soi était arrivé.

— Écoute, Anita, dit d'une voix mielleuse la parfaite cuisinière, tu es une enfant et nous, bien que nous ne sachions pas grand-chose du monde, nous avons quelque expérience car nous savons observer.

— C'est cela, nous savons observer les autres.

— Dans le monde où tu es entrée et auquel tu appartiens de droit, il faut savoir trouver... un quant-à-soi particulier.

— C'est cela, un quant-à-soi.

— Surtout dans les relations avec les hommes. Tu as certainement remarqué qu'en public ceux de la classe ne s'écartent jamais de la plus stricte, de la plus méticuleuse... comment dire ? Oui, décence.

— Et c'est le principal, renchérit doña Anunciación, comme si elle récitait le décalogue.

— Tu n'as sûrement jamais vu Manolito, ni Paquito, ni le jeune Baron, ni le Vicomte, ni Mesía qui n'est pas noble, mais appartient à leur société, passer un tant soit peu la mesure... Mais dans l'intimité, les relations que l'on a sont celles de la classe, et alors c'est autre chose.

— Une chose bien différente, ajouta doña Anunciación, comprenant que c'était à elle, parce qu'elle était la plus âgée, de continuer à expliquer le quant-à-soi.

— Comme de près ou de loin nous sommes tous parents, continua-t-elle, nous nous comportons comme tels les uns avec les autres. Et ce n'est pas parce qu'on s'approchera tout près de toi pour te parler ni parce qu'on fera des allusions malicieuses, mais toujours pleines d'esprit, à la beauté de tes épaules, à la forme de la petite partie, de la très petite partie de ton mollet que l'on aura vue à ta descente de voiture, ce n'est pas pour cela, ni même pour plus que cela, à condition que l'on n'aille pas trop loin, que tu dois t'effrayer, te scandaliser ou te considérer offensée.

— En aucune façon, renchérit doña Agueda.

— Agir autrement revient à laisser supposer une malice que tu ne dois pas avoir. Ton innocence t'autorise à tolérer tout cela.

— C'est ce que font Pilar, Emma et Lola.

— Mais...

— Mais, ma fille...

— Mais si, et c'est peu probable...

— Absolument...

— Si l'un d'eux allait trop loin, ce qui s'appelle aller trop loin, surtout s'il prenait la chose au sérieux et muguetait (mot de jeunesse de doña Anunciación), te muguetait dans les règles, alors reste sur tes gardes. Laisse-le dire, mais ne te laisse pas toucher. De celui qui te proposera un amour sérieux, ne tolère pas le moindre petit pinçon ni rien qui ne soit inoffensif. Se scandaliser est ridicule, c'est comme ignorer avec quoi se mange tel plat.

— C'est un manque d'éducation dans notre classe...

— Et permettre qu'on aille trop loin, c'est prendre des risques. Tu dois savoir que, toi, tu ne te marieras avec aucun d'entre eux.

— Je n'en ai pas la moindre envie, ma tante, dit Anita sans pouvoir se contenir, mais elle regretta immédiatement d'avoir dit cela.

Doña Agueda sourit.

— Tes envies, tu les gardes pour toi, s'exclama doña Anuncia, debout de nouveau et laissant encore tomber son Werther sur le sol.

— Tu es très orgueilleuse, ajouta-t-elle.

— Laisse-la. Quand on ne peut atteindre...

— Tu as raison : ils sont trop verts. Mais ce qui importe est que tu n'oublies pas ce que je te dis. Avant d'entrer chez la Marquise, il faut que tu abandonnes cet air désagréable et ce petit ton sec, car c'est une impertinence. Ce qui est bien, très bien, et tu vois que l'on sait louer ce qu'il y a de bien chez toi, c'est que tu gardes en public ce port un peu sévère qui suscite autant d'éloges que ton joli minois et ta belle allure.

— Oui, ma fille, interrompit doña Agueda. Il est nécessaire de tirer parti des dons que le Seigneur t'a prodigués à pleines mains.

Ana mourait de honte. Ces éloges étaient pour elle le plus grand martyre. Elle se voyait mise aux enchères publiques. Doña Agueda d'abord, et sa sœur ensuite évoquèrent longuement le sujet de la cotation probable de cette beauté, qu'elles considéraient comme leur œuvre. Pour doña Agueda, la beauté d'Ana était un des meilleurs morceaux : elle était fière de ce visage, comme elle aurait pu l'être d'un boudin. Le reste, ce qui avait trait à la sveltesse, était le fait de la race, disait doña Anuncia, qui se piquait d'être svelte, parce qu'elle était maigre.

Au cours de cette discussion, l'ombre de l'entremetteuse de salon, qui se différencie des autres seulement parce qu'elle ne fait pas de bruit, se dessinait sur le visage de ces vieilles filles, comme l'annonce d'une vieillesse de sorcières. La cheminée projetait sur le mur les silhouettes contrefaites de ces demoiselles, et les mouvements des flammes et leurs propres gestes avaient, dans l'ombre, quelque chose d'un sabbat.

Ce qu'étaient les hommes, et spécialement les *indianos* enrichis, ce qu'ils n'aimaient pas, la manière de leur tourner la tête, ce qui devait être concédé avant, ce qui ne pouvait être toléré après, tout cela fut discuté abondamment, avec toujours, en conclusion, la solennelle déclaration qu'un tel savoir était le fruit de l'observation d'autrui.

— D'ailleurs, ni ta tante Agueda ni moi n'avons été attirées par le mariage.

C'est ainsi que l'on expliqua à l'orpheline cette question du quant-à-soi.

Cette nuit-là, Ana pleura dans son lit comme elle avait pleuré sous la férule de doña Camila. Mais elle avait fort bien dîné. Au réveil, elle sentit cette délicieuse paresse qui était, pour ainsi dire, son unique plaisir en cette vie. Comme à ce moment-là il n'y avait aucune raison pour ne pas se lever tôt et que le travail l'appelait de bonne heure dans la maison, elle essayait de se réveiller bien avant l'heure pour jouir de ces rêveries du matin, blottie dans la douce chaleur des draps.

Elle méprisait, sans exception, tous les éloges que faisaient de sa beauté les jeunes nobles, les petits avocats de Vetusta et tous ceux qui la voyaient. Mais au réveil, comme une brume d'encens odorant, ces douces louanges, condensées en une seule, alors qu'elles étaient prononcées par tant de lèvres, enveloppaient le voluptueux réveil de son âme et c'est avec délices qu'Ana savourait ce parfum. Et comme l'histoire doit avoir l'audace de tout dire, selon le principe de Tacite, il faut que l'on sache qu'Anita, chaste par force d'âme, trouvait un délicieux plaisir à vérifier la justesse de ces louanges. C'était vrai : elle était belle. Elle comprenait ces ardeurs que, par leur regard ou à travers de mystérieuses paroles, tous les jeunes de Vetusta laissaient deviner. Mais, et l'amour? C'était cela l'amour? Non, l'amour se situait dans un avenir encore lointain. Ce devait être quelque chose de trop grand, de trop beau pour être si près de cette misérable vie qui l'étouffait, parmi les sottises et les mesquineries qui l'entouraient. Peut-être l'amour ne viendrait-il jamais, mais mieux valait le perdre que le profaner. Toute son apparente résignation n'était, au fond d'elle-même, qu'invincible pessimisme : elle avait acquis la conviction qu'elle était condamnée à vivre parmi les sots et elle croyait en la force supérieure de la stupidité générale. Elle avait raison contre tous, mais elle avait le dessous et la vaincue, c'était elle. En outre, sa misère, l'abandon dans lequel elle se trouvait la préoccupaient plus que tout; sa principale pensée était de libérer ses tantes de cette charge, de cette œuvre de charité que les deux vieilles proclamaient de plus en plus solennellement.

Elle voulait s'émanciper, mais, comment? Elle ne pouvait pas gagner sa vie en travaillant : les demoiselles Ozores l'auraient plutôt tuée. Il n'y avait aucun moyen décent d'en sortir si ce n'est par le mariage ou par le couvent.

Mais la dévotion d'Ana était déjà jugée et condamnée par l'autorité compétente. Les tantes, qui avaient soupçonné quelque chose de ce mysticisme passager, s'en étaient cruellement moqué. En outre, la fausse dévotion de cette enfant se conjuguait avec le plus grand et le plus ridicule des défauts que pouvait avoir à Vetusta une demoiselle : la littérature. C'était le seul vice grave que les tantes eussent découvert chez la jeune fille et on le lui avait promptement extirpé.

Lorsque doña Anuncia trouva, par hasard, dans la table de nuit d'Ana un cahier de vers, un encrier et une plume, elle fut aussi stupéfaite que si elle avait vu un revolver, un jeu de cartes ou une bouteille d'eau-de-vie.

C'était une affaire d'homme, un vice d'homme vulgaire, de plébéien. Si Ana avait fumé, la stupéfaction de ces vieilles filles n'aurait pas été plus grande. Une Ozores femme de lettres!

C'est par là, par là, que se montrait le bout de l'oreille de la couturière italienne qui, en effet, avait dû être danseuse, comme l'insinuait doña Camila dans sa fameuse lettre.

Le cahier de vers avait été soumis aux dignes pères de l'aristocratie et du chapitre.

Le marquis de Vegallana, qui avait tiré de ses voyages la réputation d'un homme instruit, déclara qu'il s'agissait de vers libres.

Doña Anuncia devint folle de rage.

— Ainsi donc, indécents, libres? Qui l'eût dit! La danseuse...

— Non, chère Anuncia, calme-toi. Libres veut dire blancs, qui n'ont pas de rimes. Ce sont des choses que tu ne peux pas comprendre. Cela dit, ces vers ne sont pas mauvais. Il vaut mieux, en tout cas, qu'elle n'en écrive plus. Je n'ai jamais connu une femme de lettres qui soit une femme de bien.

Le baron ruiné était du même avis, lui qui avait vécu à Madrid aux crochets d'une poétesse traductrice de feuilletons.

M. Ripamilán, le chanoine, déclara que les vers étaient passables, peut-être bons, mais qu'ils relevaient d'une école romantico-religieuse qui lui répugnait.

— Ce sont des imitations de Lamartine en style pseudo-classique. Ils ne me plaisent pas, bien qu'ils révèlent une grande habileté chez Anita. De plus, les femmes doivent s'employer à des tâches plus douces. Les muses n'écrivent pas, elles inspirent.

La marquise de Vegallana qui lisait des livres scandaleux avec un singulier plaisir, trouva ces vers bigots et les condamna. Qu'on n'aille pas lui mélanger l'humain et le divin. A l'église comme à l'église, mais en littérature foin de scrupules. D'ailleurs, elle n'aimait pas la poésie et préférait les romans où tout est peint sur le vif, comme dans la réalité. Et elle savait, elle, ce qu'était le monde! Quant à la *petite nièce*, il était certain qu'il fallait lui faire passer ces accès de fausse piété romanesque. D'autre part, pour être femme de lettres, il fallait beaucoup de talent. Elle l'aurait été, elle, si elle avait vécu dans une autre ambiance. Ils en avaient vu des choses, ces yeux! Et elle évoquait ces *Aventures d'une courtisane*, dont elle avait conçu le projet quand elle était dans ses vertes années, riches d'expérience.

La protestation du *grand monde* de Vetusta contre les penchants littéraires d'Ana fut si générale et si vive qu'elle-même se crut ridicule et trompée par sa vanité.

Dans la solitude de sa chambre, quand, certains soirs, elle était en proie à la tristesse, elle écrivait encore des vers, mais elle les déchirait aussitôt et jetait le papier par la fenêtre afin que ses tantes ne tombent pas sur le corps du délit. La persécution sur ce point prit de telles proportions et son désir d'exprimer par écrit ses idées et ses peines lui causa de tels désagréments qu'elle dut renoncer absolument à la plume. Elle se jura à elle-même qu'elle ne serait pas « femme de lettres », cet être hybride et abominable dont on parlait à Vetusta comme on parle des monstres répugnants et horribles.

Ses bonnes amies, qui étaient un peu au courant de cette faiblesse et n'avaient jamais rien trouvé à critiquer chez Ana, sautèrent sur l'occasion pour ridiculiser celle-ci aux yeux des hommes, et elles y réussirent parfois. Quelqu'un, on ne savait pas qui — sans doute

Obdulia, pensait-on — avait inventé un surnom pour Ana. Ses amies et les jeunes gens éconduits l'appelaient *George Sandon.*

Bien longtemps après qu'elle eut abandonné toute prétention de poétesse, on parlait encore devant elle des femmes de lettres avec une malicieuse complaisance. Ana se troublait alors, comme s'il s'était agi d'un de ses crimes que l'on aurait découvert.

— Chez une belle femme, le vice d'écrire est impardonnable, disait le jeune baron, fixant les yeux sur Ana et croyant lui plaire.

— Et qui donc peut se marier avec une femme de lettres? disait Vegallana sans mauvaise intention. Pour ce qui me concerne, je n'aimerais pas que ma femme ait plus de talent que moi.

La Marquise haussait les épaules. Elle croyait fermement que son mari était un idiot. « Qu'est-ce qu'un mari peut bien appeler talent! » pensait-elle, satisfaite de son passé.

— Moi, je ne veux pas que ma femme porte la culotte, ajoutait l'efféminé jeune baron. Et la Marquise, désirant se venger sur lui de son mari, disait :

— Eh bien, mon garçon, vous ferez un ménage *sans-culotte* *.

A part cette défense très relative de la Marquise, l'opinion était unanime : la femme de lettres était une absurdité incarnée.

« Sur ce point, en vint à penser Ana, tous ces sots avaient raison : elle n'écrirait jamais plus. » Mais elle se vengeait des plaisanteries par le mépris et dédaignait les galanteries de ceux que son orgueil tenait pour d'aristocratiques imbéciles. Elle admettait le culte que l'on rendait à sa beauté, mais, semblable en cela à certaines éminences gonflées d'orgueil, elle méprisait sans exception tous les fidèles qui se prosternaient devant leur idole. L'amour, pour elle, était incompatible avec l'un de ces nobles, audacieux dans un premier temps, et couards ensuite devant son suprême dédain. Elle était trop crédule pour tout ce qui touchait aux choses vaines et répugnantes du monde où elle vivait. Sur ces questions, les avertissements de doña Anuncia lui semblaient préférables à ses propres jugements. Au début, elle s'était imaginée qu'avec un peu de talent, elle aurait pu conquérir n'importe lequel de ces nobles riches qui s'amusaient avec toutes les femmes et épousaient celle qui avait la plus grosse dot. Mais une telle idée lui apparut comme un répugnant manque de dignité. Pas une seule fois elle n'essaya de mettre en œuvre ses moyens de séduction et elle préféra croire ses tantes : ces aristocrates intéressés n'étaient pas des maris possibles. Elle s'habitua à cette idée et elle regardait ses amis et ses parents comme les gravures de mode du tailleur : elle les voyait, en effet, aussi vides d'esprit que ces figures de papier.

Les godelureaux de l'aristocratie durent reconnaître qu'Ana était une exception : ou elle visait plus haut que ses tantes ou bien c'était une vraie vertu.

« Que diable, il devait bien y en avoir quelques-unes! »

Les séducteurs de la classe moyenne qui aspiraient toujours à *passer la tête* dans le monde de l'aristocratie, déclaraient la même chose : Ana était invulnérable.

— Elle doit attendre quelque prince russe, disait Alvaro Mesía, qui vivait à la fois parmi les nobles et parmi les plébéiens. Alvaro n'avait jamais dit à Anita : « Tu as de beaux yeux. » Il s'agissait de deux orgueils parallèles.

Mesía partit à Madrid pour secouer un peu son provincialisme. Il laissait à Vetusta de nombreuses victoires de sa belle personne et de son art de séduire, mais c'est au retour qu'il pensait faire ses plus grands ravages.

Le soir où Alvaro prit la diligence, Ana était allée avec ses tantes en promenade sur la route de Madrid. Elles rencontrèrent la voiture. Alvaro les vit et, du coupé, il les salua. Les regards d'Ana et de Mesía se croisèrent. Tous deux se regardèrent comme s'ils ne s'étaient jamais vus jusque-là.

« De beaux yeux, pensa le don Juan, j'ignorais leur saveur, jusqu'à aujourd'hui. » Et il poursuivit : « Ce sera l'une des premières. »

Pendant plus d'une heure, il vit ce nuage de poussière qui semblait un nuage de lumière, avec, au milieu, les yeux de la *petite nièce.*

La *petite nièce*, elle aussi, revint à la maison avec, devant elle, l'image de don Alvaro.

« C'était, pensait-elle, l'un des moins détestables. Il semblait plus distingué; il n'était pas ennuyeux et avait une certaine dignité... Il était mesuré... d'une élégante froideur... le moins sot, certainement. »

Son pessimisme lui fit répéter plusieurs jours de suite :

— Le moins sot est parti.

Mais au bout d'un mois, elle ne se souvenait plus de don Alvaro, de même que don Alvaro avait oublié Ana dès qu'il était arrivé à Madrid.

Oh! le couvent, le couvent, c'était son recours le plus naturel, le plus digne. Le couvent ou l'*indiano.*

Le confesseur d'Anita, Ripamilán, écouta le propos de la jeune fille d'une oreille distraite.

— Taratata! s'exclama-t-il à voix haute, oubliant qu'il était dans l'église. Ma fille, tu n'es pas du bois dont on fait les épouses de Jésus. Rends heureux un chrétien, tu as tout pour cela, et oublie ces vocations improvisées. Le responsable de tout cela, vois-tu, c'est le romantisme et ses drames scandaleux, où l'on voit de jeunes nonnes s'enfuir dans les bras de troubadours à plumets ou de capitaines de brigands. Chère Anita, sache que j'ai un fiancé pour toi, un de mes compatriotes. Rentre chez toi, j'irai te voir et je t'entretiendrai de l'affaire. Ici, ce serait une profanation.

Le candidat de Ripamilán était un magistrat, originaire de Saragosse, jeune pour un juge, mais plutôt mûr, quoique sans trop, pour un fiancé. Doña Ana Ozores avait alors dix-neuf ans et don Víctor Quintanar la quarantaine passée. Mais il était fort bien conservé. Ana supplia don Cayetano de ne rien dire pour l'instant à ses tantes de ce parti, afin qu'elle puisse fréquenter un peu Quintanar, car si doña Anuncia apprenait la chose, elle imposerait ce fiancé sans autre considération.

— Rien de plus juste. Je préfère que ce soit le cœur qui règle ces questions. Moratín, mon cher Moratín, illustre avec force cette idée dans son immortelle comédie : *le Oui des jeunes filles*.

Ainsi en fut-il décidé.

Qui aurait dit à doña Anuncia que ce prétendant tant désiré et qui commençait à se faire attendre passait tous les jours près d'elle, sur l'Espolón, sur la promenade d'hiver, ou sur la route de Madrid, bordée de grands peupliers qui se rejoignaient au loin!

Ana avait remarqué que chaque soir elles rencontraient don Tomás Crespo, intime de la famille, et un monsieur qui la dévorait des yeux. Don Tomás était l'une des rares personnes qu'elle estimât vraiment, parce qu'elle voyait en lui des qualités morales rares à Vetusta, à savoir : la tolérance, la joie spontanée et l'indifférence en matière de superstition.

Ce monsieur les regardait de loin, tandis que don Tomás s'arrêtait pour les saluer. Ce monsieur était Quintanar, le magistrat. Effectivement, il était assez bien conservé. Sa tenue était impeccable et il avait l'air sympathique.

C'était un *étranger* — le mot avait un sens particulier à Vetusta — pour les demoiselles Ozores, qui ne l'avaient encore jamais vu dans aucune de *leurs* maisons.

— C'est un magistrat, leur avait dit un jour Crespo, un Aragonais très comme il faut, courageux, grand chasseur, homme d'honneur et passionné de théâtre. Il joue comme Carlos Latorre, et il excelle surtout dans les pièces classiques.

C'était là tout ce que les tantes savaient du fiancé qu'on leur préparait en cachette.

Une après-midi, Crespo, ayant appris que la jeune fille était déjà au courant, sans invoquer au préalable ni Dieu ni le diable, arrêta les demoiselles Ozores sur la route de Castille et leur présenta M. don Víctor Quintanar, magistrat. Ces messieurs les accompagnèrent durant la promenade et jusqu'à la sombre entrée de l'hôtel des Ozores. Doña Anuncia invita don Víctor à leur rendre visite. Celui-ci pensait que les tantes connaissaient son honnête ambition et le lendemain, en redingote et en pantalon noir, il se présenta chez les nobles dames. Ana le traita avec beaucoup d'amabilité. Il lui parut très sympathique.

La seule personne avec qui elle osait parler un peu de ses préoccupations profondes était don Tomás Crespo, qui se disait libre de tout préjugé, y compris du plus bête de tous, qui était de ne pas en avoir.

Ana observait beaucoup. Elle se croyait supérieure à tous ceux qui l'entouraient et elle pensait qu'il devait exister ailleurs une société qui vivait comme elle aurait voulu vivre, et qui avait les mêmes idées. Mais pour l'heure, Vetusta était sa prison, la routine stupide, une mer de glace qui la retenait prisonnière, immobilisée. Ses tantes, les jeunes filles de l'aristocratie, les bigotes, tout cela était d'une force supérieure à la sienne. Elle ne pouvait pas lutter, elle se rendait à discrétion. Mais elle se réfugiait dans ses rêves et se réservait ainsi le droit de mépriser son tyran.

Crespo était une exception, un véritable ami qui comprenait à demi-mot ce que la lecture de volumes gros comme des maisons n'aurait pas réussi à faire comprendre à ses tantes, au Baron, etc.

On avait donné le surnom de *Frígilis* à don Tomás, car lorsqu'on faisait état devant lui d'une faiblesse morale, dans le genre de celles que l'on a coutume de condamner par d'hypocrites manifestations de moralité offensée, il haussait les épaules, non par indifférence mais par philosophie et déclarait en souriant :

— Que voulez-vous ? Nous sommes *frígilis*, comme disait l'autre.

Frígilis signifiait fragile. Telle était la devise de don Tomás : la fragilité humaine.

Lui-même avait été fragile. Il avait cru un peu trop aux lois de l'adaptation au milieu. Mais de cela, il sera question au moment opportun. Huit ans plus tard, sa noble manie de tout pardonner brillait dans toute sa splendeur.

Il était d'une grande sagacité pour déceler le bien au fond des âmes et il avait deviné des trésors spirituels chez Anita.

— Écoutez, don Víctor, disait-il à son ami, cette enfant mérite un roi ou, pour le moins, un magistrat qui bientôt sera Régent, comme vous, par exemple. Imaginez une mine d'or dans un pays où personne ne sait exploiter les mines d'or : voilà ce qu'est Anita dans ma chère Vetusta. A Vetusta, ce qu'il y a de mieux, ce sont les arbres.

— Laissez donc la flore, don Tomás.

— Vous avez raison, je m'égare... Je disais qu'Anita est une femme de premier ordre. Vous voyez son joli corps devant lequel vous êtes en admiration ? Eh bien, lorsque vous verrez son âme, vous tomberez en extase. Je dois vous faire remarquer que pour moi une âme bonne n'est rien d'autre qu'une âme saine. La bonté naît de la santé.

— Vous êtes plutôt matérialiste, mais je ne me formalise pas. Vous disiez que la jeune fille...

— Diable, diable! cher monsieur, et je vous demande pardon. Je n'aime pas que l'on me mette des étiquettes. J'ai horreur des systèmes. Ce que je veux dire c'est que je crois seulement en la bonté que donne la nature. La santé d'un arbre monte par ses racines... et de même, l'âme...

Et il continuait à philosopher pour en venir à dire qu'Anita était parmi les jeunes filles de Vetusta ce qu'il y avait de mieux.

Crespo, comme il l'avoua lui-même, prit un jour la décision de parler à Ana pour lui recommander M. Quintanar : « C'était l'unique prétendant qui fût digne d'elle. Les quarante ans et quelque de ce dernier étaient comme ceux des arbres qui durent des siècles, une jeunesse, la première jeunesse. Un chien de dix ans est plus vieux qu'un corbeau centenaire, s'il est vrai que les corbeaux vivent des siècles. »

Ana donnait beaucoup de prix aux conseils de Frígilis. Elle consentit à voir Quintanar, mais sous bénéfice d'inventaire, et à la même condition qu'elle avait imposée à don Cayetano, à savoir que ses tantes ne sachent rien. Don Víctor accepta cette façon d'être prétendant.

— Écoutez, disait Frígilis, le secret est la bonne sauce en ce genre d'affaires. La jeune fille mordra plus vite... vous verrez comme elle mordra...

Ana, auprès de Quintanar, ne voyait pas le temps passer : il avait des idées pures, nobles, élevées et même poétiques. Il ne se teignait pas les cheveux, il était simple, bien qu'il parlât avec quelque emphase et en déclamant un peu. Ce défaut lui venait des nombreux vers de Lope et de Calderón qu'il savait par cœur : il lui était difficile de ne pas parler comme Sancho Ortiz ou don Gutierre Alfonso.

Mais quand elle était seule, Anita se disait : « N'est-ce point une témérité que de se marier sans amour ? Ne disait-on pas que sa vocation religieuse était fausse, qu'elle ne pouvait être l'épouse de Jésus parce qu'elle ne l'aimait pas assez ? Donc, si elle n'aimait pas non plus don Víctor, elle ne devait pas se marier avec lui. »

Consulté, Ripamilán répondit qu'entre un magistrat, qui n'est même pas Président de Chambre et le Sauveur du Monde, il y avait une grande différence. Anita n'avouait-elle pas que don Víctor lui plaisait ? Si. Alors elle lui trouverait de plus en plus d'attrait. Tandis qu'au couvent, celle qui commence sans amour finit dans le désespoir.

Don Cayetano, qui savait être sérieux quand il le fallait, essaya de faire comprendre à sa jeune amie que sa piété, si elle était suffisante dans le monde pour une femme honnête, ne l'était pas pour les sacrifices du cloître : le fait d'avoir pleuré d'amour en lisant saint Augustin ou saint Jean de la Croix ne signifiait rien; c'était la conséquence de la période critique qu'elle traversait alors. Quant à Chateaubriand, il ne fallait pas en faire cas. Se faire religieuse sans vocation, c'était bon pour le théâtre, mais dans le monde il n'y avait ni Manriques [6] ni don Juans pour escalader les murs des couvents, Dieu soit loué ! La véritable piété consistait à rendre heureux un gentilhomme aussi accompli et aussi amoureux que M. Quintanar, son compatriote et ami.

6. *Manrique* : protagoniste de *El Trovador (Le Trouvère)*, drame d'Antonio García Gutiérrez (1836), popularisé par l'opéra de Verdi (1853).

Ana renonça peu à peu à l'idée d'être religieuse. Sa conscience lui criait que ce n'était pas là le sacrifice qu'elle pouvait accomplir. Le cloître était probablement semblable à Vetusta; ce n'était pas avec Jésus qu'elle allait vivre, mais avec des *sœurs* certainement plus proches de ses tantes que de saint Augustin ou de sainte Thérèse. Dans le cercle de la noblesse quelque chose transpira des « velléités mystiques » d'Anita et ceux qui l'avaient appelée *George Sandon* ne se mordirent pas la langue et se moquèrent de ce nouveau caprice avec encore plus de cruauté.

On devait avouer qu'elle était vertueuse, dans la mesure où on ne lui connaissait aucune *manigance,* mais c'était bien peu pour se croire une vocation de sainte.

« Est-ce que par hasard les autres étaient des rien du tout? »

— Elle est belle, mais orgueilleuse, disait la baronne ruinée dont le mari et le fils étaient épris, en vain, de la petite nièce.

Ce ne fut pas Ana qui se hâta de prendre une décision, comme l'espérait Frígilis. Ce furent ses tantes qui découvrirent un fiancé pour la jeune fille. Le nouveau prétendant était l'*indiano,* à la fois désiré et redouté, don Frutos Redondo, qui venait de Matanzas, chargé de millions. Il arrivait avec l'intention de construire le meilleur *chalet* * de Vetusta, de posséder les meilleures voitures de Vetusta, d'être député de Vetusta, et d'épouser la plus jolie femme de Vetusta. Il vit Anita, on lui dit que c'était la beauté de la ville et il se sentit frappé par la flèche de l'amour. On lui fit remarquer que ces écus ne suffiraient pas pour conquérir cette place. Alors, il devint plus amoureux encore. Il se fit introduire chez les demoiselles Ozores et demanda à doña Anuncia la main de sa nièce.

Après cela, doña Anuncia s'enferma dans la salle à manger avec doña Agueda et, la conférence terminée, Ana fut appelée à comparaître. Doña Anuncia se mit debout près de la cheminée pseudo-féodale, elle laissa tomber *La Etelvina,* roman qui avait enchanté sa jeunesse et elle déclara :

— Mademoiselle... ma fille, voici un moment qui peut être décisif dans ton existence (c'était le style de *La Etelvina*). Ta tante et moi avons fait pour toi toutes sortes de sacrifices. Notre misère, à grand peine dissimulée aux yeux du monde, ne nous a pas empêchées de t'entourer de toutes les commodités désirables. La charité est inépuisable, mais pas nos ressources. Nous n'avons jamais fait allusion à ce que tu nous dois (elles le lui rappelaient tous les jours au déjeuner et au dîner), nous avons pardonné ton origine, ou plus exactement, celle de ta malheureuse mère, tout, tout a été oublié ici. Ainsi donc, tout cela tu le paierais de la plus noire ingratitude, de la plus criminelle ingratitude, si à la proposition que nous allons te faire tu répondais par un refus... inqualifiable.

— Inqualifiable, répéta doña Agueda. Mais je crois que tout ce sermon est inutile, ajouta-t-elle, car la petite sautera de joie dès qu'elle saura ce dont il s'agit.

— C'est ce que je désire : savoir en quoi je peux vous être utile, vous à qui je dois tout.

— Tout.

— Oui, tout, ma chère tante.

— Comme je suppose, poursuivit doña Anuncia, que tu as oublié cette lubie de prendre le voile...

— Oui, madame...

— En ce cas, interrompit doña Agueda, comme tu ne voudras pas rester seule au monde quand nous ne serons plus là...

— Et comme tu n'as certainement pas d'amourette cachée, ce qui serait indécent...

— Et comme nous ne pouvons plus...

— Et comme il est de ton devoir d'accepter le bonheur qui se présente à toi...

— Tu sauteras de joie quand tu sauras que don Frutos Redondo, l'homme le plus riche de l'Espolón, a demandé ta main aujourd'hui même.

Ana, contrairement au désir exprès de ses tantes, ne sauta pas de joie. Elle resta silencieuse. Elle n'osait pas donner un non catégorique.

Mais il n'en fallait pas plus à doña Anuncia pour lâcher la bride au basilic qu'elle avait dans les entrailles. Son ombre sur les ombres du mur ressemblait, par moments, à celle d'une gigantesque sorcière, à d'autres, multipliée par les mouvements des flammes et par les sauts et les contorsions de la vieille, elle figurait tout l'enfer déchaîné. Parfois, l'ombre de la demoiselle Ozores avait trois têtes sur le mur, plus trois ou quatre sur le plafond, et on aurait dit que de toutes sortaient les cris et les hurlements que doña Anuncia était seule à vociférer.

Doña Agueda elle-même était horrifiée.

Après cette scène, la nièce resta huit jours enfermée dans sa chambre. Au neuvième jour de cette retraite volontaire, qui avait quelque chose d'une mise aux arrêts, doña Anuncia se présenta calme, digne, sévère, pour lire la sentence : elle aurait toujours, la fille de la danseuse — qui pouvait douter maintenant que la couturière avait été danseuse ? —, elle aurait toujours un lit dans la demeure de ses ancêtres. Mais elles, ses tantes, n'avaient plus rien à mettre sur la table : la chère nièce avait tout mangé.

Ana écrivit à Frígilis.

Et le jour suivant, don Víctor Quintanar, en tenue de cérémonie comme le jour de sa première visite, entra dans le grand salon des Ozores. Il venait demander la main d'Ana, « à qui, croyait-il, il n'était pas indifférent ».

Il avait fait cette démarche plus tôt qu'il ne pensait, parce qu'il venait d'être promu : il devait partir pour Grenade, en qualité de Président de

Chambre et il voulait emmener son épouse, si son désir le plus cher se réalisait. Il avait son salaire, quelques vignes et d'assez importants troupeaux de moutons à la Almunia de don Godino. Il n'aurait jamais osé demander la main d'une jeune fille aussi éminente, aussi illustre et aussi belle, s'il n'avait pu lui offrir, sinon l'opulence, du moins une *aurea mediocritas,* comme avait dit le poète latin.

Doña Anuncia fut éblouie... Don Godino... *mediocritas...* la croix d'Isabelle la Catholique...! C'était une grande tentation.

Frígilis avait averti don Víctor, en lui fixant la croix sur la poitrine, que doña Anuncia était séduite par les discours qu'elle ne comprenait pas et par les décorations.

Tandis qu'il parlait, Quintanar se sentait ridicule, mais la vieille dame était fascinée.

Don Frutos, pensait-elle, avait cassé les mottes de terre dans les faubourgs de Vetusta, douze ans auparavant. Elle se souvenait de l'avoir vu en bras de chemise.

La demoiselle Ozores répondit :

« Qu'elle ne pouvait disposer de la main de sa nièce, même si celle-ci acceptait, sans consulter la noblesse, la classe, et sans demander son aval. »

Les personnages de la magistrature et ceux du Tribunal constituaient à Vetusta la deuxième aristocratie, bien que leur importance fût moindre qu'en d'autres temps.

La justice inspirait un respect mêlé de terreur superstitieuse héritée des siècles. Les libéraux les plus excités de Vetusta, qui parlaient d'anarchie, de tout brûler, tremblaient devant la voix d'un huissier des Assises qui criait parce qu'un témoin se croisait les jambes :

— Un peu de tenue!

L'opinion de l'artistocratie, du gratin de l'aristocratie, fut qu'Anita faisait une folie.

Elle la fit.

Don Frutos retourna à Matanzas, décidé à revenir vengé, c'est-à-dire avec encore plus de millions. Il tint sa promesse.

Un mois après, Ana Ozores Quintanar prenait, avec son chevaleresque époux, la route de Castille dans le coupé de cette diligence où elle avait vu partir Alvaro Mesía par le même chemin.

Tout Vetusta vint les voir partir : la noblesse et la classe moyenne. Frígilis avait les larmes aux yeux.

— Dès que vous pourrez revenir... revenez, disait-il, monté sur le marchepied et la tête dans la voiture. Vous serez la Régente de Vetusta, Anita.

— La loi ne le permet pas, à cause des tantes, répondit don Víctor.

— Bah! Bah! Cela s'arrangera... Vous serez la Régente.

Don Cayetano voulut lui aussi monter sur le marchepied, mais ne put y parvenir.

Doña Anuncia et doña Agueda étaient restées dans leur salon, presque dans l'obscurité, et elles soupiraient, entourées de quelques amis, ceux-là mêmes, peut-être, qui leur avaient présenté les condoléances lors de la mort civile de don Carlos.

— Elle s'en va toute contente, disait le baron.

— Eh! je vous crois.

— La jeunesse est ingrate...

— Messieurs, on va démarrer, *décartez-vous,* cria le postillon de la diligence.

Et la voiture partit. Don Víctor serrait entre ses mains celles de son épouse que toute une ville lui enviait.

Un « au revoir! » remplit tout l'espace de la Place Neuve : c'était un au revoir véritablement triste, c'était le départ de la merveille de la ville. Vetusta en masse voyait s'éloigner la nouvelle Présidente de Tribunal comme elle aurait vu partir la tour de la cathédrale, l'autre merveille.

Pendant ce temps, Ana pensait qu'il n'y avait peut-être pas dans cette foule qui admirait sa beauté un autre homme plus digne de la posséder que ce don Víctor, malgré ses quarante ans et quelque, où le « quelque » restait bien mystérieux.

Lorsque, à l'approche de la nuit, tandis qu'ils montaient des côtes qui obligeaient l'attelage à aller au pas, le nouveau Président de Chambre lui demandait si par bonheur il était le premier homme qu'elle eût aimé, Ana inclinait la tête et disait d'une voix mélancolique qui faisait au mari l'effet d'un voluptueux abandon :

— Oui, oui, le premier, l'unique.

« Elle ne l'aimait pas, non, mais elle essaierait de l'aimer. »

La nuit tomba. Ana, la tête appuyée sur les coussins usés de la vieille voiture, fermait les yeux, faisait semblant de dormir et écoutait le bruit assourdissant et confus des vitres, du fer et du bois de la diligence toute disjointe, et elle croyait entendre dans ce vacarme les derniers cris de ceux qui lui disaient adieu.

Pas un seul de ces hommes qui restaient là-bas ne lui avait parlé d'amour, d'amour véritable, et aucun ne lui en avait inspiré. Elle passait en revue toutes les années de son inutile jeunesse, et elle évoquait, comme la plus grande douceur que l'on aurait peut-être pu inscrire au chapitre de l'amour, un certain regard de quelque inconnu lors d'une de ces promenades sur les routes bordées d'arbres remplis de moineaux et de chardonnerets.

Entre elle et les jeunes de la société où elle vivait, l'orgueil d'Ana et la stupidité des autres avaient bien vite dressé un mur de glace.

« Ils ne l'épouseraient pas, avait dit doña Anuncia, parce qu'elle était pauvre. Mais elle avait pris les devants, et elle les méprisait parce qu'ils étaient fats et vulgaires. »

Lorsque l'un d'entre eux avait voulu la traiter comme Obdulia, il s'était vite trouvé devant un mépris hautain et une ironie capables de glacer une braise.

« Peut-être, mais ce n'était pas sûr, loin de là, parmi ces hommes qui l'admiraient de loin, la dévorant des yeux, y en avait-il un qui soit digne d'être aimé... mais ses tantes se chargeaient de maintenir les distances exigées par la bienséance et les pauvres petits avocats, ou autres, peut-être démocrates en théorie, respectaient ces préjugés et s'y conformaient malgré eux. Ils ne s'approchaient pas. » Tous ceux qui avaient produit sur Ana quelque effet, faible en vérité, par leurs regards, étaient tout ce que l'on voudrait sauf des partis valables. A Vetusta, la jeunesse pauvre ne sait pas gagner sa vie, tout au plus gagne-t-elle sa misère. Les jeunes, filles et garçons, se dévorent des yeux, s'aiment, vont jusqu'à s'avouer leur amour... mais *ils en restent là* : ils n'ont pas de situation. Les filles perdent leur beauté et finissent bigotes. Les garçons abandonnent le superbe haut-de-forme, s'enveloppent dans la cape et deviennent joueurs.

Ceux qui veulent prospérer quittent la ville. Il n'y a de riches que ceux qui héritent ou qui ont fait fortune loin de la somnolente Vetusta.

« Elle aurait pu choisir, pensait encore Ana, parmi les *indianos,* parmi les paysans riches et les fils de famille vaniteux, grossiers et grotesques. Don Frutos Redondo était là pour le prouver... Et enfin, pourquoi s'abuserait-elle elle-même ? Elle ne se trouvait pas à Vetusta, elle ne pouvait se trouver dans ce pauvre coin, cette réalité de son rêve, ce héros du poème, qui d'abord s'était appelé Germán, ensuite saint Augustin, l'évêque d'Hippone, ensuite Chateaubriand et ensuite avait pris des centaines de noms, cette réalité où tout était grandeur, splendeur, douceur délicate, rare et raffinée...

« Et maintenant, elle était mariée. C'était un crime, mais un crime véritable, non comme celui du bac de Trébol, que de penser à d'autres hommes. Don Víctor était la muraille de Chine de ses rêveries. Toute apparition imaginaire qui dépasserait ces cinq pieds et quelques pouces d'homme qu'elle avait à ses côtés serait un délit. Tout était terminé... avant d'avoir commencé. »

Ana ouvrit les yeux et regarda son don Víctor qui, à la lumière d'une lampe de voyage, une casquette de soie enfoncée jusqu'aux oreilles, lisait tranquillement, les sourcils un peu froncés, *Le plus grand monstre, la jalousie ou le Tétrarque de Jérusalem,* de l'immortel Calderón de la Barca.

Chapitre six

Le Cercle de Vetusta occupait un édifice isolé, de pierre noircie par les outrages de l'humidité, sur une petite place sale et triste près de Saint-Pierre, la très vieille église voisine de la cathédrale. Les sociétaires jeunes voulaient que l'on se transportât ailleurs, mais au dire de l'élément sérieux et de plus de poids, changer de domicile serait signer l'arrêt de mort de la société. Le Cercle resta où il était et il continua à réparer comme il put ses gouttières et autres misères dues à son âge. Trois générations avaient bâillé dans ces salles étroites et sombres, et cette solennité de l'ennui hérité ne pouvait être échangée pour les aléas d'un avenir incertain dans la partie neuve de la ville, dans la *Colonia.* En outre, disaient les anciens, si le Cercle abandonne la Encimada, adieu Cercle. C'était un aristocrate.

On ne manquait pas de montrer avec un certain orgueil la salle de bal aux étrangers, mais on avouait que le reste avait peu de valeur.

Les employés de la maison portaient un uniforme semblable à celui de la police urbaine. L'étranger qui appelait un garçon pouvait croire, par manque d'habitude, qu'on venait l'arrêter. L'éducation des serveurs, héritée elle aussi, laissait, en général, beaucoup à désirer. On leur avait mis l'uniforme afin que l'on se rendît compte qu'ils étaient vraiment les serviteurs.

Dans le vestibule, deux portiers se tenaient derrière une table de pin. Selon une coutume invétérée, ces messieurs ne saluaient pas les membres du Cercle qui entraient ou sortaient. Mais depuis que Ronzal, qui durant ses petits voyages avait connu d'autres usages, appartenait au Comité directeur, les portiers s'inclinaient au passage d'un sociétaire peu important et faisaient même entendre un grognement qui, bien interprété, pouvait être pris pour un salut. S'il s'agissait d'un membre du Comité, ils décollaient de leur chaise de quelques centimètres; si c'était Ronzal, ils se levaient d'un bon empan et quand passait don Alvaro Mesía, le Président du Cercle, ils se mettaient debout et rectifiaient la position comme de jeunes recrues.

Au-delà du vestibule se trouvaient trois ou quatre couloirs transformés en salles d'attente, de repos, de conversation, de jeu de domino, tout cela à la fois et au gré de chacun. Plus loin, il y avait un autre salon plus luxueux, avec de grandes cheminées qui dévoraient une grande quantité de bois, mais pas autant que le prétendaient les employés. Ce bois suscitait de graves polémiques lors des assemblées générales de fin d'année. On avait banni de cette pièce le bruyant domino et c'est là que se réunissaient les personnages les plus sérieux et les plus importants de Vetusta. Là, l'ordre ne devait pas être troublé, car dans la partie orientale, derrière une majestueuse portière de velours grenat, se trouvait la salle du jeu de l'hombre, que l'on appelait le cabinet rouge. Le silence devait y régner, et également si c'était possible dans la salle contiguë. Avant, on jouait à l'hombre près des billards, mais le bruit des boules et des queues gênait les joueurs de cartes qui prirent possession du cabinet rouge, salon de lecture jusqu'alors. Et le cabinet de lecture se transporta près des billards. La lumière du soleil n'entrait jamais dans la salle réservée au jeu de l'hombre : il y régnait toujours une obscurité ténébreuse qui rendait palpables les tristes flammes des bougies, semblables à des lampes de mineurs dans les entrailles de la terre.

Don Pompeyo Guimarán, un philosophe qui avait l'hombre en horreur, appelait les joueurs du cabinet rouge les faux-monnayeurs. Il s'imaginait que dans cet antre où l'on pénétrait en s'imposant un silence mystérieux, où toute joie, toute expansion de l'esprit étaient contenues, on ne pouvait se livrer qu'à des activités illicites. Les plus bouillants jeunes gens, lorsqu'ils entraient dans le cabinet de l'hombre, prenaient le masque d'une gravité prématurée : on aurait dit de jeunes prêtres d'un culte étrange. Entrer là, était pour les Vétustains comme troquer la toge prétexte pour la toge virile. Il y avait toujours quelque pâle et taciturne adolescent qui jouait ou regardait jouer et qui, blasé peut-être, affectait de mépriser les vains plaisirs du monde et préférait les émotions sérieuses causées par un servi ou un capot. Examiner avec quelque attention les officiants habituels de ce culte cérémonieux et circonspect de l'as de pique et de l'as de trèfle permet de connaître la Vetusta intellectuelle dans l'un de ses aspects caractéristiques.

En effet, bien que le directeur des Travaux Publics affirmât que tous les Vétustains étaient des mazettes au jeu, ce n'était pour lui qu'un prétexte pour monter à la *chambre du crime* en quête de gains plus substantiels et plus rapides; car pour ce qui est du jeu, on s'y livrait au Cercle de Vetusta avec une perfection qui était déjà célèbre. Les joueurs inexpérimentés ne manquaient pas, et ils étaient même nécessaires, sinon, qui gagnerait? Cependant, les faits s'inscrivaient en faux contre l'affirmation du directeur des Travaux Publics. De Vetusta et seulement de Vetusta étaient sortis ces fameux joueurs d'hombre qui, une fois placés sur des orbites plus hautes, prirent leur vol et parvinrent à occuper des postes éminents dans l'administration de l'État, et tout cela ils le durent à la science de la manille.

Il y a une table dans chaque coin et quatre autres au milieu. Sur les huit, la moitié sont occupées. Autour, assis ou debout, il y a plusieurs badauds, esclaves de leur vice pour la plupart. On parle peu. Le plus souvent, c'est pour demander une cigarette. On donne peu de conseils : on n'en a pas besoin ou ils ne servent à rien. Basilio Méndez, un employé de Mairie, est, parmi les présents, le meilleur joueur. Il est pâle, maigre et il est difficile de dire s'il est vêtu comme un artisan ou comme une personne décente, comme on dit à Vetusta. Son salaire ne suffisant pas aux besoins de sa famille, une femme et cinq enfants, il a recours à l'hombre. On le respecte. Il joue, comme quelqu'un qui travaille sans joie, de mauvaise humeur. C'est un homme bourru qui répond à peine quand on lui parle. Il pense à son affaire : une maison de trois étages qu'il construit, grâce à l'hombre, près de l'Espolón. A ses côtés se trouve don Matías, le procureur qui joue à l'hombre pour fuir le pharaon. Quand, *en haut*, le sort lui est contraire, il descend, décidé à gagner à l'hombre tout ce qu'il pourra et à perdre le moins possible, car s'il perd, il s'en va. Celui qui se repose en ce moment, parce qu'il vient de distribuer les cartes aux quatre joueurs, est la poule aux œufs d'or du procureur et de don Basilio. Ils l'assassinent peu à peu, par consomption. On l'appelle Hérédite : il est propriétaire d'un majorat à la campagne. Avant, il venait les jours de foire pour jouer à l'hombre, ensuite, il se fit élire conseiller provincial pour venir jouer à l'hombre, et enfin il se fixa à Vetusta afin de ne se séparer jamais de ces grands joueurs qu'il admirait tant, et qu'il enrichissait petit à petit sans s'en rendre compte. L'hombre de son village ne l'amusait pas. Hérédite jouait de trois heures de l'après-midi à deux heures du matin, sans autre repos que le temps nécessaire pour dîner à la sauvette. Don Basilio et le procureur se relayaient dans la tâche de le plumer. Ils se relevaient, mais parfois ils s'y mettaient à deux pour le dépouiller. N'importe qui faisait le quatrième joueur. Aux autres tables, les parties étaient plus équilibrées. De nombreux étrangers à la ville, des employés pour la plupart, participaient au jeu.

C'est un axiome : à travers le jeu on voit la bonne éducation. Il y avait là de nombreuses personnes fort bien éduquées, mais comme la plus grande confiance régnait, on pouvait entendre des paroles comme celles-ci :

— Je vous dis que c'est vous qui me l'avez donnée.
— Et moi je vous dis que non.
— Moi je vous dis que si.
— Eh bien, vous mentez.
— La belle éducation que voilà, monsieur...
— Meilleure que la vôtre, mon cher...

Il s'agissait d'une fausse pièce d'un douro.

Afin que l'harmonie pût se maintenir, il se trouvait que, grâce à une sorte d'équilibre que la nature établissait entre les tempéraments, certains joueurs étaient fanfarons et d'humeur exécrable, et d'autres, comme Hérédite, doux comme des agneaux et craintifs comme des colombes.

Don Basilio affirmait que le petit héritier jouait d'une manière plutôt douteuse.

Hérédite prenait la défense de sa dignité offensée, alors l'employé de Mairie se mettait à crier :

— Pas d'insolence avec moi!

Et il frappait du poing sur la table.

Hérédite se taisait et continuait à essuyer capots sur capots.

Ces disputes, peu fréquentes, rompaient le silence durant quelques instants. Le calme revenait vite et tout retrouvait son aspect de temple jamais profané par le sang.

Le cabinet de lecture, qui servait aussi de bibliothèque, était étroit et de longueur moyenne. Au milieu, il y avait une table oblongue couverte d'un tapis de laine vert et entourée de fauteuils de velours d'Utrecht. La bibliothèque consistait en une étagère de noyer pas très grande, scellée dans le mur. Le *Dictionnaire* et la *Grammaire* de l'Académie y représentaient le savoir de l'association. L'achat de ces livres avait été motivé par de fréquentes disputes — tous n'étaient pas d'accord sur la signification et même sur l'orthographe de certains mots. Il y avait aussi une collection incomplète de la *Revue des deux mondes** et d'autres de diverses *Illustrations*. On avait abandonné l'*Illustration française*, dans un accès de patriotisme, à cause d'une gravure où l'on voyait on ne sait quels rois d'Espagne en train de toréer. Cette prise de position radicale et patriotique donna lieu en assemblée générale à de forts bons discours où furent opportunément cités les héros de Sagunto, ceux de Covadonga, et pour finir ceux de 1808. Dans les compartiments situés au-dessous de l'étagère, il y avait quelques livres plus instructifs. Mais on avait égaré la clé de ce placard.

Lorsqu'un sociétaire demandait un de ces livres, le concierge s'approchait de mauvaise grâce du quémandeur et lui faisait répéter la demande.

— Oui monsieur, la chronique de Vetusta...

— Mais, vous savez si elle est là?

— Oui monsieur, elle y est...

— C'est que... — et M. le concierge se grattait l'oreille — comme il n'est pas d'usage...

— Usage de quoi?

— Bon, je vais chercher la clé.

Le concierge tournait les talons et s'en allait à pas de tortue.

Pendant ce temps, le sociétaire, qui nécessairement devait être nouveau pour avoir de telles prétentions, pouvait s'amuser à regarder la carte de Russie et de Turquie et le *Notre Père* en images, qui décoraient les murs de ce centre d'instruction et de loisirs. Le concierge revenait, les mains dans les poches et un sourire malicieux au coin des lèvres.

— C'est bien ce que je disais, monsieur... on a perdu la clé.

Les membres de longue date regardaient la bibliothèque comme si elle avait été peinte sur le mur.

On faisait un plus grand usage des journaux et des revues; à tel point que ceux-ci disparaissaient presque tous les soirs et que les illustrations les plus intéressantes étaient soigneusement arrachées. Ce pillage des journaux était une des délicates questions qu'avaient à résoudre les assemblées. Que faire? Mettait-on des fers aux journaux? Les sociétaires arrachaient les feuilles et emportaient le fer et le papier. Dernièrement, on avait décidé de laisser libres les journaux, mais d'exercer une étroite surveillance. Ce fut inutile. Don Frutos Redondo, le plus riche des *indianos*, ne pouvait s'endormir sans lire au lit *El Imparcial* du Cercle. Et comme il n'était pas question qu'il transportât son lit dans le cabinet de lecture, il emportait le journal. Économiser cinq centimes de cette façon lui était particulièrement agréable. Quant au papier à lettres, qui était plus cher, il disparaissait aussi et on prit la résolution de donner un feuillet, c'est tout, au sociétaire qui en avait grand besoin. Le concierge avait acquis, dans ce commerce, une humeur de directeur de bagne. Il considérait les sociétaires qui lisaient comme des gens de probité douteuse et faisait montre à leur égard de fort peu de considération. Quand on l'appelait, il ne venait pas toujours et il se refusait généralement à changer les plumes oxydées.

Autour de la table, douze personnes pouvaient prendre place. Il y avait rarement autant de lecteurs, sauf lorsque le courrier arrivait. La plupart des sociétaires animés par le désir de savoir ne s'intéressaient qu'aux nouvelles.

Parmi les habitués du cabinet de lecture, le plus digne de considération était un monsieur apoplectique qui avait transporté du grain en Angleterre et se croyait dans l'obligation de lire la presse étrangère. Il arrivait à neuf heures du soir, indéfectiblement, prenait *le Figaro*, ensuite *The Times* qu'il plaçait dessus, il chaussait ses lunettes cerclées d'or et, bercé par le léger sifflement des lampes à gaz, il s'endormait doucement sur le premier journal du monde. C'était un droit que personne ne lui disputait. Peu de temps après qu'une apoplexie l'eut terrassé, sur *The Times*, on apprit que ce monsieur ne connaissait pas l'anglais. Un autre lecteur assidu était un jeune candidat à l'administration des finances et de l'enregistrement, qui dévorait *La Gaceta* jusqu'à la dernière annonce d'adjudication. C'était un dictionnaire d'Alcubilla [7] en un seul tome : il savait par cœur tout ce qui avait été fait, défait, aménagé et annulé de nouveau dans notre administration publique.

7. *Dictionnaire d'Alcubilla* : équivalent espagnol du *Juris classum.*

A côté de lui s'asseyait souvent un monsieur qui avait un vice secret : il écrivait aux journaux de la capitale des lettres où il annonçait les nouvelles les plus contradictoires. Il signait « Le Correspondant » et tout ce que les journaux disaient sur « l'affaire de Vetusta » venait de lui. Le jour suivant, il démentait dans une autre feuille ce qu'il avait annoncé la veille, et en fin de compte, « l'affaire de Vetusta » n'était que du vent. Aussi était-il devenu un parfait sceptique en matière de presse. Il le savait, lui, comment on faisait les journaux! Quand les Français et les Allemands en vinrent aux mains, « Le Correspondant » doutait de la réalité de la guerre : il devait s'agir d'une querelle entre boursiers. C'est seulement lorsque Metz capitula qu'il dut admettre qu'il se passait quelque chose.

Le poète Trifón Cármenes ne manquait pas, lui non plus, l'heure du courrier. Avec une anxiété fébrile, il passait en revue plusieurs journaux et disparaissait sur-le-champ, tout dépité une fois de plus, parce qu' « on ne le lui avait pas publié ». Il s'agissait de quelque poésie ou de quelque conte fantastique qu'il avait envoyé à un journal et qui ne paraissait jamais. Cármenes, qui aux concours littéraires de Vetusta emportait toutes les roses naturelles, ne pouvait réussir à placer ses vers dans la presse madrilène, bien que les lettres qui accompagnaient ses compositions fussent on ne peut plus courtoises. La formule était en général la suivante : « Très cher monsieur, objet de ma considération la plus distinguée : je vous fais parvenir, ci-joints, quelques vers afin que, s'ils vous paraissent dignes d'un aussi grand honneur, ils soient publiés dans les colonnes de votre si renommé journal. Écrits sans aucune prétention..., etc., etc. » Mais rien; ils ne sortaient jamais. Au bout d'un an, il demandait qu'on les lui retournât. Mais « on ne rendait pas les originaux ». Alors, il utilisait le brouillon et publiait ses compositions dans *El Lábaro*, le journal réactionnaire de Vetusta.

Un autre lecteur assidu était un petit vieux à moitié idiot qui ne se couchait jamais sans avoir lu tous les éditoriaux de la presse qui arrivait au Cercle. Il prenait un singulier plaisir à la lecture de l'indigeste prose d'un journal qui avait la réputation d'être habile et circonspect. Les idées étaient enveloppées dans de tels euphémismes, dans de telles prétéritions, dans de telles circonlocutions et elles se brisaient si souvent par excès de finesse, que le pauvre vieux était toujours dans le brouillard.

— Quelle habileté! disait-il sans comprendre un seul mot.

C'est bien pourquoi il croyait à l'habileté, car s'il l'avait comprise, il n'y aurait pas eu d'habileté.

Une nuit, le lecteur d'éditoriaux réveilla son épouse.

— Écoute, Paca, sais-tu que je ne peux pas trouver le sommeil? Voyons si tu comprends ce que j'ai lu aujourd'hui dans le journal : « La chose ne laisse pas de nous laisser penser qu'elle nous paraît répréhensible... » Tu comprends, toi ? Elle leur paraît répréhensible ou non ? Je ne peux pas m'endormir avant d'avoir compris...

Ces lecteurs et d'autres tout aussi assidus se passent les journaux de main en main, en silence, dévorant des nouvelles qu'ils lisent répétées dans huit ou dix feuilles. C'est ainsi que s'alimentent ces esprits qui avant onze heures du soir vont se coucher satisfaits, convaincus que le caissier de tel endroit est parti avec la caisse. Ils ont lu cela dans huit ou dix périodiques différents. Tous ces messieurs respectables et dignes d'estime vivent dans l'esclavage d'une telle servitude, la servitude du fait divers diffusé par la capitale. Plus de la moitié du fugace capital de leurs connaissances provient des entrefilets de *La Correspondencia* que les journaux pauvres, après coups de ciseaux, s'envoient de l'un à l'autre, comme des balles.

Souvent, alors que régnait ce silence de bibliothèque où l'on semblait percevoir le bruit de l'élaboration mentale des cérébraux lecteurs, un fracas de tremblement de terre faisait tout à coup trembler le plancher et les vitres. Les sociétaires de longue date n'en faisaient pas cas et ne levaient même pas les yeux; les nouveaux, au contraire, fixaient, effrayés, le plafond et les murs, s'attendant à voir s'écrouler l'édifice... Rien de tout cela. Ce n'était que ces messieurs du billard qui frappaient le sol avec la lourde masse de leurs queues. La pétillante bonne humeur de MM. les sociétaires était proverbiale.

A onze heures du soir, il n'y avait plus personne dans le cabinet de lecture. Le concierge, à moitié endormi, pliait les journaux, fermait d'un demi-tour le robinet du gaz, ce qui plongeait la salle dans une obscurité presque complète. Et il revenait dormir dans sa loge.

C'est alors qu'entrait don Amadeo Bedoya, un capitaine d'artillerie, en civil, le visage dissimulé dans un pan de la grande pèlerine de son carrick. Il regardait à droite et à gauche... personne... l'obscurité était complice. Il s'approchait de l'étagère avec précaution, sortait une clé, ouvrait le placard inférieur, prenait un livre, en déposait un autre qu'il cachait sous sa pèlerine, cachait le premier dans les pans de celle-ci et refermait le placard. Après avoir respiré un grand coup, il s'approchait de la table, se mettait à siffler la marche royale et faisait semblant de jeter un coup d'œil sur les journaux. Des journaux, lui! Pour donner vraiment l'impression qu'il lisait, il restait là cinq minutes et il sortait triomphant. Ce n'était pas un voleur, c'était un bibliophile. La clé de Bedoya était celle que le concierge avait perdue. Don Amadeo était un don Saturnino Bermúdez du rang. Il avait été un valeureux militaire, mais comme il avait eu l'honneur, quelques années auparavant, d'être élu président d'un *Athénée d'infanterie*, il s'était vu dans l'obligation d'étudier pour prononcer un discours, et il eut la grande surprise de se révéler excellent orateur, de son point de vue et de celui des autres officiers. Ainsi, de fil en aiguille, il devint homme de lettres, au point de se jurer solennellement, et avec l'énergie qui convient si bien aux défenseurs de la patrie, qu'il serait un érudit. Ce militaire, qui, dans le domaine des lettres avait plus de connaissances que de nombreux civils, commença à attirer l'attention des Vétustains. Bedoya lui-même fortifiait son énergie au travail en pensant au contraste qu'il y avait, selon lui, entre l'artillerie et la littérature. Peu à peu, il devint membre, soit correspondant, soit actif, de nombreuses sociétés scientifiques, artistiques et littéraires. Il excellait en archéologie et en botanique et particulièrement dans les rapports entre cette dernière et l'horticulture. C'était un spécialiste des maladies de la pomme de terre et sur ce point il avait réalisé une étude que le gouvernement ne se décidait pas à primer. Il excellait aussi dans la biographie militaire. Il connaissait l'histoire de plusieurs lieutenants généraux qui avaient été des Farnèses et des Spinolas, à l'insu de tout le monde. Par exemple, il racontait l'histoire de tel officier qui, s'il avait dirigé l'action en tel endroit (il ne l'avait pas dirigée, d'accord), aurait gagné la gloire d'un Napoléon au lieu de perdre les positions, comme effectivement les avait perdues le général incapable.

Les sources de ce type de biographies de personnes qui auraient pu être importantes se trouvaient dans des livres semblables à ceux qui gisaient dans le tiroir situé sous l'étagère du Cercle. Il devait exister d'autres exemplaires dans le monde, mais ils n'étaient connus de personne et Bedoya appartenait à cette catégorie d'érudits dont le mérite consiste à copier ce que personne n'a voulu lire. Dès lors que, sur un papier bien à lui, il voyait les paragraphes qu'il copiait avec cette écriture anglaise svelte et nette que Dieu lui avait donnée, tout cela lui semblait être son œuvre. Mais son fort, c'était les antiquités. Pour lui, un objet d'art n'avait pas de valeur, même s'il datait de l'époque de Noé, s'il n'était pas à lui. Alors que Bermúdez aimait l'antiquité pour elle-même, la poussière pour la poussière, Bedoya était plus subjectif, comme il disait, il fallait que l'objet aimé lui appartînt. « Ah, s'il pouvait parler ! Bermúdez et le Magistral et *tutti quanti* paraîtraient bien petits. » Mais il ne pouvait pas parler. Il irait au bagne probablement, s'il parlait. Enfin, c'était un secret, il avait... — et il regardait de tous côtés en disant cela — il avait un précieux manuscrit de Philippe II, un document politique de grande importance... Il l'avait dérobé aux Archives de Simancas. Comment ? C'était là son orgueil. Si bien que Bedoya, sûr de cette supériorité, regardait de haut les autres amateurs d'antiquités et il se taisait. Il se taisait par crainte du bagne.

Le *chambre du crime*, la salle des jeux de hasard, plus concrètement de la roulette et du pharaon, était au deuxième étage. On y accédait après avoir parcouru de nombreux couloirs obscurs et étroits. Les autorités n'avaient jamais troublé le calme de ce refuge retiré et caché de l'art aléatoire, pas même à l'époque où régnait la plus scrupuleuse moralité publique. A la demande des rédacteurs de faits divers, spécialement celui de *El Lábaro*, on poursuivait avec force la prostitution, mais on ne pouvait pas toucher au jeu. Quant à ces « infâmes qui faisaient commerce de leur corps », comme écrivait Cármenes dans les éditoriaux anonymes de *El Lábaro*, comment aurait-on pu ne pas les maltraiter, si quotidiennement la presse locale y poussait ?

Chaque jour, ou presque, était publié un fait divers qui s'intitulait, par exemple : *Ces colombes!* ou *Feu sur elles!* Une fois, don Saturnino Bermúdez en personne écrivit son petit article sur la question, article qui s'intitulait *Mérétrices*, sans plus, et qui se terminait par : « ... de l'impudique *scortum* ».

Pour en revenir au jeu, quand un gouverneur civil énergique avait essayé d'intimider les membres du Cercle, les joueurs les plus influents lui avaient prédit une prompte mise à pied. En général, le gouverneur fermait les yeux, et il n'était pas rare que des subventions fussent versées, de la manière la plus décente possible, comme disaient les deux parties. Les joueurs de Vetusta avaient une vertu : ils ne veillaient guère. Ils avaient leurs occupations et devaient se lever tôt. Tel médecin se retirait à dix heures, après avoir perdu tout ce qu'il avait gagné dans la journée. Il se levait à six heures du matin, parcourait toute la ville, dans les flaques et dans la boue, il bravait la neige, la grêle, le froid, le vent. Après avoir accompli son travail avec opiniâtreté, il venait déposer sur le tapis vert les pesetas gagnées, comme s'il s'agissait d'une offrande sur un autel. Avocats, procureurs, greffiers, commerçants, industriels, employés, propriétaires, tous faisaient de même. Autour de la table de l'hombre, dans le cabinet de lecture, près du billard, dans les divers salons où l'on causait, où l'on jouait aux dominos et aux échecs, il y avait toujours les mêmes personnes : les amateurs respectifs de chacune de ces activités. Mais la chambre du crime était le lieu où se trouvaient réunis toutes les professions, tous les âges, toutes les idées, tous les goûts, tous les tempéraments.

Ce n'était pas sans raison que l'on affirmait que Vetusta se distinguait par son grand patriotisme, sa dévotion et son amour pour les jeux interdits. La dévotion et le patriotisme s'expliquaient par l'histoire; l'amour du jeu par les nombreux jours de pluie qu'il y avait à Vetusta. Que pouvaient donc faire les sociétaires, puisqu'il était impossible de se promener ? C'est pourquoi don Pompeyo Guimarán proposait que l'on transformât la cathédrale en promenade couverte. « *Risum teneatis*! » répondait Cármenes dans les colonnes de *El Lábaro*.

La religion, bien que sous la forme lamentable de la superstition, se manifestait dans le vice du jeu lui-même. Au Cercle, on racontait de surprenants exemples de crédulité chez les joueurs les plus célèbres. Un commerçant, libéral et pas le moins du monde timoré, avait déposé dans l'entrée de ce centre de divertissement une paire de vieux souliers. Quand il arrivait au Cercle, il chaussait les souliers éculés et montait tenter fortune. Il jurait que jamais, lorsqu'il portait des chaussures neuves, il n'avait été favorisé par le sort. Il était, en quelque sorte, un joueur de l'ordre des déchaussés. Sa foi et une certaine expérience malicieuse lui assuraient des gains sûrs. Une année, il fit une splendide neuvaine à saint François, à laquelle accourut toute la *Vetusta pieuse*, comme disait Bermúdez.

Après le départ de Bedoya, qui sortait sans être vu des portiers, paisiblement endormis, il ne restait là que huit ou dix noctambules endurcis. Il s'agissait de personnages pervertis qui avaient pris l'habitude des nuits blanches à Madrid; les autres étaient des élégants et des noceurs de Vetusta qui les imitaient. Mais nous aurons l'occasion de parler de ce dernier carré plus loin, car d'importants personnages de cette histoire en faisaient partie.

Il était trois heures et demie de l'après-midi. Il pleuvait. Dans le salon voisin du cabinet rouge se trouvaient les habituels sociétaires, ceux qui ne jouaient à rien et les six qui jouaient aux échecs. Ceux-ci avaient placé leurs échiquiers près d'un balcon pour avoir plus de lumière. Dans le fond de la salle, on avait l'impression que la nuit allait tomber. Sur une table de marbre, dans l'épaisse fumée de tabac, la flamme d'une bougie qui servait à allumer les cigares brillait comme une étoile au-delà du brouillard. Autour de cette table, dans l'ombre de l'un des coins de la pièce, commodément installés sur un divan ou assis dans des berceuses en paille, il y avait une demi-douzaine de membres fondateurs, qui, depuis des temps immémoriaux, venaient à trois heures juste prendre leur café et leur petit verre. Ils parlaient peu. Aucun d'eux ne se permettait jamais d'avancer une idée qui aurait pu ne pas être admise à l'unanimité. Là, on jugeait les gens et les événements de la journée, mais sans passion; on condamnait avec modération tout novateur, c'est-à-dire quiconque avait fait quelque chose qui sortît de l'ordinaire. On louait, sans grand enthousiasme, les citoyens qui savaient se montrer discrets, courtois et incapables d'exagération. Plutôt mentir qu'exagérer. Don Saturnino Bermúdez avait été plus d'une fois l'objet d'une admiration prudente de la part de ces messieurs respectables. Mais en général, plutôt que de ces sujets, ils préféraient parler des animaux; par exemple, de l'instinct de certains d'entre eux, comme le chien et l'éléphant, qui, évidemment, à leurs yeux, étaient dépourvus d'intelligence : « Le castor construit aujourd'hui sa demeure de la même façon qu'à l'époque d'Adam. Il ne s'agit pas d'intelligence, mais d'instinct. » Ils discutaient aussi de l'utilité de certains autres animaux, tels le porc, dont tout est utilisable, la vache, le chat, etc. Et la conversation était pour eux plus intéressante s'il était question d'objets inanimés. Le droit civil, pour tout ce qui touche aux liens de parenté et aux problèmes d'héritages, les enchantait aussi. Lorsque passait un quelconque sociétaire inconnu d'un des fondateurs, ce dernier demandait :

— Qui est-ce donc?

— C'est le fils de... petit-fils de... qui s'est marié avec... qui était la sœur de...

Et comme les cerises du panier, presque tous les Vétustains sortaient accrochés par leurs liens de parenté. Cette conversation se terminait toujours sur la même phrase :

— Si l'on y regarde de près, ici nous sommes tous un peu parents.

La météorologie était aussi l'un des constants topiques de la conversation. Le vent qui soufflait préoccupait toujours beaucoup ces dignes sociétaires. L'hiver actuel était toujours plus froid que tous ceux dont ils gardaient le souvenir, à l'exception d'un seul.

Parfois aussi, on médisait un peu, mais le plus sagement du monde, surtout s'il s'agissait de prêtres, de dames ou des autorités.

Malgré l'aménité de telles causeries, le groupe des vénérables vieillards, qui ne comptait qu'un seul homme jeune, chauve il est vrai, préférait le silence à la conversation la plus agréable. C'est au silence, principalement, qu'ils consacraient cette espèce de sieste à laquelle ils se livraient tout éveillés. Ils se taisaient presque toujours.

A proximité, il y avait deux ou trois groupes bruyants qui, pour sûr, les dérangeaient parfois passablement. Au loin, on entendait l'antipathique vacarme du domino, que les vénérables avaient chassé de leur salon. Les joueurs de domino étaient toujours les mêmes : un professeur de l'Université, deux ingénieurs civils et un magistrat. Ils riaient et criaient beaucoup et quand ils s'insultaient, c'était toujours pour plaisanter. Ces quatre amis, liés par le double-six, auraient vendu science, justice et travaux publics pour venir en aide à l'un des membres de leur équipe. La salle de bal, où il n'était pas permis de jouer ni de prendre le café, était le lieu de promenade des magistrats du Tribunal et de certains personnages, comme par exemple, le marquis de Vegallana, quand, les jours de grande pluie, il ne pouvait pas faire sa promenade favorite.

Le bruit et l'animation venaient des groupes de personnes turbulentes évoqués précédemment.

Là on ne respectait rien ni personne, disaient les vieillards dans leur coin, et, bien qu'ils fussent à quelques pas, ils échangeaient peu de paroles avec les gens de ces groupes. Les vieillards se taisaient et ils jugeaient.

— Quelle légèreté!, dit à voix basse l'un des *vénérables.*

— Vous remarquerez, lui répondit-on, qu'il est rarement question dans leurs propos des intérêts réels de la province.

— Sauf lorsque M. Mesía est là...

— Oh, c'est que M. Mesía... c'est autre chose.

— Oui, c'est un grand monsieur. Très compétent en matière de Finances et dans ce que l'on appelle Économie politique.

— Moi aussi je crois à l'Économie politique.

— Je n'y crois pas, moi, mais j'ai beaucoup de respect pour la mémoire de Flórez Estrada, que j'ai connu.

Tout plutôt que d'ouvrir un débat. Quand une discussion s'amorçait, on l'enterrait au plus vite et tous retombaient dans leur silence.

A la table d'en face, vociférait un personnage qui avait été maire libéral, mais pratiquait l'usure quel que fût le système politique. Il était malicieux et ennemi des curés car il croyait ainsi prouver son libéralisme, à peu de frais.

— Enfin voyons, disait-il, qui vous a assuré que le Magistral n'a pas voulu confesser la Régente ?

— Je le tiens de quelqu'un qui a vu de ses yeux doña Anita entrer dans la chapelle de don Fermín et don Fermín en sortir sans saluer la Régente.

— Mais moi, je les ai vus se saluer et parler sur l'Espolón.

— C'est vrai, s'écria un troisième, moi aussi je les ai vus. De Pas était avec l'Archiprêtre et la Régente avec Visitación. Mieux encore, le Magistral est devenu tout rouge.

— Eh bien, ça alors! s'exclama l'ancien maire comme s'il était scandalisé.

— Moi, j'en sais plus que vous tous, vociféra un freluquet qui imitait Zamacois, Luján, et aussi Romea, le neveu, bref tous les comédiens de Madrid, où il venait d'obtenir sa licence de médecine.

Il baissa la voix, fit un signe de connivence. Tous les membres du groupe se rapprochèrent. Alors, la main près de la bouche pour faire écran, il inclina la chaise sur laquelle il était assis à califourchon, jusqu'à ce que le dossier touchât la table, et dit :

— Paquito Vegallana me l'a raconté : l'Archiprêtre, le célèbre don Cayetano, a prié Anita de changer de confesseur, parce que...

— Euh, euh! Comment peux-tu savoir pourquoi ? l'interrompit l'ennemi des curés. Et le secret de la confession!

— Bon bon! Je le sais de bonne source : c'est Paquito qui me l'a dit. Mesía — et il baissa encore le ton —, Mesía essaie de placer des banderilles à la Régente.

Scandale général. Murmures dans le coin obscur.

« Là, c'était aller trop loin. Il était permis de clabauder, de reprendre des rumeurs sans fondement, mais il y avait des limites. Passe encore pour le Magistral et le secret de la confession. Mais toucher à la Régente ! Assurément, ce freluquet était un imprudent. »

— Messieurs, je ne dis pas que la Régente accepte les banderilles, mais je dis qu'Alvaro veut les lui placer, et c'est bien différent.

Personne ne voulut accepter la probabilité d'une telle affirmation.

— Grand Dieu... la Régente... c'est un peu gros!

Le jeune homme haussa les épaules. « Il était sûr de ce qu'il disait. Le jeune Marquis, l'ami intime de Mesía le lui avait dit » :

— Mais dites-moi, demanda M. Foja, l'ancien maire, qu'a à voir cette affaire des banderilles que Mesía veut placer à la Régente, avec le Magistral et la confession ?

Il ne voulait pas lâcher prise. Au Cercle, ce n'était pas tous les jours que l'on pouvait dire du mal des curés.

— Les deux choses, en fait, sont liées. L'Archiprêtre a demandé l'aide de l'autre, il veut lui laisser la charge de la conscience de la jeune femme.

— Holà! mon garçon, tu exagères un peu, fit remarquer le père du jeune impudent, qui était là et admirait cette effronterie que son fils avait positivement acquise à Madrid, et il savait, lui, à combien cela lui était revenu.

— Je veux dire qu'Anita est très méfiante, comme nous le savons tous — il baissait encore la voix et les autres s'approchaient encore et leurs têtes formaient une sorte de grappe, semblable à une nouvelle cloche de Huesca [8] —, et sa méfiance lui aura peut-être fait remarquer les regards de l'autre... et le reste, eh?... et elle voudra prendre ses précautions. Or, l'Archiprêtre n'est pas l'homme des cas de conscience compliqués alors que le Magistral est très compétent en la matière.

Le groupe ne put s'empêcher de sourire en signe d'approbation.

Le papa du jeune médisant était béat d'admiration et il faisait des clins d'œil à un ami. On ne pouvait plus en douter : il n'y avait que Madrid pour vous dégourdir les enfants. Cela coûte cher, mais à la fin on voit les résultats.

L'effronterie du jeune homme suscitait bien des protestations, mais, peu à peu, l'éloquence de ses malicieuses épigrammes et l'allure délurée de sa mimique et de ses gestes l'emportaient.

Ce que l'on appelle genre canaille commençait alors à être à la mode dans certains quartiers fréquentés par les artistes et dans certaines sociétés. Notre petit docteur portait un pantalon bien ajusté et combinait habilement les toupets de cheveux que l'on portait alors sur le front avec les accroche-cœurs que les toréadors laissent tomber sur les tempes. Sa coiffure avait l'aspect d'une perruque de marqueterie.

Il s'appelait Joaquín Orgaz et *reluquait* toutes les filles à marier de la ville, c'est-à-dire qu'il les regardait avec insistance et qu'il avait le plaisir d'être regardé. Il avait terminé ses études cette année et son intention était de se marier le plus tôt possible avec une fille riche. Elle apporterait la dot et lui sa belle personne, son titre de docteur et son habileté dans le genre canaille. Il n'était pas sot, mais sa soumission à la mode le faisait paraître certainement plus vulgaire qu'il n'était. Si à Madrid il était un parmi tant d'autres, à Vetusta il n'avait à redouter que cinq ou six rivaux, importateurs de semblables manières. Il profitait de ses mois de vacances pour rechercher la fréquentation des familles riches ou nobles de Vetusta. Il était devenu l'ami intime de Paquito Vegallana et, bien que de loin, un peu du rayonnement du célèbre Mesía, la fine fleur des élégants de Vetusta, arrivait jusqu'à lui. Orgaz

8. *Cloche de Huesca* : selon une légende, les têtes coupées de certains ennemis du roi d'Aragon Ramiro II (1134-1137), une fois entassées, formèrent une cloche. Légende actualisée en 1843 par un roman historique d'Antonio Cánovas del Castillo.

l'appelait Alvaro, car les relations entre Paco et Mesía étaient très familières et comme lui il tutoyait son cher Paco... le tour était joué.

Le petit succès de ses papotages enhardit Joaquín, qui soutint que ce respect et cette admiration qu'inspirait la Régente étaient une chose ridicule.

— C'était une belle femme, une très belle femme. Une femme de talent, digne d'un autre théâtre, d'un tout autre destin..., je vous l'accorde. Si vous m'y poussez, je vous dirai que c'est une femme supérieure — si tant est qu'il y ait des femmes supérieures — mais, en fin de compte, c'est une femme, *et nihil humani...*

Il ne savait pas ce que signifiait ce latin-là, ni quelle était sa portée, ni de qui il était, mais il l'employait chaque fois qu'il était question de possibles faiblesses.

Les sociétaires éclatèrent de rire.

« Il sait médire même en latin, ce coquin! » pensa son père, de plus en plus satisfait des sacrifices qu'il avait faits pour son diable de fils.

Ce cher Joaquín, le visage rouge de plaisir et aussi un peu à cause de l'anisette qu'il avait bue, crut que le moment était venu de couronner l'édifice de sa gloire en chantant quelque chose de nouveau. Il se mit debout, tendit une jambe, pivota sur un talon et se mit à chanter, ou plutôt à *se* chanter, comme il disait :

Ouvre-moi la porte,
La porte dérobée...

« Il fallait en finir avec les préjugés du peuple. La Régente! N'était-elle pas de chair et d'os? Et Alvaro avait toujours été irrésistible... » Orgaz fils arrêta ses entrechats, qu'il avait commencés tout en se faisant en lui-même ces réflexions. Dans la salle voisine avaient résonné des pas qui faisaient trembler le sol.

— Voici l'Anglais qui arrive, dit le jeune gouailleur entre ses dents et il devint très pâle.

En effet, c'était Ronzal.

Pepe Ronzal — alias Tromblon, allez savoir pourquoi — était originaire de Pernueces, un petit village de la région. Fils d'un riche éleveur, il put faire des études — et on verra quelles études! — à la capitale de la province. Porté, depuis son adolescence, sur le jeu de pharaon, comme Hérédite l'était sur l'hombre, il ne voulait jamais retourner à Pernueces, même pas pour les vacances, désireux qu'il était de ne pas manquer une seule partie. Il ne parvint pas à terminer ses études. La traditionnelle bienveillance des professeurs ne fut pas suffisante pour faire de Tromblon un licencié en droit civil et canonique.

Une fois, on lui avait demandé lors d'un examen :

— Qu'est un testament, mon enfant ?

— Un testament... le mot lui-même le dit, c'est ce que font les défunts.

En plus de Tromblon, on l'appelait l'Étudiant, selon une antonomase ironique qu'il ne comprenait pas.

Le temps passa. Le riche éleveur mourut, Ronzal cessa d'être l'Étudiant, vendit ses terres, s'installa dans la capitale et commença à devenir un homme politique, on ne sait exactement comment ni pourquoi.

Le fait est que du bureau d'un collège électoral il passa au Conseil municipal et de conseiller municipal, il devint conseiller provincial de Pernueces. S'il est vrai qu'il n'avait jamais pu venir à bout de son ignorance originelle, il avait su peu à peu corriger sa démarche et faire de lents mais réels progrès dans la manière de se vêtir et même de saluer, à tel point qu'il était nécessaire d'être installé à Vetusta depuis pas mal de temps pour pouvoir se souvenir que cet homme avait été un vrai paysan. Dans les premières années de la Restauration, Ronzal passait déjà pour un homme doué de qualités d'initiative, pour un homme qui avait du succès auprès d'une certaine catégorie de femmes et qui réussissait dans le commerce des remplacements de recrues. C'était un partisan décidé des institutions en vigueur. Il se peignait d'après le modèle des effigies des timbres et des pesetas et quant aux chaussures, il les aimait très solides, blindées. Il croyait que cela lui donnait une certaine allure de noble anglais.

— Moi, je suis très anglais en toutes choses, déclarait-il avec emphase, surtout pour ce qui est des chaussures.

Il *militait* dans le parti le plus réactionnaire de ceux qui alternaient au pouvoir.

— Donnez-moi un peuple saxon, disait-il, et je serai libéral.

Un peu plus tard, il devint libéral, sans que pour autant on lui eût donné un peuple saxon, mais tout autre chose dont il n'est pas opportun de parler ici.

Il était grand, gros et assez bien fait. Sa tête était petite et ronde, son front étroit, ses yeux farouches, sans expression, craintifs et il ne les bougeait pas chaque fois qu'il le voulait, mais quand il le pouvait. Parler avec Ronzal, le voir animé, bavard, l'écouter plaisanter avec énergie et enthousiasme, et remarquer que ses yeux ne bougeaient pas, n'exprimaient rien de tout cela, et regardaient fixement avec l'expression d'ahurissement et de méfiance des animaux sauvages, donnait le frisson.

Il avait un bon teint brun, et la jambe bien tournée. Il était vraiment en avance sur son temps quant aux pantalons, car il les portait très courts. Il avait toujours des gants, qu'ils fussent de mise ou non, qu'il fasse froid ou qu'il fasse chaud. Pour lui, le gant avait toujours été le trait caractéristique de la bonne éducation, comme il disait, de la distinction, comme il disait aussi. En outre, il transpirait des mains. Il avait en horreur tout ce qui faisait peuple. Ces *sacrés républicains* avaient en lui un formidable ennemi. Un jour de Saint-François, le concierge n'accrocha pas de tentures aux balcons du Cercle. Ronzal, qui était déjà du Comité, fut sur le point de faire passer le malheureux employé par-dessus l'un de ces balcons.

— Mais monsieur, criait le concierge, aujourd'hui c'est la fête de saint François de Paule.

— Et alors, animal ? rétorqua Tromblon plein de fureur. Il n'y a pas de Paule qui tienne : puisque c'est la Saint-François, c'est un jour de fête et il faut pavoiser.

C'est ce qu'il appelait, lui, servir les institutions.

Avec un tel comportement, il réussit peu à peu à se faire respecter. En tout cas, en sa présence, personne ne se moquait de lui. Il fut assez perspicace pour comprendre que l'on accordait beaucoup d'importance aux apparences et qu'au Cercle, ceux qui criaient le plus fort, qui étaient les plus obstinés et lisaient le plus grand nombre de journaux, passaient pour les plus savants. Alors, il se dit :

« Cette question du savoir est un complément nécessaire. Je serai savant. Grâce à Dieu, j'ai de l'énergie — il avait des poings solides — ; quant à être obstiné, je le suis plus que quiconque et pour ce qui est des poumons, j'en ai plus qu'un monolitre (il voulait dire un monolithe). Grâce à cela et à la lecture de *La Correspondencia*, je serai l'Hippocrate de la province. »

Hippocrate était le maître de Platon et ce maître, Tromblon ne l'appela jamais Socrate, cela n'avait pour lui aucune importance.

Depuis lors, il lisait des journaux et des romans de Pigault-Lebrun et de Paul de Kock, les seuls livres qu'il pouvait regarder sans s'endormir sur-le-champ. Il écoutait avec attention les conversations auxquelles il trouvait un air plus ou moins savant. Mais surtout, il essayait de s'imposer en criant très fort et en s'arrangeant pour avoir toujours raison.

Si les arguments de l'adversaire le mettaient un peu dans l'embarras, il sortait les grands moyens, c'est-à-dire une canne de *rotin* * qu'il brandissait en criant :

— Que l'on sache que je soutiendrai cette question sur tous les terrains! Oui, sur tous les terrains!

Et il répétait « tous les terrains » cinq ou six fois afin que l'autre portât bien toute son attention sur le trope et sur la trique, et s'avouât vaincu.

Il avait compris que les discussions qui présentaient le moins de risques de se compromettre étaient celles qui tournaient autour des choses les plus importantes et les plus lointaines, et c'est pourquoi son fort était la politique extérieure. Plus le pays dont il était question était loin, plus il se sentait en confiance. Mais dans ce cas, le danger qui le guettait était le *lapsus* géographique. Il confondait souvent les pays avec les généraux qui commandaient les armées des envahisseurs. Lors d'une déplorable polémique, il dut en venir aux mains avec le capitaine Bedoya qui niait l'existence du général Sébastopol et qui lui tenait tête.

Il croyait aussi que sa réputation d'homme de talent s'affermirait s'il prouvait sa force aux échecs, et il mit dans ce jeu beaucoup d'énergie. Un soir qu'il jouait en présence de plusieurs membres du Cercle, alors qu'il avait perdu de nombreuses pièces, il vit que son salut consistait à transformer en reine un vulgaire pion.

— Celui-ci va à dame! s'exclama-t-il en regardant son adversaire droit dans les yeux.

— Impossible.

— Comment, impossible?

Et l'adversaire, par instinct, déplaça une pièce qui gênait le passage du pion qui devait aller à dame.

— Il va à dame, et j'en fais une question personnelle, ajouta Tromblon enhardi, et en se donnant un grand coup de poing sur la poitrine.

Et son adversaire, sans le vouloir, lui libéra une autre case.

Et ainsi, d'une case à l'autre, en mettant chaque fois sa vie en jeu, il transforma son pion en reine, et l'énergique conseiller provincial de Pernueces gagna la partie.

Chapitre sept

Telles étaient quelques-unes des qualités qui distinguaient ce Pepe Ronzal dont Joaquinito Orgaz avait si peur. Peut-être l'homme de Pernueces savait-il que Joaquín imitait parfaitement ses sottises et sa manière de les dire. En outre, Ronzal haïssait don Alvaro Mesía et tous ceux qui en disaient du bien ou étaient ses amis. Or Joaquín était très lié avec le jeune Marquis — le fils du marquis de Vegallana — et ce dernier était l'ami intime de don Alvaro.

— Bonsoir, messieurs, dit Ronzal en prenant place au milieu du groupe.

Il posa ses gants sur la table, demanda un café et se mit à regarder fixement Joaquín, qui aurait voulu être invisible.

— De qui dit-on du mal, jeune homme? demanda le conseiller en même temps qu'il appliquait une tape sur la pauvre petite cuisse du freluquet.

Pour les jambes, en effet, personne n'égalait Ronzal. Et il étendit les siennes à côté de celles du jeune homme, afin que ces messieurs puissent comparer.

Joaquín répondit :

— De personne.

Et il haussa les épaules.

— Je n'en crois rien. Ces petits Madrilènes ont toujours quelque chose à dire des pauvres provinciaux.

— Et c'est la vérité, ajouta l'ancien maire. La victime aujourd'hui était votre ami, le Grand Vicaire.

Ronzal prit son air sérieux.

— Tiens, tiens! dit-il, et *espifor* * avec ça? (« esprit fort », dans le français de Tromblon).

— Il était question, ajouta Foja, des banderilles qu'accepte ou non une certaine dame, fort respectée jusqu'à ce jour, et des renforts spirituels que sa conscience tourmentée recherche ou ne recherche pas dans la direction morale de don Fermín... Hé, hé...!

Ronzal ne comprenait pas.

— Voyons, voyons, j'exige que l'on parle clairement.

Joaquín, du regard, semblait appeler son papa à l'aide.

M. Orgaz se risqua à murmurer :

— C'est que, cette façon d'exiger...

— Oui, monsieur, j'exige. J'en fais une question personnelle.

— Mais qu'exigez-vous ? demanda le jeune homme, mettant tout ce qui lui restait de courage dans ce dernier sursaut d'énergie.

— J'exige ce que j'ai le droit d'exiger, voilà ; et je répète que j'en fais une question personnelle.

— Mais quelle question ?

— Celle-là même.

Joaquín, pâle comme un mort, haussa encore les épaules. Il comprit que le fait d'avoir raison importait peu en la circonstance. Les yeux farouches de Ronzal commençaient déjà à jeter des étincelles. Il s'était embrouillé et perdre le fil du discours au moment crucial était ce qui l'irritait toujours le plus.

— Oui, monsieur, cette question, et je veux que l'on parle clairement.

Il ignorait lui-même ce qu'il exigeait.

Foja se chargea de mettre les choses au clair.

— M. Ronzal veut savoir si l'on pense que c'est lui qui place les banderilles que cette dame accepte ou n'accepte pas.

— C'est ça ! dit Ronzal, qui était à cent lieues d'imaginer une chose pareille, mais qui se sentit flatté par la supposition. Je veux savoir, ajouta-t-il, si l'on croit que je suis capable, moi, de douter de la vertu d'une dame aussi respectable...

— Mais, quelle dame ?

— Celle-ci, mon cher Joaquín, celle-ci. Et sachez que personne ne se moque de moi.

Le ton monta et l'incident prit de telles proportions que les vénérables messieurs du coin obscur durent intervenir. A l'unanimité, ils prirent parti pour M. Ronzal, tout en reconnaissant que sa colère était excessive. Ils lui expliquèrent l'affaire, étant donné qu'il n'avait pas encore laissé le temps d'être mis au courant : « Il ne s'agissait pas de Ronzal. Il avait été dit, d'une manière un peu imprudente, que M. le Magistral allait devenir le confesseur de doña Ana de Ozores Quintanar, parce que cette illustre et très vertueuse dame, fuyant les pièges d'un galant, qui n'était pas M. Ronzal... »

— Il s'agit de Mesía, interrompit Joaquín.

— Celui qui dit cela est un menteur, cria Tromblon, fort irrité par la nouvelle. Ce don Juan Tenorio devra frapper à une autre porte, car la Régente est une forteresse inexpugnable. Quant à celui qui raconte de telles histoires dans un établissement public...

— Le Cercle n'est pas un établissement public, précisa Foja.

— Et l'on était entre amis, en confiance, ajouta Orgaz père.

— Quant au qualificatif de don Juan Tenorio, allez donc le répéter à Mesía, cria le jeune Orgaz, déjà près de la porte et disposé à prendre la fuite si cette effronterie mettait hors de lui le barbare de Pernueces.

Il n'en fut rien. Tromblon devint rouge comme une tomate, mais ne bougea pas, et il dit :

— Ni Mesía, ni saint Mesía ne me font peur! Ce que je dis, moi, je le dis en face et à la face du monde, *surbicesorbi* (à la ville et à l'univers, dans le latin ronzalesque). Ne dirait-on pas que ce cher don Alvaro mange les petits enfants tout crus, et que toutes les femmes lui... et il lança une horreur qui scandalisa ces messieurs du coin obscur.

— Silence! se risqua à dire Joaquín en baissant la voix, depuis la porte.

— Comment, silence! Moi, personne ne me... Freluquet!

On entendit alors un éclat de rire sonore, retentissant, qui glaça le sang du fougueux Ronzal. Il n'y avait pas de doute, c'était le rire de Mesía. Il parlait avec les joueurs de domino dans la salle voisine. Paco Vegallana et don Frutos Redondo l'accompagnaient. Ils s'approchèrent de l'endroit où était Ronzal. Celui-ci s'était assis et se plaignait que son café, qu'il prenait par petites gorgées, eût refroidi. Il avait fait un signe à ceux du groupe. Il voulait dire qu'il se taisait par pure discrétion.

Don Alvaro Mesía était plus grand que Ronzal et bien plus svelte. Il s'habillait à Paris, où il avait coutume d'aller en personne pour les mesures. Ronzal commandait sa garde-robe à Madrid; il payait chaque costume trois fois le prix de sa valeur et les redingotes ne tombaient jamais bien. Il était toujours à l'avant-dernière mode. Mesía allait souvent à Madrid et à l'étranger. Bien qu'il fût de Vetusta, il n'avait pas l'accent du pays. Ronzal paraissait galicien quand il se mêlait de parler un castillan parfait. Mesía parlait le français, l'italien et un peu l'anglais. Le conseiller de Pernueces était souverainement jaloux du Président du Cercle.

Aucun Vétustain ne lui semblait surpasser le fils de sa mère ni en courage, ni en élégance, ni sur le plan des succès amoureux, ni sur celui du prestige politique, exception faite de don Alvaro. Tromblon devait s'avouer inférieur à celui qui était son bel idéal. Dans son imagination, il voyait le Président du Cercle comme un héros de roman et même de poème. Il le tenait pour plus valeureux que le Cid, pour plus habile qu'un zouave dans le maniement des armes; toute sa personne s'imposait à lui comme une impeccable gravure de mode, et son vêtement comme l'éternel modèle du vêtement. Quant à la réputation d'audacieux et d'irrésistible conquérant dont jouissait don Alvaro, il l'estimait authentique et la considérait comme le patrimoine le plus enviable pour qui aimait bien s'amuser en ce diable de monde. Bien qu'il passât sa vie à colporter les malicieuses rumeurs qui circulaient sur l'origine de la moyenne fortune que l'on attribuait au Président, lui, Ronzal, ne croyait pas qu'un seul centime en eût été acquis de façon malhonnête.

Ronzal se classait parmi les réactionnaires du mouvement dynastique, alors que Mesía, partisan lui aussi de la dynastie, était considéré comme le chef du parti libéral de Vetusta, parti qui respectait les institutions. Partout, il le trouvait en face de lui, mais vainqueur. Les partisans de Ronzal avaient le pouvoir, il était quant à lui, conseiller, membre de la commission permanente, et malgré tout, don Alvaro avait ses entrées au Conseil provincial, alors que lui restait dans l'ombre. Mesía n'était pas de la maison, seule une petite minorité lui était acquise et pourtant, du concierge au Président, tout le monde ôtait son chapeau devant lui, et don Alvaro par-ci et don Alvaro par-là. Il n'y avait pas un seul maire de don Alvaro dont le budget ne fût approuvé, pas un seul conscrit de Mesía qui ne fût atteint d'une maladie mortelle, pas un seul procès-verbal qu'il prît en main qui ne se volatilisât pas.

Et surtout, il y avait les femmes!

Souvent, au théâtre, quand toute l'attention du public était captée par le drame, un spectateur, Ronzal, depuis sa loge d'avant-scène, fichait son regard sur l'élégant Mesía, ce *coq* blond, pâle, aux yeux gris, froids le plus souvent, mais ardents quand il s'agissait de séduire une femme. Ce plastron (ce *plaston* comme disait Ronzal) à nul autre pareil, qui brillait d'un éclat qu'on ne pouvait obtenir à Vetusta, ce plastron que n'avaient pas les chemises de Madrid, attirait le regard du conseiller provincial comme la lumière attire les papillons. Il attribuait superstitieusement au *plaston* un rôle prépondérant dans les conquêtes amoureuses de son ennemi.

Ronzal, lui aussi, faisait grand étalage de son plastron, mais il tendait insensiblement au gilet fermé et à la cravate rigide. Dès qu'il voyait le plastron de l'autre, il revenait au gilet ouvert. Ronzal regardait Mesía, et si son modèle abhorré applaudissait, il applaudissait lui aussi, mais posément et sans bruit, comme l'autre. Ce don Alvaro avait une manière singulière de poser ses coudes sur le rebord de la loge, de se croiser les mains, de se tourner pour parler à ses amis, une manière que Tromblon ne sut jamais imiter. Si Mesía promenait ses jumelles sur les loges et sur les fauteuils d'orchestre, Ronzal suivait le mouvement de ces tubes qui lui semblaient deux canons chargés de projectiles meurtriers. Malheur à la femme qui serait visée par cet assassin des cœurs! Dame ou demoiselle, Ronzal la tenait déjà pour morte d'amour ou, pour le moins, déshonorée.

Il connaissait mieux que tout le monde les victimes du don Juan de Vetusta. Il l'épiait, il suivait ses pas, tout comme ses regards, il interprétait ses sourires. Plus d'une fois (plutôt mourir que de l'avouer), plus d'une fois, il avait attendu que l'*autre* se fatiguât d'une dame, pour tenter de prendre celle-ci dans les grosses et maladroites mailles de sa séduction ronzalesque.

Dans ces cas-là, il arrivait très souvent que ces plats réchauffés, c'était Paco Vegallana, le jeune Marquis, qui les consommât.

Tromblon savait tout cela, mais il n'en disait rien.

Il niait les conquêtes de Mesía.

— Il se fait vieux, disait-il souvent. Je ne dis pas qu'à l'époque de sa jeunesse, quand les mœurs s'en allaient à vau-l'eau à la suite de la Révolution de septembre... je ne dis pas qu'alors il n'ait pas eu quelqu'aventure... Mais au jour d'aujourd'hui, en ce moment historique (l'homme de Pernueces se rengorgeait quand il parlait de cela), la moralité de nos familles est la meilleure des sauvegardes.

Ces conversations se répétaient tous les jours. L'objet de ces médisances variait peu, les commentaires moins encore, quant aux expressions à l'emporte-pièce, elles étaient toujours les mêmes. On pouvait prévoir, sans trop de risques de se tromper, ce que chacun allait dire et quand il le dirait.

Don Alvaro remarqua que sa présence avait mis fin à une conversation. Il était habitué à ce genre de situation. Il savait que l'homme de Pernueces le haïssait et aussi que cette haine se doublait d'admiration. Cette aversion l'amusait et elle lui convenait aussi, car Ronzal se faisait le propagandiste de la légende dont Mesía était le héros. Or cette légende lui était fort utile, et sur bien des plans. Il avait également remarqué que l'Étudiant — il l'appelait encore ainsi — l'imitait d'une manière grotesque et il prenait plaisir à l'observer, car c'était comme s'il se regardait lui-même dans un miroir concave de *rigolade* *. Il ne le haïssait pas. Il lui aurait rendu des services si la chose eût été facile. Peut-être même lui en avait-il rendu, sans que l'autre le sache.

La conversation retomba sur les femmes mariées, sans pour autant que l'on fasse allusion à la Régente.

Ronzal, comme à l'accoutumée, défendait la thèse générale de la moralité actuelle, que l'on devait à la Restauration.

— Allons, allons, vous, mon cher Ronzal, en ces temps de moralité... dit l'ancien maire, avec sa malice habituelle.

Tromblon sourit un instant et, retrouvant sa sérénité, il s'exclama :

— Ni moi ni personne, croyez-moi. A Vetusta, la vie n'encourage guère au vice. Je ne dis pas que tout soit vertu, mais les occasions manquent. Et la saine influence du clergé, surtout du clergé cathédral, y est pour beaucoup. Nous avons un Évêque qui est un saint, un Magistral...

— Oh, oh, le Magistral... ne me racontez pas d'histoires... Si je vous disais... En outre, vous savez tous...

Celui qui employait de telles réticences était Foja.

— M. le Magistral, dit Mesía, s'adressant pour la première fois au groupe, n'est pas un mystique, loin de là, mais je ne crois pas qu'il s'intéresse aux femmes.

— Qu'est-ce à dire? demanda Joaquín Orgaz.

Foja le lui expliqua.

On discuta sur la question de savoir si le Magistral s'intéressait aux femmes ou non. Ronzal, Orgaz père, le jeune Marquis, Mesía et quatre autres personnes dirent que non; Foja, Joaquín et deux sociétaires furent d'avis contraire.

Le vote ayant tranché, le Président du Cercle, pour contenter la minorité, déclara en toute impartialité que « le véritable péché du Grand Vicaire était la simonie ».

Le jeune Marquis, licencié en droit civil et canonique, se fit expliquer ce mot barbare.

Selon don Alvaro, l'ambition et l'avarice étaient les deux péchés capitaux du Magistral, surtout l'avarice. Par ailleurs, c'était un savant, peut-être le seul savant de Vetusta. Comme orateur, il était incomparablement supérieur à l'Évêque.

— Ce n'est pas un saint, ajoutait-il, mais il est impossible de croire ce que l'on dit de lui et de doña Obdulia ou de Visitación. Quant à ses relations avec les Páez, moi qui suis un grand ami de don Manuel et qui connais sa fille depuis qu'elle n'était pas plus haute que cela (une demi-vare) je proteste contre toutes ces calomnieuses allégations.

(Ronzal nota le mot; il croyait que l'on disait légations).

— Quelles allégations? demanda le jeune Marquis, friand de ces choses.

— Tu l'ignores? Eh bien, on dit que notre chère Olvido est soumise à la volonté de don Fermín, qu'elle ne se marie pas et qu'elle ne se mariera pas parce qu'il veut qu'elle entre en religion, et que don Manuel autorise tout cela, et...

— Et je jure que c'est la vérité, don Alvaro, s'écria Foja.

— Et vous croyez aussi que le Magistral fait la cour à la jeune fille?

— C'est ce que je ne sais pas.

— Pas plus que le reste, dit Ronzal.

Mesía le regarda et approuva ses paroles d'une inclination de tête et d'un sourire affable.

— Messieurs, ajouta Tromblon ragaillardi, tout cela est scandaleux. Ici tout tourne à la politique. M. le Magistral est une personne très digne à tous points de vue.

— Façon de parler.

— C'est moi qui le dis!

— Ça ne prouve rien.

Il y eut un silence. L'ancien maire n'était pas un Joaquín Orgaz.

Cette mise en doute de sa parole exigeait vengeance, Ronzal en était convaincu, mais il ne savait pas comment répondre à cette espèce de libéral.

Enfin, il dit :

— Vous êtes un grossier personnage.

Foja, qui savait insulter, mais aussi pardonner les injures, ne se tint pas pour offensé.

— Moi, ce que je dis, je le prouve, répliqua-t-il. Le Magistral est le fléau de la province : il a tourné la tête à l'Évêque, muselé le clergé. Depuis cinq ou six ans qu'il a la charge de Grand Vicaire, il est devenu millionnaire : la curie épiscopale n'est pas une curie ecclésiastique, mais une succursale des Monts de Tolède [9]. Et je ne dirai rien du confessionnal, ni de la commission des dames de Saint-Vincent-de-Paul. Quant aux fillettes du catéchisme... motus, il vaut mieux n'en point parler. Et la Chapelle-de-Marie ?... Parlons d'autre chose. Bref, par quelque côté qu'on le prenne... Voilà la vérité, la pure vérité, et le jour où il y aura en Espagne un gouvernement, disons quelque peu libéral, cet homme partira d'ici avec la soutane entre les jambes. J'ai dit.

C'est ainsi que l'ancien maire comprenait la liberté : ou l'on pourchassait le clergé ou on ne le pourchassait pas. Cette persécution et la liberté du commerce, c'était là l'essentiel. La liberté du commerce, pour lui, se réduisait à la liberté des intérêts. Il était plus usurier qu'anticlérical.

Bien que mauvaise langue, il n'allait pas, en général, jusqu'à insulter les curés d'une manière aussi insolente et ce discours fit l'effet d'une douche froide.

Comment ce sournois, ce rusé, toujours prudent, s'était-il laissé aller à un tel emportement ? Il n'en était rien. Il était très calme et connaissait parfaitement son rôle. Son intention était de plaire à don Alvaro, pour des raisons qui lui étaient propres, et bien que le Président du Cercle fît mine de défendre le chanoine, il était manifeste, pour Foja, qu'il ne l'aimait pas, loin de là.

— Monsieur Foja, répondit Mesía, convaincu que tout le monde attendait ses paroles, tout ce que vous avez dit est pour le moins exagéré.

— *Vox populi*...

— Le peuple est stupide, cria Ronzal. Le peuple a crucifié Notre-Seigneur Jésus-Christ, le peuple a donné la ciguë à Hippocrate.

— A Socrate, rectifia Orgaz fils, profitant de la présence rassurante de don Alvaro pour se venger.

— Le peuple, poursuivit l'autre, sans faire cas de ce qui venait d'être dit, a assassiné Louis XVI.

— Ça y est ! Le voilà parti, interrompit Foja. Et prenant son chapeau, il ajouta :

— Au revoir, messieurs. Quand les savants parlent, les ignorants sont de trop.

Et il se dirigea vers la porte.

— Au fait, à propos de savants, dit don Frutos Redondo, l'*indiano,* qui jusqu'alors n'avait pas ouvert la bouche, nous avions fait un pari, vous et

9. *Monts de Tolède* : repaire de brigands.

moi, monsieur Ronzal... souvenez-vous... à propos de l'orthographe de certain mot.

— Lequel ?

— Avoine. Vous prétendiez qu'il s'écrivait avec un *h*...

— Et je maintiens ce que j'ai dit, j'en fais une question personnelle.

— Non, non, ne détournez pas la question. Vous aviez parié des tripes...

— Le pari tient toujours.

— Ah, ah! Fort bien. Que l'on apporte le dictionnaire de Calepino, celui qui se trouve dans la bibliothèque.

— Qu'on l'apporte.

Un des garçons apporta le dictionnaire. Ces consultations étaient fréquentes.

— Cherchez d'abord à *h,* dit Ronzal d'une voix de tonnerre à Joaquín, qui s'était chargé, avec plaisir, du soin d'écraser l'homme de Pernueces.

Don Frutos nageait dans la joie. Il aurait donné un million, des nombreux qu'il avait, pour une victoire de ce genre. On allait bien voir qui était le plus ignorant. Il lançait des œillades à tous, il riait satisfait, il se frottait les mains.

— Ah, les belles tripes! Les belles tripes!

Orgaz, avec solennité, chercha avoine avec un *h.* Introuvable.

— C'est parce que vous la cherchez avec un *b.* Cherchez-la donc avec *v.*

— Rien, monsieur Ronzal, il n'y a rien.

— Et maintenant, cherchez-la sans *h,* s'exclama don Frutos, très sérieux maintenant, car il voulait avoir une attitude digne au moment de la victoire.

Ronzal était rouge comme une tomate. Il regarda Mesía, qui prit un air absent.

Finalement, Tromblon, disposé à jouer le tout pour le tout, se mit debout au milieu de la salle et arracha si brusquement le dictionnaire des mains d'Orgaz que celui-ci pensa qu'il allait le lui jeter à la tête. Mais non, il le lança sur un canapé et dit en criant :

— Messieurs, que ce livre-là dise ce qu'il voudra, quant à moi, j'affirme sur l'honneur que le dictionnaire que j'ai chez moi donne avoine avec *h.*

Don Frutos allait protester, mais Ronzal, sans lui laisser le temps, ajouta :

— Celui qui prétend le contraire me lance un démenti, doute de mon honneur, me jette le gant au visage et dans ces conditions... je suis à sa disposition. Tout le monde sait comment on règle ces questions.

Don Frutos ouvrit la bouche.

Foja, depuis la porte, se risqua à dire :

— Monsieur Ronzal, je ne pense pas que M. Redondo, ni personne, se hasarde à douter de votre parole. Si vous avez un dictionnaire qui vous donne l'avoine avec un *h*, très bien, ce serait trop bête de ne pas en profiter. J'imagine même de quel dictionnaire il peut bien s'agir... Ce doit être le dictionnaire des Autorités [10]...

— C'est cela, c'est le dictionnaire du Gouvernement...

— Eh bien, c'est ce dernier qui fait foi. Vous avez raison et don Frutos doit confondre l'avoine avec La Havane, où il a fait fortune...

Don Frutos se tint pour satisfait. Il avait compris la plaisanterie sur l'avoine que l'autre pouvait manger et il fit semblant de s'avouer vaincu.

— D'accord, messieurs, n'en parlons plus. Je paie les tripes.

C'était lui, presque toujours, qui passait pour le plus ignorant et il fut très content de voir que Ronzal était l'objet de la plaisanterie.

Il fut donc décidé que ce soir-là, ils dîneraient tous aux frais de don Frutos. Curieuse générosité pour un cœur porté avant tout à l'économie! Ronzal crut une fois de plus qu'il s'était imposé à force d'énergie et, en l'occurrence, devant don Alvaro! Il accepta le dîner et son rôle de vainqueur, bien qu'il fût certain qu'il n'y avait pas de dictionnaire chez lui. Mais puisque Foja le disait...

La pluie avait cessé. La réunion prit fin et les participants se séparèrent jusqu'au soir. C'étaient eux, excepté Orgaz père, les habituels noctambules.

Le dîner aurait lieu tard dans la soirée. Mesía promit d'y assister malgré ses nombreuses occupations.

Quelle envie cette phrase suscita chez Ronzal! Il comprit que tout le monde avait interprété comme lui ces « occupations ». Il s'agissait, ah! d'un rendez-vous d'amour. « Peut-être avec la Régente! » pensa l'homme de Pernueces qui se promit d'ouvrir l'œil.

Don Alvaro Mesía, Paco Vegallana et Joaquín Orgaz sortirent ensemble. Le jeune Marquis comprit qu'Orgaz gênait don Alvaro.

— Au fait, Joaquín, maintenant que j'y pense, sais-tu ce qui arrive?

— Je t'écoute.

— Tu as un rival redoutable.

— En quelle... place?

— C'est vrai, j'oubliais tes nombreuses entreprises... Il s'agit d'Obdulia.

— Oh, oh! s'écria Mesía, qui esquissa un sourire de pitié, ainsi donc vous faites le siège de la jeune veuve?

— Oui, répondit Paco, c'est... le Grand Siège de Vienne [11].

10. *Autorités* : il s'agit du *Dictionnaire des Autorités* (*Diccionario de Autoridades*), publié de 1726 à 1739 par l'Académie espagnole.

11. *Le Grand Siège de Vienne* : titre d'une absurde pièce de théâtre, œuvre d'un personnage de *La comedia nueva* (1792) de Leandro Fernández de Moratín.

Joaquín, tout déluré qu'il fût, se troubla, se sentant à la fois honteux et fier. Il savait parfaitement que don Alvaro avait été l'amant d'Obdulia, car elle le lui avait avoué. « Le seul! » au dire de la dame. Mais Orgaz soupçonnait Paco d'avoir hérité de ces amours. Obdulia jurait que non.

— Eh bien, ton rival est Saturnino Bermúdez, le descendant de cent rois, tu sais bien, mon cousin, selon lui... Hier, je crois, il y a eu un scandale à la cathédrale, et le *Pigeon* fut sur le point de les jeter dehors à coups de balai. Tu croyais donc qu'Obdulia avait seulement des rendez-vous dans les charbonnières? Elle en a également dans les châteaux et dans les temples...

Pauperum tabernas, regumque turres.

Joaquín, feignant avec peine la bonne humeur, demanda :

— Mais toi, comment sais-tu cela?

— C'est très simple. Mme Infanzón... Tu vois bien qui c'est?

— Oui, dit Mesía, celle de Palomares.

— Précisément. Elle s'est rendue à la cathédrale avec Obdulia et l'archéologue les a accompagnées. Or, dans la chapelle des reliques, dans les sous-sols, dans la crypte, partout, semble-t-il, ils n'ont pas arrêté de se tripoter... Mme Infanzón l'a raconté à maman, qui se tordait de rire. La villageoise était furieuse... Aujourd'hui, ma mère, pour s'amuser (tu sais combien elle prend plaisir, la pauvre, à ces choses-là), voulait avoir Obdulia et don Saturnino ensemble à la maison, pour voir leur tête lorsqu'elle ferait allusion à l'incident d'hier. Elle l'a appelée, mais Obdulia s'est excusée en disant qu'elle devait passer l'après-midi chez Visitación pour préparer les vols-au-vent de la collation... tu sais bien, pour sa soirée...

— Oui, je sais.

— Ainsi donc, tu les as là les manches retroussées... et... enfin tu vois... bref, le four est à point.

— Il est certain, observa Mesía, que la veuve est appétissante dans ces moments-là. Je l'ai vue chez Paco, avec son grand tablier blanc, son jupon serré au corps, le mollet légèrement découvert et les bras entièrement à l'air... rouge, toute excitée.

Le jeune freluquet avala sa salive.

— C'est la femme X, dit-il sans pouvoir se contenir. Et lui? ajouta-t-il.

— Qui?

— Cette espèce de pédant...

— Ah! don Saturnino? Il n'y est pas allé non plus. Il a répondu très courtoisement par un de ces billets parfumés qui lui sont propres, et qui semblent ceux d'une *cocotte* * de sacristie.

— Qu'a-t-il répondu?

— Qu'il était couché et que maman veuille bien lui envoyer la recette de cette purge si efficace qu'elle connaît. Le pauvre Bermúdez serait pleinement heureux, dans le cas où il te supplanterait, s'il n'y avait pas ces irrégularités de la voie digestive.

Joaquín s'associa pendant quelques minutes encore à ces plaisanteries, et il partit.

— Pauvre diable! dit Mesía.

— Il est assommant.

Ils se turent. Vegallana regardait furtivement son ami de temps à autre. Don Alvaro était pensif. Ce silence était de ceux qui précèdent les confidences intéressantes de deux amis intimes.

Cette amitié était semblable à celle qui s'établit entre un père encore jeune et un fils qui le considère comme un camarade respectable et plus réfléchi. En outre, Paco voyait dans son Mesía un héros. Ni le fait d'être l'héritier du titre le plus enviable de Vetusta, ni son beau physique, ni son avantage auprès des femmes, rien ne rendait Paco aussi fier que son intimité avec don Alvaro. Le Président du Cercle avait un peu plus de quarante ans, le futur Marquis vingt-cinq ou vingt-six, et malgré cette différence d'âge, ils s'entendaient parfaitement, ils avaient les mêmes goûts, les mêmes idées, car Vegallana essayait d'imiter les idées et les goûts de son idole. Il ne l'imitait pas dans sa façon de se vêtir ni dans ses manières, car don Alvaro, dès qu'il avait remarqué quelque tentative en ce sens, lui avait fait discrètement comprendre que ce genre d'imitation frisait l'affectation et le ridicule. C'est en se moquant de Tromblon qu'il avait dissuadé Paco, porté naturellement à la véritable élégance, de telles intentions. Ainsi le jeune Marquis avait son originalité, il suivait la mode, selon le critère de son tailleur madrilène, qui le prenait au sérieux et le traitait avec la sollicitude due à un client intelligent et de mérite. Il n'exagérait jamais, ni en ajustant un peu trop le vêtement ni en lui laissant trop d'ampleur et il ne dépassait pas les limites du raisonnable pour les pointes des cols ou les bords des chapeaux.

Paco essayait de se donner un style vestimentaire afin de ne pas avoir l'air d'un mannequin de mode. Il ne faisait pas confiance aux tailleurs de Vetusta et il n'achetait même pas une paire de sous-pieds dans son pays natal. Nul n'était tailleur dans son pays. En été, il préférait les chapeaux blancs, les gilets clairs et les cravates gaies. L'art de se bien vêtir résidait dans la netteté et dans la correction et le danger était dans l'exagération vulgaire. Il était blanc et rose, mais pas du tout efféminé, parce qu'il avait une belle peau, un sang généreux, une solide santé. Les femmes louaient surtout sa bouche, y compris les dents, sa main et son pied. Même en ces endroits où l'homme perd en général tout son charme, car l'amour y est obligation, il faisait de véritables conquêtes et le jeune Marquis en tirait une grande fierté. Il traitait, en effet, avec dédain ses maîtresses conquises selon les règles de l'art et avait de grands égards et même de l'affection pour celles qui lui coûtaient de l'argent. Sa littérature se limitait à l'*Histoire de la prostitution* de Dufour, à *La Dame aux camélias* et ses dérivés, avec en plus quelques panégyriques romanesques de la femme déchue. Il croyait que celles que Bermúdez appelait mérétrices avaient bon cœur et que la corruption la plus absolue régnait dans les classes supérieures. Il était convaincu que s'il n'y avait pas une nouvelle invasion des Barbares, le monde allait pourrir du jour au lendemain. Il le regrettait, mais il trouvait cela très amusant.

Il pensait, en outre, que pour être bon mari il fallait avoir vécu de nombreuses aventures. Il était destiné à une certaine héritière aussi maigre que vertueuse, et il avait mis pour condition à l'engagement de sa main, qu'on lui laissât de nombreuses années de liberté qu'il mettrait à profit pour se préparer à être un bon mari.

Le doute qui le tourmentait et qui l'amenait à demander conseil à Mesía était le suivant :

— Dois-je me marier sans attendre afin que ma femme n'arrive pas toute vieille dans mes bras ? Dois-je préférer la prendre vieille et être libre plus longtemps pour jouir d'autres fraîcheurs ?

Bien entendu, il ne pensait pas se priver, après son mariage, de l'amour adultère : mais, et la commodité ? A quoi bon être toujours sur le qui-vive, en se cachant comme un criminel ?

Il préférait continuer à se préparer à être un bon époux.

Après Mesía, peu de séducteurs connaissaient autant de succès que le jeune Marquis. La vanité l'aidait souvent dans ses conquêtes : pas mal de femmes se laissaient séduire par le futur marquis de Vegallana. Mais il lui arrivait aussi, et il aimait mieux cela, de devoir la victoire à ses yeux bleus, doux et amoureux et à son art de comprendre le plaisir.

— Pour jouir, disait-il, celles de trente à quarante ans. Ce sont elles qui en savent le plus et qui connaissent le mieux ce qu'elles savent, et elles aiment leur partenaire pour ses qualités personnelles.

De même qu'une dame riche et élégante abandonne ses toilettes presque neuves à ses femmes de chambre, Mesía, plus d'une fois, avait abandonné dans les bras de Paco des amours auxquelles il avait à peine goûté. Et Paco, parce que l'autre était qui il était, les prenait bien volontiers. Il l'admirait tant.

Paco était de taille moyenne, mais à côté de son ami, il semblait petit, car Mesía était plus grand encore que le gaillard de Pernueces.

— Où allons-nous ? demanda Vegallana, qui voulait ainsi provoquer la confidence qu'il attendait.

Don Alvaro haussa les épaules.

— Il est possible qu'elle soit chez moi.

— Qui donc ?

— Anita. Bah !

Don Alvaro sourit, en regardant Paco avec une tendresse toute paternelle.

Il le prit par l'épaule et l'attira vers lui, tandis qu'il disait :

— Mon ami, tu es *l'enfant terrible* * ! Quelle franchise ! Mais, qui t'a dit, à toi... ?

— Ceux-ci.

Et Paco mit deux doigts sur ses yeux.

— Qu'as-tu bien pu voir ? C'est impossible. Je suis certain de n'avoir jamais été indiscret.

— Et elle ?

— Elle... Je ne suis pas sûr qu'elle se soit rendu compte qu'elle me plaisait.

— Bah ! Moi j'en suis sûr... Et mieux : je suis sûr que tu lui plais.

La main de Mesía trembla légèrement sur l'épaule de Vegallana.

Le jeune Marquis s'en rendit compte, et il vit sur le visage de son ami les grands efforts de celui-ci pour cacher sa joie. Les yeux froids du *dandy* s'animèrent. Il tira sur son cigare et lança la fumée pour cacher l'expression de ses émotions.

Ils firent quelques pas en silence.

— Qu'as-tu remarqué... chez elle ?

— Hé, hé ! Voilà qu'il mord.

— Je crois bien ! Et où crois-tu qu'est la morsure ?

Vegallana se retourna pour regarder Mesía.

Celui-ci montra son cœur d'un geste à la fois sérieux et bouffon.

— Peuh ! lança Paco du bout des lèvres.

— Tu en doutes ?

— Je refuse de le croire.

— Ne sois pas idiot. Tu ne crois pas qu'il soit possible d'être amoureux ?

— Je tombe amoureux très facilement...

— Il ne s'agit pas de cela.

— Et cela te fait rougir ?

— Oui, j'ai un peu honte. Que veux-tu ? Ce doit être l'âge.

— Mais, voyons, qu'éprouves-tu ?

Mesía expliqua à Paco ce qu'il éprouvait. Il le trompa comme il trompait certaines femmes dont l'éducation et les sentiments étaient semblables à ceux du jeune Marquis. L'imagination de Paco, ses mœurs, la perversion toute particulière de son sens moral avaient développé au fond de lui-même quelque chose d'efféminé, dans le sens où il ressemblait à tant et tant de femmes et demoiselles de bon tempérament, de solide appétit, désœuvrées, élevées dans l'oisiveté et dans la douceur, au milieu du vice facile et commun.

Il avait une particulière aptitude pour se laisser aller à un sentimentalisme vague qu'il prenait, comme ces femmes, pour une manifestation d'exquise sensibilité, presque pour une vertu. Mais cette vertu pour dames suit les lois d'une morale privilégiée, beaucoup moins stricte que la sévère morale du vulgaire. Paco, sans trop s'arrêter à cela, sans y penser clairement, espérait toujours un amour pur, un amour grand, comme celui que l'on trouve dans les livres et au théâtre. Il comprenait qu'il était ridicule de le chercher et il se déclarait sceptique en la matière ; mais tout au fond de lui-même, dans ces régions de son esprit où il n'entrait que rarement, il sentait vaguement *quelque chose de mieux* que la galanterie ordinaire, quelque chose de plus sérieux que les appétits charnels apaisés et la vanité satisfaite. Pour que tout cela fasse surface, pour s'en rendre compte, il fallait qu'une imagination supérieure à la sienne favorise l'activité de son cerveau. L'éloquence de Mesía, insinuante et corrosive, était le stimulant le plus à propos. En un quart d'heure de promenade à travers rues et places, don Alvaro fit sentir à son ami cet indéfini je ne sais quoi de l'amour bien dosé qui était l'idéal le plus haut auquel pouvait parvenir l'esprit du jeune Marquis.

« Oui, tout cela était pur. Il est vrai qu'il s'agissait d'une femme mariée, mais l'amour idéal, l'amour des âmes distinguées et choisies ne se laisse pas arrêter par ce genre de considérations. A Paris, et même à Madrid, on aime les femmes mariées sans inconvénient. En cela il n'y a aucune différence entre l'amour pur et l'amour ordinaire. »

Il était particulièrement important pour le chef du parti libéral dynastique de Vetusta que Paco le crût amoureux de cette manière subtile et alambiquée. S'il parvenait à le convaincre de la pureté et de la force de cette passion, le jeune Marquis l'aiderait dans son entreprise. Une très étroite amitié liait les Vegallana et la Régente. Paco n'avait jamais adressé une parole d'amour à son amie Anita, et celle-ci l'estimait beaucoup. Bien que peu expansive, elle l'était bien plus avec Paco qu'avec quiconque. En outre, on pouvait la voir souvent chez le Marquis, ailleurs bien plus rarement. Si Mesía voulait obtenir quelque chose, il ne lui était pas possible de se passer de Paco. Supposons qu'Ana consente à parler seul à seul à don Alvaro, où cela pourrait-il se passer ? Chez le Régent ? Impossible, pensait le séducteur ; ce serait là une trahison dans les formes, une de celles qui effraient le plus les femmes ; la Régente ne pouvait pas admettre de semblables intrigues, du moins pas au début. La maison de Paco était un terrain neutre, l'endroit le plus à propos pour commencer un siège en règle et attendre la suite des événements. Une longue expérience avait conduit Mesía à cette conclusion. C'était dans la maison de Vegallana qu'il avait remporté ses plus héroïques victoires d'amour. Son orgueil lui conseillait de ne pas faire en faveur d'Ana Ozores une exception qui devait s'imposer comme indispensable à tout Vetusta.

C'est bien pourquoi il voulait vaincre là, au vu de tous.

Il convenait que ce soit dans le salon jaune, dans le fameux salon jaune. Que savait Vetusta de ces choses ? La Régente était aussi femme que les autres. Pourquoi s'obstinait-on à l'imaginer invulnérable ? Quelle sorte de cuirasse avait-elle autour du cœur ? Avec quel onguent particulier, merveilleux, cette femme pouvait-elle rendre sa chair incombustible ? Mesía ne croyait pas à la vertu absolue de la femme et il pensait que sur cette idée reposait la supériorité que tout le monde lui reconnaissait. Un homme beau, comme il l'était à n'en pas douter, avec de telles conceptions, ne pouvait être qu'irrésistible.

« Je crois en moi et ne crois pas en elles. » Telle était sa devise.

Ce respect superstitieux que la vertu de la Régente inspirait à tout Vetusta n'avait d'autre conséquence, et il le savait bien, lui, que de piquer son désir, que de lui faire prendre la chose de plus en plus à cœur, afin que devienne presque vraie cette façon d'être amoureux qu'il était en train d'expliquer à son jeune ami.

« Il était, avant tout, un homme politique, un homme politique qui mettait à profit l'amour et d'autres passions pour favoriser son ascension personnelle. » Tel était son dogme depuis plus de six ans. Avant, il faisait des conquêtes pour le plaisir de la conquête. Maintenant, il agissait avec prudence, et par calcul. Précisément, il tramait en ce moment un vaste plan dans lequel devait jouer un rôle important la femme d'un homme politique qu'il avait connue à la station balnéaire de Palomares. C'était aussi une vertu. Une vertu à toute épreuve, une vertu du grand monde. Eh bien, il avait commencé à miner cette forteresse. Tout un plan! Il espérait un bon résultat, mais il ne se pressait pas. Il ne se pressait jamais dans les cas difficiles. Lui, le grand conquérant, comme Alexandre, lui qui était venu à bout de la chasteté d'une robuste villageoise en deux heures de pugilat, lui qui avait défait un mariage en une nuit pour remplacer le mari, lui, le don Juan impulsif, procédait dans les cas graves avec la patience d'un étudiant timide qui aime platoniquement. Avec certaines femmes, c'était la seule façon de vaincre; à moins que ne fussent fréquentes les occasions autorisant les attaques brusques dans la certitude du secret. Dans ces cas-là, les délais de la victoire étaient singulièrement écourtés. La femme du personnage de Madrid était de celles qui exigent des années. Mais le triomphe dans ce cas précis assurait une grande progression dans la carrière, et pour Mesía, homme politique avant tout, le principal, c'était cela. Maintenant, on commençait à se demander à Vetusta s'il avait ou n'avait pas de vues sur la Régente. Il avait honte de se l'avouer! Cela faisait deux ans qu'elle devait le croire épris de sa beauté! Oui, deux années, durant lesquelles il s'était cantonné dans un prudent et secret culte extérieur, muet presque toujours, sans autre éloquence que celle des yeux, quelques allées et venues, et certaines attitudes tantôt de tristesse, tantôt d'impatience et peut-être de désespoir. Et, honte encore plus grande! Cela faisait aussi deux ans que le poète Trifón Cármenes était en adoration devant la Régente, dont il était lyriquement amoureux. Don Alvaro s'en était bien rendu compte et bien que ce rival ne lui parût pas très redoutable, il jugeait fort ridicule de se trouver en coïncidence avec semblable personnage aussi bien quant à la date des opérations que sur le système d'attaque. Mais au début, il n'y avait pas d'autre solution, il fallait procéder ainsi. Bien évidemment, le poète était resté loin derrière. Il n'était pas allé au-delà de la situation suivante, peu flatteuse pour lui : la Régente ne savait pas que ce jeune homme était amoureux d'elle. Quand, parfois, elle se rendait compte qu'il la regardait fixement, elle pensait :

« Il est bien distrait, ce petit poète du *Lábaro*! Il doit être très absorbé par ses rimes. » Et elle oubliait tout aussitôt qu'il y eût un Cármenes dans le monde. Alors le poète n'avait pas d'autre témoin de sa douleur que Mesía, la seule personne au monde capable de comprendre le sens caché et profond de ses vers érotiques. Ces élégies ressemblaient à des charades, et seul don Alvaro, qui possédait la clé, pouvait les déchiffrer. L'aspect ridicule, selon lui, de cette obstination du poète rendait parfois furieux l'élégant Mesía et d'autres fois le mettait de fort bonne humeur. C'était vraiment drôle! Lui, rival de Trifón! Il fallait livrer un assaut. Tout cela devait être maintenant suffisamment préparé. Cela, c'était le cœur de la Régente.

Le Président du Cercle appréciait les progrès de la culture à la lenteur ou à la rapidité de ce genre d'affaires. Vetusta était une agglomération primitive. Ce qui lui arrivait avec Anita Ozores en était une preuve. Il est vrai que pendant ces deux années, il avait vaincu d'autres forteresses. Mais aucune de ces aventures n'avait fait beaucoup de bruit. La Régente ne pouvait rien savoir de sûr et elle devait tenir pour à peu près certains l'amour et la constance de son discret adorateur. La prudence et le secret étaient de positives vertus chez don Alvaro. Ses aventures actuelles n'étaient connues que d'un petit nombre et celles qui avaient fait du bruit et qu'il racontait lui-même étaient toutes d'une autre époque. Tout cela, plus la vanité naturelle qui amène la femme à se croire vraiment aimée, devait conduire la Régente, si la chose avait quelque intérêt pour elle, à croire que le don Juan de Vetusta avait cessé de l'être pour se transformer en un courtois, constant et platonique amoureux de son charme. C'est ce qu'il voulait savoir exactement. Croirait-elle en lui? Lui sacrifierait-elle la paix de sa conscience et les autres commodités dont elle jouissait maintenant dans son honnête foyer?

Quelques insinuations, peut-être téméraires, lui avaient fait perdre du terrain et elles avaient coïncidé avec le changement du confesseur de la Régente.

« Tout peut être compromis à présent, avait pensé don Alvaro. La dévotion serait un rival plus redoutable que Cármenes, et le Magistral, un cerbère plus respectable que don Víctor Quintanar, mon bon ami. »

Il n'y avait pas d'autre solution que de jouer le tout pour le tout. Le moment de la récolte était arrivé : serait-elle fructueuse? Il l'espérait. Les symptômes n'étaient pas mauvais, mais, bien qu'il se le dissimulât, il n'était pas très rassuré. C'est pour cela que la foi superstitieuse de Vetusta en la vertu de cette dame l'irritait, et elle l'irritait d'autant plus que, sans le vouloir, il partageait lui-même cette foi stupide.

« Et malgré tout, pensait-il, j'ai des éléments qui disent le contraire, certains indices. En outre, il ne croyait pas à la femme forte. Grand Dieu, même la Bible l'affirme! La femme forte? Qui la trouvera? »

Si Paco Vegallana avait pu deviner les pensées de son ami, pensées qui prouvaient la fausseté de son amour, il lui aurait refusé son aide efficace pour la conquête de la Régente. Seul l'amour, l'amour fort et invincible, pouvait tout excuser. Tout au moins, c'était la morale de Paco. Si don Alvaro aimait autant et aussi bien qu'il le disait, la Régente ne ferait rien de plus que de lui rendre son amour. Le péché de la femme mariée qui commet une faute est moins grave que celui de la célibataire car, c'est évident, la femme mariée... ne s'engage pas.

— Voilà la morale positive! déclarait très sérieusement le jeune Marquis quand on lui opposait quelque objection. Parfaitement, voilà la morale moderne, scientifique, et ce que l'on appelle positivisme ne dit pas autre chose : il n'y a d'immoral que ce qui occasionne un tort positif à quelqu'un. Quel tort peut-on faire à un mari *qui ne sait rien*?

Paco croyait que c'était là la teneur de la toute dernière philosophie qu'il estimait excellente pour de telles applications, bien que, en bon conservateur, il n'en voulût pas dans les universités.

« Pourquoi? Parce qu'il n'est pas bon que les jeunes sachent ces choses. »

Lorsqu'ils arrivèrent à l'entrée de la résidence de Vegallana, le futur maître de celle-ci avait les larmes aux yeux. L'éloquence de Mesía lui avait tant remué l'âme! Combien il lui paraissait grand alors, son don Alvaro! Plus grand que jamais. « Ainsi donc, ce sceptique endurci, cet homme froid, ce *dandy* blasé, portait en lui un autre homme? Qui l'aurait imaginé! Et quel ensemble harmonieux que celui de ces couleurs (ces délicates nuances, voulait dire Paco), de ce contraste entre l'apparente indifférence, l'élégant pessimisme et cette discrète ferveur érotique, un brin romantique! » Si au lieu de l'*Histoire de la prostitution*, Paco avait lu certains romans à la mode, il aurait vu que don Alvaro ne faisait qu'imiter — et fort mal, car il était avant tout un homme politique — les héros de ces livres élégants. Cependant, Paco trouvait dans ses lectures quelque chose qui ressemblait à Mesía : celui-ci était une Marguerite Gautier du sexe fort, un homme capable de trouver sa rédemption dans l'amour. Oui, il fallait l'aider à se racheter, à tout prix.

« Et que don Víctor Quintanar veuille bien lui pardonner, lui qui était incapable d'être extérieurement sceptique, froid et prosaïque, mais qui était au fond de lui-même romantique et doux. »

Quand ils montaient l'escalier, Paco Vegallana, le jeune homme qui faisait la joie des filles du même nom, était résolu :

1. à favoriser autant qu'il le pourrait les amours, qu'il tenait pour certaines, entre la Régente et Mesía;

2. à chercher pour son usage personnel, un amour néo-romantique, une vraie passion, compatible avec son goût des formes amples et des turgescences hyperboliques, qu'il n'appelait pas ainsi, évidemment.

— Qui est là-haut? demanda-t-il à un serviteur, certain que la Régente y serait « parce que quelque chose le lui disait ».

— Il y a deux dames.

— Qui est-ce?

Le serviteur réfléchit.

— Je crois que l'une est doña Visita, bien que je ne les aie pas vues; mais on l'entend de loin... L'autre... je ne sais pas.

— Bien, bien, dit Paco en se tournant vers Mesía. Ce sont elles. Ces derniers temps, Visita ne se sépare pas d'Ana.

Mesía sentit que ses jambes tremblaient un peu, bien malgré lui.

— Écoute, dit-il, conduis-moi d'abord dans ta chambre. Je veux que tu me dises la vérité, comme si tu étais sur le point de mourir, rien que la vérité sur ce que tu as remarqué chez elle qui puisse m'être favorable.

— D'accord. Montons.

Paco se troubla. En vérité, ce qu'il avait remarqué... ce n'était pas grand-chose. Mais, bah! avec un peu d'imagination... et précisément il était si excité en ce moment...

La suite du jeune Marquis se trouvait au deuxième étage. En arrivant dans le vestibule du premier, ils entendirent de grands éclats de rire... Ils venaient de la cuisine. C'était l'éternel éclat de rire de Visita.

— Elles sont à la cuisine! dit Mesía surpris et se remémorant le passé.

— Écoute, fit observer Paco, Visita n'attendait-elle pas Obdulia chez elle pour préparer des rissoles et je ne sais trop quoi?

— Oui, c'est ce qu'elle a dit.

— Dans ces conditions... Pourquoi Visitación est-elle ici?

— Et que font-elles dans la cuisine?

Une belle tête de femme, coiffée d'un bonnet blanc de fantaisie, apparut à une fenêtre de l'autre côté de la cour située au milieu de la maison. Sous le bonnet blanc flottaient de gracieuses et abondantes boucles noires, une bouche fraîche et joyeuse souriait, de grands yeux expressifs lançaient des regards, à droite et à gauche, deux bras robustes et bien tournés, blancs et fermes, terminés par des mains de poupée, montraient, en l'élevant au-dessus du bonnet, un poulet plumé, qui palpitait encore dans les affres de la mort et dont le bec laissait couler des gouttes de sang.

Obdulia, s'adressant à ces messieurs abasourdis, fit mine de tordre le cou à sa victime et cria d'un air triomphant :

— C'est moi! C'est moi toute seule qui l'ai fait! La même chose à tous les hommes...!

« C'était Obdulia! Obdulia! Donc l'autre n'était pas là! »

Chapitre huit

Le marquis de Vegallana était à Vetusta le chef du parti dynastique le plus réactionnaire, mais il n'avait aucun goût pour la politique et il servait plus d'ornement que d'autre chose. Il avait toujours un favori qui était le véritable chef. Le favori actuel était (oh, scandale du jeu naturel des institutions et de l'alternance pacifique!) ni plus ni moins que don Alvaro Mesía, le chef du parti libéral dynastique. Le parti réactionnaire croyait conduire ses propres affaires, alors qu'en réalité il obéissait aux inspirations de Mesía. Mais celui-ci n'abusait pas de son pouvoir secret. Tel un joueur d'échecs solitaire qui s'intéresse autant aux blancs qu'aux noirs, don Alvaro s'occupait aussi bien des affaires des conservateurs que de celles des libéraux. Échange de bons procédés. Quand le parti du Marquis était au pouvoir, don Alvaro distribuait bureaux de tabac, charges, permis de chasse, et souvent des choses plus substantielles encore, comme si les siens gouvernaient; mais quand venait le tour des libéraux, le marquis de Vegallana restait l'arbitre des élections, grâce à Mesía, et c'était lui qui donnait bureaux de tabac, emplois et même prébendes. Telle était, au-delà des apparences d'une discorde acharnée, l'alternance pacifique à Vetusta. Les simples soldats, comme ils se désignaient eux-mêmes, se tapaient dessus, là-bas dans les villages, tandis que les chefs s'entendaient comme larrons en foire. Les plus malins soupçonnaient bien quelque chose, mais ne protestaient pas, espérant profiter du secret pour manger aux deux râteliers.

Vegallana avait une grande passion : « avaler des kilomètres », c'est-à-dire faire de longues promenades.

Les intrigues politiciennes l'ennuyaient.

C'était un cacique honoraire et le cacique actif, son bras droit, était Mesía. En politique, don Alvaro était au Marquis ce qu'en amour il était à Paco, son mentor, sa nymphe Égérie. Le père et le fils se considéraient incapables de penser, dans leur domaine respectif, sans l'aide de leur pythonisse. Tel était le secret de la politique de Vegallana, et rares étaient ceux qui le connaissaient.

La plupart, en sortant d'une de ces réunions qui se tenaient dans le « salon des Antiquités », s'exclamaient le plus souvent :

— Quelle tête, ce Marquis! Il est vraiment fait pour les arrangements électoraux, pour diriger le peuple.

— Assurément, et les années n'ont pas prise sur lui. Il est toujours le même.

Et tout ce qu'ils louaient était l'œuvre de l'autre, de Mesía.

Quand ce dernier voulait punir l'un des siens, il l'opposait à un candidat réactionnaire qu'il devait laisser triompher. Le Marquis était reconnaissant à don Alvaro de son abnégation, et en retour, il lui disait, par exemple :

— Écoutez, mon coreligionnaire Un Tel désire telle chose, mais cet homme m'assomme. Faites donc en sorte que le candidat libéral triomphe. Mesía récompensait alors les services d'un de ses fidèles serviteurs.

Qui aurait dit à Ronzal qu'il devait son poste de conseiller provincial à une de ces savantes combinaisons!

Le Marquis déclarait que « la fatalité l'avait amené à militer dans un parti réactionnaire : la naissance, les engagements de classe. Mais il avait un tempérament de libéral ». Il avait de grandes « amitiés personnelles » dans les villages et il distribuait des accolades dans le district à plusieurs lieues à la ronde. En période d'élections, quand presque tout le monde le croyait occupé à manier la machine compliquée des influences, son unique tâche positive et directe, était celle d'agent électoral. Il demandait une poignée de candidatures à Mesía et il les répartissait dans les circonscriptions qu'il visitait lors de ses promenades de Juif Errant.

Quand il empruntait, au cours d'une excursion, un chemin inconnu, il comptait ses pas, même si les distances étaient officiellement signalées, car il ne se fiait pas aux kilomètres du gouvernement. Il comptait ses pas et tous les mille mettait un petit caillou dans la poche de sa veste. Quand il rentrait chez lui, il vidait sa cargaison sur une table et il comptait ses pierres milliaires avec satisfaction. Ce soir-là, à la veillée, on parlait avant tout de la promenade de Vegallana.

— Où allez-vous donc, Marquis? lui demandait un ami rencontré dans la campagne.

— A Cardona par la Carbayeda... mille cent un... mille cent deux... trois... quatre... Et il continuait à marquer ses pas, appuyé sur un bâton noueux et passé au feu, comme celui des paysans.

Ce gourdin, sa veste toute simple et son chapeau mou aux larges bords étaient la garantie de sa popularité dans les villages. Il avait tout l'orgueil et tous les préjugés de ses compagnons de la noblesse vétustaine, mais il affectait une simplicité qui enchantait les âmes simples.

Il avait une autre manie, corollaire de ses promenades, la manie des poids et mesures. Il connaissait en nombre décimaux la capacité de tous les théâtres, chambres des députés, églises, cirques et autres édifices publics notables d'Europe. « Covent Garden a tant de mètres de large sur tant de long, et tant de haut »; et il trouvait le volume en un clin d'œil. Le Théâtre Royal a tant de mètres cubes de moins que le Grand Opéra de Paris. Quand il voulait épater l'auditoire, il mentait, mais il pouvait aussi être exact, étonnamment exact, quand bon lui semblait. « En ce qui me concerne, des faits, des données, des chiffres, disait-il; le reste... philosophie allemande. »

En architecture, il était très préoccupé par les proportions. Pour que celles-ci soient respectées entre la cathédrale et la place, il faudrait reculer la cathédrale de trois ou quatre mètres, ce qu'il aurait proposé bien volontiers. Il était l'ennemi naturel de don Saturnino Bermúdez en matière de monuments historiques et d'ornements publics. Il voulait que tout soit aligné. Il rêvait des rues de New York, qu'il n'avait jamais vues, et si on lui opposait l'argument suivant : « Mais la noblesse par son essence même est opposée à ce genre d'égalité », il répondait : « Cher monsieur, *distingue tempora...* (ce n'était pas ce qu'il voulait dire), foin de détours et de contours, *post hoc ergo propter hoc* (ce n'était pas non plus ce qu'il voulait dire). La véritable inégalité est dans le sang, quant aux toits ils doivent tous être mesurés à la même aune. C'est ce que fait l'Amérique, qui est bien en avance sur nous. »

La Colonia, la partie neuve de Vetusta, grâce à la puissante influence du Marquis, avait été ajustée à la même aune.

Il n'y avait pas une maison plus haute que l'autre.

Certains *americanos* protestaient, car ils voulaient construire des maisons de huit étages pour voir depuis les combles le clocher de leur village. Mais la municipalité, sous la pression du Marquis, nivelait tous les toits « laissant pour d'autres sphères de la vie les inégalités naturelles de la société où nous vivons », comme disait le Marquis dans un article anonyme publié dans *El Lábaro.*

La Marquise tenait son époux pour un parfait imbécile, condition qu'elle croyait propre à tous les maris de la terre. Elle, oui, elle était vraiment libérale. Très dévote, mais très libérale, car l'un n'empêche pas l'autre. Sa dévotion consistait à présider de nombreuses confréries, à demander l'aumône avec beaucoup d'aplomb à la porte des églises en faisant sonner dans son plateau une pièce de cinq douros, à offrir des sucreries aux chanoines, à les inviter à déjeuner, à envoyer des chapons à l'Évêque et des fruits aux religieuses pour qu'elles fassent des conserves. La liberté, selon cette dame, avait trait principalement au sixième commandement. « Elle n'avait été ni mauvaise ni bonne, plutôt semblable à toutes celles qui ne sont pas entièrement mauvaises, mais elle avait la vertu de la tolérance la plus large. Elle pensait que la seule bonne chose que l'aristocratie actuelle pouvait faire était de se divertir. Elle ne pouvait plus imiter les vertus de la noblesse de jadis? Eh bien, qu'elle imite donc ses vices. » Pour la Marquise, hors Louis XV et la Régence, il n'y avait rien de valable. Les meubles de son salon jaune et la cheminée de son boudoir étaient des copies d'un salon de Versailles, selon le tapissier et l'architecte. Mais le goût de la Marquise pour les rembourrages et les capitonnages avait introduit de grandes modifications dans le salon Régence.

Le capitaine Bedoya, grand antiquaire, trouvait à redire au salon jaune :

« La Marquise s'obstine à appeler cela style Régence, mais pour quelle raison ? A moins qu'il ne s'agisse de la Régence d'Espartero... » Les meubles étaient luxueux, mais ils avaient été maltraités, et, qui pis est, transformés en flagrants anachronismes, archéologiquement parlant.

Elle leur avait fait subir plusieurs changements, mais toujours sur la base du jaune. Elle les avait d'abord recouverts de damas, ensuite de soie brochée, et tout dernièrement de satin rembourré, *capitonné,* disait-elle, piqué en petits coussins replets, qui, pour don Saturnino, avaient quelque chose d'impudique. Le tapissier avait protesté au moment opportun : le *capitonné* ne convenait pas au salon, à son point de vue. Mais la Marquise se moquait de ces canons officiels. Quant aux autres meubles du salon, miroirs, consoles, tentures, etc., on était passé de ce que l'homme de l'art appelait Régence aux mélanges les plus scandaleux, selon le caprice et les commodités de la Marquise. Si on lui parlait de mauvais goût, elle répondait que la mode moderne était au confortable et à la liberté. Les tableaux anciens, de l'école de Cenceño il est vrai, mais vénérables tout de même en tant que souvenirs de famille, elle les avait relégués au deuxième étage et à leur place elle avait mis de joyeuses aquarelles : des toréadors, de belles filles désinvoltes et quelque moine coquin; et, au grand scandale de Bedoya et de Bermúdez, elle avait même accroché aux murs des images plutôt vertes qui n'avaient rien d'artistiques. Dans le boudoir contigu, où la Marquise passait la journée, l'anarchie des meubles était totale, mais confort oblige : presque tous étaient faits pour s'étendre. Chaises au long dossier, fauteuils à bascule, sofas marquises, causeuses, tabourets : une vraie conjuration de la paresse. Quand on entrait là, on était pris par la tentation de s'étaler. Le sofa à large panse rebondie, avec ses boutons recouverts de satin, semblables à des pistils de roses jaunes, était une ode anacréontique, enveloppée par les excitants parfums des mille essences que la Marquise répandait à tous les vents.

L'illustre dame doña Rufina de Robledo, marquise de Vegallana, se levait à midi, prenait une collation, et jusqu'à l'heure du déjeuner, lisait des romans ou faisait du crochet, assise ou allongée sur l'un des sièges du boudoir. Il y avait du feu dans la grande cheminée d'octobre à mai. Le soir, quand il y avait une représentation, doña Rufina allait au théâtre, qu'il pleuve ou qu'il vente : n'avait-elle pas ses voitures ? *S'il n'y avait pas théâtre,* et c'était très fréquent à Vetusta, elle restait dans son boudoir où elle recevait amis et amies désirant parler de leurs affaires, tandis qu'elle lisait des journaux satiriques pleins de caricatures, des revues ou des romans. Elle n'intervenait dans la conversation que pour faire quelques remarques dans le style des épigrammes de son bon ami l'Archiprêtre.Ces brèves interventions de doña Rufina révélaient une grande connaissance du monde et un pessimisme de bon ton quant à la vertu. Pour elle, il n'y avait pas d'autre péché mortel que l'hypocrisie, et elle qualifiait d'hypocrites tous ceux qui ne faisaient pas montre de penchants érotiques, même s'ils en étaient dépourvus; mais cela, elle ne pouvait l'admettre. Quand quelqu'un se *portait garant* d'une vertu, la Marquise, sans lever les yeux de ses caricatures, remuait la tête d'un côté à l'autre et bougonnait entre ses fausses dents, comme si elle ruminait des protestations. Parfois elle articulait clairement :

— Qu'on ne me raconte pas d'histoires... je connais la musique.

Non, elle n'était pas musicienne, elle voulait seulement suggérer qu'elle avait été fidèle aux mœurs de la Régence beaucoup plus qu'aux meubles de ce style. Ses citations historiques se référaient toujours aux amantes d'Henri VIII et à celles de Louis XIV.

Quand il n'y avait qu'un petit nombre d'invités, le salon jaune restait dans une discrète obscurité. Lorsqu'ils dépassaient la demi-douzaine, on allumait une lampe de cristal ciselé, pendue au milieu du salon. Elle était assez haute, et seul Mesía, le plus bel homme, pouvait atteindre le robinet du gaz. Les autres s'en plaignaient. C'était injuste.

« Pourquoi avoir placé la lampe si haut ? » demandaient certains, un peu vexés.

Doña Rufina haussait les épaules.

« Une idée à lui », répondait-elle, faisant allusion à son mari.

Le Marquis n'était pas très scrupuleux en matière de morale privée; mais un soir, alors qu'il avançait à tâtons dans le salon afin d'atteindre le boudoir, dont la porte était entrouverte, sa main rencontra un nez dans les ténèbres, il entendit un cri de femme — de femme, il en était sûr — et il perçut un bruit de chaises et de pas amortis par le tapis. Par discrétion, il n'en parla pas, mais il ordonna aux domestiques de placer la lampe plus haut. Ainsi personne ne pourrait en baisser la flamme ni l'éteindre. Il en résulta cependant une inégalité irritante, car Mesía, dressé sur la pointe des pieds, pouvait encore atteindre le robinet du gaz.

Deux des trois filles de la Marquise, Pilar et Lola, étaient mariées et vivaient à Madrid; Emma, la seconde, était morte phtisique. La molle surveillance à laquelle la Marquise se croyait obligée quand ses filles vivaient avec elle n'était plus d'actualité. C'était l'unique consolation au milieu de tant de solitude. A l'époque des fêtes, doña Rufina faisait venir l'une des nombreuses nièces qu'elle avait dans les villages de la province. Ces villageoises de bonne naissance, quand venait leur tour d'aller à Vetusta, attendaient avec fébrilité l'époque des fêtes. Depuis leur plus tendre enfance, elles s'étaient habituées à considérer ces périodes que l'on passait auprès de la tante, au milieu de la meilleure société de la capitale, comme des moments de plaisir exceptionnel. Quelques parents timorés opposaient bien quelques arguments contre cette morale privée qui préoccupait si peu le Marquis, mais finalement la vanité l'emportait et Mme la marquise de Vegallana avait toujours sa nièce pour les fêtes. Les petites nièces occupaient les chambres des filles absentes — celle d'Emma ne fut jamais utilisée, mais on y entrait quand c'était nécessaire. Les jeunes filles faisaient revivre durant quelques semaines l'animation qui, en des jours meilleurs, avait régné dans ces salons et ces couloirs, dans ces chambres et ces boudoirs, trop grands et si tristes quand ils étaient déserts. Le soir, cependant, avec ou sans nièce, il y avait beaucoup de bruit au premier étage. Au second, de jour comme de nuit, il y avait des aventures, mais silencieuses, dont Paquito était toujours l'un des protagonistes. Quand il était calme, il jurait qu'il n'y avait rien de pire que de poursuivre les servantes dans sa propre maison; mais il ne pouvait pas se dominer. *Video meliora,* lui disait don Saturno, mais Paco ne comprenait pas. A la soirée de la Marquise, avec ou sans nièce, la jeunesse dominait. Les jeunes filles des familles les plus distinguées y venaient souvent pour tenir compagnie à cette pauvre dame qui se retrouvait sans ses trois filles. Chacune d'elles avait préalablement fixé à son fiancé ce lieu de rendez-vous; et sinon, elles attendaient la suite des événements. C'est là que s'improvisaient les fiançailles, et du salon jaune étaient sortis de nombreux mariages *in extremis,* comme disait Paquito, pour qui *in extremis* signifiait chose plaisante. Mais ce qui en sortait le plus souvent était matière à scandale. On respectait la maison du Marquis, mais on écorchait les invités. Quand on racontait quelque aventure, on ajoutait presque toujours :

« Le plus odieux est que ces... rien-du-tout aient choisi pour leurs... frasques une maison aussi respectable, aussi digne. » Les libéraux avancés, ceux qui ne prenaient pas de gants, soutenaient que le pire c'était la maison.

Toutefois, les médisants faisaient tout ce qu'ils pouvaient pour être introduits dans cette maison où il y avait tant d'aventures.

Bien que les mœurs eussent quelque peu évolué et que le cercle de *la classe* ne fût pas aussi étroit qu'il l'était à l'époque de doña Anunciación et de doña Agueda (paix à leur âme), tout le monde n'avait pas le privilège d'être admis à la soirée de Vegallana. Les invités eux-mêmes essayaient de fermer les portes, ce qui leur donnait de l'importance, et leur épargnait des témoins gênants. « Ils étaient mieux en *petit comité* *. » L'esprit de tolérance de la Marquise s'était communiqué à ses amis. Personne n'espionnait personne. Chacun à son affaire. Comme la maîtresse de maison était une sérieuse garantie, les mamans, qui n'espéraient plus rien des vanités du monde, permettaient à leurs filles d'aller seules à ces soirées. En outre, il y avait chaque fois quelques femmes mariées toujours soucieuses de protéger l'honneur de leurs rejetons ou de s'amuser elles-mêmes. Qui pouvait douter que celles-ci sauraient se faire respecter ? Il y avait là Visitación, par exemple. Pour certaines mères, l'argument était insuffisant, mais elles étaient tenues pour ridicules, tout comme les maris qui avaient la même attitude. La présence de quelque chanoine donnait de plus solides garanties de moralité, mais le cas n'était pas fréquent et lorsqu'un chanoine venait, il ne restait pas très longtemps. Le clergé cathédral préférait rendre visite à la Marquise pendant la journée. Ceux qui se montraient scrupuleux étaient taxés d'hypocrisie et point final.

La Marquise savait que chez elle les jeunes gens s'amourachaient d'une manière qui n'avait rien de très platonique. Parfois, tandis qu'elle lisait, elle sentait que quelqu'un ouvrait la porte avec précaution, sans bruit, pour ne pas attirer son attention; elle levait les yeux : Un Tel avait disparu, bon. La porte s'ouvrait encore, elle regardait de nouveau : Une Telle avait disparu, bon, et alors ? Elle continuait sa lecture. Elle pensait : « Ce sont des gens comme il faut, tous connaissent les égards dus à ma maison, et pour ce qui est de la *peccata minuta*... C'est l'affaire des intéressés. » Et elle haussait les épaules. Elle suivait déjà ce principe quand ses filles vivaient auprès d'elle. Elle pensait alors de la même façon : « Mes gosses sont honnêtes. Si l'un des invités passe la mesure, je les connais, elles m'en aviseront d'un soufflet sonore..., quant au reste... enfantillages. Tant qu'elles ne disent rien, enfantillages. » En effet, ses filles s'étaient mariées et personne ne les lui avait rendues pour cause de lésion majeure. S'il y avait eu quelque chose, ce ne pouvait être que des enfantillages. Quant à l'autre, elle était morte parce que Dieu avait voulu qu'il en soit ainsi. Une phtisie, la maladie à la mode. Quand il s'était agi de ses filles, au premier symptôme de quelque mal, elle avait toujours appliqué avec franchise et doigté le remède opportun, sans scandale mais sans ménagement.

Mais avec les jeunes amies qui maintenant venaient le soir lui tenir compagnie, elle ne prenait aucune précaution.

« Elles ont leurs mères », disait-elle, ou « c'est leur affaire. »

Et elle ajoutait chaque fois :

« Tant qu'elles ne manqueront pas à ce que l'on doit à cette maison... »

L'un de ceux qui avaient tiré le meilleur parti des conceptions de la Marquise et de ses soirées était Mesía.

« Mais à un homme comme lui, on pouvait tout pardonner. Quel tact, quelle prudence, quelle discrétion!

« Cet homme-là pourrait vivre au milieu de religieuses sans qu'il y eût à craindre le moindre scandale. »

Elle avait cent fois donné pour modèle à Paco, à son Paco adoré, l'habileté et la discrétion de Mesía, quand elle surprenait le fils de ses entrailles dans les bras de quelque couturière, lingère, ou femme de chambre de la maison.

Son Paco était maladroit, il ne savait pas...

« Il est indécent que moi je te surprenne dans tes débordements, mon fils...! Tu n'arrives pas au plat et tu veux mettre les doigts dans la sauce... Apprends d'abord à être prudent, et ensuite... tu n'auras de compte à rendre qu'à toi-même. »

Et elle ajoutait, croyant s'être montrée trop indulgente :

« En outre, ces aventures... ne doivent pas se produire à la maison... Demande à Mesía. » C'était sa mère qui avait initié le jeune Marquis au culte qu'il vouait au don Juan de Vetusta.

La Marquise, voyant que son fils était incorrigible, prit le parti de tousser et de parler haut et fort chaque fois qu'elle montait au deuxième étage.

Quand les nièces étaient là, outre les soirées, il y avait des concerts, des repas, des excursions à la campagne, tout comme aux meilleurs moments du passé. La joie envahissait de nouveau toute la maison. Il n'y avait plus un seul recoin à l'abri de l'audace des amis intimes. Dans les boudoirs et même dans les chambres où se trouvait toujours le lit virginal des filles de Vegallana, résonnaient parfois des éclats de rire, des cris étouffés qui révélaient quelles sortes de jeux constituaient la vie de cette Arcadie domestique.

Don Alvaro promenait sur cette Arcadie un regard caressant. Cette maison était le théâtre de ses plus grands triomphes. Chaque meuble lui racontait une histoire intime et secrète; dans le sérieux des chaises bedonnantes et des imposants fauteuils aux bras d'idoles orientales, il trouvait une garantie de l'éternel silence qu'il attendait d'eux. Ce bois recouvert d'un fin vernis blanc semblait lui dire : « Ne crains rien, personne ne soufflera mot. » Le salon jaune était, aux yeux du galant, un témoignage d'amour offert à sa joie, un livre de souvenirs, de souvenirs doux et agréables, mais qu'il comptait bien vivre encore et toujours... Les tapisseries discrètes, la soie des sièges, piquée, gonflée, douce et muette, étaient des témoignages d'amour, tout comme le tapis moelleux qui ressemblait à Mesía dans sa façon d'étouffer le moindre bruit qui pût trahir un secret amoureux.

Le Marquis passait sur tout. Ces choses-là regardaient sa femme.

« S'il n'avait pas pu inculquer la morale à sa femme, il aurait du mal à l'inculquer à ses hôtes. » Lui, il vivait au deuxième étage.

Il avait compris que le salon jaune avait perdu peu à peu la sévérité qui convenait à un salon, et il s'était décidé à transformer en *salle de réception* celui du second, qui se trouvait au-dessus du salon Régence.

La Marquise n'y montait jamais. Elle recevait en bas toutes ses visites. Ceux qui venaient voir le Marquis, quand il s'agissait de visites de politesse, mouraient de froid dans le salon des antiquités. Le salon des antiquités et le bureau du Marquis, « constituaient, comme il disait, la partie sérieuse de la maison ». Dans le bureau, tout était de chêne mat; rien, absolument rien, n'était en or, du bois, rien que du bois. Vegallana appréciait beaucoup la sévérité de son bureau; quoi de plus sérieux que le chêne pour ce type de pièce. La « sobriété de l'ameublement » frisait la pauvreté.

— Ma cellule! disait le Marquis avec affectation.

Entrer là donnait froid, aussi le Marquis n'y venait que rarement.

Des tapisseries, plus ou moins authentiques, mais manifestement anciennes, pendaient aux murs du *salon des antiquités.*

C'était la seule chose qui, pour le capitaine Bedoya, était digne de respect dans ce musée d'artifices, comme il disait. Le Marquis se piquait d'être antiquaire grâce à son argent; mais ce qui s'avérait, en fin de compte, être l'œuvre de *truqueurs* *, comme disait le capitaine, lui coûtait très cher. L'implacable Bedoya, hôte assidu à la soirée de la Marquise, avait pitié de Vegallana et le méprisait même un peu; mais pour ne pas le chagriner, il n'avait pas voulu lui donner les preuves irréfutables d'une triste vérité, à savoir que ses meubles Henri II du salon des antiquités étaient moins vieux que le Marquis lui-même. Celui-ci les tenait pour authentiques, pour contemporains du fils du Roi Chevalier. Il les avait achetés lui-même à Paris...! Mais quand quelqu'un avançait cet argument chez Vegallana devant Bedoya, celui-ci le prenait à part, montait avec lui au deuxième à l'insu de tous, fermait la porte du salon des antiquités, et avec les mêmes précautions de voleur qu'il employait pour sortir les livres du Cercle, il se dirigeait vers une chaise Henri II, la retournait à demi et cherchait sur le pied un certain endroit caché. C'était là qu'il avait fait plusieurs entailles à l'aide d'un canif et les avait dissimulées avec une cire de la même couleur que la chaise. Il enlevait la cire avec son canif, raclait le bois et... victoire! celui-ci ne partait pas en poussière; de tous petits éclats sautaient, mais il n'y avait pas de poussière.

— Vous voyez! disait Bedoya.

— Quoi?

— Ce bois est jeune. S'il était de l'époque que le Marquis suppose, il y aurait de la poussière; le vieux bois laisse toujours tomber la poussière des insectes rongeurs : cela nous le savons, nous, mais pas les amateurs, qui n'ont que leur argent et leur crédulité. C'est du *truquage* *, un pur *truquage* *!

Il remettait la cire sur les entailles, replaçait la chaise à sa place et descendait triomphant, en disant dans l'escalier :

— Vous voyez bien! Mais bien entendu, pas un mot à ce pauvre Marquis!

Sur le moment, Paco Vegallana déplora de trouver Obdulia chez lui ce soir-là. Il n'était pas d'humeur à plaisanter. Les confidences de don Alvaro l'avaient attendri, et son esprit planait dans une atmosphère idéale. Ce petit air romantique provoquait dans ses entrailles d'agréables frémissements, d'autant plus vifs qu'ils étaient inhabituels. Il se trouvait rarement dans une semblable disposition d'esprit.

Obdulia et Visitación, de la fenêtre qui donnait sur la cour, les appelaient à grands cris, riant comme des folles.

— Venez! Venez! Tout le monde au travail! criait Visitación en suçant ses doigts pleins de sirop.

— Mais que se passe-t-il, mesdames? Vous n'êtes donc pas chez Visita en train de préparer la collation?

Visita rougit légèrement.

On fit des gorges chaudes de la tête que ferait le pauvre Joaquín Orgaz, lui qui était parti *en chasse* d'Obdulia.

Obdulia expliqua ce qui s'était passé. Chez Visita, il n'y avait pas les moules pour un certain flan, invention de la défunte doña Agueda Ozores; en outre, le four de sa cuisine n'était pas aussi profond que celui de la Marquise et il était dépourvu de certains perfectionnements techniques, que ces messieurs ne pouvaient pas comprendre. En un mot, ni les canapés, ni les flans, ni les sirops n'auraient pu être faits dans la cuisine de Visita, et sans crier gare, elles avaient transporté leur campement chez Vegallana.

L'idée avait paru fort drôle à Obdulia et à Visita. Elles avaient surpris la Marquise qui faisait la sieste dans son boudoir. Mis à part qu'on l'avait réveillée, elle avait trouvé tout cela très bien et sans bouger, elle avait donné ses ordres.

— Que l'on dise à Pedro (le cuisinier), à Colas (le marmiton) et aux servantes de se mettre à la disposition de ces dames et de leur fournir tout ce dont elles auront besoin.

Et doña Rufina, se tournant vers elles, avait dit en souriant:

— Allez, et maintenant dehors, têtes folles. A la cuisine et qu'on me laisse en paix.

Et elle s'était plongée dans la lecture des *Mohicans* de Dumas.

Visita faisait fréquemment de semblables irruptions chez ses amies. C'était ainsi qu'elle comprenait l'amitié. Mais c'est que sa cuisine était un enfer! La cheminée renvoyait la fumée, et on s'asphyxiait quand on y entrait, de même que dans la salle à manger qui était à côté. Rares étaient les Vétustains qui pouvaient se vanter d'avoir vu la salle à manger ou la cuisine de Visita. Et malgré cela, elle avait sa soirée où l'on représentait des charades et où l'on courait le long des couloirs. Mais elle fermait certaines portes, afin que la fumée ne se répandît pas et elle disait en montrant les couloirs étroits et obscurs :

— Par là vous pouvez courir tant que vous voudrez, petites folles, mais que personne n'ouvre cette porte.

Sa prodigalité de dame qui reçoit en toute simplicité se limitait à mettre à la disposition des invités de vieux vêtements et de vieux foulards d'étamine, pour que les jeunes doués d'imagination se déguisent en femmes ou en Turcs. Ces vêtements étaient déposés dans une chambre où se trouvait un lit pour dépanner en cas de besoin, mais dépourvu de matelas et de literie et dont les cordes étaient à l'air. C'était le vestiaire des acteurs et des actrices de charades. Ils s'habillaient tous ensemble, car ils passaient le déguisement sans ôter leurs vêtements. D'ailleurs, Visita n'éclairait pas la pièce. A quoi bon? Du salon on était parfois surpris d'entendre, au-delà des rideaux de taffetas vert :

— Pepe, je vais vous flanquer une gifle.

— Hé, hé, ce n'était pas dans le programme...

— Un peu de tenue, jeunes gens.

— Pourquoi ne leur donnez-vous pas une lampe, Visita?

— Messieurs, parce que ces petits fous sont capables de mettre le feu à la maison.

— Elle a raison, Visita, elle a raison, criait derrière les rideaux Joaquín Orgaz ou Pepe, celui de la gifle.

Où Visita démontrait son intimité envers ses amis, sa franchise, et la grande simplicité de ses manières, c'était chez les autres. Là elle faisait des folies.

Elle parlait beaucoup, à grands cris, et chacune de ses phrases était ponctuée par dix éclats de rire. Quand elle avait quinze ans, on trouvait gracieux son caractère étourdissant, mais maintenant qu'elle approchait des trente-cinq ans, c'était toujours un tourbillon, une cascade de joie, comme la qualifiait dans son album le poète Cármenes. Pour doña Paula, la mère du Grand Vicaire, qui n'avait jamais voulu lui rendre visite, c'était une cataracte de mauvaise éducation. Mais tout cela, cataracte, cascade, tourbillon, elle l'était en parfaite connaissance de cause. Son comportement étourdissant était le résultat d'un calcul profond et minutieux : elle s'étourdissait, mais son regard cherchait sans cesse sa proie... quelque bijou, une gourmandise, n'importe quoi sauf de l'argent. Elle croyait, ou plutôt faisait semblant de croire, que les choses ne valent rien, que seul l'argent est richesse.

— Madame, je vous dois les deux sous de l'aumône que vous avez faite pour moi l'autre jour.

— Laissez donc, Visita, vous parlez d'une somme...! ne me faites pas rougir.

— Il ne manquerait plus que ça...! Prenez donc... Oh, qu'il est mignon cet aiguillier!

— Il n'a aucune valeur.

— Ravissant!

— Il est à votre disposition.

— Ne me le dites pas deux fois...

— Il est à votre disposition... un bijou pareil!

— Vraiment? Eh bien, je le prends... vous savez, je suis une vraie pie.

Eh oui, c'était une véritable pie et c'est ainsi que l'appelait doña Paula : la pie voleuse.

Elle faisait surtout des ravages dans les comestibles.

Par exemple, elle arrivait chez une voisine en riant aux éclats :

— Sais-tu ce qui m'arrive? Incroyable? Nous avons perdu la clé du garde-manger... et telle que tu me vois, je suis morte de faim. Allons, allons, ne sois pas taquine, donne-moi quelque chose. Ou je mange, ou je tombe d'inanition.

Deux fois par semaine on jouait chez elle à la loterie ou aux petits chevaux. La cagnotte était destinée à l'organisation d'un pique-nique et on désignait une commission chargée de tout préparer. Invariablement, les membres de celle-ci étaient Visita et un de ses cousins. Visita, par souci d'économie et en raison de la répugnance que lui inspiraient le pâtissier et le confiseur, se chargeait de diriger la fabrication des millefeuilles et des fruits au sirop, bref, de tout ce qui pouvait être préparé dans sa cuisine. Ensuite, il s'avérait que dans sa cuisine on ne pouvait rien faire. Sacrée fumée ! Et le propriétaire qui ne voulait pas agrandir le four... Vertubleu ! Que Dieu lui pardonne.

Le fait est que, pour se tirer d'embarras, elle avait recours à la cuisine de Vegallana ou à celle de toute autre bonne maison, le plus souvent à la première. Là, tout marchait bien. Visita pouvait disposer, avec l'accord préalable du cuisinier, des serviteurs du Marquis pour tout ce qui avait trait à la cuisine, elle utilisait quelques provisions de la dépense, elle envoyait acheter du sucre, des raisins secs, du poivre, du sel, si Pedro ne consentait pas — vertubleu! — à ouvrir ses armoires; et que l'on apportât tout ce qui était nécessaire. « Pour payer ? Ne vous préoccupez pas, j'ai un compte dans la boutique. » Ensuite, toutes ces dépenses apparaissaient sur le compte du Marquis. C'était une erreur : comme les serviteurs de ce dernier avaient fait les achats... Après le pique-nique, lors de la première soirée chez Visita, on faisait les commentaires.

— Ainsi donc, Visita, nous sommes en dette?

— Ce n'est pas grand-chose... une bagatelle...

— Eh bien, mais nous allons payer.

— Rien de plus juste.

— Chacun sa part.

— Laissez-donc. Voulez-vous bien vous taire ? N'en parlons plus, cela n'en vaut pas la peine.

Visita avait ainsi ses entremets pour quelques semaines et son dessert pour des mois. Son mari était un modeste employé de banque, mais il était de fort bonne famille et appartenait à la meilleure noblesse. Si Visita ne faisait pas assaut d'ingéniosité, comment donc serait maintenu ce décent train de vie qui était indispensable pour rester apparenté à la noblesse ?

Quand Visitación était encore célibataire, la rumeur publique s'était demandée — mais sur qui ne s'interroge-t-on pas? — si oui ou non elle avait sauté d'un balcon... non pour fuir un incendie, mais pour aller rejoindre un fiancé qui, selon certains, était Mesía. Ce n'étaient que des suppositions, rien n'était certain. Étant donné qu'elle était un peu fofolle..., qu'elle ne se souciait guère des apparences...

Plus personne ne se souvenait de cela; elle était toujours aussi écervelée, avait une réputation de gourmande et de *pique-assiette* — selon l'expression courante à Vetusta comme ailleurs — mais rien de plus. Sa gaieté intempestive la rendait insupportable; mais pour les questions graves, celles qui ne tolèrent pas le moindre accroc, personne ne l'accusait, du moins publiquement. Bien entendu, on laissera de côté telle ou telle peccadille...

Elle était grande, mince, blonde, gracieuse mais pas autant qu'elle le croyait. Ses petits yeux, qu'elle fermait jusqu'à les rendre invisibles, avaient une certaine malice, mais non le piquant, le charme voluptueux, qu'elle supposait. Quand elle n'avait pas de gant, sa main était d'un contact poisseux, imprégnée qu'elle était par la dernière friandise que Visita venait de manger.

Don Alvaro, sous le sceau de la confiance, parlait de Visitación avec mépris et dissimulait mal une expression de dégoût. Il assurait qu'elle avait un joli pied et un mollet bien mieux tourné qu'on aurait pu l'espérer; mais elle se chaussait n'importe comment... et ses jupons et ses bas laissaient beaucoup à désirer... « Vous comprenez ce que je veux dire. » Et chaque fois, après avoir dit cela, il s'essuyait les lèvres avec son mouchoir.

Paco Vegallana jurait que cette dame utilisait le bolduc en guise de jarretières et qu'il avait vu l'une de celles-ci constituée par de la ficelle. Tout cela, bien évidemment, ne se disait qu'entre hommes et encore fallait-il qu'ils soient discrets.

Les dessous d'Obdulia, par contre, étaient irréprochables. Quant à sa conduite, c'était autre chose; mais tout cela était tellement connu que l'on n'en parlait plus. Et cependant, elle niait devant chacun de ses amants toutes ces relations antérieures, hormis celles qu'elle avait eues avec Mesía. C'était son orgueil. Cet homme l'avait fascinée, pourquoi le nier? Mais lui seul. Elle était veuve, mais elle n'évoquait jamais le défunt. On aurait dit la veuve d'Alvarito : « Il était son seul passé! »

Ce soir-là, il fallait l'avouer, toutes deux étaient fort séduisantes. C'est du moins ce qu'avouait ingénument Paco Vegallana. Et sans renoncer à consacrer le reste de la journée à l'idéalisme, opportunément éveillé par les révélations de son ami, le jeune Marquis consentit à franchir le seuil de la cuisine de sa maison, attiré par l'odeur des mets que préparaient ces dames.

La cuisine des Vegallana était le reflet de leur réelle grandeur. Non, ils n'étaient pas des nobles dans le besoin : abondance, propreté, aisance, soin et raffinement dans l'art culinaire, tout cela et plus encore sautait aux yeux quand on entrait là.

Pedro, le cuisinier, et Colas, le marmiton, préparaient le repas de tous les jours et on aurait dit qu'il s'agissait d'un banquet. Les domaines du Marquis, mis en fermages, étaient éparpillés dans toute la province, et, outre le loyer, qui était bas car le luxe en la matière était de ne jamais l'augmenter, les fermiers payaient le tribut des meilleurs produits naturels de leur basse-cour, de la rivière voisine ou du gibier des futaies. Lièvres, lapins, perdrix, bécasses, saumons, truites, chapons, poules accouraient bien malgré eux à la cuisine du Marquis, comme convoqués, en prévision d'un déluge universel, à une nouvelle Arche de Noé. A toute heure du jour et de la nuit, en quelque endroit de la province, on préparait les provisions pour la table de Vegallana. On pouvait en être sûr.

A minuit, quand les fourneaux étaient éteints, quand Pedro dormait et que le maître dormait, alors que personne ne songeait à manger, là-bas, à deux lieues de Vetusta, sur la rivière Celonio veillait un pauvre villageois manœuvrant une misérable barque à moitié pourrie et faisant eau de toutes parts. Sous un rocher sombre qui, semblable à une tour inclinée, menace de tomber dans le courant et rend plus noire l'obscurité de l'eau dormante, il guette le passage du saumon, empoignant un faisceau de paille enflammée dont l'éclat se reflète dans les ondes comme un sillage de feu. Ce saumon, que le fermier du Marquis pêchait à la lueur d'un brasier portatif, était le même qui, maintenant, saignant et découpé en tranches, attendait, sur une table de pin blanche et nette, le moment d'être livré au gril.

La nuit également, avant le lever du jour, le fermier qui mettait son point d'honneur à offrir à son maître les premières bécasses, les meilleures perdrix, se dirigeait vers le bois. Et elles étaient là, maintenant, ces perdrix, sur la table de pin, leurs plumes grises faisant contraste avec le rouge et l'argent du saumon dépecé. Tout près, dans la dépense, poules, pigeons, anguilles monstrueuses, jambons monumentaux, boudins blancs et noirs, *chorizos* pourpres, gisaient en apparent désordre ou pendaient à des crochets de fer, selon leur espèce. Cette dépense dévorait le meilleur de la faune et de la flore comestible de la province. Les couleurs vives des fruits les plus mûrs et les plus gros animaient le tableau qui, composé des seuls tons éteints des éléments morts de la nature, soit hachés, soit salés, eût été un peu mélancolique. Poires jaunes, poires à cuire, presque rouges, pommes dorées et pourpres, tas de noix, de noisettes, de châtaignes, ajoutaient joie, variété et harmonieuse distribution de lumière et d'ombre à l'ensemble, déjà succulent au regard, tandis qu'à l'odorat arrivaient mêlées les vives odeurs de la chimie culinaire et l'arôme doux et discret des oranges, des citrons, des pommes et du foin, qui servait de lit moelleux à tous ces fruits.

Et tout cela avait été mouvement, lumière, vie, bruit. Tout cela avait chanté dans le bois, volé dans le ciel bleu, frétillé dans l'onde fraîche, fait briller au soleil tous les reflets de l'arc-en-ciel, dans les branches, les vallées, les prairies, les rivières, les bois... « Assurément Vegallana savait être un grand seigneur! » pensait en soupirant Visita, qui, morte d'envie, rêvait devant pareille dépense, exposition permanente des choses les plus appétissantes produites par la province.

Le Marquis souriait quand on lui parlait de l'extension du droit de vote. « A quoi bon ? Ne sont-ils pas tous mes fermiers, ne m'offrent-ils pas leurs meilleurs produits ? Ceux qui m'apportent les morceaux les plus appétissants me refuseront-ils leur suffrage immatériel, *flatus vocis* ? »

La batterie de cuisine, abondante, riche, somptueuse, lançait des éclairs depuis les quatre murs sur le four, les tables et les coffres ; elle était digne de la dépense. Pedro, hautain et dédaigneux, dirigeait tout cela d'une voix impérieuse. Il régnait comme un tyran. Il mangeait les meilleurs morceaux, maintenait les traditions de la discipline culinaire ; il veillait au service de la salle à manger, mais de loin, car il n'était pas un vulgaire cuisinier, simple égide des marmites et des chaudrons, mais un général d'armée qui restait devant le feu et était attentif à la table. Il n'était pas vieux. Il portait fort bien ses quarante ans. Il aimait beaucoup les femmes et se prenait pour un joli cœur dans son milieu, lorsqu'il posait le tablier pour s'habiller en monsieur.

Colas, rougeaud et vif, aux yeux malicieux et aux mains adroites, était un marmiton de vocation affirmée. Ces deux personnages, ainsi que la robuste montagnarde qui était au service de Visita, aidaient les dames dans leur travail. Pedro, sans négliger l'essentiel, à savoir le repas de ses maîtres, apportait sa collaboration compétente. Il avait commencé par tolérer, sans plus, cette irruption de la collation. Il y avait assez de place dans la cuisine, et comme il s'agissait de bien peu de chose, le cuisinier accorda son indispensable autorisation avec un dédain mal dissimulé. Peu à peu, il passa de l'état de tolérance à celui de protection : il s'abaissa d'abord à donner quelques conseils à la montagnarde, puis quelques pinçons. Et tout cela s'anima.

— Colas, mets-toi à la disposition de ces dames, dit Pedro d'une voix solennelle.

Car l'ordre de la Marquise n'avait pas suffi ; le marmiton obéissait à Pedro et Pedro à son devoir. Si la Marquise avait exigé de lui une chose contraire à ses convictions d'artiste, elle n'aurait obtenu que sa démission. Tel était son langage. Il lisait de nombreux journaux avant de les transformer en cornets.

Quand Obdulia, piquée par la froideur de l'altier cuisinier, commença son entreprise de séduction par des regards d'une demi-minute et par quelque contact involontaire, Pedro se soumit, et de temps à autre il apportait la touche du maître à la collation de Visita.

Il alla plus loin ; il voulut séduire doña Obdulia en faisant étalage de son habileté et il accourait chaque fois que se présentait une question théorique ou une difficulté pratique.

« Que faut-il mettre maintenant ? »

« Combien de fois doit-on retourner ces œufs ? »

« Comment enveloppe-t-on cette pâte ? »

« Faut-il ou non ajouter du poivre ? »

« Serait-il déplacé de mettre de la cannelle ? »

« Le sirop est-il à point ? »

« Comment peut-on monter ces blancs ? »

L'intelligence et l'habileté de Pedro donnèrent à toutes ces questions des réponses parfaites. Quand l'explication n'était pas suffisante, il mettait la main à la pâte et c'était réglé.

Obdulia avait appris à Madrid, de sa cousine Tarsila, à gratifier de ses faveurs les illustres génies, les éminents fils de l'art et de la science. De la même façon que le soir précédent elle avait rendu fou de plaisir et de volupté M. Bermúdez, en récompense de son érudition archéologique, elle en vint à accorder de fortuites et furtives faveurs au cuisinier de Vegallana : un regard ardent, qu'elle lançait, mine de rien, en écoutant une lumineuse théorie sur la graisse de porc, une main saisie, par le plus grand des hasards, alors qu'ils pétrissaient la même pâte ou mettaient les doigts dans le même récipient, un chaudron par exemple. Le cuisinier faillit tomber de plaisir, quand sous prétexte de connaître le juste point de cuisson de la confiture de pêche, Obdulia s'approcha du très digne Pedro et, en souriant, lui mit dans la bouche la même petite cuillère qu'elle venait de toucher du rubis de ses lèvres — rubis est à attribuer au cuisinier.

Pour l'homme au tablier, la conquête de cette dame apparut, en toile de fond, comme une récompense finale, une récompense digne d'une vie tout entière consacrée à condimenter les repas de ces beaux messieurs et de ces grandes dames qui, grâce à lui, avaient trouvé plus facile et plus excitant le chemin des douces et substantielles amours.

Pedro consentit ce qu'il avait rarement consenti : que les servantes de la maison missent leur nez dans les noires marmites de fer. Il aimait la femme, toutes les femmes, mais n'avait aucune confiance en leurs aptitudes culinaires; leur destin était autre. La cuisine et la femme sont deux termes antithétiques, un mot qu'il avait appris dans ses cornets de papier journal. La liberté et le gouvernement sont antithétiques, avait-il lu dans un journal rouge, et il appliquait la phrase à la cuisine et à la femme. Ce que tout Vetusta pensait des femmes de lettres, Pedro le pensait des cuisinières. Il les appelait des viragos.

Si on lui disait que les cuisiniers sont plus chers et qu'ils dépensent plus, il répondait :

— Mon ami, quand on n'a pas d'argent, on ne mange pas.

Cela dit, il était socialiste, mais dans d'autres domaines.

Quand ces messieurs entrèrent dans la cuisine, Pedro reprit son air habituel, l'expression méprisante qu'il avait pour les servantes et pour les fermiers qui apportaient les provisions de leurs hameaux, parfois lointains. Le fourneau était un dieu, dont il était le Grand Pontife; les autres sacrifiaient à l'autel du fourneau et Pedro officiait mystérieusement et en silence. Il reprit son expression dédaigneuse, car c'était sa manière de marquer son respect pour ses maîtres. Si on lui parlait, il répondait à peine. Il ne tarda pas à voir de ses yeux que *la donna è mobile,* comme lui-même chantait souvent. Dès que les autres eurent franchi le seuil, Obdulia l'oublia totalement. Elle avait déjà oublié don Saturnino qui gisait sur « son lit de douleur », avec un emplâtre de suif sur chaque tempe, tout au plaisir de ruminer les doux souvenirs de sa soirée archéologique!

La conversation de métaphysique érotique que Mesía et Paco venaient d'avoir ne leur permettait pas, au début, de partager l'enthousiasme gastronomique et culinaire dans lequel ces dames étaient plongées. Il est vrai que l'heure du repas approchait, et que ces odeurs aiguisaient l'appétit. Mais l'idéal ne mange pas. Mesía jouissait du suprême privilège d'entrer dans les caves à charbon, les cuisines et même les moulins sans prendre la moindre tache de suie, de graisse ou de farine. Très à l'aise et sans heurter quoi que ce soit, il évoluait dans la cuisine du Marquis comme au milieu du salon jaune. Ici-même il avait donné des baisers à des époques très diverses et déjà bien lointaines. Il n'y avait sans doute pas un coin de cette maison où il n'eût de semblables souvenirs. Quant à Paquito, n'en parlons pas. Son premier amour avait été une servante logée dans la pièce maintenant transformée en dépense. Le jeune Marquis savait se déplacer à travers la cuisine dans l'obscurité, à quatre pattes, et son corps recroquevillé avait même pris la mesure de la réserve à charbon qui se trouvait près du fourneau.

Ces messieurs ne tardèrent pas, malgré l'idéal, à prendre une part plus active à l'enthousiasme joyeux et communicatif de ces artistes. Eux aussi étaient peintres, et malgré les plaisanteries presque irrespectueuses du marmiton, et malgré le sourire insultant de Pedro, tous deux voulurent prouver leur habileté en se colletant avec les pâtes, les sirops et tout ce qui se préparait. Paco était tout maculé. Mesía était comme une hermine jouant les marmitons.

Obdulia avait heurté plus de cent fois le jeune Marquis; leurs bras, leurs genoux, leurs mains surtout s'effleuraient durant de longues minutes, et ils faisaient semblant de ne pas s'en rendre compte. Un mouvement brusque de la dame dont la jupe courte était relevée et serrée au corps par les cordons du tablier blanc, laissa voir à Paco une partie, une grande partie d'un bas écossais nouvelle mode. Le jeune aristocrate avait toujours préféré la sculpture humaine sous un voile au nu absolu, ce qui lui semblait d'ailleurs une antinomie de l'amour. Pourquoi donc le voile l'excitait-il plus que la chair? Il ne se l'expliquait pas. Voyait-il le mollet bien rond d'une villageoise dont le pied et la jambe étaient nus? Rien! Voyait-il dix centimètres d'un bas au-dessus de la cheville?... Adieu idéalisme! Et c'est encore ce qui se passa. Mieux, si le bas d'Obdulia n'avait pas été écossais, il est bien possible que le jeune homme n'aurait pas perdu son idéale sérénité. Mais ces carreaux rouges, noirs et verts, avec leurs bordures de diverses couleurs, le ramenèrent à la vulgaire et grossière réalité, et Obdulia se rendit compte immédiatement qu'elle triomphait.

Pour la veuve, un des plaisirs les plus raffinés était « une séance » joyeuse avec l'un de ses anciens amants; faire l'économie des préliminaires lui semblait délicieux. En outre, les souvenirs avaient un de ces charmes! Savourer un souvenir comme une chose présente! Y a-t-il plus grand bonheur? Paco avait été son amant. Elle aurait préféré Mesía qui lui aussi l'avait été, et bien avant. Mais Alvaro était devenu un vrai sauvage! Il la traitait, comme don Saturnino avant qu'il s'enhardît, avec la plus grande courtoisie et il la regardait avec la même indifférence froide et honnête que Mgr l'Évêque. Elle était certaine que sa présence n'éveillait jamais le moindre désir charnel ni chez l'Évêque, ni chez Mesía. Ce don Alvaro était intraitable. Tout comme l'Évêque. Et cependant, Dieu était témoin, elle lui était restée fidèle — à Mesía, évidemment —, et l'aimait encore, ou peu s'en fallait. Elle l'aurait toujours préféré à tous les autres, mais lui maintenant ne voulait plus. C'était fini.

Ils s'étaient lassés de jouer aux cuisiniers. Seule Visita prenait encore plaisir à inspecter les casseroles, à mettre sens dessus dessous vaisseliers, armoires et garde-manger. Quand elle parlait, elle avait toujours quelque gourmandise dans la bouche. Pedro remarqua qu'elle dissimulait dans une poche des morceaux de sucre et de petits paquets de safran pur, utilisé dans la cuisine du Marquis et objet de convoitise de la part de cette pie voleuse. Elle fourra également dans ses jupes un paquet de thé supérieur.

Elle essayait de faire admettre chacun de ces larcins grâce à des éclats de rire et à des explications humoristiques qui n'amusaient plus personne. Tout le monde savait que c'était là le vice de doña Visita.

Ces dames laissèrent aux domestiques le soin de terminer la collation et elles allèrent se laver les mains et arranger leur toilette et leur coiffure. Elles savaient où se trouvait le cabinet de toilette utilisé en pareils cas. C'était la chambre où était morte la deuxième fille du Marquis. Personne n'y pensait plus. Le lit était bien là, mais il ne restait plus le moindre vêtement, le moindre souvenir de la pauvre enfant.

Mesía et Paco entrèrent avec les dames, pourquoi pas? Ils se connaissaient trop pour feindre des scrupules. En outre, « il n'y avait rien à voir », comme dit Obdulia. Paco et la veuve se lavèrent les mains ensemble, dans la même cuvette; leurs doigts s'entrelaçaient dans l'eau. C'était un plaisir très excitant d'après elle. Cela leur rappela des jours meilleurs. Les rayons du soleil couchant entraient jusqu'au pied du lit et enveloppaient d'une auréole ce couple d'écervelés. La chaleur du fourneau, les plaisanteries et le travail avaient enflammé les joues d'Obdulia et l'une de ses oreilles était comme une braise. Elle était toute excitée, elle voulait quelque chose, mais sans savoir quoi. Ce n'était certainement pas le désir de manger, car elle avait goûté à cent gourmandises et même, pour rire, au repas du Marquis.

Visitación et Mesía, plus calmes, conversaient sur le balcon, appuyés sur le fer froid de la balustrade. « Ils ne se retourneraient pas, elle en était sûre. » Entre camarades, certains pactes tacites ne sont jamais enfreints.

Le jeune Marquis lança un éclat de rire.

— Qu'est-ce qui te fait rire ? demanda Obdulia.

— Joaquinito Orgaz, la canaille qui doit te chercher partout. C'est drôle, non ?

Obdulia médita un moment et à la fin éclata de rire elle aussi : « C'était drôle, en effet. » Elle s'était assise sur le lit de la défunte et ses pieds oscillaient comme des pendules. On voyait de nouveau les bas écossais. On les voyait tous les deux maintenant. Obdulia soupira. On parla du passé. « Dans le fond, ils s'étaient toujours aimés. Il y avait *quelque chose* qui les unissait malgré eux. On se brouille parce que la constance est impossible et finit par fatiguer. Tous deux avaient appris à Madrid que des relations très longues étaient ridicules. Au bout de deux ans, tout au plus, l'ennui doit gagner les époux. Les relations de concubinage permettent d'aller un peu au-delà, mais bien peu. »

— Mais, n'est-il pas vrai, dit Obdulia, en faisant la coquette, que se rencontrer de temps à autre est un peu comme une belle journée de soleil en hiver, dans ce maudit pays de pluie et de brouillard ?

— Magnifique ! s'exclama Paco, c'est vrai. Je ressentais quelque chose que je n'arrivais pas à expliquer... et c'était cela.

Et, sensible à ce sentiment alambiqué et poétique, il s'employa de tout son cœur ce soir-là à séduire la veuve.

Pour elle, c'était cela savourer les souvenirs.

Visitación aussi avait les joues enflammées et la chaleur de la cuisine conjuguée à l'animation du divertissement rendait plus beaux ses petits yeux qui lançaient des reflets de feinte passion. Ses cheveux, d'un blond foncé, étaient frisés et tombaient sur son front en boucles emmêlées. Elle et don Alvaro conversaient affectueusement, comme frère et sœur. Il avait été son premier amour sérieux, c'est-à-dire le premier qui lui avait fait commettre certaines imprudences, comme, par exemple, sauter la nuit par un balcon. Mais tout cela était si loin ! La vie avait apporté depuis lors tous ses prosaïques soucis.

La nécessité de recourir sans cesse à des expédients pour éponger les saignées du crédit et conjurer la faillite avait converti l'esprit de cette folle au positivisme vulgaire, et avait mis un terme aux ardeurs érotiques de son imagination juvénile.

C'était une bonne épouse, au dire des gens, c'est-à-dire qu'elle prenait grand soin du budget et des affaires du ménage.

Mesía et Visita n'avaient pas, dans l'hiver de leurs amours, ces journées de soleil dont parlait Obdulia. Mais quand ils se voyaient, seul à seul, et que l'un d'eux avait quelque souci ou quelque préoccupation, de ceux qui appellent confidences et conseils, ils se disaient tout, ou presque tout. Ils se parlaient à voix basse, tout près l'un de l'autre, et se tutoyaient de nouveau comme jadis. On aurait dit un couple qui s'entendait bien, mais dont l'amour s'était usé au fil des ans.

— Bah! disait Visitación avec une pointe de tristesse authentique, qui donnait un certain attrait au crépuscule de sa beauté, bah! cette fois tu es tombé pour de bon, je le vois bien. Mais je vais aussi te dire une chose : tu n'es pas au bout de tes peines.

Mesía parlait plus franchement de la Régente avec Visita qu'avec Paco. Sa *politique* devait être différente. Il fallait parler au jeune Marquis d'amour pur, pour les raisons évoquées précédemment; à Visita, d'une conquête de plus. Don Alvaro comprenait que Visitación voulait précipiter la Régente dans le trou noir où elle-même et beaucoup d'autres étaient tombées. Visita s'était liée d'amitié avec Ana depuis que celle-ci était arrivée à Vetusta avec sa tante, doña Anunciación, et Ripamilán, aujourd'hui Archiprêtre. Elle admirait sa jeune amie, louait sa beauté et sa vertu; mais sa beauté l'importunait, comme elle importunait les autres, et sa vertu la rendait folle. Elle voulait voir cette hermine dans la boue. Tant de louanges l'irritaient. Tout Vetusta qui répétait : « La Régente est inexpugnable! » Cette sempiternelle chanson finissait par lasser à la fin. Même cette façon de l'appeler était stupide : la Régente! Et pourquoi donc? Était-elle la seule? Elle l'avait bien été, elle, à Vetusta, peu de temps il est vrai, car son mari avait bien vite abandonné la carrière. A quoi rimaient ces Régente par-ci, Régente par-là. L'épouse de l'employé de banque n'avait que peu de temps à accorder à ces mauvaises passions de pure imagination et de mauvaise intention. Elle avait besoin de toute son attention pour faire face à la prose de la vie qui était bien difficile. Mais il fallait bien qu'il y eût quelque consolation; eh bien, celle-ci : faire en sorte qu'Ana devînt finalement comme toutes les autres. Elle restait près d'elle autant qu'elle le pouvait : à l'église, en promenade, au théâtre, elles étaient presque toujours ensemble, quand Ana sortait, ce qui n'était pas fréquent. Depuis que la banquière avait découvert chez son amie un certain intérêt pour don Alvaro et chez celui-ci le désir de vaincre cette vertu, elle ne pensait qu'à précipiter ce qui, selon elle, était une nécessité. Elle ne croyait personne capable de résister à son ancien amant.

Dès qu'ils étaient seuls, ils parlaient de cette affaire.

Alvaro niait qu'il y eût amour de sa part. Il s'agissait d'un fort désir que les difficultés enracinaient en lui.

Visita feignait de préférer que ce soit une véritable passion et elle dissimulait le plaisir profond que lui causaient les affirmations de l'autre.

— Tu le sais bien, Visita, on ne peut pas aimer à tout âge.

— Ne parlons pas de cela.

— On aime une fois et ensuite... on s'arrange comme on peut.

En prononçant ces paroles Mesía haussait les épaules et prenait une expression de désespoir humoristique, mais que lui et ses adoratrices trouvaient intéressante, byronienne (si tant est que ses adoratrices connussent Byron).

— Et elle est belle, Alvarín, belle, très belle, tu peux me croire.

— Oui, cela se voit.

— Non, tout ne se voit pas, comme tu peux l'imaginer. Et comme elle ne se comporte pas comme l'autre — et elle faisait un signe du pouce vers l'arrière, où l'on entendait les chuchotements de Paco et d'Obdulia — et ne serre jamais ses jupons et ses jupes à l'aide de lacets et de poulies... qu'elle n'est pas saucissonnée dans ses habits... Ah, si tu la voyais!

— Je l'imagine.

— Ce n'est pas la même chose.

Il y eut un silence. Visita continua :

— Vois-tu ce visage doux et paisible où ne perce que dans le regard un petit éclat de passion et encore voilée par l'ombre des cils, comme contenue... ?

— Frígilis a donc vraiment raison?

— Que dit ce somnambule?

— Que la Régente ressemble beaucoup à la Madone à la Chaise.

— C'est vrai; le visage, oui...

— Et l'expression, et cette façon d'incliner la tête quand elle est distraite; on dirait qu'elle caresse un enfant de son menton ovale et pur...

— Hé, hé! Comme un peintre!

Les yeux de la femme lancèrent des étincelles, comme un brasier sur lequel on souffle.

— Il prétend qu'il n'est pas amoureux et il la compare à la Vierge...!

— Je crois que la pauvre regrette beaucoup de ne pas avoir d'enfant.

Visita haussa les épaules, et après avoir avalé quelque chose d'amer qu'elle avait dans la gorge, elle dit d'une voix rauque et rapide :

— Elle n'a qu'à en avoir.

Mesía dissimula la répugnance que ces mots lui causaient.

— Mais, ah, Alvarín! Si tu pouvais la voir dans sa chambre, surtout quand elle est en proie à une de ces attaques et qu'elle se tord sur son lit...! Comme elle saute! Elle n'est plus la même... Dans ces moments-là, je ne sais pourquoi, je comprends ce caprice de la peau de tigre que lui a offert, dit-on, un Anglais d'Amérique. Te souviens-tu de ce ballet fantastique que dansaient les Bouffes qui passèrent l'an dernier?

— Oui, et alors?

— Te souviens-tu de cette danse des Bacchantes? Eh bien, c'est à ça qu'elle ressemble, mais en mieux; une bacchante comme devaient être les vraies, si tant est qu'il y en eût, là-bas, dans ces pays que l'on dit. C'est à cela qu'elle ressemble quand elle se tord. Comme elle rit quand elle a une attaque! Ses yeux sont pleins de larmes, sa bouche se crispe d'une manière provocante et du fond de sa gorge montent des bruits, des cris, des plaintes souterraines. On dirait que là-bas, tout au fond, l'amour emprisonné et toujours bâillonné se lamente. Comment dire ? Elle a une façon de soupirer, d'étreindre les oreillers! Et elle se ramasse sur elle-même avec une langueur! Au cours de ces crises, on dirait qu'elle a des cauchemars, qu'elle enrage de jalousie ou se meurt d'amour... Cet idiot de don Víctor avec ses oiseaux, son théâtre et son Frígilis, l'homme des coqs greffés, n'est pas un homme. C'est une injustice, le monde ne devrait pas être ainsi. D'ailleurs, il n'est pas ainsi. C'est vous, les hommes, qui avez inventé toute cette farce.

Elle se tut un instant, perdit le fil de son discours, et ajouta :

— Je me comprends.

Après s'être calmée, elle revint à son sujet.

— Si tu la voyais! C'est qu'elle est encore plus belle qu'on pourrait l'imaginer. Écoute... elle a les bras...

Et elle décrivait minutieusement, avec tous les détails qu'elle pouvait donner à un homme qui avait été son amant et était son ami, toutes les rondeurs d'Ana, sa perfection plastique, ses charmes voilés, comme disait Cármenes dans *El Lábaro.* Parfois, elle employait le nom exact et quand il n'y en avait pas ou qu'elle l'ignorait, elle utilisait des diminutifs pleins de fantaisie inventés jadis par Alvaro dans l'enthousiasme des plus doux abandons! Ces noms, féminisés bien que masculins, étaient gravés en lettres de feu dans la mémoire de Visita, mais ils ne sortaient jamais de ses lèvres, sauf quand elle parlait avec Alvaro et encore pas très souvent. Pour la banquière, ils avaient une saveur exquise. Mais ensuite, ils lui laissaient un arrière-goût amer... » Et maintenant c'était comme si tout cela n'avait pas existé : le mari, les enfants, le marché, les domestiques, le propriétaire... Vertubleu! »

Visita montrait sur son corps, sans coquetterie, sans penser à ce qu'elle faisait, avec enthousiasme, l'anatomie de la Régente. Quand elle eut terminé sa description, elle dit en faisant un signe vers l'arrière :

— « L'autre » est fière de ses belles formes... Elle a un bon sujet de comparaison!

La citation était géniale et opportune. Visitación supposait que don Alvaro savait comment était cette autre, et il n'y avait aucune comparaison possible!

Maintenant, c'était le Président du Cercle, rouge comme une pivoine, qui se troublait. Maintenant, ses yeux, presque toujours éteints, lançaient les mêmes étincelles que ceux de Visita.

— Mais tu auras beaucoup de mal...

— Peut-être pas, dit Mesía, sans pouvoir se contenir.

— Elle mordra... elle a déjà mordu à l'hameçon.

— Tu crois?

— Oui, j'en suis sûre. Mais ne t'y fies pas trop. Il est possible que tu aies une touche mais que le poisson reste dans l'eau.

— Quand le moment sera venu de ferrer...
— Il y a longtemps que tu y penses.
— Qui te l'a dit?
— Ceux-ci.
Et elle mit les doigts sur ses yeux.
— Et quant à elle, comment sais-tu?
— Petit curieux! et il n'est pas amoureux...!
— Amoureux? pas le moins du monde... mais il est naturel que je veuille savoir dans quelle disposition elle est... afin de faire le point.
— Elle n'a pas encore la souplesse du gant, mais sous l'eau dormante il doit y avoir des courants. Les attaques nerveuses deviennent plus fréquentes. Tu sais qu'elles cessèrent après son mariage, qu'elles revinrent ensuite, mais jamais elles n'ont été aussi fréquentes que maintenant. Son humeur est changeante. Elle juge les autres femmes avec une sévérité exagérée, tout l'ennuie. Elle a de ces crises de solitude!
— Taratata! Tout cela ne veut pas dire grand-chose.
— Si, au contraire.
— Pas grand-chose en ma faveur.
— Qu'en sais-tu? Écoute, quand on lui parle de toi, elle pâlit ou devient comme une tomate, elle se tait et ensuite, dès qu'elle peut parler, elle change de conversation. Au théâtre, dès le moment où tu tournes la tête, elle fixe les yeux sur toi, et quand le public est plus attentif à la scène et qu'elle croit que personne ne l'observe, elle braque ses jumelles de ton côté. Mais moi, je l'observe; par curiosité, bien sûr, car, en fin de compte, que m'importe? Sa vie, c'est son affaire.
— N'es-tu pas son amie intime?
— Son amie, oui. Intime, c'est autre chose. Elle n'a d'intimités que celles qui sont dans sa tête. Elle a ce petit défaut; elle est très renfermée et garde tout en elle-même. Par elle, je n'apprendrai jamais rien.
Il y eut un moment de silence.
— A moins que maintenant elle raconte tout au Magistral... Tu dois savoir qu'elle l'a pris pour confesseur.
— Oui, c'est ce qu'on raconte. Je crois que c'est à cause de l'Archiprêtre qui est fatigué du confessionnal.
— Non, c'est elle qui l'a voulu. Les élans de mysticisme la reprennent.
Visita appelait mysticisme toute dévotion qui n'était pas semblable à la sienne qui était tout sauf de la dévotion.
— Ana, quand elle était enfant, à Loreto, eut, comme j'ai pu le vérifier, des accès de ce genre... comme de folie... avec des visions... un dérèglement en quelque sorte. Ça la reprend maintenant, mais pour une autre raison — et elle montra son cœur. Elle est amoureuse, Alvarico, tu peux en être sûr.

Don Alvaro éprouva un profond et très doux sentiment de reconnaissance. Voilà des paroles qui lui redonnaient confiance!

Il ne voulut pas en savoir plus. Ou plutôt, il comprit que Visita ne pouvait rien ajouter d'intéressant.

Il put lire sur le visage de cette femme une amertume que décelaient certains muscles, alors que d'autres luttaient pour l'effacer. Sa voix tremblait un peu. Elle faisait un peu pitié. C'est du moins ce que ressentit Mesía.

— Laissons cela, dit-il, en se rapprochant de son amie. Ne parlons plus des autres, parlons de nous. Tu es très belle...

— Et tu viens me dire ça? Sa voix avait quelque chose de métallique.

— Petite sotte... si tu n'étais pas aussi méfiante...

— Quelle est cette nouveauté? demandèrent ces lèvres et cette langue d'acier.

— Nouveauté... tu appelles cela nouveauté... ingrate?

Don Alvaro approcha son visage de celui de la dame gourmande. Personne ne passait dans la rue. C'était l'une des plus désertes : l'herbe poussait entre les pierres. Il y régnait ce silence que don Saturnino qualifiait de solennel et d'aristocratique.

Obdulia et Paco, derrière eux, ne voyaient rien, don Alvaro en était sûr. Il se rapprocha encore de Visita.

Une gifle claqua. Ensuite on entendit le bruyant éclat de rire de la banquière qui recula d'un pas, pour s'éloigner de don Alvaro.

— Folle...! idiote...! gémit Mesía en s'essuyant la joue qu'il sentait humide et poisseuse.

— Si tu en veux une autre, avance! on ne me la fait pas, je connais la musique, comme dit la Marquise.

La dame, parfaitement tranquille, souriante, mit un morceau de sucre dans sa bouche.

C'était son système. Elle s'interdisait à elle-même, par méfiance, les douceurs et les leurres de l'amour, et elle cherchait une compensation dans les gourmandises les plus nourrissantes.

Mesía se souvint, avec une tristesse mêlée de remords, de cette nuit où cette femme avait sauté d'un balcon, pleine de foi et d'amour.

Au coin de la rue, du côté de la cathédrale, apparut une dame que tous deux reconnurent sur-le-champ. C'était la Régente. Elle était vêtue de noir et couverte de sa mantille. Petra, sa femme de chambre, l'accompagnait. Elles furent bien vite à leur hauteur. Ana était distraite, car elle ne leva pas la tête.

— Anita, Anita, cria Visitación.

Mesía put alors voir le visage de la Régente qui souriait et saluait. Il ne l'avait jamais vue aussi belle. Elle était pâle, mais avait les joues roses; elle aussi, comme Visita et comme Obdulia, semblait être restée près d'un fourneau. Ses yeux avaient un éclat d'une grande pureté, ils lançaient des éclairs de joie qui se répandaient en reflets sur tout son visage. Elle avait l'air de sourire à ses pensées.

En outre, Mesía remarqua qu'elle l'avait regardé sans la moindre émotion, sans le moindre trouble, comme elle avait regardé Visita, ni plus ni moins. Même dans son salut, plus dégagé, plus expansif que d'habitude, il avait vu une sorte de dédain, l'expression d'une indifférence qui l'irritait. C'était comme si elle lui avait dit : petit roquet, tu ne mords pas, je n'ai pas peur de toi. On verrait. En attendant, cette affabilité était du mépris. Que s'était-il passé dans la cathédrale ? Quel homme était ce don Fermín pour avoir ainsi transformé cette femme en un seul entretien ?

Il pensa tout cela en un instant, irrité et pris du véhément désir de savoir à quoi s'en tenir. Mais son visage ne laissa rien voir. Il salua d'un air grave, de cet air de gentleman que lui enviait tant Tromblon, son admirateur et son ennemi mortel.

— Tu t'es confessée ?

— Oui, à l'instant.

— Avec le Magistral, bien sûr ?

— Oui, avec lui.

— Et alors ? Excellent, n'est-ce pas ? Qu'est-ce que je te disais ? Tu ne montes pas ?

— Non, je ne peux pas maintenant.

Obdulia entendit la voix d'Ana et elle accourut au balcon, sans se soucier du désordre de son vêtement et de sa coiffure.

— Ana, monte, allons, petite sotte ! cria la veuve tout en dévorant des yeux la Régente des pieds à la tête.

Pour Obdulia, les autres femmes n'avaient pas plus de valeur que celle d'un mannequin auquel on pend les robes. Les chiffons, c'était leur rayon. Tout le reste, c'était l'affaire des hommes.

Ana s'excusa encore : elle avait à faire. Elle salua d'un gracieux sourire et reprit son chemin. Pendant un instant, son regard avait rencontré celui de Mesía, mais elle ne s'était pas troublée et n'avait pas baissé la tête comme les autres fois. Elle l'avait regardé distraitement, elle n'avait pas essayé d'éviter le contact de ces pupilles chargées de lascivité et d'amour-propre irrité qui se mêlait à son désir.

Sur le balcon, tous se taisaient, tandis que la Régente s'éloignait et disparaissait dans la rue déserte. Tous la suivirent du regard jusqu'à ce qu'elle eût tourné au coin de la rue. Obdulia, affectant un ton un peu dédaigneux, dit alors :

— Elle est vêtue bien simplement.

Et elle rentra de nouveau dans la chambre.

— Croque-la ! cria Visita à l'oreille de don Alvaro, d'une voix où perçait un peu de moquerie. Et elle ajouta sur un ton sérieux :

— Attention au Magistral, c'est un vieux renard de la théologie !

Chapitre neuf

Sur la Place Neuve, dans une encoignure déjà plongée dans l'ombre, se dresse l'hôtel des Ozores, de façade imposante, surchargée, sans élégance, dont les pierres sont noircies, comme celles du Cercle, par l'humidité qui monte jusqu'au toit à travers les murs.

En arrivant devant la grande porte, Ana s'arrêta; elle tressaillit comme si elle avait froid. Elle tourna les yeux vers l'entrée de la rue voisine, où l'horizon s'ouvrait sur la vive lumière du soleil. La rue de l'Aigle était une pente rapide qui laissait voir dans le lointain la montagne dont les versants étaient couverts de prairies, vertes et luisantes à cette époque. Des hirondelles babillardes et turbulentes traversaient la place, survolaient les toits, allaient et venaient comme si elles faisaient leurs visites d'adieu avant leur voyage d'hiver, proche maintenant.

— Écoute, Petra, ne sonne pas. Nous allons faire une promenade...

— Toutes seules?

— Oui, toutes les deux... dans les prés..., à travers champs.

— Mais, Madame, les prés doivent être trempés...

— Par quelque chemin... écarté... où il n'y ait personne. Toi qui es des environs et qui connais toute cette région, ne sais-tu pas où nous pourrions aller sans rencontrer personne?

— Mais tout doit être mouillé...

— Non, plus maintenant. Le soleil a dû sécher le sol... Je suis bien chaussée. En avant... allons, Petra!

Ana avait la voix capricieuse d'une enfant faisant un caprice et l'expression d'une mystique implorant les faveurs célestes.

Petra regarda sa maîtresse avec étonnement. Elle ne l'avait jamais vue ainsi. Où étaient cette froideur habituelle et cette sérénité qui semblait dissimuler crainte et méfiance?

La servante avait un peu plus de vingt-cinq ans. C'était une blonde, d'un blond safran, à la peau très blanche, aux traits réguliers. Sa beauté pouvait exciter le désir, mais n'éveillait guère la sympathie. Elle essayait de dissimuler le désagréable accent de sa région et parlait avec une affectation insupportable. Elle avait servi dans plusieurs grandes maisons. Elle pouvait tout faire, et elle s'ennuyait chez Quintanar où personne n'avait d'aventures, ni elle ni les autres. Maîtres et serviteurs semblaient de glace. Don Víctor était un vieux qui aimait peut-être bien les amours faciles, mais jamais son audace n'était allée au-delà de quelque regard appuyé, mielleux et de quelque galanterie enveloppée dans des circonlocutions peu compromettantes. Sa maîtresse parlait très peu, était souvent absorbée par ses pensées : ou elle n'avait rien à cacher ou elle dissimulait très bien. Cependant, Petra avait acquis la conviction que cette dame était rongée par l'ennui. La servante profitait des rares occasions qui se présentaient pour essayer de gagner la confiance de la Régente. Elle était empressée, discrète et feignait l'humilité, la plus difficile des vertus, à son point de vue.

Une promenade à travers champs, après s'être confessée, toutes les deux seules et par une soirée humide, tout cela donnait beaucoup à penser à Petra. Elle ne désirait pas autre chose, mais elle insistait sur ses objections pour voir jusqu'où irait le caprice de sa maîtresse. D'autres avaient commencé de la même façon.

Elles descendirent la rue de l'Aigle, que la route de Madrid coupait au bout à angle droit.

— Non, pas par là, dit la maîtresse. Par ici, nous allons vers la fontaine de Mari-Pepa.

— A cette heure-ci, l'endroit est désert et le sol doit être sec maintenant; le soleil est toujours là. Regardez, la fontaine est là-bas.

Petra montra à sa maîtresse, tout en bas dans la vallée, une rangée de peupliers qui, sous la lumière des rayons obliques du soleil couchant, semblaient d'or et d'argent. Le chemin était étroit, mais plat et ferme; des deux côtés s'étendaient des prés d'herbe haute et drue et des champs de légumes. Ces potagers et ces prés sont irrigués par les eaux de la ville et ils sont les plus fertiles de toute cette campagne. Les prés, d'un vert foncé avec des reflets bleutés, presque noirs, ont l'aspect d'un épais velours. Lorsqu'ils reçoivent les rayons du soleil couchant, ils éblouissent. Ainsi brillaient-ils à ce moment-là. Ana fermait à demi les yeux, avec délices, comme si elle se baignait dans la lumière tamisée par la fraîcheur du sol.

Des haies de chèvrefeuille et de ronces bordaient le chemin, et par endroits, se dressait le tronc d'un ormeau, robuste et trapu, dont la tête énorme, semblable à un as de trèfle, portait quelques pousses sur la calvitie, faibles tiges que la brise secouait, faisant claquer comme des castagnettes les feuilles solitaires de leurs extrêmités.

— Regardez, madame, comme c'est étrange! aucune de ces branches n'a conservé d'autre feuille que la plus haute, celle de la pointe...

Après cette observation, et d'autres de ce genre, Petra s'arrêtait pour cueillir de petites fleurs dans les haies, se piquait les doigts, se prenait la robe dans les ronces, poussait des cris, riait. Elle prenait une certaine confiance en se voyant seule avec sa maîtresse, au milieu des prés, sur ces chemins mal famés, solitaires, qui savaient d'elle tant de choses qu'il valait mieux passer sous silence.

Petra ne se fiait pas trop à la soudaine piété de la Régente.

« Plus d'une heure de confession! Le minois tout illuminé quand elle s'est relevée, avec l'absolution... et maintenant cette promenade à travers champs... ces rires... et ces libertés qu'elle lui permettait... Non, je ne m'y fie pas. Attendons. »

La servante d'Ana était portée à aller, dans ses calculs et ses imaginations, jusqu'aux ultimes conséquences. Elle voyait déjà se profiler dans le lointain de solides pourboires en pièces d'or. Mais ce tour religieux que prenait la chose — il était évident pour elle qu'il y avait quelque chose — entraînait des complications nouvelles pour Petra elle-même, qui connaissait seulement ce que Dieu et elle, et tous ces chemins solitaires et d'autres semblables avaient vu.

Elles arrivèrent à la fontaine de Mari-Pepa. Elle était à l'ombre de robustes châtaigniers, dont l'écorce était criblée de cicatrices en forme d'initiales et certaines exprimaient des prénoms entiers. La rangée de peupliers que l'on voyait de loin était comme une muraille qui dissimulait mieux l'endroit et lui donnait de l'ombre à l'heure du couchant. Du côté de l'orient, se dressait une colline qui abritait la paisible retraite formée par la nature autour de la fontaine. Bien que située dans un creux, on pouvait voir de là un paysage magnifique, car vers l'occident, d'autres ondulations de terrain, semblables à une houle de verdure, ne fermaient pas l'horizon et laissaient contempler, tout là-bas, enveloppé dans la brume, le Corfín, une montagne qui cachait ses crêtes dans les nuages et tombait à pic sur des vallées tapies derrière les monts et les collines plus proches. Les rayons du soleil traversaient obliquement l'atmosphère où paraissait flotter une poussière lumineuse et au-delà apparaissait la teinte violacée du Corfín.

Ana s'assit sur les racines saillantes d'un châtaignier qui ombrageait la fontaine. Elle contemplait les versants de la montagne qui semblait illuminée par des feux de bengale et, comme dans un rêve, lui arrivait le murmure discret de la fontaine toute proche et celui du courant qui se précipitait vers les prés pour les rafraîchir. Dans les branches du châtaignier n'arrêtaient pas de voleter moineaux et pinsons qui ne fermaient jamais le bec et ne parvenaient pas à chanter sérieusement, sans cesse distraits, agités, turbulents et vainement babillards. Des feuilles sèches tombaient de temps en temps dans la fontaine; elles flottaient en tournant dans leur lente avancée, et lorsqu'elles s'approchaient du goulet étroit par où l'eau s'écoulait, elles glissaient rapides et droites, et disparaissaient dans le courant, dont la surface lisse se ridait en ondulations d'argent. Une bergeronnette (une *lavandière*, à Vetusta) picotait le sol et sautillait aux pieds d'Ana, sans aucune crainte, confiante dans l'agilité de ses ailes. Elle tournait, balayait la poussière de sa queue, s'approchait de l'eau, buvait, se posait d'un saut sur la haie, se cachait un moment dans les branches basses du roncier, apparaissait de nouveau, poussée par la curiosité, toujours joyeuse et vive. Elle resta immobile un instant comme si elle réfléchissait et, tout à coup, comme effrayée, sans le moindre motif apparent, elle prit son vol, droit et rapide au début, ondulant et plus lent ensuite et elle se perdit dans l'atmosphère que le soleil oblique colorait de pourpre. Ana suivit du regard le vol de la *lavandière* tant qu'elle le put. « Ces petits animaux, pensa-t-elle, sentent, désirent et même réfléchissent... Ce petit oiseau a eu une idée tout à coup; il s'est fatigué de cette ombre et est parti à la recherche de lumière, de chaleur et d'espace. Heureux petit oiseau! Se lasser des choses est si naturel! » Elle même, la Régente, était bien fatiguée de l'ombre dans laquelle elle avait toujours vécu. Ce que le Magistral lui avait promis serait-ce quelque chose de nouveau, quelque chose qui soit digne d'être aimé? Quand elle lui avait dit qu'à l'adolescence elle avait eu des élans mystiques et qu'ensuite ses tantes et toutes ses amies de Vetusta lui avaient fait mépriser cette vanité pieuse, qu'avait répondu le Magistral? Elle s'en souvenait très bien; elle avait encore dans l'oreille cette voix douce qui sortait par bribes, comme tamisée par les croisillons de la grille du confesssionnal. Il lui avait dit, avec des mots très éloquents, qu'elle ne pouvait pas répéter à la lettre, quelque chose comme ceci : « Mon enfant, ces élans que vous avez eus vers un Dieu que vous ne connaissiez pas n'étaient pas piété pure, mais le dédain par lequel ils furent traités ensuite manquait du moindre brin de prudence. » Brin, il avait dit brin, elle en était sûre. L'éloquence du Magistral dans le confessionnal n'était pas comme celle dont il usait en chaire; elle le remarquait maintenant. Dans le confessionnal il employait les mots familiers qui disent si bien certaines choses qu'elle n'avait jamais vues exprimées dans les livres pleins de rhétorique. Et il avait fait une comparaison : « Si vous, mon enfant, vous vous baignez dans une rivière et si en agitant l'eau en nageant, par jeu, comme nous avons coutume de le faire, vous trouvez dans le sable une pépite d'or, toute petite, qui ne vaut pas une peseta, vous croirez-vous dès lors millionnaire? Penserez-vous qu'une telle découverte va vous rendre riche? Que toute la rivière va charrier des écus frappés à l'effigie du roi et que tout cela sera pour vous? Ce serait absurde. Mais, pour autant, allez-vous jeter la pépite avec mépris et continuer à vous ébattre, en agitant les bras et en faisant sauter l'eau avec les pieds et sans plus jamais penser à ce tout petit morceau d'or découvert dans le sable? » La comparaison était fort bien venue. Elle s'était vue en costume de bain, sans manches, nageant dans la rivière à l'ombre des noisetiers et des noyers, tandis que, sur la rive, le Magistral revêtu de son rochet d'une blancheur éclatante, la suppliait à genoux et les mains jointes, de ne pas jeter la pépite d'or. C'était cela l'éloquence, parler ainsi, afin que l'on pût voir ce qui était dit. Ce courant de paroles douces, nouvelles, pleines d'une joie céleste l'avait enthousiasmée. Elle avait ouvert son cœur devant les croisillons de cette ouverture. Elle avait, elle aussi, prononcé des mots qu'elle n'avait jamais employés en parlant avec les autres. Pendant ce temps, le Magistral, de l'autre côté, se taisait et quand elle eut terminé, la voix du confesseur tremblait en disant : « Mon enfant, ce récit de vos tristesses, de vos rêves, de vos appréhensions mérite que j'y réfléchisse longuement. Votre âme est noble, et seulement parce qu'en ce lieu je n'ai pas le droit d'adresser des éloges au pénitent, je m'abstiens d'indiquer où est l'or et où est la boue... et de vous montrer qu'il y a plus d'or qu'il n'y paraît. Cependant, vous êtes malade, toute âme qui vient ici est malade. Je ne sais pas comment on peut parler mal de la confession. Outre son caractère d'institution divine, même si on la considère sous l'angle de l'utilité humaine, ne comprenez-vous pas — et quiconque peut comprendre — que cet hôpital des âmes pour les malades de l'esprit est absolument nécessaire ? » Le Magistral avait évoqué les consultations que donnent les journaux protestants pour élucider les cas de conscience. « Les dames protestantes, qui n'ont pas de père spirituel, ont recours à la presse. N'est-ce pas ridicule ? » La voix du Magistral semblait sourire.

Et il avait continué en disant en substance : « Elle ne devait pas venir ici uniquement pour demander l'absolution de ses péchés. L'âme a, comme le corps, sa thérapeutique et son hygiène et le confesseur est un médecin hygiéniste. Mais le malade qui refuse son médicament ou cache sa maladie, ou l'individu sain qui ne suit pas le régime prescrit pour conserver la santé, se font du mal à eux-mêmes, se trompent eux-mêmes; tout comme s'abuse et se fait du mal le pécheur qui cache ses péchés, ne les confesse pas tels qu'ils sont, les examine à la hâte et mal, ou ne suit pas le régime spirituel qui lui est imposé. Un seul entretien n'était pas suffisant pour obtenir la guérison d'une âme et évoquer des maladies anciennes et à demi-oubliées ne signifiait pas non plus que l'on voulait vraiment guérir. De tout cela se déduisait rationnellement, mis à part tout précepte religieux, la nécessité de se confesser souvent. Il ne s'agissait pas de suivre une règle : se confesser était tout autre chose. Il était indispensable de bien choisir son confesseur, quand il s'agissait de se soigner, mais une fois choisi, il fallait le considérer comme ce qu'il était réellement, un père spirituel, ou, laissant de côté tout aspect religieux, comme le grand frère de l'âme, auprès de qui les peines s'épanchent, les désirs s'expriment, les espérances s'affirment et les doutes se dissipent. Si tout ceci n'était pas ordonné par notre religion, le sens commun l'exigerait. La religion n'est que raison, depuis le dogme le plus élevé jusqu'au détail le plus infime du rite. »

Cet accord entre la foi et la raison enchantait la Régente. Comment pouvait-elle, à vingt-sept ans, n'avoir jamais entendu un tel discours ? Elle n'avait pas osé le demander au Magistral, mais il y aurait temps pour cela.

Un moineau, un grain de blé dans le bec, se posa en face d'Ana et osa la regarder avec insolence. La jeune femme se souvint alors de l'Archiprêtre qui avait le don de ressembler aux oiseaux.

« Ripamilán était un brave homme, mais quelle façon de confesser! Une simple routine qui ne lui avait rien appris. A part son mariage, elle n'avait rien tiré de ces confessions. Le pauvre homme disait qu'il connaissait par cœur les péchés de la Régente et il l'interrompait sans cesse avec ces éternelles paroles : « Bien, bien, allons : rien d'autre ? allons... récite trois Pater, un Salve et fais des aumônes. » Quel curieux homme ! Quand donc don Cayetano s'était-il préoccupé de lui dire si elle avait tel ou tel tempérament ? Eh bien, le Magistral lui avait dit aussitôt qu'elle était un tempérament spécial, que de cela et d'autres choses encore il fallait tenir compte. Voilà qui était tout à fait nouveau. »

En outre, elle avait été très flattée de remarquer que don Fermín s'adressait à elle comme à une personne instruite, comme à un homme de lettres : il avait cité plusieurs auteurs, tenant pour certain qu'elle les connaissait et lorsqu'il employait soudain des mots techniques, il se gardait de les expliquer.

« Et quelle *hauteur de vue*! Qu'était la vertu ? Qu'était la sainteté ? Ce fut le meilleur. La vertu était la beauté de l'âme, la pureté parfaite, la chose la plus facile pour les esprits nobles et nets. Pour un paresseux, ennemi du linge propre et de l'eau, la propreté est un tourment, un impossible; pour une personne décente (il avait employé ce mot) elle est une des nécessités les plus impérieuses de la vie. La religion ne présentait pas comme un sentier ardu celui de la vertu, il l'était seulement pour ceux qui vivent plongés dans le péché. Mais l'homme nouveau veille toujours en nous-même, il suffisait de l'appeler pour qu'il arrive. La vertu commençait toujours par un petit effort, contraire, il est vrai, à l'habitude acquise; le jour suivant, l'effort était moins coûteux et son efficacité supérieure, grâce à la *vitesse acquise,* et grâce à l'*inertie du bien,* c'était mécanique (ainsi s'était exprimé M. De Pas). La vertu pouvait se définir comme l'équilibre stable de l'âme. En outre, c'était une joie, une belle journée de soleil, des rafales d'air frais parfumé. L'âme vertueuse se transformait en un enclos où gazouillaient joyeusement les grâces du Saint-Esprit animant le cœur dans les moments de tristesse de la vie. Cette mélancolie dont elle se plaignait, n'était que nostalgie de la vertu à laquelle elle parviendrait; et son esprit y aspirait, car c'était sa patrie. La vertu était une question d'art, d'habileté. On n'y parvenait pas seulement par le jeûne, par l'ascétisme; c'était un moyen d'une grande sainteté, mais il y en avait d'autres. Au milieu de la vie agitée de nos villes on peut aussi aspirer à la perfection. » (A ce moment-là la Régente voyait comme une Babylone cette Vetusta qui lui avait toujours paru si petite, si monotone et si triste.) « Elle qui avait lu saint Augustin, ne se souvenait-elle pas combien le saint Évêque aimait la musique religieuse, non pour le plaisir des sens, mais parce qu'elle élevait l'âme ? Eh bien, tous les arts, ainsi que la contemplation de la nature, la lecture des œuvres historiques ou philosophiques, à condition qu'elles soient pures, pouvaient élever l'âme et la mettre au diapason de la sainteté, à l'unisson de la vertu. Pourquoi pas? Ah! et ensuite, quand on arrivait plus haut, à l'assurance de soi-même, quand on n'avait plus peur de la tentation, que l'on n'éprouvait plus à son égard qu'une prudente crainte, on trouvait édifiants de nombreux spectacles qui auparavant étaient dangereux. Ainsi, par exemple, la lecture des livres prohibés, poison pour les faibles, était une purge pour les forts. Pour qui parvient à un certain degré d'assurance, la présence du mal est édifiante à sa manière, par contraste. » Le Magistral n'avait pas dit si lui-même était aussi fort que tout cela, mais elle supposait que oui. De toute façon, la vertu et la piété étaient choses bien différentes de ce que lui avaient enseigné ses tantes et de la dévotion vulgaire (ainsi l'appelait-elle en son for intérieur) qu'elle avait acquise par pure routine. Oui, la véritable religion ressemblait, en définitive, beaucoup plus à ses rêves d'adolescente, à ses visions des monts de Loreto, qu'à la fade et stupide discipline qu'on lui avait enseignée comme sérieuse et véritable piété. Et combien d'autres leçons lui avait promises le Magistral pour un autre jour! Que de choses nouvelles elle allait découvrir et sentir! Et quel bonheur d'avoir une âme sœur, sœur aînée, avec qui il était possible de parler de tels sujets, les plus intéressants et les plus élevés sans aucun doute!

De la *question personnelle,* c'est-à-dire des péchés d'Ana, il n'avait pratiquement pas été question. Le Magistral généralisait immédiatement. « Il n'avait pas d'éléments d'appréciation, il devait apprendre à connaître la femme. »

Quand cet aspect lui revint à l'esprit, la Régente eut des scrupules. Il lui avait donné l'absolution et elle n'avait rien dit de son inclination pour don Alvaro! « Oui, inclination. Maintenant qu'elle considérait vaincue cette impulsion coupable, elle voulait la regarder en face. C'était une inclination. Pas question de déguiser ses fautes. Elle avait parlé, sans donner de précisions, de mauvaises pensées, mais il lui semblait inconvenant et injuste envers elle-même, grossier même, de personnifier ces tentations, de dire qu'il s'agissait d'un seul homme, de telles et telles qualités, et de signaler les dangers encourus. Mais, n'aurait-elle pas dû le dire? Peut-être. Cependant, pourquoi aurait-elle, sans raison, mis don Víctor en position ridicule, puisqu'elle lui était fidèle de fait, qu'elle voulait l'être et le serait éternellement? Malgré tout, elle aurait dû apporter quelques précisions à cette partie de sa confession. Était-elle vraiment absoute? Pourrait-elle communier l'âme en paix le jour suivant? Non, absolument pas. Elle ne communierait pas; elle garderait le lit prétextant une migraine; le soir elle irait se réconcilier et elle recevrait la communion le jour suivant. C'était le meilleur plan. La résolution de ne pas communier le jour suivant lui procura une joie d'enfant : c'était comme un jour de vacances. Elle pouvait passer la nuit à penser à la religion, à la vertu en général, selon cette nouvelle façon de voir les choses, et ne pas se sentir préoccupée encore par le souci de recevoir dignement le Seigneur. C'était un sursis, un répit. Et il ne lui semblait plus déplacé de donner libre cours à sa joie suscitée uniquement par les forces morales, et qui était peut-être l'aube du jour resplendissant de la vertu.

« Qu'il devait être heureux, le Magistral, baignant dans la lumière d'une joie vertueuse, l'âme pleine d'oiseaux qui chantent dans son cœur comme les chœurs des anges! C'est pour cela qu'il avait cet éternel sourire, et qu'il se promenait avec tant de grâce sur l'Espolón au milieu des paresseux de l'âme, des esprits étroits et... vétustains. Et quel air de santé! »

« Vetusta, Vetusta possédait ce trésor! Pourquoi le Magistral ne serait-il pas évêque? Qui sait! Pourquoi, elle, digne d'un autre monde, n'était-elle qu'une dame, ex-Régente de Vetusta? Le lieu de la scène était sans importance; la variété et la beauté étaient dans les âmes. Ce petit oiseau n'a pas d'âme et il vole avec des ailes de plumes, moi j'ai un esprit et je volerai avec les ailes invisibles du cœur dans l'atmosphère pure et rayonnante de la vertu. »

Elle frissonna de froid et revint à la réalité. Tout était dans l'ombre. Au-delà du rideau de peupliers, le soleil cachait entre des nuages gris et épais le dernier éclat de sa flamme qu'il avait laissée derrière lui comme une draperie de pourpre. L'ombre et le froid tombèrent brusquement. De la mare du pré voisin, un chœur strident de grenouilles salua le départ du soleil. On aurait dit un hymne de sauvages païens aux ténèbres qui avançaient de l'orient. La Régente se souvint des crécelles de Semaine Sainte, quand la lumière s'éteint dans l'angle mystérieux et qu'éclatent les cataractes de l'enthousiasme infantile en un horrible vacarme.

— Petra! Petra! cria-t-elle.

Elle était seule. Où donc était sa servante?

Un crapaud, ramassé sur lui-même, juché sur une grosse racine qui sortait de terre comme une griffe, regardait la Régente. Il était à quelques centimètres de sa robe. Ana poussa un cri, elle eut peur. Elle s'imagina que ce crapaud l'avait écoutée penser et qu'il se moquait de ses illusions.

— Petra! Petra!

La servante ne répondait pas. Le crapaud la regardait avec une impertinence qui lui inspirait de la répulsion et une frayeur stupide.

Petra arriva. Elle était en sueur, toute rouge et elle respirait avec peine. Ses boucles dorées et menues lui tombaient sur les yeux. Comme elle avait vu sa maîtresse si absorbée dans ses pensées, elle était allée jusqu'au moulin de son cousin Antonio qui se trouvait tout près de là, à une portée de fusil.

Ana la regarda dans les yeux, mais Petra soutint ce regard inquisiteur. Son cousin Antonio, le meunier, était amoureux d'elle; Madame le savait.

Petra pensait se marier avec lui, mais plus tard, quand il serait plus riche et elle plus âgée. De temps à autre, elle allait le voir afin que ne s'éteigne pas ce feu sur lequel elle comptait pour réchauffer ses vieux jours. Elle considérait le moulin comme une caisse d'épargne où elle déposait peu à peu ses économies d'amour. Ana, sans savoir pourquoi, se sentit un peu irritée. « Que pouvaient être ces amours de Petra et du meunier ? Mais, que lui importait... ? » Cependant, sa manière de regarder Petra, d'étudier par le menu ses vêtements un peu défaits, d'interroger cette fatigue qu'elle ne pouvait pas cacher, sa sueur, la couleur vive de ses joues, révélaient une curiosité que la Régente avait du mal à cacher. « Qu'avait fait cette femme dans le moulin ? » Cette pensée futile, cette obsession stupide qui lui faisait presque mal absorbait malgré elle toute l'attention d'Ana.

— Partons, partons, il se fait tard.

— Oui, Madame, il est tard. Quand nous rentrerons à la maison, les réverbères seront déjà allumés.

— Non, tout de même pas.

— Vous verrez.

— Si tu ne t'étais pas attardée dans la forge de ton cousin...

— Quelle forge ? C'est un moulin, Madame.

Petra vit de la malice dans ce qui n'était qu'une erreur.

Lorsqu'elles atteignirent les premières maisons de Vetusta, la nuit tombait. La lumière jaunâtre du gaz brillait de loin en loin, près des branches poussiéreuses des acacias rabougris qui ornaient le *boulevard* *, nom populaire de la rue qu'elles empruntaient pour rentrer dans la ville.

— Pourquoi m'as-tu amenée par ici ?

— Quelle importance ?

Petra haussa les épaules. Au lieu de rentrer par la rue de l'Aigle, elles avaient fait un détour et elles entraient par l'une des rares nouvelles rues de Vetusta, bordées de maisons de trois étages, toutes pareilles, chargées de balcons aux vitres de couleurs criardes et discordantes. Le trottoir de trois mètres de large, un trottoir hyperbolique pour Vetusta, était bordé d'une rangée de réverbères aux colonnes de fer peintes en vert et d'une rangée d'arbres, prisonniers d'une étroite caisse de bois, verte également. C'est pour cela qu'on l'appelait *Le Boulevard* *, ou ce qu'il était en réalité, la *Rue du Triomphe de 1836*. A la tombée de la nuit, quand les ouvriers cessaient le travail, ce trottoir se transformait en promenade et il était difficile d'y avancer car on était arrêté tous les trois pas. Couturières, giletières, repasseuses, rubanières, ouvrières des fabriques de tabac ou d'allumettes, armuriers, cordonniers, tailleurs, menuisiers et même maçons et carriers, et beaucoup d'autres catégories d'ouvriers, se donnaient rendez-vous sous les acacias du Triomphe et se promenaient là pendant une heure, dans le crissement répété des pieds traînant sur les pavés.

Cette promenade avait commencé quelques années auparavant comme une sorte de parodie. Les filles du peuple imitaient les manières, la voix, les conversations des demoiselles de la bonne société, et les jeunes ouvriers se comportaient comme des messieurs, se tenant par le bras et se promenant avec une arrogance affectée. Peu à peu la plaisanterie devint coutume, grâce à quoi la cité, solitaire et triste le jour, s'animait, à la tombée de la nuit, d'une allégresse exaltée, sorte d'excitation nerveuse de toute la « pauvreté », comme disaient les habitués des soirées de Vegallana. C'était la force des ateliers qui sortait à l'air libre. Les muscles jouaient librement, comme ils voulaient, libérés de la monotonie des tâches routinières. Chacun, cependant, sans s'en rendre compte, était satisfait d'avoir fait quelque chose d'utile, d'avoir travaillé. Les filles riaient sans raison, se pinçaient, se heurtaient, s'agglutinaient, et lorsque passaient les groupes d'ouvriers le tumulte était à son comble, il y avait des tapes dans le dos, des éclats de rire malicieux, des cris de feinte indignation, de fausse pudeur, non par hypocrisie, mais parce qu'on jouait, comme s'il s'agissait d'une scène de comédie. Les minauderies étaient feintes, mais celui qui dépassait la mesure s'exposait à se retrouver avec les joues en feu. Les vertus qu'il y avait là savaient se défendre avec des gifles. En général, cette foule se déplaçait selon un certain ordre. Elle se promenait en files qui allaient et venaient. Quelques messieurs se mêlaient aux groupes des ouvriers. Quant aux filles, en général, elles acceptaient de bonne grâce le compliment d'un étudiant ou d'un calicot; mais l'indignation feinte était à son comble quand une *redingote* allait trop loin, alors le sarcasme accompagnait toujours la protestation de la pudeur. Ces jeunes filles, qui n'étaient pas toujours sûres de dîner en rentrant chez elles, insultaient le passant qui les qualifiait de belles en le traitant de blanc-bec affamé. Tout au plus admettaient-elles qu'il mangeât du chènevis. Les habitués ne se laissaient pas troubler par ces injures conventionnelles, qui étaient de bon ton; ils insistaient et finissaient par enlever le morceau, s'il y en avait un à prendre. La vertu et le vice se coudoyaient sans scrupules, portaient le même habit passablement négligé. Malgré la présence de quelques jeunes filles proprement vêtues, cette masse suante de filles laborieuses dégageait une odeur piquante que les promeneurs habituels ne remarquaient même pas, mais qui était gênante et triste, une odeur de misère paresseuse, négligée. Ce parfum de haillons, beaucoup de belles femmes le respiraient, les unes fortes, sveltes, d'autres douces et délicates, mais toutes mal vêtues, la plupart mal lavées, et certaines mal coiffées. Le vacarme était infernal; tout le monde parlait à grands cris, tout le monde riait, les uns sifflaient, d'autres chantaient. Des fillettes de quatorze ans, au visage d'ange, entendaient sans se troubler des blasphèmes et des obscénités qui parfois les faisaient rire comme des folles. Tous étaient jeunes. Le vieux travailleur n'a pas cette joie. Parmi les hommes, aucun peut-être n'avait plus de trente ans. L'ouvrier devient vite taciturne, il ne tarde pas à perdre sa joie expansive et spontanée. Il n'y a guère de vieux beaux chez les prolétaires.

Ana se vit inopinément enveloppée par cette foule. Il était impossible de quitter le trottoir. La chaussée était très boueuse; charrettes et voitures passaient sans cesse, car l'omnibus allait arriver et c'était là le chemin de la gare.

Les groupes s'ouvraient pour laisser passer la Régente. Les jeunes garçons les plus hardis s'approchaient d'elle avec une certaine insolence, mais la beauté pleine de douceur de ce visage de Sainte Madone leur inspirait admiration et respect.

Les giletières ne murmuraient pas, ne riaient pas, au passage d'Ana.

— C'est la Régente!

— Quelle est belle!

Toutes et tous disaient cela. C'était un compliment spontané, désintéressé.

— Olé, beauté ! Vive la mère qui t'a fait naître, osa crier un Andalou à l'accent galicien.

Son enthousiasme lui valut une *tarte* (une calotte) de la part d'un de ses amis, plus respectueux.

— Espèce d'animal, tu ne vois pas que c'est la Régente!

Sa beauté était populaire.

Petra aussi était appelée archange par les jeunes délurés; elle était contente. Ana souriait et hâtait le pas.

— Où nous sommes-nous fourrées...

— Qu'importe? Vous voyez bien, on ne vous mange pas. Ces crève-la-faim pourraient donner des leçons de politesse à pas mal de demoiselles.

La Régente était déjà passée par là à pareille heure, mais ce soir-là, par une espèce de double vision, elle croyait voir et sentir, dans cet entassement de linge sale, même dans l'odeur piquante de *populace*, dans le tumulte de cette foule, une forme du plaisir d'amour, de l'amour qui, apparemment, était une nécessité universelle. Dans tout ce vacarme, il y avait aussi des secrets chuchotés à l'oreille, des visages languides, des froncements de sourcils d'amoureux jaloux, des regards comme des éclairs de passion... Au milieu du cynisme apparent des dialogues, des frottements brusques, des heurts insolents, de la brutalité arrogante, il y avait des fleurs délicates, une véritable pudeur, des illusions pures, des rêves d'amours qui s'épanouissaient là sans conscience des miasmes de la misère.

Ana partagea un moment cette loqueteuse volupté. Elle pensa à elle-même, à sa vie vouée au sacrifice, au refus catégorique du plaisir, et elle eut à son égard cette pitié profonde de l'égoïsme avivé par l'infortune personnelle. « Je suis plus pauvre que toutes ces femmes. Ma servante a son meunier qui lui dit à l'oreille des mots qui enflamment son visage.

Ici, j'entends des rires de plaisir qui éveillent des émotions inconnues pour moi... »

A ce moment-là, elles durent s'arrêter au milieu de la foule. Un drame venait d'éclater sur le trottoir. Un grand jeune homme aux cheveux noirs et frisés, très brun, vêtu d'une blouse bleue, criait :

— Je la tue! Je la tue! Laissez-moi, je veux la tuer.

Ses compagnons le retenaient, ils voulaient l'emmener. Les yeux du jeune homme lançaient des éclairs.

— Que se passe-t-il? demanda Petra.

— Rien, lui répondit-il, la jalousie.

— Oui, cria une jeune fille, mais si elle fait un faux pas, il l'étrangle.

— Bien fait pour elle; une moins que rien.

Le jeune homme à la blouse bleue sortit de la promenade, de force, entraîné par ses amis. En passant près de la Régente, il la regarda dans les yeux, distraitement, tout à sa vengeance, mais elle sentit ces yeux dans les siens comme un contact violent. C'était la jalousie! Ainsi regardait la jalousie! La beauté de ces yeux était une beauté infernale, sans aucun doute, mais combien forte et humaine!

Maîtresse et servante laissèrent enfin le *boulevard* * et entrèrent dans la rue du Commerce. Des boutiques sortaient des faisceaux de lumière qui arrivaient jusqu'au ruisseau et illuminaient les pavés humides couverts de boue. Devant la devanture d'une confiserie nouvelle, la plus luxueuse de Vetusta, un groupe de garnements de huit à douze ans discutaient de la qualité et du nom de ces friandises qui n'étaient pas pour eux, et dont ils ne pouvaient apprécier l'excellence que par conjectures.

Le plus petit léchait la vitrine, les yeux fermés, dans une délicieuse extase.

— Celui-ci s'appelle *petisou,* dit-il d'un ton dogmatique.

— Eh, farceur ! Je te dis que c'est un *pédenone* ; je sais ce que je dis...

Devant cette scène, la Régente se sentit de nouveau tout attendrie. Elle avait toujours la gorge serrée et les larmes aux yeux quand elle voyait les enfants pauvres admirer les friandises et les jouets des vitrines. Ces choses n'étaient pas pour eux et cela lui semblait la plus terrible cruauté de l'injustice. Mais en outre, cette fois, ces petits garnements qui discutaient du nom de ce qu'ils ne goûteraient pas, lui semblaient, sans savoir pourquoi, des compagnons de misère, de jeunes frères. Elle voulut rentrer vite à la maison. Cette façon de s'attendrir sur tout l'effrayait. « Elle craignait la crise, elle se sentait très nerveuse. »

— Hâtons-nous, Petra, hâtons-nous, dit-elle d'une voix très faible.

— Attendez, Madame... là... on dirait qu'on nous fait signe... oui, c'est à nous. Ah, ce sont eux, oui...

— Qui ?

— Monsieur Paco et don Alvaro.

Petra remarqua que sa maîtresse tremblait un peu et pâlissait.

Elles ne pouvaient plus échapper. Don Alvaro et Paco étaient devant elles. Le jeune Marquis les arrêta en faisant une révérence exagérée, qui était une de ses façons de *faire de l'esprit* *, comme disait maintenant Ronzal lui-même. Mesía salua très poliment.

La confiserie nouvelle déversait des flots de lumière qui éblouissaient les Vétustains, non encore habitués à de telles prodigalités de gaz. Don Alvaro voyait la Régente enveloppée par cette clarté de rampe de théâtre et il nota au premier regard qu'elle n'était plus la femme distraite de l'après-midi. Sans savoir pourquoi, le regard placide, dégagé, tranquille, qui était le sien quelques heures auparavant, l'avait découragé, et sans plus de raison, celui de maintenant, timide, furtif, craintif, lui redonna espoir, car il pouvait signifier la soumission d'Ana, le triomphe. « Les choses n'allaient certainement pas jusque-là, mais il était heureux de se sentir encouragé. Sans foi en lui-même, il n'avancerait pas. Or il fallait avancer et vite. »

A Vetusta, il pleut presque toute l'année et les quelques rares belles journées sont mises à profit pour respirer à l'air libre. Mais les promenades ne sont fréquentées que les jours de fête. Les demoiselles pauvres, les plus nombreuses, ne se résignent pas à montrer la même robe chaque après-midi, jour après jour. Le soir, c'est autre chose; on sort en négligé, on parcourt la partie neuve, la rue du Commerce, la place du Pain et ses galeries très étroites, le *boulevard* * un peu plus tard, quand enfin la *populace* dort. Le prétexte est de faire quelque achat. On a besoin de tant de choses dans une maison! On entre dans les boutiques, mais on achète peu. La rue du Commerce est le centre de ces promenades nocturnes et plutôt dissimulées. Les messieurs vont et viennent sur le large trottoir et regardent avec plus ou moins d'effronterie les dames assises près du comptoir. Un œil sur les nouveautés de la saison et l'autre sur la rue, elles discutent les prix et chassent au vol galanteries et signes d'intelligence. Les jeunes commis sont presque tous catalans, mais ils parlent un castillan assez correct. Il sont aimables, beaux presque tous. La plupart ont la barbe taillée à la Jésus-Christ, les yeux noirs et doucereux, les joues roses. Ils inclinent la tête avec une langueur mi-romantique, mi-nonchalante, qui peut tout aussi bien signifier : « Mademoiselle, j'*abrite* une passion secrète qui... », « Mademoiselle, même la patience de Job... mais je serai patient. »

— Oh, je vous fatigue, dit Visitación à un blondinet à col marin, à qui elle a déjà fait déballer cinquante pièces de percale.

— Oh, non madame! C'est une obligation pour moi... et d'ailleurs je le fais avec plaisir... « Un commis doit être infatigable, il est là pour ça. »

Visitación a toujours quelque tablier à faire pour sa servante, mais elle ne se décide jamais. D'autres soirs, c'est elle qui n'a rien à se mettre.

— L'hiver va arriver et je n'ai rien à me mettre sur le dos.

Le commis sourit avec amabilité et s'imagine bien volontiers cette dame mince mais bien tournée, grelottant en chemise sous les rigueurs d'une chute de neige.

— Ne soyez pas méchant! Ne soyez pas si matériel! ajoute-t-elle, troublée comme une fillette étourdie qui a l'impression d'avoir été indiscrète, et elle fixe sur le jeune homme ses yeux rieurs, tout plissés, qui lancent des étincelles, c'est du moins ce que s'imagine Visitación. Le Catalan fait semblant de se laisser séduire par ce regard et sur chaque aune il fait cinq centimes de rabais.

Visitación triomphe, mais elle ignore qu'il a vendu cette même percale à Obdulia avec un rabais de dix centimes, et avec un gain supérieur à celui que pouvait espérer ce commis souriant et à la barbe de juif.

Les belles Vétustaines, comme dit le chroniqueur de *El Lábaro,* ne savent pas sortir des boutiques de modes. Elles voient tout, remuent tout et elles trouvent encore le moyen de faire tourner la tête aux employés et de recevoir de biais les banderilles (expression d'Orgaz) lancées par les jeunes messieurs qui se promènent sur le trottoir en discutant à haute voix pour annoncer leur présence. Là domine une joie bruyante, la joie sans motif qui est la plus expansive et la plus facile à contenter. Qui l'eût cru? Non seulement *l'élément jeune des deux sexes* (de *El Lábaro*), mais aussi les personnes sérieuses : magistrats, professeurs, autorités, avocats, des prêtres même, attendent toute la journée, sans en avoir conscience, l'heure des boutiques, quand il fait beau et que les dames peuvent « décemment » prendre la mantille et sortir dans la rue. C'est l'heure de rendez-vous que les Vétustains, sans le savoir eux-mêmes, se donnent pour satisfaire leur nécessité de se voir, de se coudoyer et d'entendre des bruits humains. Il faut noter que les Vétustains s'aiment et se haïssent, ils ont besoin les uns des autres et ils se méprisent. Pris séparément, chaque Vétustain dit du mal de ses concitoyens, mais il défend le caractère du peuple *en masse* et, si on l'arrache de là, il ne pense qu'à revenir. La promenade du soir, qui a quelque chose de subreptice (c'est du moins ainsi que la qualifie Saturnino), a en outre l'attrait que lui donne l'imagination. Le gaz ne peut être inconsidérément prodigué par une municipalité criblée de dettes et un réverbère ici et un autre à cinquante pas (s'il n'y a pas de lune, car pendant les nuits romantiques il n'y a pas de gaz) n'éblouissent pas et n'enlèvent pas à la nuit son mystère. On voit ce qu'il n'y a pas. Chacun peut, selon son imagination, attribuer à ceux qui passent l'aspect qu'il veut :

— Les filles paraissent différentes, disent les jeunes.

Les Vétustains ont l'illusion de se croire ailleurs sans sortir de la ville. Tous les visages prennent un aspect nouveau, alors qu'ils n'ont rien de nouveau.

— Qui est-ce? Et il se trouve que ce sont les filles Mínguez, c'est-à-dire, les éternelles Mínguez, celles d'hier, d'avant-hier, et de toujours. Mais tant que dure l'illusion...! Dans les villes où les spectacles gratuits sont fort rares c'en est un et des plus intéressants que celui de se contempler mutuellement. Une promenade, occasion que l'on *saisit par les cheveux,* est un plaisir délicat et intense dont jouissent avec ineffable délice les masses prolétaires de l'honorable classe moyenne espagnole.

Tel étudiant se couche content parce qu'il a glané çà et là, au cours de ses allées et venues sur l'Espolón ou dans la rue du Commerce, une demi-douzaine de regards; et telle fille à marier en a pour huit jours d'une fleur d'amour qu'elle feignit de repousser pour son impertinence et qu'elle savoure toute seule, pendant qu'elle brode des pantoufles durant sept journées mortelles, derrière le carreau inlassablement battu par la pluie. Ainsi s'expliquent ces va-et-vient dans les boutiques, ces rires pour des riens, cet esprit que l'on voit dans chaque phrase d'un commis, dans l'espièglerie d'un étudiant qui passe la tête dans une vitrine ouverte. Tout n'est que mouvement, rire, cris de joie. Ce peuple est le même que celui qui participe silencieux, grave, guindé, aux défilés solennels, et le même qui assiste, l'air contrit, la tête basse, plein d'onction (de *El Lábaro*) aux sermons, neuvaines, offices de la Semaine Sainte et même au miserere.

Ana croyait voir sur chaque visage la flamme de la poésie. Les Vétustaines lui paraissaient plus belles, plus élégantes, plus séduisantes que d'habitude et chez les hommes elle voyait un air distingué, des gestes résolus, un port romantique. Dans son imagination elle unissait hommes et femmes par couples, à mesure qu'ils passaient et elle avait l'impression de vivre dans une ville où les servantes, les couturières et les demoiselles étaient aimées par des meuniers, des ouvriers, des étudiants et des officiers de réserve.

Elle seule était sans amour; elle et les enfants pauvres qui léchaient les vitrines des confiseries étaient les seuls déshérités. Une vague de rebellion agitait son sang et lui montait à la tête. De nouveau, elle craignait d'avoir sa crise.

« Qu'était-ce donc, Seigneur, qu'était-ce donc? » Pourquoi un jour comme celui-ci, alors que son esprit venait d'entrer dans une vie nouvelle, vie de victime, mais non de sacrifice stérile, sans témoins mais accompagnée par la voix encourageante d'une âme sœur, pourquoi cette impulsion de ses entrailles, qu'elle attribuait à ses nerfs, venait-elle, d'une manière aussi inopportune, la mortifier, crier : guerre! dans sa tête et mettre tout sens dessus dessous... Ne s'était-elle pas résolue à l'espérance de la vertu près de la fontaine de Mari-Pepa? De nouveaux horizons ne s'étaient-ils pas ouverts dans son âme? N'allait-elle pas vivre pour quelque chose à l'avenir? Ah, si le Magistral pouvait être là! » Sa main rencontra celle d'un homme. Elle sentit une chaleur douce et un contact moite. Ce n'était pas le Magistral, c'était don Alvaro qui marchait à ses côtés en parlant d'une chose ou l'autre. Elle l'entendait à peine, et ne voulait pas attribuer à sa présence ce changement de température morale qu'elle déplorait, au fond d'elle-même, tandis qu'elle voyait les jeunes filles et les femmes de Vetusta minauder sur le trottoir et dans les boutiques rutilantes de lumière.

Don Alvaro pensait au contraire que sa présence et son contact suffisaient à faire avancer les événements. Pour se faire une idée de ce que Mesía pensait du prestige de son *physique,* il suffit d'imaginer une machine électrique qui aurait conscience de lancer des étincelles. Il se croyait une machine électrique d'amour. La seule question était que la machine fût préparée. Sa fatuité allait jusque-là, mais il faut dire à sa décharge que personne ne le savait et qu'il aurait pu citer de nombreux exemples pour accréditer la raison d'une aussi monstrueuse vanité. Il se croyait homme de talent — « lui, il était avant tout un politique » — et il se fiait à son expérience d'homme du monde et à son talent de don Juan, mais il se déclarait très humblement à lui-même que tout cela n'était rien comparé au prestige de sa beauté corporelle. « Pour séduire les femmes rompues à l'amour, rassasiées d'amour, minaudières, aux goûts dépravés, il est possible que l'aspect ne suffise pas et ne soit même pas l'atout principal, mais les vierges *honorables* (il en connaissait d'une autre catégorie) et les femmes mariées honnêtes ne capitulent que devant le bel homme. »

— Je ne connais pas de séducteurs bossus ou nains, disait-il en haussant les épaules, les rares fois où il en parlait avec ses amis intimes, en général après un copieux dîner. On me parle du dérèglement des goûts ? C'est l'exception. Mais personne ne voudra être en amour ce que l'assa foetida est aux odeurs. Et cependant, les dames romaines de la décadence...

Paco Vegallana apportait alors le témoignage de ses lectures technico-scandaleuses. Il décrivait toutes les aberrations de la lubricité féminine de l'Antiquité, du Moyen Age et des Temps Modernes. Il n'y avait rien de nouveau. « Ce que font les Parisiennes les plus perverties était commun et pratiqué par les mérétrices de Babylone et de Cerbatane. »

Paco faisait des confusions chaque fois qu'il remontait à l'histoire ancienne. Cette Cerbatane était Ecbatane, mais lui, il l'appelait ainsi, par erreur sans aucun doute. Il savait bien à quelle cité il faisait référence : une cité qui était entourée de plusieurs murailles de couleurs différentes. Il l'avait lu dans l'*Histoire de la prostitution,* pas dans celle de Dufour, non, dans une autre qu'il connaissait aussi. C'était un savant.

— Moi j'ai lu, ajoutait don Alvaro au cours de ces discussions, qu'il y a eu des princesses et des reines capables de s'enticher de singes, oui de singes, comme je vous le dis, et d'avoir des relations avec eux.

— Assurément, s'empressait de dire Paco, Victor Hugo l'affirme dans un roman qui s'appelle en français *L'homme qui rit* et en espagnol *De orden del rey.*

— Mais mis à part ces cas, qui sont exceptionnels, poursuivait Mesía, il faut se rendre à l'évidence, ce que cherchent les femmes c'est un beau *physique.*

— C'est ce que je crois, moi aussi, avait coutume d'affirmer Ronzal; la femme est ainsi *urbicesorbi* (partout, dans le latin de Tromblon).

En outre, don Alvaro était profondément matérialiste, mais cela il ne l'avouait à personne. Comme, chez lui, le politique l'emportait, il transigeait avec la religion des ancêtres de Paco et il se moquait de la séparation de l'Église et de l'État. Plus encore, il lui semblait déplacé de s'opposer aux catholiques sincères. Il avait appris à Paris, déjà en 1867, quand il était allé à l'Exposition, que le *chic* * était la foi du charbonnier. Sport et catholicisme, voilà la mode qui continuait à régner. Mais il est clair que croire consistait à dire que l'on croyait. Il n'avait pas la moindre foi « il n'en avait absolument pas besoin », sauf peut-être lorsqu'il était saisi par la peur de la mort. Lorsqu'il était malade et se retrouvait seul dans son auberge, privé de toute affection véritable, alors il regrettait sincèrement, bien qu'il eût tant vécu, de ne pas être un chrétien sincère. Mais il guérissait, et alors il disait : « Bah! tout cela est l'effet de la faiblesse. » Cependant, il était bon de *s'éclairer,* de trouver des bases à ce matérialisme qui s'accordait si bien avec toutes ses idées sur le monde et la manière de l'exploiter. Il avait demandé à un ami des livres capables de lui prouver le bien-fondé du matérialisme en peu de mots. Il apprit très vite que la prétendue métaphysique n'existait pas et l'idée lui paru excellente, car elle permettait d'éviter pas mal de cassements de tête. Il avait lu *Force et Matière* de Büchner et quelques livres de Flammarion, mais tous ces ouvrages lui déplurent, car ils disaient du mal de l'Église et du bien du ciel, de Dieu, de l'âme... Or, précisément, il désirait tout le contraire. Flammarion n'avait pas de *chic* *. Il avait lu aussi des traductions de Moleschott, Wirchow et Wogt dans des livres aux couvertures couleur safran. Il ne comprit pas grand-chose, mais il allait à l'essentiel : tout n'était que masse grise; parfait, c'est ce qu'il voulait. Le principal était qu'il n'y eût pas d'enfer. Il avait aussi essayé de lire, dans une version française, le poème de Lucrèce *De rerum natura* : il était arrivé à la moitié. Le poète disait vrai, mais tout cela était très long. Il ne voyait plus que des atomes, et sa belle personne lui apparaissait comme un heureux ensemble de molécules en forme de crochet pour s'emparer de toutes les jolies femmes qui passeraient à portée. Voilà comment était Mesía, à l'intérieur de lui-même, en matière de croyances, mais personne n'avait accédé à ces profondeurs, pas même Paco qui, selon Mesía, était un bon catholique. Tant qu'il était à Vetusta, il gardait tout cela pour lui. Lors de ses voyages à Paris, il sortait le fond de la malle et le fond de son matérialisme. Il essayait d'inculquer ses idées sur l'atome et sur la force à ses amantes quand celles-ci n'étaient pas trop dévotes et qu'elles étaient très amoureuses. Le matérialisme de Mesía n'était pas difficile à comprendre; il l'expliquait en quelques mots. Quand la femme était convaincue qu'il n'y avait pas de métaphysique, tout était beaucoup plus facile pour don Alvaro.

Quand il se souvenait d'une de ces femmes converties à l'épicurisme, don Alvaro, les yeux brillants et grands ouverts, avait coutume de dire :

— Ça c'était une femme!

Et il soupirait. Cette femme n'avait jamais été une Vétustaine. Les femmes de Vetusta ne croyaient pas non plus à la métaphysique, elles n'en avaient jamais entendu parler, mais elles n'allaient pas au-delà de certaines limites.

Don Alvaro marchait à côté d'Ana, convaincu que sa seule présence suffisait à produire des effets délétères sur cette vertu en laquelle lui-même croyait. Les mots, en la circonstance, étaient ce qui comptait le moins, rien à craindre. Lui aussi pouvait parler avec éloquence, toucher l'âme (comment donc!), mais en d'autres occasions; plus tard.

Paco suivait et il ne lui déplaisait pas de converser avec Petra qui, en parlant avec le jeune Marquis, se donnait des airs. En matière d'amour, la servante ne croyait pas aux classes sociales et elle concevait très bien qu'un noble pût s'éprendre d'elle, par exemple, et l'épouser. Elle ne se disait pas que don Paquito en fût là, bien sûr que non; mais il lui faisait compliment de ses cheveux d'or et de la blancheur de sa peau, et il y a un commencement à tout.

— Vous devez beaucoup vous ennuyer à Vetusta, Ana, disait don Alvaro.

Il cherchait en vain une manière naturelle d'amener la conversation sur un terrain au moins analogue à celui sur lequel il pensait s'engager longuement quand l'occasion se présenterait.

— Oui, je m'ennuie parfois. Il pleut tellement!

— Et même s'il ne pleut pas. Vous ne sortez jamais.

— Sans doute ne faites-vous pas attention à moi; je sors assez souvent.

Ces paroles, à peine dites, lui parurent imprudentes. Était-ce elle qui les avait prononcées ? Obdulia parlait ainsi avec les hommes, mais elle, Ana !

Don Alvaro se vit dans une situation délicate. Que prétendait cette dame? Voulait-elle provoquer une conversation pour évoquer ce qu'il y avait entre eux, alors qu'en fait il n'y avait rien qui méritât commentaire? Devait-il s'étonner de cette inadvertance d'Ana? Ainsi, il ne faisait pas attention à elle! Coquetterie vulgaire ou autre chose de plus alambiqué qu'il ne s'expliquait pas? Voulait-elle tenir pour nul tout ce que l'un et l'autre savaient, les rencontres, apparemment imprévues dans telle église, au théâtre, lors de la promenade ? Voulait-elle nier toute valeur à ces regards insistants, intenses, qu'elle lui accordait parfois comme une faveur céleste que l'on ne doit pas prodiguer ?

La première impulsion d'Ana avait été inconsciente.

Elle avait parlé comme on répète une phrase toute faite, vide de sens; mais ensuite elle pensa que cette réponse pouvait décourager Mesía en lui faisant comprendre qu'elle n'adhérait pas à ce pacte de sourds-muets.

Mais cela même était inopportun; c'était vouloir trop nier, c'était nier l'évidence.

Don Alvaro ne voulait pas courir le risque d'aller trop loin, ce soir-là, et il pensa que le moins ridicule était de « faire l'intéressant », selon le style employé par les Vétustains en pareils cas. Et il dit, sur le ton de la galanterie vulgaire, obligée :

— Madame, où que vous soyiez, vous attirerez l'attention, même du plus distrait.

Et comme la phrase lui parut affectée et un peu amphibologique, il ajouta quelques mots, tout aussi vulgaires et froids.

Il ne comprenait pas encore que cette façon de *faire l'intéressant* qui eût été ridicule s'agissant d'autres femmes, était la meilleure arme contre la Régente. Ana oublia tout immédiatement, pour ne penser qu'à la douleur que lui causaient ces paroles. « Aurais-je eu des visions, serait-il possible que cet homme ne m'ait jamais regardée avec amour ? Est-il possible que le fait de le rencontrer partout n'ait été que pur hasard ? Ses yeux étaient-ils toujours distraits lorsqu'ils se fixaient sur moi ? Les tristesses, les mouvements mal dissimulés d'impatience, de dépit, que j'observais du coin de l'œil — las! oui, c'était bien la vérité, du coin de l'œil! Tout cela n'avait-il été qu'illusions, rien que des illusions? Non, ce n'était pas possible! » Elle avait des sueurs et des frissons en pensant à cela. Jamais, jamais elle ne consentirait à satisfaire les désirs que ces regards, d'une muette éloquence, lui révélaient. Elle serait toujours vertueuse, elle irait jusqu'au bout de son sacrifice, il n'y aurait que son don Víctor et rien d'autre, c'est-à-dire rien. Ce rien était sa seule dot d'amour. Mais aller jusqu'à renoncer à la tentation! C'était trop. La tentation était sa chose, son unique plaisir. C'était assez de ne pas se laisser vaincre, elle voulait se laisser tenter!

L'idée que Mesía n'espérait rien d'elle, qu'il ne sollicitait rien, était comme un trou noir dans son cœur béant où le vide s'engouffrait. « Non, non! elle avait droit à la tentation, son unique plaisir! Que deviendrait-elle si elle ne luttait pas? Plus encore, pensait-elle sans pouvoir s'en empêcher, elle ne devait pas, elle ne pouvait pas aimer; mais être aimée, pourquoi pas? Oh! de quelle terrible façon s'achevait cette journée qu'elle avait crue heureuse, cette journée où s'était présenté un compagnon de l'âme, le Magistral, son confesseur qui lui disait que la vertu était si facile! Oui, elle était facile, elle le savait bien, mais si on lui enlevait la tentation elle n'aurait pas de mérite, elle deviendrait simple prose, une chose de Vetusta, ce qu'elle détestait plus que tout... »

Don Alvaro, s'il n'était pas aussi fin politique qu'il le croyait, était cependant assez expert en diplomatie galante, et il comprit bien vite que, sans savoir comment, il avait réussi.

La voix de la Régente, le manque d'assurance de ses paroles, lui révélèrent que la froideur de sa lourde et vulgaire galanterie avait produit son effet. « Attendait-elle maintenant une déclaration? Et dire que demain elle va communier ! Quelle femme est-ce donc ? Une très belle femme ! — ajouta le matérialiste en son for intérieur, en la voyant à ses côtés, les yeux brillants et les pommettes enflammées.

Ils étaient arrivés devant la grande porte de l'hôtel des Ozores et ils s'arrêtèrent. La lanterne dorée qui pendait au plafond éclairait à peine l'ample vestibule. Ils étaient presque dans l'obscurité. Ils gardaient le silence depuis quelques minutes.

— Et Petra? Et Paco? demanda la Régente, alarmée.

— Les voilà, ils viennent de tourner au coin de la rue.

Anita avait la bouche sèche; pour parler elle avait besoin de se passer la langue sur les lèvres pour les humecter. Mesía vit cette mimique, qu'il adorait chez la Régente et, sans pouvoir se contenir, sortant des limites qu'il s'était fixées, *natura naturans,* il s'exclama :

— Quel charme! quel charme!

Mais il dit cela d'une voix rauque, sans avoir conscience qu'il parlait, tout bas, sans le moindre accent d'audace. Ce fut une échappée de la passion, qui, pour cela même, avait plus d'importance qu'une fleur insipide, et n'était pas une effronterie. On pouvait prendre ces paroles pour une déclaration, pour une manifestation brutale de la nature excitée, pour tout, sauf pour une impertinente audace, impensable chez un parfait galant homme.

Ana fit semblant de ne pas avoir entendu, mais elle fut trahie par ses yeux; ils brillèrent dans l'ombre, cherchèrent don Alvaro qui avait reculé d'un pas dans l'obscurité, lui rendirent au centuple les délices que ces paroles avaient laissées tomber comme pluie bénéfique sur son âme.

« Elle est à moi », pensa don Alvaro avec un plaisir supérieur à celui que lui-même espérait le jour du triomphe.

— Voulez-vous monter vous reposer? demanda la dame à ces messieurs, quand Paco arriva.

— Non, merci. Je vais revenir tout à l'heure te chercher, avec maman.

— Me chercher?

— Oui. Alvaro ne t'a rien dit? Aujourd'hui, tu viens au théâtre avec nous. Il y a une première : enfin, une première de don Pedro Calderón de la Barca, l'idole de ton mari. Tu ne sais pas? Il y a un acteur de Madrid, Perales, un grand ami à moi, qui imite Calvo à la perfection. Aujourd'hui, on donne *La vie est un songe...* Il ferait beau voir! Il faut que tu viennes. C'est un événement! Maman prend la chose à cœur. Elle attend toute habillée.

— Mais, mon ami, demain je dois communier...

— Eh, quelle importance?

— Comment, quelle importance?

— Remets cela à un autre jour. Enfin, tu t'arrangeras avec Maman, car elle va venir te chercher.

Et sans s'occuper d'autre chose, l'étourdi jeune Marquis franchit la porte.

Petra était déjà dedans, dans la cour intérieure, faisant semblant de ne pas entendre. « Maintenant, elle savait à quoi s'en tenir; c'était lui, ou du moins, c'en était un. Le jeune Marquis l'avait amusée afin que les autres soient seuls. Cela se voyait à sa froideur. Il ne l'avait même pas embrassée dans l'obscurité. » Elle écouta. Elle entendit que don Alvaro prenait congé d'une voix un peu tremblante et très humble.

— Irez-vous au théâtre ?

— Non, certainement pas, répondit la Régente en fermant la porte derrière elle et en entrant dans la cour.

Chapitre dix

A huit heures sonnantes, la berline de la Marquise arrivait dans une gerbe d'étincelles arrachées aux rues mal pavées de la Encimada; elle parvenait à la Place Neuve et s'arrêtait devant la demeure rencognée dans un angle.

La Marquise, en bleu et or, arborant des restes de charmes révolus (mais où sont les neiges d'antan?), cheveux teints en noir et saupoudrés de blanc, ouvrait les portes avec fracas et pénétrait dans la salle à manger de la Régente.

— Comment? Qu'y a-t-il? Tu n'es pas habillée?

— Qu'elle est têtue! s'exclama Paquito, qui accompagnait sa mère.

Don Víctor baissa la tête et haussa les épaules, laissant entendre qu'il n'était pas responsable de cet entêtement.

« Lui, il était prêt. » En effet, il boutonnait ses gants et avait passé son étroite redingote en *tricot* *.

Ana sourit à la Marquise.

— Mais madame, c'est une folie, pourquoi vous êtes-vous dérangée?

— Comment, une folie? Tu vas t'habiller à l'instant même. Puisque je me suis dérangée, comme tu dis, ce ne sera pas pour rien. Allons, monte! sinon, ici même, devant ces messieurs, je te coiffe, je te chausse et je t'habille.

— C'est cela, dit Paco, nous t'habillons, nous te coiffons...

Don Víctor supplia aussi.

— *La vie est un songe*, mon enfant, est le prodige des prodiges du théâtre... C'est un drame symbolique..., philosophique.

— Oui, je le sais, Quintanar...

— Et Perales qui le joue si bien, mon ami Perales...

— Et tout le monde qu'il y aura, ajouta la Marquise.

— Mon Dieu, madame, bien volontiers; si ce n'était... N'y vais-je pas d'autres fois? Mais je dois communier demain!

— Taratata! Quel rapport? Les gens le savent-ils? Vas-tu commettre un péché au théâtre?

— L'art est une religion! fit observer don Víctor qui consultait sa montre, craignant de manquer

Hippogriffe violent
Toi qui as couru comme le vent.

Par la suite, il apprit qu'on avait supprimé ce début. « Quel scandale! »

— Mais, ma fille, poursuivit-il, la Marquise nous fait trop d'honneur.

— Trop d'honneur? Qu'est-ce que vous me chantez...? Mais elle doit venir.

— Non, madame; inutile d'insister.

On disputa longtemps; mais finalement, doña Rufina céda : elle aussi voulait voir le début. Don Víctor se laissa emmener après avoir fait quelques manières.

— Puisqu'elle est si entêtée, je vais rester aussi.

— Il ne manquerait plus que cela! s'exclama la Régente effrayée, n'y vas-tu pas les autres soirs?

Don Víctor insista encore un peu pour rester et renoncer à ce drame des drames.

Mais, à la fin, Ana se retrouva seule dans la salle à manger, près de la grande cheminée churrigueresque, aux exubérants reliefs de plâtre, peinte comme une peau de lézard, cette même cheminée où, au coin du feu, en d'autres temps, Mlle Anunciación Ozores (qui repose en paix) avait lu tant de feuilletons. Maintenant, on n'y faisait plus de feu; l'âtre à découvert béait tristement.

Petra enleva les tasses du café. Elle ne se pressait pas. Elle entra et sortit plusieurs fois. Sa patronne ne la voyait même pas; elle regardait, sans ciller, l'âtre noir et froid. La femme de chambre dévorait Madame des yeux. « Elle ne va pas au théâtre? Cette fois, il se passe quelque chose. Je gêne peut-être? A-t-elle besoin de moi? »

— Madame veut-elle quelque chose? demanda-t-elle.

Surprise, la Régente répondit :

— Moi?... Quoi?... Non; va-t'en.

« Tout compte fait, c'était idiot d'avoir ainsi contrarié la Marquise, puisqu'elle avait décidé de ne pas communier le lendemain. Mais aussi pourquoi ne pas communier? Était-elle une bigote prisonnière de sots scrupules? Qu'avait-elle à se reprocher? Quelle faute avait-elle commise? Tout Vetusta, en ce moment, prenait du plaisir dans le bruit, la lumière, la musique, la joie; et elle, seule, toute seule dans cette salle à manger sombre, lugubre, froide, pleine de souvenirs odieux ou stupides, pour fuir l'occasion d'entretenir une passion qui flatterait la femme la plus présomptueuse. Était-ce un péché? Elle n'avait rien de commun avec don Alvaro. Il pouvait lui vouer tout l'amour qu'il voudrait, jamais elle ne lui accorderait la plus insignifiante faveur. Désormais, plus le moindre regard. Elle était décidée. Qu'y avait-il là à confesser? Rien. Pourquoi demander une nouvelle absolution? Pour rien. Elle pouvait communier sans crainte; oui, elle se lèverait de bon matin, elle communierait. Mais, ne plus penser, au nom du Ciel, ne plus penser à tout cela! Elle devenait folle. Étudier sans cesse son esprit, s'épier soi-même, s'accuser de mauvaises pensées pour des rêveries innocentes, c'était un martyre. Un martyre qu'elle ajoutait à ceux que la vie lui avait déjà apportés et lui apportait encore sans qu'elle les cherchât. Mais que pouvait faire une femme comme elle sinon se torturer l'esprit? A quoi pouvait-elle employer son temps? A chasser à la glu ou à l'appeau comme son mari? A planter des eucalyptus où ils ne voulaient pas pousser, comme Frígilis? »

A cet instant, elle vit tous les Vétustains heureux à leur manière, les uns livrés au vice, d'autres à une quelconque manie, mais tous satisfaits. Elle seule était là comme en exil. « Mais hélas! c'était une exilée; aucune patrie ne l'attendait ni ne la faisait soupirer. Elle avait vécu à Grenade, à Saragosse, à Grenade encore, et à Valladolid; toujours avec don Víctor; qu'avait-elle laissé sur les rives de l'Èbre, fleuve du Trouvère [12], ou sur les rives du Genil ou du Darro? Rien; tout au plus une ébauche d'aventure ridicule. Elle se souvint de cet Anglais qui avait une villa à côté de l'Alhambra. Amoureux d'elle, il lui avait offert la peau d'un tigre tué aux Indes par ses domestiques. Elle avait su plus tard que cet homme, qui dans une lettre (qu'elle avait déchirée) lui jurait qu'il se pendrait à un arbre historique des jardins du Generalife, " près des fontaines d'éternelle poésie et de voluptueuse fraîcheur ", que ce pauvre Mister Brooke s'était marié avec une gitane de l'Albaicín. Grand bien lui fasse! Mais de toute façon, c'était une aventure stupide. La peau de tigre, elle la conservait, pour le tigre, pas pour l'Anglais. » Cette histoire, Obdulia ne la connaissait pas très bien; elle croyait qu'il s'agissait d'un Américain; c'est Visitación qui le lui avait dit...

« Pourquoi n'était-elle pas allée au théâtre? Elle aurait peut-être pu éloigner d'elle ces idées tristes, déprimantes, qui hérissaient son cerveau comme des aiguilles sur une pelote. Elle était vraiment bête. Pourquoi ne faisait-elle pas comme les autres? » En ce moment, elle raisonnait comme si elle était la seule femme honnête de la ville. Elle se leva, impatiente, presque irritée. Elle regarda la flamme de la lampe suspendue au-dessus de la table... Cette lumière lui faisait mal. Elle quitta la salle à manger; entra dans son boudoir; ouvrit le balcon, appuya les coudes sur la rampe de fer et son visage sur ses mains. En face, la lune brillait derrière les superbes eucalyptus du *Parc,* plantés par Frígilis. Le

12. *L'Èbre, fleuve du Trouvère* : voir note 6, p. 135.

vent du sud continuait à souffler, doux, tempéré, paresseux; parfois, de vives rafales agitaient comme des sonnailles de tambourins les feuilles qui commençaient à se dessécher et tintaient avec un bruit métallique. C'était comme le frémissement d'une nature prête à s'endormir de son sommeil d'hiver.

Les rumeurs confuses de la ville parvenaient aux oreilles d'Ana avec des résonances prolongées, mélancoliques; cris, bribes de chansons lointaines, aboiements. Tout cela se diluait dans l'air, pareil à cette lueur blanchâtre reflétée par la brume ténue qui s'étalait sur Vetusta, comme si elle eût été le corps du vent doux et tiède. Elle regarda le ciel, la grande lueur qui lui faisait face, sans savoir ce qu'elle regardait; elle sentit dans ses yeux des paillettes brillantes; un fil d'argent descendant du ciel jusqu'à ses yeux, comme font les toiles d'araignée; c'est ainsi que ses larmes réfractaient les rayons de la lune.

« Pourquoi pleurait-elle ? A quoi rimait tout cela ? Mais aussi, elle était bien sotte. Elle avait peur de ces attendrissements sans conséquence. »

La lune la regardait d'un seul œil, l'autre caché dans l'abîme; les eucalyptus de Frígilis, inclinant légèrement leurs cimes majestueuses, se rapprochaient les uns des autres et chuchotaient, comme s'ils se disaient tout bas ce qu'ils pensaient de cette folle, de cette femme sans mère, sans enfant, sans amour, qui avait juré fidélité éternelle à un homme qui préférait une belle perdrix mâle à toutes les caresses conjugales.

« C'est ce Frígilis, l'homme aux eucalyptus, qui était le coupable. C'est lui qui l'avait aveuglée. Il y avait huit ans de cela et elle pensait encore à ce mauvais tour de Frígilis comme à un outrage de la veille. Et si elle s'était mariée avec don Frutos Redondo ? Peut-être lui aurait-elle été infidèle. Mais ce don Víctor était si bon, si distingué ! Il était comme un père, et outre la foi jurée, c'eût été une ignominie, une ingratitude de le tromper. Avec don Frutos, c'eût été sans doute autre chose. Il n'y aurait pas eu d'autre solution. Il devait être si brutal, si grossier ! Don Alvaro l'aurait alors enlevée, oui, et ils seraient maintenant à l'autre bout du monde. Et si Redondo le prenait mal, il faudrait qu'il se batte avec Mesía. » Ana contempla don Frutos : le malheureux était étendu sur le sable, noyé dans une mare de sang pareil à celui qu'elle avait vu aux arènes, un sang presque noir, très épais, avec de la mousse...

« Quelle horreur ! » Cette image et les idées qui l'avaient fait surgir lui donnèrent la nausée.

« Comme je suis méchante quand je me laisse aller ! Que d'infamies j'imagine... ! » Au balcon, elle étouffait. Elle voulut descendre dans le jardin, dans le *Parc;* sans réclamer de lumière ni allumer de lampe, éclairée par la lune, elle traversa quelques pièces pour rejoindre l'escalier du jardin; mais en passant devant le bureau de Quintanar, elle changea d'avis : « Je vais entrer, se dit-elle; il doit avoir des allumettes sur sa table. Je vais écrire au Magistral; je lui dirai de m'attendre demain après-midi;

il faut que je me confesse à nouveau; je ne peux recevoir la communion ainsi; je lui raconterai tout, tout, mes pensées et mes arrière-pensées. »

Le bureau était dans le noir; la lune n'y entrait pas. Ana avança en suivant les murs à tâtons. A chaque pas, elle trébuchait contre un meuble. Elle regretta de s'être aventurée sans lumière dans cette pièce où il n'y avait pas un pied carré qui ne fût encombré. Mais plus question de faire marche arrière. Elle fit un pas sans s'appuyer au mur, continua tout droit, mains en avant, pour éviter les chocs.

— Aïe! Mon Dieu! Qui est là? qui est-ce? qui me serre? cria-t-elle horrifiée.

Sa main avait touché un objet froid, métallique, qui avait cédé à la pression, et elle avait aussitôt entendu un claquement et reçu simultanément deux coups sur son bras, qui se retrouva prisonnier de tenailles inflexibles comprimant ses chairs avec force. Puisant dans celles que lui donnait la peur, elle se secoua pour se libérer de cette prise, tout en continuant à crier :

— Petra! de la lumière! Qui est là?

Les tenailles ne lâchèrent pas leur proie; elles suivirent chacun de ses mouvements, et Ana sentit une résistance, puis elle entendit un cliquetis de vitres qui se brisaient sur le carrelage en tombant, en compagnie d'autres objets qui heurtèrent le sol avec fracas. Elle n'osait saisir avec l'autre main les tenailles qui l'enserraient; elle avait beau continuer à secouer son bras, elle était toujours prisonnière. Cherchant la porte, trébuchant mille fois, affolée, elle renversait tout; sans arrêt, on entendait de nouveaux objets se fracasser ou rouler bruyamment sur le sol. Petra arriva avec de la lumière.

— Madame, madame! qu'y a-t-il? Au voleur!

— Non, tais-toi! viens ici, ôte-moi ceci qui me serre comme des tenailles.

Ana était rouge de honte et de fureur. Elle était en proie à une indignation aussi grande que la colère d'Achille, fils de Pélée.

Petra essaya de libérer le bras de sa patronne du maudit piège où il était tombé.

C'était une machine qui, selon Frígilis et Quintanar, ses inventeurs, devait permettre d'attraper les renards dans les poulaillers, dès qu'ils auraient achevé de résoudre une petite difficulté technique qui retardait la mise en service de l'engin.

Il fallait que le museau de l'animal touchât un point déterminé; s'il le touchait, instantanément une barre métallique lui tombait sur la tête tandis qu'une autre, identique, l'immobilisait sous la mâchoire inférieure. La force du ressort n'était pas suffisante pour tuer le voleur de basse-cour mais l'était pour le faire prisonnier, grâce à certains crochets inoffensifs savamment disposés. Ni Frígilis, ni Quintanar ne voulaient de sang; ils cherchaient seulement à immobiliser le délinquant pris en flagrant délit. Si nos inventeurs n'avaient pas su concilier les intérêts de l'industrie avec les statuts de la Société Protectrice des Animaux, la Régente aurait passé un mauvais quart d'heure cette nuit-là. Heureusement, Quintanar était correctionnaliste : il voulait la conversion du coupable, non sa destruction. Les renards qu'il pensait capturer survivraient. Pour que la machine fût parfaite, il n'y avait plus qu'un détail à mettre au point : que les voleurs de poules vinssent buter sur le bouton du ressort diabolique, comme venait de le faire cette dame.

Ni Petra ni sa maîtresse ne connaissaient le fonctionnement de cet engin qu'elles durent mettre en pièces — non sans suer sang et eau —, pour le séparer du bras qu'il meurtrissait.

Petra maîtrisait son rire à grand-peine. Elle se contenta de dire :

— Quelle *capilotade!* en montrant les morceaux de faïence, cristal et autres matériaux indéfinissables répandus sur le sol. Si ç'avait été moi, don Víctor m'aurait renvoyée... Oh, Madame! mais vous avez cassé trois de ses nouveaux pots... Et le tableau des papillons qui est en miettes! et une vitrine de l'herbier qui est brisée! et...

— Assez! laisse-moi cette lampe et va-t'en, interrompit la Régente.

Petra insista, jouissant de la colère rentrée de sa patronne.

— Voulez-vous que j'apporte de l'arnica, madame? Regardez, vous avez le bras tout violet... Pardi..., cette sacrée guillotine ne doit pas mordre doucement... Mais qu'est-ce que cela peut bien être? Vous le savez?

— Moi..., non..., non; laisse-moi. Apporte-moi un peu d'eau.

— Bien sûr, et avec du tilleul; vous êtes pâle comme une morte. Mais pourquoi marchiez-vous dans l'obscurité, Madame? Quelle frayeur! Mais quelle frayeur!... Quelle diantre de diablerie cela peut-il être? Ça ne peut pas servir à attraper les moineaux... Et nous l'avons cassé... regardez... mais il n'y avait pas d'autre moyen.

Petra courut chercher de l'arnica que la Régente ne voulut pas appliquer sur son bras; elle apporta ensuite du tilleul, ramassa les restes de tous ces ustensiles et les posa sur les tables et les armoires comme de saintes reliques. Elle éprouvait une jubilation singulière en voyant cette destruction d'objets qu'elle devait considérer comme les vases sacrés d'un culte inconnu.

— Si ç'avait été moi! répétait-elle entre ses dents, tandis que, à croupetons, elle rassemblait les derniers morceaux.

Elle savourait avec délices cette catastrophe, du haut de son irresponsabilité.

Ana descendit au jardin. La lettre qu'elle voulait écrire était oubliée. Elle avait mal au bras. Et la douleur se doublait de la meurtrissure morale que provoquent les soufflets déshonorants. Tout cela lui semblait une honte et une dégradation ridicules. Elle était furieuse. « Son don Víctor! Cet idiot! Oui, idiot; en ce moment, elle maintenait le terme. Que pouvait penser Petra, en elle-même! Qu'est-ce que c'était que ce mari qui prenait sa femme au piège? » Elle regarda la lune et crut qu'elle lui faisait des grimaces et se moquait de sa mésaventure. Les arbres se parlaient toujours à l'oreille, murmurant de toutes leurs feuilles, commentant avec un petit rire ironique l'incident de la guillotine, comme disait Petra.

« Quelle belle nuit! Mais que lui importait la nuit sereine? Quel rapport entre cette mélancolique poésie du ciel et de la terre, et ce qui lui arrivait?

« Quintanar s'imaginait-il qu'une femme est un être d'acier et qu'elle peut résister, sans succomber à la tentation, aux manies d'un mari qui invente des machines absurdes pour meurtrir les bras de son épouse. Son mari était botaniste, ornithologue, floriculteur, arboriculteur, chasseur, critique de théâtre, acteur, jurisconsulte; tout, sauf un mari. Il aimait mieux Frígilis que sa femme. Et qui était Frígilis? Un fou; autrefois sympathique mais maintenant complètement *toqué,* impossible; un homme qui avait la manie de l'acclimatation, qui voulait tout harmoniser, tout mêler, tout confondre; qui greffait des poiriers sur des pommiers, croyait que tout revenait au même, et prétendait que l'important était de " s'adapter au milieu ". Un homme qui, dans son orgie d'extravagances, en était venu à greffer des coqs anglais sur des coqs espagnols. Elle l'avait vu! De pauvres bestioles à la crête déchiquetée sur laquelle, maintenu par des chiffons, était appliqué un moignon de chair crue, sanguinolente. Quelle horreur! Cet Hérode était le Pylade de son mari. Et il y avait trois ans qu'elle vivait entre ces deux somnambules, sans autre forme d'intimité. Assez, assez, elle n'en pouvait plus; c'était la goutte d'eau qui fait déborder... Tomber dans un piège qu'un mari a placé dans son bureau, comme si c'était en plein bois! N'était-ce pas le comble du ridicule? »

L'outrance de ce sentiment de colère injuste, puéril, lui fit voir son erreur. « C'était elle qui était ridicule! S'emporter ainsi pour un incident insignifiant! » Et elle tourna contre elle tout son mépris. « Est-ce sa faute si j'entre à une heure indue, sans lumière, dans son bureau? Avait-elle un motif raisonnable de se plaindre? Aucun. Oh! Il n'y avait aucune raison, aucune, à son ingratitude...

« Mais qu'importait? elle se mourait d'ennui. Elle avait vingt-sept ans et sa jeunesse s'enfuyait; ces vingt-sept années de femme la mettaient déjà au seuil de la vieillesse qui frappait à la porte... Et pas une fois elle n'avait savouré ces délices de l'amour dont tout le monde parle, qui font les sujets des pièces de théâtre, des romans et même de l'histoire. L'amour est la seule chose qui vaille la peine d'être vécue, avait-elle souvent lu et entendu. Mais quel amour? Où était-il cet amour? Elle ne le connaissait pas. Elle se souvenait, mi-honteuse mi-furieuse, que sa lune de miel avait été une vaine excitation, un affolement de ses sens, une dérision, en définitive; oui, oui, pourquoi se le cacher, puisque parfois sa mémoire le lui clamait? Au matin de sa première nuit, s'éveillant sur sa couche d'épousée, elle avait entendu à ses côtés la respiration d'un magistrat; elle avait trouvé incongru et malséant que M. Quintanar, puisqu'il était là entre ses draps, n'eût pas revêtu sa longue redingote de *tricot* * et son pantalon noir de castor; elle se souvenait que les plaisirs physiques, irrémédiables, la couvraient de honte et se moquaient d'elle, tout en l'étourdissant : jouir sans aimer, auprès de cet homme, la faisait penser à la phrase du mercredi des Cendres, *quia pulvis es*! Tu es poussière, tu es matière... Mais en même temps s'éclairait le sens de tout ce qu'elle avait lu dans ses mythologies, de ce que murmuraient malicieusement domestiques et bergers. Le rêve et la réalité! Et dans ce bagne de chasteté, il ne lui restait même pas la consolation d'être tenue pour héroïque et martyre... Elle se rappelait aussi les mots d'envie, les regards appuyés de doña Agueda (qu'elle repose en paix), les premiers jours de son mariage; elle se souvenait qu'elle, qui ne manquait jamais de respect à ses tantes, avait dû se faire violence pour ne pas crier : « Idiote! », en voyant sa tante la regarder ainsi. Et cela continuait; il avait fallu supporter cela à Grenade, à Saragosse, encore à Grenade et enfin à Valladolid. Et on ne la plaignait même pas. Pas question d'enfants. Certes, don Víctor ne l'importunait pas. Il s'était vite fatigué de faire le galant et avait progressivement endossé le rôle de barbon, qui lui seyait mieux. Oh, il avait su se faire aimer comme un père, ça oui! Elle ne pouvait se coucher sans un baiser de son mari sur le front. Mais le printemps arrivait, et c'était elle, elle-même, qui recherchait les baisers sur sa bouche; sa conscience lui reprochait de ne pas l'aimer comme mari, de ne pas désirer ses caresses, et en outre, elle redoutait l'excitation vaine des sens. Il résultait de tout cela une grande injustice, elle ne savait de qui, une douleur irrémédiable qui n'avait pas même l'attrait des douleurs poétiques; c'était un mal honteux, comme ces maladies qu'elle avait vues à Madrid annoncées sur des lanternes vertes et rouges. Comment confesser tout cela, et surtout le confesser ainsi, comme elle le pensait? Et autrement, ce n'était pas une confession. »

« Et sa jeunesse s'enfuyait, comme ces petits nuages d'argent foncé qui passaient devant la lune à tire-d'aile... Ils étaient argentés maintenant, mais ils couraient, ils volaient, ils s'éloignaient de ce bain de lumière platinée pour tomber dans les ténèbres, c'est-à-dire la vieillesse, cette vieillesse sinistre, sans espoir d'amour. Derrière les flocons d'argent sillonnant le ciel comme des vols d'oiseaux, montait un gros nuage noir qui barrait l'horizon. Les images alors s'inversèrent; Ana vit la lune se précipiter dans ce gouffre d'ombre et engloutir sa lumière dans cette mer ténébreuse. »

« Elle était aussi solitaire que la lune, parcourant le monde avant de s'abîmer dans la vieillesse, dans l'obscurité de l'âme, sans amour, sans espoir de le connaître... Oh, non, non, pas cela! »

Du fond de ses entrailles montaient des cris de protestation qui lui semblaient réclamer avec une suprême éloquence, inspirés par la justice, le respect des droits de la chair, des droits de la beauté. Et la lune poursuivait sa course à l'abîme, dégringolant vers ce nuage noir qui l'engloutirait comme un océan de bitume. Ana, délirant presque, voyait son destin dans ces apparences nocturnes du ciel; la lune, c'était elle, et le nuage était la vieillesse, la vieillesse terrible, sans espérance d'être aimée. Elle tendit ses mains vers le ciel, courut dans les sentiers du *Parc,* comme si elle voulait s'envoler et infléchir le cours de l'astre éternellement romantique. Mais la lune se noya dans les vapeurs épaisses de l'atmosphère, et Vetusta fut plongée dans l'ombre. La tour de la cathédrale qui, à la lueur de la nuit claire, se détachait dans un halo spirituel, brodant le ciel de ses dentelles de pierre, entourée d'étoiles comme la Vierge sur les tableaux, ne fut bientôt plus, dans l'obscurité, qu'un fantôme pointu, une ombre dans l'ombre.

Ana, alanguie, l'esprit affaibli, posa sa tête contre les grilles froides du grand portail de fer qui permettait d'accéder au *Parc* par la rue des Fossés. Elle resta ainsi longtemps, scrutant les ténèbres extérieures, abstraite dans sa douleur, ne contrôlant plus sa volonté ni ses pensées qui erraient Dieu sait où, au gré d'impulsions dont elle n'avait pas conscience.

Tout près, touchant presque le front d'Ana serré entre deux barreaux, une forme passa dans la rue solitaire, rasant le mur du *Parc.*

« C'est lui! » pensa la Régente qui reconnut don Alvaro, malgré la brièveté de l'apparition; et elle recula effrayée. Elle se demandait s'il était passé dans la rue ou dans son esprit.

C'était bien don Alvaro. Il était au théâtre, mais, à l'entracte, il lui prit fantaisie de céder à une intense curiosité qu'il avait ressentie : « Et si par hasard elle était à son balcon... Elle n'y sera pas, c'est presque sûr, mais si elle y était ? » Sa vie n'était-elle pas semée d'heureuses coïncidences de ce genre ? Ne devait-il pas à la bonne fortune, à la *chance* *, comme il disait, une bonne part de ses triomphes? Moi et l'occasion! C'était une de ses devises. Oh! S'il la voyait, il lui parlerait, lui dirait qu'il ne pouvait plus vivre sans elle, qu'il venait soupirer sous ses fenêtres comme un amoureux de vingt ans, platonique et romantique, qu'il se contentait de voir ce paradis de l'extérieur... Oui, il lui dirait toutes ces fadaises avec l'éloquence qui lui viendrait en temps voulu. Il fallait seulement que, par bonheur, elle fût à son balcon. Il quitta le théâtre, monta la rue de Rome, traversa la Place du Pain et enfila la rue de l'Aigle. Arrivé à la Place Neuve, il s'arrêta et, de loin, regarda dans l'encoignure... Personne à la fenêtre... Il s'en doutait. Les intuitions ne sont pas toujours justes. Tant pis... Il marcha un peu sur la place, déserte à pareille heure... Personne; pas l'ombre d'un chat. « Puisqu'il y était, pourquoi ne pas continuer le siège romantique ? » Il se moquait de lui-même. Combien d'années devait-il remonter dans l'histoire de ses amours avant de retrouver le même genre de promenade! Malgré son ironie, au mépris de la boue qu'il y avait sûrement dans la rue non pavée des Fossés, il passa sous un arc de la Place Neuve, enfila une ruelle, puis une autre, et se trouva finalement dans la venelle sur laquelle donnait le portail du *Parc*. Là, ni maisons, ni trottoirs, ni réverbères ; c'était une rue parce qu'on l'appelait ainsi, mais ce n'était pas autre chose qu'un mauvais chemin, inégal et fangeux, entre deux hauts murs, celui de la prison et celui du jardin des Ozores. En s'approchant de l'entrée, collé au mur pour éviter la fange, Mesía crut à un véritable coup de cœur, expression bien à lui pour décrire une espèce de divination instantanée, une sorte de double vue. Ses plus grands triomphes de toute sorte lui étaient toujours arrivés ainsi, précédés d'un véritable coup de cœur, qui lui donnait soudain, juste avant la victoire, un courage insolite, une certitude absolue; il sentait battre ses tempes, le sang affluer aux joues, l'angoisse lui nouer la gorge... Il s'arrêta. « La Régente était là, là, dans le *Parc*. Quelque chose qu'il ressentait le lui disait. Qu'allait-il faire si son cœur ne le trompait pas? Comme toujours en pareil cas : jouer le tout pour le tout! Se mettre à genoux dans la boue et la supplier d'ouvrir; et si elle refusait, escalader la grille, quoique ce fût à peu près impossible; mais si, il l'escaladerait! Si la lune pouvait réapparaître! Non, elle ne sortirait plus; le nuage était immense et très épais; il ne ferait pas clair avant une demi-heure. »

Il arriva à la grille; il aperçut la Régente avant qu'elle ne le vît. Il la reconnut, la devina le premier.

« Elle est à toi! lui cria le démon de la séduction; elle t'adore, elle t'attend. »

Mais il ne put parler ni s'arrêter. Il eut peur de sa victime. La superstition vétustaine au sujet de la vertu d'Ana, il la ressentit au fond de lui; cette vertu, comme le Cid, faisait fuir l'ennemi, peut-être même déjà morte; lui, fuir! Ce qu'il n'avait jamais fait! Il avait peur... pour la première fois!

Il continua; il fit trois, quatre pas de plus sans se résoudre à faire demi-tour, malgré tous les efforts du démon de la séduction qui le tirait par le bras pour le ramener au portail, qui lui soufflait à l'oreille des sarcasmes brûlants : « Lâche, séducteur de courtisanes...! ose, ose affronter la véritable vertu; c'est le moment ou jamais...! »

— C'est le moment, c'est le moment! cria Mesía avec le seul grand courage qu'il eût; et, alors qu'il était à dix pas de la grille, il recula, furieux, criant :

— Ana! Ana!

Le silence lui répondit. Dans l'obscurité du *Parc*, il ne vit que l'ombre des eucalyptus, des acacias et des marronniers d'Inde, et tout au fond, comme une pyramide noire, la silhouette du *Washingtonia*, l'unique amour de Frígilis, qui l'avait planté et qui avait regardé croître ses feuilles, son tronc, ses branches.

Il attendit en vain.

— Ana, Ana, répéta-t-il doucement, tout doucement; mais seules lui répondaient les feuilles sèches, traînées par le vent léger sur le sable des allées.

Ana avait fui. En voyant si proche cette tentation qu'elle aimait, elle avait eu peur — la panique de l'honneur — et elle avait couru se cacher dans sa chambre, refermant les portes derrière elle comme si ce libertin audacieux avait pu traverser le mur d'enceinte et la poursuivre. Oui, elle sentait que don Alvaro s'infiltrait, s'infiltrait dans les âmes, s'insinuait entre les pierres; dans la maison, tout s'imprégnait de lui, elle craignait de le voir soudain apparaître, comme devant la grille du *Parc*.

« Le démon serait-il l'ordonnateur de toutes ces coïncidences? » se demanda sérieusement Ana, qui n'était pas superstitieuse.

Elle avait peur; elle voyait sa vertu et sa maison assiégées, et l'ennemi venait d'apparaître par une brèche. Si l'imminence de la faute avait éveillé les réflexes d'une honnêteté invétérée, la proximité de l'amour avait laissé un parfum dans l'âme de la Régente qui commençait à être infestée.

« Comme la faute était facile! Cette porte... La nuit... L'obscurité... Tout devenait complice. Mais elle résisterait, oh oui! Cette puissante tentation, prometteuse de délices, de plaisirs inconnus, était un adversaire digne d'elle. Elle aimait mieux lutter ainsi. La lutte banale de la vie ordinaire, la bataille quotidienne contre l'ennui, le ridicule, la prose, la fatiguaient; c'était une guerre au fond d'un souterrain fangeux. Mais se battre contre un homme beau, qui vous guette, qui surgit comme un sortilège à la moindre pensée; qui appelle dans l'ombre; qui a comme une auréole, comme un parfum d'amour... cela, c'était quelque chose, c'était digne d'elle. Elle lutterait. »

Don Víctor rentra du théâtre, et se dirigea vers le boudoir de sa femme. Ana se jeta dans ses bras, noua les siens autour de son cou et pleura abondamment sur les revers de la redingote de *tricot* *.

La crise nerveuse, comme la nuit précédente s'achevait en larmes, en élans de pieuses résolutions de fidélité conjugale. Son don Víctor, en dépit des machines infernales, était le devoir, et le Magistral serait l'égide qui la sauverait de tous les coups de la redoutable tentation. Mais Quintanar n'était pas au courant. Il revenait du théâtre tombant de sommeil — il n'avait pas dormi la nuit précédente! — et plein d'enthousiasme lyrico-dramatique. Franchement, ces attendrissements périodiques lui paraissaient excessifs et pénibles à la longue. « Que diable avait donc sa femme? »

— Mais, mon enfant, que t'arrive-t-il? Tu es malade...

— Non, Víctor, non; laisse-moi, pour l'amour de Dieu, laisse-moi être ainsi. Ne sais-tu pas que je suis nerveuse? J'ai besoin de cela, j'ai besoin de t'aimer beaucoup et de te caresser... et que toi tu m'aimes ainsi.

— Mon âme, du fond du cœur! Mais... cela n'est pas naturel, je veux dire... c'est dans l'ordre des choses, mais à pareille heure... c'est-à-dire... en ce moment... voyons... que... et si nous nous étions disputés... cela s'expliquerait mieux... mais comme ça, de but en blanc... je t'aime infiniment, tu le sais bien ; mais tu es malade, et c'est ce qui te rend ainsi ; oui, mon enfant, ces excès...

— Ce ne sont pas des excès, Quintanar, dit Ana entre deux sanglots, faisant des efforts désespérés pour idéaliser don Víctor, qui avait le nœud de sa cravate sous une oreille.

— Bien, mon cœur, admettons ; mais tu es malade. Hier, tu a failli avoir une attaque, tu as commencé à avoir les nerfs... aujourd'hui, tu vois comme tu es... Tu as quelque chose.

Ana fit non de la tête.

— Si, mon enfant ; nous en avons parlé dans la loge, la Marquise, don Robustiano et moi. Le docteur pense que la vie que tu mènes n'est pas saine, que tu as besoin de varier ton activité cérébrale et de faire de l'exercice, que tu as besoin de distractions et de promenades. La Marquise dit que tu es trop sérieuse, trop bonne, qu'il te faut un peu de grand air, aller et venir... Et moi, finalement, je suis du même avis et je suis résolu — il dit ces mots avec beaucoup d'énergie — je suis résolu à mettre fin à cette vie d'isolement. On dirait que tout t'ennuie ; tu vis très loin dans tes rêves... Assez, ma fille, assez rêvé. Te souvient-il de ce qui t'est arrivé à Grenade ? Des mois entiers à ne plus vouloir de théâtre ni de visites, rien que des escapades à l'Alhambra et au Generalife, où tu passais des heures à lire et à bayer aux corneilles. Résultat : tu tombes malade, et si l'on ne m'avait pas muté à Valladolid, tu serais morte. Et à Valladolid ? Tu as recouvré la santé grâce aux vertus de la nourriture, mais toujours la même mélancolie, mal dissimulée, et les nerfs qui ne veulent rien savoir... Nous revenons à Vetusta, en outrepassant presque la loi, et nous arrivons au moment de la mort de ta pauvre tante Agueda, qui est partie rejoindre l'autre, et voilà que, sous prétexte de deuil, tu t'enfermes dans cette maison et qu'il n'y a pas moyen de t'en faire sortir de toute une année. Et de lire, et de travailler comme si tu étais à la tâche... Ne m'interromps pas ; tu sais que je me fâche rarement, mais voilà l'occasion, et je dirai tout ; oui, tout. Frígilis ne cesse de me le répéter : « Anita n'est pas heureuse ».

— Qu'en sait-il ?

— Tu sais bien qu'il t'aime beaucoup, que c'est notre meilleur ami.

— Mais pourquoi dit-il que je ne suis pas heureuse ? A quoi le voit-il... ?

— Je ne sais pas ; moi je ne l'avais pas remarqué, je l'avoue, mais maintenant j'aurais tendance à être de son avis. Ces scènes nocturnes...

— Ce sont les nerfs, Quintanar.

— Eh bien, guerre aux nerfs, sacrebleu !

— Oui...

— Taratata ; je décrète que je dois condamner et je condamne cette vie que tu mènes, et dès demain matin sans faute on change de vie. Nous irons partout, et si tu m'y pousses, j'ordonne à Paco ou à Mesía lui-même, au don Juan, à ce sympathique don Juan, de conquérir ton cœur...

— Quelle horreur...!

— Programme! cria don Víctor : au théâtre deux fois par semaine au moins; aux soirées de la Marquise tous les cinq ou six jours; à l'Espolón toutes les après-midi où il fera beau; aux réunions privées du Cercle, dès qu'elles commenceront cette année; aux goûters de la Marquise, aux excursions de la *high life* vétustaine, et à la cathédrale quand don Fermín prêchera et aux fêtes carillonnées. Ah! et à Palomares en été, pour te baigner et porter de vastes peignoirs qui laisseront l'air de la mer pénétrer jusqu'à ton corps. Là! maintenant tu sais ce qui t'attend. Et ceci n'est pas un programme de gouvernement, car il sera réalisé point par point. La Marquise, don Robustiano et Paquito m'ont promis leur aide, et Visitación, qui était dans la baignoire de Páez, m'a dit aussi que je pourrais compter sur elle pour te secouer... Oui, madame, nous allons nous secouer. Je ne veux plus de nerfs, je ne veux plus que Frígilis dise que tu n'es pas heureuse...

— Qu'en sait-il?

— Et je ne veux plus de ces sanglots qui m'ôtent le sommeil. Quand tu pleures sans savoir pourquoi, mon enfant, il me vient comme une démangeaison, une crainte superstitieuse... J'ai comme l'impression que tu vas m'annoncer une catastrophe.

Ana trembla, comme prise de frissons.

— Tu vois, tu trembles. Au lit, au lit, mon ange; tout le monde au lit; je ne tiens plus debout.

Don Víctor bâilla et sortit du boudoir après avoir déposé un chaste baiser sur le front de sa femme.

Il entra dans son bureau. Il était de mauvaise humeur. « Cette mystérieuse maladie d'Ana — car c'était une maladie, il en était sûr — le préoccupait et l'inquiétait. Il n'irait pas par quatre chemins : les nerfs lui étaient antipathiques; ces chagrins sans motif connu ne lui inspiraient aucune compassion, l'irritaient, lui semblaient des caprices de malade; il aimait beaucoup sa femme, mais les nerfs, il les haïssait... En outre, il avait eu une chaude discussion au théâtre : un crétin, un blanc-bec qui étudiait à Madrid, avait dit qu'aujourd'hui on ne devait plus imiter le théâtre de Lope ni de Calderón, que le vers était peu naturel sur les planches, que la prose était mieux adaptée aux drames de notre époque. L'imbécile! Que les vers manquaient de naturel! Alors que le naturel voudrait que tous, sans distinction de classe, quand on nous outrage, nous éclations en sonores quintils! La poésie sera toujours le langage de l'enthousiasme, comme dit l'illustre Jovellanos. Imaginons que je m'appelle Benavides et que Carvajal [13] veuille me ravir mon honneur,

13. *Benavides, Carvajal* : personnages de *La prudencia en la mujer*, de Tirso de Molina. Carvajal a séduit la sœur de Benavides.

dans le noir, tel un voleur
aux infâmes prouesses;

eh bien, quoi de plus naturel que d'en prendre ombrage et de m'exclamer avec Tirso de Molina (déclamant) :

Je viens venger l'honneur
que vous m'avez ravi;
mon outrage est un lion rugissant;
pour blason j'ai un lion,
et son nom est Benavides.
De vos amours coupables
il donnera vengeance à mon courroux,
et montrera à mes descendants
la noblesse d'un lion qu'empourpre
le sang de deux félons... ?

Don Víctor se planta devant un guéridon qui était Carvajal, et il allait lui laisser la parole pour qu'il déclarât en manière d'excuse :

Depuis que nous sommes beaux-frères,
vos propos ne m'offensent plus..., etc.,

quand il vit avec effroi sur le meuble le reste de son herbier, de ses pots, de sa collection de papillons, d'une douzaine d'appareils délicats qu'il utilisait dans ses diverses industries de fabricant de cages à oiseaux et à grillons, d'artiste en marqueterie, de collectionneur entomolcgiste et botaniste, et autres activités non moins respectables.

— Seigneur Dieu, que vois-je ? s'écria-t-il en prose fleurie. Qui a causé cette dévastation ?... Petra, Anselmo! Et il se suspendit au cordon de la sonnette.

Petra entra, tout sourire.

— Que s'est-il passé ici ?

— Monsieur, ce n'est pas moi. Les chats ont dû entrer.

— Comment, les chats ? Pour qui me prend-on ?

Don Víctor s'échauffait rarement; mais si l'on touchait aux ustensiles de son musée, comme il appelait cette exposition permanente de manies, il se transformait en un vrai Sigismond. Et de fait, sans se rendre compte, il se mit à parodier Perales, qu'il venait de voir trépigner sur la scène et crier comme un énergumène.

— Voyons, Anselmo! Appelez-le. Je vais le faire passer par la fenêtre s'il ne m'explique pas tout ceci.

Anselmo comparut. Ce n'était pas lui non plus.

Au milieu de sa colère, Quintanar vit dans un coin le piège à renards, en miettes, inutilisable.

— Il ne manquait que cela! Vive Dieu! Et moi qui allais reprocher à Frígilis... Mais Seigneur, qui est venu ici!

Survint Ana qui, du fond de sa chambre, avait entendu le tapage. Elle expliqua tout.

— Mais toi, Petra, ajouta-t-elle, pourquoi n'as-tu pas dit la vérité à Monsieur ?

— Madame, je.., je ne savais pas si je devais...

— Si tu devais quoi, demanda don Víctor d'un air de ne pas comprendre.

— Si je devais...

— On ne doit jamais rien cacher à son maître, dit la Régente en toisant la servante d'un regard hautain.

Petra tordit la bouche en un sourire et baissa la tête.

Don Víctor fixait tout le monde à tour de rôle, comme frappé de stupidité passagère.

Il se retrouva seul dans son bureau, méditant sur les ruines de ses inventions, de ses machines et de ses collections.

« Mon Dieu! La pauvrette est complètement folle! » murmurait Quintanar entre deux soupirs, la tête entre les mains. Il se coucha, décidé à poser sérieusement à un médecin *le problème* de sa femme.

Bientôt, tout le monde reposait dans la maison, sauf Petra qui, un bougeoir à la main, au milieu d'un couloir, épiait le silence de l'honorable foyer d'un regard chargé d'interrogations.

« Elle avait vu beaucoup de choses dans sa vie de domestique... Il allait se passer quelque chose dans cette maison. Qu'avait bien pu faire Madame dans le jardin ? N'avait-elle pas cru entendre là-bas, du côté du portail du *Parc*, une voix... ? C'était peut-être une illusion... mais... à coup sûr, il y avait quelque chose. Quel rôle lui réservait-on ? Penserait-on à la mettre dans le secret ? Sinon, malheur à eux. »

Et, avec une jouissance morbide, la lubrique blonde flairait le déshonneur de ce foyer, tandis qu'elle entendait au loin les ronflements d'Anselmo ; « encore un imbécile qui n'était jamais venu la chercher dans le secret de la nuit »...

Chapitre onze

Le Magistral était un lève-tôt. Sa vie, remplie d'occupations de toutes sortes, ne lui permettait de réserver à l'étude que les premières heures du jour ou les plus tardives de la nuit. Il dormait fort peu. Sa double mission d'homme de gouvernement du diocèse et de savant de la cathédrale lui imposait un travail écrasant; en outre, c'était un prêtre du monde; il recevait et rendait beaucoup de visites, et cette tâche, l'une des plus fastidieuses mais des plus importantes, lui prenait beaucoup de temps. Le matin, il se plongeait dans la philosophie et la théologie, lisait les revues scientifiques des jésuites et rédigeait ses sermons ainsi que d'autres travaux littéraires. Il préparait une *Histoire du Diocèse de Vetusta*, ouvrage sérieux, original, qui était appelé à faire la lumière sur certains points obscurs des annales ecclésiastiques d'Espagne. C'est de ce livre que Don Saturnino Bermúdez disait beaucoup de mal sans le connaître, quand il était un peu gai, après le repas. L'un de ses secrets était que « le Magistral méritait le nom de savant, mais pas précisément celui d'archéologue; nul ne peut exceller en tout ».

Don Fermín écrivait à la lueur faible et blanche du crépuscule, l'aube était fraîche; de temps à autre, par manière de récréation, De Pas s'amusait à souffler sur ses doigts. Il méditait, il avait les pieds enveloppés dans un vieux châle de sa mère. Sa tête était coiffée d'un bonnet de velours noir élimé; sa soutane toute brodée de reprises, était brune de vieillesse, et les manches de la jaquette qu'il portait sous la soutane avaient le lustre brillant et triste du tissu qui a beaucoup servi. Cette tenue sordide qui contrastait tant avec l'élégance, la richesse et le raffinement que le Magistral arborait dans le monde, disparaissait dès la fin du travail, quand approchait l'heure des visites probables. Alors, don Fermín passait un manteau à collet confortable, flambant neuf et bien coupé, tandis qu'il remisait dans un coin de la chambre les chaussons de lisière et le bonnet crasseux. Les chaussures qu'admirait Bismarck, le postillon, et la calotte qui brillait comme un soleil noir occupaient les extrémités respectives de cet important personnage. Il ne recevait dans son bureau que ceux qu'il voulait éblouir par son savoir; et comme à Vetusta et dans toute sa province la science n'éblouissait pas grand monde, il faisait entrer la plupart de ses visiteurs dans le salon contigu.

Rares étaient ceux qui pouvaient se vanter de connaître la maison du Grand Vicaire de fond en comble. Les gens ne connaissaient guère que le vestibule, l'escalier, un couloir, l'antichambre et le salon aux rideaux verts et aux sièges recouverts de housses grises; et encore ne faisait-on qu'entrevoir le salon, toujours pour ainsi dire plongé dans l'obscurité. Un des arguments qu'avançaient les défenseurs de l'intégrité du Grand Vicaire consistait à évoquer la modestie de son intérieur et de son train de vie.

Justement, on en avait parlé la veille sur l'Espolón, dans un groupe de médisants, ecclésiastiques les uns, laïcs les autres.

— Entre sa mère et lui, ils ne doivent pas dépenser plus de douze mille réaux par an, disait très sérieusement Ripamilán, le vénérable Archiprêtre. Il s'habille bien, certes, élégamment et même luxueusement, mais il fait durer longtemps ses habits, il en prend soin, les brosse bien, et ce chapitre de son budget est finalement insignifiant. Rappelez-vous, messieurs, combien nous durait un chapeau au temps funeste où nous n'étions pas payés par le Gouvernement. Et pour le reste, quels frais ont-ils? Doña Paula, avec son habit noir de sainte Rita, tout entier d'étamine, son châle serré autour de son dos et un fichu de soie sur la tête, bien calé sur les tempes, est habillée pour toute l'année. La nourriture? Je ne les ai pas vus à table, mais tout se sait; le professeur de Psychologie, de Logique et d'Éthique, qui est, comme vous le savez, un de mes bons amis, quoique partisan de je ne sais quelle diantre d'école écossaise, et qui passe sa vie au marché couvert comme si c'était la Stoa ou l'Académie, eh bien ce philosophe dit qu'il n'a jamais vu la servante du Grand Vicaire acheter du saumon ou de la daurade, sauf lorsqu'ils sont bon marché, très bon marché. Et la maison? La maison, vous le savez tous, est une chaumière bien tenue, c'est la maison d'un véritable prêtre de Jésus. Ce qu'elle a de mieux, nous le connaissons tous, c'est le salon, et quel salon! Plus vieux que Mathusalem : solennel, soigné, ça oui; mais que de surprises dissimule cette obscurité! Qui nous dit que les chaises de damas vert n'ont pas les entrailles béantes? Les avez-vous jamais vues sans leurs housses? Et la console ventrue, si ancienne, dorée autrefois, avec son horloge à musique sans musique et sans heures? Messieurs, qu'on ne me raconte pas d'histoires : le Magistral est pauvre, et toutes ces rumeurs de simonie et de corruption ne sont qu'infâmes calomnies.

— Tout cela est vrai, répondit Foja, l'ancien maire usurier, qui participait toujours aux conversations de ce genre (il semblait né pour médire). On ne peut nier qu'ils vivent comme des miséreux, mais M. Carraspique fait de même, et pourtant il est millionnaire. Les avares sont toujours les plus riches. Pour avoir de l'argent, il faut le garder. Doña Paula cache son magot, un gros magot! Et les maisons qu'achète le Magistral dans les villages des environs ? Et les propriétés que doña Paula a acquises à Matalerejo, à Toraces, à Cañedo, à Somieda ? Et les actions en banque ?

— Calomnies, pures calomnies! Vous n'avez pas vu les actes, vous n'avez pas vu les titres, vous n'avez rien vu...

— Mais je sais qui les a vus.

— Qui ?

— Le monde entier! s'écria don Santos Barinaga qui se mettait toujours de la partie pour médire du Grand Vicaire, son ennemi mortel. Le monde entier...! Moi... moi... Si je parlais...! Mais un jour je parlerai !

— Bah, bah, bah, don Santos, vous ne pouvez être juge et partie dans ce procès.

— Pourquoi donc ?

— Parce que vous détestez le Magistral.

— Bien sûr que oui... Et il brandissait ses poings fermés. Et il me le paiera !

— Mais vous le détestez parce que, comme l'on dit, « c'est dans ta confrérie que sont tes ennemis ». Vous vendez des objets de culte : des calices, des patènes, des burettes, des lampes, des tabernacles, des chasubles, des cierges et même des hosties...

— Parfaitement; et en tout bien tout honneur, monsieur l'Archiprêtre.

— Pardi, je le sais bien; mais vous, vous en vendez et...

— Oh, oh! interrompit Foja. Aveu précieux! Précieux renseignement ! Don Cayetano avoue que don Santos et don Fermín sont ennemis parce qu'ils sont de la même confrérie. Donc l'éminent Ripamilán reconnaît que ce que dit le monde entier est vrai, à savoir que, contre toute loi divine et humaine, le Magistral est commerçant, qu'il est le propriétaire, le véritable propriétaire de *La Croix Rouge,* ce bazar d'articles religieux où, *per fas* ou *per nefas,* tous les curés de toutes les paroisses de l'évêché doivent venir, *velis nolis,* acheter ce dont ils ont besoin et ce dont ils n'ont pas besoin.

— Permettez, monsieur Foja, ou monsieur le démon...

— Et le peuple, évidemment, est médisant; et comme un malencontreux hasard veut que *La Croix Rouge* occupe le rez-de-chaussée de la maison contiguë à celle du Grand Vicaire; et comme un hasard encore plus malencontreux veut en outre que nous sachions tous que ces deux maisons communiquent par les sous-sols...

— Allons, laissez ces chicanes et ces mensonges.

— Tout doux, monsieur le chanoine, moi je ne suis pas chicanier, je ne mens pas, je ne suis pas obscurantiste, et je ne me laisserai pas marcher sur les pieds, surtout par un curé.

— Vous n'êtes peut-être pas obscurantiste, mais votre cervelle est fermée à tout ce qui n'est pas pervers. Et quel rapport y a-t-il entre les lubies de M. Barinaga, de ce brave don Santos, qui s'est mis dans la tête que son commerce de quincailles et de cierges bat de l'aile par suite d'une concurrence imaginaire que, selon ses dires, lui fait le Magistral, quel rapport cela a-t-il, triple buse, avec le fait que le bazar, comme vous l'appelez, de *La Croix Rouge,* ait des souterrains et que le Magistral fasse du négoce au mépris des canons et du Code de commerce ? Soyez libéral tant que vous voudrez, ce n'est pas un péché, mais ne parlez pas à tort et à travers et réfléchissez un peu plus à ce que vous dites.

— Écoutez, don Cayetano, ni votre âge, ni votre origine aragonaise ne vous donnent le droit de passer les limites...

— Doucement, doucement! monsieur le fier-à-bras, repartit le chanoine en se drapant dans sa cape.

Il faut préciser que ces fortes paroles étaient dites sur un ton plaisant qui leur ôtait toute gravité et tout air offensant. A Vetusta, la bonne humeur consiste à s'en dire *des vertes et des pas mûres* tout au long de l'année, comme dans un carnaval perpétuel, et celui qui se fâche va contre les usages et est tenu pour mal élevé.

— Moi, s'écria l'ancien maire, j'écrase un chanoine comme un moustique...

— Ce n'est pas étonnant; à coups de calomnies. Écoutez-moi donc libre-penseur venimeux, Voltaire de sous-préfecture, Luther à sonnettes. Si l'on suit les raisonnements tortueux de Votre Excellence, on pourra aussi tenir pour vrai ce que disent les gens des prêts à vingt pour cent du Magistral.

— *Non capisco,* répondit l'ancien maire, qui savait l'italien d'opéra.

— Vous me comprenez fort bien, mais je vais parler plus clair. N'êtes-vous pas vous-même l'un de ces innombrables libelles diffamatoires avec une langue et deux pieds (comme je couperais bien tout cela!) qui attentent à l'honneur du Magistral ? Eh bien, si don Santos le malmène parce qu'il lui vole les clients de sa boutique de quincailles, vous, vous devez le détester pour vos affaires d'usure; c'est dans ta confrérie...

— Tout doux, monsieur Ripamilán, la moutarde commence à me monter au nez!

— Dites plutôt qu'elle y descend, car elle vous tient lieu de cervelle.

— Vous m'avez appelé usurier!

— En effet.

— Moi, j'emploie mon capital honnêtement, et j'aide l'entrepreneur, le travailleur; je suis un agent de l'industrie et j'en recueille le bénéfice naturel... Il n'y a aucun mystère là-dessous, et si ces curés ignares qu'on voit maintenant avaient quelque chose dans la tête, ils sauraient que l'économie politique m'autorise à tenir compte de l'avance d'argent, du risque et, le cas échéant, de la prime d'assurance...

— Assurez-vous plutôt de ne pas dérailler, monsieur l'économiste au petit pied...

— Je contribue à la circulation de la richesse...

— Comme une éponge à la circulation de l'eau...

— Et les curés sont les faux-bourdons de la ruche sociale...

— Fichtre, si l'on parle de faux-bourdons...

— Les curés sont les animaux...

— A propos d'animal, j'ai connu un petit maire au temps de la *Glorieuse*...

— Qu'avez-vous à dire de la *Glorieuse*? Il me semble que c'est la Révolution qui vous a promu au rang d'Excellence...

— Des nèfles! Ma promotion, je la dois à mes mérites, à mon travail, à mes... triple buse!

— Arrêtez vos insultes et expliquez-moi pourquoi je pourrais être l'ennemi personnel du Grand Vicaire. Est-ce que moi je prête à trente pour cent aux paysans? Et l'argent que moi je prête procède-t-il de bénéfices ecclésiastiques dont je serais seulement le dépositaire, sans autorisation de spéculer sur l'intérêt du dépôt? Mes rentes procèdent-elles de ces nigauds de chrétiens qui font des affaires avec la curie ecclésiastique? Suis-je un des voleurs de ce coupe-gorge qu'on appelle *l'évêché*?

— Attention, si vous vous mettez à délirer et à passer les bornes, je vous plante là, vous et vos beaux discours...

— Mais il ne s'agit pas de vous, don Cayetano, ou don Fringant; vous êtes peut-être un vieux déluré, mais pas un... un Magistral... un Grand Vicaire... Un Candelas [14] ecclésiastique.

Tous les présents, à l'exception de don Santos, convinrent que le mot était un peu fort :

— Fichtre, un Candelas...

Don Santos Barinaga s'écria :

— Non, messieurs, ce n'est pas un Candelas, parce que ce modèle de voleur chevaleresque était très généreux et qu'il risquait sa vie sur les grands chemins. En outre, il volait les riches et donnait aux pauvres.

— Oui, il déshabillait Pierre pour habiller Paul.

— Eh bien, le Grand Vicaire déshabille Pierre et Paul pour s'habiller lui-même. C'est un fripon, parole de Barinaga, et je sais très bien de quelle mort il mourra, ce fripon.

Barinaga sentait l'eau-de-vie. C'était l'odeur de sa bile.

Don Cayetano haussa les épaules et tourna le dos. Et, tout en s'éloignant, il disait :

— Voilà les libéraux qui veulent nous rendre heureux... Et maintenant, ils enragent parce qu'on ne les laisse pas écrire ces insanités dans les journaux...

14. *Candelas :* célèbre bandit madrilène du XIXe siècle.

De telles conversations étaient le pain quotidien à Vetusta, sur la promenade, dans les rues, au Cercle, et même dans la sacristie de la cathédrale.

De Pas connaissait tous ces commérages. Il avait plusieurs espions, véritables sbires en soutane. Le plus actif, le plus perspicace et le plus sournois était le second organiste de la Cathédrale, qui avait déjà été délateur au séminaire. A l'époque, il fréquentait le paradis du théâtre, pour surprendre les apprentis curés amateurs de Thalie, ou d'autres muses. C'était un prêtre jeune, camus, favori de doña Paula, la mère du Grand Vicaire. Il avait nom Campillo.

Don Fermín ne se souciait guère de ce qu'on pouvait dire, mais il voulait savoir ce que l'on racontait et jusqu'où allaient les injures.

Ce n'est pas à ces choses-là que pensait le Magistral en cette froide matinée d'octobre, tandis que, songeur, il soufflait sur ses doigts.

Ce qu'il aurait dû penser était une chose, mais ce qu'il pensait sans pouvoir s'en empêcher en était une autre. Il cherchait en lui la ferveur religieuse, la foi profonde dont il avait besoin pour trouver l'inspiration et écrire un paragraphe sonore, plein, éloquent, avec la force de la conviction : mais sa volonté n'obéissait pas et laissait sa pensée errer parmi les souvenirs qui l'obsédaient. Sa main fine, aristocratique, traçait des petits traits parallèles dans la marge d'une feuille, puis, par-dessus, elle traçait d'autres petits traits qui croisaient les premiers; et cela ressemblait à une grille. Derrière la grille, il crut voir une mante noire d'où jaillissaient deux étincelles, deux yeux brillants dans l'obscurité. Et s'il n'y avait eu que les yeux!

« Mais cette voix! Cette voix transformée par l'émotion religieuse, par la pudeur de la chasteté qui se met à nu, sans remords mais non sans trouble, devant un confessionnal...! »

« Quelle femme était-ce? Il y avait donc à Vetusta un tel trésor de grâces spirituelles, une telle conquête promise à l'Église, et lui, le maître spirituel de la province, il ne l'avait pas su plus tôt? »

Ce pauvre don Cayetano avait quelque talent pour certaines choses, pour les formalités, pour la superficialité de la vie mondaine; mais quelle compétence avait-il pour diriger une âme comme celle de cette dame?

Don Fermín ne pardonnait pas à l'Archiprêtre de ne pas lui avoir confié beaucoup plus tôt ce joyau que lui, Ripamilán, ne savait pas apprécier à sa juste valeur. Encore heureux que, par paresse, il se fût décidé à lui abandonner ce trésor.

Don Cayetano lui avait parlé de la Régente avec le plus grand sérieux.

— Don Fermín, lui avait-il dit, vous êtes le seul à pouvoir vous entendre avec cette pénitente qui m'est chère, mais qui aurait fini par me rendre fou si elle avait continué à me raconter ses appréhensions morales. Ces problèmes ne sont plus de mon âge. Je ne la comprends même pas. Je lui demande si elle s'accuse d'une faute et elle me répond que non. Eh bien, alors? et malgré cela, elle continue de plus belle. Bref, je ne vaux rien pour ce genre de choses. C'est à vous que je la confie. En ce qui la concerne, elle a aussitôt accepté ma proposition de vous prendre comme confesseur, parce qu'elle a compris que j'étais à bout de ressources. Tout à fait à bout. Je comprends la religion et la morale à ma manière; une manière très simple... Très simple... Il me semble que la piété n'est pas un casse-tête... En somme, Anita (vous savez qu'elle a écrit des vers) est un peu romantique. Ce qui ne l'empêche pas d'être une sainte; mais elle veut mêler le romantisme à la religion, alors il ne faut pas compter sur moi : je n'ai pas assez de force pour l'arracher à ce péril. A vous, cela sera facile.

L'Archiprêtre s'était encore rapproché du Grand Vicaire et, tendant le cou, sur la pointe des pieds, comme essayant, quoique en vain, de lui parler à l'oreille, il avait ajouté ces mots :

— Elle a eu des visions... pseudo-mystiques... là-bas, à Loreto... en grandissant... c'était le sang... en devenant jeune fille, quand elle a eu cette fièvre et que nous fûmes la chercher, doña Anuncia et moi. Ensuite, c'est passé, et elle est devenue femme de lettres... Enfin, vous verrez. Ce n'est pas une dame comme celles qu'on voit tous les jours. Elle a beaucoup de caractère; elle a l'air doux comme un agneau, mais elle n'en pense pas moins; je veux dire qu'elle se soumet à tout, mais qu'intérieurement elle proteste toujours. Elle-même s'en est accusée, me disant qu'elle y voyait de l'orgueil. Des angoisses, ce n'est pas de l'orgueil; mais il ressort de tout cela qu'elle est malheureuse, même si personne ne s'en doute. Enfin, vous verrez. Don Víctor est ce que Dieu l'a fait. Il ne comprend rien à ces subtilités. Comme moi. Et comme il n'est pas question de lui trouver un amant auprès de qui elle puisse épancher son cœur — ici, don Cayetano se reprit à rire —, le mieux sera de vous entendre tous les deux.

Au souvenir de ce passage du discours de l'Archiprêtre, le Grand Vicaire se souvint aussi qu'il était devenu rouge comme un coquelicot.

« Le mieux sera de vous entendre tous les deux! » Dans cette phrase que don Cayetano avait prononcée sans la moindre malice, don Fermín trouvait matière à méditer des heures et des heures.

Il y avait pensé toute la nuit. Arriveraient-ils un jour à s'entendre? Doña Ana voudrait-elle lui ouvrir sans réserve son cœur?

Le Magistral connaissait une espèce de Vetusta souterraine : c'était la cité cachée des consciences. Il connaissait l'intérieur de toutes les maisons importantes et de toutes les âmes qui pouvaient lui servir à quelque chose. Plus perspicace qu'aucun autre Vétustain, clerc ou laïc, il avait su attirer peu à peu à son confessionnal les principaux croyants de la pieuse cité. Les dames d'un certain niveau avaient fini par considérer le Magistral comme le seul confesseur de bon ton. Mais il choisissait ses pénitents et pénitentes. Il avait une habileté singulière pour éconduire les importuns sans les offenser. Il était parvenu à confesser qui il voulait et quand il voulait. Sa mémoire des péchés d'autrui était prodigieuse.

Il se souvenait même de la vie et des faiblesses des négligents qui ne se présentaient au tribunal de la pénitence que tous les six mois ou tous les ans. Il établissait des rapports entre les confessions des uns et celles des autres, et peu à peu il avait tracé le plan spirituel de Vetusta, de Vetusta la noble; il dédaignait les plébéiens s'ils n'étaient pas riches, puissants, c'est-à-dire nobles à leur manière. La *Encimada* lui appartenait tout entière; quant à la *Colonia,* il s'en emparait peu à peu. De même que les observatoires météorologiques annoncent les cyclones, le Grand Vicaire aurait pu annoncer bien des tempêtes à Vetusta, des drames de famille, des scandales et des aventures de toutes sortes. Il savait que la femme dévote, quand elle n'est pas extrêmement discrète, dénonce en confession les faiblesses de tous les siens.

C'est ainsi que le Magistral connaissait les écarts, les manies, les vices et parfois même les crimes de beaucoup de Vétustains qui ne se confessaient pas à lui ou ne se confessaient à personne.

A plus d'un de ces libéraux qui disaient pis que pendre de la confession auriculaire, il aurait pu dire combien de fois il s'était enivré, les sommes qu'il avait perdues au jeu, s'il avait les mains sales ou s'il maltraitait sa femme, avec d'autres secrets plus intimes. Maintes fois, dans les maisons où il était reçu en confiance, il écoutait en silence les querelles de famille, les yeux discrètement fixés au sol; et alors que son attitude laissait entendre que rien de tout cela ne lui importait et qu'il n'y comprenait rien, il était peut-être le seul à être dans le secret, le seul à tenir le bout de cet écheveau de discorde. Au fond de son âme il méprisait les Vétustains. « C'était un tas d'ordures. » Mais un excellent engrais, par le fait même : il l'employait dans son jardin; toute cette boue qu'il remuait lui donnait de beaux fruits en abondance.

La Régente se présentait à lui maintenant comme un trésor découvert sur ses propres terres. Il était à lui, bien à lui; qui oserait le lui disputer?

Il se souvenait minute par minute de cette heure — un peu plus, peut-être — de confession de la Régente.

« Une bonne heure! » Le chapitre ne parlerait pas d'autre chose quand, après l'office du matin, MM. les chanoines se retrouveraient pour cancaner.

La veille, don Custodio, le bénéficier, était sur des charbons ardents : d'abord le souci de ne pas manquer l'arrivée de la Régente, puis épier la confession, qui durait, durait « scandaleusement ». Il feignait d'être très occupé et parcourait en tous sens la nef de droite, passant tantôt loin, tantôt près de la chapelle du Magistral. Il avait d'abord vu d'autres femmes près de la grille et doña Ana en prière près de l'autel. En repassant il avait alors vu la tête de la Régente appuyée contre le confessionnal, recouverte de sa mantille... Au retour, elle y était encore, tranquille... Et encore une fois... et elle était toujours là, toujours la même chose.

— Don Custodio, lui demandait Gloucester, l'illustre Archidiacre, qui avait remarqué ses allées et venues, que se passe-t-il? Cette dame est-elle venue?

— Une heure! Une heure!

— Confession générale. Vous voyez bien...

Et plus tard :

— Que se passe-t-il?

— Une heure et demie!

— Elle doit lui raconter les péchés de ses ancêtres depuis Adam.

Gloucester avait attendu dans la sacristie « la fin de ce scandale ».

L'Archidiacre et le bénéficier virent la Régente sortir de la cathédrale et ils partirent ensemble en discutant de l'événement pour répandre dans la ville une nouvelle aussi inouïe.

« Ils n'allaient pas faire de commentaires. Le fait, rien que le fait. Deux heures! »

En effet, cela avait fait beaucoup de temps. Le Magistral ne l'avait pas vu passer; doña Ana non plus. Elle avait longuement raconté son histoire. Et puis, ils avaient parlé de tant de choses! Don Fermín était satisfait de son éloquence, assuré d'avoir produit son effet. Doña Ana n'avait jamais entendu parler ainsi.

« Cette fièvre qu'éprouvait De Pas avant de s'entretenir en secret avec cette dame, avait été une annonce de la réalité. Oui, oui, c'était quelque chose de nouveau, de nouveau pour son esprit, fatigué de vivre exclusivement au service de sa propre ambition et de la cupidité d'autrui, celle de sa mère. Son âme avait besoin de quelque douceur, d'une certaine tendresse de cœur pour compenser tant de dureté... Tout devait-il se borner à dissimuler, haïr, dominer, conquérir, tromper? »

Il se souvint de ses années d'étudiant en théologie à San Marcos de León, quand il se préparait, plein d'une foi pure, à entrer dans la Compagnie de Jésus. « Là, pendant quelque temps, il avait senti son cœur battre avec douceur, il avait prié avec ferveur, il avait médité plein d'amoureux enthousiasme, prêt à se sacrifier *dans Jésus...* Comme tout cela était loin! Il n'avait plus l'impression d'être le même. N'était-ce point à nouveau quelque chose de semblable, ce qu'il croyait éprouver depuis la veille? N'étaient-ce point les mêmes fibres, celles qui vibraient alors en lui, sur les rives lointaines du Bernesga, et celles qui maintenant frémissaient comme une musique délectable à son âme? » Les lèvres du Magistral esquissèrent un sourire amer. « Et quand bien même tout cela ne serait qu'une illusion, un rêve, pourquoi ne pas rêver? Et qui sait si cette ambition qui me dévore n'est pas autre chose que la forme dévoyée d'une passion plus noble? Ce feu ne pourra-t-il brûler pour une affection plus haute, plus digne de mon âme? Ne pourrais-je m'embraser dans une flamme plus pure que celle de cette ambition? Et quelle ambition! Bien étriquée, bien misérable. La conquête de l'esprit de cette dame ne vaut-elle pas plus que la poursuite d'une mitre, du chapeau rouge, et même de la tiare... »

Le Magistral se surprit à dessiner la tiare dans la marge du papier.

Il soupira, jeta la maudite plume, comme si elle était responsable de ces pensées, qui lui paraissaient maintenant bien vaines, et, secouant la tête, il se mit à écrire.

Le dernier paragraphe était ainsi tourné :

« L'événement tant espéré du monde catholique, la définition du dogme de l'infaillibilité pontificale, était enfin arrivé en ce glorieux jour d'éternelle mémoire, le 18 juillet 1870 : *haec dies quam fecit Dominus...* »

Le Magistral poursuivit :

« C'était enfin la confirmation solennelle de la doctrine du quatrième Concile de Constantinople qui avait dit : *Prima salus est rectae fidei regulam custodire*; c'était la confirmation de la doctrine que les Grecs avaient professée avec l'approbation du second Concile de Lyon et il était déclaré et arrêté, *sacro approbante Concilio,* que le Pontife Romain, *quum ex cathedra loquitur,* jouit pleinement, *per assistentiam divinam,* de cette infaillibilité dont le Divin Rédempteur a voulu pourvoir son Église... »

Don Fermín posa la plume et laissa retomber sa tête entre ses mains.

« Il ignorait ce qui lui arrivait, mais il ne pouvait pas écrire. A cause du sujet? Peut-être n'était-il pas disposé, ce matin, à traiter d'une matière aussi sublime. L'infaillibilité! Terrible dogme, mais ô combien hardi : défi formidable de la foi, assiégée par l'incrédulité d'un siècle qui ricane; c'était comme se trouver dans le Cirque, au milieu des fauves qu'on provoque, qu'on excite, qu'on fouaille... Tant mieux! Il fallait qu'il en soit ainsi! » Dès le début de la bataille, le Magistral avait été un partisan enthousiaste de la déclaration. « C'était le courage, la volonté énergique, l'affirmation de l'autorité, une aventure théologique, pareille à celles d'Alexandre le Grand sur les champs de bataille et à celles de Christophe Colomb sur la mer. »

Il avait défendu le dogme héroïque à Rome du haut de la chaire, avec une éloquence alors spontanée, avec chaleur, comme si l'infaillible c'était lui. Il traitait Dupanloup de poltron. A Madrid, il avait beaucoup attiré l'attention en prêchant dans la chapelle des Calatravas, quand il revenait de Rome avec le brave évêque de Vetusta. C'est également sur l'infaillibilité qu'avait porté le sermon. Les journaux l'avaient comparé aux meilleurs orateurs catholiques, à Monescillo, à Manterola, ecclésiastiques comme lui, à Nocedal, à Vinader, à Estrada, laïcs.

« Résultat, néant : il était toujours au bas de l'échelle. L'Église est ainsi, se disait De Pas, la tête entre les mains et les coudes sur la table, ayant complètement oublié l'infaillibilité du Pape; l'Église proclame l'humilité et elle est humble en tant qu'entité abstraite, collective, dans la hiérarchie, pour contenir l'impatience de l'ambition qui attend en bas. J'ai brillé à Rome, j'ai étonné les fidèles à Madrid, j'éblouis les Vétustains, et je serai évêque quand j'arriverai à la soixantaine. Je jouerai alors la comédie de l'humilité et je refuserai cette aumône. Les intrigants montent; les amis, les adulateurs, les laquais prospèrent sans faire de sermons; mais nous, qui devons nous élever par notre mérite apostolique, nous ne pouvons être impatients, il nous fait attendre dans une attitude digne de soumission et de respect. Quelle farce! Oh, si je consentais à lâcher mon argent...! Mais il appartient à ma mère, et d'ailleurs, je ne veux pas acheter ce qui me revient, ce qui est dû à mon esprit, non à mon coffre. Ne m'a-t-on pas dit que j'étais une lumière? N'a-t-on pas affirmé que le temple chrétien avait en moi un solide pilier? Eh bien, si je suis un pilier, pourquoi me prive-t-on de la charge qui me revient? Suis-je pilier ou cure-dent, monsieur le Cardinal? Il faut choisir. »

Le Magistral, qui était seul et bien sûr d'être seul, frappa du poing sur la table.

— Je viens, monsieur, cria une voix douce et fraîche d'une pièce voisine.

Le Magistral n'entendit même pas. Et dans le bureau pénétra tout aussitôt une jeune fille d'une vingtaine d'années, grande, mince, pâle, mais aux formes suffisamment pleines pour satisfaire aux canons de la beauté féminine. Sa pâleur était douce, délicate et faisait un joli contraste avec le noir prunelle de ses grands yeux rêveurs aux mouvements brusques; des yeux qui paraissaient faire de la gymnastique, obligés qu'ils étaient jour et nuit aux contorsions mystiques d'une piété machinale, en grande partie feinte et falsifiée. Les traits de ce visage se rapprochaient du canon grec et s'harmonisaient bien avec la douceur sérieuse de la physionomie. Dans cette figure, allongée mais non dépourvue de grâce, spirituelle sans maigreur, solennelle, hiératique, tout était muet sauf les yeux et la douceur, qui était comme le parfum éloquent de tout son corps.

C'était Teresina, la femme de chambre de doña Paula. Elle dormait à côté du bureau et de la chambre de Monsieur. Cette proximité était une exigence de toujours de doña Paula. Quant à elle, elle habitait le second étage, où elle était à l'aise; elle ne voulait pas entendre curés et moines entrer et sortir; mais elle n'admettait pas non plus que son fils, son pauvre Fermín, qui serait toujours pour elle un enfant dont il fallait beaucoup s'occuper, dormît loin de toute créature chrétienne. La femme de chambre devait dormir près de Monsieur, pour le cas où il appellerait, afin de pouvoir avertir sa mère, qui descendait immédiatement.

A la maison, le Magistral était *le Monsieur.* C'est ainsi que la maîtresse de maison le désignait devant les domestiques, et c'est ainsi qu'ils l'appelaient et devaient l'appeler.

Doña Paula, qui n'avait pas toujours été *Madame,* trouvait *Monsieur* préférable à « Votre Seigneurie ». Les servantes de doña Paula venaient toujours de son village; c'est elle qui les choisissait quand elle allait passer l'été à la campagne. Elle les gardait longtemps. Dormir près de *Monsieur* pour être là s'il appelait était une condition qu'elle leur imposait avec une naïveté édénique. Ni les servantes ni le Magistral n'avaient jamais formulé la moindre objection. Les yeux bleus, clairs, sans expression, grands ouverts, de doña Paula excluaient l'ombre de tout soupçon; à ses yeux on voyait qu'elle ne tolérait pas qu'on mît en doute la pureté des mœurs de son fils et l'innocence de son sommeil; le Grand Vicaire lui-même n'aurait pas eu le droit de lui opposer le moindre mot de protestation, la plus petite objection au nom du qu'en-dira-t-on. Que pouvait-on en dire? Sa chasteté à elle, qui était veuve, et celle de son fils, qui était prêtre, étaient tenues pour indiscutables; elles étaient d'une évidence absolue, et il n'y avait rien d'autre à en dire. « Don Fermín était toujours un enfant qui n'aurait jamais la malice d'un adulte. » C'était un dogme dans cette maison. Doña Paula exigeait que l'on crût en sa conviction de l'absolue pureté de son fils. Mais dans le plus total silence.

Teresina entra en finissant d'agrafer le haut de son habit noir (l'habit des Sept Douleurs) et elle noua dans son dos, à la taille, le foulard de soie, noir aussi, qui lui couvrait la poitrine.

— Monsieur a appelé? Monsieur ne se sent pas bien? j'apporte le café?

— Moi...? Ma fille... non... Je n'ai pas appelé.

Teresina sourit. Elle passa sa main fine et délicate sur ses yeux, entrouvrit la bouche et ajouta :

— J'aurais juré... avoir entendu...

— Non, moi non. Quelle heure est-il?

Teresina regarda l'horloge qui était au-dessus de la tête du Magistral. elle lui dit l'heure et lui proposa à nouveau le café, souriant toujours avec un rien de coquetterie, contenue par l'expression de piété qui était la livrée de la maison.

— Et mère?

— Elle dort. Elle s'est couchée très tard. Comme c'est le moment des comptes du trimestre...

— Bien; apporte-moi du café, ma fille.

Avant de sortir, Teresina rangea les meubles qui ne péchaient pas par indiscipline, car ils n'avaient pas quitté la place qu'elle leur avait assignée la veille; elle remit aussi en place les livres sur la table, mais n'osa pas ranger ceux qui gisaient sur les chaises et par terre. Ceux-là, on n'y touchait pas. Tant qu'elle resta dans le bureau, le Magistral la suivit des yeux avec impatience, les sourcils un peu froncés, avec l'air d'attendre qu'elle sortît pour se remettre à son travail ou à ses méditations.

Ce n'est qu'en voyant son café devant lui qu'il se souvint qu'il avait peut-être à dire la messe; qu'il était un « Monsieur le curé ». Était-ce son tour? S'était-il engagé à la dire? Il ne put dissiper ses doutes. Mais l'assurance de Teresa le tranquillisa.

Ni doña Paula ni Teresa n'oubliaient jamais ces détails. C'est elles qui étaient chargées d'écouter la cloche des offices, de noter les messes, de toutes les questions liturgiques. De Pas s'acquittait de ces devoirs de routine, mais il fallait qu'on les lui rappelât. Il avait tant de choses en tête! Mais il n'oubliait qu'à l'intérieur de la maison : à l'extérieur, il se piquait d'observer ponctuellement toutes les prescriptions du Synode, et il lui arrivait souvent d'en remontrer au maître des cérémonies lui-même.

Il but son café et se leva pour se promener un peu dans le bureau; il voulait se distraire, chasser ces pensées importunes qui l'empêchaient d'avancer dans son travail.

Teresina entrait et sortait sans demander la permission, mais elle allait et venait comme le silence en personne; elle ne faisait pas le moindre bruit. Elle emporta le service à café, revint chercher un pot d'étain et le seau du lavabo; elle les rapporta avec une serviette propre. Elle pénétra dans la chambre, laissant les portes vitrées grandes ouvertes, et se mit à *dresser* le lit, opération qui consistait à secouer les oreillers et le matelas, à plier les draps et la courtepointe et à les placer entre le matelas et le sommier, puis à étendre une couverture sur le lit et à placer l'un sur l'autre les oreillers battus, mais sans leur taie. Le Grand Vicaire faisait parfois la sieste et doña Paula, par économie, préparait son lit ainsi. Le faire selon les règles aurait occasionné un surcroît de lavage et de repassage inutile.

Don Fermín retourna s'asseoir dans son fauteuil. De là, il suivait distraitement les mouvements rapides de la jupe noire de Teresina qui maintenait ses jambes serrées contre le lit pour avoir plus de force en maniant les lourds matelas. Elle battait la laine à coups vigoureux et sa jupe montait et descendait à chaque coup, brusquement, laissant apparaître le bas des jupons brodés et éclatants, et un peu du mollet. Le Magistral suivait des yeux les mouvements de cette tâche domestique, mais son esprit était très loin. Dans l'un de ses mouvements, presque à plat ventre sur le lit, Teresina laissa voir plus de la moitié du mollet et beaucoup de toile blanche. De Pas ressentit sur sa rétine l'éclat de cette blancheur, comme s'il avait vu un éclair; discrètement, il se leva et se remit à marcher. La servante, haletante, un bras caché dans les replis d'un matelas plié, se retourna soudain, presque de dos sur le lit. Elle souriait et elle avait un peu de rose sur les joues.

— Le bruit vous dérange, Monsieur?

Le Magistral regarda la belle dévote qui, en cet instant, ne conservait plus dans sa physionomie aucune trace d'hypocrisie. Appuyant sa main sur le linteau de la porte de la chambre, le maître sourit comme sa servante :

— En vérité, Teresina, dit-il... Mon travail, aujourd'hui, est très important. Si tu veux bien, reviens plus tard, tu finiras de ranger tout ceci quand je serai parti.

— Très bien, Monsieur, très bien, répondit la servante avec le plus grand sérieux, d'une voix nasillarde et sur un ton de plain-chant.

Et, en toute hâte, faisant sauter les couvertures jusqu'au plafond, elle acheva de dresser le lit et quitta les appartements de *Monsieur.*

Lequel marcha trois ou quatre minutes parmi les livres qui jonchaient le sol, empruntant les allées ménagées entre ces parterres de théologie et de droit canon. Après avoir fumé trois cigarettes, il retourna s'asseoir. Il écrivit sans s'arrêter jusqu'à dix heures. Quand le soleil effleura la pointe de sa plume, il leva la tête, satisfait de son travail.

Il regarda le ciel. Il était joyeux, sans nuages. A Vetusta, le beau temps est d'autant plus apprécié qu'il est rare. Le Magistral se frotta doucement les mains. Il était content. Tandis qu'il rédigeait presque machinalement une défense, *calamo currente,* de l'infaillibilité, destinée à une revue catholique que lisaient seulement des catholiques convaincus, il avait mûri son plan d'attaque.

Il pensait la même chose que la Régente : il avait fait une découverte, il allait avoir une âme sœur.

Lui qui lisait les auteurs ennemis comme les auteurs amis, il se souvenait d'un récit poétique de l'impie Renan mettant en scène un moine de là-bas, de Suède ou de Norvège, et une jeune dévote, allemande si sa mémoire lui était fidèle. De toute façon, c'étaient deux âmes qui s'aimaient en Jésus, à travers la distance. Leurs relations n'avaient rien d'un faux sentimentalisme pseudo-religieux; c'étaient des sentiments purs qui n'avaient rien à voir avec les amours d'un Luther, ni même d'un Abélard; c'était la vérité sévère, noble, immaculée, de l'amour mystique; amour anaphrodite que la boue de la chair ne pouvait souiller, même en rêves. « Pourquoi cette pieuse et romanesque légende lui revenait-elle maintenant à l'esprit ? Qu'avait-il de commun avec un moine romantique et fanatique, mystique et passionné, du Moyen Age... et suédois ? Il était le Magistral de Vetusta, un curé du dix-neuvième siècle, un *réac,* un obscurantiste, un faux-bourdon de la ruche sociale, comme disait Foja l'usurier... »

Il se lavait et se peignait devant le miroir tout en réfléchissant à tout cela, et souriait avec une amertume mitigée par la trace d'optimisme qui lui restait de ses réflexions antérieures.

Il était torse nu. Son cou robuste paraissait plus fort maintenant par suite de la tension à laquelle l'obligeait la position inhabituelle, quand il se penchait au-dessus du lavabo de marbre blanc. Ses bras couverts de poils noirs et bouclés, comme sa poitrine haute et puissante, faisaient penser à un athlète. Le Magistral regardait tristement ses muscles d'acier, force inutile. Sa peau était très blanche et fine, et la moindre émotion la teignait de rose. Sur les conseils de don Robustiano, le médecin, De Pas faisait de la gymnastique avec des haltères d'un poids impressionnant;

c'était un Hercule. Un jour, pendant la révolution, un patriote lui avait crié « qui vive ? » dans les faubourgs, à la tombée de la nuit. De Pas avait brisé le fusil à pierre sur l'échine du soldat aguerri qui avait voulu le larder de coups de bayonnette parce qu'il ne se rendait pas à discrétion. Personne n'apprit jamais ce haut fait, pas même don Santos Barinaga, toujours à l'affût des calomnies et des médisances qui circulaient contre *La Croix Rouge,* comme il appelait, collectivement, le Grand Vicaire et sa mère. Quant au milicien, il n'avait rien dit, mais il avait voué une haine éternelle au clergé et aux fusils à pierre. Il était de ceux qui, médisant du Magistral, ne manquaient pas d'ajouter :

— Si je pouvais parler!

Tandis qu'il se lavait, torse nu, don Fermín se souvenait de ses prouesses au jeu de quilles, dans son lointain village, quand il profitait des vacances du séminaire pour courir taillis et fourrés comme un demi-sauvage; le garçon vigoureux et velu qui lui faisait face dans le miroir lui paraissait *un autre moi* qui s'était perdu, qui était resté dans la montagne, nu, couvert de poils comme le roi de Babylone, mais libre, heureux... Ce spectacle l'effrayait, l'entraînait bien loin de ses pensées présentes, et il se hâta de se vêtir. Dès qu'il eut boutonné son rabat, le Magistral redevint l'image de la mansuétude chrétienne, ferme mais spirituelle, humble : il était toujours élancé, mais non redoutable. Il ressemblait un peu à sa chère tour de la cathédrale, elle aussi robuste, elle aussi bien faite, svelte, élégante, mystique; mais de pierre.

Il était satisfait, conscient de la force de son corps dissimulé sous son manteau épicène et sous les plis de sa soutane flottante et sculpturale.

Il allait sortir.

Teresina parut sur le seuil, sérieuse, les yeux baissés, comme les saints qu'on voit sur les chromos.

— Qu'y a-t-il?

— Une jeune fille demande à voir Monsieur.

— Moi...? don Fermín haussa les épaules. Qui est-ce?

— Petra, la femme de chambre de Madame la Régente.

En prononçant ces mots, Teresina n'eut pas peur de regarder son maître dans les yeux.

— Elle n'a pas dit ce qui l'amenait?

— Elle n'a rien dit de plus.

— Eh bien, qu'elle entre.

Petra pénétra seule dans le bureau, vêtue de noir, ses cheveux safran retombant sur son front, sans boucles ni frisettes, le regard modeste, et un sourire doux et candide sur les lèvres.

Le Grand Vicaire la reconnut. C'était une jeune fille qui s'était obstinée à l'avoir pour confesseur et qui y avait réussi à force de ténacité et de patience; mais ensuite il avait dû lui opposer plusieurs refus pour qu'elle cessât de l'importuner. Elle était de ces malheureuses qui croient aux absurdités que répand la calomnie pour discréditer les prêtres. Elle confessait ses secrets d'alcôve, se mettait à nu devant la grille, en versant des larmes de repentir. Elle était belle, provocante; mais le Magistral s'était débarrassé d'elle, comme il se serait débarrassé d'Obdulia si les exigences sociales ne l'en avaient empêché.

Petra se présenta comme si elle lui était inconnue; comme si le personnage éminent qu'il était avait dû chasser de sa mémoire une aussi insignifiante personne. En d'autres circonstances, elle n'aurait sans doute pas été bien reçue; mais quand il apprit qu'elle venait de la part de doña Ana, l'homme d'église sentit une douce piété l'envahir et il pardonna soudain à cette créature égarée ses insinuations vaines et perverses de jadis. Lui aussi feignit de ne pas la reconnaître.

Teresina les épiait, dans l'ombre du couloir voisin. Le Magistral s'en doutait et il parla comme il eût fait devant des témoins.

— Vous êtes au service de Mme Quintanar?

— Oui, monsieur; je suis sa femme de chambre.

— Vous venez de sa part?

— Oui, monsieur, j'apporte une lettre pour Votre Seigneurie.

Ce *Votre Seigneurie* fit sourire le Magistral, qui le trouva très bien venu.

— Rien d'autre?

— Non, monsieur.

— Alors...

— Madame m'a dit de remettre cette lettre à Votre Seigneurie en personne, qu'elle était urgente et que les domestiques pouvaient l'égarer... ou tarder à la remettre à Votre Seigneurie.

Teresina s'agita dans le couloir. Le Magistral l'entendit et répliqua :

— Dans ma maison les lettres ne se perdent pas. Si une autre fois vous apportez un message écrit, vous pouvez le remettre à l'entrée... en toute confiance.

Petra sourit d'une façon qu'elle crut discrète, en tordant le bout de son tablier.

— Que Votre Seigneurie me pardonne... dit-elle d'une voix tremblante, et elle rougit.

— Il n'y a pas de quoi, ma fille. J'apprécie votre zèle.

Don Fermín pensait que cette femme pourrait lui être utile, il ne savait pas quand, ni comment, ni à quoi. Il éprouva le désir de la mettre de son côté, sans savoir en quoi cela pouvait lui importer. Il se demanda également s'il ne dirait pas à la Régente que la conduite de cette fille était peu édifiante. Mais tout cela était prématuré. Pour le moment, il se contenta de la congédier d'un salut distingué, courtois mais froid. Au moment où Petra allait franchir le seuil, la porte fut complètement bouchée par une femme presque aussi grande que le Grand Vicaire et qui paraissait plus large d'épaules; son visage était taillé à la hache, et elle était mise comme un fagot. C'était doña Paula, la mère du Grand Vicaire. Elle avait soixante ans, mais en paraissait à peine plus de cinquante. Sous un foulard de soie noire qui lui couvrait la tête et qu'elle avait noué sous son menton, on voyait paraître de grosses tresses d'un gris sale et lustré; son front était étroit et osseux, pâle comme le reste du visage; ses yeux d'un bleu très clair n'avaient pas d'autre expression qu'une sorte de contact froid, c'étaient des yeux muets; par eux, personne n'apprendrait jamais rien de cette femme. Elle avait le nez, la bouche et le menton du Magistral. Un châle noir de mérinos ceignait fortement son dos anguleux et tombait sans grâce sur son habit, noir aussi, d'étamine à liseré blanc. Par son costume et son visage, doña Paula avait l'air d'une morte dans son linceul.

Petra salua, un peu troublée. Doña Paula la mesura du regard, ouvertement.

— Que désirez-vous ? demanda-t-elle, comme aurait pu le demander un mur.

Petra retrouva son aplomb et, avec un rien d'arrogance, répondit :

— J'avais un message pour M. le Magistral.

Et elle sortit du bureau.

Teresina l'attendait à la porte de l'escalier avec un aimable sourire, et elles se séparèrent en s'embrassant sur les deux joues, comme les demoiselles de Vetusta. Elles étaient amies, appartenant toutes deux à l'aristocratie des domestiques. Elles se respectaient, ce qui ne les empêchait pas de se jalouser. Petra enviait à Teresina sa stature, ses yeux et la maison du Magistral. Teresina lui enviait son aisance, sa grâce, sa connaissance des manières distinguées et de la vie citadine.

— Que te veut cette dame ? demanda doña Paula dès qu'elle fut seule avec son fils.

— Je l'ignore; je n'ai pas encore ouvert sa lettre.

— Une lettre ?

— Oui, celle-ci.

Don Fermín aurait voulu voir sa mère à cent lieues de là. Il ne pouvait dissimuler son impatience, malgré l'empire qu'il avait sur lui-même, et qui était l'un de ses meilleurs atouts; il brûlait de pouvoir lire la lettre, mais craignait de rougir devant sa mère. Rougir ? Oui, sans motif, sans savoir pourquoi; mais il était sûr que, s'il ouvrait cette enveloppe devant doña Paula, il rougirait comme une pivoine. Affaire de nerfs. Mais sa mère était ce qu'elle était.

Doña Paula s'assit sur le bord d'une chaise, appuya ses coudes sur le bureau, qui était de ceux qu'on appelle « de ministre », et entreprit la difficile tâche de se rouler dans du papier une cigarette grosse comme le doigt. Doña Paula fumait ; mais « depuis qu'ils étaient à la cathédrale », elle fumait en secret, uniquement devant la famille et quelques amis intimes.

Le Magistral fit deux fois le tour de la pièce et en profita pour prendre sans se faire voir la lettre de la Régente et la mettre dans une poche intérieure, sous la soutane.

— Au revoir, mère; je vais souhaiter sa fête à M. Carraspique.

— Déjà?

— Oui, parce qu'ensuite il est débordé de visiteurs, et je dois lui parler en particulier.

— Tu ne la lis pas?

— Je ne lis pas quoi?

— Cette lettre?

— Plus tard, dans la rue; ça ne doit pas être urgent.

— Peut-être que si; lis-la maintenant, au cas où il y aurait une réponse immédiate ou un message à laisser. Tu comprends?

De Pas eut un geste d'indifférence et il lut la lettre.

Il lut à haute voix. Il ne fallait surtout pas éveiller des soupçons. Sa mère n'était pas habituée à ce qu'il eût des secrets pour elle. « D'ailleurs, que pouvait dire la Régente? Rien de particulier. »

« Mon cher ami : aujourd'hui je n'ai pas pu communier; j'ai besoin de vous voir auparavant; j'ai besoin de me confesser à nouveau. N'allez pas croire que ce sont de ces scrupules contre lesquels vous m'avez prévenue; je crois qu'il s'agit d'une chose sérieuse. Seriez-vous assez aimable pour consentir à m'entendre un instant cette après-midi? Je vous en serais très reconnaissante. Votre fille spirituelle et amie dévouée,

ANA de OZORES QUINTANAR »

— Seigneur, quelle lettre! s'exclama doña Paula, les yeux fixés sur son fils.

— Qu'est-ce qu'elle a? demanda le Magistral en lui tournant le dos.

— Tu trouves convenable cette façon d'écrire à son confesseur? Ça ressemble à du doña Obdulita. Et tu prétends que la Régente est si raisonnable? Mais c'est la lettre d'une sotte ou d'une folle.

— Elle n'est ni sotte ni folle, mère. Elle ignore encore toutes ces choses... Elle m'écrit comme à un ami quelconque.

— Ah bon, c'est une païenne qui veut se convertir.

Le Magistral se tut. Avec sa mère il ne discutait pas.

— Tu n'es pas allé voir M. Ronzal, hier soir?

— J'ai manqué l'heure du rendez-vous...

— Je le sais bien; tu as passé deux heures et demie au confessionnal, et M. Ronzal en a eu assez d'attendre, et il n'a pu donner aucune réponse à M. Pablo, qui est rentré dans son village persuadé que toi, et Ronzal, et moi et nous tous sommes des farceurs et des gens sans parole, qui savons les exploiter quand nous avons besoin d'eux et qui les laissons dans le pétrin quand ils ont besoin de nous.

— Mais nous avons le temps, mère; le gamin est à la caserne, on ne l'a pas encore emmené; ils ne partent à Valladolid que samedi... On a tout le temps...

— Oui, on a tout le temps de le laisser pourrir au cachot. Et que va dire Ronzal ? Si toi, le plus intéressé, tu oublies la chose, que pourra-t-il faire ?

— Mais, madame, le devoir avant tout.

— Le devoir, le devoir... c'est de n'oublier personne, Fermo. Et qu'est-ce qu'il lui a pris, à cet épouvantail de don Cayetano, de te refiler maintenant cet héritage ?

— Quel héritage ?

De Pas faisait tourner autour de sa main le grand chapeau aux ailes flottantes et s'appuyait au chambranle de la porte, manifestant son impatience de partir.

— Quel héritage ? répéta-t-il.

— Cette femme; celle de la lettre, qui s'imagine apparemment que mon fils n'a rien d'autre à faire que de la voir.

— Mère, vous êtes injuste.

— Fermo, je sais ce que je dis. Toi... tu es trop bon. Tu es dans les nues et tu ne vois ni n'entends plus rien.

Doña Paula croyait qu'être dans les nues signifiait élever son esprit jusqu'aux régions célestes.

— L'Archidiacre et don Custodio, poursuivit-elle, ont fait des gorges chaudes de cette confession à la soirée de doña Visitación, cette mégère; oui, monsieur, des gorges chaudes de la confession de cette femme; si elle avait duré deux heures ou si elle n'avait pas duré deux heures...

Le Magistral se signa et dit :

— Déjà des commérages ? Infâmes!

— Oui, déjà parfaitement! C'est pour cela que je te parle : parce que ces choses-là, il faut les arrêter à temps. Tu te souviens de la Générale ? Tu te souviens des ennuis que m'a causés cette misérable calomnie parce que tu étais noble et trop confiant... ? Fermo, je te l'ai déjà dit mille fois, être vertueux ne suffit pas, il faut aussi en avoir l'air.

— Je méprise la calomnie, mère.

— Pas moi, mon fils.

— Vous voyez bien qu'en dépit de tous leurs cancans, je les écrase tous.

— Oui, jusqu'à présent; mais qui te garantit... ? Tant va la cruche à l'eau... Don Fortunato est une bonne pâte, soit; ce n'est pas un évêque, c'est un mouton, mais...

— Je l'ai dans la poche!

— Je le sais, et moi dans la mienne; mais tu sais bien qu'il est aveugle quand il se met une idée en tête; et s'il reprend fantaisie à Mgr Polichinelle de croire que ceux qui médisent de toi peuvent dire la vérité, tu es perdu.

— Don Fortunato ne met pas un pied devant l'autre sans mon ordre.

— Méfie-toi, c'est parce qu'il te croit infaillible ; mais le jour où on lui mettra sous les yeux tes scandales...

— Comment pourrait-il voir cela, mère ?

— Bon, tu me comprends ; il y croira comme s'il le voyait ; ce jour-là, nous sommes perdus ; la bonne pâte, le polichinelle, le mouton deviendra un tigre, qui te fera passer du vicariat aux geôles ecclésiastiques.

— Mère... Vous perdez la tête... Vous vous faites des idées.

— Bon, bon, je me comprends.

Doña Paula se leva et jeta son mégot consumé et sale. Elle poursuivit :

— Je ne veux plus de petits billets ; plus d'entrevues à la cathédrale ; si elle veut de bons conseils, Mme la Régente n'a qu'à aller au sermon ; là, tu parles pour tous les chrétiens ; qu'elle aille t'écouter prêcher et qu'elle me laisse tranquille.

— Ainsi donc, Gloucester... ?

— Oui, et don Custodio.

— Et vous, qui vous l'a dit... ?

— Le Camard.

— Campillo ?

— Lui-même.

— Mais qu'ont-ils vu ? Que peuvent raconter ces misérables ? Comment peut-on parler de ces choses-là dans un salon de dames ? Comment ces gens-là conçoivent-ils le respect des choses sacrées ?

— Taratata ! Jalousie, jalousie pure. Le respect ? A d'autres ! L'Archidiacre voudrait bien confesser la femme de Quintanar, c'est bien naturel, il aime se donner de l'importance et qu'on se demande... Dieu me pardonne ! Mais je crois qu'il aime qu'on dise du mal de lui et qu'on se demande s'il séduit ou non les bigotes... C'est un vaniteux... et un scélérat !

— Mère, vous exagérez ; comment un prêtre... ?

— Fermo, tu es un nigaud ; le monde est en perdition : voilà pourquoi tous pensent à mal et voilà pourquoi il faut veiller au grain... Il faut avoir l'air plus vertueux qu'on ne l'est, serait-on un ange. Ne sais-tu pas que l'on colporte toutes sortes de méchancetés à notre sujet ? Gloucester, don Custodio, Foja, don Santos et Alvaro Mesía lui-même, avec toute sa diplomatie, passent leur vie à te discréditer. Que nous faisons la pluie et le beau temps à l'évêché (doña Paula se mit à compter sur ses doigts) ; que nous saignons à blanc le diocèse ; que nous n'avions pas un sou avant d'être Grand Vicaire et que nous sommes maintenant les premiers actionnaires de la Banque ; que tu touches ceci et cela ; que nos protégés sont des éponges qui pompent l'or et viennent le déverser dans notre citerne ; que l'Évêque est une marionnette entre nos mains ; que nous vendons des cierges, que nous vendons des autels, que tu as fait remplacer ceux de toutes les paroisses de l'Évêché pour qu'on vienne en acheter d'autres chez toi ; que si don Santos fait faillite, c'est notre faute et pas celle de l'eau-de-vie; que tu rançonnes ceux qui demandent des dispenses; que tu accumules les bénéfices; que je touche des dîmes et des tributs dans tout le diocèse; que...

— Assez, mère, assez, au nom du Ciel!

— Et pour couronner le tout, tes amours, tes abus de conseiller spirituel. Toi (et la voilà qui se remet à compter sur ses doigts, qui plus est en frappant le sol du pied, comme pour marquer la cadence), tu as fanatisé la moitié de la ville; les filles de Carraspique se sont faites religieuses par ta faute, et l'une d'elles est en train de mourir de phtisie, par ta faute aussi, comme si tu étais l'humidité et la saleté qui règnent dans cette porcherie; c'est de ta faute si la fille Páez, la première millionnaire de Vetusta, ne se marie pas; elle ne trouve pas de fiancé à son goût... par ta faute.

— Mère...

— Quoi encore? On te reproche même d'enseigner la religion aux filles de la Sainte Œuvre du Catéchisme...

— Les misérables!

— Oui, misérables; mais ça fait beaucoup de misérables, et un beau jour ils seront les plus forts.

— Cela non, mère, s'écria le Magistral, perdant contenance, les joues en feu et les pointes d'acier qu'il avait au fond des pupilles, hérissées, comme prêtes à la défense. Cela non, mère! Je les ai tous à ma botte et je les écraserai quand je voudrai. Je suis le plus fort. Ce sont tous, tous sans en excepter un seul, des crétins; ils ne sont même pas capables d'une mauvaise intention.

Doña Paula sourit, sans que son fils s'en aperçût. « C'est ainsi que je t'aime », se dit-elle, et elle reprit :

— Mais le seul point faible que nous leur présentons, c'est celui-ci, Fermo; tu le sais bien; rappelle-toi l'autre fois.

— Celle-là, c'était une... une femme perdue.

— Mais elle t'avait bien trompé, n'est-ce pas?

— Non, mère; elle ne m'avait pas trompé, qu'en savez-vous?

Les yeux de doña Paula étaient comme deux inquisiteurs. Elle n'avait jamais pu éclaircir cette histoire de la Générale. Elle ne savait qu'une chose, pour son malheur, c'est que cela avait fait un scandale qu'on avait eu grand peine à étouffer avant qu'il ne fût trop tard. De Pas n'aimait pas ces souvenirs. C'étaient des histoires de jeunesse. Quelle sottise d'aller croire qu'il pût retomber dans les mêmes imprudences aujourd'hui, à trente-cinq ans! A cette époque-là, du temps de la Générale, il était sans expérience, il aimait briller, se laissait volontiers séduire et enivrer par la flatterie.

« Si ma mère me voyait de l'intérieur, elle n'aurait pas ces craintes dont elle me mortifie maintenant. »

Doña Paula voulut absolument lui dépeindre les dangers de la calomnie; elle savait que cela le blessait au fond de l'âme mais, à son sens, c'était une douleur nécessaire, parce qu'elle craignait pour son fils la chute de Salomon.

La mère de don Fermín croyait à la toute-puissance de la femme. Elle en était un bon exemple. Les intrigues du Chapitre, à son avis, ne pouvaient pas grand-chose contre le prestige de son Fermín, qui était l'instrument dont elle, doña Paula, se servait pour pressurer l'Évêché. Fermín était l'ambition, la soif de puissance; sa mère la cupidité, la soif de posséder. Pour doña Paula le diocèse était un pressoir à cidre comme ceux de son village; son fils était la force, la poutre et le poids qui descendait petit à petit, comprimant, pressant les fruits. Elle, elle était la vis qui serrait; le long de la tige d'acier de sa volonté glissait la volonté — de cire, pour elle — de son fils; la vis pénétrait dans l'écrou, c'était naturel. « Mécanique », comme disait don Fermín dans ses cours de religion. « Mais une femme chasse l'autre », pensait la vis. « Son fils était encore jeune, on pouvait le lui arracher et le séduire, comme on avait déjà essayé et peut-être réussi. » Elle croyait au pouvoir de la femme, mais se défiait de sa vertu. « La Régente! La Régente! On dit que c'est une dame incapable de pécher, mais qui peut le savoir? » Elle était un peu au courant de ce que l'on racontait. Elle était l'amie de quelques-unes de ces bigotes qui ont un pied dans l'église et l'autre dans le monde; ces dames sont au fait de tout, même quand il n'y a rien. Elles lui avaient dit, à peu de chose près, le ton canaille en moins, les mêmes choses qu'Orgaz racontait au Cercle deux jours auparavant: que don Alvaro était amoureux de la Régente, ou tout au moins qu'il voulait la séduire, comme il en avait séduit tant d'autres. « Ce don Alvaro était un ennemi de son fils. Elle le savait. » Don Fermín lui-même ne s'en rendait pas compte, bien qu'il eût souvent soupçonné en lui un rival dans la conquête de Vetusta. Mais doña Paula avait un instinct supérieur; elle voyait mieux que personne quand il s'agissait du pouvoir de son fils. « Ce don Alvaro était, lui aussi, beau garçon et intelligent, conquérant, homme du monde; il avait le prestige de l'amour, il pouvait compter sur l'appui des épouses respectives de nombreux notables de Vetusta, et parfois sur l'appui des notables eux-mêmes, grâce aux femmes; il était le chef d'un parti, le bras droit et peut-être la tête pensante des Vegallana... Il pouvait disputer à Fermín, et peut-être avec des forces égales, la domination de Vetusta, de cette Vetusta qui avait toujours besoin d'un maître et qui, quand elle n'en avait pas, se plaignait du manque de *caractère* des personnages importants. Au fait, peut-être était-il déjà en train de lui disputer cette domination? Était-il invraisemblable que la Régente, cette sainte, et ce don Alvarito s'entendissent pour faire tomber le pauvre Fermo dans un piège? » Doña Paula n'avait aucun mal à imaginer en toute circonstance de semblables machinations, pour compliquées et subtiles qu'elles fussent, parce qu'elle passait sa vie à échafauder des combinaisons de ce genre. Elle garda ses soupçons pour elle et ne dit à son fils que le strict nécessaire pour le prévenir contre la Régente et ses confessions de deux heures. Elle ne cita pas le nom de Mesía. Une question lui brûlait les lèvres :

« Mais de quoi diantre avez-vous pu parler pendant deux heures ? »

Elle n'osa pas aller jusque-là. « Son fils était quand même un prêtre et elle une chrétienne. »

Pareille question lui paraissait une irrévérence, un sacrilège qui aurait mis Fermo hors de lui, et cela n'en valait pas la peine.

— Adieu, mère, dit Fermín quand doña Paula se tut, n'osant poser la question sacrilège.

Le Grand Vicaire était déjà dans l'escalier quand il entendit sa mère lui demander :

— Alors, aujourd'hui non plus, tu ne vas pas à l'office ?

— Madame, il doit être fini...

— Bon, bon ! grommela-t-elle, nous n'avons pas les moyens de payer des amendes.

Enfin, le Magistral se retrouva dehors, heureux comme un étudiant qui échappe à la férule d'un magister implacable.

Le soleil brillait, et était prêt d'atteindre son zénith. Pas un nuage au-dessus de Vetusta. On aurait dit un ciel andalou.

Certes, mais la bonne humeur du Magistral s'était voilée ; sa mère l'avait énervé, irrité, et il ne savait contre qui.

« Elle était son tyran : un tyran accepté, aimé, très aimé, mais redoutable parfois. Et comment rompre ces chaînes ? Il lui devait tout. Sans la persévérance de cette femme, sans sa volonté d'acier qui allait droit au but en écrasant tout sur son passage, que serait-il ? Berger dans les montagnes ou mineur au fond d'une galerie. Il valait plus que tous les autres, mais sa mère valait plus que lui. L'instinct de doña Paula surpassait tous les raisonnements. Sans elle, il aurait plus d'une fois lâché prise dans la lutte pour la vie. Et surtout, lorsque ses pieds s'emmêlaient dans les filets subtils tendus par quelque ennemi, qui le délivrait ? Sa mère. C'était son égide. Oui, elle d'abord. Son despotisme était le salut ; ce joug était bénéfique. En outre, une voix intérieure lui soufflait que le meilleur de son âme, c'était cet amour et ce respect filial. Dans les moments où il se méprisait lui-même, pour retrouver en lui un brin de pureté qui empêchât ce dégoût d'arriver jusqu'au désespoir, il avait besoin de se rappeler qu'il était un bon fils, humble, docile... Un enfant, un enfant qui n'arrivait jamais à l'âge d'homme. Lui, qui face aux autres était un homme toujours prêt à se changer en lion ! »

« Mais aujourd'hui, la révolte grondait dans son âme. Ce soupçon de sa mère était une injustice. La vertu de la Régente ne faisait de doute pour personne à Vetusta, et elle était effectivement un ange. C'est lui qui n'était pas digne de baiser la poussière que foulait cette dame. Qu'y avait-il à craindre, et de qui ? »

Il comprit alors la cause de sa mauvaise humeur soudaine. « Sa mère avait parlé des calomnies par lesquelles on cherchait à le perdre... de l'ambition démesurée, de l'orgueil et de la cupidité sordide qu'on lui imputait, de l'influence pernicieuse qu'on lui attribuait sur la vie de nombreuses familles... Mais tout cela était-il calomnie ? Oh, si la Régente savait qui il était, elle ne lui confierait pas les secrets de son cœur. Par un acte de foi, cette dame avait repoussé toutes les accusations de ses ennemis, elle n'avait rien voulu croire de tout cela et était venue à son confessionnal lui demander une lumière dans les ténèbres de sa conscience, lui demander un fil sauveur au fond des abîmes qui s'ouvraient à chaque pas de son existence. S'il avait été honnête, à l'instant même il lui aurait répondu : « Taisez-vous, madame, ma pauvre demeure n'est pas digne d'accueillir la majesté de votre secret; je suis un homme qui a appris à dire quatre mots de consolation aux pécheurs fragiles, et quatre mots d'épouvante aux pauvres esprits fanatisés; je suis tout miel pour ceux qui viennent mordre à l'hameçon et tout fiel pour ceux qui y ont mordu; si l'appât est de sucre, la nourriture que je donne à mes prisonniers est amère...; je suis un ambitieux, et, ce qui est pire, mille fois pire, infiniment pire, je suis avare, j'accumule des richesses mal acquises, oui, mal acquises; je suis un despote au lieu d'être un berger; je vends la Grâce, comme un juif je fais commerce de la Religion de Celui qui chassa du temple les marchands..., je suis un misérable, madame; je ne suis pas digne d'être votre confident, votre directeur spirituel. Cette éloquence d'hier était fausse, elle ne me venait pas du cœur, je ne suis pas le *vir bonus,* je suis ce qu'on raconte, ce que racontent mes détracteurs. »

Comme ses pensées l'emmenaient fort loin, le Magistral sentit sa conscience réagir pour défendre sa réputation.

« Soyons plus juste envers nous-même », se dit-il malgré lui, en vertu de cet instinct de conservation qui est au fond de l'amour-propre.

Il se souvint alors que c'était sa mère qui le poussait à tous ces actes d'avarice dont il rougissait maintenant.

« C'était sa mère qui thésaurisait : à cause d'elle, à qui il devait tout, il en était venu à pétrir et mâcher la boue de cette avarice sans scrupule. Sa vraie passion, celle qui spontanément faisait en lui des ravages, c'était l'ambition de dominer; mais quoi de plus noble, au fond ? Et quoi de plus juste en fin de compte ? Ne méritait-il pas d'être le premier du diocèse ? L'Évêque ne reconnaissait-il pas volontiers cette supériorité morale ? C'était déjà bien assez qu'il se contentât, pour le moment, de ne commander qu'à Vetusta. Oh! il en était sûr : si un jour son amitié avec Ana Ozores en venait au point de l'autoriser à se confesser à elle, lui aussi, et à lui décrire son ambition, elle, qui avait l'âme grande, l'absoudrait certainement des péchés commis. Mais ceux de sa mère, ceux que l'avarice de sa mère l'avait poussé à commettre, affreux, honteux, inconfessables, ceux-là n'avaient pas d'excuse. »

L'esprit envahi de ces pensées qui successivement le tourmentaient et le consolaient, le Magistral suivait les trottoirs étroits et inégaux des rues tortueuses et peu fréquentées de la Encimada; il avait les joues en feu, les yeux baissés, la tête légèrement penchée comme d'habitude; son corps gracieux était bien droit, son pas rythmé et majestueux, et sa pompeuse cape flottait au ras du sol, sans l'ombre d'une tache.

Il répondait aux saluts comme s'il y mettait tout son cœur, s'inclinant et se découvrant comme au passage d'un roi; et parfois, il ne voyait même pas qui il saluait.

Ce simulacre était chez lui une seconde nature. Il avait le don de parler avec beaucoup de conviction tout en pensant à autre chose.

Doña Paula était revenue dans le bureau de son fils. Elle fouilla sa chambre; elle vit le lit *dressé,* tendu, muet, frais, sans un pli; elle sortit de la chambre; dans le bureau, elle inspecta du regard le sofa de reps bleu, les fauteuils, les piles de livres sagement posées sur les chaises et les étagères aux quatre coins de la pièce; elle examina le rangement de la table, celui du fauteuil, celui des chaises. Elle semblait flairer avec les yeux. Elle appela Teresina; elle lui demanda n'importe quoi, tandis qu'elle explorait et creusait des yeux son visage, comme un chercheur de mines; elle scruta les plis de son costume, correct, comme l'était le rangement des chaises, des livres, de tout. Elle la fit parler pour apprécier le ton de sa voix, comme le timbre d'une pièce de monnaie. Elle la renvoya.

— Dis... reprit-elle. Non, va-t'en.

Elle haussa les épaules.

— C'est impossible, dit-elle entre ses dents; il n'y a pas moyen de savoir.

Sortant du bureau elle dit encore :

— Que les hommes sont capricieux!

Et, gravissant l'escalier du deuxième étage, elle ajouta :

— Il est comme les autres, comme tous les autres; toujours dehors!

Chapitre douze

Don Francisco de Asís Carraspique était l'un des individus les plus en vue du Comité Carliste de Vetusta, et celui qui avait su faire les plus grands *sacrifices pécuniaires* en temps opportun. Il s'était mis à la politique parce qu'on l'avait convaincu que la cause de la religion n'avancerait pas si les bons chrétiens ne se mêlaient pas de gouverner. Il était complètement dominé par sa femme, ardente fanatique qui détestait les libéraux parce que, lors de la dernière guerre, les *cristinos* [15] avaient pendu son père à un arbre sans lui laisser le temps de se confesser. Carraspique frisait la soixantaine et ne se distinguait ni par son courage ni par ses talents politiques : il se distinguait par ses millions. Dans la province, c'était le plus gros contribuable de la souveraineté subreptice de Carlos VII [16]. Sa religiosité (celle de Carraspique) sincère, profonde, aveugle, était chez lui une véritable vertu; mais la faiblesse de son caractère, les médiocres lumières de son esprit et les mauvaises intentions de son entourage faisaient de sa piété une source de contrariétés pour don Francisco de Asís lui-même, pour les siens et pour beaucoup d'autres personnes.

Doña Lucía, son épouse, avait pour confesseur le Magistral, pontife infaillible de cet honorable foyer. Les Carraspique avaient quatre filles; toutes avaient fait leur première confession avec don Fermín; elles avaient été élevées au couvent qu'avait choisi don Fermín; et les deux aînées avaient pris le voile, l'une chez les Visitandines, l'autre chez les Clarisses.

L'hôtel de Carraspique, racheté pour une bouchée de pain lors de la faillite d'un noble libéral (qui en mourut de contrariété), faisait face à la demeure des Ozores, sur la Place Neuve qui pourrissait de vieillesse.

Le Magistral se fit introduire au salon par une servante sexagénaire,

15. *Cristinos* : partisans d'Isabelle II sous la régence de sa mère, Marie-Christine de Bourbon, contre le prétendant don Carlos de Bourbon et ses partisans (carlistes).

16. *Carlos VII* : prétendant au trône d'Espagne, de 1861 à 1909.

qui aboyait après les pauvres comme un chien méchant. Mais les curés, elle leur aurait léché les pieds avec plaisir.

— Attendez un peu, monsieur le Magistral, ayez l'obligeance de vous asseoir; Monsieur est occupé, mais il ne va pas tarder... — d'une voix aigre et mystérieuse — : il est avec le médecin... cet insupportable cousin de Madame.

— Ah oui, don Robustiano : mais qu'y a-t-il, Fulgencia ?

— Je crois que Sœur Teresa va un peu plus mal... mais il n'y a pas de quoi alarmer Monsieur et Madame. N'est-ce pas, monsieur le Grand Vicaire, que la pauvre demoiselle n'est pas si gravement atteinte ?

— Je ne crois pas, Fulgencia; mais, que dit le médecin ? Il vient de là-bas ?

— Oui, monsieur, il en vient; et ici il poussait des cris... Il était furieux... C'est un fou. Je me demande pourquoi ils le font venir. La famille, il est de la famille.

La pièce était rectangulaire, très vaste, décorée avec un goût sévère, sans luxe, avec une certaine élégance qui provenait de sa vénérable antiquité, de la propreté exquise, de la sobriété, et de la sévérité elle-même. Le seul meuble neuf était un piano à queue d'Érard.

Don Robustiano entra dans le salon et Fulgencia sortit marmonnant entre ses dents.

Le médecin était grand, robuste et portait une longue barbe blanche. Il s'habillait avec le luxe arrogant de ces personnages de province qui veulent montrer dans leur tenue leur position sociale. C'était une belle figure qui se défendait encore avec succès des outrages du temps. Don Robustiano était le médecin de la noblesse depuis de nombreuses années; mais s'il passait pour réactionnaire en politique et se moquait des progressistes en religion, on le tenait pour voltairien, ou pour ce que lui et d'autres Vétustains considéraient comme tel. Il n'avait jamais lu Voltaire, mais l'admirait autant que le détestait Gloucester, l'Archidiacre, qui ne l'avait pas lu non plus. En matière de connaissance, y compris celles qui relevaient de sa compétence, il ne pouvait se mesurer à aucun de ces petits docteurs modernes qui crevaient de faim à Vetusta. Il avait peu étudié, mais il avait gagné beaucoup d'argent. C'était un médecin du monde, un docteur qui savait vivre en société. Auparavant, pour lui, tout était flatuosité; maintenant tout était *question de nerfs*. Il soignait avec de bonnes paroles; personne n'apprenait par lui qu'il allait mourir. Il soignait ses amis gratis; mais si la maladie prenait mauvaise tournure, il perdait ses moyens, faisait appeler un confrère et n'en prenait pas ombrage. « Il n'était pas capable de voir mourir ceux qu'il aimait. »

Au chevet de ses malades, il avait toujours la plaisanterie à la bouche.

— Ainsi donc, vous voulez nous quitter, monsieur Un Tel ? Eh bien, ma foi, je voudrais bien voir ça..., etc.

C'était une phrase rituelle; mais il en avait beaucoup d'autres. C'est comme cela qu'il était devenu riche. Il n'employait guère de termes techniques, parce que, selon lui, il ne fallait pas effrayer les profanes avec du grec ou du latin. Il n'était pas pédant, mais quand on le pressait un peu, quand on le contredisait, il invoquait le nom sacro-saint de la science, comme s'il appelait le commissaire de police.

« La science commande ceci; la science ordonne cela. »

Et il ne fallait pas lui répliquer.

Mis à part la science, qui n'était pas son domaine propre, don Robustiano était capable, mieux que quiconque, d'être affable, joyeux, sympathique, et même de faire preuve d'un excellent discernement et de beaucoup de perspicacité. Il avait le défaut d'être bavard.

Il détestait le Magistral, mais il redoutait son influence dans les maisons nobles et il lui parlait avec une franchise feinte et une fausse amabilité.

De Pas le tenait pour un parfait imbécile, mais il le traitait avec la courtoisie qu'il avait toujours dans ses relations, que ce soit avec des imbéciles ou avec des hommes de talent.

— Oh, cher don Fermín! Quel plaisir... Vous tombez à pic, mon ami; mon cousin est inconsolable. Et le jour de sa fête! Je lui ai dit la vérité, toute la vérité; et bien sûr, maintenant qu'il n'y a plus rien à faire, il est désespéré... Enfin, rien à faire... Je pense que si... mais ces idées exagérées que... Enfin, à vous on peut parler franchement, parce que vous êtes une personne éclairée.

— Que se passe-t-il, don Robustiano? Vous venez des Visitandines?

— Oui, monsieur, je viens de cette porcherie.

— Comment va Rosita?

— Quelle Rosita? Il n'y a plus de Rosita! Rosita, c'est fini; maintenant, c'est sœur Teresa, qui n'a plus de roses ni dans son nom ni sur ses joues.

Don Robustiano s'approcha du Magistral; il regarda toutes les portes et, la main devant la bouche, dit :

— C'est la fin!

Le Magistral eut un frisson :

— Vous croyez?

— Oui, je crois à une catastrophe imminente. Enfin, je fais un distinguo, au nom de la science : moi, Somoza, je ne peux rien attendre de bon; moi, homme de science, je dois déclarer, premièrement : que si cette fille continue à respirer dans ce *milieu*... il n'y a pas de salut, mais que si on la tire de là... il y a peut-être un espoir; deuxièmement : que c'est un crime, un crime de lèse-humanité de ne pas mettre en pratique les moyens conseillés par la science... Monsieur le Magistral, vous qui êtes une personne éclairée, croyez-vous que la religion consiste à se laisser mourir au bord d'un égout? Parce que c'en est un; oui, monsieur, une latrine, un cloaque.

— Vous savez bien que c'est une résidence provisoire. Les Visitandines sont en train, comme vous le savez, de faire bâtir un couvent près de la poudrerie.

— Oui, je sais; mais quand le couvent sera construit et que les femmes pourront s'y installer, notre Rosita sera morte.

— Monsieur Somoza, votre affection vous fait peut-être voir le péril plus grand qu'il n'est.

— Comment, plus grand, monsieur De Pas? Prétendez-vous en savoir plus que la science? Je vous ai déjà dit l'opinion de la science; deuxièmement que c'est un crime de lèse-humanité... Ah! Si je tenais le petit curé qui est la cause de tout cela! Parce qu'il y a un curé là-dessous, monsieur le Magistral, j'en suis sûr... et excusez-moi... mais vous savez que je fais la différence entre clergé et clergé; s'ils étaient tous comme vous... Imagine-t-on, don Fermín conseillant à un père de quatre filles jolies comme des cœurs de les mettre au couvent l'une après l'autre, comme si c'étaient les moutons de Panurge?

Le Magistral ne pût s'empêcher de sourire, en se disant que les moutons de Panurge n'avaient été ni moines ni religieuses. Mais don Robustiano parlait des moutons de Panurge sans savoir de quelle sorte de troupeau il s'agissait, tout comme il ignorait beaucoup d'autres choses. On a déjà dit qu'il n'ouvrait pas un livre : il n'avait pas le temps.

Don Fermín se disait : « Les sottises de cet imbécile sont-elles des allusions? »

— Je soupçonne, poursuivit le docteur, que mon pauvre Carraspique est sous la coupe de quelque fanatique, par exemple le Recteur du Séminaire. Ne croyez-vous pas que M. Escosura, ce Torquemada *pour rire* *, pourrait bien être le responsable de tous les malheurs de ce foyer?

— Non, monsieur; je ne crois pas que ce soit lui, et je ne crois pas non plus qu'il y ait dans cette maison autant de malheur que vous prétendez.

— Avec déjà deux filles au tombeau!

— Au tombeau?

— Ou au couvent, appelez-le comme vous voudrez.

— Mais le couvent n'est pas la mort, vous comprenez bien que sur ce point je ne puis être d'accord...

— Oui, oui, je comprends, et vous prie de m'excuser. Mais enfin, si l'on construit des couvents, monsieur, qu'on respecte les règles d'hygiène. Si j'étais le gouvernement, je fermerais tous ceux que la science ne déclarerait pas conformes. L'hygiène publique prescrit...

M. Somoza développa longuement divers lieux communs concernant le renouvellement de l'air, le chauffage, l'aérothérapie et autres sujets de chroniques semi-scientifiques. Puis il revint aux malheurs de cette maison.

— Quatre filles et déjà deux religieuses! C'est absurde.

— Non, monsieur, absurde, non, parce que ce sont elles qui choisissent librement...

— Librement! Librement! Quelle farce, monsieur le Grand Vicaire, mais quelle farce, pour une personne éclairée comme vous, que cette prétendue liberté! Y a-t-il liberté quand il n'y a pas de choix? Y a-t-il choix quand on ne connaît qu'un des termes de l'alternative?

Quand il s'échauffait, don Robustiano parlait presque comme un philosophe.

— Qu'on ne me raconte pas d'histoire, continua-t-il; je connais la comédie. Ignorez-vous, cher monsieur, que je les ai toutes vues naître, que je les ai vues grandir, que j'ai suivi pas à pas toutes les vicissitudes de leur existence? Je vais vous expliquer le système.

Don Robustiano s'assit avant de poursuivre :

— Jusqu'à l'âge de quinze ou seize ans les filles de mon cousin ne voient pas le monde. A dix ou onze ans, elles vont au couvent; là, Dieu seul sait ce qui leur arrive; elles ne peuvent rien dire, parce que ce sont les religieuses qui leur dictent les lettres qu'elles écrivent, et elles sont toujours coupées sur le même patron, selon lequel « c'est le Paradis ». A quinze ans, elles reviennent à la maison; elles n'ont plus aucune volonté; cette faculté de l'âme, ou comme vous voudrez l'appeler, elles l'ont laissée au couvent comme un objet inutile. Pour donner une satisfaction au monde, à l'opinion publique, entre quinze et dix-huit ou dix-neuf ans, on leur joue la pieuse farce de leur faire voir le siècle... par un trou de serrure. Jolie façon de voir le monde, n'est-ce pas, monsieur don Fermín. Vous vous souvenez de l'invitation de la cigogne? Eh bien c'est la même chose : les filles voient le monde à l'intérieur de la carafe, mais n'y peuvent goûter. Aller au bal? Dieu nous en préserve. Au théâtre? Abomination. Aux neuvaines, aux sermons! Et de loin en loin un petit tour avec la maman à l'Espolón ou à la Promenade d'Été; baissez vos petits yeux; on ne parle à personne; et tout de suite à la maison. Enfin arrive la grande épreuve : le voyage à Madrid. On visite les fauves du Retiro, le Musée des Beaux Arts, le Musée naval, le Musée de l'Armée; pas question d'aller au bal ou au théâtre, car c'est encore plus dangereux qu'à Vetusta : on court les rues, on voit beaucoup d'inconnus, on a les pieds en compote et hop, à la maison. Les filles repartent en affirmant de tout cœur qu'elles se sont ennuyées à la capitale, qu'il n'y a que leur couvent bien-aimé, qu'elles s'y amusaient bien mieux avec les Mères et leurs compagnes. Retour à Vetusta. Un jouvenceau tombe amoureux d'une des filles... *Vade retro!* Il est éconduit tambour battant. A la maison, on récite toutes les heures canoniales; matines, vêpres... Puis le chapelet jusqu'au dernier grain, un Notre-Père à chaque saint de la Cour Céleste; jeûnes, vigiles; pas question de balcon, ni de salons, ni d'amies, elles sont trop dangereuses... Reste qu'on peut jouer du piano si l'on veut et coudre à discrétion.

Comme article de luxe, on permet aux filles de rire à leur aise des bons mots de l'Archidiacre, le diplomatique M. Mourelo, alias Gloucester. Ce beau jeune homme lance une plaisanterie baveuse, les filles s'esclaffent et papa en bave d'aise aussi, pauvre Carraspique! Et *tutti contenti*. L'Archidiacre n'est pas le curé occulte qui sévit ici, non; lui, il représente le versant opposé, le démon ou le monde; mais naturellement, les filles trouvent que l'attrait mondain réduit aux mots d'esprit de Mourelo est peu de chose; en revanche, le cloître offre des joies pures et une certaine liberté, oui monsieur, une certaine liberté, si on la compare avec la vie archi-monastique de ce que j'appelle la Règle de doña Lucía, ma cousine germaine. Oh, monsieur De Pas, que voilà une facile victoire pour l'Église! Les filles considérant que Vetusta c'est aller d'église en église, les yeux baissés; que Madrid, c'est se briser les pieds et clopiner de musée en musée; que la maison est une caserne mystique dont les seuls charmes sont des plaisanteries de curés, décident *librement* de se faire nonnes, pour avoir un peu de... d'autonomie, comme disent nos petits libéraux, qui nous proposent une liberté semblable à celle dont jouissent les filles de Carraspique.

Le Magistral écouta patiemment le discours du médecin et, pour dire quelque chose, répondit :

— Vous ne pouvez pas nier que dans cette maison l'accueil est franc, jovial, à cent lieues de toute pruderie.

— Encore une farce! J'ignore qui diable a pu apprendre à ma cousine cette comédie. Celui qui entre ici ne croit pas un mot de ce que l'on raconte sur la rigidité monastique de ce foyer, honnête mais ennuyeux. Les apparences sont trompeuses. Cette gaieté sans raison, ces calembours de ratichon (je m'excuse), cette tolérance formelle, purement extérieure, sont autant de feintes pour faire taire le profane.

Le Magistral dévisageait le médecin avec beaucoup de curiosité et un peu d'étonnement. « Comment un si petit esprit pouvait-il raisonner aussi bien sur ce sujet? Somoza savait-il que c'était lui et personne d'autre le *curé occulte*, le chef spirituel de cette maison? Et s'il le savait, comment pouvait-il lui parler de la sorte? Les sots aussi savaient donc dissimuler? »

Carraspique entra dans le salon. Ses yeux étaient humides de larmes récentes. Il étreignit le Magistral et le supplia avec ferveur d'aller chez les Visitandines pour voir comment allait sa fille; il n'avait pas le courage d'y aller lui-même. Don Fermín promit de s'y rendre le jour-même.

Somoza se remit à décrire l'absence de *conditions d'hygiène* du couvent.

— Mais que veux-tu que je fasse, mon cousin?

— Moi, rien, mon fils; rien du tout, parce que je sais comment vous êtes. Je dis seulement ceci : cette fille est très malade, et ce n'est pas de sa faute; c'est une forte nature qui n'a aucun vice de *constitution*; mais elle ne voit jamais le soleil et l'humidité la ronge; il lui faudrait de la chaleur, et elle en manque; de la lumière, et il n'y en a pas; de l'air pur, et ce que l'on respire là-bas est une infection; de l'exercice, et elle ne bouge pas; des distractions, et il n'y en a pas; une bonne alimentation, et là-bas on mange peu et mal..., mais cela n'a pas d'importance; apparemment, Dieu est satisfait. Qu'est-ce que la perfection? Vivre entre deux égouts. Le monde est perdu? Eh bien, allons vivre au fond d'un... inodore.

Et comme ce mot, tout en lui paraissant raffiné, n'exprimait pas ce qu'il voulait dire, mais tout le contraire, il ajouta :

— Dans un inodore... qui est *l'antithèse* (c'est le terme qu'il employa) d'un lieu inodore... Bref, messieurs, vous défendez l'absurde, et ma patience ne va pas jusque-là. En résumé : la science permet la guérison de Rosita avec l'air de la campagne, au bord de la mer; une vie joyeuse, une bonne alimentation, de la viande et du lait surtout... Sans cela..., je ne réponds de rien.

Il prit son chapeau et sa canne à pommeau d'or, salua d'une inclination de la tête le Magistral et sortit en murmurant :

— Au moins, saint Siméon Stylite était sur une colonne, mais ce n'était pas une colonne... de cet ordre; ce n'était pas un tas de fumier.

Doña Lucía apparut et répondit d'un air revêche aux paroles de son cousin qu'elle avait entendues de loin :

— C'est un fou, il ne faut pas l'écouter.

— Mais il nous aime beaucoup, observa Carraspique.

— Mais c'est un fou... et je suis polie.

Le Magistral, en y mettant les formes, finit par dire la même chose. « Il ne fallait pas écouter Somoza; c'était un sectaire. Certes, le couvent provisoire des Visitandines n'était pas une demeure agréable, il était situé dans un bas quartier, au plus profond d'un versant du terrain, sans soleil; c'est là que se déversaient les égouts mal construits d'une bonne partie de la Encimada, et, en effet, dans certaines cellules, l'humidité traversait les murs et il y avait des crevasses; on ne pouvait nier que les odeurs étaient parfois insupportables; ces miasmes ne pouvaient être bons pour la santé. Mais cela durerait peu; et Rosita n'était pas aussi malade que le prétendait le médecin. Celui des religieuses assurait que non et que la sortir de là, seule, la séparer de ses chères compagnes, de sa vie régulière, aurait été la tuer. »

Puis don Fermín aborda la question sous l'angle religieux.

« Il n'y avait pas que le corps. Ces arguments purement humains, mondains, qu'on pouvait opposer à Somoza et à ses pareils, n'étaient pas le plus important. L'essentiel était de considérer le scandale qu'on pouvait provoquer en prenant des mesures précipitées qui risquaient d'alarmer l'opinion. Par leur faute, par la faute d'un excès d'amour, d'une sollicitude exagérée, ils pouvaient alimenter les médisances. Les ennemis de l'Église n'attendaient que cela! On dirait que le couvent des Visitandines était un abattoir, que la religion poussait notre belle jeunesse à pourrir au fond de ces latrines... On dirait tant de choses! Non, il était encore trop tôt pour prendre des mesures radicales. Il fallait attendre. Pour le reste, il irait voir Sœur Teresa... »

— Oh, oui, don Fermín, au nom du ciel! s'écria doña Lucía en joignant les mains, je suis sûre que cette chère enfant recouvrera la santé si vous lui portez le réconfort de vos paroles.

Elle n'osait pas l'appeler sa fille. Elle croyait qu'elle appartenait à Dieu, à Dieu seul.

Ensuite on parla d'autre chose. Bien qu'il n'en eût jamais été ouvertement question, on était convenu, par un accord tacite, que les deux dernières filles ne seraient pas religieuses, à moins d'une vocation capable de vaincre une résistance sage et modérée. Cet arrangement implicite leur était imposé par leur conscience, ou par la crainte de l'opinion du monde. L'aînée de ces deux filles avait un prétendant. Le Magistral était venu pour le récuser. « C'était un impie. »

— Ronzal, un impie! votre ami! ne put s'empêcher de dire Carraspique.

— Oui, don Francisco, mon ami; mais l'essentiel avant tout. Je sacrifie l'ami parce qu'il s'agit du bonheur de votre fille.

Une des rares larmes qui lui restaient coula sur le visage de la maîtresse de maison. Il eût été plus esthétique et plus symétrique qu'il y en eût deux; mais il n'y en eut qu'une; celle de l'autre œil devait être si petite que l'aridité de ces paupières, toujours sèches, l'absorba avant qu'elle n'apparût.

C'était une larme de reconnaissance. « Le Magistral leur sacrifiait le nom et même les projets d'un ami, d'un grand ami, d'un de ses défenseurs, de ses partisans, pour tout dire, du conseiller Ronzal. Comme elle avait raison de remettre les clés de son cœur et de sa conscience à un tel homme, à un tel saint, devrait-elle dire! »

Ronzal, alias Tromblon, aspirait à la main d'une Carraspique, n'importe laquelle, parce que le chapitre de ses dépenses augmentait et que celui de ses recettes diminuait; or don Francisco de Asís était un millionnaire qui élevait fort bien ses filles... Mais le Magistral avait d'autres projets.

— Ronzal, un impie? interrogea Carraspique, effrayé.

— Oui, un impie... relativement. Il ne suffit pas d'avoir la religion au bout des lèvres, il ne suffit pas de respecter l'Église ni même de la protéger; en politique et dans les relations sociales, il faut savoir souvent se contenter de cela, en cette triste époque où nous vivons, mais cela, c'est une autre affaire. Ronzal, comparé à d'autres..., à Mesía, par exemple, est un bon chrétien; Mesía lui-même, qui en fin de compte n'a pas quitté le giron de l'Église, est catholique, croyant..., comparé à Pompeyo Guimarán, l'athée. Mais ni Mesía, ni Ronzal ne sont des hommes de foi, et encore moins de piété suffisante... Donneriez-vous votre fille à don Alvaro ?

— J'aimerais mieux la voir morte.

— Eh bien, Ronzal, quoiqu'il se dise conservateur et défende l'unité catholique et d'autres principes qui animent notre politique, n'est pas un bon chrétien, il ne l'est pas comme il faut que le soit l'époux d'une Carraspique.

Cette chaleur qu'il mettait à défendre les intérêts spirituels de la famille touchait le maître et la maîtresse de maison au fond du cœur.

Ronzal fut récusé.

Le Magistral aborda aussi d'autres sujets. Il fallait donner encore de l'argent. Des dons, des dons importants pour Rome; pour les Petites Sœurs des Pauvres, qui allaient acheter une maison ; un don pour la Sainte Œuvre du Catéchisme ; un don pour la neuvaine de la Conception, parce qu'il faudrait payer cher un prédicateur, un jésuite, qui viendrait de loin. « Certes, c'était beaucoup; mais si les bons catholiques qui avaient encore quelque chose ne se sacrifiaient pas, qu'adviendrait-il de la foi? Ah, si d'autres pouvaient! »

A ces mots, doña Lucía soupira. Elle avait compris. Le Magistral voulait dire que, s'il était riche, son argent appartiendrait à Saint-Pierre et aux institutions pieuses. « Et dire qu'il y en avait qui calomniaient ce saint homme et le soupçonnaient d'être cousu d'or! »

Avant de quitter cette maison, où son pouvoir n'avait pas de bornes, don Fermín renouvela sa promesse d'aller chez les Visitandines.

« Mais il n'y avait pas de quoi s'affoler ni perdre patience. »

— En dernier recours, osa-t-il dire quand il crut le moment venu, advienne que pourra; si, pour le bien de la foi, on doit supporter une épreuve terrible, il faudra la supporter; le nom de chrétien oblige à cela et à bien plus encore.

Dans ce foyer, don Fermín ne disait pas que la vertu était facile.

Elle était même impossible. Le salut ne pouvait être obtenu qu'au prix de grandes souffrances, et bien peu y parvenaient. La voix du Magistral dans le style terroriste n'était pas moins douce que lorsque ses idées aussi étaient mielleuses. Le mot salut résonnait comme la flûte du dieu Pan; quand elle disait : « Dieu miséricordieux mais juste », sa langue imitait le murmure du zéphir parmi les fleurs...

Il ne parlait jamais du feu de l'Enfer aux Carraspique. Ce qu'il mettait en avant, c'étaient les tourments de la conscience, dans le cas possible où ils ne seraient pas sauvés, en dépit de tant d'épreuves.

Ce matin-là, doña Lucía le trouvait un peu faible. Ses paroles n'avaient pas cette sublime onction qu'elle lui connaissait. Son pieux pessimisme passait difficilement le seuil de ses lèvres. La bonne dame remarqua que son directeur spirituel parlait comme quelqu'un qui pense à autre chose.

Le Magistral s'en alla.

Quand il se retrouva seul dans l'entrée, sans pouvoir se contenir, il assena un coup de poing sur la main courante de marbre de la dernière volée du somptueux escalier. « Impossible! dit-il entre ses dents, impossible! Je ne vais pas refaire ma vie maintenant. Il faut continuer à être le même. »

En d'autres occasions, au sortir de cette maison, il avait savouré le plaisir fort, excitant de l'orgueil satisfait; la domination des âmes, qu'il y exerçait sans partage, flattait agréablement son amour-propre.. Mais aujourd'hui, rien de tout cela. Il n'était pas content. Il avait essayé d'abréger sa visite en écourtant ses pieuses harangues.

« Cet idiot de don Robustiano l'avait mis de mauvaise humeur. C'était sûrement cela.

« Il avait besoin de jeter le masque, de donner libre cours à sa hargne, de piétiner quelque chose avec fureur... » Il se dirigea vers le *Palais*.

C'est ainsi qu'on appelait, par antonomase, celui de l'Évêque. Noyé dans l'ombre de la Cathédrale, il occupait tout un côté de la placette humide et étroite qu'on appelait « La Corralada ». L'Évêché était un appendice de la Basilique, contemporain de la tour, mais d'un goût plus douteux, souvent restauré au cours du siècle dernier et de l'actuel. Avec ses emplâtres de chaux et ses sinapismes de terre, on aurait dit un invalide de l'architecture; et sa façade principale, rénovée, surchargée d'ornements churrigueresques, notamment autour de la porte et du balcon qui la surplombait, lui donnait un aspect grotesque de vieux beau.

Le Magistral franchit le porche, grand, froid, et nu, plutôt sale; il traversa une cour carrée, ornée de quelques acacias rachitiques et de parterres de fleurs fanées, monta un escalier dont la première volée était en pierre et les autres en châtaignier presque pourri, et après une galerie fermée par un mur aux fenêtres étroites, arriva dans une antichambre où les familiers de l'Évêque jouaient aux cartes. La présence du Grand Vicaire interrompit la partie. Les familiers se levèrent et l'un d'eux, beau garçon blond aux mouvements doux et ondoyants, vêtu d'une longue soutane impeccable, parfumée, ouvrit une porte capitonnée de damas rouge cerise. La pièce qui apparut alors était entièrement tapissée de la même couleur. De Pas la traversa sans s'arrêter.

— Où est-il, don Anacleto?

— Je crois qu'il a de la visite, répondit le jeune abbé. Des dames...

— Quelles dames?

Don Anacleto haussa les épaules avec beaucoup de grâce et sourit.

Don Fermín hésita un instant, fit un pas en arrière; mais aussitôt il le refit en avant et ouvrit une porte de sortie par laquelle il disparut.

Après avoir franchi des salles et des couloirs, il arriva au *salon clair*, comme on appelait à l'Évêché celui que l'Évêque destinait à ses visites particulières. C'était un rectangle de trente pieds de long sur vingt de large, avec un très haut plafond à caissons plateresques en noyer brun. Les murs peints en blanc brillant, quadrillés de moulures étroites et dorées, reflétaient les torrents de lumière qui pénétraient par les portes-fenêtres, grandes ouvertes à cette joie débordante. Les meubles recouverts de damas jaune, vernis de blanc eux aussi, d'un luxe désuet, bon enfant et sympathiques, riaient aux éclats de toutes leurs contorsions de bois tordu, tantôt en courbes ventrues, tantôt en colonnes hélicoïdales. Les fauteuils semblaient s'appuyer sur les hanches, les pieds des consoles faisaient des pirouettes. Il n'y avait ni natte ni tapis, hormis celui qui présentait ses hommages au sofa; il était en moquette et représentait une corbeille de roses rouges, vertes et bleues. C'était le goût de Monseigneur. Aux murs nord et sud étaient suspendus des tableaux de Cenceño, mais retouchés de couleurs criardes qui faisaient plaisir à voir; les autres murs étaient décorés de grandes gravures anglaises encadrées d'ébène. On y voyait Judith, Esther, Dalila et Rebecca aux moments critiques de leur histoire respective. Un Christ crucifié en ivoire, sur une console, devant un miroir qui le montrait de dos, regardait sans la quitter des yeux sa Sainte Mère de marbre, deux fois plus grande que lui, placée sur la console qui lui faisait face. Il n'y avait pas d'autres saints dans le salon, ni rien d'autre qui annonçât la demeure d'un prélat.

Son Excellence Monseigneur don Fortunato Camoirán, évêque de Vetusta, laissait le Grand Vicaire gouverner le diocèse à sa guise; mais il n'avait pas le droit de toucher à son salon. C'est pourquoi les admonestations de don Fermín n'avaient pas empêché don Fortunato de décorer ses balcons de cages modestes mais joyeuses dans lesquelles sautaient et s'égosillaient, étourdissant le monde entier de leur vacarme, des chardonnerets et des canaris qui, il faut bien le dire, avaient l'air fous.

« Encore heureux que je n'emmène pas mes oiseaux à la Cathédrale chanter le Gloria quand je célèbre une grand-messe pontificale. Du temps où j'étais curé de Las Veguellinas, il y avait des alouettes, des chardonnerets et même des moineaux qui chantaient et qui sifflaient dans le chœur; c'était un régal de les entendre. »

Fortunato était un saint joyeux, incapable de voir une irrévérence là où on pouvait admirer et aimer une œuvre de Dieu.

Gloucester, le machiavélique archidiacre, « était d'avis que l'Évêque (mais ceci est un secret) n'était pas à la hauteur de sa charge ».

— Il ne suffit pas d'être bon, disait-il, pour gouverner un diocèse. Les poètes font de mauvais ministres, et les mystiques de piètres évêques.

C'était l'opinion commune du clergé de l'Évêché. C'était aussi celle de ces messieurs du Comité carliste. Ils n'avaient jamais pu compter sur l'Évêque pour quoi que ce soit!

Quelle était la conséquence de cette excessive piété? Que Son Excellence s'en remettait entièrement au Grand Vicaire pour tout ce qui se rapportait au gouvernement du diocèse. Ce qui signifiait la perdition du clergé et du culte selon les uns, une grande chance selon les autres; mais tous s'accordaient à reconnaître que ce brave Camoirán n'avait aucune volonté.

Il est vrai qu'il avait accepté la mitre à condition de pouvoir choisir, sans céder aux pressions, une personne de confiance qui prendrait en charge les soucis du gouvernement ecclésiastique. Le Magistral était sans doute le plus grand talent qu'il eût jamais connu. En outre, doña Paula, quand son fils n'était encore qu'un humble séminariste, avait été au service de Camoirán, alors chanoine d'Astorga, en qualité de gouvernante. Depuis lors, cette femme de fer avait dominé le pauvre saint de cire. Le fils, aidé par sa mère, avait pris la suite de la tyrannie et, comme ils disaient l'un et l'autre, « ils l'avaient dans leur manche ». Quant à lui, cette situation lui convenait parfaitement.

Comment était-il devenu évêque ? A une époque où l'on parvenait par l'intrigue, par les complaisances royales, on se mit, dans le but d'apaiser les plaintes de l'opinion, à la recherche d'un saint à qui donner une mitre, et l'on tomba sur le chanoine Camoirán.

Il arriva à Vetusta bénissant tout le monde et béni de tous. Au grand scandale de son cœur simple et humble, on racontait des merveilles sur sa vertu et on lui attribua presque des miracles. Une fois, alors qu'il visitait des paroisses reculées, au cœur de la montagne, à dos de mulet, au bord des abîmes, dans la neige, il vit venir à lui une mère désespérée portant son fils dans ses bras. Une vipère avait mordu l'enfant.

— Sauve-le, sauve-le! criait la mère, à genoux, barrant la route à la mule.

— Mais je ne sais pas! Mais je ne sais pas! criait l'Évêque désespéré, craignant pour la vie du petit ange.

— Si, si, toi qui es un saint! répliquait la mère en hurlant.

— Le cautère! Le cautère! Mais moi je ne sais pas...

— Un miracle! Un miracle!... répétait la mère.

Quatre grandes préoccupations occupaient la vie de Fortunato : le culte de la Vierge, les pauvres, la chaire et le confessionnal.

A cinquante ans, la tête toute neige, son cœur brûlait encore d'amour pour la Très Sainte Vierge Marie. Dès le séminaire (et de l'eau était passée sous les ponts depuis lors), sa vie avait été une ode consacrée aux louanges de la Mère de Dieu. Il savait beaucoup de théologie, mais sa science de prédilection, c'était la doctrine des Mystères qui se rapportent à la Femme *sine labe concepta*. Il aurait pu réciter de mémoire tout ce qu'ont dit les Saints Pères et les Mystiques en l'honneur de la Vierge, et il savait la louer en style oriental, avec des métaphores venues du désert, de la mer, des vallées fleuries, des forêts de cèdre; en style romantique — qui irritait l'Archiprêtre — et en style familier avec des mots d'affection paternelle, filiale et fraternelle.

Il avait écrit cinq livres, qu'on vendait d'abord une peseta et qu'on finissait par donner pour rien, ainsi intitulés : *le Rosier de Marie* (en vers),

Fleurs de Marie, la Dévotion de l'Immaculée, le Romancero de Notre-Dame, la Vierge et le Dogme.

La Reine des Cieux ne lui était jamais apparue, mais elle lui donnait à pleines mains des consolations; et elle inondait son esprit d'une lumière et d'une joie que ne pouvait assombrir ni troubler aucun malheur au monde, du moins aucun de ceux qui lui étaient arrivés.

Tout l'argent que lui donnait le gouvernement, et une grande partie de ce qu'il avait hérité partait en aumônes. Mais malheur au tailleur qui voulait l'abuser en lui faisant payer trop cher une pièce à son pantalon! On n'allait pas lui apprendre ce qu'était une pièce! Combien de fois Son Excellence avait-elle reprisé son linge et cousu des boutons! Quant au cordonnier, qui était des plus modestes, il lui fallait des trésors d'ingéniosité pour que les pièces et les ressemelages des souliers de l'Évêque soient tout à fait invisibles.

— Mais, Monsieur, s'écriait la gouvernante, doña Ursula, qui avait succédé à doña Paula dans ses fonctions, vous exigez des miracles. Comment voulez-vous que les points ne se voient pas? Achetez des chaussures neuves, comme il convient, cela vaudra mieux.

— Et qui te dit, péronnelle, qu'il convient d'acheter des chaussures neuves alors que notre prochain marche nu-pieds? Si ce savetier connaissait son métier, celles-ci auraient l'air impeccables.

L'Évêque avait de bonnes raisons d'exiger qu'on ne remarquât point les réparations de ses chaussures. Chaque jour, le Grand Vicaire l'inspectait comme une jeune recrue et, comptant sur son inattention, l'examinait sous toutes les coutures; et s'il remarquait quelque négligence vestimentaire susceptible de trahir une pauvreté indigne d'un prélat, il le tançait, non sans acrimonie :

— C'est absurde! disait De Pas. Vous voulez être l'évêque des *Misérables,* l'évêque d'un livre interdit? Est-ce pour nous mortifier, parce que nous sommes habillés décemment et comme l'exige la dignité de l'Église? Si nous avions tous des pantalons ravaudés comme des rémouleurs ou des ramoneurs de cheminées, croyez-vous que l'Église arriverait à être la plus forte dans les pays où le pouvoir domine?

— Mais non, mon fils, mais non, répondait l'Évêque, rouge de confusion, souhaitant se trouver à six pieds sous terre. C'est merveilleux de vous voir habillés de neuf; et c'est ce qu'il faut; je le sais bien. Crois-tu que je n'aie pas du plaisir à vous regarder, toi, et don Custodio, et le cousin du ministre, si beaux garçons, si resplendissants, si élégants, avec votre grand chapeau un peu court, large, velouté...? Mais comment donc! C'est une bénédiction de Dieu; c'est ce qu'il faut... Mais tu ne sais pas comment est Rosendo. C'est un infâme coquin qui me demande trois pesetas pour un ressemelage et il ne prend même pas la peine de boucher un trou dans le cuir... Celles-ci sont neuves, parole d'honneur qu'elles sont neuves, mais elles bâillent... Que pouvons-nous y faire si elles ont sommeil?

Pendant plusieurs années, Fortunato avait été le prêcheur à la mode de Vetusta. Comme son prédécesseur prenait rarement la parole, le voir occuper presque tous les jours la chaire du Saint Esprit éveilla d'abord la curiosité, puis l'intérêt, et même l'enthousiasme des fidèles. Son éloquence était spontanée, ardente; il improvisait; c'était un véritable orateur; plus que le papier, c'était la chaire, la circonstance qui le mettait en valeur. Il parlait d'emblée, des flammes d'amour mystique montaient de son cœur à son cerveau, et la chaire devenait une cassolette de poésie religieuse dont les effluves inondaient le temple, pénétraient dans les âmes. Sans le chercher, Fortunato possédait l'art suprême du frisson; oui, l'auditoire frissonnait en écoutant cette parole pleine d'une onction éloquente et sainte. La charité, sur ses lèvres, devenait la nécessité suprême, la beauté absolue, le plaisir extrême. Quand Fortunato redescendait de chaire en souhaitant à tous le paradis pour les siècles des siècles, l'onction du prélat courait dans le temple comme une influence magnétique; on avait l'impression que si les corps se touchaient, il allait jaillir des étincelles de charité électrique; l'enthousiasme, la conversion se lisaient dans les regards et les sourires; dans ces moments-là, les Vétustains croyaient sérieusement qu'ils étaient tous frères.

Mais cela s'était produit au début. Ensuite... le public commença à se lasser. On disait que l'Évêque *se prodiguait trop.* « Le Magistral ne se prodiguait pas. »

— Il prépare mieux ses sermons, disaient les uns.

— Il est plus profond, quoique moins ardent.

— Et plus élégant dans son langage.

— Et il a plus de prestance en chaire.

— Le Magistral est un artiste, l'autre un apôtre.

Il y avait longtemps que Gloucester, l'Archidiacre, se demandait pourquoi l'Évêque plaisait tant comme orateur. « Il avouait ne rien y comprendre. C'était trop fleuri. » Pour Gloucester, cet amour enflammé du prochain n'était que *rhétorique pure.* « Pour lui, ça sonnait creux. »

« Et le dogme ? Et la controverse ? L'Évêque ne disait jamais du mal de personne; comme si, pour lui, il n'existait ni un grossier matérialisme, ni une hydre révolutionnaire, ni un satanique *non serviam* libre penseur. »

D'après Gloucester, Camoirán avait commencé à se discréditer aux *sermons du Tribunal.* Chaque vendredi de Carême, le Tribunal territorial du Royaume payait et écoutait, avec une religieuse attention ou une mystique somnolence, le sermon qu'une célébrité de l'éloquence vétustaine prononçait dans la vieille église de Santa María.

— Or, disait Gloucester, là on ne parle pas pour parler, ni pour dire ce qui vous passe par la tête; là il ne suffit pas de s'embraser du feu divin; il faut quelque chose de plus, sous peine d'offenser la culture de ces messieurs. On parle à des jurisconsultes, à des hommes de science, mon cher monsieur, et il faut y regarder à deux fois avant de monter à la chaire sacrée.

L'Évêque s'était adressé au *dessus du panier*, au Tribunal territorial, comme s'il avait parlé au commun des fidèles.

L'actuel Régent (qui n'était pas Quintanar) avait dit en privé à un auditeur que *le sermon manquait de corps.* L'auditeur avait répété le propos et le procureur alla jusqu'à dire que l'Évêque n'allait pas à l'essentiel.

Pour aller à l'essentiel, il y avait Gloucester. Cette même année où Fortunato fut si maladroit, de l'avis de MM. les magistrats, le sinueux Archidiacre se surpassa dans son sermon du vendredi. Il l'annonçait depuis plusieurs jours déjà :

— Messieurs, qu'il n'y ait pas de méprise : moi, il faut me lire entre les lignes; je ne parle pas pour des servantes ou des soldats; je parle pour un public qui sache... c'est le mot, lire entre les lignes...

La muse de Gloucester était l'ironie. Ce vendredi mémorable, Mourelo apparut en chaire, souriant comme à son habitude (huit jours plus tôt, l'Évêque avait perdu son crédit), s'inclina vers l'autel, s'inclina vers les membres du Tribunal et daigna même s'incliner vers le catholique auditoire. Son regard scruta les recoins de l'église, pour voir si quelqu'un de ces petits libres penseurs vétustains, de ceux qui vont faire leurs études à Madrid et en reviennent pourris, était venu l'écouter; il en vit deux ou trois qu'il connaissait, et pensa : « C'est parfait; maintenant, vous allez voir ce que vous allez voir. »

Le Régent (qui n'était pas Quintanar), le sourcil froncé et la toge amidonnée, trônant au milieu de la nef dans un fauteuil de velours et d'or, contemplait le prédicateur, prêt à séparer le bon grain de la paille, à supposer qu'il y eût des deux. D'autres magistrats, moins enclins à la critique, se préparaient à dormir en faisant semblant d'écouter, grâce aux procédés que leur avait enseignés la pratique des audiences.

Gloucester alla à l'essentiel sans traîner. L'antiphrase, l'euphémisme, l'allusion, le sarcasme, tous les projectiles de sa rhétorique (qu'il croyait subtile et adroite), il les lança sur l'impie Arouet, comme il appelait toujours Voltaire. Car Mourelo en était encore à étriller ce pauvre Voltaire; des modernes impies il ne savait pas grand-chose; un peu sur Renan et sur quelque apostat espagnol, mais rien de plus. Presque aucun nom propre : le grossier matérialisme, l'immonde sensualisme, les pourceaux des étables d'Épicure et autres collectivités du même ordre faisaient les frais de son éloquence; pas question de Strauss ni des controverses exégétiques de Tübingen et de Göttingen : cela, mon cher, c'était le domaine réservé du Magistral, pour la plus grande jalousie de Gloucester.

Voltaire et, quelquefois, le philosophe égaré de Genève payaient pour les autres. Mais ce n'était pas tout : l'Archidiacre avait un autre cheval de bataille : le paganisme, l'antique idolâtrie. Ce jour-là, ce vendredi, il se moqua on ne peut plus opportunément des Égyptiens. Le Régent eut du mal à retenir le rire que Gloucester s'efforçait de provoquer.

Ces porcs infâmes qui adoraient des chats, des poireaux et des oignons paraissaient infiniment drôles à l'orateur sacré. « Il était désopilant quand il se payait la tête des Égyptiens! » comme disait Joaquinito Orgaz, pilier d'église parce que c'était de bon ton, et sincèrement convaincu que l'idolâtrie était une extravagance.

— Oui, Votre Excellence, oui, très catholique auditoire, ces habitants des rives du Nil, ces aveugles, dont les auteurs impies proposent la sagesse à notre admiration, adoraient le poireau, l'ail, l'oignon. « *Risum teneatis*! *Risum teneatis*! », scandait-il en regardant dans les yeux le chien de saint Roch, qui était sur l'autel d'en face, la gueule grande ouverte. Le chien ne riait pas.

Il passa plus d'une demi-heure à décocher aux pharaons et à leurs sujets des turlupinades de ce genre. « Où avaient-ils la tête, ces hommes qui adoraient de telles immondices! »

Ronzal, dit Tromblon, trouva ce sermon admirable et, deux mois plus tard, il tirait parti des citations de Gloucester dans les discussions du Cercle, déclarant :

— Messieurs, ce que j'affirme ici et en tous lieux, c'est que si nous proclamons la liberté de culte et le mariage civil, nous retournerons vite à l'idolâtrie et nous serons comme les anciens Égyptiens qui adoraient *Isis* et *Ozizi*; une chatte et un chien, je crois.

Le Régent opina, et toute la Cour avec lui, que M. Mourelo, archidiacre, avait montré plus d'élévation de pensée que Mgr l'Évêque. Ce jugement fit le tour des salons, des groupes et des promenades, et tous ceux qui voulaient passer pour des gens instruits déplorèrent qu'il n'y eût pas plus de fond dans les sermons du prélat, qu'il ne les préparât pas et qu'il se prodiguât tellement.

Finalement, l'opinion finit par proclamer ceci (mais cette fois sans solliciter l'approbation de Gloucester) :

« Il fallait se rendre à l'évidence : le véritable prédicateur de Vetusta, c'était le Magistral. »

Cette opinion devint vite un lieu commun, une phrase toute faite, et désormais la réputation de l'Évêque en tant qu'orateur fut perdue sans rémission. Quand à Vetusta on affirmait quelque chose par routine, il était impossible qu'une idée contraire pût prévaloir.

C'est pourquoi il ne servit de rien que, lors d'un sermon de Semaine Sainte, Fortunato eût été sublime en décrivant la crucifixion du Christ.

C'était dans l'église paroissiale de San Isidro, temple sévère, vaste; l'intérieur était presque plongé dans les ténèbres, ténèbres que semblaient refléter et multiplier les draps noirs qui recouvraient les autels, les colonnes et les murs; la seule lueur était, là-haut, près du tabernacle, celle de quelques longs cierges effilés qui brillaient d'un pâle éclat, léchant presque de leur flamme les pieds du Christ dégoulinants de sang; la sueur peinte réfléchissant la lumière avec des tons de tristesse. L'Évêque parlait avec une voix de tonnerre lointain, perdu dans l'ombre de la chaire; on ne voyait de lui, par moments, qu'un reflet violet et une main qui s'allongeait au-dessus de l'auditoire. Il décrivait les craquements des os du Seigneur quand les bourreaux tiraient sur les jambes du martyr pour que les pieds arrivent au madrier sur lequel ils devaient les clouer. Jésus se tordait, tout son corps voulait se dresser, mais les bourreaux s'obstinaient; ils seraient les plus forts. « Mon Dieu! Mon Dieu! » s'écriait le Juste, tandis que son corps disloqué se brisait de l'intérieur avec des craquements sourds. Les bourreaux s'irritaient de leur propre maladresse; ils n'arrivaient pas à clouer les pieds... Ils suaient, hors d'haleine et blasphémant; leur souffle souillait le visage de Jésus... « Et c'était un Dieu! Le Dieu unique, leur Dieu, le nôtre, celui de tous! C'était Dieu...! » criait Fortunato horrifié, les mains crispées, reculant jusqu'à buter sur la pierre froide du pilier, tremblant devant une vision, comme si ce souffle des bourreaux avait touché son front, comme si la croix et le Christ étaient là, suspendus dans l'ombre au-dessus de l'auditoire, au milieu de la nef. L'immense tristesse, l'horreur infinie de l'ingratitude de l'homme tuant Dieu, absurde de méchanceté, Fortunato les ressentit en cet instant avec une désolation ineffable, comme si un univers de douleur lui écrasait le cœur. Et son geste, sa voix, sa parole surent dire l'indicible, cette peine. Lui-même, quoique vaguement, et comme s'il s'agissait d'un autre, comprit qu'il était alors sublime; mais cette idée passa comme un éclair, il ne pensa plus à lui, et il n'y eut plus personne dans l'église pour comprendre et sentir l'éloquence de l'apôtre, si ce n'est quelque enfant à l'imagination forte et fraîche qui entendait pour la première fois la description de la scène du Calvaire.

Aux pauses éloquentes, chargées d'effets pathétiques, auxquelles la force de son émotion contraignait l'Évêque, répondaient, en bas, les soupirs réglementaires des bigotes, plébéiennes et paysannes, qui constituaient la majorité de l'auditoire. C'étaient les inévitables sanglots de la Semaine Sainte, les mêmes qui s'exhalaient au sermon d'un curé de village, moitié soupirs, moitié éructations de vigile.

Les dames ne soupiraient pas; elles regardaient leurs missels ouverts et tournaient même quelques pages. Les gens intelligents pensaient que le prélat « s'était laissé emporter », peut-être avait-il perdu le fil. « Il avait sorti la croix et la bannière ». La chaire, ce n'était point cela. Gloucester, dans son coin, était intérieurement scandalisé. « Mais *ça,* c'est un comédien ! » se disait-il ; il le redirait dès la sortie. Il croyait avoir trouvé une phrase : « Mais *ça*, c'est un comédien ! »

Le Magistral n'était ni comédien, ni tragédien, ni poète épique. « Il n'aimait pas sortir la croix et la bannière. » Il évitait généralement, dans ses sermons, l'épopée chrétienne et avait prêché rarement pendant la Semaine Sainte. « Il avait horreur des lieux communs », d'après don

Saturnino Bermúdez. En fait, il n'y avait pas dans son imagination assez de puissance plastique pour peindre les scènes du Nouveau Testament avec quelque originalité et avec vigueur. Chaque fois qu'il devait dire le célèbre « *Et le Verbe s'est fait chair* », au lieu de la crèche et de l'Enfant Jésus, il voyait, à l'intérieur de son cerveau, les lettres écarlates de l'Évangile selon saint Jean, dans un cadre de bois au milieu d'un autel : *Et Verbum caro factum est.*

Autrefois, dans sa jeunesse, quand il pensait à ces choses, le doute l'avait si souvent tourmenté de remords lancinants, quand il essayait de se figurer la vie de Jésus, que maintenant il avait peur de ces images : il les fuyait, il ne voulait pas se mettre martel en tête. « Il avait assez de choses à penser. » C'était un iconoclaste dans son for intérieur. Il n'avait aucun goût pour les arts plastiques; et il pensait, sans oser le dire tout haut, que les tableaux, fussent-ils de grands artistes, profanaient les églises. Du dogme il aimait la théologie pure, l'abstraction, et au dogme il préférait la morale. Sa vocation pour la philosophie théologique et son prurit de controverse lui venaient du séminaire, où son esprit s'était imprégné de la passion scolastique qui supplée souvent l'enthousiasme de la foi véritable. L'expérience de la vie avait développé son goût pour les études morales. Il lisait avec délectation les *Caractères* de La Bruyère; des livres de Balmes il n'admirait que *le Critère* et (M. Carraspique n'en serait pas revenu!) dans les romans, parfois interdits, d'auteurs contemporains, il étudiait les mœurs, les tempéraments, cherchait des observations, comparant son expérience avec celle d'autrui.

Combien de fois le Magistral avait-il esquissé un sourire de commisération en lisant chez un auteur impie les aventures idéales d'un prêtre! « Que de scrupules! Que de méandres! Que de détours pour arriver à pécher! Et après, que de remords! Ces libéraux, ajoutait-il en lui-même, ne sont même pas capables de méchanceté. Ces curés ressemblent aux miens comme les rois de comédie ressemblent aux rois. »

Les sermons de don Fermín avaient presque toujours pour sujet soit la lutte contre l'impiété moderne, la polémique d'actualité, soit les vices et les vertus et leurs conséquences. Il préférait quant à lui ce dernier sujet. De temps en temps, pour entretenir sa réputation de savant auprès des *esprits éclairés* de Vetusta, il partait en guerre contre les infidèles et les hérétiques. Mais il ne remontait pas aux Égyptiens, ni même à Voltaire. Les hérétiques que le Magistral mettait en pièces étaient tout frais. Il attaquait les protestants; il se moquait avec esprit de leurs disputes, il avait l'art de chercher le point faible de leurs doctrines et de leur discipline ecclésiastique. En l'entendant parfois décrire les Consistoires de Berlin, l'auditoire se disait : « Mais ces malheureux sont fous! »

Il ne cherchait pas à peindre les ennemis comme des criminels vautrés dans l'erreur, qui est un délit, mais comme des esprits bornés. La vanité de l'orateur contaminait alors celle des auditeurs et se confondait avec elle; de ces deux vanités concordantes naissait un enthousiasme cordial, magnétique.

« Quel dommage que tant et tant de millions d'hommes vivant dans les ténèbres de l'idolâtrie, de l'hérésie, etc., n'aient pas le talent inné des Vétustains agglutinés dans le transept de la cathédrale, autour de la chaire! Le monde serait sauvé. »

Le souci constant du Magistral en chaire était de démontrer « mathématiquement » la vérité du dogme. « Privons-nous un instant du secours de la foi, aidons-nous seulement de notre raison... Elle suffit pour démontrer... ». Il tenait beaucoup à ce que la raison suffît! « Certes, la raison n'explique pas les mystères; mais elle explique qu'ils ne s'expliquent pas. » « C'est mécanique », se plaisait-il à dire; le style familier n'était pas pour lui déplaire. En ces moments-là, son éloquence était sincère. Quand il avait en tête un argument, quand il s'efforçait de démontrer par son $a + b$ théologico-rationnel un article de la foi, il parlait avec chaleur, avec enthousiasme. Alors, alors seulement il s'emportait un peu; il abandonnait les gestes compassés, doux, académiques et fléchissait les jambes, se baissait comme un chasseur à l'affût, pour tirer sur l'argument adverse, du plat de la main il frappait des coups rapides, irréguliers, sur la chaire, son front se plissait, les pointes d'acier qu'il avait au fond des yeux se hérissaient, et sa voix devenait trompette aux accents discordants et un peu rauques... Mais, aïe! il s'enferrait. *Son* public ne comprenait pas cela... et De Pas redevenait ce qu'il était, se redressait, rentrait ses pointes d'acier et derechef écrasait de citations les Vétustains qui sortaient de là avec un mal de tête qui leur faisait dire :

« Quel homme! Quelle science! Où trouve-t-il le temps d'apprendre tout cela? Il doit avoir des journées de quarante-huit heures! »

Certes les dames appréciaient beaucoup, elles aussi, les envolées sur Renan copiant les Allemands, et sur les seuls vrais savants qui sont le Père Secchi et cinq ou six autres jésuites, ainsi que les couplets sur Göttingen et Tübingen et l'histoire de l'orientaliste Oppert, etc., mais elles préféraient entendre le Magistral dans ses *sermons de mœurs* et lui aussi préférait faire plaisir aux dames.

Si dans les sujets dogmatiques il faisait toujours appel à *la saine raison,* dans les questions de morale il concluait toujours sur l'utilité. Le salut était une affaire, la grande affaire d'une vie. On aurait dit un Bastiat de la chaire. « Intérêt et charité sont une seule et même chose. Être bon, c'est s'y connaître en affaires. » Les nombreux *indianos* qui écoutaient le Magistral souriaient de plaisir devant ces formules du salut.

« Qui l'eût cru! Après avoir fait fortune en Amérique, de retour au *pays natal,* sans bouger de chez eux, ils pouvaient facilement gagner le ciel. Ils étaient nés coiffés! » D'après De Pas, les méchants étaient aussi des imbéciles, comme les hérétiques. Cela aussi c'était mécanique, et il le démontrait aussi par $a + b$. Il peignait parfois, avec des traits dignes de Molière ou de Balzac, le type de l'avare, de l'ivrogne, du menteur, du joueur, de l'orgueilleux, de l'envieux et, après les vicissitudes d'une existence misérable, il en ressortait toujours qu'*il avait choisi la mauvaise part.*

Son portrait le plus achevé était celui du jeune homme qui s'adonne à la luxure. Il le présentait d'abord frais, pimpant, joyeux, pareil à une fleur, plein de grâce, de rêves de grandeur, espoir des siens et de sa patrie... et puis, sec, froid, blasé, flétri, inutile.

Il omettait presque toujours de dire ce qui attendait les victimes du vice dans l'autre monde. Les dames et les *indianos* comprenaient à merveille cette morale utilitaire. Le résumé qu'ils en faisaient en leur for intérieur était celui-ci : « Ouvrons l'œil, et le bon! »

« Comme il a raison! » pensaient beaucoup de dames en l'entendant parler de l'adultère. La plupart étaient des *femmes honnêtes* qui n'avaient pas été adultères, qui s'étaient bornés à *faire des bêtises, comme toutes.* Parfois, les admiratrices de don Fermín avaient l'impression que l'imprudent racontait du haut de la chaire ce qu'elles avaient dit au confessionnal.

Au tribunal de pénitence aussi le Grand Vicaire avait écrasé l'Évêque.

Quand Camoirán était arrivé à Vetusta, il s'était vu assiégé par le *beau sexe,* toutes classes confondues; elles voulaient toutes l'Évêque pour père spirituel. Mais il perdit son crédit au confessionnal bien avant de le perdre en chaire. Il était si ennuyeux! Et il était loin d'avoir la manche large ou d'être agréable. Il questionnait peu et mal. Il parlait beaucoup et disait presque la même chose à toutes. En outre, il se levait trop tôt et n'avait aucun égard pour les dames délicates. Il se rendait au confessionnal dès le lever du jour.

On l'abandonna peu à peu. Se mêler à une multitude de servantes et de bigotes pauvres dans la chapelle de la Madeleine (derrière le maître-autel) manquait de charme. Et l'Évêque les appelait *chacune à leur tour,* comme dans un salon de coiffure, sans considérer qui était maîtresse et qui était servante. « C'était un peu trop *faire l'apôtre.* » On le délaissa.

Il ne fut bientôt plus entouré que d'une plèbe matineuse. Tailleurs de pierre, maçons, cordonniers et armuriers carlistes, bigotes pauvres, servantes toquées de mysticisme plus ou moins authentique, giletières et rubanières, tel fut bien vite son public de pénitents. « C'est pourquoi il se plaignait, très affligé, des mauvaises mœurs et des nombreuses naissances illégitimes qu'il devait y avoir, si ses comptes étaient bons. S'il avait eu affaire à des demoiselles! »

Une fois il en vint à dire au Gouverneur civil :

— Mais enfin, ne serait-ce pas dans vos attributions d'interdire la promenade de la savate?

L'Évêque faisait allusion aux promenades des artisans sur le *Boulevard* *, entre chien et loup.

Il croyait que c'était de là et des bals populaires du théâtre que provenait la corruption croissante de Vetusta.

Tel était ce brave Fortunato Camoirán, prélat du diocèse privilégié de Vetusta, la très noble ancienne capitale; tel était cet humble évêque que le Grand Vicaire, dès qu'il entra dans le salon, foudroya d'un regard de réprobation.

L'Évêque était assis dans un fauteuil et les deux dames, sur le sofa.

C'étaient Visita, la banquière, et Olvido Páez, la fille de l'*americano* Páez, le deuxième millionnaire de la Colonia.

En voyant le Magistral, l'Évêque rougit, comme un étudiant de latin surpris par ses supérieurs en train de fumer son premier crapulos.

« Que se passait-il ? » signifiait le regard du Magistral, qui salua les dames en s'inclinant gracieusement, avec une coquetterie innocente. « Des dames avec l'Évêque! Et aucun homme pour les accompagner! Voilà qui était nouveau. »

Une idée de Visitación. Il s'agissait de séduire Son Excellence pour qu'elle veuille bien accepter de présider la solennelle distribution des prix de vertu, *organisée* par certain cercle philanthropique. Le cercle s'appelait *La Libre Fraternité,* appellation disgrâcieuse, peu espagnole, et qui sentait le fagot. Cette société était constituée d'une assemblée de messieurs à laquelle s'était *agrégée* une société de dames *protectrices* (grammaire du Président du Cercle).

La Libre Fraternité s'était constituée en se donnant vaguement l'air d'une institution indépendante *de toute tutelle religieuse,* et son premier président fut M. Pompeyo Guimarán, qui par miracle n'était pas excommunié, et qui ne communiait jamais.

D'une certaine manière, ce cercle s'opposait aux *Petites Sœurs des Pauvres,* à la *Sainte Œuvre du Catéchisme,* aux *Écoles Dominicales,* etc. Bien entendu, l'élément religieux lui déclara la guerre et, au bout de quelques mois, il n'y avait pas un pauvre dans toute la commune de Vetusta qui acceptât les aumônes, les prix ni l'enseignement de *La Libre Fraternité.*

Les filles des *Écoles Dominicales* et les petits garçons du *Catéchisme,* qui chantaient dans les rues, au lieu de couplets profanes, le

Saint Dieu, Saint Fort,
Saint Immortel,

ou bien

Venez, allons tous
Porter des fleurs à Marie,

inventèrent une chanson contre le Cercle. Elle disait :

Les enfants pauvres n'iront pas
A la Libre Fraternité;
Ils aiment mieux porter leurs pas
Vers la Chrétienne Charité.

La *chrétienne charité* et la perfection de la rime révélaient le style de don Custodio, le bénéficier, qui était — enviable promotion! — directeur des Écoles Dominicales des filles pauvres.

La *Libre Fraternité* serait morte de consomption sans l'héroïque sacrifice de son Président. M. Guimarán comprit que la sécularisation de la charité et de l'enseignement primaire devrait attendre des jours meilleurs, et il présenta sa démission, « se sacrifiant, disait-il, non aux injonctions du fanatisme, mais au bien des enfants abandonnés ». La démission de don Pompeyo et l'heureuse idée de la création d'une assemblée agrégée de dames protectrices améliorèrent la situation de la société de bienfaisance, et on cessa de lui faire une guerre sans merci. Mais elle ne s'était pas encore lavée du péché originel qu'elle portait dans son nom. Le Grand Vicaire détestait ce cercle.

Visitación fut la première dame agrégée, en raison de son prurit de s'agréger à tout. En ce moment, elle était la trésorière des *protectrices.*

Il s'agissait à présent d'effacer les derniers relents d'hérésie, ou de tout ce qui pouvait y ressembler, en gagnant les bonnes grâces de la Cathédrale et en priant Mgr l'Évêque de bien vouloir présider la solennelle distribution des prix de cette année. « Mais qui devait allumer la mèche ? Visitación, la banquière. » Qui, mieux qu'elle, pouvait prendre ce risque ? Pour soigner les apparences, elle demanda à être accompagnée d'une dame *de poids.* Aucune n'accepta; elles n'osaient pas. On vota et Olvido Páez fut désignée, en raison de l'influence de son papa et parce qu'elle était bien vue à l'Évêché.

— Oui, dit Visitación à l'assemblée, qu'Olvido vienne avec moi; ainsi, le Grand Vicaire n'y verra pas une manœuvre contre lui; étant donné qu'il ne peut pas me voir...

C'était vrai, le Magistral la méprisait et la considérait comme une moins que rien. Elle était une des rares dames à apporter son soutien aux conspirations de l'Archidiacre contre le Vicaire général. Visita se confessait parfois cependant avec don Fermín, malgré les rebuffades de ce dernier. « Il se doutait bien des intentions de cette pécore mais elle en serait pour ses frais; il la confessait, commandement par commandement, un point c'est tout. »

« Quoi d'autre ? Continuez; quoi d'autre ? (style Ripamilán). L'entremetteuse de Gloucester perdait son temps avec lui. »

Fortunato venait de donner sa parole d'honneur qu'il irait à la séance solennelle de *La Libre Fraternité.* Cela, ajouté au fait que la fille de Páez, sa plus fidèle dévote, fût présente, n'arrangea pas l'humeur du Vicaire. Il eut du mal à rester poli et courtois et n'y parvint que grâce à son habitude de se dominer et de dissimuler. Visitación se délectait à deviner la colère du Magistral, l'abrutissait de son ramage, d'un flot de futilités qui l'étourdissaient et « lui soulevaient le cœur ».

— Mais, mesdames, s'exclama-t-il, parlons un peu sérieusement.

— Quoi ? Qu'entendez-vous par là ? Vous voudriez qu'on fasse marche arrière, que Monseigneur se dédise ?

— Je crois que...

— Taratata! Une parole est une parole. Nous partons, nous partons; allons, assez bavardé! je ne veux plus rien entendre... Allons-nous-en, Olvido... Je ne veux plus rien entendre... plus rien...

Par une sorte de miracle acoustique, chaque mot de Visitación résonnait comme sept; on aurait dit que toute l'assemblée des *protectrices* était là en train de pérorer.

Elle se leva et marcha vers la porte, entraînant, remorquant presque la fille Páez.

Le Magistral protesta en vain : « Cette société avait été fondée par un athée, elle était ennemie de l'Église... »

— C'est faux, cria Visita, de la porte; sinon croyez-vous que nous ferions partie des dames de l'association ?

— Moi j'en fais partie, fit observer la jeune Páez, à cause d'elle, qui a réussi à convaincre papa.

— Mais enfin, messieurs, *La Libre Fraternité* a fait amende honorable; depuis notre arrivée, c'est fini ces histoires de liberté et tout ce tintouin.

— Elle a raison, risqua l'Évêque, qui se laissait prendre, une fois de plus, à la feinte agitation de la banquière; elle a raison, cette coquine...

— Pas du tout, clama le Grand Vicaire, presque hors de ses gonds. Pas du tout; vous avez commis... une imprudence.

Visita tourna la tête et tira la langue. « Comme il le traite! » pensa-t-elle, admirant un homme qui osait traiter l'Évêque d'imprudent.

Ces dames sortirent. Monseigneur, fort marri, pria le Magistral de les accompagner dans le dédale de ces couloirs étroits, et alla se réfugier dans l'oratoire pour éviter les explications.

Le Magistral ne pensa pas à le chercher.

La fille Páez marchait la tête basse. Elle aussi craignait une réprimande du prébendé. Profitant d'un moment où Visita s'était arrêtée pour saluer une famille qu'elle avait recommandée à l'Évêque, don Fermín s'approcha de la jeune fille et lui dit à l'oreille, sur un ton de paternelle autorité :

— Vous avez eu tort, tout à fait tort, d'accompagner cette... folle.

— Mais elles ont voté...

— Si vous n'apparteniez pas à cette assemblée...

— Papa vous attend à déjeuner. J'allais moi-même vous envoyer un mot, mais considérez-vous comme invité.

— Bon, bon; vous n'aimez pas entendre la vérité?

— Je vous dis que c'est papa...

— Eh bien, aujourd'hui, je ne peux aller... déjeuner. Je suis invité depuis plusieurs jours... C'est un autre Francisco qui... Mais nous nous verrons chez vous dans une heure; le temps d'expédier mes affaires en vitesse...

Ils se quittèrent; les dames s'en allèrent et le Grand Vicaire, laissant derrière lui couloirs, galeries et salons, entra dans les locaux du gouvernement ecclésiastique.

M. le Grand Vicaire entra dans son bureau sans saluer ceux qui l'y attendaient et s'assit dans un fauteuil en velours cramoisi, derrière un bureau ministre couvert de dossiers ficelés avec des bolducs. Il y posa ses coudes et se cacha la tête entre les mains. Il savait qu'on l'attendait, qu'on voulait lui parler, mais il feignait de l'ignorer. C'était une de ses façons de faire sentir le poids de sa tyrannie; ainsi humiliait-il ses subalternes; il leur marquait son mépris en faisant semblant de ne pas les voir à deux pas. D'abord sa mauvaise humeur. Une humeur noire comme la poix. La bile lui remontait à la bouche. Pourquoi? Pour rien. Il n'avait eu aucune querelle grave; mais plusieurs mesquineries mises bout à bout lui avaient gâché sa journée qui pourtant s'annonçait bien ce matin, le soleil brillait et il était gai, à sa toilette devant le miroir. D'abord sa mère, le traitant comme un gamin et lui rappelant les calomnies qui couraient sur son compte; puis les nouvelles inquiétantes et les balivernes du médecin, et puis cette Visitación, *La Libre Fraternité,* la petite Olvido manquant à la discipline... Et surtout ce diable d'évêque, insupportable d'humilité, qui par sa seule présence de lièvre effarouché lui rappelait toute une histoire de sainteté, de grandeur spirituelle, face à sa propre histoire, celle de don Fermín... qui... (à quoi bon se le cacher à soi-même?) était peu édifiante. Ce parallèle continu qu'établissait Fortunato sans le savoir irritait le Magistral. Et maintenant plus que jamais. Il lui semblait que la supériorité intellectuelle du Vicaire n'était rien face à la grandeur morale de l'Évêque. Il était le seul qui pût apprécier Fortunato à sa juste valeur. Sa vertu, son éloquence, son culte romantique de la Vierge lui paraissaient si poétiques, si nobles, si spirituels! Quant à ses propres qualités, elles étaient si misérables, si plates! Son caractère fort et dominateur, comme il était ridicule, au fond! « Que dominait-il? Des avortons! »

— Qu'y a-t-il? s'écria-t-il d'une voix aigre en levant la tête et regardant les avortons qui lui faisaient face.

Il y avait un prêtre qui avait l'air d'un laïc, et un laïc qui avait l'air d'un prêtre; tous deux mal rasés, surtout le prêtre dont le visage était semé de poils noirs et drus; ils étaient tous deux en civil, mais comme les curés de campagne; le rabat du prêtre était blanc, mais maculé de vin rouge, de sueur et de crasse; le col de la chemise de l'autre homme ressemblait aussi à un rabat; il portait un col-cravate attaché par-derrière avec une boucle.

Don Carlos Peláez, notaire ecclésiastique qui assumait deux ou trois autres charges à l'Évêché, pas toutes compatibles, se piquait d'être un des personnages les plus influents de la curie et croyait avoir l'oreille de M. le Grand Vicaire. Il comptait bien le prouver ce jour-là en pesant de tout son poids pour sauver l'infortuné curé de Contracayes, hameau de la montagne, des foudres de la discipline. Il y avait eu *délation,* une histoire de jaloux, et le Magistral savait que Contracayes (son curé) avait la faiblesse de transformer son confessionnal en école de séduction. De Pas avait voulu jeter tout le poids de la censure ecclésiastique et des peines les plus sévères contre lui, mais grâce aux sollicitations du notaire, il avait consenti, avant d'entamer la procédure, à avoir une entrevue avec le curé montagnard ; il avait promis, s'il décelait un véritable repentir, qu'il se contenterait d'un châtiment de caractère confidentiel, qui ne nuirait en rien à la réputation du prêtre, grand électeur et très chaud partisan de la juste cause.

— Qu'y a-t-il? répéta le Magistral, souriant machinalement au notaire.

Peláez montra son compagnon, un grand gaillard brun aux sourcils en broussaille et à la mine farouche; ses yeux couleur noisette lançaient des éclairs; il avait une grande bouche, des oreilles en pointe, le cou large et la pomme d'Adam proéminente. Il paraissait tout barbouillé de noir, mais c'était une illusion : il tenait du charbonnier autant que du curé; en voyant la chair violacée de ses joues hérissée de poils noirs, on pouvait croire qu'il en avait sur tout le corps. Il ne s'était jamais trouvé en face du Grand Vicaire dont il craignait les foudres, autant qu'un géant à l'état sauvage peut craindre celui qu'en dernier ressort il peut écraser d'un coup de poing. Don Fermín remarqua qu'il était plus ahuri qu'effrayé. Le curé émit un grognement en guise de salut, auquel le Magistral ne daigna pas répondre.

Le notaire était tout miel; il s'assit de côté sur une chaise pour faire entendre au curé qu'il était là comme chez lui; il utilisait la langue la plus familière possible, sans tomber dans l'irrévérence; il se permettait quelques bons mots et fut sur le point de déclarer que le péché de subornation n'était pas parmi les pires et que l'on pourrait facilement enterrer l'affaire. Mais le Magistral fronça les sourcils; Peláez changea de conversation et se mit à parler d'une manière faussement enjouée des dernières élections, faisant allusion aux exploits de certain curé de la montagne — qu'il connaissait bien —, qui avait fait mordre la poussière à une paire de gardes civils. Contracayes sourit comme un ours qui connaît le tour.

Le Magistral se demandait comment ce sauvage pouvait bien suborner ses pénitentes. Il y eut un moment de silence. On n'avait pas encore dit un mot de l'*affaire* et Peláez lui-même comprit qu'il fallait aborder la *question épineuse.*

Don Fermín, se souvenant soudain de sa mauvaise humeur et de ses contrariétés du jour, se leva et se planta en face du prêtre — qui se leva aussi comme si on allait l'attaquer — et déclara d'une voix dure :

— Mon bon monsieur, je suis au courant de tout, et je suis au regret de vous dire que votre affaire est bien mal engagée. Le Concile de Trente assimile le délit que vous avez commis à l'hérésie. J'ignore si vous savez que la Constitution *Universi Domini* de 1622, rédigée par Sa Sainteté Grégoire XV, vous désigne, vous comme ceux de votre espèce, comme d'exécrables traîtres, et la peine qu'elle assigne au criminel qui suborne les pénitentes *ad turpia* est des plus sévères; elle ordonne en outre que vous soyez dégradé et livré au bras séculier.

Le prêtre écarquilla les yeux et, effrayé, regarda le notaire qui, dans le dos de don Fermín, lui fit un clin d'œil.

— Benoît XIV, poursuivit le Magistral, a ratifié les peines infligées aux suborneurs par Sixte V et Grégoire XIV... Bref, par quelque bout qu'on prenne l'affaire, vous êtes perdu...

— Je croyais...

— Vous aviez tort, mon bon monsieur! Et si vous doutez de ma parole, l'œuvre de Giraldi, *Expositio junis Pontificii,* est à votre disposition sur ce rayon; il traite de la question à grand renfort de documents dans le tome II, première partie...

M. Peláez était habitué au style du Grand Vicaire qui n'était jamais plus érudit que lorsqu'il plantait ses griffes sur une victime.

— Monsieur, osa répondre Contracayes un peu agacé et perdant toute crainte, votre parole me suffit, et je ne me plains pas des canons sacrés mais de la malchance qui m'a fait glisser et tomber où d'autres — et j'en connais beaucoup — glissent mais ne tombent pas.

Le Magistral se retourna soudainement, comme si on l'avait mordu dans le dos.

— Sortez d'ici, monsieur l'insolent, et ne passez pas la nuit à Vetusta...! hurla-t-il.

— Mais Monsieur...

— Silence, vous dis-je! Silence et obéissance, ou vous dormez ce soir dans les geôles ecclésiastiques....

Le Magistral assena un formidable coup de poing sur le bureau.

— Eh bien, je n'avais pas besoin de bagages pour faire le voyage! s'écria Contracayes non moins furieux, en se tournant vers Peláez, consterné, qui n'avait pas prévu un tel choc entre ces deux mauvais caractères.

— Voyons, messieurs, du calme...

— Hors d'ici, canaille! s'écria le Magistral en rejetant sa cape en arrière, se laissant emporter contre son habitude. Misérable! Tu es perdu, mauvais prêtre...

— Mais qu'ai-je dit, monsieur? s'exclama le curé, un peu effrayé devant l'attitude de cet homme auquel il reconnaissait la supériorité morale d'un Jupiter ecclésiastique.

Quand il s'aperçut que son autorité n'était pas mise en doute, De Pas maîtrisa le flot de sa colère; enfin, tout pâle, mais la voix redevenue sereine, il dit en montrant la porte :

— Sortez, sortez... Vous êtes libre parce que vous êtes fou... Mais ne restez pas deux heures de plus dans la ville et ne parlez à âme qui vive de ce qui s'est passé ici... Quand à votre exécrable crime, je vais m'entendre, sans qu'il soit nécessaire de nous revoir, avec M. Peláez qui vous communiquera notre décision.

Le prêtre voulut s'agenouiller, demander pardon...

— Sortez immédiatement.

Il sortit.

Peláez, tremblant et livide, finit par dire :

— Comme je regrette...! Monsieur le Magistral...

— Ne regrettez rien. Vous êtes venus un mauvais jour. Je suis énervé. J'ai voulu l'effrayer, lui imposer le respect par la terreur... Mais j'avais compté sans ma mauvaise humeur; je me suis réellement exalté et la colère m'a emporté...

— Oh non, non! C'est vrai que c'est une brute, un sauvage...

— Oui, c'est un sauvage... C'est pourquoi j'aurais dû le traiter autrement.

— Je ne me pardonne pas de vous avoir contrarié...

— Laissez, laissez; nous parlerons de ce fripon... un autre jour. Aujourd'hui, je ne peux pas... Aujourd'hui..., il me serait impossible de vous promettre d'atténuer les rigueurs de la loi qui est formelle.

— Oui, je le sais... Mais comme on ne l'applique jamais...

— Parce qu'on n'a pas de preuves..., alors qu'aujourd'hui... Et il faut bien commencer un jour. Enfin, je vous ai dit qu'on en reparlerait... J'ai besoin d'être seul...

Peláez sortit à son tour et De Pas, enfin seul avec sa conscience, laissa monter à son front le sang de la honte accumulée...

Quelle déchéance! pensa-t-il, et il se mit à marcher de long en large dans la pièce, comme un fauve en cage.

Quand il se sentit plus calme, il sonna. Un grand jeune homme entra, tonsuré, pâle et triste, probablement phtisique. C'était un cousin du Magistral qui remplissait là les fonctions de secrétaire.

— Qu'avez-vous entendu?

— Des cris; pas grand-chose.

— Le curé de Contracayes, qui est un sauvage...

— Oui, je le sais...

— Quoi de neuf?

— Rien d'urgent.

— Je peux donc partir ? Vous n'avez pas besoin de moi...

— Non, pas aujourd'hui.

— Bon, alors je m'en vais... J'ai mal à la tête... Je ne suis bon à rien... Mais pas un mot à ma mère... Si elle apprend que j'ai quitté mon bureau si tôt..., elle croira que je suis malade...

— Oui, sans aucun doute.

— Ah! dis-moi : la licence pour l'oratoire des Páez est-elle arrivée ?

— Oui.

— Elle est en règle, je peux l'emporter ?

— La voici, dans cette chemise.

— Tout est en ordre ? Le coadjuteur de Parves pourra biner... ?

— Tout est en ordre.

— Je vois la carte de don Saturno Bermúdez. Que voulait-il ?

— Comme toujours : il ne faut pas écouter ce pauvre don Segundo, le curé de Tamaza, qui réclame l'argent des messes de saint Grégroire que lui a fait dire don Saturno...

— Et qu'il ne veut pas payer.

— C'est son habitude. Il s'est endetté auprès de tout le clergé. Il a sauvé la moitié du purgatoire — le jeune tonsuré toussa violemment pour se retenir de rire —, la moitié du purgatoire aux frais de ses *bailleurs de fonds.*

— Le curé de Tamaza est un braillard...

— Mais il demande ce qui lui est dû...

— Que peut-on y faire... Tu ne veux pas que je me mette mal avec cet évêque en redingote ?

— Oh non! *El Lábaro* qu'il inspire et qui te traite bien en ce moment nous le ferait payer cher. A propos de journaux, hier, dans *La Caridad,* de Madrid, il y avait un article sur Vetusta et, si je ne me trompe, Gloucester en était l'auteur.

— Que disait-il ?

— Des âneries! Que les carlistes ont pris le contrôle de certains diocèses où, contre toute légalité, les Vicaires généraux ne devraient point l'être, si ce n'est par intérim et autorisation spéciale ; mais les supérieurs hiérarchiques fermeraient les yeux du fait de certains services rendus à la Cour du Prétendant.

— En sorte que je ne peux être Grand Vicaire ?

— Apparemment non, puisque parmi les cas d'espèce, l'article cite ceux qui « bénéficient d'un canonicat » et fait référence à je ne sais quelles dispositions papales...

— Ah oui, je sais; un bref de Paul V et deux ou trois autres de Grégoire XV. Imbéciles! C'est miracle qu'on n'ait pas mentionné « les natifs du diocèse ». Idiots! Quel manque de sens pratique, chez ces faux catholiques...! Gloucester doit être l'auteur de ce torchon; ces finesses en sabots sont de lui! Bah! Quels ennemis, mon Dieu, quels ennemis! Des bêtes, rien que des bêtes!

Le Magistral respirait bruyamment, comme si cette atmosphère de bêtise l'étouffait...

Il voulut s'en aller, ne rencontrer aucun des prêtres ni des laïcs qui l'attendaient dans l'antichambre ou l'officine voisine.. Mais il ne put empêcher l'invasion : M. Carraspique passa le nez derrière une porte...

— On peut entrer ?

« C'était Carraspique ! » Il fut obligé de le recevoir.

Il venait s'assurer qu'on s'occupait activement de certaines expéditions à la Division des Suppliques et de quelques affaires de chapellenies... Il fallut éplucher les registres, consulter les employés. Sans y prendre garde, le Magistral passa dans la pièce voisine où il se vit aussitôt entouré de plaideurs et de solliciteurs rasés de frais, portant presque tous une soutane noire ou une redingote qui y ressemblait fort. Cette officine n'avait plus rien du luxe ostentatoire du bureau : c'était une immense pièce, sale et froide, où flottaient des odeurs de sacristie mêlées à de vagues relents de corps de garde. Le mobilier était laid. Les employés devaient leur pâleur d'abstinence et de contemplation aux miasmes d'une vie de gratte-papier misérable, sordide et malsaine, qui aggravait la jaunisse endémique de ces valets de sacristie.

A chaque angle, il y avait des tables autour desquelles civils et religieux parlaient et gesticulaient, allant de l'une à l'autre, s'entêtant dans leurs demandes et craignant en même temps d'être rabroués; les employés, plus tranquilles, fumaient ou écrivaient, et répondaient par monosyllabes, quand ils voulaient bien répondre. Cette officine ressemblait à n'importe quelle autre, avec un peu moins de mauvaises manières et un peu plus d'hypocrisie, impassible et cruelle.

A l'entrée du Grand Vicaire, le bruit décrut. La plupart se tournèrent vers lui, mais le *chef* se contenta de se couvrir le visage de la main, comme pour repousser tous les importuns, et il se dirigea vers une table pour s'enquérir d'un dossier d'exonérations. « C'est bien ce qu'il pensait : les services du ministère des Finances ne donnaient aucun renseignement. Les dossiers d'exonérations dormaient du sommeil éternel sous des tonnes de poussière. »

M. Carraspique trépignait.

— Ces libéraux! murmurait-il près du Magistral. La Restauration? Quelle blague! On change les colliers, mais on garde les chiens...

— L'État se moque de l'Église, oui monsieur, c'est évident, et il n'y a pas de Concordat qui tienne; on promet n'importe quoi et on ne fait rien...

Deux curés s'approchaient humblement du Magistral. Ils venaient de la campagne; eux aussi voulaient savoir si les dossiers d'exonérations...

— Rien, messieurs, rien, vous avez entendu, s'exclama le Vicaire à haute voix pour que tous l'entendissent et qu'on ne l'ennuyât plus, les services du Gouvernement civil disent qu'on traitera les dossiers un par un car il n'y a aucun critère général applicable, autrement dit, on n'instruira jamais ces sacrés dossiers...

De Pas fut emporté par le tourbillon quotidien des fatigues canonico-bureaucratiques; insidieusement et bien malgré lui, il s'embourba comme chaque jour dans le fatras des questions de son gouvernement ecclésiastique, étroitement mêlées à ses propres intérêts et à ceux de madame sa mère; sous les cent noms de la discipline (dont beaucoup désignaient, dans l'Église primitive, les purs et poétiques objets du culte et du sacerdoce) se déguisait l'éternelle question de l'argent : droit de dépouille, charges vacantes, demi-annates, patronages, bourses congrues, chapellenies, droits d'étole et d'autel, licences, dispenses, prérogatives, quarte canonique, mille mots qui allaient et venaient, se combinaient, se répétaient ou se succédaient, mais toujours sur un fond de monnaie sonnante et trébuchante, objet permanent de la convoitise du Grand Vicaire et de sa mère. Doña Paula n'avait jamais mis les pieds dans ce lieu, mais son esprit semblait planer sur cet étrange marché de la curie ecclésiastique. Elle était le général invisible qui menait ces batailles quotidiennes; le Magistral était son instrument intelligent.

Comme chaque jour, on lui posa ce matin-là des problèmes délicats; il les résolvait presque machinalement, au mieux de ses intérêts, avec une habileté extraordinaire, et sous une forme irréprochable, sans se départir de la plus exquise correction. Plus d'une fois cependant, son âme hésita devant une injustice, un détournement, une cruauté utile (il était nerveux et se demandait quel serpent l'avait piqué), mais le souvenir de sa mère, la présence autour de lui des témoins habituels de son aplomb, de son habileté et de sa fermeté, et surtout la force de l'inertie, l'habitude, le maintenaient en place; il fut égal à lui-même, trouva les solutions, et personne n'eut l'idée de le trouver fou, et il n'eut pas besoin d'inventer des histoires pour abuser sa mère. « Doña Paula pouvait être satisfaite de son fils ; de son fils ; pas du rêveur niais, du songe-creux qui ce matin même perdait contenance à la lecture d'une lettre insignifiante, et se réjouissait sans raison d'un soleil resplendissant sur un ciel diaphane. Le soleil! Le ciel! Quelle importance pour le Grand Vicaire de Vetusta ? S'il était à la curie, n'était-ce point pour rembourser à sa mère des dettes sacrées et étancher, par le lucre, sa soif d'ambitions déçues ?

« Oui, oui, il était cela; et il ne fallait pas se faire d'illusions ni vouloir vivre autrement. Il devait être satisfait, et il l'était. »

« Une heure et demie au bureau! se dit-il en quittant l'Évêché, mi-content, mi-honteux; et il avait l'impression de n'y être resté que vingt minutes! »

Quand il se vit à l'air libre, sur la place de la Rinconada, De Pas respira un grand coup... Ce jour-là, en sortant de l'Évêché il croyait sortir d'une grotte. A force de parler, là-dedans, il avait la bouche sèche et amère, avec un arrière-goût de cuivre. Il se trouvait vaguement un air de faux-monnayeur. Il se hâta de quitter la place que l'obscure cathédrale recouvrait de son ombre... Il fuyait vers les vastes chaussées, laissant la Encimada et ses trottoirs creux, défoncés et étroits, sa solennelle et morne solitude, ses brins d'herbe entre les pierres, ses demeures noirâtres, ses fenêtres aux barreaux tordus ; il allait à la Colonia par la Place du Pain, la rue du Commerce et le *Boulevard* * où les arbustes laissaient tomber leurs feuilles mortes sur les larges dalles. Le manteau du Magistral les ratissait et les traînait derrière lui sur la pierre, avec un bruit de houle rythmé et mélodieux.

Le ciel s'était bien dégagé, tout bleu; en face, la silhouette du Corfín, non moins bleutée. Voilà la joie, voilà la vie! « Chapellenies, bulles, demi-annates, réserves! Qu'avait à voir le monde, le beau, le vaste monde avec tout cela? Ce géant de pierre, le grave Corfín, majestueux et tranquille, savait-il ce qu'était une Division, qu'il existait même une Division des Suppliques, et ce qu'il coûtait d'argent pour obtenir une licence de n'importe quoi? »

Le Magistral marchait le long du boulevard, saluant à droite et à gauche, effrayé de ses pensées de bucolique religieuse, lui qui, toujours, avait été l'ennemi des Arcadies ecclésiastiques et professait une sorte de positivisme prosaïque face aux nécessités temporelles de l'Église. Était-il malade? Devenait-il fou? Sans pouvoir rien y faire, tandis qu'un air frais (le vent avait tourné du midi au nord-ouest) et vivifiant lui emplissait les poumons d'une âcre volupté, son imagination, insensible aux observations et aux commandements, continuait à folâtrer : elle était maintenant remontée aux premiers siècles de l'Église, et le Magistral se voyait, un grand cabas au bras, allant de porte en porte sur le *Boulevard* * et l'Espolón, recueillant les fruits savoureux que Páez, don Frutos Redondo et autres *Vespucci* de la Colonia, arrachaient de leurs propres mains à ces jardins qu'il voyait effectivement de chaque côté, derrière des grilles dorées et à travers un feuillage exubérant plein des rumeurs du vent et de chants d'oiseaux.

L'hôtel de Páez était le premier des six qui flanquaient la Grand-Rue, côté sud. C'était un grand cube ressemblant à une de ces tours de guet qui bordent la côte de la province de Vetusta, souvenir, dit-on, de la défense contre les Normands.

M. Páez ne craignait aucun débarquement de pirates, car la mer était à plusieurs lieues de chez lui, mais il croyait que « l'*élégance solide* consistait à fabriquer des murs très épais, à gaspiller le marbre, bref, à faire des travaux *cyclopiens* », comme il disait incorrectement. Tout en haut du frontispice, au lieu d'un écu qu'il n'avait pas, il avait fait inscrire, au milieu d'un grand demi-cercle en jaspe noir, cette éloquente légende en lettres d'or : « 1868 », qui n'indiquait rien d'autre que la date de cette construction cyclopéenne. Aux quatre angles de la terrasse qui surmontait ce château, sur la grande balustrade, un aigle en fer peint en vert essayait de prendre son vol. Ces aigles, d'après M. Páez, faisaient pendant à deux autres qui étaient brodés dans un tapis de son bureau. Ce brave don Francisco n'était pas le plus riche de la Colonia; don Frutos possédait quelques millions de plus, mais pour le *Vespucci* aux Aigles, « tous les don Frutos du monde ni personne ne pouvaient lui en remontrer, côté apparat » : il était le seul et unique Vétustain à faire ses visites en voiture et à avoir des laquais en livrée galonnée tous les jours que Dieu fait : pourtant, il n'arrivait jamais à les maintenir dans l'état de propreté, de correction et de sévérité qu'il avait noté chez leurs congénères, à Madrid.

Páez avait passé vingt-cinq ans à Cuba sans aller à la messe, et le seul livre pieux qu'il avait rapporté d'Amérique était l'*Évangile du peuple,* de M. Henao y Muñoz; non point que Páez fût un démocrate (Dieu merci!), mais parce qu'il appréciait le style concis. Il croyait dur comme fer que Dieu était une invention des curés; au moins, dans son Ile, il n'y avait pas Dieu. Pendant plusieurs années, à Vetusta, il garda cette opinion, se gardant de l'exprimer tout haut; mais peu à peu, sa fille et le Magistral le convainquirent que la religion était un frein au socialisme et le signe infaillible du bon ton. Páez finit par devenir le partisan le plus fervent de la religion de ses ancêtres. « Indubitablement, disait-il, la Métropole doit être religieuse. » Va donc pour la religion! Il donnait tout l'argent qu'on lui demandait pour le culte, et s'il lui arrivait souvent de lâcher quelque ineptie injurieuse pour le dogme, il était toujours prêt à se rétracter et à se replier sur des sottises plus inoffensives.

La religion — en la personne du Magistral — avait réussi à ouvrir deux brèches dans le mur de granit de cet esprit libre penseur : Páez avait deux points faibles, l'amour de sa fille et la manie du bon ton.

Olvido le réprimandait d'une voix pointue :

« Papa, cela est vulgaire »; et don Francisco vouait aux gémonies ce qu'il avait jugé excellent jusqu'alors.

Le Magistral dominait totalement Olvidito, laquelle régnait sur son père par la force de son affection et par sa connaissance de ce qu'on appelait chez eux le bon ton.

Olvido était une grande jeune fille, mince et pâle, aux yeux bruns et fiers; elle n'avait plus sa mère et menait à peu près la vie d'une idole, à laquelle on aurait insufflé conscience et mouvement. Elle était servie par des Noirs et un Blanc, son père, son esclave le plus fidèle. De sa vie d'enfant, pas un seul de ses caprices qui n'eût été satisfait. A dix-huit ans, elle décida d'être malheureuse, comme les héroïnes de ses romans, et inventa un tourment très romantique et très divertissant. Elle se prit pour le roi Midas de l'amour : elle ne pouvait pas être aimée pour elle-même, mais seulement pour son argent; et elle devint très malheureuse, effectivement. Tous les beaux jeunes gens bien nés, nobles ou de qualité, qui osèrent déclarer leur flamme à Olvido furent éconduits, c'était fatal, elle se l'était juré. A chacun elle fit la même réponse : « L'amour n'était pas son lot »; elle n'y croyait pas. Cette comédie qu'elle se jouait à elle-même s'empara peu à peu de son âme et la jeune fille finit par prendre au sérieux son rôle de reine Midas; elle renonça à l'amour avant de l'avoir connu et se voua au luxe de tout son cœur. Elle aima l'art pour l'art : c'était elle qui arborait les plus riches atours à la promenade, au bal ou au théâtre. Pour Olvido, les toilettes devinrent une religion : elle ne mettait jamais deux fois les mêmes. Elle arrivait en retard au *Boulevard* *, faisait deux ou trois tours et s'en retournait après avoir excité l'envie, sans jamais daigner poser le moindre regard sur un individu du sexe fort, fût-il paré de toutes les vertus. Les Vétustains s'habituèrent à ne voir en elle qu'un mannequin couvert d'articles de mode qui n'amusait que les demoiselles. « C'était un très beau parti », mais il ne fallait pas y penser.

« Olvido attend un prince russe », était la phrase consacrée. Quand un étranger naïf venait tenter sa chance, on l'appelait ironiquement « le prince russe » jusqu'à ce qu'il décampât en maudissant son sort.

Mlle Páez, fatiguée de n'avoir en tête que des chiffons, décida de devenir dévote. Elle chercha à se rapprocher du Magistral, en y mettant les formes comme il aimait qu'on le fît, et elle y parvint. Ils surent s'entendre. Pour lui, cette grande fille froide et sèche devait le conduire à don Francisco qui employait ses millions à s'acheter des influences. Mais Olvido eut la malencontreuse idée de s'éprendre mystiquement (c'est ce qu'elle se disait) du Grand Vicaire. Il fit semblant de n'avoir rien remarqué mais profita de cette nouvelle lubie pour gagner le père au plus vite; et, ne voyant aucun danger pour personne dans cette passion imaginaire d'une jeune *indiana* un peu fantasque, il ne la repoussa pas, comme d'autres femmes moins timides et plus dangereuses pour la chair. De Pas avait un projet : marier Olvido avec qui il voudrait. Il croyait pouvoir y arriver, mais n'avait pas encore de candidat; ce parti devait être la récompense de quelque signalé service qu'on lui rendrait, mais il ne savait encore quand ni dans quelle impérative circonstance.

Ce matin-là, à l'*hôtel Páez,* on le reçut comme toujours, sous le dais, comme disait don Francisco.

En marchant sur ces tapis, en se voyant dans ces miroirs grands comme des portes, en laissant son corps s'enfoncer voluptueusement dans les délices d'un confort moelleux, tapageur, vraiment effréné, prodigue et éblouissant, le Magistral se sentait transporté dans des régions qui lui semblaient s'accorder avec les hauteurs de son esprit; il pensait être né pour cela; mais la cupidité de sa mère, sa fortune qui ne lui permettait pas cette splendeur, l'état ecclésiastique, l'obligation d'afficher un train modeste, aux limites de la gêne, le tenaient éloigné de son ambiance naturelle... qui était celle-ci... En pénétrant dans ces salons, le Magistral polissait encore ses manières lénifiantes, faisant voler sa cape avec une grâce spontanée, retenant sa soutane et tournant les mains, les yeux et le cou avec une distinction profane qui ne tombait jamais dans l'impudence de ces curés oublieux du respect dû à leur costume dès qu'ils ont mis les pieds dans les palais du grand monde... ou leurs succédanés. De Pas ne cessait jamais d'être le Magistral; mais il démontrait, par sa seule façon de se déplacer, de sourire ou de regarder, que le prébendé, sans renoncer à son état, savait vivre en société aussi bien qu'un autre. Cette vertu venait s'ajouter à ses qualités physiques, à sa réputation d'homme éloquent, influent et intelligent, ce qui faisait dire à la marquise de Vegallana que « c'était un curé tout à fait présentable ».

Don Francisco Páez et sa fille supplièrent don Fermín de rester à dîner avec eux; il n'y avait personne, ce serait un repas de famille... Seuls, tous les trois.

— Seuls, tous les trois! s'exclama Olvido, cessant un instant d'être un glaçon.

Le Magistral était sur le seuil d'une porte, sa blanche main jouant avec le velours d'une tenture qu'elle froissait, et il s'inclinait avec grâce, souriait, secouait en signe de dénégation sa tête petite et bien faite, avec une certaine coquetterie *épicène*.

— Allons, papa, retiens-le! suppliait Olvido en traînant sur les syllabes, qui paraissaient lui sortir du nez.

Impossible.

— Il est très obstiné, ma fille, laisse-le... Il ne veut pas qu'on le remercie de la licence de l'oratoire ni de l'autorisation de biner la messe pour don Anselmo.

— C'est Sa Sainteté qu'il faut remercier.

— C'est ça, c'est sur ma bonne mine que Sa Sainteté m'accorde ces faveurs...

Le Magistral souriait, prêt à s'enfuir si on voulait l'attraper.

— Mais enfin, une raison, donnez-nous une raison, s'écria Olvido qui avait retrouvé son naturel glacé.

Le Magistral rougit un peu.

Il dut mentir.

— Il y a trois jours que je suis invité chez un autre don Francisco; je ne peux pas faire faux bond, ce serait un affront... Vous savez ce que sont ces petites villes..., ce qu'on dirait...

C'était faux. Personne ne l'avait invité à manger. Sa mère l'attendait comme tous les jours.

Néanmoins, en refusant cette invitation cordiale et spontanée qui l'aurait flatté en d'autres circonstances, il obéissait à un pressentiment. Il ne savait pas pourquoi, mais il s'imaginait qu'on allait l'inviter chez Vegallana, la dernière visite qu'il pensait faire. Pourquoi l'inviter? D'ailleurs, ils mangeaient à la française; de plus, doña Rufina changeait tout le temps et ils passaient à table à n'importe quelle heure. De toute façon, ils n'avaient pas l'habitude de faire *gaudéamus* pour célébrer la fête de Paquito Vegallana, il n'était pas invité, il... Et pourtant... Il gardait cette visite pour la fin. Et pourquoi devait-il préférer la table du Marquis à celle de Páez, non moins splendide ? Il voulut s'épargner de répondre à cette question captieuse, mais avant qu'il n'eût préparé un mensonge, la voix de sa conscience éclata à ses oreilles : « C'est que la Régente mange parfois chez eux, particulièrement des jours comme celui-ci, parce qu'ils la considèrent comme de la famille. »

« Et que lui importaient la famille, la Régente et le repas chez le Marquis ? »

Après avoir rendu visite à deux Paco importants et à une Paca dévote, le Magistral, l'estomac creux et la faim au ventre, passa sous les arcades de la Place Neuve, prit la rue des Chanoines, traversa celle des Récollets et arriva à celle de la Rua; il demanda d'une voix tremblante au portier du marquis de Vegallana, un nain vêtu d'une livrée fantaisiste :

— Le fils de Monsieur est ici ?

A ce moment-là la porte de la cour s'ouvrit avec fracas et l'on entendit deux éclats de rire à l'intérieur. Le Magistral reconnut les cris de Visita :

— Non monsieur, pas du tout! Elles ne sont pas bleues...

— Si, madame, bleues avec des raies blanches, répondit Paco en tapant des mains.

— Je vous parie que non! On parie ?

— Ne sois pas sotte, dit une autre voix plus douce, de la fenêtre du premier étage, ne le crois pas; on n'a rien pu voir... Moi-même, j'étais plus bas et je n'ai rien vu...

C'était la voix d'Ana Ozores.

Les oreilles du Magistral se mirent à bourdonner... et il entra dans la cour.

Chapitre treize

Le soleil pénétrait dans le salon jaune et le boudoir de la Marquise par les fenêtres grandes ouvertes sur les balcons; il était invité, au même titre que le petit vent indiscret qui soulevait les franges du haut des portières en satin, les prismes en cristal des lustres et les pages des livres et des journaux épars au centre de la pièce et sur les consoles. S'il entrait des flots de lumière et d'air frais, il sortait des torrents de joie, des éclats de rire qui allaient s'éteindre au fond des ruelles solitaires de la Encimada, des froissements de jupes et de jupons amidonnés, des frottements de manteaux d'église, des bruits de chaises qu'on déplace et qu'on rapporte, des battements d'éventails... La fine fleur de Vetusta emplissait le salon et le boudoir. Doña Rufina, vêtue d'un bleu électrique, la tête poudrée et ornée de fleurs naturelles qui ressemblaient à des chiffons, sans qu'on sût pourquoi, doña Rufina, donc, régnait — sans gouverner — sur cette société tellement à son goût, où les chanoines riaient, les fiers aristocrates prenaient les plumes du paon, les jouvencelles coquetaient, les femmes plus mûres laissaient voir force chair blanche, des conseillers provinciaux sauvaient la région et des fats ambulants imitaient les manières de leurs congénères madrilènes.

La Marquise était au balcon de son boudoir, étendue sur une chaise longue doublée d'étoffe satinée, et respirait avec délices l'air frais de la rue. Les discussions allaient bon train. Debout près d'elle, triomphant, un éventail de nacre dans la main droite l'enrobant d'une brise voluptueuse, Gloucester présentait de guingois sa plaisante silhouette. Sa main gauche, telle un clou romain, retenait les plis de son manteau qui descendait gracieusement vers le sol pour se poser en un tas brillant de toile noire sur la jupe couleur cerise d'Obdulia Fandiño, toujours haute en couleurs; elle était assise au pied de la Marquise et de l'Archidiacre, sur un vénérable tabouret (dérobé à l'antique salon du Marquis) et se penchait, avec plus de grâce que de sage réserve, sur le giron de sa noble amie. Ces trois personnes tenaient séance sur le balcon; à portée de voix de Gloucester, dans le boudoir, assis ou debout, se trouvaient trois autres chanoines, le chapelain de la maison, don Aniceto, trois dames de la noblesse, l'épouse du gouverneur civil, Joaquinito Orgaz et deux autres freluquets de la ville qui faisaient leurs études à la capitale.

Les discussions allaient bon train, entrecoupées de rires, de plaisanteries qui avaient traversé villes et générations, ou de phrases éculées et toutes faites : femme honore Dieu également dans le siècle ou au couvent; bonne et fidèle mère résistant aux tentations a plus de vertu que femme entrant au couvent.

Toutes les dames sauf une, grande et grosse et portant l'habit du Carmel (on aurait dit un moine), soutenaient que la bonne épouse dans le siècle a plus de mérite que l'épouse de Jésus.

La femme du gouverneur s'excitait; elle agitait son éventail fermé au-dessus de sa tête et appelait l'Archidiacre *mon bon monsieur.*

Gloucester défendait la clôture, mais il battait en retraite galamment, à coups de sourires et d'éventail.

Au salon, on parlait de la politique locale. Le Gouvernement se trouvait devant un cruel dilemme, de l'avis unanime, le Maire et la veuve du marquis de Corejudo exigeant le même débit de tabac, celui de l'Espolón, ô combien important pour leurs protégés respectifs.

Le directeur du Trésor avait dit que c'était du ressort du gouverneur (il le racontait en ce moment même à ceux qui l'entouraient). Le Gouverneur avait consulté le Gouvernement par télégraphe (sa femme venait de le dire) et celui-ci avait à choisir entre offenser la femme dont dépendait la plupart des votes conservateurs ou mécontenter l'un des plus fermes appuis de la cause de l'ordre, à savoir monsieur le Maire.

Les avis étaient partagés. Le marquis de Vegallana et Ripamilán, qui se démenaient au milieu du groupe, estimaient que *s'ils étaient le Gouvernement,* ils concéderaient le monopole à la veuve. « Les dames d'abord! »

Tromblon, c'est-à-dire Pepe Ronzal, du Conseil provincial, croyait, avec la majorité des présents, y compris le directeur du Trésor, que la raison d'État conseillait d'accéder à la prétention du Maire, même si comme de mauvaises langues le laissaient entendre, il voulait ce débit pour une de ses ex-concubines.

— Vous voyez bien, c'est un scandale! s'écria le Marquis, qui avait des enfants illégitimes dans toute la province, cet homme ne sait pas se tenir...

— Cela, passe encore, répondit l'Archiprêtre; le malheur, ce n'est pas qu'il veuille honorer des dettes sacrées, c'est qu'il en ait contractées... Mais en face de lui, il y a une dame!...

Tandis qu'au salon et dans le boudoir on disputait de mille et une manières, les chambres intérieures du premier étage, la salle à manger, les couloirs, l'escalier qui conduisait à la cour et au jardin, étaient le théâtre des courses joyeuses et turbulentes de Paco Vegallana (dont c'était la fête), Visitación, Edelmira, nièce de la Marquise (une fille de quinze ans qui en paraissait vingt), don Saturnino Bermúdez et M. Quintanar; la Régente et don Alvaro Mesía suivaient ces jeux innocents d'une fenêtre de la salle à manger donnant sur la cour.

Quintanar avait emprunté une veste d'intérieur à Paco pour remplacer sa redingote de *tricot* * dans laquelle il se prenait les jambes. Cette veste était ample et courte, en alpaga très clair.

Dans l'escalier, le Magistral se trouva nez à nez avec Visitación et Quintanar qui cherchaient partout la blague à tabac de l'ex-régent qu'avaient cachée Edelmira et Paco. Saturnino Bermúdez, pâle et les yeux cernés, souriant jusqu'aux oreilles, suivait derrière, seul, faisant aussi le fou de la manière la plus disgracieuse du monde. Quelle tristesse de le voir s'amuser, sauter, imiter la bruyante allégresse des autres. Mais voilà, c'était son devoir : c'était un parent, un intime de la maison, on l'invitait à manger, aussi devait-il faire comme les autres, courir, s'agiter, pincer les dames même, si elles passaient à sa portée. Mais il était toujours seul; voulait-il dire quelque chose à la Régente, à Visitación et Edelmira, à peine ouvrait-il la bouche que ces dames, distraitement, le plantaient là, en plein discours. Il n'y avait rien à faire. Ce n'était pas par manque d'éducation; mais les phrases de Bermúdez étaient si compliquées, comportaient tant d'incises et de colons qu'en écouter une jusqu'au bout était une épreuve au-dessus de leurs forces. Quand il aperçut le Magistral, les cieux s'ouvrirent pour lui : il avait un prétexte pour redevenir sérieux. Il le salua avec toute la civilité « qui le caractérisait » et se disposa à l'accompagner au salon. Paco l'avait salué de loin, vite et mal, occupé qu'il était à courir cacher la blague de Quintanar au fond du jardin, suivi d'Edelmira, la plus potelée, sémillante et colorée de toutes ses cousines.

– On ne le tient plus, ce garçon, quand il fait le fou, dit Bermúdez pour excuser son parent, comme s'il accueillait le Magistral en tant que membre de la famille du Marquis.

Don Fermín regarda discrètement la Régente et don Alvaro qui parlaient à la fenêtre de la salle à manger. Il fit comme s'il ne les avait pas vus et, les joues quelque peu enflammées, il se laissa conduire par don Saturnino jusqu'au salon.

Les messieurs sérieux l'accueillirent avec force démonstrations aimables de respect et d'estime.

— Oh, monsieur le Magistral!

— Quelle bonne surprise!

— Voici l'Antonelli de Vetusta.

Le Marquis lui donna une accolade qui fit pâlir d'envie un petit curé, familier de la maison.

Ripamilán lui serra la main avec une chaude effusion; ils passèrent ensemble dans le boudoir.

Les trois chanoines se levèrent; la dame qui ressemblait à un moine sourit avec ravissement et murmura :

— Ah, monsieur le Grand Vicaire!...

— Grâce à Dieu, voilà une âme égarée..., s'écria la Marquise. Elle se redressa un peu et tendit une main dont M. le Magistral s'empara avec aisance malgré la distance, sa taille décrivant un arc au-dessus du joli corps rouge cerise d'Obdulia qui, de là-dessous, paraissait vouloir précipiter ce beau garçon dans l'abîme de ses grands yeux noirs. L'Archidiacre s'immobilisa, l'éventail ouvert, comme une aile de moulin privée de vent. Il comprenait soudain qu'on l'avait supplanté; de tête d'affiche, il passait au rôle de figurant. Effectivement, ses propos que dames et curés écoutaient avec délices furent étouffés sans que personne s'en plaignît. Gloucester se sentit tellement éclipsé qu'il crut prendre froid, comme si le soleil s'était soudain caché.

« C'était toujours la même chose; il y avait de quoi haïr un tel homme. Néanmoins, en parfait chanoine du monde, Mourelo dissimula une fois de plus ses sentiments et tendit la main à son ennemi, accompagnant son geste d'une cascade de cris gutturaux qui voulaient exprimer sa joie immense.

— Bonjour, bonjour! et il lui donnait d'affectueuses tapes sur l'épaule.

Le Magistral ne put savourer en toute quiétude ce vulgaire et plat triomphe parce qu'il ne pouvait s'empêcher de penser au groupe qui était à la fenêtre de la salle à manger. Il répondait à tous avec modestie et réserve, mais son esprit était ailleurs.

Les minutes passaient et ils étaient toujours dans la salle à manger.

« Anita était-elle invitée? Alors, elle n'irait pas se confesser cette après-midi, comme le disait sa lettre... »

L'apparente cordialité et la gaieté expansive de tous les présents cachaient un fond de rancœurs et d'envies. Ces dames, ces prêtres et ces messieurs, en cet instant précis, étaient partagés en deux camps ennemis : celui des enviés, et celui des envieux; ceux qu'on avait invités au repas, et ceux qu'on n'avait pas invités. On avait beau parler beaucoup de beaucoup de choses, la seule chose qui occupât le monde, c'était l'invitation. On n'en parlait pas, mais on ne pensait qu'à elle. On commençait de prendre congé, et ceux qui partaient dissimulaient leur dépit, un peu honteux; ils se croyaient humiliés, presque ridicules. Tel jeune homme saluait maladroitement avant de sortir contrit. C'étaient les femmes qui avaient le plus de mal à feindre tranquillité et indifférence. Certaines étaient toutes rouges en partant. Gloucester était de ceux qui n'avaient pas été invités. Mais un doute le rongeait : « Et lui? De Pas est-il invité? » Il l'ignorait et ne voulait pas partir sans le savoir. Le temps passait, le boudoir et le salon se vidaient peu à peu et le Magistral pensa que le moment était venu de partir. Il s'approcha de la Marquise mais n'eut pas le courage de prendre congé et lui parla d'autre chose. A ce moment-là, Visitación entra dans le boudoir, les yeux et les joues en feu, et dit quelques mots en particulier – « avec la permission de ces messieurs » – à la Marquise et à Obdulia ; toutes trois entourèrent le Magistral et, avec la permission de ces messieurs (qui n'étaient plus que trois, l'Archidiacre et deux blancs-becs insignifiants), elles entamèrent un conciliabule avec lui, entrecoupé de leurs rires et des protestations de don Fermín, qu'il soulignait chaque fois d'un geste affectueux et élégant. Les chuchotements de ces dames étaient semés de suppliques, de prières, de coquetteries, plus ou moins enjôleuses, quoique toujours honnêtement tournées ; Gloucester, qui feignait d'écouter ce que disaient deux insipides godelureaux, dévorait le groupe du coin de l'œil. « Pas de doute, on le suppliait de rester à manger. » Le conciliabule prit fin, Obdulia et Visitacíon sortirent en courant, bruyantes, fières de montrer leur intimité avec la Marquise, et les jeunes gens s'en allèrent. Il ne restait dans le boudoir que la Marquise, le Magistral et Gloucester. Il y eut un silence. L'Archidiacre s'accorda une minute de prolongation pour voir si l'autre s'en allait aussi. On entendit au salon quelques voix qui disaient au revoir au Marquis... Il ne restait plus dans la maison que les invités... Faisant contre mauvaise fortune bon cœur, il se leva, tendit la main à doña Rufina et sortit en plaisantant, après force saluts et rires de fausset. Il était ivre; ivre de honte et de colère. « Inviter l'autre... un simple prébendé d'office... et lui faire affront à lui... qui était une dignité! Son ennemi toujours triomphait!... Mais il le paierait un jour, une bonne fois pour toutes. »

Arrivé à la porte, tandis qu'il passait son manteau (et pourtant il faisait chaud), il se dit : « Cette Marquise est une... entremetteuse, une Célestine!... On veut perdre cette jeune femme! On veut *la mettre* en sa présence!... » Et il se retrouva dans la rue, imaginant des choses atroces et cherchant une formule *convenable* pour communiquer à son prochain le fruit de ses pensées.

Les invités étaient les suivants : Quintanar et Madame, Obdulia Fandiño, Visitación, doña Petronila Rianzares (celle qui ressemblait à un moine), Ripamilán, Alvaro Mesía, Saturnino Bermúdez, Joaquín Orgaz et le Magistral, invité de dernière heure, sans compter quelques illustres Vétustains, par exemple le docteur Somoza. Considérons Edelmira comme faisant partie de la maison, puisqu'elle en était l'hôte.

Les années précédentes, on n'avait pas célébré la fête de Paco de cette façon; il l'avait fêtée lui-même et hors de chez lui. Mais cette fois-ci, on avait improvisé ce festin intime et on mangeait exceptionnellement à l'heure espagnole, pour pouvoir aller visiter, avec les voitures de la maison, la ferme du Vivero où le Marquis possédait un château au milieu d'immenses forêts, et une tannerie équipée à l'ancienne. On irait voir les chiens de chasse et un saint-bernard que Paco avait acheté quelques jours auparavant. Ils étaient sa fierté. Après les femmes vénales, le jeune Marquis adorait les animaux domestiques, surtout les chiens et les chevaux.

L'invitation du Magistral était le résultat d'un *complot* entre Quintanar, Paco et Visitación. L'idée venait de la banquière. Elle voulait faire une plaisanterie à Mesía : voir le confesseur et le diable, le tentateur, l'un en face de l'autre. On raconta à Quintanar qu'on invitait De Pas pour voir Obdulia coqueter avec le prêtre, et ce pauvre Bermúdez, amoureux de la veuve, enrager dans son coin. Quintanar trouva l'idée plaisante mais dit « qu'il s'en lavait les mains, car l'intention manquait de révérence », ce qui ne l'empêchait pas de penser que les curés étaient des hommes comme les autres.

— D'autre part, ajouta l'ex-régent, je suis ravi que don Fermín partage notre repas; grâce à lui, ma femme finira bien par renoncer à cette idée fixe d'aller se confesser cette après-midi... Je veux qu'elle s'accoutume à voir son nouveau confesseur de près, qu'elle se convainque qu'il est homme comme les autres... C'est cela... Et, malgré tout le respect qui lui est dû... Si vous me le rendiez un tout petit peu ivre...

Paco ne voulait pas entraver les plans de Mesía, que la fête de ce jour-là servait en partie; mais il trouvait plaisant et drôle de mettre M. le Magistral dans l'embarras si, comme le soupçonnait Visitación, l'illustre chanoine répugnait à voir la Régente livrée au bras séculier de Mesía.

De but en blanc, Visitación avait dit à Paco qu'elle savait tout, qu'Alvaro n'avait aucun secret pour elle.

— Mais Ana? Elle t'a dit quelque chose?

— Ana? Jamais de la vie : vertu d'abord! Mais ne t'inquiète pas...

— Il est bien entendu qu'il ne s'agit que d'une *chose... spirituelle...*

— Je te crois... Tout ce qu'il y a de plus spirituelle...

— Parce que sinon, nous... Nous ne nous prêterions pas... Imagine... Ce pauvre don Víctor...

— Mais oui, j'imagine !... Mais c'est pour rire, mon petit, uniquement pour rire ; mais tu vas voir comme le Grand Vicaire va le prendre de travers... Ainsi parlait Visitación avec ses amis intimes.

— Obdulia le consolera, elle qui l'assiège et le préfère à don Saturno, au mitré et à mon ami Joaquín.

— Mais il la déteste... Elle est très provocante... Il ne les aime pas ainsi...

— Mais toi, tu le détestes bien...

— Mon cher, je ne supporte pas les hypocrites... Et dis donc; cela t'arrange, que le Magistral reste.

— Pourquoi?

— Parce qu'Obdulia te laissera tranquille et tu pourras t'occuper de la petite cousine... Mais ça, vois-tu, je ne te le pardonnerai pas! Je protège l'innocence... J'y veillerai...

— Ne sois pas sotte... Du moment qu'elle est chez moi, je la respecte.

— Aïe, aïe! Entendez-moi cela... Vraiment, ce respect te va bien... Je n'ai pas confiance...

Edelmira avait interrompu le dialogue et on décida tout simplement de demander à la Marquise d'inviter, de façon pressante, si nécessaire, M. le Magistral.

Visitación arrangea tout en une minute.

Comme toujours. Là où elle passait, c'est elle qui faisait tout. Elle consacrait sa vie à s'occuper des affaires des autres (sa grande passion), à sucer des friandises d'autrui et à manger hors de chez elle. Elle laissait à son modeste mari, l'humble employé de banque, petit homme au visage d'ange vieilli, le soin de s'occuper des enfants et de lisser sa moustache grisonnante. Visitación l'exigeait. Elle ne pouvait pas tout faire. Qui menait la maison ? Qui débrouillait les problèmes ? Qui conjurait les mises à pied ? Qui jonglait avec les difficultés du budget ? Qui était le grand stratège de l'économie domestique ? Visitación. Eh bien, il fallait la laisser s'amuser, sortir ; elle ne pouvait pas rester clouée au foyer toute la journée. D'ailleurs, c'était une femme si énergique que tout était fin prêt, la maison nettoyée, le repas préparé avant même que, dans d'autres foyers, on eût allumé le feu ou donné le premier coup de balai. Ce n'était jamais très propre mais, la conscience tranquille, elle partait à la chasse aux nouvelles, aux potins, aux morceaux de sucre et aux recommandations : il fallait toujours qu'elle fût partout et en perpétuelle activité.

Sa nouvelle campagne, sans doute la plus importante de toute son existence, était destinée, selon elle, *à le faire valoir à ses yeux* : la propriétaire des yeux, c'était Anita. Elle voulait lui faire découvrir don Alvaro, et depuis sa conversation de la veille avec ce dernier, elle ne pensait qu'à cela. Ce matin-là, elle s'était rendue chez Quintanar, qui se promenait en manches de chemise dans son bureau, ses bretelles brodées pendantes : toutes les péripéties de la chasse d'un cerf fabuleux à la ramure invraisemblable s'y trouvaient représentées, en soie fine de couleurs vives. Don Víctor essayait de boutonner son col ; il se mordait la lèvre inférieure, tendait le cou le plus haut possible, comme s'il appelait à l'aide les forces divines et surnaturelles. Visitación entra dans son bureau par erreur...

— Oh ! Excusez-moi, dit-elle, je vous dérange ?

— Mais non, ma fille, mais non ; vous arrivez à temps. Ce sacré bouton...

Et tandis que la dame — qui n'avait même pas ôté ses gants – lui boutonnait son col, don Víctor se mit à lui exposer sa résolution irrévocable de distraire sa femme...

— Voici mon programme.

Et il le lui exposa point par point.

Visitación l'approuva intégralement et ils allèrent ensemble dans la chambre d'Ana qui, en cet instant même, fermait hâtivement et comme en cachette la lettre que don Fermín devait lire peu après devant sa mère.

Visitación et Quintanar forcèrent presque Ana à s'habiller « comme il faut » et à sortir avec eux. Visita les avait quittés sur la place de la Cathédrale pour aller s'occuper de l'affaire de la *Libre Fraternité.* Ils se reverraient chez Vegallana. Depuis longtemps, la Marquise avait écrit aux Quintanar pour les inviter à déjeuner et leur donner le programme de la journée. Ana discuta avec son mari : elle voulait aller se réconcilier, elle l'avait annoncé dans une lettre au Grand Vicaire, on ne pouvait pas revenir là-dessus...

« Taratata! Don Víctor était résolu à être inflexible... »

— Tu te réconcilieras, si tu en as la force, après le repas chez le Marquis; et vite fait, pour aller au Vivero... Je ne transigerai pas!

Et ils allèrent souhaiter leur fête à plusieurs Franciscos et Franciscas. A une heure et quart, ils étaient chez le Marquis.

Avant tout autre chose, Ana vit don Alvaro.

Elle eut peur de rougir, de bégayer en réponse au salut courtois de Mesía. Elle regarda son mari, un peu effrayée, mais Quintanar serrait la main de don Alvaro avec effusion. Il lui était très sympathique et, quoique se voyant peu, à chaque rencontre, ils resserraient les liens d'une amitié naissante qui *menaçait* d'être intime et durable. Aux yeux de Quintanar, don Alvaro avait le rare mérite de n'être pas têtu : d'après ce brave Aragonais, tous les Vétustains l'étaient; mais ce modèle de dandy ne cherchait pas à défendre une opinion tirée par les cheveux et finissait toujours par donner raison à Quintanar qui s'exclamait, quand le bel homme avait tourné le dos : « S'il allait faire carrière à Madrid... Avec cette allure, avec cet air-là, et ce sens social!... Oh, ce serait quelqu'un! »

Ana prit la résolution de se dominer, de traiter don Alvaro comme n'importe qui, sans apartés suspects, se disant qu'en fait il n'y avait rien, qu'il ne pouvait et ne devait rien y avoir entre eux deux.

Quand, quelques minutes plus tard, il l'acculait habilement près d'une fenêtre de la salle à manger, tandis que Paco emmenait Víctor dans ses appartements pour passer une veste d'intérieur (ample et courte), la Régente fut obligée, pour rester froide et sereine, de se souvenir qu'il n'y avait jamais rien eu de sérieux entre elle et cet homme; les regards qui l'avaient enhardi n'avaient rien d'un engagement qui pût la compromettre aux yeux d'un homme du monde. Ana parlait des hommes du monde à travers ce qu'elle en avait lu dans les romans : elle ne les avait jamais vus à l'œuvre sur le terrain.

Alvaro se garda bien de faire allusion à la rencontre de la veille au soir; il ne dit rien du court épisode du fond du parc mais il parla avec plus de confiance, sur un ton familier qu'il n'avait jamais employé avec elle. Ils s'étaient rarement parlé et toujours au milieu de la foule. Ana connaissait tout Vetusta, mais ses relations avec les hommes n'avaient jamais été très intimes. Seuls, Paco et Frígilis étaient de vrais amis. Elle n'était pas expansive; son amabilité toujours égale maintenait les gens à distance.

Visita affirmait que ce petit cœur n'avait pas de porte. Elle, en tout cas, n'en avait pas la clé.

Don Alvaro parla beaucoup et bien, avec naturel et simplicité, tâchant de plaire à la Régente par la délicatesse de ses sentiments plus que par l'éclat et l'originalité de ses idées. On voyait bien qu'il sollicitait sympathie et cordialité et qu'il se présentait comme un homme au cœur droit, sans plis ni replis. Il riait avec une franche bonne humeur, ouvrant suffisamment la bouche pour montrer une dentition sans défaut. Le tour que Mesía donnait à leur situation étrange parut du meilleur goût à Ana. Mais quand il se taisait, ses craintes revenaient; elle s'imaginait que lui aussi se remettait à penser à ce qu'il y avait entre eux, à l'apparition diabolique de la nuit précédente, à la promenade dans les rues et à tant de rendez-vous implicites, cherchés, brigués, sollicités par lui sans savoir comment; lâchement, criminellement acceptés par elle.

Don Víctor était à peine plus grand qu'Ana; don Alvaro devait se pencher sur elle pour que son souffle, en parlant, effleurât doucement sa gracieuse tête menue. On aurait dit une ombre protectrice, un refuge, un appui; on se sentait bien, à l'abri de cet homme comme à l'abri d'une forteresse. Tout en l'écoutant, la tête penchée, regardant les pierres de la cour, Ana apercevait à peine, du coin de l'œil, le paletot clair, immaculé, de cette mâle personne. Quand il faisait un geste un peu brusque, don Alvaro dégageait un parfum qui parut délicieux à Ana la première fois qu'elle le respira, puis redoutable; un parfum qui devait très vite tourner la tête; elle ne le connaissait pas, mais il devait tenir un peu du tabac de luxe et d'autres choses purement masculines, mais d'homme distingué uniquement. Parfois, son interlocuteur appuyait sa main sur le rebord de la fenêtre; Ana ne pouvait s'empêcher de voir des doigts longs et fins, à la peau blanche, aux veines bleues et aux ongles lisses, ovales et bien coupés. Et si elle baissait encore un peu plus les yeux, pour que l'autre n'allât pas s'imaginer qu'elle contemplait ses mains, elle voyait son pantalon qui tombait, en une gracieuse courbe, sur un pied étroit et fin, chaussé avec un soin ultra-vétustain. Ce ne pouvait être un péché, ni rien de semblable, que de trouver l'ensemble agréable, c'était bien et il ne pouvait en être autrement.

Ana entendait vaguement les bruits de la cuisine où Pedro criait ses ordres pour les derniers préparatifs du repas, la rumeur des jets d'eau de la cour et les cris et les rires de son mari, de Visita, d'Edelmira et Paco, qui couraient dans les escaliers, les couloirs, le jardin et toute la maison.

Elle n'avait pas vu entrer le Grand Vicaire. Visita s'approcha de la fenêtre pour le lui souffler à l'oreille :

— Ma petite, si tu veux, tu peux te confesser tout de suite parce que ton père spirituel est arrivé... Il mangera avec toi.

Ana tressaillit et s'écarta de Mesía sans lui jeter un regard.

— Ohé! Ohé! cria don Víctor qui entrait au bras de la robuste et toute rose Edelmira, alors, chère petite femme, on faisait la causette avec monsieur?... Eh bien, je me suis trouvé une autre petite moitié, parfaitement, à titre de représailles.

Edelmira fut la seule à rire, car c'était une plaisanterie nouvelle pour elle. Ils passèrent tous au salon où se trouvaient les autres invités. Obdulia parlait avec le Magistral et Joaquinito Orgaz; le Marquis discutait avec Bermúdez, qui penchait la tête à droite, souriait, la bouche fendue jusqu'aux oreilles. Le plus courtoisement du monde, il mettait en doute les affirmations de ce puissant personnage.

— Oui monsieur, je détruirais Saint-Pierre sans inconvénient pour y faire un marché...

— Oh! Pour l'amour de Dieu, monsieur le Marquis...! Je ne crois pas que vous... que vous oseriez... Vos idées...

— Mes idées n'ont rien à voir. Le marché aux légumes ne peut pas se faire en plein air, à la merci des intempéries.

— Mais Saint-Pierre est un monument et une glorieuse relique.

— C'est une ruine.

— Pas vraiment...

Le Magistral se joignit à eux, essayant d'échapper à Obdulia qui l'assiégeait déjà, comme l'avaient prévu Paco et Visita.

Quand la Régente entra dans le salon, De Pas s'interrompit au milieu d'une phrase mélodieuse et élégante (ce fut plus fort que lui) et s'inclina pour la saluer, pas très sûr de lui.

Derrière Ana surgit Mesía, la joue gauche un peu rouge, lissant ses blondes et soyeuses moustaches. Il regardait droit devant lui, plus attentif à ses pensées qu'à ce qui l'entourait. Il saisit la main que le Magistral lui tendait :

— Monsieur le Grand Vicaire, je suis enchanté...

Ils se voyaient peu mais étaient toujours parfaitement courtois. Ana les vit ensemble : ils étaient grands, Mesía un peu plus que l'autre, minces et élégants tous les deux, chacun dans son genre; le Magistral plus puissant, don Alvaro plus racé d'allure; le visage et le regard du prêtre avaient plus d'intelligence, le dandy était plus fin de traits.

Don Alvaro regardait le Grand Vicaire avec prévention et le craignait déjà; ce dernier ne soupçonnait pas que don Alvaro pût être l'ennemi tentateur de la Régente; il ne l'aimait pas beaucoup, considérant son influence à Vetusta comme dangereuse pour la sienne propre, et parce qu'il savait que, sans être un adversaire déclaré et médisant de l'Église, il s'en faisait une piètre idée. Quand il l'aperçut aux côtés d'Anita, à la fenêtre, si loin des autres dans leur conversation, don Fermín ressentit un malaise qui ne fit que croître jusqu'au moment de se retrouver en face d'elle.

Ana lui sourit avec une franche et noble douceur mêlée de pudique humilité qui évoquait, par la légère rougeur qu'on lui voyait, les secrets confessés la veille. Elle se souvint de tout ce qu'ils s'étaient dit, qu'elle avait parlé comme avec personne au monde à cet homme qui lui avait charmé l'oreille et le cœur par ses paroles d'espérance et de réconfort, par ses promesses lumineuses et poétiques d'une vie importante, vouée à quelque grand dessein, bon et digne de ce qu'elle sentait au fond d'elle-même, au tréfonds de son âme. Elle avait parfois lu dans les livres des choses de ce genre, mais quel Vétustain savait parler de cette façon ? Lire de si belles et bonnes idées était une chose, mais les entendre de la bouche d'un homme de chair et d'os à la voix douce et chaude où les lettres sifflaient comme des musiques, tout miel dans ses mots et ses mouvements, en était une autre. Elle se souvint aussi de la lettre écrite quelques heures plus tôt; c'était un autre lien, agréable et mystérieux, qui l'émoustillait d'une certaine façon. La lettre était innocente, le monde entier pouvait la lire; néanmoins, elle pouvait en parler avec un homme qui n'était pas son mari et cet homme la gardait peut-être contre son corps et il y pensait peut-être encore.

Ana n'essayait pas de s'expliquer comment cette émotion mêlée de volupté pouvait être compatible avec l'idée précise qu'elle avait de la sorte d'amitié en train de naître entre eux. Ce qu'elle savait à coup sûr, c'était qu'il lui apportait le salut, la promesse d'une vie de vertu sans ennui, pleine d'occupations nobles, poétiques, qui exigeaient des efforts, des sacrifices, mais qui, par là même, conféraient dignité et grandeur à l'existence morte, animale, insupportable que Vetusta lui avait offerte jusqu'à présent. Si elle était sûre d'échapper aux tentations franchement criminelles de don Alvaro en s'en remettant à don Fermín, elle voulait néanmoins défier le danger et se laissait dévorer par ces yeux gris, sans couleur bien définie, transparents, presque toujours froids, qui tout soudain s'enflammaient comme la lampe d'un phare, et ces bouffées de chaleur lui chuchotaient des imprudences dont elle n'avait pas le droit de se plaindre.

Si Ana, effrayée, fuyait ces yeux et cherchait refuge dans ceux du Magistral, elle se heurtait au rideau de chair blanche qui les dissimulait, paupières inexpressives qui s'abaissaient moins par discrétion que par chaste conformité avec les préceptes.

Pourtant, don Fermín ne se privait pas de regarder les femmes auxquelles il s'adressait; il regardait aussi la Régente, ses yeux n'étant alors rien d'autre qu'une manière de ponctuer ses paroles; il ne fallait y chercher aucun sentiment, sinon intelligence et orthographe. En présence de témoins, il ne regardait jamais en face les femmes à qui il ne parlait pas.

Don Alvaro remarqua que, tandis que la conversation générale absorbait tous les invités qui, debout pour la plupart, attendaient au salon le mot qui les appellerait à table, Ana, s'étant discrètement rapprochée du Magistral, lui parlait tout bas, près d'un balcon, un peu troublée et le visage illuminé d'un sourire.

Il se souvint de ce que Visitación lui avait dit la veille : *attention au*

Magistral, c'est un vieux renard de la théologie. Sans être poussé par personne, Mesía était tout à fait capable d'avoir des pensées grossières à l'égard des prêtres et des femmes. Il ne croyait pas à la vertu; l'espèce de matérialisme qui était sa religion l'incitait à penser que personne ne pouvait résister à ses penchants naturels; les prêtres étaient nécessairement des hypocrites et leur luxure mal réfrénée s'échappait d'eux à gros bouillons quand et comme elle pouvait. Don Alvaro, qui savait se présenter comme un personnage de roman sentimental et idéaliste quand l'exigeaient les circonstances, était, au fond de ce que *El Lábaro* appelait le sanctuaire de la conscience, un cynique systématique. Il enviait les curés auprès desquels se confessaient ses maîtresses et les craignait. Quand il avait beaucoup d'influence sur une femme, il lui interdisait de se confesser. « Elle savait trop de choses. » Dans les moments de passion effrénée où il entraînait *la femelle* chaque fois qu'il le pouvait, il obligeait sa victime à mettre son âme à nu devant lui pour la rabaisser davantage et jouir de quelque chose de vraiment nouveau; les aberrations des sens passaient dans le discours et, entre les caresses délirantes et les baisers frénétiques, surgissaient des confessions honteuses, des secrets de femme que Mesía savourait avant de les fixer dans sa mémoire. Comme un mauvais prêtre abusant du confessionnal, il apprenait les faiblesses comiques ou répugnantes de bon nombre de maris et d'amants, ses prédécesseurs; au chapitre de ces rubriques scandaleuses figuraient, contribution non négligeable à sa collection d'obscénités, les prétentions lubriques des *suborneurs,* leurs déportements parfois dignes de pitié, mais le plus souvent dégoûtants et odieux. Fier de ce savoir, Mesía généralisait et croyait être dans le vrai, s'appuyant « sur des faits qui se répétaient à l'infini », quand il affirmait que la femme cherche auprès du prêtre le plaisir caché et la volupté spirituelle de la tentation tandis que ce dernier abuse toujours des avantages que lui offre une institution « dont il ne discutait pas le caractère sacré... » en public, mais qu'il rejetait à part soi au nom du matérialisme des brochures françaises, d'un matérialisme de *commis voyageur**.

Il ne croyait pas, plût à Dieu, que le Magistral cherchât dans sa nouvelle pénitente la satisfaction d'appétits grossiers et vulgaires; il n'oserait jamais, et de tels assauts étaient impensables avec une telle dame... Mais « mine de rien, mine de rien » (il répétait l'expression dans sa tête), il était plus que probable qu'il voulait séduire cette belle femme oisive, à la fleur de l'âge et sans amour. « Oui, ce curé a la même idée que moi, mais compte y parvenir par un autre chemin et avec les moyens que lui apporte son état et son office de confesseur... Oh! j'aurais dû intervenir avant pour l'en empêcher, mais je ne le peux pas encore, je n'ai pas assez d'influence. » Ces réflexions, et d'autres analogues, le mirent de mauvaise humeur et l'irritèrent contre le Magistral dont l'influence à Vetusta, particulièrement sur le sexe faible et dévôt, l'indisposait depuis un certain temps.

— En sorte que ce soir, ce n'est pas possible ? demandait humblement Ana, d'une voix douce et tremblante.

— Non, madame, répondit le Magistral, avec un timbre de zéphir au milieu des fleurs; l'essentiel est de se conformer à la volonté de don Víctor, aller au-devant d'elle si c'est possible. Aujourd'hui, allégresse, et rien d'autre. Demain, au petit matin...

— Mais cela va vous déranger... Vous n'avez pas l'habitude d'aller si tôt à la cathédrale...

— Aucune importance, j'irai demain, c'est un devoir... Et c'est pour moi un plaisir de pouvoir vous être utile, mon amie...

Ce n'était pas dans les mots, d'une plate galanterie, qu'Ana trouvait la douceur ineffable qui flattait ses oreilles, c'était dans sa voix, dans ses mouvements, dans un parfum d'*encens spirituel* qui semblait pénétrer au fond de son âme.

Ils convinrent de se revoir très tôt le lendemain matin; don Fermín attendrait la Régente dans sa chapelle pour qu'elle se réconciliât.

— En attendant, ne pensez plus à des choses sérieuses; il faut s'amuser, rire, comme le demande M. Quintanar qui, outre qu'il est en droit de l'exiger, a tout à fait raison. Il est très possible que vos... tristesses, ces inquiétudes... (le Magistral rougit légèrement et sa voix se mit à trembler un peu, parce qu'il faisait allusion aux confidences de la veille), ces angoisses dont vous vous plaignez et accusez, soient dues en grande partie aux nerfs, et sans doute peut-on les soigner, dans la mesure où elles découlent de votre mauvais état physique, grâce à la nouvelle vie qu'on vous conseille et vous impose. Oui, madame, pourquoi pas ? Oh, ma fille, quand nous nous connaîtrons mieux, quand vous saurez ce que je pense des plaisirs *mondains* (c'étaient ses propres mots)... Les *plaisirs du monde,* pour une âme ferme et bien nourrie, peuvent bien n'être qu'un passe-temps innocent, et même insipide, insignifiant : une utile distraction qui a le même effet qu'un médicament sans goût, mais efficace...

Ana comprenait parfaitement. « Le Magistral voulait dire que lorsqu'elle s'adonnait aux délices de la vertu, les distractions qui pouvaient délasser son corps lui paraissaient des jeux puérils et vulgaires, sans grâce, mais qui lui étaient profitables parce qu'ils la distrayaient et lui reposaient l'esprit. Compris. Après tout, c'était ce qui se passait maintenant; les bals, le théâtre, les promenades, les banquets de Vetusta l'amusaient si peu! »

Quintanar s'approcha et entendit don Fermín répéter qu'il était hygiénique de prendre de l'exercice et qu'il était bon pour la santé de mener bonne et joyeuse vie; il applaudit avec enthousiasme et sa satisfaction crût encore quand il sut qu'Ana ne se réconcilierait pas ce soir-là.

— Ce serait absurde! dit don Fermín; cet après-midi, à la campagne... Au Vivero.

— A table, à table! cria la Marquise de la porte du salon où elle venait de recevoir la nouvelle.

— Sainte parole! s'exclama le Marquis.

Chacun dit un mot en l'honneur du messager; tout en bavardant et gesticulant, satisfaits, ils pénétraient dans la salle à manger « sans cérémonie », car on s'en passait fort bien chez doña Rufina. Les Vegallana étaient capables de traiter leurs invités avec toutes les rigueurs de l'étiquette assommante de l'aristocratie de province; mais dans ces fêtes intimes, dont on excluait fort à propos tel parent noble peu enclin à certaines familiarités, ils se comportaient comme n'importe quel riche plébéien, sans perdre toutefois, même dans les situations extrêmes, cet air de distinction et de dignité vétustaine qui leur était inné. Le Marquis avait l'art de savoir vivre *à la bonne franquette,* comme il disait dans la prose la plus humble jamais parlée par un aristocrate.

« C'est un repas entre nous, vous savez. » Ce qui voulait dire que le Marquis et la Marquise ne renonceraient ni à leurs manies, ni à leurs caprices gastronomiques par égard pour les invités; mais ceux-ci seraient traités comme des rois; l'intimité, à cette table, ne signifiait ni la lésine, ni le laisser-aller; on se passait des livrées, de la vaisselle en argent héritée d'un Vegallana, haut dignitaire au Mexique, réservée aux cérémonies ennuyeuses, mais pas des vins exquis, des apéritifs et des hors-d'œuvre qui faisaient la réputation de cette table; enfin, on mangeait les meilleurs produits de la faune et de la flore qu'on pût trouver dans l'eau, sur terre ou dans l'air de la province. Des aristocrates prétendaient l'emporter sur Vegallana en matière de noblesse ou de richesse, mais aucun n'osait nier que la cuisine et la cave du Marquis fussent les premières de Vetusta.

Ordinairement, la Marquise se faisait servir par des jeunes filles d'une vingtaine d'années environ, jolies, fraîches, gaies, bien habillées et propres comme un sou neuf.

— C'est peut-être de mauvais ton, disait-elle, des manières de pauvres, mais tous mes invités sont contents du service.

— Parce que j'ai remarqué, ajoutait-elle, qu'en règle générale, les femmes n'aiment pas avoir de serviteurs; elles n'y prêtent pas attention, tandis que les hommes aiment toujours les jolies filles, pour servir la soupe comme pour le reste.

Paquito avait accueilli avec enthousiasme l'innovation de sa mère :

— Parfaitement! Le service fait par des jeunes filles donne un petit air gai; cela me rappelle certains kiosques et certains cafés de l'Exposition... Le Marquis était indifférent au changement. Quoi qu'il arrivât, il ne péchait pas chez lui, ni même dans l'enceinte de la ville.

La salle à manger était carrée; elle donnait sur le jardin et sur la cour par quatre grandes fenêtres montant presque jusqu'au plafond peu élevé. Devant chacune d'elles, la Marquise avait accumulé les fleurs dans des pots, des jardinières et des vases japonais plus ou moins authentiques; cet étalage de couleurs vives et métalliques contrastait avec les tons sévères et mats du noyer assombrissant les caissons du plafond et les moulures et panneaux des grandes armoires à glace qui, hormis un sofa adossé contre un des murs, se succédaient sans interruption tout autour de la pièce, entre les portes et les fenêtres. Les murs aussi étaient ornés, quand il restait de la place, de tableaux d'un goût douteux, dont les sujets se rapportaient tous à une des multiples industries du bien manger. Par exemple, une chasse aux temps féodaux (époque de prédilection de Vegallana) : la châtelaine sur son palefroi, un page à ses pieds, un poing tendu en l'air où est juché un autour; un héron dans les nuages, couleur jaune d'œuf; derrière, le maître de ces forêts, du château bâti sur le roc et du petit village perdu dans le lointain... En face, une scène d'un roman de Feuillet; de chasse aussi, mais sans héron ni autour ni seigneur féodal : à l'orée d'un bois, un cavalier s'avance au-devant d'une dame montant à l'anglaise, et se dispose, selon toute apparence, à lui baiser la main dès qu'il pourra la saisir... Ailleurs, une table sens dessus dessous; plus loin, une nature morte d'un réalisme insupportable après un repas. Enfin, au plafond, à la verticale du centre de la table, dans un médaillon, le portrait de don Jaime Balmes, sans qu'on sût pourquoi. Que faisait là ce philosophe catalan? Le Marquis n'a jamais voulu l'expliquer à personne. Bermúdez trouve cela absurde; Ronzal dit que c'est *un anachronisme*; mais, en dépit de tous ces murmures, le chef du parti conservateur de Vetusta garde Balmes dans son médaillon et ne donne aucune explication.

La Marquise trouve que c'est une des lubies les moins gênantes de son mari.

Les invités s'assirent : les seules places assignées furent celles qui encadraient le maître et la maîtresse de maison. Doña Rufina avait Ripamilán à sa droite et le Magistral à sa gauche; doña Petronila Rianzares était à droite du Marquis et don Víctor Quintanar à sa gauche. Les autres, comme ils voulurent ou comme ils purent. Paco était entre Edelmira et Visitación; la Régente entre Ripamilán et don Alvaro; Obdulia entre le Magistral et Joaquín Orgaz, don Saturnino Bermúdez entre doña Petronila et le chapelain des Vegallana. Don Víctor avait à sa gauche don Robustiano Somoza, le fringant médecin de l'aristocratie, qui mangeait avec sa serviette autour du cou, maintenue par un nœud ravissant.

Avant la soupe, le Marquis s'offrit une grande assiette de sardines, tout en parlant de la démolition de Saint-Pierre à doña Petronila qui trouvait l'idée ignoble. En attendant, les invités goûtaient les hors-d'œuvre variés, succulents et recherchés. Ils n'étaient pas dupes! En petit comité, il fallait respecter des habitudes qu'ils connaissaient tous. Vegallana commençait toujours par des sardines; il en dévorait quelques douzaines et se levait aussitôt pour s'éclipser discrètement de la salle à manger. Se conformant à un usage invétéré, tous firent comme s'ils n'avaient pas remarqué son absence; il revint et la soupe fut servie. Quand le maître de maison reprit sa place, il était un peu pâle et transpirait.

— Comment va... ? demanda la Marquise entre ses dents, interrogeant plus du geste que de la voix.

Son époux répondit par un hochement de tête qui voulait dire :

— Très bien! et il se versa une bonne assiettée de soupe de tortue. Le Marquis n'avait plus de sardines dans le corps.

Encore un mystère, comme celui de Balmes au plafond.

La Marquise avait aussi ses propres mixtures auxquelles personne ne faisait plus attention; avec presque tous les plats, elle mangeait de la laitue qu'elle arrosait de vinaigre et enduisait de moutarde. Ses voisins connaissaient ses caprices et la servaient avec empressement, fiers de montrer la grande expérience acquise en aidant la maîtresse de maison à composer ses assaisonnements à base de vinaigre. Ripamilán, debout, tout en discutant chaudement avec son cher ami don Víctor, agitant sa tête comme si elle était montée sur ressorts, préparait la troisième salade de la Marquise avec l'habileté d'une machine bien réglée, et la noble dame le laissait faire, sereine, toute attentive au mouvement des mains, certaine que le petit chanoine trouverait la dose exacte.

— Mon bon monsieur! criait Ripamilán tandis qu'il rajoutait du sel dans l'assiette de doña Rufina où il battait l'huile et le vinaigre avec la pointe de son couteau, mon bon monsieur! je crois que M. Carraspique est dans son parfait bon droit et j'ignore d'où vous viennent ces idées subversives, que je ne vous ai jamais vues depuis quarante ans que je vous connais...

— Écoutez-moi, mauvais prêtre! s'exclama Quintanar qui était de très bonne humeur et se sentait rajeunir; je sais parfaitement ce que je dis, et ni toi ni aucun noceur octogénaire dans ton genre n'ont à me donner des leçons de morale. Mais je suis libéral...

— Balivernes...

— Plus libéral qu'hier, moins que demain...

— Bravo! Bravo! s'écrièrent Paco et Edelmira, qui se sentaient aussi en pleine jeunesse; et ils obligèrent don Víctor à trinquer.

Tout cela n'était que plaisanteries; don Víctor n'était pas plus libéral qu'hier, ne vouvoyait pas Ripamilán et ne le tenait pas pour un noceur, mais les convives manifestaient ainsi la gaieté que leur donnait ce vin transparent qui, dans des flacons de fin cristal, avait des reflets d'argent et de mystérieux chatoiements de caverne magique, quand les rayons les plus audacieux du soleil, perçant l'épaisseur de la frondaison qui faisait comme une tenture devant les fenêtres de la cour, venaient plonger dans l'amarante et le violet foncé du Bordeaux. Pourquoi ne pas se réjouir? Pourquoi ne pas rire ni plaisanter? Tout était joie : dans le jardin, les rumeurs d'eau et d'arbres bercés par le vent, les folles roucoulades des oiseaux facétieux, les parfums entrant par les fenêtres, poussés par une petite brise qui faisait tinter les feuilles des plantes, les jets d'eau de la cour, manière d'orchestre accompagnant ce bruyant banquet. Pepa et Rosa, le corps pris dans des vêtements bien coupés aux couleurs vives, l'une blonde, l'autre — celle qui portait un nom de fleur — brune comme une mulâtresse, agréables toutes deux, propres comme des hermines, souriantes, ondulant avec souplesse dans le frou-frou des jupes, servaient avec grâce et célérité, bonne humeur et compétence, montrant aux hommes leurs dents comme des perles, présentant les plats en s'inclinant avec une coquette humilité; d'après Ripamilán, un si bon repas si bien présenté, c'était le fin du fin.

Les convives étaient au diapason de la gaieté ambiante; ils riaient, criaient même, s'envoyaient des compliments à coups d'insultes choisies; on savait ainsi qu'une critique éhontée signifiait tout le contraire : un éloge sans réserve.

La cuisine se faisait l'écho de la bonne humeur de la salle à manger; Pepa et Rosa, en y rapportant la vaisselle sale, souriaient encore du spectacle qu'elles laissaient derrière elles; dans toute la maison, il n'y avait alors qu'un seul personnage totalement sérieux : Pedro le cuisinier. Il s'amuserait plus tard; pour l'heure, il pensait à sa responsabilité; il allait et venait, dirigeait tout comme sur un champ de bataille; parfois, il passait le nez à la porte de la salle à manger pour rectifier quelques légères erreurs du service d'un regard magnétique auquel Pepa et Rosa obéissaient telles des automates, disciplinées malgré l'exubérance et le tumulte, comme des vétérans.

Après Pedro, les moins bruyants étaient la Régente et le Magistral; ils se regardaient parfois, se souriaient, De Pas adressant de temps à autre quelques mots à Anita, se penchant vers elle derrière la Marquise pour se faire entendre; don Alvaro les observait alors, silencieux, sourcils froncés, sans s'apercevoir que Visitación, à côté de lui, le regardait. Un discret appel du pied de la banquière le tira de sa distraction.

— Ils se piquent au jeu, dit-elle.

— Quoi donc? interrogea la Marquise qui ne cessait de manger, ravie du bruit qui régnait, qu'est-ce qui pique?

— Les piments, madame.

Don Alvaro remercia Visitación pour l'information et se replongea dans la discussion générale, dissimulant comme il pouvait son ennui qu'il qualifiait à part soi de souverain.

« Quelle chose étrange! Il effleurait la robe, et parfois même il sentait au travers un genou de la Régente, de la femme qu'il désirait — quand retrouverait-il une occasion pareille? —, et pourtant, il s'ennuyait, il avait l'impression d'être de trop, assuré que ce repas ne servait en rien ses plans, et que la Régente n'était pas femme à s'amuser en de pareils endroits, tout au moins dans les circonstances actuelles.

« Il serait très imprudent de faire un pas de plus; si je profitais de l'excitation du repas, je serais perdu pour longtemps dans l'esprit de cette femme; je suis sûr qu'elle aussi se sent tout émoustillée, mon genou et mon coude l'obsèdent mais il n'est pas encore temps de concrétiser ces avantages physiologiques... Cette occasion n'en est pas une... On verra au Vivero; mais ici, rien; pourtant, ce n'est pas l'envie qui manque. » Et il était encore plus attentionné avec Anita, mais c'était tout. Visitación croyait avoir des visions. « Qu'est-ce que cela voulait dire ? » Elle regardait Mesía avec étonnement, à l'insu des autres, écarquillant les yeux et gonflant ses joues dans une mimique qui semblait vouloir dire :

« Quel godiche! Je m'étonne de ton air d'enfant sage alors que je t'ai placé à côté d'elle avec les meilleures intentions du monde... »

En guise de réponse, Mesía se rapprochait alors d'elle pour partager quelques caresses, mais elle le repoussait à coups de pied, lui signifiant par là « qu'elle connaissait la musique » et qu'elle n'avait pas renoncé aux principes qui avaient présidé au soufflet de la veille.

Paco n'osait faire des avances à sa *nouvelle cousine* mais la tenait sous le charme de ses plaisanteries de jeune homme de bonne famille qui, ayant vécu à Madrid, y avait fait les *quatre cents coups.* Et puis, le cousin sentait si bon, avec son air si frais, si délicat, si distingué! Dans son village, Edelmira avait beaucoup pensé au jeune Marquis qu'elle avait vu deux ou trois fois quand elle était petite et lui déjà adolescent. Maintenant, elle découvrait un homme nouveau qui dépassait de loin ce qu'elle avait pu rêver ou imaginer; il était plus beau, plus rose, plus gai et plus gros. Ce jour-là, il portait un costume de fine laine d'alpaga, jaune comme les pois chiches, un gilet en piqué de la même teinte et il avait des babouches d'été qu'elle regardait comme le comble de l'élégance, malgré leur air un peu turc. Les bons mots du cousin, sa chemise colorée, sa cravate, ses bagues riches et brillantes, ses mains de demoiselle, tout ravissait Edelmira, qui aimait aussi beaucoup ce qui était propre et sain.

Paco avait approché un genou de la jupe de la jeune fille; il finit par sentir une douce résistance et faillit battre en retraite, mais la jeune fille paraissait si tranquille que le cousin laissa sa jambe à la même place, comme s'il l'avait oubliée. L'innocence d'Edelmira était si peu farouche que Paco aurait pu aller jusqu'à lui presser le pied sans qu'elle protestât, à moins de lui faire mal. « Ce doit être l'habitude, ici », se dit la jeune fille; la tradition rapportait bien d'autres merveilles de la maison de l'oncle et de la tante.

Obdulia, assise en face, regardait non sans nostalgie ce couple insolent. Elle se souvenait du soleil hivernal de la veille au soir. Paco l'avait déjà oubliée! Il ne pensait plus qu'à cette jeune beauté qui fleurait l'herbe et le romarin et venait flatter ses sens du fond de sa campagne. Mais après avoir évoqué si tristement ses extravagances de la veille, elle se tourna vers le Magistral, insinuante et provocante; elle voulait l'étourdir de ses parfums, de ses regards en *ailes de papillon* et mettre en œuvre tous les moyens utilisables contre un tel homme en de telles circonstances. Elle lui sacrifiait les avances de Joaquín Orgaz (repoussées avec un suprême dédain), mais De Pas, indifférent à cet holocauste, répondait avec une froideur à peine déguisée aux coquetteries d'Obdulia.

Joaquinito était fou de rage. « Cette femme est une... moins que rien... Et il proférait une grossièreté à part soi. N'était-elle pas en train de placer des banderilles au Grand Vicaire ? » Les autres convives ne s'étaient rendu compte de rien, ou avaient fait semblant, ce qui le soulagea car il y allait de son intérêt. Et sans s'avouer vaincu, il s'obstinait à courtiser la veuve, feignant de n'avoir rien remarqué. En temps normal, Obdulia et Joaquinito s'entendaient bien. « Seigneur! S'il avait pu lui donner rendez-vous au fond d'une réserve à charbon! Il ne pouvait certes pas se vanter d'avoir emporté cette citadelle... démantelée; il n'avait pas goûté ses faveurs suprêmes... pas encore; mais quand même quelques acomptes... des arrhes... (ou comme on voudra les appeler), ça, oui! ah! Quand il aurait remporté une victoire complète — il y comptait bien —, elle lui paierait alors ces dédains et ces caprices, ces sautes d'humeur, cette humiliation de le faire passer après un *ratichon.* »

Celui qui n'espérait plus rien, désabusé et triste jusqu'à la mort, c'était don Saturnino Bermúdez. Depuis la scène de la cathédrale où il croyait avoir gagné beaucoup de terrain — au grand dam de ses principes —, il n'avait pas revu Obdulia; et ce matin, en s'approchant d'elle pour lui confier combien son absence de ces derniers jours l'avait tourmenté (passant sous silence, bien entendu, les astringences qui l'avaient cloué au lit), pour lui susurrer à l'oreille la petite tirade qu'il avait soigneusement préparée — style Feuillet de sacristie —, elle lui avait tourné le dos au moins trois ou quatre fois, lui faisant clairement comprendre que *non erat hic locus,* et qu'on ne le tolérait que dans les églises.

« Telles étaient les femmes! Tout particulièrement celle-ci! A quoi bon les aimer? A quoi bon poursuivre l'amour idéal? Ou plutôt, à quoi bon aimer les femmes vivantes, en chair et en os? Mieux valait rêver, toujours rêver. » Telles étaient les pensées du mélancolique Bermúdez qui avait le vin triste, tandis qu'il répondait distraitement, mais très froidement, à doña Petronila Rianzares tout occupée à lui faire, à voix basse, un panégyrique du Magistral, son idole. Il regardait tantôt la Régente, qu'il avait aimée en secret, tantôt Visitación, qu'il avait aimée quand il était jeune homme, au temps où la banquière, d'après les mauvaises langues, avait sauté d'un balcon dans les bras d'un galant. De sa vie elle ne s'était souciée de lui; jamais elle ne l'avait regardé en plissant les yeux de cette façon qu'elle croyait irrésistible; ce n'était pas du mépris, mais pour les dames de Vetusta, Bermúdez était un savant, un saint, mais pas un homme. Sitôt qu'Obdulia eut réalisé qu'il en était un, elle s'en désintéressa.

Le Magistral, Ripamilán, don Víctor, don Alvaro, le Marquis et le médecin animaient la conversation générale; Vegallana et le Magistral étaient portés sur les sujets sérieux tandis que Ripamilán et don Víctor donnaient un tour plaisant à tous les débats et finissaient par les tourner en plaisanterie. Dès que le Marquis se sentit d'aplomb, grâce au savant équilibre gastrique de liquides et de solides qu'il savait doser de main de maître, il voulut montrer que son réformisme était bâti à chaux et à sable. « Allez! Il fallait détruire Saint-Pierre; qu'on ne lui parlât pas de ses idées; il n'était pas un fanatique et il ne fallait pas confondre le parti conservateur avec certaines doctrines ultramontaines, cela dit, la religion était une chose, les intérêts locaux une autre; le marché couvert était une nécessité. L'emplacement? Un seul, et il n'admettait pas de discussion sur ce point, le Parvis de Saint-Pierre; mais comment? Où? Grâce à la destruction de cette église en ruine. »

Doña Petronila protestait en invoquant l'autorité du Magistral. Ce dernier était de l'avis de doña Petronila mais ne poussait pas ses arguments. Ripamilán, dont les yeux brillaient comme des escarboucles, s'époumonait :

— A bas l'iconoclaste! Des légumes, des légumes! Cela veut-il dire, monsieur le Marquis, que vous vous souciez de la religion, de l'art et de l'histoire comme d'une guigne?

— Bravo, pays! s'écria don Víctor, debout, une coupe de champagne à la main.

— Ce n'est pas sérieux, on ne peut pas discuter, répliqua le Marquis. Voilà Quintanar qui applaudit cet individu après s'être proclamé libéral.

— Mais cela n'a rien à voir!

— Vous ne voulez pas démolir une église, mais vous vouliez décloîtrer les filles de Carraspique...

— Une simple sécularisation.

— Víctor, Víctor, ne dis pas de bêtises... s'avisa de dire la Régente en souriant.

— Ce sont des plaisanteries, fit observer le Magistral.

— Comment, des plaisanteries? s'exclama le médecin. Parole de Somoza, si don Víctor se paye la tête de mon cousin Carraspique, alors je tire l'épée et me paye la sienne et les choses tourneront mal. Messieurs, cette fille se morfond...

La discussion prit fin sans raison apparente, ou plutôt en raison des alcools absorbés. Tout le monde parlait à la fois; Paco voulait aussi séculariser les bonnes sœurs; Joaquinito Orgaz se mit à raconter des histoires osées qui enchantaient la Marquise et Edelmira. Visitación ne cessait de se lever de table pour fustiger de son éventail grand ouvert ceux qui proféraient des idées peu orthodoxes. Pepa, Rosa et les autres servantes, souriaient dans leur coin, n'osant prendre part au désordre, mais un peu moins disciplinées qu'au début du repas. Pedro ne se montrait plus à la porte. Il y avait deux verres cassés. Les oiseaux du jardin se perchaient dans le lierre entourant les fenêtres pour voir de quoi il s'agissait et mêler leur vif babillage au vacarme général.

— Le café, sous la tonnelle! ordonna la Marquise.

— Parfait, parfait! s'écrièrent don Víctor et Edelmira, qui partirent les premiers au jardin, bras dessus bras dessous, aux accords de la marche royale (disait l'ex-régent) jouée par Visitación sur un piano désaccordé de la maison. Paco les suivit, voulant absolument ceindre les cheveux blancs de don Víctor d'une couronne de fleurs d'oranger. Il l'avait trouvée dans une armoire de la chambre de sa sœur Emma, où dormait Edelmira. Ils se retrouvèrent tous dans le vaste jardin, entouré, comme le parc des Ozores, d'arbres hauts et touffus dérobant l'enclos aux regards du voisinage. Don Víctor, Paco et Edelmira, loin devant, couraient entre les arbres. Don Alvaro donnait le bras à la Marquise; devant eux, retenue par la conversation de doña Rufina, Ana marchait en mordillant des feuilles de buis, la tête penchée, les yeux brillants et les joues en feu. Le Magistral était en arrière, doña Petronila Rianzares l'avait accaparé et l'entretenait d'un sujet sérieux : la maison des Petites Sœurs des Pauvres qu'on bâtissait près de l'Espolón sur un terrain offert par doña Petronila en personne, sous les yeux admiratifs et émerveillés de toute la Vetusta catholique. Cette femme était la veuve d'un ancien intendant de La Havane, qui l'avait laissée à la tête d'une des plus jolies fortunes de la province; elle mettait la plupart de ses rentes au service de l'Église, dotant les religieuses et édifiant des couvents; elle avait soutenu la cause de don Carlos quand le parti avait pris les armes. Elle se prenait presque pour une papesse et n'aurait pas hésité à fulminer une excommunication provisoire, assurée que le Pape confirmerait son excommunication; elle traitait d'égal à égal avec l'Évêque, et Ripamilán, qui ne pouvait la supporter parce qu'elle était une virago (d'après lui), l'appelait Constantin le Grand, allusion à l'Empereur qui avait protégé l'Église. « Cette brave dame s'imagine, parce qu'elle a su porter le voile du veuvage avec dignité et qu'elle a fait bâtir des maisons destinées aux œuvres pieuses, qu'elle est une sainte et l'Archevêque en personne, ou peu s'en faut. » L'Archiprêtre avait raison; doña Petronila ne pensait qu'à protéger le culte catholique et était d'avis que les autres devaient consacrer leur vie à louer sa munificence et sa chasteté de veuve.

Dans tout le clergé vétustain, elle ne reconnaissait pas d'autre supérieur que le Magistral, qu'elle considérait plus que l'Évêque; « C'était un grand homme qui, par humilité, vivait à l'ombre des autres. » Le Magistral la traitait comme une reine, d'après l'Archiprêtre, ou comme la mère de l'Évêque; elle lui en était reconnaissante et le lui rendait bien en étant partout son défenseur le plus éloquent. Partout où elle passait, pas de murmures; elle ne les aurait pas tolérés.

Quand ils arrivèrent sous la tonnelle où l'on commençait à servir le café, doña Petronila penchait sa tête de moine corpulent sur l'épaule du Magistral et sussurait, la bouche en cœur et les yeux blancs :

— Allons! Mon ami...! Je vous en supplie... Accompagnez-moi au Vivero... soyez aimable... par pitié...

Le Magistral, non moins doux, tendre et onctueux, se délectait de cet encens qui cachait tant d'écus.

— Madame... De tout mon cœur... si je pouvais... mais... j'ai à faire, à sept heures je dois être...

— Oh non, pas d'excuses... Aidez-moi, Marquise, aidez-moi à convaincre ce coquin.

La Marquise aida, mais en pure perte. Don Fermín avait décidé de ne pas aller au Vivero ce jour-là; il comprenait qu'ils étaient tous des intimes de la maison, sauf lui; déjà, il avait accepté l'invitation parce que... il n'avait pu faire autrement, une faiblesse! Et il suffisait d'une. Qu'avait-il à faire dans une telle excursion? Il savait qu'au Vivero tous ces fous, Visitación, Obdulia, Paco, Mesía, allaient s'amuser en toute liberté et jouer comme de vrais gamins. Ripamilán, qui n'avait aucun scrupule à y aller, le lui avait souvent raconté, mais l'Archiprêtre, c'était l'Archiprêtre; lui, De Pas, ne devait pas être témoin de pareilles scènes, qui sans prêter vraiment le flanc au scandale... n'étaient point des choses que pût voir un honnête chanoine. Non, il ne fallait point trop en faire; il avait toujours su maintenir un difficile équilibre entre son ouverture au monde et un excès de mondanité : il était prêtre et savait soigner sa bonne réputation. Une confiance excessive, des rapports trop familiers nuieraient à son prestige; il n'irait pas au Vivero. Ce n'était pas l'envie qui lui manquait, oh non; parce que ce monsieur Mesía avait recollé aux jupes de la Régente et don Fermín commençait à se demander si le célèbre don Juan de Vetusta n'avait pas des intentions *non sanctas*.

La Marquise, sans chercher malice, comme elle faisait en toutes choses, appela Anita à son secours :

— Viens ici, viens ici, voyons si cet intraitable monsieur t'écoute plus que nous.

— De quoi s'agit-il?

— Don Fermín ne veut pas venir au Vivero.

Notre homme, déjà quelque peu empourpré par des libations plus fréquentes que de coutume, devint rouge comme une tomate quand la Régente le regarda en face pour lui dire, d'un ton vraiment peiné :

— Oh, pour l'amour de Dieu, ne soyez pas ainsi; tout le monde le regretterait; accompagnez-nous, monsieur le Magistral...

De Pas et don Alvaro pouvaient reconnaître mieux que quiconque, à la mine et aux regards de la Régente, l'expression d'un vrai chagrin : la nouvelle de la Marquise la contrariait réellement.

Une émotion semblable à une brûlure traversa le cœur de don Alvaro; en connaisseur, il n'hésita pas à reconnaître la jalousie dans ce qu'il éprouvait. Il en fut fâché. « Cela signifiait que cette femme l'intéressait beaucoup plus qu'il ne l'aurait cru, et qu'il y avait des obstacles, et de quel genre! Un curé! Un beau curé, il fallait le reconnaître... » Les yeux assoupis de l'élégant Mesía s'enflammèrent alors en se plantant dans ceux du Magistral qui résista au choc et lui renvoya un regard hérissé de pointes dissimulées dans la douceur de ses pupilles. Don Fermín fut effrayé de l'impression causée par le ton d'Ana plus que par ses paroles; une douce reconnaissance et une chaleur nouvelles envahirent tout son être, sensations qu'il n'avait jamais connues; ce n'était pas sa vanité agréablement flattée, mais des fibres de son cœur dont il ignorait comment elles pouvaient sonner. « De quoi diable s'agit-il ? » A cet instant précis, son regard heurta les yeux de don Alvaro qui lui renvoyèrent une lueur de défi, un de ces regards qui vous giflent; seuls, les deux hommes et la Régente s'en aperçurent. Ils étaient debout l'un près de l'autre, tous deux minces et élégants; la redingote de Mesía, bien coupée, stricte et sévère affichait son sérieux avec la même dignité et une même harmonie de lignes que la cape ecclésiastique, solennelle et hiératique qui châtoyait au soleil et descendait jusqu'au sol.

« La Régente les trouvait beaux et attirants tous les deux, un peu comme saint Michel et le Diable, mais le Diable quand il était encore Lucifer, le Diable Archange; tous deux pensaient à elle, c'était certain; don Fermín comme un ami protecteur, l'autre comme un ennemi de son honneur, mais amant de sa beauté; elle accorderait la victoire à celui qui la méritait, au bon ange, un peu moins grand, sans moustache (laquelle fait pourtant bon effet), mais bien mis, élégant à sa manière, autant qu'on peut l'être sous une soutane. La Régente devait bien s'avouer, même si l'idée n'avait fait que l'effleurer, qu'il ne lui déplaisait pas de trouver son sauveur si bien découplé et si bien mis; si distingué, comme disait Obdulia qui, sur ce point, avait raison. Mais surtout, ces deux hommes se regardant ainsi pour elle, voulant chacun pour des raisons diverses la victoire et la conquête de son cœur, représentaient une diversion dans la monotonie de la vie vétustaine, une nouveauté intéressante, peut-être un drame sur le point d'éclater. L'honneur, ce casse-tête traînant dans tous les vers que récitait son mari, l'honneur ne risquait rien; c'était entendu, inutile d'y revenir; il était bon qu'un homme aussi intelligent que le Magistral la défendît des attaques plus ou moins redoutables de ce bel homme plein de tact et de prudence qui était le contraire d'un sot et (pis que tout) manifestait pour elle un intérêt véritable. Oh oui, elle en était convaincue, don Alvaro ne voulait pas la conquérir par caprice ni par vanité, mais vraiment par amour; assurément, cet homme aurait préféré qu'elle fût célibataire. Il fallait reconnaître que don Víctor était un obstacle considérable. Mais elle l'aimait, elle en était sûre, lui vouant une affection filiale mêlée de cette confiance conjugale qui valait tout autant, à sa façon, qu'une passion d'un autre genre. D'ailleurs, si don Víctor n'existait pas, le Magistral n'aurait pas à la défendre, et cette lutte entre deux hommes *distingués* qui commençait aujourd'hui n'aurait aucune raison d'être. Il ne fallait pas oublier que don Fermín ne l'aimait pas et ne pouvait l'aimer pour lui-même, mais pour don Víctor. »

Ana était plongée dans de semblables réflexions quand elle entendit les hurlements d'Obdulia appelant au secours. Ceux qui prenaient tranquillement leur café sous la gloriette se précipitèrent vers le fond du jardin.

— Où sont-ils? Où sont-ils? criait la Marquise effrayée.

— A la balançoire! A la balançoire! dit don Robustiano, le médecin.

C'était une balançoire en bois, comme celles qu'on offre au public madrilène pour la fête de saint Isidore, quoique plus élégante et mieux faite; sur un des sièges imitant la nacelle d'un ballon, don Saturnino Bermúdez, accroupi et immobile à quelques pieds du sol, arborait un pâle sourire, dans la posture la plus ridicule du monde; il en avait parfaitement conscience et se rendait plus ridicule encore par ses efforts désespérés pour n'en rien laisser paraître, tentant de donner à sa situation un air tolérable qu'elle n'avait évidemment pas. A l'autre extrémité, dans la nacelle opposée qui s'était accrochée à un étai fiché dans le mur, reste d'un échafaudage de travaux récents, on reconnaissait les couleurs criardes de la jupe d'Obdulia Fandiño; cette exubérante personne s'accrochait à la balançoire comme un naufragé de l'air, véritablement effrayée, essayant de rester coquette et de sauver les apparences malgré sa peur et le danger auquel elle se croyait exposée.

— Ne bougez pas, ne bougez pas, cria don Víctor, gesticulant sous l'engin et apercevant probablement ce qu'Obdulia se souciait fort peu de cacher en ce moment difficile.

— Ne bouge pas, ne bouge pas, tu risques de te tuer si tu tombes... conseillait Paco, qui cherchait quelque chose pour décrocher la balançoire.

— Trois mètres et demi, dit le Marquis qui arrivait à point nommé pour donner à vue d'œil, comme il faisait d'habitude dans ses calculs géométriques, la mesure exacte de l'éventuelle dégringolade.

Le fait était que ni don Víctor, ni Paco, ni Orgaz ne pouvaient atteindre ce madrier par leurs propres moyens et délivrer Obdulia.

— C'est la faute de Paco, disait Visitación qui s'était attaché une corde autour des jambes, par-dessus sa robe. Il a poussé trop fort, pour faire tomber Saturno, et hop ! la balançoire est montée tout là-haut... et s'est accrochée à ce bout de bois en redescendant.

Obdulia ne bougeait pas, mais ne cessait de crier.

— Ne crie pas, ma fille, lança la Marquise sans la regarder — rejeter la tête en arrière était une position inconfortable qu'elle ne supportait pas —, on va bien arriver à te descendre de là...

Le Marquis essaya de se percher sur un escabeau de quelques marches utilisé par le jardinier pour tailler la pointe des arbustes et les massifs de buis. Mais, quoique juché sur l'échelon le plus élevé, il n'atteignait pas la nacelle et ne pouvait donc la soulever pour la décrocher.

— Appelez Diego... Bautista... dit la Marquise.

— Oui, oui, appelez Bautista, cria Obdulia qui se souvint de la force du cocher.

— C'est inutile, coupa le Marquis. Bautista est fort mais trop petit; il a ma taille... Il faut chercher une autre échelle...

— Il n'y en a pas d'autre dans le jardin...

— Dieu sait où il y en a...

— Mon Dieu, mon Dieu...! La tête me tourne, la peur va me faire tomber...

Don Alvaro, auquel Ana avait lancé un regard encourageant et suppliant, se décida alors. Il avait calculé depuis un moment que, grâce à sa stature, il pouvait facilement saisir la nacelle et l'arracher à son attache... Mais que lui importait Obdulia? Il risquait de paraître ridicule, de tacher sa redingote. Le regard d'Ana le fit sauter sur l'escabeau. Il avait la chance d'être agile. Dans cette position d'allumeur de réverbères, il parut à la Régente aussi gracieux, brillant et élégant que sur la promenade de l'Espolón.

— Bravo! Bravo! s'écrièrent Edelmira et Paco en voyant les bras du bel homme entre les montants de la nacelle de la balançoire.

— Ne me fais pas tomber! Ne me fais pas tomber! hurla Obdulia en sentant les mains de son ex-amant sous ses jambes. Visitación donna un pinçon à Edelmira, qu'elle tutoyait maintenant. La jeune fille saisit la signification du geste; elle aussi avait noté la familiarité du ton : Obdulia avait dit « tu » à Mesía!

— Restez tranquille; vous ne risquez rien, répondit don Alvaro... se repentant d'avoir cédé à la prière tacite d'Anita.

Il prit largement le temps de placer ses bras sous l'engin afin d'être sûr de pouvoir le soulever à la force du poignet... A la première tentative, qui s'avéra inutile, il imagina la tête que devait faire le Magistral.

— Oh hisse! cria Visitación d'en bas, pour comble d'ignominie.

— Vous ne pouvez pas, vous ne pouvez pas...! Ne touchez à rien, c'est pire...! Je vais me tuer! hurla la Fandiño.

Les autres se taisaient.

— Reste tranquille! chuchota don Alvaro d'une voix rauque et furieuse; il l'aurait volontiers laissée tomber la tête la première.

Et il fit une deuxième tentative, sans succès.

Rien ne bougeait. Il transpirait, plus de honte que de fatigue. Un homme comme lui aurait dû pouvoir soulever ce poids à bout de bras.

— Laissez, laissez, voyons si Bautista... dit la Marquise. Ah, ces diables d'enfants!

— Bautista n'est pas assez grand, fit observer encore le Marquis. Une autre échelle... Qu'on aille à la remise... Il doit y en avoir...

Don Alvaro poussa pour la troisième fois... Inutile. Il regarda sous lui, cherchant comment réduire le poids. Dans l'autre nacelle, sous son nez, humble et ridicule, il vit don Saturnino recroquevillé, immobile et oublié de tous. Mesía ne put s'empêcher de sourire, bien qu'il pestât comme un beau diable. Il avait bien envie de cracher au nez de cet être qui le regardait sans se départir de son sourire, et il lui dit avec un calme forcé :

— Fichtre! Voilà qui est plaisant! Vous êtes là? Vous avez cru sans doute que je jouais les Hercules et vous vous êtes mis là pour faire du poids...?

Éclat de rire général.

— Mais oui, riez donc, clama Obdulia. Le trait est amusant!

— Moi... balbutia Bermúdez, excusez-moi... Comme on ne me disait rien... J'ai cru que je ne gênais pas... D'ailleurs... je me suis dit que si l'on me descendait... la situation de cette dame pourrait empirer... une secousse.

— Ah non, non! Ne descendez pas, hurla la veuve avec effroi.

— Et pourquoi pas? rugit furieusement don Alvaro. Vous voulez donc que je soulève cet engin à la force du poignet avec vous deux dedans?

— C'est-à-dire... que... je ne vois pas comment... si on ne m'aide pas... c'est si haut...

— Un mètre à peine, précisa le Marquis.

Paco prit don Saturno dans ses bras et le tira de la funeste nacelle.

— Maintenant, dit-il, nous allons t'aider, en poussant d'ici...

— C'est inutile, fit remarquer le Magistral d'une voix très douce; comme le madrier s'est fiché entre deux planches du bord... Il faut soulever en force toute la balançoire... Sinon, on ne pourra la décrocher.

— Évidemment, bramait l'autre, d'en haut; et il fit une nouvelle tentative.

Mais apparemment, Bermúdez pesait fort peu, car don Alvaro ne parvint pas à soulever le pesant engin.

Le dandy se croyait au sommet de la honte. D'un saut, qu'il essaya de rendre gracieux, il fut à terre et, secouant la poussière de ses mains et essuyant la sueur de son front, il s'exclama :

— C'est impossible! Il faut chercher une autre échelle.

— Elle pourrait déjà être là.

— Si je pouvais l'atteindre... insinua alors le Magistral, dont la voix et le visage respiraient la modestie.

— C'est vrai, dit la Marquise, vous aussi vous êtes grand.

— Bien sûr qu'il y arrive, bien sûr, cria Paco qui brûlait de le voir gesticuler comme un pantin.

— Assurément, vous l'atteignez, conclut Vegallana père. Si vous avez assez de force... Et ici, personne ne peut vous voir.

La difficulté était de monter en haut de l'escabeau sans perdre la face dans ces longs habits.

— Ôtez votre cape, conseilla Ripamilán.

— Ce n'est pas nécessaire, répondit De Pas, horrifié à l'idée qu'on pût le voir en soutane.

Et, sans perdre un iota de sa dignité, de son sérieux et de sa grâce, il monta comme un écureuil jusqu'à l'échelon le plus élevé, laissant flotter sa cape, derrière lui en plis ondoyants.

— Parfait, dit-il en mettant ses bras à l'endroit où, peu de temps auparavant, Mesía avait placé les siens.

Applaudissements dans la foule. Obdulia retint un cri qui aurait fait mauvais genre.

Doña Petronila, extatique, bouche bée, s'exclama à voix basse :

— Quel homme! quel phare!

Sans effort apparent, avec grâce et aisance, le Magistral souleva à bout de bras la balançoire qui, enfin libérée et retenue par la force même qui l'avait décrochée, amorça une descente majestueuse. Somoza, Paco et Joaquín Orgaz aidèrent Obdulia à sortir de la nacelle maudite. On fit une véritable ovation au Magistral. Paco l'admira en silence : la force musculaire lui inspirait une terreur vaguement religieuse; il avait dépensé la sienne dans les joutes amoureuses. Il avait du muscle, mais trop mou. Don Alvaro eut du mal à dissimuler sa déconvenue. « C'était une gaminerie! Mais il était vraiment honteux. » En outre, lui qui considérait les curés comme de faibles femmes, comme un sexe faible d'un genre particulier à cause des vêtements longs et de la modestie imposée par les canons, il découvrait soudainement que le Magistral était un athlète; un homme parfaitement capable de le tuer d'un coup de poing si s'offrait une occasion aussi invraisemblable. Mesía se souvenait d'avoir souvent tenu (à l'occasion des élections dans les villages) des propos de ce type : « Monsieur le curé n'a pas intérêt à s'amuser à ses petits jeux ni à tirer parti de ses robes longues, parce que si je me fâche, je le prends par la soutane et le jette par la fenêtre. » Il s'était toujours imaginé, n'y ayant jamais beaucoup réfléchi, qu'une fois perdu le respect religieux, on pouvait battre impunément tous les curés; à ses yeux, ils n'avaient ni courage, ni force, ni sang dans leurs veines... « Et maintenant... Ce chanoine, sans doute aussi un peu rival, lui donnait une petite leçon de gymnastique, qui pouvait bien être un avertissement salutaire. »

La gratitude d'Obdulia était sans limites, mais le Magistral crut bon d'en mettre une en se montrant froid et sec, et en lui faisant comprendre « qu'il ne l'avait pas fait pour elle ». La veuve soutint néanmoins contre vents et marées qu'elle lui devait la vie.

— Indubitablement! corroborait doña Petronila qui ne se doutait pas de la façon dont Obdulia voulait payer cette vie qu'elle disait devoir au Magistral.

Ana admira en silence la vigueur de son père spirituel, dans laquelle elle ne vit rien d'autre que le symbole physique de la force de son âme, force qui lui offrirait, à n'en pas douter, un refuge sûr et inexpugnable contre les tentations qui commençaient de la harceler.

Visita monta alors dans la balançoire, jambes attachées : elle ne voulait pas qu'on vît ses dessous.

Obdulia protesta.

— Comment? On voyait donc quelque chose? Alors, je refuse, je refuse! Pourquoi ne m'a-t-on pas avertie? C'est une trahison.

— Cette dame a raison, dit don Víctor; égalité devant la loi; renvoyez-moi cette corde.

Edelmira monta dans la balançoire sans s'attacher. Elle n'avait pas de précautions à prendre, on ne voyait rien.

Don Víctor et Ripamilán se balancèrent aussi, mais ils eurent mal au cœur.

— Les voitures sont prêtes, cria de loin la Marquise; et tous se précipitèrent dans la cour.

La Marquise, doña Petronila, la Régente et Ripamilán montèrent dans la calèche découverte; voiture de luxe, excellente en son temps, mais trop vieille et difficile à manœuvrer. L'attelage en flèche des deux chevaux noirs était digne d'un roi. Les autres s'installèrent dans une vieille voiture de voyage, solide mais qui ne payait pas de mine, tirée par quatre chevaux; le Marquis l'utilisait souvent dans ses excursions à travers la province, soit pour emmener et ramener des électeurs, soit peut-être pour braconner dans une chasse gardée. On disait tant de choses de cette voiture! Elle ressemblait aux anciennes chaises de poste, qui assurent encore le service public à Madrid entre le centre de tri et les différentes gares. On l'appelait, entre autres surnoms, la *Gondole* ou la *Familiale*.

On fit un peu de place au Magistral, entre Ripamilán et Anita, après lui avoir solennellement promis de le laisser à l'Espolón, où il devait rencontrer certaine personne (rien de tel n'était vrai, c'était un prétexte pour ne pas aller au Vivero).

— Nous vous séquestrons... avait dit Obdulia.

— Oui, oui, le séquestrer, c'est la meilleure solution; on ne le laissera pas descendre, renchérit doña Petronila.

— Non, je proteste... alors, je ne monte pas.

Il monta; et la calèche démarra, arrachant des étincelles aux cailloux pointus des rues étroites de la Encimada. La *Gondole* suivait, dans un fracas terrifiant de grelots, de coups de fouet, de tremblements de vitres, de cris et d'éclats de rire de l'intérieur, qui assourdissaient le voisinage.

Le soleil était encore haut et les dames, dans la calèche, improvisèrent avec leurs ombrelles une banne multicolore abritant aussi le Magistral et l'Archiprêtre. Ripamilán, presque noyé dans les jupes de doña Petronila qui lui faisait face, était au septième ciel; pas parce qu'il touchait Constantin le Grand, non, parce qu'il était parmi des dames, sous des ombrelles, enivré de parfums féminins et caressé par le souffle des éventails; aller à la campagne avec des femmes! C'était une bucolique courtisane, ou presque! Enfin se réalisait le bel idéal du poète septuagénaire, de l'éternel amant platonique de Philis et Amarilis en corsages de soie.

Le Magistral était un peu honteux : gêné en un sens — mais pas dans l'autre — que le hasard, ou tout autre chose, l'eût placé au contact d'Ana. Contact léger s'il en fût, bien entendu : ni l'un ni l'autre ne bougeaient. Il était troublé, mais elle, ravie d'être à côté de lui; elle le voyait toujours comme un bouclier ouvragé et massif. Elle le protégeait du soleil, il la défendait de don Alvaro « S'il venait au Vivero... l'autre n'oserait peut-être pas s'approcher... sinon... il va... il va oser... Évidemment, là-bas, chacun s'en va de son côté, et Víctor est capable de partir avec Paco et Edelmira pour faire des sottises, comme un gamin... Non, il n'est pas question qu'il s'aperçoive qu'il me fait peur; en sorte que s'il s'approche de moi... je ne fuirai point. Si don Fermín voulait venir...! »

— Don Fermín, lui dit-elle quand ils furent presque à l'Espolón, avec cette voix humble et ce ton de respect doux et paisible qu'elle avait toujours avec lui, don Fermín, pourquoi ne pas venir avec nous? Un peu plus d'une heure... je crois qu'aujourd'hui nous rentrerons plus tôt... Venez... venez!

De délicieux frissons lui parcouraient le corps en écoutant la Régente; sans y prendre garde, il se penchait vers elle, comme attiré par un aimant. Heureusement, les autres femmes et l'Archiprêtre étaient engagés dans une agréable conversation qui avait pour objet de mettre en pièces cette pauvre Obdulia. Et Ripamilán de citer, comme toujours quand il abordait ce sujet, l'évêque de Nauplie, l'auberge de Madrid, les toilettes de sa cousine courtisane, etc. On ne peut nier que le Magistral faillit renoncer à sa résolution, mais il lui parut indigne de lui de montrer si peu de volonté et il redoutait d'autre part ce qui pouvait arriver au Vivero. Il ne pouvait pas faire le galantin; si don Alvaro voulait obtenir une revanche après sa défaite de la balançoire et lui lancer un défi de quelque sorte que ce fût, lui, en manteau et en soutane avec son canonicat par-dessus le marché, risquait fort de paraître ridicule. Non, il n'irait pas. Persister dans son propos lui apporta une volupté intense et profonde; c'était la jouissance de l'orgueil comblé. Il savait bien toute l'énergie qu'il devait employer pour résister aux tentations qui sourdaient d'entre ces lèvres séductrices mais sans malice; il apprécia d'autant mieux sa propre force, la trempe de son âme qui « indubitablement était venue au monde pour des entreprises bien plus élevées que de lutter contre d'obscurs Vétustains ».

Il tourna son regard plein d'aménité vers son amie pour lui répondre doucement, mettant dans sa voix un ton d'affectueuse familiarité, nouveau, un peu semblable — remarqua la Régente — à celui qu'avait utilisé Mesía cette après-midi même au balcon de la salle à manger :

— Je ne dois pas aller avec vous...

Il prit un air ambigu, laissant entendre qu'il le regrettait, mais que, comme il était curé... et qu'elle s'était confessée à lui... que Paco, Obdulia et Visita étaient un peu fous, qu'à Vetusta les oisifs, c'est-à-dire presque tout le monde, médisaient des événements les plus innocents...

La Régente lut tout cela sur son visage (qui aurait fort bien pu signifier autre chose); et elle se résigna à se retrouver face à Mesía, sans le soutien du Grand Vicaire.

Ils ne dirent plus un mot. La voiture s'arrêta; le Magistral se leva et prit congé des dames. La Régente lui sourit comme elle aurait toujours souri à sa mère si elle l'avait connue. De Pas ne savait pas sourire de cette manière; la douceur de ses yeux ne servait à rien dans pareilles situations, et il lui répondit d'un regard plein d'étincelles dont il n'eut pas conscience... et elle non plus.

Ils étaient au début de l'Espolón, anciennement nommé *la promenade des curés*. Il descendit là, malgré les lamentations de doña Petronila.

— Vous êtes très désobligeant, lui dit la Marquise, sur un ton familier qu'elle se permettait avec tous les chanoines à l'exception de don Fermín.

Elle alla même jusqu'à lui porter un coup de son éventail fermé sur la main. Elle voulait ainsi lui signifier son désir de resserrer l'amitié un peu froide qui le liait aux Vegallana. De Pas comprit et apprécia. Pénétrer l'intimité des Vegallana, c'était pénétrer l'intimité de don Víctor et de son épouse, il le savait bien; ils étaient toujours ensemble, au théâtre, en promenade, partout, et la Régente mangeait très souvent chez le Marquis. En sorte que, pour la voir, c'était mieux là qu'à la cathédrale. Tout cela traversa l'esprit du Magistral pendant le peu de temps qu'il lui fallut pour descendre du marchepied et saluer les dames une dernière fois en reculant d'un pas.

— Allons, Bautista! cria la Marquise; et les prêtres, les dames et les messieurs qui se promenaient sur l'Espolón, les gamins jouant dans le pré voisin et les ouvriers travaillant en plein air virent la calèche se remettre enfin en route.

Le Magistral suivit la voiture des yeux tant qu'il put. La Régente lui souriait au loin, avec la même expression douce et chaste que l'instant d'avant, et elle le saluait timidement, d'un léger mouvement de son éventail... Puis on ne vit plus que le profil anguleux de Ripamilán..., qui agitait les bras comme les ailes d'un moulin à vent miniature.

La seconde voiture passa comme l'éclair. De Pas vit une main gantée lui faisant signe de la fenêtre. C'était celle d'Obdulia, la veuve éternellement reconnaissante. Elle ne saluait que d'une main, Joaquinito accablant l'autre de caresses douces et furtives ; il ne crachait jamais sur un plat, même réchauffé, quand il en valait la peine...

Chapitre quatorze

L'Espolón était une esplanade étroite, sans arbres, abritée des vents du nord-est (les plus froids à Vetusta) par une épaisse muraille de hauteur moyenne et bien conservée; à chaque extrémité de ce mur, une fontaine monumentale en pierre noire arborait son architecture massive, dont on apprenait l'origine grâce à l'ablatif absolu *Rege Carolo III*, qu'on aurait cru gravé sur chacune d'elles par l'œuvre de l'eau ruisselant sur le calcaire année après année. De l'autre côté, la promenade était délimitée par de longs bancs, en pierre aussi; l'Espolón n'avait pas d'autre ornement, pas d'autre attrait, hormis le soleil qui réchauffait cette triste muraille quand il donnait l'après-midi. Elle présidait depuis des temps immémoriaux aux promenades de nombreux prêtres, fleurons de l'ancienne Cour vétustaine : de deux à quatre ou cinq heures de l'après-midi en hiver, un peu avant le coucher du soleil jusqu'à la nuit en été. C'était un lieu non seulement abrité mais solitaire, *recueilli*, comme on disait alors; mais en ce temps-là, la Colonia n'existait pas encore. Aujourd'hui, le meilleur de la ville de Vetusta s'agrandissait de ce côté; certes, on avait respecté l'Espolón et ses abords immédiats, mais à quelques pas de là commençaient le bruit, le mouvement et l'animation des hôtels en construction, du quartier *colonial* qui sortait de terre comme par enchantement, selon *El Lábaro* pour qui apparemment dix ou douze ans étaient moins que rien.

Il faut reconnaître que le clergé de Vetusta, quoique renommé pour son intransigeance en matière de dogme, de morale et même de discipline, et – pourquoi pas – de politique, n'avait pas regardé d'un mauvais œil la proximité du développement urbain, se félicitant même de voir la ville *se transformer de jour en jour* si bien qu'au bout de vingt ans, personne ne la *reconnaîtrait.* Ce qui prouve que le clergé, tant paroissial que cathédral, de la *Vetusta catholique* de Bermúdez, ne s'opposait pas à la civilisation bien comprise.

Bien mieux : quoiqu'on considérât traditionnellement l'Espolón comme le patrimoine des prêtres, des mélancoliques magistrats et des *familles en deuil,* certaines dames s'aperçurent que la *Promenade des curés* était plus chaude que les autres, et les réunions et confréries se mirent à débattre de l'éventuel transfert de la promenade d'hiver à l'Espolón. Don Robustiano Somoza, hygiéniste notoire avant tout, criait à qui voulait l'entendre :

— Mais bien entendu! Je me tue à le répéter depuis un siècle; mais ici, on ne peut aller contre les préjugés et le fanatisme. Ces curés, qui ne sont pas sots, sous prétexte de solitude et de retraite, se sont réservé, à l'époque où ils avaient la vie belle, le meilleur lieu de distraction, le mieux abrité, le plus hygiénique...

Finalement, quelques femmes parmi les plus huppées osèrent braver la tradition et, dès le mois d'octobre jusqu'à Pâques, elles eurent le toupet de s'aventurer sur l'Espolón. Elles en entraînèrent d'autres; les gandins s'aperçurent que la Promenade des curés était plus courte et plus étroite que la Grande Promenade, ce qui leur convenait tout à fait. En l'espace d'une année, on transforma l'agréable Espolón en *Promenade d'hiver,* en le sécularisant quelque peu.

Quelques prêtres, vieux et pauvres pour la plupart, protestèrent et finirent par abandonner *leur* Espolón pour se disperser sur les routes.

« La folie du monde les chassait de leur solitaire récréation! le siècle envahissait tout! » Et ils se lançaient sur la route de Castille et autres chaussées poussiéreuses bordées de rangées interminables de peupliers et de chênes.

Mais les jeunes, c'est-à-dire la majorité des chanoines et des bénéficiers, ceux qui s'habillaient avec le plus de soin et d'élégance, ceux qui portaient un chapeau plus large et plus court, aux ailes ouvertes, ceux-là donc se résignèrent à tolérer l'invasion de la Vetusta élégante. Ils ne virent pas d'inconvénient, ou ils le cachèrent bien, à coudoyer gentes dames et beaux messieurs; ce n'était pas eux qui avaient rameuté les populations et cherché l'agitation du monde; ils étaient *chez eux,* dans leur domaine, et firent semblant de ne pas remarquer la présence des intrus.

Cette nouvelle coutume de la vie vétustaine était peut-être en partie responsable du raffinement qu'on remarquait depuis peu dans le costume de nombreux prêtres. Ce qu'on pouvait bien appeler la jeunesse dorée du clergé de la capitale (enviée de tous les collègues des villages de montagne qui, de leur propre aveu, s'abrutissaient à vue d'œil), la jeunesse dorée, donc, ne manquait pas de se retrouver sur l'Espolón chaque soir d'automne et d'hiver, si le temps était clair; elle était, dirons-nous, éclatante; on aurait dit des diamants noirs, et sans que personne n'eût rien à redire, ils suivaient des yeux les allées et venues des jeunes beautés; à certains airs, gestes, rires et regards pudiques, un œil observateur pouvait déceler un signe d'amour ou de coquetterie. Mais rien de plus.

Cependant, le Recteur du Séminaire, homme excessivement timoré au dire de la marquise de Vegallana, ne supportait pas ces salmigondis de curés et de femmes se promenant tout mélangés dans l'enceinte qui n'avait pas un jet de pierre de long et atteignait à peine cinq vares de large.

— Non, monsieur, disait-il à l'Évêque; je ne comprends pas qu'on puisse trouver inoffensif et innocent qu'un prêtre frôle le coude de toutes les jolies demoiselles de la ville...

L'Évêque croyait les demoiselles incapables de tels frôlements.

– A la rigueur, si c'était ces filles perdues du *Boulevard* *, les giletières...

On eut vite fait d'oublier la protestation du Recteur du Séminaire.

— Qui écoute encore cet individu? disait Visitación, la banquière; c'est un rustaud; un saint, admettons, mais un sauvage. Enfin, un homme qui m'a jetée hors de la sacristie de Saint-Dominique quand j'étais trésorière du Sacré Cœur de Jésus!

— Un tel homme, renchérissait Obdulia, aurait dû passer sa vie sur une colonne.

— Comme saint Simon *le Styliste,* coupa Tromblon qui était présent.

Entre Pâques et l'équinoxe d'automne environ, les curés étaient quasiment seuls sur l'Espolón; mais octobre voyait le retour de quelques femmes effarouchées par l'humidité et *l'influence des arbres* de la Promenade d'été. L'après-midi où la voiture des Vegallana déposa le Magistral, beaucoup de prêtres et bon nombre de laïcs vénérables et respectables se promenaient, mais peu de femmes. Il y en avait néanmoins assez pour gloser avec force commentaires et remarques ce fait extraordinaire : le Magistral était descendu de la voiture des Vegallana où toutes sans exception avaient vu, oui madame, qu'il était à côté de la Régente. Beaucoup s'étaient dit, en voyant apparaître la calèche, « quand on parle du loup... » Les curés, soit dit en passant, commentaient aussi cet événement *inopiné,* comme le qualifiait Mourelo. L'ancien maire Foja marchait entre l'Archidiacre, l'illustre Gloucester, et le bénéficier, don Custodio, le plus mielleux des prêtres de Vetusta. Notre usurier libéral n'avait pas coutume de fréquenter les soutanes, mais cet après-midi, l'importance des événements avait réuni les trois ennemis du Magistral.

— Quel culot! s'exclama Foja.

— C'est un insensé; il ignore ce qu'est la diplomatie, la dissimulation, observa Mourelo.

— Dire que je ne voulais pas vous croire quand vous m'avez dit qu'il était resté à manger chez eux...

— Vous voyez bien! s'exclama Gloucester triomphant.

— Et les autres, où vont-ils?

— Au Vivero, c'est sûr; vous savez bien... Gambader et folâtrer comme des cabris.

— C'est bien les mœurs des classes conservatrices!

— Non monsieur; c'est une exception...

— Rendez-vous compte, venir en voiture découverte...

— Et à côté d'elle...

— Et descendre ici, avança le bénéficier.

— Très juste; il a raison... Descendre ici...

— Monsieur l'Archidiacre, permettez-moi de vous dire que Dieu n'a plus votre collègue en miséricorde.

— Je vous crois, je vous crois! Et je le regrette... Mais l'Évêque, ce brave homme... Enfin, que voulez-vous? insista Gloucester en souriant malicieusement.

Subitement, il lui vint une phrase à l'esprit; pour l'énoncer à son auditoire en toute solennité, il s'arrêta, avança sa main comme pour écarter les deux autres, et se tournant tout d'une pièce vers Foja, il lui hurla à l'oreille :

— Cher ami, il faut de tout dans l'Église de Dieu!

La plaisanterie fut saluée d'un concert d'éclats de rires qui ne s'éteignirent que lorsque le Magistral passa près des médisants. Les deux prêtres le saluèrent fort courtoisement, Gloucester fit même un pas vers lui et d'un geste familier lui passa la main sur l'épaule.

La jalousie le rongeait, mais il n'était pas homme à marchander les tartuferies. On était diplomate ou on ne l'était pas.

Le Magistral se contenta de le maudire au fond de lui-même.

Il fit quelques aller et retour seul, saluant à droite et à gauche avec son amabilité coutumière, machinalement, voyant à peine à qui il s'adressait. Il avait relevé les pans de sa cape sur son ventre qui commençait à s'arrondir; et, une main sur l'autre — on sait combien elles étaient belles —, à pas lents (et il lui en coûtait, car il aurait volontiers couru... derrière les voitures du Marquis), il marcha pendant un quart d'heure, défiant humblement les regards de tous, certain qu'on ne faisait que parler de lui, et de la confession qui avait duré deux, trois ou quatre heures. « A combien en était-on? Dieu seul le savait! Gloucester et son éternel don Custodio avaient dû se charger de faire monter les enchères... Que pouvaient bien dire maintenant ses ennemis! Mais quelle importance? Il regrettait à présent de ne pas avoir suivi les autres au Vivero; de toute façon, les méchantes langues avaient toujours quelque chose à redire! Quant aux honnêtes gens, ceux qui comptaient à ses yeux, ils ne risquaient pas de mal interpréter le fait qu'il se rendît, comme Ripamilán et de nombreux autres prêtres avant lui, sur les terres de Vegallana. »

Quelques amis véritables du Magistral, ou tout au moins partisans déclarés, se promenaient sur l'Espolón sans oser approcher l'illustre

Vicaire général; il avait un air revêche, malgré ce petit sourire apprêté qui ne le quittait pas dès qu'il était dans la rue. Alors qu'une trop grande clarté oblige d'ordinaire les gens faibles de la vue à cligner les paupières, chez don Fermín cela se traduisait par un sourire qu'il arborait toujours en public, comme un étrange effet de lumière sur les muscles de son visage.

Mais cela ne trompait pas ceux qui avaient appris à le connaître, à leurs dépens le plus souvent. Le Doyen, qui venait d'arriver, fut le premier à oser l'aborder. De Pas vint lui-même à sa rencontre. Le Doyen ne parlait presque jamais et se promenait encore moins. Il se joignit à lui, mais De Pas se comporta comme s'il était toujours seul. Un chanoine, le parent du ministre, s'approcha ensuite; il fallut parler. Un *évêque en redingote* (le mot faisait fortune à cette époque) survint et la conversation s'anima; on parla de politique et d'intrigues curiales; toutes choses qui parurent au Magistral autant de sottises que de ragots indignes de prêtres. « Mais lui ? A quoi rimaient ses pensées ? Puériles, ridicules et même pécheresses, oh oui ! Comme il marchait la tête baissée, ne s'était-il pas fixé sur les capes et les soutanes qu'ils portaient tous, lui comme les autres, trouvant qu'avec ces absurdes robes ils ne ressemblaient plus à des hommes, que de tels habillements leur donnaient un air carnavalesque et efféminé... ? Mille folies! En tout cas, il avait honte, en ce moment, de cette longue cape et de cette soutane qu'en d'autres occasions il savait porter avec majesté. S'il y avait au moins une ouverture latérale, comme dans certaines tuniques... Mais alors, on verrait les jambes (quelle horreur!), les pantalons noirs, le mâle honteux qui se cache dans tout curé. »

A ce moment précis, l'évêque laïque s'arrêta et, se plantant devant lui pour l'obliger à répondre, lui lança :

— Qu'en pensez-vous ?

Il ignorait de quoi ils parlaient, absorbé qu'il était par les mille manières de couper une soutane.

— En vérité, la question, répondit-il, la question... mérite réflexion.

— C'est tout à fait ce que je disais! s'écria l'autre triomphalement, après s'être écarté de son chemin.

— Vous voyez ? M. le Grand Vicaire est de mon avis; il dit que la question mérite d'être étudiée, qu'elle est ardue... Je pense bien!

Le Magistral respira; mais pour éviter de s'exposer à une autre question *inopinée* (comme aurait dit Mourelo), il prit congé de ces messieurs, leur assurant qu'il avait à faire à l'Évêché.

Il n'en pouvait plus; cet après-midi, la société de ses collègues l'étouffait; ce drap noir qu'il voyait partout l'accablait; en restant, il risquait de dire n'importe quoi. Il s'éloigna à grands pas. Son dernier regard fut pour le chemin du Vivero qui se perdait à l'horizon, par où il avait vu disparaître les voitures dans un nuage de poussière.

« Nous voilà beaux! se disait-il en déambulant par les rues. Il n'aimait pas nommer les choses, surtout celles qu'il était difficile de baptiser. Que lui arrivait-il ? Cela n'avait pas de nom. Ce n'était pas l'amour; le Magistral ne croyait en aucune passion particulière, aucun sentiment pur et noble qui pût s'appeler amour; cela, c'était l'affaire des romanciers et des poètes, et l'hypocrisie du péché avait eu recours à ce mot sanctifiant pour déguiser les mille et une formes de la luxure. Ce qu'il éprouvait n'était pas de la luxure; il n'avait aucun remords de conscience. Il avait la conviction que c'était une chose nouvelle. Serait-il malade ? Les nerfs ? Somoza l'aurait certainement affirmé. »

« De toute façon, c'était une sottise, peut-être même une grossièreté d'avoir déplu à ces dames. Que diraient-elles de lui au Vivero ? »

Le Magistral enfila les premières rues de la Encimada, franchit la porte du Gouvernement civil où il aperçut, au milieu de la cour, un puits qu'il savait être bouché. Il se rappela que Ripamilán lui avait souvent parlé d'un puits asséché au Vivero. Paco Vegallana, Obdulia, Visita et autres folles personnes, lui avait raconté l'Archiprêtre, s'amusent à couper des fougères, de l'herbe et des branches d'arbres qu'elles jettent dans le puits, et quand le feuillage arrive au ras de l'ouverture... Hop! ils se jettent dedans, d'abord l'un après l'autre, parfois deux par deux ou trois par trois... Ripamilán, tout respectable qu'il fût, s'était retrouvé au fond de ce trou, et pour l'en ressortir, il avait fallu bien évidemment une corde... Le Magistral, qui n'avait jamais vu ce puits, l'avait devant les yeux, et il imaginait Mesía au fond, parmi les herbes et les branches, les bras tendus, prêt à accueillir la douce charge du corps mortel d'Anita... Condescendrait-elle à une aussi répréhensible situation ? Se laisserait-elle jeter là-dedans ? Don Fermín était sur des charbons ardents. Cela lui était complètement égal. Et pourtant il était sur des charbons ardents.

Il marchait à l'aventure sans savoir où aller et se retrouva en bas de chez lui. Il fit demi-tour et, certain que personne ne l'avait vu, il hâta le pas et descendit une ruelle qui menait à la petite place de la Corralada, devant l'Évêché.

« Ma mère! » s'exclama-t-il. Il n'y avait pas pensé de tout l'après-midi.

Il avait mangé dehors sans prévenir! Doña Paula considérait ce manque de discipline domestique comme un péché d'importance. Cela arrivait rarement à son fils, ce qui rendait la faute encore plus impressionnante.

« Comment ai-je pu oublier de lui envoyer un message! Mais... Par qui ? N'aurait-ce pas été ridicule de dire à la Marquise : « Madame, j'ai besoin que ma mère sache qu'aujourd'hui je ne mange pas avec elle » ? Cet état d'esclave dans lequel il vivait... content, oui, content, il ne se sentait pas humilié... Mais il n'était pas convenable que le monde le sût. Et maintenant, pourquoi n'était-il pas rentré chez lui ? Il avait passé assez de temps dehors... Allait-il faire marche arrière, braver sa mauvaise humeur ? Non, il n'osait pas; il n'avait pas envie de vivre des scènes dramatiques et était horrifié à l'idée d'affronter une philippique déguisée, comme toutes les diatribes de sa mère, en discours de morale utilitaire... Elle ne manquerait pas de lui parler des sottises qu'on lui avait rapportées le matin même... Et s'il lui disait : j'ai mangé... avec la Régente, chez le Marquis, la belle affaire! Mais mon Dieu, la racaille de Vetusta avait vite fait, oh oui, de médire de cette amitié! Tous ces cancans en moins de deux jours et sa mère, les oreilles pleines de calomnies, de méchancetés, le cœur percé de soupçons, de craintes et d'appréhensions...! Et qu'y avait-il ? Rien; absolument rien; une femme qui avait fait une confession générale et qui, en ce moment, se trouvait probablement au fond d'un puits rempli d'herbe sèche, en compagnie du plus bel homme de la ville. En quoi cela le regardait-il ? Lui, le Grand Vicaire du diocèse! Oh oui! Il allait rentrer, s'imposer à sa mère, lui dire qu'il était indélicat de persister dans ses soupçons, de chercher des perfidies et de se défier des apparences. A quoi bon ? Il n'avait rien à cacher dans cette histoire; il n'était pas un enfant, méprisait les calomnies, etc. »

Il pénétra dans l'Évêché.

L'ombre de la cathédrale s'étirait sur les toits de la demeure triste et décatie de l'Évêque, la plongeant dans l'obscurité; tandis que les rayons du soleil couchant empourpraient les dernières lignes de l'horizon et enveloppaient de nombreuses maisons de la Encimada de flammes miroitant sur les carreaux des vitres.

Le Magistral entra dans le bureau où l'Évêque corrigeait les épreuves d'une pastorale.

Fortunato leva la tête et sourit.

— Tiens! C'est toi ?

Don Fermín s'assit sur le sofa. Il ne se sentait pas bien; il avait mal à la tête, le gosier brûlant et désespérément sec; il étouffait dans ce local fermé et confiné; l'alcool l'avait perturbé. Il ne buvait jamais de liqueurs mais cet après-midi, distraitement, sans réaliser ce qu'il faisait, il avait vidé le verre de chartreuse ou d'il ne savait quoi, que lui tendait la Marquise.

Fortunato lisait les épreuves sans cesser de sourire. Il ne semblait plus craindre le Magistral. Quelques heures auparavant, il redoutait de se retrouver seul avec lui, de peur qu'il ne lui reprochât sa trop grande condescendance à l'égard des dames *protectrices* de la Libre Fraternité. De Pas remarqua le changement.

— Voudrais-tu me lire ces mots un peu effacés... ? Je ne vois pas bien.

De Pas s'approcha et lut.

— Tu empestes, mon garçon...! Qu'as-tu bu ?

Don Fermín releva la tête et fronça le sourcil; surpris, il regardait l'Évêque.

— J'empeste ? Pourquoi ?

— Tu sens la boisson... Je ne sais laquelle... Le rhum... Que sais-je ?

De Pas haussa les épaules, donnant à entendre que l'observation était impertinente et déplacée. Il s'écarta de la table.

— A propos, pourquoi n'as-tu pas averti ta mère ?

— De quoi ?

— Que tu mangeais dehors...

— Vous savez donc... ?

— Et comment, mon fils. Teresina est venue ici deux fois de la part de Paula ; où était Monsieur, avait-il mangé ici ? Mais non, ma fille, non. J'ai dû aller le lui dire en personne. Et une demi-heure après, même scène. Il était peut-être arrivé quelque chose à Monsieur, Madame était inquiète ; je devais bien savoir quelque chose... !

Le Magistral parcourait la pièce en faisant sonner les talons ; il dissimulait mal son impatience et sa mauvaise humeur, peut-être même ne cherchait-il pas à les cacher.

— Moi, poursuivit Fortunato, je leur ai dit de ne pas s'affoler ; que tu avais sans doute mangé chez Carraspique, ou chez Páez ; comme c'est leur fête à tous deux... C'est bien cela, n'est-ce pas ? Tu as mangé chez Carraspique ?

— Non monsieur !

— Chez Páez ?

— Non, monsieur ! Ma mère... ma mère me traite comme un enfant !

— La pauvre, elle t'aime tant...

— Mais c'est trop...

— Mais alors, s'exclama l'Évêque qui cessa de lire ses épreuves, tu n'es pas encore rentré chez toi ?

Le Magistral ne répondit pas ; il était déjà dans le couloir.

— A demain, lança-t-il de loin, avant de refermer derrière lui la porte du bureau avec plus de force qu'il n'était nécessaire.

« Ce garçon a raison, se dit l'Évêque qui avait, avec le Magistral, l'attitude d'un père faible pour son enfant gâté. Cette Paula nous manipule tous comme des marionnettes. »

Et il se remit à la correction de sa pastorale.

De Pas remonta la ruelle dans l'autre sens, mais il s'arrêta avant d'arriver chez lui. Il ne savait que faire. Les effets de la chartreuse, ou quoi que ce fût (et si c'était du cognac !) ne se dissipaient toujours pas et il reconnaissait maintenant lui-même qu'il avait mauvaise haleine.

« Si Gloucester s'approchait de moi maintenant, demain tout Vetusta saurait que je suis un ivrogne... »

« Je ne monte pas, je ne monte pas. Ma mère doit être dans tous ses états ! Et je n'ai pas envie de subir des sermons, d'essuyer des reproches ni d'interpréter des sous-entendus... Même Teresa est dans l'histoire !

Deux fois à l'Évêché...! L'enfant perdu...! C'est insupportable...! »

L'horloge de la cathédrale égrena l'heure lentement; quatre coups aigus, puis d'autres plus graves, rauques, vibrants.

De Pas, comme si sa volonté dépendait de la machinerie de l'horloge, se décida soudain et dévala la rue qui était à sa droite pour arriver plus vite à l'Espolón.

Il oublia sa mère, Teresina, le cognac, l'Évêque; il ne pensa plus qu'aux voitures du Marquis qui devaient être sur le retour.

Après avoir quitté les rues tortueuses de la Encimada, le Vicaire général de Vetusta prit d'un bon pas le chemin du Vivero et arriva sur l'Espolón; à cette heure, la promenade était déserte et les réverbères allumés. Il ne s'aperçut pas qu'il était en train de faire des folies, que tant d'allées et venues étaient indignes du Grand Vicaire de l'Évêché; il s'en apercevrait plus tard; pour le moment, il n'avait qu'une idée : « Sont-ils déjà passés? Non, sans doute pas encore; il avait tout juste le temps; maintenant, maintenant, ils doivent être tout proches...

« De toute façon, la brise qui commence à souffler va me soulager de ce feu, de ce malaise, de cette soif... » L'eau des fontaines monumentales murmurait au loin, mélancolique et monotone, au milieu du silence qui enveloppait l'esplanade triste et solitaire. En s'approchant du bassin de la fontaine ouest, De Pas fut tenté d'appliquer ses lèvres au tuyau de fer que serrait entre ses dents un lion de pierre, et d'apaiser son tourment sous le jet d'eau bruyant et tentateur... Il n'osa point et lui tourna le dos, continuant sa promenade solitaire. Arrivé devant l'autre fontaine, même envie, même tentation... Marche arrière et demi-tour. Et ainsi pendant une demi-heure. La soif le consumait... Pourquoi ne s'en allait-il pas? Parce qu'il ne voulait pas les laisser passer sans les voir; sans voir les voitures, s'entend. Ana serait naturellement dans la calèche et, en passant près d'un réverbère, il pourrait la voir sans être vu, ou tout au moins sans être reconnu. La soif pouvait attendre. L'horloge de l'Université sonna trois coups. Trois quarts d'heure! Elle devait avancer... Non... La cathédrale, qui était l'autorité chronométrique, ratifia la sentence de l'Université; et pour faire bonne mesure, *l'horloge de la Mairie*, qui n'avait pu séculariser le temps, exprima son opinion sur le ton aigrelet d'une clochette ridicule, confirmant l'affirmation laconique de ses collègues.

— Mais qu'est-ce qu'ils font donc? se demanda le Magistral, ajoutant néanmoins, pour satisfaire sa conscience, que bien entendu, il s'en moquait totalement.

Il n'avait pas remarqué jusque-là une bande d'enfants de dix à douze ans, des *voyous de la rue*, qui jouaient tout près, autour d'un de ces réverbères qui, placés entre les bancs de pierre, marquent la limite entre la promenade et la route. Parmi ces enfants, une gamine jouait le rôle de la *mère*. Ils jouaient à *Pan sur la caboche*, jeu populaire et à la portée de toutes les bourses. La *mère* était assise au pied du réverbère, sur le socle de la colonne de fer; un mouchoir très sale aux allures de fouet, avec un superbe nœud au milieu, était la verge chargée de représenter le pouvoir coercitif. Le bout de chiffon que la fillette en guenilles tenait par une extrémité passait de main en main parmi le groupe d'enfants.

— Or...? disait la *mère.*

— Oreille, répondit un garnement tout blond, le plus fort de la bande, qui prenait toujours la première place par droit de conquête.

Le mouchoir passa au suivant.

— Or...?

— Oreillons.

— Un autre. Or...?

— Ortega.

— Quel abruti! C'est quoi, Ortega? cria le Samson du groupe en se rapprochant de son ami bien-aimé et lui plantant son coude sous le nez.

— Ortega... Eh, pardi, c'est un dégourdi.

— D'où tu sors ça?

— De là où je l'ai trouvé!

— Je vais cogner... Si tu n'étais pas si froussard... je te casserais la figure... pour t'apprendre à vivre.

— Qu'est-ce que ça changera, puisque ce n'est pas ça? dit la fillette pour rétablir la paix. Voyons le suivant. Or...? Or...?

— Hortense.

— Non plus. Personne n'a trouvé.

— Refais un tour.

— Donne-nous un indice, la carne, vociféra le dictateur; il crachait plus qu'il ne parlait.

Jambes écartées, il se ramassa sur lui-même, prêt à se lancer à la poursuite de ses compagnons à coups de fouet, et enveloppa sa main avec le mouchoir avant d'ajouter :

— Donne des indices qu'on comprenne ou je te casse en deux!

Et il tirait sur le fouet comme s'il voulait l'arracher du pouvoir de la *mère.*

— Des indices... des indices... je parie que tu ne trouveras pas?

— Chiche...?

— Ne tire pas.

— Alors, donne un indice...

— C'est une chose très bonne! Très bonne! Très bonne!

— Qui se mange?

— Évidemment... puisqu'elle est très bonne...

— Où la trouve-t-on?

— Les gens bien en mangent...

— Ça ne vaut pas, espèce de carne! Comment je peux savoir ce que mangent les gens bien?

— Peut-être que tu en as déjà vu?

— De quelle couleur est-ce?

— Jaune, jaune...

— Des oranges, sacré nom...! hurla le garnement en tirant un grand coup sur le mouchoir, prêt à jouer du fouet avec ses camarades.

— Tu m'arraches le bras, espèce de brute, et puis ce n'est pas ça.

Les autres gamins s'étaient mis à l'abri, s'enfuyant sur la route et sur l'Espolón.

— Revenez! Revenez! Ce n'est pas ça... cria la *mère.*

— Si, c'est ça! Andouille! Je vais te casser la figure... C'est pas jaune, les oranges...? Et c'est pas bon?

— Mais les oranges, toi aussi, tu en manges.

— Bien sûr, quand je les vole à l'étal de la mère Jérome...

— Eh bien, ce n'est pas ça. Un autre. Or...? Or...?

Un enfant malingre, pâle, presque nu, saisit la pointe du mouchoir; ses yeux brillaient... sa voix tremblait... et, regardant avec crainte le garçon aux oranges, il dit doucement :

— Des ortolans!

— *Pan sur la caboche!* s'écria la *mère* enthousiasmée, *chauds les marrons de Cataloche!*

Et tous prirent la fuite tandis que le vainqueur, les jambes vacillantes, les poursuivait, peu désireux de battre ses amis, content d'avoir triomphé mais sans désir de vengeance.

Le *Rouquin* refusait de courir. Il protestait :

— Sacré nom...! Qu'est-ce que c'est ça, des ortolans? criait-il en protégeant son visage derrière sa main tandis que, timidement, la *Souris* faisait semblant de le rouer de coups.

El le *Rouquin* d'ajouter, furieux :

— Crie : « Au pied! » la carne, ou je te démolis!

— Au pied! Au pied!

La *Souris* se vit entourée de tous ses compagnons qui s'agglutinèrent à ses pieds.

— *Pan sur la caboche!* s'écria de nouveau la *mère*, et les garnements se dispersèrent à nouveau.

A ce moment-là, le Magistral s'approcha de la fillette.

La *mère* poussa un cri d'effroi. Elle croyait que c'était son père qui venait la chercher, comme à son habitude, à coups de poing et de pied.

— Dis-moi, mon enfant... As-tu vu passer deux voitures?

— Vers où? répondit-elle en se relevant.

— Vers la ville... L'une est tirée par deux chevaux, l'autre par quatre, avec des clochettes... il n'y a pas longtemps...

— Non, monsieur, je ne crois pas... Attendez, monsieur le curé, on va voir si eux... *Au pied de la mère! Au pied de la mère!* lança-t-elle, et la bande des galopins se retrouva devant le réverbère, suivis de la *Souris*. En voyant le Grand Vicaire, ceux qui portaient une casquette se découvrirent; sauf le *Rouquin*, tous l'entourèrent et lui baisèrent la main l'un après l'autre, en se disputant la préséance. Certains s'essuyèrent préalablement le nez et la bouche, d'autres non.

— Avez-vous vu deux voitures monter vers la ville ?

— Oui.

— Non.

— Deux.

— Trois.

— Elles descendaient.

— Menteur, abruti! Je vais te casser la figure...! Elles montaient, monsieur le curé.

— C'était une carriole.

— Une voiture, farceur!

— C'était deux charrettes, abruti.

— Je vais cogner...!

— Je vais frapper...!

Le Magistral ne put rien savoir. Il inclina à penser qu'ils étaient déjà passés. Mais il n'interrompit pas pour autant sa promenade; il continua de marcher, après s'être lavé la main que ces voyous avaient baisée; il détestait la crasse et se rinça le bout des doigts dans le bassin d'une des fontaines.

Les garnements se dispersèrent. Don Fermín resta seul, survolé par une chauve-souris qui allait et venait au-dessus de sa tête, l'effleurant presque de ses ailes diaboliques. La chauve-souris aussi finit par l'agacer; à peine était-elle passée qu'elle revenait, réduisant de plus en plus l'orbite de son vol.

« Elles doivent être deux », se dit le Magistral qui, chaque fois qu'il voyait la bestiole au-dessus de lui, sentait un peu de froid à la racine des cheveux.

La nuit était belle. Les dernières lueurs du crépuscule venaient de s'éteindre. Au-dessus des montagnes dont la silhouette se détachait sur un ruban de vapeur ténue et lumineuse, brillaient les étoiles du Chariot, la Grande Ourse, et Aldébaran, vers le Corfín, frôlant presque la crête la plus élevée de la sombre cordillère, brillait solitaire dans une région déserte du ciel. La brise s'assoupissait et le coassement des crapauds emplissait la campagne d'une tristesse lancinante, comme le cantique d'un culte fataliste et résigné. Les bruits de la ville haute arrivaient étouffés, coupés de silences profonds. Dans la Colonia, plus proche, tout se taisait.

Don Fermín n'aimait pas contempler les nuits sereines; il avait apprécié cela autrefois, au Séminaire, chez les Jésuites et pendant les premières années de sa vie de prêtre...; en ce temps-là, il était encore délicat, l'âme triste et rongée de scrupules. Puis la vie l'avait fait homme et il avait suivi l'école de sa mère... une paysanne pour qui « campagne » signifiait « exploitation du sol ». Ce qu'on appelait poésie dans les livres était mort en lui des années auparavant; pour sûr, il y avait bien longtemps... Les étoiles! Il y avait bien rarement prêté attention depuis qu'il était chanoine... ! De Pas s'arrêta, ôta son chapeau, essuya la sueur de son front et resta à regarder les astres brillant au-dessus de sa tête, plongés dans cet abîme d'altitude. « Pythagore avait raison ; elles paraissaient chanter. » Dans ce silence, il entendait son sang sourdre dans sa tête... il crut aussi entendre un autre bruit... comme des clochettes sonnant très loin... Était-ce eux ? Était-ce les voitures qui revenaient ? La calèche n'avait pas de grelots, mais les chevaux de la *Gondole*, si... Peut-être était-ce des cigales, des grillons... des grenouilles... quelqu'une de ces bêtes qui chantent dans les champs pour accompagner le silence de la nuit... ? Non... non. C'étaient des clochettes : maintenant, il en était sûr... Elles résonnaient plus près, avec un certain rythme... de plus en plus près.

— Ce sont eux, sûrement! Comme il est tard! dit-il tout haut, se rapprochant du fossé de la route, à l'ombre d'un des réverbères de la promenade.

Il attendit quelques minutes, la tête tournée vers le Vivero, épiant le moindre bruit... Il vit deux lumières dans l'obscurité lointaine, puis quatre... C'étaient eux, c'étaient les deux voitures... Le bruit rythmé des grelots devint plus clair, strident; il s'y mêlait parfois d'autres rumeurs, des cris, des bribes de chansons.

« Ah les fous, il chantent! »

On entendait maintenant le grondement sourd et comme souterrain des roues... le souffle fougueux des chevaux fatigués... et, enfin, la voix criarde de Ripamilán... Les passagers de la grande voiture s'étaient tus. La calèche allait passer près du Magistral qui se blottit derrière la colonne métallique pour ne pas être vu. Elle passa au grand trot. De Pas était tout yeux : don Víctor Quintanar occupait la place de Ripamilán, qui occupait celle de la Régente; oui, il l'avait vu distinctement. La Régente n'était pas dans la voiture découverte! Elle était avec les autres! Et ils avaient relégué le mari dans la calèche, avec le chanoine, la Marquise et doña Petronila...! Donc Alvaro et elle se trouvaient ensemble... Peut-être même étaient-ils tous ivres, ou pour le moins gais!

« Quelle indécence! », se dit-il, sentant le dépit lui nouer la gorge.

Et, sans se douter qu'il parodiait Gloucester, il ajouta : « On veut la précipiter dans ses bras! Cette Marquise a une vocation de Célestine!

« Et ils chantaient! »

Les voitures s'éloignaient et montaient la Grand-Rue de la Colonia, sans tapage ; leurs lanternes oscillaient, se cachaient et réapparaissaient, de plus en plus petites...

« Ils se taisent maintenant! pensa don Fermín. C'est pire! »

On entendit de nouveau retentir les clochettes comme un chant lointain de grillons et de cigales au fond d'une nuit d'été...

Le Magistral avait oublié les étoiles; il quitta l'Espolón et enfila la rue principale de la Colonia, à la suite des voitures de Vegallana.

Si la pudeur ne l'avait pas retenu, il aurait monté la côte en courant. « Pourquoi ? Pour rien. Pour faire passer sa mauvaise humeur, pour que servît à quelque chose cette force qu'il sentait comme un fourmillement désagréable dans ses muscles, dans son âme inutile... »

En passant devant le jardin des Páez, le globe de verre opaque de la lampe à gaz qui brillait entre les filigranes de fer de la grille projeta son ombre de curé, comme un dessin fantastique sur la poussière de la route.

Il était le témoin honteux de ses propres folies; et il ralentit le pas.

« Je dois être ivre. Cela va passer. Allons donc ! Il ne manquait plus que cela, j'ai toujours été maître de moi-même... je ne vais pas maintenant me comporter comme... un imbécile... »

Il se souvint de son rendez-vous avec la Régente. Sa fureur sourde éprouva un certain soulagement. « Demain est bientôt là... A huit heures, je saurai... parfaitement... Parce que je l'interrogerai sur tout. Pourquoi pas ? A ma manière... J'en ai le droit... »

Il arriva au *Boulevard** ; il était désert : la promenade des ouvriers était finie; il remonta la rue du Commerce, traversa la place du Pain et, en arrivant à la Place Neuve il regarda la Rinconada. La demeure des Ozores était plongée dans l'obscurité, à l'exception d'une lumière au-dessus de l'entrée. « On ne les aura point déposés chez eux ? Seraient-ils encore ensemble ? » Et, inconsciemment, il enfila la venelle de la Rúa, empruntant le même parcours qu'à midi. Les fenêtres de la maison du Marquis étaient toujours ouvertes, mais au lieu d'y entrer, la lumière en sortait, perçait les ténèbres de la rue étroite à peine éclairée de loin en loin par la pâleur blafarde des lampes à gaz. De Pas entendit des cris, des rires et les accents rauques et métalliques du piano désaccordé.

« La farce continue ! se dit-il en se mordant les lèvres. Mais moi, qu'est-ce que je fais ici ? Que m'importe tout cela... ? Si elle est comme toutes les autres, je le saurai demain. Je suis fou ! Je suis ivre... ! Si ma mère me voyait ! » La lumière sortant par les balcons dessinait de grands rectangles sur l'obscurité du mur d'en face et cette impudente et aveugle clarté était traversée d'ombres noires, comme des scènes de lanterne magique. Parfois, c'était une taille de femme, ou bien une main énorme, ou une moustache comme un tuyau d'arrosage; De Pas vit tout cela en face du balcon du cabinet de la Marquise; vis-à-vis du salon, les ombres sur le mur étaient plus petites, mais nombreuses et confuses; elles s'agitaient et se mêlaient au point de donner le tournis au chanoine.

« Ils ne dansent pas », pensa-t-il. Mais cette idée ne le consolait pas.

Après le balcon du cabinet, il y en avait un autre, fermé. C'était celui de la chambre où était morte la fille du Marquis et de la Marquise. Le

Magistral se souvenait de s'être trouvé là, agenouillé, un gros cierge à la main, tandis que la pauvre jeune fille recevait le Seigneur. Il y avait bien longtemps de cela. Le volet s'ouvrit soudain. De Pas vit un profil de femme s'accrocher à la grille de fer et se courber sur la rampe, comme pour se précipiter dans la rue. Il put vaguement distinguer des bras qui entouraient la taille de la dame; elle luttait pour se dégager. « Qui était-ce ? » Impossible de rien voir; elle semblait grande, bien faite; ce pouvait être aussi bien Obdulia que la Régente. « C'est-à-dire que ce ne peut être la Régente! Il ne manquerait plus que cela! Et les bras? A qui étaient-ils ? Pourquoi ne sortait-il pas sur le balcon ? » De Pas était certain d'être invisible, dans l'obscurité la plus complète, sous un porche en face de la maison. Personne ne passait; mais on pouvait passer... et que penserait-on, si on le surprenait là à espionner les invités du Marquis... ? Oui... il devait s'en aller; mais tant que ces silhouettes restaient au balcon, il ne pouvait bouger. La dame inconnue tournait maintenant le dos à la rue et, se penchant sur son invisible interlocuteur, elle lui parlait tranquillement, se défendant machinalement, par de légers coups de pattes félines, de deux mains qui n'avaient pas renoncé à la saisir par les épaules.

« Ils sont dans le noir! Il n'y a pas de lumière dans cette chambre... Quel scandale! » se dit don Fermín, toujours immobile.

La dame du balcon parlait, mais si doucement qu'il était impossible de la reconnaître à la voix; c'était un murmure où résonnaient les « s », complètement anonyme.

« Ce n'est évidemment pas elle », supputait l'autre sous son porche.

En dépit de ces réflexions qui ne pouvaient être plus rationnelles, il n'était pas tranquille. L'obscurité du balcon le suffoquait, comme si l'air lui manquait. La tête de cette ombre féminine disparut un instant; il y eut un silence solennel durant lequel retentit le claquement clair, presque strident, d'un baiser bilatéral, suivi d'un cri comme celui de Rosine au premier acte du *Barbier*.

Le Magistral respira. « Ce n'était pas elle, c'était Obdulia. » Il n'y avait plus personne au balcon; don Fermín se détacha du porche et s'éloigna d'un pas vif en frôlant les murs. « Ce n'était pas elle, sûr que ce n'était pas elle, se répétait-il. C'était l'autre. »

Chapitre quinze

En haut de l'escalier, sur le palier du premier étage, doña Paula, silencieuse et immobile, un chandelier dans une main et le cordon de la porte d'entrée dans l'autre, regardait son fils monter lentement, la tête penchée, le visage dissimulé par les larges ailes de son chapeau.

Elle avait ouvert elle-même, sans demander qui c'était, assurée que ce ne pouvait être que lui. Pas un mot en le voyant arriver. Le fils montait et sa mère restait plantée au beau milieu, comme pour lui barrer le passage, raide, telle un grand fantôme noir et anguleux.

Comme De Pas atteignait les derniers degrés, doña Paula battit en retraite et entra dans le bureau. Don Fermín la regarda alors, à son insu.

Il s'aperçut qu'elle s'était appliqué des compresses enduites de suif sur les tempes; des grandes compresses qu'elle portait avec ostentation.

« Elle sait tout », pensa le Grand Vicaire. Quand sa mère se taisait et portait de tels emplâtres, cela signifiait qu'elle étouffait de colère, qu'elle était furieuse. En passant devant la salle à manger, De Pas vit la table mise avec deux couverts. Il était encore tôt pour dîner; certains soirs, on ne mettait pas la nappe avant neuf heures et demie; or, neuf heures venaient de sonner.

Doña Paula alluma le quinquet posé sur la table du bureau, témoin des veilles de son fils.

Ce dernier s'assit sur le sofa, posa son chapeau à côté de lui et s'épongea le front avec son mouchoir. Il regarda doña Paula.

— Vous avez mal à la tête, mère?

— C'est passé. Teresina!

— Madame.

— Le dîner!

Et elle sortit du bureau. Le Magistral prit un air résigné et lui emboîta le pas. « Il n'était pas encore l'heure de manger, il s'en fallait de plus de quarante minutes... mais comment lui faire entendre raison? »

Doña Paula s'assit près de la table, de biais, comme dans une mauvaise pièce de théâtre. Autour du couvert de don Fermín, il y avait un petit pot plein de cure-dents et un huilier contenant sel, huile et vinaigre. Il avait un rond de serviette, pas sa mère.

Teresina, grave, les yeux fixés au sol, apporta le premier plat, une salade.

— Tu ne t'assieds pas ? demanda sa mère à don Fermín.

— Je n'ai pas d'appétit... mais j'ai très soif...

— Tu es malade ?

— Non, madame... pas du tout.

— Tu veux manger plus tard ?

— Non, madame, non...

Le Magistral s'assit à sa place, en face de doña Paula, qui servit en silence.

Un coude posé sur la table et la tête entre les mains, il contemplait madame sa mère qui mangeait vite, distraitement, plus pâle que de coutume, ses grands yeux bleu clair et froids fixés sur une pensée qu'elle semblait suivre sur le sol.

Teresina entrait et sortait sans faire de bruit, comme un chat bien élevé. Elle présenta la salade à Monsieur.

— J'ai déjà dit que je ne mangeais pas.

— Laisse-le, il ne dîne pas. Tu sais, elle n'avait pas entendu !

Et elle lança à la servante un coup d'œil caressant.

Nouveau silence.

De Pas aurait préféré une discussion immédiate. Tout, plutôt que ces compresses et ce mutisme. Il avait des nausées et n'osait demander une tasse de thé. Il mourait de soif mais redoutait de boire de l'eau.

Doña Paula parlait à Teresina plus que d'habitude et avec une amabilité tout à fait inusitée.

Elle la traitait comme si elle avait voulu la consoler de quelque chose dont elle — doña Paula — était en partie responsable. C'est tout au moins ce que crut comprendre le Magistral.

S'il manquait quelque chose, la maîtresse de maison se levait et allait le chercher elle-même dans le placard.

Don Fermín demanda du sucre pour mettre dans son verre d'eau.

— Le sucrier est en haut, lui dit sa mère... Laisse, je vais le chercher.

— Voyons, mère...

— Laisse-moi.

Teresina resta seule avec son maître. Elle lui servit de l'eau en la faisant couler de haut, et poussa un soupir discret.

De Pas la regarda, un peu surpris. Elle était très jolie ; on aurait dit une vierge de cire. Elle ne leva pas les yeux. De toutes manières, elle lui était antipathique. Sa mère la gâtait trop, et les domestiques, il ne faut pas trop leur en donner.

Doña Paula redescendit et attendit le départ de Teresina pour dire, les yeux sur la porte :

— La pauvre, je ne comprends pas comment elle peut encore tenir sur ses jambes!

— Pourquoi? interrogea don Fermín qui venait d'entendre le premier coup de tonnerre...

Sa mère, qui était debout à côté de lui en train de mélanger son sucre dans son verre, le regarda de sa hauteur d'un air indigné.

— Pourquoi? Cette après-midi, elle est allée deux fois à l'Évêché, une fois chez l'Archiprêtre, une autre chez Carraspique, une autre chez Páez, une autre chez le Camard, deux fois à la cathédrale, deux à la Sainte Œuvre, une chez les Visitandines, une autre encore... que sais-je! La pauvre n'en peut plus.

— Et pourquoi toutes ces visites? répondit De Pas à ce second coup de tonnerre.

Pause solennelle. Doña Paula se rassit et, voulant exprimer toute la patience du monde, elle dit très calmement, en pesant chaque syllabe :

— Pour te chercher, mon petit, voilà pourquoi.

— Elle a eu tort, mère. Je ne suis plus un gamin, et il est inutile de me chercher de maison en maison. Que va dire Carraspique, et Páez...? Tout cela est ridicule...

— Ce n'est pas de sa faute; elle fait ce qu'on lui ordonne. Si elle a eu tort, c'est à moi qu'il faut en faire reproche.

— Un fils n'a rien à reprocher à sa mère.

— Mais il la fait mourir de chagrin; il la compromet, il compromet son foyer... sa fortune, son honneur..., sa situation..., tout... pour une... pour une... Où avez-vous mangé?

Il était inutile d'ajouter le mensonge à la honte. Sa mère savait déjà tout. Le Camard avait déjà dû tout lui raconter, car il l'avait vu descendre de la calèche, sur l'Espolón.

— J'ai mangé chez le marquis de Vegallana; c'était la fête de Paquito; ils ont insisté... pas moyen d'y échapper; et je n'ai pas averti... parce que c'était ridicule, et je ne suis pas assez intime avec eux pour leur demander cela...

— Qui était là?

— Des tas de gens, que sais-je?

— Assez, Fermo, assez tourné autour du pot! s'écria d'une voix rauque la femme aux compresses. Elle se leva, ferma la porte et enchaîna, debout, de l'autre bout de la pièce :

— Tu es allé là-bas à la recherche de cette... dame... Tu as mangé à côté d'elle... Tu t'es promené avec elle en voiture découverte, tout Vetusta t'a vu, tu es descendu sur l'Espolón : et voilà une nouvelle Générale... On dirait que tu recherches le scandale, que tu veux me perdre.

— Mère! Mère!

— Il n'y a pas de mère qui tienne! T'en es-tu souvenu un seul instant aujourd'hui? Ne l'as-tu pas laissée manger seule, ou plutôt ne pas manger? As-tu songé que ta mère s'inquiétait, comme c'est normal? Et qu'as-tu fait ensuite, jusqu'à dix heures du soir?

— Mère, mère, pour l'amour de Dieu! Je ne suis pas un enfant...

— Non, tu n'es pas un enfant; cela ne te fait rien que ta mère se consume d'impatience et meure d'incertitude... Une mère, c'est un meuble qui veille sur la maison, comme un chien; ta mère te donne son sang, s'arrache les yeux pour toi, se damne pour toi... Toi qui n'es pas un enfant, tu donnes ton sang, tes yeux et ton salut... pour une créature...

— Mère!

— Pour une mauvaise femme!

— Madame!

— Cent fois, mille fois pire que celles qui se pendent aux basques de don Saturno, parce qu'au moins celles-là, une fois payées, laissent tranquille l'homme qui les a cherchées; mais les dames, cela vous suce la vie, l'honneur... cela défait en un mois ce que j'ai mis vingt ans à bâtir... Fermo... tu es un ingrat...! Tu es fou!

Elle s'assit, épuisée, et, avec le foulard qu'elle portait sur la tête, improvisa un pansement qu'elle s'appliqua sur les tempes.

— Ma tête va éclater!

— Mère, pour l'amour de Dieu! Calmez-vous. Je ne vous ai jamais vue ainsi... Mais que vous arrive-t-il? Que se passe-t-il? Tout est calomnie... Ah! Ils n'ont pas traîné... oh non... pour monter cette fable! Qu'est-ce que c'est que ces histoires de Générales ou de bonnes femmes... Cela n'a rien à voir... Je vous jure que ce n'est pas cela... Il n'y a rien!

— Tu n'as pas de cœur, Fermo, tu n'as pas de cœur.

— Madame, vous voyez ce qui n'est pas... Je vous assure...

— Qu'as-tu fait jusqu'à dix heures du soir? Tu as rôdé autour de la maison de ce carnaval... C'est sûr...

— Je vous en prie, madame! C'est indigne de vous. Vous insultez l'honneur, l'innocence et la vertu d'une dame; je ne lui ai pas adressé trois fois la parole... C'est une sainte...

— Elle est comme les autres.

— Quelles autres?

— Comme les autres.

— Madame! Si l'on vous entendait!

— Taratata! Si l'on pouvait m'entendre, je me tairais. Fermo.. A bon entendeur, salut... Voyons, mon petit... Tu ne t'en souviens pas, mais moi, si... C'est moi qui t'ai mis au monde, tu sais, et je te connais... et je connais le monde... Et je sais tenir compte de tout... tout... Mais toi et moi, nous ne pouvons parler de ces choses... même pas entre nous... tu me comprends... mais... je sais à quoi m'en tenir: j'en ai trop vu et trop entendu.

— Vous n'avez rien vu...

— Tu as raison... Je n'ai rien vu... Mais j'ai compris, la preuve... Je ne t'ai jamais parlé de ces... saletés, mais maintenant, on dirait que tu te complais à te faire voir... Tu prends le pire chemin...

— Mère... Vous l'avez dit vous-même; c'est absurde, c'est indécent que nous parlions ensemble, même à mots couverts, de certaines choses...

— Je le sais bien, Fermo, mais c'est toi qui m'y pousses. Ce qui s'est passé aujourd'hui est un scandale.

— Mais puisque je vous jure qu'il n'y a rien; que tout cela n'a rien à voir avec toutes ces calomnies d'autrefois...

— Pire; encore pire... Ce que je crains surtout, c'est que l'autre l'apprenne, que ce Camoirán croie tout ce qu'on raconte déjà.

— Tout ce qu'on raconte déjà! En deux jours!

— Oui, en deux; une demi-journée... une heure suffisent... Tu ne vois donc pas qu'on est jaloux de toi? Que cette histoire tombe à pic...? Deux jours? Mais ils diront que cela dure depuis deux mois, deux ans, n'importe quoi. Cela commence à peine? Ils diront qu'on vient de le découvrir. Ils connaissent l'Évêque et savent que ce n'est que par là qu'ils peuvent t'atteindre... Ils peuvent raconter à Camoirán que tu as volé un ciboire... il ne le croira pas... Mais cela, si; souviens-toi de la Générale...!

— Quelle Générale... mère... quelle Générale...! C'est vrai que nous ne pouvons pas parler de ces choses... mais... si je vous expliquais...

— Je n'ai pas besoin de savoir... je comprends tout... je sais tout... à ma manière. Fermo, toute ta vie, tu t'es laissé guider par ta mère qui t'a épargné les misères de ce bas monde; tu n'as pas eu à t'en plaindre?

— Oh non, ma mère, oh non!

— T'ai-je tiré de la pauvreté, oui ou non?

— Oh oui, mère, très chère mère!

— Ton pauvre père ne nous a-t-il pas laissés morts de faim, le couteau sous la gorge, tous nos biens hypothéqués, dilapidés?

— Oh, si, mère, oh si... et éternellement, je...

— Ne mêle pas l'éternité à cela... je ne veux pas de mots, je veux que tu continues à croire en moi; je sais ce que je fais. Toi, tu prêches, tu éblouis le monde par tes belles manières et tes bonnes paroles... moi, je suis mon bonhomme de chemin. Puisqu'on a toujours fait ainsi, Fermo, pourquoi t'écartes-tu de moi? Pourquoi me fuis-tu?

— Mais ce n'est pas vrai, mère.

— Si, c'est vrai, Fermo. Tu n'es plus un enfant, dis-tu... Certes... mais c'est pire si tu es un sot... Oui, un sot, malgré toute ta science. Sais-tu donner des coups de poignard dans le dos, ternir une réputation? Eh bien, regarde l'Archidiacre, tout tordu qu'il soit, il sait les donner de main de maître... Voilà un ignorant qui en sait plus que toi.

Doña Paula s'était arraché les compresses et ses tresses épaisses de cheveux blancs lui retombaient sur les épaules et le dos; ses yeux presque toujours éteints lançaient maintenant des éclairs et cette femme taillée à coups de serpe avait l'air d'une statue primitive incarnant l'Éloquence bardée de sagesse et d'expérience.

L'orage fondait en pluie de paroles et de conseils. On ne grondait plus mais on discutait avec chaleur, sans colère. Les souvenirs évoqués, sans intention pathétique, par doña Paula, avaient attendri Fermo. C'était maintenant un fils et sa mère, dont les propos ne risquaient plus de tourner à l'orage.

Doña Paula avait l'avantage de ne pas s'attendrir. Les caresses, elle les appelait des simagrées; elle aimait beaucoup son fils, mais à sa manière, de loin. Son amour était une oppression, une tyrannie. Fermo n'était pas seulement son fils, il était son capital, sa fabrique de monnaie. Elle en avait fait un homme, au prix de sacrifices et d'humiliations dont il ne soupçonnait pas la moitié, de veilles, de sueurs, de calculs, de patience, d'astuce, d'énergie et de péchés sordides; elle ne demandait donc pas grand-chose en réclamant des intérêts au fruit de ses efforts, au Grand Vicaire de Vetusta. Le monde appartenait à son fils parce qu'il avait le talent et l'éloquence, et qu'il était le plus intelligent, le plus savant, le plus beau; mais il lui appartenait aussi, et elle devait toucher les intérêts de son capital; et si la fabrique s'arrêtait ou se détraquait, elle pouvait réclamer des dommages et intérêts, et était en droit d'exiger que Fermo continuât de produire.

A Matalerejo, dans son pays, Paula Raíces avait vécu longtemps à côté des mines de charbon où travaillait son père, un pauvre paysan qui gagnait sa vie en cultivant un méchant lopin planté de maïs et de pommes de terre, avec l'aide d'un ouvrier. Ces hommes rudes qui sortaient des galeries tout noirs, dégoulinant de charbon, les yeux gonflés, jurant comme des païens, manipulaient plus d'argent entre leurs doigts sales que les paysans qui, à la surface, retournaient la terre, fauchaient et entassaient l'herbe des vertes prairies en fleurs. L'argent était dans les entrailles de la terre; il fallait creuser loin pour gagner quelque chose. A Matalerejo, et dans toute la vallée, la cupidité règne en maître, et les jeunes têtes blondes au teint cireux qui pullulent sur les rives de la rivière noire serpentant entre les hautes montagnes couvertes de châtaigniers et de fougères, semblent sorties tout droit des rêves d'avarice. Paula était une fille blonde comme un épi de maïs; elle avait des yeux presque blancs tant ils étaient clairs et son cœur, du moment où elle sut raisonner, abrita toute la ladrerie dont était capable le village. Dans les mines et les usines voisines, il y a du travail pour les petits dès qu'ils sont en âge de porter sur leur tête un panier plus ou moins rempli de terre. Les quelques sous que gagnent ainsi les enfants des pauvres de Matalerejo sont comme la graine de l'avarice semée dans ces cœurs tendres : graine et métal qui s'incruste dans les tripes et qu'on ne peut plus jamais extirper. Chez elle, Paula voyait la misère tous les jours; le pain manquait au repas une fois sur deux; le père dépensait à la taverne et au jeu ce qu'il gagnait à la mine.

La grande peine où se trouvaient les siens quand il n'y avait rien, apprit à la fillette la vraie valeur de l'argent. A neuf ans, Paula était, comme un épi brûlé de soleil, longue et sèche; plus question de rire : elle pinçait très fort ses amies, elle les tarabustait, travaillait beaucoup et cachait ses économies dans un trou au fond du jardin. La cupidité la rendit femme avant l'heure; sérieuse prématurément, elle avait le jugement ferme et froid.

Elle parlait peu et observait beaucoup, méprisait l'indigence de sa maison et vivait avec l'idée fixe de s'envoler..., de s'envoler au-dessus de cette misère. Mais comment? Il lui fallait des ailes dorées. Et où se trouvait l'or? Elle ne pouvait pas descendre au fond de la mine.

Son esprit observateur trouva dans l'église un filon moins obscur et moins triste que celui des boyaux du sous-sol. « Le curé ne travaillait pas et était plus riche que son père ou que les autres mineurs de fond. Si elle avait été un homme, elle n'aurait pas hésité à se faire curé. Mais elle pouvait être gouvernante comme Madame Rita. » Elle se mit à fréquenter l'église; elle était de toutes les neuvaines, rogations, missions et rosaires, et sortait toujours la dernière. Les habitants de Matalerejo avaient enseveli l'antique piété sous leur charbon; ils étaient indifférents et passaient pour des hérétiques auprès des villages de la région. C'est pourquoi Mme Rita ne fut pas longue à remarquer la piété de Paula. « La fille d'Antón Raíces, dit-elle à monsieur le curé, donne dans la sainteté, elle ne sort pas de l'église. » Le curé parla avec la gamine et affirma à Rita qu'elle était une Thérèse de Jésus en herbe. La gouvernante tomba malade et le prêtre demanda à Raíces de lui prêter sa fille pour faire le service de Rita. Celle-ci guérit, mais Paula ne quitta plus le presbytère. Finies les allées et venues avec le panier de terre. Elle s'habilla en noir et, pour l'amour de Dieu, oublia ses parents. Deux ans après, Mme Rita quittait la maison du curé, menaçant Paula du poing, un coffre sous son bras contenant vingt années d'économies. Le curé mourut de vieillesse et son remplaçant, âgé de trente ans, considéra que la fille de Raíces faisait partie intégrante du presbytère. Paula était devenue une grande jeune fille, blanche et fraîche, au corps ferme et à la peau fine, mais mal faite. Un soir, à minuit, elle sortit au clair de lune de la cure bâtie à cent pas de l'église, au sommet d'une éminence entourée de châtaigniers et d'acacias. Elle portait dans ses bras un baluchon noir contenant du linge de maison. Une ombre sortit derrière elle, en bonnet de nuit et en manches de chemise... Voyant qu'on la suivait, Paula se mit à courir dans la ruelle qui descendait dans la vallée. L'homme au bonnet la rattrapa, la retint par sa jupe d'étamine et l'obligea à s'arrêter; ils parlèrent; il écartait les bras, mettait les mains sur son cœur, baisait ses deux doigts croisés; elle disait non de la tête. Au bout d'une demi-heure de lutte, ils revinrent tous deux au presbytère; il entra, elle le suivit et ferma de l'intérieur après avoir lancé à un chien qui aboyait :

— Chut, Nay, c'est ton maître!

A partir de cette nuit-là, elle fut un tyran pour le curé, sans que son honneur eût à en souffrir. Un moment de faiblesse dans sa solitude coûta au prêtre, bien qu'il fût resté sur sa faim, de nombreuses années d'esclavage. Il avait la réputation d'un saint; c'était un jeune homme qui prêchait la moralité, la chasteté, surtout aux curés de la région, et il montrait l'exemple. Un soir, au moment du repas, s'apercevant que Paula était mal faite, anguleuse, il avait senti monter en lui une concupiscence sauvage, irrésistible, aveugle, qu'excitaient ces arêtes de chair et d'os, ces hanches disgracieuses, ces longues jambes robustes comme celles d'un homme. A la première allusion d'amour qu'il lui lança, brutale, plus par gestes que par mots, la gouvernante répondit par un grognement, feignant de ne pas comprendre ce qu'on lui demandait; la deuxième tentative fut l'attaque sauvage, sans détour, d'un homme chaste devenu subitement fou de lubricité : pour toute réponse, elle le repoussa d'un coup de pied et, sans un mot, fila dans sa chambre, fit un baluchon de quelques effets, symbole de son départ (car elle avait beaucoup de malles remplies de linge et d'autres affaires), puis elle sortit, en lançant depuis l'escalier :

— Monsieur le curé, je vais dormir chez mon père.

Pour qu'elle revînt sur sa décision, le curé dut se traîner dans la poussière et faire une abdication complète. Désormais, ils vécurent en paix, mais il voyait maintenant en elle son seigneur et maître; elle avait son honneur entre ses mains et pouvait le perdre. Elle n'en fit rien. Un soir que le curé était encore à table après avoir longtemps travaillé, Paula s'approcha et lui demanda de l'entendre en confession.

— Ma fille, à une heure pareille?

— Oui, monsieur, j'en ai le courage maintenant... je ne crois pas l'avoir une autre fois.

Elle confessa qu'elle était enceinte.

Francisco De Pas, ancien artilleur, fréquentait beaucoup la maison du curé, dont il était un peu parent; il lui avait fait la cour, elle y avait répondu par des gifles (le curé rougit, se souvenant du coup de pied qu'elle lui avait donné) mais le militaire s'était obstiné, était revenu à la charge et s'était engagé à l'épouser dès qu'il aurait obtenu le débit de tabac promis par le Gouvernement, ce qui l'avait rassurée; depuis lors, elle prenait ce projet douteux pour argent comptant. Comme le veut la coutume à la campagne, notre artilleur venait voir Paula à minuit, non point derrière la grille d'une fenêtre — il n'y en a pas à Matalerejo —, mais sur la galerie d'un grenier attenant, fait en planches reposant sur de larges piliers à quelques pieds au-dessus du sol. C'était là qu'elle dormait en été. Un soir, Francisco manqua aux convenances, franchit la balustrade et se retrouva à l'intérieur; Paula lutta de toutes ses forces et finit par céder, vaincue — elle le jurait sur le Christ — par la force de l'artilleur. A compter de cette nuit-là, elle le prit en grippe, quoique bien décidée à se marier avec lui. Fermín naquit sans doute de cette traîtrise, deux mois après que le brave curé eut uni par des liens indissolubles Paula et Francisco. Les gens prétendirent que Fermín était le fils du prêtre qui avait doté sa gouvernante d'une bonne quantité d'onces d'or. Francisco De Pas n'était pas intéressé; il avait toujours eu l'intention d'épouser Paula, mais les voisins semèrent le doute et la défiance dans son esprit; il ne supportait pas qu'un curé pût se moquer d'un simple canonnier, telle fut la raison de son geste. Mais cette terrible bataille qui dura toute cette nuit-là le convainquit de l'innocence du prêtre et de la vertu de Paula. C'était une chose qu'on ne pouvait feindre; l'artilleur connaissait bien tous les traquenards du monde, savait bien ce qu'était une fausse vierge, et rentra chez lui, à l'aube, persuadé qu'il avait vaincu, par des procédés discutables, une vertu véritable. Il persista donc dans son projet d'épouser la gouvernante du curé. Il lui en fit promesse, à genoux devant elle, comme il l'avait vu faire au théâtre quand il courait le monde. « Demain, je vais demander ta main à tes parents et au curé. — Non, dit-elle, pas maintenant. » Et ils continuèrent à se voir. Quand Paula fut assurée qu'elle portait le fruit de cette trahison ou de concessions subséquentes, elle dit à son fiancé : « Je vais de ce pas tout dire à mon maître et quand il t'appellera, dis-lui qu'on raconte que tu n'es pas le seul... qu'enfin... — Oui, oui, je comprends. — Ce que tu croyais, imbécile! — Oui, je sais. — Eh bien, cela même. — Et après? — Après, attends les offres du curé... Et ne dis pas d'accord tout de suite; laisse monter les enchères... Laisse passer la seconde proposition et ne t'avoue vaincu qu'à la troisième... »

Ainsi fut fait. D'un coup, Paula arracha à ce pauvre prêtre de Matalerejo, le plus chaste de l'Archiprêtré, le surplus du prix qu'elle avait mis à son silence. Avec quelle ferveur ce pauvre homme se mit alors à prêcher une chasteté sans faille! « Pécheur, un moment de faiblesse et tu es perdu; il suffit d'un moment! Un désir, que tu n'assouviras même pas, te coûtera le salut » (et toutes tes économies, la paix de ton foyer et la tranquillité de toute ta vie, ajoutait-il dans son for intérieur).

Paula acheta du vin en grandes quantités, qu'elle revendit en gros aux taverniers de Matalerejo; le commerce démarra bien grâce à son intelligence et à son activité. Elle travaillait pour deux. Francisco était trop *fantasque,* d'après sa femme. Il aimait à raconter ses exploits, et même ses aventures galantes (sous le sceau du secret) en trinquant avec son client, après lui avoir placé quelques outres de vin de Toro. Il faisait le généreux et, dans la chaleur de l'amitié née autour d'un verre, il ouvrait des crédits exorbitants aux taverniers, ses débiteurs. Ce qui fut source de querelles tragiques : des chaises volèrent, des couteaux allèrent se ficher dans une table en pin, il y eut des menaces sourdes et des réconciliations effusives de la part de l'artilleur, sèches, froides, nullement sincères, de la part de sa femme. La manie de faire crédit devint un vice, une passion chez le panier percé qu'était l'ex-militaire. Il aimait prendre des airs de riche et décrivait son mépris de l'argent en longues tirades. « Quels pays n'avait-il pas vus! Combien de femmes n'avait-il pas séduites, par-delà les mers! » Ses amis les taverniers, qui n'avaient pas vu d'autre rivière que celle de leur province, le filoutaient au second verre. Tandis qu'il se perdait dans ses souvenirs et ses rêves d'antan (qu'il prenait pour des réalités), ses compères, entre deux exclamations d'admiration et d'étonnement, lui soutiraient des outres de vin qu'ils n'étaient pas près de payer... « Pas question. » « L'homme est honnête, énonçait l'artilleur qui ajoutait : imaginons (c'est un exemple!) que j'aie un douro, et qu'un ami ait besoin, disons, de cette somme... C'est une comparaison, je pourrais aussi bien dire vingt arrobes de vin... » Malgré la prospérité de ce commerce à ses débuts, il fit banqueroute en quelques années. Un client se risqua à ne pas payer, d'autres suivirent son exemple et finalement presque plus personne ne le paya. Paula, qui avait dominé deux curés, et qui se sentait capable de dominer le monde, n'avait aucun pouvoir sur son mari. « Comme tu voudras, tu as raison », disait-il, et une demi-heure après il retournait à ses lubies. Si elle s'irritait, il perdait ce qu'il appelait sa patience et quand le muscle parlait, il en sortait toujours vainqueur; Paula était forte comme un chêne, mais Francisco avait été le plus solide gaillard de notre armée et il était bâti comme un ours. Né dans les montagnes, il avait travaillé dans la région des cols jusqu'à vingt ans, s'occupant du bétail. Quand la pauvreté frappa à sa porte, Paula renonça à son commerce et De Pas décida d'investir dans l'élevage les quelques sous qu'ils avaient pu sauver. Il prit des vaches en métayage et retourna dans son village, avec sa femme et son fils, pour vivre de son troupeau, sur les terres les plus inaccessibles. C'est là que Fermín vécut jusqu'à son adolescence. Sa mère voulait en faire un prêtre. « Il sera berger ou vacher, comme son grand-père et comme son père », criait l'artilleur chaque fois que sa mère parlait de l'envoyer apprendre le latin avec le curé de Matalerejo. Le commerce du bétail ne réussit pas mieux que celui du vin. Francisco s'avisa alors qu'il avait toujours été bon tireur; il se consacra à la chasse, poursuivant les chevreuils, les sangliers, et même les ours qu'il n'hésitait pas à attaquer quand l'occasion s'en présentait. Un soir d'hiver, doña Paula vit arriver au village quatre hommes portant sur l'épaule le corps déchiqueté de son mari, sur un brancard improvisé de quelques branches de chêne. Il était tombé du haut d'un rocher, dans un corps à corps avec une ourse blessée à mort que les vachers poursuivaient depuis une semaine. L'artilleur était mort glorieusement, mais sa veuve se retrouva seule, croulant sous les fausses traites et les dettes et, ô ironie du sort, à la tête d'une infinité de créances qu'elle ne toucherait jamais. Elle revint à Matalerejo, après qu'on eut saisi tout ce qu'elle possédait. Elle avait ces papiers inutiles et son fils qui devait devenir prêtre. Fermín était un jeune homme bâti comme un roc; il avait quinze ans mais en paraissait vingt; Paula en faisait néanmoins ce qu'elle voulait et le manipulait mieux que son père. Elle lui fit étudier le latin auprès du curé, celui-là même qui lui avait apporté la dot dilapidée par le défunt. Il fallait rattraper le temps perdu, et Fermín s'y employa; il étudiait comme quatre et accomplissait les tâches domestiques du presbytère; il s'occupait en outre du jardin, gagnant ainsi le droit à s'instruire et à se nourrir. Il rentrait dormir dans la cabane de sa mère, qui avait dressé quatre planches à l'entrée d'une mine pour établir une taverne. Les frais de ce nouveau commerce, pas très élevés, furent pris en compte par le curé en tout désintéressement, plus par charité que par crainte. Il ne redoutait plus ce que pouvait dire Paula, laquelle avait cessé de croire à la force de l'arme qu'elle avait brandie jadis, terrible, cruelle et froide.

La taverne prospérait. Les mineurs la trouvaient quand ils remontaient au jour et là, sans faire un pas de plus, ils étanchaient leur soif, apaisaient leur faim et la passion du jeu qui les dominait presque tous. Derrière quelques planches qui laissaient passer les jurons et les bruits d'argent, le *fils du curé* (comme l'appelaient cyniquement les ouvriers devant sa mère, mais pas en présence de Fermín qui avait prouvé à bon nombre d'entre eux que les études n'avaient pas affaibli ses bras) passait ses interminables soirées d'hiver à étudier. Le spectacle de l'ignorance, du vice et de l'abrutissement lui répugnait jusqu'à lui donner des nausées, aussi se jetait-il avec ferveur dans la piété la plus sincère; il dévorait les livres et ses désirs rejoignaient la volonté de sa mère : le séminaire, la soutane, cette toge de l'homme libre, qui pourrait l'arracher à l'esclavage auquel il était condamné avec tous ces misérables, si ses efforts ne le hissaient pas à une vie meilleure, plus digne de ses aspirations, de son ambition et des instincts qui s'éveillaient dans son esprit. Ce fut une dure époque pour Paula; le bénéfice était assuré et bien supérieur à ce que pouvaient penser ceux qui ne la voyaient pas exploiter les appétits brutaux, aveugles, et tout sauf distingués, des gens de la mine; mais son métier comportait les dangers du dompteur de fauves; tous les jours, tous les soirs, il y avait des rixes dans la taverne, les lames étincelaient, les bancs volaient. Paula consacrait toute son énergie à calmer cette houle de passions brutales et obligeait de toutes ses forces celui qui avait cassé quelque chose à la rembourser un bon prix. Il lui arrivait d'allonger la note, à sa fantaisie, en dédommagement du scandale subi. Fermín voulait parfois l'aider, faire intervenir ses poings dans les scènes tragiques de la taverne, mais sa mère le lui interdisait :

— Toi, au travail, tu vas être curé et tu ne dois pas voir le sang. Si on te voit parmi tous ces voleurs, on te prendra pour l'un d'entre eux.

Fermín obéissait, mi-respectueux, mi-écœuré, et quand le vacarme devenait insupportable, il se bouchait les oreilles et tachait de se plonger dans son travail pour oublier ce qui se passait derrière ces planches, dans la taverne. Paula ne dissimulait pas seulement à son fils les bagarres entre clients. Elle avait beau n'être plus très jeune, son corps puissant, sa peau fine et blanche, ses bras robustes et ses hanches larges excitaient la lubricité de ces misérables qui vivaient dans les ténèbres. « *La Morte* est un beau morceau », disait-on dans les galeries. On l'appelait *la Morte* à cause de sa blancheur livide; et croyant sa conquête facile, beaucoup d'ivrognes se jetaient sur elle comme sur une proie; mais Paula les recevait à coups de poing, à coups de pied et à coups de bâton; elle rompit plus d'un verre sur la tête de ces bêtes des cavernes et toujours elle eut l'audace de les leur faire payer. Ces assauts de luxure bestiale survenaient toujours aux heures avancées de la nuit, quand la brute en mal d'amour s'éternisait sur un banc, attendant l'heure du tête-à-tête. Fermín étudiait ou dormait. Sa mère fermait la porte de la rue, parce que les autorités l'y obligeaient. Elle ne mettait pas l'ivrogne dehors, quoiqu'elle eût deviné ses intentions, parce que, tant qu'il était là, il consommait, aspiration suprême de Paula. Et le combat commençait. Elle se défendait en silence. Même si l'autre criait, Fermín ne venait pas; il pensait qu'il s'agissait d'une querelle entre mineurs. En outre, on le craignait, soit à cause de sa force, soit parce qu'il était le fils, et les mineurs essayaient de vaincre sans qu'il soupçonnât rien. Mais ils ne vainquaient jamais. Tout au plus une étreinte furtive, un baiser comme un coup de griffe. Autant dire rien. Paula méprisait cette bave. Les immondices qu'elle devait balayer derrière ces ours des cavernes la dégoûtaient davantage.

Tout pour son fils; épargner pour lui payer des études; elle voulait qu'il fût théologien, et pas un curé de campagne; il lui revenait de pousser dehors à coups de balai cette lie qui tous les jours passait le seuil de la taverne; cette ordure pouvait la souiller, mais pas lui; lui, sa place était au fond, avec Dieu et tous les Saints, buvant dans les livres la science qui devait en faire un monsieur; la place de sa mère était de l'autre côté, pataugeant dans ce cloaque d'où elle tirait sou après sou l'avenir de son fils; le sien aussi, car elle était certaine de devenir un jour une dame. Là-haut, dans les montagnes, quand Fermín avait appris la lecture et l'écriture, elle l'avait obligé à lui transmettre sa science. Elle savait maintenant lire et écrire. Dans la taverne, au milieu des blasphèmes, des hurlements des ivrognes et des joueurs, elle dévorait des livres empruntés au curé.

Plus d'une fois, la garde civile dut faire irruption chez elle, et elle allait fréquemment témoigner au chef-lieu dans des procès pour coups et blessures ou pour vol.

Le curé, Fermín, les gardes eux-mêmes, qui estimaient son honnêteté, lui avaient souvent conseillé d'abandonner ce négoce répugnant. N'en avait-elle pas assez de passer sa vie parmi les ivrognes et les joueurs, qui devenaient souvent des assassins?

« Non, non, non! » Il fallait la laisser. Elle faisait sa pelote, sans que personne s'en doutât... Dans tout autre activité, avec ses faibles moyens, elle n'aurait pu gagner le dixième de ce qu'elle gagnait ici. Les mineurs remontaient au jour la bourse pleine, crevant de soif et de faim; ils payaient bien, dépensaient sans compter, mangeant et buvant bon marché comme si c'étaient des vins exquis et des mets raffinés. Dans la taverne de Paula, tout était frelaté; elle achetait ce qu'elle trouvait de pire : les ivrognes mangeaient et buvaient sans savoir ce qu'ils avalaient, les joueurs n'y accordaient même pas un coup d'œil, tant ils étaient obsédés par les cartes.

Le débit était important, le bénéfice sur chaque article considérable. Seule raison pour laquelle elle n'avait pas mis le feu à la taverne avec tous ces *voleurs* dedans.

Elle ne renonça à ce commerce que lorsque les études et l'âge de Fermín l'y contraignirent. Il fallut quitter le pays et, munie d'une recommandation du curé de Matalerejo, Paula entra au service du curé de la Vierge-du-Chemin, un endroit désert à une lieue de León. Fermín, appuyé, lui aussi, par Matalerejo (son curé) et la Vierge-du-Chemin, entra au collège des Jésuites de San Marcos de León, installé depuis quelques années sur les rives du Bernesga; le garçon traversa toutes les épreuves auxquelles les Pères le soumirent, ne tardant pas à montrer l'étendue de ses talents, sa sagacité et sa vocation, et le Recteur finit par reconnaître que cet enfant était né jésuite. Paula ne dit rien, bien décidée à tirer son enfant de là au bon moment, quand elle pourrait lui assurer un avenir hors de cette sainte maison. Elle ne voulait pas qu'il fût jésuite. Elle le voulait chanoine, évêque et combien d'autres choses encore! Quant à lui, il parlait de missions en Orient, de tribus, de martyrs du Japon; aspirant à imiter leur exemple, il lisait à sa mère, les yeux brillants d'enthousiasme, les journaux rapportant les dangers que courait le Père Sevillano, de la Compagnie, dans ces terres de sauvages. Paula souriait et se taisait. Il ferait beau voir qu'après tant de sacrifices, son fils se convertît en martyr! Allons, allons, pas de folies; pas même la folie de la Croix. Dans le sanctuaire de la Vierge-du-Chemin, on manipule beaucoup d'argent le jour où l'on ouvre le tronc de la Vierge, en présence de l'Autorité civile; mais le curé est pauvre. Paula voyait passer entre ses mains les douros et les pesetas, mais c'était comme de l'eau de mer pour l'assoiffé; à quoi bon manipuler les fonds et l'argent de la Statue Miraculeuse? Sa réputation de parfaite gouvernante se répandit dans toute la province; le prêtre du sanctuaire de la Vierge louait imprudemment ses talents culinaires, son efficacité, son intégrité, sa propreté, sa piété et d'autres qualités encore devant d'autres prêtres, à table, après avoir bien mangé et mieux bu encore. Sa renommée arriva aux oreilles d'un chanoine d'Astorga qui la ravit au curé de la Vierge. Ce fut une trahison, et Paula fut une ingrate. Mais le chanoine était un saint homme, la trahison ne fut pas de son fait. Don Fortunato Camoirán était incapable de traîtrise. On lui avait proposé une gouvernante qu'il avait acceptée, sans soupçonner qu'il en deviendrait l'esclave quelques mois plus tard.

Rien ne convenait mieux à Paula qu'un saint homme de maître. Au bout d'un an de service, elle se vantait de l'avoir sauvé plusieurs fois de la banqueroute; sans elle, il aurait tout jeté par les fenêtres : les pauvres, les vagabonds et les paresseux auraient emporté la maison qu'ils mettaient à sac au nom de la charité. Paula mit de l'ordre dans tout cela. Camoirán lui en fut reconnaissant et continua de faire des aumônes en cachette, quoique peu ruineuses : ce qu'il pouvait soustraire à la vigilance de sa gouvernante. Le chanoine était incapable de faire face seul aux premières nécessités de la vie, ne comprenait rien aux intérêts du monde et s'aperçut vite que Paula était ses yeux, ses mains, ses oreilles, et même son sens commun. Sans elle, sans doute l'aurait-on interné dans un hôpital pour cause de folie et d'indigence.

De sa vie, cette femme n'exerça empire plus tyrannique. Elle l'utilisa pour la carrière de Fermín : le chanoine comprit qu'il devait considérer cet étudiant comme sa propre chose; si Paula lui consacrait sa vie, il devait en retour consacrer tous ses soins, son argent et son influence au fils de Paula. En outre, le jeune homme lui plaisait; il était aussi discret et avisé que sa mère, mais d'un commerce plus doux, plus aimable. Il fallait maintenant le tirer de San Marcos; Paula assurait que c'était le vœu du jeune homme et surtout, la santé fragile de l'apprenti jésuite l'exigeait. On le sortit de là et il entra au séminaire pour terminer sa théologie. Il fut ordonné prêtre, effectua un remplacement intéressant, et fut appelé à prêcher à Saint-Isidore-de-León, Astorga, Villafranca et partout où le chanoine, déjà connu pour sa piété, exerçait quelque influence. Quand on proposa à Fortunato l'évêché de Vetusta, il hésita, il eut même l'intention de supplier à genoux qu'on le laissât en paix : mais Paula menaça de l'abandonner. « C'était absurde! » Seul, il ne pourrait vivre. « Vous devez accepter, monsieur, pas pour vous, mais pour l'enfant. » « Elle avait peut-être raison. » Camoirán accepta pour l'enfant... et ils allèrent tous à Vetusta. Mais là, on chercha à l'Évêque une autre gouvernante et Paula continua d'exercer, de chez elle, ses fonctions d'inspecteur suprême. Fermín s'avança petit à petit; il avait de la valeur, mais moins que sa mère. Elle avait fait de lui un homme, c'est-à-dire un curé; elle avait fait de lui l'enfant gâté d'un évêque, elle l'avait poussé pour le faire arriver là où il était, pendant qu'elle gagnait ce qu'elle pouvait, usait de tout son pouvoir... et lui, il n'était qu'un ingrat!

Après cette longue conversation avec sa mère, le Magistral s'enferma dans son bureau pour repasser en mémoire tout ce qu'il savait des sacrifices que cette femme énergique avait consentis et acceptés pour lui, pour qu'il pût s'avancer, dominer et récolter richesses et honneurs. Il arriva à la même conclusion :

« Oui, il était un ingrat! Un ingrat! » et l'amour filial lui arrachait des larmes brûlantes qu'il essuyait, surpris de trouver humides ces sources qu'il croyait taries depuis tant d'années.

« Comment? Il pleurait? Chose étrange! L'alcool était-il la cause de ces larmes? Peut-être. Était-ce... les événements de cette journée? Peut-être tout cela à la fois. Oh, mais aussi, aussi, l'amour qu'il avait pour sa mère était un sentiment tendre, grand, digne, qui l'élevait à ses propres yeux. »

Il ouvrit toute grande la fenêtre de son bureau. La lune se levait et paraissait rouler sur le toit d'en face. La rue était déserte, la nuit fraîche; on respirait bien; les rayons blafards de l'astre et la douceur du souffle de l'air lui firent l'effet de caresses. Il éprouvait des choses si nouvelles, ou plutôt si anciennes, anciennes et oubliées! Oh, ce n'était pas une nouveauté pour lui, oh non, de regarder la lune, d'écouter les silences de la nuit avec un nœud dans la poitrine : ce furent les premiers symptômes de ses malaises, quand il était chez les jésuites; mais alors, ses désirs étaient vagues, pas comme maintenant; maintenant il voulait... il n'osait toujours pas demander clarté et précisions à ses désirs... Mais ces tristesses mystiques et ces aspirations angoissées de philosophe doublé de théologien n'étaient plus la cause de cette suave douleur qui dilatait paresseusement ses fibres les plus profondes... » Le sourire de la Régente apparut et se posa sur la bouche, les joues, les yeux du visage qui lui donnait vie... Et il évoqua chacune des circonstances où elle lui avait souri. Les livres appellent cela l'amour platonique; mais il ne croyait pas aux mots. Non, il était sûr que ce n'était pas de l'amour. Le monde entier, et sa mère comme les autres, qualifiait grossièrement de pécheresse cette innocente amitié. Le monde pouvait-il savoir ce qui était bien et ce qui était mal! Sa mère l'aimait beaucoup, il lui devait tout, c'était entendu, mais... elle ne connaissait pas la douceur des sentiments, la délicatesse des effusions sublimes... Il fallait lui pardonner. Oui, il lui fallait un amour plus suave que celui de doña Paula... plus intime, plus facile à partager du fait de l'âge, de l'éducation, des goûts... Il avait beau vivre avec sa mère bien-aimée, il n'avait pas de foyer, pas de foyer propre, et cela devait être le bonheur suprême des âmes sérieuses, des âmes qui prétendaient mériter le nom de grandes. Il manquait de compagnie en ce monde; pas de doute là-dessus. »

Par la fenêtre ouverte d'une maison de la même rue s'échappaient des notes douces, languides et paresseuses d'un violon joué par des mains expertes. C'étaient des airs du troisième acte de *Faust.* Le Magistral ne connaissait pas cette musique et ne pouvait l'associer aux scènes correspondantes, mais il devinait qu'on y parlait d'amour. Écouter avec délices, comme il le faisait, cette musique insinuante, était déjà une volupté, un plaisir sensuel, dangereux : mais... ce violon disait si bien les choses étranges qu'il éprouvait!

Il se rappela soudain ses trente-cinq ans, sa vie stérile, féconde seulement en craintes et en remords, de moins en moins vifs au cours des années et qui avaient peu à peu assoupi son esprit. Il s'attendrit infiniment sur lui-même; et tandis que le violon gémissait en disant à sa manière :

Al palido chiaror
che vien degli astri d'or
dami ancor contemplar il tuo viso...

le Magistral pleurait intérieurement, regardant la lune à travers un filigrane de larmes inondant ses yeux... Il faisait exactement comme Trifón Cármenes dans *El Lábaro* qui la contemplait ainsi chaque jeudi et chaque dimanche, jours du supplément littéraire.

« Nous voilà frais! » se dit don Fermín en se voyant possédé d'idées aussi extravagantes. Et de nouveau il pensa que le verre de *cognac* *, ou d'il ne savait quoi, devait être pour quelque chose dans ce sentimentalisme nocturne.

En bas, c'était le jour où l'on faisait les comptes. Doña Paula se disputait souvent avec le brave Froilán Zapito, le propriétaire de *La Croix Rouge* aux yeux du public et du droit commercial. Froilán était l'esclave blanc de doña Paula, à laquelle il devait tout, y compris d'avoir échappé au bagne; elle le serrait par tous les bouts, comme elle disait, et le laissait jouer le rôle de propriétaire du commerce sans craindre une trahison. Elle le tutoyait et le traitait souvent d'andouille et de coquin. Il souriait, la pipe toujours au bec, affichant la sérénité et le cynisme d'un philosophe : « Elle est comme ça, la patronne », disait-il. Il portait une redingote et parfois même des gants noirs dans les processions. Il fallait qu'il eût l'air d'un monsieur pour rendre crédible son personnage de propriétaire de *La Croix Rouge*, le commerce le plus prospère de Vetusta, unique en son genre depuis la banqueroute de ce pauvre Santos Barinaga.

Doña Paula avait marié Froilán à une de ces servantes qu'elle tirait du fond de la campagne, et qui avait précédé Teresa dans ses fonctions de domestique auprès de Monsieur. Comme Teresa aujourd'hui, elle dormait alors à quatre pas du Magistral.

Ce mariage était une récompense pour Juana, la femme de Froilán. Zapito reçut la proposition de sa patronne d'un air entendu. Il croyait comprendre. Mais il était très philosophe : il ne s'arrêtait pas à des détails qui en auraient fait reculer beaucoup. En lui proposant cette union, elle s'était dit : « C'est un peu dur, mais malheur à lui s'il se rebelle! » Il n'y eut point de rebellion. Juana était une brave fille qui savait s'occuper d'un homme. Zapito se maria et, au lendemain de la noce, doña Paula, qui le regardait du coin de l'œil d'un air méfiant, peut-être un peu honteuse « d'avoir trop tiré sur la corde », remarqua que le jeune marié était très content, très aimable avec elle et tout miel avec sa femme.

« Tu sais avaler les couleuvres, Froilán, tu as du courage », songea-t-elle, admirative et méprisante à la fois.

Lui souriait plus sournoisement que jamais.

« Madame est bien attrapée; si elle savait... », se dit-il en tirant sur sa pipe. Mais, bien sûr, il ne livra jamais à doña Paula le secret de cette nuit-là, qui révéla bien des surprises, mais pas dans le sens attendu par Madame.

C'était le seul secret entre la maîtresse et l'esclave; le seul mauvais tour qu'elle avait voulu lui jouer... Mais comme il s'était bien terminé, au bénéfice de Zapito, ce dernier avait conservé son estime à doña Paula, laquelle, le voyant si content, sans rancune, enrageait de ne pouvoir l'interroger; lui aussi, satisfait de voir qu'il tirait tout bénéfice de la perfidie de sa patronne, brûlait du désir de parler; mais ils se taisaient tous les deux, se lançant parfois certains regards qu'ils saisissaient au vol, se surprenant souvent à scruter des yeux le visage de l'autre, à la recherche de son secret... mais jamais un mot. Doña Paula haussait les épaules et Froilán riait en caressant sa barbe de porc-épic qui persistait sous son menton rasé.

La seule affaire sérieuse, c'était l'argent. Des comptes toujours clairs et justes. Froilán était honnête par opportunité et par crainte. Compter les pièces était un culte dans cette maison. Depuis qu'il était enfant, don Fermín voyait les affaires financières traitées avec un sérieux tout religieux et le respect superstitieux avec lequel on manipulait l'or et l'argent ne l'étonnait plus. En bas, dans l'arrière-boutique de *La Croix Rouge*, à laquelle on accédait, non point par les sous-sols de la maison du Magistral, comme le murmurait la rumeur publique, mais par une large porte ouverte dans le mur mitoyen du rez-de-chaussée, doña Paula, juchée sur une estrade, devant un pupitre vert, parcourait les registres et comptait et recomptait l'or, l'argent, le cuivre ou le bronze qu'elle tirait des sacoches de sparte et des bourses crasseuses que Froilán lui remettait, debout sur une marche de l'estrade, un degré au-dessous de la table où sa patronne examinait les livres. On aurait dit une prêtresse et son acolyte célébrant un culte plutonique. Don Fermín lui-même, quand il assitait à ces cérémonies, éprouvait un respect vaguement superstitieux, surtout s'il contemplait le visage de sa mère, plus pâle que de coutume, ressemblant un peu à une statue d'ivoire, une sorte de Minerve jaunie, la Pallas Athénée de la Chrysologie.

Ce soir-là, le Magistral ne voulut pas faire à sa mère le plaisir de descendre dans l'arrière-boutique, cela le dégoûtait; il imaginait un foyer de pourriture, un marais d'eaux stagnantes. Il percevait l'écho lointain et vague des cascades de vieilles monnaies et le son cristallin de l'or et de l'argent. Ces bruits, étouffés par la distance, lui parvenaient par la cage d'escalier, dans la paix profonde de la maison. Le violon se remit à déchirer le silence extérieur, faisant vibrer ses notes comme des scintillements d'étoiles. Il ne s'agissait plus des ardeurs amoureuses de Faust reflétées dans le regard chaste et pur de Marguerite; maintenant, l'instrumentiste arrachait langoureusement aux cordes de son violon les plaintes de la Traviata quelques instants avant sa mort.

Le Magistral vit apparaître au coin de la rue une forme qui s'approchait d'un pas vacillant, marchant tantôt sur le trottoir, tantôt dans le ruisseau. C'était don Santos Barinaga qui rentrait chez lui (il habitait trois portes plus loin, sur le trottoir d'en face). De Pas ne le reconnut que lorsqu'il le vit sous son balcon. Auparavant, en passant devant la maison où l'on entendait le violon, Barinaga qui parlait tout seul, s'arrêta et se tut. Il souleva son chapeau vert en forme de cône tronqué et releva la tête, écoutant avec l'air de comprendre. De temps à autre, il faisait un signe d'approbation... « Il connaissait cela; c'était la *Traviata* ou le *Miserere du Trouvère*[17], en tout cas, de la bonne musique. »

« Parfai... tement, dit-il tout haut; sois-en remercié, mon petit Agustín... Voi... voilà... cultiver les arts... plus de commerce... sur cette terre de voleurs. Hein... ? »

« C'est le fils du cirier », ajouta-t-il en regardant par terre, à côté de lui; comme s'il parlait à quelqu'un de plus petit. Le violon se tut et don Santos fit demi-tour, comme s'il partait à la recherche des notes qui s'étaient éteintes. C'est alors qu'il vit, lui faisant face, éclairée par un réverbère, une enseigne qui proclamait en lettres dorées : *La Croix Rouge.*

Barinaga se recouvrit, enfonçant d'un coup son chapeau vert sur sa tête, tendit un bras et cria, titubant dans le ruisseau : « Voleurs! Oui, monsieur, reprit-il un ton au-dessous, je n'en retire pas un mot... Voleurs; vous et votre mère, monsieur le Grand Vicaire... Des voleurs! »

Barinaga parlait à l'enseigne de la boutique, mais le Magistral se sentit rougir; pour que son voisin ne décelât point sa présence, il s'écarta du balcon et, sans le moindre bruit, tout doucement, repoussa les fenêtres jusqu'à ne laisser qu'un interstice pour voir et entendre sans être vu. Pour plus de sûreté, il baissa la lumière du quinquet et le porta dans sa chambre. Il revint au balcon, à l'affût des mots et des mouvements de cet ivrogne qu'il méprisait toute l'année et qui, cette nuit, l'effrayait et l'irritait sans qu'il sût pourquoi. Il l'avait déjà entendu passer à pareille heure, poussant force imprécations tandis qu'il veillait à sa table de travail, mais il n'avait jamais eu l'idée de se lever pour aller écouter les sornettes de cette épave. Il savait bien qu'il les accusait, lui et sa mère, d'avoir ruiné le commerce de quincaille qui le faisait vivre; mais qui pouvait prêter l'oreille aux propos d'un misérable, victime de l'alcool?

Barinaga continuait de discourir :

— Oui, monsieur le Grand Vicaire, vous êtes un voleur et un simoniaque, comme vous appelle Foja..., qui est un libéral... c'est cela, un libéral avéré...

Et comme *La Croix Rouge* ne répondait pas, don Santos s'adressa à sa propre ombre qui lui montait jusqu'au menton à mesure qu'il s'approchait de la porte close du magasin, la prenant pour M. De Pas en personne :

— Monsieur l'obscurantiste! lança-t-il. Rabat-joie...! Vous avez ruiné ma famille... Vous avez fait de moi un hérétique... un franc-maçon, oui, monsieur, maintenant je suis franc-maçon... pour me venger... pour... A bas la calotte!

Il cria assez fort pour que l'entendît le *sereno* qui tournait le coin de la

17. *Le Miserere du Trouvère*: voir note 6, p. 135.

rue. L'ivrogne fut ébloui par la clarté vive et impudente d'un rayon de lumière jailli de la lampe de son ami Pepe.

Le *sereno* (le Pepe en question) reconnut don Santos et s'approcha sans presser l'allure.

— Bonsoir, mon ami; tu es un homme honnête... et je t'apprécie... mais ce réactionnaire, ce croqueur d'hosties, ce *cul-béni,* ce maudit tyran de l'Église, ce Grand Vicaire... est un voleur, et je l'affirme... Prends une cigarette.

Pepe se servit, masqua sa lanterne, appuya son bâton contre le mur et dit gravement :

— Don Santos, il est l'heure d'aller au lit, voulez-vous que je vous ouvre la porte ?

— Quelle porte ?

— La porte de chez vous...

— Je n'ai plus de chez moi... Je suis un mendiant... Tu ne le vois pas ? Regarde ce pantalon, cette redingote... ? Et ma fille... cette méchante pécore... Les curés aussi me l'ont volée, pas lui, non... Lui, il m'a volé mes pratiques... il m'a ruiné... et don Custodio m'a ravi l'amour de ma fille... Je n'ai plus de famille... plus de foyer... Plus de marmite sur le feu... Et on dit que je bois! Qu'est-ce qu'il faut que je fasse, Pepe... ? Si tu n'étais pas là... et s'il n'y avait pas l'eau-de-vie... Que deviendrait ma vieille carcasse... ?

— Allons, don Santos, rentrons à la maison...

— Je te dis que je n'ai pas de maison... laisse-moi... Aujourd'hui, j'ai affaire ici... va-t'en, va-t'en... C'est un secret... Ils s'imaginent... qu'on ne sait pas... mais moi je le sais... je les espionne... Je les entends... va-t'en... ne me demande rien... va-t'en...

— Mais il ne faut pas faire de tapage, don Santos; il y a déjà des voisins qui se sont plaints de vous... et moi... que voulez-vous...

— Oui, toi... bien sûr, comme je suis un pauvre... va-t'en, laisse-moi seul avec cette engeance... ou je te casse ton bâton sur la tête.

Le *sereno* chanta l'heure et poursuivit son chemin.

Don Santos l'invitait parfois à *vider* un verre... Que faire ? en fait, il ne faisait pas trop de remue-ménage.

Barinaga se retrouva seul dans la rue, avec le Magistral toujours au-dessus de lui, derrière ses fenêtres entrouvertes, ne quittant pas des yeux celui qu'il appelait dans son for intérieur sa victime...

Don Santos reprit son monologue, interrompu par son estomac embarrassé et sa langue pâteuse.

— Misérables! s'écria-t-il d'une voix pathétique de basse profonde, misérables... ! Ministre de Dieu... ! Ministre de mes bottes... ! C'est moi le ministre, moi, Santos Barinaga, honnête commerçant... Je ne force la main à personne... Je ne vole pas le pain d'autrui... Je n'oblige pas tous les curés du diocèse... loin de là, à acheter dans ma boutique des calices, des patènes, des burettes, des chasubles, des lampes – il comptait sur ses doigts qu'il avait du mal à trouver — et j'en passe, des articles.. comme des autels; oui monsieur, et que les sourds nous entendent, monsieur le Magistral. Vous avez fait changer les autels de toutes les églises de l'évêché... l'ayant appris... j'en ai acquis un bon lot... parce que je vous croyais... une personne correcte... un chrétien... Vous parlez d'un chrétien! Jésus... qui était un grand libéral, comme M. Foja... c'est cela... un républicain... ne vendait pas d'autels... et jetait les marchands hors du temple... Résultat, je suis endetté, saisi, dévalisé... et vous avez vendu des centaines d'autels au prix que vous avez voulu... Tout se sait, tout, monsieur le Rabat-joie... *don* Simon le Magicien... Torquemada... Calomarde! Regardez-moi son air de sainte Nitouche...! Eh bien, il vend même des hosties... et des cierges... il a ruiné aussi le cirier... Et du papier peint... C'est lui-même qui a fait retapisser le sanctuaire de Palomares... il n'y a qu'à demander à la Société des Marins de ce port... Parfaitement, c'est un voleur... je l'affirme... un voleur, un Philippe II... Vous entendez, misérable coquin! Ce soir, je n'ai rien à souper... il n'y a pas de feu dans ma cuisine... je demanderai une tasse de thé... et ma fille me tendra un chapelet... Vous êtes des misérables...! (une pause) Vous parlez d'un siècle des lumières! (montrant le réverbère) Je rigole... des lumières... Qu'ai-je à faire de réverbères si l'on n'y pend pas les voleurs...? Diantre et fichtre! Et cette révolution...? Le pétrole...! Amenez le pétrole...!

L'ivrogne se tut un moment et arriva tant bien que mal à la porte de *La Croix Rouge*. Il colla son oreille au trou de la serrure et après avoir écouté attentivement, éclata d'un rire qu'au théâtre on aurait qualifié de sardonique :

— Ha, ha, ha...! laissa-t-il échapper de la gorge et du nez. Ils lui font prendre l'air...! Hola, céans, je vous entends bien, misérables, inutile de vous cacher... je vous entends bien vous partager mon argent, voleurs; cet or est à moi; cet argent est au cirier... Rendez-moi mon argent, madame Paula... rendez-moi mon argent, mon bon monsieur De Pas, on est gentilhomme ou on ne l'est pas... Mon argent est à moi! Enfin, il me semble, non? Alors, par ici?

Il se tut et recolla son oreille à la serrure.

Le Magistral ouvrit les croisées sans bruit et se pencha sur la rampe pour l'apercevoir.

« Il ne peut rien entendre! Ce n'est pas possible... »

Il tendit l'oreille vers l'intérieur de la maison obscure et silencieuse et écouta avec une attention profonde... Oui, il percevait quelque chose... C'était le choc des monnaies, mais le bruit était confus, et pour le reconnaître, il fallait d'abord savoir qu'on était en train de compter de l'argent... mais de la rue, on ne pouvait rien entendre... c'était impossible... Mais l'idée que l'hallucination de l'ivrogne coïncidait avec la réalité lui déplaisait plus encore, l'effrayait, lui inspirait une crainte superstitieuse...

— Ces misérables ont là tout l'argent du diocèse...! Et tout cela est à moi et au cirier... Voleurs... Monsieur le Magistral, mon gentilhomme, entendons-nous; vous prêchez une religion de paix... soit, cet argent est à moi...

Don Santos se redressa, enfonça derechef d'un coup sec son chapeau vert sur sa tête, tendit la main, fit un pas en arrière et s'exclama :

— Pas de violence... Qu'on ouvre à la justice! Au nom de la loi, enfoncez cette porte!

— Monsieur Santos, au lit! intervint le *sereno* qui revenait. Je ne peux admettre que vous persistiez à faire du scandale...

— Ouvrez cette porte, enfoncez-la, monsieur Pepe. Vous représentez la loi... parfait... on est en train de compter mon argent, là derrière.

— Allons, allons, don Santos, assez déraisonné.

Et il le saisit par un bras pour l'entraîner de force.

— Parce que je suis un pauvre... Ingrat! dit Barinaga, tombant dans un profond abattement.

Il se laissa emmener.

Du balcon, caché dans l'obscurité, le Magistral les suivit du regard, retenant son souffle, oublieux du monde entier à l'exception de ce don Santos Barinaga qui lui avait jeté au visage un peu de la fange dans laquelle pataugeait sa pitoyable ébriété.

Don Fermín était comme atterré, l'âme suspendue aux zigzags de cet ivrogne, aux mots qu'il éructait plus qu'il ne prononçait : « Un verre de cognac, un repas un peu copieux, un peu de bordeaux pouvaient-ils exciter ainsi la conscience, la cervelle ou on ne sait quoi ? » Il l'ignorait, mais jamais la présence d'une de ses victimes ne lui avait causé des frissons aussi terribles que ceux qui lui parcouraient le corps. Il imaginait la boutique vide, les rayons déserts où l'on ne voyait que le fond couleur chocolat, comme des niches prêtes à accueillir leurs morts... Et il voyait l'âtre glacé, sans une étincelle sous la cendre... Que ne pouvait-il faire porter à ce pauvre vieux la tasse de thé dont il rêvait dans son délire; ou un bouillon chaud... ce qu'on donne aux malades et aux vieillards quand ils ne se sentent pas très bien!

Don Santos et le *sereno* mirent un bon moment à atteindre la porte de la boutique de Barinaga, qui était aussi l'entrée de sa maison. Le Magistral entendit résonner le bâton sur le bois. On n'ouvrait pas. Le Grand Vicaire ne tenait plus en place. « Cette espèce de bigote dormirait-elle ? » se demanda-t-il.

Les paroles du *sereno* et de Barinaga arrivaient à ses oreilles confuses et avec un son métallique; ils semblaient parler une langue étrangère.

Pepe frappa à coups redoublés et, au bout de deux minutes, une fenêtre s'ouvrit et une voix aigre cria d'en haut :

— Voici la clé!

La fenêtre se referma avec fracas. Don Santos entra dans la boutique qui était telle que le Magistral se l'était imaginée, et, éclairé par le *sereno*, il traversa le triste magasin où ses pas résonnaient comme sous une voûte et monta lentement l'escalier en respirant avec peine. Le *sereno* ressortit, après avoir rendu sa clé au maître de maison. Il ferma d'un coup et remonta la rue. Ombre et silence. Le Magistral ouvrit alors toute grande sa fenêtre et, le corps tendu au-dessus de la rampe en direction de la maison de Barinaga, il essaya d'entendre quelque chose.

Au début, il crut ne percevoir que des chimères, comme un écho de sa cervelle... mais quand il vit les vitres éclairées, le Magistral eut la certitude que derrière, on se disputait, on jetait quelque chose sur le plancher...

Celestina, la fille de Barinaga, une bigote de type ophidien, avait don Custodio pour confesseur et traitait son père comme un lépreux qui inspirait l'horreur. Le clan de l'Archidiacre et du bénéficier avaient voulu tirer parti de la situation de ce malheureux don Santos pour combattre le Magistral. C'est pourquoi ils firent la conquête de Celestina; mais Celestina ne put conquérir son père. M. Barinaga buvait, et l'on ne pouvait rendre le Grand Vicaire responsable de cette tare. « Bien sûr, auraient dit les partisans de don Fermín, il dépense tout en eau-de-vie, il est toujours saoul et effraye les chalands. Comment voulez-vous que le clergé se fournisse auprès d'une épave... qui en outre est un hérétique ? » C'était un autre de ses charmes, hélas! Malgré les admonestations et les mauvais traitements de sa fille, Barinaga n'avait pas voulu rejoindre le parti adverse; il était devenu libre penseur et rejetait en bloc le culte et le clergé. « Taratata, avait-il coutume de dire, ils sont tous pareils; comme dit don Pompeyo Guimarán : le mal est à la racine; il faut mettre le feu à la racine! A bas la calotte! » Et plus il était saoul, plus il voulait couper de racines. Sa fille avait beau lui faire subir des représailles domestiques pour le convertir, elle ne réussissait qu'à le faire pleurer de désespoir, comme l'infortuné roi Lear, ou à le faire sortir de ses gonds; alors, il lui lançait quelque objet à la tête et elle faisait figure de martyre. Mais le martyre, c'était lui.

Comme don Santos s'en était douté, Celestina ne voulut lui donner ni thé, ni tilleul, ni rien du tout; il n'y avait rien. Il n'y avait pas de feu, et ce n'était pas une heure... Il y eut des cris, des pleurs, des bris de vaisselle. Le Magistral, grâce au silence de la nuit, entendait de vagues échos de cette dispute qui s'éternisait, comme s'il n'y avait plus de sommeil au monde. Ses yeux se fermaient, mais il ne savait quelle force le retenait sur le balcon...

En ce moment, il détestait Celestina. Il se souvint qu'il l'avait vue deux jours plus tôt aux pieds de don Custodio, près d'un confessionnal derrière le maître-autel. A ce moment-là, il n'avait pas reconnu la jeune fille. On aurait dit une punaise de sacristie... ou de n'importe quoi.

Les rumeurs persistaient. De temps en temps, on entendait un coup sec. Derrière la fenêtre éclairée passait parfois une silhouette sombre.

Au loin, le *sereno* chanta minuit.

Le bruit confus et étouffé des cris cessa peu après.

Le Magistral attendit. On n'entendait plus rien. « Ils ne se battaient plus. »

La lumière, derrière les carreaux, s'éteignit soudain.

Le Magistral continua de scruter le silence. Rien, ni cris ni lumière.

Le *sereno* chanta encore minuit... plus loin.

De Pas respira un grand coup et murmura entre ses dents :

— Il doit cuver son vin!

Et l'on entendit le bruit d'un volet se refermant discrètement par crainte de troubler le silence de la nuit.

Don Fermín passa dans sa chambre en marchant sur la pointe des pieds.

Derrière la cloison, il entendit crisser les feuilles de maïs de la paillasse où dormait Teresa, puis un soupir retentissant.

Le Magistral haussa les épaules et s'assit sur son lit.

« Minuit, avait dit le *sereno*, on était déjà demain! C'est-à-dire qu'on était déjà aujourd'hui; dans huit heures, la Régente serait à ses pieds pour confesser les fautes qu'elle avait oubliées l'autre jour. »

— Ses péchés! répéta le Grand Vicaire à mi-voix, les yeux sur la flamme du quinquet, s'il me fallait confesser les miens...! Ils lui feraient horreur!

Et dans sa cervelle, comme des coups de marteau, retentissaient les cris de don Santos :

« Voleurs... voleur... *cul-béni*! »

Chapitre seize

A Vetusta, le beau temps meurt en octobre. A la mi-novembre, le soleil revient une semaine; mais il ne brille plus de la même façon, pressé de faire ses visites d'adieu, absorbé par les préparatifs de son voyage d'hiver. C'est *l'été de la Saint-Martin,* sorte de caricature du beau temps. Les Vétustains ne se fient pas à ces caresses de lumière et de chaleur et se mettent à l'abri, organisant leur vie de la meilleure manière possible afin d'affronter l'odieuse saison qui se prolonge jusqu'aux environs du mois d'avril. Ce sont des amphibies qui se préparent à vivre sous l'eau pendant toute la période où le destin les condamne à vivre dans cet élément. Tous les ans, certains protestent en jouant l'étonnement : « Non, mais regardez-moi ce temps! » D'autres, plus philosophes, se consolent à l'idée que toutes ces pluies contribuent à la fertilité et la beauté du sol. « Ciel ou terre, il faut choisir. »

Ana Ozores n'était pas de celles qui se résignaient. Chaque année, en entendant les cloches sonner tristement le soir de la Toussaint, elle sentait monter en elle une angoisse nerveuse qui allait croissant au contact de ce qui l'entourait, surtout avec la perspective d'un hiver, d'un hiver *de plus,* humide, monotone, interminable, qu'annonçait cette clameur des bronzes.

Cette année-là, la tristesse avait fait son apparition à l'époque habituelle.

Ana était seule dans la salle à manger. Il restait sur la table la cafetière en étain, la tasse et le verre où don Víctor avait bu son café et son anis avant de se rendre au Cercle pour y jouer sa partie d'échecs. Dans la soucoupe gisait un demi-cigare éteint, dont la cendre imprégnée de café froid renversé formait un répugnant amalgame. La Régente avait de la peine en regardant tout cela, comme si c'était les ruines d'un monde. L'insignifiance de ces objets lui déchirait l'âme; elle croyait y voir le symbole de l'univers : cendre, froideur, havane abandonné à mi-course par un fumeur repu. Elle pensait aussi aux maris incapables de finir leurs cigares, ou d'aimer leur femme jusqu'au bout. Elle aussi ressemblait à ce mégot, n'ayant servi à personne et ne pouvant plus servir à un autre.

Ces folles idées lui venaient involontairement, mais elle y pensait le plus sérieusement du monde. Les cloches se mirent à retentir, apparemment bien résolues à ne plus se taire de toute la journée ni de toute la nuit. Ana frissonna. Ce martellement lui était destiné; cette méchanceté impunie, irresponsable, mécanique, du bronze battant à toute volée avec une ténacité irritante, sans rime ni raison, dans le seul et unique but de déranger, cette méchanceté semblait se déverser sur sa seule tête. Ces battements n'étaient point de *funèbres lamentations,* comme disait Trifón Cármenes dans les vers de *El Lábaro* de ce jour-là, que la servante venait de déposer sur les genoux de sa maîtresse; ce n'étaient point de funèbres lamentations; ils ne parlaient pas des morts mais de la tristesse des vivants, de l'universelle léthargie; *ding, ding, dong*! Et encore! Et toujours! Et combien d'autres encore! Que comptaient ces cloches? Sans doute les gouttes de pluie qui allaient tomber pendant un hiver *de plus.*

La Régente voulut se distraire, oublier le bruit inexorable, et jeta un coup d'œil sur *El Lábaro.* Il était bordé de noir. Sans s'en rendre compte, elle se mit à lire l'éditorial. Il parlait de la brièveté de l'existence et de la pureté des sentiments catholiques de la rédaction. « Qu'étaient les plaisirs de ce monde ? La gloire, la richesse, l'amour ? » De l'avis du chroniqueur, rien; des mots, des mots, des mots, comme avait dit Shakespeare. Seule, la vertu était solide. Il ne fallait pas chercher le bonheur en ce monde, la terre n'était pas le séjour des âmes, *décidément.* Pour toutes ces raisons, le mieux était de mourir; ainsi, le rédacteur qui, au commencement, déplorait *la solitude où l'on confinait les morts,* concluait sur leur enviable et heureux sort. *Eux* savaient ce qu'il y avait *au-delà,* ils avaient résolu le grand problème d'Hamlet : *to be or not to be.* Qu'était-ce que l'au-delà ? Mystère. Quoi qu'il en fût, le folliculaire souhaitait aux défunts le repos et la gloire éternelle. Et il signait : « Trifón Cármenes ». Toutes ces âneries truffées de lieux communs, cette rhétorique insipide sans une once de sincérité, ne firent qu'accroître la tristesse de la Régente; c'était pire que les cloches, plus mécanique, plus fatal; c'était la fatalité de la sottise; et puis, quel malheur de voir de grandes idées, sans doute vraies, et des phrases, sublimes en elles-mêmes, triturées, piétinées et transformées par le miracle de l'idiotie en substance frivole, en fange de vulgarité, souillées par les immondices des sots...! « Cela aussi était un symbole du monde; les grandes choses, les idées pures et belles, se confondaient avec la vulgarité, la fausseté et la méchanceté, sans qu'il fût possible de les en séparer! » Ensuite, Cármenes arrivait au cimetière et chantait une élégie sur trois colonnes, en tercets enchevêtrés de silves; Ana regardait les lignes de longueurs inégales comme si c'était du chinois; sans savoir pourquoi, elle ne pouvait les lire; elle n'y comprenait rien; la force de l'inertie la poussait à avancer sa lecture, mais son attention cédait et elle relut trois fois les cinq premiers vers sans savoir ce qu'ils signifiaient... Et soudain, elle se souvint qu'elle avait écrit des vers, sans doute aussi mauvais. « Avait-elle été une *Trifone*? Probablement, mais c'était désespérant d'avoir pour soi le même dédain que pour toutes choses! Et pourtant, elle avait écrit dans l'enthousiasme bon nombre de ces poésies religieuses et mystiques qui lui paraissaient maintenant maniérées, rhapsodies servilement inspirées de Fray Luis de León et de saint Jean de la Croix! Et le plus grave n'était pas que les vers fussent mauvais, insignifiants, vulgaires, plats... Mais que dire des sentiments qui les avaient inspirés? Que restait-il de cette piété lyrique? Plus grand-chose, maintenant, malgré tous ses efforts pour retrouver une certaine religiosité... Peut-être n'était-elle au fond qu'un vulgaire bas-bleu, même si elle n'écrivait plus ni vers ni prose? Oui, oui, elle n'avait gardé de la poétesse (si justement méprisée par le bon sens populaire) que l'esprit faux et tortueux! »

Comme tant de fois déjà, Ana alla si loin dans cette mortification que son excès même l'obligea à reculer, et elle finit par rejeter la faute de tous ses maux sur Vetusta, ses tantes, don Víctor, Frígilis, imbue de cette pitié tendre et profonde qui parfois la rendait si indulgente pour ses propres erreurs et ses défauts.

Elle se mit au balcon. Tout le voisinage de la Encimada traversait la place pour aller au cimetière, situé plus à l'ouest, sur une hauteur au-delà de l'Espolón. Les Vétustains étaient tout endimanchés; servantes, nourrices, soldats et petits groupes d'enfants composaient le gros de la foule; ils criaient fort, gesticulaient joyeusement et n'avaient pas l'air de penser à leurs morts. Des femmes et des enfants des bas quartiers passaient aussi, portant des couronnes funéraires bon marché, des cierges maigrelets et divers ornements pour les sépultures. De temps à autre passait un laquais en livrée ou un garçon de course ployant sous le fardeau d'une colossale couronne d'immortelles jaunes, de flambeaux comme des colonnes ou de catafalques portatifs. C'était le luxe officiel des riches qui, n'ayant pas le courage ou le temps de visiter leurs morts, leur envoyaient cette sorte de carte de visite. Les *gens bien* n'allaient pas jusqu'au cimetière; les élégantes demoiselles n'avaient pas le courage d'y entrer et restaient sur l'Espolón à se promener, exhibant leurs toilettes et s'offrant aux regards de tous comme les autres jours de l'année. Elles non plus ne se souvenaient pas des défunts; mais elles jouaient le jeu : leurs robes étaient sombres, leurs conversations moins bruyantes que de coutume, leur attitude un peu plus réservée... L'ambiance de l'Espolón ressemblait à une visite de condoléances quand aucun parent proche du défunt n'est présent : il régnait une sorte de joie discrète et contenue. Les rares pensées se rapportant à la solennité du jour se fixaient sur l'avantage considérable de n'être pas compté au nombre des morts. Le plus philosophe d'entre les Vétustains se disait alors que l'homme n'était rien. que beaucoup de ses concitoyens déambulant si paisiblement pourraient rejoindre les autres l'année prochaine; n'importe lequel sauf lui.

Cette après-midi, Ana haïssait les Vétustains plus que les autres jours; ces coutumes traditionnelles qu'on respectait sans le faire exprès, sans foi ni enthousiasme, accomplies mécaniquement, toujours pareilles, comme la répétition automatique des phrases et des grimaces des fous, cette tristesse ambiante, sans grandeur, qui n'était pas liée au sort incertain des morts mais à l'ennui avéré des vivants, tout cela pesait sur le cœur de la Régente au point qu'elle croyait sentir dans l'atmosphère le poids du dégoût, d'un dégoût sans remède, éternel. Elle ne pouvait confier à aucun Vétustain ce qu'elle éprouvait, il l'aurait traitée de romantique; inutile de parler de ces tourments à son mari; il s'exciterait aussitôt, parlerait régime, programme et changement de vie : tout plutôt que de s'apitoyer sur ses nerfs ou quoi que ce fût d'autre.

Le fameux programme de distractions et de plaisirs ourdi par Quintanar et Visitación était vite tombé en désuétude, et aucun point, ou presque, n'était plus appliqué. Au début, Ana s'était laissée entraîner dans les promenades, sans en manquer une seule, au théâtre, aux soirées de Vegallana, aux parties de campagne; mais elle se déclara vite fatiguée et opposa une résistance passive dont ne purent venir à bout ni don Víctor, ni la banquière.

Visita haussait les épaules. « C'était inexpliquable. Quelle drôle de femme que cette Ana! Elle était sûre qu'Alvaro lui plaisait tout à fait, et que celui-ci poursuivait son siège avec beaucoup d'habileté; elle l'avait remarqué, et elle l'aidait, Paquito l'aidait, ce brave don Víctor aussi, sans le faire exprès... et rien. Soucieux, triste, bilieux, Mesía laissait entendre avec dépit qu'il n'avançait pas d'un pouce. Y avait-il du Magistral là-dessous? » Visita s'imposa l'obligation de surveiller sa chapelle; elle nota soigneusement les jours où il siégeait au confessionnal, et elle allait pour y faire un tour, regardant discrètement à travers les grilles pour voir si l'*autre* y était. Puis elle apprit qu'on l'avait vue se confesser à sept heures du matin : « Holà! Là, il y a anguille sous roche. » La banquière était loin d'imaginer les choses horribles qui avaient traversé l'esprit de Mesía; elle ne pensait pas (Dieu merci!) qu'Ana fût capable de tomber amoureuse d'un curé comme cette scandaleuse Obdulia ou la fille Páez, cette sotte, cette maniaque qui méprisait les beaux partis et mangeait de l'argile quand elle était petite; Ana aussi était romantique (pour Visita, tout comportement différent du sien était baptisé romantique), mais d'une autre manière; non, il n'y avait pas lieu de craindre, surtout si tôt, une passion sacrilège; mais elle craignait que le Grand Vicaire, pour faire échec à l'autre — les motifs purement moraux n'encombraient pas l'esprit de la banquière —, n'employât son immense talent à convertir la Régente et en faire une bigote. Quelle horreur! Il fallait éviter cela. Pour sa part, Visita ne voulait pas renoncer au plaisir de voir son amie chuter là où elle-même avait chuté; ou de la voir au moins en proie à la tentation. Elle n'avait jamais imaginé auparavant que ce spectacle lui offrirait en secret d'intenses plaisirs, aussi vifs qu'une forte passion; mais, le sachant maintenant, elle voulait jouir des étranges et piquantes saveurs de cette nouvelle gourmandise. Quand elle observait Mesía à l'affût, chassant sur les terres de Quintanar ou tout au moins posant ses lacets, Visitación avait la gorge nouée, la bouche sèche, des étincelles dans les yeux, le feu aux joues, des picotements aux lèvres. « Il dira ce qu'il voudra, mais il est *toqué* », songeait-elle avec une secrète douleur d'où sourdait une volupté qui la prenait comme l'essence d'un parfum très fort; comme l'obsédé qui ne peut plus se passer du vice qui le mine et le tue mais lui donne son plaisir, elle avait besoin de ces piqûres qui blessaient son amour-propre et autre chose de plus secret, tapi au fond de ses entrailles; c'était le seul plaisir intense que se permît Visitación dans cette vie si plate, si vulgaire, où les émotions étaient toujours les mêmes. Les sucreries ne l'écœuraient pas, mais elle n'y trouvait plus guère le goût du sucre; cette nouvelle passion était quelque chose de plus corsé. Elle voulait voir la Régente, l'immaculée, dans les bras de don Alvaro dont l'humiliation présente la réjouissait, car, si elle souhaitait sa victoire, ce n'était pas pour lui, mais pour la chute de l'*autre.* Elle inventa mille stratagèmes pour qu'ils pussent se rencontrer et se parler comme par hasard, au moins sans la complicité d'Ana. Paco, sans avoir les mauvaises intentions de Visita, l'aidait beaucoup dans ces projets. A la première occasion venue, don Alvaro s'était fait proposer par Quintanar lui-même la maison des Ozores où il avait risqué quelques visites, mais il comprit vite que ce ne pouvait être le théâtre de ses entreprises; c'était sur l'Espolón qu'il s'insinuait, multipliant regards et artifices sans grand résultat; il avait à peine plus d'audace chez Vegallana ou au Vivero, et aussi peu de succès. Ana déployait toutes les forces de sa volonté à démontrer à don Alvaro qu'elle ne le craignait pas. Elle le voyait venir et déjouait toujours ses coupables manœuvres; sobrement, elle lui faisait comprendre qu'elle le tenait pour inoffensif.

Pendant tout le mois d'octobre, les excursions au Vivero s'étaient multipliées. Ana voyait Edelmira et Obdulia — qui avait décidé de prendre en main l'instruction de cette forte et fraîche jeune fille — courir comme des folles sous les chênes séculaires, poursuivies par Paco Vegallana, Joaquín Orgaz et autres *intimes*; elle les voyait se jeter, intrépides, dans l'ouverture du puits rempli de foin à ras bord, mais ces scènes bucoliques un peu légères, pleines d'allégresse, de cris mystérieux, de surprises, de frayeurs, de sauts, de frôlements et de contacts, n'avaient éveillé en elle qu'une tentation grossière, forte quand elle était toute proche, à portée de main, mais répugnante de loin, vue de sang-froid. Don Alvaro avait noté que, pour le moment, il n'avait rien à gagner avec la Régente par cette voie. Rien de plus ridicule à Vetusta que le romantisme. Et l'on appelait romantique tout ce qui n'était ni vulgaire, ni grossier, ni commun, ni routinier. Visita était le pape de ce dogme anti-romantique. Regarder la lune pendant plus d'une demi-minute était pur romantisme; contempler en silence le coucher du soleil... idem; respirer avec délices l'air embaumé de la campagne à l'heure où soufflait la brise... idem; parler des étoiles... idem; saisir une expression d'amour dans un regard, sans qu'il fût besoin de rien dire... idem; s'apitoyer sur les enfants pauvres... idem; manger peu... Oh! C'était le comble du romantisme.

— La fille Páez ne mange pas de pois chiches, disait Visita, parce que cela ne fait pas romantique.

La répugnance d'Ana pour les folles distractions du Vivero était d'un romantisme raffiné, de l'avis de la banquière. Elle s'en ouvrit à don Alvaro :

— Écoute, mon cher, elle fait la mijaurée, la femme de lettres, la femme supérieure, platonique... Que moi je me méfie et ne laisse pas s'approcher tous ces blancs-becs qui ensuite vont *se gargariser* au Cercle de leurs audaces, passe encore, parce que... enfin, je me comprends; mais elle n'a aucune raison de se méfier, car ni Paco ni Joaquín n'oseraient toucher un fil de sa robe... Tout cela, c'est du romantisme, qu'on ne me raconte pas d'histoires : tout cela, c'est de l'ordre du *pulvisès* [18].

Mesía s'accrochait à cela, au *pulvisès* de Visita; mais le *romantisme* de la Régente l'agaçait. Il croyait fermement qu' « il n'y avait qu'une sorte d'amour, l'amour physique, l'amour des sens, que cela finirait par là, tôt ou tard. Mais il redoutait que ce fût tard : la Régente avait la tête dans les nuages et il ne fallait pas risquer un faux pas sous peine de tout compromettre ».

« En outre, se disait don Alvaro, le jour où je me lancerai, une fois le terrain bien préparé, dans une attaque franche, *personnelle* (c'était le terme technique de son art de conquistador), il ne faudra pas être à la campagne, même si cela semble le lieu le plus propice. J'ai remarqué que cette femme, devant la nature, la voûte étoilée, les montagnes de l'horizon, à l'air libre en somme, devient sérieuse comme un pape, se tait et se *sublime,* seule dans son coin. Elle est très belle ainsi, mais on ne peut plus l'atteindre. » Plus d'une fois, en plein bois du Vivero, seul avec elle, don Alvaro s'était senti ridicule, s'imaginant que cette dame, à qui il était sûr de plaire dans les salons du Marquis, le méprisait dans ce cadre. La voyant le toiser du regard, puis lever les yeux vers la cime des chênes vénérables, il s'était dit : « Cette femme me mesure; elle me compare aux arbres et me trouve petit, j'en suis sûr! »

Ce que don Alvaro ne savait pas, quoique sa vanité, d'après certains indices favorables, le lui laissait supposer, c'était que la Régente rêvait de lui presque toutes les nuits. Ces rêves persistants irritaient Mme Quintanar. A quoi bon résister quand elle ne dormait pas, à quoi bon résister

18. *Pulvisès* : « *Memento homo quia pulvis es et in pulverem reverteris* », paroles de la messe du Mercredi des cendres. Allusion malicieuse, qui ne désigne pas ici la mort mais la faiblesse de la chair (N. de G. Sobejano).

avec force et courage toute la journée, à quoi bon se sentir supérieure à l'obsession pécheresse, en arriver presque à mépriser la tentation si, une fois seule et abandonnée par l'esprit, sa faible nature se rendait sans condition, masse inerte au pouvoir de l'ennemi? En s'éveillant de ses cauchemars, avec le goût amer des mauvaises passions satisfaites, Ana se révoltait contre des lois qu'elle ne connaissait pas et, découragée, aigrie, elle constatait l'inutilité de ses efforts et les contradictions qui l'habitaient. Elle voyait alors l'humanité comme un amalgame composite qu'une divinité occulte façonnait comme en se jouant, avec une malice diabolique. Mais elle s'efforçait de préserver et de fortifier sa foi bien vite revenue — avec la terreur de se retrouver seule dans les ténèbres si elle la perdait —, et de nouveau elle s'attaquait à cette orgueilleuse citadelle rationaliste, rejeton impur mille fois ressuscité d'un esprit élevé loin d'une salutaire discipline religieuse. Ana s'inclinait alors devant les desseins de Dieu, mais le dégoût d'elle-même ne se dissipait pas pour autant, et le courage lui manquait toujours pour continuer à lutter... Ces défaillances nocturnes ne facilitaient pas les progrès de sa piété, que le Magistral essayait d'aviver à grand renfort de précautions, craignant de perdre en un jour tout le terrain conquis s'il faisait un pas de travers.

Jamais, que ce fût le matin où la Régente se confessa auprès de don Fermín, avant de communier, ou huit jours plus tard quand elle revint au confessionnal ou au cours de ces entretiens matinaux où elle décrivait à son père spirituel ses doutes, ses craintes, ses scrupules et ses tristesses, jamais Ana ne dit ce qu'elle avait pourtant résolu d'avouer en décidant de compléter sa confession générale : pas un mot de la grande tentation qui la poussait à l'adultère (elle l'appelait ainsi) depuis longtemps.

Elle chercha des subterfuges pour ne pas confesser cela, s'abusa elle-même, et le Magistral sut seulement qu'Ana vivait de fait séparée de son mari, *quod ad thorum* (pour ce qui concernait le devoir conjugal) : il n'y avait eu ni dispute ni raison honteuse, mais absence d'initiative de l'époux et manque d'amour de sa part. Oui, cela, elle le confessa, elle n'aimait pas son don Víctor comme une femme doit aimer l'homme qu'elle a choisi, ou qu'on lui a choisi, pour compagnon; et ce n'était pas tout : elle sentait, de plus en plus fort, des appels formidables de la nature qui l'entraînaient au fond d'elle ne savait quels abîmes obscurs où elle ne voulait pas tomber; de profondes tristesses, des caprices l'envahissaient; des tendresses sans objet connu; des désirs ineffables, des aridités soudaines de l'âme, intolérables et alambiquées, et tout cela la rendait folle, elle avait peur d'elle ne savait quoi, et cherchait l'appui de la religion pour lutter contre les dangers de cet état. Le Magistral ne put rien savoir de plus sur ce point : aucune accusation concrète. Il n'osait pas non plus poser à la Régente des questions qui, s'agissant d'une autre, auraient nécessairement fait partie de son habile interrogatoire. Il était dévoré de curiosité mais résistait au désir de savoir, et en était réduit à des conjectures : le principal, l'essentiel n'était pas d'apprendre de force plus que ce qu'elle voulait avouer spontanément; le principal, l'essentiel était de se montrer discret, sans passion, au-dessus des défauts vulgaires de l'humanité.

« Dans ces premiers entretiens, songeait le Magistral, il ne s'agit pas encore de se mettre à l'étudier, mais de me rendre agréable, de m'imposer par ma grandeur d'âme; je dois la faire mienne en utilisant l'esprit et ensuite... elle parlera... et je saurai tout sur le Vivero, car enfin, il s'est bien passé quelque chose. »

Au cours des conversations qu'il eut avec son amie en dehors de l'église, De Pas essaya d'apprendre ce qui s'était passé le jour de la saint François d'Assise et dans les excursions qui suivirent; au tribunal de la pénitence, il n'y avait pas de moyen convenable de demander certains détails à une femme comme Anita.

La Régente savait gré au Magistral de sa prudence et de sa discrétion. Elle voyait avec plaisir que ce saint homme s'appliquait à lui préparer une vie vertueuse grâce à cette fameuse *hygiène spirituelle*, plutôt qu'à cribler son passé et ses troubles présents de questions « au microscope », comme il les avait appelées en parlant de ces choses.

« Le principal était de ne pas faire violence à l'esprit indiscipliné de la Régente; il fallait lui faire gravir la côte de pénitence sans qu'elle s'en aperçût au début, par une pente imperceptible, qui eût toutes les apparences d'un chemin plat; il fallait donc avancer en zigzags, faire de nombreux détours, marcher beaucoup et monter peu... mais il n'y avait pas moyen de faire autrement; après, plus haut, ce serait autre chose; il la ferait monter par la ligne de plus grande pente. » Ces métaphores géométriques aidaient le Magistral à réfléchir sur ce sujet, très important pour lui, parce que la seule idée que cette pénitente, cette amie, pût lui échapper, le remplissait de frayeur.

Un matin enfin, elle lui parla de ses rêves; chaque mot était recouvert d'un voile; mais il n'en fallut pas beaucoup au Magistral pour comprendre; il l'interrompit, lui épargnant le souci de rechercher les quelques rares tournures élégantes que compte notre langue pour exprimer les choses scabreuses; grâce à quoi l'entretien de ce jour put être aussi idéal et délicat dans sa forme que les précédents. Mais le Magistral était moins tranquille que de coutume quand il rejoignit sa place dans le chœur. Bien installé dans la stalle qui lui était réservée dans la plus haute rangée, caressant les reliefs lubriques sculptés sur les accoudoirs, De Pas remâchait, comme un ruminant, les révélations de la Régente, tandis que les écoliers chantaient à tue-tête.

« Elle rêvait! La nuit venue, toute la force de son esprit se dissolvait et, sans qu'elle pût rien y faire, elle était assaillie de visions et de sensations importunes, qu'on aurait pu considérer comme des péchés si elle en avait été responsable... En substance, doña Ana rêvait à un homme... » Don Fermín s'agitait dans sa stalle, dont le siège dur lui semblait plein de braises ou d'épines. Et tandis que l'index de sa main droite frottait deux petites proéminences rebondies de l'artistique bas-relief représentant les filles de Loth dans un épisode biblique, lui, sans penser à cela, bien sûr, tentait d'arracher aux ténèbres de son ignorance le secret qui lui importait tant. A qui rêvait la Régente ? A une personne déterminée... ? Et, devenant rouge comme un coquelicot dans la pénombre de sa place (un angle de la partie haute du chœur), il pensait : serait-ce à moi ?

Ses oreilles se mettaient alors à bourdonner et il n'entendait plus les voix graves du sous-chantre et des psalmistes, ni le ronron de l'hebdomadier marmonnant de mauvaise grâce les paroles latines de *Prime.*

« Non, à l'aurore d'une si douce amitié, promesse de tant de sensations nouvelles et exquises, il saurait échapper au scandale en résistant aux tentations d'une basse passion dont ses ennemis l'avaient déjà accusé par le passé. Certes, il était flatté d'être l'objet des rêves que confessait la Régente ; il ne le niait pas, à quoi bon se leurrer ? Il avait du mal à rester en place tant la planche était dure ! Mais cette jouissance de sa vanité satisfaite n'entravait pas sa ferme intention de trouver auprès d'Ana au lieu de la grossière satisfaction de ses sens, un emploi plus digne de son grand cœur et de son esprit qui s'épuisait à la tâche ingrate de lutter contre les Vétustains insoumis. Oui, il lui fallait désormais une affection puissante, vive, ardente, pour l'aider à combattre efficacement cette ambition, qu'il trouvait maintenant ridicule, de vouloir être le maître indiscutable du diocèse. Il l'était déjà, quoique discuté, et cela devait lui suffire.

« A quoi bon aspirer à une impossible domination absolue ? En outre, il désirait donner à son intérêt pour doña Ana la place privilégiée qu'occupaient dans son cœur ses aspirations à voler plus haut, à être évêque, chef de l'Église espagnole, vicaire du Christ, peut-être. Il pouvait étouffer cette ambition qui le traversait parfois, saugrenue, puérile, folie passagère toujours réitérée, pour ne plus souffrir autant, pour mieux se soumettre aux lois de la vie et ne plus trouver le monde aussi triste et inspide... Et seule une idéale et noble passion à l'unisson d'une grande âme que personne ne saurait considérer comme pécheresse, hormis quelque infâme et malveillant Vétustain, seule une telle passion pouvait répondre à un si haut et si louable dessein. Oui, oui, conclut le Magistral : je la sauve, et elle, sans le savoir encore, elle me sauve aussi. »

Le premier rang du chœur chantait :« *Deus, in adjutorium meum intende.* »

En ce jour de la Toussaint, Ana croyait avoir perdu tout le bénéfice de sa convalescence morale ; cette aridité de l'âme dont elle s'était plainte auprès de don Fermín, lequel, citant saint Alphonse Liguori, lui avait prouvé que c'était une faiblesse commune, même parmi les saints, et un malaise général chez les mystiques, cette aridité — qui paraît ne jamais devoir cesser quand on l'éprouve — lui coiffait l'esprit comme un ciel bouché en plein océan, ne laissant pas filtrer le moindre rayon de lumière.

« Et ces cloches qui n'en finissaient pas de sonner! » Elle croyait les avoir dans le crâne; les échos du métal étaient comme les coups redoublés de la névralgie qui voulait s'emparer de sa tête malade, pleine de bruits discordants.

Sans les rechercher, lui revenaient à la mémoire des souvenirs de son enfance, des bribes de conversations avec son père, le philosophe, sentences imprégnées de scepticisme et paradoxes pessimistes qui lui paraissaient maintenant plus dignes d'attention qu'au temps lointain où elle les avait entendus sans en saisir tout le sens.

« Si elle était convaincue d'une chose, c'était qu'elle étouffait dans cette ville; le monde entier n'était peut-être pas aussi insupportable que le prétendait la philosophie ou la mélancolie des poètes; mais en toute raison on pouvait affirmer qu'il n'y avait pire ville au monde que Vetusta. » Un mois auparavant, elle s'était imaginée que le Magistral allait la tirer de cet ennui et l'emmener avec lui, sans quitter la cathédrale, dans des régions supérieures inondées de lumière. « Et il était capable de faire comme il disait, car il avait beaucoup de talent et beaucoup de choses à lui dire; mais c'était elle, encore elle qui tombait de son haut au moment le plus inattendu, avec toujours la même amertume, la même aridité qui lui desséchait l'âme. »

Plus personne ne traversait la Place Neuve; ni laquais, ni curés, ni gamins, ni femmes du peuple; ils devaient tous être arrivés au cimetière ou à l'Espolón...

Ana vit surgir l'élégante silhouette de don Alvaro Mesía sous l'arcade de la rue du Pain, qui sépare la place de ce nom de la Place Neuve; il montait un superbe cheval blanc à la robe éblouissante, à l'abondante crinière flottant sur une encolure puissante; le garrot était épais et la queue longue et fournie. C'était un animal de pure race espagnole que le cavalier faisait piaffer, caracoler, virevolter, montrant la sûreté de sa main et de son éperon; comme si cette impatience était un pur caprice du cheval et non l'effet des commandements occultes de son maître. Mesía salua de loin et n'hésita pas à s'approcher de la Rinconada jusqu'à se trouver sous le balcon de la Régente.

Le fracas des sabots de la bête sur les pavés, ses mouvements gracieux et la belle allure du cavalier emplissant soudain la place de vie et d'allégresse, soufflèrent sur l'âme de la Régente un air de fraîcheur. Le galant arrivait au bon moment! Il s'en douta en voyant, sur les yeux et les lèvres d'Ana, se poser un doux sourire, franc et persistant.

Elle ne lui refusa pas le plaisir de se plonger dans son regard, et n'essaya pas de dissimuler l'effet que lui causait celui de don Alvaro. Ils parlèrent du cheval, du cimetière, de la tristesse du jour, de la bêtise de s'ennuyer tous d'un commun accord, et de Vetusta qui était vraiment inhabitable. Ana était loquace, elle osa même faire des compliments qui, s'ils s'adressaient directement au cheval, incluaient aussi le cavalier.

Don Alvaro n'en revenait pas, si l'expérience ne lui avait pas appris que cette forteresse était bardée de remparts de tous ordres, qu'une brèche ouverte aujourd'hui pouvait se convertir demain en défense inexpugnable, il aurait cru arrivé le moment de lancer l'assaut *personnel,* comme il appelait les attaques brutales et décisives. Mais il n'osa même pas monter près d'elle, ce qui de toute façon aurait été difficile car il ne pouvait abandonner le cheval sur la place. Il se contenta de s'approcher le plus près possible du balcon et, debout sur les étriers, de tendre le cou et de parler doucement pour l'obliger à se pencher par-dessus la balustrade si elle voulait l'entendre, ce qui était le cas cette après-midi.

Chose étrange! Ils étaient d'accord sur tout : après tant de conversations, ils avaient maintenant une bonne provision de goûts semblables. Au cours de leur dialogue, ils évoquèrent le jour où Mesía, quittant Vetusta, avait croisé sur la route de Castille Anita qui revenait de promenade en compagnie de ses tantes. Ils cherchèrent à savoir si c'était dans la même voiture et à la même place que, peu après, elle était partie pour Grenade avec son époux...

Ana avait l'impression de tomber au fond d'un puits, tandis qu'elle plongeait dans les yeux de cet homme au-dessous d'elle; elle sentait son sang lui monter à la tête, ses idées se troubler et se confondre, son sens moral s'émousser, les ressorts de sa volonté faiblir; et pourtant, voyant le péril où elle s'était mise, l'imprudence qu'il y avait à parler ainsi avec don Alvaro, à lui plaire et à lui ouvrir les arcanes de ses désirs et de ses goûts, elle n'éprouvait aucun remords et se laissait aller, jouissant de sa chute comme d'un plaisir qui la vengeait d'anciennes injustices sociales, de mauvais coups du sort et surtout de la stupidité vétustaine qui condamne toute vie qui n'est pas celle, monotone, fade et sotte, des insipides habitants de la Encimada et de la Colonia... Ana sentait la glace se fondre, son aridité aussi; la crise passait, mais différemment cette fois-ci, sans tourner en larmes de tendresse abstraite, idéale, en résolutions de sainteté ou en désirs d'abnégation et de sacrifices; elle n'était pas arrachée à ce désert de pensées sèches, froides, rebutantes et stériles par une force plus ou moins fantastique — comme elle en avait déjà connues — ; c'était une chose nouvelle, un relâchement qui dilacérait sa volonté et l'anéantissait, et lui ravissait l'âme comme une brise fraîche parcourant toutes les veines de son corps jusqu'à la moelle de ses os. « Si cet homme n'était pas venu à cheval, s'il avait pu monter, s'il s'était jeté à mes pieds, à l'instant même, c'en était fait, je succombais. » Son regard reflétait presque sa pensée. Elle avait la bouche sèche et passait la langue sur ses lèvres. Ce mouvement de la dame à son balcon semblait émoustiller le cheval qui trépignait et battait le pavé des quatre fers, tandis que les regards du cavalier s'élançaient comme des fusées vers la rambarde où reposait la belle et opulente poitrine de la Régente.

Après tant de propos échangés, ils se turent. Ils n'avaient pas prononcé un mot d'amour, bien entendu ; même don Alvaro ne s'était pas permis la moindre galanterie trop directe ou significative ; ils n'en étaient pas moins convaincus tous deux qu'ils étaient en train de tout s'avouer, par des signes invisibles, par des effluves, par divination ou tout autre moyen encore ; elle voyait bien que don Alvaro, en dessous d'elle, se consumait de passion ; se sentant admiré, peut-être aimé en ce moment même, il était submergé d'amour, enflammé par cette douce et tendre reconnaissance de l'amant, enhardi par l'aubaine de la situation ; Mesía comprenait et sentait ce qui arrivait à Ana, cet abandon, cette faiblesse de l'âme. « Quel dommage, se disait le cavalier, que *ce moment critique* survienne quand je suis si loin, à cheval, incapable de trouver une raison décente de mettre pied à terre...! » Dans son for intérieur, il appelait grossièrement ce moment le *quart d'heure.*

Mais il n'y avait pas de quart d'heure, ou tout au moins pas dans le sens utilisé par notre élégant matérialiste.

Cette après-midi, tout Vetusta s'ennuyait, c'était en tout cas ce que se figurait Ana ; elle pressentait que le monde allait disparaître ce jour-là, non pas sous l'eau ni dans les flammes, mais emporté par l'ennui, par la grande faute de la stupidité humaine..., quand avait surgi Mesía, caracolant sur la place, rayonnant de joie, venant interrompre ainsi par une note de vive couleur, de grâce et de force, toute cette tristesse froide et cendreuse. L'apparition de cette silhouette, cheval et cavalier ne faisant qu'un, emplissant soudain la place de leur bruit et de leur tumulte, était en quelque sorte une résurrection de l'âme, de l'imagination et du cœur. C'était un rayon de soleil transperçant l'épais brouillard, c'était la vivante revendication de ses droits, une protestation joyeuse et retentissante contre l'apathie routinière, contre le silence de mort des rues et contre les sonneries imbéciles des clochers...

Le fait était que, sans savoir pourquoi, Ana, nerveuse, vit arriver don Alvaro comme un naufragé peut regarder le vaisseau salvateur qui vient le délivrer de son îlot rocheux au milieu de l'océan. Les idées et les sentiments qu'elle maintenait prisonniers comme de dangereux ennemis brisèrent leurs chaînes ; ce fut une mutinerie générale de son cœur, qui aurait effrayé le Magistral s'il l'avait vue, mais qui parut délicieuse à la Régente.

Don Alvaro ne se souvenait même pas que ce jour-là l'Église célébrait la fête de la Toussaint ; il était sorti parce qu'il aimait la campagne de Vetusta en automne ; les longues courses à cheval, où le vent l'enveloppait et la vitesse lui coupait le souffle, apaisaient ses oppressions et ses angoisses...

« Parfaitement ! Cette insouciance qui ne voyait que son plaisir, la nature, l'air libre, était la réalité rationnelle, la vie qui se suffit à elle-même ; les autres, ceux qui faisaient sonner les cloches et *commémoraient* machinalement les morts maintenus dans l'oubli, étaient des bêtes de somme, la Vetusta éternelle qui avait écrasé son existence entière (celle d'Anita) sous le poids de préjugés absurdes; la Vetusta qui l'avait rendue malheureuse... Oh, mais il était encore temps! Elle se révoltait, elle se révoltait; elles allaient le savoir, ses défuntes tantes; et son mari; et l'hypocrite aristocratie de la ville, les Vegallana, les Corujedos... La classe tout entière... elle se révoltait... » Tel était le quart d'heure d'Anita, sans rapport avec celui de don Alvaro, qui surveillait chacune de ses paroles en se demandant comment il pourrait laisser son cheval un instant. Impossible; pour le moment, il ne trouvait aucun prétexte plausible pour monter chez elle, car il risquait de tout perdre.

Don Víctor Quintanar fut ravi, en revenant du Cercle, de trouver sa femme conversant gaiement avec le sympathique et distingué don Alvaro auquel il vouait une estime que, selon sa propre expression, «il n'était pas dans ses habitudes de prodiguer ».

— Je dirais, affirmait-il, qu'après Frígilis, Ripamilán et Vegallana, don Alvaro est assurément celui que j'apprécie le plus.

Ne pouvant gratifier son ami des traditionnelles petites tapes sur l'épaule en signe de bienvenue, il les appliqua sur la croupe de l'animal, qui daigna tourner légèrement la tête et jeter un regard sur l'humble fantassin.

— Salut, salut, hippogriffe violent / toi qui as couru comme le vent..., déclama don Víctor qui manifestait souvent sa bonne humeur en récitant des vers du Prince *de nos génies* ou de quelque autre de nos *astres de première grandeur.*

— A propos de théâtre, don Alvaro, il paraît que ce soir ce bon Perales nous donne enfin *Don Juan Tenorio...* ? Quelques bigots avaient intrigué pour qu'il n'y ait pas de représentation aujourd'hui... C'est absurde...! Le théâtre est éminemment moral, quand il veut l'être, bien entendu; et puis la tradition... l'habitude...

Don Víctor s'étendit longuement sur la moralité dans l'art, tout en gardant ses distances avec l'hippogriffe violent que cette dissertation académique impatientait.

Dès qu'il le put, don Alvaro intervint pour le supplier d'obliger son épouse à voir le *Don Juan.*

— Ah, ne m'en parlez pas... j'ai honte de le dire... mais c'est la vérité... Ma chère femme, par un de ces hasards exceptionnels qu'on rencontre dans la vie... n'a jamais vu ni lu le *Don Juan Tenorio*! Elle en connaît quelques vers, comme tous les Espagnols, mais elle ignore ce drame... ou cette comédie, comme vous voudrez; en effet, sauf le respect que je dois à Zorrilla, je ne sais pas si... Diable d'animal, il m'a mis sa queue dans l'œil...!

— Écartez-vous un peu, car il ne peut rester en place... Vous disiez donc qu'Anita n'a jamais vu le *Tenorio*? C'est impardonnable!

Don Alvaro trouvait le drame de Zorrilla immoral, faux, absurde et très mauvais, et ne cessait de répéter que le *Don Juan* de Molière (qu'il n'avait pas lu) était bien meilleur; mais il convenait pour le moment de célébrer ce poème populaire; ce qu'il fit, dans les termes dignes d'un échotier reconnaissant.

Quintanar ne pardonnait pas à Zorrilla l'idée d'avoir lié les mains de Mejía, et l'aventure de don Juan avec doña Inés de Pantoja lui semblait indigne d'un gentilhomme. « Dans ces conditions-là, n'importe qui peut devenir un séducteur. » Cela dit, il considérait l'œuvre de Zorrilla comme une *belle création...* quoiqu'il y en eût de meilleures dans notre théâtre moderne. Don Alvaro trouvait très vraisemblable, ingénieux et opportun d'attacher don Luis et de pénétrer chez la belle en qualité de fiancé... Il avait mené jusqu'à son heureux terme des aventures de ce genre et ne se croyait pas déshonoré pour autant; l'amour, en effet, ne marche pas à l'heure des livres de chevalerie; le plaisir est une chose, la gloire en est une autre. Sur ce dernier point, il savait, aussi bien que don Juan, se plier à toutes les exigences de l'honneur. Mais le chef du parti libéral dynastique de Vetusta garda aussi cette opinion pour lui, unissant ses prières à celles de don Víctor pour obliger doña Ana à se rendre au théâtre ce soir-là :

— Je vous dis que c'est une paresseuse; elle ne veut pas sortir; ça la reprend, cette manie de s'enfermer... et... Mais en tout cas, aujourd'hui, tu n'y couperas pas...!

Enfin, ils insistèrent tant qu'Ana, les yeux fixés sur ceux de Mesía, promit solennellement d'aller au théâtre.

Ce qu'elle fit.

A huit heures et quart (la représentation commençait à huit heures), elle entra dans la loge des Vegallana, en compagnie de la Marquise, d'Edelmira, de Paco et de Quintanar.

Le théâtre de Vetusta, c'est-à-dire *notre Colisée de la Place du Pain,* comme le désignait en une élégante périphrase le journaliste et critique de *El Lábaro,* était un local vétuste menaçant ruine qui laissait entrer gratuitement tous les frimas de la rose des vents. S'il soufflait du nord et qu'il neigeât, les flocons s'introduisaient par l'ouverture d'une lunette pratiquée dans le toit. Au lever du rideau, le spectateur sensé craignait la pneumonie et ceux des premiers rangs, faisant fi des bonnes manières, s'emmitoufflaient dans leur manteau. C'était un principe : à Vetusta, il fallait se couvrir pour aller au théâtre. Les demoiselles les plus distinguées qui, sur l'Espolón ou la Grande Promenade, arboraient les plus vives toilettes, blanches, rouges ou bleues, ne portaient, au Colisée de la Place du Pain, que du gris, du noir, et toutes les nuances du marron, sauf les jours de gala. Les comédiens tremblaient de froid sur scène, sous leur cotte de maille, et les danseuses viraient au bleu violacé, claquant des dents sous leur poudre de riz.

Les décors s'abîmaient et la Mairie, où prédominaient les ennemis de l'Art, ne pensait pas à les remplacer. Comme dans la scène que les personnages du *Songe d'une nuit d'été* jouent au fond d'un bois, l'imagination devait suppléer, au théâtre de Vetusta, les déficiences des toiles et du carton-pâte. Il ne restait d'autres frises que celles du *salon royal* imitant les savantes perspectives de caissons d'or et d'argent, et celles qui représentaient un ciel bleu et serein. Mais comme dans la plupart de nos drames modernes on exige *un salon décemment meublé,* sans plafond à caissons ni rien de ce genre, les metteurs en scène choisissaient dans ces cas-là le ciel bleu. Les rideaux et les coulisses se faisaient parfois tirer l'oreille ou tombaient brutalement; une fois, le brave Diego Marsilla [19], les bras liés autour d'un arbre, se retrouva soudain dans le boudoir de doña Isabel de Segura, ce qui rendit le drame définitivement invraisemblable. Le décor de la forêt s'était effondré.

Les Vétustains étaient maintenant habitués à ces anachronismes (comme les appelait Ronzal), et ne s'offusquaient plus de rien, surtout les *honnêtes gens* des loges d'honneur et des baignoires, qui n'allaient pas au théâtre pour voir la représentation mais pour s'observer et s'écorcher à distance. Les dames de Vetusta dédaignaient les fauteuils d'orchestre qui effectivement, sont indignes d'elles et méritent à peine ce nom; seules les mijaurées et quelques villageoises en période de foire consentent à cette dégradation. Les dandys ne fréquentent pas non plus cette partie du théâtre, qu'on appelle aussi le parterre. Ils se retrouvent dans les balcons et baignoires où, sans chercher à se cacher, ils fument, rient, s'agitent, interrompent les représentations, tout cela leur paraissant de très bon ton, imitation fidèle de ce que beaucoup d'entre eux ont vu dans certains théâtres de Madrid. Les mamans, toute illusion perdue, sommeillent au fond des loges; celles qui sont dignes de se montrer, ou qui se considèrent comme telles, partagent avec les plus jeunes la digne tâche d'étaler leurs charmes et leurs robes sombres tandis que, des yeux et de la langue, elles retaillent celles des autres. La femme vétustaine considère en général l'art dramatique comme un prétexte pour passer trois heures tous les deux jours à observer l'élégance et les manigances de ses voisines et amies. Elles n'entendent, ne voient ni ne comprennent rien de ce qui se passe sur scène; mais quand les comédiens mènent grand tapage, soit en tirant des coups de feu, soit en poussant des hurlements dus à une de ces agnitions où tout le monde se retrouve père et fils de tout le monde et amoureux de son plus proche parent, alors seulement, la brave Vétustaine tourne la tête pour voir s'il est arrivé une véritable catastrophe. Les autres catégories du public éclairé de cette savante capitale ne sont ni plus attentives ni plus impressionnables. Presque tout le monde est d'accord pour reconnaître que la zarzuela est supérieure aux *vers,* et les statistiques démontrent que toutes les troupes *qui font du vers* à Vetusta font fiasco et se dispersent. Les acteurs de second plan restent souvent dans la ville, et on les reconnaît à ce que l'hiver les surprend en costume d'été, généralement très ajusté. Certains s'établissent et devien-

19. *Diego Marsilla... Isabel de Segura:* protagonistes de *Los amantes de Teruel* (1837), de Juan Eugenio de Hartzenbusch (1806-1880).

nent les choristes endémiques de tous les opéras et zarzuelas où ils peuvent chanter, d'autres obtiennent un premier rôle dans une représentation à bénéfice où, avec l'aide de quelques jeunes amateurs de la ville, ils jouent une œuvre de commande, gagnent dix ou douze douros et s'en vont faire un tour dans une autre province. Ces artistes du *vers* finissent parfois en prison, selon le gouvernement qui préside aux destinées de la Nation. C'est souvent de la faute des impresarios qui refusent de payer les acteurs et de surcroît leur reprochent d'avoir faim. La malchance des compagnies dramatiques à Vetusta pourrait laisser penser que la population n'aime pas le théâtre, ce qui est vrai en général ; mais des corporations entières, les commis ou les compositeurs des pièces, par exemple, cultivent entre eux l'*art difficile de Thalie*, avec d'*excellents résultats*, d'après *El Lábaro* et d'autres journaux *locaux*.

Quand Ana Ozores s'assit à la place d'honneur de la loge de Vegallana (que la Marquise ne voulait jamais occuper), balcons et baignoires frémirent et chuchotèrent. La réputation de sa beauté et ses rares apparitions au théâtre expliquaient, en partie, la curiosité générale. Mais on parlait aussi beaucoup de la Régente depuis quelques semaines, on commentait son changement de confesseur, coïncidant sans aucun doute avec la volonté de M. Quintanar d'emmener sa femme partout. On se demandait si le Magistral convaincrait Mme Ozores de se mettre de son côté et s'il parviendrait à dominer don Víctor par l'intermédiaire de sa femme, comme il l'avait fait chez Carraspique. Quelques-uns, plus audacieux, malintentionnés, et se croyant mieux informés, soufflaient à l'oreille de leurs *intimes* qu'il y avait certainement quelqu'un qui contrebalançait l'influence du Grand Vicaire. Visitación et Paco Vegallana, les mieux placés pour en parler, restaient sur une prudente réserve; Obdulia faisait l'entendue, alors qu'il n'y avait rien à entendre.

— La Régente! Bah! Elle est comme toutes les autres... Nous la valons bien... Mais sa froideur, son caractère distant, son orgueil de femme inaccessible font qu'elle est peu expansive; c'est pourquoi personne n'ose rien dire... mais il y en a beaucoup qui valent autant qu'elle...

Ces réticences étaient pour le moment accueillies avec scepticisme par la plupart. Mais sous prétexte de dénoncer sa langue de vipère, on passait de bouche en bouche ses critiques vagues et peu courageuses. Obdulia ne réfléchissait guère à ce qu'elle disait, parlant étourdiment, machinalement, la tête en l'air; elle donnait matière à la calomnie sans s'en douter. De plus, le plus grand crime qu'on pût reprocher à la Régente était d'avoir suivi le courant, et Obdulia ne croyait pas que les choses en fussent à ce point. « A Madrid et à l'étranger, c'est le pain quotidien; mais les Vétustaines feignent de se scandaliser de certaines libertés à la mode, quoiqu'elles ne se privent point de s'y adonner, malgré leurs craintes et leurs réticences, sans distinction, vulgairement, comme tout ce qui se fait ici. Mais que peut-on attendre de femmes qui ne se baignent pas et n'utilisent une éponge que pour laver les *bébés*! » Quand elle parlait avec un étranger, Obdulia donnait libre cours à son mépris en décrivant l'hypocrisie d'un autre âge et la saleté des femmes de Vetusta.

— Croyez-moi, répétait-elle, leur corps ignore ce qu'est une éponge, elles font leur toilette comme les chats, et pour berner le mari, elles s'y prennent comme du temps de ma mère l'Oye. Quelle crasse! Et quelle niaiserie! »

Ana, habituée depuis des années aux regards curieux, insistants et froids du public, n'avait presque jamais conscience de l'effet produit par son arrivée à l'église, à la promenade ou au théâtre. Mais le soir de ce jour de Toussaint, elle fut flattée de l'expression de cette admiration spontanée; elle n'y vit pas, comme autrefois, une curiosité stupide, ni envie ni malice. Depuis l'apparition de don Alvaro sur la place, Ana avait changé d'humeur, passant d'une aridité et d'un ennui noirs et froids à un monde où tout était baigné et pénétré de lumière et de chaleur; elle attribuait superstitieusement ces brusques transformations de son âme à une volonté supérieure régissant la marche des événements en les disposant, en parfait auteur de théâtre, conformément au destin des êtres. Cette idée, qui ne lui semblait pas devoir vraiment s'appliquer aux autres, lui paraissait évidente pour ce qui la concernait; Dieu, croyait-elle, lui faisait des signes de temps en temps, ménageant des rencontres pour qu'elle pût saisir une occasion, entendre une leçon ou un conseil. C'était sans doute le fond de la foi religieuse d'Ana. Dieu semblait prêter une attention directe, ostensible et singulière aux actes de sa vie, à son destin, à ses souffrances et à ses plaisirs; sans cette conviction, elle n'aurait pu supporter les ennuis de son existence triste, stupide, fourvoyée, inutile. Ces huit années passées au côté d'un homme qu'elle trouvait vulgaire, bon de la manière la plus importune du monde, maniaque, sans consistance. Ces huit années de jeunesse sans amour, sans le feu d'aucune passion, sans autre attrait que d'éphémères tentations aussitôt repoussées, elle n'aurait jamais cru pouvoir les supporter si elle ne s'était pas dit que Dieu les lui avait imposées pour éprouver la trempe de son âme et justifier la prédilection qu'il avait pour elle. Dans ses accès de foi égoïste, elle se voyait admirée par l'Œil invisible de la Providence. Celui qui voit tout et qui, donc, la voyait aussi, était satisfait, et la vanité de la Régente avait besoin de cette conviction pour ne pas se laisser entraîner par d'autres instincts, d'autres voix qui, l'arrachant à ses songes, lui auraient offert une image éloquente des objets du monde, aimable, pleine de vie et de chaleur.

Quand elle avait trouvé, dans le confessionnal du Magistral, une *âme sœur*, un esprit *supra-vétustain* pouvant l'élever, par un chemin de fleurs et d'étoiles, jusqu'aux régions lumineuses de la vertu, Ana avait cru qu'elle devait cette découverte à Dieu, et décidé de la prendre pour un avertissement céleste.

A présent, elle se sentait toute bouleversée en son for intérieur par la présence du fringant cavalier venu distraire avec les courbettes de son cheval le morne silence d'un jour de marasme. Et la Régente n'hésita pas à croire ce que lui disaient ces voix intérieures : indépendance, amour, joie, volupté pure, digne des âmes élevées. Ses heures de rébellion n'avaient jamais duré aussi longtemps. Depuis cette après-midi, elle n'avait cessé un instant de penser à la même chose; il était absurde de vivre comme une morte; l'amour était un droit de la jeunesse; Vetusta était un bourbier de vulgarité; son mari, une sorte de tuteur très respectable pouvant exiger la vertu de son corps, mais pas le fond de son esprit, sorte de sous-sol dont il ne soupçonnait même pas l'existence; ce que don Víctor appelait les nerfs, dûment chapitré par le docteur don Robustiano Somoza, et qui constituait le fondement de son être, sa propriété, ce qu'elle était en somme, elle n'avait pas à lui en rendre compte. « J'aimerai, j'aimerai tout, je verserai des larmes d'amour, je rêverai comme je voudrai et de qui je voudrai; mon corps ne péchera point, mais mon âme baignera dans le plaisir des sentiments interdits à qui n'est pas capable de les comprendre. » Ana ne pouvait maîtriser ces pensées qui traversaient sa cervelle en tourbillons, comme les cris de quelqu'un d'autre, l'emplissant d'une terreur enchanteresse. Au fond d'elle-même, elle redoutait la tromperie, voyait le sophisme sous le plaisant tapage de tant d'idées subversives revendiquant des prétendus droits mais elle s'efforçait de se raisonner et, comme pour s'abuser, décidait de prendre la résolution égoïste et lâche de se « *laisser aller* ».

Elle arriva au théâtre dans cet état d'esprit. Elle ne comprenait pas comment elle avait pu céder aux prières de don Alvaro et de don Víctor; elle craignait que cette soirée fût le prétexte d'un rendez-vous et d'une promesse. Malgré tout, elle était là. Quand elle s'était retrouvée seule devant son miroir, dans son cabinet de toilette, elle avait cru que cette Ana, en face d'elle, lui demandait des comptes; alors, développant sa pensée en phrases entières, elle s'était dit : « Bon, j'y vais; mais il est évident que si j'y vais, j'engage mon honneur à ne pas permettre à cet homme d'acquérir le moindre droit sur moi; je ne sais pas ce qui va se passer, je ne sais jusqu'où peut mener ce désir de liberté qui soudain a inondé la sécheresse de mon âme, mais si je vais au théâtre, c'est la preuve qu'il n'y a là aucun pacte pouvant offenser la décence; je ne serai pas moins honnête en sortant qu'en entrant. »

Cela pesé et résolu, elle s'était habillée et coiffée du mieux qu'elle avait su, et avait cessé de se torturer l'esprit avec des points d'honneur, des dangers et des engagements comme ceux que don Víctor aimait tant rencontrer dans les vers de Calderón et de Moreto.

La loge de Vegallana était une baignoire contiguë à la loge d'avant-scène, qu'on appelle à Vetusta une poche, car elle est séparée des autres par une cloison et se retrouve un peu à l'écart, à l'abri des regards. La poche qui lui faisait face (à gauche des acteurs) appartenait à Mesía et à d'autres dandys du Cercle : quelques banquiers, un noble et deux *indianos*, le plus important étant sans aucun doute don Frutos Redondo.

Ce dernier ne manquait pas un spectacle; il aimait les vers : « Hors du vers, point de salut », aimait-il à dire; et il se proclamait, fort de l'autorité de ses millions de pesos, *une intelligence de première force*, pour tout ce qui touchait les comédies et les drames. « Je ne vois pas le fin fond! » répétait don Frutos qui avait appris cette expression peu recherchée et pas très claire dans les éditoriaux d'un journal sérieux. Il disait « je ne vois pas le fin fond » à propos de toute pièce ne comportant aucune leçon de morale, aucune à la portée de Redondo, en tout cas; et ne voyant pas le fin fond, il condamnait l'auteur, l'accusant même d'abuser les spectateurs en leur faisant perdre un temps précieux. Don Frutos voulait tirer profit de tout, à preuve ce qu'il disait :

« Que Manrique s'amourache de Leonor, que le comte succombe aussi, qu'ils se la disputent et qu'enfin elle et son sacripant de poète, sans parler de la gitane, fassent le grand voyage, soit! Et alors? Qu'est-ce que cela nous apprend? Qu'en retire-t-on? Qu'est-ce que je gagne dans tout cela? Rien. »

Malgré don Frutos et ses emportements de critique dramatique, la poche de don Alvaro, que tout le monde appelait ainsi, était la plus *distinguée*, elle attirait les regards des mamans, de leurs filles et des freluquets de Vetusta qui ne pouvaient prétendre à l'honneur de fréquenter ce coin aristocratique, élégant, où se réunissaient les *hommes du monde* (à Vetusta, on en avait vite fait le tour) sous la présidence du chef du parti libéral dynastique. La plupart de ceux qui se retrouvaient là avaient un peu vécu à Madrid et imitaient encore les coutumes, les manières et les attitudes observées là-bas. C'est ainsi qu'à l'image des membres d'un club madrilène, ils parlaient fort dans leur loge, s'adressaient parfois aux comédiens, tenaient des propos galants ou osés aux choristes et ballerines, et tournaient en dérision les grands héros romantiques occupant la scène, mal vêtus mais pleins de poésie. Ils étaient sceptiques en matière de morale domestique, ne croyant à la vertu d'aucune femme au monde (à l'exception de don Frutos qui gardait toujours la fraîcheur de ses convictions) et méprisaient l'amour en se consacrant de toute leur âme, ou pour mieux dire, de tout leur corps, à leurs fredaines; pour eux, un homme du monde ne peut vivre sans maîtresse, et ils en avaient tous une, plus ou moins ruineuse; les actrices étaient leur pâture de prédilection, et s'ils se vautraient dans la luxure, ils ménageaient leur vanité en prétendant imiter les mœurs corrompues des grandes villes. Danseuses au rebut, cantatrices hors d'état, matrones de tragédies dont la lointaine jeunesse avait été secouée d'aventures sentimentales, toutes étaient poursuivies, entourées, courtisées et même importunées par ces coqs de village, incapables, pour la plupart, de se lancer dans une aventure sans le secours de leur bourse ou sans s'appuyer sur les humeurs herpétiques de la femme assiégée, ou sur toute autre infirmité physique ou morale qui permît de les conquérir facilement et d'en disposer à leur guise.

Le seul vrai séducteur de la bande était don Alvaro, que sa fortune et sa belle prestance désignaient à la jalousie et à l'admiration de tous. Et en premier lieu, de Pepe Ronzal, alias Tromblon, dit autrefois « l'Étudiant » (qui fréquentait la poche d'en face, voisine de la loge de Vegallana). Tromblon était l'âme de ce qu'on appelait *l'autre poche* et il prétendait rivaliser avec le clan de Mesía en élégance, allure *sans façon* et du *meilleur monde.* Mais sa loge était fréquentée par des *éléments hétérogènes*, qui souvent gâchaient tout : ce n'était pas des sceptiques, mais des cyniques, pas des séducteurs plus ou moins authentiques mais des trafiquants de chair fraîche. Les abonnés de cette *autre poche* étaient Ronzal, Foja, Páez (qui avait aussi une loge pour sa fille), Bedoya, un greffier réputé pour sa luxure (qui lui coûtait beaucoup d'argent), pour le don qu'il avait de débusquer des vierges au fond des campagnes et pour les excellentes relations qu'il entretenait avec toutes les Célestines de la ville; un sculpteur incompris, qui n'arrivait pas à placer ses statues et s'était lancé dans des spéculations de faussaire en archéologie; le juge de première instance, composé, de son propre aveu, de deux entités : la première, le juge, incorruptible, intraitable, porc-épic sans la moindre éducation, et la deuxième, l'homme de société, grand amateur de femmes mariées à la réputation douteuse, réconfort de toutes celles qui pleuraient les illusions perdues de leurs amours malheureuses; et trois ou quatre petits vieillards encore verts du parti conservateur, des conseillers tournant tout en politique. Mais c'étaient eux qui payaient la loge, moyennant quoi tout membre du Cercle figurant au nombre de leurs amis pouvait venir. Ronzal avait souvent protesté. « Messieurs, on se croirait au *poulailler*! » s'était-il souvent écrié, mais en vain. Il y avait Joaquinito Orgaz, tous les blancs-becs de passage à Vetusta, et même ceux qui y étaient nés et y avaient grandi, n'ayant qu'un vague vernis de la vie de la capitale. Et comme la poche de *l'autre* était respectée et visitée uniquement par des personnes de qualité, Ronzal s'arrachait les cheveux. De sa loge, on jetait même des pièces de monnaie sur scène pour attirer davantage l'attention sur le manque de savoir-vivre de ceux d'en face. Quelques insolents fumaient sous les yeux du public et laissaient tomber des boulettes de papier sur quelque respectable crâne chauve de l'orchestre. De temps en temps, les spectateurs du paradis ou des fauteuils du parterre les rappelaient à l'ordre, avec, pour tout résultat, des regards méprisants et des airs de défi. Ils parlaient avec leurs amis des loges centrales et faisaient de grands signes tout à fait déplacés à des vieilles filles délurées qui vivaient une éternelle jeunesse, toujours gaies et remuantes, au mépris des préjugés de la bonne éducation. Ces dames étaient peu nombreuses : la gent féminine, dans sa majorité était sans saveur et péchait par excès de sérieux, prenant, au moindre des regards du public, des airs et des postures de statues égyptiennes de haute époque.

Quand il y avait une grande première d'une comédie ou d'un drame très applaudis à Madrid, on discutait à tue-tête dans la loge de Ronzal, où le plus farouche provincialiste (le critère le plus naturel dans le domaine de l'art, selon eux) imposait sa loi. Vetusta n'avait donné naissance à aucun grand dramaturge, c'est pourquoi on regardait d'un mauvais œil ceux qui venaient de l'extérieur. Dans la loge de Ronzal, on trouvait intolérable que Madrid voulût tout imposer. On en arriva même, un jour, à déclarer une comédie détestable parce que les Madrilènes l'avaient beaucoup applaudie, et « à Vetusta, on n'était aux ordres de personne », on ne suivait pas un jugement tout fait. Quant à l'opéra, il déclenchait le délire parmi ces greffiers et conseillers; on payait une fortune pour entendre un quatuor qui leur semblait venu tout droit du ciel mais qui grinçait en réalité comme des chaises et des tables traînées sur le sol un jour de grand nettoyage.

— Vous vous souvenez de la Pallavicini? disait l'ironique Foja, sceptique en tout mais partisan fanatique des quatuors dans les opéras de pacotille.

— Oh, je n'ai jamais rien entendu qui vaille le baryton Battistini! répondait le greffier, qui avait plus d'estime pour la voix de baryton, à cause de son timbre *viril*, que pour celle du ténor ou de la basse.

— La basse est plus virile, disait Foja.

— Ne croyez pas cela. Qu'en pensez-vous, Ronzal?

— Moi, je... cela dépend... si la basse est chantante... Mais ne venez pas me raconter des histoires avec la musique... Vous savez ce que je dis ? « Que la musique est le bruit qui me dérange le moins... » Ha ! ha ! ha ! Et puis, pour faire le ténor, nous avons Castelar... Ha ! ha ! ha !

Le greffier riait aussi du bon mot; les conseillers souriaient, non pour l'humour mais pour l'intention.

La loge du Marquis avait beau être contiguë à celle de Ronzal, les occupants de cette dernière se hasardaient rarement à engager une conversation avec les Vegallana ou un de leurs invités. Outre que la cloison intermédiaire rendait difficile tout dialogue, la plupart hésitaient à agir comme s'il n'existait pas de différence de classe, alors qu'en théorie beaucoup la tournaient en dérision.

« Nous sommes tous égaux, disaient de nombreux bourgeois de Vetusta, la noblesse n'est plus rien et on peut arriver à tout par l'argent, le talent, le courage, etc., etc. » Mais malgré ces bruyantes déclarations, on voyait bien, jusque dans leur hypocrite mépris, qu'ils entretenaient d'en bas les préjugés que soutenaient les nobles en haut.

En revanche, la poche de don Alvaro saluait les Vegallana; on souriait à la Marquise, on braquait les jumelles sur Edelmira et l'on faisait des signes au Marquis et à Paco qui venaient souvent visiter ce lieu *comme il faut* *.

Cela aussi avivait la jalousie de Ronzal, allié politique de Vegallana; mais il fréquentait peu la Marquise.

— Il est trop bête! disait doña Rufina quand on lui parlait de Tromblon; et elle tâchait de le maintenir à distance en affichant à son égard une froideur circonspecte.

Ronzal se vengeait en disant que la Marquise était républicaine, qu'elle écrivait dans *La Flaca* de Barcelone, et qu'elle avait été une pas grand-chose dans sa jeunesse. Ces calomnies le soulageaient et si on lui demandait les raisons de sa vindicte, il répondait : « Messieurs, je me dois à la cause que je défends, et je vois avec tristesse, avec une grande, avec une profonde tristesse que cette femme, la Marquise, *en un mot* doña Rufina, discrédite le parti conservateur-dynastique de Vetusta. »

Après avoir savouré l'hommage de l'admiration du public, Ana se retourna vers la loge de Mesía. Il était là, éblouissant, arborant un plastron d'une blancheur absolue, objet de toutes les convoitises de Ronzal. A ce moment-là, don Juan Tenorio arrachait son masque à son véritable père. Ana dut alors regarder sur scène, cette audace inouïe de don Juan ayant produit le meilleur effet sur le public du paradis qui applaudissait à tout rompre. Perales, l'imitateur de Calvo, saluait d'un geste modeste, un peu surpris qu'on acclamât une scène ne présentant pas de difficultés particulières.

— Écoutez le peuple! dit un conseiller de *l'autre poche* en se tournant vers Foja, l'ancien maire libéral.

— Le peuple, qu'est-ce qu'il a?

— C'est un imbécile! Il applaudit une félonie : arracher son masque à celui qui le porte...!

— Et qui est son père, ajouta Ronzal; circonstance aggravante.

— L'homme livré à ses instincts est naturellement immoral, et comme le peuple n'a aucune éducation...

Le juge opina du chef sans cesser de braquer ses jumelles sur Obdulia, tout de noir et de rouge vêtue, assise sur trois coussins, dans une loge voisine de celle de Mesía.

Ana commença à s'intéresser au drame au moment où Perales disait, avec un dédain gracieux et élégant :

Ce sont des conversations de famille
dont je n'ai jamais fait cas...

Le comédien était grand, blond (ce soir-là), mince, élégant et leste, il avait la jambe bien faite et portait à merveille un costume fantastique, une soi-disant reconstitution historique, qui soulignait sa silhouette élancée. Don Víctor adorait Perales; il n'avait pas vu Calvo et son imitateur lui paraissait être un excellent interprète des comédies de cape et d'épée. Il l'avait entendu déclamer avec une emphase musicale les dizains de *La vie est un songe*, il l'avait admiré dans *Le dédain appelle le dédain*, déclamant avec aisance et force mouvements de bras et jambes les subtils propos qui commencent par :

Pour vous montrer quelle est l'erreur
De croire qu'il en est toujours
Pour qui l'amour est un menteur,
Apprenez donc ce qu'est l'amour.

et terminent ainsi :

C'est à sa propre convenance
Que l'amour choisit son objet.
Il est bien clair en conséquence,
Qu'en amour nul n'est obligé
Ni tenu à reconnaissance.

Don Víctor le considérait comme un excellent acteur et voulut à toute force se le faire présenter; n'eût été sa femme, il l'aurait invité chez lui. Il enviait en général toute personne laissant voir la bouterolle d'une épée sous une cape écarlate, fût-ce sur les planches et seulement en nocturne. Il s'aperçut qu'Ana prenait plaisir à contempler le jeu et l'allure de don Juan; le brave Quintanar s'approcha d'elle et lui souffla à l'oreille, d'une voix tremblante d'émotion :

— N'est-ce pas, mon enfant, qu'il est bel homme ? Quel art dans le jeu de son bras et de sa jambe...! On dit que cela sonne faux, que nous autres hommes ne marchons pas ainsi... mais on devrait! C'étaient nos mouvements et nos gestes, au Siècle d'Or, quand les Espagnols étaient les maîtres du monde (et il prononça ces derniers mots un peu plus haut pour être entendu de ceux qui l'entouraient). Il serait bon qu'au moment où nous allons perdre Cuba, dernier fleuron de notre grandeur, nous nous donnions ces airs de seigneurs et mesurions notre pas...

La Régente n'écoutait pas son mari; le drame commençait vraiment à l'intéresser; quand le rideau tomba, elle était avide et curieuse de savoir le résultat du pari entre Don Juan et Mejía.

Au premier entracte, don Alvaro ne quitta pas sa place; de temps à autre, il regardait la Régente, mais avec une discrétion et une prudence parfaites, qu'elle remarqua et apprécia. Ils se sourirent deux ou trois fois, et Pepe Ronzal finit par surprendre cette audacieuse complicité : comme toujours, il était à l'affût du moindre des gestes de son modèle admiré et abhorré.

Tromblon décida de redoubler d'attention, d'observer de tous ses yeux, d'être muet comme une tombe et silencieux comme un mort. « Mais c'était grave, très grave! » Et il était rongé de jalousie.

Le deuxième acte commença et don Alvaro remarqua qu'il avait ce soir-là un puissant rival : le drame. Anita comprenait et sentait la valeur artistique du don Juan entreprenant, fou, valeureux et rusé de Zorrilla; elle était aussi fascinée que la suivante de doña Ana de Pantoja ou que l'entremetteuse offrant l'amour de Sœur Inés comme une marchandise... La ruelle obscure et étroite, le carrefour, la grille de doña Ana... les angoisses de Ciutti, les pièges de don Juan, l'arrogance de Mejía; la trahison *intermédiaire* de l'Abuseur qui, pour une fois, se passait de tout acte de courage; les préparatifs diaboliques de la grande aventure, de l'assaut du couvent, touchèrent le cœur de la Régente avec toute la vigueur et la fraîcheur dramatiques qui s'en dégagent et que beaucoup ne savent pas apprécier, soit qu'ils connaissent déjà la pièce et ne lui trouvent plus ni qualités ni intérêt, soit qu'ils n'aient pas plus de goût artistique qu'un soliveau. Ana découvrait la poésie se dégageant de ces ruelles de toile qu'elle transformait en solides édifices d'un autre âge; elle n'était pas moins étonnée du dédain des spectateurs des balcons et des fauteuils; ce soir, le paradis, gai et enthousiaste, lui paraissait beaucoup plus intelligent et cultivé que le *gratin* de Vetusta.

Ana se sentait transportée à l'époque de don Juan, époque qu'elle imaginait comme un certain romantisme archéologique a voulu nous la représenter; revenant alors à ses sentiments égoïstes, elle regrettait de n'être pas née quatre ou cinq siècles plus tôt... « En ce temps-là, l'existence à Vetusta était peut-être plus gaie; il y avait alors des couvents peuplés de nobles et belles dames, des amants audacieux, des sérénades de troubadours dans les rues et sous les fenêtres; ces rues si tristes, si sales et si étroites avaient peut-être alors, comme aujourd'hui, leur aspect déplaisant, mais elles étaient pleines de la poésie de l'époque, et les façades noircies par l'humidité, les grilles en fer, les arcades obscures, les ténèbres des recoins lors des nuits sans lune, le fanatisme des habitants, les règlements de comptes entre voisins, tout prenait une dimension dramatique, digne de la poésie de Zorrilla; et pas comme la saleté d'aujourd'hui, cette vulgarité et cette laideur toute nue. » Comparer ce Moyen Age rêvé (elle plaçait don Juan Tenorio au Moyen Age par la faute de Perales) aux spectateurs qui l'entouraient en cet instant était un triste réveil. Des capes noires ou foncées, des chapeaux hauts-de-forme absurdes, horribles... tout cela était si triste, si noir, si négligé, si inexpressif... froid... Même don Alvaro lui paraissait alors à l'unisson de la vulgarité commune. Comme il lui aurait paru beau, avec le mantelet, la toque, le pourpoint et la culotte en tricot de Perales...! Dès ce moment, elle revêtit son adorateur de l'habit du comédien auquel elle attribua l'allure et les traits de Mesía dès qu'il reparut sur scène, sans pour autant lui ôter sa propre démarche, sa voix douce et mélodieuse et toutes ses autres qualités artistiques.

Le troisième acte fut pour Ana la révélation de la poésie-passion. En voyant doña Inés dans sa cellule, elle frissonna de la tête aux pieds; la novice lui ressemblait; elle s'en aperçut en même temps que le public; il y eut un murmure d'admiration et beaucoup de spectateurs allèrent même jusqu'à tourner discrètement la tête vers la loge de Vegallana. La González était actrice par amour; elle s'était éprise de Perales qui l'avait enlevée; ils s'étaient mariés en secret, et depuis, parcouraient les provinces. Pour subvenir aux frais du ménage, l'amoureuse jeune fille (dont les parents étaient très riches), résolut de monter sur les planches; elle imitait les modèles que Perales lui ordonnait d'imiter, mais parvenait parfois à être originale et composait d'excellents rôles de vierge amoureuse. Très belle dans son habit blanc de novice, la tête emprisonnée dans une coiffe rigide, les joues colorées, les yeux brillants, les lèvres de feu, les mains dans une posture hiératique et toute la candeur de la modestie et de la chasteté répandue sur sa personne, elle captivait tous les regards. Elle récitait les vers de doña Inés avec une voix cristalline et vibrante, et dans les moments où l'amour l'aveuglait, elle se laissait emporter par une réelle passion (parce qu'il s'agissait de son mari) et atteignait un réalisme poétique que ni Perales ni les spectateurs n'étaient capables d'apprécier à sa juste valeur.

Sauf doña Ana; les yeux fixés sur la fille du Commandeur, ayant oublié tout ce qui n'était pas sur scène, elle buvait avidement toute la poésie de cette chaste cellule où l'amour imprégnait tous les murs. « Mais c'est divin! » dit-elle en se tournant vers son mari, tandis qu'elle se passait la langue sur ses lèvres sèches. La lettre de don Juan cachée dans le livre pieux, lue d'abord d'une voix tremblante puis avec une terreur superstitieuse par doña Inés tandis que Brígida approchait une bougie de la feuille de papier, la proximité presque surnaturelle de Tenorio, l'effroi que ses prétendus sortilèges inspiraient à la novice près d'y succomber, tout, tout ce qui se passait sous ses yeux et qu'elle pouvait comprendre, faisait à Ana l'effet d'une magie poétique, et elle avait peine à contenir les larmes qui lui montaient aux yeux.

« Ah, oui! C'était cela, l'amour, un philtre, une atmosphère enflammée, une folie mystique; impossible de lui échapper; le savourer jusqu'au moindre de ses poisons était le plus grand des bonheurs. Ana se comparait à la fille du Commandeur; la demeure des Ozores était son couvent, son mari la règle stricte, froide et ennuyeuse à laquelle elle s'était soumise huit ans auparavant... et don Juan... Don Juan, ce Mesía qui lui aussi imprégnait tous les murs, apparaissait comme par miracle et emplissait l'atmosphère de sa présence! »

Entre le troisième et quatrième acte, don Alvaro entra dans la loge du Marquis.

En lui tendant la main, Ana craignit qu'il eût l'audace de la serrer plus que de raison, mais il ne fit rien de tel; il lui donna une poignée de main énergique, comme à son habitude, suivant en cela la mode qui commençait à Madrid; mais il ne serra point. Il s'assit à côté d'elle, bien sûr, et ils ne tardèrent pas à parler ensemble, à l'écart de la conversation générale.

Don Víctor était sorti et parcourait les couloirs, fumant et discutant avec les bellâtres de Vetusta qui méprisaient le romantisme et citaient Dumas et Sardou, répétant ce qu'ils avaient entendu à Madrid.

Ana, sans laisser à don Alvaro le temps de trouver un bon moyen d'entamer la conversation, déversa sur l'esprit prosaïque du petit-maître un flot abondant de poésie puisée dans ce frais et magnifique poème du grand Zorrilla, exubérant de beauté et de couleurs.

L'infortunée Régente fut éloquente ; elle s'imagina que le chef du parti libéral dynastique la comprenait, qu'il n'était pas comme ces Vétustains indécrottables qui esquissaient un sourire de pitié à l'écoute de ces vers « jolis, sonores, mais qui manquaient de corps », comme l'affirma don Frutos dans la loge de la Marquise.

Mesía fut surpris et même contrarié par l'enthousiasme d'Ana. Parler de *Don Juan Tenorio* comme s'il s'agissait d'une première ! Alors que le *Don Juan* de Zorrilla n'était plus bon qu'à inspirer des parodies... ! Ne trouvant rien de mieux à exploiter, le don Juan vétustain tenta de se mettre au diapason de son amie et de jouer les sentimentaux qui dissimulent leurs sentiments comme on en trouve dans les comédies et les romans de Feuillet : beaucoup d'*esprit* * avec un cœur d'or qui se dissimule par peur des épines de la réalité... C'était là le comble de la distinction, telle que l'entendait don Alvaro, et c'est l'image qu'il essaya de donner ce soir-là à la Régente, comprenant « qu'il fallait pour la séduire employer les grands moyens ».

Ana se laissait dévorer par les yeux gris du séducteur et lui offrait les siens, pleins de douceur et de passion, sans sourciller ; son exaltation l'empêcha de remarquer l'air emprunté, l'hypocrisie et le faux idéalisme de son interlocuteur ; elle l'entendait à peine, ne cessait de parler, croyait que ce qu'il disait correspondait à ses propres idées ; les yeux de l'enthousiasme suscitent fréquemment des mirages en de pareils cas, et ils servirent bien la cause de don Alvaro, ce soir-là ; sa noble et virile beauté aussi, soulignée par son expression passionnée, exacerbée par les circonstances. En outre, le visage du bel homme, correct, avait aussi un air spirituel et mélancolique, de pure apparence ; combinaison de lignes et d'ombres ajoutée aux marques d'une vie corrompue par le vice et l'amour. Quand le quatrième acte commença, Ana posa un doigt sur sa bouche et dit avec un sourire à don Alvaro :

— Et maintenant, silence ! Nous avons assez parlé... laissez-moi écouter.

— C'est-à-dire que... je ne sais... si je dois me retirer...

— Mais non... non, pourquoi ? répondit-elle, se repentant aussitôt de ses paroles.

— Je crains de gêner, s'il n'y a pas de place...

— De la place, mais si, Quintanar est dans la loge de vos amis... regardez-le.

C'était vrai ; il discutait avec don Frutos qui soutenait que le *Don Juan Tenorio* manquait de corps.

Don Alvaro resta auprès de la Régente.

Elle lui laissait voir son cou vigoureux et délicat, blanc et tentateur, où un duvet noir, légèrement frisé, marquait la naissance provocante du chignon qui réunissait et tendait gracieusement ses cheveux relevés sur la nuque. Don Alvaro se demandait s'il devait profiter de la situation pour se rapprocher un peu plus que de raison. Il sentait la robe d'Ana frôler ses genoux, plus bas il devinait son pied, qu'il touchait parfois, l'espace d'un instant. « Ce soir, elle était... *cuite à point* » (expression symbolique, dans la pensée de Mesía), mais il n'osa pas. Il ne s'approcha pas d'un pouce; pourtant, il n'était pas embarrassé d'un cheval, cette fois-ci. « Mais cette noble dame s'était tellement *sublimée*! Et comme, pour ne pas la perdre de vue, pour lui être agréable, il avait joué le romantique aussi, le *spirituel,* le *mystique*... plus moyen maintenant, de risquer une attaque *personnelle et prosaïque*...! Il se retrouvait dans une satanée *tessiture*! » Et le pire était qu'il y avait peu de chances pour faire rentrer la Régente dans la danse avant longtemps; qui pourrait lui dire : « Redescendez, chère amie, vous ne faites que survoler des *espaces imaginaires* »? Toutes ces considérations, qui lui faisaient honte et lui semblaient ridicules, en fin de compte, réfrénèrent le désir ardent qu'il avait de poser son pied contre celui de la Régente ou de lui toucher la jambe avec son genou...

Ce que ne se privait pas de faire Paquito avec Edelmira, sa cousine. Cette robuste vierge de la campagne ressemblait à un tison incandescent et, tandis que don Juan, à genoux devant doña Inés, lui demandait s'il n'était pas vrai qu'on respirait mieux sur ce rivage solitaire, Edelmira, elle, étouffait et avalait difficilement sa salive, assaillie par les jambes de son cousin et par le feu des mots, semblables à des étincelles de forge, qu'il lui glissait à l'oreille. Sans rien perdre de sa fraîcheur, elle avait cependant les yeux soulignés d'un léger cerne noir. Et elle ne cessait d'agiter son éventail, derrière lequel elle cachait sa bouche, lorsque à un moment culminant du drame, elle ne pouvait s'empêcher d'éclater de rire aux bons mots du jeune Marquis, qui avait de ces idées...

Pour Ana, le quatrième acte n'avait aucun point de comparaison avec les événements de sa propre vie... Elle n'en était pas encore arrivée là. « Cela représentait-il l'avenir? Succomberait-elle comme doña Inés? Folle d'amour, tomberait-elle dans les bras de don Juan? Elle ne le croyait pas; elle pensait avoir assez de force pour ne jamais offrir son corps, ce misérable corps qui, sans le moindre doute, était la propriété de don Víctor. De toute façon, quelle poésie dans ce quatrième acte! Le Guadalquivir à ses pieds... Séville au loin... La maison de don Juan, la barque sous le balcon... La *déclaration* au clair de lune... Si c'était cela, le romantisme, il était éternel...! » Doña Inés déclamait :

Don Juan, don Juan, j'implore
la noblesse de ton âme...

Ces vers que la sottise du vulgaire a souillés de sa bave en voulant les rendre ridicules et médiocres, à force de passer mille et mille fois entre ses lèvres visqueuses comme le ventre d'un crapaud, résonnèrent aux oreilles d'Ana, ce soir-là, comme l'expression sublime d'un amour innocent et pur, qui s'offre avec foi à l'objet aimé, chose si naturelle dans toute grande passion. Alors, sans pouvoir s'en empêcher, Ana pleura, pleura, éprouvant pour cette Inés une infinie compassion. Elle ne voyait plus une scène érotique, mais religieuse; l'âme se hissait aux idées les plus élevées, au sentiment épuré de la charité universelle... et à elle ne savait quoi encore; le fait est qu'elle défaillait presque d'émotion.

Personne ne remarqua les larmes de la Régente. Don Alvaro remarqua seulement que son sein se soulevait plus vite et se gonflait davantage à chaque respiration. Notre homme du monde se trompa; il crut que l'émotion que trahissait cette respiration violente était due à la proximité de son élégante personne, il crut à un influx *purement physiologique* et faillit se perdre... Il chercha à tâtons le pied d'Ana à l'instant même où elle, une idée entraînant l'autre, en était arrivée à penser à Dieu, à l'amour idéal, pur et universel qui englobe le Créateur et sa créature... Heureusement pour lui, Mesía ne trouva, dans la moelleuse épaisseur des jupons, aucun des pieds d'Anita : elle venait de les appuyer sur la chaise d'Edelmira.

L'altercation entre don Juan et le Commandeur ramena la Régente à la réalité du drame et lui fit voir la détermination du bon Ulloa; comme son imagination exaltée l'avait entraînée à comparer ce qui se passait à Vetusta avec ce qui arrivait à Séville, une crainte superstitieuse l'envahit quand elle vit le tour funeste que prenaient les aventures du libertin andalou; quand, d'un coup de pistolet, don Juan régla ses comptes avec le Commandeur, elle se mit à trembler; ce fut un pressentiment terrible. Ana vit soudain, comme à la lueur d'un éclair, don Víctor, vêtu de velours noir, en pourpoint et manteau court, à terre et baignant dans son sang, et don Alvaro, face au cadavre, un pistolet à la main.

Après le baisser de rideau, la Marquise décréta qu'elle en avait assez de Tenorio.

— Mes enfants, je m'en vais; je n'aime voir ni les cimetières, ni les squelettes; on a tout le temps pour cela. Adieu. Restez si vous voulez... Ciel! Onze heures et demie, cela ne finira pas avant deux heures du matin...

Don Víctor avait expliqué à Ana la deuxième partie du drame et elle préféra rester sur l'impression du début, qui l'avait enchantée. Elle s'en alla avec la Marquise et Mesía.

Edelmira resta avec don Víctor et Paco.

— Raccompagnez ma femme, et moi, je ramènerai la jeune fille, dit Quintanar.

Mesía prit congé des dames quand elles furent dans leur voiture. Il pressa la main d'Anita qui la retira, effrayée.

Don Alvaro retourna à la loge du Marquis pour parler avec don Víctor.

Un prêté pour un rendu : Paco avait besoin qu'on s'occupât de distraire Quintanar pour se retrouver un peu seul avec Edelmira; Mesía, qui tant de fois avait eu recours au jeune Marquis pour des services analogues, accomplit son devoir.

En outre, chaque fois que c'était possible, il saisissait l'occasion de resserrer son amitié avec le sympathique Aragonais qui serait sa victime un jour ou l'autre, ou alors il n'était plus le même.

Quintanar accueillit le bel homme en lui faisant mille fêtes et lui exposa ses idées en matière de littérature théâtrale, terminant, comme toujours, par sa théorie de l'honneur tel qu'on le comprenait au Siècle d'Or, quand jamais le soleil ne se couchait sur notre Empire.

— Voyez-vous, disait don Víctor que don Alvaro écoutait maintenant avec intérêt, voyez-vous, je suis d'un naturel ordinairement pacifique. Personne ne peut prétendre que moi, ex-régent du Tribunal, ayant pris ma retraite parce que j'en avais surtout assez de signer des sentences de mort, personne ne peut prétendre, que je sois aussi chatouilleux que nos ancêtres en matière d'honneur, notion que les bellâtres du parterre considèrent comme invraisemblable; eh bien, je suis certain, le cœur me le dit, que si ma femme (hypothèse absurde) me manquait... je l'ai déjà souvent dit à Tomás Crespo... je la saigne à mort.

« Imbécile ! », pensa don Alvaro.

— Quant à son complice... Oh! quant à son complice... Je sais manier l'épée et le pistolet comme un maître; quand je jouais comme amateur dans des théâtres privés (je veux dire, quand mon âge et ma position sociale me permettaient de le faire, parce que je suis toujours aussi passionné), comprenant qu'il était ridicule de se battre n'importe comment sur les planches, je pris un maître d'escrime et le hasard fit que je manifestai très vite d'excellentes dispositions pour l'arme blanche. Je suis un pacifique, c'est vrai, et personne ne m'a jamais donné prétexte pour que je lui fasse la moindre égratignure... mais imaginez... le jour où... je peux aussi en dire autant et même plus du pistolet. Là où je vise... Or donc, comme je vous le disais, je pourfendrais le complice ; oui, je préfère cela ; le pistolet appartient au drame moderne, il est vulgaire ; donc, je le tuerais à l'arme blanche... Mais revenons à ma thèse... Ma thèse était... quelle était-elle... ? Vous vous en souvenez ?

Don Alvaro ne se souvenait pas, mais l'exécution du complice à l'arme blanche l'avait quelque peu inquiété.

De retour du Cercle, à près de trois heures du matin, Mesía essayait de trouver le sommeil en imaginant de voluptueuses scènes d'amour qu'il se promettait de faire bien vite passer dans les faits et dont la Régente était la protagoniste, quand apparut soudain, alors qu'il était presque endormi, la silhouette insignifiante et bonasse de don Víctor. Mais il le vit dans les vapeurs du premier sommeil, vêtu de sa toge et de sa toque de magistrat, une épée à la main. C'était l'épée de Perales dans la pièce de Don Juan, avec d'immenses quillons.

Cette nuit-là, Ana ne se souvint pas d'avoir rêvé de don Alvaro. Elle dormit profondément.

Il était près de dix heures à son réveil; Petra, la blonde et rusée femme de chambre, était près d'elle et arborait un sourire discret.

— J'ai beaucoup dormi, pourquoi ne m'as-tu pas réveillée plus tôt ?

— C'est que Madame a passé une mauvaise nuit...

— Une mauvaise nuit... ? Moi ?

— Oui, vous parliez tout haut, vous poussiez des cris dans votre sommeil...

— Moi ?

— Oui, un cauchemar, sans doute.

— Et toi... tu m'as entendue de... ?

— Oui, Madame, je n'étais pas encore couchée ; j'attendais Monsieur, parce qu'Anselmo dort comme un brute... Le maître est rentré à deux heures.

— Et j'ai parlé tout haut...

— Peu après l'arrivée de Monsieur. Il n'a rien entendu; il n'a pas voulu entrer pour ne pas réveiller Madame. Je suis revenue voir si vous dormiez... si vous désiriez quelque chose... je croyais que c'était un cauchemar... mais je n'ai pas osé vous réveiller...

Ana se sentait épuisée. Elle avait un goût amer dans la bouche et craignait d'avoir une migraine.

— Un cauchemar...! Mais je ne me souviens pas d'avoir souffert...

— Ce n'était pas un mauvais rêve... je ne crois pas... parce que Madame souriait... et ne cessait de bouger...

— Et... et... qu'est-ce que je disais ?

— Oh... ce que vous disiez! On ne comprenait pas bien... des mots sans suite... des noms...

— Quels noms... ? — Le rouge lui était monté aux joues. — Quels noms ? répéta-t-elle.

— Madame appelait... Monsieur.

— Monsieur ?

— Oui... oui, Madame... Vous disiez : Víctor, Víctor!

Ana comprit que Petra mentait. Elle appelait toujours son mari Quintanar.

En outre, le sourire qu'affichait la servante ne faisait qu'accroître ses soupçons.

Elle se tut pour tenter de dissimuler sa confusion.

Alors, Petra s'approcha davantage du lit et, redevenue sérieuse, elle dit en baissant le ton :

— On a apporté ceci pour Madame...

— Une lettre ? De qui ? demanda-t-elle d'une voix tremblante en arrachant le papier des mains de Petra.

« Si ce fou avait osé!... C'était absurde. »

Petra remarqua l'expression de crainte qui se peignait sur le visage d'Ana.

— Ce doit être de la part de M. le Magistral, ajouta-t-elle, parce que c'est Teresina, la femme de chambre de doña Paula, qui l'a apportée.

Ana opina de la tête tandis qu'elle lisait.

Petra sortit sans faire de bruit, comme une chatte. Elle souriait à ses pensées.

La lettre du Magistral, écrite sur un papier légèrement parfumé, avec une croix violette au-dessus de la date, était ainsi tournée :

« Madame et chère amie : je serai dans ma chapelle cet après-midi entre cinq heures et cinq heures et demie. Vous n'aurez pas besoin d'attendre, parce que vous serez aujourd'hui la seule personne que je confesserai. Vous savez que ce n'est pas mon jour, mais il m'a semblé préférable de vous demander de venir ce soir pour des raisons que vous expliquera votre fidèle ami et serviteur,

FERMÍN DE PAS. »

Il n'avait pas mis « chapelain ».

« Chose étrange! Depuis la veille au soir, Ana avait oublié le Magistral; pas une seule fois depuis l'apparition de don Alvaro sur son cheval ne lui était venue à l'esprit l'image grave et gracieuse de son respectable, estimable et admirable père spirituel. Et le voilà qui surgissait soudain et la faisait sursauter comme s'il l'avait prise en flagrant délit d'infidélité. Pour la première fois, Ana eut honte de son imprudente conduite. Ce que la présence de don Víctor n'avait pas éveillé en elle, l'évocation de don Fermín le faisait... Elle se croyait maintenant infidèle en pensée mais, (comme c'était étrange!) infidèle à un homme à qui elle ne devait et ne pourrait jamais devoir fidélité. »

« C'est vrai, se disait-elle; nous étions convenus que j'irais tôt demain matin me confesser... et j'avais oublié! Et maintenant, il avance la date... Il veut que j'y aille ce soir. Impossible! Je ne suis pas prête... Avec ces idées... mon âme tout en révolution... Impossible! »

Elle s'habilla en hâte, prit une feuille de la même couleur que celle du Magistral, mais plus épaisse, et écrivit à don Fermín une très tendre lettre, d'une main incertaine et tremblante, comme si elle commettait une félonie. Elle l'abusait, disant qu'elle ne se sentait pas bien, qu'elle avait la migraine et le suppliait de l'excuser; elle l'informerait...

Elle remit à Petra ce message mensonger et lui ordonna de le porter immédiatement à son destinataire, sans se faire voir de Monsieur.

Don Víctor avait souvent exprimé sa non conformité, comme il disait, avec cette fréquentation assidue du confessionnal; craignant de passer pour un être de peu d'énergie, ce qu'il était effectivement chez lui, il se mettait dans tous ses états quand il se fâchait.

Pour éviter du bruit, importun quoique sans conséquences, Ana s'arrangeait pour que son mari ignorât ses fréquentes escapades à la cathédrale.

« Ce brave homme ne pouvait pas se douter que c'était pour son bien! »

Petra était la confidente et complice de ces innocentes cachotteries. La servante feignait de croire aux allégations de sa maîtresse pour dissimuler sa dévotion, mais elle soupçonnait des horreurs.

En portant la missive chez le Magistral, elle se disait :

« C'est bien ce que je craignais, par paires; elle les prend par paires; un diable et un saint. *Sur la terre comme au ciel!* »

Ana fut inquiète toute la journée, mécontente d'elle-même; elle s'en voulait d'avoir mis son honneur en péril en donnant une prise (aussi légère fût-elle) à l'audace amoureuse de don Alvaro; cela ne la gênait pas de tromper ce pauvre don Víctor auquel elle réservait son corps, sa légitime propriété... mais penser qu'elle ne s'était pas souvenue du Magistral une seule fois la veille au soir, en dépit des pensées et des sentiments sublimes qui l'avaient traversée!

« Et par-dessus le marché, elle le trompait, lui disait qu'elle était malade pour éviter de le voir... Elle en avait peur...! Jusqu'à la douceur presque tendre du style de sa lettre qui était une trahison... Ce n'était pas digne d'elle! Il fallait réserver son corps pour don Víctor, mais ne devait-elle pas réserver son âme au Magistral? »

Chapitre dix-sept

Le soir de ce même jour — c'était le jour des Morts — Petra annonça à la Régente, qui se promenait dans le *Parc* au milieu des eucalyptus de Frígilis, la visite de M. le Magistral.

— Allume la lumière du petit salon, mais fais-le d'abord passer dans le jardin, dit Ana, surprise et un peu effrayée.

Le Magistral traversa la cour pour descendre dans le *Parc*. Ana l'attendait, assise sous la tonnelle. « La soirée était belle, on se serait cru en septembre; le beau temps n'allait pas durer et le ciel ne tarderait pas à déverser des trombes d'eau sur Vetusta... »

Tels furent les premiers propos échangés. Ana se troubla quand le Magistral risqua une question sur sa migraine.

« Elle avait oublié son mensonge! » Elle justifia de son mieux sa présence dans le *Parc* malgré le mal de tête.

C'était bien ce que le Magistral soupçonnait. Sa douce amie l'avait trompé.

Le prêtre était pâle, sa voix tremblait légèrement et il ne cessait de s'agiter dans le fauteuil à bascule où Ana l'avait invité à s'asseoir.

Ils continuaient à parler de banalités et Ana attendait avec crainte que don Fermín en vînt au motif de sa visite extraordinaire.

Le fait est que le motif... ne pouvait s'expliquer. Un accès de mauvaise humeur, un mouvement déplacé qu'il regrettait déjà presque et dont il ne pouvait en aucune façon décrire la cause à cette dame.

Le Camard (le prêtre qui servait de sbire à doña Paula) avait la manie d'aller au théâtre déguisé. Ce goût lui venait du temps où il faisait de l'espionnage au séminaire; le recteur l'envoyait alors au *paradis* pour dénoncer les séminaristes qui s'y trouvaient; le Camard y allait maintenant pour son propre compte. Il avait été au théâtre la veille au soir et y avait vu la Régente. Le lendemain matin, doña Paula l'apprit et, à table, au détour d'une conversation, elle sut glisser habilement la nouvelle à son fils.

— Je ne crois pas que cette dame soit allée au théâtre hier.

— Eh bien moi, je le sais de quelqu'un qui l'y a vue.

Le Magistral se sentit blessé et froissé dans son amour-propre de se voir tourné en ridicule par la faute de son amie. Il faut dire qu'à Vetusta, les cagots et le *monde dévot* tout entier considéraient le théâtre comme un divertissement interdit pendant tout le Carême et quelques autres jours de l'année; entre autres le jour de la *Toussaint.* Beaucoup de dames qui avaient une loge l'avaient désertée la veille, sans permettre à personne d'y pénétrer, pour rendre plus manifeste leur protestation. La jeune Páez n'y était pas allée et doña Petronila (c'est-à-dire Constantin le Grand), qui n'y allait jamais mais avait abonné quatre de ses nièces, leur avait aussi interdit de s'y rendre.

« Et Ana, qui passait pour la pénitente préférée du Magistral et que l'on considérait comme une dévote en exercice, était apparue au théâtre un soir interdit, faisant fi de tout, étalant son mépris des pieux scrupules puisque justement, elle ne fréquentait jamais cet endroit... Et justement ce soir-là... »

Le Magistral était sorti de chez lui très contrarié. « Pour le moment, il se moquait bien qu'elle allât ou non au théâtre, un temps viendrait où ce serait différent; mais on allait murmurer; don Custodio, l'Archidiacre, tous ses ennemis se moqueraient et feraient des gorges chaudes du peu de pouvoir que le Magistral exerçait sur ses pénitentes... Il craignait le ridicule. C'était de sa faute : il tardait trop à exiger davantage de la dévotion de doña Ana. »

Il pénétra dans la sacristie où il trouva l'Archiprêtre, l'illustre Ripamilán, disputant comme s'il se livrait à un assaut d'escrime, agitant les bras en tous sens; son adversaire était l'Archidiacre, M. Mourelo; plus serein et souriant, celui-ci soutenait que la Régente n'était pas une dévote de bon aloi, ou alors, elle n'aurait pas dû aller au théâtre un soir de Toussaint.

Ripamilán s'époumonait :

— Mon bon monsieur, les devoirs sociaux passent avant tout le reste...

Le Doyen était scandalisé.

— Oh! Oh! Pas cela, monsieur l'Archiprêtre... Les devoirs religieux... religieux... c'est...

Et, la main incertaine, il prit un peu de tabac à priser d'une boîte en nacre. Il terminait toujours ainsi les phrases compliquées.

— Les devoirs sociaux... sont en effet très respectables, dit le chanoine parent du ministre, qui avait trouvé la proposition régalienne, et par conséquent digne d'être approuvée par le cousin du ministre de la Justice du royaume.

— Les devoirs sociaux, répliqua tranquillement Gloucester, tout miel dans ses paroles lentes et bien appuyées, les devoirs sociaux, avec votre permission, sont parfaitement respectables, mais Dieu veut et consent, dans son infinie bonté, qu'ils soient toujours en harmonie avec les devoirs religieux...

— Absurde! s'exclama Ripamilán en sautant en l'air.

— Absurde! dit le Doyen, refermant sa boîte en nacre d'un coup sec.

— Absurde! affirma le chanoine régalien.

— Messieurs, les devoirs ne peuvent se contredire, le devoir social, en tant que tel, ne peut s'opposer au devoir religieux... le respectable Taparelli le dit lui-même...

— Tapa quoi? interrogea le Doyen. Ne me citez pas des auteurs allemands... Ce monsieur Mourelo a toujours été un hérétique...

— Messieurs, nous sommes hors du sujet, cria Ripamilán, nous disions donc...

— Pas tant que cela, insista Gloucester qui ne voulait pas, en présence de don Fermín, développer sa thèse du manque de religiosité de la Régente.

Il déplaça habilement la discussion sur le *terrain philosophique,* puis théologique, ce qui revenait à noyer le poisson. Ces vénérables dignités manifestaient à l'égard de la science sacrée un respect singulier qui consistait à ne jamais vouloir parler de *choses élevées.*

Le peu que don Fermín entendit en entrant dans la sacristie lui suffit pour comprendre qu'on parlait de l'affaire du théâtre. Ce qui accrut sa mauvaise humeur. « Tout Vetusta le savait, son influence morale avait perdu du crédit... et la responsable de tout cela avait la cruauté de lui refuser un rendez-vous. » Il l'avait convoquée pour lui dire qu'elle ne devait plus se confesser le matin, mais le soir, pour éviter aux bigotes de fixer sur eux une attention trop exclusive... « Vous devez vous confesser en même temps que les autres, et certains autres jours où l'on ne sait pas que je confesse; je vous en avertirai alors... et nous pourrons parler plus tranquillement. » Il avait pensé lui dire tout cela cette après-midi, et voilà qu'elle répondait que... « elle avait la migraine! » Chez Páez aussi, on lui parla du scandale du théâtre. « Des dames qui avaient promis de ne pas y aller l'avaient quand même fait; comme Ana Ozores qui pourtant n'assistait jamais au spectacle. »

Le Magistral bouillait de colère en sortant de chez Páez; le sourire moqueur d'Olvido, qui le regardait maintenant d'un œil jaloux, l'avait rendu furieux...

Et, sans penser à ce qu'il faisait, il était allé tout droit à la Place Neuve, jusqu'à la Rinconada où il avait frappé à la porte de la Régente... Voilà pourquoi il était là.

Comment expliquer un tel motif de visite?

Quand il s'aperçut qu'Ana l'avait dupé, qu'elle se portait bien et qu'elle avait eu recours au mensonge pour ne pas se rendre à son rendez-vous, sa mauvaise humeur devint colère et il n'eut pas de trop de toute la force de l'habitude pour se dominer et garder le sourire.

Quels droits avait-il sur cette femme ? Aucun. Comment s'en rendre maître si elle voulait se rebeller ? Impossible. Par la terreur de la religion ? Sornettes! Pour cette femme, la religion ne pourrait jamais être la terreur. Par la persuasion, l'intérêt, l'affection ? Il ne pouvait pas se vanter de l'avoir persuadée, intéressée et encore moins attendrie de la manière spirituelle à laquelle il aspirait. »

Rien d'autre à faire que la diplomatie. « Sois humble et tu t'élèveras. » Telle était sa devise, qui n'avait rien à voir avec la promesse évangélique.

Voyant la banalité de la conversation qui avait l'air de s'éterniser, le Magistral, ne voulant pas partir sans avoir rien fait, mit un terme à leurs propos insipides par une longue pause et un regard profond et triste vers la voûte étoilée. Il était assis à l'entrée de la tonnelle.

La nuit était tombée mais il ne faisait pas froid, ou tout au moins ne s'en apercevaient-ils pas. Quand Petra avait annoncé qu'elle avait porté de la lumière dans le petit salon, Ana lui avait répondu :

— Bien, allons-y.

Le Magistral avait dit qu'il n'était pas mauvais pour doña Ana de rester dehors, si elle se sentait mieux maintenant.

Le silence de don Fermín et son regard tourné vers les étoiles indiquèrent à la jeune femme qu'on allait aborder un grave problème.

Effectivement, le Magistral prit la parole :

— Je ne vous ai pas encore expliqué pourquoi je voulais vous voir à la cathédrale cette après-midi. Je voulais vous dire, et c'est la raison de ma venue (outre que je m'intéressais à votre santé), je voulais vous dire qu'il ne me semble pas raisonnable que vous vous confessiez le matin.

Ana l'interrogea du regard.

— Il y a plusieurs raisons à cela : don Víctor qui, d'après ce que vous m'avez dit, n'aime pas vous voir fréquenter l'église et encore moins que vous vous leviez pour y aller, s'alarmera moins si vous y allez l'après-midi... et il peut même souvent l'ignorer. Il n'y a pas tromperie en la circonstance. S'il vous interroge, vous lui dites la vérité, mais s'il se tait... vous vous taisez. Comme il s'agit d'une chose innocente, il n'y a ni duperie, ni l'ombre d'une dissimulation.

— C'est vrai.

— Une autre raison : le matin, je confesse rarement, et cette exception que je fais en votre faveur fait murmurer mes ennemis, qui sont nombreux et de toutes sortes.

— Vous avez des ennemis ?

— Oh, mon amie ! Si tu le peux, compte les étoiles, et il pointa le doigt vers le ciel, le nombre de mes ennemis est aussi innombrable qu'elles.

Le Magistral sourit comme un martyr dans les flammes.

Doña Ana se sentit la proie de terribles remords pour avoir trompé et oublié ce saint homme poursuivi à cause de ses vertus et qui ne se plaignait pas. Ce sourire et la comparaison avec les étoiles émurent l'âme de la Régente. « Il avait des ennemis! » pensa-t-elle, et elle fut envahie d'un violent désir de le défendre contre tous.

— En outre, poursuivit don Fermín, des dames se considérant comme très dévotes, et des messieurs s'estimant très pieux se plaisent à observer qui entre et qui sort des chapelles de la cathédrale; qui se confesse souvent, qui ne s'en soucie guère, combien durent les confessions... et mes ennemis tirent aussi profit de ces commérages.

La Régente rougit sans savoir pourquoi.

— En sorte que, poursuivit De Pas qui croyait inopportun d'insister sur ce dernier point, en sorte qu'il vaudrait mieux que vous veniez aux heures normales, avec les autres. Et parfois, quand vous aurez beaucoup de choses à me dire, vous m'avertirez à temps et je vous indiquerai une heure et un jour où je ne confesse pas. Personne ne le saura, car ils ne sont pas sordides au point de suivre chacun de nos pas...

Ces jours exceptionnels parurent à la Régente plus risqués que tout autre chose, mais elle ne voulut en rien s'opposer au bon don Fermín.

— Monsieur, je ferai tout ce que vous direz, j'irai quand vous me l'indiquerez, vous avez ma confiance absolue. Vous êtes le seul au monde à qui j'ai ouvert mon cœur, vous savez tout ce que je pense et tout ce que je sens... j'attends de vous la lumière dans cette obscurité qui m'entoure si souvent...

Ana s'aperçut alors que sa langue devenait pédante, indigne d'elle, et elle s'arrêta; ces métaphores sonnaient faux, mais elle ne savait exprimer autrement ses préoccupations, car elle n'osait parler avec trop de clarté.

Le Magistral, loin de penser à la rhétorique, fut rassuré d'entendre son amie parler ainsi.

Il prit de l'assurance... et parla de ce qui le mortifiait.

— Eh bien, ma fille, usant ou peut-être abusant de ce pouvoir discrétionnaire... (sourire et hochement de la tête) je vais me permettre de vous gronder un peu...

Nouveau sourire et regard soutenu, un des rares qu'il s'autorisât.

Ana eut une crainte puérile qui la rendit encore plus belle, comme ne manqua pas de le remarquer De Pas.

— Vous êtes allée au théâtre, hier.

La Régente ouvrit ses yeux tout grands, comme pour dire spontanément : « Et alors? »

— Vous savez que je suis généralement hostile aux préjugés que beaucoup de petits esprits prennent pour de la religion... Non seulement vous pouvez aller au spectacle, mais c'est bon pour vous; vous avez besoin de distractions; votre mari a bien raison de l'exiger; mais hier... c'était un jour interdit.

— Je ne m'en souvenais pas... Et je ne croyais pas que... En vérité... il ne m'a pas paru...

— C'est naturel, Anita, tout à fait naturel. Mais ce n'est pas cela. Le théâtre était hier un spectacle aussi innocent pour vous que le reste de l'année. La vérité est que la Vetusta dévote, qui est la nôtre après tout (si proche de notre façon de voir les choses, même si elle exagère quelque peu certaines idées...), eh bien, cette respectable partie de la ville considère comme un scandale le manquement à certaines coutumes pieuses...

Ana haussa les épaules. « Elle ne comprenait rien à cela... Un scandale! Alors qu'au théâtre, de grande idée en grande idée, elle était arrivée à éprouver un enthousiasme artistique et religieux qui l'avait édifiée! »

D'un seul coup d'œil, le Magistral comprit que sa cliente (« n'était-il pas médecin de l'esprit? ») refusait de prendre sa potion; et, se souvenant de l'allégorie de la côte, il se dit : « Si elle ne veut pas d'une pente trop raide, rendons-la aussi plate que possible. »

— Ma fille, le mal ne vient pas de ce que vous auriez pu perdre quelque chose; ce que vous avez fait est loin de mettre en péril votre vertu... mais... (retour au ton enjoué) et mon petit orgueil de médecin? J'aurais un malade récalcitrant... Rien de grave! On a clabaudé, on a dit que les pénitentes du Magistral ne doivent pas craindre beaucoup son autorité, du moment qu'elles assistent au *Don Juan Tenorio*, au lieu de prier pour les défunts.

— On a parlé de cela?

— Bah! Chez les sœurs de Saint-Vincent-de-Paul, chez doña Petronila (qui a pris votre défense) et même à la cathédrale. M. Mourelo mettait en doute la piété de doña Ana Ozores de Quintanar...

— En sorte que... j'ai été imprudente... et que je vous ai rendu ridicule...?

— Pour l'amour de Dieu, ma fille! Qu'allons-nous croire! Ah, cette imagination, Anita, cette imagination! Quand pourrons-nous la dominer? Ridicule! Imprudente! Les seuls actes qui peuvent me rendre ridicules sont ceux dont je suis responsable, je ne comprends pas le ridicule autrement... Vous n'avez pas été imprudente, mais innocente; vous n'avez pas pensé aux langues oisives. Tout cela n'est rien, et voyez un peu ce que peuvent m'importer quelques bavardages inconsistants... Tout cela n'était que divertissement... pour arriver à un sujet plus important, qui nous concerne de plus près : la guérison de votre esprit... dans sa partie morale. Vous savez, je suis convaincu qu'un bon médecin (mais pas M. Somoza, excellente personne au demeurant et très bon docteur) pourrait beaucoup m'aider dans ma tâche.

Pause. Le Magistral cesse de regarder les étoiles, rapproche un peu son fauteuil à bascule de la Régente et poursuit :

— Anita, quoiqu'au confessionnal j'aie l'audace de vous parler comme un médecin de l'âme, et pas seulement comme un prêtre qui lie et qui délie, pour de sérieuses raisons que vous connaissez déjà, bien que j'aie réussi à connaître d'une façon assez proche de la réalité ce qui se passe en vous... cependant, je crois... (sa voix tremblait; il avait peur d'aller trop loin) je crois... que l'efficacité de nos conversations serait plus grande si nous débattions parfois de nos affaires hors de l'église.

Anita, qui était dans l'ombre, sentit le rouge lui monter aux joues et, pour la première fois depuis qu'elle le fréquentait, elle vit en lui un homme beau et fort qui avait la réputation, parmi les gens mal pensants, d'être un coureur invétéré. Dans le silence qui suivit les paroles du Grand Vicaire, on entendit la respiration agitée de son amie.

Don Fermín continua tranquillement :

— A l'église, un je ne sais quoi impose la réserve et empêche d'analyser beaucoup de points très intéressants; nous sommes toujours pressés, et je... je dois maintenir mon caractère de juge, sans quoi je manquerais à mon devoir en ce lieu. Vous-même n'avez ni la liberté ni le temps nécessaires pour faire comprendre tout ce que vous voulez dire. Il semble en outre inutile de traiter de ce qui n'est pas péché ou n'en est que l'ébauche; faire le compte des qualités, par exemple, est presque une profanation, et on ne doit pas aborder le sujet; cependant, pour ce qui nous occupe, c'est tout aussi indispensable. Grâce à vos lectures, vous savez parfaitement que beaucoup de prêtres ayant écrit sur les mœurs et le caractère des femmes de leur époque, ont chargé le tableau d'ombres et d'obscurités... parce qu'ils parlaient de la femme au confessionnal, qui raconte ses erreurs et préfère les exagérer plutôt que de les occulter, et qui tait, comme c'est naturel en ce lieu, ses vertus et ses grandeurs. Sans sortir d'Espagne, l'Archiprêtre de Hita, Tirso de Molina et beaucoup d'autres en sont d'excellents exemples...

Ana écoutait, la bouche un peu entr'ouverte. Cet homme parlant avec la douceur d'un ruisseau courant parmi les fleurs et le sable fin la ravissait. Elle ne pensait plus aux grossières calomnies des ennemis du Magistral; elle avait oublié qu'il était un homme, et se serait assise sans crainte sur ses genoux, comme font les femmes, à ce qu'elle avait entendu dire, avec les messieurs dans les tramways de New York.

— Eh bien, enchaîna le Magistral, nous avons besoin de toute la vérité; non point seulement de celle qui est laide, mais aussi de la belle. A quoi bon soigner ce qui est sain? Pourquoi couper le membre encore utile? Je suis sûr que vous m'exposeriez ici, par exemple, sans inconvénient, beaucoup de choses dont vous n'osez pas parler dans la chapelle, je m'en suis aperçu... et ces confidences amicales, familières, elles me manquent beaucoup. En outre, vous n'avez pas seulement besoin qu'on vous censure et qu'on vous corrige, mais aussi qu'on vous encourage, qu'on loue avec sincérité et dignité l'excellence de certaines de vos idées et de vos actes que vous croyez totalement mauvais. Au confessionnal, on ne doit pas abuser de cette juste façon d'analyser qui, en vérité, est étrangère au tribunal de la pénitence... Allons, assez parlé; vous m'avez parfaitement compris dès le premier argument. Mais voici le dernier, que j'allais oublier! En parlant ainsi de nos affaires hors de la cathédrale, vous n'êtes pas obligée d'aller vous confesser souvent, et personne ne pourra dire si vous usez ou abusez de ce sacrement; et d'ailleurs, cela nous permettra, les jours de confession, d'expédier plus vite la liste de tous vos péchés.

Le Magistral était étonné de sa hardiesse. Ce plan, qu'il n'avait pas préparé, qui n'était qu'une idée vague mille fois repoussée parce que trop téméraire, avait été inspiré par la passion; il pouvait effaroucher la Régente et la faire douter des intentions de son confesseur. Après ce coup d'audace, le Magistral tremblait, attendant les paroles d'Ana.

Enthousiasmée par le projet et convaincue par l'exposé des motifs, la Régente déversa ingénument des flots de paroles, comme il lui arrivait parfois, donnant aux raisons invoquées par son ami une force nouvelle due au feu de ses idées poétiques.

« Oh, oui, c'était beaucoup mieux ! Ce qui n'empêchait pas de poursuivre dans la basilique la tâche commencée, pour donner à Dieu ce qui lui revenait. » Ana acceptait cette pieuse amitié qui s'offrait à écouter ses confidences, à donner des conseils, à la consoler de cette aridité de l'âme qui la tourmentait souvent.

Le Magistral écoutait maintenant dans le recueillement d'un silence contemplatif; il appuyait sa tête, cachée dans l'ombre, sur un barreau de fer de l'armature de la gloriette où s'enroulaient le jasmin et le chèvrefeuille; la loquacité d'Ana l'enchantait, et la profusion de mots venus du fond du cœur de cette femme exaltée parlant de ses tristesses avec l'espoir du salut, tombait goutte à goutte dans l'âme du Magistral comme une eau parfumée; la sécheresse s'effaçait, la tension devenait une douce mollesse. « Parle, parle ainsi, se disait le prêtre, bénie soit ta bouche! »

On n'entendait que la voix légère d'Ana et, de temps en temps, le bruit d'une feuille tombée ou traînée sur le sable des allées par la brise imperceptible de cette nuit.

Le Magistral et la Régente avaient perdu la notion du temps.

— Oui, vous avez cent fois raison, disait-elle, j'ai besoin d'un mot d'amitié et de soutien chaque fois que je sens cette amertume qui m'ôte toutes mes belles idées et me laisse dans la tristesse et le désespoir.

— Oh, non, pas cela, Anita! Le désespoir! Quel mot!

— Hier après-midi, vous ne pouvez vous imaginer dans quel état j'étais.

— Vous vous ennuyiez, n'est-ce pas? Les cloches?...

Le Magistral sourit...

— Ne vous moquez pas : c'était sans doute les nerfs, comme dit Quintanar, ou ce que vous voudrez, mais j'étais envahie d'un dégoût horrible, qui devait être un grand péché... Si je pouvais lutter contre...

— Il ne faut pas dire cela, coupa le Magistral, mettant dans sa voix le plus de douceur possible. Ce dégoût ne serait pas un péché si on pouvait lutter contre, ce serait un péché si l'on ne voulait pas lutter contre; mais, grâce à dieu, on veut et on peut se soigner... et c'est de cela qu'il s'agit, mon amie.

Anita, que les confessions enivraient, sachant que son confident comprenait tout, ou presque tout ce qu'elle voulait dire, se décida à avouer au Magistral *le reste*, ce qui était survenu après cette après-midi d'ennui... Elle ne cacha que ce qu'elle tenait pour une cause purement occasionnelle, elle ne parla ni de don Alvaro, ni du cheval blanc.

— Parfois, expliquait-elle, cette sécheresse tourne en larmes, en désirs de sacrifice, en résolutions charitables... vous le savez; mais hier, mon exaltation a pris une autre forme... je ne sais pas... je ne sais pas bien l'expliquer... si je le dis avec mes mots... au pied de la lettre c'est un péché, une rébellion, c'est affreux... mais pas comme je le ressentais alors...

Le Magistral écouta alors ce qui avait traversé l'âme de son amie durant ces heures de révolution, qu'Ana considérait désormais comme célèbres dans l'histoire de son esprit solitaire. Quoiqu'elle n'expliquât pas exactement ce qu'elle avait senti et pensé, il le comprenait parfaitement.

Il eut plus de mal à deviner comment don Juan Tenorio avait pu la conduire à penser à Dieu et à éprouver cette tendre et profonde piété.

« Elle était peut-être folle, mais c'était nouveau pour elle; souvent, il lui était arrivé, au milieu de spectacles n'ayant rien de religieux, de sentir peu à peu le souffle d'une piété consolatrice, des larmes d'amour divin, une infinie espérance, une charité sans limites et une foi comme une évidence... Un jour, ayant donné une peseta à un enfant pauvre pour qu'il pût s'acheter un ballon en caoutchouc semblable à ceux que se partageaient d'autres enfants, elle dut se cacher le visage pour qu'on ne la vît pas pleurer; ces larmes d'abord amères avaient pris une douce saveur grâce aux idées surgies dans son esprit, et Dieu avait visité son âme, la berçant de sa voix puissante et caressant de sa main ses amertumes profondes... C'était plus fort qu'elle! Elle était dépassée. » Et elle suppliait le Magistral de la comprendre. « Eh bien, la veille, la même chose lui était arrivée, en voyant la pauvre novice, Sœur Inés, tomber dans les bras de don Juan... Le Magistral se représentait bien cette situation si peu religieuse... eh bien, insensiblement, la pitié qu'elle éprouvait pour cette innocente amoureuse... l'avait conduite à penser à Dieu, à aimer Dieu, à le sentir tout proche... exactement comme le jour où elle avait offert un ballon de toutes les couleurs à un enfant pauvre. Qu'est-ce que cela signifiait? Elle savait trop bien que ce n'était pas une véritable piété, que de semblables élans ne la rapprochaient pas de Dieu... Il n'y avait pas que les nerfs! Était-ce l'indice inquiétant d'un esprit aventurier, exalté, déformé depuis l'enfance? »

« Il y avait de tout. » Le Magistral essayait de dominer l'exaltation que lui avait communiquée son amie et s'appliqua à parler avec calme et mesure. « Il y avait de tout. Il y avait un trésor de sentiments qui pouvait enrichir sa vertu, mais il y avait aussi un danger. La veille, le péril avait été grand (et il disait cela sans rien savoir de la présence de don Alvaro dans la loge d'Anita) et il fallait éviter le renouvellement de tels paroxysmes. »

Le Régente avait parlé d'invincibles désirs, d'envies de s'envoler au-delà des murs étroits de sa vieille maison, d'avoir des sensations toujours plus fortes, de mener une vie un peu moins végétative que celle des autres; elle avait aussi parlé d'un amour universel qui n'avait rien de ridicule, en dépit des moqueries de ceux qui ne le comprenaient pas... Elle avait même reconnu qu'il aurait été hypocrite d'affirmer qu'elle n'avait besoin, pour combler ses vœux, que de la douce affection, froide, terre à terre et distraite, de Quintanar, tout à son théâtre, à ses collections, à son ami Frígilis et à son fusil...

— Tout cela, ajouta le Magistral après en avoir fait la synthèse, est si dangereux que c'en est presque un péché.

— Oui, dit comme je l'ai dit, certes... mais comme je le ressens, non ; oh ! je suis sûre que, tel que je le ressens, rien de ce que j'ai dit n'est un péché... Ces impressions sont dangereuses, certes, mais pas coupables ! Le reste (changement de voix)... vous a un air ridicule, de romantisme stupide, vulgaire, je sais... mais ce n'est pas cela, ce n'est pas cela!

— Mais je l'entends comme vous le sentez, mon amie, non comme vous le dites, il faut me croire; je perçois les choses telles qu'elles sont... Quoi qu'il en soit, il y a un danger qui frôle le péché, pour la simple raison que c'est un danger... Laissez-moi parler, Anita, et vous verrez comme nous nous comprenons. Le danger, dis-je, est presque un péché... mais j'ajoute que ce sera péché manifeste si vous n'appliquez pas toute l'énergie et l'ardeur de votre âme à un objet digne d'elle, digne d'une femme honorable, Ana. Si nous laissons revenir tous ces accès sans avoir préparé le terrain par des tâches vertueuses et de sains exercices... ils prendront par les traverses la voie du vice, croyez-le bien, Anita. Il est très édifiant, excellent, qu'en donnant un ballon de toutes les couleurs à un enfant vous arriviez à penser à Dieu et à sentir ce que vous appelez la présence de Dieu; s'il peut y avoir un brin de panthéisme dans vos propos, ce n'est pas dangereux parce qu'il s'agit de vous, et je me chargerais, s'il le fallait, de couper ce mal à la racine; mais il n'est pas question de cela pour le moment. Il n'est ni édifiant, ni excellent, mon amie, que le spectacle d'un libertin dans la cellule d'une moniale... ou de la moniale dans les bras du libertin, chez lui, vous conduise à penser à Dieu, alors que s'étreignent ces amants sacrilèges. C'est mal, c'est mépriser le chemin naturel de la piété, mépriser avec un orgueil égoïste la saine morale que de prétendre, par des abîmes, des bourbiers et autres pourritures, accéder aux régions que les justes atteignent par des voies fort différentes. Excusez ma sévérité : à cette heure, elle est indispensable.

Le Magistral fit une pause pour observer si Ana avait du mal à gravir cette pente qu'il mettait sur sa route.

Ana se taisait, méditant les paroles de son confesseur, recueillie, sérieuse, abîmée dans ses réflexions. Inconsciemment, elle lui savait gré de cette énergie, appréciant cette opposition et préférant les phrases fortes, presque dures, du Magistral, à n'importe quel éloge ou flatterie.

Il décida de donner du mou et poursuivit :

— Il est nécessaire et urgent, très urgent, d'exploiter ces tendances bénéfiques, cette pieuse prédisposition, que j'appellerai ainsi désormais parce que ce n'est pas le moment de vous expliquer les degrés et les embûches qui parsèment les chemins conduisant à la grâce, matière éminemment délicate et dangereuse... Je disais qu'il fallait exploiter ces tendances à la piété et à la contemplation, très anciennes chez vous puisqu'elles remontent à votre enfance, au bénéfice de la vertu... et par le truchement de saintes activités. Voilà le pourquoi de beaucoup d'occupations du chrétien, le pourquoi du culte extérieur, plus visible et pompeux dans la véritable religion que dans les froides pratiques protestantes. Il vous faut des buts qui vous suggèrent la sainte idée de Dieu, des activités qui vous emplissent l'âme d'une pieuse énergie et nourrissent votre instinct, comme vous dites, d'amour universel... Eh bien, tout cela, ma fille, peut s'obtenir, se réussir et s'accomplir dans la vie apparemment ordinaire et même ridicule, comme dirait doña Obdulia, d'une femme pieuse; d'une... *bigote,* pour employer le vilain mot, le mot *scandaleux.* Oui, mon amie (le Magistral riait en prononçant ces paroles), ce qu'il vous faut, c'est apaiser cette soif d'amour infini... c'est devenir *bigote.* Et maintenant, c'est moi qui exige que vous me compreniez, sans garder la lettre pour en saisir l'esprit. Il faut être bigote, autrement dit, il ne faut pas se contenter de se décréter religieuse, chrétienne et vivre comme ces païens, persuadés que l'essentiel est au fond, et que les menus détails du culte et de la discipline sont destinés aux esprits petits et étriqués; non, ma fille, non, l'essentiel, c'est tout; la forme est aussi le fond; et il paraît naturel que Dieu dise à une femme qui prétend l'aimer : « Ma fille, pour te souvenir de moi, tu n'as pas besoin que Zorrilla ait eu l'idée de dépeindre les amours d'une nonne et d'un libertin; viens dans mon temple où tes sens trouveront de quoi inciter ton âme à la prière, à la méditation et à ces actes de foi, d'espérance et de charité qui constituent en somme tout mon culte... »

En entendant ce langage familier, presque facétieux, sur des sujets tellement élevés et sublimes, Anita sentit monter en même temps le rire et les larmes, et elle pleura en riant, comme Andromaque.

La nuit tombait rapidement. La tour de la cathédrale, épiant de loin les interlocuteurs de la gloriette à travers la brume qui commençait à s'élever de ce côté-là, lança trois coups de cloche en forme d'avertissement. Elle pensait qu'ils en avaient assez dit. Mais ils n'entendirent pas le signal de la tour qui les surveillait.

Petra, dans l'ombre de la cour, s'exclama in-petto :

— Huit heures moins le quart! Et ils n'ont pas l'air de vouloir se taire...

La femme de chambre brûlait de curiosité, hasardait quelques pas sur la pointe des pieds vers la tonnelle en évitant de marcher sur les feuilles sèches pour ne pas faire de bruit, mais elle avait peur d'être vue et reculait jusqu'à la cour d'où elle ne percevait qu'un murmure, et pas les paroles. Elle entendit Anselmo ouvrir la porte du couloir et son maître monter. Petra courut à sa rencontre. S'il demandait où était Madame, elle était prête à mentir, à dire qu'elle était au deuxième étage, au grenier, n'importe où, accomplissant une quelconque tâche domestique; elle avait décidé, de son propre chef, de passer sous silence la visite du Magistral; elle pensait que le moment était venu d'aller au-devant des désirs de sa maîtresse et de son ami don Fermín. « Ne lui avait-on pas fait porter des lettres *sans qu'il fût nécessaire de le dire à don Víctor*? Alors, à quoi bon lui rapporter qu'ils faisaient la causette depuis plus d'une heure sous la tonnelle, et dans le noir ? »

Quintanar ne s'enquit pas de sa femme; ce n'était pas nouveau; il l'oubliait souvent, surtout quand il avait quelque chose en train. Il demanda de la lumière au bureau, s'assit à sa table, tria livres et papiers et posa un paquet qu'il portait sous son bras. C'était une machine servant à charger les cartouches de fusil. Il venait de parier avec Frígilis qu'il faisait tant de douzaines de cartouches en une heure et il était prêt à en faire la preuve. Il ne pensait à rien d'autre. La lumière arriva. Quintanar regarda Petra avec des yeux pénétrants tant ils étaient distraits. La servante se troubla.

— Écoute...

— Monsieur... ?

— Rien... Écoute...

— Monsieur... ?

— Cette horloge marche ?

— Oui, Monsieur, vous l'avez remontée hier...

— Donc, il est bien huit heures moins dix ?

— Oui, Monsieur...

Petra tremblait, mais elle était toujours résolue à mentir si on l'interrogeait sur sa maîtresse.

— Bien. Va-t'en.

Et don Víctor se mit à bourrer rapidement une cartouche après l'autre.

Pendant ce temps, le Magistral avait longuement expliqué ce qu'il entendait par une vie de bigote.

« Il était temps qu'Ana prît le chemin de la perfection ; on pouvait considérer les travaux préparatoires comme terminés ; d'autres fréquentaient l'église, les confréries et autres lieux ordinaires de la vie dévote avec un esprit routinier ôtant toute efficacité à ces pratiques pieuses, dans la perspective d'une perfection morale; mais Ana pouvait tirer profit de ces mêmes lieux et activités pour trouver une occupation digne de son âme. Qu'avait été sainte Thérèse? Une moniale, fondatrice de couvents; combien d'autres n'avaient été que des femmes ordinaires? La vie d'une bonne sœur peut aussi sombrer dans la routine, être de peu de mérite aux yeux de Dieu et impuissante à satisfaire les élans d'une âme ardente. Et pourtant, la vie de cloître n'avait-elle pas donné un monde immense et un univers lumineux à cette sainte femme? La grande activité est en nous-mêmes, si nous en sommes capables. Mais il faut en rechercher les opportunités dans une vie saine. Anita devait désormais assister aux cérémonies du culte; écouter davantage de sermons, plus de messes, participer aux neuvaines, entrer dans la Société des sœurs de Saint-Vincent-de-Paul comme membre actif, visiter et veiller les malades, s'occuper du catéchisme; au début, elle trouverait peut-être ces occupations pesantes, inconsistantes, vulgaires, à l'opposé de la vie qui mène à la piété pure, mais elle finirait par prendre plaisir à ces humbles besognes; elle pénétrerait les charmes mystérieux de la prière et des cultes publics, simples passe-temps aux yeux des âmes tièdes et de la foule ordinaire des fidèles qui ne perçoivent les rites de l'Église qu'avec leurs sens, et elle comprendrait enfin ce que ce spectacle a d'édifiant pour qui éprouve une foi profonde. »

— Vous verrez, ajoutait le Magistral, un jour viendra où vous n'aurez plus besoin de Zorrilla ni d'aucun autre poète au monde pour verser des larmes de tendresse et vous élever, d'une idée à l'autre, comme vous dites, jusqu'à la sainte idée de Dieu. Oh, mon amie, l'Église sait si bien trouver le chemin de nos cœurs! Vous verrez, vous verrez comme vous allez reconnaître facilement la sagesse de Notre Mère dans beaucoup de rites, de cérémonies et de pompes du culte qui peuvent vous paraître encore indifférents et sans intérêt! Nos fêtes! Quelle belle chose, ma chère fille! Quand viendra Noël, par exemple, vous emploierez votre puissante imagination à faire de la Naissance de Jésus une scène de poésie pure... Ce que vous preniez pour de vulgaires cantiques redeviendront pour vous de grands poèmes, des sources de tendresse, et vous pleurerez en pensant à l'Enfant Jésus... Et vous me direz alors si ces larmes sont moins douces et fraîches que celles que vous tirait hier soir ce brave don Juan Tenorio...

— N'allez pas aux sermons de n'importe qui, continua De Pas, encore que, parfois, la parole d'un pauvre curé de campagne contienne dans sa fruste simplicité des trésors de vérité, des enseignements admirables dans leur laconisme, des traces d'une philosophie profonde et sincère, de nouvelles paraboles dignes de la Bible; mais comme cela se produit rarement, il vaut mieux entendre des orateurs confirmés. Écoutez votre évêque les jours où il veut s'en donner la peine... Écoutez... les prédicateurs de qualité... Et si ce n'était une vanité intolérable, j'ajouterais : écoutez-moi les jours où Dieu permet que je ne m'exprime pas mal du tout. Oui, car s'il est des choses impossibles à prononcer en chaire, exigeant le confessionnal ou le ton familier de la conversation, il en est d'autres qui requièrent le prêche et qu'il serait ridicule de se dire en tête à tête... par exemple, ces vagues et prétendues visions de Dieu dans votre esprit sur lesquelles je dois vous mettre en garde... et qui ont, ma fille, un relent de panthéisme, sans que vous vous en rendiez compte.

Le Magistral parla encore, exposant le plan de la vie dévote à laquelle son amie devait se livrer corps et âme dès le lendemain, et conclut en abordant avec un soin particulier la question des lectures.

Il recommanda surtout la vie de quelques saints, les œuvres de sainte Thérèse et d'autres mystiques.

« Il suffit de lire la vie de ce docteur de l'Église, celle de Marie de Chantal, sainte Jeanne-Françoise, en apprenant bien sûr à lire entre les lignes pour se perfectionner, mais cela viendra plus tard. Au début, le découragement causé par la comparaison entre sa propre vie et celle des saints est un grand danger. Malheur à vous si vous perdez pied parce que, d'après sainte Thérèse, beaucoup d'actes que vous croyiez dignes d'éloges sont des péchés ! Vous connaîtrez la honte de découvrir la grande vanité de se croire bonne bien avant de l'être, de prendre pour la voix de Dieu ce que la sainte appelle la voix du diable... mais il ne faut pas s'attarder sur ces passages... Pas de comparaisons... il faut continuer la lecture... et vivre quelque temps dans une saine discipline... Puis, retour au livre, qui chaque fois sera meilleur et donnera plus de fruits.

« Si nous voulons devenir une sainte Thérèse, adieu à tout cela ! On voit l'infinie distance et on ne se met pas en route. Où l'on doit aller ? Cela, Dieu le dira plus tard ; pour le moment, il faut marcher en avant, c'est ce qui compte.

« Et avec tout cela, faut-il se revêtir d'étamine, avoir un visage contrit, toujours baissé, faut-il persécuter son mari, établir chez soi l'inquisition, fuir les promenades et refuser le commerce du monde ? Dieu nous en préserve, Anita, Dieu nous en préserve... La paix du foyer n'est pas un jeu... Et la santé ? La santé du corps, qu'en faisons-nous ? N'était-il pas question de suivre un traitement ? Ne parlions-nous pas de l'esprit et de ses remèdes ? Eh bien, le corps veut du grand air, d'honnêtes distractions, et tout cela doit continuer avec la fréquence nécessaire que dicteront les circonstances. »

Une rafale glacée fit frissonner la Régente et souleva un tourbillon de feuilles sèches à l'entrée de la tonnelle. Le Magistral sauta sur ses pieds, comme si on l'avait pincé :

— Fichtre ! s'écria-t-il d'une voix effrayée, il doit être très tard. Nous sommes restés ici à parler... parler...

« Il n'aimerait pas que don Víctor les surprît à cette heure dans le parc, seuls sous la tonnelle, à la lueur des étoiles... » Mais il se garda bien d'exprimer cette pensée tout haut. Il sortit de la gloriette en parlant fort, pas trop fort pourtant, comme s'il n'avait pas peur, mais un peu quand même, de faire du bruit.

Ana sortit derrière lui, absorbée, ayant oublié que le monde était fait de maris, de jours, de nuits, d'heures et de lieux inconvenants pour s'entretenir seule à seul avec un beau et robuste jeune homme, fût-il prêtre.

Le Magistral fit semblant de se tromper et se dirigea vers la porte de la cour, alors qu'il aurait paru naturel de gravir les escaliers de la galerie et de traverser les appartements de Quintanar.

Petra était dans la cour, comme une sentinelle, à l'endroit même où elle avait reçu le Grand Vicaire.

— Monsieur est rentré ? demanda la Régente.

— Oui, Madame, répondit la femme de chambre à voix basse; il est dans son bureau.

— Voulez-vous le voir ? dit Ana en se tournant vers le Magistral.

Don Fermín répondit :

— Avec grand plaisir...

« Ils dissimulent, ils dissimulent avec moi! » pensa Petra furieuse.

— Avec grand plaisir... s'il n'était aussi tard... J'aurais dû être à l'Évêché à huit heures... et huit heures et demie vont sonner... je ne peux m'arrêter... saluez-le de ma part.

— Comme vous voudrez.

— D'ailleurs, il doit être plongé dans ses travaux... je ne veux pas le distraire... je vais sortir par ici... Bonne nuit, madame, une très bonne nuit.

« Ils dissimulent », pensa encore Petra, tandis qu'elle ouvrait la porte menant au vestibule.

Le Magistral s'approcha alors de la Régente et lui glissa rapidement à voix basse :

— J'avais oublié de vous signaler que... le lieu le mieux approprié pour... se voir... c'est chez doña Petronila. Nous en reparlerons.

— Bien, répondit la Régente.

— J'y ai réfléchi, c'est le meilleur endroit.

— Oui, oui, vous avez raison.

Ana monta l'escalier principal et don Fermín franchit le portail. Il s'arrêta à la porte et regarda Petra tandis qu'il s'enveloppait dans sa cape, et la vit les yeux fixés au sol, une grande clé dans la main, attendant son départ pour fermer. On aurait dit la statue de la discrétion. De Pas lui tapota l'épaule familièrement et lui dit en souriant:

— Le temps s'est rafraîchi, ma fille.

Petra le regarda dans les yeux avec toute la grâce qu'elle put, sans se départir de son humble attitude.

— Tu es satisfaite de tes patrons ?

— Doña Ana est un ange.

— Je veux bien le croire. Adieu, ma fille, adieu; monte, monte, il y a des courants d'air... et tu es toute rouge... tu dois avoir chaud...

— Sortez, sortez donc, et ne vous inquiétez pas pour moi.

— Allons, ma fille, tu peux fermer.

— Mais non, si je ferme vous ne verrez rien jusqu'au coin...

— Merci beaucoup... Adieu, adieu.

— Bonsoir, don Fermín.

Petra prononça ces mots tout bas, en sortant la tête dehors, puis elle ferma soigneusement en prenant garde de ne faire aucun bruit.

« Don Fermín! se dit le Magistral, pourquoi m'appelle-t-elle don Fermín ? Qu'est-ce qu'elle s'imagine ? Allons, il vaut mieux... Oui, il vaut mieux. Il vaut mieux l'avoir dans sa poche, comme l'autre. »

L'autre était Teresina, sa servante.

Petra monta et entra dans le couloir d'Ana sans avoir été appelée.

— Que veux-tu ? interrogea sa maîtresse, qui s'était enveloppée dans son châle parce qu'elle avait très froid.

— Monsieur ne m'a pas demandé où vous étiez. Je ne lui ai pas dit... que don Fermín était là.

— Qui ?

— Don Fermín.

— Ah bon, bon!... Pourquoi ? Quelle importance ?

Petra se mordit les lèvres et fit demi-tour en murmurant :

« Orgueilleuse! Si tu t'imagines que nous n'avons pas des yeux... ? Ah! si je ne voulais pas... mais je le fais pour l'autre... »

Oui, Petra le faisait pour l'autre, pour le Magistral, à qui elle voulait plaire à tout prix. La blonde lubrique avait son plan.

Don Víctor se présenta une demi-heure plus tard devant sa femme, les joues et le front couverts de taches de poudre.

Il ne sut rien de la visite nocturne du Magistral. « Il n'a rien demandé : à quoi bon lui en parler ? »

Le lendemain matin, avant le lever du soleil, Frígilis pénétra dans le parc des Ozores par la porte de derrière, grâce à la clé qu'il conservait pour son usage personnel. L'ami intime de Quintanar était le dictateur de ce peuple d'arbres et d'arbustes. Quand il n'allait pas chasser, le sieur Crespo passait ses journées à parcourir ses *domaines,* comme il appelait le parc de Quintanar; il taillait, greffait, plantait ou transplantait, au gré des saisons et des circonstances. Il était interdit à tout le monde, y compris au propriétaire de ce bois, de toucher à la moindre feuille. Dans ce lieu, Frígilis était le maître. En entrant, il se dirigea vers la tonnelle. Il se souvenait avoir laissé sur la table en marbre ou sur un banc, enfin, là-bas, des semences qu'il avait préparées pour les envoyer à une exposition de floriculture. En cherchant, il trouva au fond d'un fauteuil à bascule un gant de soie violette au milieu des semences en vrac éparpillées sur la paille et sur le sol.

Il lâcha un juron bien du matin et saisit le gant entre deux doigts, l'élevant à hauteur des yeux.

— Qui diable est venu ici? demanda-t-il aux brises matinales.

Il mit le gant dans sa poche, ramassa les graines que le vent n'avait pas emportées, et se remit à sélectionner très soigneusement chaque grain. Il s'agissait d'une espèce tout à fait singulière de pensées monochromes, une de ses inventions.

Quand il entendit du bruit dans la maison, il appela à grands cris :

— Anselmo, Petra, Servanda, Petra...!

Petra apparut, les mèches en désordre, vêtue d'une camisole, à peine couverte d'un vieux châle de sa maîtresse. On aurait dit l'Aurore aux longs cheveux d'or ; mais Frígilis, de mauvaise humeur, interpella ladite Aurore :

— Dis donc, coquine, quel est le diable d'évêque qui vient ici la nuit mettre à mal mes semences... ?

— Que dites-vous, je ne comprends pas? répondit Petra de la cour.

— Je dis qu'hier j'ai quitté le jardin à la nuit tombante après y avoir laissé des semences enveloppées dans du papier... et je les retrouve maintenant par terre, et un gant de chanoine dans un fauteuil... Qui est venu ici cette nuit?

— Cette nuit! Vous rêvez, don Tomás.

— Tonnerre de Dieu! Cette nuit, te dis-je...

— Voyons ce gant...

— Tiens, répondit Frígilis en le lui jetant de loin.

— Mais... Ah, comme c'est drôle! Ha, ha, ha... vous parlez d'un chanoine... Vous ne connaissez rien à la mode, don Tomás... Vous prétendez que c'est un gant de chanoine... ?

— A qui d'autre veux-tu que ce soit?

— A ma maîtresse... voyez la main... comme elle est petite... A moins qu'il y ait aussi des *chanoinesses.*

— Maintenant, on porte des gants violets?

— Bien sûr... avec des robes de certaines couleurs...

Frígilis haussa les épaules.

— Mais mes graines, mes graines, qui me les a éparpillées?

— Le chat, c'est évident, le petit chat, Brunet, qui a dû aussi emporter le gant sous la tonnelle... il est si chapardeur...!

Un chardonneret se mit à chanter dans la volière de Quintanar.

— Le chat! Le Brunet...! dit Frígilis en hochant la tête, comment cela... un chat...

Un sourire séraphique illumina soudain son visage et, se tournant vers Petra, il montra la galerie :

— C'est mon mâle! C'est mon mâle! Tu entends? J'en suis sûr... C'est mon mâle...! et ton maître qui disait... que son canari... allait chanter le premier... tu entends...? Tu entends? C'est mon mâle, je le lui ai prêté quinze jours pour qu'il le voie gagner... c'est mon mâle!

Oubliés, le gant et le chat : Frígilis était en extase devant le ramage strident, frais et joyeux du chardonneret de son cœur.

Petra cacha dans son sein de neige ferme le gant violet du Magistral.

Chapitre dix-huit

Des nuages sombres et opaques venus de l'ouest, aussi larges que des steppes, s'accrochaient aux crêtes du Corfín, se déchiraient et déversaient des trombes d'eau sur Vetusta ; la pluie tombait en diagonales vertigineuses, coups de fouet furibonds d'un châtiment biblique ; ou bien elle se répandait nonchalamment en minces et paisibles filets verticaux. Puis d'autres nuages arrivaient, et d'autres encore, qui ressemblaient aux précédents, comme s'ils avaient fait le tour du monde avant de se déchirer à nouveau sur le Corfín. La terre fongueuse se décharnait comme le squelette de Job ; la brume lente et épuisée se laissait entraîner au-dessus de la montagne, telle un panache de duvet gris, par le vent paresseux ; la campagne nue et engourdie s'étendait au loin, immobile comme le cadavre d'un naufragé ruisselant de l'eau des vagues qui l'ont poussé sur la grève. La tristesse fatale et accablée de la pierre transpercée par une goutte éternellement répétée était la muette expression de ces vallées et de ces monts : la nature, comme morte, s'attendait à voir son corps inerte et inutile se dissoudre dans l'eau. La tour de la cathédrale surgissait de l'horizon caligineux comme le mât d'un navire submergé. La désolation des champs était résignée, poétique dans sa douleur silencieuse ; mais la tristesse de la cité noirâtre dont l'humidité crasseuse suintait à travers les toits et les murs lézardés paraissait mesquine, répugnante et criarde, comme la mélopée d'un pauvre hère. Elle dérangeait, n'inspirant pas la mélancolie mais un morne désespoir. Frígilis préférait se tremper en rase campagne et entraînait avec lui Quintanar, loin de Vetusta, au bord de la mer, dans les prairies et les marais solitaires de Palomares et Roca Tajada, courant par monts et par vaux, poursuivant perdrix et bécasses dans les futaies des vertes collines et débusquant dans les plaines dégagées des butors plaintifs et mélancoliques, des nuées d'étourneaux, des grives d'eau, des canards marins et des vols noirs de vanneaux diligents. Don Víctor partait pour ces lointaines expéditions avec l'autorisation de son épouse. Ils partaient au point du jour par le train omnibus, arrivaient à

Roca Tajada une heure plus tard et revenaient à Vetusta à dix heures du soir chargés de bouquets de plumes et trempés comme des soupes. Dans les marais de Palomares, don Víctor regrettait le théâtre. « Si le train pouvait repartir deux heures plus tôt, ce ne serait pas plus mal! » Frígilis ne regrettait rien. Sa dévotion à la chasse, à la vie en plein air, à la campagne, à la mélancolique et douce solitude, était profonde et sans rivale : Quintanar faisait cohabiter cette passion avec son goût pour le théâtre. Au spectacle, Frígilis s'ennuyait et s'enrhumait. Il avait horreur des courants d'air et ne se considérait en sécurité qu'au milieu des champs, qui n'ont pas de portes.

La vocation de Crespo était profonde et bien définie : la nature; quant à Quintanar, il vieillissait et ne savait toujours pas « quel était son destin sur terre », comme il disait, utilisant le langage de l'époque romantique dont il avait gardé quelques tournures. L'esprit de l'ex-régent était une cire molle : il prenait toutes les formes et en adoptait facilement de nouvelles. Il croyait être un homme énergique, parce qu'il s'exprimait parfois, chez lui, sous une forme impérative, comme un édit municipal; mais il n'était en réalité qu'une pâte dont les autres faisaient ce qu'ils voulaient. Voilà pourquoi son courage n'avait jamais eu l'occasion de se manifester en se mesurant à un désir contraire. Il soutenait qu'on faisait chez lui ses quatre volontés, sans s'apercevoir qu'il finissait par vouloir ce que les autres avaient déterminé. Si Ana Ozores avait eu un caractère dominateur, don Víctor se serait retrouvé dans la triste condition d'esclave : par chance, la Régente laissait son bonhomme d'époux au hasard de ses caprices, se contentant de lui refuser toute ingérence dans ses propres goûts et intérêts. Le fameux programme de distractions, bonne humeur et activités débordantes publié par Quintanar à cor et à cri, n'était appliqué par Ana que dans les parties qui lui convenaient, et quand elle le désirait; si elle préférait rester chez elle et se perdre dans ses rêves, don Víctor, qui avait promis et même juré de ne pas céder, était obligé de reculer; se ménageant une retraite honorable, il feignait de transiger et, pour sauvegarder son honneur d'homme énergique et de maître de maison, il poussait l'audace jusqu'à grogner un peu, entre ses dents, quand plus personne ne l'entendait. Les domestiques lui imposaient leurs caprices, à son insu. Il avait été vaincu jusque dans la salle à manger. Amateur, en bon Aragonais, de plats épicés, de vins forts et d'une table bien garnie, il y avait peu à peu renoncé, sans s'en apercevoir, et mangeait maintenant beaucoup moins, subissant les mets plus fantastiques que succulents qu'aimaient sa femme. Non que cette dernière les imposât, mais les cuisinières préféraient plaire à leur maîtresse en qui elles reconnaissaient une vraie volonté, alors que Monsieur était un prêcheur qui les assommait de sermons incompréhensibles. Jusque dans son style, on remarquait le manque de caractère de Quintanar. Il s'exprimait comme le journal ou le livre qu'il venait de lire, et les tours, les inflexions de voix et certaines qualités de son art oratoire, qui passaient pour les signes d'une *manière* originale, n'étaient que les vestiges d'activités et de goûts révolus. Ainsi lui arriva-t-il de parler comme le Tribunal Suprême prononçant ses sentences et d'utiliser, dans la conversation courante, le vocabulaire juridique le plus technique : c'était tout ce qui restait en lui de l'ancien magistrat. Le contraste entre son métier et ses goûts n'avait pas peu contribué à lui ôter originalité et résolution. Il était hors de doute qu'il était né pour être comédien ambulant, ou mieux, pour jouer dans un théâtre amateur. Si l'organisation de la société lui avait permis de gagner sa vie en faisant une carrière d'acteur dans ces conditions, il le serait resté jusqu'à sa mort et aurait *travaillé* (une expression à lui) aussi bien que n'importe lequel de *ces autres jeunes premiers* qui parcourent les capitales de province comme des colporteurs.

Mais don Víctor comprit qu'en Espagne, le comédien ne vit de son honnête travail que s'il n'a pas honte d'offrir son art au public dans des compagnies professionnelles; il comprit aussi qu'il lui fallait, le temps passant, *créer une famille,* et il entra à contrecœur dans la carrière judiciaire. La chance et les bonnes relations de sa famille le firent monter en grade rapidement et il devint magistrat, puis régent du Tribunal de Grenade, à un âge où il se sentait encore capable de jouer *l'Alcade de Zalamea* avec toute l'énergie requise par le rôle. Mais il avait l'épine plantée au cœur : il reconnaissait que la charge de magistrat est des plus délicates, sa responsabilité immense, mais lui... « il était un artiste avant tout ». Il détestait les procès, aimait les planches mais ne pouvait y monter *dignement*! C'était son tourment intérieur. S'il avait pu jouer la comédie, il n'aurait sans doute rien fait d'autre dans sa vie, mais comme cela lui était interdit par sa position et bon nombre d'autres considérations aussi sérieuses, il cherchait d'autres moyens de satisfaire son envie d'être un peu plus qu'un rouage du pouvoir judiciaire, cette complexe machine; aussi était-il chasseur, botaniste, inventeur, ébéniste, philosophe, bref, tout ce que son ami Frígilis et les caprices du hasard voulaient faire de lui.

Au bout de tant d'années d'intimité, Frígilis avait forgé son cher Víctor à son image et à sa ressemblance, dans toute la mesure du possible. Quintanar quittait un état de servitude domestique insoupçonné pour se mettre sous le joug dictatorial, quoique éclairé, de Tomás Crespo, cette part de lui-même, qu'il aimait peut-être autant que sa chère Anita. Leur sympathie était née d'une passion commune : la chasse. Mais jusqu'alors, la chasse, pour notre Aragonais, n'était qu'un exercice d'homme primitif; il chassait sans savoir ce qu'étaient réellement les perdrix, les lièvres et les lapins; Frígilis étudiait la faune et la flore du pays, au hasard des chemins, tout en faisant force méditations philosophiques sur la nature. Crespo parlait peu, et moins encore à la campagne; il n'aimait pas discuter, se contentant de l'affirmation laconique de ses opinions, sans se soucier de convaincre ses auditeurs. Ainsi, la philosophie naturaliste de

Frígilis se déposa dans l'âme de Quintanar comme par sédimentation : son cerveau s'imprégna peu à peu des idées de ce *brave homme* dont les Vétustains disaient qu'il était *toqué,* un peu idiot.

Frigílis méprisait l'opinion de ses concitoyens et s'apitoyait sur leur faiblesse d'esprit. « L'humanité était mauvaise, mais ce n'était pas de sa faute. L'*oïdium* s'attaquait à la vigne, la *pyrale* ravageait le maïs, les pommes de terre avaient leur maladie, les vaches et les porcs la leur; le Vétustain avait la jalousie, son *oïdium,* et l'ignorance, sa *pyrale,* qu'y pouvait-il ? » Frígilis excusait tous les écarts, pardonnait tous les péchés, se méfiait de la contagion et tâchait d'en préserver le peu de gens qu'il aimait. Il visitait peu de maisons et beaucoup de jardins; ses connaissances profondes et son habileté pratique en matière d'arboriculture et de floriculture en avaient fait l'arbitre de tous les *parcs* et jardins de la ville; il connaissait feuille à feuille le verger du marquis de Corujedo, avait planté des arbres dans celui de Vegallana, visitait parfois le jardin anglais de doña Petronila; mais il ne connaissait même pas de vue Constantin le Grand, l'évêque-mère, n'avait jamais pénétré dans le boudoir de doña Rufina et ne rencontrait le marquis de Corujedo qu'au Cercle. Il s'entendait bien avec les jardiniers. Dès l'irruption des pluies d'hiver, après l'ironique été de la Saint-Martin, Vetusta lui devenait insupportable et il passait dans ses murs le minimum de temps indispensable pour s'occuper de ses arbres et de ses fleurs.

Quintanar le suivait, mort de sommeil, engoncé dans son uniforme de chasseur dont Frígilis se moquait fort, lui qui portait les mêmes habits dans les bois et à la ville, et les mêmes chaussures blanches aux semelles renforcées et cloutées. Ils montaient dans une voiture de troisième classe, parmi les paysans frais, joviaux et enluminés; Quintanar sommeillait, sa tête heurtant les dures parois en planches; Frígilis distribuait ou acceptait de grosses cigarettes ; plus bavard qu'à Vetusta, gai et expansif, il conversait avec les fils des champs, des récoltes de l'année et des nuages d'antan ; si la conversation dégénérait, si on commentait des procès, il faisait la grimace et se retirait des discussions pour s'abîmer dans la contemplation du paysage présentement triste mais toujours aimable pour celui qui le connaissait pouce à pouce.

Ana enviait son mari de pouvoir sortir de Vetusta pour aller se tremper dans les collines et les marais, seul, loin de ces toits d'un rouge noirâtre qui transformaient en immondices les eaux tombées du ciel.

« Ah, oui! Elle était prête à rechercher le salut de son âme par le chemin sûr de la vertu; mais comme elle aurait préféré ouvrir son esprit à ces grandeurs religieuses sur une scène plus digne d'une poésie si sublime! Qu'il était difficile d'admirer la création pour s'élever à l'idée du Créateur dans cette Encimada taciturne, imprégnée d'humidité jusqu'au fond de ses os de pierre et de bois vermoulu; aux rues étroites rongées d'herbe (herbe joyeuse de la campagne, ici symbole d'abandon!), sans cesse léchées par les gouttières tombant des toits avec un bruit monotone et éternel sur les galets pointus...! »

La Régente ne comprenait pas comment Visitación pouvait aller d'une maison à l'autre, toujours joyeuse, souriante, sans craindre l'eau et moins encore la fange du ruisseau... sans même se rendre compte qu'il pleuvait, sans même s'apercevoir que, contre toute attente, le ciel était un suaire au lieu d'un grand manteau bleu. Pour Visita, le temps ne changeait jamais, elle ne lui accordait aucune attention et n'y voyait qu'un sujet de conversation dans ses visites de politesse.

La banquière, telle une bergeronnette, sautait de pierre en pierre, évitait les flaques, laissant voir au passage un pied assez bien chaussé, des jupons d'une propreté relative et même un bout de cheville digne des meilleurs bas. La pluie ne parvenait pas à décourager Obdulia en la confinant chez elle : toujours gaie et démonstrative, elle courait de porte en porte, défiant les averses les plus dures, riant à plein gosier dès qu'une goutte indiscrète mouillait sa gorge palpitante et tiède ; il fallait voir avec quel art ses dessous franchissaient ces bourbiers menaçants avec un instinct d'hermine, dessous immaculés, dentelles de neige, dessins et feuillages bruissants de mousse de Hollande, et tentation de Bermúdez, l'archéologue spiritualiste.

Ana remarquait avec tristesse, presque avec envie, qu'en général les Vétustains se résignaient sans trop de mal à cette vie sous-marine qui durait une grande partie de l'automne et de l'hiver et presque tout le printemps. Chacun faisait son trou et se réjouissait autant que Frígilis de pouvoir s'échapper vers les plaines du bord de mer pour se mouiller à son aise.

Plus il pleuvait, plus la marquise de Vegallana se levait tard; dans sa couche blindée contre les plus violentes attaques du froid, elle savourait des plaisirs qu'elle ne savait expliquer, en lisant, bien emmitouflée, des récits de voyages au pôle, de chasses à l'ours, et autres romans se déroulant en Russie ou au moins en Allemagne du Nord. Le contraste entre la douce chaleur qui l'envahissait quand elle était immobile et les grands froids qu'enduraient les héros de ses livres, les longs voyages qu'ils entreprenaient autour du globe, était la plus grande jouissance que pût s'offrir doña Rufina en fin d'année. Écouter la pluie fouettant les carreaux à l'extérieur et s'attendrir sur un pauvre enfant perdu dans les glaces... Quels délices pour l'âme tendre, *à sa façon,* de Madame la Marquise!

— Je ne suis pas sentimentale, disait-elle à don Saturnino Bermúdez qui l'écoutait en tordant le cou, le visage fendu d'un sourire vissé sous chaque oreille, je ne suis pas sentimentale, c'est-à-dire que je n'aime pas la sensiblerie... mais en lisant certaines choses, je me sens devenir bonne... je m'attendris... je pleure... mais je ne m'en vante pas.

— C'est le don des larmes, dont parle sainte Thérèse, madame, répondait l'archéologue; et il soupirait comme s'il avait bouclé à double tour le tiroir de ses secrets sentimentaux.

Le Marquis faisait comme les chats en janvier. Il disparaissait pendant de longues périodes de Vetusta. Il disait qu'il allait préparer les élections. Mais ses *intimes* l'avaient entendu déclarer, en petit comité, après un bon repas, à l'heure des aveux, qu'il n'y avait pas de meilleur aphrodisiaque pour lui que le froid. « Même les fruits de mer ne produisent pas sur moi l'effet de l'eau et de la neige. » Et comme ses aventures étaient toutes rurales, le brave Vegallana partait à l'assaut des éléments, parcourant des hameaux dans sa voiture, bravant la boue, le gel et la neige. C'était sa façon de préparer les élections, en se mettant à la recherche de voix pour un avenir lointain, selon la phrase picaresque de don Cayetano Ripamilán, toujours prêt à pardonner ce genre de fredaines.

Les réceptions de la Marquise devenaient florissantes dès que le temps tournait à la pluie. Ceux qui avaient le privilège enviable et envié de pénétrer dans cette étuve parfumée bénissaient les orages qui servaient de prétexte pour fréquenter tous les soirs le salon de doña Rufina. Que faire d'autre ? Où aller ? Dans la cheminée se consumaient les forêts séculaires des domaines du Marquis; ces chênes moyenâgeux se carbonisaient en de majestueux grésillements. Au coin du feu, on ne racontait pas *de vieux fabliaux* (Trifón Cármenes s'imaginait qu'il en était toujours ainsi dans une *demeure seigneuriale*), mais on clabaudait contre le monde entier, on inventait de nouvelles calomnies et l'on s'aimait avec une franchise prosaïque et sensuelle qui, selon Bermúdez, « caractérisait ce présent moment historique, dénué de tout joyau d'idéal et de poésie ». Le boudoir n'était pas grand, les meubles nombreux, et les visiteurs se touchaient, se frôlaient, se pressaient : pas moyen de faire autrement. Qui pensait aux trombes d'eau ?

Dans les réunions de second ordre, abondantes à Vetusta, l'humidité excitait la joie; chacun se précipitait dans son trou accoutumé, et il fallait entendre, par exemple, le tintamarre que faisaient devant la porte de Visita « ceux qui lui faisaient, une fois par semaine, la faveur d'honorer ses salons », c'est-à-dire un salon et un boudoir; il fallait entendre les rires et les plaisanteries des invités s'abritant sous les parapluies des douches assourdissantes vomies par d'effrayantes *ophicléides* en fer-blanc... Ils traitaient l'eau par le mépris, ne pensant qu'aux plaisirs ésotériques de la loterie et des charades en action.

Quant à « l'élément dévot de Vetusta » (expression de *El Lábaro*), il se mettait aux neuvaines dès que le temps se mettait à la pluie. L'élément dévot était constitué de toute la ville, quand arrivait le mauvais temps, et même les membres du *Vendredi Saint,* des mécréants se réunissant pendant la Semaine de la Passion pour manger de la viande à l'auberge, même ces gens-là allaient à l'église, au moins pour critiquer les orateurs et regarder les filles. Cette ferveur religieuse à Vetusta commençait avec la Neuvaine des Ames, peu populaire, et celle du Cœur de Jésus, très courue, et se prolongeait jusqu'à la plus célèbre de toutes, celle de la Vierge des Douleurs, et de la non moins fameuse, dite de la Mère du Bon Amour, la toute dernière, au joli mois de mai. Outre les neuvaines, les âmes pieuses avaient beaucoup d'autres occasions de louer Dieu et ses saints, dans des cérémonies aussi notables que les fêtes de Pâques et de Carême, et en particulier aux sermons du Tribunal que la justice de la province finançait tous les vendredis de cette sainte période vouée à la méditation, d'après Cármenes.

L'inclémence du ciel retarda considérablement le plan d'hygiène morale doucement imposé par don Fermín à sa chère amie. Ana détestait la boue et l'humidité. Le froid des rues trempées et sales lui portait sur les nerfs et elle sortait à peine de la demeure des Ozores. Elle s'était encore confessée deux fois avant la fin du mois de novembre mais ne s'était pas décidée à aller chez doña Petronila, et le Magistral n'avait pas osé lui rappeler ce devoir. Constantin le Grand savait, par son cher et admirable monsieur De Pas qui, maintenant, venait souvent la voir, que doña Ana désirait l'aider dans ses saintes tâches et dans l'administration de toutes les œuvres pieuses qu'elle dirigeait et finançait avec sagesse.

— Quand cet ange bellissime va-t-il venir nous voir ? interrogeait l'évêque-mère, dans un style de neuvaine farci de superlatifs abstraits.

Les bigotes qui jouaient le rôle de questeurs dans le palais de Constantin le Grand, celles du *conclave,* comme les appelait Ripamilán, attendaient avec une ardeur mystique et une curiosité maligne leur nouvelle compagne qui, par sa jeunesse et sa beauté, apporterait tant de prestige à la pieuse et délicate entreprise de sauver le monde en Jésus et par Jésus ; ces dévotes, militantes comme des cuirassiers, s'étaient donné ce simple but en prenant les armes.

Mais, sans savoir pourquoi, Ana éprouvait une vague répugnance à l'idée d'aller chez doña Petronila ; elle préférait voir le Magistral à l'église où elle trouvait le zèle religieux nécessaire pour confesser ses mauvaises pensées et ses désirs imprudents. Le Magistral s'impatientait : la Régente ne gravissait pas la côte et persistait dans ses dangereux penchants panthéistes, comme il les qualifiait, elle s'obstinait à baptiser piété cette tendresse causée par des spectacles profanes et déclarait franchement que les lectures dévotes lui suggéraient des réflexions probablement hérétiques ou, pour le moins, inaptes à lui donner cette foi profonde qu'exigeait le Magistral comme une préparation absolument indispensable avant d'avancer d'un pas sur un terrain ferme. Ou alors, les livres pieux la faisaient sombrer dans une mélancolie somnolente ou une sorte de marasme intellectuel proche de la stupidité. Quant à la prière, Ana prétendait qu'il était vain, soporifère et mauvais pour ses nerfs de réciter des oraisons par cœur ; elle les répétait cent fois pour y fixer son attention, et finissait par avoir des nausées avant même de ressentir la moindre ferveur... « Pas de ça, pas de ça, il n'est pire chose que de prier ainsi, répondait le Magistral; nous arriverons bien à la prière, mais pour le moment, contentez-vous de vos anciennes dévotions. » Et quoique redoutant les périls de l'imagination d'Ana, il était obligé, pour ne pas perdre du terrain, de l'autoriser à s'abandonner aux élans soudains de tendresse pieuse qui venaient on ne savait comment, souvent provoqués par un quelconque incident n'ayant apparemment rien à voir avec les idées religieuses. Redoutant les épanchements naturels de cet esprit ardent, il avait échangé le plan progressif des premiers jours contre celui qu'il avait développé sous la tonnelle du Parc, plus conforme à la discipline ordinaire à laquelle il soumettait ses pénitents; mais don Fermín s'apercevait qu'il fallait revenir à la douceur et laisser l'instinct de son amie trouver la rude voie qui conduisait au bien ces trésors de sentiments et d'idéalisme sublime. Donner du mou était un système qui retardait le triomphe mais lui permettait de paraître plus sympathique aux yeux d'Ana, en parlant la langue de ce romantisme vague qu'elle prenait pour un sentiment sincèrement religieux mais qui n'était, selon don Fermín, que de l'idolâtrie déguisée. Non, il ne se laissait pas séduire par le panthéisme, eût-il tous les appas de son amie.

En tout cas, il était certain de l'effet profond et salutaire que produiraient les beautés du culte sur une telle femme le jour où elle leur prêterait toute son attention, l'âme ouverte aux sensations mystiques que lui préparaient ses crises de nerfs dont le diligent confesseur avait déjà tant entendu parler.

Quand de nouveau elle lui parlait d'ennui, du dégoût qui l'habitait, de la stupidité de l'eau qui n'arrêtait pas de tomber, il s'écriait : « A l'église, ma fille, à l'église; pas pour prier; pour y être, pour rêver et pour penser, au son de la musique de l'orgue de notre excellente chapelle, bercée par les odeurs d'encens du maître-autel et la chaleur des cierges, admirant tout ce qui brille et bouge en ce lieu, contemplant les hautes voûtes, les piliers élancés, les peintures délicates des vitraux pleins d'une mystérieuse poésie... » Cette rhétorique à la Chateaubriand n'était pas du goût de don Fermín; il lui avait toujours semblé qu'encourager la religion en insistant sur sa beauté extérieure était offenser la sainteté du dogme, mais il savait faire contre mauvaise fortune bon cœur et s'adapter aux circonstances. En outre, sans qu'il voulût y penser, il se réjouissait de la perspective de rencontrer souvent son amie dans la cathédrale, à la Société de Saint-Vincent-de-Paul ou au Catéchisme, où elle le verrait dans tout l'éclat de son talent, de sa science et de son élégance pleine de naturel et de simplicité. Mais la répugnance d'Ana à marcher dans la rue était chaque jour plus grande; l'humidité lui faisait horreur, la maintenait recroquevillée, emmitouflée dans un châle, près de la cheminée monumentale de la salle à manger lugubre, des heures et des heures, de jour et de nuit. Don Víctor était toujours dehors. S'il n'était pas à la chasse, il entrait et sortait, mais sans s'arrêter; c'est tout juste s'il faisait halte dans son bureau. Celui-ci lui faisait maintenant un peu peur.

Plusieurs des machines qu'il était en train d'inventer ou de perfectionner s'étaient révoltées, se hérissant à l'improviste de problèmes de mécanique rationnelle. On pouvait voir, couverts de poussière glorieuse, sur la table du bureau, de diaboliques engins d'acier et de bois, qui attendaient, dans des postures provisoires, que don Víctor entreprît l'étude *sérieuse* des mathématiques, de toutes les mathématiques, remise à plus tard par la faute de la troupe théâtrale de Perales. En attendant, Quintanar, un peu honteux en présence de ces jouets ironiques qui lui riaient au nez, évitait son bureau chaque fois qu'il pouvait, et n'y allait même pas pour écrire des lettres. De surcroît, les collections botaniques, minéralogiques et entomologiques gisaient dans un désordre chaotique, et la paresse de s'atteler à la tâche pénible de reclasser tant d'herbes et de moustiques l'éloignait aussi de la maison. Il allait au Cercle discuter et jouer aux échecs; il faisait beaucoup de visites et évitait par tous les moyens de rester chez lui où il s'ennuyait. « Tant mieux », pensait Ana involontairement. Son don Víctor, qu'elle avait d'abord estimé, respecté et même aimé autant qu'il le fallait, à son avis, lui paraissait de plus en plus inconsistant : et chaque fois qu'elle le voyait, il faisait échouer les projets de vie pieuse qu'Ana accumulait petit à petit dans son cerveau, s'apprêtant à devenir, dès le retour du beau temps, une *dévote* dans le sens où le Magistral le lui avait demandé. Tant qu'elle se représentait son mari dans l'abstrait, tout allait bien; elle savait que son devoir était de l'aimer, de s'occuper de lui, de lui obéir; alors surgissait M. Quintanar, le nœud de sa cravate de soie noire de travers, sous une oreille, excité, inquiet, plein de pensées insignifiantes, l'esprit occupé à des fariboles, prenant à cœur ce qui ne méritait que dédain et oubli, et elle, sans pouvoir rien y faire, et d'autant plus fortement qu'elle tentait de le dissimuler, sentait monter en elle une sourde rancœur, irraisonnée mais invincible sur le moment, et elle rendait l'univers entier responsable de l'absurdité d'être unie pour toujours à un tel homme. Don Víctor s'en allait, laissant derrière lui les portes ouvertes, donnant des ordres capricieux à exécuter pendant son absence; et lorsqu'Ana enfin seule, contre la cheminée taciturne, aux moulures de plâtre enfumées, voulait retourner à sa pieuse propédeutique, à ses préparatifs de vie vertueuse, toute cette construction sentimentale de sa religiosité lui paraissait baigner dans le vinaigre et elle qualifiait d'hypocrisie sa résignation. « Oh, non, non! Je ne peux pas être bonne! Je ne sais pas être bonne; je ne peux pas pardonner les faiblesses de mon prochain, ou si je les pardonne, je ne peux pas les tolérer. Cet homme et cette ville emplissent ma vie de prose misérable; don Fermín a beau dire, pour voler, il faut des ailes, et de l'air... » Ces pensées l'entraînaient parfois si loin que la silhouette de don Alvaro se dressait à nouveau devant elle, lui apportant la protestation, cette aimable, brillante et si douce protestation de ses sens baignés de poésie que l'élégant *dandy* lui avait clouée au cœur en la poignardant de son regard, en cette après-midi mémorable de la Toussaint. Alors, Ana se levait, elle parcourait la salle à manger à grands pas, la tête enfouie dans un pan du châle qui lui ceignait le corps, elle faisait le tour de la table ovale et finalement s'approchait des vitres du balcon contre lesquelles elle appuyait son front. Elle sortait, traversait le lugubre salon, les couloirs et les galeries, entrait dans son boudoir où, encore appuyée contre les vitres, elle regardait distraitement, les yeux fixes et grands ouverts, les branches nues des marronniers d'Inde et les superbes eucalyptus couverts de feuilles longues, métalliques, d'un vert mat, tremblantes et sonores. S'il ne pleuvait pas trop, Frígilis était là; Quintanar s'absentait plus souvent de la maison que Frígilis du jardin. Ana finissait par l'apercevoir. « Cet homme avait été son seul ami dans sa triste jeunesse, au temps de sa misérable servitude; et maintenant, elle le haïssait presque; c'est lui qui l'avait mariée; et sans le moindre remords, sans plus penser à cette bévue, il se consacrait maintenant à ses arbres qu'il taillait impitoyablement, qu'il greffait à son gré, sans les consulter, sans savoir s'ils acceptaient ces incisions et ces greffons... » « Et dire que cet homme avait été intelligent, aimable! Et maintenant... ce n'était plus qu'une machine agricole, des cisailles, une faucheuse mécanique! Qui pouvait échapper à l'abrutissement de la vie de Vetusta? »

Frígilis, quand il voyait sa chère Ana derrière les vitres, la saluait d'un sourire et se penchait à nouveau sur le sol; il écrasait un escargot, coupait un surgeon importun, renforçait un tuteur et poursuivait son chemin, traînant ses chaussures blanches sur le sable humide des allées... Et Ana voyait disparaître entre les branches ce chapeau rond, flexible, toujours gris, ce cache-nez de panne à carreaux éternellement accroché au cou, cette vareuse foncée et ces pantalons ni larges ni étroits, ni neufs ni vieux, où alternaient de vagues rayures de laine verte et rouge sur fond noir.

La Régente recevait souvent la visite de la banquière et du jeune Marquis. Paco était étonné de l'héroïque résistance de Mme Ozores; il ne comprenait pas que son idole, son don Alvaro, pût mettre tant de temps à conquérir un cœur ou plutôt à vaincre une vertu, puisque le cœur était déjà conquis.

— Elle est amoureuse de toi, cela j'en suis sûr, disait Paco à Mesía au Cercle, aux heures avancées de la nuit, quand il ne restait plus que les noctambules professionnels.

Ils étaient tous deux assis à un guéridon que recouvrait une fine et blanche serviette; ils soupaient avec, chacun, une demi-bouteille de bordeaux à portée de la main, et ils en étaient au moment inévitable de l'épanchement et des confidences; Mesía, mélancolique, noyant dans son vin sa nostalgie de l'infini (qui, à sa façon, tourmente aussi les *mécréants*), inclinait tristement sa fine et jolie tête d'un blond pâle et paraissait un peu plus vieux que de coutume. Il se taisait, et mangeait, et buvait. Paco, la bouche pleine, mais sans grossièreté, presque avec élégance, parlait, la pupille brillante, les joues rouges, le chapeau rejeté vers la nuque.

— Elle est amoureuse, cela j'en suis sûr... mais toi... toi tu n'es pas comme les autres fois... on dirait que tu la crains. Tu ne veux jamais venir avec moi chez elle... bien que don Víctor ne soit jamais là, et qu'il soit toujours à courir la montagne avec ce spirite de Frígilis.

Paco croyait que Frígilis était spirite, opinion très répandue à Vetusta.

— Il n'y a rien à gagner à se rendre chez elle. C'est une femme bizarre, hystérique... Il faut bien l'étudier. Laissez-moi faire.

Il ne voulait pas avouer qu'il se considérait comme vaincu; il croyait fermement qu'Ana était sous la coupe du Magistral. Cette conversation lui pesait; il se sentait maintenant humilié par la protection de Paco, qu'il avait sollicitée quelques mois auparavant.

Sans le savoir, le jeune Marquis le blessait chaque fois qu'il abordait ce sujet et lui proposait des plans d'attaque et de nouveaux moyens de pénétrer dans la place par surprise. « Quand avait-il eu besoin, lui, Mesía, d'une aide de ce genre? Quand avait-il permis à quiconque de savoir comment et à quelle heure il venait à bout d'une femme...? Et cette dame l'humiliait ainsi! Comme Visita devait se moquer de lui, bien qu'elle n'en laissât rien paraître! Et Paco lui-même, que devait-il penser? Ah, Régente, Régente, si un jour je gagne...! tu me le paieras! » Mais il n'espérait plus vaincre; il se battait sans espoir. En vain, chaque fois que le temps le permettait, il enfourchait son beau cheval blanc de pure race espagnole; il passait et repassait sur la Place Neuve, et parfois il voyait derrière les carreaux, dans la Rinconada, l'épouse de Quintanar qui le saluait, aimable et tranquille; mais le cheval n'était pas le talisman qu'il avait cru, parce que la scène de cette après-midi-là ne se renouvela jamais. « Oui, c'est bien ce que je craignais, ce ne fut qu'un quart d'heure dont je ne pus profiter. » Il croyait avec une foi inébranlable que sa seule ressource serait l'occasion plus que difficile, presque impossible, d'une attaque brusque, sauvage, coïncidant avec un autre quart d'heure. Mais cela ne comblait pas son désir et ne satisfaisait pas son amour-propre, ce serait un plaisir éphémère et une vengeance... et puis c'était presque impossible! Il avait rarement osé rendre visite à la Régente, qui ne le recevait pas si don Víctor n'était pas à la maison. Quintanar, en revanche, le recevait à bras ouverts et l'embrassait avec effusion, toujours plus amoureux, comme il disait, de ce joli mannequin : quel splendide jeune premier ferait le digne don Alvaro dans une comédie de mœurs! Mais à supposer que les planches ne l'attirent pas, pourquoi ne devenait-il pas député au Parlement? Mesía était né pour autre chose que pour être le coq d'un village; c'était peu que d'être le chef d'un parti (ce qui n'avait rien de commun avec le pouvoir) dans un chef-lieu de deuxième ordre. Pourquoi ne retournerait-il pas à Madrid avec un mandat dans la poche?

Quand il lui adressait ces flatteuses questions, don Alvaro penchait la tête et regardait la Régente d'un air douloureux, comme pour dire :

« C'est pour vous, pour l'amour de vous, que je reste dans ce trou de province! »

— Vous êtes du bois dont on fait les ministres...

— Oh, don Víctor... ne croyez pas que cela me flatte... Ministre! Pour quoi faire? Je n'ai pas d'ambition politique... Si je milite dans un parti, c'est pour servir mon pays, mais la politique m'est antipathique... toute cette farce... tout ce mensonge...

— Effectivement, aux États-Unis seules les canailles font de la politique... mais en Espagne... c'est différent... un homme comme vous... Notre don Alvaro ferait une carrière éblouissante.

Mais don Alvaro soupirait et tournait son regard vers la Régente... Au demeurant, il continuait à se considérer comme un homme politique avant tout. Aller à Madrid, il le réservait pour plus tard. Pour le moment, il faisait des députés depuis Vetusta et il y restait; mais dès qu'il aurait gagné le cœur de la femme du ministre, il monterait, monterait... assuré de ne pas se casser le nez. Tels étaient ses plans. Mais, de surcroît, cette résistance d'Ana qu'il avait pensé vaincre, sinon en quelques semaines, du moins en quelques mois, était une nouvelle raison de retarder son changement de résidence. Comment aller à Madrid sans avoir conquis cette femme? Et cette femme paraissait désormais invincible.

Depuis ce soir de Toussaint, Mesía (il avait honte de se l'avouer) n'avait pas avancé d'un pas. Il était resté huit jours sans réussir à parler seul un moment avec Ana, et quand il y parvint, ce fut pour se convaincre que cette exaltation de l'heureuse soirée avait disparu peut-être pour toujours.

Visitación devenait folle. Son mari, M. Cuervo, et ses enfants, mangeaient des pois chiches durs et se lavaient sans serviette parce qu'elle était sortie en emportant les clés, comme toujours, et n'était toujours pas rentrée. « Comment pourrait-elle rentrer, si cette obstinée de Régente ne venait pas à composition et résistait à l'homme irrésistible avec un héroïsme de roche? » Le malheureux employé de banque tordait sa moustache pommadée et d'une voix de soprano disait à la marmaille qui pleurait en réclamant la soupe :

— Silence, les enfants, maman se met en colère si on mange sans elle.

Et la soupe refroidissait, et Visitación finissait par arriver, hors d'haleine, distraite, de mauvaise humeur. Elle venait de chez Vegallana, où elle avait obtenu qu'Ana et Alvaro pussent parler seuls un moment, par un hasard... qu'elle avait préparé. Mais en fait de conversation...! Il était parti en se mordant les moustaches et il lui avait dit à elle, Visita : « Laisse-moi tranquille! », quand elle avait essayé de le plaisanter. « Laisse-moi tranquille! » signe qu'il n'avançait pas d'un pas. Visitación éprouvait maintenant une honte rétrospective : elle se souvenait du temps qu'elle avait mis à céder, le comparait avec la résistance d'Ana et... ses joues s'enflammaient de colère, d'envie, de pudeur malsaine, fausse.

Quelque chose lui disait, au fond de sa conscience, que le rôle qu'elle avait choisi était méprisable... mais elle avait d'autres chats à fouetter que d'écouter des conseils de comédie bien-pensante et des protestations intérieures : ce désir vulgaire était une passion de plus en plus forte, il avait une petite saveur aigre-douce et piquante qu'elle préférait maintenant à toutes les sucreries du confiseur. C'était une passion, une chose qui lui rappelait sa jeunesse, quoiqu'elle eût en même temps tout l'air d'un symptôme de vieillesse.

Enfin, elle n'essayait pas de résister et elle avait fini par croire qu'elle serait capable de jeter de force son amie dans les bras de son ancien amant. Bref, dans la maison de Visita la propreté du sol et des meubles laissait à désirer, ainsi que celle du salon et de la cuisine, son foyer ne brillait pas comme un bijou, et il advint même qu'un jour son mari ne trouva pas de chemise dans l'armoire et dut se rendre à la banque... avec une guimpe de sa femme qui ressemblait, tant bien que mal, à un col marin.

Mais tous ces efforts étaient inutiles; ni Visita, ni Paco, ni les promenades à cheval de Mesía ne parvenaient à vaincre la Régente. Si encore on avait eu l'impression que cette forteresse était un bloc d'indifférence! Mais non; d'après ces trois personnes, on voyait de plusieurs lieues qu'Ana était intéressée. C'est cela qui les irritait le plus, surtout Visita. Don Alvaro ne parlait pas de cette déconvenue avec la banquière, bien qu'elle ne cessât de le harceler. Il ne se confiait qu'à Paco, et encore rarement. Mais Ana croyait à un complot, ce qui l'aidait beaucoup à se défendre. Elle espaçait de plus en plus ses visites chez Vegallana, en dépit des remontrances fastidieuses, insupportables de Quintanar.

— Que vont dire ces gens, Anita, que vont dire les Vegallana!

Si don Alvaro perdait tout espoir, le Magistral non plus n'était pas satisfait. Le jour de la victoire lui paraissait très loin; l'inertie d'Ana lui opposait toujours de nouveaux obstacles qu'il n'avait pas prévus. Et puis, son amour-propre était blessé. S'il avait tenté parfois d'intéresser son amie en lui découvrant, à titre d'exemple ou comme marque de confiance, un peu de sa propre histoire intime, elle l'avait écouté distraitement, comme absorbée dans l'égoïsme de ses peines et de ses soucis. Bien plus : cette dame qui parlait de grands sacrifices, qui prétendait consacrer sa vie au bonheur d'autrui, refusait de faire violence à ses habitudes, de sortir de chez elle trop souvent, de marcher dans la boue, d'affronter la pluie; pas question de se lever tôt, et elle alléguait, comme s'il s'agissait d'une chose sacrée, les impératifs de sa santé, les caprices de ses nerfs. « Quand je me lève tôt, je suis morte; avec l'humidité, je deviens comme une machine électrique. » C'était humiliant pour la religion et *déprimant* pour don Fermín; c'était, en d'autres termes, un seau d'eau qui lui glaçait l'âme et lui ôtait le sommeil.

Une après-midi, De Pas entra au confessionnal de si mauvaise humeur que Celedonio, l'acolyte, le vit fermer le guichet d'un coup violent. Don Fermín venait du clocher où, comme cela lui arrivait parfois, il avait passé un moment à examiner avec sa longue-vue les recoins des maisons et des jardins. Il avait vu la Régente se promener dans son Parc, lisant un livre qui devait être l'histoire de sainte Jeanne de Chantal, que lui-même lui avait offert. Or Ana, au bout de cinq minutes de lecture, avait dédaigneusement jeté le livre sur un banc.

— Oh, oh, très mauvais! s'était exclamé le prêtre du haut de la tour, contenant aussitôt sa colère, comme si Ana avait pu entendre ses doléances. Deux hommes étaient alors apparus dans le Parc, Mesía et Quintanar. Don Alvaro avait serré la main de la Régente, qui n'avait pas retiré la sienne aussi vite qu'elle aurait dû; « ne serait-ce que parce qu'il était en train de les regarder! » Don Víctor s'était éclipsé et le séducteur professionnel avait disparu peu à peu avec la Régente parmi les arbres, au détour d'une allée. Le Magistral eut envie de se précipiter du haut de la tour. Il l'aurait fait, s'il avait été sûr de pouvoir voler sans risques. Peu après, il avait vu reparaître don Víctor, cet imbécile de don Víctor avec un chapeau bas et sans manteau, vêtu d'une vareuse claire, en compagnie de don Tomás Crespo, l'homme au cache-nez; ils étaient partis à la recherche des deux autres et les quatre ensemble firent à nouveau leur apparition devant l'objectif de la longue-vue qui tremblait dans les mains fines et blanches du chanoine. Don Víctor levait la tête, tendait le bras, montrait les nuages et tapait du pied à petits coups. Ana avait encore disparu; elle était rentrée, oubliant sainte Jeanne-Françoise sur le banc, et deux minutes après, elle était de retour avec un châle et un chapeau; et ils étaient sortis tous quatre par la porte du parc, que Frígilis avait ouverte avec sa clé. Ils allaient à la campagne!

Quand don Fermín se retrouva enfermé entre les quatre planches de son confessionnal, il se compara au criminel mis aux fers.

Ce jour-là, les pénitentes du Magistral le trouvèrent distrait, impatient; elles l'entendaient se tortiller sur le banc, le bois de l'encombrant édicule grinçait, les pénitences étaient disproportionnées, énormes.

Il espéra en vain, espoir fou, qu'il verrait la Régente se présenter dans sa chapelle, par hasard, par l'effet d'une impulsion soudaine, pour n'importe quelle raison, se présenter, c'était ce qu'il voulait, ce dont il avait besoin. Certes, ce n'était pas ce dont ils étaient convenus; il manquait encore huit jours avant la prochaine confession; pourquoi viendrait-elle ? « Parce que, parce qu'il en avait besoin, parce qu'il voulait lui parler, lui dire que cela n'était pas bien, qu'il n'était pas un sac qu'on suspend au clou d'un mur, que la piété n'était pas un jeu et que les livres édifiants ne se jettent pas dédaigneusement sur les bancs du jardin, et qu'on ne disparaît pas entre les arbres de Frígilis comme ça, en compagnie d'un beau garçon matérialiste et corrompu. » Mais non, Ana ne parut pas dans la chapelle. « Où pouvaient-ils bien être ? Quelle était cette expédition ? Des lubies de don Víctor ; il avait tendu le bras en montrant les nuages; comme pour garantir le beau temps; effectivement, la journée était belle, on pouvait être sûr qu'il ne pleuvrait pas... Et alors? Était-ce une raison suffisante pour partir avec l'ennemi en campagne? Car c'était lui l'ennemi, oui, don Fermín le soupçonnait à nouveau. Pourtant, la Régente ne s'était jamais accusée d'avoir un faible pour quelqu'un; elle parlait de tentations en général et de rêves lascifs, mais elle n'avait jamais avoué aimer un homme déterminé. Et Ana, sa douce amie, ne mentait jamais, moins encore au tribunal sacré. Mais alors, de qui rêvait-elle ? » Le Magistral se souvint de la tendre hypothèse dont il s'était bercé un jour... et maintenant, il en voyait une autre qui le faisait bondir dans son tiroir à jalousies : « supposons qu'elle rêve de... ce monsieur. » Il sortit de la chapelle furieux, cherchant à peine à le dissimuler. Dans l'arrière-chœur, il rencontra don Custodio et ne répondit pas à son salut; il entra dans la sacristie et menaça le *Pigeon* de le mettre à la porte parce que le chat s'était remis à faire ses saletés dans les tiroirs des vêtements. Il se rendit ensuite à l'Évêché et l'Évêque dut subir une de ces énergiques réprimandes — presque irrespectueuse, acerbe, piquante — dont son Grand Vicaire était coutumier. Le brave Fortunato était dans une situation délicate, n'ayant pas d'argent pour payer la note d'un tailleur qui avait fait des soutanes neuves pour les familiers de Son Excellence. Et le tailleur, avec les meilleures manières du monde, demandait son argent sur un papier froissé, couvert de grosses lettres, que l'Évêque tenait entre ses doigts. Le tailleur décernait au prélat le titre d'Altesse Sérénissime, mais il réclamait son dû.

Fortunato, avec des tremblements dans la voix, demandait une avance. Le Magistral se fit prier et offrit de prêter l'argent après avoir humilié cent fois le bon pasteur qui prenait au pied de la lettre les métaphores religieuses.

« Et pourquoi des soutanes neuves? Et surtout, pourquoi les payait-il, lui, Fortunato, de sa poche? Puisqu'il savait qu'il n'avait pas un sou, et qu'il distribuait tout son salaire avant de l'avoir touché, pourquoi se mettait-il dans de telles situations? » Fortunato reconnut qu'il avait l'air de ces sous-lieutenants dont le salaire est soumis à retenue; il déclara qu'il voulait mettre un terme à cette vie d'expédients.

— Je ne sais pas combien je dois à ta mère, Fermín, cela doit faire une fortune?

— Oui, monsieur, une fortune, mais le pire n'est pas que vous nous ruiniez, c'est que vous vous ruinez aussi, et le monde le sait et cela nuit au prestige de l'Église... S'endetter pour les pauvres... Être un escroc de la charité! Voyons, pour l'amour de Dieu, où cela va-t-il nous mener? Le Christ a dit : distribue tes biens et suis-moi, mais il n'a pas dit : distribue les biens des autres...

— Tu parles comme un sage, mon fils, tu parles comme un sage, et si ce n'était pas malséant, je demanderais au ministre qu'il fasse une retenue sur mon salaire, pour voir si je me corrige.

Puis De Pas entra dans les bureaux, où l'on ne devait pas oublier de si tôt sa visite. Il trouva à redire à tout; il éplucha des dossiers, découvrit des abus, secoua de la poussière, menaça de suspendre des traitements, refusa tout ce qu'il put, prépara deux ou trois sanctions pour divers curés de campagne et finit par déclarer, avant de sortir, qu' « il ne donnait pas un sou » pour une souscription au profit des marins naufragés de Palomares.

— Monsieur, lui dit en pleurant un pauvre pêcheur à la barbe blanche, son bonnet catalan à la main, monsieur, cette année nous mourons de faim! La saison de la daurade ne paie même pas le pain...!

Mais le Magistral sortit sans même répondre, pensant à Ana et à Mesía; une demi-heure plus tard, alors qu'il se promenait sur l'Espolón seul et à grands pas, oubliant la cadence de son pas ordinaire, une voix inconnue répétait dans sa cervelle : daurade, daurade!

« Pourquoi pensait-il à la daurade? » Et il haussa les épaules, irrité aussi par cette obsession stupide.

— Il ne me manquerait plus que de devenir fou, maintenant.

Huit jours passèrent et à l'heure dite Anita se présenta à genoux devant la grille du confessionnal.

Après l'absolution, elle sécha une larme qui coulait sur sa joue, se leva et sortit sous le porche. Elle y attendit le Magistral et ensemble, peu avant la tombée de la nuit, ils arrivèrent chez doña Petronila.

Constantin le Grand était seule ; elle vérifiait les comptes de la *Mère du Bon Amour,* avec ses grands yeux couleur noisette derrière les verres de ses lunettes en or. Elle était très brune, avait le front osseux, les paupières saillantes, le sourcil épais et gris, pareil à la grosse touffe de cheveux drus qui entourait sa tête; menton rond et charnu, nez droit et insignifiant, bouche grande, lèvres pâles et grosses. Elle était grande, large d'épaules, et son long et chaste veuvage semblait avoir répandu sur son corps comme une broussaille de pureté qui lui donnait un certain air de vierge vétuste. Sa robe — habit des Sept Douleurs — était noire, avec une courroie très large en cuir verni et un écusson d'argent criard, prétentieux, sur la manche, serrée autour de ses poignets de débardeur par ses bracelets de verroterie.

Elle s'était assise devant un secrétaire à figures chinoises, dorées, incrustées dans le bois noir. Elle se leva, embrassa la Régente et baisa la main du Magistral. Après les avoir remerciés de cette visite inattendue, elle les supplia de la laisser achever de démêler cet imbroglio de chiffres; et la dame et le prêtre se retrouvèrent seuls dans le salon sombre, décoré de damas vert foncé et de papier gris et or. Ana s'assit sur le sofa et le Magistral à côté d'elle, dans un fauteuil. Les volets mi-clos des balcons laissaient passer d'étroits rayons de la lumière du jour moribond; Ana et De Pas se voyaient à peine. Du boudoir de droite sortit un gros chat blanc, à la queue opulente et aux courbes gracieuses; il s'approcha du sofa pas à pas, leva paresseusement la tête en regardant la Régente, fit entendre une plainte gutturale, légère et câline, et après avoir frotté familièrement son dos contre la soutane du Grand Vicaire, il sortit dans le couloir, avec lenteur, sans bruit, comme s'il eût marché sur du coton. Ana eut l'impression que ce chat immaculé sentait l'encens; de toute façon, il était comme le symbole de la dévotion domestique de doña Petronila. Il régnait dans toute la maison un silence de boîte capitonnée; l'atmosphère était tiède et légèrement parfumée de quelque chose qui sentait la cire, le storax et peut-être la lavande... Ana se sentait envahie d'une somnolence douce mais un peu inquiétante; on se sentait bien dans cette ambiance, mais on redoutait vaguement l'asphyxie.

Doña Petronila tardait à revenir. Une servante, de noir vêtue elle aussi, vint apporter une lampe ancienne en bronze qu'elle déposa sur un guéridon après avoir dit, d'une voix de religieuse enrhumée : « Bonsoir! », sans lever les yeux du tapis de feutre à carreaux verts et gris.

A nouveau, Ana et son confesseur se retrouvèrent seuls.

Au bout de quelques minutes, le Magistral interrompit le silence d'une voix qui ressemblait à celle du chat blanc :

— Vous ne pouvez imaginer, ma chère amie, combien je vous suis reconnaissant de cette décision...

— Si vous en aviez parlé avant...

— Je n'en ai que trop parlé, cette fichue...

— Mais pas comme aujourd'hui, vous ne m'aviez jamais dit que je vous faisais un affront et que ces dames savaient que je refusais de venir... Il pleuvait tant...! Vous savez bien que l'humidité me tue et que les rues mouillées me font horreur... Je suis malade... oui, monsieur, malgré ces couleurs et cette chair, comme dit don Robustiano, je suis malade; j'ai parfois la sensation qu'à l'intérieur je suis un tas de sable qui s'effrite... je ne sais comment l'expliquer... je sens des crevasses dans ma vie... au fond de moi, je me brise... je me tasse, je m'anéantis... Si vous me voyiez de l'intérieur, vous auriez pitié... Mais malgré tout cela, si vous m'aviez parlé comme aujourd'hui, je serais venue, même à la nage. Oui, don Fermín, je suis tout ce que l'on voudra, mais pas une ingrate. Je sais ce que je vous dois, et que je ne pourrai jamais vous le rendre. Une voix, une voix dans le désert solitaire où je vivais, vous ne pouvez pas vous imaginer ce que cela représentait pour moi... et votre voix m'est venue si opportunément... Je n'ai pas eu de mère, j'ai vécu comme vous savez... je ne sais pas être bonne; vous avez raison, je n'aime pas la vertu si elle n'est pas pure poésie, et la poésie de la vertu paraît de la prose à qui n'est pas vertueux... je le sais bien... c'est pourquoi je veux que vous me guidiez... Je viendrai ici, j'imiterai ces dames, j'accomplirai la tâche qu'elles m'imposeront... Je ferai tout ce que vous ordonnerez, non plus par soumission, par égoïsme, puisqu'il est clair que je ne sais pas me diriger; je préfère que vous me donniez des ordres... Je veux redevenir une enfant, commencer mon éducation, être enfin quelque chose, suivre toujours un même projet, ne plus tourner en rond comme maintenant... Et puis je veux guérir; parfois j'ai peur de devenir folle... Je vous l'ai déjà dit; il y a des nuits où dans mon lit, sans fermer l'œil, j'essaie de repousser les pensées tristes en pensant à Dieu, à sa présence. « S'Il est ici, qu'importe tout le reste? » Voilà ce que je me dis, mais cela ne sert à rien parce que, je vous l'ai déjà dit, de vieilles idées me traversent soudain l'esprit, comme la douleur d'une plaie remise à vif, des idées de révolte, des arguments impies, des doutes idiots, obstinés, appris je ne sais où, que je me souviens vaguement d'avoir entendus chez moi, du vivant de mon père. Et parfois je me prends à me demander : et si Dieu n'était que cette idée à moi, et rien d'autre, que ce poids douloureux que je crois sentir dans ma cervelle chaque fois que j'essaye de me prouver à moi-même la présence de Dieu...?

— Anita, Anita... taisez-vous... taisez-vous, vous vous exaltez! Oui, oui, il y a danger, je le vois bien, un grand danger... Mais nous nous sauverons, j'en suis sûr; vous êtes bonne, le Seigneur est avec vous... et moi je donnerais ma vie pour vous délivrer de ces angoisses... Tout cela n'est que maladie, mélancolie, nerfs...; que sais-je? Mais c'est matériel, cela n'a rien à voir avec votre âme... mais le contact est un péril, oui, Anita; et ce n'est plus pour moi, c'est pour vous, qu'il faut entrer dans la vie dévote pratique... Les œuvres, les œuvres, mon amie! La chose est sérieuse, il nous faut des remèdes énergiques. Si certains mots ou certains actes de ces bonnes dames vous répugnent parfois, ne vous laissez pas emporter par votre imagination, ne les condamnez pas à la légère; pardonnez les faiblesses d'autrui sans penser à mal, et ne vous souciez pas des apparences... Et maintenant, pour parler un peu de moi, si vous pouviez pénétrer dans mon âme, Anita! C'est moi qui ne pourrai jamais vous rendre ce que je vous dois pour votre magnifique résolution de cette après-midi...

— Vous avez parlé d'une telle façon!

— J'ai parlé avec mon âme...

— J'étais une ingrate sans le savoir...

— Mais enfin... vie nouvelle, n'est-ce pas, ma fille?

— Oh, oui, mon père, vie nouvelle...

Ils se turent et se regardèrent. Don Fermín, oubliant toute retenue, saisit une main de la Régente qui était posée sur un coussin en crochet et la serra entre les siennes en la secouant. Ana se sentit rougir, mais il lui parut absurde de s'alarmer. Tous deux s'étaient levés, et c'est alors qu'entra doña Petronila, à qui De Pas annonça, sans lâcher la main de la Régente :

— Chère madame, vous arrivez au bon moment; vous serez témoin du serment de la brebis qui promet solennellement au berger de ne jamais quitter le troupeau qu'elle a choisi...

Constantin le Grand embrassa Ana sur le front.

Ce fut un baiser solennel, appuyé, mais froid... comme si elle apposait le sceau d'une confrérie trempé dans de la glace.

Chapitre dix-neuf

Dès que mars arrivait, don Robustiano Somoza attribuait les maladies de ses clientes au *Printemps médical,* concept un peu confus dans son esprit; mais comme sa mission principale consistait à consoler les affligés, et que cette explication climatologique leur donnait satisfaction, le brave médecin ne se préoccupait pas d'en chercher une autre. Ce fut le *Printemps médical* qui maintint la Régente *prostrée au fond de son lit,* d'après don Robustiano : elle s'alita un soir de la fin mars, les dents serrées malgré elle et la tête pleine de feux d'artifice. En s'éveillant le lendemain, au sortir de rêves peuplés de revenants, elle comprit qu'elle avait de la fièvre.

Quintanar était à la chasse dans les marais de Palomares; il ne rentrerait pas avant dix heures du soir. Anselmo appela le médecin et Petra s'installa au chevet du lit, comme un chien fidèle. Servanda, la cuisinière, allait et venait, portant des tasses de tilleul, silencieuse, ne cachant pas son indifférence; elle était nouvelle dans la maison et venait de la montagne. Il y avait longtemps qu'Anita n'avait pas eu un de ces élans de tendresse dont Víctor était l'objet, mais ce jour-là, en fin d'après-midi, et surtout à la tombée de la nuit, elle pleurait en dissimulant son visage, pensant à l'époux absent. « Comme elle souhaitait sa présence! Lui seul pourrait lui tenir compagnie dans sa solitude de malade qui commençait ce jour-là. » En vain la Marquise, Paco, Visitación et Ripamilán se hâtèrent d'accourir dès qu'ils apprirent son état; elle les reçut tous aimablement, elle sourit à tous, mais elle comptait les minutes qui manquaient pour arriver à dix heures du soir. « Son Quintanar! C'était lui le véritable ami, le père, la mère, tout. » La Marquise resta peu de temps auprès de son amie malade; elle lui toucha le front et dit que ce n'était rien, que Somoza avait raison, le printemps médical... et elle parla de salsepareille et prit congé sans tarder. Paco admirait en silence la beauté d'Ana, dont la tête reposant sur la blancheur molle des oreillers lui paraissait « un bijou dans son écrin ». Visita remarqua qu'Ana en ce moment ressemblait plus que jamais à la Madone à la Chaise. La fièvre mettait de l'éclat et de la lumière dans les yeux de la Régente, et sur son visage des roses rouges; et quand elle souriait, elle avait l'air d'une sainte. Involontairement, Paco pensa « qu'elle était appétissante ». Il offrit ses services, comme sa mère, et s'en alla. Dans le couloir, il pinça Petra qui apportait un verre d'eau sucrée. Visita étendit sa mantille sur le lit de son amie et se prépara à se mêler de tout, sans s'émouvoir de la grimace impertinente de Petra. « Pouvait-on faire confiance aux domestiques ? Heureusement qu'elle était là pour s'occuper de tout. »

— D'ailleurs, ton Quintanar bien-aimé, il faut reconnaître qu'il est un peu particulier; a-t-on idée d'aller chasser en te laissant dans cet état ?

— Mais il ne pouvait pas savoir...

— Mais déjà hier soir tu ne te sentais pas bien...

— C'est Frígilis le responsable de tout...

— Il suffit de fréquenter Frígilis pour devenir aussi fou que lui. N'est-ce pas ce Frígilis qui greffait des coqs anglais ?

— Oui, oui, c'était lui.

— Et celui qui prétend que nos ancêtres étaient des singes ? C'est lui qui est un singe, et mal éduqué... Enfin, écoute, il n'est même pas habillé correctement... Je ne lui ai jamais vu de col à sa chemise... ni de *haut-de-forme*...

Somoza revint à huit heures du soir; malgré le printemps médical, il n'était pas tranquille; il examina la langue de la malade, prit son pouls, lui ordonna de mettre au creux de l'aisselle un thermomètre qu'il sortit de sa poche, et compta les degrés. Le docteur devint rouge comme une tomate... Il lança à Visita un regard courroucé, et, en veine de perspicacité, il s'écria furieux :

— Ça ne va pas...! On a beaucoup parlé ici... Vous me l'avez étourdie, n'est-ce pas ? Comme si je le voyais... beaucoup de gens, c'est sûr... beaucoup de conversation...!

Ce fut au tour de Visita de sentir son visage s'empourprer. Somoza avait deviné. Il ne savait rien en médecine, mais il savait à qui il avait affaire. Il fit une ordonnance; critiqua aussi l'absence intempestive de don Víctor; déclara que la folie était contagieuse; que Frígilis s'y connaissait en darwinisme comme lui à ferrer les mouches; donna deux petites tapes sur la joue de la Régente, savourant le contact, et sortit en fermant bruyamment les portes, non sans claironner de loin qu'il reviendrait le lendemain de bonne heure.

Visitación, assise aux pieds du lit, dévorait une confortable ration de fruits confits, et affirmait la bouche pleine que Somoza et la poudre de perlimpinpin, c'était tout un. La banquière croyait aux recettes de bonne femme et disait pis que pendre des médecins. Par deux fois elle avait réchappé des fièvres puerpérales grâce à une fameuse matrone sans diplôme ni rien qui y ressemblât. « Dis plutôt que ce monde est une farce. Comme de dire que tu vas plus mal parce qu'on a essayé de te distraire! L'imbécile! Sait-il seulement ce que c'est qu'une femme nerveuse, à l'imagination prompte? Pour sûr, si je n'étais pas là, tu te consumerais à petit feu toute la journée à remâcher des idées noires et à penser sans arrêt à ton Quintanar absent : et pourquoi n'est-il pas là, et c'est un si bon mari, et ce n'est plus un enfant, et il aurait pu y penser... et que sais-je encore; ce qui vous vient à l'esprit quand on se trouve seule, qu'on est malade et qu'on a quelques raisons de se plaindre de quelqu'un. »

Ana s'appliquait à écouter Visita sans chercher à comprendre ce qu'elle disait, en pensant à autre chose, seul moyen de rendre supportable le supplice de son papotage. A dix heures et quart, don Víctor, ruisselant d'oiseaux et d'accessoires de chasse, avec de grandes guêtres et un ceinturon de cuir entra dans la chambre; derrière lui, venait don Tomás Crespo, Frígilis, avec un chapeau gris tout fripé, un cache-nez à carreaux et des souliers blancs à triple semelle. Quintanar laissa tomber à terre un imperméable, pareil à Manrique jetant sa cape au premier acte du *Trouvère* [20]; et cela fait, il se précipita dans les bras de sa femme et lui couvrit le front de baisers, sans plus penser qu'il y avait des témoins.

« Ah, oui! c'était le père, la mère, le frère, la force douce de la caresse familière, le rempart spirituel de l'amour conjugal; non, elle n'était pas seule au monde, son Quintanar était bien à elle. » Elle lui jura en silence une fidélité éternelle dans le baiser prolongé, intense, dont elle paya tous ceux de son mari. La moustache de don Víctor ressemblait à un balai mouillé; l'humidité qu'elle rapportait des marais éclaboussa le front de son épouse; mais elle n'éprouva aucune répugnance et ne vit que de l'or et de l'argent dans ces poils raides qui ressemblaient à une touffe d'herbes réduites en cendres à la racine et roussies à l'autre bout.

Don Víctor aussi fut d'avis « que cela ne serait rien », mais regretta néanmoins de tout son cœur de n'être pas rentré par le train de quatre heures et demie.

— Tu vois, Crespo, si j'avais obéi à cette intuition! Oui, madame, ajouta-t-il à l'intention de Visita, demandez-le-lui, je ne sais pourquoi je me suis imaginé que je devais rentrer plus tôt...

— Oh, oui, vous pouvez en être sûr. Il y a des pressentiments, glapit la banquière, qui s'apprêtait à narrer trois ou quatre pressentiments qu'elle avait eus...

— Mais c'est de sa faute...

Frígilis haussa les épaules et prit le pouls de la malade qui lui serra la main, lui accordant son pardon. La vérité était que don Víctor avait voulu rentrer de bonne heure... pour ne pas manquer le théâtre. Mais cela ne pouvait pas être dit. Frígilis, en son for intérieur, eut une fois de plus l'occasion de nier l'existence des avertissements surnaturels. Il était

20. *Trouvère :* voir note 6, p. 135.

dépeigné et son épaisse chevelure, de la couleur de la montagne, taillée partout à la même longueur, avait l'air d'un buisson, d'un spécimen de broussailles. Il fermait ses yeux gris et fronçait les sourcils; la lumière le blessait, il se heurtait aux meubles, il sentait la forêt; la brume des marais lui collait à la peau, et il semblait auréolé de l'obscurité et de la fraîcheur des champs. Il avait quelque chose du fauve qui tombe dans un piège, de la chauve-souris qui entre pour son malheur dans une demeure humaine, attirée par la lumière... Et près d'Ana nerveuse, tendue, fébrile, il avait l'air du symbole de la santé cherchant à *contaminer* la malade par ses émanations.

Quand les deux époux se retrouvèrent seuls, après avoir obtenu, non sans mal, que Visita renonçât à se sacrifier en restant au chevet de son amie, Ana se blottit à nouveau dans les bras de son mari et lui dit d'une voix où tremblait un sanglot :

— Ne te couche pas encore, je suis très impressionnable, j'ai besoin de toi, reste ici, je t'en prie, Quintanar...

— Mais oui, mon enfant, mais oui, bien entendu...

Et, prévenant, affectueux, il repliait le revers du drap sous son dos rose, satiné, qu'il ne regardait même pas. Mais la Régente s'aperçut vite que son mari était préoccupé.

— Qu'as-tu ? Tu crains quelque chose ? Tu crois que je vais plus mal qu'on ne dit... et tu cherches à le cacher...

— Non, mon enfant, non... pour l'amour de Dieu... ce n'est pas cela...

— Si, si, je le vois bien; mais ne t'inquiète pas; je t'assure que cela va passer; je le sais; tu sais comment je suis, on dirait que je couve une maladie... et finalement, ce n'est rien... En ce moment, oui, je suis très nerveuse, je suis capable de m'imaginer que le monde entier m'abandonne, que je reste seule, seule... et j'ai besoin de toi... mais ça passe, c'est nerveux...

— Oui, mon enfant, bien sûr, c'est nerveux.

Et sans pouvoir s'en empêcher, il se leva en s'exclamant :

— Mon cœur, je reviens.

Et il sortit par la porte de service.

— Voyons, cria-t-il dans le couloir, Petra, Servanda, Anselmo, n'importe... Don Tomás a-t-il emporté la perdrix ?

Anselmo fouilla parmi le gibier qu'on avait apporté à la cuisine et répondit de loin :

— Oui, Monsieur; il n'y a pas de perdrix ici!

— Tonnerre de Dieu! Crénom! Le diable l'emporte! Il n'en fera jamais d'autres! Elle est à moi, c'est moi qui l'ai tuée... je suis sûr que c'est mon coup de fusil... Il est d'une vanité...! Anselmo! Écoute ce que je te dis : demain à l'aube, tu entends, tu te présentes *en personne* chez don Tomás et tu lui demandes de ma part, très sérieusement et très énergiquement, la perdrix, quel que soit son état, tu comprends ? et que ce n'est pas une plaisanterie, et même si elle est plumée, que je veux qu'on me la rende... *Suum cuique.*

Ana entendit les cris et s'empressa de pardonner cette innocente faiblesse de son époux. « Tous les chasseurs sont pareils », pensa-t-elle avec la bienveillance de la fièvre montante.

Don Víctor revint et le doux sourire chrétien de son épouse lui rendit le calme, à défaut de la perdrix.

Sa femme ne *réussit à s'assoupir* qu'à une heure et demie, et c'est *alors et alors seulement* que don Víctor put envisager d'aller dormir.

Une fois en manches de chemise devant son lit, il considéra que la maladie de sa très chère Ana était un fâcheux contretemps. « Il n'était pas alarmé, Dieu en était témoin; il n'y avait pas de danger; sinon, il s'en serait aperçu à la frayeur, à la douleur qui le tourmenterait; il n'y avait pas de frayeur, il n'y avait pas de douleur, donc il n'y avait pas de danger. Mais il y avait un contretemps; et d'abord, adieu théâtre pour longtemps, et quoiqu'il ne fût question pour le moment que d'une compagnie de zarzuelas — un *genre hybride* —, il avouait pourtant qu'il commençait à apprécier les beautés agréables et simples de la zarzuela sérieuse, et il avait trouvé, lors des soirées précédentes, une certaine *couleur locale* dans *Marina,* une *saveur* d'époque dans *le Domino Bleu,* sans compter les amours contrariées du *Serment,* qui étaient une chose délicate. Et que devenait, en outre l'expédition avec le Gouverneur de la Province pour inaugurer le Chemin de Fer Commercial d'Occident ? Et les parties de domino avec l'Ingénieur en chef au Cercle ? Et les longues promenades qui lui étaient nécessaires pour bien digérer ? » La perspective de ne pouvoir sortir de chez lui pendant longtemps l'atterrait... Il se coucha de fort mauvaise humeur. Il éteignit. L'obscurité lui inspira un remords. « C'était un égoïste, il ne pensait pas à sa pauvre petite femme mais à son confort, à ses caprices. » Et, comme pour se racheter, pour s'abuser lui-même, il soupira avec force et s'exclama à voix haute :

— Pauvre petite de mon cœur!

Et il s'endormit satisfait.

Il s'éveilla la tête pleine de projets, comme d'habitude; mais il pensa soudain à Ana, à sa fièvre et son âme s'emplit d'une lâche tristesse... « Qu'est-ce que cela pouvait bien être ? » Les mixtures, les sirops qu'il détestait, la peur de se tromper dans les doses, la frayeur que lui inspiraient les médicaments verdâtres, persuadé que ce pouvait être du poison (pour don Víctor, en dépit de ses études de physique et de chimie, le poison était toujours vert ou jaune), les erreurs et les maladresses des servantes, les heures d'ennui et de silence au pied du lit de la malade, les inquiétudes naturelles, la hantise du diagnostic de Somoza, les conversations avec tous ceux qui voudraient savoir la même chose, la progression de la maladie... toutes ces contrariétés s'accumulèrent dans l'imagination de don Víctor, qui cracha plusieurs fois de la bile et se leva en s'apitoyant sur son sort. Il se rendit dans la chambre de sa femme et oublia d'un coup tout cela : Ana était mal, elle avait déliré ; on n'avait pas voulu le réveiller, mais Madame avait passé une nuit terrible, au dire de Petra qui l'avait veillée.

Somoza vint à huit heures.

— Qu'est-ce que c'est ? Qu'est-ce qu'elle a ? C'est grave ?

Don Víctor, les mains jointes, serrées, convulsif, posait ces questions au médecin devant la malade, qui entendait tout malgré son état léthargique.

Le médecin ne répondit pas. Il rédigea son ordonnance et passa dans le boudoir.

— Qu'y a-t-il ? Qu'y a-t-il ? répétait Quintanar tout bas, d'une voix tremblante. Qu'y a-t-il ?

Don Robustiano le regarda avec mépris, avec haine et avec indignation...

« Qu'y a-t-il! Qu'y a-t-il! C'est facile à demander » ; don Robustiano ne savait pas ce qui allait se déclarer mais d'après les symptômes, c'était quelque chose de grave ; c'est ce qu'il pensa, mais il dit :

— Il faut... être sur ses gardes, faire très attention, ne pas la laisser aux mains des servantes, ni de Visitación pour qu'elle l'assomme avec son caquetage... ; voilà.

— Mais c'est grave, c'est grave ?

— Peuh... oui et non. Non, ce n'est pas grave ; la science ne peut pas dire que c'est grave..., et elle ne peut pas le nier. Mais mon fils, vous n'entendez rien à cela... S'agit-il d'une hépatite ? Possible... Peut-être y a-t-il une gastro-entérite... peut-être... mais il y a des phénomènes réflexes qui trompent...

— Alors, ce ne sont point les nerfs ? Ni le printemps médical... ?

— Vous savez, les nerfs sont toujours de la partie... et le printemps... le sang... la sève nouvelle... bien sûr... tout influe... mais vous ne pouvez pas comprendre...

— Non, monsieur, je ne peux pas. A mes moments perdus j'ai lu des livres de médecine, je connais le Jaccoud... mais une telle lecture me donnait envie de... bref, j'avais des nausées et j'avais l'impression d'entendre mon sang circuler, et je me voyais comme... un peu comme le réservoir de Lozoya, avec des canaux, des écluses dans le cœur...

— Bon, bon ; vous n'êtes pas obligé de me raconter vos sornettes. A cet après-midi ; s'il y a du nouveau, avertissez-moi. Ah, ne la couvrez pas trop, et empêchez... Visitación d'entrer... parce qu'elle l'abrutit. La science interdit formellement que cette dame protectrice de commères faiseuses d'anges mette les pieds ici... !

Quatre jours après, don Robustiano envoyait à sa place un jeune médecin, son protégé ; il croyait arrivé le moment de se sentir dépassé ; c'était connu, il ne pouvait être d'aucun secours pour les personnes qu'il aimait beaucoup, au-delà d'un certain stade...

Le remplaçant était un garçon intelligent, très studieux. Il déclara que la maladie n'était pas grave, mais très longue, avec une convalescence difficile. Il n'aimait pas utiliser les noms vulgaires et peu exacts des maladies, et il employait les termes techniques si on le questionnait, non par pédanterie ridicule, mais parce qu'il ne lui plaisait pas d'informer les profanes de ce qu'il n'est pas indispensable qu'ils sachent et que, en définitive, ils ne peuvent pas savoir. Ce qui se passa, c'est qu'Ana crut qu'elle était à l'article de la mort et elle souffrit plus encore qu'au moment du plus grand danger, lorsque l'on commença à lui dire qu'elle allait mieux. En apprenant qu'elle était restée six jours plongée dans cette torpeur entrecoupée de périodes d'exaltation et de délire, elle fut très étonnée de ce que ce long martyre lui eût paru si court.

Plus encore que de l'épuisement, la faiblesse produisait en elle excitation et fragilité. Elle voyait tout à travers un pâle voile jaunâtre ; entre les objets et elle flottait une infinité de points et de petits cercles aériens, comme des bulles quelquefois, comme de la poussière et comme de très fines toiles d'araignée d'autres fois : si elle laissait ses bras étendus sur le revers du drap et se mettait à regarder ses mains décharnées, sillonnées de faisceaux bleus sur fond blanc mat, elle croyait soudain que ses doigts n'étaient pas à elle, qu'il ne dépendait pas de sa volonté de les mouvoir, et quand elle décidait de cacher ses mains, cela lui coûtait un grand effort. Ses plus grandes angoisses l'assaillaient au moment de prendre sa première nourriture : des bouillons fades, insipides, que don Víctor refroidissait de son souffle, en soufflant avec foi et persévérance, manifestant son zèle et sa tendresse dans cette façon de souffler. L'idéal du bouillon, selon Quintanar, les servantes de Vetusta ne le *réalisaient* jamais. C'est de cela qu'il parlait, tandis qu'Ana était en proie à des sueurs mortelles qui semblaient tirer de sa chair ses dernières forces, jusqu'à sa volonté de vivre. Elle fermait les yeux, et elle perdait toute sensation d'elle-même, intérieure ou extérieure; elle perdait parfois la conscience de son unité, se voyait en mille morceaux, et l'horreur qui s'emparait d'elle produisait une réaction suffisamment énergique pour la ramener à son *moi,* comme à l'abri d'un port; en recouvrant cette conscience de soi, elle éprouvait une grande souffrance, mais elle jouissait presque de cette douleur qui finalement était la vie, la preuve qu'elle était vraiment qui elle était. Si don Víctor parlait à ses côtés, sans le vouloir Ana suivait alors la pensée de son époux et, contre sa volonté, l'attention se fixait sur les jugements de Quintanar, et l'intelligence les passait au crible d'une critique rigoureuse, d'une analyse subtile et douloureuse pour la malade qui, en pulvérisant malgré elle les inepties de son mari, éprouvait des tourments indescriptibles, dans le cerveau selon elle.

Elle voyait le médecin très préoccupé par le *tronc* et indifférent aux douleurs ineffables qu'elle éprouvait au plus profond de son être, dans quelque chose de si intime que c'était peut-être le corps, mais que cela ressemblait à l'âme. Chaque jour, il fallait palper le ventre et poser des questions relatives aux fonctions les plus humbles de la vie animale; don

Víctor, qui se méfiait de sa mémoire, toujours sa montre en main, enregistrait sur un cahier, avec de belles abréviations et en style gongorisant, tout ce que le médecin voulait connaître de ces détails.

Tant qu'on craignit le pire, l'époux amoureux ne pensa qu'à la malade et se comporta fort bien; s'il était parfois importun, négligent ou maladroit, c'était inconsciemment. Puis il commença à s'ennuyer, à regretter sa vie quotidienne, exagérant le nombre d'heures qu'il passait à veiller. Pour mieux supporter sa croix, il décida de prendre goût au métier d'infirmier et il y parvint : lui qui s'amusait à fabriquer des portiques ogivaux en marqueterie, il finit par trouver le même plaisir à préparer des mixtures ou à peindre d'iode le corps de sa femme; à souffler sur les bouillons et à les éclaircir, à consulter sa montre pour compter les minutes et même les secondes; opération qu'il finit par effectuer avec une exactitude qui exaspérait Petra et Servanda. Il attendait impatiemment la visite du médecin, d'abord pour s'entendre répéter vingt fois qu'Ana allait mieux, beaucoup mieux, et aussi pour profiter de l'agréable conversation, étrangère à toutes les maladies du monde, qui suivait la partie médicale de la visite. Le remplaçant de Somoza n'était pas bavard mais il prenait plaisir à entendre Quintanar, et celui-ci finit par se prendre d'affection pour Benítez, c'était son nom. Le contraste entre les soins vulgaires, insignifiants; entre la chambre exiguë et chargée d'une atmosphère pesante; entre la vie monotone du foyer et les grands intérêts de l'Europe, la guerre de Russie, le grand air, la dernière zarzuela, ravissait don Víctor, qui orientait la conversation vers des choses récentes, importantes et pleines de péripéties. Il aimait aussi discuter avec Benítez et le sonder, comme il disait. Un des problèmes les plus préoccupants pour le maître de maison, c'était celui de la pluralité des mondes habités. Il croyait vraiment qu'il y avait des habitants sur tous les astres, la générosité de Dieu l'exigeait; et il citait Flammarion, les lettres de Feijoo et l'opinion d'un évêque anglais, dont il avait oublié le nom, « Mister je ne sais qui », car pour lui tous les Anglais étaient « Mister ».

Du jour où le médecin déclara que l'amélioration, quoique lente, serait probablement continue, Quintanar, très content, ne permit plus qu'on mît en doute cette marche ininterrompue vers la santé. Son égoïsme candide mais puissant était fatigué de penser aux autres, de s'oublier soi-même, il ne voulait plus prolonger la servitude, et si Ana se plaignait, son mari faisait la grimace, et il en vint même à parler sur un ton aigre-doux de la patience et du savoir-vivre.

— Ne fais pas l'enfant, Ana; tu vas mieux, ce que tu ressens est un effet de ta faiblesse... n'y pense pas... c'est de l'appréhension, l'appréhension fait plus de victimes que le mal.

Et inévitablement, il répétait la parabole du choléra et de l'appréhension.

L'idée d'une rechute, d'un état stationnaire même, lui paraissait subversive, une machination contre son repos. « Il n'était pas de pierre. Il ne pourrait pas résister... »

Il n'avait plus de compassion pour la malade; ce n'était plus qu'une affaire de nerfs... et il se mit à penser à lui exclusivement. Il entrait et sortait à tout moment de la chambre d'Ana; et il ne s'asseyait presque jamais, et finit par se lasser du registre des médicaments et autres détails intimes. Le médecin dut s'arranger avec Petra. Quintanar trouvait des sophismes et même des mensonges pour être dehors, dans son bureau ou dans le Parc. « Quelles grandes choses que l'Art et la Nature! A dire vrai, tout était un, Dieu l'auteur de tout. » Et don Víctor respirait les brises d'avril avec un plaisir voluptueux, avalant l'air à pleins poumons. Il se remit à ses machines, rêva de nouvelles inventions et envia Frígilis d'avoir acclimaté l'*Eucalyptus globulus* à Vetusta.

La Régente remarqua les absences de son mari; il la laissait seule des heures et des heures, qui pour lui n'étaient que des minutes. Quand ses angoisses la plongeaient dans des océans de tristesse dont elle ne voyait pas la rive, quand elle se sentait comme isolée du monde, abandonnée irrémédiablement, elle n'appelait plus Quintanar, quoiqu'il fût le seul être vivant dont elle se souvînt alors; elle préférait le laisser tranquille, dehors, parce que s'il entrait, il la faisait souffrir avec son dédain verbeux et absurde pour les affections nerveuses.

Un soir couleur de plomb, d'autant plus triste qu'il était printanier et paraissait hivernal, la Régente, assise sur son lit entre des remparts d'oreillers, seule, tandis que l'obscurité gagnait déjà le fond de la chambre où quelques-uns de ses vêtements et un pantalon oublié par don Víctor prenaient des poses tragiques, doutant de son médecin, croyant en quelque mal incurable que les docteurs de Vetusta ne comprenaient pas, la Régente eut tout à coup, comme une amertume du cerveau, cette idée : « Je suis seule au monde. » Et le monde était gris de plomb, jaunâtre ou sombre selon les heures, selon les jours; le monde était une rumeur triste, lointaine, éteinte, où il y avait des chansons enfantines, monotones, dépourvues de sens; un fracas de roues qui fait trembler les vitres, crisser les pierres avant de se perdre au loin comme le grognement des flots pleins de rancœur; le monde était une contredanse du soleil tournant très vite autour de la terre, et c'était cela les jours; rien. Les gens entraient dans sa chambre et sortaient comme sur la scène d'un théâtre, ils parlaient avec un intérêt affecté, l'esprit ailleurs : leur réalité était autre, cela c'était le masque. « Personne n'aimait personne. Ainsi était le monde, et elle était seule. » Elle regarda son corps, et se le représenta comme de la terre. « Il était complice des autres, lui aussi s'échappait dès qu'il pouvait; il ressemblait plus au monde qu'à elle, il appartenait au monde plus qu'à elle. » « Je suis mon âme », dit-elle entre ses dents, et, lâchant les draps qu'elle serrait entre ses mains, elle glissa au fond du lit et resta étendue tandis que le mur d'oreillers s'effondrait. Elle pleura les yeux fermés. La vie revenait au milieu de ces vagues de larmes. Elle entendit sonner une horloge de la maison. C'était l'heure d'un médicament. Ce soir-là, Quintanar était chargé de le lui donner, et il n'apparaissait pas. Ana attendit. Elle ne voulut pas appeler et se pencha vers la table de nuit. Sur un livre relié en vert était posé un gobelet. Elle le prit et but. Alors elle lut distraitement sur le dos du gros volume : *Œuvres de sainte Thérèse, I.*

Elle frémit, en proie à une vague terreur; elle se souvint tout à coup de cet après-midi où elle avait lu saint Augustin sous la tonnelle de son jardin, à Loreto, quand elle était enfant, et qu'elle avait cru entendre des voix surnaturelles retentir dans son cerveau; elle n'avait plus la foi candide d'alors. « C'était un hasard, un pur hasard que la présence de ce livre mystique coïncidant avec les idées d'abandon qui l'affligeaient, et suscitant des idées de piété irrésistibles qui lui réchauffaient l'âme, sérieuses, profondes, pas imposées mais comme révélées et accueillies aussitôt de toute la force de son désir... Mais peu importait, que ce fût ou non un avertissement du ciel, elle recevait la leçon, mettait à profit la coïncidence, comprenait le sens profond du hasard. Ne se plaignait-elle pas d'être seule, n'était-elle pas tombée comme anéantie par l'idée de l'abandon... ? Eh bien il y avait là ces lettres dorées : *Œuvres de sainte Thérèse, I*. Que d'éloquence dans un titre! Tu es seule! Et Dieu, alors ? »

La pensée de Dieu fut comme une braise au fond de son cœur; tout en elle s'embrasa de piété; et Ana, emportée par l'élan irrésistible d'une foi manifeste, vive, concrète, puissante, se mit à genoux sur son lit, toute blanche; et aveuglée par les larmes, les mains jointes tremblantes au-dessus de sa tête, balbutiante, elle s'exclama, avec une voix de fillette malade et amoureuse :

— Mon Père! Mon Père! Seigneur! Seigneur! Dieu de mon âme!

Elle sentit des frissons et des ondes de vertige qui lui montaient au cerveau; elle s'appuya sur le stuc froid et tomba inanimée sur la courtepointe de damas rouge.

En dépit de l'interdiction de don Víctor, il y eut un recul; la malade rechuta, et ce furent à nouveau les frayeurs, les moments critiques, les nuits blanches; le médecin redevint un oracle, les soins de la chambre des opérations ardues, la montre un dictateur laconique.

Pendant ces nuits-là, Ana fit des rêves horribles. Au matin, quand la lumière timide et blafarde se traînait sur le sol, après avoir été laminée par les interstices du balcon, elle s'éveillait, le souffle coupé par des visions, comme un naufragé atteignant la rive... Elle croyait encore sentir le frôlement des fantômes grossiers et cyniques, couverts de plaies pestilentielles; sentir les exhalaisons fétides de leurs pourritures, respirer l'atmosphère glacée, presque visqueuse, des souterrains où le délire l'emprisonnait. Des monstres déguenillés la menaçaient du contact de leurs blessures purulentes pour l'obliger, sous les sarcasmes, à passer et repasser cent fois par un trou étroit ouvert dans le sol, où son corps ne pouvait entrer sans endurer mille tortures. Elle croyait mourir. Une nuit, la Régente reconnut dans ce souterrain les catacombes, d'après les descriptions romantiques de Chateaubriand et de Wiseman; mais au lieu de vierges vêtues de blanches tuniques, elle voyait errer, dans ces galeries humides, étroites et basses, des larves dégoûtantes, décharnées, revêtues de chasubles d'or, de chapes et de manteaux de prêtres qui, au contact, étaient comme des ailes de chauve-souris. Ana courait, courait à perdre haleine sans pouvoir avancer, à la recherche de l'ouverture étroite, préférant y déchirer ses chairs plutôt que de supporter la puanteur et le contact de ces masques repoussants; mais quand elle parvenait à la sortie, les uns lui demandaient des baisers, les autres de l'or, et elle cachait son visage en distribuant des monnaies d'argent et de cuivre, tandis qu'elle entendait chanter des requiems sardoniques et que son visage était éclaboussé par l'eau sale des goupillons qui s'abreuvaient dans les flaques.

Au réveil, elle se sentit trempée d'une sueur glacée, elle eut horreur de son propre corps et peur que son lit n'exhalât l'humeur fétide des goupillons de son cauchemar...

« Allait-elle mourir ? Ces songes répugnants étaient-ils des émanations de la sépulture, la saveur anticipée de la terre ? Ces larves, ces souterrains, étaient-ils une imitation de l'Enfer ? L'Enfer! Elle n'avait jamais pris le temps d'y penser; c'était, chez elle comme chez la plupart des fidèles, une de ces innombrables croyances irréfléchies; elle croyait à l'Enfer comme à tout ce que l'Église ordonnait de croire, parce que, chaque fois que son esprit s'était révolté, elle l'avait soumis par un acte de prétendue foi, elle avait dit « je crois aveuglément », prenant ces mots et sa résolution de croire pour la croyance même. Mais cette fois-ci, c'était autre chose : l'Enfer n'était plus un dogme parmi d'autres; elle avait senti son odeur, goûté sa saveur... et elle comprenait qu'auparavant, en réalité, elle ne croyait pas à l'Enfer. Oui, oui, c'était quelque chose de matériel, ou qui en avait l'air, pourquoi pas ? Qu'elle était vaine maintenant aux yeux de la Régente la philosophie superficielle de l'optimisme jovial, du spiritualisme abstrait, bon enfant, aveugle à la réalité triste du monde ! Il y avait un Enfer ! C'était ainsi... la pourriture de la matière pour les esprits pourris. Et elle avait péché, oui, oui, elle avait péché. Quelle différence entre le critère qu'elle appliquait en ce moment à ses fautes et celui que le monde adoptait d'habitude, et grâce auquel elle avait passé l'éponge sur certaines *légèretés* qui maintenant lui pesaient comme du plomb! » Et elle se rappelait les maximes et les aphorismes religieux du Magistral, dont elle n'avait pas pénétré alors la terrible sévérité, le sens lugubre et profond qu'ils ne semblaient pas avoir sur les lèvres fines, douces, chuchotantes de l'impeccable chanoine.

Le soleil était déjà bien haut dans le ciel, déjà le matin apportait la chaleur des tièdes caresses d'un avril vétustain; dans la maison, on croyait la Régente prostrée ou endormie et l'on n'ouvrait pas les contrevents du balcon, de peur d'interrompre le repos de la malade. Ana sentait monter le jour dans le mélancolique bien-être que sa propre couche, si souvent détestée, lui offrait en ces heures matinales de printemps; à nouveau la vie recommençait à bouger dans ce corps flétri, ravagé comme un champ de bataille; la vie reprenait pied sur ce terrain, doutant encore de sa victoire; le cerveau recouvrait les domaines de la logique, sa santé; la mémoire, affermie, n'était plus une torture, elle se débarrassait des visions et des monstres.

Ana, heureuse d'être seule et qu'on la crût assoupie ou endormie, repassait dans sa conscience les péchés dont elle voulait s'accuser; sa mémoire était le rapporteur, son imagination le procureur, et peu à peu, tandis que le flot de la santé montait comme une marée, la malade, délivrée de la terreur qui la dominait à son réveil, écoutait l'accusation avec une douce curiosité croissante; l'idée de l'Enfer s'évanouissait, comme meurent les vibrations d'une lame d'acier, tandis que s'éloignaient les sensations de dégoût et de terreur; les fautes évoquées, qui étaient la vie, la réalité de tous les jours, passaient à travers son cerveau comme une nourriture, donnant chaleur et force à son esprit, et, sans que le remords disparût, le récit prenait de plus en plus d'intérêt.

Alors sa mémoire passa en revue chacune des journées qui avaient suivi l'hébétude de la terrible tempête, lorsque l'esprit d'Ana avait abandonné cette espèce de vie de couleuvre hivernante. Elle se rappela la fête de la Saint-Blaise, sur la route de la Vieille Usine; cet après-midi de soleil, qui était une fête du ciel; la tour de la cathédrale au loin dressée, comme au faîte d'un édifice, dentelle de pierre sombre sur le fond orange et violet d'un ciel tendre, rayé de nuages longs, étroits, onduleux, immobiles au-dessus de l'abîme, comme s'ils attendaient que le soleil disparût pour clore l'horizon... Sans qu'on sache comment, Saint-Blaise annonçait le printemps; Ana attendait maintenant ces jours où, entre de longs intervalles de mauvais temps, apparaît une faible lumière qui arrache des vibrations de joie et de clarté au vert endormi de la campagne vétustaine; ces jours qui sont quelque chose de meilleur qu'avril ou mai : leur espérance. Les idées tristes s'étaient envolées comme des oiseaux d'hiver. Ana s'était vue à la promenade de la Saint-Blaise, entourée de monde, complimentée, accompagnée de don Alvaro Mesía, amoureux triste de tant aimer, résigné, affectueux sans arrière-pensée, doux et tendre, sans espoir. Un peu comme le charme même de cette journée; à strictement parler, l'hiver, rien d'autre, mais dans la tranquillité et le tiède et vague bonheur de l'atmosphère, un délice que la Régente savourait avec un plaisir ineffable.

De même pour don Alvaro; elle ne serait jamais sienne, oh non; cet été ardent ne viendrait jamais, elle ne l'autoriserait même pas à lui parler clairement, à aller plus loin dans ses projets; mais l'avoir à côté d'elle, le *sentir,* l'aimer, l'adorer, cela oui : c'était bon, c'était doux, c'était un plaisir tranquille, profond... Elle le regardait avec, dans ses yeux, une flamme qu'elle éteignait aussitôt, lui souriait comme une déesse qui accepte l'holocauste, mais une déesse humble, maternelle, pleine de charité et de grâce, à défaut d'amour enflammé. Voilà ce qu'avait été la promenade de la Saint-Blaise.

Depuis cet après-midi-là, Mesía s'était repris à espérer un peu; il s'était remis à croire à l'influence *du physique* et s'était promis d'être aux côtés d'Ana le plus souvent possible. C'était une vilenie, mais il eut recours à l'amitié aveugle de don Víctor. Au Cercle, il s'asseyait près de lui, il avait la patience de le regarder jouer aux dominos ou aux échecs, et la partie achevée, il le prenait par le bras et, comme il pleuvait la plupart du temps, ils se promenaient dans la longue salle de bal, vaste salon sombre, triste, où résonnaient les pas des cinq ou six groupes qui l'arpentaient de bout en bout à grandes enjambées, faisant claquer leurs talons comme pour protester contre le mauvais temps. Il y avait des vétérans du Cercle qui avaient parcouru dans ce salon une distance assez longue pour arriver jusqu'à la lune. Les deux amis déambulaient, et Mesía pénétrait, pénétrait dans l'âme du régent en retraite, prenant peu à peu possession de tous ses recoins.

Don Víctor finit par croire que Mesía ne s'intéressait plus à d'autres affaires au monde qu'aux siennes, celles de Quintanar, et sans craindre de le lasser, il le tenait des après-midi entiers amarré à son bras, allant et venant sur le parquet branlant du salon, s'arrêtant à chaque passage intéressant de son récit ou chaque fois qu'un doute lui commandait de consulter son ami. Don Alvaro endurait le supplice en pensant à la vengeance. Pendant longtemps sa délicatesse, ou ce qui en tenait lieu, avait hésité à emprunter ce chemin souterrain et perfide, mais il ne pouvait plus faire autrement. Et puis, « que diable! il y avait de plus grandes friponneries dans l'histoire de ses aventures. »

Don Víctor s'arrêtait, lâchait le bras de son confident, levait la tête pour le regarder en face, et disait, par exemple :

— Voyez-vous, ici dans le secret de la... bon... tout à fait entre nous... Frígilis a aussi ses défauts. Je l'aime plus qu'un frère, c'est sûr, mais lui... il me tient pour peu de chose... croyez-le bien... Ne me dites pas le contraire, c'est inutile, je le connais mieux que vous : il me tient pour peu de chose, il se croit très supérieur. Je ne lui dénie pas certains avantages. Il en sait plus en arboriculture, à la chasse il connaît mieux les bons endroits, il est plus constant que moi dans le travail... mais tirer mieux que moi! Laissez-moi rire! Et le talent mécanique? Il est très maladroit de ses mains et il a l'esprit lent. — Et don Víctor, s'arrêtant encore, presque à l'oreille de don Alvaro, ajoutait : — Il faut dire le mot, c'est un routinier!

Quintanar était intarissable sur le chapitre des doléances et de la jalousie mesquine, tâtillonne, quand il était question de son ami intime, de son Frígilis; il se sentait dominé par lui et il soulageait une animosité sourde, pusillanime, bonnasse dans le fond, au cours de ces confidences;

Mesía apparaissait comme une sorte de rival de Frígilis; don Víctor éprouvait une sorte de satisfaction maligne à cette infidélité commençante.

Don Alvaro se taisait et écoutait. Ce n'est que lorsque don Víctor vantait ses qualités de tireur qu'il se sentait un peu préoccupé. Il lui paraissait impossible qu'on pût parler autant d'un homme aussi insignifiant que don Tomás Crespo, qu'il considérait comme fou de naissance.

La nuit tombait, il pleuvait toujours, les employés allumaient deux ou trois lampes à gaz au salon et Quintanar découvrait alors, à cet indice et à sa fatigue qui le faisait transpirer copieusement, qu'il avait beaucoup parlé; il éprouvait alors des remords, prenait Mesía en pitié, lui savait gré du fond du cœur de son silence et de son attention, et l'invitait souvent à prendre un verre de bière allemande chez lui.

La formule était :

— Nous allons à la Rinconada?

Mesía, sans mot dire, suivait don Víctor.

Une étrange intuition disait à l'ex-régent qu'il récompensait largement l'attention de son ami en l'amenant chez lui. Quel plaisir don Alvaro pouvait-il éprouver à le suivre? Si on l'avait demandé à Quintanar, il n'aurait pas pu répondre. Mais quelque chose le lui disait; il l'avait remarqué, sans y attacher d'importance : Mesía aimait entrer dans la maison de la Rinconada.

D'habitude il le conduisait à son bureau, à son musée, comme il disait; là il lui expliquait le fonctionnement de ces enchevêtrements de leviers et de ressorts et, convaincu de l'ignorance de son ami, il le trompait sans scrupule. Ce que n'acceptait pas don Alvaro, c'était qu'on passât en revue les collections d'insectes et l'herbier; fixer son attention successivement et rapidement sur tant de choses inutiles lui donnait le tournis. La seule bestiole que don Alvaro trouvât sympathique était un paon que Frígilis et son ami avaient empaillé. Il lui caressait le jabot pendant que Quintanar dissertait.

— Bon, s'exclamait don Víctor, nous passerons donc dans mon cabinet, puisque vous méprisez mes collections. Anselmo, sers la bière dans mon cabinet.

Le cabinet était aussi un musée : c'est là qu'étaient les armes et les costumes. Une panoplie ancienne au grand complet, deux autres modernes, très brillantes et brodées; des fusils, des pistolets et des tromblons de toutes tailles et de toutes les époques couvraient les murs et les coins.

Dans les coffres et les armoires don Víctor conservait, avec une tendresse de collectionneur, les tenues d'amateur qu'il avait arborées en des temps meilleurs. Quand il s'enthousiasmait en évoquant ses lauriers flétris, il ouvrait les coffres, il ouvrait les armoires, et des flots de soie, de galons et de plumes, de verroterie et de rubans, en un mélange de couleurs criardes, se déversaient sur le tapis, et, au milieu de cet océan de souvenirs de chiffons, Quintanar perdait la tête. Dans une caisse en laiton, sur un lit de paille, il conservait avec un soin jaloux un objet qu'à première vue Mesía prit pour un serpent; c'était, en effet, enroulée sur elle-même, une masse vert sombre... Il n'y avait rien à craindre... don Víctor ne domptait pas de bêtes sauvages; c'était la chaîne qu'il traînait quand il avait joué Sigismond, au premier acte de *La vie est un songe*.

— Voyez-vous, cher ami, je peux bien vous le dire; ce n'est pas de l'immodestie; je reconnais (comment faire autrement?) la supériorité de Perales dans le répertoire classique, son Sigismond est une révélation, je l'avoue, il met en lumière, mieux que le mien, la philosophie du drame, mais... je n'aimais pas sa façon de traîner la chaîne ; on aurait dit un chien avec une casserole à la queue ; moi, je la maniais avec plus de vraisemblance et de naturel ; je traînais la chaîne, croyez-moi, comme si je n'avais jamais traîné autre chose de ma vie. Au point qu'un soir, à Calatayud, on m'a jeté toute cette ferraille sur scène, comme symbole de mon habileté. Les planches ont failli s'effondrer. Je garde cette chaîne comme le meilleur souvenir de mon éphémère vie d'artiste.

Mesía espérait qu'Ana viendrait, ce qui lui faisait supporter la conversation de son ami, mais il arrivait souvent que la Régente n'entrât pas dans le cabinet de son mari, et le galant devait se rabattre sur le bock de bière et le théâtre de Calderón et de Lope.

Mais il était dans la place. Peu à peu, il s'enhardit à venir à n'importe quelle heure et Ana, insensiblement, finit par le voir à côté d'elle comme un objet familier. Mesía devenait à la vieille demeure ce que Frígilis était au jardin.

Ce piètre procédé, digne d'un malappris, aurait dû l'irriter, mais il n'en fut rien; elle dut reconnaître qu'elle ne méprisait ni ne haïssait don Alvaro, malgré ses intentions perfides, misérables; il voulait abuser de la confiance de don Víctor. « Mais si telle n'était pas son intention? S'il se contentait de rester près d'elle, de la voir et de lui parler souvent, et de l'avoir pour amie? On verrait bien. S'il allait trop loin, elle était sûre de résister, et elle se sentait même le courage de lui jeter à la face son crime, sa bassesse, et de le mettre à la porte. »

Les jours passèrent et Ana se sentait de plus en plus rassurée. « Non, il se tenait correctement; il se contentait de l'admirer, de l'aimer en silence. Pas un mot plus haut que l'autre, pas un geste osé; jamais à l'affût d'une occasion, jamais à la recherche d'une scène; une honnêteté parfaite; l'amour qui respecte l'honneur, la passion à qui il suffit de voir et de respirer l'air qui entoure l'être aimé. Le plaisir qu'elle ressentait, elle devait aussi se l'avouer, était le plus intense qu'elle eût jamais savouré de sa vie. C'était peu dire : ils avaient été si rares! » Quand elle sentait don Alvaro près d'elle, sûre qu'il n'y avait aucun péril, elle respirait avec délices, elle laissait flotter son esprit dans une somnolence morale qui lui faisait l'effet de l'opium. Elle comparait cette situation au bonheur de se laisser entraîner par une rivière paisible et paresseuse, ombragée, à l'heure de la sieste; l'eau court à l'abîme, le corps flotte... mais il y a l'assurance de sortir du courant à l'approche du danger; il suffit d'un effort, de deux mouvements des bras, et l'on est dehors, sur la berge... Au fond d'elle-même, Ana savait bien que ce n'était pas bien, car elle ne pouvait pas répondre de la prudence de don Alvaro. « Mais n'était-elle pas sûre d'elle-même ? Si. Alors! Pourquoi ne pas le laisser venir chez elle, la contempler, avoir les attentions d'une mère, la fidélité d'un chien ? D'ailleurs, à la maison, c'était son mari qui commandait, pas elle. Courait-elle après Mesía ? Non. Demandait-elle à Quintanar de le faire venir ? Non. Alors, c'était bien ainsi. Agir autrement aurait été alarmer son époux sans raison, lui donner des soupçons infondés, peut-être ravir pour toujours à don Víctor la paix de l'âme. Le mieux était de se taire, de rester vigilante et... de savourer à demi la tiède flamme de la passion; si médiocre fût-elle, cette chaleur était le plus vif brasier qu'elle eût approché de sa vie. »

« Et au Magistral on ne soufflait mot de tout cela. A quoi bon ? Il n'y avait pas péché. Il y avait l'occasion, mais non recherchée. » De surcroît, Ana, puisqu'elle défendait sa vertu, croyait prudent de ne faire aucune allusion personnelle devant son confesseur. « Si le péril grandissait, elle parlerait. En attendant, non. »

C'est alors que le Grand Vicaire vit dans sa lorgnette, du haut du clocher de la cathédrale, les préparatifs d'une partie de campagne où la Régente était entourée de Mesía, Frígilis et Quintanar. Ce ne fut pas la seule; souvent, au moindre rayon de soleil, don Víctor se mettait en tête de profiter du beau temps et d'aller festoyer dans les guinguettes de la route de Castille ou dans celles de Vistalegre, en compagnie des personnes qu'il aimait le plus à Vetusta, à savoir : sa chère épouse, Frígilis... et don Alvaro. Le pauvre Ripamilán était invité, mais si on ne l'emmenait pas en voiture... « Son esprit était vaillant, disait-il, mais les os n'ont pas d'esprit. »

Là-haut, on mangeait à la fortune du pot, ce qu'offraient les aubergistes pris de court : des chorizos grillés, dégoulinants de sang, du pain frit, des œufs au plat, n'importe quoi; le pain était dur, tant mieux! Le vin était mauvais, il sentait la poix, tant mieux! C'est cela qui plaisait à Quintanar; et il partageait ce goût avec son épouse, qui aimait, elle aussi, ces goûters à l'aventure où elle trouvait quelque chose de piquant qui éveillait en elle l'appétit et une joie enfantine. L'air qu'on respirait sur ces coteaux était comme une chose nouvelle; ils se réchauffaient aux rayons du soleil avec une volupteuse paresse, comme si le soleil de Vetusta, au loin, tout en bas, était moins bénéfique. Ana remarquait que sur ces hauteurs, dans ce décor mi-pastoral, mi-picaresque, peuplé de muletiers, de maritornes et de châtelains, comme dans *Don Quichotte,* elle sentait s'éveiller en elle l'instinct de l'art plastique et le sens de l'observation ; elle observait la silhouette des arbres, des poules, des canards, des cochons, elle remarquait les lignes qui appelaient le crayon, elle discernait plus de nuances dans les couleurs, elle découvrait des sujets artistiques, des groupes de composition savante et harmonieuse, et, en somme, la nature se révélait à elle comme poète et peintre dans tout ce qu'elle voyait et entendait, dans la fine repartie d'une paysanne ou d'un rustre ignorant, dans les épisodes de la vie de la basse-cour, dans les groupes de nuages, la mélancolie d'une mule fatiguée et couverte de poussière, l'ombre d'un arbre, les reflets d'une flaque d'eau, et surtout dans le rythme secret des phénomènes, divisibles à l'infini, se succédant, se superposant, formant la trame dramatique du temps avec une harmonie qui dépasse nos facultés perceptives, qu'on devine bien plus qu'on ne la démontre. Ce sens nouveau dont Ana prenait conscience dans ces excursions aux guinguettes de Vistalegre, sur la route du Corfín, emplissait son esprit de visions et la plongeait dans une douce inertie où même imaginer finissait par devenir une fatigue. Une attention délicate de Mesía ou une saillie intempestive de Quintanar la tiraient alors de ses extases naturalistes. Don Víctor était persuadé qu'à la campagne, surtout en pique-nique, on ne doit faire que des folies; et, bien entendu, il était indispensable, selon lui, de se déguiser en échangeant au moins son chapeau. Il ne manquait jamais, dans ces cas-là, de chercher un paysan portant encore l'ancien bonnet du pays; il le lui empruntait et se présentait devant le respectable public, coiffé de ce chiffon de panne noire. On riait pour lui faire plaisir. On mangeait presque toujours au grand air, en contemplant au loin, beaucoup plus bas, le pâté grisâtre des maisons de Vetusta; de là-haut, la cathédrale paraissait plongée dans un puits et toute petite; svelte, mais comme un jouet; au-delà, la fumée des usines dans la banlieue ouvrière du Campo del Sol, et plus loin encore, les champs de maïs, déjà verts, avec l'orge en herbe, les prés, les forêts de châtaigniers et de chênes... les collines vert sombre et la brume, enfin, se confondant avec les pics qui dominaient les cols au loin. On philosophait tout en mangeant, parfois avec les doigts, du saucisson ou des chorizos mal cuits, un fromage dur ou des omelettes au jambon, n'importe quoi; on parlait de tout et de rien, sans se presser, en songeant à des choses plus profondes que celles qu'on disait, les yeux rivés sur le lointain derrière lequel il y avait le souvenir, l'inconnu, l'imprécision du rêve; on débattait de ce qu'était le monde, de ce qu'était la société, de ce qu'était le temps, de la mort, de l'autre vie, du ciel, de Dieu; on évoquait l'enfance, les dates lointaines que les mémoires avaient en commun; et une sorte de sentimentalisme, qui semblait se détacher de la brume descendant de Corfín, s'étendait sur les commensaux bucoliques et leur philosophie de fin de repas.

La brise se levait; elle mordait un peu et il fallait être prudent, mais elle faisait du bien à la peau; une étoile apparaissait; le croissant de lune (qui rappelait à don Víctor le coupe-papier en or qu'on lui avait offert à Grenade) prenait des couleurs, c'est-à-dire, de la lumière. La conversation, qui commençait à traîner, repartait alors sur l'astronomie et s'attardait sur le concept d'infini : on finissait par ressentir un vague désir d'écouter de la musique. Alors Quintanar se rappelait qu'on chantait ce soir-là *l'Éclair* ou *les Magyars*; il levait le camp et, pas à pas, on revenait à la somnolente Vetusta, en se laissant aller sur la pente douce de la route. Frígilis donnait son bras à la Régente qui ne manquait jamais de le demander; et Mesía, résigné, ferme dans sa résolution d'être prudent aussi longtemps qu'il le faudrait, marchait aux côtés de don Víctor, qui se permettait parfois de chanter à sa manière le *spirto gentil* ou la *casta diva*; mais il préférait encore réciter des vers, sans jamais oublier de dire, avec Góngora :

A sa cabane il les conduit,
car le soleil fuit l'horizon,
et la fumée de sa cabane
guide leurs pas comme une étoile.

Les crapauds coassaient dans les prés, le vent chuchotait dans les branches nues qui se heurtaient joyeusement, ployant déjà sous le poids des feuilles futures; et Ana, s'appuyant tranquille sur le bras solide de son meilleur ami, humait dans l'air l'annonce ineffable du printemps. C'est de cela qu'elle parlait avec Frígilis. Crespo, satisfait, tranquille, paisible, à voix basse, comme respectant le premier sommeil de la campagne, son idole, laissait tomber ses paroles comme des gouttes de rosée dans l'âme d'Ana, qui comprenait alors cette adoration sereine, ce culte poétique, nullement romantique, que Frígilis rendait à la nature, sans lui donner ce nom, bien entendu. Pas question de *grandes synthèses,* de vues en fondu, de philosophie panthéiste; des détails, l'histoire des oiseaux, des plantes, des nuages, des astres; l'expérience de la vie naturelle, pleine des leçons d'une observation extraordinairement riche. Cet amour de la nature ressemblait à celui d'un mari plus qu'à celui d'un amant, et encore plus à celui d'une mère. Dans ces moments-là, quand il revenait à Vetusta avec Ana à son bras, il devenait éloquent, parlait longuement et sans crainte, quoique toujours lentement; dans sa voix, il y avait des roucoulements amoureux pour la campagne qu'il décrivait, et sur ses lèvres frémissait la reconnaissance avec laquelle il entendait une autre personne avoir des mots d'affection et d'intérêt pour les arbres, les oiseaux et les fleurs. Ana enviait alors cette existence d'arbre intelligent, et elle s'appuyait et, presque, se reposait sur Frígilis comme sur un chêne vénérable. Derrière, l'autre la suivait, elle l'entendait. Parfois don Alvaro s'adressait à Ana et Ana répondait d'une voix affable, comme pour récompenser sa prudence, sa patience et son martyre... « Car, sans aucun doute, supporter si longtemps Quintanar était un martyre. »

Don Alvaro était au supplice, au point de suer à grosses gouttes. Don Víctor, pendu à son bras, levait les yeux au ciel et s'amusait à trouver des ressemblances entre les gros nuages de la nuit et les formes terrestres les plus vulgaires.

— Regardez, regardez, ce cumulus, c'est Ripamilán; imaginez-le avec son chapeau à la main...

— Ce cirrus noir, on dirait la tresse d'un torero...

De retour à la Rinconada, don Alvaro, tandis qu'il s'effaçait pour laisser passer don Víctor qui avait un passe-partout, brandissait son poing serré au-dessus de la tête de l'insupportable ami... Il ne frappait pas... non... mais... « Il frapperait un jour! »

« Oh, se disait-il, maintenant, je suis dans mon droit. Œil pour œil. »

Ainsi vivait Ana, moins maussade sinon contente, peu tourmentée par les remords, quoique non satisfaite d'elle-même. Elle ne permettait pas à don Alvaro de s'approcher, de nourrir un espoir qu'elle eût encouragé, mais ne le repoussait pas non plus avec le dédain catégorique que la vertu, ce qui s'appelle la vertu, exigeait. Cette moralité en demi-teinte lui paraissait alors plus conforme aux faiblesses de la nature humaine. « Pourquoi me prendre pour plus forte que je ne suis? »

Elle se remit aussi à fréquenter la maison de Vegallana. Elle y fut reçue à bras ouverts; la banquière la dévorait de baisers, lui parlait de mode, lui envoyait des patrons à la maison, et lui rappelait les visites qu'elle devait rendre et auxquelles elle l'accompagnait, parce que don Víctor refusait de perdre son temps à ces mondanités.

— Mon Dieu, s'écriait-il, ce n'est plus de mon âge; qu'on ne me demande pas de parler du temps, du mauvais service des domestiques ou de la cherté de la nourriture. Qu'on exige de moi n'importe quoi, sauf de faire des visites de politesse!

« Je suis un artiste, je ne suis pas fait pour ces balivernes », disait-il en son for intérieur.

Visitación s'efforçait d'insuffler à Ana, à pleines mains, par les yeux, par la bouche et par tous les sens, le démon, le monde et la chair; le beau temps l'y aidait.

La Régente accueillait ces distractions sans grand enthousiasme, mais elle les préférait à sa stérile solitude où, recherchant des idées pieuses, elle ne trouvait que des tristesses, un dégoût profond et les clameurs de protestation et de rancune d'une chair bafouée, qui hurlait de toute sa force. « Il valait mieux vivre comme les autres, se laisser aller, occuper son âme à des passe-temps vulgaires, insipides, mais qui, en fin de compte, meublent les heures... »

Elle se trouvait dans cet état quand le Magistral lui dit, au confessionnal, qu'elle se perdait; qu'il l'avait vue jeter dédaigneusement sur un banc de jardin l'histoire de sainte Jeanne de Chantal... Cet après-midi, De Pas fut plus éloquent que jamais; elle comprit qu'elle devenait une ingrate, non seulement à l'égard de Dieu, mais aussi de son apôtre, qui n'était que feu, raison lumineuse, bouche d'or, d'or liquide... La voix du prêtre vibrait, son haleine était brûlante et Ana crut entendre des sanglots étouffés. « Il fallait le suivre ou l'abandonner; il n'était pas, lui, le chapelain complaisant qui sert de larbin spirituel aux grands de ce monde; il était le père de l'âme oui, le père, puisqu'on ne voulait pas l'écouter comme frère. Il fallait le suivre ou le quitter. » Puis il avait parlé de ses propres sentiments, de ses illusions à son sujet. « Oui, Ana (il l'avait appelée Ana, elle en était sûre), j'avais rêvé de ce qui semblait s'annoncer dès notre première entrevue, d'un esprit ami, d'un frère cadet, de sexe différent pour rassembler en une union harmonieuse des facultés opposées; j'avais rêvé que Vetusta n'était plus pour moi une froide prison, ni un monceau de jalousies qui se transforment en couleuvres, mais le lieu habité par un esprit noble, pur et délicat qui, en venant me chercher pour avancer dans la voie sainte du salut, sans le savoir, me guidait aussi sur cette voie; j'attendais que vous fussiez celle que cette histoire, que vous me racontiez en pleurant, promettait... ce que vous-même m'avez promis cent fois ensuite... Mais non, vous n'avez pas confiance en moi, vous ne me croyez pas digne d'être votre directeur spirituel, et pour satisfaire cette soif d'amour idéal que vous ressentez, peut-être cherchez-vous déjà dans le monde quelqu'un qui vous comprenne et puisse être votre confident. »

— Non, non, répétait Ana en sanglotant; mais il avait continué à parler de son dépit, avec toujours plus de tristesse, toujours plus d'ardeur dans ses paroles et dans son haleine... Et ils avaient fini par se réconcilier, par se promettre une vie nouvelle, une véritable réforme, un changement efficace d'habitudes; et dans son exaltation, elle avait dit : « Voulez-vous qu'aujourd'hui même je vous accompagne chez doña Petronila ? » « Oui, oui; c'est cela, c'est ce qu'il faut faire », avait-il répondu. Et ils étaient partis ensemble sans penser, ni l'un ni l'autre, à ce qu'ils faisaient.

C'est cet après-midi-là qu'avait commencé pour la Régente la vie de la dévote pratiquante; mais elle fut de courte durée l'efficacité de cet élan dans lequel il n'y avait pas de piété profonde mais de la reconnaissance, le désir de faire plaisir à l'homme qui s'efforçait tant de la sauver, et qui était si éloquent, et qui avait tant de qualités. Ana, parfois, ne pouvant élever son attention aux choses invisibles, à la contemplation pieuse, essayait de préparer ce voyage mystique en pensant au Magistral. « Oh, quel grand homme! Comme il allait au fond de l'âme, comme il savait parler de ce qui semble ineffable, du souterrain des intentions, des délicatesses du sentiment! Elle lui devait tant! Pourquoi tant d'intérêt pour cette pécheresse qui ne le méritait pas ? » Ana avait les yeux débordants de larmes. Elle pleurait de gratitude et d'admiration. Et, ne pouvant méditer sur des choses saintes, pieuses, elle prenait sa mantille et courait à la Conférence de Saint-Vincent ou à la Société du Sacré-Cœur, ou au catéchisme, ou à la messe... selon les circonstances. Mais la foi restait tiède; cette voie ne conduisait pas où elle avait souhaité. Et puis, elle se connaissait : elle savait que, si elle se donnait à Dieu, elle se donnerait tout entière; tant qu'il n'y aurait dans sa dévotion que promenades, apparences et distractions, elle la mépriserait et n'importe quelle passion coupable mais forte la ferait voler en éclats.

Mais résolue à fuir les extrêmes, à être *comme tout le monde*, elle voulut à toute force emboîter le pas aux *autres dévotes* et, quoique sans plaisir, elle entra dans toutes les confréries, elle devint fille et sœur, comme on voulut, de toutes les sociétés pieuses qui la sollicitèrent.

Elle partageait son temps entre le monde et l'église : ni plus ni moins que doña Petronila, Olvido Páez, Obdulia et, dans une certaine mesure, la Marquise. On la vit dans la maison de Vegallana et chez les sœurs de Saint-Vincent-de-Paul, au Vivero et au catéchisme, au théâtre et au sermon. Presque tous les jours, dans leurs cercles respectifs, le Magistral et don Alvaro avaient l'occasion de lui parler, parfois même l'un et l'autre dans le monde et l'un et l'autre au temple; il y avait des lieux où Ana ne savait plus si elle était là en tant que dévote ou en tant que femme du monde.

Mais ni De Pas ni Mesía n'étaient satisfaits. Ils espéraient vaincre tous deux, mais aucun ne voyait approcher l'heure du triomphe.

— Cette femme, grommelait don Alvaro, est *pire* que Troie.

— Le remède a été pire que le mal, pensait don Fermín.

Ana trouvait dans les détails de la vie de dévote mille motifs de répugnance; mais elle préférait ne pas y prêter attention : elle empêchait son esprit de contradiction d'éplucher les faiblesses, les vulgarités, les misères de cette dévotion extérieure et bruyante. Elle ne voulait pas critiquer, elle ne voulait pas voir.

Mais elle se comparait au cadavre du Cid mettant les Maures en déroute. Ce n'était pas elle, c'était son corps que l'on promenait d'église en église.

Et à nouveau l'inquiétude profonde et sourde revint miner son âme. Elle s'attendait à une nouvelle période de luttes intérieures, d'aridités et de révolte.

Un soir, après avoir entendu un sermon soporifique, elle entra dans son cabinet de toilette presque honteuse d'être restée deux heures à l'église comme une pierre, à écouter sans piété et sans indignation, sans indulgence même, des sottises monotones, tristes; à voir des cérémonies qui ne disaient rien à son âme...

— Oh, non, non, se dit-elle en se déshabillant, je ne peux pas continuer ainsi...

Puis, secouant sa tête et tendant ses bras vers le plafond, elle avait ajouté à voix haute, pour donner plus de solennité à sa protestation :

— Me sauver ou me perdre! mais pas m'anéantir dans cette vie d'idiote... Tout... plutôt que d'être comme *toutes celles-là.*

Et, quelques jours après, elle tomba malade.

Quand cette histoire de sa tiédeur et de ses lâches et paresseux compromis avec le monde traversait la mémoire d'Ana, sous des formes plastiques, théâtrales (grâce à la santé qui à nouveau circulait avec son sang), la faible convalescente éprouvait des remords qu'elle se plaisait à croire intenses, poignants. « Oh, quelle différence entre cette hébétude morale dans laquelle elle vivait plusieurs semaines auparavant, et l'acuité de sa conscience aujourd'hui, alors qu'elle gisait prostrée, incapable de soulever le revers de la courtepointe avec sa main, mais avec assez de force dans sa volonté pour soulever le plomb du péché, qui l'accablait de son poids! »

« C'était, cette fois, une ferme résolution! Elle allait être bonne, bonne, à Dieu, rien qu'à Dieu; le Magistral allait voir. Et lui, don Fermín, serait son maître vivant, de chair et d'os; mais elle en aurait un autre : le saint Docteur, la divine Thérèse de Jésus... qui était là, à son chevet, l'attendant avec amour pour lui livrer les trésors de son esprit. »

Faisant fi des ordres du médecin, Ana voulut, au début de cette seconde convalescence, lire dans le livre bien-aimé : elle allait à lui comme un enfant à une friandise.

Mais elle ne pouvait pas. Les lettres sautaient, éclataient, se cachaient, pirouettaient... changeaient de couleur... et la tête lui tournait... « Elle attendrait, elle attendrait. » Et elle reposait le livre sur la table de nuit, et avec un ravissement qui était presque de la volupté, elle se plaisait à imaginer que les jours passaient, que son corps retrouvait son énergie; elle se voyait dans le Parc, sous la tonnelle ou au plus épais de la futaie, lisant, dévorant sa chère sainte Thérèse. « Que de choses elle allait lui dire maintenant, qu'elle n'avait pas su comprendre au temps où elle la lisait distraite, machinale et sans plaisir! »

L'impatience fut plus forte que les ordres du médecin, et avant même de pouvoir se lever, quand elle fut de nouveau autorisée à se tenir assise entre des coussins, se sentant un peu plus valide, Ana fit une nouvelle tentative et elle trouva alors les lettres fermes, immobiles, compactes; le papier blanc n'était pas un abîme sans fond, mais une surface lisse et consistante. Elle lut; elle lut aussi longtemps qu'elle put. Dès qu'on la laissait seule — et longues étaient ses solitudes —, ses yeux s'accrochaient aux pages mystiques de la sainte d'Avila, et, si ce n'est des larmes de tendresse, plus rien ne venait troubler ce colloque de deux âmes à trois siècles de distance.

Chapitre vingt

Don Pompeyo Guimarán, président démissionnaire de la *Libre Fraternité,* né à Vetusta, était de famille portugaise; et don Saturnino Bermúdez, l'archéologue ethnographe, qui classait tous ses amis en Celtes, Ibères et Celtibères, rien qu'en regardant leur angle facial ou tout au plus en leur palpant le crâne, assurait que don Pompeyo avait gardé beaucoup de traits de la race lusitanienne, pas précisément dans le crâne, mais plutôt dans l'abdomen. Don Pompeyo ne disait ni oui ni non; certes, il avait un peu de ventre, pas trop, conséquence de l'âge et de la vie sédentaire; certes, il avait la démarche très raide, parce qu'il pensait « qu'un esprit droit devait, si l'on peut s'exprimer ainsi, avoir un physique droit »; mais quant aux vestiges de race et de nationalité, il se déclarait neutre : il voulait dire que cette question le laissait indifférent, étant donné qu'il considérait comme aussi espagnol un Portugais qu'un Castillan ou qu'un Estrémadurien. De sorte que, chaque fois qu'on abordait ce sujet avec lui, il finissait par se faire l'ardent défenseur de l'union ibérique, union qui devait commencer par l'art, l'industrie et le commerce pour passer ensuite au niveau politique. En outre, qu'importaient à don Pompeyo ces hasards de la naissance? Son intelligence planait toujours dans des sphères plus hautes. Il était en ce monde essentiellement un *altruiste,* appellation qu'il avait ignorée, il faut bien l'avouer, jusqu'au jour où à la suite d'une dispute philosophique dont il était sorti vaincu, son amour-propre un peu froissé l'avait amené à lire les œuvres de Comte. Il y découvrit que les hommes se divisaient en *égoïstes* et *altruistes* et, poussé par son bon naturel, il se déclara *altruiste* pour la vie; et, de fait, il passa celle-ci à se mêler de ce qui ne le concernait pas. Il avait quelques biens, peu nombreux, provenant en majeure partie des biens nationaux; et il vivait de ses rentes avec une femme et quatre filles à marier.

Ses repas comprenaient soupe, pot-au-feu et entrée; tous les cinq ans il se faisait tailler une redingote, tous les trois ans il achetait un chapeau haut-de-forme en déplorant les exigences de la mode, parce que celui qu'il avait pouvait encore servir. C'était ce qu'il appelait son *aurea mediocritas.* Il aurait pu obtenir un emploi, mais « de qui ? Il n'y a pas de gouvernement dans ce pays ! » Il exerçait des tâches bénévoles chaque fois qu'on le lui proposait, parce qu'il était à la disposition de ses concitoyens, surtout s'il fallait donner à chacun son dû. Bien que ses dépenses fussent si modestes et si limitées, les mauvaises langues attribuaient son libéralisme exalté, son incroyance et son mépris du culte et du clergé à la nature et à l'origine de ses terres. « Évidemment, disaient les dévotes aux réunions de Saint-Vincent-de-Paul, et les ultramontains à la rédaction de *El Lábaro,* évidemment, ce qu'il possède il le doit aux expropriations sacrilèges des libéraux ! Comment ne pas détester le clergé quand on se nourrit des biens de l'Église ? » A quoi don Pompeyo aurait objecté, s'il n'avait pas traité ces ragots par le mépris, « retranché dans le sanctuaire de sa conscience », il aurait répondu que don Leandro Lobezno, l'évêque en redingote, le pape de Vetusta, le séraphique président de la Jeunesse Catholique, était millionnaire grâce aux biens nationaux qu'un de ses oncles avait achetés et dont avait hérité ledit don Leandro. Mais non, don Pompeyo ne répondait pas. Il détestait le fanatisme, mais pardonnait aux fanatiques.

« N'était-il pas un philosophe ? Dieu sait s'il l'était. » Ce « Dieu sait si... » était une phrase toute faite, comme il disait, qui lui échappait involontairement, car la vérité exige qu'il soit dit que don Pompeyo Guimarán ne croyait pas en Dieu. Il n'y a pas de raison de le dissimuler. C'était de notoriété publique. Don Pompeyo était l'athée de Vetusta. « L'unique ! » disait-il, les rares fois où il pouvait ouvrir son cœur à un ami. Et en disant « l'unique ! », bien qu'il eût l'air profondément désolé par l'aveuglement dans lequel, selon lui, vivaient ses concitoyens, l'observateur pouvait remarquer qu'il y avait plus d'orgueil et de satisfaction dans ces mots que de regret véritable devant l'absence de propagande. Il donnait un exemple d'athéisme en tous lieux, mais personne ne le suivait.

Cette plante ne s'acclimatait pas à Vetusta ; il en était l'unique exemplaire, robuste, indestructible, certes, mais unique. Et don Pompeyo éprouvait des remords quand il se surprenait à souhaiter que ne se propage pas *la doctrine rationnelle, salvatrice,* car il la considérait comme telle. Tout le monde l'appelait *l'Athée,* mais les plus fanatiques savaient d'expérience qu'il ne mordait pas. « C'était le lion amoureux d'une vierge, disait élégamment Gloucester, un fauve sans dents. » Même les bigotes les plus récalcitrantes passaient à côté de *l'Athée* sans lui jeter le moindre anathème : il était comme un ours vieux, aveugle et muselé, qu'on promènerait, apprivoisé, dans les rues pour amuser les enfants ; il sentait le fagot, mais cela n'allait pas plus loin. Pourtant, à plusieurs reprises, on avait songé à lui occasionner quelques sérieux désagréments pour l'obliger à se convertir ou à quitter la ville. Cela dépendait du plus ou moins de zèle apostolique des évêques. Il y en eut un, promu plus tard cardinal, qui envisagea sérieusement d'excommunier don Pompeyo. Ce dernier reçut la nouvelle au Cercle — il fréquentait encore le Cercle. Son visage s'éclaira d'un sourire angélique; ainsi dut sourire ce Grec qui répondit : frappe, mais écoute. Il en eut l'eau à la bouche : cette excommunication le chatouillait dans son âme : que pouvait-il ambitionner de plus! Aussitôt il pensa à prendre une attitude morale à la hauteur des circonstances. Pas de grands gestes, ni de protestations. Il se contenta de dire :

— Mgr l'Évêque n'a pas le droit d'excommunier quelqu'un qui ne communie pas ; mais j'accepte bien volontiers l'excommunication... et cela ne me fait ni chaud ni froid.

Sa femme et ses quatre filles n'avaient pas la même façon de voir. C'est en vain qu'il voulut leur cacher que la foudre menaçait son foyer tranquille. La maison de don Pompeyo se transforma en océan de larmes; il y eut des syncopes; doña Gertrudis s'alita. L'infortuné Guimarán fut assailli de terribles remords : il sentit en outre qu'une étrange faiblesse s'emparait de ses jambes et de son esprit. « Non qu'il pensât à se convertir! Cela, jamais! Mais sa Gertrudis, ses filles! » Et le malheureux pleurait; se tournant alors dans la direction de l'Évêché, il lui montrait le poing et s'écriait, au milieu des soupirs et des sanglots : « Ils me tiennent, ils me tiennent à leur merci, ces fils de l'aberration et de l'aveuglement! Pauvre de moi! Mais les plus malheureux ce sont eux, qui ne voient pas la lumière de midi ni le soleil de la Justice. » Même dans ces instants de si grande amertume, il n'insultait pas l'Évêque ni le reste du haut clergé. Il dut transiger; il dut accepter ce qui au début le révoltait rien que d'y penser, que ses filles *se remuent,* que ses amis fassent jouer leurs relations pour obliger l'Évêque à remettre la foudre dans sa poche... On y parvint, non sans peine, et don Pompeyo n'eut pas à se rétracter de ses erreurs. On jeta un voile sur l'athéisme de Guimarán. Il se tut pendant quelques temps, mais il revint bientôt à la charge, inlassable dans cette propagande que, dans le fond de son cœur, il souhaitait infructueuse, pour le plaisir d'être l'unique exemplaire de cette, selon lui, précieuse espèce : l'athée. Ses principales batailles il les livrait au Cercle, où il passait la moitié de son existence (plus tard, de puissants motifs l'obligèrent à l'abandonner). D'une façon générale, les Vétustains étaient peu portés sur la théologie; ils n'aimaient parler, ni en mal, ni en bien, des affaires du monde meilleur. Les esprits avancés se contentaient d'attaquer le clergé et de raconter de petites histoires scandaleuses dont les protagonistes étaient des curés et des bonnes de curés; à ces plaisantes conversations prenaient part également avec plaisir certains conservateurs très orthodoxes. S'ils pensaient avoir dépassé les bornes et craignaient qu'on ne pût mettre en doute leur ferveur religieuse, ils ajoutaient, après ces commérages peu édifiants : « Bien entendu, ce sont des exceptions. » « Il n'y a pas de règle sans exception », disait don Frutos, l'*americano.* « L'exception confirme la règle », ajoutait Ronzal le conseiller. Certains disaient même : « Il faut distinguer la religion de ses ministres. » « Ce sont des hommes comme nous... » Les esprits avancés présentaient des objections, soutenaient la solidarité du dogme et du prêtre, et alors don Pompeyo lui-même était obligé de se ranger aux côtés des réactionnaires, jusqu'à un certain point, et de dire : « Messieurs, ne mélangeons pas les choses, le mal est à la racine... Le clergé n'est ni bon ni mauvais; il est comme il doit être... » Ce qu'entendant, tous se récriaient, les uns parce qu'il défendait le clergé, les autres parce qu'il attaquait le dogme. Il avait bien raison de dire qu'il était complètement seul, qu'il était l'unique. De ces discussions, qu'il recherchait et provoquait tous les jours, il disait que « son esprit, appelons-le ainsi, sortait rempli d'amertume » (et c'était faux, son remords le lui disait), rempli d'amertume parce qu'à Vetusta personne ne pensait; on végétait, c'était tout. Beaucoup d'intrigues, beaucoup de politicaillerie, beaucoup d'intérêts matériels mal compris; et aucune philosophie, aucune élévation de la pensée aux sphères de l'idéal. Il y avait bien deux ou trois érudits, des canonistes, quelques jurisconsultes, mais de penseur, point. Le seul penseur c'était lui. « Messieurs, clamait-il après avoir pris le café, près du salon de l'hombre, lorsqu'on débat ici des graves questions de l'immortalité de l'âme, que je nie, bien entendu, de la Providence, que je nie également, ou bien vous le prenez sur le ton de la plaisanterie, de la rigolade, comme vous dites, ou bien vous ne vous intéressez qu'à l'aspect utilitaire, égoïste, de la question : est-ce que Ronzal est immortel, est-ce que don Frutos préfère l'anéantissement à une vie future sans aucun souvenir du présent...! Messieurs, qu'importent les souhaits de don Frutos ou les préférences de Ronzal ? Ce n'est pas le problème; le problème est de savoir (et il comptait sur ses doigts) si Dieu existe ou si Dieu n'existe pas; si, à supposer qu'Il existe, Il se préoccupe si peu que ce soit de la pauvre humanité, si... »

« Chut! Silence! » criaient de leur salon les joueurs d'hombre; et don Pompeyo baissait la voix, et le groupe s'éloignait des joueurs de cartes, plein de respect, obéissant, convaincu que le jeu était une affaire beaucoup plus sérieuse que les théologies de don Pompeyo, plus pratique, plus respectable. « Voyez-vous, disait Ronzal, qui n'était pas encore devenu savant, je crois tout ce que croit et professe l'Église, mais à vrai dire, cette idée que le paradis sera une contemplation éternelle de la Divinité... moi je trouve ça assommant. » « Et alors ? objectait don Frutos, l'*americano,* à voix basse aussi, craignant un nouveau rappel à l'ordre des joueurs, et alors ? Moi, je ne demande qu'à passer la vie éternelle à me tourner les pouces. J'ai assez travaillé en ce monde. Ce serait bien pire si c'était ce que raconte Alancardan, ou Saint Cardan [21], ou Saint-je-ne-sais-quoi ! que... que... » Le pauvre don Frutos ne savait comment

21. *Alancardan* ou *Saint Cardan* : Allan Kardec, pseudonyme du spirite français Léon Hippolyte Denizart Rivail (1804-1869).

l'expliquer. « Bref, après la mort, on allait dans une autre étoile, et de là dans une autre, pour manger à nouveau de la vache enragée et gagner sa vie ». Cette idée de recommencer, sur Mars ou Vénus, à aller chercher des nègres en Afrique et à les acheter et à les revendre en contrebande, paraissait absurde à Redondo et le rendait fou. « Plutôt l'anéantissement, comme dit l'athée! » concluait-il en s'essuyant la sueur qui ruisselait sur son front, à la suite de cet effort intellectuel si contraire à ses habitudes. C'était par cette question de l'immortalité que don Pompeyo ouvrait une brèche dans la forteresse de la foi des sociétaires, mais ils finissaient toujours par la colmater en faisant appel aux restrictions de rigueur. « Bien entendu, Dieu avant tout... Il y a des docteurs de l'Église... »

Et puis don Pompeyo les agaçait avec sa théologie. Ils le laissaient seul. Les joueurs d'hombre se plaignirent au Comité. Il dut changer de table et de salle pour pouvoir continuer à prêcher son athéisme.

« Voilà où en était le libre examen à Vetusta! » songeait Guimarán avec une tristesse mêlée d'orgueil.

Au billard non plus on ne voulait pas de théologie rationnelle. Don Pompeyo, chaque jour plus délaissé, s'immobilisait taciturne, comme faisait sans doute Jérémie sur une place de Jérusalem, il s'immobilisait, jambes écartées, devant le petit billard, celui des caramboleurs, et il restait un long moment à contempler ces égarés qui passaient les heures de la brève existence à regarder s'entrechoquer ou ne pas s'entrechoquer trois boules d'ivoire. Parfois, la masse d'une queue heurtait l'abdomen de don Pompeyo.

— Excusez-moi, monsieur Guimarán.

— Vous êtes tout excusé, jeune homme, répondait le penseur en se grattant le menton avec une ironie tragique, profonde, et en souriant, tandis qu'il hochait la tête, laissant entendre que le monde courait à sa perte.

Écœuré de tant de *superficialité,* il montait à la *chambre du crime* regarder les partisans du hasard. Là il entendait le nom de Dieu à chaque instant, mais en des termes qui ne lui semblaient pas très philosophiques.

— Don Pompeyo, vous avez raison! criait un joueur décavé en se séparant de sa dernière peseta, vous avez raison, il n'y a pas de Providence!

— Jeune homme, ne soyez pas stupide, et ne mélangez pas les choses!

Et il quittait le Cercle, furieux. « Cet endroit était intenable. »

Quand *éclata la Révolution de Septembre,* Guimarán caressa l'espoir que la libre pensée prendrait son essor. Mais non. On se bornait à dire du mal du clergé! Il se créa une société de philosophes... et elle s'adonna au spiritisme; le chef en était un étudiant madrilène qui prenait un malin plaisir à rendre fous quelques savetiers et tailleurs. La chose tourna au profit de l'Église, car les malheureux artisans furent pris de visions et réclamèrent la confession à grands cris, se repentant de leurs erreurs de toute leur âme. Et ce fut tout : la *révolution religieuse* à Vetusta se réduisit à cela, si l'on excepte ceux qui *faisaient gras* le Vendredi Saint.

Don Pompeyo ne croyait pas en Dieu, mais il croyait en la Justice. Quand il se la représentait avec un J majuscule, elle prenait à ses yeux un air de divinité, et, sans s'en rendre compte, il idolâtrait ce mot abstrait. Pour *la Justice,* il se serait laissé mettre en pièces.

« La Justice l'obligeait à reconnaître que l'actuel évêque de Vetusta, don Fortunato Camoirán, était une personne respectable, un homme vertueux, digne; il se trompait, il se trompait du tout au tout, mais il était digne. Il avait un idéal? Eh bien, don Pompeyo le respectait! »

Don Pompeyo ne lisait pas, il méditait. Après les œuvres de Comte (qu'il ne put achever), il n'ouvrit plus jamais un livre; et à la vérité, il n'en avait pas non plus. Mais il méditait.

Il discutait parfois avec Frígilis, en qui il reconnaissait l'*étoffe d'un libre penseur,* mais mal orienté. Il ne l'aimait pas beaucoup. « C'est un panthéiste! disait-il dédaigneusement. Il adore la nature, les animaux, et les arbres plus particulièrement... et puis, il n'est pas philosophe; il ne veut pas penser à de grandes choses, il ne s'attache qu'aux détails... Il est très fier parce qu'au bout de cent mille tentatives ridicules il a acclimaté l'eucalyptus à Vetusta... Et alors? Quel problème métaphysique résout l'eucalyptus globulus? au demeurant, je reconnais qu'il est intègre... et qu'il sait... qu'il sait des choses... quoique son darwinisme dont il se gargarise... et cette lubie de greffer des coqs anglais... »

Guimarán fut souvent mis en déroute par Frígilis dans ses polémiques. Frígilis était un apôtre fervent du transformisme; il lui semblait absurde et même ridicule de se voiler la face devant notre ascendance animale... Don Pompeyo, quoiqu'il se sentît attiré par cette théorie qui laissait derrière elle une intense et délicieuse odeur d'hérésie et d'athéisme, ne se résolvait pas à se croire descendant d'une centaine d'orangs-outangs; il souriait comme si on l'avait chatouillé... mais ne se décidait pas à dire oui ou à dire non.

« Ma position ultime est le doute... J'ai du mal à l'admettre. » Mais de toute façon, son athéisme restait entier; pour nier Dieu avec la constance et l'énergie qu'il mettait à le nier, il n'était pas nécessaire de lire beaucoup, ni de faire des expériences ni de s'improviser cuisinier en chimie. « Ma raison me dit qu'il n'y a pas de Dieu; il n'y a que la Justice! »

Frígilis, lorsque don Pompeyo affirmait ces choses-là, le regardait en souriant avec bienveillance; et avec un peu d'ironie non dénuée de charité, il lui disait :

— Mais, monsieur Guimarán, êtes-vous donc si sûr que Dieu n'existe pas?

— Oui, mon bon monsieur! Mes principes sont solides! Solides! Vous comprenez? Et je n'ai pas besoin, moi, de me plonger dans les bouquins, ni de fouiller des ventres de chrétiens et d'animaux pour en venir à ma conclusion catégorique... Si votre science à vous, à grand renfort de cornues, de protoplasmes et autres balivernes, ne donne comme résultat que ce doute, vous pouvez mettre le savoir de vos livres où vous voudrez, moi je n'en ai pas besoin!

L'honorable Guimarán faisait demi-tour et s'en allait furieux, l'âme pleine de rancœur et de bouffées de jalousie, tandis que Frígilis continuait à sourire et hochait la tête d'un côté et de l'autre.

Si on lui demandait ce qu'il pensait de l'*Athée,* il répondait :

— Qui, don Pompeyo ? C'est un brave homme. Il ne sait rien, mais il a bon cœur.

Guimarán jura — cela devait finir ainsi — de ne plus jamais remettre les pieds au Cercle.

— Ce qu'on m'a fait, il n'est pas permis de le faire à un chrétien...

Il avait un style semé de phrases et de tournures purement orthodoxes, mais il protestait aussitôt contre « ces métaphores et ces solécismes du langage ».

Ce qu'on lui avait fait au Cercle, c'est qu'on avait célébré le vingt-cinquième anniversaire de l'exaltation de Pie IX au pontificat, en sortant les tentures de gala et en allumant les lampes à gaz qui illuminaient la façade dans les grandes occasions.

Don Pompeyo adressa au Comité une lettre officielle citant les articles du Règlement qui, à son avis, « interdisaient de telles démonstrations d'allégresse de la part d'une corporation qui, de par sa vocation de cercle récréatif, ne devait et ne pouvait avoir de religion positive déterminée ».

Le salon retentissait de ses cris, tandis que les employés suspendaient les tentures aux balcons; il agitait les bras et invoquait la tolérance religieuse, la liberté de culte et même la Réunion du Jeu de Paume.

— Mais enfin, lui demandait Ronzal, qui était prêt à en venir aux mains, que vous importe que le Cercle illumine et pavoise ? Que vous a fait Sa Sainteté Pie IX ?

— Ce que m'a fait Sa Sainteté... ? Je vais vous le dire, oui, monsieur, je vais vous le dire. Pie IX m'était... presque sympathique... je reconnaissais en lui un homme de bonne foi... Mais l'infaillibilité a dressé entre nous deux une muraille de glace; un abîme infranchissable... Un homme infaillible! Comprenez-vous cela, Ronzal ?

— Oui, monsieur, parfaitement. C'est la chose la plus claire...

— Et bien, expliquez-la-moi.

— Comprenons-nous bien, monsieur Guimarán, si vous voulez me faire passer un examen... sachez que je... ne supporte pas qu'on me marche sur les pieds...!

— Il n'est pas question de vos pieds... mais de me prouver l'infailli...

— *L'infaillibilité ?*

— Oui, monsieur... l'infaillibilité... l'in... fail... li... bi... li...

— Écoutez, don Pompeyo, vos cheveux blancs ne m'impressionnent pas! Et si vous vous moquez, j'en fais une question personnelle...

— Comment, personnelle? Vous aussi, vous êtes infaillible?

— Monsieur Guimarán!

— En résumé, mon bon monsieur...

— C'est cela, *en réassumé...*

— Je donne ma démission...

— Je m'en moque comme de l'an quarante!

Ronzal ne fit pas la démonstration de l'infaillibilité, mais don Pompeyo se retira de la liste des membres du Cercle.

Ayant perdu ce refuge de ses heures de liberté (et il en avait beaucoup!), il erra comme une âme en peine de café en café, jusqu'au jour où, quelques années plus tard, il rencontra don Santos Barinaga au *Restaurant et Café de la Paix* où, tous les soirs, l'ennemi implacable du Magistral se préparait une mauvaise mort en buvant un cognac qui avait les mérites de l'esprit-de-vin.

Ils se prirent d'amitié et devinrent intimes. Don Santos avait toujours été un bon catholique; bien plus, il vivait de l'Église, puisqu'il avait un commerce d'objets du culte.

Mais depuis que le monopole — aux fausses allures de concurrence — de *La Croix Rouge* avait entrepris de *causer sa ruine*, il sentait chaque jour vaciller un peu plus la forteresse de sa foi... et vaciller un peu plus ses jambes. Il commençait, comme beaucoup d'autres, à dénier toute vertu au sacerdoce, et en outre — chose que ne firent jamais, que l'on sache, d'autres hérésiarques —, ce mépris des personnes ordonnées *in sacris* coïncidait chez lui avec un goût immodéré pour l'alcool sous ses diverses formes.

Guimarán n'eut pas grand peine à faire de don Santos un prosélyte. Jour après jour, verre après verre, l'impiété gagnait du terrain dans cet esprit; et il finit par croire que Jésus-Christ n'était qu'une constellation, ineptie que don Pompeyo avait lue dans un vieux livre acheté à la foire. Guimarán avait l'impiété froide du philosophe, Barinaga les rancœurs du sectaire, la fureur de l'apostat.

Quand le brave commerçant avait le sentiment d'aller trop loin dans ses négations, pour dissimuler sa peur il se mettait debout et, le verre à la main, il déclarait solennellement :

— Et puis, si je me trompe, si je blasphème... que toute la responsabilité en retombe sur ce fripon... sur ce *ratichon...* sur ce maudit don Fermín!

Le café de la Paix était grand, froid; la lumière jaunâtre et chétive du gaz semblait remplir de fumée cette atmosphère déjà alourdie par celle des cigares et des cuisines; à l'heure où les deux amis débattaient, la salle était déserte; les garçons, en veste noire et tablier blanc, somnolaient dans les coins. Un chat brun allait et venait du comptoir à la table de don Santos, il restait un bon moment à le regarder, puis, convaincu qu'il ne disait que des absurdités, il bâillait et faisait demi-tour.

Guimarán observait avec une grande satisfaction les progrès de l'impiété dans cet esprit passionné; don Santos n'était pas arrivé jusqu'à l'athéisme, « mais c'était peut-être un niveau de perfection philosophique trop élevé pour cet ancien vendeur de calices et de patènes ». Don Pompeyo se contentait d'extirper chez lui les racines et les repousses de toute religion positive. Il n'aimait pas le voir s'*enfoncer* de plus en plus dans l'eau-de-vie et le cognac; mais s'il ne buvait pas, don Santos ne pouvait pas aligner deux idées, il ne comprenait plus un mot de théologie. Il fallait le laisser boire.

A dix heures et demie du soir, ils sortaient ensemble; don Pompeyo donnait le bras à don Santos et l'accompagnait jusqu'à ce qu'il fût assez loin du café, car sinon il y revenait seul. Au coin d'une ruelle, ils se séparaient après une longue poignée de main et Guimarán, serein et satisfait, réintégrait son paisible foyer où l'attendaient sa tendre épouse et quatre filles qui l'adoraient.

Don Santos se retrouvait seul aux prises avec les chimères de l'alcool, l'esprit et le regard embués. Son pied vacillait; sa pudeur devait se débrouiller seule pour trouver une contenance et une démarche convenables; mais en vain, un mouvement en zig-zag secouait tout le corps du malade; chaque pas était une victoire; sa tête était mal assurée sur ses épaules... et du pharynx de l'ivrogne s'échappaient, comme des roucoulades de tourterelles, des cris étouffés de protestation, d'une protestation monotone, inarticulée, qui exprimait à sa manière une idée fixe, ou plutôt une haine enfoncée dans ce cerveau par le marteau de l'obsession. A toutes les taches des murs, à toutes les ombres des réverbères il racontait en grognant l'histoire de sa ruine, et il n'y avait pas une pierre sur sa route qui ignorât la scandaleuse légende de la fortune du Magistral.

Si Barinaga contracta auprès de don Pompeyo son apostasie, Guimarán fut contaminé par la haine de don Santos envers le Grand Vicaire et doña Paula. « C'était un scandale, assurément, que ce trafic indigne! » Les deux vieillards embouchèrent les trompettes de la renommée contre l'honneur du Grand Vicaire. Don Santos mis souvent le quartier en émoi pendant la nuit; l'intervention du *sereno* ne suffit pas; il en vint à donner des coups de poing, des coups de canne et même des coups de pied dans la porte de *La Croix Rouge*. Le propriétaire de l'établissement se plaignit aux autorités, le scandale prit de l'ampleur, les ennemis du Magistral attisèrent la discorde, de toutes parts on s'écriait : « Que faut-il comprendre? Va-t-on arrêter don Santos après l'avoir ruiné? L'autorité oserait-elle prendre une *mesure répressive*? »

Au chapitre, Gloucester, le machiavélique Archidiacre, parlait à l'oreille des chanoines « de discrédit collectif, de ce que l'Église, et la cathédrale surtout, perdaient avec ces algarades (mot de Gloucester) ». Don Custodio, le bénéficier, appuyait M. Mourelo.

— Et encore, ce n'est pas le pire! disait l'Archidiacre.

Et commençait alors le deuxième chapitre des médisances.

« Le pire était que, à tort ou à raison, mais non sans que les apparences donnent matière aux commérages, le Magistral voulait séduire (et c'était en bonne voie) rien moins que la Régente. »

— Ah, fichtre, pas cela! s'écriait le chantre, elle est devenue une sainte; depuis sa maladie, depuis qu'elle a failli partir pour l'autre monde, sa vie est exemplaire. C'était auparavant une dame vertueuse comme il y en a beaucoup, mais maintenant c'est une parfaite chrétienne. Elle est un peu plus mince, plus pâle, mais d'une beauté... je veux dire qu'elle a une vie édifiante, que c'est une sainte... oui... une sainte...

— Monsieur, je veux des faits... et le public se méfie de la sainteté... il s'attache aux faits...

Et Gloucester citait beaucoup de faits : la fréquence des confessions d'Anita Ozores, la durée interminable des visites du Grand Vicaire à son domicile, les visites de la Régente chez doña Petronila...

— Comment? Et alors? Qu'est-ce qu'on leur reproche à ces visites? Vous allez aussi imaginer que doña Petronila se prête...?

— Monsieur... je n'imagine rien du tout... je cite des faits et je répète ce que disent les gens... Le scandale grandit...

C'était vrai. Gloucester et don Custodio se démenaient beaucoup, ainsi que d'autres messieurs du chapitre, quelques employés de la curie ecclésiastique et, parmi les laïcs, Foja et don Alvaro; ce dernier en sous-main, et s'abstenant de commenter ce qui avait trait à la simonie et au despotisme dont on accusait le Grand Vicaire. Au Cercle également, on ne parlait pas d'autre chose. Tous assuraient avoir vu don Santos donner des coups de pied dans la porte de *La Croix Rouge* et interpeller à grands cris le Magistral. Il y avait des clans : les uns réclamaient l'intervention des autorités, les autres soutenaient le *droit de ruade* de Barinaga.

Le Camard allait et venait, espionnait partout, et se rendait deux ou trois fois par jour chez le Grand Vicaire pour faire part des médisances à son chef, doña Paula, qui le payait bien.

La mère de don Fermín vivait dans des transes perpétuelles; mais elle ne perdait pas courage. « Puisqu'il voulait se perdre, elle ferait face pour le sauver. » Le principal était de voir l'Évêque, d'empêcher que la médisance, la calomnie ou quoi que ce soit ne parvînt jusqu'à Son Excellence. Doña Paula passait le plus clair de ses jours et de ses nuits à l'Évêché. Ursula, son lieutenant, la gouvernante de l'Évêque, avait ordre de ne laisser aucune personne suspecte arriver jusqu'à l'appartement de son maître; les familiers, inféodés à doña Paula, dont ils étaient les créatures, obéissaient à la même consigne. Le Magistral, bien qu'il répugnât à de telles besognes, espionnait et surveillait lui aussi;

l'instinct de conservation l'obligeait à seconder les plans de sa mère.

Doña Paula et don Fermín se parlaient peu; leur défense reposait sur un accord tacite; ils employaient le même système de résistance sans se le dire. La mère était irritée. « Son fils la trompait et la perdait. Pour elle, doña Ana Ozores, cette fichue Régente, était la *concubine* (ce mot, elle se le disait en son for intérieur), la concubine de son Fermo. C'était là que la corde allait casser, c'était par là que le navire faisait eau. Si l'on parlait tant des abus de la curie ecclésiastique, de *La Croix Rouge* et de don Santos, c'était parce que l'*autre affaire*, la plus scandaleuse, cette affaire de *jupons* entraînait avec elle toutes les autres. » Voilà ce qu'elle pensait. « Le reste est ancien; plus personne ne prêtait attention à ces racontars surannés, ressassés, mais avec ce nouveau scandale, avec l'affaire de cette drôlesse hypocrite et rusée, tout est remis en question, tout prend de l'importance; les petits ruisseaux font les grandes rivières. Si Fortunato sait quelque chose, croit quelque chose, nous coulons. » On interdit au propriétaire de *La Croix Rouge* d'entendre les coups que cet ivrogne de don Santos assenait sur sa porte chaque nuit. Il ne fut plus question de demander l'aide des autorités. On soudoya le *sereno* et on lui enjoignit d'éviter le tapage avant tout. C'était inutile. Beaucoup de voisins attendaient désormais avec une curiosité perverse l'heure de l'esclandre et ils se mettaient au balcon pour assister à la scène.

Mais doña Paula devait aussi surveiller les allées et venues de son fils.

Le Camard avait vu la Régente et le Magistral entrer ensemble à la nuit tombante chez doña Petronila. Doña Paula le savait déjà. Mais don Custodio, lui aussi, les avait vus, et il l'avait raconté à Gloucester, et grâce à eux tout Vetusta le savait.

Pendant ce temps, au café de la Paix, il y avait maintenant un public pour écouter don Pompeyo et don Santos dire pis que pendre des religions positives et particulièrement de M. le Grand Vicaire, comme M. Guimarán appelait toujours De Pas. Dans le *bas peuple*, circulait l'histoire des autels, de la ruine de don Santos, des millions du Magistral déposés à la banque; ce qui faisait dire à quelques ouvriers de la Vieille Usine qu'il fallait pendre l'ensemble du clergé. C'était ce qu'ils appelaient « trancher dans le vif ». Les travailleurs carlistes doutaient; le Magistral avait des amitiés parmi eux, mais s'ils respectaient le prêtre, ils redoutaient le riche... et ils soupçonnaient quelque chose. Ce dont ne parlait pas la multitude, c'était de l'affaire des *jupons*. Jadis, à l'époque de la Révolution, on avait parlé d'aventures de don Fermín dans les bas quartiers; mais plus personne ici ne se souvenait de ces histoires. Les ouvriers qui étaient alors les porte-parole de la propagande révolutionnaire étaient morts, ou avaient vieilli, ou s'étaient dispersés, ou avaient abandonné *leurs idées*; la nouvelle génération n'était anticléricale que par intermittences; elle fréquentait la taverne, pas le club. On ne parlait que de révolution sociale; et l'on disait désormais que les curés ne sont ni plus ni moins mauvais que les autres *bourgeois.* Le fanatisme était mauvais, mais le *capital* était pire. Il n'y avait pas dans les bas quartiers d'éléments de propagande active contre les soutanes. Le Magistral y était plus méprisé que détesté. Mais le scandale de don Santos (le marchand de christs, comme on l'appelait), deux ou trois traits de despotisme à la curie ecclésiastique, l'énorme somme que coûtait un mariage (comme s'ils n'avaient pas toujours coûté autant) et les actions de la banque rallumèrent les haines, et cette fois on parla de pendre le Grand Vicaire et *toute la prêtraille.*

Le plus heureux de cette propagande d'infamie, après Gloucester qui croyait que c'était son œuvre exclusive, c'était don Alvaro Mesía. Maintenant il haïssait mortellement le Magistral. « C'était le premier homme (et *en jupes*!) à lui passer devant; le premier rival à lui disputer une proie, et avec des chances de la lui ravir! Peut-être était-ce déjà fait. Peut-être le travail fin et corrosif du confessionnal avait-il été plus fort que son système prudent, que ce siège prolongé au terme duquel l'*art* voulait que la plus robuste forteresse se rendît. Je fais le blocus, mais qui me dit qu'il n'est pas déjà entré par une galerie? » Le *dandy* vétustain transpirait d'angoisse au souvenir de tout ce qu'il avait enduré sous le pouvoir de don Víctor Quintanar qui, si ses comptes étaient bons, en quelques mois d'étroite amitié lui avait *déclamé* tout le théâtre de Calderón, Lope, Tirso, Rojas, Moreto et Alarcón. Et tout cela, pourquoi? « Pour que le diable cloue cette dame au fond de son lit, qu'elle prenne peur de la mort et que, d'aimable, sensible et condescendante (c'était un premier pas), elle devienne farouche, timorée, mystique... mais ce qui s'appelle mystique. Et qui l'avait rendue ainsi? Le Magistral, aucun doute! Alors que lui, don Alvaro, commençait à préparer la grande scène de la déclaration, qui devait précéder de près celle de l'*attaque personnelle*, alors que la proximité du printemps promettait une aide efficace... voilà que madame a la fièvre! » « Madame ne reçoit pas », et il ne la vit pas de quinze jours. On lui permettait d'entrer dans le boudoir, de s'enquérir de sa santé... mais pas de pénétrer dans sa chambre. Chaque jour il lui avait rendu visite, mais peine perdue, on ne le laissait pas la voir. Alors que, ô rage! le Magistral, il l'avait constaté, entrait sans difficulté et restait seul avec elle. « La lutte était inégale. Lors de la première convalescence, qui dura quelques jours, on l'autorisa aussi à entrer dans l'alcôve deux ou trois fois, mais il ne put jamais s'entretenir seul avec Ana. Et le plus triste survint après, lorsque la seconde crise, qui fut si grave, laissa peu à peu la place à la santé. Ana l'avait reçu dans son boudoir. Mais de quelle façon! Elle était très amaigrie et pâle comme une morte. « Très belle, oh oui, très belle... mais à la manière romantique. Avec des femmes dont la chair et le sang étaient dans un tel état, il était incapable de lutter. Elle était livrée à Dieu. Évidemment! A peine si elle mangeait! Incapable de lever un bras sans être fatiguée! » Don Alvaro, que l'impatience rendait furieux, calculait le temps que mettrait cette *nature* à recouvrer la force nécessaire pour ressentir à nouveau les impulsions sensuelles qui étaient la foi vivante de M. Mesía et son espérance. Il faudrait beaucoup de temps. En attendant, il ne pouvait rien tenter d'efficace. « Et le Magistral marquait des points, farcissant cette cervelle affaiblie de visions célestes... Ana n'était plus la même pour lui. Elle ne le regardait jamais et les rares paroles par lesquelles elle répondait à ses questions pleines d'un tendre intérêt étaient courtoises, affables, mais froides, comme calquées sur un modèle. Il se demandait parfois si elles n'étaient pas dictées par le Magistral. » Un soir, la Régente mangeait, devant son époux, don Alvaro et De Pas. Chaque bouchée lui arrachait des larmes. Le Magistral était d'avis qu'il ne fallait pas la forcer à manger. Mesía se fit alors le défenseur chaleureux de l'alimentation forcée.

— Je crois, avec la permission de monsieur le chanoine, que le principal, pour le moment, est de se rétablir; et vite, pour que l'anémie ne s'empare pas de l'organisme...

— Oh, mon ami, avait répliqué le Magistral avec son plus aimable sourire, l'anémie, vous savez mieux que moi que la nourriture ne peut l'empêcher... Et puis, manger, ce n'est pas s'alimenter...

— Eh bien moi, avec la permission de monsieur le chanoine, je conseillerais de la viande crue, beaucoup de viande à l'anglaise...

« Oh! il avait hâte; il aurait donné du sang de son bras pour le voir couler dans ces veines qu'il imaginait taries. La vie, la force à tout prix, pour cette femme! » Don Alvaro parla même un jour de transfusions. « La science avait fait beaucoup de progrès dans ce domaine. »

Somoza approuvait en hochant la tête :

— Beaucoup! beaucoup! Oh, oui, la science! beaucoup...! La transfusion...! Bien sûr! » Il redoutait un peu les connaissances médicales de don Alvaro. Cet homme qui allait à Paris et en rapportait ces chapeaux blancs, qui citait Claude Bernard et Pasteur... devait en savoir plus que lui en médecine moderne... parce que lui, Somoza, ne lisait aucun livre; on le sait, il n'avait pas le temps.

Mais la Régente allait mieux; le sang revenait, quoique tout doucement; les muscles se fortifiaient, s'arrondissaient... mais la froideur et la réserve ne disparaissaient pas. Don Víctor était toujours le même à l'égard de son cher don Alvaro; les confidences arrosées de bière continuaient... mais Ana ne venait jamais. Si don Alvaro se risquait à demander de ses nouvelles, don Víctor feignait de ne pas entendre, ou changeait de conversation; si l'autre insistait, Quintanar soupirait et, haussant les épaules, répondait :

— Laissez-la... elle doit être en train de prier!

— De prier...! Mais toutes ces prières peuvent la tuer...

— Non... enfin... elle ne prie pas... c'est-à-dire... des oraisons mentales... Que sais-je? des idées à elle. Il faut la laisser.

Et il soupirait encore. Oui, il fallait la laisser. Mais quand il se retrouvait seul, don Alvaro martyrisait sa blonde et fine chevelure — qui l'eût cru ? —, il se traitait d'animal, de grosse bête, de bourrique, comme si tout cela n'était pas la même chose, et il se disait :

— Je me suis comporté comme un bleu! la timidité m'a perdu... J'aurais dû lancer l'*attaque personnelle* la nuit où je l'ai rencontrée dans l'ombre... ou l'après-midi sous la tonnelle...

Mais il n'avait pas lancé son attaque... Et maintenant, c'était trop tard. Ana en arriva un jour *à l'extrémité* de retirer sa main alors qu'il lui tendait la sienne. Elle trouva un prétexte, avec cette présence d'esprit qu'ont les femmes... et... ne lui donna pas sa main. Plus jamais il n'avait touché ces doigts si doux. Bien plus, il la voyait à peine.

« Et c'était à lui, à don Alvaro Mesía que cela arrivait! Et le ridicule? Que dirait Visita, que dirait Obdulia, que dirait Ronzal, que dirait le monde entier!

« Ils diraient qu'un curé l'avait mis en déroute. Cela criait vengeance! Mais c'était une autre paire de manches. » Don Alvaro se représentait le Magistral en redingote, se rendant au duel auquel il l'aurait provoqué... et il en avait des frissons. Il se souvenait de l'épreuve de force musculaire au cours de laquelle le chanoine l'avait vaincu sous les yeux d'Ana en personne. Ce courage qu'il éprouvait devant une soutane, nourri de l'espoir irraisonné que la mansuétude oblige le prêtre à ne pas rendre les soufflets, ce courage s'évanouissait quand il pensait aux poings de don Fermín. « Il n'y avait pas d'issue. Il ne restait plus qu'à en finir avec lui en aidant Foja, en aidant Gloucester, et tous les ennemis du tyran ecclésiastique. »

L'après-midi, en se promenant sur l'Espolón, où à nouveau curés et magistrats se retrouvaient à l'aise, parce que l'agitation du monde se réfugiait à l'ombre des arbres touffus de la Grande Promenade, don Alvaro croisait souvent le Grand Vicaire; et ils se faisaient de grandes courbettes, mais le laïc se sentait humilié et une légère rougeur lui montait aux joues. Il s'imaginait que les gens présents les regardaient tous les deux et les comparaient, et qu'ils trouvaient plus fort, plus habile, plus beau, le vainqueur, le curé. Don Fermín était égal à lui-même : arrogant dans son humilité, qui se rapprochait davantage de la politesse que de la vertu chrétienne; souriant, élancé, harmonieux dans sa démarche, emphatique dans le balancement cadencé de la pompeuse cape, il passait, défiant le qu'en-dira-t-on avec un imperturbable sang-froid. L'Espolón était le lieu de rencontre des trois plus beaux garçons du chapitre : le chantre, grand et corpulent; le parent du ministre, plus fin, plus mince, mais non moins grand, et don Fermín, le plus élégant, et presque aussi grand que le dignitaire. Ils arboraient à eux trois des aunes et des aunes de drap noir reluisant, immaculé; on eût dit de fermes colonnes de l'Église, endeuillées de funèbres tentures. Et en dépit de la tristesse du costume et du sérieux de la contenance, don Alvaro devinait dans ce groupe une séduction pour les Vétustains; on voyait passer le prestige de l'Église, le prestige de la grâce, le prestige du talent, le prestige de la santé, de la force et de la chair qui s'est épanouie en toute liberté... Il imaginait trois nonnes jolies, belles filles, qui auraient en outre du talent, de la grâce il les imaginait se promenant sur l'Espolón... et il était convaincu qu'elles attireraient les regards des hommes. Eh bien, il devait se passer la même chose en inversant les sexes. En effet, dans les saluts que les dames qui se promenaient encore sur l'Espolón adressaient aux trois beaux garçons du chapitre, aux trois tours de David, le Président du Cercle croyait discerner les désirs cachés, les déclarations inconscientes d'une sensualité élégante et masquée.

De jour en jour, la superstition du confessionnal augmentait chez Don Alvaro, de jour en jour il croyait plus puissante l'influence du curé sur la femme qui lui raconte ses fautes. Et, en regardant les dames qui allaient et venaient, les unes élégantes, fastueuses, les autres en deuil ou humblement vêtues, toutes souhaitant à leur manière plaire, toutes s'y efforçant, Mesía imaginait d'invisibles fils secrets qui allaient de robe à robe, de la soutane au jupon, du curé à la femme.

En somme, don Alvaro était jaloux, envieux et furieux. Son matérialisme subreptice était plus radical que jamais. « Non, non, force et matière, il n'y a que cela », pensait-il.

N'eût été le fait que les partis avancés ne sont jamais au pouvoir ou qu'ils y sont peu de temps, il se serait déclaré démagogue et ennemi de la religion de l'État.

Il alla même jusqu'à proposer au Comité directeur du Cercle de ne plus célébrer à l'avenir aucune fête de caractère religieux en pavoisant et en illuminant les balcons. Ronzal s'y opposa, mais le Président s'imposa et la décision fut votée. Don Pompeyo Guimarán avait enfin triomphé!

Don Alvaro souhaitait le retour de l'athée au Cercle, ce renfort était nécessaire à ceux qui s'employaient à déshonorer le Magistral. Foja et Joaquinito Orgaz, qui dirigeaient le clan des médisants, proposèrent à don Alvaro l'envoi d'une commission auprès de don Pompeyo pour lui faire réintégrer le Cercle « qu'il n'aurait jamais dû quitter ». Un bon souper célèbrerait la *restauration* de Guimarán. Le jeune Marquis Paco, qui en bon aristocrate se croyait obligé d'être religieux *au moins dans la forme,* s'opposa d'abord aux projets de Foja et d'Orgaz, mais considérant que son ami, son idole, Mesía désirait que l'autre soit là pour l'aider à discréditer le Grand Vicaire, et considérant d'autre part qu'on allait bien s'amuser pendant le *gaudéamus* nocturne, il décréta qu'il devait aider, et qu'il aidait les ennemis du Magistral, et il se joignit à la commission qui alla chercher don Pompeyo.

Elle se composait de M. Foja, l'ancien maire, de Paco Vegallana et de Joaquín Orgaz.

M. Guimarán les reçut dans son bureau, encombré de journaux et de bustes en plâtre bon marché, représentant plus ou moins bien Voltaire,

Rousseau, Dante, Franklin et Le Tasse (dans l'ordre où ils étaient placés sur la corniche des rayonnages, remplis de vieux livres).

Chez lui, don Pompeyo portait une robe de chambre à carreaux bleus et blancs dessinant un damier. Il accueillit les membres de la commission avec l'amabilité qui le caractérisait, dissimulant mal sa surprise.

« Pourquoi ces messieurs pouvaient-ils bien venir ? Serait-ce pour se moquer de lui ? C'était peu probable. » De toute façon, voir chez lui le fils du marquis de Vegallana inondait son âme de joie, même s'il ne voulait pas le reconnaître.

Quand il apprit de quoi il s'agissait, par la bouche de Foja, il dût se lever pour cacher son émotion. Il sentit que, dans son dos, la boucle de son gilet lâchait.

— Messieurs, parvint-il à articuler d'une voix tremblante au bout d'un moment, si un serment solennel ne m'obligeait pas à me cantonner dans l'ostracisme que je me suis volontairement imposé il y a tant d'années, ou plutôt que m'imposèrent le fanatisme et l'injustice, si ce n'était cela, je reviendrais de tout cœur au sein de cette société, dont je fus fondateur avec six ou sept amis. Et comment pourrait-il en être autrement, alors que j'ai passé en ces lieux les plus beaux jours de ma vie, en conversations aussi utiles qu'agréables avec les éléments les plus cultivés de la ville ? Cette maison était la demeure de la tolérance ; et les personnes, les personnages chez qui sont le plus profondément enracinées certaines idées, finalement vénérables parce qu'elles sont professées avec sincérité et qu'elles ont dans une certaine mesure, leurs quartiers de noblesse, qu'elles font partie des devoirs de la race, ces mêmes personnages, disais-je, parmi lesquels je compte le papa de ce brillant jeune homme, mon bon ami et condisciple, l'excellentissime marquis de Vegallana, respectaient mes opinions, comme moi les leurs. Ce que vous faites en ce moment, je ne vous en remercierai jamais assez. Mais le but principal a été atteint; la liberté de pensée resplendit à nouveau à l'intérieur du Cercle... Mon aspiration est réalisée. Maintenant, en ce qui me concerne, messieurs, je dois déclarer que je ne peux rompre un vœu solennel, un serment... et je n'irai pas avec vous, malgré tout le plaisir que j'aurais à le faire.

La commission insista, voyant au visage de don Pompeyo qu'ils auraient gain de cause.

Foja avança un argument de poids.

— Vous dites, don Pompeyo, que vous viendriez avec nous avec plaisir, et que vous réintégreriez le Cercle.

— De grand cœur! C'est bien le mot... je réintégrerais...

— Et que seul vous retient votre serment...

— C'est cela, le serment solennel de ne plus y remettre les pieds de ma vie.

— Solennel ? Qu'est-ce que vous me chantez là ? Et excusez-moi de m'exprimer ainsi. Celui qui fait un serment prend Dieu à témoin; mais vous ne croyez pas en Dieu... vous ne pouvez donc pas faire de serment.

— Exact, s'écria Joaquinito Orgaz, et de *a* à *z*! et il se leva pour esquisser une pirouette canaille.

Joaquín croyait que dans la maison d'un athée de profession, d'un fou en d'autres termes, la bonne éducation n'était pas de mise.

Don Pompeyo regarda longuement Orgaz, sidéré par son insolence, tandis qu'il considérait l'argument de Foja.

Il n'y avait rien à redire.

Il finit par répondre :

— En vérité... faire un serment... je ne peux pas faire un serment... mais... métaphoriquement... Et puis, je peux promettre sur mon honneur...

— Mais, cher ami, dans cette occasion précise, vous n'avez pas promis sur votre honneur; vous avez fait serment de ne plus y remettre les pieds... tout Vetusta se souvient de vos paroles.

Don Pompeyo sentit des vapeurs lui monter à la tête en apprenant que tout Vetusta se souvenait de ses paroles.

Mais il persista, quoique de plus en plus faiblement, dans son refus.

Foja fit un clin d'œil au jeune Marquis. Alors celui-ci monta à l'assaut, et Guimarán abandonna toute résistance. Il se rendit.

Le fils de Vegallana, du premier aristocrate, venant le supplier de revenir au Cercle! C'était trop. Il ne put maintenir plus longtemps la fermeté de sa résolution.

— Après tout, dit-il, par le simple fait d'avoir rétabli les règles que j'invoquais... je puis désormais sans rougir fouler ce sol...

— Bien sûr que vous pouvez le fouler! Allez, allez, passez votre redingote, le souper nous attend.

— Quel souper?

— Mais oui; il a été convenu par le parti victorieux, par ceux qui sollicitent votre présence, de faire un banquet en votre honneur... et nous serons une douzaine d'amis à dîner ensemble.

Don Pompeyo ne savait s'il devait accepter... On ne le laissa pas faire le modeste; et, abasourdi, il courut chercher sa redingote et son chapeau haut-de-forme. Il était éberlué et avait l'impression que son corps était plongé dans un bain; un bain d'eau de rose.

La présence du jeune Marquis était la cause principale de cette allégresse. « Oui, en fin de compte, l'aristocratie était quelque chose, c'était plus qu'un mot, c'était un élément historique, une grandeur positive... la noblesse pouvait exister, sans que Dieu existât... Qui pouvait en douter? »

Une heure après, dans la salle à manger du Cercle, qui occupait tout un côté du second étage, non loin de la salle de jeu, prenaient place autour de la table présidée par don Pompeyo Guimarán, don Alvaro Mesía, face au protagoniste, puis, en une aimable confusion, sans souci de préséance, Paco Vegallana, Orgaz père et fils, don Frutos Redondo (qui participait à tous les repas, quel que fût le parti politique ou religieux qui les organisait), le capitaine Bedoya, le colonel Fulgosio, exilé en raison de ses opinions républicaines, renommé pour son mauvais caractère et sa fine lame, un certain Juanito Reseco, qui écrivait dans les journaux de Madrid et venait de temps en temps se pavaner à Vetusta, sa patrie, sans compter un banquier et quelques jeunes gens de la poche de Mesía, noctambules assidus du Cercle.

Don Pompeyo mangeait rarement au restaurant, et comme ses relations avec les puissants de la terre étaient fort peu intimes, il avait rarement l'occasion de voir une table bien mise. C'est pour cela qu'il trouvait digne de Balthazar ce très vulgaire apparat de restaurant de province. La nappe damassée, plus brillante que fine; les plats lourds, épais, blanc mat avec un filet d'or, les serviettes en forme de tentes de campagne dans les grandes coupes, la file échelonnée des autres coupes destinées aux vins; les coquilles en porcelaine offrant des piments rouges, comme une langue d'écarlate, des olives fraîches, de somptueux cornichons et d'autres hors-d'œuvre; la gravité aristocratique des bouteilles de bordeaux, gardant l'arôme de leur liqueur comme un secret; les reflets de lumière se brisant sur le vin, et sur les verres vides, et sur les couverts d'argent étincelant de chez Meneses [22]; le centre de la table où se dressait un bouquet de fleurs artificielles, flanqué, en guise de garde d'honneur, de deux vases cylindriques décorés de peintures chinoises d'où sortaient des imitations grossières d'on ne savait quelles plantes, mais qui rappelaient à don Pompeyo la chevelure blond filasse de quelque *miss* de cirque équestre ; les boîtes de cigares, les unes en bois odorant, les autres en laiton ; les surtouts de table prétentieux et encombrants chargés d'huile, de vinaigre et de plus d'épices qu'un navire venu d'Orient..., tout contribuait à éblouir le brave athée qui contemplait, souriant et fasciné, l'ensemble clair, gai, frais, vif, plein de promesses, de la table encore nette, correcte, intacte.

Le repas commença sans trop de bruit ; chacun avait une plaisanterie à raconter. Joaquinito se moquait du service et parlait de Fornos [23], et de la Taurina et du Puerto où *l'on s'encanaillait le palais.*

Ils mangeaient tous beaucoup, sauf don Pompeyo qui avait la gorge nouée par l'émotion. Dès le second plat, un souci commença à le tourmenter. « Je suis, pensa-t-il, dans l'inéluctable obligation de porter un toast ; je dois improviser un discours. » Et désormais il ne put avaler une bouchée tranquille. Il entendait parler comme on entend pleuvoir : il

22. *Meneses* : l'argent Meneses est un alliage inventé au XIXe siècle par l'industriel espagnol Emilio Meneses.

23. *Fornos* : célèbre café et restaurant madrilène (comme, sans doute, *Taurina* et *Puerto*).

souriait à droite et à gauche, répondait par des monosyllabes, ne songeant qu'à son toast; ses oreilles étaient comme des braises et, par moments, il éprouvait des nausées et des tremblements dans les jambes. Bref, il passait un mauvais moment. Il espérait que les événements se dérouleraient de la façon suivante : don Alvaro parlerait d'abord, il ferait l'éloge de la constance avec laquelle lui, don Pompeyo, avait défendu la sainte idée de liberté de pensée, et il promettrait, au nom du Comité, que le Cercle n'aurait jamais de religion, comme l'État non plus ne devait pas en avoir. Puis Foja, le jeune Marquis et d'autres encore parleraient, abondant dans le même sens... et enfin lui, Guimarán, devrait se lever pour... *faire la synthèse.* Et tandis qu'il mangeait et buvait machinalement, il préparait sa harangue, sans pouvoir aller au-delà de l'exorde, qu'il voulait original sans affectation, modeste sans fausse humilité... « Ces jeunes gens... ils auraient dû me le dire hier... j'aurais eu le temps. »

En dépit des prévisions de l'athée, la conversation, en arrivant au champagne, avait pris un tour qui ne pouvait la conduire aux sujets sérieux qui lui semblaient correspondre à ces solennelles circonstances. On parlait de femmes. Presque tous regrettaient l'âge des illusions, non pour les illusions, mais pour la force secrète où d'après eux, elles puisaient leur source. Ils se disaient tous, même les jeunes, à l'âge triste où l'amour n'est plus qu'affaire de tête, pure imagination. Seul Paco, franc et noble, avouait se sentir mieux que jamais, bien qu'il eût vécu autant que quiconque.

Un des compagnons de la poche de Mesía, vieux beau de cinquante ans, M. Palma, banquier, regrettait que la jeunesse ne fût pas éternelle, et, les larmes aux yeux, debout, un verre vide à la main, il développait son système philosophique d'un pessimisme déchirant, comme disait le capitaine Bedoya. Il y eut des interruptions et la conversation prit alors un tour plus élevé; Guimarán daigna prêter l'oreille. On parlait maintenant de l'autre vie, et de la morale, qui était relative selon l'opinion de la majorité.

Foja, pâle, décomposé, d'une voix tremblante soutenait qu'il n'existait aucune sorte de morale — et lui aussi se mit debout; que l'homme était un animal fait d'habitudes; que chacun amenait l'eau à son moulin.

— *Homo homini lupus,* fit observer le capitaine Bedoya.

Le colonel Fulgosio le regarda avec respect et approuva la proposition sans la comprendre.

— C'est cela la lutte pour la vie, dit très sérieusement Joaquinito Orgaz.

— Il n'y a que la matière... ajouta Foja, qui n'exposait ses opinions philosophiques que lorsqu'il était saoul.

— Force et matière, dit Orgaz père, qui l'avait entendu dire par son fils.

— Matière... et pesetas, rectifia Juanito Reseco d'une voix pointue, stridente et chargée d'une ironie qu'Orgaz père ne pouvait comprendre.

— C'est cela, cria Palma, l'orateur; et il leva son verre à toutes les excellences naturelles qu'il ne trouvait pas dans son misérable corps d'anémique incurable.

On revint à l'amour et aux femmes, et les confidences commencèrent à l'arrivée du café et des liqueurs, moment où les cœurs se déboutonnent. Parmi la cendre des cigares, les miettes de pain, les taches de vin et de sauce, roulèrent le nom et l'honneur de maintes dames. « Ici, on pouvait tout dire, on était seuls, on ne faisait qu'un. » Mesía parlait peu; c'était son habitude en pareilles occasions. Il redoutait ces effusions où l'on traite n'importe qui en ami et où l'on confie des secrets qu'on voudrait vainement rattraper ensuite. Tandis que les autres rapportaient des aventures vulgaires, peu glorieuses, lui, attentif à ses pensées, un coude appuyé sur la table et le menton appuyé sur la main, il fumait un bon cigare, baisant le tabac avec tendresse, et avec un calme voluptueux; ses yeux vifs, humides, pleins de reflets des lumières et électrisés par le vin étaient fixés au plafond. Les autres personnages du souper étaient vulgaires, leur ébriété manquait de dignité, et de grâce le laisser-aller de leurs postures. Mesía était beau; on remarquait mieux que jamais la sveltesse et l'harmonie de ses formes de beau garçon élégant; sur son visage correct, les vapeurs de la ripaille n'imprimaient pas de couleurs grossières, mais une certaine spiritualité, à mi-chemin entre la mélancolie et la luxure; on voyait là l'homme du vice, mais prêtre, non victime. Il dominait son ébriété, *morigénée,* seigneuriale, discrète. Don Alvaro, seul au milieu de tous ces pauvres diables, rêvait tout éveillé, attendri. Dans ces moments-là, il se croyait véritablement amoureux, il se croyait et se sentait véritablement intéressant. Il avait beau être sensuel, que diable! la sensualité, se disait-il, a elle aussi son romantisme. Le *clair de lune* * reste le *clair de lune* *, même si la lune est un bout de vieille ferraille, le fer de quelque cheval du soleil.

Et sa mémoire et son imagination évoquaient des souvenirs de nuits d'amour, pas toutes claires ni poétiques, mais de beaucoup de nuits d'amour. Il fut pris d'envie de parler, de raconter ses exploits. Cette démangeaison était nouvelle chez lui; il ne l'avait jamais éprouvée avant que la Régente ne l'humiliât par sa résistance.

Deux ou trois fois, il intervint dans le brouhaha pour donner son point de vue si plein d'expérience en matière amoureuse. Et tous se tournèrent vers lui, et les autres firent silence pour l'écouter. Alors il parla, sans pouvoir s'en empêcher, pour satisfaire un secret désir de se réhabiliter par son récit. Le maître parla. Il ôta son coude de la table pour y appuyer ses deux bras, joignant les mains, serrant entre ses doigts son cigare, au bout duquel demeurait un bon pouce de cendre; il pencha légèrement la tête, avec un certain mysticisme bachique, et, les yeux levés vers la lumière du lustre, d'une voix douce, chaude, lente, il commença la confession que ses amis écoutaient dans un silence d'église. Ceux qui étaient loin se soulevaient pour entendre, s'appuyant sur la table ou sur l'épaule du plus proche. Le tableau rappelait, d'une façon dérisoire, la *Cène* de Léonard de Vinci.

L'attention profonde de l'auditoire, l'intérêt qui se manifestait dans les regards et les lèvres entrouvertes séduisirent le don Juan de Vetusta, le flattèrent et il parla comme il aurait parlé sur le cœur d'un ami. Joaquín Orgaz et le jeune Marquis, avec un recueillement de néophytes, écoutaient le maître. Cette parole était celle de la sagesse.

Certaines aventures étaient romantiques, périlleuses, d'audace et de hasard; la plupart prouvaient la faiblesse de la femme, quelle qu'elle soit; d'autres démontraient la nécessité de faire taire les scrupules; un bon nombre, l'heureux effet de la constance, de la ruse et de la rapidité de l'attaque.

De temps à autre le silence était coupé de bruyants éclats de rire, lorsqu'une aventure comique égayait l'auditoire, le tirant de sa stupeur malsaine et corrosive. Au milieu de l'admiration générale serpentait l'envie étreignant la luxure : les ténias de l'âme. Les yeux brillaient d'un éclat sec.

L'art du séducteur s'étalait sur cette nappe, maintenant froissée et sale; amphithéâtre fait pour le cadavre de l'amour charnel.

Mesía laissait voir son intimité, plus que pour complaire à ses auditeurs, pour s'écouter lui-même, pour s'assurer qu'il était toujours le même.

« Les ruses de l'amour étaient presque toujours de basses machinations; il fallait être un rêveur pour croire le contraire. Il était parfois arrivé à Mesía qu'une femme, folle d'amour, se jetât dans ses bras; mais ces aventures étaient peu fréquentes. En outre, si la femme n'était pas, par moments, si lascive, les victoires seraient rares; peu nombreuses sont celles qui se donnent uniquement par amour. L'occasion fait plus que la séduction. La séduction doit se transformer en occasion. »

Don Alvaro en vint à raconter comment il avait pu séduire la fille d'un maître-armurier de la Vieille Usine, très honorable et qui veillait sur l'honneur de sa maison avec des yeux d'Argus. Angelina avait son père, sa mère, sa grand-mère, des frères et des sœurs; elle était pure comme l'hermine... Mesía avait commencé par séduire la famille. Il pénétrait dans chaque maison en se mettant au diapason de la vie du foyer. Il jouait à cache-cache avec les enfants, leur faisait des cocottes en papier, jouait au domino avec la grand-mère, servait de dévidoir à la mère, écoutait avec une patiente et feinte attention les élucubrations socialistes et humanitaires du père, ravissait tout le monde; il finissait par être l'hôte indispensable, le consolateur, le conseiller, le plus bel ornement de la maison; il l'emplissait de sa présence élégante; il était doux, affectueux, avait des attentions de papa-gâteau; il prenait à cœur les intérêts de la maison comme les siens propres, il ramenait même la paix entre les maîtres et les domestiques. C'est ainsi qu'il entrait, qu'il entrait peu à peu dans le cœur de tous; ses amours avec Angelina (ou avec toute autre, car des aventures de cette sorte il en avait eu beaucoup) commençaient en secret; et, petit à petit, autour du tandour, table recouverte d'un grand tapis sous laquelle on met un brasero, au balcon, à la nuit tombante, à chaque occasion qui s'offrait, il s'approchait, se serrait contre sa victime, la soûlait de désirs, de son altière beauté, virile et sympathique; puis il parlait d'amour comme pour rire, sur un ton de paternelle protection qui avait l'air de l'innocence même; et un beau jour, ou une belle nuit, lors d'un pique-nique à la campagne, après le réveillon de Noël, tandis que le reste de la famille riait, joyeux et sans méfiance, la passion d'Angelina atteignait le paroxysme, l'occasion faisait le reste et le déshonneur entrait dans la famille, et l'ami intime, le favori de tous, s'en allait pour ne plus jamais revenir.

Ceux qui écoutaient don Alvaro croyaient assister à ces scènes d'amitié intime, paisibles, douces, pleines d'effusion et de confiance; sur le visage du séducteur, dans ses gestes, dans les sourires, dans la voix, se reflétaient, sous l'effet du souvenir, la bonté douce, l'air affectueux et bon-enfant, la franchise simple, noble, familière, l'habileté domestique, toutes les ruses et les qualités qui donnaient la victoire à Mesía en de tels combats.

— D'autres fois, mes amis, il fallait recourir à la force. Renoncer à une victoire qu'on ne peut obtenir qu'avec ses poings et en suant à grosses gouttes, au milieu des coups de griffes et des ruades, c'est être un amant platonique, un *snob;* le véritable don Juan de ce siècle, et peut-être de tous les autres aussi, vainc comme il peut; il est romantique, chevaleresque, respectueux quand il convient; grossier, violent, effronté, vil s'il le faut.

Don Alvaro n'oublierait jamais un combat d'amour qui dura trois nuits, et fut plus glorieux pour la vaincue que pour le vainqueur. La scène se passait dans un *panera,* construction en bois soutenue par quatre piliers de pierre, comme ces maisons palustres reposant sur des pilotis ou celles de quelques tribus sauvages. C'est dans ce grenier que dormait Ramona, une paysanne, et près de son lit de bois peint en bleu et rouge, grinçant au moindre mouvement de la paillasse, était rassemblée la récolte de maïs de la ferme, entassée en fragile équilibre jusqu'au toit.

C'est là qu'eut lieu la bataille. Et don Alvaro, comme s'il revivait encore l'événement, décrivait l'obscurité de la nuit, les difficultés de l'escalade, les aboiements du chien, le grincement de la fenêtre du couloir quand il avait fait sauter le loquet; puis les plaintes du lit fragile, les grognements de la paillasse faite de bruissantes feuilles de maïs, et la protestation muette mais énergique, brutale, de la fille qui se défendait à coups de poing, à coups de pied, avec les dents, éveillant en lui, disait don Alvaro, une volupté sauvage, inconnue, forte, invincible.

« Il y eut des moments où je combattis pour la vie, comme César à Munda. Ramona, messieurs, était brune; elle avait une chair dure et lisse comme un canon et ses bras, que je désirais voir enlacer mon corps en un élan amoureux, me prouvaient leur force en torturant les miens, prisonniers, inertes. Mon désir s'accroissait, stimulé par un aiguillon plus piquant que le poivre : j'observais, en effet, que Ramona jouissait, elle jouissait comme une folle dans la bataille. Sûre de n'être pas vaincue par la force, amoureuse à sa façon du *monsieur,* à cause de son audace surtout, accoutumée à ce genre d'amourettes muettes, brutales, elle se taisait, luttait, mordait avec délices, meurtrissait avec une volupté barbare, et trouvait un plaisir farouche dans le martyre de mes sens qui touchaient leur proie et se sentaient dominés par elle. Le lit s'effondra; nous roulâmes sur le sol; et tout en roulant, nous atteignîmes le tas de maïs. C'est alors que la lune se leva; ses rayons entrèrent par la fenêtre que j'avais laissée ouverte et je vis ma robuste paysanne, debout, une jambe enfoncée dans les grains dorés et le genou de l'autre fiché sur ma poitrine. Elle me donnait à choisir entre la mort ou la fuite, en me menaçant avec une mesure à grains, énorme boîte en bois, garnie de plaques de fer. Je m'enfuis, je m'enfuis par la fenêtre; du couloir du grenier je sautai comme je pus dans la ruelle où je dus engager, à bout de forces, un nouveau combat avec le chien. (Pause.) Mais je revins la nuit suivante. Le chien aboya moins fort. La fenêtre n'était pas fermée, le verrou était cassé; Ramona ne dormait pas, elle m'attendait; dès qu'elle me sentit tout près, elle lâcha un formidable soufflet sur mon visage. C'était sans importance. Nous reprîmes la lutte; mêmes incidents; nous roulâmes, disparûmes sous le maïs; j'avalai de nombreux grains. Et je ne fus pas vainqueur non plus cette nuit-là. Je sortis de là à la faveur d'un armistice, avec des promesses de future victoire. Et la troisième nuit je dus lutter encore; je m'étais trompé; le triomphe me coûta une nouvelle bataille, et je ne pus le savourer qu'au milieu de mille désagréments, par la faute du maïs instable, curieux, importun, indiscret. Ramona, vaincue, se plaignait aussi. Nous nous enfoncions, sans plus penser à rien; et s'il n'était pas prescrit que la comédie ne doit pas finir en tragédie, en bonne rhétorique, ce tas instable eût été la sépulture d'Alvaro et de Ramona, étouffés par l'une de nos plus humbles céréales. »

Applaudissements et éclats de rire couvrirent la voix du narrateur. Alors don Alvaro, heureux, enthousiasmé, voulut éblouir son auditoire par le contraste d'aventures romantiques où il apparaissait comme un chevalier de la Table Ronde.

Tout cela faisait oublier son exorde à don Pompeyo Guimarán, intéressé malgré lui par les aventures érotiques du *frivole* Président du Cercle. Paco Vegallana avait fait boire l'athée, à son insu, plus que ne l'ordonne la Justice. Il n'était pas ivre, mais il n'était pas dans son assiette et, à son cœur défendant, il trouvait un certain plaisir à écouter ces scènes scandaleuses qui, en d'autres circonstances, l'auraient indigné.

Mesía, enfin fatigué et regrettant un peu d'avoir tant parlé, mit un terme à ses confidences et, se tournant vers don Pompeyo, il l'invita à prendre la parole.

— Don Pompeyo, dit-il, et il se mit debout en chancelant, ce qui prouvait que, sinon le vin, ses souvenirs l'avaient enivré, don Pompeyo, puisque nous sommes à l'heure des grandes révélations, il faut que vous nous disiez quel est le fond de votre âme...

— Messieurs, interrompit l'athée, le fond de mon âme je le porte à la surface pour que tout le monde le sache.

— Bravo! Bravo! cria l'assistance.

Quelques coupes furent renversées et cassées.

— Je propose, lança Juanito Reseco perché sur une chaise, qu'au vu de ce trait de génie... on lui permette de nous tutoyer et réciproquement.

— Accordé! Approuvé!

— Parfait, poursuivit Juanito; oh, toi, Pompeyo, pompeux Pompeyo, je ne vais pas te faire plaisir. Tu crois qu'à Vetusta il n'y a pas d'autre athée que toi...

— Jeune homme...!

— Eh bien j'en suis un autre; *anch'io... sono pittore.* A la seule différence que tu es un athée progressiste, un athée fanatique, un théologien les quatre fers en l'air... Toi, tu passes ta vie à regarder le ciel... mais tu le regardes la tête en bas, par-dessous tes jambes. Et malgré la contradiction apparente des pattes en l'air et des pattes en bas... on peut tout concilier et résoudre l'antinomie, comme disent les philosophes à la mode, en considérant qu'être bipède n'est pas donné à tout le monde...

— Jeune homme... je ne comprends pas votre jargon philosophique. Avant votre naissance j'avais déjà une longue carrière d'athée derrière moi, et si votre intention est d'insulter mes cheveux blancs et ma constance...

— Je disais que tu es un théologien les quatre fers en l'air; sache, en effet, que dans ce monde civilisé, plus personne ne parle de Dieu, ni en bien, ni en mal. La question de savoir si Dieu existe ou n'existe pas ne se résout plus... elle se dissout. Tu ne peux pas comprendre cela, mais écoute ceci qui te concerne; toi, le fanatique de la négation, tu mourras dans le giron de l'Église, d'où tu n'aurais jamais dû sortir. *Amen dico vobis.*

Et Juanito s'effondra sous la table.

Tous avaient été indignés par son discours, sauf Mesía qui, tendant la main vers lui, s'écria :

— Pardonnez-lui... parce qu'il a beaucoup bu!

— Ce Juanito, dit le colonel à don Frutos, l'*americano,* m'a l'air d'être un grand pédant.

— C'est un ventre-creux qui se croit sorti de la cuisse de Jupiter.

On se remit à parler de religion. Don Frutos exposa ses croyances, à mots entrecoupés, faisant des îles et des continents de vin rouge sur la table et suppliant des yeux qu'on lui terminât ses phrases.

Don Frutos insistait sur le fait qu'il sentait que son âme était immortelle : il y avait un autre monde, à part les Amériques, un monde meilleur où allaient les âmes de ceux qui n'avaient pas été bandits de grands chemins. Et puis, Dieu était miséricordieux, il fermait les yeux. Et évidemment, don Frutos voulait aller dans ce monde meilleur avec les souvenirs de la dure vie passée, car sinon, quel plaisir y aurait-il ?

— Pourquoi don Frutos tient-il à se rappeler combien il a été bête sur la face de la terre? demandait Foja à l'oreille d'Orgaz fils.

— Messieurs, s'écria Joaquín, si dans l'autre vie il n'y a pas de *flamenco,* ou si c'est du mauvais *flamenco,* je renonce à l'au-delà!

Et il sauta sur la table en s'agrippant à une colonne et esquissa une danse *flamenca* dans la plus pure tradition classique. Les convives l'encouragèrent et se mirent à frapper dans leurs mains tandis que le petit docteur chantait d'une voix rauque et mélancolique de gouape :

C'est une chooose
qui émerveille maman
voir de Frascueeelo
le mollet maman.

Don Pompeyo en tremblait. Quelle honte! Il méditait et voyait deux Orgaz fils sur la table.

— Vous m'avez enivré avec vos hérésies... Je veux dire... avec vos blasphèmes..., dit-il au jeune Marquis, qui se taisait, pensant que tout cela, sans femmes, manquait vraiment de sel.

Joaquín s'écria :

— En voici une à la santé de don Pompeyo.

Et il entonna un couplet impie et grossier, chargé d'allusions à une image sacrée.

— Halte-là, cher monsieur! s'exclama avec indignation le brave Guimarán en entendant l'avant-dernier vers. Ma santé n'a pas besoin de semblables indécences. Ces énormes et outrageants blasphèmes ne servent que la cause du clergé qui en fait ses choux gras. Car il faut que vous compreniez, jeune homme ignorant et grossier, que de nombreuses religions primitives sont passées par le monde; hier on croyait une chose, et demain on en croira une autre, mais ce à quoi n'ont jamais renoncé les peuples civilisés, ni aujourd'hui ni dans l'antiquité, c'est à la bonne éducation et au respect que nous nous devons les uns aux autres.

— Bien, très bien! crièrent-ils tous, même Joaquín.

— Je suis fatigué de voir que l'on me prend pour un iconoclaste. Oui, je suis un iconoclaste, mais un iconoclaste du vice; je suis apôtre de la vertu et hérésiarque des ténèbres qui enveloppent l'intelligence et le cœur de l'humanité.

— Bravo! Bravo!

— Et si quelqu'un a pu croire que je pouvais fraterniser avec le scandale, m'associer à l'impudence, faire cause commune avec l'orgie, je protesteavec indignation, car je suis venu ici pour toute autre raison. Et je crois que le moment est venu de parler sérieusement.

— Parfaitement, interrompit Foja, M. Guimarán a parlé comme un livre, bien qu'il n'en lise point, mais cela n'a pas d'importance, il a parlé comme le livre de sa conscience, comme il le dit lui-même. Messieurs, nous nous sommes réunis ici pour célébrer le retour de M. Guimarán au foyer familial, appelons-le ainsi, au Cercle. Mais, ah! Messieurs les conseillers, pourquoi M. Guimarán est-il revenu au Cercle? *Tatiste question,* comme dit Tromblon, que je regrette de ne pas voir parmi nous (applaudissements, rires). Eh bien, il est revenu parce que nous nous sommes émancipés de la répugnante tutelle du fanatisme et il est revenu pour fonder une association, dont vous êtes en train de célébrer, peut-être sans le savoir, la séance inaugurale. Cette association qui, bien évidemment, ne sera pas celle de la tempérance, se propose de poursuivre les pharisiens, d'arracher les masques des hypocrites et d'extirper du corps social de Vetusta les sangsues mystiques qui lui sucent le sang. (Tonnerres d'applaudissements. Paco s'abstient et continue à penser que cela manque de filles). Messieurs... Guerre au clergé usurpateur, envahisseur, inquisiteur. Guerre à cette partie du clergé qui fait commerce des choses saintes, qui utilise des souterrains pour introduire ses tentacules de pieuvre dans les coffres de *La Croix Rouge*...

— Oui, oui, vous avez mis le doigt sur la plaie...!

— Guerre à ce clergé qui condamne à la phtisie de la faim de dignes commerçants, de dignes pères de famille, à ce clergé qui disperse les foyers et plonge dans d'immondes cloaques, bien mal nommés cellules, les vierges du Seigneur et qui croit les consacrer à Jésus alors qu'il les livre à la mort. (Applaudissements frénétiques.) Jurons tous d'être les trompettes du scandale, afin que celui-ci soit si grand et parvienne à de si hautes oreilles, qu'il entraîne inéluctablement la ruine de l'ennemi commun. En effet, messieurs, personne ne respecte autant que moi le clergé paroissial, ce clergé honnête, pauvre, humble... mais à bas le haut clergé!... Et surtout... à bas le Grand Vicaire!... le...

— A bas! A bas! répondirent certains : Joaquín, le colonel, qui était calme, mais voulait la mort du Magistral, et deux ou trois autres convives en état d'ébriété.

Le jour pointait quand ils se levèrent de table. On avait encore beaucoup parlé; on avait raconté l'histoire du Grand Vicaire, telle que la contait la légende à scandale. Tous convinrent, même les plus prudents, qu'il était nécessaire de fonder sérieusement cette société dont Foja avait parlé. Il fut décidé que l'on se réunirait pour souper une fois par mois et que l'on mènerait une active propagande contre le Magistral. En sortant, par petits groupes, ils se disaient à voix basse :

— C'est Mesía qui a préparé tout cela. Don Fermín est son rival et il veut le perdre, l'anéantir.

— Mais qui décrochera la timbale?

— Quelle timbale?
— Ou plutôt, quelle dame?
— Le Magistral.
— Alvaro.
— Ou tous les deux...
— Ou aucun...
— Quant à moi, intervint Foja, je ne fais ni ne défais les lois...
— Mais je sers mon seigneur, conclut le groupe.

Mesía, Paco Vegallana et Joaquín Orgaz accompagnèrent don Pompeyo jusque chez lui. C'était une matinée de juin, gaie, tiède, rose. Le soleil annonçait ses rayons dans les vives couleurs des nuages d'orient. Les pas des noctambules résonnaient dans les rues de la Encimada, comme s'ils marchaient sur une caisse sonore. Bien qu'il ne fît pas froid, tous avaient relevé le col de leur redingote ou de ce qui en tenait lieu. Don Pompeyo ne disait rien. Il ouvrit la porte de sa maison avec sa clé. Il entra sans faire de bruit et peu après il était dans son lit et fermait les yeux pour ne pas voir la clarté accusatrice qui passait par les fentes des volets fermés. Se coucher après le lever du jour était une véritable révolution qui lui faisait tourner la tête; il se demandait si les lois du monde étaient toujours les mêmes. Lorsqu'il ferma les yeux, il sentit que son lit, pourtant inerte, se soulevait, montait et descendait. Peu après, il se croyait sur l'océan démonté, enfermé dans une cabine et victime du mal de mer.

Il se leva à midi et ne voulut rien dire du souper, de ce sacré souper, à sa femme et à ses filles. Cependant, bien qu'il se fût promis qu'on ne l'y reprendrait pas, quelques heures après, au Cercle, où son arrivée avait été accueillie par des manifestations de sympathie et de joie, il acceptait solennellement de retomber dans les mêmes errements, de ne pas manquer les *gaudéamus* mensuels où l'on devait rendre compte des travaux de la *société innommée* qui avait été fondée *inter pocula.*

Doña Paula apprit par le Camard, qui le tenait d'un garçon du restaurant du Cercle, tout ce qui avait été dit au cours du repas inaugural, et ce que prétendaient ces messieurs. Quand le Magistral entendit dire à sa mère que l'on avait crié « A bas le Grand Vicaire », il haussa les épaules, se leva et sortit.

— Ce garçon est devenu idiot... je ne sais pas ce qu'il a; il a l'air totalement absent de ce monde... Oh, maudite Régente! Cette pécore me l'a ensorcelé!

Le mois suivant, eut lieu la deuxième séance de l'*Innommée.* On but, ceux dont c'était l'habitude s'enivrèrent, et on rendit compte des activités de propagande. Foja fit savoir qu'il s'était entendu en secret avec l'Archidiacre, don Custodio, et avec d'autres *ennemis capitulaires* (comme il dit) du Grand Vicaire. On avait appris beaucoup d'autres nouveaux scandales. Le secteur ecclésiastique et le secteur laïque, d'un commun accord pour libérer Vetusta de l'ennemi général, tramaient la ruine du monstre. On mettrait bientôt entre les mains de l'Évêque les preuves de ces prévarications de toutes sortes dont on accusait don Fermín de Pas. Le pire de tout, ce qui ferait bondir l'Évêque, était ce qui avait trait à l'indécent abus du confessionnal. On racontait des horreurs. Enfin, on verrait bien.

Don Alvaro proposa de suspendre jusqu'à l'automne les soupers mensuels et supplia que l'on gardât le secret le plus absolu. Par ailleurs, à son grand regret, il devait se priver à l'avenir d'assister à ces réunions. Il restait avec eux par la pensée, mais lui, don Alvaro, pour d'impérieuses raisons qu'il priait tous les présents de respecter, il s'abstiendrait de participer à ces agréables banquets.

Quinze jours après, à la mi-juillet, le Président du Cercle entrait un soir dans la demeure des Ozores. Il venait faire ses adieux. Don Víctor le reçut dans son bureau. Le maître de céans était en bras de chemise, selon son habitude dès qu'arrivait l'été, même s'il n'avait pas très chaud. Pour lui, l'été et l'habit léger étaient deux idées inséparables. Quintanar soupira en voyant don Alvaro, et après avoir posé sur la table un livre noir, il lui tendit les deux mains et s'écria :

— Oh, très cher Mesía! Ingrat! Il y a si longtemps qu'on ne vous a pas vu ici...

— Je viens vous dire au revoir. Je vais faire un tour en province, ensuite j'irai aux bains de Sobrón, et à la mi-août, je serai de retour à Palomares, pour ne pas perdre mes bonnes habitudes.

— De sorte que jusqu'en septembre...

— Jusqu'à la fin de septembre nous ne nous verrons pas...

Don Alvaro parlait fort, comme s'il voulait être entendu dans toute la maison.

Don Víctor déplora cette absence. Il soupira. « C'était un nouveau contretemps, un nouveau motif de tristesse. »

Don Alvaro remarqua que son ami était moins disert qu'auparavant, qu'il s'agitait et gesticulait beaucoup moins.

— Avez-vous été malade?

— Allons donc! Qui? Moi! Pas du tout! Mais comment cela, ai-je mauvaise mine? Dites-moi franchement... ai-je mauvaise mine? Pâle... peut-être? pâle...?

— Non, non, rien de cela. Mais... j'ai l'impression que vous êtes moins gai, soucieux... que sais-je...

Don Víctor soupira encore. Après une pause il demanda d'un ton plaintif :

— Avez-vous lu cela?

— Qu'est-ce?

— Kempis, l'*Imitation de Jésus-Christ*...

— Comment? Vous! Vous aussi...?

— C'est un livre qui ôte la bonne humeur. Il fait penser à des choses... auxquelles on n'avait jamais pensé... N'importe. De toute façon, la vie est bien triste. Voyez vous-même. Tout passe. Vous nous quittez... le Marquis et la Marquise s'en vont... Visita s'en va... Ripamilán est déjà parti.. D'ici quinze jours, il n'y aura personne à Vetusta. A la Colonia, il n'y a pas âme qui vive... Les meilleures familles de la Encimada sont absentes... Il ne reste que les pauvres... les journaliers... et nous. Nous, nous ne partons pas cette année. Et un été entier à Vetusta est une chose bien triste! Le gazon de la Grande Promenade prend l'aspect d'un paillasson de sparte... on n'y voit personne; dans les rues, il n'y a que des chiens et des agents de police... Voyez-vous, je préfère l'hiver avec toutes ses bourrasques et son éternelle pluie... je ne sais pas..., moi, le froid me stimule... Enfin, heureux vous qui partez...

Et don Víctor soupira encore.

— Je vais appeler ma femme. Vous voulez lui dire au revoir, n'est-ce pas ? C'est naturel.

— Non... si elle est occupée... ne la dérangez pas...

— Il ferait beau voir. Occupée... elle est toujours occupée... et inoccupée... est-ce que je sais. C'est son affaire.

Il sortit. Don Alvaro prit le Kempis. C'était un exemplaire neuf, mais les cent premières pages étaient un peu fripées et pleines de signets. Lui, il n'avait jamais lu cela. Il le regardait comme une boîte explosive. Il le posa sur la table avec précaution comme s'il éprouvait quelque crainte.

Ana entra dans le bureau. Elle portait un habit du Carmel. Elle était encore pâle, mais avait un peu grossi. Mesía sentit battre son cœur et sa gorge se serrer, ce qui l'effraya singulièrement.

Cette femme éveillait en lui, maintenant, une colère sourde mêlée à un désir intense et douloureux. Il la voyait comme pourrait voir une île ou un continent, l'explorateur que la tempête entraînerait loin de la rive, pour toujours peut-être, avant qu'il ait pu mettre pied à terre. « Comment pouvait-il savoir si cette femme serait sienne un jour ? » Son orgueil ne renonçait pas à elle. Mais d'autres voix lui disaient : « Renonce pour toujours à la Régente. » On verrait bien. Mais il était douloureux de remettre encore, et qui sait jusqu'à quand, tout espoir, tout projet de conquête.

Il voulait déceler sur le visage d'Ana le reflet d'une émotion, quand il lui dirait qu'il partait sans savoir quand il reviendrait. Mais Ana reçut la nouvelle d'un air distrait, pas un seul muscle de son visage ne tressaillit.

— Nous restons à Vetusta cet été, dit-elle. Je ne peux pas me baigner, et le médecin m'a dit que l'air de la mer pourrait me faire plus de mal que de bien en ce moment.

— Vetusta est bien triste en été...

— Non... je ne trouve pas...

Don Víctor les laissa seuls.

Don Alvaro fixa hardiment des yeux le visage d'Ana qui leva les siens, grands, doux, tranquilles et regarda sans crainte le séducteur, sa tentation de tant et tant d'années. Il sentit qu'il perdait son aplomb, il crut qu'il allait dire ou faire quelque énormité et, sans pouvoir se contenir, il se mit debout devant elle.

— Vous partez déjà ?

« Si je me jette à ses pieds maintenant, que se passera-t-il ? » se demanda don Alvaro. Et sans savoir ce qu'il faisait, il tendit sa main gantée et dit en tremblant :

— Anita... si vous voulez... que je fasse quelque chose pour vous là-bas...

— Je vous souhaite de bien vous divertir, Alvaro..., répondit-elle sans la moindre ironie. Mais il s'imagina qu'elle se moquait de sa maladresse ridicule, de ses craintes stupides... et il éprouva un violent désir de l'étrangler. La main de la Régente toucha celle de Mesía sans trembler, froide, sèche.

Le bel homme sortit en butant contre le paon empaillé, puis contre la porte. Dans le couloir, il prit congé de son ami Quintanar.

La Régente sortit un crucifix de son sein, et posa ses lèvres sur l'ivoire jauni et chaud, tandis que ses yeux pleins de larmes cherchaient le bleu du ciel entre les nuages gris.

Chapitre vingt et un

Ana lut dans son lit, en cachette de don Víctor, les quarante chapitres de la *Vie de sainte Thérèse écrite par elle-même.*

Durant cette longue convalescence, elle fut accablée de frayeurs, de spasmes et de crises nerveuses. Quand sa femme avait rechuté, don Víctor, poussé par le remords, avait juré qu'il ne la laisserait jamais seule jusqu'à ce qu'elle fût guérie, mais il oublia son serment dès qu'il la crut hors de danger. Un jour, il fit un petit tour jusqu'au Cercle; ensuite, il alla voir les journaux; un peu plus tard, il s'autorisa une partie d'échecs, et « l'on sait combien ce jeu est ennuyeux ». Finalement, sans donner aucune explication, il était dehors toute l'après-midi. Rester à la maison lui était insupportable. « Il commençait à faire chaud — car don Víctor, en matière de température, suivait le calendrier —, et on savait bien qu'il lui était impossible de travailler dans son bureau quand la sueur l'importunait. Il avait besoin du grand air; il lui fallait beaucoup de promenades, la nature. »

La Marquise, Visitación, Obdulia, doña Petronila et d'autres amies qui avaient tenu compagnie à la Régente tant qu'avait duré le mauvais temps, ne lui rendaient visite maintenant que tous les deux ou trois jours et leurs visites étaient brèves. Il y avait un beau soleil, les jours étaient bleus, sans un nuage dans le ciel. Il fallait profiter du beau temps; c'était l'époque de l'année où Vetusta s'anime un peu : il y avait des représentations théâtrales, beaucoup de monde sur les promenades, de la musique, des gens de l'extérieur... une exposition de minéraux. Petra alla même jusqu'à demander un soir à sa maîtresse la permission d'aller voir un arc que l'on avait construit en charbon...

Ana passait des heures et des heures dans la solitude de sa grande maison : les bruits lointains de la rue arrivaient étouffés jusqu'à son lit, comme une appréhension des sens. En bas, dans la cuisine, il y avait Servanda, et parfois Petra. Anselmo sifflait dans la cour en caressant un chat angora, son seul ami.

Une telle compagnie accentuait la solitude de la Régente; ces serviteurs indifférents, muets, respectueux, sans affection, lui faisaient regretter l'humanité compatissante. Petra lui était antipathique. Elle la redoutait, sans savoir pourquoi. Quand les angoisses nerveuses l'envahissaient, pour se tranquilliser un peu, elle demandait à sa femme de chambre :

— Don Tomás est-il dans le jardin?

Si Frígilis se trouvait dans le Parc, elle sentait près d'elle une protection, et elle se calmait. Crespo montait la voir chaque après-midi, mais il ne s'asseyait presque jamais. Il restait cinq minutes dans la chambre, se promenant du balcon à la porte, et prenait congé sur un grognement affectueux.

Ana, qui ressentait si profondément un tel abandon dans ses moments de faiblesse où ses nerfs exaltés la poussaient à la tristesse et au désespoir, arrivait à éprouver un plaisir subtil, presque voluptueux dans cette solitude quand elle était calme, surtout après avoir dormi quelques heures ou après avoir pris avec plaisir quelqu'aliment. Le balcon de sa chambre s'ouvrait sur le parc et en se redressant sur son lit, elle voyait derrière les vitres les cimes de quelques arbres dont les feuilles nouvelles, bruissantes, lisses et fraîches brillaient. Gazouillis d'oiseaux et rayons d'un soleil vif, fort et gai, lui parlaient de la vie extérieure, de la nature ressuscitée qui promettait joie et santé pour tous. « Elle aussi, elle allait renaître, ressusciter, mais dans un monde si différent! Combien cette nouvelle vie allait être différente de celle qui avait été la sienne! Elle se préparait elle-même une existence de sacrifices, mais sans ces intermittences de mauvaises pensées et de rébellion sourde et pleine de ressentiment, une vie de bonnes œuvres, d'amour pour tous les êtres, et par conséquent, pour son mari, d'amour en Dieu et pour Dieu. » Mais en attendant, tant qu'elle ne pouvait pas s'évader de cette prison douloureuse, son âme s'envolait et suivait de loin l'esprit subtil, simple, malgré tant de subtilité, de la sainte amoureuse du Christ.

Ana vivait maintenant d'une passion. Elle avait une idole et elle était heureuse malgré les alarmes nerveuses, les élancements de la chair malade, les misères de l'argile humaine, dont, pour son malheur, elle était faite. Parfois, en lisant, elle avait des nausées; elle ne voyait pas les lettres, et devait fermer les yeux, incliner la tête sur les oreillers et *se laisser partir*. Mais elle revenait à elle, et au risque d'une nouvelle attaque, elle reprenait sa lecture, dévorant ces pages que son esprit, qui se prétendait à tort religieux, avait autrefois parcourues, sans voir ce qu'elles contenaient, avec ennui, persuadé que les visions d'une sainte mystique du seizième siècle ne pouvaient édifier son âme appréhensive, délicate, triste.

La faiblesse avait aiguisé et exalté ses facultés. Ana pénétrait avec la raison et avec le cœur dans les plis les plus cachés de l'âme mystique qui parlait dans ce papier rugueux, d'un blanc sale et aux caractères flous et compacts. Elle ne comprenait pas que le monde entier ne se fût pas converti, que l'humanité entière ne chantât pas sans cesse les louanges de la sainte d'Avila. « Oh, il disait bien vrai le bienheureux, le doux, le tendre Fray Luis de León : la main de sainte Thérèse, quand elle écrivait, était guidée par le Saint-Esprit, et c'est pour cela que ses écrits embrasent le cœur de qui les savoure. »

« Oui, le cœur d'Ana était embrasé. Non, elle ne voulait pas d'autre idole sur terre. Aimer Dieu par l'entremise de la sainte, de l'héroïne adorée de tant de prouesses de l'esprit, de tant de victoires sur la chair. »

Parfois, lorsqu'elle pensait à elle, elle regrettait très vivement de n'avoir pas vécu à l'époque de sainte Thérèse. Ou, si non : quel plaisir céleste si elle vivait maintenant! Ana l'aurait cherchée dans le dernier coin du monde; avant, elle lui aurait écrit, brûlant d'amour et d'admiration dans la lettre qu'elle lui aurait adressée.

La Régente n'était pas habituée à convertir ses extases religieuses en oraisons mentales, comme l'y incitaient les prudents conseils du Magistral ; son éducation païenne, inconséquente, confuse, donnait des formes étranges à sa piété sincère, elle resurgissait, après tant d'années, avec tous ses défauts d'incohérence et de légèreté.

Elle désirait trouver des ressemblances, même lointaines, entre la vie de sainte Thérèse et la sienne, appliquer aux circonstances dans lesquelles elle se voyait les pensées que la sainte mystique consacrait aux vicissitudes de son histoire.

L'esprit d'imitation s'emparait de la lectrice, sans que celle-ci se rendît compte de son audace.

La sainte avait trouvé un renfort de piété dans le *Troisième Abécédaire* de Fray Francisco de Osuna, et Ana envoya Petra faire les librairies pour chercher ce livre. Le *Troisième Abécédaire* fut introuvable et le Magistral ne l'avait pas non plus. Mais elle, elle avait eu plus de chance quant au confesseur. Thérèse de Jésus avait cherché pendant vingt ans, sans le trouver jamais, un confesseur qui fût comme il devait être. Ana pensait alors à son Magistral et elle pleurait toute attendrie. « Quel grand homme c'était et combien elle lui était redevable! Qui, sinon lui, avait semé une telle piété dans son âme? »

Dès qu'elle put se lever, un de ces premiers soucis fut d'écrire à don Fermín une lettre qui l'avait hantée pendant des nuits et qui était l'un de ses caprices de convalescente. Elle l'écrivit à l'insu de Quintanar, qui lui avait interdit *tout casse-tête, quel qu'il fût.*

De Pas rendait souvent visite à la Régente, et il était enchanté des progrès que la piété la plus pure faisait dans cet esprit. Mais elle voulait lui écrire; elle n'osait pas lui révéler de vive voix certaines choses intimes et profondes; en outre, elle ne pouvait pas les exprimer. Et surtout, la rhétorique, qu'il était indispensable d'employer, car aux grandes idées il faut de grands mots, lui paraissait maniérée et fausse dans la conversation, en tête-à-tête.

Petra apporta la lettre, composée de trois feuillets, chez le Grand Vicaire. Teresina, plus pâle et plus mince que quelques mois auparavant, mais plus gaie, la reçut avec le sourire. Le Magistral s'enferma dans son bureau pour lire la lettre. Quand sa mère l'appela pour manger, don Fermín se présenta, les yeux brillants et les joues en feu. Doña Paula regardait son fils et Teresina alternativement, et elle haussait les épaules quand personne ne la voyait, ni la servante qui allait et venait avec assiettes et plats dans les mains, ni son fils qui fixait la nappe d'un air distrait, mangeant machinalement et du bout des lèvres. Teresina était maintenant tout acquise à Monsieur; elle ne disait rien à sa maîtresse des lettres qu'elle remettait à don Fermín. Petra, quand elle les apportait, frappait à la porte d'une manière particulière, Teresa descendait, elles s'embrassaient en silence sur les deux joues, comme les dames, chuchotaient, riaient sans bruit, se faisaient quelques petits pinçons. Petra concédait une certaine supériorité à son amie, elle l'adulait, lui faisait compliment de sa chevelure noire, de ses yeux de Mater Dolorosa, de sa peau fine et autres qualités enviables que possédait son amie. Teresina promettait à Petra des avantages pour l'avenir et elles se séparaient en s'embrassant encore.

— Qui est venu? demandait doña Paula.

C'était un pauvre ou quelqu'un de la ville. On ne disait jamais la vérité. Doña Paula ne mettait pas en doute la loyauté de la servante. En l'absence de celle-ci, elle avait trouvé, en fouillant dans sa malle, plusieurs bijoux qui devaient bien valoir deux mille réaux. Elle avait souri, satisfaite et jalouse à la fois. « Cela pouvait valoir deux mille réaux... oui... c'était trop... c'était un scandale. Si la décence l'avait permis... et si la honte ne l'avait pas retenue, elle aurait exigé qu'on lui laissât le soin de récompenser les gens comme ils le méritaient, sans prodigalité superflue. La découverte la satisfaisait : c'était son œuvre, en fin de compte. Mais les deux mille réaux lui faisaient mal : ils lui appartenaient à elle aussi. »

Le lendemain du jour où il reçut la lettre, le Magistral sortit très tôt de chez lui, il alla jusqu'à la Grande Promenade, chercha un endroit retiré dans les jardins qui l'entourent, et sans autre compagnie que celle des oiseaux ivres de joie, et des fleurs qui profitaient de la rosée pour faire leur toilette, il se mit à relire ces feuillets où Ana lui envoyait son cœur dilué dans une rhétorique mystique. Il savait déjà par cœur certains passages qui lui paraissaient les plus intéressants et qui étaient les plus flatteurs pour lui, et comme la joie inondait son cœur, il se sentait heureux comme un enfant en ce matin rose d'un jour de la fin mai, encore couvert et frais, avant que le soleil ne déchirât le voile blanchâtre aux tons roses qui couvrait l'horizon du côté de l'orient...

Le Magistral se mit debout, regarda de tous côtés par-dessus la haie de buis qui entourait sa cachette, et se voyant seul, absolument seul, il lui prit envie de mêler au babillage futile et harmonieux des oiseaux, qui sautaient de branche en branche au-dessus de sa tête, sa voix la plus douce et la plus mélodieuse, récitant ces mots pleins de spirituelle beauté que la Régente lui avait adressés.

« Maintenant, j'ai le don des larmes — lut le Magistral à voix haute, comme s'il s'adressait aux chardonnerets, aux moineaux, aux rouges-gorges et autres habitants de la ramée —, maintenant, je pleure, mon ami, et plus seulement sur mes peines, je pleure d'amour, l'âme pleine de la présence du Seigneur, que vous et la sainte bien-aimée m'avez appris à connaître. Vous n'avez pas à redouter que la paresse me retienne de nouveau chez moi, dans l'oubli de mon salut. Je sais maintenant que la tiédeur est synonyme de mort, j'ai lu ce que dit notre Mère et Maîtresse bien-aimée lorsqu'elle parle de ses péchés : « Je ne faisais pas cas des fautes vénielles et ce fut ce qui me perdit. » Moi, je ne faisais même pas cas de fautes mortelles, et bien que vous m'avertissiez du danger, je suis restée longtemps aveugle. Mais Dieu m'a envoyé à temps (je crois que c'était à temps, n'est-ce pas, mon frère ?), m'a envoyé à temps la maladie; j'ai vu l'Enfer dans les cauchemars de la fièvre, et je l'ai vu, comme notre sainte, sous forme d'un trou angoissant, dans lequel mon corps broyé endurait des tourments indescriptibles. En outre, des fantômes, qui étaient des diables vêtus, par dérision, comme des prêtres, de chasubles et de capes pluviales, promenaient sur ma chair glacée d'horreur leurs plaies répugnantes. Enfin, je vous ai déjà parlé de cela. Mais ma piété, qui maintenant, je le crois, est sur le bon chemin, n'est pas née seulement de la terreur, mais aussi de l'amour de Dieu, et d'un véhément désir de suivre, à des millions et des millions de lieues, mon immortel modèle. Et pour tout dire, sachez que je dois pour beaucoup, pour beaucoup, au désir de ne pas être ingrate cette ferme volonté de devenir bonne. Sainte Thérèse vécut de nombreuses années sans trouver quelqu'un qui puisse la guider comme elle le voulait; moi, plus faible, j'ai bénéficié plus tôt de la protection de Dieu, par l'entremise de celui que je voudrais appeler mon père, et qui préfère que je l'appelle simplement mon frère; oui mon frère, mon très cher frère, c'est ainsi qu'il m'est agréable de vous appeler, maintenant, assurée du secret, loin des oreilles profanes, qui ne manqueraient pas d'interpréter ces paroles dans le sens de la vile impureté qu'elles doivent porter en elles. Heureuse, cent fois heureuse, moi qui, dès lors que j'ai voulu être bonne, ai trouvé celui qui m'aiderait à le devenir ! Et que de temps il m'a fallu pour le bien comprendre ! Mais mon frère, mon grand frère bien-aimé me pardonne, n'est-ce pas ? S'il a besoin de preuves, s'il veut que je fasse pénitence, qu'il parle, qu'il ordonne et il verra comme j'obéis. Mais je ne suis pas étonnée d'avoir voulu si longtemps ce que la sainte déclare avoir voulu aussi : « Accorder la vie spirituelle et les joies, les goûts et les divertissements propres aux sens. » Maintenant tout cela est terminé. Vous direz quel chemin nous devons prendre; je le suivrai aveuglément. Je suis également ravie de cette confiance affectueuse dont vous me parliez l'autre jour, à l'issue de ma crise, et je veux moi aussi que tout soit comme l'a dit mon frère. Et en cela, nous suivrons encore l'exemple, non seulement de ces religieux allemands ou suédois dont vous m'avez parlé, mais de Thérèse de Jésus elle-même qui, comme vous le savez, sut écarter du péché un prêtre de ses amis, par sa seule bonne parole et même, à ce que je crois, grâce aux joyeuses plaisanteries qu'ils échangeaient en toute innocence. Je me souviens de ce qu'elle dit : ce confesseur avait pour elle une grande affection, mais des amours sacrilèges le menaient à sa perte; une femme l'avait envoûté par ses sortilèges en lui mettant autour du cou une petite amulette. Le mal ne cessa que lorsque la sainte, grâce à l'affection que son confesseur avait pour elle, obtint qu'il lui remette l'objet magique, cette idole, gage d'un amour infâme. Vous savez qu'elle le jeta à la rivière et que le prêtre sortit du péché et mourut plus tard délivré d'une si grande faute. Sans l'aide de telles amitiés, notre vie serait un désert. Seuls les pervers pourraient avoir des doutes sur la pureté de ces relations; il est préférable qu'ils les ignorent, car ils sont incapables de comprendre, comme il convient, une chose aussi bénéfique et aussi utile pour le salut des faibles. Dans notre cas, le faible n'est pas le confesseur, mais la pénitente; vous ne portez pas de sortilège au cou et il n'y a pas d'idole à jeter à la rivière... je suis la pécheresse, bien qu'aucun homme ne m'ait fait le mal que cette femme infligea au prêtre ensorcelé. Je n'ai aimé que mon mari et vous savez quelle est ma façon de l'aimer. Il ne s'agit pas d'une passion qui ôterait à Dieu ce qui est à Dieu, mais d'un amour fait de la douce affection et des tendres pensées qui lui sont dues. Sur ce point, je me suis beaucoup améliorée, car Fray Luis de León m'a enseigné dans sa *Parfaite épouse* qu'à chaque situation correspond une obligation particulière; dans la situation qui est la mienne, mon époux méritait plus que je ne lui donnais, mais éclairée par ce sage poète et par vous-même, j'apporte maintenant plus de soin à m'occuper de mon Quintanar et à l'aimer autant qu'il est possible, comme vous le savez. Et j'ai bien l'intention de mettre en œuvre un projet que j'ai formé : il s'agit de le convertir peu à peu et de lui faire lire des livres pieux au lieu de ces sornettes de théâtre. J'arriverai à un certain résultat, car il est docile et vous m'aiderez. Sur ce point aussi j'imiterai notre docte sainte, qui s'efforça d'amener à une plus grande piété son bon père, déjà très pieux... »

Ces dernières lignes, le Magistral ne les lisait plus à voix haute; après s'être assis de nouveau, il lisait en silence, pour lui-même. Bien qu'il éprouvât quelque jalousie à l'égard de sainte Thérèse, dont, il le voyait bien, son amie était amoureuse, il était satisfait et sa joie éclatait dans ses yeux, sur ses joues et sur ses lèvres. « C'était cela vivre, tout le reste c'était végéter. Ana était, en fin de compte, tout ce dont il avait rêvé, tout ce qu'une voix secrète lui avait soufflé le jour où elle s'était approchée pour la première fois du confessionnal. » Le Magistral continuait à se cacher à lui-même les ramifications charnelles que pouvait avoir cette passion idéale qu'en étaient venus à s'avouer *le frère et la sœur*. « Il ne voulait pas y penser, il voulait être libre des alarmes de la conscience et des dangers d'un autre genre, il voulait seulement jouir de ce bonheur qui, de l'âme, gagnait tout son être. »

En lisant l'expression « mon grand frère bien-aimé », son cœur battait si fort qu'il se sentait plongé dans de mortelles délices, dans un plaisir douloureux qui était l'émotion la plus forte qu'il eût éprouvée dans sa vie. Ainsi donc, cela suffisait, c'était là le fait, la réalité ; à quoi bon lui donner un nom ? L'important était la chose, pas le nom. D'ailleurs, quelle qu'en fût l'issue, il était sûr que ce qu'il éprouvait pour Ana n'avait rien à voir avec la vulgaire satisfaction d'appétits qui ne le tourmentaient absolument pas. Alors qu'il était absorbé par ses pensées, le Magistral entendit, derrière l'arbre contre lequel il s'appuyait, au-delà de la haie, une voix d'enfant qui récitait une cantilène à la manière des écoliers : « *Veritas in re est res ipsa, veritas in intellectu...* » C'était un séminariste de première année de philosophie qui repassait une page de Balmes, première leçon de son manuel de textes. Le Magistral s'éloigna sans être vu et l'époque où lui-même apprenait que « la vérité de la chose est la chose elle-même » lui revint en mémoire. Peu lui importaient maintenant la chose elle-même, la vérité et tout le reste... il voulait seulement plonger son âme dans cette passion innommée qui lui faisait oublier le monde entier, son ambition de prêtre, les sordides manigances de sa mère dont il était l'exécutant, les calomnies, les cabales de ses ennemis, les souvenirs honteux, tout, absolument tout, sauf ce lien de deux âmes, cette intimité avec Ana Ozores. Que d'années ils avaient vécu tout près l'un de l'autre, sans se connaître, sans soupçonner ce que le destin leur réservait ! Oui, le destin, pensait le Magistral, qui ne voulait pas évoquer la Providence ; assez de théologie, assez de ces cassements de tête qui avaient transformé son adolescence et sa première jeunesse en un désert stérile traversé seulement par des fantômes, des chimères de fou, des figures d'apocalypse. C'était bien fini, pour toujours. Il ne voulait plus de cela ni de ce qui avait suivi : l'aveuglement des sens, la brutalité des basses passions, assouvies à la sauvette jusqu'à la satiété. Tout cela était honteux, et surtout à cause du secret, de l'hypocrisie, de l'ombre qui avait enveloppé ces choses. Maintenant, sans crainte, sans scrupules, sans tourments de l'esprit, il n'y avait que le bonheur présent, celui dont il jouissait un matin de mai, proche de juin, heureux de vivre, plein d'amour pour la campagne, pour les oiseaux, traversé par le désir de boire la rosée, de humer les roses qui faisaient des guirlandes dans la ramée, d'ouvrir les boutons gonflés et de mordre les étamines cachées et blotties dans leur berceau de pétales. Le Magistral arracha un bouton de rose, avec la crainte d'être vu... Il éprouva un plaisir d'enfant au contact de la fraîche rosée qui couvrait ce petit germe de rosier ; comme celui-ci n'avait pas d'autre odeur que celle de la jeunesse et de la fraîcheur, les sens n'apaisaient pas ses désirs qui se traduisaient par des envies de mordre, de jouir par le goût, de fouiller les mystères naturels, sous ces enveloppes de satin... Le Magistral, suivant les détours des sentiers couverts par les arbres, descendait vers Vetusta en fredonnant et il lançait en l'air le bouton de rose qui retombait dans ses mains, perdant quelque pétale à chaque fois; quand il ne resta sur le bouton que les pétales plissés et informes de l'intérieur, don Fermín le porta à sa bouche et mordit avec un étrange appétit, avec une volupté raffinée dont il ne se rendait pas compte.

Il arriva à la cathédrale et entra dans le chœur. Le Pigeon était en train de balayer. Don Fermín s'adressa à lui d'une voix caressante. Il lui devait bien des réparations. Que de rebuffades inutiles avait dû endurer le pauvre bedeau! Maintenant il le traitait avec beaucoup d'égards, louait son zèle, son amour pour la cathédrale. Le Pigeon, stupéfait et reconnaissant, se confondait en politesses et en bonnes paroles. De Pas s'approcha du lutrin, tourna les pages du grand livre de prières, solfia même un peu, à voix basse, en lisant la musique transcrite en notes carrées d'un centimètre de côté. Tout était parfait. En haut, les orgues étalaient les languettes de leurs registres en lignes verticales et horizontales, éblouissantes; on aurait dit deux soleils face à face. Des anges dorés jouaient du violon près de la voûte, jusqu'à laquelle grimpaient les reliefs platéresques des orgues. Derrière le chœur, tout en haut des nefs latérales, les fenêtres et les rosaces filtraient la lumière, la décomposant en rouge, en bleu, en vert et en jaune.

D'un côté, la bouche rouge de saint Christophe, traversée par une baguette de plomb, adressait un sourire écarlate d'un empan de large à l'Enfant à la Boule qui tenait un globe vert dans sa main jaune. En face, le Magistral vit l'étable de la crèche, quadrillée aussi par les baguettes sombres. Jésus, dans son berceau de foin orange, souriait à la mule et au bœuf. Don Fermín regardait toutes ces choses comme s'il les voyait pour la première fois. Il faisait une fraîcheur agréable dans l'église, et l'odeur de l'humidité mêlée à celle de la cire lui semblait subtile, mystérieusement symbolique, et d'une certaine façon, voluptueuse. Ce matin-là, dans le chœur, il remplit son office mieux que personne, et regretta de n'être pas hebdomadier pour se surpasser. Gloucester, en le voyant si gai et si disert, si aimable avec ses amis et ses ennemis cachés, se dit : « Il cache quelque chose! Eh bien, sur le terrain de la dissimulation, ce simoniaque ne l'emportera pas sur moi! » Et il se confondit en amabilités, courtoisies et plaisantes flatteries. « Lui aussi savait y faire. »

— Vous avez vu, disait don Custodio en sortant de la cathédrale, comme notre Grand Vicaire est content?

Et Gloucester répondait à l'oreille du bénéficier :

— C'est qu'il a toute honte bue; il se moque du tiers comme du quart.

— Il a dû se passer quelque chose d'important...

— A quelle sorte de crime faites-vous allusion?

— A celui d'adultère...

— Peuh... Je crois que... je crois que les raisins sont encore trop verts. Cependant, si cela ne tenait qu'à lui! et cela ne change rien au crime...

Il déplaisait à Gloucester d'imaginer le Magistral vainqueur de la Régente. C'était pure jalousie; mais il convenait de le supposer afin d'ajouter ce délit au compte, déjà long, de ceux que l'on attribuait à l'ennemi.

Don Fermín se souvint à onze heures que c'était jour de conférence à la Sainte Œuvre du Catéchisme des Jeunes Filles. Il était directeur de cette institution éducative et pieuse, dont les réunions avaient lieu dans le transept de l'église de Santa María la Blanca. Il se sentait d'une humeur particulièrement adaptée à la circonstance, et c'est avec grand plaisir qu'il entra dans ce temple agréable, gai, aux décors flamboyants de pierre blanche et spongieuse. Au milieu, se dressait une plate-forme amovible en planches de pin, sur laquelle il y avait, d'un côté, trois rangées de bancs sans dossier, et en face une table recouverte d'un vieux damas taché de cire; au centre de la table trônait un fauteuil de velours rouge et plusieurs tabourets du même tissu. Le fauteuil était pour le Magistral, les tabourets pour les catéchistes, et sur les bancs s'asseyaient des fillettes de sept à quatorze ans qui apprenaient la doctrine chrétienne, plus un peu de liturgie, d'histoire sacrée et des cantiques religieux.

Quand De Pas entra dans le temple, un murmure, semblable à celui que produit une rafale de vent dans les feuilles des arbres, parcourut les bancs de la plate-forme.

Le directeur bien-aimé prit de l'eau bénite, et après avoir fait le signe de la croix, il gravit, rayonnant de joie évangélique, les marches de la plate-forme. Il se frotta les mains et saisit avec douceur une fillette de huit ans qui s'était levée sur son passage, et tout en regardant la voûte et en mordillant sa lèvre inférieure, il pressait contre son corps la petite tête blonde, et il serrait entre ses doigts, sans la meurtrir, une oreille toute rose.

— Mon petit doigt m'a dit que doña Rufinita ne veut pas être sage, qu'elle sème la discorde dans l'église et perturbe la chorale quand elle chante!

Éclat de rire général. Les fillettes rient de bon cœur et le temple résonne et renvoie l'écho de cette joie depuis la voûte blanche qu'illumine la lumière pénétrant par de larges fenêtres aux carreaux ordinaires.

Tout ce que dit le Magistral fait rire, tout est plaisanterie. Enfants et prêtres se trouvent là comme chez eux. Les quelques fidèles éparpillés dans l'église sont des bigotes qui prient avec dévotion; on les ignore. Parfois, quelques adolescents, et quelques jeunes à peine sortis de leur coquille, qui ont leurs petites amies sur les bancs de la plate-forme, assistent à cet aimable tumulte. Les catéchistes qui sont tous jeunes, ne voient pas d'un bon œil ces petits messieurs, qui viennent là avec des intentions profanes.

Le Magistral ne s'installa pas dans le fauteuil présidentiel. Il préférait se promener sur l'estrade, allant et venant, s'inclinant avec des ondulations de palmier, s'approchant parfois des bancs débordant de joie pour appliquer sur une joue une légère tape ou pour dire à l'oreille d'un de ces petits anges en jupons un secret qui excite la curiosité des fillettes et donne toujours lieu à une de ces plaisanteries que don Fermín fait déboucher avec habileté sur une leçon de morale ou de religion. Les catéchistes, gais, souriants, sémillants, vont et viennent eux aussi, emploient pour réprimander leurs élèves des paroles de miel et des sourires paternels, passent entre les bancs, mêlant le noir de leurs amples capes aux couleurs vives des jupes courtes et au blanc de neige des bas qui s'ajustent à des mollets de femme, que la robe longue n'a pas encore consacrés comme tels. Au premier rang, s'agitent sans arrêt sur la planche dure de turbulentes fillettes de huit à dix ans, la plupart anaphrodites, presque masculines dans leur allure, leurs lignes et leurs formes, et pourtant chez certaines pointent les précoces turgescences que révèle sans dissimulation leur vêtement d'enfants innocentes, un peu honteuses, sans en avoir clairement conscience, de leur développement prématuré. En regardant ces bourgeons de femmes, don Fermín se souvenait du bouton de rose qu'il venait de mâcher, et dont il avait encore un fragment fripé sur les lèvres. Les autres rangées de bancs étaient occupées par les élèves de douze et treize printemps, prétentieuses et vaniteuses, et derrière, par les demoiselles qui frisaient les quinze ans, parmi lesquelles se trouvaient les plus beaux fleurons de la beauté vétustaine, et qui étaient presque toutes initiées aux mystères légendaires de l'amour frivole; beaucoup étaient proches de la transformation naturelle qui révèle le sexe et deux ou trois, petites, pâles et vigoureuses étaient déjà, sous des apparences de fillettes, des femmes aux yeux pensifs, pleins de malice dissimulée. Lorsque les leçons ou les répétitions de la chorale commençaient, les fillettes se levaient, se regroupaient en sections sur l'estrade, faisaient des cercles, les défaisaient, semblables à des ballerines d'opéra, et les catéchistes qui dirigeaient ces tourbillons ordonnés, aspiraient au milieu de toute cette verte jeunesse des arômes spirituels d'une volupté quintessenciée, traversée par une sorte d'agacement moral, et tout cela enflammait leurs joues et leurs yeux, causant sur leur nature robuste des effets analogues à ceux du kirsch ou de l'absinthe.

Le Magistral, tel un poisson dans l'eau au milieu de ces roses qui étaient bien à lui et non à la Municipalité comme celles de la Grande Promenade, se récréait dans ces yeux qui étaient déjà transparents de malice ; et, plus subtilement, il prenait plaisir à caresser ces cheveux d'anges mineurs. Après les cantiques, vint le moment des discours, où la voix de certaines révélait, plus encore que leur corps, les mystères physiologiques qu'elles traversaient. Une jeune fille de quinze ans, quatorze officiellement, s'avança près de la table, et là, elle récita avec aplomb une philippique, tempérée par les euphémismes de la rhétorique jésuitique, contre les matérialistes modernes qui niaient l'immortalité de l'âme. Elle était blonde, d'un blanc de jaspe; ses traits étaient réguliers, mis à part le menton qui pointait vers le haut. Elle avait un buste de femme et sous sa jupe bien ajustée, se dessinaient des cuisses puissantes et musclées, aux courbes harmonieuses, qui exerçaient une séduction étrange. Ses yeux étaient bleu clair. Sa voix métallique et vibrante, peu agréable, hiératique dans sa monotonie, exprimait bien le fanatisme presque inconscient d'une âme que l'on préparait pour le couvent. La belle blonde, aux bras de sculpture grecque, ne comprenait pas exactement ce qu'elle disait, mais elle devinait le sens de sa harangue, et lui donnait le ton d'intolérance et d'arrogance qui convenait. Elle aussi semblait une statue de la superbe et de l'intolérance : une très belle statue. Ses camarades, les catéchistes, le rare public perdu dans la nef, tout le monde écoutait avec stupéfaction, sans penser à ce qu'elle disait, mais fasciné par la beauté de son corps et par le ton imposant de sa voix métallique. Ce qui parlait, c'était l'obéissance aveugle de la femme, le symbole du fanatisme sentimental, l'initiation de l'*éternel féminin* à l'éternelle idôlatrie. Le Magistral, la bouche ouverte, sans sourire maintenant, les paillettes de ses pupilles hérissées, dévorait des yeux cette arrogante amazone de la religion, dont l'extérieur était sculpté avec art par la nature, et dont lui-même ciselait l'intérieur, l'âme. Oui, ce fanatisme éblouissant était son œuvre ; cette blonde était la perle de son musée de dévotes, mais elle était encore dans l'atelier. Quand cette robe grise, qui ne couvrait pas les pieds élégants et un peu grands et laissait voir deux doigts d'une jambe de matrone svelte, toucherait le sol, la merveille de son atelier apparaîtrait au grand jour, le public l'admirerait et l'Église la garderait pour elle.

L'histoire sainte incombait à une brunette potelée, aux traits fins, douce, timide et nerveuse. Elle serrait dans le haut de sa robe de précoces fruits naturels, comme s'il s'agissait d'une chose honteuse; et plus qu'à sa prière, elle pensait que les garçons qui regardaient d'en-bas, pouvaient voir ses mollets, mal cachés par la jupe, malgré les efforts de sa chasteté instinctive. Elle ne put terminer l'histoire des Macchabées qu'elle devait raconter. Sa gorge se noua, ses oreilles se mirent à bourdonner, elle pâlit et tout le côté droit de son visage se glaça brusquement. Elle était malade de honte et elle dut sortir de l'église. L'aplomb d'autres oratrices en herbe fit oublier la scène triste et malheureuse de la jeune fille pusillanime, qui était sortie en pleurant. Le Magistral raviva aussi l'esprit du groupe par des facéties moralisatrices, et des apologues comico-mystiques. Les fillettes mouraient de rire, se tordaient sur les bancs, et laissaient voir aux profanes et aux catéchistes des éclairs de blancheur sous les jupes qu'elles agitaient inconsidérément, beaucoup sans y penser, et certaines ne pensant qu'à cela.

Don Fermín, quand il sortit de Santa María la Blanca, avait la bouche pâteuse. Ces sensations qui l'avaient envahi par surprise, lui rappelaient une époque déjà fort lointaine. Tout cela lui déplaisait; ce n'était pas très sérieux. « Diables de filles! » pensait-il. De toute façon, ce qui lui arrivait prouvait qu'il était encore jeune, que ce n'était pas par une nécessité déguisée en idéalisme qu'il se jurait d'être platonique, toujours platonique, ou tout au moins indéfiniment, dans ses relations avec sa chère et fidèle amie. Sa pensée revint à la Régente, et ce vague et piquant désir qui était le sien quand il sortit de l'église se convertit en un besoin fort et précis de voir doña Ana, de la remercier pour sa lettre et de le lui dire avec toute l'éloquence dont il était capable.

Il eut assez de force pour maîtriser son impulsion et remettre sa visite à l'après-midi. Sa mère lui parla, comme d'habitude, de ce que l'on racontait, et lui, il haussa les épaules. Il entendait la voix dure et sèche de doña Paula lui annonçant, pour lui faire peur, le cataclysme de sa fortune et la ruine de son honneur, comme si elle lui avait parlé des cataclysmes géologiques de l'époque de Noé. Il lui semblait que ce Grand Vicaire dont se plaignait le public était un autre. « Ambition, simonie, arrogance, sordidité, scandale...! Qu'avait-il à voir avec tout cela? Pourquoi poursuivait-on ce pauvre don Fermín, puisqu'il était déjà mort! Maintenant don Fermín était un autre, un autre qui méprisait ses concitoyens et ne prenait même pas la peine de les détester. Il vivait pour sa passion, qui l'ennoblissait et le rachetait. Si on le poussait à bout, il ferait un éclat. » Le Magistral était heureux de trouver au fond de lui-même un tel homme, plus fort que jamais, décidé à tout, aimant la vie qui garde pour ses privilégiés ces sentiments intenses, dominateurs. La réalité prenait pour lui un sens nouveau, elle était plus réelle. Il se souvenait des doutes des philosophes et des rêves des théologiens, et il en avait pitié. Les uns niant le monde, les autres le *volatilisant,* lui apparaissaient comme des oisifs dignes de compassion. « La philosophie était une manière de bâiller. La vie c'était ce qu'il ressentait, lui qui était au cœur de l'activité et du sentiment. Une femme, dont l'âme et le corps étaient d'une éblouissante beauté, une femme qui en une heure de confession lui avait fait voir des mondes nouveaux, et l'appelait maintenant son *grand frère bien-aimé,* s'en remettait à lui pour être guidée sur les chemins et les sentiers du mysticisme passionné et poétique... Heureusement, il avait l'art de s'adapter à bien des situations : il saurait être mystique, autant qu'il serait nécessaire, il saurait se perdre dans les nuages sans oublier la terre. » Il lui revenait en mémoire que, des années auparavant, il avait pensé écrire des romans, composer une *Sibylle* véritablement chrétienne et une *Fabiola* moderne. Il avait abandonné son projet, non qu'il ne s'en sentît pas capable, mais il lui était préjudiciable de dépenser son imagination. « Les romans, il valait mieux les vivre. »

Il pensait à tout cela en tapotant une croûte de pain à l'aide de son couteau, tandis que sa mère racontait les manœuvres secrètes de Gloucester et les machinations des *conjurés* du Cercle.

Dès qu'il put, le Magistral s'échappa de chez lui, promettant d'aller sonder l'Évêque. Il prit le chemin de la Place Neuve. La grande demeure de la Rinconada lui sembla nimbée d'une auréole.

Ana et don Víctor le reçurent dans la salle à manger. Maintenant, c'était un ami intime. Pendant les deux maladies de la Régente, le Magistral avait rendu de nombreux services à don Víctor et celui-ci, bien qu'il eût peu de sympathie pour lui, lui en était reconnaissant. Mais Quintanar, qui avait toujours été partisan des prérogatives de la Couronne dans les relations de l'État et de l'Église, commençait à redouter quelque mauvaise *influence du sacerdoce* sur son foyer, c'est-à-dire sur son *empire.* « Le clergé était envahissant. » Surtout, don Fermín avait été un peu jésuite. « Jésuite! Le casuisme...! Le Paraguay! *Caveant consules*! » Bien que la courtoisie, cette loi suprême l'obligeât à la plus délicate affabilité, non moins que la gratitude, don Víctor se montra un peu froid avec le chanoine, mais si discrètement que celui-ci ne s'en rendit même pas compte. Il sentit que le maître de maison était de trop et rien d'autre.

Ana, affectueuse, encore faible, avait serré la main de son confesseur qui, consciemment, prolongea le contact autant qu'il put. Don Víctor les laissa seuls vers les six heures. Il était attendu au Gouvernement civil pour une assemblée d'éleveurs. Il était question de faire venir des étalons de l'étranger. Mais pour don Víctor, il était surtout question de se faire élire deuxième vice-président et d'obtenir pour Frígilis le poste de premier secrétaire. « Frígilis avait juré de ne pas accepter, mais cela n'avait pas d'importance; de toute façon l'élection était un honneur pour eux, même si ce mécréant de don Tomás affirmait le contraire. » Quintanar comptait sur l'appui du Gouverneur civil. Il sortit.

La Régente sourit à don Fermín et dit :

— Vous devez penser que je suis folle; pourquoi vous écrire alors que nous pouvons parler chaque jour? Je n'ai pu m'en empêcher. Je suis si heureuse! Et pour une bonne part, c'est à vous que je dois ma félicité! J'ai essayé de contenir cette impulsion, mais je n'y ai pas réussi. Parfois je me fais des reproches car je pense que je dérobe à Dieu de nombreuses pensées, pour les consacrer à l'homme qu'il a daigné choisir pour me sauver.

Le Magistral se sentait étouffé par l'émotion. La Régente parlait exactement comme il l'avait si souvent fait parler dans les romans qu'il se racontait à lui-même avant de s'endormir.

Il n'hésita pas à parler de tout ce qu'il avait éprouvé depuis qu'il avait lu cette lettre. « Sans une amitié comme la sienne, le monde était un désert inhabitable; pour les âmes éprises d'infini, mener à Vetusta la vie ordinaire des autres revenait à s'enfermer dans une pièce avec un brasero. C'était le suicide par asphyxie. Mais dès lors que l'on ouvrait cette fenêtre qui permettait de voir le ciel, il n'y avait plus rien à craindre. »

La Régente parla de sainte Thérèse avec un enthousiasme idolâtre. Le Magistral approuvait son admiration, mais avec moins de chaleur que lorsqu'il parlait d'eux-mêmes, de leur amitié, de la piété pure qu'il notait maintenant chez Anita. Don Fermín était jaloux de la sainte d'Avila.

En outre, voyant son amie un peu trop portée aux spéculations mystiques, il craignait qu'elle retombât en extase, ce qui entraînait toujours des complications nerveuses, et il fallait éviter à tout prix qu'on le rendît responsable d'une autre maladie, probable si Ana suivait ce chemin dangereux. Il conseilla des activités pieuses. « Dans son état et à l'époque où elle vivait, la pure contemplation devait faire une grande place aux bonnes œuvres. Si maintenant Anita éprouvait une certaine paresse à entrer de nouveau en contact avec le monde, c'était qu'en fait elle n'était pas encore sortie de sa convalescence; mais quand elle aurait entièrement retrouvé ses forces, elle ne redouterait plus d'agir, d'aller et venir, de contribuer à l'œuvre de piété à laquelle on l'invitait. »

Depuis ce jour-là, le Magistral agit autant qu'il put sur cet esprit qu'il dominait alors, pour l'arracher à la contemplation et l'orienter vers la vie active. « Si elle s'élevait trop haut, lui, qui en définitive n'était qu'un être fini, serait oublié. Sainte Thérèse avait dit, et Ana le rappelait à chaque instant, qu'elle avait... “ le sentiment que tout ce qui a une fin est peu digne d'estime ”, et comme don Fermín devait avoir une fin, il tremblait à l'idée qu'Ana pût le considérer peu digne d'intérêt. »

Cette crainte n'aurait pas été vaine si les choses avaient continué comme durant les premiers mois. Malgré l'amour qu'elle avait pour son confesseur, Ana l'oubliait comme toutes les choses du monde pendant de longues heures.

Enfermée dans sa chambre ou dans son cabinet de toilette qui ressemblait maintenant à un oratoire, sans aucun stimulant extérieur, plongée dans les solitudes de l'âme, agenouillée ou assise au pied de son lit, sur la peau de tigre, les yeux presque toujours fermés, elle jouissait de la volupté ductile d'imaginer le monde baignant dans l'essence divine, réduit en poussière devant celle-ci. Elle voyait Dieu avec une telle évidence, qu'elle était prise parfois du désir violent de se lever, de courir à la fenêtre et de s'adresser au monde pour lui montrer cette vérité si tangible pour elle. Elle avait alors beaucoup de peine à reconnaître la réalité des êtres. « Ils étaient si petits, si fragiles! Ils avaient plus l'air d'apparences que d'autre chose! Ce qui, chez eux, pouvait avoir quelque valeur était à Dieu, pas à eux, ce n'était qu'un prêt. Bonheur! Malheur! des mots, rien d'autre. Comment les apprécier, comment les distinguer? Ils duraient si peu, étaient si éphémères, qu'on n'en avait pas le temps. » Ana évoquait la vie de ces tout petits moucherons qui naissaient chaque matin sur les bords de la rivière, ils volaient de la rive jusqu'au milieu du cours d'eau et là ils mouraient et servaient d'aliment aux poissons qui comptaient chaque jour sur cette nourriture. Eh bien, pour toutes les créatures, vivre c'était cela : un rayon de soleil que l'on traverse pour retourner aux ténèbres d'où l'on était sorti. Et ces pensées, qui jadis la tourmentaient, la remplissaient de joie maintenant. Car vivre signifiait être privé de Dieu et mourir, renaître en Lui, mais en renonçant à soi-même.

Et comme si ses entrailles pénétraient dans une fonderie, Ana sentait des crépitements dans tout son corps, et comme des coulées de feu qui la volatilisaient... et elle en arrivait à ne sentir qu'une idée pure et vague qui repoussait toute détermination et ne se complaisait que dans sa simplicité. Elle prolongeait cet état autant qu'elle le pouvait; elle avait horreur du mouvement, de la variété, de la vie.

C'était alors que don Víctor, coiffé de son bonnet à pompon doré, passait la tête par la porte dérobée qu'il ouvrait avec précaution, sans bruit... Anita ne l'entendait pas. Et lui, un peu effrayé, pris d'une émotion semblable à celle qu'il aurait, croyait-il, s'il entrait dans une chambre mortuaire, se retirait sur la pointe des pieds avec un respect superstitieux.

Il avait deux choses en horreur : le magnétisme et l'extase. Ni électricité, ni mysticisme ! Un jour, il avait flanqué une gifle à un plaisantin qui, dans le laboratoire de physique de l'Université, l'avait saisi par la redingote pour le faire entrer dans un courant électrique. Don Víctor avait senti la secousse, mais immédiatement, paf ! il avait souffleté le mauvais plaisant. Le magnétisme, auquel il croyait (bien que, selon lui, cette science en fût encore à ses premiers balbutiements) l'effrayait aussi. Et quant à voir ou à se représenter sa Divine Majesté, c'était une émotion supérieure à ses forces. « Je n'ai pas besoin de cela pour croire en la Providence. Un bon coup de tonnerre me suffit pour reconnaître qu'il y a un au-delà et un Juge Suprême. Celui qui n'est pas convaincu par la foudre, rien ne pourra le convaincre. »

« Mais il respectait la religiosité exaltée de son épouse depuis qu'il voyait qu'elle était authentique. »

Il arrivait de la rue, s'annonçait par un léger coup du marteau..., montait l'escalier en veillant à ce que ses bottes ne crissent pas, comme elles le faisaient d'habitude, et demandait à Petra à voix basse et d'un air triste et mystérieux :

— Et madame ? Où est-elle ?

Comme s'il avait demandé : comment va la malade ? On aurait cru, à le voir se déplacer dans la maison, que quelqu'un était en train de mourir. Sans savoir pourquoi, don Víctor s'imaginait le mysticisme de sa femme comme une céphalalgie aiguë. L'important était de ne pas faire de bruit. Si, en bas, dans la cour, le chat d'Anselmo miaulait, don Víctor se mettait en colère, mais sans élever trop la voix, et il criait d'un ton étouffé et guttural :

— Alors, ce chat ! Qu'il se taise ou qu'on le tue !

Il entrait dans son bureau. Il retrouvait alors ses machines et ses collections. Mais comment ne pas faire de bruit quand il devait clouer, scier ou raboter ? Le marteau surtout ébranlait toute la maison.

Quintanar l'enveloppa d'un molleton noir comme un catafalque, et ainsi il clouait. Les coups de marteau assourdis avaient une résonnance mate, funèbre, de mauvais augure, qui remplissait don Víctor de mélancolie. Les canaris, les chardonnerets et les grives de sa volière, qui faisaient trop de bruit, furent enfermés à double tour pour que leurs chants profanes ne parvinssent pas jusqu'au cabinet-oratoire de la Régente.

Don Víctor s'habitua tellement à parler à voix basse que, même lorsqu'il se promenait dans le jardin avec Frígilis, ses paroles étaient un léger murmure.

— Mais, mon vieux, on dirait que tu parles avec une sourdine..., s'écriait Crespo avec humeur.

Quintanar le consultait sur l'*état* d'Ana.

— Et toi, que penses-tu de cela ?

— Peuh... c'est son affaire. Elle doit avoir ses raisons.

— Tomás, je crois, tout à fait *inter nos*... qu'Anita est en train de devenir une sainte, si Dieu n'y porte pas remède. Parfois elle me fait peur. Si tu voyais ses yeux quand elle est absorbée par ses pensées ! Ce serait un honneur pour la famille... sans aucun doute, mais... il y a certains inconvénients... Et surtout, cela me dépasse. Le surnaturel me fait peur. Tu crois qu'elle a des apparitions ?

Frígilis prenait la liberté de ne pas répondre à ces idées de son ami car il les trouvait stupides.

Lui aussi, il pensait à Anita. Du jardin, il la voyait souvent, assise ou agenouillée dans sa chambre ou bien étendue sur le balcon, regardant le ciel. Elle ne faisait presque jamais attention à lui, alors qu'auparavant elle ne manquait pas de le saluer. Ce qu'avait Ana était aussi une maladie, et une maladie grave, le seul problème était qu'il ne savait pas comment la classer. C'était comme si, s'agissant d'un arbre, il avait commencé à mettre des fleurs et des fleurs, employant en cela toute sa sève et que, plus il devenait gracile, plus il était fleuri ; ensuite les racines, le tronc, les branches et les rameaux se desséchaient, alors que les fleurs, toujours plus belles, tombaient sur le sol avec le bois mort ; et là sur le sol... sur le sol... si un miracle ne se produisait pas, elles se fanaient, pourrissaient, devenaient boue, comme toute chose. Ainsi était la maladie d'Ana. Quant à la contagion, car indubitablement il y avait eu contagion, il l'attribuait au Magistral. Il se souvenait du gant violet. Il l'avait longtemps oublié, mais un jour, il avait eu l'idée de demander à la Régente si les dames portaient des gants de soie violette et elle avait éclaté de rire. Par conséquent, c'était un gant de chanoine. Ripamilán n'en portait presque jamais. Il n'y avait donc pas d'autre chanoine possible que le Magistral qui, en outre, était le seul assez intelligent pour mettre toutes ces choses-là dans la tête d'Ana. Le gant appartenait au Magistral, sans aucun doute. Et Petra était de mèche ; elle était complice. Mais, de quoi ? C'était bien la question. Ce ne pouvait être rien de mal : Anita était vertueuse. Mais la vertu, comme toute chose, était relative, et surtout Anita était de chair et d'os. Frígilis n'était pas inquiet pour le présent, mais il redoutait ce qui pouvait arriver à l'avenir. Pour lui, il n'y avait pas faute, mais danger. Certaines choses que l'on racontait à Vetusta étaient venues à ses oreilles, bien qu'en sa présence les mauvaises langues ne se risquassent point à mettre en doute l'honneur des Quintanar. On le considérait comme le frère de don Víctor. « Quoi qu'il en soit, il serait vigilant. » Et il continuait à veiller sur les arbres de don Víctor et sur son honneur « peut-être en danger ».

Petra non plus n'y voyait pas très clair. Elle était désorientée. Il lui semblait que sa maîtresse se conduisait comme une folle. « Que signifiait cette sainteté ? Qui trompait-elle ? Oh ! si ce n'était pas pour le Magistral, pour qu'il soit content, elle ne resterait pas un jour de plus au service de l'hypocrite qui l'utilisait comme messager secret sans jamais lui donner le moindre pourboire, sans lui révéler rien de ses manigances, et ne lui faisait même pas bonne figure, ne se départant jamais de cet air de bigote stupide qu'elle prenait pour tromper tout le monde. »

Petra s'enfermait dans sa chambre. A la tête de son lit en bois, pendait à un clou un sac de voyage, vieux et sale. Elle y gardait sous clé ses économies, certains objets d'importance qu'elle avait dérobés, et des papiers qui pouvaient la compromettre. Elle en tirait le gant violet du Magistral, dont elle n'avait parlé à personne. C'était une preuve, elle ignorait de quoi, mais elle avait dans l'idée que, sans savoir comment ni quand, cette pièce pouvait prendre une grande valeur.

« Et quel rapport y avait-il entre ce gant et la sainteté de sa maîtresse ? Il prouvait que c'était une hypocrite. Ah, si ce n'était pas pour le Magistral ! »

Les Vegallana et leurs amis étaient effrayés. Le Marquis croyait à la sainteté d'Anita. La Marquise haussait les épaules ; elle craignait pour la tête de la jeune femme. Visitación était sur des charbons ardents, elle était furieuse. « Ses plans étaient par terre ! Ana résistait ! Elle n'était pas d'argile comme elle ! » Obdulia Fandiño n'enviait pas la sainteté de son amie la Régente, mais elle était jalouse de tout le bruit que celle-ci suscitait, et du fait que l'on ne parlât que d'elle dans toute la ville. Elle n'avait jamais fait *autant sensation,* elle, la petite veuve, avec la toilette la plus scandaleuse, qu'Ana avec sa pèlerine et sa *bigoterie.* « Arriéré ! Mais combien arriéré était ce misérable coin ! »

Pendant ce temps, Ana retrouvait l'appétit et sa santé reprenait le dessus. Elle faisait des rêves chastes — elle les considérait comme tels —, sans sujet humain, comme disait Ripamilán, mais doux et agréables. Au point du jour surtout, dans son demi-sommeil, elle sentait dans ses entrailles des palpitations qui étaient comme de délicieux frémissements. D'autres fois, croyant sentir des ruisseaux de lait et de miel couler dans ses veines, il lui semblait que le sens du goût, exquis et intense, s'était transporté dans sa poitrine, ou même plus bas, elle ne savait pas bien où, ce n'était pas l'estomac, assurément pas, mais ce n'était pas non plus le cœur, c'était au milieu. Elle s'éveillait en souriant à la lumière du jour. Sa première pensée, infailliblement, était pour le Seigneur. Elle entendait les cris des oiseaux dans le jardin, leur trouvait un sens mystique et la piété matinale d'Ana était optimiste. Le monde était beau, Dieu se récréait dans son œuvre. La Régente trouvait chaque jour plus de consistance à l'idée des choses finies. Elle avait maintenant beaucoup moins de peine à reconnaître leur réalité : les êtres matériels retrouvaient pour elle l'ineffable poésie du dessin; la plasticité des corps était une sorte de bien-être de la matière, une preuve de la solidité de l'univers, et Ana se sentait bien au milieu de la vie. Elle pensait à l'harmonie du monde et elle trouvait que chaque chose était bonne, selon son genre. L'idée de Dieu et l'émotion profonde et intense que lui causait l'évidence de la divinité présente, ne se ternissaient pas, ne s'effaçaient pas. Dieu ne lui apparaissait plus dans l'idée de sa solitude sublime, mais présidant amoureusement le chœur des mondes, la création infinie. Elle commença à oublier, certains soirs, de lire sainte Thérèse. Elle était toujours amoureuse de la docte et sublime sainte, mais elle préférait passer sous silence certaines opinions de celle-ci, car elles achoppaient avec ses propres idées. « Enfin, trois siècles n'étaient pas passés en vain. » Ana commença à mieux comprendre ce que le Magistral voulait lui dire quand il parlait d'activité pieuse.

« C'est vrai, se disait-elle, je ne dois pas toujours vivre dans cet égoïsme de me récréer en Dieu; j'ai besoin, il est vrai, de me livrer encore plus à la prière mentale et à la contemplation pour mieux voir encore cette région de lumière où l'âme pénètre, mais... et mes frères? La charité exige que l'on pense aux autres. Je peux maintenant sortir, je peux vivre et me sacrifier pour mon prochain; maintenant je suis forte, Dieu a voulu que je sois forte. »

Le Magistral lui avait interdit, tant qu'elle était faible, de se lever pour faire à genoux sa prière du matin. Mais elle, dès qu'elle sentit cette force bienfaisante de ses muscles, qui est en quelque sorte, l'amour-propre du corps, elle éprouva un grand plaisir à étirer ses membres qui retrouvaient leur coloration de roses pâles, et dans lesquels circulait de nouveau le plein courant de la vie. Et sans descendre de son lit, sur les draps tièdes, légèrement bercée, quand elle se redressait, par les ressorts du sommier, elle priait, vêtue de blanc, ses genoux ronds et satinés enfoncés dans cette douceur moelleuse. Elle priait et parfois, dans l'enthousiasme de sa ferveur religieuse, elle approchait son visage du Christ incliné sur la tête du lit et, les yeux pleins de larmes, elle baisait les plaies de la statuette. Elle pensait que ces larmes si douces étaient le miel qui coulait dans ses veines et qui maintenant sortait inépuisable de ses yeux. Lorsqu'elle se sentit mieux, encore plus forte, elle renonça aux paresses du lit, sauta à terre et pria sur la peau de tigre. Mais elle voulait quelque chose de plus dur, alors elle repoussa la fourrure et elle s'agenouilla sur la moquette qui recouvrait le carrelage. Elle pensa au cilice, le désira ardemment dans sa chair qui avait soif de douleurs inconnues, mais le Magistral avait interdit ces délicieux tourments.

Le premier objet de l'ardente charité d'Ana fut la conversion de son mari. Sainte Thérèse s'était penchée sur la piété de son père, qui était déjà un excellent chrétien, mais elle l'avait voulu encore plus pieux. Ana se proposa de mettre tout son zèle à gagner à Dieu l'âme de son don Víctor, « qui, en quelque sorte, était aussi son père ».

Aménité, douceur, éloquence, caresses, tels furent les moyens licites, qu'elle déploya de main de maître. Quintanar mit un certain temps à se rendre compte que son Anita, sa chère Anita, voulait le convertir à la vraie piété. Au début, il remarqua seulement que sa femme était plus communicative, qu'elle était continuellement affectueuse, comme avant elle l'était seulement après ses attaques nerveuses, après une absence ou une maladie. « Elle voulait discuter pour passer le temps ? Parfait, il aimait la discussion. » Et il maintenait la thèse opposée pour que le débat restât animé. Mais voilà, la Régente en avait fait une question personnelle. Il ne s'agissait plus de savoir si le Christ avait racheté toutes les *Humanités* réparties sur toutes les planètes en une seule fois, ou si, sautant d'étoile en étoile, il était mort en croix sur chacune d'elles. Maintenant il ne s'agissait que de don Víctor : se confessait-il de temps à autre ? manquait-il souvent la messe ? (et certes, il la manquait souvent). « En outre, les livres dont il nourrissait son esprit étaient vains : des pièces de théâtre, mensonges futiles et dangereux. »

— Tu n'as jamais lu une vie des saints, n'est-ce pas ?

— Si, mon enfant, si, et des *autos sacramentels*...

— Il ne s'agit pas de cela... Quintanar, je parle de *la Légende Dorée* et de *l'Année chrétienne* de Croisset, par exemple.

— Tu sais, ma fille... moi je préfère les livres de méditation...

— Eh bien, prends le Kempis, l'*Imitation de Jésus-Christ*... lis et médite.

Et elle le lui fit lire.

Entre Kempis et la Régente, avec la chaleur qui commençait à l'importuner, et les bains dont il devait se passer, le digne magistrat perdit sa bonne humeur. Avant de s'endormir, il ne lisait plus Calderón, mais Job et ce bienheureux Kempis. « Il racontait de ces choses ce diable de moine, moine ou autre chose ! Vraiment, quant à avoir raison, il avait raison ; tout bien considéré, le monde était un tas d'ordures. Il ne pouvait pas se plaindre, lui, il n'y avait pas eu dans sa vie de grands malheurs, ni de grandes contrariétés, si ce n'est celle, assez considérable, il est vrai, de n'avoir pas été acteur ; mais en règle générale, le monde était corrompu. En outre, devenir vieux, et c'était son lot comme celui de tout le monde, était un bien grave inconvénient. Quant à la mort, il ne voulait pas y penser, car cela le rendait malade, et Dieu ne demande pas que l'on se rende malade. La mort... la mort... il avait comme qui dirait... le vague et absurde espoir de ne pas mourir... La médecine fait de tels progrès ! Et puis, Frígilis avait beau le nier, on pouvait mourir sans trop souffrir. » Bref, il ne voulait pas penser à la mort. Peu à peu cependant, Kempis versa du noir dans son âme et don Víctor en vint à mépriser les choses pour leur caractère éphémère. Un soir, dans son parc, il contemplait Frígilis qui, courbé à ses pieds, plantait des bulbes, absorbé par sa tâche.

« Drôle de philosophe, ce Frígilis! » Don Víctor le regardait du haut de son pessimisme d'emprunt; il le méprisait et avait pitié de lui. « Planter des bulbes! Saint Alphonse de Liguori ne disait-il pas qu'il était vain de planter des arbres et de construire des maisons, car au bout de quelques centaines d'années il n'en reste plus rien? Dans ces conditions, pourquoi planter des bulbes, puisque tout n'était que poussière et néant...? »

« D'accord, mais il n'était pas très amusant de se détacher de tout. Qu'allait-il devenir à ne rien faire durant tout un été sans les bains ni les divertissements des eaux de Termasaltas? »

« Mais il y avait la grande question, la plus difficile, celle du salut et de la damnation. C'était une affaire sérieuse. Quelque chose lui disait qu'il obtiendrait son salut, mais c'était si difficile, selon les saints auteurs, qu'il se sentait assailli par certains doutes... Peut-être n'avait-il pas été assez vertueux durant sa vie? Il faudrait y penser; mais, grand Dieu! il avait horreur des cassements de tête. Déjà, lorsqu'il avait pris sa retraite, et il l'avait obtenue sous le prétexte d'une maladie qu'il n'avait pas, il lui en avait coûté de mettre ses papiers en règle, de solliciter des recommandations, et la retraite n'était qu'une affaire temporelle... alors, le salut de l'âme, comme qui dirait la retraite éternelle, quels efforts, quelles démarches et aussi quelles intercessions il allait exiger! Il fallait qu'il s'en remette à son épouse pour qu'elle l'aidât en cette si délicate affaire. »

La Régente comprit bien vite que don Víctor cédait. Elle aurait préféré une piété plus désintéressée, mais elle dut se contenter de cette douleur d'attrition clairement manifestée par son mari. Elle n'eut aucun scrupule à accentuer encore ses craintes, en lui rappelant les peines de l'Enfer, bien qu'elle eût quelque répugnance à avoir recours à la terreur. Quintanar soutenait avec obstination que le feu dont il s'agissait n'était pas réel, mais symbolique.

— Il n'est pas digne de foi, répétait-il, à mon point de vue, de croire que ce feu est physique, matériel; c'est un symbole, le symbole du remords.

L'idée qu'on le ferait griller avec des symboles dans le cas désespéré où il n'obtiendrait pas son salut — et il voulait très sérieusement l'obtenir — le tranquillisait un peu.

Le premier effort que fit Anita pour sortir de chez elle eut pour objet de conduire son don Víctor à l'église. Tous deux se confessèrent avec le Magistral.

Au moment de communier, don Víctor était tourmenté par l'idée qu'il n'avait pas confessé un petit péché considérable : il doutait de l'infaillibilité pontificale.

Le chanoine Döllinger dont il ne savait rien sinon qu'il existait et qu'il s'était séparé de l'Église, le séduisait par sa ténacité, qui lui rappelait celle de son pays, l'Aragon, le royaume le plus noble et le plus têtu de l'univers.

Pour la Régente, les jours s'écoulaient doucement.

Le Magistral, son maître, et don Víctor, son élève, étaient les compagnons de sa vie, une vie en apparence monotone et sans couleur, mais pleine d'émotions *intérieures.* La prière mentale lui procurait toujours des délices ineffables. Dieu, comme Père de toutes les créatures, ou comme Directeur de la grande « invention de l'immense architecture », était non moins aimable que dans la contemplation de son Idée. « En outre, pensait Anita, aspirer maintenant à la vision directe de la Divinité serait pur orgueil : j'ai encore de nombreuses étapes, de nombreuses *demeures* à franchir. Mais j'y parviendrai si le Seigneur en a ainsi décidé. Pour l'heure, il faut que je me conforme à ce que dit le Magistral : les forces que mon corps retrouve, je dois les employer à une activité pieuse, ce qu'il appelle hygiène de l'esprit. L'oisiveté me ferait retomber dans le péché, comme sainte Thérèse elle-même; et si, pour elle, c'était un si grave danger, qu'en sera-t-il pour moi! »

Anita recevait les rares visites que don Alvaro osait lui faire, sans se troubler, tranquille en sa présence et tranquille après son départ. Elle essayait d'éloigner de lui sa pensée, car elle avait conscience que ce souvenir était une blessure dans son esprit, douloureuse si elle y touchait. Elle eut assez de courage pour se montrer froide envers lui, pour faire obstacle à toute intimité, pour lui refuser sa main, tout, même de le regarder partir... Mais le jour où elle le vit chanceler en sortant, « aveugle d'amour et de peine », croyait-elle, une pitié infinie envahit son cœur et elle trembla de peur. Un grand soupir gonfla sa poitrine... et la chair faible rencontra le Christ d'ivoire jaunâtre que le Magistral avait offert à son amie pour qu'elle le portât sur son sein.

Ana baisa la statuette et tourna ses yeux vers le ciel.

— Jésus, Jésus, tu ne peux avoir de rival. Ce serait infâme, ce serait répugnant...

Elle se rappela le courroux de Jésus quand il apparaissait à Thérèse qui l'oubliait.

— Penser à cet homme un seul instant, ne serait-ce que par pitié, reviendrait à tromper Dieu, et à tromper le Magistral... Oh! quelle hypocrite, quelle misérable hypocrite je serais si je faisais cela! Dans quel romantisme ridicule et répugnant je tomberais si, après tant de piété que j'ai crue si profonde, que j'ai vue comme la vocation de ma vie future, une passion défendue venait de nouveau s'insinuer dans mon cœur, dans ma chair, ou je ne sais où...! Non, non! Ce serait non seulement criminel, mais ridicule, vil, infâme, honteux! Cent fois non! Je préfère mourir,

mourir, Seigneur, plutôt que de retomber dans ces pensées qui souillent l'âme et clouent ses ailes au sol, dans la boue...

Mais le lendemain du départ de don Alvaro, Ana s'éveilla en pensant à lui. « Il n'était plus à Vetusta. C'était mieux ainsi. La terrible tentation lui tournait le dos, elle était mise en déroute... Tant mieux... C'était une faveur particulière de Dieu. »

Ce soir-là, elle descendit dans le Parc, à l'heure où, le jour précédent, don Alvaro avait pris congé d'elle.

« Cela faisait vingt-quatre heures maintenant! » Il lui était arrivé de rester des jours et des jours sans le voir, et l'absence lui avait paru courte et très supportable. Mais pour ces dernières vingt-quatre heures, il en allait autrement, elles se comptaient par minutes... et c'est par minutes que l'on compte les heures. » Eh bien, désormais, ce qui devait être toujours, la chose normale et constante, c'était cela... : ne pas le voir... vingt-quatre heures et ensuite encore vingt-quatre heures... et ainsi... toute la vie. »

Il faisait très chaud. Même sous l'épaisse frondaison des marronniers, couverts maintenant de larges feuilles et de panaches blancs, Ana ne pouvait trouver le moindre souffle d'air frais. Son esprit voulait s'élever, voler vers le ciel, mais la chaleur de quelque trente degrés, ce qui est beaucoup pour Vetusta, faisait fondre les ailes de sa pensée et celle-ci retombait sur la terre qui, selon l'impression d'Ana, semblait brûler.

Pour lui faire passer l'envie de voler durant toute l'après-midi, Visitación Olías de Cuervo apparut dans le Parc; l'été lui *allait bien,* et lui permettait d'exhiber des toilettes de percale fantastiques et bon marché. Elle arrivait toute guillerette, vaporeuse, comme un tourbillon; on avait envie de fermer les yeux en la voyant approcher. Dans la rue, un portefaix avait voulu l'embrasser. L'aventure, bien que ridicule, l'avait rajeunie et avait mis des étincelles dans ses petits yeux, et « allons! elle avait envie d'embrasser elle aussi »! Elle embrassa la Régente, la couvrit de baisers... et après lui avoir raconté la *saynète* du portefaix, elle s'écria tout à coup :

— A propos, Víctor ne t'a pas raconté l'histoire d'Alvaro?

Visita tenait dans ses mains les poignets de son amie. Elle lui prenait le pouls, à sa manière. Elle fixa ses petits yeux sur ceux d'Ana et répéta :

— Tu ne connais pas l'histoire d'Alvaro?

Le pouls battit plus fort, elle s'en aperçut à sa grande satisfaction. « Une sainte? Tu parles! pensa-t-elle ; *pulvisès,* comme dit l'autre. »

— Que lui arrive-t-il? Il est parti? Mais je le sais.

— Non, il ne s'agit pas de cela.

— Quoi? Il n'est pas parti?

Nouvelle altération du pouls, selon Visita.

— Si ma chère, si, il est parti, mais tu vas voir comment. Tu sais qu'il avait une liaison avec la femme de ce personnage qui est ou qui fut ministre, je ne m'en souviens plus, enfin tu vois de qui je veux parler, de celui qui vient aux bains de Palomares.

— Oui, oui, eh bien...

— Eh bien, ce matin, et la moitié de Vetusta a vu la scène, alors qu'il allait prendre le train de Madrid, l'omnibus, celui qui monte... tu me suis ? Mesía a rencontré au milieu du quai la femme de ce ministre, qui est fort belle assurément. Tu vois un peu ! En fait, elle descendait vers Palomares, où elle a acheté un *chalet* * ou quelque chose comme ça. Eh bien, ne voilà-t-il pas que notre Alvarito, au lieu de prendre le train qui montait, celui de Madrid, prend celui qui descend, ordonne à son valet de rassembler à la hâte ses bagages et de les mettre dans la voiture réservée de la dame, une voiture salon avec lit et tout le reste. Bien entendu, le mari n'était pas du voyage ; elle était seule avec deux valets et les *bébés* *, comme dit Obdulia. Tu vois un peu ! Tout Vetusta, qui ce matin se trouvait par hasard à la gare, en est resté bouche bée. C'est quelqu'un, Alvaro ! Mais elle ? Que penses-tu d'elle ? Il faut bien l'avouer, ces grandes dames de Madrid sont des scandales ambulants. Et avec ça, celle-ci a une réputation de femme vertueuse, eh ! je vous crois... ! La très vertueuse Ministre des Transports... de charme. Mais, sapristi, comment diable s'appelle cette espèce de ministre ?...

Ana se souvenait parfaitement du nom de cette « espèce de ministre », mais elle ne voulut pas le dire. Une froideur de mort qui lui monta au visage, lui fit comprendre qu'elle pâlissait. Elle se détourna autant qu'elle le put pour dissimuler son trouble et s'appuya à un arbre. Elle fit semblant de s'amuser à faire des rayures dans l'écorce du tronc et changeant de conversation, elle demanda à Visita des nouvelles d'un de ses enfants qui était malade. Mais Visita connaissait la musique, comme elle et la Marquise avaient coutume de dire ; autrement dit, il n'était pas question qu'on lui raconte des histoires. Elle remarqua le trouble d'Ana et elle jubila au fond d'elle-même de voir confirmée sa théorie du *pulvisès,* c'est-à-dire de la cendre universelle.

« Ana était jalouse ; donc elle était amoureuse. Il n'y a pas de fumée sans feu. »

Elle partit presque aussitôt. Elle avait rapporté la nouvelle et elle savait ce qu'elle voulait. Il n'était pas nécessaire de perdre plus de temps, mieux valait aller ailleurs accomplir une bonne œuvre du même style. Elle s'en alla, comme la marée quand elle se retire, en laissant derrière elle les allées toute propres, comme si on les avait peignées. Le balai de son jupon amidonné et de la robe de percale empesée laissa dans le sable des raies sinueuses et parallèles.

Ana eut peur. La tentation, la vieille tentation de don Alvaro avait produit en elle une sensation nouvelle. Elle crut un moment que cette douleur qu'elle avait éprouvée en apprenant l'histoire de la femme du ministre était plus profonde que toutes ses autres peines ; c'était une douleur qui l'étourdissait, qui du fond d'elle-même, demandait à grands cris un remède... Pour la première fois depuis sa maladie, elle sentit la révolte envahir son âme.

« Oh, non, elle ne voulait pas recommencer. Elle appartenait à Jésus, elle l'avait juré. Mais l'ennemi était puissant, beaucoup plus qu'elle l'avait cru. A d'autres moments, elle avait défié le danger; maintenant elle tremblait devant lui. Avant, la tentation était embellie par le contraste, par la beauté dramatique de la lutte, par le plaisir de la victoire. Maintenant, elle n'était que formidable, car au-delà de la tentation, il n'y avait plus seulement le plaisir défendu, inconnu, séduisant à sa manière pour l'imagination, il y avait aussi le châtiment, la colère de Dieu, l'Enfer. Tout avait changé. Sa vocation religieuse, son pacte sérieux avec Jésus l'engageaient plus fortement et d'une tout autre manière que les liens relativement ténus du devoir vaguement admis par la conscience, sans penser à la sanction divine. Avant, elle refusait le péché par dignité, par gratitude, parce que... non. Maintenant, le péché était bien plus que l'adultère répugnant, maintenant c'était Jésus qui était tourné en dérision, insulté, outragé... maintenant le péché c'était l'Enfer. Si elle tombait dans les pièges de la tentation, qui la consolerait quand viendraient les remords tardifs ? Comment pourrait-elle encore invoquer Jésus ? Comment penser à Thérèse qui n'avait jamais cédé ? Non, elle ne se tournerait plus vers elle, elle préférerait mourir désespérée et seule. Mais ensuite ? Il y avait l'Enfer, cette terrible vérité, sublime dans son mal infini. »

— Tu vaincras, mon Dieu, tu vaincras, s'écria-t-elle à voix haute, s'adressant aux petits nuages roses qui, dans le ciel, ressemblaient aux vagues d'une mer calme.

Cette nuit-là, agenouillée sur la peau de tigre, le visage enfoui dans le lit, les bras tendus en avant de sa tête et les mains jointes, la Régente pleura et ses larmes venaient du plus profond de ses entrailles.

Dès le jour suivant, le Magistral remarqua avec satisfaction qu'Ana donnait à sa piété le tour qu'il souhaitait lui voir prendre. « Moins de contemplations et plus de dévotions, œuvres pieuses et culte extérieur, cela occupe l'imagination. »

Avec un enthousiasme plein de tourbillons qui emportaient l'adhésion, Ana se consacra à la piété active, aux œuvres de charité, à l'enseignement, à la propagande, aux pratiques de la dévotion compliquée et byzantine qui prédominait à Vetusta. Ces manifestations, qui à une autre époque lui paraissaient exagérées, elle les trouvait maintenant justifiées, de la même façon que se justifient aux yeux des amants les mille sottises ridicules qu'ils se disent quand ils sont seuls.

« L'amour humain n'usait-il pas d'un vocabulaire infantile, ridicule, sans aucun sens pour les profanes? Oui, assurément, elle ne pouvait pas l'affirmer par expérience, mais elle l'avait lu et son cœur le lui confirmait. Eh bien, l'amour de Dieu pouvait avoir, à sa manière, ses enfantillages, ses insignifiances, ridicules pour les âmes froides et indifférentes. » Elle en arriva à comprendre les superlatifs de litanie qu'égrenait doña Petronila, c'est-à-dire Constantin le Grand.

La Régente allait même jusqu'à s'adresser au Magistral sur un ton légèrement câlin, avec une confiance qui s'exprimait par des mots d'un sens nouveau et convenu, d'une manière que l'on pourrait qualifier d'humour pieux. En outre, Ana se permettait de s'intéresser aux aspects purement temporels de son confesseur. Elle ne laissait passer aucune négligence, ne tolérait pas qu'il s'exposât à prendre un rhume. « Je serais bien avancée si vous mouriez. Ce que je dis, cher monsieur, est pur égoïsme, ni Dieu ni vous-même ne m'en devez reconnaissance. »

Ces paroles et les sourires qui les accompagnaient, donnaient au Magistral huit jours d'ineffable félicité à ruminer. « Oui, ineffable. Il ne pouvait pas s'expliquer ce qui lui arrivait. Il ne soupçonnait pas que dans ce monde, dans ce diable de monde, il pût y avoir de telles jouissances. A trente-six ans, alors qu'il croyait n'avoir plus rien à apprendre de personne, une dame innocente, jeune, sans expérience du monde, venait lui révéler un univers nouveau où, un petit sourire, quelques mots, qui étaient comme les paroles d'une musique présente dans la manière de les dire, suffisaient à le transporter tout à coup au milieu des anges, heureux comme au Paradis, sans désirer autre chose, sans penser à autre chose. Heureux, heureux et heureux! »

Il ne lui venait même pas à l'esprit de réfléchir à sa situation. Y avait-il péché dans tout cela ? S'agissait-il d'un amour interdit au prêtre ? Ces questions ne venaient absolument pas à l'esprit de don Fermín. Heureusement pour elles !

— Vous ne me parlez jamais de vous! lui disait Ana sur un ton de reproche, un matin d'août, dans le parc, en lui passant sur la bouche et sur les yeux une grosse et odorante rose d'Alexandrie. Ils étaient seuls. Ils avaient tacitement convenu que ces manifestations d'amitié étaient innocentes. Ils étaient deux anges purs qui n'avaient pas de corps. Anita était si sûre que la chair n'entrait pour rien dans cette amitié, que c'était elle qui passait les limites, qui faisait le premier nouveau pas sur le terrain délicat des relations entre homme et femme.

Le Magistral, le visage rafraîchi par les gouttelettes de rosée de la fleur et le cœur plus frais encore, répondit :

— Vous parler de moi ? A quoi bon! En raison de mon rôle dans l'Église militante, la moitié de ma vie est livrée à la calomnie, à la haine, à la jalousie, qui la dévorent et en font ce qu'elles veulent : on me persécute, on me tend des pièges, il y a même des sociétés secrètes qui se sont données pour but de me renverser, comme ils disent, de me faire perdre ce qu'ils appellent mon pouvoir... Tout cela est misérable, Ana, et n'a que mon mépris. Je puis vous assurer que je ne pense qu'à l'autre moitié de moi-même, qui se manifeste ici, celle qui vit dans la douce paix de la foi, en compagnie d'âmes nobles et saintes comme certaine dame... que vous connaissez bien... et que vous n'appréciez pas à sa pleine valeur...

Et le Magistral eut un sourire angélique, tandis qu'il aspirait avec délices le parfum de la rose d'Alexandrie qu'Ana avait abandonnée sans résistance dans les mains du prêtre.

Elle prit un air grave et voulut des explications. « On le persécutait, on le calomniait... il avait des ennemis... et lui ne disait rien à son amie. Tout de même! » Elle avait entendu parler de cela vaguement il y avait longtemps. A ce qu'elle avait pu comprendre, on accusait le Magistral de vices si grossiers, de délits si misérables que l'énormité de la calomnie la rendait presque inoffensive, tant elle était invraisemblable.

La Régente avait méprisé et même oublié ces rumeurs qui arrivaient de loin en loin à ses oreilles. Mais puisque le Magistral lui-même se plaignait, puisqu'il laissait entendre que cette persécution lui faisait mal, il fallait en savoir plus, trouver une consolation pour ce cœur affligé, chercher un remède efficace, aider le juste persécuté et calomnié, d'autant que ce juste était son père spirituel, son grand frère de l'âme, son phare de lumière mystique, son guide sur le chemin du ciel.

Cette matinée d'août, le Grand Vicaire la marqua comme l'une des plus heureuses de sa vie. Ana l'obligea à parler, à tout lui raconter. Et lui, avec éloquence, mettant à profit son imagination vive, forte et habile, il improvisa oralement un de ces romans qu'il aurait pu écrire si de plus sérieuses occupations lui en avaient laissé le temps. Ils s'assirent sous la tonnelle. Don Fermín déclara d'abord en souriant que lui aussi désirait se confesser à elle. « Ana le croyait-elle parfait ? Pensait-elle qu'il n'y avait pas de passions sous la soutane ? Hélas, si! Ce n'était que trop vrai, malheureusement. » La confession du Magistral fut semblable à celle de nombreux auteurs qui au lieu d'avouer leurs péchés profitent de l'occasion pour se dépeindre eux-mêmes comme des héros, rejetant sur le monde la cause de leurs maux et s'accusant seulement de fautes légères pour avoir quelque chose à avouer.

Ana retira de cette confidence la conclusion que le Magistral était, comme elle l'avait toujours pensé, une âme supérieure qui n'avait commis d'autre délit que celui d'une vague mélancolie dans sa jeunesse et celui d'une ambition noble, *élevée,* à l'âge adulte. Mais cette ambition avait cédé devant une plus grande, plus pure : celle de sauver les âmes bonnes, la sienne, par exemple. Ana, en écoutant cela, fermait les yeux pour retenir ses larmes, et, en silence, elle faisait le serment de tout faire pour la félicité de cet homme à qui elle devait tant, qui lui paraissait si grand, qui préférait vivre près d'elle pour la guider sur le chemin de la vertu plutôt que d'être évêque, cardinal, pontife. « Et on le calomniait! Et il avait des ennemis! Et on avait même essayé de le tourner en ridicule, parce qu'elle, Anita, attachait encore de l'importance aux vanités de ce monde, bien qu'elle fût la pénitente de don Fermín! Oh, on allait bien voir, on allait voir maintenant! »

« Y avait-il meilleure chose au monde que cette passion idéale, que cet effort pour une bonne œuvre, que cette abnégation, tout ce à quoi elle voulait se vouer pour combattre la tentation de plus en plus redoutable du souvenir de Mesía, qui était à Palomares, épris de la femme du ministre ? »

De Pas ne savait plus où tout cela allait mener.

Ana l'admirait, prenait soin de lui, était sur le point de lui dire qu'elle l'adorait, en sorte que le danger était chaque jour plus grand. « Bien que la passion qui était la sienne n'eût rien à voir avec la lascivité vulgaire (il en était sûr), qu'elle ne relevât point de l'amour profane, qu'elle n'eût pas de nom, et elle n'en avait pas besoin, elle pouvait l'entraîner on ne savait où. Et le Magistral était certain qu'à la moindre manifestation intempestive de la chair, cette intruse redoutable, la Régente ferait un saut en arrière, s'indignerait, et lui, il perdrait le prestige presque surnaturel qui l'entourait. En outre, à supposer que tout cela finisse en un amour sacrilège et adultère, misérablement sacrilège après de telles prémisses, fini le charme! Il savait bien, lui, comment cela se passait. Un égarement grossier de quelques mois. Ensuite, un arrière-goût de remords mêlé au dégoût de soi-même; se voir méprisable, vil, odieux, et après, la colère et l'orgueil, les ambitions vulgaires et les ouragans déchaînés dans la curie ecclésiastique... Non, non. La Régente devait être autre chose. Il fallait à tout prix éviter que cela puisse dégénérer en assouvissement de la chair. Mais surtout, il y avait la première hypothèse : la Régente s'estimerait dupée; c'était certain. »

Après une pause, le Magistral pensa :

« Enfin, on verra bien. »

Don Víctor était de plus en plus triste. D'une part, il y avait cette douleur d'attrition, cette crainte de ne pas obtenir son salut, même s'il s'était toujours bien comporté et n'avait fait de mal à personne, et de l'autre, la chaleur, cette transpiration continuelle, ces nuits d'insomnie... la solitude de Vetusta... l'herbe desséchée de la Grande Promenade, le manque de spectacles... « En outre, personne ne le comprenait. Frígilis était un bloc de marbre : dès qu'il était question de choses spirituelles, on savait qu'il ne fallait pas compter sur lui. Il n'étouffait pas en été, et ne se recroquevillait pas en hiver. Quant à sa femme et au Magistral, ils n'étaient pas gênés par l'été de Vetusta, par cette tristesse des rues et des promenades. » Don Víctor allait au Cercle : pas un chat. Quelque magistrat qui n'avait pas pris de vacances jouait au billard avec un domestique de la maison. Dans le cabinet de lecture, Trifón Cármenes feuilletait de vieilles *Illustrations*; dans la salle de l'hombre : personne. Il ne lui restait que le domino qui lui était antipathique à cause du bruit des pièces et de l'obligation de toujours calculer. Son partenaire aux échecs était dans quelque station balnéaire. « Bien sûr! *Tout le monde* était en train de prendre des bains ! » Bien que donc Víctor passât, les autres étés, un mois au bord de la mer, il ne se baignait que deux ou trois fois et cependant il regrettait maintenant tous les jours la fraîcheur des vagues. Au Cercle, il lisait les journaux de La Costa : concerts, nocturnes en plein air, excursions champêtres, régates, on ne parlait que de cela. Et tout le monde qu'il y avait ! Toutes sortes de musiques ! Le théâtre ! Le cirque ! Et les bateaux, les grands vapeurs anglais... et la mer... la mer immense... Ça au moins, c'était se divertir ! Don Víctor soupirait et rentrait à la maison.

« Madame n'était pas là. »

Mais il y avait Kempis.

Il était là, ouvert sur la table de nuit. Sans pouvoir y résister, Quintanar, après avoir ôté sa veste d'alpaga, en bras de chemise, prenait le livre et il lisait... « Et la crainte revenait! et avec la tristesse, l'abattement spirituel. En effet, le monde était misérable, comme disait le texte, et surtout en été. Vetusta était une ville moribonde. Même cette verdure des arbres si nus en hiver, cette verdure, qui était si agréable au printemps, était maintenant cause de tristesse : on aurait presque préféré la branche nue, dont le dessin est plus net. » Don Víctor était même capable de se sentir vraiment artiste, tant il était triste et pénétré d'ennui.

Et Ana rentrait, toute contente. « Tant mieux, qu'il y ait au moins quelqu'un de content : il n'était pas égoïste. »

« Mais quel charme sa femme pouvait-elle trouver à la solitude de Vetusta ? En outre, Kempis n'était-il pas là pour prouver avec évidence, comme deux et deux font quatre, qu'il n'y a dans ce monde aucun motif de joie ? Il est vrai que son Anita était heureuse pour des raisons d'un ordre supérieur. Il ne pouvait prétendre à un tel degré de piété. Il craignait Dieu, il reconnaissait sa grandeur, bien sûr! N'avait-il pas créé les étoiles, la mer, enfin tout...! Mais après avoir reconnu ce Pouvoir Infini, lui, Víctor Quintanar, il s'ennuyait toujours dans cette ville abandonnée, sans théâtre, sans promenades, sans mer, sans régates, sans rien des choses de ce monde. Oh, heureusement qu'il avait ses oiseaux! »

Quant à Ana, de plus en plus active, elle essayait d'oublier, et elle y parvenait souvent, ce qu'elle appelait la tentation; et celle-ci devenait de plus en plus redoutable et plus elle était redoutée, plus elle était forte. Mais elle la fuyait, se réfugiait dans la piété et, animée d'un zèle apostolique et d'une ardente charité, elle visitait les misérables logis des pauvres qui vivaient entassés dans des taudis et des caves. Elle apportait le réconfort de la religion pour l'esprit, et l'aumône pour le corps. En général, doña Petronila Rianzares ou quelque autre dame de son conclave l'accompagnait; mais parfois elle faisait ses visites toute seule. De toutes les occupations que la vie dévote lui imposait, c'était celle qu'elle préférait.

L'été enlevait une bonne partie du contingent de ces pieux bataillons du Cœur-de-Jésus, de la Cour-de-Marie, du Catéchisme, de Saint-Vincent-de-Paul et autres institutions analogues; de nombreuses dames allaient à la mer ou à la campagne. Mais le noyau restait; il était formé par le groupe considérable des illustres bigotes qui entouraient Constantin le Grand, doña Petronila. Pendant les mois chauds, les aumônes diminuaient notablement, mais on parlait beaucoup dans les confréries de la préparation des fêtes d'automne et d'hiver et, en outre, on médisait un peu des absentes. La Régente, sans jamais entrer dans ces conciliabules, les tenait pour faute légère « qu'elle ne s'autorisait pas à critiquer, elle qui avait des choses plus graves à se reprocher ».

Don Fermín et Ana se voyaient tous les jours, parfois dans la maison des Ozores, ou bien au catéchisme, à la cathédrale, à Saint-Vincent-de-Paul et le plus souvent chez doña Petronila. L'évêque-mère, qui était toujours occupée, les laissait seuls dans le salon obscur et, elle, avec la permission de ses amis, elle allait mettre ses comptes à jour ou faire autre chose.

Vetusta était à eux : la solitude de l'été semblait mettre la ville en leur possession. Ils parlaient durant de longs moments devant la porte de la cathédrale avant de se séparer, sans crainte d'être vus, comme si cette solitude de l'église s'étendait à toute la cité. Pour Anita, la vie de Vetusta était plus tolérable qu'en hiver. Sur ce point, son mari et elle n'étaient pas d'accord.

Don Fermín aurait voulu que la saison n'eût point de fin, et que les absents restassent où ils étaient. Sa mère était partie à Matalerejo pour toucher les fermages, préparer la récolte et encaisser les intérêts de fortes sommes d'argent dispersé dans ces montagnes. Teresina était la maîtresse de maison. Toujours gaie, active, diligente, elle emplissait le foyer du Magistral de chants religieux auxquels elle donnait, sans s'en rendre compte, un sens profane, une certaine tonalité de rue. Le contraste avec le visage de Mater Dolorosa de la jeune fille donnait à ce ton joyeux un certain piquant. Teresina avait pris quelques couleurs, et ses yeux, légèrement cernés d'ombre, étaient plus profonds, plus beaux que jamais dans cette douce et mystérieuse pénombre des pupilles. Le maître et la servante étaient contents. Cette liberté était merveilleuse. Chacun faisait ce qu'il voulait. Doña Paula n'était pas là, il n'y avait de compte à rendre à personne. Et rien ne manquait. Monsieur avait tout ce qu'il fallait au moment voulu et à l'endroit voulu, comme toujours. Il pouvait vivre sans Madame.

Le Magistral sortait et rentrait sans crainte d'être soumis à des interrogatoires insidieux. S'il rentrait tard, cela n'avait aucune importance. Tout, absolument tout lui souriait. Ah, si l'été pouvait être éternel! Même la calomnie de ses ennemis était en recul. La médisance avait beaucoup diminué, car la plupart des calomniateurs étaient en villégiature et ceux qui restaient n'avaient pas d'auditoire. Don Santos Barinaga était malade et il ne sortait plus de chez lui. Seul Foja, qui ne partait pas par mesure d'économie, s'efforçait au Cercle de maintenir le feu sacré de la médisance chez quatre ou cinq membres, morts d'ennui, qui venaient prendre leur café et restaient là une demi-heure. Enfin, tout cela ressemblait à une suspension des hostilités. « Elle serait la bienvenue. Don Fermín acceptait la lutte, quand il fallait lutter; mais il préférait la paix. Surtout maintenant qu'il avait bien autre chose à faire, maintenant qu'il se consacrait à quelque chose de mieux et de plus doux que de haïr et de poursuivre des misérables tout juste dignes de mépris et de pitié. »

Ce bonheur, que De Pas savourait comme le gastronome savoure un fin morceau, cette liberté, cette paresse morale que l'été rendait plus voluptueuse pour son corps robuste, les vagues rêves d'amour sans nom, la délicieuse réalité qui consistait à voir la Régente à toute heure, à se mirer dans ses yeux, à entendre ses douces paroles empreintes d'une amitié mystérieuse, presque mystique, tout cela faisait désirer à don Fermín que le soleil s'arrêtât une autre fois, que le temps ne s'écoulât plus. Ce mois d'août, si triste pour don Víctor, était pour le Magistral le moment le plus heureux de sa vie.

Quand, tôt le matin, il entendait de son bureau, le « Saint Dieu, Saint Fort », que Teresina, tout en faisant le ménage, chantait comme s'il s'agissait d'une *malagueña,* il avait envie de chanter lui aussi. Il ne chantait pas, mais il se levait et sortait dans le couloir.

— Teresina, le chocolat, lui criait-il tout joyeux, en se frottant les mains.

Et il passait dans la salle à manger.

La servante, peu après, apportait le petit déjeuner dans une tasse de porcelaine de Chine, toute brillante et décorée de petites fleurs d'or. Elle fermait la porte derrière elle, s'approchait de la table, où elle posait le service, étendait la serviette devant Monsieur... et attendait, immobile à ses côtés.

Don Fermín, souriant, trempait un biscuit dans le chocolat; Teresina approchait sa tête de son maître en écartant de la table le reste du corps. Elle ouvrait la bouche aux lèvres fines et rouge vif et, avec une drôle de mimique, elle sortait la langue, humide et rouge, plus qu'il n'était nécessaire; don Fermín y déposait le biscuit, les dents de perles de la servante le coupaient en deux, et *Monsieur* mangeait l'autre moitié.

Et la même scène se répétait tous les matins.

Chapitre vingt-deux

M. l'Archidiacre don Restituto Mourelo revint tout joyeux, tout pimpant, tout ragaillardi, des bains de Termasaltas, disposé à entreprendre une autre campagne qui, il l'espérait, serait décisive et serait la dernière, « contre le despotisme du simoniaque, lascif et sordide ennemi de l'Église qui, après s'être emparé de la volonté de Mgr l'Évêque, avait le diocèse sous sa coupe ». Par cette périphrase, le diplomate Gloucester désignait M. le Grand Vicaire.

La première contrariété de l'été que dut subir De Pas fut la nouvelle qu'on lui communiqua dans le chœur, un matin :

— Gloucester est revenu...

« Il ne le craignait pas, ni lui ni personne... Mais il était si fatigué de lutter et de haïr. »

Mourelo retrouva les troupes fraîches de la médisance ainsi que celles qui s'étaient mises en réserve mais se montraient non moins avides d'ouvrir le feu sur l'ennemi commun. Tous brûlaient du saint enthousiasme de la médisance. Ceux qui arrivaient des villages de la montagne et des ports de pêche étaient affamés d'histoires et de ragots; la solitude de la campagne avait aiguisé leur soif de calomnies; dans ces montagnes et ces vallées de la province, de qui pouvait-on dire du mal ? « Ah, chère Vetusta ! Il n'y a que les centres de civilisation pour écorcher commodément son prochain. Dans les villages, on s'en prend au médecin, au pharmacien, au curé, au maire; mais eux, les Vétustains, eux qui étaient de la capitale, comment pourraient-ils se contenter de ces misérables commérages ? »

Civis romanus sum! disait Mourelo : « Je veux une médisance digne de moi. Avec notre langue, écrasons le colosse et non le médecin de Termasaltas, par exemple. »

Foja et ceux qui étaient restés attendaient avec impatience le retour des absents, pour leur raconter les derniers événements et les commenter tous ensemble. Au fur et à mesure que les estivants réapparaissaient, l'animation renaissait à Vetusta, au chapitre, dans les confréries, les cercles, les rues et les promenades. Les fausses amitiés, usées au point de devenir insupportables par l'ennui commun d'un hiver sans fin, se renouaient maintenant; ceux qui revenaient trouvaient que ceux qui étaient restés avaient de l'esprit et du talent et vice versa, chacun riait des plaisanteries et des propos malicieux de tous. Peu à peu, les cercles de la médisance s'animaient, la calomnie faisait monter la fièvre, et les derniers arrivés, les retardataires, trouvaient la situation à point : « Quel esprit, quelle finesse dans la malice, quelle perspicacité! Ah, l'esprit vétustain! »

Cette année-là, le Grand Vicaire fut la victime de ces torrents d'injures; on ne parlait que de lui.

« Don Santos Barinaga, le commerçant rival de *La Croix Rouge*, victime du monopole illégal et scandaleux de doña Paula et de son fils, ce pauvre don Santos était condamné, selon don Robustiano Somoza, le médecin de l'aristocratie dont on ne pouvait suspecter les idées. »

— Et de quoi croyez-vous qu'il meurt ? demandait Foja au milieu d'un petit groupe, devant la cathédrale, au sortir de la messe de midi.

— C'est l'alcool qui doit le tuer, répondait Ripamilán.

— Eh bien non, c'est la faim...!

— L'eau-de-vie!

— La faim...!

Don Robustiano arrivait, se mêlait au groupe et la *science parlait* :

— Moi je n'accuse personne, la science n'accuse personne : sa mission est autre. Je ne nie pas que l'alcoolisme chronique soit en partie responsable de la maladie de Barinaga, mais il n'est pas douteux que l'on aurait pu *pallier* — c'était son mot — ses effets par une bonne alimentation. En outre, aujourd'hui, le pauvre don Santos n'a même pas un sou pour s'enivrer, sa misère est telle qu'il ne peut pas boire... Même si cela peut nous paraître incompréhensible, la science déclare que le manque d'alcool hâte la mort de cet homme que l'abus de l'alcool a rendu malade...

— Comment cela, voyons ? demandait l'Archiprêtre.

— Enfin expliquez-vous, disait Foja.

Don Robustiano souriait, il hochait la tête d'un air condescendant et daignait s'expliquer. « Don Santos, même si cela étonnait ces messieurs, avait beau mourir empoisonné par l'alcool, devait absorber encore de l'alcool pour *se prolonger* quelques mois de plus. Sans l'eau-de-vie, qui le tuait, il mourrait encore plus vite.

— Mais, don Robustiano, comment est-ce possible ?

— Monsieur Foja, vous allez comprendre. Connaissez-vous Todd ?

— Qui ?

— Todd.

— Non, monsieur.

— Alors, vous n'avez rien à dire. Savez-vous ce qu'est le pouvoir hypothermique de l'alcool? Non plus : alors taisez-vous. Savez-vous comment on résorbe le pouvoir diaphorétique dudit alcool? Non plus; alors, on la boucle. Niez-vous l'action hémostatique de l'alcool reconnue par Campbell et Chevrière? Vous auriez tort de la nier; entendons-nous, s'il s'agit de son usage interne. De sorte que vous ne savez rien de tout cela...

— C'est bien pourquoi je vous interroge... Mais écoutez-moi, cher monsieur, malgré tout votre savoir et malgré tout ce que peuvent dire Todd et la science, la sainte science, personne n'a le droit de calomnier don Santos Barinaga. C'en est assez pour le pauvre homme de mourir de faim et de désespoir, et rien ne vous autorise, sous prétexte d'avoir lu, je ne sais où et à la va-vite un petit article sur l'eau-de-vie, par exemple, rien ne vous autorise, dis-je, à insulter mon bon ami et à le traiter d'ivrogne en termes techniques.

— Du calme!, s'écria Ripamilán, sur ce point, je suis d'accord avec la science et avec M. Somoza, son légitime représentant. J'ignore si un clou chasse l'autre en médecine et si une tache verte peut faire disparaître la tache de l'ivrognerie, ce qui est certain c'est que don Santos est un vrai tonneau, et qu'il a plus d'esprit-de-vin dans le corps que de sang dans les veines; c'est une mèche imprégnée d'alcool... approchez une allumette et vous verrez...

— Moi, monsieur Ripamilán, je n'ai pas besoin de l'aide de l'Église pour confondre ce progressiste dépassé; la science qui, en définitive, est ma religion, me suffit amplement.

Et se tournant vers Foja, le médecin ajouta :

— Dites-moi, monsieur le décurion à la retraite, connaissez-vous l'action de l'alcool sur les phlegmasies des buveurs? Pas la peine de mentir, vous ne la connaissez pas.

— Allez vous faire voir, monsieur le cuistre d'hôpital! C'est plutôt vous le menteur! Voyez-vous ça! M. le docteur nous en raconte de belles; il veut jouer les savants, maintenant. C'est un peu tard.

— Moins d'insultes et plus de faits.

— Moins d'arlequinades et plus de sens commun...

— Monsieur le milicien, moi je suis l'homme de science et vous un nostalgique de 1812 avec votre Constitution en conserve... Chomel admet, et avec lui tous ceux qui ont un peu de jugeotte, que pour les maladies des alcooliques, l'administration de spiritueux est indispensable...

— Eh bien, moi, je réfute la prémisse mineure, triple buse!

— En médecine, il n'y a ni majeure ni mineure, ni figures ni basses cartes, monsieur le pilier de tripot.

— La prémisse mineure postule que Barinaga soit un ivrogne...

— Alors si vous me niez les... prodromes du mal...

Don Robustiano rougit en pensant qu'il venait de dire une sottise.

— Qui parle d'hippodromes ou d'hippopotames? Moi je défends un absent...

— Bref, un mot pour finir : niez-vous que si l'on prive totalement d'alcool un ivrogne, le plus probable est que survienne un affaiblissement alarmant, un véritable collapsus... ?

— Écoutez, monsieur le cuistre, si vous continuez à me casser les oreilles avec ces gros mots, je vous récite cinquante mille vers et sentences en latin qui vous couperont le souffle. Vous ne me croyez pas? Alors écoutez :

Ordine confectu, quisque libellus habet :
quis, quid, coram quo, quo jure petatur et a quo.
Cultus disparitas, vis, ordo, ligamen, honestas...

Ripamilán se tordait de rire, Somoza, furieux, s'époumonait; et on entendait : collapsus... phlegmasie... cardiopathie... Et l'ancien maire, imperturbable, continuait à déverser son latin :

Sont masculins *fustis, axis,*
turris, caulis, sanguis, collis,
piscis, vermis, callis, follis.

Le médecin et le prêteur sur gages faillirent en venir aux mains. On ne put déterminer de quoi mourait don Santos, mais une demi-heure plus tard, le bruit courait à Vetusta que, par la faute du Grand Vicaire, Foja et Somoza s'étaient battus et défiés, et on se demandait même si Ripamilán n'avait pas reçu quelque gifle.

Un événement d'une extrême gravité, selon Gloucester, Foja et leurs partisans respectifs, éclipsa pour quelques jours le valétudinaire Barinaga qui s'éteignait effectivement dans une misère noire : « La fille de Carraspique, sœur Teresa, agonisait dans *l'immonde asile* des Visitandines, au fond de sa cellule qui était, selon Somoza, un *inodore,* pour ne pas dire tout le contraire. »

Ce que l'on avait prédit arriva. Rosa Carraspique dans le monde, sœur Teresa au couvent, mourut d'une tuberculose d'après Somoza, d'une phtisie caséeuse d'après le médecin des religieuses, qui était dualiste en matière de phtisie.

Mais aucun ennemi du Grand Vicaire ne douta de la responsabilité de don Fermín dans cette mort, quel que fût l'état des poumons de la jeune fille.

Doña Paula et don Alvaro arrivèrent à Vetusta le même jour, précisément celui où *un ange s'était encore envolé vers le ciel*, selon Trifón Cármenes qui était toujours romantique, en dépit des conseils de don Cayetano.

Un journal libéral de la ville, *El Alerta*, publia l'un au-dessous de l'autre ces deux entrefilets, qui mirent don Fermín hors de lui.

« *Bienvenu.* Après son voyage estival, l'illustre chef du parti libéral dynastique de Vetusta, son excellence don Alvaro Mesía, est de retour dans notre capitale. Les nombreux amis qui sont allés saluer notre distingué coreligionnaire affirment qu'il est disposé à poursuivre sa campagne de propagande raisonnablement libérale, tant sur le plan politique que moral, canonique et religieux. Qu'il compte sur notre humble appui pour vaincre les traditionnels obstacles qu'oppose ici au véritable progrès un despotisme théocratique dont tout Vetusta a par-dessus la tête, comme on dit vulgairement. »

« *Qu'elle repose en paix.* Mademoiselle Rosa Carraspique y Somoza, fille du célèbre capitaliste ultramontain don Francisco de Asís, religieuse professe sous le nom de sœur Teresa, est décédée dans sa cellule du couvent des Visitandines. Nous aurions beaucoup à dire si nous voulions nous faire l'écho de tous les commentaires suscités par ce malheur inopiné. Nous nous contenterons de dire que, d'après les médecins les plus dignes de foi, cette perte que nous déplorons est certainement liée aux mauvaises conditions d'hygiène du bâtiment misérable qu'occupent les Visitandines. En outre, nous nous posons la question suivante : Est-il très hygiénique que *certains rongeurs* s'introduisent au sein des foyers pour miner peu à peu, en usant de leur influence délétère et *pseudo-religieuse*, la paix des familles et la tranquillité des consciences?

« Si tous les éléments libéraux, et nous n'exagérons pas, de notre docte capitale n'unissent pas leurs efforts pour combattre le puissant tyran hiérocratique qui nous opprime, nous serons bientôt tous victimes du fanatisme le plus aveugle et le plus cynique. — R.I.P. »

Ripamilán, bien mal inspiré, se décida à prendre la plume et à publier, à l'insu du Magistral, dans *El Lábaro* un article non signé, prenant la défense de son ami, des Visitandines, et de la grammaire mise à mal, selon le chanoine, par le journal progressiste. « Mis à part le fait, disait-il entre autres choses, qu'on ne sait pas si la religieuse professe est M. Carraspique ou sa fille, cet hurluberlu de journaliste peut-il me dire, etc. ? »

Le mot d'hurluberlu dénonçait l'Archiprêtre; c'était son style d'humour : chacun le reconnut.

A Vetusta les insultes et les médisances imprimées attiraient particulièrement l'attention, Cármenes publiait en vain ses odes et ses élégies : personne ne les lisait; mais le moindre fait divers, aussi insignifiant fût-il, pouvant contrarier un peu telle ou telle personne, était lu et commenté pendant des jours et des jours; et quand la guerre des entrefilets et des communiqués battait son plein, les *abonnés habituels* ne voulaient pas d'autre distraction.

Pour toutes ces raisons, le scandale fut retentissant, et pendant longtemps, il ne fut question que de l'*influence délétère* du Magistral et de la mort de sœur Teresa.

— Il a ce malheur sur la conscience.

— C'est un vampire spirituel qui suce le sang de nos filles.

— C'est une sorte de contribution de sang que nous payons au fanatisme.

— Quelque chose comme le tribut des cent vierges.

Le Magistral aurait voulu pouvoir mépriser toutes ces sottises, dédaigner de telles stupidités, mais malgré lui il en était irrité. Au début, il crut que « sa passion noble et sublime l'élèverait au-dessus de telles misères », mais le flot de cette fausse indignation publique éclaboussait son âme et montait aussi haut que son ravissement innommé; souvent la colère effaçait de son esprit les idées les plus pures, les impressions les plus douces et les plus agréables. Il devenait fou de colère et plus sa colère montait, plus il enrageait de ne pouvoir dominer ses emportements. En outre, le mal était réel; pour être insensée, l'accusation de ces sots n'en était pas moins puissante et redoutable. Le Magistral sentait que son pouvoir chancelait, que les efforts de tous ces misérables en sapaient les fondements... Dans de nombreux foyers, il commençait à remarquer une certaine réserve; quelques épouses de libéraux cessèrent de se confesser avec lui et Fortunato, lui-même, l'Évêque, que De Pas tenait sous sa coupe, osait diriger sur lui des regards froids et chargés de questions qui pénétraient dans ses pupilles comme des traits acérés.

Le temps des promenades sur l'Espolón revint, et quand don Fermín y promenait son humble arrogance, sa belle silhouette de bel homme mystique, il remarquait que ce n'était plus une marche triomphale et glorieuse; dans les saluts, les regards, les chuchotements qu'il laissait derrière lui, comme un sillage, même dans la manière qu'avaient les passants de lui laisser le passage, il notait une certaine rudesse, une certaine aspérité, comme une sourde hostilité générale, une sorte de crainte sur le point d'éclater en audacieuses insolences.

Pendant ce temps, doña Paula, renfrognée, silencieuse et méfiante, sentant venir l'orage, s'occupait, chez elle, à sauver les meubles, c'est-à-dire son argent, encaissait des dettes, faisait toutes les affaires qu'elle pouvait, pressée de se débarrasser des articles de *La Croix Rouge*. « Il semblait qu'une liquidation se préparait. Que signifiait tout cela ? » Doña Paula ne donnait aucune explication. Elle savait à quoi s'en tenir : son fils, son Fermo, était égaré; cette *cocotte,* cette Régente, sainte nitouche en état de péché mortel, l'avait rendu aveugle et fou. Dieu seul savait ce qui pouvait se passer dans cette maison des Ozores! Quel scandale! Tout était sur le point de sombrer. Il fallait se préparer. Oh, on pouvait la chasser de Vetusta, mais elle ne partirait pas sans emporter la moitié de la ville entre ses dents. C'est pourquoi elle mordait avec cette fureur qui effrayait son fils.

Fermo, le *maître,* pensait dans la solitude de son bureau de Faust ecclésiastique : « Seul, je suis seul, même ma mère ne me console pas! Que dois-je faire ? M'abandonner de toute mon âme à cette noble et forte passion... Ana, Ana et rien d'autre au monde! Elle aussi elle est seule, elle aussi a besoin de moi... Ensemble nous pouvons vaincre tous ces sots, tous ces infâmes. »

Pâle, presque jaune, agité et très nerveux, De Pas arrivait auprès de son amie mystique, de plus en plus belle, qui avait retrouvé sa fraîcheur et son entrain, ses formes pleines, fortes et harmonieuses. La douceur faisait une sorte d'auréole à Anita. La santé, purifiée par une certaine onction d'idéalité, était revenue dans le corps d'arrogante transtibérine de ce modèle de *Madone*.

Don Víctor Quintanar avait retrouvé l'intime amitié de don Alvaro Mesía, dès que celui-ci revint de Palomares, et le Magistral ne tarda pas à remarquer que le nouveau converti s'opposait à lui. Bien qu'il se crût toujours profondément pieux, don Víctor faisait des distinctions suspectes entre la religion et le clergé, entre le catholicisme et l'ultramontanisme. « Je suis aussi bon catholique que quiconque », disait-il chaque fois qu'il proférait quelque hérésie ou quelque chose d'approchant; et il se mettait à interpréter à sa manière les textes de l'Ancien et du Nouveau Testament, et il allait même jusqu'à dire que l'homme vertueux est un véritable prêtre, qu'un bois séculaire est le temple le mieux adapté à la religion pure, que Jésus-Christ était un libéral, et bien d'autres sottises. Ce n'était pas le pire : la Régente et don Fermín notaient chez Quintanar une certaine froideur chaque fois que celui-ci les voyait ensemble et le Magistral dut parfois feindre la distraction devant certains affronts dissimulés.

Don Alvaro n'allait que rarement chez les Ozores, et il ne s'agissait que de visites de politesse, très brèves. Pourquoi donc? demandait don Víctor. Son ami lui laissait entendre à demi-mot que la Régente le recevait à contrecœur et qu'il n'aimait pas déranger. En outre, il n'était pas le seul à espacer ses visites. Paco lui-même, le jeune Marquis, qui avant était toujours en train d'entrer ou de sortir, ne mettait maintenant presque plus les pieds dans la maison. Visitación ne venait que rarement, la Marquise presque jamais, et il en était de même de tous leurs amis et amies; il n'y avait que le Magistral, rien que le Magistral. Ce cher monsieur « faisait le vide » autour de la Régente. Elle était contente et ne semblait regretter aucune absence; mais lui, don Víctor, il n'était pas d'accord; il recherchait les visites, les conversations, l'aimable compagnie.

Il continuait à se confesser et à communier tous les deux mois, mais Kempis se couvrait de poussière au milieu des livres profanes. Quintanar avait toujours peur de l'Enfer « mais il ne voulait pas se passer complètement des avantages positifs que lui offrait sa brève existence sur cette terre ». « Et surtout, il ne voulait pas que le fanatisme s'emparât de sa maison. » Les conseils que lui donnait Mesía pour l'exciter, là-bas au Cercle, don Víctor les prenait très au sérieux, et il se préparait sans cesse à les mettre en pratique, mais il n'osait pas. Son audace n'allait pas au-delà d'une grimace de contrariété de temps à autre, très rarement, devant l'ennemi, le Magistral; mais comme celui-ci faisait semblant de ne pas comprendre ces mimiques indirectes, cela n'avançait pas à grand-chose.

Don Víctor en arriva à reconnaître, mais sans l'avouer à personne, qu'il était moins énergique qu'il l'avait cru. « Non, il n'avait pas la force de s'opposer au *jésuitisme* qui avait envahi son foyer. » Oh, ce n'était pas pour rien qu'il avait hésité avant d'accepter que De Pas s'empare de la volonté de son épouse! Oui... en fin de compte, il avait été jésuite... Quintanar finit par comparer le pouvoir du Grand Vicaire dans la demeure des Ozores à celui des Jésuites au Paraguay. « Oui, ma maison est un nouveau Paraguay. » Et il se sentait de moins en moins capable de s'opposer à la *pernicieuse influence.* Il ne savait que faire triste figure et sortir le plus souvent possible.

Il n'obtint ainsi qu'une seule chose : la Régente et le Grand Vicaire convinrent de se voir le plus souvent en dehors de la maison, et moins souvent dedans. « Il valait mieux aller converser chez doña Petronila. A quoi bon ennuyer ce pauvre don Víctor? Puisque des amitiés nocives l'écartaient encore du bon chemin et corrompaient son âme par des insinuations malveillantes, des soupçons grossiers et impies, mieux valait le laisser en paix, écarter de sa vue le spectacle innocent, mais peu agréable pour lui, de deux âmes sœurs qu'un puissant lien unissait dans la piété et l'idéalisme le plus poétique. »

Chez doña Petronila, dans le salon aux volets discrètement entrebâillés, au tapis de feutre gris, les deux amis de l'âme passaient des heures et des heures à parler d'intérêts spirituels, comme disait Constantin le Grand, sans autre témoin que le chat blanc, de plus en plus gros, qui allait et venait sans bruit et se frottait le dos contre la jupe de la Régente et la cape du Magistral avec de plus en plus de familiarité.

Anita remarquait chez don Fermín une pâleur intéressante, de grands cernes violets autour des yeux, et une fatigue dans la voix et dans la respiration qui lui faisait souci.

Elle le suppliait de prendre soin de lui, elle l'en priait d'une voix de mère affectueuse implorant le fils de ses entrailles de prendre un médicament. Lui, il répondait en souriant, avec un regard de feu, « il n'avait rien, ses craintes étaient injustifiées, il ne fallait pas s'occuper de son corps indigne ».

Certains jours, il y avait des pauses embarrassées dans leur conversation; le silence se prolongeait et les gênait comme un bavard importun.

Chacun gardait son secret. Alors qu'ils croyaient se connaître l'un l'autre jusqu'au dernier repli de leur âme, chacun pensait à la mauvaise action qu'il commettait en taisant ce qu'il taisait.

Le Magistral souffrait beaucoup chaque fois qu'Ana lui parlait de sa santé défaillante. « Si elle avait su! »

Résolu à éviter que son amitié « avec cet ange d'une merveilleuse beauté » ne s'achevât de mauvaise manière, en une autre aventure d'un matérialisme grossier, source de remords et de regrets répugnants, certain que cette femme mettait dans cette pieuse liaison toute la sincérité d'une âme pure et que l'avilir (en admettant que cela fût possible) serait lui faire perdre tout son charme, le Magistral, qui ne vivait désormais que pour cette passion raffinée pour laquelle il ne trouvait pas de nom, luttait contre des tentations formidables et ne pouvait maîtriser les rébellions soudaines et furieuses de sa chair que par de honteux armistices qu'il ressentait comme des infidélités. Il avait beau se dire : quelle importance peut avoir pour ma doña Ana que mon robuste corps de chasseur montagnard vive comme il veut quand je ne suis plus à ses côtés ? Elle n'exige rien de mon corps; mon âme est toute à elle et je n'engage pas la moindre parcelle de mon âme quand j'assouvis, loin de sa présence, des appétits qu'elle-même excite sans le savoir. Il avait beau se dire tout cela, il était torturé par de vifs remords lorsqu'Ana, empressée, douce et souriante le suppliait à deux mains de prendre soin de lui, de ne pas consacrer tout son temps au travail et à la pénitence. « Que deviendrait-elle sans lui ? »

— Imaginons que vous mouriez : qu'adviendra-t-il de moi ?

« C'est horrible, c'est horrible, pensait le Magistral, passer pour un saint à ses yeux et n'être qu'un misérable corps de boue qui vit comme la boue doit vivre. Tromper les autres ne me gêne pas, mais elle ! Et il n'y a pas d'autre solution. » Il voulait se consoler en se disant que tout cela arrivait *par elle,* que par elle il éprouvait de nouveau avec vigueur les ardeurs de sa jeunesse, qu'il croyait mortes, et que par elle, pour respecter sa pureté, il se vautrait dans les bourbiers de jadis; mais cette idée ne le consolait pas, n'apaisait pas ses remords...

Certaines semaines, Teresina était triste, car elle craignait d'avoir perdu sa domination sur *Monsieur*; c'était lorsque le Magistral vivait aux côtés d'Ana sans angoisse et la conscience en paix. Mais peu à peu les tourments réapparaissaient et les attaques de la tentation étaient plus terribles et surtout plus dangereuses que celles du remords. La chasteté d'Ana, son innocence de femme vertueuse, sa piété sincère, la foi qu'elle mettait dans cette amitié spirituelle, sans ombre de péché, exacerbaient la passion de don Fermín et rendaient le péril encore plus grand, car, ne redoutant rien de mal, elle vivait sans s'apercevoir que sa confiance, son affectueuse sollicitude, cette douce intimité, tout ce qu'elle disait et faisait, c'était de l'huile qu'elle jetait sur le feu. Et, pour éviter des maux encore pires, De Pas revenait à ses précautions, à la grande satisfaction de Teresina qui, avec orgueil, voyait en cela sa victoire.

Ana avait aussi son secret. Sa piété était sincère, ferme son désir de salut, et son intention de s'élever de demeure en demeure, comme disait la sainte d'Avila, était sérieuse ; mais la tentation devenait de jour en jour plus forte. Plus le péché de penser à don Alvaro lui paraissait horrible, plus elle y prenait plaisir. Elle ne doutait plus que cet homme représentât sa perte, mais elle savait aussi que tout ce qui, en elle, était de ce monde, tout ce qu'elle avait de charnel, de fragile et de périssable vibrait d'amour pour lui. Elle ne se serait plus risquée, comme autrefois, à le regarder en face, à rester à côté de lui des heures et des heures, et à lui prouver que sa présence ne la troublait pas : non, il fallait maintenant l'éviter, lui, son ombre, son souvenir; il était le démon, le puissant ennemi de Jésus. Il fallait le fuir, il n'y avait pas d'autre solution. C'était cela l'humilité, ce qu'elle avait fait avant n'était que fol orgueil. Elle devait à la grâce et seulement à la grâce d'avoir encore une vie pure ; Ana reconnaissait qu'abandonnée à elle-même, elle aurait succombé ; si la main du Seigneur faiblissait un instant, don Alvaro n'aurait qu'à tendre la sienne et à saisir sa proie. C'est pourquoi elle ne voulait même pas le voir. Mais, sans le vouloir, elle pensait à lui. Elle repoussait ces pensées de toutes ses forces, mais en vain. Quel horrible remords! Que penserait Jésus? et que penserait le Magistral s'il savait? Cette prédilection de ses sens à se délecter du souvenir de Mesía, dès qu'elle leur lâchait la bride, inspirait à la Régente une sorte de répugnance, comme celle que l'on éprouve devant une vilénie ou une bassesse. Pourquoi Mesía ? Le remords que son infidélité à Jésus éveillait en elle se doublait de frayeur, d'une profonde tristesse, mais il était enveloppé dans un flou idéal qui l'atténuait; le remords d'être infidèle à l'ami de son âme, à son frère aîné, à don Fermín, était aigu, et la poussait à ce dégoût d'elle-même, à l'intolérable torture de devoir se mépriser. En outre, Anita n'osait pas s'en confesser au Magistral. Cela lui aurait fait trop de mal et aurait détruit le charme de leur relation purement idéale. Elle avait de nouveau recours aux sophismes pour taire cette faiblesse en confession : « elle ne voulait pas » dès qu'elle reprenait le contrôle de son esprit et en chassait alors les images impures; puisqu'elle fuyait don Alvaro, elle ne péchait pas volontairement. Le péché involontaire existait-il? Elle en parla un jour au Magistral, sans lui dire que la consultation la concernait directement. Don Fermín répondit que la question était complexe... et il lui cita certains auteurs. Ana se souvenait que Pascal et ses *Provinciales* figurait parmi eux; elle possédait ce livre, elle le lut... et crut devenir folle. « Ah, être bon était aussi affaire de talent. Tant de distinguos, tant de subtilités l'étourdissaient. » Mais elle continua à taire le tourment de sa tentation. Elle trouva une arme puissante pour la combattre dans l'ardente charité qu'elle mit à défendre et à consoler De Pas, lorsque ses ennemis déchaînèrent contre lui leurs tempêtes d'injures, qu'Ana tenait pour pures calomnies.

L'idée de se sacrifier pour sauver cet homme à qui elle devait la rédemption de son esprit s'empara de la dévote. Ce fut comme une passion toute-puissante, une de ces passions qui dominent l'être, et Ana l'accueillit avec plaisir, car elle trouvait ainsi à satisfaire sa soif d'amour, d'un amour qui aurait pour objet quelque chose de sensible, de fini, une créature. « Oui, oui, pensait-elle, je combattrai mon penchant au mal en m'éprenant de ce bien, de ce sacrifice, de cette abnégation. Je suis prête à mourir pour cet homme, s'il le faut... » Mais impossible de mettre en œuvre de telles intentions. Ana cherchait le moyen de se sacrifier pour le Magistral, mais elle ne le trouvait pas. Que pouvait-elle faire pour s'opposer à la violence de la calomnie ? Rien. Rien pour le moment. Mais elle avait bon espoir, peut-être trouverait-elle un jour un moyen d'utiliser au bénéfice de ce *pauvre martyr* cette abnégation à laquelle elle était résolue... En attendant, elle ne pouvait que le consoler, et elle s'y prenait de telle façon que le Magistral devait faire des efforts surhumains pour se maîtriser et ne pas lui exprimer sa reconnaissance en tombant à genoux pour baiser ses pieds menus, élégants et toujours très bien chaussés.

Pendant ce temps, Foja, Mourelo, don Custodio, Guimarán, *El Alerta* et, en coulisses, don Alvaro et Visitación Olías de Cuervo, travaillaient comme des titans pour renverser cette montagne qui les dominait : le pouvoir du Magistral.

La mort de sœur Teresa fut un coup qui ébranla le trône du Grand Vicaire (que ses ennemis plaçaient très haut) et éclipsa pendant un certain temps ce pauvre don Santos Barinaga, mais au bout de quelques semaines celui-ci retrouva l'éclat de son auréole de victime et l'infâme compassion du public perfide se tourna vers lui, empressée, avec une sollicitude de marâtre jouant la comédie de la *seconde mère.* Les Vétustains se moquaient, en général, de la vie ou de la mort de don Santos. Personne n'avait tendu la main pour le tirer de sa misère; on le traitait toujours d'ivrogne; mais, par contre, tous s'indignaient contre le Grand Vicaire, tous maudissaient le responsable d'un tel malheur et ils étaient très satisfaits de croire ou de faire semblant de croire qu'ils faisaient ainsi œuvre de charité.

— Oh, en ce siècle, s'écriait Foja, au Cercle, en ce siècle calomnié par les ennemis de tout progrès, en ce siècle *matérialiste* et *corrompu*, on ne peut plus bafouer impunément les sentiments philanthropiques du peuple, sans qu'une voix unanime s'élève pour protester au nom de l'humanité outragée. Le pauvre don Santos Barinaga, victime du scandaleux monopole de *La Croix Rouge,* meurt de faim dans ce magasin désert, où brillaient autrefois vases sacrés, patènes et ciboires, lampes et candélabres et mille autres objets du culte; il meurt dans cet antre et il meurt d'inanition, messieurs, par la faute du simoniaque que nous connaissons tous : oui, il meurt, il va mourir. Mais celui qui bafoue par des moyens détournés notre code du commerce et les lois de l'Église, en se livrant, bien que prêtre, à des activités mercantiles, celui qui fait mourir de faim un pauvre citoyen comme M. Barinaga, celui-là ne jouira pas longtemps de son œuvre, car l'indignation publique monte, monte comme une marée... et elle finira par engloutir le tyran...!

Mais malgré ce discours et d'autres de ce style, l'idée d'envoyer une poule à don Santos pour qu'on lui prépare un bouillon ne vint jamais à l'esprit de Foja.

Et tous les défenseurs théoriques du commerçant ruiné agissaient de la même façon. Tous disaient d'une même voix qu'il mourait de faim et personne ne lui apportait un morceau de pain. D'ailleurs, rares étaient ceux qui allaient le voir. Foja ne faisait qu'entrer et sortir. S'assurer de la misère et de la maladie du pauvre vieillard était suffisant pour lui et il ressortait vite pour lancer ses imprécations contre l'*autre,* contre le Grand Vicaire, il croyait ainsi servir la bonne cause du progrès et de *l'humanité solidaire.*

La solide réputation d'hérétique que le brave don Santos s'était acquise ces derniers temps, faisait reculer plus d'une âme pieuse qui l'aurait bien volontiers secouru.

Seules les sœurs de Saint-Vincent-de-Paul osèrent s'approcher du grabat du vieillard pour lui offrir l'aide matérielle de la société et le secours spirituel de l'Église.

Mais en vain.

« Heureusement, disait don Pompeyo Guimarán en parlant de cette affaire, heureusement que je me trouvais là pour éviter une telle indignité. »

Don Santos avait donné les pleins pouvoirs à son ami don Pompeyo pour repousser en son nom *toute suggestion* du fanatisme.

Guimarán était très satisfait de « cette *mission délicate* et importante, qui exigeait de sa part de grandes qualités d'énergie et de solides convictions ».

En effet, les envoyés de Saint-Vincent-de-Paul, doña Petronila, c'est-à-dire Constantin le grand, et don Custodio, le prébendier, se présentèrent à la porte du taudis nu et froid où gisait cette victime de l'alcoolisme chronique. La fille de Barinaga, la pâle et sèche bigote, les reçut en pleurnichant dans la boutique vide du rez-de-chaussée. Tous trois parlèrent à voix basse; don Custodio disait des mots, avec de douces intonations sifflantes — imitation du Magistral — à l'oreille de sa pénitente ; il la consolait; et elle, levant ses yeux pleins de larmes, elle les fixait, comme quelqu'un qui cherche appui en un lieu connu et fréquenté, sur ceux de ce prêtre tout sucre et tout miel. Ils montèrent, sur la pointe des pieds, déterminés à tenter une attaque contre l'ennemi.

— Ainsi, don Pompeyo est là-haut? demanda don Custodio dans l'escalier.

— Oui, il ne quitte plus la maison, ces jours-ci; mon père me chasse de son chevet et réclame cet hérétique gâteux...

Don Pompeyo Guimarán entendit la voix du prébendier et il crut reconnaître celle d'un curé. Il se prépara à l'attaque, et essaya de prendre une attitude digne d'un libre penseur convaincu et raisonnable. Il croisa les mains derrière son dos, et se mit à arpenter la misérable pièce à grands pas, faisant craquer le vieux parquet de châtaignier vermoulu. Dans l'alcôve voisine, sans porte, séparée du salon par un rideau sale de percale grenat, on entendait les plaintes répétées et la respiration haletante du malade.

— Qui est là ? demanda don Santos d'une voix faible, sans autre énergie que celle d'une colère impuissante.

— Je crois que ce sont eux; mais ne craignez rien. Je suis là. Quant à vous, silence, il n'est pas bon que vous vous irritiez. Je peux amplement faire face.

L'ennemi entra, et bien que son attitude fût pacifique et que don Pompeyo se proposât d'être très mesuré, dès que doña Petronila ouvrit le bec, l'athée tendit le bras et lui coupa la parole.

— Pardonnez-moi, madame, et que ce digne prêtre catholique me pardonne aussi... mais vous vous trompez; ici, on ne reçoit pas d'aumônes conditionnelles...

— Comment cela, conditionnelles... ? demanda don Custodio en y mettant les formes.

— Ne vous fâchez pas, cher ami, votre mission sur cette terre est tout autre, à ce que je crois. Voyez comme je parle, moi, très calmement...

— Mais il me semble que je n'ai rien dit...

— Vous avez dit : « Comment cela, conditionnelles ? » A moi, on ne m'en impose pas, que l'on s'habille par les pieds ou par la tête. Je ne hais pas le clergé systématiquement, mais j'exige une bonne éducation chez toute personne cultivée.

— Monsieur, nous ne venons pas ici pour chercher dispute, mais pour exercer la charité...

— Conditionnelle...

— Mais que diantre chantez-vous là ? s'écria doña Petronila, qui ne comprenait pas pourquoi il fallait avoir tant d'égards pour un athée à moitié fou. Vous n'avez aucune autorité dans cette maison, ajouta-t-elle, cette demoiselle est la fille de don Santos et c'est avec elle et avec lui que nous voulons nous entendre. Nous venons offrir spontanément le secours que notre société prête...

— A la condition d'une rétractation indigne, je sais. Don Santos m'a délégué tous les pouvoirs de son autonomie religieuse, en son nom, et le plus courtoisement du monde, je vous somme de vous retirer...

Don Pompeyo tendit la main vers la porte et resta un moment à contempler son bras tendu, symbole de son énergie.

Mais il dut le baisser, car doña Petronila répliqua qu'elle n'était pas disposée à recevoir des ordres de quelqu'un qui se mêlait de ce qui ne le regardait pas...

— Madame, ceux qui se mêlent des affaires des autres, c'est vous. On ne vous a pas appelés, et on n'a pas besoin de vous; on n'admet ici que la charité qui n'exige pas certificat de communion.

— Mais nous ne demandons pas de certificat...

— Monsieur le curé, n'essayez pas de m'embobeliner avec vos arguties de séminaire; la philosophie moderne à démontré que la scolastique est un tissu d'enfantillages, et je sais pourquoi vous êtes ici. Vous voulez acheter les convictions profondes de mon ami pour un plat de lentilles; un bol de bouillon pour la confession d'un dogme; cent sous pour une apostasie... c'est indigne!

— Mais, monsieur...!

— Monsieur le curé, finissons-en. Don Santos est prêt à mourir sans confession et sans communion, il ne reconnaît pas la religion de ses aînés. Telles sont ses décisions irrévocables. Alors, consentez-vous, à ce prix, à l'assister, à le soigner, à lui donner la nourriture et les médicaments dont il a besoin?

— Mais, mon cher monsieur...

— Ah...! Votre cher monsieur... Je disais bien! Vous voyez, je ne me laisse pas abuser par la scolastique !

— Nous voulons parler de tout cela, et de bien d'autres choses encore, avec l'intéressé, rétorqua Constantin le Grand.

— Eh bien, non...

— Eh bien, si...

— Madame, sauf le respect dû à votre sexe, je suis disposé à vous jeter tous dans l'escalier si vous persistez dans votre indécente audace...

Et don Pompeyo se plaça devant le rideau de percale pour barrer le passage à l'évêque-mère.

— Qui va là ? Qui va là ? cria Barinaga de l'intérieur, d'une voix rauque et haletante.

— C'est Saint-Vincent-de-Paul, répondit Guimarán.

— Sacrebleu! Dehors... Vous n'avez pas de balai, don Pompeyo ? Que le diable les emporte... infâmes... N'y a-t-il pas aussi un curé... ?

— Oui, monsieur, il y a...

— C'est sûrement le Magistral, ce voleur, ce *ratichon,* celui qui m'a ruiné... et il vient me narguer... Oh, si je me lève... ! Mais qu'attendez-vous donc pour les rouer de coups de bâton ? Hors de chez moi... La justice... n'y a-t-il plus de justice ? N'y a-t-il pas de justice pour les pauvres ?

— Calmez-vous, ce n'est pas le Grand Vicaire.

— Mais si, mais si, je le sais bien. Vous ne voyez pas qu'il est le maître de la basse-cour, le président de Saint-Vincent-de-Paul... ? Entrez, entrez donc, espèce de bandit... et vous allez voir avec quelle arme digne de vous je vous casse la tête...

— Du calme, mon ami, du calme; je n'ai besoin de personne pour congédier très courtoisement ces messieurs.

— Non, non, si c'est le Grand Vicaire, laissez-le entrer, je veux le tuer de mes mains... Qui pleure là ?

— C'est votre fille.

— Ah, espèce de grosse hypocrite, si je me lève, méchante pécore ! Elle fait mourir son père de faim, met des grains de chapelet et des cheveux dans le bouillon, m'envoie à la figure la poussière du salon, part à la messe à l'aube et revient à l'heure du repas... infâme, si je me lève!

— Père, au nom de Dieu, de Notre Dame du Bon Amour, calmez-vous... Doña Petronila est là, un prêtre est là...

— Ce doit être ton cher don Custodio... celui qui t'a ravie à moi... le joli-cœur du chapitre... Ah, traînée, si je vous attrape tous les deux...!

— Jésus, Jésus! Partons d'ici, s'écria doña Petronila en cherchant l'escalier.

Mais ils ne purent pas partir aussi vite qu'ils l'auraient voulu, car la fille de son Santos tomba évanouie. Ils la descendirent dans la boutique pour la délivrer des cris furieux et des injures de son père. Don Pompeyo resta maître de la place, et il se remit à arpenter la pièce; il alla, ensuite, à la cuisine écumer le misérable pot-au-feu de don Santos.

« Ici, il n'y avait d'autre charité que la sienne. Il ne pouvait certes pas donner grand-chose à son ami, car sa propre famille, si nombreuse, avait à peine le nécessaire, mais le malade ne manquerait ni de sollicitude, ni d'attention. »

Il revint peu après, soufflant sur un liquide blanchâtre et fumant où flottaient des particules de charbon.

Il le fit boire à don Santos, tout en soutenant sa tête tremblante et en évitant qu'il prît la tasse entre ses mains décharnées, qui tremblaient aussi.

C'est de cette façon que don Pompeyo resta maître du terrain. Maintenant, il ne pensait qu'à assurer le *triomphe de ses idées,* et pour cela, il était nécessaire de monter la garde le plus longtemps possible auprès du malade, pour éviter que la fille de don Santos n'introduisît subrepticement « l'élément clérical ».

Guimarán se levait de bonne heure pour se précipiter chez Barinaga, où il restait presque toujours jusqu'à l'heure du dîner, et il expédiait en un clin d'œil cette *nécessité matérielle,* houspillant la servante, sa femme et ses filles :

— Allez, allez... assez caqueté, la soupe... on m'attend...

Il mangeait, ramassait les croûtons de pain qui restaient sur la table, prenait un peu de sucre, quelques restes, fourrait tout cela dans sa poche et partait en courant.

Certains soirs, il rentrait chez lui en criant :

— Voyons, voyons! Mes pantoufles et la bouteille d'anis, aujourd'hui, je veille don Santos.

L'épouse de don Pompeyo soupirait, donnait les pantoufles suisses et la bouteille d'alcool, et le maître de maison s'éclipsait.

Foja, Orgaz père et fils, Gloucester « à titre personnel, non en tant que prêtre », don Alvaro Mesiá, les libres penseurs qui mangeaient solennellement de la viande durant la Semaine Sainte, certains des participants aux soupers clandestins du Cercle, les rédacteurs de *El Alerta* et de nombreux autres ennemis du Grand Vicaire rendaient parfois visite à don Santos; tous compatissaient à sa misère, entre mille protestations de colère mal contenue. « Oh, l'homme qui avait réduit M. Barinaga à une telle situation était bien misérable et il méritait d'être publiquement exécré. » Mais c'était tout. Presque personne n'osait laisser une aumône « pour ne pas offenser la susceptibilité du malade ». Beaucoup proposaient de le veiller si cela s'avérait nécessaire.

Don Pompeyo recevait les visites comme s'il était le maître de maison, et Celestina devait supporter cela, car son père l'exigeait.

— Il est mon fils unique... fille dénaturée... mon unique père, mon unique ami... Toi, tu es de trop ici... mauvaise fille...! Sainte nitouche...! criait l'ivrogne moribond du fond de son alcôve.

La maladie empira avec les fortes gelées que novembre apporta en cette fin d'année.

Le premier jour de décembre, Celestina décida, en accord avec don Custodio, de lancer une ultime attaque pour que son père accepte les derniers Sacrements.

Lorsque, ce matin-là, sur les huit heures, don Pompeyo entra, en soufflant sur ses doigts, la bigote l'arrêta dans la boutique abandonnée, froide et pleine de souris.

La jeune fille employa tous les moyens possibles; elle demanda, supplia, se mit à genoux, les mains jointes, pleura... Ensuite, elle exigea, menaça, insulta : tout fut inutile.

— Parlez-en à votre papa, disait Guimarán pour toute réponse. Je ne fais qu'exécuter sa volonté.

Celestina, désespérée, s'approcha du lit de son père, elle pleura encore, à genoux, la tête enfouie dans le pauvre matelas, tandis que don Santos répétait d'une voix calme et faible empreinte d'une majesté particulière, faite de douleur, de folie, d'abjection et de misère :

— Hors de ma présence, sainte nitouche! Aussi vrai qu'il y a un Dieu dans le ciel, je te maudis toi et ta prêtraille... Dehors, tous... Que personne n'entre dans ma boutique, ils ne me laisseront même pas un ciboire... même pas une médaille... Et cette lampe, espèce de bandit! Et toi, fille perdue, ne cache pas sous ton tablier... ça... ça... ce sacrement... Hors d'ici...!

— Père, père, par pitié... acceptez des Saints Sacrements!

— Ils me les ont tous volés... et les lampes... et toi tu les aides... tu es complice... En prison!

— Mon père, monsieur, ayez pitié de votre fille... les Sacrements... acceptez-les... acceptez-les...

— Non, je n'en veux pas... Soyons raisonnables. Un lot de sacrements... pour quoi faire ? Si j'accepte de le prendre... il va rester à pourrir dans la boutique... Le Grand Vicaire leur interdit d'acheter chez moi... Et eux, mes pauvres curés de campagne... que voulez-vous qu'ils fassent... ?

Les malheureux! Ils le craignent... ils le craignent... L'infâme! Les malheureux!

Et don Santos se redressa comme il put et, la tête sur la poitrine, pleura en silence.

— Les malheureux ! répétait-il par intermittence.

Celestina sortit en sanglots de la chambre.

« Son père avait perdu la tête. Il ne pourrait plus se confesser s'il ne recouvrait pas la raison... et seul Dieu pouvait faire ce miracle. »

— Il ne peut pas, ne veut pas et ne doit pas, s'exclama don Pompeyo, les bras croisés, inflexible, décidé à ne pas se laisser attendrir par la douleur d'autrui.

Le jour de l'Immaculée Conception, très tôt, le docteur Somoza annonça que don Santos mourrait à la tombée de la nuit.

Le malade perdait fréquemment l'usage du peu de raison qu'il avait encore; il fallait quelque forte impression pour redonner de la cohérence aux rares propos qu'il tenait. L'arrivée de don Robustiano, c'est-à-dire de la science, attirait son attention sur l'extérieur. A midi, Celestina lui annonça que M. Carraspique voulait le voir. Cet honneur inattendu réveilla tout à fait le moribond. Carraspique, sans saluer don Pompeyo qui resta, toujours les bras croisés, à la porte de la chambre, se mit au chevet de Barinaga en compagnie d'un prêtre, le curé de la paroisse. C'était un vieillard au visage sympathique, à la voix douce; il parlait avec un accent du pays très prononcé. Carraspique, à qui autrefois don Santos avait emprunté de l'argent, avait une certaine autorité sur le malade; ils ne se parlaient plus depuis des années, mais ils s'estimaient, malgré leurs idées et la froideur qui, avec le temps, s'était installée dans leurs relations.

Barinaga, poliment, avec une recherche dans le langage peu ordinaire chez lui, refusa de céder aux prétentions de l'illustre carliste et du croyant sincère qu'était don Francisco Carraspique.

— Tout cela ne sert à rien... l'Église m'a ruiné... je ne veux plus avoir affaire avec l'Église... Je crois en Dieu... je crois en Jésus-Christ... qui était... un grand homme... mais je ne veux pas me confesser, monsieur Carraspique, et je regrette... d'avoir à vous contrarier. D'ailleurs... je suis sûr... que ce que j'ai... peut se soigner... ou du moins... se... se... avec de la fine... Si je meurs, croyez-moi, c'est par manque de liquides... gazeux... et solides...

Don Santos souleva légèrement la tête et reconnut le curé de la paroisse.

— Don Antero... vous aussi... vous êtes là... j'en suis enchanté... ainsi... vous pourrez porter témoignage... en tant que greffier... spirituel... si on peut dire... de ce que je dis... pour tout testament : moi, Santos Barinaga, je meurs... par manque de liquides suffisamment... alcoolisés... car je meurs... de ce... que le docteur appelle... un collapuce... ou un collarusse... Secundo...

Il s'interrompit : un accès de toux le faisait étouffer. Il le surmonta et, ramenant sur son menton le revers sale du drap déchiré, poursuivit :

— Item : je meurs par manque de tabac... Autre item... je meurs... par défaut d'alimentation... saine... Et la faute en incombe à M. le Magistral et à madame ma fille...

— Allons, don Santos, se risqua à dire le curé, ne faites pas souffrir cette pauvre Celesta. Parlons d'autre chose. Il n'est pas question de mourir, ni rien de tout cela... vous allez bientôt vous rétablir... Cette après-midi, je vais vous apporter, très solennellement, ce dont vous avez besoin, mais auparavant il faut que nous parlions un instant entre nous. Et ensuite... ensuite... vous recevrez le Pain de l'âme...

— Le pain du corps! cria le moribond dans un effort suprême, avec toute la colère dont il était capable. C'est du pain du corps dont j'ai besoin...! Car Dieu m'est témoin... je meurs de faim! Oui, le pain du corps... car je meurs de faim... de faim...!

Ce furent ses dernières paroles cohérentes. Peu après, le délire commença. Celestina pleurait au pied du lit. Don Antero, le curé, les bras croisés, se promenait dans le salon misérable dont le plancher grinçait sous ses pas. Guimarán, les bras croisés aussi, entre la chambre et le salon, admirait ce qu'il appelait la mort du juste. Carraspique s'était précipité à l'Évêché.

Il arriva et raconta toute l'histoire ; l'Évêque priait devant une image de la Vierge, et, en apprenant que don Santos refusait de recevoir le Corps du Seigneur et de se confesser, il éleva ses mains jointes... et, avec des larmes dans sa voix douce et majestueuse, s'exclama :

— Bonne mère, mère de Dieu, éclaire ce malheureux...!

Le brave Fortunato était tout pâle; sa lèvre inférieure, un peu épaisse, tremblait tandis qu'il balbutiait ses secrètes prières.

Le Magistral, les mains dans le dos, arpentait la chambre rouge tendue de damas.

Carraspique, qui portait le deuil de sa fille récemment décédée, regardait don Fermín, les yeux baignés de larmes.

« Don Fermín souffrait », pensait le pauvre don Francisco; involontairement et non sans grands remords, il s'en réjouissait un peu; il goûtait le plaisir d'une vengeance... « irrationnelle... injuste... tout ce qu'on voudra... mais dont il éprouvait de la jouissance en se souvenant de sa défunte fille ».

Oui, don Fermín souffrait. « La bêtise du détaillant d'en face compliquait les choses. »

De Pas n'était plus celui qui avait éprouvé des remords romantiques, ce soir de pleine lune où il avait vu don Santos traîner sa dégradation et sa misère dans le ruisseau; il n'était plus maintenant qu'un égoïste ne vivant que pour sa passion; oui, il détestait tout ce qui pouvait troubler l'indicible ravissement dans lequel le plongeait la présence d'Ana; oui, il aimait tout ce qui était capable d'apporter une solution au terrible conflit, de plus en plus terrible, de ses sens réfrénés et de la pureté éternelle de son sentiment. Rien d'autre au monde n'existait. « Et voilà que don Santos mourait dans le scandale, mourait comme un chien, et qu'il allait falloir l'enterrer dans ce trou immonde, qui était à l'abandon derrière le cimetière et servait aux *enterrements civils*; et tout cela serait de sa faute, et tout Vetusta allait lui tomber dessus. » On entendait déjà gronder l'émeute et le Camard venait à chaque instant lui dire comment la rue de don Santos et sa boutique se remplissaient de gens, d'ennemis du Magistral.. que dans les groupes on le traitait d'assassin – car il obligeait le Camard à lui dire la vérité sans détour – d'assassin, de voleur... Le Magistral en était là de ses réflexions quand, ne pouvant se maîtriser plus longtemps, il frappa le sol du pied. Carraspique sursauta. L'Évêque qui sortait de son oratoire, les mains jointes, s'approcha du Grand Vicaire.

— Pour l'amour de Dieu, Fermo, pour l'amour de Dieu, je te demande de me laisser...

— Quoi donc?

— Y aller moi-même; voir cet homme... je veux le voir moi-même... à moi, il m'obéira... je réussirai à le persuader... Qu'on amène une voiture si tu ne veux pas qu'on me voie, une carriole, une charrette... ce que tu voudras... je vais aller le voir, oui, je vais aller le voir...

— Vous n'y pensez pas, Monseigneur, c'est une folie! rugit le Grand Vicaire en secouant la tête.

— Mais, Fermo, c'est une âme qui se perd...!

— Il ne faut pas sortir d'ici... L'Évêque... aller voir... cet hérétique obstiné... absurde...

— Justement, Fermo...

— Bah, bah! *Les Misérables,* toujours la même comédie... La scène du Conventionnel, n'est-ce pas? Je vois cela d'ici : don Santos, un ivrogne insolent qui pourrait sans vergogne cracher au nez de l'Évêque; don Pompeyo qui discuterait avec Monseigneur sur l'existence ou la non-existence de Dieu... Il ne faut pas y penser. Bouger d'ici? Absurde!

Il y eut quelques instants de silence, Carraspique, seul témoin de la scène, tremblait et admirait avec effroi le pouvoir du Magistral et son énergie.

« C'était vrai, Monseigneur était bien sous sa coupe. » Puis don Fermín ajouta :

— En outre, il ne servirait à rien d'y aller. M. Carraspique l'a dit... Barinaga a déjà perdu connaissance, n'est-ce pas? C'est trop tard, il n'y a plus rien à faire. C'est comme s'il était déjà mort.

Carraspique, avec beaucoup d'appréhension, mais poussé par le pieux désir de sauver don Santos, se risqua à dire :

— Pourtant, peut-être... On voit pas mal de cas...

— Des cas de quoi? demanda le Magistral, le ton et le regard tranchants comme des lames de rasoir. Des cas de quoi ? répéta-t-il parce que l'autre s'était tu.

— Le délire peut passer et le malade retrouver la raison.

— N'y comptez pas. D'ailleurs, le curé est sur place... Don Antero est là pour cela... Monseigneur ne peut... ne sortira pas d'ici!

Il ne sortit pas.

Le Camard, c'est-à-dire Campillo, lui, ne cessait d'entrer et de sortir, parlait à l'oreille de don Fermín et retournait dans la rue recueillir des rumeurs et épier l'ennemi. Lequel prenait des allures menaçantes dans l'étroit raidillon où vivait don Santos, presqu'en face de chez le Magistral. C'était la rue *des Chanoines,* une des plus laides et des plus aristocratiques de la Encimada.

Ce jour-là, à la tombée de la nuit, il fallait jouer des coudes et des épaules pour se frayer un passage devant la boutique triste et nue de Barinaga. Ses amis, dont le nombre avait prodigieusement augmenté en quelques heures, barraient le trottoir et arrivaient jusque dans le caniveau, divisés en petits groupes qui chuchotaient, se faisaient et se défaisaient.

On y reconnaissait Foja, les deux Orgaz et quelques membres du Cercle qui participaient aux repas mensuels où l'on conspirait contre le Grand Vicaire. L'ancien maire était partout, il ne cessait d'entrer et de sortir, il redescendait de chez don Santos avec des nouvelles, ses amis l'entouraient.

— Il est à l'agonie.

— Mais il a encore toute sa connaissance?

— Absolument, comme vous et moi. Ce n'était pas vrai : Barinaga agonisait en parlant, mais sans savoir ce qu'il disait; ses phrases étaient incohérentes; il mêlait sa haine du Magistral aux reproches contre sa fille. Tantôt il se lamentait comme le roi Lear, tantôt il jurait comme un charretier.

— Et dites-moi, monsieur Foja, y a-t-il un curé là-haut ? On dit que le Magistral en personne est venu...

— Le Magistral ? Il ne manquerait plus que cela! Ce serait ajouter le sarcasme à la... au... Non, il ne viendra pas. C'est don Antero qui est là-haut, le curé de la paroisse, un bien brave homme, le pauvre, un fanatique digne de pitié qui croit faire son devoir... mais il peut toujours causer... Don Santos était un homme de fermes convictions.

— Comment cela, était? Alors il est mort? demanda quelqu'un qui arrivait juste.

— Non, monsieur, il n'est pas mort. Je dis cela parce qu'il a déjà plus d'un pied dans la tombe.

— D'après ce qu'on dit, don Pompeyo a fait preuve de beaucoup d'énergie, lui aussi...

— Lui aussi...

— Mais c'est plus facile quand on a la santé.

— Et comme ce n'est pas lui non plus qui est concerné...
— Il va mourir cette nuit.
— Le docteur n'est pas revenu.
— Somoza affirmait qu'il mourrait cette après-midi.
— C'est bien pourquoi il n'est pas revenu, parce qu'il s'est trompé...
— Le curé dit qu'il tiendra jusqu'à demain.
— Et il meurt de faim.
— On dit que c'est lui-même qui l'a dit.
— Oui, monsieur, ce furent même ses dernières paroles sensées, précisa Foja, en se contredisant.
— On dit qu'il a dit : « C'est du pain du corps dont j'ai besoin, car Dieu m'est témoin, je meurs de faim! »

Orgaz fils laissa échapper un éclat de rire qu'il essaya d'étouffer avec le revers de sa cape.

— C'est cela, riez donc jeune homme, c'est vraiment le moment.
— Mais je ne ris pas du moribond... je ris du trait d'esprit.
— De cette grande leçon, devriez-vous dire.
— Il meurt de faim, c'est un fait; on lui donne une hostie consacrée, que je respecte, que je vénère, mais on ne lui donne pas le moindre bout de pain. Ainsi parla un maître d'école poursuivi pour son libéralisme... et par la faim.
— Je suis aussi catholique que n'importe qui, dit un maître armurier de la Vieille Usine portant une longue barbiche grise et frisée, socialiste chrétien à sa manière, je suis aussi catholique que n'importe qui, mais je crois qu'aujourd'hui, on devrait traîner le Magistral jusqu'à ce réverbère et l'y pendre, pour lui permettre de voir sortir l'enterrement...
— Le fait est, messieurs, fit observer Foja, que si don Santos meurt hors du giron de l'Église, comme un juif, il le doit à M. le Grand Vicaire.
— C'est sûr.
— De toute évidence.
— Qui en doute?
— Et dites donc, monsieur Foja, il ne va pas être inhumé en terre consacrée, n'est-ce pas?
— C'est aussi mon avis : les canons parlent d'eux-mêmes; je veux dire que les règlements synodaux sont formels. Et il rougit quelque peu, parce qu'il ne savait pas si les canons parlaient d'eux-mêmes ou pas, ni si les règlements synodaux envisageaient ce cas.
— En sorte qu'on va l'enterrer comme un chien!
— Ce n'est pas le plus grave, dit le maître armurier de l'Usine, la terre tout entière est consacrée par le travail de l'homme.
— Et puis, une fois qu'on est mort...
— Tout doux, messieurs, tout doux, interrompit Foja qui ne voulait pas manquer d'utiliser l'arme mise entre ses mains pour attaquer le

Magistral. Sur ce genre de problèmes, on ne peut se prononcer philosophiquement. Philosophiquement, c'est évident, qu'est-ce que cela peut vous faire d'être enterré n'importe où. Mais la famille ? Et la société ? Et l'honneur ? Vous savez tous que dans notre cimetière *municipal* et il souligna le mot, l'emplacement destiné aux morts... disons non catholiques...

Orgaz fils sourit.

— Oui, je sais, jeune homme, je sais que j'ai commis un *lapsus.* Mais ne soyez pas si terre à terre.

Le groupe des progressistes et des socialistes sérieux regarda en *masse* et avec mépris le jeune docteur impertinent.

Et le socialiste chrétien déclara :

— Ici, on ne l'est que trop; la lettre tue, monsieur, et je dis et je répète qu'en Espagne, les orateurs... nous en avons à revendre...

— C'est que vous ne parlez pas si mal que cela; souvenez-vous de notre défunt club, monsieur Parcerisa...

Et Orgaz fils donna une petite tape sur l'épaule de l'homme de l'Usine.

Parcerisa sourit, satisfait.

La conversation s'égara. On discuta sur la question de savoir si la Mairie disputait ou non, avec suffisamment d'énergie, l'administration du cimetière à l'Évêque.

Pendant ce temps, amies et amis, curés et laïcs montaient et descendaient pour voir le malade ou sa fille. Don Pompeyo avait fait emmener Celestina dans sa chambre où la bigote recevait ses coreligionnaires et les prêtres venus la consoler. Guimarán ne laissait entrer dans le salon que les esprit forts ou, tout au moins, s'ils n'étaient pas aussi forts que lui, ce qui était difficile, ceux qui étaient partisans de laisser un moribond « expirer dans la confession qu'il voulait, ou sans aucune religion, si c'était ce qui lui convenait ».

— Une mort glorieuse! disait don Pompeyo à l'oreille de tout ennemi du Grand Vicaire venu s'apitoyer in extremis sur la misère de Barinaga. Une mort glorieuse! Quelle énergie! Quelle force de caractère! A côté, la mort de Socrate n'est rien... parce que personne n'a demandé à Socrate de se confesser.

Ceux qui montaient ou descendaient jetaient un coup d'œil, en passant dans la boutique abandonnée, sur les rayons vides et la vitrine couverte de poussière et fermée de l'extérieur par de vieilles planches disjointes.

Sur le comptoir couleur chocolat, une lampe à pétrole éclairait à peine le triste magasin dont la nudité faisait froid dans le dos. Ces étagères vides représentaient à leur façon l'estomac de don Santos. Le reste du stock, qui avait séjourné là pendant des années, sous la poussière, il l'avait vendu pour une bouchée de pain à un commerçant de village; le produit de cette liquidation misérable avait permis au pauvre Barinaga de subsister et de boire pendant la dernière partie de sa vie. Maintenant, les souris rongeaient les planches des étagères et la consomption rongeait les entrailles du boutiquier.

Il mourut au petit matin.

Les brumes du Corfín sommeillaient encore sur les toits et au long des rues de Vetusta. La matinée s'annonçait tiède et humide. Une lumière cendreuse pénétrait par tous les interstices comme une poussière sale et poisseuse. Don Pompeyo avait passé la nuit au chevet du moribond, seul, complètement seul parce qu'on ne pouvait compter un vieux chien d'appartement qui ne tenait plus sur ses jambes et ne sortait jamais. Guimarán ouvrit la fenêtre en grand; un courant d'air humide agita le rideau en percale et la lumière du jour, triste et plombée, tomba sur le cadavre livide et encore tiède.

A huit heures, on fit sortir Celestina de la « maison mortuaire » et à dix heures, le corps fut mis dans sa caisse de sapin, lisse et étroite, déposé sur le comptoir de la boutique vide.

On ne revit plus un seul prêtre ni aucune bigote dans les parages.

— Tant mieux, disait don Pompeyo, qui était partout.

— Les corbeaux n'ont rien à faire ici, s'exclamait Foja, qui était partout lui aussi.

— Il faut que ce soit une manifestation, disait l'ancien maire à ses nombreux coreligionnaires et autres ennemis du Magistral réunis dans la boutique, au pied du cadavre. Il faut que ce soit une manifestation : le gouvernement ne nous en permet pas d'autres, profitons de la circonstance. En outre, c'est d'une totale iniquité : ce pauvre vieux est mort de faim, assassiné par les accapareurs sacrilèges de *La Croix Rouge.* Et maintenant, comble du déshonneur et du sarcasme, on lui refuse une sépulture chrétienne comme il faut et on va devoir l'enterrer dans les décombres, là-bas, derrière le nouveau mur, dans ce dépotoir que ces infâmes destinent aux enterrements civils...

— Mort de faim et enterré comme un chien! s'exclama le maître d'école poursuivi pour ses idées.

— Oh, il faut protester bien haut!

— Oui, oui!

— C'est une iniquité!

— Il faut faire une manifestation!

Parmi ces conjurés il y en avait pas mal qui sentaient l'Évêché, c'étaient des amis de l'Archidiacre, de l'implacable Mourelo qui conspirait dans l'ombre.

— Dites voir, monsieur Sousa, vous qui rédigez les dépêches dans *El Alerta...* Il faut que vous retardiez un peu la sortie du numéro d'aujourd'hui, qu'on ait le temps d'insérer quelque chose...

— Mais bien sûr, je vais à l'instant même à l'imprimerie et, sur le marbre, avec toute l'énergie permise par la loi, cette loi scélérate sur l'imprimerie, je vais rédiger un entrefilet convoquant les libéraux, les amis de la justice, etc., etc. Ne vous inquiétez pas, monsieur Foja.

— Intitulez-le : *Enterrement civil.*

— Entendu, comptez sur moi.

— En gros caractères.

— Gros comme le poing, vous allez voir.

— Cela pourra tenir lieu de faire-part à tout le peuple libéral...

— Ceux de l'Usine pourront venir?

— Je pense bien! s'exclama Parcerisa. Je m'en vais de ce pas chauffer les nôtres. Le gouvernement ne peut pas nous interdire cela...

— Du moment qu'il n'y a pas de désordre...

L'enterrement eut lieu à la tombée de la nuit. Seul moyen de permettre aux ouvriers de l'Usine d'y assister.

Il pleuvait. De fins filets d'eau paresseux tombaient à l'oblique.

La rue se couvrit de parapluies.

Le Magistral, qui était à l'affût derrière les vitres de son bureau, vit comme un fond brun et noir; et soudain, comme si on l'avait élevée sur un pavois, surgit au-dessus de tout cela une caisse noire, longue et étroite, qui en sortant de la boutique, se pencha en avant et s'arrêta, comme indécise. C'était don Santos qui sortait de chez lui pour la dernière fois. Il avait l'air d'hésiter entre affronter la pluie ou rentrer à la maison. Il sortit; le cercueil disparut sous un flot de soie et de percale sombre. Sur le balcon au-dessus de la porte, un petit chien noir et sale passa la tête entre les barreaux : le Magistral le regarda avec terreur. L'animal tendit le cou, cherchant à voir ce qui se passait dans la rue, et ses oreilles se dressèrent. Il aboya après le cercueil et les parapluies, et rentra. On l'avait oublié dans le salon que don Pompeyo avait fermé à clé.

Guimarán, en redingote noire, menait le deuil.

Devant la bière, s'avançaient, en files, de nombreux ouvriers et quelques petits commerçants accompagnés de cordonniers et de tailleurs, qui récitaient des Notre-Père.

Guimarán avait proposé d'observer le silence.

« Le grand Barinaga, ce martyr des idées, était mort hors de toute confession chrétienne; donc, il était contradictoire... »

— Allons, allons, s'était exclamé Foja avec mauvaise humeur. Ne soyons pas intransigeants, ne poussons pas trop loin. Cela fera meilleur effet si on dit des prières.

— Ce n'est pas une manifestation anticatholique, fit observer le maître d'école.

— Elle est anticléricale, dit un autre libéral endurci.

— C'est le Grand Vicaire qui est visé, déclara une créature imberbe, de la police secrète de Gloucester.

On convint donc de dire des prières et il y eut des prières. *Requiescat in pace*, récitait Parcerisa d'une voix solennelle à la fin de chacune d'elles.

Et ceux qui défilaient derrière lui, portant des flambeaux allumés, reprenaient : *requiescat in pace.*

Ni le latin, ni les cierges n'étaient du goût de don Pompeyo, mais il fallait transiger.

« Tout cela était contradictoire, mais Vetusta n'était pas mûre pour un véritable enterrement civil. »

Les femmes du peuple qui prenaient l'eau aux fontaines publiques, les rubanières et les cousettes qui d'une démarche nonchalante arpentaient la rue du Commerce et le Boulevard, traînant leurs pieds mal chaussés dans la boue, les servantes qui allaient faire les courses pour le souper, le panier sous le bras, toutes s'attroupaient au passage de l'enterrement et, à une grande majorité, condamnaient l'audace qu'il y avait à enterrer « un chrétien » (synonyme d'homme) en se passant de curés. Quelques grandes et belles filles mal attifées, célébraient haut et fort cette idée.

L'une d'elles cria même :

— Ouais, bien fait pour la curaille!

Cette audace en provoqua une autre de l'autre bord :

— *Espèces* de juifs, va ! s'exclama une fille de joie en donnant force coups de sabot dans le dos de ses connaissances, des manœuvres et des tailleurs de pierre.

En queue de cortège, il y avait une petite délégation du sexe faible; mais d'après les porteuses de paniers et les habituées des fontaines publiques, c'étaient « des femmes pas comme il faut ».

— Va donc, eh, fille de rien!

— Où allez-vous comme ça, coureuses?

Et les féales de don Pompeyo riaient aux éclats faisant ainsi la démonstration de la fragilité de leurs convictions. La nuit était proche; le cimetière était encore loin et il fallut presser le pas.

La pluie se mit à tomber à la verticale, mais en de plus grosses gouttes, dont le crépitement lugubre faisait résonner les parapluies ruisselant d'eau de toutes leurs baleines. Les têtes des curieux remplissaient les fenêtres des balcons qui s'ouvraient et se refermaient.

On contemplait généralement le spectacle avec une curiosité amusée, avec un peu de mépris. « Mais la culpabilité du Magistral n'en apparaissait que plus grande. Ce pauvre don Santos était mort comme un chien par la faute du Grand Vicaire, il avait renié la religion par la faute du Grand Vicaire, il était mort de faim et sans sacrements par la faute du Grand Vicaire. »

« Et maintenant, les révolutionnaires, qui ne ratent aucune occasion, profitent de la circonstance pour se manifester... »

« Et par la faute du Grand Vicaire... »

« A trop tirer sur la corde... »

« Cet homme nous mènera tous à notre perte. »

Tels étaient les commentaires aux balcons. Fenêtres refermées, les critiques continuaient à l'intérieur. Ce soir-là, De Pas perdit beaucoup d'amis.

Sans qu'on sache comment, à Vetusta on considéra bientôt comme *un lieu commun*, comme une vérité d'évidence que Barinaga était mort comme un chien par la faute du Grand Vicaire.

Les amis que don Fermín avait encore reconnaissaient qu'on ne pouvait lutter, pour le moment en tout cas, contre cette affirmation injuste mais si couramment admise.

L'enterrement laissa derrière lui la grand-rue de la Colonia, transformée en un bourbier d'un kilomètre de long, et commença à gravir la côte au bout de laquelle était le cimetière. A nouveau la pluie fouettait le cortège à l'oblique, poussée par le vent jusque sous les parapluies. Il tombait des cordes. Un nuage noir, en forme d'oiseau monstrueux, recouvrait la ville et projetait sur le cortège cette furieuse averse. On aurait dit qu'il chassait tous ces gens de Vetusta, sous les sifflets du vent qui leur soufflait à pleine gueule dans le dos.

On montait la côte d'un bon pas. La percaline dont on avait recouvert le misérable cercueil était déchirée en deux ou trois endroits; on voyait la blanche chair du bois ruisselant d'eau. Les porteurs ballottaient le corps dans tous les sens. La fatigue et une certaine superstition inconsciente leur avaient fait perdre une grande part du respect dû au défunt. Tous les flambeaux s'étaient éteints et ils dégoulinaient d'eau au lieu de cire. On parlait tout haut dans les rangs.

— Pressons, pressons! entendait-on à chaque instant.

Certains se permettaient de faire des plaisanteries sur la tourmente. Dans le deuil, on manifestait plus de retenue, mais tout le monde était d'accord sur la nécessité de hâter le pas.

Ces éléments en furie firent naître chez beaucoup de moroses inquiétudes.

Don Pompeyo avait les pieds trempés, et il était bien connu que l'humidité lui faisait le plus grand mal, le rendait nerveux et cela le refroidissait dans son ardeur.

« Dieu n'existe pas, c'est évident, songeait-il, mais s'il existait, on pourrait croire qu'il est en train de nous corriger à coups de fouet avec ces diables d'averses. »

Ils arrivèrent enfin en haut de la côte, au sommet de la colline. Le mur du cimetière se détachait sur la clarté plombée du ciel comme une frange noire sur l'horizon. On ne voyait rien distinctement. Les cyprès se balançaient derrière le mur; on aurait dit des fantômes se parlant à l'oreille, tramant quelque chose contre ces audacieux qui venaient troubler la paix du cimetière.

Le cortège s'arrêta à la porte. On fit quelques difficultés pour le laisser entrer. Certains détails avaient été oubliés et la mauvaise foi du fossoyeur (peut-être aussi celle du chapelain) mettait des obstacles de type réglementaire.

— Voyons, où est Foja ? cria don Pompeyo qui n'avait plus le moral pour livrer une nouvelle bataille à l'obscurantisme clérical.

Foja n'était pas là. Personne ne l'avait vu dans le cortège.

Don Pompeyo se sentit atteint au moral. « Je suis seul; ce capitaine Fracasse m'a laissé tomber. »

Mais il prit son courage à deux mains et, soutenu par l'indignation générale, il s'imposa. Le cortège pénétra dans le cimetière, mais pas par la grande porte, par une espèce de brèche ménagée dans le mur de l'enclos immonde, exigu, plein d'orties et d'ajoncs, où l'on enterrait ceux qui mouraient hors de l'Église catholique. Ils étaient très peu nombreux. Le fossoyeur actuel ne se souvenait que de trois ou quatre enterrements comme celui-ci.

Le cortège funèbre se sépara sans autre cérémonie, dispersé par le vent qui lui donnait la discipine à coups d'eau glacée.

Don Pompeyo quitta le cimetière le dernier. « C'était de son devoir. »

La nuit était tombée. Il s'arrêta, seul, complètement seul, en haut de la côte. « Dans son dos, à vingt pas, se dressait la funèbre muraille. Derrière, se trouvait son pauvre ami, abandonné, vite oublié du monde entier; il était à fleur de terre... séparé de feu les autres Vétustains par ce mur qui était une vraie honte, perdu, comme la carcasse d'une rosse, au milieu des orties, des ajoncs et de la boue... Chiens et chats pénétraient par cette brèche dans le cimetière civil... Il était ouvert à toutes les profanations... Et don Santos se trouvait là... ce brave Barinaga qui avait vendu des patènes et des lunules... et qui avait cru en ces choses... autrefois. Et tout cela c'était son œuvre à lui... don Pompeyo; au café-restaurant de la Paix, il avait commencé à miner ce monument de foi... qu'était le pauvre boutiquier...! »

Un frisson parcourut le corps de Guimarán. Il se boutonna. « Être venu sans cape, c'était une imprudence de plus. »

Il s'aperçut alors qu'il ne sentait plus l'eau... « C'était qu'il ne pleuvait plus. » Au-dessus de Vetusta, entre de larges zones d'ombre, luisaient quelques pâles lumières : les étoiles ; et de l'ombre de la ville surgissaient quelques taches rougeâtres et symétriques : les réverbères.

Guimarán eut un nouveau frisson; de nouveau il sentit l'humidité dans ses pieds... et il pressa le pas. Mais ce n'était pas tout, il crut qu'on le suivait; qu'on effleurait délicatement les pans de sa redingote et ses cheveux dans son cou... et comme il était seul, indubitablement seul... il ne se gêna pas pour entamer la descente de la côte au petit trot, son parapluie sous le bras.

« Non, Dieu n'existe pas, se disait-il, mais s'il existait, on serait dans de beaux draps... »

Et plus loin :

« Et de toute façon, la perspective d'être, à coup sûr, sans alternative, enterré dans cette décharge... ce n'est pas très réjouissant. »

Et il courait, tout en frissonnant de temps à autre.

Cette nuit-là, don Pompeyo fut pris de fièvre.

« Il s'en doutait bien; l'humidité! »

Il délira.

« Il rêvait qu'il était fait de pierre et de mortier et qu'il avait une brèche ouverte dans le ventre, et que par cette brèche entraient et sortaient des chiens et des chats, et même certains petits diables à la queue fourchue. »

Chapitre vingt-trois

« *Tecum principium in die virtutis tuae in splendoribus sanctorum, ex utero ante luciferum genui te.* »

La Régente lut ces mots sans bien les comprendre; la traduction de *l'Eucologue* était la suivante : « Au jour de ta puissance, à toi la primauté et l'empire, dans la splendeur de tous les saints : dès avant l'étoile du matin, je t'ai engendré de mes entrailles. »

Les yeux fixés sur son missel, Ana poursuivit sa lecture : « *Dominus dixit ad me : Filius meus es tu, ego hodie genui te. Alleluia.* »

Oui, oui, alléluia! alléluia! lui criait son cœur... et l'orgue, comme s'il avait compris ce que voulait le cœur de la Régente, laissait échapper de petites notes endiablées, joyeuses et mutines qui s'en allaient remplir les espaces obscurs de la cathédrale, se heurtaient à la voûte et cherchaient à s'échapper dans la rue pour monter jusqu'au ciel... et baigner le monde d'une musique guillerette. L'orgue disait à sa façon :

Adieu, adieu Marie-Douleur.
Puisque je pars demain matin
dans un bateau chargé de fleurs
pour La Havane, mon destin...

et soudain, il changeait de mélodie pour crier :

Monsieur le curé a une maison,
avec fenêtres et balcons...

et, sans le moindre sens des convenances il s'interrompait pour chanter :

Haut hisse, Manolillo
Hisse et haut, Manolo,
l'an dernier
le bon numéro,
mais, cette année,
le sac au dos ?
Haut hisse, Manolillo,
Manolillo, Manolo.

Et tout cela parce que mille huit cent soixante et quelques années auparavant, l'Enfant Jésus était né dans l'étable de Bethléem... En quoi l'orgue était-il concerné ? Et pourtant, il avait l'air d'être fou de joie... de perdre la tête et il lançait par tous ces tubes coniques, ces trompettes et ces tuyaux, des jets de notes qui étaient comme des lumignons qu'on met pour le repos des âmes.

Le temple baignait dans l'ombre. Par endroits, pendue à un clou au hasard des piliers, une lampe à pétrole avec son réflecteur, trouait les ténèbres qui se refermaient un peu plus loin. Il n'y avait d'autre lumière que celle-là, disséminée dans les nefs, derrière le maître-autel et le chœur, plus les cierges de l'autel et les chandelles du chœur qui brillaient au loin, en l'air, comme de petites étoiles. Mais la musique joyeuse rebondissant de piliers en chapelles, du sol aux voûtes, semblait illuminer la cathédrale comme les rayons de l'aube pourtant encore lointaine. *La messe de minuit* commençait.

L'orgue, prenant prétexte de la joie chrétienne en cette heure sublime, passait en revue tous les airs populaires traditionnels du pays de Vetusta et ceux que les caprices du peuple avaient mis à la mode durant les dernières années. L'âme de la Régente tremblait d'une douce et charmante émotion religieuse, débordant de charité universelle; amour pour tous les hommes et pour toutes les créatures... les oiseaux, les bêtes, les herbes des champs, les vers de la terre... les vagues de l'océan, les soupirs de l'air... « Les choses étaient d'une clarté lumineuse, la religion ne pouvait être plus simple ni plus évidente : du haut des Cieux, Dieu présidait et aimait son œuvre merveilleuse, l'Univers; le fils de Dieu était venu sur terre et un tel honneur, une si divine preuve d'affection, ravissaient le monde entier et lui donnaient de la noblesse ; peu importait que tant de siècles se fussent écoulés, le temps ne compte pas pour l'amour ; il était aussi sûr aujourd'hui qu'au temps des apôtres que Dieu était descendu sur terre ; la raison que les êtres avaient de se réjouir était toujours la même. L'organiste avait donc raison de considérer ces airs humbles, dont le peuple se régalait et que les Vétustains chantaient avec entrain dans les bals en plein air, comme dignes de ce temple. La Régente trouvait que ce rappel de chansons éphémères, souffles d'air oubliés, était une œuvre de charité pleine de délicatesse de la part du musicien.... Rappeler ce qu'il y a de plus humble, de plus insignifiant, un peu de vent fugace... et mettre à l'honneur les émotions profanes de l'amour, de la joie juvénile, en faisant résonner leurs refrains aux quatre coins du temple, comme une offrande aux pieds de Jésus... tout cela était beau, d'après Ana; et la religion qui y consentait était maternelle, affectueuse, artistique. »

« En ce moment même, il n'y avait pas de barrières entre le temple et le monde; la nature entrait à grands flots par la porte de l'église; dans la musique de l'orgue on sentait les souvenirs de l'été, la joie champêtre des pardons, les chansons des marins de la côte; il y avait des odeurs de thym et de chèvrefeuille, une odeur de plage, une odeur de collines sauvages et, les dominant toutes, l'odeur mystique, d'une ineffable poésie... à vous arracher les larmes... » Cette veille prolongée excitait les nerfs de la Régente... Sa pensée s'égarait en prenant son essor et se diluait en se déployant... Elle appuya la tête contre la panse churrigueresque d'un autel en pierre, moderne, le maître-autel de la chapelle où elle se trouvait, plongée dans l'ombre. Elle ne pensait plus guère, elle était toute occupée par ses sensations.

La grille en bronze doré qui séparait le sanctuaire du transept s'interrompait à chaque extrémité pour laisser la place à deux chaires toutes de filigranes en fer forgé. Sur chacune, un aigle doré, les ailes grandes ouvertes, servait de lutrin pour la lecture de l'Épître et de l'Évangile. Dans la chaire située à gauche du maître-autel Ana vit surgir la silhouette de Gloucester, toujours aussi tordue mais arrogante : la riche chasuble en tissu broché d'or et d'argent jetait mille feux sous la lumière des chandeliers qui accompagnaient le chanoine. Aussitôt que l'orgue se tut, l'Archidiacre, comme s'il voulait mettre fin à une plaisanterie par une note de sérieux, lut l'Épître de l'Apôtre saint Paul à Titus, chapitre deuxième, lui donnant un sens qu'il n'avait pas. Gloucester se plaisait à maintenir l'attention du public fixée sur lui et il lisait lentement, avec une particulière insistance sur les terminaisons en *us*, en *i* et en *is* : aux airs qu'il prenait en faisant sa lecture, on aurait dit que l'Épître de saint Paul était l'œuvre de Gloucester lui-même, une de ses dernières compositions. Dès que le prétentieux Archidiacre eut terminé, l'orgue, sans crier gare, se déchaîna, ouvrit grand tous ses tuyaux et se mit à nouveau à arroser la cathédrale de ses jets aériens de joyeuses cantilènes; le soufflet paraissait pousser l'air sur une forge d'où jaillissaient des étincelles de musique allègre; il jouait à présent à la façon des musettes du pays, imitant le style approximatif et incorrect du cornemuseur attitré de la municipalité quand celui-ci interprétait le toast de la *Traviata* et le Miserere du *Trouvère* [24]. Enfin, alors que la petite tête sémillante de Ripamilán apparaissait derrière l'appui de l'autre chaire pour dire l'Évangile, l'organiste attaqua la *poule mouillée* :

24. *Trouvère* : voir note 6, p. 135.

Ah c'est bien fait pour ton nez,
poule mouillée,
poule mouillée,
poule mouillée.

Les carlistes et les libéraux qui emplissaient le transept trouvèrent cela très drôle, il y eut des chuchotements, des rires étouffés, et la Régente y vit un signe de la paix universelle. A ce moment-là, elle songeait que, tous unis devant le Dieu qui naissait pour eux tous, les différends politiques étaient des détails qu'on pouvait oublier.

Ripamilán ne put s'empêcher de sourire tandis qu'il plaçait à grand-peine sur les ailes de l'aigle de fer forgé le livre où il devait lire l'Évangile selon saint Luc.

Sur les marches de la chaire, l'Archidiacre attendait, les bras croisés sur le ventre; près de lui, deux acolytes lui faisaient escorte, portant des chandeliers; l'un d'eux était Celedonio.

« *Secuentia Sancti Evangelii secundum Lucaaam... !* » chanta Ripamilán, mort de sommeil, en profitant du plain-chant pour bâiller sur la dernière note.

« *In illo tempore... !* » continua-t-il... En ce temps-là, parut un édit ordonnant de recenser toute la terre. C'était une idée de César Auguste, très amateur de statistiques. « Ce recensement fut effectué par Quirinius qui devint plus tard gouverneur de la Syrie. » Ripamilán s'endormait sur l'évocation de Quirinius, mais quand il arriva au recensement de Joseph, l'Archiprêtre s'anima, imaginant les saints époux sur la route de Bethléem (ou mieux Bayt Lahn). « Or, pendant qu'ils étaient là, le temps où elle devait enfanter se trouva révolu et elle mit au monde son fils premier-né; elle l'enveloppa de langes et le déposa dans une crèche. » Maintenant, Ripamilán lisait lentement, veillant à ce que le public comprît. Quand il arriva aux bergers qui passaient la nuit à la garde de leur troupeau, don Cayetano se souvint de son goût très prononcé pour l'églogue et il s'attendrit pour de bon.

Plus attendrie que lui était encore la Régente, qui suivait dans son livre cette simple et sublime histoire. « L'Enfant Jésus! L'Enfant Jésus! Elle comprenait à présent toute la grandeur de cette Religion douce et poétique qui commençait dans un berceau et finissait sur une croix. Dieu! Que de délices elle sentait dans toute son âme, quel doux miel pour son cœur ou pour une chose qu'elle avait en elle, un peu plus bas, plus vers le milieu de son corps...! Et Ripamilán, là-haut, ce petit vieillard qui racontait l'enfantement comme s'il venait d'y assister! Ripamilán aussi était beau à sa manière. »

Mais le *public* commençait de s'impatienter, on se laissait aller et, dans certains coins, on entendait les rires déclenchés par quelque plaisantin. Dans la partie de la nef située derrière le maître-autel, la plus sombre, cachés dans l'ombre des piliers et des chapelles, quelques jeunes gens s'amusaient à faire rouler sur le damier du sol en marbre des pièces de cuivre dont le tintement profane éveillait la convoitise de la marmaille; des bandes de gosses qui étaient sur le qui-vive, dans l'attente de la profanation traditionnelle, couraient après les pièces; en s'affalant à plusieurs sur la même en des grappes de chair et de haillons, ils provoquaient le rire des fidèles qui les voyaient se pousser, se piétiner et se mordre pour se disputer un misérable sou.

Mais la *ronde* arrivait et la grappe de gamins s'éparpillait, chacun partait en courant de son côté. M. le Magistral, portant le rochet et la chape pluviale, présidait la ronde ; il tenait son bonnet entre ses mains croisées sur le ventre ; à sa droite et à sa gauche, lui faisant une sorte d'escorte, des acolytes, un flambeau de cire à la main, marchaient d'un pas solennel. La ronde parcourait l'arrière-chœur, les nefs et le déambulatoire. On exerçait cette surveillance pour éviter de trop gros abus. L'obscurité du sanctuaire, les excès du traditionnel réveillon, le manque de respect que le peuple croyait de mise durant *la messe de minuit*, rendaient nécessaires toutes ces précautions.

Il y avait une autre sorte de profanation que la ronde ne pouvait éviter. Le public se pressait dans le transept, s'agglutinant contre la grille du maître-autel et contre la clôture du centre, en dessous des chaires, et les rares personnes qui préféraient le confort à la touffeur de ce tas de chair profuse avaient tout le reste de la cathédrale pour eux. Comme la religion est la même pour tout le monde, là se mêlaient toutes les classes, tous les âges et toutes les conditions. Obdulia Fandiño, debout, suivait la messe en appuyant son missel sur le dos de Pedro, le cuisinier de Vegallana, et la veuve sentait sur sa nuque le souffle de Pepe Ronzal qui ne pouvait, et ne voulait sans doute pas, empêcher ceux de derrière de pousser. Pour la veuve Fandiño, c'était cela la religion, se serrer, se presser sans distinction de classe ni de sexe lors des grandes cérémonies où l'Église commémore des événements importants dont elle, Obdulia, n'avait qu'une idée très confuse. Il y avait aussi Visitación, plus proche du chœur, la tête entre les grilles. Paco Vegallana, près de Visitación, feignait de résister à la force anonyme qui le poussait, comme une houle, sur sa cousine Edelmira. La jeune fille, rouge comme une cerise, les yeux fixés sur un saint Joseph de son missel et l'âme attentive aux mouvements de son cousin, essayait de s'écarter de la grille centrale contre laquelle menaçaient de l'écraser ces vagues humaines qui, dans l'obscurité, imitaient celles de la mer battant contre une roche, dans les ténèbres de son ombre. Tout *l'élément jeune* dont parlait *El Lábaro* dans ses chroniques sur le minuscule *grand monde* de Vetusta était là, dans le transept de la cathédrale, écoutant l'orgue dans un demi-sommeil, digérant le réveillon de Noël, de légers éblouissements dans les yeux, sentant sous le frissonnement de la torpeur les aiguillons de la chair. Le sommeil apportait son lot de folles pensées impies, d'idées qui étaient des profanations, et qu'on repoussait pour se contenter de péchés véniels dont la réalité ambiante fournissait l'occasion. Regards et sourires, quand la distance ne permettait rien d'autre, allaient et venaient, se faufilant comme ils pouvaient dans cette épaisse forêt de têtes humaines. On toussait beaucoup, et toutes les toux n'étaient pas innocentes. Ces demoiselles et ces jeunes messieurs seraient bien volontiers restés jusqu'au matin, engourdis dans ce demi-sommeil, dans cette obscurité de cauchemar. Obdulia pensait (bien qu'évidemment elle n'exprimât cette opinion que dans la plus stricte intimité), elle pensait que *courailler*, ce que Joaquín Orgaz appelait *reluquer* était certes bien agréable, mais l'était encore plus dans une église, parce que là cela avait un certain *cachet**. Pour la veuve, les choses qui avaient du *cachet** étaient les meilleures.

C'est précisément « à l'immoralité qui se dégageait de ce conglomérat de mauvais chrétiens » que songeait don Pompeyo Guimarán, lequel mal remis d'une fièvre, avait consenti à souper au Cercle avec don Alvaro, Orgaz, Foja et d'autres noceurs et les avait accompagnés à la messe de minuit.

« Oui, dans son ivresse, il avait des remords de conscience, mais n'en était pas moins là. On avait commencé par le saouler avec une liqueur douce qui lui donnait maintenant des nausées, une liqueur qui avait transformé son estomac en une espèce de parfumerie... pouah! quelle horreur! puis on l'avait fait manger plus que de raison et boire n'importe quoi pour finir. Et, alors qu'il s'apprêtait à rentrer chez lui, ayant demandé si un de ces messieurs aurait la bonté de l'accompagner, voilà que — pour comble des plaisanteries, lourdes et malséantes! — ils l'avaient emmené au beau milieu de la cathédrale, où il n'avait pas mis les pieds depuis des années. Il avait protesté, avait voulu s'en aller, mais on l'en avait empêché, et il ne s'était pas non plus risqué à partir seul en quête de son domicile; et dehors, il faisait froid. »

— Messieurs, dit-il à voix basse à don Alvaro et à Orgaz, sachez que je proteste, et si je reste dans un tel lieu, c'est que je cède devant un cas de force majeure, devant la cuite que je vous dois.

— Mais oui, d'accord!

— Prenez bien note qu'il ne s'agit pas d'une abdication...

— Mais non... qui parle d'une... abdication... ?

— Ni d'une profanation. Je respecte toutes les religions, bien que n'en professant aucune... Que diront les gens s'ils s'aperçoivent que je suis venu ici... en compagnie de quelques ivrognes de profession? Je reconnais au Pigeon le droit de me jeter hors du temple à coups de fouet ou de pied...

— Mais on le sait bien... put balbutier Foja. Résumons-nous : don Pompeyo reconnaît qu'il n'a pas plus de raison d'être ici... que des chiens à la messe.

— Comparaison exacte... c'est cela, ici, moi, pareil à un chien... En plus, c'est horrible... Écoutez-moi cet organiste, aussi saoul que vous probablement : il fait du temple du Seigneur, pour ainsi dire, un bastringue... une orgie... Messieurs, que se passe-t-il au juste ? C'est le Christ qui est né, ou c'est le dieu Pan qui est ressuscité ?

— Et Pim, Pam, Poum... ! je suis le général... Boum Boum.

C'est ce que Joaquín Orgaz chanta tout bas en jouant du tambour sur la tête de Guimarán. Et aussitôt le petit docteur quitta la chapelle obscure où se passait cette scène pour partir à la recherche d'une aiguille dans une botte de foin, comme il l'annonça, c'est-à-dire pour chercher Obdulia dans la foule. Il la trouva, prise en sandwich entre le formidable Ronzal et le cuisinier de Paco. Joaquín fit demi-tour et revint aux côtés de don Pompeyo.

La chapelle d'où la Régente suivait la messe n'était séparée de celle où s'étaient réfugiés les noceurs du Cercle que par une simple mais haute grille. Ana entendit la voix d'Orgaz dissuadant l'athée de ses intentions de quitter le temple. Mais d'une chapelle à l'autre, on ne distinguait pas les personnes, on ne percevait que des formes noires.

Quand la ronde passa, ce fut différent ; la clarté tremblante et jaunâtre des flambeaux des acolytes permit à Anita de voir le port arrogant du Magistral en même temps que celui, svelte et gracieux, de don Alvaro qui, à moitié endormi, les yeux mi-clos, la tête penchée, accroché à la grille séparant les chapelles, semblait suivre l'office divin avec le recueillement digne d'un chrétien sincère.

Le Magistral put aussi apercevoir la Régente et don Alvaro se touchant presque, quoique séparés par la grille. Son bonnet trembla entre ses mains; il dut faire un grand effort pour aller jusqu'au bout de la procession qui à cet instant lui parut ridicule.

Mesía ne vit ni le Magistral, ni la Régente, ni personne. Il dormait quasiment debout. Il était ivre, mais chez lui, l'ivresse n'avait jamais rien de scandaleux. Personne ne soupçonnait son état.

Ana continua de voir don Alvaro bien après que la ronde se fut éloignée avec ses lumières somnolentes. Elle continua de le voir dans son esprit et l'imagina vêtu de rouge, dans un costume très serré au corps et d'une grande élégance. Elle ne savait pas si c'était le costume d'un Méphistophélès d'opéra ou celui d'un fringant chasseur, mais le tentateur était vraiment beau, très beau... « Et il était tout proche, derrière cette grille; s'il faisait trois pas, il pouvait la toucher! » L'orgue prenait congé des fidèles avec les morceaux les plus fous de son répertoire; un air qu'Ana avait entendu pour la première fois aux côtés de Mesía, au pardon de saint Blaise, cette même année... Elle ferma ses yeux, qui s'étaient emplis de larmes... « Quelles voies la tentation empruntait-elle à présent! Elle devenait sentimentale, tendre, elle évoquait des souvenirs, l'autorité des souvenirs, qui était toujours une chose sacrée, douce, attachante... Que s'était-il passé au pardon de saint Blaise? Rien, et pourtant, maintenant qu'elle se remémorait cette après-midi, par la faute de l'organiste, Ana voyait don Alvaro à côté d'elle, mort d'amour, muet de respect, et elle se voyait elle-même, contente au plus profond de son âme... Oh oui! oh oui... ! au plus profond de son âme, de son corps, ou de l'Enfer... qui n'étaient pas touchés par les bonnes et douces conversations pleines de mysticisme et de fraternité qu'elle aimait à avoir avec ce chanoine qui venait de passer devant elle, les mains croisées sur son ventre, entouré d'enfants de chœur. »

Quand Ana voulut chasser, en secouant la tête, ces images importunes et coupables, le temple s'était pratiquement vidé. Elle sentit soudain qu'elle avait froid et presque peur, à l'ombre du confessionnal contre lequel elle s'appuyait. Elle se leva et sortit de la cathédrale qui s'assoupissait.

L'orgue s'était tu, comme un ivrogne qui s'endort après avoir fait du tapage. Les lumières s'éteignaient...

Sous le porche, Ana rencontra le Magistral.

Don Fermín était tout pâle; elle s'en aperçut à la lueur d'une allumette que quelqu'un frotta près d'eux. Quand l'obscurité revint, De Pas s'approcha de la Régente et, d'une voix douce où l'on sentait des reproches, il lui demanda :

— Vous êtes-vous bien amusée à la messe?

— M'amuser à la messe!

— Je veux dire... si vous avez aimé... ce qu'on joue... ce qu'on chante...

Ana s'aperçut que son confesseur ne savait pas ce qu'il disait.

Ils sortaient du porche; dans la rue, il y avait quelques groupes de retardataires. Il fallait se séparer.

— Bonne nuit, bonne nuit! dit le Magistral sur un ton plein de mauvaise humeur, presque avec colère.

Et s'emmitouflant dans sa cape sans ajouter un mot, il prit, à grands pas, la direction de chez lui.

Ana eut envie de le suivre : elle ne savait pas pourquoi, mais elle l'avait fâché : qu'avait-elle fait? Elle avait pensé, pensé au tentateur, joui de souvenirs qu'il fallait éviter... mais... comment don Fermín pouvait-il savoir tout cela...? Et cette façon de partir! Une profonde pitié et une gratitude ressemblant à de l'amour envahirent alors le cœur d'Ana. « Oh, pourquoi ne pouvait-elle rejoindre cet homme, l'appeler, le consoler... lui prouver qu'elle était toujours la même, qu'elle ne lui tournait pas le dos comme tant d'autres...? Oui, oui, elles lui tournaient le dos, à lui, le saint, l'homme de génie, le martyr de la foi... celles qui se le disputaient autrefois lui tournaient le dos, et tout cela pourquoi? pour de viles calomnies. Mais pas elle, car elle croyait en lui... Elle le suivrait aveuglément jusqu'au bout du monde; elle savait que lui et sainte Thérèse l'avaient sauvée de l'Enfer... » Mais on ne pouvait lui courir après pour le consoler, pour lui dire tout cela. « Qu'aurait pensé, sans aller plus loin, sa servante Petra qui marchait à ses côtés, silencieuse et souriante, de plus en plus antipathique, de plus en plus prévenante... mais aussi de plus en plus insupportable ! »

Pendant que le Magistral et Ana se parlaient, Petra s'était discrètement écartée de quelques pas. Voyant le Grand Vicaire se sauver après s'être, avec tant de grâce, emmitouflé dans sa cape, elle se dit :

« Le torchon brûle », et elle sourit.

La Régente prit la direction de la Place Neuve. Elle marchait à moitié endormie, comme ivre de sommeil, de musique et de fantaisie. Sans savoir comment, elle se retrouva devant son portail, pensant à l'Enfant Jésus et à son berceau, derrière le portail de l'étable de Bethléem. Elle imaginait la scène comme la représentait *une crèche* qu'elle avait vue au début de la soirée.

Quand elle fut seule dans son cabinet de toilette, elle se mit à défaire sa coiffure devant son miroir; ses cheveux libérés lui tombèrent dans le dos.

« C'était vrai, elle ressemblait à la Vierge; à la Madone à la Chaise... mais il lui manquait l'enfant »; et, les bras croisés, elle resta quelques secondes à se contempler.

Parfois, elle avait peur de devenir folle. La piété se volatilisait soudain et elle était prise d'une invincible paresse qui l'empêchait de chercher un remède à cette sécheresse de l'âme dans les prières et les lectures pieuses. Elle ne méditait plus que rarement. Si elle se mettait à évoquer des pensées religieuses, à contempler des abstractions sacrées, au lieu de Dieu, c'était Mesía qui se présentait à elle.

« Elle croyait que cette Ana qui ne cessait d'aller du désespoir à l'espérance, de la révolte à la résignation, était morte, mais pas du tout; elle était encore là, au fond d'elle-même; subjuguée, certes, pourchassée, acculée, mais pas morte. Comme saint Jean-Baptiste poussait des cris dans la fosse où Hérode l'avait enfermé, la Régente révoltée, la pécheresse en pensée criait du fond de ses entrailles, et ses cris retentissaient dans toute sa tête. Cette Ana interdite était une sorte de ténia dévorant toutes les bonnes résolutions d'Ana la dévote, la *sœur* humble et affectueuse du Magistral.

« L'Enfant Jésus! Cette image éveillait en elle une si douce émotion! Mais pourquoi son évocation n'avait-elle servi qu'à tourmenter son esprit? Son besoin d'amour maternel se réveillait à cette heure tardive porté par un vague, tendre et puissant désir. »

Ana éprouvait dans son cabinet un sentiment de solitude qui lui faisait peur et froid... Un enfant, oui un enfant aurait mis fin à cette angoisse, à toutes ces luttes de son esprit oisif qui cherchait hors du cadre naturel de sa vie, hors de son foyer, où satisfaire son besoin d'amour, où appliquer sa soif de sacrifice...!

Sans savoir ce qu'elle faisait, Ana quitta ses appartements, traversa le grand salon dans l'obscurité, comme d'habitude, laissa derrière elle un couloir, la salle à manger, la galerie... et sans bruit elle arriva devant la porte de la chambre de Quintanar. La porte était mal fermée et Ana vit de la lumière dans l'entrebâillement. Son mari ne dormait pas. On entendait le bruit confus d'une conversation.

« Mais avec qui peut-il bien parler ? » La Régente approcha son visage du rai de lumière et vit don Víctor assis sur son lit; les draps recouvraient la partie inférieure de son corps et la partie du torse qui émergeait, était enveloppée dans une veste en flanelle rouge; une superstition fort respectable empêchait don Víctor de porter un bonnet de nuit; lui qui était incapable de soupçonner Ana de la moindre faute, il se refusait à porter un bonnet de nuit dans un souci purement littéraire. Il disait que le bonnet de nuit attirait par sa pointe les attributs de l'infidélité conjugale. Mais cette nuit-là il avait eu froid et, à défaut d'un bonnet de coton ou de fil, il avait mis celui qu'il portait le jour, ce bonnet vert avec son long pompon doré. Ana vit et entendit que Quintanar lisait à voix haute, dans ce costume grotesque, à la lueur d'un candélabre rétractable fixé au mur.

Mais il faisait plus que lire, il déclamait. La Régente, qui craignait un peu que son mari ne fût devenu fou, put voir que don Víctor, plein d'enthousiasme, levait un bras dont la main serrait en tremblant la poignée d'une très longue épée aux superbes quillons torsadés. Et don Víctor lisait avec emphase et brandissait la brillante lame, comme s'il était en train d'armer chevalier l'esprit familier des pièces de cape et d'épée.

Si l'on admettait la situation dans laquelle Quintanar croyait se trouver, pourfendre l'air de ce pur acier devenait un acte tout à fait noble et vraisemblable. Il s'agissait, en très beaux vers du dix-septième siècle, de défendre une dame qu'un de ses frères voulait surprendre et tuer, et don Víctor jurait, en une suite de quintils, qu'il se ferait plutôt découper en rondelles que de consentir, en bon chevalier qu'il était, à pareille atrocité.

Mais comme la Régente n'était pas dans la confidence, elle tomba de tout son haut quand elle eut considéré que cet homme en bonnet et gilet de flanelle donnant force coups d'estoc depuis son lit à une heure du matin était son mari, la seule personne en ce monde ayant droit à ses caresses, à son amour, la seule autorisée à lui procurer ces délices qu'elle supposait être celles de la maternité et qui lui manquaient tant maintenant, à cause de l'étable de Bethléem et d'autres souvenirs analogues.

La Régente se rendait dans la chambre de son mari avec l'intention de faire la conversation, s'il ne dormait pas, de lui parler de la messe de minuit, assise à côté de lui, sur le lit. La malheureuse voulait chasser d'elle les idées qui la rendaient folle, les émotions contradictoires de sa foi exaltée, de sa chair rebelle et déchirée ; elle voulait de douces paroles, une cordiale intimité, la chaleur de la famille... un peu plus, quoiqu'elle eût vaguement honte de le vouloir, elle voulait... elle ne savait quoi... Ce à quoi elle avait droit... et elle trouvait son mari, le haut du corps en pleine déclamation comme un diable qu'un ressort fait jaillir de sa boîte... Une vague d'indignation monta au visage de la Régente et enflamma ses joues.

Anita recula d'un pas, décidant de ne pas pénétrer dans le théâtre de son mari... mais sa jupe déplaça quelque chose sur le sol et don Víctor s'écria, effrayé :

— Qui va là ?

Ana ne répondit pas.

— Qui va là ? répéta don Víctor alarmé, car avec ses vers fanfarons il s'était un peu fait peur à lui-même.

Un silence. Un peu rasséréné, il demanda :

— Petra! Petra! C'est toi, Petra?

Un soupçon traversa l'esprit d'Ana; une jalousie grotesque, c'est ainsi qu'elle la qualifia, se fit jour en elle presque comme une des formes de la tentation qui la poursuivait.

« Et s'il était l'amant de sa servante? »

— Anselmo! Anselmo! ajouta don Víctor sur le même ton doux et familier.

Et Ana se retira sur la pointe des pieds, honteuse de beaucoup de choses, de ses soupçons, de son désir vague qu'elle trouvait déjà ridicule, de son mari, d'elle-même...

« Oh, quel ridicule voyage à travers salles et couloirs, dans le noir, à deux heures du matin, à la recherche de l'impossible, d'une farce grotesque... de quelque chose à la fois absurde et comique... mais si amer pour elle...! » Et Ana, involontairement, comme toujours, tandis qu'elle traversait le salon à tâtons, mais sans trébucher, se disait : « Et si maintenant, par miracle, par un miracle de l'amour, don Alvaro se présentait ici, dans cette obscurité, s'il me prenait et m'enlaçait la taille... et me disait : tu es mon amour... moi l'infortunée, moi la misérable, moi la faible chair, que ferais-je sinon succomber... perdre connaissance dans ses bras... » « Oui, succomber! » cria-t-elle du fond d'elle-même; bouleversée, elle chercha dans le noir le sofa damasquiné et étendue, à moitié nue, elle y pleura, sans savoir combien de temps.

La sonnerie de l'horloge de la salle à manger la tira de cette fiévreuse somnolence; elle frissonna de froid et, toujours à tâtons, les cheveux flottant dans son dos, sa robe de chambre ouverte découvrant sa poitrine, Ana rejoignit son cabinet; la lumière de la bougie qui se reflétait dans le miroir était près de s'éteindre... elle mourait et Ana se vit comme un beau fantôme flottant dans l'obscurité au fond de l'alcôve qui était devant elle, dans le miroir limpide. Elle sourit à son image avec une amertume qui lui parut diabolique... elle se fit peur... elle se réfugia dans son alcôve et sur la peau de tigre laissa tomber les vêtements qu'elle enlevait pour dormir. Dans un coin de la pièce, Petra avait oublié l'époussette qui lui permettait d'enlever la poussière sur les meubles auxquels il fallait donner cette discipline; et, avec dans la tête l'idée qu'elle était ivre... d'elle ne savait quoi, Ana, dévêtue, découvrant par endroits sa propre peau de satin sous la hollande, se précipita dans l'angle, s'empara de l'époussette ourlée de laine noire et flagella sans pitié sa beauté inutile, une, deux, dix fois... Et comme cela aussi était ridicule, elle jeta loin d'elle cette misérable discipline et, d'un saut de bacchante, se glissa dans son lit; encore plus excitée dans sa colère par la fraîcheur voluptueuse des draps un peu humides, elle mordit furieusement l'oreiller. Elle s'obstina tant à ne pas penser, pour fuir d'elle-même, qu'au bout d'une demi-heure, elle finit par s'endormir.

Ce même jour, à huit heures, Ana, seule, passait devant la maison du Magistral. Pourquoi était-elle allée par là ? Ce n'était pas le chemin de la cathédrale. Le vague espoir de rencontrer don Fermín, de le voir au balcon, de quelque chose qu'elle ne pouvait préciser, l'avait fait emprunter la rue des Chanoines, mais elle n'y rencontra point le sien. Elle se rendit à la cathédrale et s'assit sur l'estrade qu'il y a au milieu du transept, entre le chœur et le sanctuaire. La tête appuyée sur la clôture dorée, froide comme un glaçon, la régente écouta la messe de loin, récitant des prières qu'elle ne terminait pas, rêvant tout éveillée jusqu'à la fin de l'office. Elle vit arriver son ami, son cher De Pas, à qui elle sourit tendrement, avec une douceur qui pénétrait les entrailles du Magistral comme une coulée de feu; le Magistral ne sourit pas, mais son regard fut intense; il ne dura pas longtemps, mais il dit beaucoup de choses, il accusa, se plaignit, interrogea, pardonna, remercia... et don Fermín passa. Il entra dans le chœur et rejoignit sa place. A la fin des heures canoniales, le Magistral sortit, s'inclina devant l'autel, se rendit à la sacristie et peu après la Régente le vit réapparaître, sans rochet, sans camail ni chape, en cape avec son chapeau à la main. De nouveau ils se regardèrent. Cette fois ils sourirent tous les deux. Ana se leva cinq minutes après. Sans qu'il fût nécessaire de se le dire, même par signes, ils allèrent tous deux au même rendez-vous... Ils se retrouvèrent peu après dans le salon de doña Petronila Rianzares, où il y avait beaucoup de dames et trois prêtres. La fine fleur de ce que *El Alerta* appelait « *l'élément dévot* » de la ville était réunie là. Ces dames, d'aspect respectable pour la plupart et certaines encore jeunes et jolies, fêtaient avec un joie évangélique l'anniversaire de la naissance de Notre-Seigneur Jésus-Christ, comme si le Fils de Marie était venu au monde pour l'usage exclusif de ces dames et de quelques autres personnes distinguées. Elles considéraient la Nativité du Seigneur un peu comme une fête de famille. Doña Petronila, portant un mantelet de satin noir très fatigué et mal coupé, recevait son *monde dévot* comme s'il s'agissait de son propre anniversaire. Tout n'était que sourires, mains qu'on serrait, congratulations, éclats de rires, qui reflétaient le contentement intérieur de ces âmes en état de grâce. Le Magistral fut reçu en triomphe. « Quelle délicatesse! quelle marque d'attention! Dans une heure, il devait monter en chaire, à la cathédrale, pour prononcer un de ces sermons propres à son office, et pourtant, il venait d'abord souhaiter un joyeux Noël à son amie doña Petronila! Quel homme! quel ange! un vrai saint Jean Bouche d'or! une vraie lumière! »

Le discrédit qui frappait don Fermín n'avait pas atteint le cercle de doña Petronila; là, personne ne doutait de la vertu du Grand Vicaire, personne ne la discutait. Si quelqu'un parmi les présents osait calomnier ce saint homme hors de ce salon vénérable, on ne le savait, pas, on ne voulait pas le savoir, mais chez Constantin le Grand, personne n'aurait osé mettre en doute la sainteté du Chrysostome vétustain.

Ana et don Fermín ne purent se voir seuls que peu de temps. Ce fut dans le boudoir de doña Petronila. Elle tomba sur eux...; mais elle leur sourit et les salua de la main, depuis la porte :

— Non, ce n'est rien... je venais juste chercher des papiers... Je reviendrai...

Ana allait la rappeler : « il n'y avait pas de secrets, pourquoi cette dame s'en allait-elle... ? » C'est ce qu'elle voulait lui dire, mais le Magistral la retint.

— Laissez-la, dit De Pas sur un ton impérieux qui ne manquait jamais de plaire à la Régente. C'était ce qu'elle voulait, que le Magistral commandât, disposât d'elle et de ses actes.

Ana se tourna vers De Pas, qui était près du balcon, et lui sourit comme peu avant dans la cathédrale. Ce sourire demandait pardon et donnait sa bénédiction.

Don Fermín était pâle, sa voix tremblait. Il avait maigri depuis l'été. C'était ce à quoi Ana pensait.

— Je suis si fatigué! soupira-t-il avec une profonde tristesse.

Ana s'assit à côté de lui, quand elle le vit se laisser tomber dans un fauteuil.

— Je suis si seul!

— Comment, seul... ? Je ne comprends pas.

— Ma mère m'adore, je le sais... mais elle n'est pas comme moi, elle cherche à faire mon bien... mais par un chemin... que je ne veux plus suivre... vous savez tout cela, Ana.

— Mais... pourquoi êtes-vous seul ? et... les autres ?

— Les autres... ils ne sont pas ma mère. Ils ne sont rien pour moi. Mais qu'avez-vous, Ana ? Vous vous sentez mal ? Que se passe-t-il ? je vais appeler...

— Non, non, surtout pas... un frisson... un tremblement... c'est passé... ce n'est rien.

— N'est-ce pas une de vos attaques ?

— Non... Mes attaques se présentent avec d'autres symptômes... laissez... laissez. C'est le froid... l'humidité... rien...

Ils se turent.

De Pas s'aperçut qu'Ana retenait les larmes qui lui venaient aux yeux.

— Mais que se passe-t-il ? J'ai besoin de tout savoir, j'en ai le droit... je crois que j'en ai le droit...

Ana tomba à genoux aux pieds de son *frère aîné*, et parvint à dire, au milieu des sanglots :

— Oui, tout, vous saurez tout... mais pas ici, à l'église... Demain... tôt...

— Non, non, cette après-midi...!

Le Magistral se mit debout. Sans qu'elle le vît (elle avait caché sa tête entre ses mains), il leva les bras et porta ses poings crispés à ses yeux. Il fit deux fois le tour du boudoir. Il revint à grands pas aux côtés de la Régente toujours à genoux, secouée de sanglots qu'elle essayait de retenir pour qu'on ne les entendît pas.

— Tout de suite, Ana, tout de suite, c'est mieux... ici... nous avons encore le temps...

— Non, pas ici... C'est l'heure.. vous allez arriver en retard...

— Mais qu'est cela... que se passe-t-il ? par pitié... madame... de grâce, Ana... ne voyez-vous pas que je tremble comme une pauvre feuille... Je ne suis pas un jouet... Que se passe-t-il... que dois-je redouter... ? Hier, cet homme était ivre... lui et d'autres sont passés devant chez moi... à trois heures du matin... Orgaz l'interpellait à grands cris : « Alvaro! Alvaro! ici vit... ton rival... » C'est ce qu'il disait, ton rival... la calomnie en est à ce point...!

Ana regarda le Grand Vicaire avec effroi... On aurait dit qu'elle ne comprenait pas ses paroles...

— Oui, madame, ils ne supportent pas notre amitié et ils veulent nous séparer, et ils y parviendront par cette voie... ils nous couvrent de boue... et c'en est fini...

C'était la première fois que le Magistral parlait ainsi. Dans leurs conversations, ils n'avaient jamais envisagé ce danger, cette calomnie; il y songeait, mais il n'entrait pas dans ses plans de dire à la Régente : je suis un homme, tu es une femme, les gens dans leur jugement sont mal intentionnés... Maintenant, sans pouvoir se retenir, il avait dit : *ton rival*, avec force... au risque d'effrayer la Régente par ces mots.

« Oui, oui, il était aussi un homme, il pouvait être un rival, pourquoi pas ? » Il était méconnaissable; il parcourait le bureau comme un fauve dans sa cage; il comprenait qu'en cet instant il allait dire tout ce que lui inspirait sa passion exaltée, son amour-propre blessé... Puis il regretterait d'avoir parlé... Mais tant pis, à présent il voulait s'épancher. « Ah! il n'était plus le Fermín d'antan. »

Ana se leva, attendit que le Magistral fût à l'autre extrémité du bureau et dit :

— Vous ne m'avez pas comprise... C'est moi qui suis seule... c'est vous l'ingrat... Votre mère vous aime sans doute plus que moi... mais elle ne vous doit pas autant que moi... J'ai juré à Dieu de mourir pour vous s'il le fallait... Le monde entier vous calomnie, vous persécute... et je hais le monde entier et me jette à vos pieds pour vous raconter mes plus grands secrets... Je ne savais pas quels sacrifices je pourrais faire pour vous... Je le sais maintenant... Vous me l'avez fait découvrir... On parle de mon honneur... misérables! Je ne soupçonnais pas qu'on pût en parler... mais après tout, qu'ils en parlent... je ne veux pas me séparer du martyr qu'on poursuit de calomnies comme si on lui jetait des pierres... Je veux que ces pierres qui vous blessent, me blessent moi... je veux rester à vos pieds jusqu'à ma mort... Je sais maintenant pourquoi je suis faite! Je sais pourquoi je suis née! Pour cela... Pour rester aux pieds du martyr qu'on tue à coups de calomnies...

— Silence! Silence, Anita... Doña Petronila revient...

Le Magistral, qui était devenu tout rouge et avait les pommettes en feu, s'approcha de la Régente, serra ses mains entre les siennes et dit, d'une voix rauque que la passion étranglait :

— Ana, Ana...! Cette après-midi sans faute... Et maintenant, à la cathédrale... à côté de l'autel de la Conception... en face de la chaire...

— A cette après-midi; mais soyez tranquille... presque tout ce que j'avais à dire... est dit...

— Mais, et cet homme...!

— Sur cet homme... je n'ai rien à dire.

On avait commencé d'entendre la voix de doña Petronila quand le Magistral avait signalé qu'elle approchait. Mme Rianzares parlait au loin :

— Voilà, voilà, M. le Magistral arrive, il est seul dans mon bureau, en train de repasser son sermon, sans aucun doute...

Elle entra au moment où Ana se détournait pour cacher à son ami la confusion qu'il aurait lue sur son visage s'il n'avait dû se tourner vers doña Petronila qui criait :

— Allons, pressons, pressons... on vous attend... la messe a commencé, je crois.

Le Magistral disparut par la porte de la chambre, par où était entrée la maîtresse de maison.

Constantin le Grand regarda la Régente et, saisissant sa tête entre ses deux mains, elle l'embrassa bruyamment sur le front, et s'exclama :

— Mais cette rose de Jéricho est aujourd'hui d'une beauté!

— A la cathédrale, à la cathédrale! s'écrièrent ceux qui étaient au salon.

Ana et l'évêque-mère arrivèrent dans l'arrière-chœur au moment où De Pas montait en chaire d'un pas majestueux, en ce lieu où Ripamilán avait chanté, à la première heure du jour, l'Évangile selon saint Luc.

Elles cherchèrent une place au pied de l'autel de la Conception.

— D'ici, on voit très bien, dit doña Petronila.

Et, se penchant vers Ana, elle ajouta, d'une voix basse et doucereuse :

— Mais regardez-le, ah! on peut bien dire qu'il est magnifique, aujourd'hui, cet apôtre des gentils! Voyez-moi ce rochet! On dirait de l'écume... Au nom du Père..., du Fils... et du Saint... Esprit...

Chapitre vingt-quatre

— Mais s'il veut absolument que j'y aille?

— Il est très influençable... si nous insistons, il cédera.

— Et s'il ne cède pas, s'il s'entête?

— Mais pourquoi?

— Parce que... c'est comme cela... Je ne sais qui lui a fourré cela dans la tête, il dit que si je n'y vais pas je le tourne en ridicule... Et dans ses propos, il est question de nous... il parle de celui qui est responsable de tout cela... il dit qu'il n'est pas le maître en sa maison, qu'elle est dirigée de l'extérieur... Et aussi que la Marquise nous bat un peu froid à cause de tous ces refus d'invitations... que sais-je encore!

— Soit, eh bien s'il continue à s'entêter... alors... nous devrons aller à ce fameux bal. Il ne faut pas le fâcher. En fin de compte, il est comme il est; et l'autre, il continue à le voir? Toujours inséparables?

— On sait au moins qu'il ne l'amène plus à la maison...

— C'est un bal à étiquette?

— Je crois... que oui...

— Il faut être décolletée?

— Euh... non. La tenue de soirée est seulement pour les hommes. Les femmes s'habillent comme elles veulent; certaines sont habillées... *ras du cou*.

— Eh bien, nous nous habillerons... *ras du cou*, n'est-ce pas?

— Oui, bien sûr... Quand est notre rendez-vous à la cathédrale? Après-demain? Eh bien, après-demain, j'irai à la chapelle dans la robe que je porterai au bal.

— Comment pourrez-vous...?

— C'est que... ce sont des affaires de femmes, vilain curieux. Le haut est indépendant du bas... et comme je pense mettre quelque chose de sombre... je peux mettre le haut pour aller à confesse... et nous verrons l'encolure en soulevant la mantille. Et nous serons satisfaits.

— Je l'espère.

Don Fermín fut satisfait de la robe, mais point du fait que *nous irions* au bal. A ce qu'il put entrevoir en approchant ses yeux de la grille du confessionnal, la robe était suffisamment montante et ne laissait voir de la gorge qu'un petit triangle de peau où tenait à peine une croix en brillants qu'Ana apporta aussi à l'église pour faire voir ce que donnait l'ensemble.

Et la Régente alla au bal du Cercle, parce que, comme elle s'y attendait, don Víctor voulut à tout prix « qu'on y fût et on y fut ».

Cet acte d'énergie, véritablement extraordinaire, faisait croire à l'ex-régent, tandis qu'ils gravissaient l'escalier de la grande bâtisse noirâtre qui abritait le Cercle, que lui, don Víctor, aurait fait un assez bon dictateur. « Il lui manquait une scène, mais pas le caractère. Sa femme pouvait en témoigner, elle qui, bien malgré elle, montait à son bras, très belle, presque heureuse, en dépit de tous les confesseurs du monde. On n'était plus au Paraguay. Les jésuites, il en faisait son affaire! »

C'était le lundi de Carnaval. La veille, le dimanche, il y avait eu une chaude discussion au Cercle pour savoir si la société ouvrirait ou non ses salons cette année-là. C'était une coutume bien enracinée que ce *cercle aristocratique* (comme l'appelait *El Alerta*, dont les rédacteurs n'étaient jamais invités, parce qu'ils s'obstinaient à venir en *jaquette* *) donnât un bal, mais jamais un bal costumé, le lundi de Carnaval.

— Et pourquoi ne ferait-on pas cette année comme les années précédentes? demandait Ronzal qui venait de se faire tailler un frac à Madrid.

— Parce que, cette année, le Carnaval manque d'entrain, par la faute des Missionnaires, voilà pourquoi, répondait Foja, que don Alvaro avait fait entrer au Comité directeur.

— Il faut dire, intervint le Président, Mesía, que nous nous exposons à essuyer un refus. La plupart des demoiselles *comme il faut* * sont livrées corps et âmes aux jésuites, je suis persuadé que beaucoup d'entre elles portent un cilice sous leur chemise.

— Quelle horreur! s'exclama don Víctor qui était présent, bien que ne faisant pas partie du Comité. (C'était pour ne pas se séparer de Mesía.)

— Oui, monsieur, des cilices, confirma Foja. Cher ami, le Magistral n'a pas autant de pouvoir. Il n'a pu obtenir que ses pénitentes portent le cilice et autres inventions diaboliques.

— Il faut dire qu'il ne le leur a jamais proposé, répliqua Ronzal.

Don Alvaro s'aperçut que Quintanar rougissait. Il n'avait pas apprécié l'allusion de Foja. « Oui, en parlant du Magistral il faisait allusion à sa femme; la flèche était pour lui. »

— Certes, enchaîna l'ancien maire, nous nous exposons à un échec, comme le dit fort bien le Président. La fine fleur du *conservatisme*, les dames qui animent ce genre de manifestation, ne viendra pas; je les connais bien : en ce moment, elles s'amusent à jouer les saintes.

Maintenant, elles sont mystiques... avec des coups de fouet en veux-tu, en voilà! ha, ha, ha!

— Il me vient une idée, dit Mesía. Tâtons le terrain. Arrangeons-nous pour que les sociétaires qui sont en rapport avec les familles distinguées sachent si oui ou non leurs filles viendront. Si elles viennent, les autres, les moutons de Panurge, les suivront à coup sûr, *malgré* * tous les jésuites et tous les pères déchaux du monde.

— Formidable! formidable!

— Bon, eh bien maintenant, au travail, au travail.

Chacun proposa d'amener qui il pourrait.

Don Víctor, qu'un autre trait de Foja avait fort piqué, ne put s'empêcher de dire :

— Moi, messieurs... j'amènerai ma femme, j'en réponds. Elle n'est pas de celles qui dansent, mais elle fera nombre.

— Oh, c'est une recrue de choix! s'exclama un sociétaire; si doña Ana vient, ce sera un très bon exemple, parce que depuis le temps qu'elle ne sort pas... oh, oui, ce sera un très bon exemple!

— Effectivement, qu'on répande la nouvelle que la Régente viendra et on remplira la salle avec tout le gratin.

— Monsieur Quintanar, dit l'ancien maire, si vous parvenez à amener la Régente, votre épouse... on vous fait membre bienfaiteur du Cercle.

— Mais soyez sans crainte, elle viendra...! Chez moi, monsieur Foja, le moindre de mes vœux est un décret sanctionné...

Et don Víctor rentra chez lui, maudissant l'heure où il avait décidé d'assister à la réunion du Comité.

« Pourquoi avait-il proposé ce qu'il ne pourrait tenir? »

« Néanmoins, ce qui était dit était dit. »

Il y avait beau temps que Quintanar ne lisait plus Kempis et qu'il ne pensait plus à l'Enfer avec horreur. De sa piété passagère, seule lui restait la conviction qu'en plus de la foi il faut faire de bonnes œuvres pour se sauver, et garder l'habitude de faire le signe de croix en se levant, en sortant de chez soi, en se couchant, etc. Il était revenu à Calderón et à Lope avec plus d'enthousiasme que jamais. Il s'enfermait dans son bureau ou dans sa chambre et déclamait d'interminables *récits*, comme il disait, extraits des pièces les plus fameuses, presque toujours avec l'épée à la main. C'est dans cette attitude que sa femme l'avait surpris la nuit de Noël, à son insu. Il est vrai que le brave homme avait fait bombance ce soir-là et qu'il avait eu l'idée de célébrer à sa façon la Naissance de Jésus.

Mais si son sens de la religion s'était volatilisé, ou s'était réfugié dans de profonds recoins de son âme, où il ne le trouvait plus, don Víctor respectait la piété d'autrui.

« Néanmoins, se disait-il à lui-même pour se donner du courage avant de passer à l'attaque, ma femme ne fait plus sa petite sainte; je respecte comme avant sa piété mais elle ne me fait plus peur ; c'est maintenant une dévote comme il y en a beaucoup : elle n'arrête pas, toujours en train de courir à la neuvaine, à la messe, à la confrérie, à l'adoration du Saint-Sacrement... mais il n'est plus question de ces réclusions qui me faisaient si peur chez elle, comme si nous avions un paratonnerre à la maison. Allez bon, je me lance, je le lui dis... »

Et il le lui dit. Il le lui dit alors qu'ils finissaient de manger. A l'immense surprise de l'énergique mari « qui ne voulait pas que son foyer devînt un nouveau Paraguay » (allusion qu'Ana ne comprit pas), son épouse résista moins qu'il s'y attendait; elle s'avoua vite vaincue. Mais il attribua le fait à sa propre énergie. « Elle comprend que je ne céderai pas et elle n'insiste pas. »

Quand Ana consulta le Magistral, chez doña Petronila, elle avait déjà donné son accord. Mais elle était prête à revenir dessus si le chanoine disait *non possumus*.

Tout alla pour le mieux, sauf la conscience d'Ana, toujours inquiète. « Pourquoi avait-elle dit oui après une aussi faible résistance ? Dans quel but allait-elle au bal ? Pour obéir à son mari, bien sûr; mais pourquoi était-elle si sûre que quelques mois plus tôt elle ne lui aurait pas obéi alors que maintenant elle le faisait ? »

Elle ne le savait pas; elle ne voulait pas le savoir. Elle en avait assez de se faire du tourment.

« Entre le bal et elle, quel rapport y avait-il ? Quel intérêt avait pour elle, la *sœur* de don Fermín le saint, le martyr, que de quelconques filles de Vetusta dansent ou non dans cette longue et étroite salle du Casino ? Aucun, aucun. »

Telles étaient ses pensées tandis qu'elle se laissait peigner par sa femme de chambre et qu'elle ajustait de ses propres mains la croix de diamants sur le fond blanc du triangle de peau que le corsage montant de la robe laissait voir.

Ronzal, membre du comité chargé d'accueillir les dames, s'empressa d'offrir son bras à la Régente dès que le couple Quintanar se présenta au fond du vestibule. Mais lequel ? « Le droit, sans doute le droit », se dit-il. Il fut très marri de s'apercevoir que Paco Vegallana présentait à Olvido Páez qui arrivait en même temps non point le bras droit, mais le gauche. Nonobstant, il entra triomphalement dans la salle aux côtés de sa cavalière... d'une minute. Assez longtemps, cependant, pour partager le succès d'Ana. Les conversations s'interrompirent, les regards se fixèrent sur la fille de l'Italienne. Il y eut un murmure d'étonnement :

— La Régente!

— La Régente!

— Qui l'aurait cru!

— Pauvre Magistral!

— Qu'elle est belle!

— Mais quelle simplicité...!

Cette dernière exclamation venait d'Obdulia.

— Quelle simplicité, mais quelle beauté...!

— La Madone à la Chaise...

— La Vénus de l'Ilot comme dit Tromblon.

C'était une remarque de Joaquín Orgaz.

Le cercle de la noblesse s'ouvrit pour accueillir en son sein *la fille prodigue de la Société*, comme vint à dire le baron de la Barcaza qui, *in illo tempore*, avait été très épris d'Ana, n'en déplaise à Mme la baronne et à ses filles.

La marquise de Vegallana, à nouveau toute de bleu électrique vêtue, se leva de sa chaise en satin cramoisi et au dossier en noyer pour venir embrasser sa chère Anita, sans qu'on pût trouver à redire.

— Ah ma chère, Dieu soit loué, je m'attendais à essuyer mon cent unième refus.

La Marquise aussi avait beaucoup insisté pour qu'Ana assistât au bal et au souper « que donnerait l'*élite* *, *en petit comité* * ». C'était Mesía qui avait importé tous ces gallicismes.

— Mais tu es véritablement divine, Ana, divine! lui disait, plantée devant elle et d'une voix nasillarde, la fille aînée du baron, Rudesinda, qui, d'après don Saturnino Bermúdez, était une *beauté ogivale*. En effet, on aurait dit une tourelle gothique, quoique par certaines rondeurs du buste, du cou surtout, elle eût l'air, selon la Marquise « d'un cavalier de jeu d'échecs ».

D'ailleurs, les plébéiens l'appelaient, elle et ses deux sœurs, « les Trois Disgrâces »; et leur père, le baron de la Barcaza, ils l'appelaient le baron de la *Dette flottante*, allusion au titre et aux nombreux créanciers de ce magnat de la finance.

Cette famille, digne de meilleurs revenus, passait d'ordinaire une grande partie de l'année à Madrid, et les *petites* (la plus jeune avait vingt-six ans), quand elles se donnaient en spectacle devant les Vétustains, dissimulaient mal leur mépris pour tout ce qui les entourait. Elles se réfugiaient dans le cercle de l'aristocratie où pénétraient aussi, par privilège spécial, Visitación et Obdulia, qui avaient des nobles dans leur famille. Les demoiselles de la classe moyenne (et attention, à Vetusta, le Gouverneur civil et sa famille étaient assimilés à l'aristocratie) se vengeaient de ce dédain à peine déguisé en comptant les côtes sur les rachitiques poitrines des filles du baron et d'autres jeunes aristocrates. Le hasard voulait que presque toutes les filles nobles de Vetusta fussent maigres.

Ana s'assit à côté de la marquise de Vegallana, la seule personne du groupe qui lui fût sympathique. L'orchestre annonçait alors un rigodon.

La menace n'était pas vaine : deux minutes après, violons et altos, clarinettes et flûtes, accompagnés dans leur laborieuse gestation harmonique par un piano d'Érard, se mirent à remplir l'air de leurs accords, comme se promettait de l'écrire dans *El Lábaro* du lendemain Trifón Cármenes, lequel avait osé demander à la fille cadette du baron si elle lui ferait la « faveur » de cette danse. Fabiolita — c'était son nom — tordit le nez, mais un signe de son père l'obligea à faire cette *faveur* à Trifón; elle était néanmoins fermement décidée à ne lui répondre, s'il avait l'audace de lui adresser la parole, que par des monosyllabes. Le baron de la Dette flottante croyait au pouvoir de la presse, mais pas sa fille. Le resplendissant Ronzal, le fringant Tromblon, membre du comité d'accueil et du Comité du Cercle, se planta devant ce couple. Le plastron qu'il arborait ne pouvait pas briller davantage. Il était fier de ce plastron, de son frac madrilène, de ses bottes sans talons qui étaient à la dernière mode, du dernier *chic* *, comme on commençait à dire à Vetusta. Mais il était moins satisfait de ses connaissances et de son adresse dans l'art de *Terpsichore* (autre expression que Trifón se promettait d'utiliser). Comme cavalière, Tromblon avait à côté de lui Olvido Páez, qui ne lui accordait pas un seul regard. Mais il ne pensait pas à cela; il pensait, mais un peu tard, que c'était à lui d'ouvrir le bal; son *bis-à-bis* était Trifón, lequel avait déjà commencé à avancer. Tromblon transpirait avant même d'avoir une raison pour le faire. Il ne cessait de passer les doigts de sa main droite entre le col de sa chemise et ce qu'il appelait *mon occiput* quand il « pariait sa tête » à propos de n'importe quoi. Ce mouvement lui semblait très élégant mais il lui était surtout d'un grand secours. Tandis que la fille Páez faisait comprendre par son air mélancolique et ennuyé que son royaume n'était pas de ce monde et que Ronzal était allé trop loin en osant l'inviter à danser, notre conseiller mobilisait ses cinq sens pour ne pas se tromper, éviter de piétiner la robe ou les pieds des demoiselles et imiter servilement les allées et venues et les génuflexions de Trifón. Cármenes était un mauvais poète mais il connaissait le rigodon à fond. Ronzal en était assez jaloux. La fille de Páez et la fille du baron se souriaient discrètement quand elles passaient l'une près de l'autre, avec l'air de se dire : « Que voulez-vous qu'on y fasse ! » ou bien « Sur quels péquenots sommes-nous tombées ! » Mais Ronzal faisait comme si de rien n'était ; il pensait à son plastron, au col de sa chemise et aux traînes des robes. Tromblon avait à sa droite Joaquín Orgaz, qui ne cessait de parler avec sa cavalière, une *americana* très riche et très nonchalante. Comme la salle était étroite et les mœurs vétustaines assez peu strictes, les couples dont ce n'était pas le tour d'avancer s'asseyaient sur la première chaise qu'ils trouvaient derrière eux. Ronzal, qui ne pouvait s'asseoir parce qu'il n'avait pas de place, pensait qu'il y avait de l'abus, et il avait raison. La fille Páez et la fille du baron restaient debout le moins possible; elles se laissaient tomber sur leurs chaises respectives comme si chaque figure du rigodon était un voyage autour du monde.

Après le rigodon vint une valse. Ronzal s'en fut à l'écart fumer une cigarette. Il ne dansait pas la valse, n'ayant jamais pu l'apprendre. Toutes les portes de la salle étaient encombrées de sociétaires... qui ne portaient pas de frac. Un frac à Vetusta supposait *une certaine position*. Beaucoup de *blancs-becs* s'imaginaient qu'un tel habit exigeait la fortune d'un Montecristo.

Comme il s'agissait d'un bal à étiquette, la fleur de la jeunesse vétustaine restait sur le pas de la porte. Les uns feignaient de dédaigner le plaisir ridicule d'être là à tourner comme une toupie... *pour rien*. D'autres affichaient un laisser-aller, un scepticisme ou tout autre attitude incompatible avec le frac, selon eux. Quelques-uns reconnaissaient, sans façon, l'insuffisance de leur budget, maudissaient les exigences de la société... et se réservaient pour « la dernière heure ». Parce que, pendant la dernière heure, n'en déplaise à Ronzal, les hommes en redingote, *en jaquette* * et même en veste pouvaient danser. « Il n'aurait plus manqué que cela! »

Saturnino Bermúdez, qui avait un frac, un claque et tout ce qu'il fallait, arriva légèrement en retard dans le grand salon. Il s'arrêta sur le seuil d'une des portes... et... se mit à trembler. Il ne pouvait s'en empêcher... Quand il entrait dans un salon un jour de gala, il éprouvait la même émotion que s'il allait se jeter à l'eau. En effet, n'importe quel observateur aurait dit que cet homme, sur le seuil de cette porte, se croyait au bord de l'océan. Saturno répondait par des sourires très courtois aux plaisanteries des envieux qui lui disaient :

— Allons, voyons, jetez-vous à l'eau... du courage!

— Oui... oui... j'y vais... mais pas si... j'y vais...

Il ajusta soigneusement ses gants, arrangea le nœud de sa cravate, s'assura que sa pochette était bien à sa place et... lui aussi passa deux doigts derrière le col de sa chemise. Enfin... à la une, à la deux... (à la deux, il vérifia sa coiffure du bout des doigts, ayant oublié qu'il avait le crâne rasé comme une recrue et après ce geste automatique, très fréquent chez ceux qui vont piquer une tête... après ce geste, à l'eau! Saturno entre dans la salle, salue à droite et à gauche, et, s'il donne l'impression de vouloir regarder qui est là, en son *for intérieur* il sait bien que ce qu'il cherche c'est un coin de divan ou une chaise qui fasse office de port au bout de cette aventureuse navigation dans les mers du *grand monde*. Mais il finit par s'habituer à l'eau, c'est-à-dire à la salle, et le voilà bien à son aise, qui danse et qui lance des galanteries avec des phrases si longues et si alambiquées que personne ne lui en sait gré.

Au début, Ana avait sommeil. Il était minuit. Elle était absorbée par ce qui défilait devant ses yeux. Elle ne voulait pas réfléchir. En entrant au Cercle, elle s'était dit : « Don Alvaro viendra-t-il me saluer? » L'idée lui avait fait peur et elle fut tentée de feindre un malaise pour rentrer chez elle. Mais cela lui sortit de la tête. Alvaro tardait à faire son apparition. La Marquise parlait comme une perruche. Anita lui répondait par des sourires... Soudain apparut Visitación, la banquière, en robe d'organdi avec des fleurs en tissu en haut et en bas. Elle était copieusement décolletée.

— Mais, ma chère, tu es un scandale ambulant, s'exclama la Marquise, tandis qu'elle lui mordillait la joue en l'embrassant, afin d'étouffer son rire.

Visita, du coin de l'œil, regarda l'endroit où s'étaient portés les yeux de doña Rufina, et répondit sans se troubler :

— Bah, tu trouves ? Mais après tout, cela ne m'étonnerait pas, car je n'ai même pas eu le temps de me regarder dans le miroir... Ces diables d'enfants ! Leur père est d'une faiblesse... il est incapable d'amuser leur attention ! Impossible de m'en défaire. Mais Ana, comment se peut-il ? Toi, ici ? Mais, chère petit monstre, comment se peut-il ? Quelle bulle nous vaut cette faveur ?

En disant ces mots, la banquière se trouvait déjà devant la Régente, les bras grands ouverts, et les genoux des deux dames étaient à se toucher.

Celle des deux qui était debout, avait le corps rejeté en arrière.

Une demi-heure après, dissimulée derrière les rideaux d'une fenêtre, Visita racontait à la Régente une histoire que celle-ci écoutait attentivement, tournée vers l'angle où se tenait son amie.

Le bal s'animait, la médisance et les réserves ridicules de l'étiquette froide et irrationnelle avec ces nobles et ces plébéiens se côtoyant laissaient la place à d'autres vices et à d'autres passions. La fille Páez ne voyait plus en Ronzal un *homme fruste,* mais un homme ; les filles du baron s'humanisaient, celles de *la classe moyenne* oubliaient les côtes que montrait la noblesse et, ne pensant plus qu'à la joie ambiante, se livraient à la danse avec une fureur invincible, comme avides de boire dans cette atmosphère parfumée — trop parfumée, sans doute —, la liqueur inconnue qui pourrait combler leurs vagues désirs. Les prétentieuses, si elles étaient jolies, ne paraissaient plus prétentieuses; on ne pensait plus à la *reine du bal*, au *plus beau costume*, aux plus beaux bijoux; la jeunesse recherchait la jeunesse, il flottait là un parfum d'amour; il y avait des regards de feu, des sourires languides qui laissaient pressentir des choses impossibles, des accès dramatiques de jalousie qui donnaient à l'ensemble une certaine grandeur. Les jeunes filles les plus réservées, et même celles qui ressemblaient le plus à des poupées à ressort, arrivaient à faire penser à la femme qu'il y avait sous ces robes vulgaires et cette éducation factice et terne.

A deux heures du matin, Ana se leva de sa chaise pour la première fois et consentit à faire un tour dans la salle, entre deux danses. Visita marchait à ses côtés, silencieuse, pensive, satisfaite de ce qu'elle venait de faire. Elle avait raconté à la Régente l'histoire de don Alvaro depuis le début du dernier été jusqu'à ce jour. La banquière avait le regard et les joues en feu. Elle savourait le triomphe de son éloquence. Ana avait du mal à cacher l'impression vive et profonde que lui avaient causée les paroles de son amie. « Don Alvaro avait vaincu la vertu de *la ministre*, il avait été son amant à Palomares pendant tout l'été... et puis il s'était joué d'elle, il n'avait pas voulu la suivre à Madrid. » Tel était le résumé de son histoire. Et la conclusion était, Ana s'en souvenait mot pour mot :

« Quand Alvaro m'eut tout raconté, avait dit Visita, je lui demandai, parce que tu sais que nous sommes très intimes, je lui demandai donc :

« — Mais, cher ami, comment diable as-tu pu abandonner une femme aussi belle et influente... et aussi intelligente, à ce que tu dis ? Pourquoi ne pas l'avoir suivie à Madrid ?

« Et Alvaro me répondit tristement — tu sais l'air qu'il prend quand il parle ainsi —, il me répondit :

« — Peuh... Pour les amourettes, un été suffit. L'hiver est fait pour l'amour véritable. En outre, *la ministre,* comme tu l'appelles, en dépit de tous ses charmes, ne m'a pas apporté ce que je voulais... me faire oublier... ce qui ne te regarde pas. Et après avoir poussé un soupir — tu les connais, ses soupirs — Alvaro ajouta : quitter Vetusta, ah cela non, pas question... Et ma chère, parole d'honneur, je l'ai vu frémir, comme parcouru d'un frisson. Tu vois, a-t-il ensuite ajouté, en se forçant pour sourire, on m'offrait une circonscription, une circonscription sur mesure, une *sine cure* admirable (oui, il a dit sine cure)... un morceau de choix... mais bah... ! je suis rivé à une chaîne... que je baise quand je devrais la mordre. Enfin il m'a serré la main, ma chère, et il est parti, pour que je ne le voie pas pleurer, j'en suis persuadée. »

C'était là l'essentiel des confidences de Visita. Ana ne cessait de saluer à droite et à gauche, parlait à de nombreux amis, mais ne pensait qu'à cette confession de don Alvaro. « La vraisemblance de ces propos était confirmée par l'effet que produisait sa présence (celle d'Ana) ce soir-là au Cercle... En ce moment même, tandis qu'elle marchait, ses oreilles étaient caressées d'une douce rumeur, plus douce que toutes les rumeurs, celle de la louange contenue, de l'admiration stupéfaite... de la prévenance sincère et discrète... Pourquoi don Alvaro ne serait-il pas aussi amoureux que le laissait entendre l'histoire de Visita ? »

— Dis donc, dit la banquière en se tournant soudain vers la Régente, qui peut bien être cette chaîne ?

— Quelle chaîne ? demanda Anita d'une voix tremblante.

— Bah ! Celle qui retient Mesía, la femme dont il est réellement amoureux. Ah, l'infâme ! il faudra bien qu'elle le paie un jour... Qui cela peut-il bien être ?

— Comment... le saurais-je... ?

— Oserais-tu le lui demander ?

— Dieu m'en garde !

— Elle doit être mariée...

— Doux Jésus !

— Tiens, ce soir, je vais le faire asseoir à côté de toi, peut-être après souper osera-t-il te le dire... Demande-le-lui toi-même...

— Visitación, tu es folle...

— Ha, ha, ha... le voici... le voici... Nous en reparlerons...

Mme Olías de Cuervo lâcha le bras d'Ana et disparut entre les groupes qui rendaient la circulation difficile dans cette salle étroite.

La Régente se retrouva face à don Alvaro au bras de Quintanar, son inséparable ami.

Le frac, la cravate, le plastron, le gilet, le pantalon et le chapeau à claque de Mesía n'avaient rien à voir avec les vêtements analogues portés par les autres. Ana vit cela sans l'avoir voulu, sans même y penser, mais c'est la première chose qu'elle remarqua. Tous les hommes qui étaient là, don Víctor compris, lui faisaient l'effet de serviteurs en tenue de gala; c'étaient tous des garçons de café, seul Mesía était un monsieur. Don Alvaro était bien dans n'importe quelle tenue mais le frac était ce qu'il portait le mieux. Il était beau en toutes circonstances, dominant tous les autres de sa fière allure; ici, au bal, sous le lustre en cristal qu'il touchait presque de la tête, il était encore plus élégant, plus fringant et plus distingué qu'en tout autre endroit. Le bal, animé, brûlant d'une volupté extrême mais souterraine, était le cadre idéal pour mettre en relief le personnage qu'elle, la pauvre Ana, avait si souvent vu apparaître dans ses rêves.

Tout cela traversa l'esprit de la Régente tandis que Mesía, sans cacher l'émotion qui le faisait pâlir, s'inclinait gracieusement et tendait timidement la main.

Avant de l'avoir voulu, Ana sentit ses doigts entre ceux de l'ennemi tentateur... sous la fine peau du gant, la sensation fut plus douce, plus vive. Ana la sentit arriver comme une onde froide et vibrante jusque dans ses entrailles, plus bas que la poitrine. Ses oreilles bourdonnèrent et le bal devint soudain, pour elle, une fête nouvelle, inconnue, d'une beauté irrésistible, d'une séduction diabolique. Elle craignit de perdre connaissance... et sans savoir comment... elle se retrouva au bras de Mesía... Et au milieu d'un tourbillon de robes bigarrées et d'habits noirs, entendant au loin le bois enrhumé des violons et le son grinçant des cuivres, qui pour elle était une musique voluptueuse, elle put s'apercevoir qu'on l'entraînait hors du salon. La Marquise criait, Obdulia riait à pleine gorge, et l'on entendait la voix nasillarde d'une des filles du baron... et elle laissait derrière elle le son d'une valse qui commençait.

« Où l'emmenait-on ? » A table.

— A table, mon enfant, lui dit Quintanar à l'oreille. Et pour l'amour de Dieu, Anita, ne t'avise pas de refuser... ce serait un affront...!

La marquise de Vegallana et ses familiers ainsi que ceux du baron de la Barcaza et de Pepe Ronzal soupèrent dans le cabinet de lecture. Tromblon s'était chargé de tout. Qu'on l'invite, avait dit Mesía, et sa vanité satisfaite lui fera faire des merveilles. En effet, abusant de ses fonctions au Comité, Ronzal accapara ce que le restaurant avait de mieux, prit d'assaut le cabinet de lecture, ôta les journaux de la table et mit des nappes, ferma la porte à clé et fit passer les plats par une porte de service qui débouchait à côté de l'armoire aux livres; ainsi put avoir lieu le repas de la fine fleur de la noblesse vétustaine entourée de ses protégés et de ses amis intimes. D'entrée, Obdulia se chargea de récompenser le zèle et l'activité de Tromblon, lequel était fou de joie. Toutes les dames le félicitèrent pour son énergique décision de fermer la pièce à clé et pour le bon goût de la table. Ses yeux de fauve jetaient des étincelles, mais restaient fixes. Obdulia le fit asseoir à côté d'elle. Quel bonheur pour Ronzal ce soir-là!

Ana fut placée entre la Marquise et don Alvaro. En face d'elle, don Víctor, un peu gai, faisait mine de faire la cour à Visitación, récitant des vers de ses poètes bien-aimés, et martelait jusqu'à en être assommant :

De mériter votre courroux,
o cruelle! comme il me pèse!
Ah plaise à Dieu... à Dieu ne plaise,
vous me plaisez, oui, plus que tout...

— Pour l'amour de Dieu et de tous ses saints... taisez-vous, Quintanar, s'exclamait la Marquise.

Mais l'autre continuait, déclamant toujours pour sa chère Visitación :

Enfin, madame, je me vois
sans moi, sans Dieu, sans vous,
sans vous qui n'êtes point à moi...

Visitacíon lui mettait la main sur la bouche.

— Vous n'avez pas honte, vous n'avez pas honte? criait-elle.

Les filles du baron de la Dette flottante souriaient et se regardaient avec l'air de dire : « Jolie société que celle de la Marquise! »

Pendant que le Marquis disait au baron :

— Il faut dire que nous sommes entre nous...!

— Oh, assurément, assurément!

Et ce dernier cherchait à s'asseoir à côté d'une mûre et ronde aristocrate qui était seule.

Paco retrouvait sa cousine, revenue à Vetusta, et « déployait tous ses talents de séducteur » auprès d'elle, ce qui offusquait sa mère, parce qu'il était très vilain de faire marcher une cousine.

Joaquín Orgaz avait promis de chanter *dans le style flamenco* au dessert.

Le souper était succinct mais bon, des plats relevés, du bon bordeaux, du bon champagne; bref, comme disait le Marquis : mer et poivre d'abord, fantaisie et alcool après.

Tous, baronnes compris, se moquaient des plébéiens qui, dehors, continuaient de danser et devaient se contenter des glaces qu'on servait sur les tables de billard.

De temps en temps, on frappait à la porte de l'extérieur.

— Qui est là ? criait Ronzal avec cette énergie dont on lui savait gré.

— Mon manteau... couleur café au lait... j'ai laissé mon manteau ici...

— Ah, ah, ah... répondaient ceux qui se trouvaient à l'intérieur.

— Quelle ambiance! disait Joaquín Orgaz à une fille du baron, laquelle souriait en regardant au plafond.

« Oui, il y avait de l'ambiance, mais sans manquer aux règles du bon ton vétustain », précisait le Marquis au baron, rouge comme une tomate et de plus en plus près de sa mûre et ronde aristocrate.

La Marquise avait sommeil, mais l'ambiance néanmoins l'enchantait.

— Ce devrait toujours être comme cela, confiait-elle à Saturnino qui avait résolu de s'enivrer pour rester dans le ton. Ce trou est de plus en plus mortel, n'est-ce pas, jeune homme ?

— Ar... chi... mor... tel...

Et, dans la foulée, il vida une coupe de champagne. « Jeune homme » l'avait flatté.

La Marquise eut l'idée incongrue, suggérée sans doute par les brumes du sommeil, de regarder Bermúdez très fixement et de lui faire ces yeux qui, *in illo tempore,* pouvaient tourner la tête de n'importe qui.

— Pourquoi ne pas vous marier ? demanda doña Rufina, en apparence sérieuse et mélancolique.

Bermúdez soutint le regard de l'illustre dame et oublia pendant un instant les cinquante ans de la Marquise. Il soupira... et aussitôt le champagne lui remonta par le nez, il toussa, devint quasiment noir, à moitié asphyxié qu'il était et la Marquise dut lui taper dans le dos.

Quand Saturnino eut récupéré, la marquise de Vegallana avait les yeux fermés et ne les entrouvrait de temps à autre que pour regarder la Régente et Mesía.

L'idylle sénile dont Bermúdez avait un instant rêvé s'effondrait... et pourtant, il invoquait déjà la mémoire de Ninon de Lenclos pour justifier aux yeux du monde une liaison avec doña Rufina!

Pendant ce temps, don Alvaro racontait à Ana l'histoire qu'elle avait déjà entendue de la bouche de Visita, quoique sous une forme très différente.

La Régente n'avait pu résister à la tentation de lui demander s'il s'était bien amusé cet été...

Mesía vit le ciel ouvert avec cette question.

Il sut *faire l'intéressant,* ce qui n'était pas pour lui très difficile s'agissant d'Ana qui découvrait tous les jours chez lui, même quand elle ne le voyait pas, de nouveaux et diaboliques charmes.

Le bruit, les lumières, le tintamarre, les mets relevés, le vin, le café... l'ambiance, tout contribuait à émousser la volonté, à réveiller l'indolence et les instincts de volupté... Ana se sentait au bord d'une asphyxie morale... A son corps défendant, elle éprouvait un délice intense dans le charme d'un souper au bal qui pour les autres était un plaisir bien banal... Elle ressentait, plus que tous les autres réunis, les effets de cette atmosphère empoisonnée de sensualité romantique et masculine, et c'était elle en l'occurrence, qui devait lutter contre la tentation. Tous ses sens avaient l'irritabilité et la fragilité d'une peau neuve au premier toucher. Tout lui remuait les entrailles. Tout était nouveau pour elle. Le *bouquet** du vin, la saveur du *fromage de Gruyère**, le pétillement du champagne, la lueur d'un regard, le contraste même entre les cheveux noirs de Ronzal et son front pâle et brun... tout, aux yeux d'Anita, conférait à cette soirée une certaine beauté, un attrait mystérieux, une valeur secrète, une expression amoureuse...

— Comme Anita est rouge! disait Paco tout bas à Visitación.

— Bien sûr! D'un côté, c'est à cause de la présence d'Alvaro.

— Et de l'autre?

— De l'autre, c'est à cause... des inepties de son époux, qui est en train de me donner la migraine.

Don Víctor était en effet insupportable avec ses vers, tout bons qu'ils fussent.

Quand il aperçut la Régente dans le grand salon, Alvaro ressentit ce qu'il appelait son coup au cœur. *Ce visage,* cette pâleur soudaine lui firent comprendre que c'était sa soirée, que c'était le moment de tenter quelque chose.

Jamais il n'avait renoncé à conquérir cette place forte.

Il n'aurait plus manqué que cela! Mais, comprenant que tant que régnerait sur le cœur d'Ana ce qu'il appelait le mysticisme érotique (il était aussi grossier que cela dans ses pensées), il ne pourrait progresser d'un pas, il avait battu en retraite et avait levé le siège dans l'attente d'une meilleure occasion. Il espérait en outre que son absence, sa feinte indifférence et le récit de ses amours avec *la ministre* lui prépareraient le terrain.

« A condition, bien entendu, concluait-il, que cette forteresse ne se soit pas rendue au caudillo ecclésiastique. Si le Magistral est le maître des lieux... alors, je n'ai rien à espérer... et puis, la conquête n'a plus autant de valeur. »

« Sans qu'il eût cherché de prétexte, on lui en offrait un ce soir : On avait mis la Régente à côté de lui... son intuition lui disait d'aller de l'avant... alors, en avant. La première chose qu'il voulait savoir c'était si *l'autre,* si le Magistral avait la haute main sur ce cœur. »

Dans son récit il lui fallut prendre des libertés avec la vérité historique, parce qu'on ne pouvait parler franchement à la Régente d'une liaison avec une femme mariée (« cette femme avait tant à apprendre »), mais il réussit à lui faire comprendre, tant bien que mal, qu'il avait dédaigné la passion d'une femme convoitée par beaucoup... parce que... parce que pour le fils de sa mère, ce genre d'amourettes n'était même plus un passe-temps depuis que l'amour s'était abattu sur son cœur comme un vrai fléau.

En débitant ces propos et d'autres dans le même style, tous dignes d'un roman à l'eau de rose, notre coq vétustain vit au visage de la dame que le Magistral n'était pas maître du cœur d'Anita. Mais comme dans l'anatomie humaine on compte beaucoup d'autres organes que le cœur, Mesía ne s'en tint pas là car il fit le raisonnement suivant : « En supposant qu'Ana soit amoureuse de moi, j'ai quand même besoin de savoir si la chair — elle est si faible — ne m'a pas cherché un succédané. »

Non, don Alvaro ne vivait pas dans l'illusion... Sa philosophie, qu'il trouvait de plus en plus solide, le poussait à cette modestie terre à terre et grossière.

Ana sentit le pied de don Alvaro frôler et parfois presser le sien. Elle ne se rappelait pas quand avait commencé ce contact; mais quand elle se mit à y prêter attention, elle éprouva une peur analogue à celle que provoquaient ses crises nerveuses les plus violentes, mais mêlée d'un plaisir physique si intense, qu'elle ne se souvenait pas de toute sa vie en avoir connu de semblable. C'était la même crainte, la même terreur que le soir où elle avait vu Mesía passer dans la rue des Fossés, derrière la grille du Parc; mais ce plaisir était nouveau, totalement nouveau et si fort qu'il la rivait comme avec des chaînes de fer à ce qu'elle jugeait déjà comme un crime, une chute, une perdition.

Alvaro parla d'amour de façon détournée, avec une mélancolie bon enfant, familière, avec une passion douce, suave et insinuante... Il évoqua mille épisodes sans importance particulière dont Ana se souvenait aussi. Elle ne parlait pas mais elle écoutait. Les pieds aussi poursuivaient leur dialogue; dialogue poétique à n'en point douter, malgré le chevreau, parce que l'intensité de la sensation magnifiait la prosaïque médiocrité du contact.

Quand Ana eut la force de séparer tout son corps du plaisir de ce léger frôlement avec don Alvaro, un péril encore plus grand se présenta aussitôt à elle : on entendait au loin la musique de la salle de bal.

— Allez, on danse! s'écrièrent Paco, Edelmira, Obdulia et Ronzal.

Pour Tromblon, ce bal qu'il qualifia de clandestin, là, avec l'élite, loin de la vulgarité de la classe moyenne, c'était le paradis...

On entrouvrit la porte pour mieux entendre la musique, on poussa la table dans un coin, et les couples, serrés les uns contre les autres, cantonnés dans l'endroit qu'ils occupaient, purent ouvrir ce bal improvisé.

Don Víctor lança :

— Allez, Ana, danse! Alvaro, occupez-vous d'elle...

Le brave Quintanar ne voulait pas abdiquer sa dictature; don Alvaro offrit son bras à la Régente qui chercha la force pour refuser, et ne la trouva point.

Ana avait presque oublié la polka; Mesía avait l'air de la porter, comme s'il s'agissait d'un enlèvement; il sentit frémir dans ses bras ce corps plein, ardent, aux courbes exquises.

Ana, silencieuse, ne voyait rien, elle était tout absorbée à sentir un plaisir qui lui semblait de feu ; cette jouissance intense, irrésistible, l'épouvantait ; telle un corps mort, elle se laissait conduire comme dans une catastrophe; elle avait l'impression que quelque chose s'était brisé en elle, la vertu, la foi, la pudeur; elle avait le vague sentiment qu'elle était perdue...

Et pendant ce temps, le Président du Cercle caressant de son désir ces trésors de beauté physique qu'il tenait dans ses bras, se disait : « Elle est à moi! Ce Magistral ne doit rien avoir dans les veines! Elle est à moi... C'est la première étreinte qu'ait sentie cette pauvre femme. » Ah, oui, c'était une étreinte, déguisée, hypocrite, diplomatique, mais une étreinte pour Anita!

— Alvaro et Ana sont vraiment d'un classique! disait Obdulia à Ronzal, son cavalier.

A cet instant, Mesía remarqua que la tête d'Ana basculait contre son plastron, brillant et immaculé, que Tromblon enviait tant. Le bel homme s'arrêta, regarda la Régente en penchant la tête et vit qu'elle était évanouie. Deux larmes coulaient sur ses joues pâles, deux autres étaient tombées sur le tissu amidonné du plastron. Alarme générale. On suspend le bal clandestin, don Víctor s'affole, prie son épouse de revenir à elle... on cherche de l'eau, des sels... Somoza arrive, prend le pouls de la dame, demande... une voiture. On décide que Visita et Quintanar la ramèneront chez elle, bien couverte, dans la berline de la Marquise. Ce qui fut fait. Dès qu'Ana reprit connaissance, demandant mille fois pardon d'avoir perturbé la fête, don Víctor, de fort mauvaise humeur, mais rassuré, lui couvrit le corps de fourrures, l'enveloppa, prit congé de l'aimable compagnie et, aidé de la banquière, il emmena la Régente au lit.

« La fumée! La chaleur, le manque d'habitude, la polka après souper, les lumières...! Toute explication était possible, mais enfin, ce n'était pas grave. La fête pouvait continuer. » Les occupants de la grande salle avaient été mis au courant : « La Régente avait eu une crise. » « On l'avait forcée à danser. » Mais l'incident fut vite oublié et l'on se mit à faire des commentaires sur la conduite de ces messieurs-dames qui s'enfermaient dans le cabinet de lecture pour souper et danser, comme si le Cercle n'était pas à tout le monde...

A six heures du matin, Paco prit congé de Mesía à la porte du Cercle et en lui serrant la main, le jeune Marquis s'exclama :

— Bravo! Enfin, hein?

Mesía ne répondit pas tout de suite; il boutonna jusqu'en haut son beau paletot couleur cendre, noua autour de son cou un foulard de soie blanche et finit par dire :

— Bah... on verra bien.

Il arriva chez lui, à l'auberge ; il appela le veilleur de nuit qui mit du temps à venir ; mais au lieu de le lui reprocher comme il en avait l'habitude, il lui donna deux tapes sur l'épaule et une pièce d'argent en pourboire.

— Monsieur a l'air tout content...! Retour du bal, hein ?

— Tout juste, monsieur Roque, retour du bal...

En se couchant, après avoir posé sur un cintre un de ses vêtements de corps, en flanelle, don Alvaro murmura à mi-voix, comme s'il parlait au lit qu'il était en train d'ouvrir :

— Dommage que je n'ai pas quelques années de moins pour cette campagne...!

Chapitre vingt-cinq

Le lendemain, à la cathédrale, Gloucester, impitoyable, racontait devant le Magistral tout ce qui s'était passé au bal. « L'aristocratie s'était enfermée dans une pièce, dans le cabinet de lecture, pour souper et danser, et doña Ana Ozores, la Régente en personne, s'était évanouie dans les bras de don Alvaro Mesía. »

Le Magistral, qui n'avait pas dormi cette nuit-là, attendant des nouvelles d'Ana avec une fiévreuse impatience, fit demi-tour sur place comme une jeune recrue; c'était la première fois que le poignard de Gloucester, cette langue de vipère, l'atteignait au cœur. Livide, le menton tremblant jusqu'au moment où il le maîtrisa en se mordant la lèvre inférieure, don Fermín regarda son ennemi avec une incrédulité et une expression de douleur qui comblèrent d'aise l'âme tortueuse de l'Archidiacre. Ce regard voulait dire : « Oui, cette fois, tu as gagné, ton venin m'a touché au plus profond. » De Pas se disait que les méchants, pour vils, faibles et sots qu'ils paraissent, ont dans leur méchanceté une formidable grandeur! « Ce crapaud, ce bout de soutane pourrie, savait donner de ces coups de poignard! » Don Fermín pensa à sa mère; sa mère ne l'avait jamais trahi, sa mère était à lui, ils étaient de la même chair; Ana, l'autre, une inconnue, un corps étranger qui s'était mis en travers de son cœur...

Cachant à peine, cachant fort mal sa douleur, qui était la plus profonde, la plus froide et désespérée qu'il eût connue de sa vie, De Pas quitta la sacristie et erra dans les nefs de la cathédrale, titubant, sans pouvoir trouver la sortie. Il ne savait où il voulait aller, il n'avait absolument aucune volonté... et, remarquant que quelques fidèles l'observaient, il se laissa tomber à genoux devant l'autel d'une chapelle. Là, il réfléchit à ce qu'il pourrait faire. Aller chez la Régente? Absurde. Surtout si tôt. Mais sa solitude lui faisait horreur... il avait peur de l'air libre, il voulait un refuge, tout lui était hostile. « Sa mère, sa mère bien-aimée. » Il sortit du temple, courut, arriva chez lui. Doña Paula balayait la salle à manger; un foulard en percale noire lui ceignait la tête, au-dessus de ses cheveux d'argent, épais et drus, comme un turban.

— Tu viens de l'office?

— Oui, madame.

Doña Paula continua à balayer.

Don Fermín tournait autour de la table, autour de sa mère. « Là était le seul réconfort possible, les bras dans lesquels pleurer... la seule compassion véritable, la seule personne avec qui partager sa peine; ce poison qui le tuait ne serait plus qu'un simple poison, s'il le tirait de lui pour le communiquer à sa mère. Son désir de partager sa douleur lui nouait la gorge d'angoisses mortelles... Et il ne pouvait pas, il ne pouvait pas parler... C'était une cruauté de la part de sa mère que de ne pas deviner les tourments de son fils. Doña Paula le regardait comme les autres, comme les gens qu'il avait croisés dans la rue, sans s'apercevoir qu'il mourait de désespoir. Et il ne pouvait pas parler!

— Mais qu'as-tu, donc? Que fais-tu dans mes jambes? Je suis en train de couvrir de poussière tes vêtements propres...

Don Fermín sortit de la salle à manger. Il entra dans son bureau. Teresina faisait le lit de son maître. Elle ne l'entendit pas venir parce qu'elle chantait et les lames du sommier qu'elle remuait faisaient trop de bruit dans ses oreilles. Son maître quitta aussi le bureau, comme s'il prenait la fuite. Il sortit. Il se rendit chez doña Petronila Rianzares. « Madame était à la messe. » Il attendit en faisant les cent pas dans le salon, les mains tantôt derrière le dos, tantôt croisées sur le ventre. Le beau et gros chat entra et salua son ami d'un miaulement comme plaintif. Il se mit dans ses jambes en faisant des S autour d'elles. « Le chat avait déjà l'air d'être un peu au courant de cette trahison. » Le sofa où Ana avait l'habitude de s'asseoir appela le Magistral avec la voix du souvenir. A une extrémité du siège, il y avait un ressort un peu détendu, le tissu était froissé; c'était là qu'elle s'asseyait. De Pas s'assit dans le sofa, à côté du tissu détendu. Il ferma les yeux, et une paresse de vivre, sorte de sommeil ou de somnolence, s'empara de son esprit. Il voulait arrêter le temps. Il souhaitait à présent que doña Petronila ne rentre pas tout de suite : agir l'effrayait, toute résolution lui faisait peur ; quoiqu'il fasse, ce serait pire. Il avait déjà la mort dans l'âme. Des souvenirs lointains s'agitaient dans sa tête, comme pour se préparer à la danse macabre du délire de l'agonie. Il sentit l'odeur d'une grosse rose qu'Ana pressait contre les lèvres de son cher ami, de son grand frère ; la musique des mots se mêlait au parfum de la fleur en une composition mystique... « Oh, oui, tout cela était bel et bien de l'amour... il était *un amoureux* ; l'amour n'était pas toujours luxure, c'était aussi cette peine des illusions perdues, cette solitude soudaine, cette douleur douce et amère à la fois, qui pouvait racheter la faute la plus grave. Devoir... sacerdoce... vœux... chasteté... Tous ces mots à présent sonnaient creux dans sa tête : on aurait dit des mots de comédie. On l'avait trompé, on avait foulé son âme au pied, voilà qui était sûr, évident, ce n'était pas une invention d'évêques radoteurs : c'était le monde, oui, le monde, qui lui donnait cette leçon. Ana était à lui, telle était la loi suprême de la justice. Elle-même l'avait juré; on ne savait pourquoi elle était à lui, mais elle était à lui... » Le Magistral se dressa soudain sur ses jambes : le temps filait, il le sentait comme s'il venait de recevoir une gifle; le temps travaillait pour les autres qui devaient être en train de conspirer contre lui; peut-être même étaient-ils réunis en ce moment... « Infâme, infâme! Et dire qu'elle était allée lui montrer sa croix de diamants dans la chapelle... pour qu'il vît la tenue dans laquelle elle allait le déshonorer... oui, le déshonorer... c'était lui le maître de ce cœur, l'époux, l'époux spirituel... don Víctor n'était qu'un idiot incapable de veiller sur son honneur ni sur celui d'autrui... Voilà bien les femmes! »

Il sortit dans le couloir et cria :

— Doña Petronila est arrivée?

— Elle arrive à l'instant, répondit-on.

Mme Rianzares entra. Don Fermín ne lui laissa pas le temps de dire bonjour.

— Il faut la faire venir sur-le-champ, dit-il.

— Qui... Ana?

— Oui, sur-le-champ.

Don Fermín se remit à faire les cent pas. Il ne voulait pas faire la conversation. Mme Rianzares, esclave de cet homme, se tut et entra dans son cabinet.

Une demi-heure passa. La cloche de la porte d'entrée sonna. Ana vit Constantin le Grand qui lui ouvrait.

— Que se passe-t-il?

— Don Fermín... là, dans le salon...

— Ah...! Je suis ravie.

La Régente entra et dõna Petronila alla à la cuisine, à l'autre bout de la maison. « Si on m'appelle, je ne suis pas là », dit-elle à la servante. Et elle passa dans l'oratoire qui se trouvait près de sa chambre.

De Pas vit la Régente plus belle que jamais : dans ses yeux il y avait un feu mystérieux, sur ses joues la couleur de l'enthousiasme, des conversations intimes et spirituelles; une auréole de gloire inconnue de lui paraissait entourer cette femme qui enfermait dans le petit volume d'une silhouette adorée tout ce qui valait quelque chose dans la vie, le monde entier, infini, de la passion unique.

— Qu'est-ce que cela signifie? dit don Fermín d'une voix soudainement rauque, planté, comme enraciné, au milieu de la pièce.

— C'est ce que je voulais, qu'on se voie tout de suite. Je deviens folle; cette nuit, j'ai cru mourir... hier... aujourd'hui... je ne sais plus quand... je deviens folle...

Elle s'étouffait en parlant.

De Pas éprouva une pitié dont il eut honte.

— Je sais tout; pas besoin de me raconter d'histoires...

— Tout? C'est-à-dire?

— Tout... hier... aujourd'hui... Le bal, le souper; qu'est-ce que cela signifie, Ana, qu'est-ce que cela signifie...?

— Quel bal! Quel souper! Ce n'est pas cela... On m'a fait boire... que sais-je... mais ce n'est pas cela... c'est que j'ai peur... Ici, Fermín, ici dans ma tête... Pitié! Quelqu'un aura-t-il pitié de moi! Je n'ai pas de mère moi... Je suis seule...

« C'était vrai, contrairement à lui, elle n'avait pas de mère, elle était plus seule que lui. » L'amour de don Fermín éprouva alors une pitié ineffable que seul peut éprouver l'amour; il s'approcha de la Régente et lui prit les mains.

— Voyons, voyons, que s'est-il passé ? On m'a dit... mais que s'est-il passé ?... voyons... disait, pleine d'anxiété, la voix tremblante du Magistral.

Ana raconta en sanglotant tout ce qu'elle pouvait raconter de ses angoisses, de ses craintes, de ses tourments, de ces heures de fièvre. « Quand elle s'était retrouvée dans son lit, mille images épouvantables l'avaient assaillie, entrecoupées des souvenirs confus du bal... Elle crut qu'elle allait soudain retomber au fond des gouffres noirs du délire où elle avait l'impression de sombrer durant les lugubres nuits de sa maladie... Puis, l'idée du mal qu'elle avait commis l'avait horrifiée... » Ana s'interrompit en voyant le Magistral devenir livide, et elle ajouta, comme pour rectifier : « Le mal... c'est-à-dire... l'idée de n'avoir pas été assez bonne... » Sa maladie avait été une leçon, une leçon oubliée, et ce matin, en éprouvant au fond de son lit la même faiblesse, ce déchirement de ses entrailles qui semblaient se pulvériser là-dedans, cette dissolution de sa vie dans le délire... sa conscience avait eu, comme à la lumière d'une grande flamme, des visions horribles de honte, de châtiments, le reflet de sa propre misère, le reflet de la sinistre boue qu'on porte dans son âme... et après... la folie, oui, la folie... le doute absolu, effroyable, soudain, tenace, douloureux. Dieu, Dieu lui-même n'était plus pour elle qu'une idée fixe, une marotte, quelque chose qui s'agitait dans son cerveau et le rongeait, comme le son du tic-tac, comme l'insecte dont le bruit bat dans les murs et qu'on appelle *l'horloge de la mort.*

— Oh, oui, j'étais folle, poursuivait Anita encore tout effrayée, j'ai été folle pendant une heure... que dis-je, une heure ? un siècle... Je ne demandais rien d'autre que la santé, le répit...la conscience claire de moi-même... Mais hélas, non! Dieu, mon Dieu bien-aimé... moi... tout, tous nous disparaissions. Tout était poussière là-dedans!

Et les yeux d'Ana, rivés sur sa peur, voyaient sur le tapis l'image confuse de l'effroyable souvenir...

De Pas se taisait. Lui aussi, pendant un instant, il eut la sensation glacée de la terreur. La folie traversa son esprit comme un vertige. « Si elle devenait folle! » Le pourpre monta au visage du prêtre. Il avait d'abord vu s'évanouir, dans cet esprit fait d'une grâce toute musicale, ce qu'il aimait sous cette beauté, l'âme de la Régente, son esprit; puis il pensa à cette beauté extérieure, intacte, à son espoir de satisfaire son amour sans crainte des témoins, seul, tout seul avec ce corps adoré...

— Me sauver, je veux me sauver...! cria Ana, revenant soudain à la réalité, je veux retrouver notre été, le doux été paisible... oui, c'est cela, paisible; je veux retrouver nos conversations sans fin sur Dieu, le ciel, l'âme éprise des idées de là-haut... oui, je veux que mon frère me sauve, que Thérèse me donne la lumière, que le miroir de sa vie ne s'obscurcisse pas à mes yeux, que Dieu caresse mon âme... Fermín, c'est comme si je me confessais... ici... qu'importe le lieu; n'importe où... oui, comme si je me confessais...

— C'est exactement ce que je veux, Ana; savoir... tout savoir. Moi aussi je souffre, moi aussi j'ai cru mourir, ici-même... assis là... là où nous avons si souvent parlé du Ciel... et de nous. Ana, moi aussi je suis fait de chair et d'os; moi aussi j'ai besoin d'une âme sœur, mais d'une âme fidèle et non déloyale... Oui, j'ai cru mourir...

— A cause de moi, par ma faute, n'est-ce pas? Mourir parce que j'aurais trahi, menti, que je me serais salie...?

— Oui, oui... il faut tout dire... vite...

— Non, non.

— Si... si...

— Non... ce n'est pas ce que je veux dire... je vais tout dire... mais, tout, qu'est-ce que c'est ? Rien... Puisque... je n'y suis pas allée... on m'a emmenée de force... non, cela, non. Je ne sais ce qui s'est passé ; je ne sais pourquoi j'ai cédé. Et là-bas... il y a une femme très méchante.

— Non, n'accusons pas les autres... Les faits, je veux les faits. Je vais les dire; je les connais.

— Mais quoi?

— Cet homme, Mesía; Ana... que s'est-il passé avec cet homme...?

Ana rassembla ses forces, se concentra sur la réalité, sur ce qu'on lui demandait, avec intensité, luttant contre son confesseur, se battant pour son intérêt qui était de cacher le fond de ses pensées. « Après tout, elle n'était pas au confessionnal; en outre, c'était pure charité que de mentir, de taire au moins le pire. »

— Je ne l'aime pas! C'est la première chose qu'elle put dire après avoir réussi à se dominer. Elle ne pensait plus à sa folie, elle pensait à défendre son secret.

— Mais hier soir... aujourd'hui... je ne sais à quelle heure... Que s'est-il passé ?

— J'ai dansé avec lui... c'est Quintanar... Quintanar m'y a obligée...

— Pas d'excuse, Ana! Ce n'est pas comme cela qu'on se confesse.

Ana regarda autour d'elle... Elle n'était pas dans la chapelle, Dieu merci. Ce sophisme d'hypocrite était chez elle de la candeur. Elle était sûre qu'un *devoir supérieur* lui ordonnait de mentir. « Dire au Magistral qu'elle était amoureuse de Mesía? Plutôt l'avouer à son mari! »

— J'ai dansé avec lui parce que mon mari l'a voulu... On m'a fait boire... Je me suis sentie mal... j'avais des vertiges... je me suis évanouie... et on m'a ramenée chez moi.

— Et l'évanouissement, il a eu lieu... dans les bras de cet homme?

— Dans ses bras...! Fermín!

— Bon, bon... c'est... ce qu'on m'a dit... Que nul ne l'ignore! Disons... en dansant avec lui...

— Je ne m'en souviens pas... peut-être...

— Infâme...!

— Fermín... je vous en prie, Fermín!

Ana recula d'un pas.

— Taisez-vous... pas besoin de crier... ni de prendre cet air... je ne vais pas vous manger... pourquoi cette frayeur... ? Je fais peur, n'est-ce pas... ? Pourquoi ? Moi... que puis-je faire ? Moi, qui suis-je ? Moi... que puis-je décider ? Mon pouvoir est spirituel... Et cette nuit, vous ne croyiez pas en Dieu...

— En mon Dieu! Fermín, de grâce...

— Si, c'est vous qui l'avez dit... Et vous en avez pris le chemin. Moi, sans Dieu... je ne suis rien... Sans Dieu, vous pouvez aller où vous voudrez, Ana... tout est fini... Je me suis ridiculisé, Vetusta tout entière rit de moi à gorge déployée... Mesía me méprise, il me crachera à la figure dès qu'il me verra... Le père spirituel... est un pauvre diable. Ah, foi de De Pas...! Le misérable...! Il m'insulte parce que je ne peux pas me défendre...!

Le Magistral rua dans sa soutane comme sous des chaînes et assena un coup de poing herculéen sur le dossier du sofa.

Il essaya ensuite de rassembler ses esprits, il se passa la main sur le front; il saisit sa cape, finit par trouver son chapeau et, s'enfermant dans le mutisme, chercha la porte à tâtons et sortit sans se retourner.

Il crut qu'Ana le suivrait, l'appellerait, pleurerait... mais vite il se sentit abandonné. Il arriva à l'entrée, s'arrêta, écouta... Rien, on ne l'appelait pas. De la rue, il regarda les fenêtres. Aucune ne s'ouvrait. « On ne le suivait même pas des yeux. Cette femme ne faisait pas un geste. Tout était vrai. Elle le trompait; c'était une femme. Mais quelle femme! La sienne! Celle de son âme! Oui, oui, de son âme! C'est pour cela qu'il l'avait aimée. Mais les femmes ne comprenaient pas cela... La plus pure de toutes voulait autre chose. » Et mille horreurs traversaient sa mémoire. La pourriture accumulée au long de tant d'années de confessionnal. Sa conscience lui rappela Teresina. Une Teresina pâle et souriante qui disait, dans sa tête : « Et toi... ? » « Lui était un homme », se répondait-il. Et il pressait le pas. « Je l'aimais pour mon âme... » « Et tu aimais aussi son corps, disait Teresina dans sa tête, le corps aussi... souviens-toi. » « Oui, oui... mais... j'attendais... j'aurais attendu jusqu'à la mort... plutôt que de la perdre. Parce que je l'aimais tout entière... C'est ma femme... la femme de mes entrailles... Et elle restait là derrière lui, loin derrière, perdue à jamais...! »

Ana, immobile, avait vu sortir le Magistral sans trouver le courage de le retenir ni la force de le rappeler. Une idée avait, de tous ses mots, retenti en elle, près de ses oreilles. « Ce chanoine était amoureux d'elle! » Oui, amoureux comme un homme, et non d'un amour mystique, idéal, séraphique comme elle se l'était imaginé. Il était jaloux, mort de jalousie... Le Magistral n'était pas le grand frère spirituel, c'était un homme qui, sous sa soutane, dissimulait passion, amour, jalousie, colère... Elle était aimée d'un chanoine! Ana frissonna comme au contact d'un corps froid et visqueux. Cette dérision de l'amour la fit sourire en elle-même avec une amertume venue du plus profond de son cœur jusqu'à ses lèvres. Son père, le libre penseur don Carlos, lui apparut soudain, en manches de chemise, discutant autour d'une table là-bas à Loreto, avec un curé et quelques amis athées ou progressistes. Ana se souvenait, comme si elle venait de les entendre, des paroles de son père et de ces messieurs : « Le clergé corrompait les consciences, les prêtres étaient comme tout le monde, le célibat ecclésiastique n'était qu'un masque. » Tout cela, qu'elle avait entendu sans le comprendre, revenait à sa mémoire avec un sens clair et précis, comme beaucoup d'autres leçons de l'expérience... On voulait la corrompre! Cette maison... ce silence... cette doña Petronila... Ana fut saisie de dégoût et de honte et courut vers la porte. Elle sortit sans prendre congé. Elle arriva chez elle. Don Víctor faisait retentir tout le quartier de coups de marteau. Il construisait la maquette d'un pont qu'il comptait présenter à l'exposition de la Saint-Mathieu. Il ne mettait plus de bayette autour de son marteau, non, le fer cognait contre le fer, le fracas était épouvantable. « Il était bien le maître chez lui, la preuve : sa femme était allée au bal. Fini, le Paraguay, plus de mysticisme ; une piété mesurée, héritée de nos ancêtres, un point c'est tout. Pour le reste, activité, industrie et art... beaucoup de théâtre, beaucoup de chasse et de coups de marteau. Paf, paf, paf, poum ! Vive la vie! » Telles étaient les pensées de don Víctor, qui était dans sa veste d'intérieur écossaise, et il clouait à qui mieux mieux, dans son nouvel atelier, dans un réduit du rez-de-chaussée donnant sur la cour. Le soleil léchait les pieds de Quintanar, arrachant des étincelles aux perles de verre et au galon doré de ses babouches pseudo-turques. Le charpentier sifflait; sa grive, la meilleure grive de la province, que Quintanar transportait de pièce en pièce, sifflait aussi, dans sa cage suspendue à un fil de fer. Ana contempla son mari en silence. « C'était son père! Elle l'aimait comme son père! Il ressemblait même un peu à don Carlos. Ce soleil de février qui annonçait le printemps; cette atmosphère fraîche qui poussait à s'activer, à se remuer; ces coups de marteau, ces sifflements, ces petits nuages légers traversant le carré bleu dont les auvents du toit constituaient le cadre... tout cela était édifiant. C'était sa maison, elle y était la reine, cette paix lui appartenait! » En posant son marteau pour prendre la scie, don Víctor aperçut sa femme.

Ils se sourirent en silence. « Le soleil rajeunissait Quintanar. En outre, c'était un bon charpentier. Ses inventions étaient sans doute plus ou moins farfelues, sa conception de la mécanique idéaliste, mais il faisait d'une planche ce qu'il voulait. Et il travaillait proprement! »

Ana loua l'adresse de son mari.

Cela le mit en train : il devint rouge de plaisir et lui promit une table à ouvrage pour la semaine suivante. « Entièrement, mais entièrement faite de mes mains. »

La Régente oublia un moment la désillusion de la matinée. Quand elle y pensa à nouveau, il lui parut que don Fermín n'était pas un scélérat mais un malheureux, mais quoi qu'il en fût, elle trouvait absurde de tomber amoureux quand on était chanoine. L'imagination d'Ana s'était souvent laissée aller à toutes les combinaisons de l'amour romantique, sauf celle-là. « On pouvait concevoir l'amour sacrilège d'un prêtre d'opéra, mais pas d'un prébendé à rabat violet! » Et puis, l'honnêteté avec sa répugnance instinctive s'élevait aussi contre cela. « Mais De Pas était digne de compassion. Celle qui n'avait pas d'excuses c'était doña Petronila. Oh, s'il lui arrivait encore d'adresser la parole au Magistral, comme c'était probable, parce qu'enfin, il faudrait bien s'expliquer, ce ne serait sûrement pas chez cette bonne femme. Mais que s'était-elle mise dans la tête? Quelles idées se faisait-elle sur son compte? »

Quand don Víctor rentra chez lui, tout joyeux, fredonnant des extraits d'opérettes, il proposa à sa femme, de but en blanc, d'accepter l'invitation de la Marquise qui les avait priés de venir prendre le café, après le déjeuner, pour ensuite aller se promener ensemble... et voir les masques.

— De grâce, Quintanar! Assez d'agitation... assez de carnaval... Je ne veux plus de fêtes... Je suis fatiguée... Le bal d'hier m'a fait du mal... Je n'en peux plus... je n'en peux plus... Ne t'ai-je pas obéi hier...? Assez, de grâce, assez.

— Bon, mon enfant, bon... je n'insiste pas.

Et don Víctor se tut, ayant perdu une partie de son entrain. Il n'osa pas faire usage de cette énergie dont Dieu l'avait doté. « A quoi bon, en l'occurrence, trop tirer sur la corde. »

Mais lui, bien entendu, alla prendre le café et se promener.

Ana resta seule. De la fenêtre ouverte de son boudoir, on entendait au loin la musique de la Grande Promenade, où avait lieu le carnaval. Cette musique indistincte qui lui arrivait comme en rafales intermittentes lui emplit l'âme de tristesse. Elle pensa à Mesía, le tentateur, et elle pensa au Magistral amoureux, jaloux... sans défense. Maintenant, sa compassion était infinie... En fin de compte, c'était lui qui avait ouvert son âme aux lumières de la religion, de la vertu... Ana pensa à sa foi brisée, fissurée, comme si un tremblement de terre l'avait ébranlée. Le

Magistral et la foi étaient trop liés dans son esprit pour que la désillusion n'entamât point ses convictions. En outre, elle avait toujours plus aimé que cru. Don Fermín avait tenté de lui inspirer la crainte de Dieu et de l'Église, une spiritualité vague faite de rêverie... Mais il l'avait peu entretenue des dogmes. Ana se rendait compte que son imagination avait eu sur sa piété plus d'influence qu'il n'aurait fallu pour la solidité de cet édifice. Ils étaient loin, les jours de prétendu mysticisme, de contemplation... Elle était alors malade et la lecture de sainte Thérèse, son état de faiblesse, la tristesse, avaient embrasé son âme de visions de pure idéalité... Mais le retour de la santé avait entraîné la victoire d'une piété active, irréfléchie; le Magistral avait éclipsé la sainte, on avait parlé davantage de cette tendre fraternité dans la vertu que de Dieu lui-même... Elle comprenait maintenant beaucoup de choses. Don Fermín la voulait à lui...

« Tout cela n'était que des préparatifs. Dans quel but?

« Oh, Mesía était plus noble, il luttait à visage et à poitrine découverts, il annonçait ses coups... Il n'avait pas abusé de son amitié avec don Víctor, il ne s'était pas fait insistant. Mais tous deux l'aimaient! » La tristesse d'Ana trouvait dans cette pensée une consolation douce à défaut d'être intense. « Elle ne pouvait être à aucun des deux; mais pour le Magistral elle ne pouvait pas et ne voulait pas... Elle lui devait une gratitude éternelle... mais lui donner autre chose... serait d'une répugnante absurdité. C'était dégoûtant. Il ferait beau se mettre aux jeux de l'amour à près de trente ans... et avec un prêtre...! La honte et une certaine colère enflammaient le visage d'Ana. Cet homme avait donc dans l'idée que je... plutôt mourir...! »

La Régente passa plusieurs jours dans cet état d'esprit. Les mêmes idées, combinées de mille manières, traversaient son esprit excité.

Quand elle sentait dans ses désirs la présence de Mesía, honteuse elle se détournait d'elle-même, honteuse que le souvenir du bal, et surtout celui de son contact avec Alvaro, ne fût pas un remords cuisant. « Mais il n'avait rien de tout cela, non. Elle revoyait la scène comme dans un rêve; elle ne se croyait pas responsable, formellement responsable de ce qui s'était passé ce soir-là. On l'avait saoulée de paroles, de lumières, de frivolité, de bruit... de champagne... Mais elle serait maintenant une misérable si elle laissait don Alvaro persister dans ses provocations. Elle ne voulait pas se laisser suborner par le sophisme de la tentation qui lui criait aux oreilles : après tout don Alvaro n'est pas un chanoine; si tu le fuis, tu t'exposes à tomber dans les bras de l'autre. Mensonge, criait la vertu. Je ne serai ni à l'un, ni à l'autre. J'aime don Fermín avec mon âme, en dépit de son amour, qu'il ne peut sans doute vaincre, tout comme je ne puis vaincre l'influence de Mesía sur mes sens; mais je suis bien certaine de ne jamais aimer le Magistral de façon coupable. Oui, bien certaine. Je dois me détourner du Magistral, certes, mais plus encore de don Alvaro. Sa passion est tout aussi illégitime, quoique ni répugnante ni sacrilège comme celle de l'autre... Je me détournerai de tous les deux! »

Il n'y avait d'autre refuge que son foyer. Don Víctor et son Frígilis, la panoplie de son musée des manies, don Víctor et le théâtre espagnol en prime.

« Mais la maison avait aussi sa poésie. » Ana s'efforça de la trouver. Si elle avait des enfants, elle aurait tant à faire! Quel bonheur! Mais d'enfants, point. Ils n'allaient pas adopter un enfant trouvé. Quoi qu'il en soit, Ana se mit à travailler chez elle avec ardeur... à prendre le plus grand soin de don Víctor... Au bout de huit jours elle comprit qu'elle tombait dans la pire des hypocrisies. Les travaux domestiques étaient vite faits. A quoi bon faire semblant d'être satisfaite d'une activité insuffisante, insignifiante, qui n'arrivait même pas à occuper son esprit pendant une demi-heure? Don Víctor la remerciait du fond du cœur de tant de zèle domestique, mais, en ce qui le concernait, il aurait préféré laisser les choses en l'état. Personne mieux que lui ne cousait un bouton à son goût; don Víctor était au martyre quand on lui faisait le ménage de son bureau; il était inutile de venir lui faire si bien son lit puisque, de toute façon, lui, don Víctor, devait le défaire, battre les oreillers et disposer le revers du drap à son goût. Quand Ana laissa les travaux domestiques reprendre leur ancien cours, don Víctor l'en remercia également du fond du cœur et respira mieux. « Ces ingérences de sa chère épouse étaient dignes d'une reconnaissance éternelle... mais elles le dérangeaient. Charbonnier est maître chez soi... »

Don Alvaro ne se pressait pas. « Cette fois-ci, il était sûr de lui. » Mais il ne voulait pas *brusquer* * (comme il disait pour lui-même en français) une attaque. « Sa théorie du *quart d'heure* était une théorie incomplète. » Il y avait un peu de cela, mais dans certains cas, seul un bon horloger sait trouver le quart d'heure d'une femme. Il comptait laisser passer le Carême. Il s'agissait malgré tout d'une bigote qui devait jeûner et faire maigre. Mauvaise affaire. Pâques offrait une meilleure occasion. Après la Résurrection de Notre Seigneur Jésus-Christ, le monde semble plus gai, ses plaisirs plus licites; le printemps, déjà bien avancé, aiderait... et les fêtes, où il s'arrangerait pour que don Víctor amène sa femme, seraient les aiguillons du désir. « Oh...! oui, à Pâques, on verrait ce qu'on verrait. »

« En outre, il voulait se préparer pour cette campagne. Il ne se sentait pas très en forme. Cet été à Palomares, il avait fait de sa santé une sorte de banqueroute. L'épouse du ministre s'était montrée exigeante en amour. Chez les femmes séduites, ce genre de transports est toujours en raison directe du carré des distances. Ce qui veut dire que plus une femme est loin du vice, plus elle se montre fougueuse quand elle y tombe. Si elle cédait, la Régente allait être particulièrement fougueuse. »

Et Mesía s'y préparait. Il lut des livres d'hygiène, fit de la gymnastique en chambre et beaucoup de promenades à cheval. Il refusa d'accompagner Paco Vegallana dans ses petites aventures faciles et payables à vue. « Quand le diable devient vieux... » lui disait Paco. Don Alvaro se contentait de sourire et se couchait tôt. Il se levait avec le jour. A cette heure, la Grande Promenade était déjà pleine d'odeurs, de fraîcheur et de gazouillis. Les oiseaux, sautant de branche en branche, préparaient les nids pour les œufs d'avril ; on aurait dit des tapissiers de la ramure décorant les salons de la Grande Promenade pour les fêtes de printemps. Mars débutait avec des chaleurs dignes de juillet; à peine levé, le soleil se mettait à chauffer, brûlant. Ce printemps hâtif, fréquent à Vetusta, était une supercherie de la nature; l'hiver ne tardait pas à revenir, comme dans ses plus beaux jours, avec ses grands froids, ses gelées et sa pluie, sa pluie interminable. Mais don Alvaro profitait de cet intermède de lumière et de chaleur qu'il appréciait malgré toute sa brièveté; il n'était pas de ceux qui mesurent leur bonheur à la durée; bien plus, il ne croyait pas au bonheur, concept métaphysique selon lui, il croyait au plaisir, qui ne se mesure pas au temps. Un matin, dans ce salon de réception qu'est la Grande Promenade, désert à cette heure car peu de gens croyaient à cette préfiguration du printemps, don Alvaro aperçut au loin la silhouette d'un prêtre. Il était grand, son allure assurée. C'était le Magistral. Ils étaient seuls sur la promenade; ils étaient obligés de se croiser, puisqu'ils venaient à la rencontre l'un de l'autre, du même côté. Ils se saluèrent sans mot dire. Don Alvaro eut un peu peur, une légère appréhension. « Si cet homme, se dit-il, amoureux de la Régente, éconduit par elle, devenait tout à coup fou en me voyant, me croyant son rival, et s'il se jetait sur moi dans cet endroit désert, à grands coups de poing... » Mesía se souvenait de la scène de la balançoire, dans le jardin de Vegallana.

De son côté, en voyant don Alvaro, le Magistral pensa : « Si je me jetais sur cet homme et si, comme je le peux, comme je suis sûr de pouvoir le faire, je le traînais à terre et lui piétinais la tête et le ventre...! » Et il eut peur de lui-même. Il avait lu que, chez les gens nerveux, des images et des idées de ce genre provoquent des actes en rapport. Il se souvint d'un conte d'Edgar Poe décrivant un certain assassinat... Son regard fut insolent, provoquant. Il salua comme s'il disait des yeux : « Tiens! prends cette giffle. » Mais le salut et le regard de Mesía signifiaient : « Vous pouvez toujours y aller; je ne comprends pas un mot de ce que vous voulez me dire. »

Et chacun poursuivit son chemin. Mais, le lendemain, ni l'un ni l'autre ne retournèrent à la Grande Promenade. Ils y allaient dans un but opposé : le Magistral marchait beaucoup pour dépenser des forces inutiles, et Mesía pour se refaire des forces dont il comptait bien avoir grand besoin sous peu. Chacun désormais alla se promener dans des lieux écartés. Ils craignaient une nouvelle rencontre.

Mais ils durent bientôt rester chez eux.

Comme il fallait s'y attendre, l'hiver revint avec toutes ses rigueurs, faisant des gorges chaudes des imprudents qui se croyaient déjà au printemps. Les oiseaux disparurent dans leurs trous et leurs cachettes. Les arbres fleuris souffrirent les fureurs des intempéries, comme des coquettes demoiselles vêtues de riantes percales et de délicats atours de soie et de tulle éclatants qui, dans une partie de campagne, se voient surprises par une averse, en pleine nature, loin de tout abri, sans même un parapluie. Les petites fleurs blanches et roses des arbres fruitiers tombaient mortes sur la fange : la grêle les déchiquetait; tout revenait en arrière; cette répétition de printemps précoce n'était pas réussie; il fallait reprendre depuis le début, chacun à sa place!

On était à la Mi-Carême. Vetusta se remit à ses dévotions avec une ferveur redoublée. Les missionnaires jésuites aussi étaient passés par là, comme un orage de grêle; les fleurs d'amour et d'allégresse semées par le carnaval furent vite détruites à coups de pénitences par le père Maroto, un artilleur à la retraite qui prêchait à coups de canon et employait les grands moyens, et le père Goberna, un Français tout sucre et tout miel, qui prononçait le castillan avec le nez et la gorge, parlait de *Gomogrrhe* et citait les grandeurs de Ninive et de Babylone déjà disparues à la fin des années mil, comme preuve de l'insignifiance des choses humaines. Bref, Vetusta s'était toute recroquevillée. L'eau et les jésuites l'avaient rendue triste, peureuse, abattue. L'aspect général de la nature, sombre, diluée dans les flaques et les bourbiers, invitait davantage à reconnaître le peu de valeur qu'a ce bas-monde qu'à penser à la brièveté de l'existence. Il semblait que tout allait se dissoudre. L'Univers, à en juger par Vetusta et ses environs, plus qu'à un rêve éphémère, ressemblait à un long cauchemar plein d'images sales et poisseuses. Le père Goberna, qui savait donner de la *couleur locale* à ses oraisons, ne disait pas, à Vetusta, que « nous ne sommes qu'un peu de poussière », mais qu'un peu de boue! De la poussière à Vetusta? On ne demandait que cela!

Avec le mauvais temps, la tranquille et nonchalante résignation d'Anita Ozores disparut. La pluie tenace et lancinante réveilla certains de ses accès d'angoisse antérieurs; elle sentit à nouveau sa volonté protester et des chardons la piquer au fond de son âme. Mais à présent, le Magistral n'était plus là pour l'aider!

Elle se sentait de plus en plus seule et abandonnée, et elle commençait déjà à se dire qu'elle avait été injuste à l'égard du Grand Vicaire d'avoir pensé tant de mal de lui et de l'avoir laissé partir, désespéré, le cœur traversé de soupçons comme autant de dards empoisonnés. Pourquoi cette désillusion, cette profanation d'une amitié pure, désintéressée, idéale, ne l'avait-elle pas affectée davantage? Sans doute parce qu'être aimée, par qui que ce fût, ne pouvait lui déplaire, dût-elle dédaigner et même blâmer cet amour. Peut-être parce qu'elle savait que le remède à cette séparation était entre ses mains. Qui l'empêchait, un jour sans doute prochain, où elle aurait besoin d'un réconfort spirituel, de courir au confessionnal et de persuader son confesseur, don Fermín, qu'elle n'était pas ce qu'il s'imaginait ? Elle devait peut-être même le faire le plus tôt possible. Il n'y avait pas de raison de laisser De Pas imaginer ce qui n'était pas ! Oui, il fallait lui dire la vérité, c'est-à-dire, la vérité sur ce qui n'était pas ; c'était clair, don Alvaro n'avait pas obtenu de faveur particulière d'Ana Ozores.

Mais avant d'aller voir le Magistral, Ana voulut fortifier son esprit par elle-même. Elle sentait sa foi chanceler, les vulgaires sophismes de don Carlos — le libre penseur — venaient la tourmenter à chaque instant. Elle commençait par douter de la vertu des prêtres et finissait par douter de l'Église et de nombreux dogmes... Alors, elle courait à la messe. Sautant par-dessus les flaques, défiant les averses, elle allait de paroisse en paroisse, de neuvaine en neuvaine, et passait aussi de longs moments dans la nef froide de tel ou tel temple aux heures où les fidèles les désertaient. Elle s'asseyait sur un banc et méditait. La voûte renvoyait l'écho de la toux d'un vieillard priant dans le recoin d'une chapelle ; les pas d'un enfant de chœur irrespectueux retentissaient sur une estrade devant un autel et, comme pour renforcer le silence, la rumeur assourdie des bruits de Vetusta parvenait jusqu'à ses oreilles. Ana demandait à la solitude et au silence nonchalant de l'église une sorte d'inspiration, ou comme un parfum de piété qui, selon elle, devait se dégager de ces murs saints, de ces autels qui à la lueur blafarde du jour étalaient leurs saints de plâtre et de bois verni, comme usés par la patine des prières et la fumée des cierges. A la lumière du jour, ces images rappelaient vaguement un décor de théâtre vu en plein jour et les comédiens dans la rue, sans les splendeurs des rampes à gaz. Mais Anita ne pensait pas à cela. Elle cherchait ici sa foi qui s'étiolait. « Pourquoi s'étiolait-elle ? Quel rapport y avait-il entre l'Église et le Magistral ? Cet homme ne pouvait-il être tombé amoureux d'elle... sans que pour autant le dogme perde sa vérité ? Bien sûr que si. Mais elle priait pour y croire. Ah, il serait ennuyeux que le Magistral ne sortît pas innocent de cette épreuve... Si lui, si le grand frère n'était qu'un hypocrite... il faudrait donner raison sur bien des points à don Carlos, qui, malgré tout, était son père. Oui, oui, c'était son père, ce père qu'elle avait pleuré avec les larmes du cœur, celui-là même qui prétendait que la religion est un hommage intérieur de l'homme à Dieu, à un Dieu que nous ne pouvons imaginer comme il est, et qui n'est pas comme le disent les religions positives, mais bien meilleur, beaucoup plus grand... ! C'était son père qui proférait toutes ces hérésies ! » Et elle priait, elle priait parce que méditer ne lui était plus d'aucune utilité. Après quoi, une voix intérieure, sévère et un peu pédantesque, lui criait : « Mais entendons-nous bien, quand bien même don Carlos aurait eu raison, quand bien même Dieu serait plus grand et meilleur que tout ce qu'ont pu dire ou penser les livres des hommes, Il ne pardonne pas pour autant les péchés dont toutes nos consciences s'accusent. Don Alvaro serait interdit, quoi qu'il arrive. Le mal reste le mal. Oh, oui se disait la Régente qui trouvait un réconfort dans cette résolution, même si ma foi se relâche, je combattrai encore cette passion de mes sens, qui sera toujours mauvaise... »

Elle commença à se rendre compte que le temple solitaire ne renforçait pas sa dévotion; ces murs froids, cette espèce de relâche des saints aux heures où cesse l'adoration, lui rappelaient, par d'étranges analogies qu'établissait son esprit sans doute malade, lui rappelaient la fatigue des rois, la fatigue des monstres de foire, la fatigue des comédiens, des politiciens et de tous les êtres dont le destin est de se donner en spectacle public à la béate et basse admiration des foules stupides... L'église sans célébration de culte, l'église faisant relâche finit par lui paraître aussi comme une sorte de théâtre en plein jour. Le sacristain et l'acolyte montant sur le rétable, rivalisant de hauteur avec la statue de bois, plaçant symétriquement les cierges et vérifiant les lois de la perspective, lui semblaient être finalement les complices d'elle ne savait quel trompe-l'œil... Outre toutes ces appréhensions sacrilèges, tentations malsaines de l'esprit malade, cause de tant de luttes, sa distraction la mettait au supplice; elle commençait des prières qu'elle ne finissait pas; les refrains de telle ou telle pieuse légende lui donnaient même des nausées; sa solitude se peuplait de mille images, diablotins de la distraction; le silence était un essaim de bruits intérieurs. Tout cela l'obligea à quitter le temple solitaire. Elle revint aux heures de culte. Elle découvrait que, dans la nouvelle piété qu'elle recherchait, ses sens devaient avoir une part importante. Elle chercha l'odeur de l'encens, les splendeurs de l'autel et des chasubles, les palpitations de la prière commune, le murmure de l'*ora pro nobis* des *masses catholiques,* la force mystérieuse de la prière collective, la parcimonie systématique du cérémonial, la gravité du prêtre célébrant, le flou étrange des chants sacrés paraissant descendre des nuages alors qu'il vient simplement du chœur; les mélodies de l'orgue qui rappelaient en un instant toutes les émotions douces et chaudes de la piété d'antan, de la foi immaculée, mélange de berceuse maternelle et d'espérance mystique.

La neuvaine de Notre Dame des Sept Douleurs revêtit cette année-là une importance exceptionnelle à Vetusta, à en croire *El Lábaro.*

En tout cas, l'église de San Isidro, où elle avait lieu, fut décorée comme jadis. Telle était la graine de ferveur, postiche et pompeuse, qu'avaient semée les pères Goberna et Maroto. On ne pouvait, comme pour la neuvaine de l'Immaculée Conception, tendre le temple d'azur et d'argent, ni dresser devant le rétable du maître-autel un édicule en carton-pâte imitant une chapelle gothique en marqueterie; mais tout ce qui pouvait être compatible avec les sept douleurs de la Vierge fut fait : le luxe fut majestueux, triste, funèbre. Tout était noir et or. La chapelle de la cathédrale se joignit en masse à la chorale de San Isidro, renforcée de quelques chanteurs rescapés de la dernière compagnie d'opérette ayant fait faillite à Vetusta. Les sermons furent commandés à *un autre jésuite,* le père Martínez, qui vint de très loin et se fit payer très cher. Sur la table aux offrandes, placée face au maître-autel, derrière la grille de la porte principale, les dames les mieux nées, les plus jolies et les plus zélées demandaient des aumônes et vendaient des livres pieux, des médailles et des scapulaires.

La pluie, l'ennui, la piété, l'habitude, poussèrent leurs contingents respectifs vers le temple, qui était plein à craquer chaque après-midi. Il n'aurait pu contenir un Vétustain de plus.

Les jeunes laïcs de la ville, étudiants pour la plupart, ne se distinguaient ni par leur excessive dévotion ni par une impiété prématurée; ils restaient étrangers à certaines choses; il y avait des carlistes et des libéraux, mais presque tous allaient à la messe pour voir les filles. Ils ne manquaient pas la neuvaine; ils se répandaient dans les chapelles et dans tous les recoins de San Isidro, rejetaient leur cape sur l'épaule, prenaient un air un tantinet romantique ou polisson, selon leur caractère, et ils *reluquaient,* comme ils disaient, les filles à marier, les plus réservées, les meilleures chrétiennes, mais non moins désireuses d'avoir ce qu'elles appelaient des *relations.* Tandis que le père Martínez répétait pour la centième fois — il avait déjà gagné cinq mille réaux — que la douleur d'une mère ne se compare à aucune autre, et que, sans éprouver pour sa part l'ombre d'une douleur, il déversait sur l'image endeuillée de l'autel, la vaine rhétorique de son éloquence d'un baroquisme décati et réchauffé, l'amour sacrilège voletait, invisible, de nefs en chapelles, comme un papillon que le printemps envoie du fond de la campagne annoncer à la ville le renouveau de la joie.

Près du sanctuaire, Ana, agenouillée, se recueillait pour s'absorber dans une piété absolue, entendant le ronron gémissant de la chaire comme la rumeur lointaine d'une averse entrecoupée des geignements du vent coincé dans une porte. Elle n'entendait pas le jésuite, elle entendait la silencieuse éloquence de ce fait patent, répété depuis des siècles et des siècles dans des milliers et des milliers de villes : la piété collective, la dévotion en commun, cette élévation presque miraculeuse d'un peuple entier, vulgaire, amoindri par la pauvreté et l'ignorance, vers les régions spirituelles, vers l'adoration de l'Absolu, par une abstraction prodigieuse. La Régente, à sa façon, évoquait tout cela, désirant que cette vague de piété l'entraînât, désirant devenir molécule de cette écume, particule de cette poussière qu'une force inconnue poussait dans le désert de sa vie, sur la voie d'un idéal plus ou moins compris.

Le père Martínez se tut et l'orgue reprit d'une autre façon, et beaucoup mieux, ce qu'avait dit cet orateur de luxe. L'orgue semblait partager avec plus de cœur les peines de Marie... Ana pensa à Marie, à Rossini, à la première fois où elle avait entendu, à dix-huit ans, dans cette même église, le *Stabat Mater...* Et quand l'orgue eut dit ce qu'il avait à dire, les fidèles chantèrent tel un chœur-monstre bien au point le refrain monotone et solennel de plusieurs chants qui descendaient de la voûte comme une pluie de fraîches fleurs. Les enfants chantaient, les vieillards chantaient, les femmes chantaient. Et Ana, sans savoir pourquoi, se mit à pleurer. A côté d'elle, un enfant de six ans, pauvre, blond, pâle et maigre, assis par terre contre les jupes de sa mère couverte de haillons, chantait sans sourciller, les yeux fixés sur la Mater dolorosa de l'autel portatif; il chantait et soudain, par on ne sait quelle association d'idées, il se tut, tourna son visage vers sa mère et dit : « Mère, donne-moi du pain! »

Un vieillard chantait près d'un confessionnal, d'une voix tremblante, grave et douce... ayant oublié les fatigues du travail auquel l'astreignait la faim, contre tous les droits de la vieillesse. La ville tout entière chantait et l'orgue, comme un père, accompagnait le chœur et le guidait dans les régions idéales de l'ineffable tristesse qui console, celles de la musique.

« Et il y avait des infâmes, se dit Ana, qui voulaient abolir tout cela! Oh, non, non, pas moi! Avec toi, Vierge sainte, toujours avec toi, toujours à tes pieds; être avec les malheureux, voilà la religion éternelle, vivre en pleurant sur les peines du monde, aimer dans les larmes... » Et elle se souvint du Magistral. « Oh, comme elle avait été ingrate et cruelle avec cet homme! Elle l'avait laissé si triste, si seul...! Vetusta l'insultait, le bafouait, le méprisait, après l'avoir porté au pinacle; et elle, elle qui lui devait son honneur, sa religion, son bien le plus précieux, elle l'abandonnait et l'oubliait aussi... Et pourquoi? Sans doute, presque à coup sûr à cause de préventions de sa vanité et de sa vile et grossière méchanceté. Était-ce une raison parce qu'elle était attaquée par le vers maudit, celui de l'amour des sens, parce qu'elle était toute à don Alvaro, sinon de fait, du moins par le désir (c'était la pure vérité), parce qu'elle était dans le péché, était-ce une raison pour que *son frère spirituel*, père bien-aimé de son âme y soit aussi? Quelle preuve en avait-elle? N'était-ce pas là pure prévention, sa vanité ne pouvait-elle l'avoir abusée? Quand De Pas s'était-il insinué en elle au point de faire douter de sa pureté? N'étaient-ils pas restés seuls mille fois, tout près l'un de l'autre, sans se toucher; n'avait-elle jamais, imprudemment sans doute, aventuré quelque innocente caresse, quelque menue cajolerie qui aurait fait prendre un feu qui couvait peut-être...? Et il est abandonné de tous! Même dans les journaux on se moque de lui; même les impies chantent les louanges des missionnaires pour réduire l'influence du Magistral; la mode et la calomnie l'ont mis à l'écart, et moi, comme la foule indigne, je me mets aussi à crier : crucifie-le, crucifie-le...! Et le sacrifice que j'avais promis? Ce grand sacrifice que je cherchais pour payer à cet homme ce que je lui dois...? »

A cet instant, les chants du peuple dévot prirent fin; un silence solennel leur succéda; on entendit quelques toux, des bruits de chaussures et de sabots sur la pierre glissante du sol... une impatience contenue. Du côté de la porte résonnait le *toc-toc* des pièces dont Visitación et la Marquise frappaient le plateau pour attirer l'attention de la charité distraite. Les grilles grinçaient; un léger chuchotement flottait dans l'air. Dans le chœur, violons et flûtes donnaient signe de vie par leurs plaintes et leurs soupirs étouffés; on entendait le bruit des feuilles de papier à musique. Un violon grogna. On tapa deux coups sur une plaque en fer blanc... De nouveau le silence... Le *Stabat Mater* commença.

La sublime musique de Rossini enflamma encore plus l'imagination d'Ana; une résolution de ses nerfs irrités surgit dans son esprit avec une force maniaque, comme une hallucination de sa volonté. Elle vit, comme si elle y était, l'image de sa résolution ; « Oui... elle... elle, Ana, aux pieds du Magistral, comme Marie au pied de la Croix. Le Magistral lui aussi était crucifié par la calomnie, par la sottise, par l'envie et le mépris... et le peuple assassin lui tournait le dos et le laissait tout seul... et elle... elle... elle était en train de faire pareil! Oh, non, au Calvaire, au Calvaire! au pied de la croix de celui qui n'était pas son fils, mais son père, son frère, le frère et le père de son esprit. »

« La Vierge l'approuvait, trouvait que c'était bien; cette résolution était digne d'un chrétien. On peut pleurer au pied de toute croix portant un mort, sans se préoccuper de qui est le supplicié; à plus forte raison, on peut pleurer au pied de la croix d'un martyr. En cet instant, même le mauvais larron lui faisait pitié. Que dire alors du Magistral qui, d'après elle, n'était pas un larron, mauvais ou bon! » La forme du sacrifice, le jour, la circonstance, tout était indiqué : elle se jura de ne plus faire marche arrière; cette exaltation, c'était ce dont elle avait besoin pour pouvoir vivre; si plus tard la lassitude, le relâchement de ces fibres tendues la poussaient vers la lâcheté, les réticences mondaines et vulgaires, la crainte du qu'en-dira-t-on, elle ne s'en soucierait pas... et irait tout droit à son but, sans hésiter, sans tergiverser. Elle accomplirait ce qu'elle avait résolu de faire. Et, sereine, sûre d'elle-même, sa pensée se tourna de nouveau vers la Mater dolorosa, et elle se jeta dans les vagues de cette musique mélancolique comme dans un mouvement de suicide... Oui, elle voulait tuer en elle le doute, la peine, la froideur, l'influence de ce monde imbécile, timoré, *bégueule*... Elle voulait retrouver le feu de la passion; c'était son élément.

Chapitre vingt-six

A compter du jour où il présida l'enterrement de don Santos Barinaga, don Pompeyo ne connut plus jamais une minute de bonne santé. Les frissons qui le saisirent au cimetière et qui se répétèrent, de plus en plus fort, tout au long de sa maladie, conséquence de l'averse qui le trempa jusqu'aux os, revenaient encore de temps en temps. Guimarán était toujours triste; ce soleil de Justice qu'il adorait connaissait des éclipses, et le spectacle de la méchanceté ambiante décourageait le brave athée au point de le faire douter du progrès définitif de l'Humanité. « Laurent [25] avait raison, nous étions en avance sur les barbares. Mais il restait encore tant de fripouilles! Et l'amitié? L'amitié était perdue. » Paquito Vegallana, Alvaro Mesía, Joaquinito Orgaz et le respectable, ou l'apparemment respectable M. Foja, qui se prétendaient tous ses amis, l'avaient roulé dans la farine; ils s'étaient moqué de lui. C'étaient des libertins qui, dans leurs agapes, reniaient la religion positive pour le séduire et pour s'affranchir des craintes de l'Enfer. Don Pompeyo rompit brusquement toutes relations avec ces « esprits frivoles » et ne remit plus les pieds au Cercle. Il prit cette résolution le jour de Noël, quand il apprit qu'on disait par tout Vetusta que lui, don Pompeyo Guimarán, l'homme le plus respectueux de tous les cultes sans croire à aucun d'eux, avait profané la cathédrale en venant, ivre, entendre la Messe de Minuit. On alla même jusqu'à dire qu'il avait apporté dans le temple, sous sa cape, une bouteille d'anis « del mono »... « Del mono...! Lui... don Pompeyo! » Il ne retourna pas au Cercle. « Ces infâmes qui l'avaient enivré ou presque, puis obligé à pénétrer dans l'église, étaient tout à fait capables d'avoir aussitôt inventé la calomnie destinée à le perdre. Quelle serait désormais l'autorité de cet athéisme qui buvait pour célébrer les fêtes du christianisme et qui assistait aux saints offices pour blasphémer et zigzaguer dans les respectables nefs de la basilique? »

25. *Laurent* : François Laurent (1810-1887), historien belge auteur de *Études sur l'histoire de l'humanité (1870).*

« Il avait déjà sur la conscience l'enterrement civil de Barinaga et, conséquence directe, l'animosité d'une grande partie de la ville à l'égard de M. le Magistral! »

« Non, assez de luttes religieuses. Il devenait trop vieux pour de telles entreprises. Il valait mieux se taire, vivre en paix avec tout le monde. » La mort de Barinaga le faisait trembler quand il l'évoquait. « Mourir comme un chien! Et moi qui ai une femme et quatre filles! »

Il devint misanthrope. Il sortait toujours seul, à la nuit tombée, et rentrait chez lui sans tarder.

Un soir, son attention fut attirée par un bruit de ruche du côté de la cathédrale. Il entendit des pétards. De quoi s'agissait-il? Le clocher était illuminé de verres et de lampions à la vénitienne. A ses pieds, sur le parvis étroit et court, pavé de pierres glissantes et fermé par une grossière et lourde grille de fer, se pressait une multitude confuse, semblable à un amas de vers noirs. De cette fermentation humaine jaillissaient, comme des bulles, des cris, des éclats de rire et un bourdonnement sourd, qui ressemblait au bruit de la marée d'une mer lointaine.

Don Pompeyo, claquant des dents, sous l'effet du froid et de la fièvre, s'arrêta en haut de la venelle de la Rúa pour contempler cette foule agglutinée au pied de la tour, dans un si petit espace, alors qu'elle aurait pu s'étaler à son aise sur la place. « Oui, il savait de quoi il s'agissait. *Les catholiques* célébraient un anniversaire religieux. Mais comment? Quelle dérision! » Don Pompeyo s'approcha du porche et observa de l'extérieur. Le meilleur et le pire de Vetusta était entassé là; les giletières, les armuriers, la fine fleur de la promenade du Boulevard, le grand monde du haillon, avec ses puanteurs de misère, côtoyait avec une insolence bruyante la *Vetusta élégante* de l'Espolón et des bals du Cercle; et, comble de scandale selon don Pompeyo, *sous couvert* de célébrer une fête religieuse, la jeunesse dorée du clergé vétustain, tous ces « *licenciés de séminaire* », comme il les appelait avec perfidie, étaient là aussi, pressés, comprimés, en soutane et en cape, au milieu de cet entassement de chair lascive, dans l'obscurité, presque sans air pour respirer, n'ayant d'autre plaisir que celui, fort douteux, de sentir le frôlement de l'espèce, d'éprouver l'instinct du troupeau, ou plutôt de la porcherie. Détournant les yeux « de cette pourriture en fermentation, de cette vermine inconsciente », Guimarán les leva vers la tour qui pointait vers le ciel une lumière rouge... « Ici, il n'y a de chrétien, se dit-il, que ce tas de pierres ! »

Il s'enfuit de la cathédrale, triste, inquiet, doutant de l'Humanité, de la Justice, du Progrès... et serrant les mâchoires pour s'empêcher de claquer des dents. Il rentra chez lui... Il demanda un tilleul, se coucha... et quand il se vit entouré de sa femme et de ses filles qui lui mettaient sur le corps toutes les couvertures de la maison, l'athée endurci se sentit envahi d'une tendresse douce et nerveuse, d'une chaleur rassurante, et il se dit : « En fin de compte, il y a une religion, celle du foyer. »

Le lendemain matin, il réveilla la maisonnée à grands coups de sonnettes. « Il ne se sentait pas bien. Il fallait appeler Somoza. » Somoza dit que ce n'était rien. Huit jours après, il soumit à Mme Guimarán le difficile problème de ce qu'on appelait « la préparation du malade ». « Il fallait le préparer. » A quoi ? « A bien mourir. »

Des quatre filles de don Pompeyo, deux s'évanouirent en même temps que leur mère en entendant la nouvelle.

Les deux autres, plus fortes, délibérèrent. Qui devait allumer la mèche ? Qui allait proposer à monsieur leur père de recevoir les Sacrements ?

Ce fut Agapita, sa fille aînée, qui le lui proposa.

— Papa, toi qui es si bon, tu voudrais me faire de la peine, en faire à maman surtout, qui t'aime tant... et qui est si pieuse... ?

— Ne poursuis pas, Agapita chérie, dit le malade d'une voix melliflue, faible, affectueuse. Je sais ce que tu veux. Que je me confesse. Soit, ma fille. Peut-il en être autrement ? Il y a des jours que j'attends cet instant. M. Somoza est un ange : il ne voulait pas me faire peur; mais je sentais bien que c'était grave. J'ai beaucoup pensé à vous, à la nécessité de vous être agréable. Je ne vous demande qu'une chose... que ce soit M. le Magistral qui vienne. Je veux que M. De Pas m'entende en confession; j'ai besoin qu'il m'entende, et qu'il me pardonne.

Agapita pleura sur la maigre poitrine de son père. Du salon, Somoza et la fille cadette de Guimarán, Perpetua, avaient entendu le dialogue. Une demi-heure plus tard, tout Vetusta connaissait le miracle. « *L'Athée* demandait au Magistral de venir l'aider à bien mourir ! »

Don Fermín était au lit. Sa mère, couchée à ses pieds, comme un chien, grognait dès qu'elle flairait la présence d'un importun. Le Magistral se plaignait de névralgies; le moindre son retentissait dans sa tête à grand fracas. Doña Paula avait interdit les bruits, tous les bruits. On marchait sur la pointe des pieds, on essayait de voler.

Teresina pensa que le message des demoiselles Guimarán était important, et qu'il valait la peine d'enfreindre la règle générale.

— Quelqu'un est là, de la part de Mme et de Mlles Guimarán...

— Guimarán ! s'écria le Magistral qui était éveillé, quoiqu'il eût les yeux fermés.

— Guimarán ! Tu es folle... dit doña Paula tout bas.

— Si, Madame, Guimarán. De la part de don Pompeyo, qui est en train de mourir et qui veut que Monsieur vienne le confesser.

Mère et fils bondirent; doña Paula se retrouva sur ses pieds, don Fermín assis sur son lit.

On fit entrer la servante de Guimarán qui dut répéter le message.

La servante pleurait et décrivait, à grands renforts de soupirs, l'affliction de la famille et sa consolation de voir Monsieur demander les Saints Sacrements.

Le Magistral et doña Paula se consultèrent du regard. Ils se comprirent.

— Tu n'attraperas pas mal?

— Non. J'y vais immédiatement.

— Vous pouvez disposer. Dites que Monsieur est très malade, mais qu'il y va sur-le-champ : priorité à la priorité.

Mère et fils se retrouvèrent seuls.

— Serait-ce une plaisanterie de cette canaille?

— Non, madame; c'est un pauvre diable. Cela devait finir ainsi. Mais je ne savais pas qu'il était malade.

De Pas parlait tout en s'habillant, aidé par sa mère qui chercha au fond d'une malle les habits les plus chauds.

— Mais Fermo, si tu tombes vraiment malade... c'est-à-dire, gravement...?

— Non, non, non. Ne vous inquiétez pas. Cela ne peut attendre... alors que ma tête, si. Il faut arriver là-bas avant qu'on le sache... Vous comprenez, n'est-ce pas?

— Oui, bien sûr; tu as raison.

Ils se turent.

Le Magistral prit appui sur le mur et sur l'épaule de sa mère pour se mettre debout.

Dans son bureau, il s'assit un moment.

— On envoie chercher une voiture...?

— Oui, bien sûr; cela devrait déjà être fait. Benito, au coin de la rue...

Teresa entra.

— Une lettre pour Monsieur.

Doña Paula la prit; elle ne reconnut pas l'écriture de l'enveloppe.

Mais Fermín la reconnut; c'était celle d'Ana, défigurée, tracée d'une main tremblante...

— De qui est-ce? interrogea sa mère en le voyant pâlir.

— Je ne sais pas... Je verrai cela après. Maintenant à la voiture... allons voir Guimarán...

Il se leva, fit disparaître la lettre dans sa poche intérieure et se dirigea vers la porte d'un pas ferme.

Cette fois-ci, doña Paula, quoique saisie de vagues soupçons, n'osa pas insister. Elle avait pitié de ce fils qui, malade, triste, peut-être désespéré, allait pour elle continuer l'histoire de sa grandeur, de ses succès; il fallait restaurer son crédit perdu en cherchant un miracle retentissant, efficace et utile, le miracle d'une conversion. « C'était un héros. Comme il avait souffert durant ce carême! » Elle, doña Paula, avait fini par deviner que son fils et la Régente ne se voyaient plus; apparemment, ils avaient rompu. Au début, l'égoïsme de la mère avait triomphé et s'était réjoui de cette rupture supposée. Elle s'aperçut que son fils ne s'abaisserait jamais à demander une réconciliation, qu'il préférerait mourir désespéré, comme un chien, là, sur ce lit où il avait fini par tomber, après avoir fait subir sa colère rentrée à tout Vetusta et ses alentours, de jour comme de nuit. Mais le désespoir taciturne de son Fermo compliqué d'une mystérieuse maladie, une mauvaise affaire qui pouvait tourner à la folie, effraya la mère qui, à sa manière, adorait son fils; une nuit même, tandis qu'elle veillait sur le lit de douleur de son Fermo, elle pensa à mille absurdités, à des miracles de mère, à aller elle-même chercher l'infâme qui était coupable de tout cela et à l'égorger, ou à la traîner jusque-là par ses maudits cheveux, jusqu'au pied de ce lit, pour l'obliger à veiller comme elle, à pleurer comme elle, à sauver son fils à tout prix, au prix de sa réputation, de son salut, de tout, à le sauver ou à mourir avec lui... De ces idées absurdes que son bon sens lui faisait repousser aussitôt, il lui restait une colère sourde, concentrée, et une vague aspiration à former un étrange projet, une intrigue : séduire la Régente et l'obliger à servir les desseins que Fermo nourrissait... puis la tuer ou lui arracher la langue...

Les premiers jours, après la séparation d'Ana et de De Pas, c'était le Magistral qui demandait le plus souvent à Teresina, en affectant l'indifférence, mais sans que sa mère l'entendît : « Pas de message, pas de lettre pour moi ? » Puis ce fut doña Paula qui se mit aussi, quand elle était seule, à interroger la femme de chambre d'une voix gutturale, étranglée : « A-t-on apporté un message... un papier... pour monsieur ? »

Non, on n'avait rien apporté. Le Carême était passé, la Semaine Sainte avait commencé, elle allait finir... et rien.

« C'est d'elle sans doute », se dit doña Paula quand elle aperçut le papier que tendait Teresina. Elle éprouva colère et satisfaction en même temps.

Le Magistral sentait un ouragan lui souffler dans les oreilles. Il redoutait de tomber. Mais il voulait sortir. Il se jura aussi de refuser de lire la lettre devant sa mère, même si celle-ci le lui demandait à genoux. « Cette lettre était à lui, à lui seul. » La voiture arriva. Une vieille calèche démantibulée, tirée par deux chevaux, l'un noir et l'autre blanc, aussi sales et faméliques l'un que l'autre.

Doña Paula, qui avait accompagné son fils jusqu'à la porte, dit au cocher avec emphase :

— Chez don Pompeyo Guimarán... tu connais...

— Oui, oui...

La voiture tourna au coin de la rue; don Fermín descendit la vitre et cria :

— Doucement, au pas.

Il regarda la lettre d'Ana.

Ses doigts tremblaient en déchirant l'enveloppe et il se mit à regarder ces lettres à l'encre rose qui sautaient, se mêlaient et s'accrochaient les unes aux autres. Il devina plus qu'il ne déchiffra les caractères qui s'évaporaient sous ses yeux affaiblis :

« Fermín, j'ai besoin de vous voir, je veux vous demander pardon et vous jurer que je suis digne de votre affectueuse protection; Dieu a bien voulu m'éclairer encore une fois; la Vierge, j'en suis certaine, la Vierge veut que j'aille à vous, que je vous appelle. J'ai pensé me rendre chez vous en personne. Mais je crains que ce ne soit une indiscrétion. J'irai néanmoins, en dépit de tout, s'il est vrai que vous êtes malade et que vous ne pouvez sortir. Où pourrais-je vous parler? Je suis sûre que, au moins par charité, vous ne laisserez pas ma lettre sans réponse. Si vous n'y répondez pas, je viendrai. Votre meilleure amie, votre esclave : je l'ai juré, je tiendrai parole.

ANA »

De Pas ne sentit plus ses douleurs, il cessa même d'y penser; il regarda le ciel, la nuit tombait. Il saisit d'une main fébrile la blouse bleue du cocher qui tourna la tête.

— Qu'y a-t-il, Monsieur ?

— A la Place Neuve... à la Rinconada...

— Oui, je connais... mais, tout de suite?

— Oui, tout de suite, et en vitesse.

La voiture poursuivit sa route.

« Si don Víctor est là (plaise à Dieu que non), il suffira qu'Ana me regarde, qu'elle me voie chez elle... S'il n'est pas là... tant mieux. Alors, je parlerai, je parlerai... »

Et, épuisé par tant d'efforts et de surprises, don Fermín laissa retomber sa tête sur le reps bleu et usé du dossier et, dans ce coin sombre de la calèche, le visage caché dans ses mains brûlantes, il pleura comme un enfant, sans rougir de ses larmes dont personne n'avait connaissance.

Don Víctor n'était pas chez lui.

Le Magistral resta dans l'hôtel des Ozores de sept heures à huit heures et demie passées. Quand il sortit, le cocher dormait sur son siège. Il avait allumé les lanternes de sa voiture et attendait, sûr que ce sommeil lui rapporterait gros. Don Fermín entra chez don Pompeyo à neuf heures moins le quart. Le salon était plein de curés et de laïcs dévots. Les filles de Guimarán vinrent au devant du Grand Vicaire dont le visage rayonnait d'une pâleur quasi surnaturelle. On aurait dit qu'il était enveloppé d'une auréole.

On était allé trois fois chez le Magistral pour lui demander de venir immédiatement. Don Pompeyo voulait se confesser, mais à De Pas et à lui seul : il disait qu'il ne voulait avouer ses péchés et déclarer ses erreurs qu'au Magistral; qu'une voix intérieure lui demandait avec une force incoercible d'appeler le Magistral, et uniquement lui.

Doña Paula répondait que son fils était parti à sept heures, en voiture, dès qu'on l'avait averti, qu'il était allé directement chez Guimarán. Mais comme il n'arrivait pas, d'autres messages étaient arrivés. Doña Paula était furieuse. Qu'en était-il de son fils ? Quelle était cette nouvelle folie ?

En fin de compte, voyant que le Grand Vicaire n'arrivait pas, les filles de Guimarán appelèrent l'Archidiacre, don Custodio, le curé de la paroisse, et d'autres prêtres connaissant plus ou moins le malade. Vainement. Il voulait le Magistral. Sa voix intérieure le lui demandait à grands cris. Au pied de ce lit de mort, Gloucester, vert de colère, crevait de jalousie mais souriait comme à l'habitude.

— Mais don Pompeyo, rendez-vous compte que nous sommes tous des prêtres du Crucifié... et si votre conversion est sincère...

— Oui, monsieur, sincère; je n'ai jamais trompé personne. Je veux me réconcilier avec l'Église, mourir en son sein, si Dieu veut que je meure...

— Oh, non, cela non...

— Je crois que si; mais de toute façon... je veux rejoindre le bercail... de mes ancêtres... mais avec l'aide de don Fermín; j'ai de puissantes raisons de l'exiger, c'est la voix de ma conscience...

— Oh, c'est respectable... tout à fait respectable... Mais si monsieur le Magistral n'arrive pas...

— S'il n'arrive pas, quand le péril sera extrême, je me confesserai à l'un de vous. Pour le moment, je veux l'attendre. Je suis décidé à attendre.

Le curé de la paroisse n'eut pas plus de succès que l'Archidiacre. Quant à don Custodio, inutile d'en parler. Tous ces prêtres en ce lieu « étaient tournés en ridicule », de l'avis de Gloucester. A la vérité, ces messieurs passaient par toutes les couleurs de l'arc-en-ciel.

— Serait-ce un complot? dit Mourelo à l'oreille de don Custodio.

Après s'être tant fait attendre, le Magistral arriva.

Les filles de Guimarán le conduisirent en triomphe auprès de leur père.

De Pas avait l'air d'un saint descendu du ciel; une joie d'archange satisfait brillait sur son beau visage viril, où se voyaient des reflets d'une jeunesse de paysan robuste et gracieux; c'était la jeunesse de la passion, triomphante en ce moment. Tandis que Guimarán serrait la main gantée du Grand Vicaire, ce dernier, sans pouvoir ramener son esprit à la réalité présente, savourait encore la scène de cette si douce réconciliation où il venait de jouer un rôle si important. « Ana était sienne à nouveau, son esclave! Elle le lui avait dit à genoux, en pleurant... Et ce projet, cette irrévocable intention de montrer à tout Vetusta, dans une circonstance solennelle, que la Régente était l'esclave de son confesseur, qu'elle croyait en lui avec une foi aveugle...! » A cette évocation, au souvenir des moindres détails de la grande épreuve voulue par Ana, don Fermín se mit à trembler sur ses jambes; il défaillait d'un plaisir qu'il qualifiait de moral, mais qui le pénétrait jusqu'aux os comme un souffle ardent. Il demanda une chaise. Il s'assit à côté du malade et, pour la première fois, vit ce qu'il avait en face de lui : un visage livide, racorni, où il ne restait que la peau sur les os, comme un parchemin transparent. Les yeux de Guimarán étaient humides et luisants, grands ouverts, ils regardaient les abîmes d'idées où se perdait son cerveau malade, et semblaient deux fenêtres où se montrait la stupeur muette.

Le malade et son confesseur restèrent seuls.

De Pas se souvint de sa mère, des jésuites, de Barinaga, de Gloucester, de Mesía, de Foja, de l'Évêque et, quoique avec répugnance, il se décida à tirer le meilleur parti possible de cette conversion qui lui tombait entre les mains. Le même jour, quel bonheur! Ana et son pouvoir perdu revenaient à lui; Ana, plus humble que jamais, et son influence, comme auréolée de surnaturel. Oui, il en était sûr, il connaissait les Vétustains; un enterrement les avait fait mépriser leur tyran, un autre enterrement les ferait se mettre à genoux devant lui, les uns fanatisés, les autres au moins effrayés. Tandis qu'il s'entretenait avec don Pompeyo de la religion, de ses douceurs, de la nécessité d'une Église fondée sur des révélations positives, le Magistral ourdissait tout un plan pour tirer profit de sa victoire... Puisque cet écervelé lui tombait dans la main, ce ne serait pas pour rien. Les autres sots, ceux qui croyaient que Guimarán était athée par pure méchanceté et par pure science, considéreraient cette victoire comme très sérieuse, comme une conquête d'une valeur incalculable pour l'Église.

« L'athée! Quoiqu'on le tînt pour inoffensif, la plupart croyaient à sa malignité innée et à une mystérieuse supériorité diabolique. Et ce diable, ce malfaiteur se jetait aux pieds du maître spirituel de Vetusta... Oh! Quel superbe coup de théâtre...! Non, non, il ne serait pas idiot, sa mère avait raison, il fallait en tirer parti... Et puis, ce n'était que la préparation d'un triomphe autrement plus important. N'avait-on pas dit que même la Régente l'abandonnait? Eh bien, on allait voir ce que la Régente allait faire... » Don Fermín étouffait de plaisir et d'orgueil; il s'étranglait sous l'effet de ses passions depuis que don Pompeyo toussait, crachait des glaires et disait d'une voix faible :

— Vous pouvez croire... monsieur le Magistral... que c'est un miracle... oui, un miracle... J'ai vu les chœurs des anges, j'ai pensé à l'Enfant Jésus... au fond de son berceau... dans la crèche de Bethléem... et j'ai éprouvé une tendresse... comment dire... paternelle... je ne sais pas...! C'est sublime, don Fermín... sublime... Dieu dans un berceau... et moi, aveugle... mécréant...! Mais vous avez raison... J'ai passé ma vie à penser à Dieu, à parler de Lui... mais à l'envers... je comprenais tout à l'envers...

Et il continuait son discours incohérent, entrecoupé de toux et de sanglots.

Le Magistral finit par lui imposer silence et l'obligea à l'écouter.

Don Fermín parla beaucoup et bien. Il fallait, pour obtenir le pardon de Dieu, que don Pompeyo, avant de guérir, parce qu'il ne manquerait pas de guérir — et lui aussi le pensait —, que don Pompeyo donnât un exemple édifiant de piété. Sa conversion devait être solennelle, pour édifier les gueux et donner une salutaire leçon aux croyants tièdes.

— Vous pouvez rendre un grand service à l'Église, à qui vous avez fait tant de mal...

— Je vous écoute... don Fermín... je suis esclave de votre volonté... Je veux le pardon de Dieu et le vôtre... vous que j'ai tant offensé en me faisant l'écho de calomnies... Et croyez bien que je ne vous voulais pas de mal, mais comme mon but était de combattre le fanatisme, le clergé en général... en outre, c'était le seul moyen d'attirer Barinaga... Oh Barinaga ! Malheureux don Santos ! Il est en Enfer, n'est-ce pas, don Fermín ? Le malheureux ! Et par ma faute !

— Qui sait... Les desseins de Dieu sont impénétrables... Et puis, on peut compter sur son infinie bonté... Qui sait...! L'essentiel est que nous donnions maintenant un exemple remarquable de piété sincère... Cette leçon peut entraîner de nombreuses conversions. Ah, don Pompeyo, vous n'imaginez pas tout ce que la Religion peut gagner par ce que vous avez fait et pensez faire...!

Le lendemain matin, toute la Vetusta dévote se préparait à accompagner le viatique qui devait être administré dans l'après-midi à M. Guimarán. C'était le dimanche des Rameaux. Dans les rues de la ville, on ne respirait que religion.

— Les actions du Grand Vicaire sont à la hausse! disait Foja furieux à l'oreille de Gloucester, qu'il rencontra sur le parvis de la cathédrale, à la sortie de la messe.

— C'est un complot!

— Ce don Pompeyo, quel idiot!

— Non, un complot...

A la vérité, *les actions du Grand Vicaire montaient* beaucoup plus que ses ennemis ne l'imaginaient.

On avait du mal à expliquer comment il avait pu sombrer dans un tel discrédit en si peu de temps, et on ne comprenait pas davantage comment l'opinion des gens, en quelques heures, s'était retournée en faveur du Magistral, au point que personne n'osait plus, en public, rappeler ses vices et ses péchés, et il n'était plus question que de la conversion miraculeuse dont il était l'auteur.

Mourelo avait beau clamer aux quatre vents :

— Mais il n'y est pour rien, c'est un élan spontané de l'athée... Tous les esprits forts font pareil quand vient leur heure...

Personne ne faisait cas du médisant. « C'était un miracle, mais c'était le Magistral qui en était l'auteur. » Plus personne n'en doutait. « C'était un grand homme, il fallait le reconnaître. » Doña Paula, par l'intermédiaire du Camard et d'autres assistants, doña Petronila, son conclave, Ripamilán, l'Évêque lui-même, qui avait embrassé le Magistral dans la cathédrale peu après la bénédiction des rameaux, tous ces gens et beaucoup d'autres étaient les propagandistes enthousiastes de la gloire récente, toute fraîche de don Fermín, de son triomphe manifeste sur les troupes de Satan.

Foja, Mourelo, don Custodio, conseillés par Mesía qui avait parlé avec l'ancien maire, renoncèrent à s'opposer à ce puissant courant de l'opinion, incroyablement favorable à don Fermín.

« Mieux valait attendre; ce moment d'euphorie passé, Vetusta saurait voir de nouveau le miraculeux don Fermín De Pas tel qu'il était, *dans toute l'horreur de sa nudité.* »

Quand don Pompeyo eut communié avec toute la solennité requise par les circonstances, encadré par son *curé traitant* (don Fermín) et son médecin (Somoza), Vetusta tout entière, qui avait envahi la maison du converti et ses abords, se répandit dans les rues de la ville, décrivant à qui voulait l'entendre la ferveur de l'athée moribond, à qui on reconnaissait maintenant un talent extraordinaire et une sagesse hors du commun, et louant le zèle apostolique du Grand Vicaire, son tact, son influence évangélique, qui tenaient de la magie ou du miracle.

Après la cérémonie religieuse, les médecins se réunirent. Comme d'habitude, Somoza s'était fourvoyé. Don Pompeyo était mortellement atteint, mais il pouvait résister encore longtemps : il avait encore des forces... il suffisait de l'entendre parler.

Somoza maintint son diagnostic avec une héroïque énergie. « M. Guimarán pouvait certes vivre un peu plus longtemps que ce qu'il avait annoncé, mais la science ne pouvait qu'annoncer sa mort imminente. Le malade pouvait encore durer, oui, mille fois oui, mais grâce à quoi ? Indubitablement, grâce à l'influence morale des Sacrements. Non que lui, don Robustiano Somoza, homme de science avant tout, crût à l'efficacité matérielle de la religion; mais sans tomber dans un fanatisme qui répugnait à toutes ses convictions d'homme de science, comme il l'avait déjà dit, il pouvait admettre, et il admettait, instruit par l'expérience, que le psychique influe sur le physique et vice versa, et que la conversion soudaine de don Pompeyo pouvait avoir déterminé une variation dans le cours naturel de sa maladie... Tout cela était étranger à la science médicale en tant que telle, et il n'y avait rien d'autre à dire. »

En effet, don Pompeyo dura jusqu'au Mercredi Saint.

Trifón Cármenes, du jour où il apprit la conversion de Guimarán, conçut l'idée saugrenue de consacrer un *supplément littéraire* du *El Lábaro* à cet importantissime événement. Mais il fallait attendre que le malade fût tiré d'affaire ou qu'il passât dans l'autre monde. Cette dernière hypothèse était la plus probable et celle qui convenait le mieux aux plans de Cármenes, lequel, depuis le Dimanche des Rameaux, avait en chantier une interminable composition poétique où il *chantait* la mort de l'athée heureusement restitué à la foi du Christ. L'ode élégiaque, ou l'élégie tout court, ou ce qu'on voudra, car Trifón l'ignorait, commençait par ces mots :

Que m'annonce cette plainte funèbre... ?

Le poète allait et venait de la *maison mortuaire* (comme il l'appelait dans son for intérieur) à la rédaction, et de la rédaction à la maison mortuaire.

— Comment va-t-il ? interrogeait-il à voix très basse, de la porte.

— Toujours pareil, répondait la servante.

Et Trifón partait en courant, s'enfermait avec son élégie et se remettait à écrire :

Doute fatal, incertitude impie... !
Devant le foyer, la Parque en furie
n'hésite ni ne presse son ardeur;
elle attend et se tait, ombre d'horreur...

Quelques heures passaient, et Trifón se présentait à nouveau chez le moribond; d'une voix sirupeuse et fluette, il demandait :

— Où en est don Pompeyo ?

— La fièvre a monté, lui répondait-on.

Il rentrait précipitamment à la rédaction, haletant, « il fallait travailler sans relâche, ce monsieur pouvait fort bien mourir et la poésie rester dans son dernier propos... ». Et il écrivait d'une *plume fébrile* :

Mais hélas! Vanité! Du ciel profus
la sentence est tombée, inexorable...

Trifón ne savait pas ce que voulait dire « profus », c'est-à-dire qu'il ne le savait pas exactement, mais cela sonnait bien.

Quand la servante lui répondait « que Monsieur avait passé une meilleure nuit », Cármenes, inconsciemment, tordait le nez, et il éprouvait ce sentiment désagréable qui s'emparait de lui chaque fois qu'il finissait par admettre que tel journal de Madrid ne publierait pas les vers qu'il lui avait envoyés. Il ne voulait de mal à personne mais, à l'évidence, il avait si bien avancé son élégie que don Pompeyo lui aurait rendu un fier service en mourant le plus tôt possible.

Il mourut. Il mourut le Mercredi Saint. Le Magistral et Trifón respirèrent. Somoza respira aussi. Tous trois auraient paru ridicules autrement. Quant à Cármenes, il conclut ses vers ainsi :

Ne le pleurez pas. Les bronzes qui tintent
chantent sa gloire et notre Église sainte
l'accueille en son sein... etc.

Les vers de ce pauvre Trifón se montaient les uns sur les autres : ils avaient le même défaut que ses orteils.

L'enterrement de l'athée fut une solennité comme on en voit peu. *Le cadavre du défunt fut accompagné jusqu'à sa dernière demeure* par les autorités civiles et militaires; il y avait aussi une délégation du Chapitre présidée par le Doyen, le Tribunal, l'Université, et tous ceux qui se piquaient d'être bons ou mauvais catholiques. La veuve et les orphelines recevaient comme une faveur et un réconfort particuliers cette manifestation publique de sympathie. Le Magistral conduisait le deuil : il n'était pas parent du défunt, mais il l'avait tiré des griffes du Démon. D'après Gloucester, qui était resté seul dans la salle capitulaire, dépité, « ce n'était pas l'enterrement d'un chrétien, c'était l'apothéose païenne du pieux, du fortuné, du triomphant Grand Vicaire ». En effet, la population le désignait du doigt : « C'est lui, c'est lui », disait la foule en montrant l'Apôtre, le Magistral. Les miracles répandus par doña Paula parmi les masses impressionnables et illettrées dépassaient l'imagination. Mgr l'Évêque en personne, dans son dernier sermon aux bigotes pauvres, aux soldats du contingent, aux femmes de ménage, etc., avait fait allusion au triomphe de ce fils chéri de l'Église...

— Il ne reste plus qu'à baisser la tête et laisser passer l'orage, disait Foja.

Les plus furieux étaient les libres penseurs qui mangeaient de la viande dans une auberge tous les Vendredis Saints.

« Ce don Pompeyo les avait discrédités! »

« Vous parlez d'un libre penseur! »

« C'était une poule mouillée! »

« Il est mort fou! »

« On lui a jeté un sort! »

« Un sort? De la morphine. »

« Le clergé, les miracles du clergé... »

« On l'a converti grâce à l'opium... »

« Seul l'épuisement fait de ces miracles... »

« C'était surtout un nigaud... »

Le Jeudi Saint, arriva une nouvelle qui devait faire date dans les annales de Vetusta, annales qui existaient bel et bien et que rédigeait avec beaucoup de flegme un professeur du lycée, auteur aussi de commentaires sur la *jota* aragonaise.

Chez Vegallana, la nouvelle *éclata comme une bombe.* La Marquise, toute de noir vêtue, revenait de l'église Santa María, où elle était allée quêter avec Visitación ; Obdulia Fandiño arrivait aussi : elle était allée quêter à San Pedro, à l'heure où les officiers de la garnison visitaient les *monuments*; et toutes ces dames, réunies dans le boudoir de la Marquise, écoutaient bouche bée ce que révélait solennellement Constantin le Grand, doña Petronila Rianzares, qui avait récolté vingt douros d'aumônes à San Isidro. Voici ce que disait l'évêque-mère :

— Oui, madame la Marquise, n'en soyez pas surprise, Anita est résolue à donner ce bel exemple à la ville et au monde...

— Mais Quintanar... il ne voudra pas...

— Il a déjà donné son accord... à contrecœur, bien entendu. Ana lui a fait comprendre qu'il s'agissait d'un vœu sacré, et que l'empêcher d'accomplir sa promesse serait un acte de despotisme qu'elle ne pardonnerait jamais...

— Et cette chiffe molle a donné sa permission ? s'exclama Visitación, rouge d'indignation. Qu'est-ce que c'est que ce mari d'opérette ? ajouta-t-elle en se souvenant du sien.

La Marquise n'en finissait pas de se signer. « Ce n'était pas de la piété, ni de la religion; c'était de la folie, de la folie pure. La dévotion rationnelle, *éclairée,* de bon ton, c'était l'autre, c'était de quêter pour l'Hôpital auprès des corporations et des particuliers aux portes de l'église, d'offrir des bannières brodées à la paroisse; mais se déguiser en carnaval et se donner en spectacle...! »

— Au nom du Ciel, Marquise! Si l'on vous entendait, on vous prendrait pour une démagogue, pour une *adepte* de Suñer [26].

— Mais qu'est-ce que j'ai dit?

— Vous croyez que ce n'est pas grand-chose ? Traiter de carnaval une *pénitente...*

La Marquise haussa les épaules et se signa de nouveau. Obdulia avait la bouche sèche et ses yeux lançaient des éclairs. Elle éprouvait une immense curiosité et une vague jalousie...

« Ana allait se donner en spectacle ! » C'était bien le mot. Qu'aurait-elle souhaité de plus, elle, Mme Fandiño, sinon se donner en spectacle, s'offrir aux regards et à la contemplation de tout Vetusta ?

— Et l'habit ? Comment est l'habit ? Vous savez... ?

— Si je le sais ? répondit doña Petronila, ivre d'orgueil parce qu'elle était au courant de tout. Ana portera une longue tunique violette en velours, avec une frange *marron foncé* *...

— *Marron foncé... ?* objecta Obdulia, c'est mal assorti... ce serait mieux doré.

— Vous n'y connaissez rien! C'est moi qui ai guidé le travail de la couturière; Ana n'y entend rien non plus et m'a laissé la responsabilité de tous ces détails.

— C'est une tunique avec du tour ?

— Assez...

— Avec une traîne ?

— Non, au ras du sol...

— Et ses chaussures ? Des sandales... ?

— Chaussures! Quelles chaussures ? Pieds nus...

— Pieds nus! s'écrièrent les trois dames.

— Évidemment, très chères, c'est là qu'est le mérite... Ana a fait vœu d'aller pieds nus...

— Et s'il pleut ?

26. *Suñer* : Suñer y Capdevila, homme politique espagnol célèbre pour ses violentes manifestations antireligieuses et anticléricales.

— Et les cailloux?

— Mais elle va s'écorcher la peau...

— Cette femme est folle...

— Mais où a-t-elle vu faire ce genre de diableries?

— Pour l'amour de Dieu, Marquise, ne blasphémez pas! Diableries, un vœu pareil, un exemple si chrétien, d'une si édifiante humilité...

— Mais... Qu'est-ce qu'il lui a pris? Où a-t-elle vu cela...?

— Sans doute l'a-t-elle vu à Saragosse et dans d'autres villes où elle est passée... Et même si elle ne l'avait jamais vu, il serait toujours méritoire de s'exposer aux sarcasmes des impies et au dénigrement sournois des pharisiens et des pharisiennes... C'est justement ce qu'a fait Notre-Seigneur pour nous autres, pauvres pécheurs.

— Pieds nus! répétait Obdulia, abasourdie.

Son cœur éclatait de jalousie. « Oh, se disait-elle, voilà qui ne manque pas de *cachet* * et qui sort de l'ordinaire, c'est une *boutade* *, c'est une chose... d'un style super-raffiné... »

Le Marquis arriva sur ces entrefaites, don Víctor pendu à son bras.

Vegallana consolait l'infortuné Quintanar qui ne dissimulait ni sa tristesse si son découragement.

Doña Petronila prit congé avant que le pauvre ex-régent eût pu lui reprocher sa part de responsabilité dans cette mésaventure qu'il considérait comme un malheur.

— Alors, Quintanar, interrogea la Marquise avec un intérêt véritable et une grande curiosité.

— Madame... ma chère Rufina... c'est... comme dit le poète...

On ne pouvait me vaincre... et l'on m'a vaincu...!

— Assez de vers, pour l'amour de Dieu... Qui a mis ces idées dans la tête d'Ana?

— Qui voulez-vous que ce soit? Sainte Thérèse.... non... je veux dire... le Paraguay.

— Le Para...?

— Non, ce n'est pas cela. Je ne sais pas ce que je dis... Je veux dire... Mes amis, ma femme est folle... Je crois qu'elle est folle... Je l'ai dit mille fois... En réalité... quand je croyais la dominer, quand je croyais que le mysticisme et le Magistral c'était de l'histoire ancienne... quand je ne doutais plus de mon pouvoir absolu dans mon foyer... alors que tout allait bien, crac! ma femme a cette idée saugrenue de procession.

— Mais personne n'a jamais fait cela à Vetusta...

— Si, interrompit le Marquis. Tous les ans, Vinaigre, autrement dit don Belisario Zumarri, le maître d'école le plus sanguinaire de Vetusta, va à l'Enterrement du Christ en costume de pénitent, portant sa croix sur le dos...

— Marquis, ne comparez pas ma femme avec Vinaigre.

— Mais non, je ne compare pas...

— Voyons, messieurs, messieurs, dites-moi, s'obstinait doña Rufina, où Ana a-t-elle vu qu'une dame suit l'Enterrement du Christ, derrière l'urne, en habit de pénitent, ou en ce que vous voudrez... ?

— Oh, pour le voir, elle l'a vu. Nous l'avons vu à Saragosse... par exemple. Mais je ne sais pas s'il s'agissait vraiment de dames...

— Et elles n'étaient sûrement pas pieds nus, ajouta Obdulia.

— Pieds nus ! Et ma femme sera pieds nus ? Mille tonnerres ! Non, pas cela... ! Crénom !

On eut beaucoup de mal à calmer l'accès d'indignation de don Víctor. Lequel, une fois apaisé, rentra chez lui et, ayant le choix entre avoir *une nouvelle explication* avec son épouse ou s'enfermer dans un silence lourd de sens, il préféra s'enfermer dans le silence... et dans son bureau.

« Il ne se faisait pas d'illusions. Il comprenait que la résolution d'Ana était irrévocable. »

Le Vendredi Saint s'annonçait gris; très tôt, au point du jour, le Magistral se mit à sa fenêtre et consulta les nuages. « Pleuvrait-il? Il aurait donné des années de sa vie pour que le soleil, balayant ce plafond cendreux, illuminât de tout son éclat, sans voile, le jour de son triomphe... Deux jours de triomphe! Mercredi, l'enterrement de l'athée converti, vendredi l'Enterrement du Christ, et chaque fois, lui, don Fermín, triomphant, couvert de gloire, Vetusta admirative, soumise, et ses ennemis mordant la poussière, dispersés, anéantis! »

Ana aussi consulta le ciel de bon matin, mais elle ne put s'empêcher de penser : s'il pleuvait! Elle le souhaitait et ce désir l'emplissait de remords. Elle était effrayé de son propre projet. « Je suis une folle, se disait-elle, je prends des résolutions extrêmes dans les moments d'exaltation et ensuite, je dois les exécuter quand mon esprit découragé, presque inerte, n'a plus la volonté de les accomplir. » Elle se souvenait qu'à genoux devant le Magistral elle lui avait offert ce sacrifice, cette preuve publique et solennelle de son attachement à lui, au persécuté, au calomnié. Ce terrible projet d'auto-mortification lui était venu pendant la neuvaine des Sept Douleurs, en entendant le *Stabat Mater* de Rossini, alors que son imagination échauffée se représentait la scène du Calvaire, avec Marie aux pieds de son fils, *dum pendebat filius,* comme disait le texte. Elle s'était souvenue, comme par révélation, qu'elle avait vu une femme à Saragosse, habillée en pénitente, marchant pieds nus derrière l'urne en cristal renfermant la statue du Seigneur gisant, et sans délibérer davantage, elle avait décidé, elle s'était juré à elle-même de marcher ainsi, sous les yeux de la population tout entière, à travers toutes les rues de Vetusta, derrière le corps de Jésus, auprès de ce Magistral qui souffrait aussi une mort de crucifié, calomnié, méprisé de tous... et d'elle aussi... Plus moyen de revenir en arrière; don Fermín, après s'y être mollement opposé, avait donné son accord et acceptait cette preuve de la fidélité spirituelle d'Ana; doña Petronila, qu'elle ne considérait plus comme l'entremetteuse répugnante d'aventures sacrilèges, s'était offerte à préparer l'habit et tous les détails du *sacrifice*... « Et maintenant que le grand jour était arrivé, que l'heure était proche, voilà qu'elle se prenait à douter, à craindre, à souhaiter le déferlement des cataractes du ciel sur le monde pour éviter l'épreuve de la procession! »

Ana pensait aussi à son Quintanar. « Tout cela, c'était pour lui, bien sûr; il fallait s'accrocher à la piété pour sauver l'honneur, mais n'y avait-il pas d'autres manières d'être pieuse? Cette promesse n'avait-elle pas été un coup de folie? N'allait-il pas être tourné en ridicule, ce mari obligé de voir son épouse pieds nus, de violet vêtue, foulant la boue des rues de la Encimada, *se donnant en spectacle* à la malice, à l'envie, à tous les péchés capitaux qui contempleraient des trottoirs et des balcons ce *tableau vivant* qu'elle allait jouer? » Ana cherchait le feu de l'enthousiasme, la frénésie de l'abnégation qui, huit jours auparavant, en écoutant la musique à l'église, lui avaient suggéré ce dessein; mais enthousiasme et frénésie ne revenaient pas; la foi elle-même l'avait abandonnée. Elle était entièrement dominée par la peur des regards de Vetusta et leur méchanceté stupide; plus question de croire ou de ne pas croire; elle ne pensait ni à Dieu, ni au Christ, ni à Marie, ni même à l'efficacité de son sacrifice pour restaurer la réputation du Magistral : elle ne pensait qu'au *scandale* de cette exhibition. « Oui, c'était un scandale; la femme au foyer, l'honnête épouse protestaient au fond d'Ana contre ce spectacle imminent... Non, elle n'était même plus certaine que son abnégation fût bonne; c'était peut-être une impudence; la paix de sa maison, la modestie de son foyer l'affirmaient dans un silence solennel... » et Ana transpirait d'angoisse... « A quoi s'était-elle engagée là! »

Il ne plut pas. Le voile gris du ciel demeura tendu sur la ville toute la journée. Une heure avant la nuit, la procession de l'Enterrement partit de l'église San Isidro.

— Elle arrive! Elle arrive! murmuraient les membres du Cercle qui se pressaient aux balcons au coude à coude, se marchant sur les pieds, se bousculant, les muscles du cou tendus, pour mieux voir l'étrange spectacle et contempler à loisir cette belle dame, la perle de Vetusta, entourée de curés et d'enfants de chœur, marchant pieds nus, en habit de pénitente, exactement comme M. Vinaigre, le maître d'école si cruel.

Une sorte de vague d'admiration précédait ce funèbre cortège; la procession ne s'était pas encore engagée dans une nouvelle rue qu'on savait déjà, dans les rangs serrés sur les trottoirs, dans la foule penchée aux fenêtres et balcons, que « la Régente était de toute beauté, pâle, comme la Vierge aux pieds de laquelle elle marchait ». On ne parlait pas d'autre chose, on ne pensait pas à autre chose. Le Christ étendu sur sa couche, sous le vitrage, sa Mère vêtue de noir qui le suivait, transpercée de sept épées, ne méritaient pas l'attention du public dévot; on attendait la Régente, on la dévorait des yeux... En face du Cercle, aux balcons du Tribunal Royal, palais churriguerresque de pierre noircie, se tenaient, à l'abri des tentures dorées et cramoisies, l'épouse du Gouverneur civil, celle du Gouverneur militaire, celle du Président du Tribunal, la Marquise, Visitación, Obdulia, les filles du baron et beaucoup d'autres dames de ce que l'humble et jalouse classe moyenne appelait l'aristocratie. Obdulia était pâle d'émotion. Elle bavait d'envie. « La population tout entière suspendue aux pas, aux mouvements, au costume d'Ana, à son teint, à ses traits...! Et elle était pieds nus! Des pieds tout blancs, nus, admirés et plaints par une foule immense! » Voilà qui était, pour la dame Fandiño, l'idéal suprême de la coquetterie. Jamais ses épaules nues, ses bras d'ivoire servant de fond à une dentelle brodée noire et ajustée, jamais son dos aux courbes vertigineuses, sa gorge haute et opulente, abondante et tentatrice, n'avaient attiré ainsi, tant s'en fallait, l'attention et l'admiration d'une population entière, en dépit de tous ses efforts pour les exhiber dans les bals, les théâtres, les promenades et même les processions... Toute cette chair blanche, dure, pleine, suggestive, noble valait moins, en raison des circonstances que deux pieds nus à peine entrevus sous le velours violet de la *pénitente*! « Et c'était naturel; tout Vetusta — se disait encore Obdulia — est maintenant obsédée par ces pieds nus. Pourquoi? Parce qu'il y a un *cachet* * très, très distingué dans le style de l'exhibition... parce que... c'est une affaire de *mise en scène.* » « Quand arrive-t-elle? demandait la veuve en passant sa langue sur ses lèvres, en proie à une jalousie admirative, éprouvant d'étranges relents d'une sorte de luxure bestiale, extravagante, inexplicable tant elle était absurde. En cet instant, Obdulia ressentait... un désir vague... de... de... d'être un homme.

Il n'y avait pas plus homme que Vinaigre, le maître d'école : don Belisario, en ce jour solennel, se déguisait en pénitent, selon une coutume invétérée, alors qu'il était le terrible Hérode de l'école primaire tous les autres jours de l'année. Tous les gamins de sa classe, qui le détestaient du fond du cœur, se pressaient dans les rues, places et balcons, pour voir passer *m'sieur,* avec sa croix de carton sur l'épaule et sa couronne d'épines véritables qui le piquaient réellement, comme l'attestaient le mouvement de ses sourcils et l'expression douloureuse des rides de son front. Les enfants souhaitaient cordialement que les épines lui traversassent le crâne. L'Enterrement du Christ était la vengeance de toute l'école. Vinaigre, dans le zèle qu'il mettait à mortifier toutes les générations qui lui passaient entre les mains, se plaisait à mortifier la sienne, à travers sa propre personne. Ce besoin profond de se tourmenter lui-même comme il tourmentait les enfants des autres n'était pas seul à lui avoir soufflé l'idée diabolique de se couronner d'épines, pour le plus grand plaisir des petits agneaux de son troupeau pédagogique; il y avait aussi sa fichue vanité, qui entrait pour une bonne part dans cette exhibition annuelle. Savoir qu'une fois l'an, lui, Vinaigre, don Belisario, était l'objet de l'*expectation générale,* le mettait aux anges. Personne n'avait osé suivre son exemple; il était le seul pénitent de la ville et jouissait tranquillement de ce privilège depuis de nombreuses années.

La concurrence d'Ana, au lieu de le gêner, l'emplit d'orgueil. Sans se recommander à Dieu ni à Diable, à peine l'eut-il vue sortir de San Isidro qu'il s'approcha d'elle, la salua fort courtoisement avec sa croix sur le dos et, en dépit des circonstances, il sut démontrer qu'il était avant tout, même sur le chemin du Calvaire, un parfait gentilhomme; s'il y avait des flaques d'eau, c'était lui qui les traversait pour épargner la fange aux pieds nus et nacrés de cette illustre dame qui l'accompagnait. Ana était comme aveugle, n'entendait ni ne comprenait rien, mais la présence grotesque de ce compagnon inattendu la fit rougir et elle eut l'envie folle de s'enfuir à toutes jambes. « On l'avait trompée, personne ne lui avait parlé de cette caricature qu'elle devrait supporter à côté d'elle. Ah, si elle avait eu encore cet esprit sincèrement pieux de naguère, cette nouvelle mortification, cette dérision, cet excès de ridicule l'auraient ravie, car ainsi le sacrifice aurait été plus grand, la force de son abnégation, sublime! »

Vinaigre admira, comme le peuple, et particulièrement le bas peuple, les pieds nus de la Régente. Quant à lui, il arborait d'éblouissantes bottes en cuir verni, n'en déplaise à la vraisemblance historique. Vinaigre ne savait que trop que les bottes vernies n'existaient pas au temps d'Auguste (eussent-elles existées que Jésus n'en eût point chaussé pour monter au Calvaire); mais le maître d'école n'était qu'un dévot parmi tant d'autres, un dévot qui, de toute l'année, n'avait jamais l'occasion de se faire remarquer; il profitait de cette circonstance, vanité pardonnable, pour montrer ses bottes éclatantes comme des miroirs, qu'il ne chaussait qu'en ce jour solennel.

« Ils arrivent, ils arrivent! » répétèrent les occupants du Cercle et les dames du Tribunal quand la procession arriva réellement. « Maintenant, ce n'était plus une fausse rumeur, c'était *eux,* c'était l'Enterrement. »

Les commentaires cessèrent aux balcons.

Toutes ces âmes, plus ou moins noires, se firent tout yeux.

En cet instant, pas un seul des Vétustains présents ne pensait à Dieu.

Le pauvre don Pompeyo, l'athée, n'était plus.

Visitación, la banquière, au lieu de regarder comme les autres le bout de la rue étroite où apparaissaient les bannières tristes et défraîchies, les croix et les cierges, Visitación observait les traits de don Alvaro Mesía qui était seul, apparemment, au dernier balcon de la façade du Cercle, celui de l'angle. Tout en noir, la redingote boutonnée jusqu'au cou, don Alvaro, pâle, mordillait un havane qu'il gardait à la bouche, souriait parfois et se retournait de temps à autre pour répondre à un interlocuteur, invisible de l'endroit où se tenait Visita.

C'était don Víctor Quintanar. Les deux amis s'étaient enfermés dans le secrétariat du Cercle, à la demande de l'ex-régent qui voulait voir, sans être vu, ce qu'il appelait la *montée au Calvaire de sa dignité.* Derrière Mesía qui lui servait de paravent, tremblant sans savoir pourquoi, impatient, presque fiévreux, Quintanar se préparait à voir tout ce qu'il pourrait.

— Vous voyez, disait-il, si j'avais sous la main une bombe Orsini... je la jetterais volontiers sur M. le Magistral quand il passera triomphalement là-dessous. Séquestrateur!

— Du calme, don Víctor, du calme; c'est le début de la fin. Je suis sûr qu'Ana est morte de honte à cette heure. On nous l'a fanatisée, qu'y pouvons-nous? Mais elle finira par ouvrir les yeux; l'excès du mal apportera le remède... Cet homme a voulu trop tirer sur la corde; certes, c'est un grand triomphe pour lui... Mais il faudra bien qu'Ana se rende compte qu'elle a été l'instrument de l'orgueil de cet homme.

— C'est cela, un instrument, un vulgaire instrument! Il la conduit comme un triomphateur romain conduit une esclave... derrière le char de sa gloire...

Don Víctor s'embrouillait dans ces allégories, mais en tout cas, il imaginait don Fermín de Pas, au milieu de la procession, debout sur un char en carton, comme il avait vu entrer le baryton sur la scène du Théâtre Royal, un soir qu'on chantait *Polyeucte.*

La bonne humeur de don Alvaro n'était pas feinte. Il était un peu excité, mais il ne se sentait pas vaincu; il s'en tenait à son expérience. « Ce prêtre n'avait pas touché à la Régente, il en était sûr. » Il souriait de tout son cœur, il souriait à ses pensées, à ses plans. « Bien sûr, ses nerfs supportaient mal ce spectacle où son rival savourait apparemment un triomphe à la romaine, d'après don Víctor, mais... il ne l'avait pas touchée. »

Quintanar, de sa cachette, vit apparaître entre les balustres noirs du balcon une croix dorée surmontant une vieille et vénérable bannière. Il se mit debout sur sa chaise, toujours à l'abri des regards de la rue, et reconnut Celedonio, portant une croix d'argent dans ses bras.

Mesía, laissant son ami derrière lui, se planta au milieu du balcon, arrogant et défiant les regards des prêtres qui passaient au-dessous de lui.

Les tambours vibraient, funèbres, tristes, s'obstinant à ressusciter une douleur morte dix-neuf siècles auparavant; don Víctor croyait entendre dans leurs accents un hymne de mort; il s'imaginait déjà qu'on menait sa femme à l'échafaud.

Le roulement de tambour se détachait dans un silence égal et monotone.

Dans la rue étroite, bordée de maisons obscures, le crépuscule était en avance; les longues files de torches enflammées se perdaient au loin, plus haut, montrant la lueur jaunâtre de leurs mèches, comme un rosaire aux grains dorés, brisé par endroits; les flammes vacillantes se reflétaient dans les vitrines des boutiques fermées et les carreaux de certaines fenêtres; elles montaient et descendaient en contorsions fantastiques, comme des ombres luisantes, dans une confusion de sabbat. Cette foule silencieuse, ces pas muets, ces visages inexpressifs d'écoliers en aube blanche illuminant de leurs cierges la rue triste, donnaient à l'ensemble une apparence de rêve. Ils n'avaient pas l'air d'être vivants, ces séminaristes en noir et blanc, les uns livides, avec des cernes violets autour des yeux, les autres bruns, presque noirs, le cheveu en broussaille, presque tous le sourcil froncé, habités par l'ennui, cette idée fixe, vraies machines à faire de la religion, recrues d'un enrôlement forcé, poussées par la faim et la paresse. Ils allaient enterrer le Christ comme n'importe quel chrétien, sans penser à lui; ils faisaient leur métier. Derrière, suivaient des files de prêtres avec leurs capes, des militaires, des savetiers, des tailleurs habillés en bourgeois, quelques carlistes, cinq ou six conseillers municipaux, en bourgeois aussi. Il y avait Zapico, le propriétaire officiel de *La Croix Rouge,* l'esclave de doña Paula. Le Christ, étendu sur sa couche de batiste, suait des gouttes de vernis. Il paraissait être mort de consomption. Malgré l'indigence de l'art, le gisant, par la grandeur du symbole, inspirait un respect religieux... Par-delà tant de siècles, il représentait un deuil sublime. La Mère venait derrière. Grande, émaciée, en noir, aussi pâle que son fils, le même visage cadavérique. Elle avait un regard d'idiote fixé sur les pavés de la rue et l'impéritie de l'artiste avait donné à ce visage, sans le savoir, l'expression muette de la douleur épouvantée, de la douleur au-delà de la souffrance. Sept épées perçaient le cœur de Marie. Mais elle n'avait pas l'air de s'en apercevoir; elle ne ressentait que la mort qui était devant elle. Elle chancelait sur les brancards. Cela aussi était naturel. De sa hauteur, elle dominait la foule mais ne la voyait pas. La Mère de Jésus ne regardait pas les Vétustains... Quand la Vierge des Sept Douleurs passa à ses pieds, don Alvaro Mesía eut peur et fit un pas en arrière au lieu de s'agenouiller. Le choc de cette statue de la douleur infinie avec les pensées de don Alvaro, toutes de profanation et de luxure, l'effraya lui-même. Il se disait qu'Ana, après *cette folie* qu'elle commettait pour son confesseur, pour De Pas, en commettrait de plus grandes encore pour son amant, pour Mesía.

La Régente était là, à droite de Vinaigre, un pas en avant, aux pieds de la Vierge endeuillée, derrière l'urne de Jésus mort. Ana aussi paraissait en bois polychrome; sa pâleur était comme un vernis. Ses yeux ne voyaient pas. A chaque pas, elle croyait tomber évanouie. Elle sentait dans ses pieds qui foulaient les pierres et la boue une chaleur douloureuse; elle faisait en sorte qu'on ne les vît pas sous sa tunique violette, mais ils dépassaient parfois. Ces pieds nus étaient pour elle la nudité de tout son corps et de toute son âme. « Elle était une folle tombée dans une espèce de prostitution singulière! Elle ignorait pourquoi, mais elle se disait qu'après ce défilé de la honte, l'honneur avait déserté sa maison. C'était la sotte, la femme de lettres, George Sandon, la mystique, la prétentieuse, la folle, la folle sans vergogne. » Pas une seule pensée pieuse ne lui vint en aide au long du chemin. Sa pensée ne rencontrait que du vinaigre dans ce calvaire de sa pudeur. Elle se souvenait même de textes de Fray Luis de León, dans *la Parfaite Épouse,* qui, selon elle, condamnaient ce qu'elle était en train de faire. « La vanité m'a aveuglée, non la piété », songeait-elle. « Moi aussi, je suis une comédienne, comme mon mari. » Si quelquefois elle se risquait à regarder la Vierge, derrière elle, son cœur se glaçait. « La Mère de Jésus ne la regardait pas, ne prenait pas garde à elle; elle pensait à sa véritable douleur; elle, Marie, était là parce que, devant elle, on emmenait son Fils mort, mais Ana, que faisait-elle ici... ? »

D'après le Magistral, elle célébrait sa gloire. Don Fermín ne présidait pas cet enterrement comme celui du mercredi précédent, mais il y célébrait un nouveau triomphe. Il marchait auprès d'Ana, presqu'à côté d'elle dans la file de droite, parmi d'autres chanoines, revêtu du rochet, du camail et de la chape; il empoignait le cierge éteint comme un sceptre. « Il était maître de tout cela. Il avait, malgré les calomnies de ses ennemis, converti le grand athée de Vetusta et l'avait fait mourir dans le sein de l'Église; il avait là, à côté de lui, retenue prisonnière par des chaînes invisibles, la dame la plus admirée de tout Vetusta pour sa beauté et sa grandeur d'âme; la Régente était en train d'édifier la ville entière par son humilité, par ce grand sacrifice des faiblesses de la chair, des préjugés mondains, et tout cela grâce à lui, à lui seul. N'avait-on pas dit que les jésuites l'avaient éclipsé? Que les missionnaires avaient plus de pouvoir que lui sur leurs pénitentes? On avait là la preuve du contraire. Les jésuites obligeaient les vierges vétustaines à ceindre le cilice? Eh bien lui, il déchaussait les plus jolis pieds de la ville et les traînait dans la boue... ils étaient là, pointant parfois sous ce velours violet, dans la fange. Qui disait mieux? » Et après les suggestions de l'orgueil, les palpitations d'un espoir d'amour : « Qu'allaient être, comment seraient désormais ses relations avec Ana? » Don Fermín frissonnait. « Dans l'immédiat, prudence, prudence. Le jour où j'ai laissé la bride à la jalousie, je l'ai sans doute effrayée et c'est pourquoi elle a tant tardé à revenir à moi. Prudence pour le moment... ensuite... on verra. » De Pas sentait que ce qui restait du prêtre au creux de son âme était en train de disparaître. Il se comparait à une coquille vide jetée sur le sable par les vagues. « Il était une coquille de prêtre. »

En passant devant le Cercle, devant le balcon de Mesía, Ana regardait par terre, elle ne vit personne. Mais don Fermín leva les yeux et il sentit le choc de son regard contre celui de don Alvaro, lequel recula de nouveau, comme au passage de la Vierge, et de pâle qu'il était, il devint livide. Le regard du Magistral était hautain, provocant, sarcastique dans son humilité et sa douceur apparentes : il voulait dire *Vae victis*! Celui de Mesía ne reconnaissait pas son triomphe; il reconnaissait un avantage passager... il était discret, d'une suave ironie, il ne voulait pas dire : « tu as vaincu, Galilée », mais « il ne faut pas chanter victoire avant la fin de la bataille ». De Pas comprit avec colère que cet homme, au balcon, ne s'avouait pas vaincu.

— Comme elle est belle ! commentaient pendant ce temps les femmes au balcon du Tribunal.

— Très belle !

— Mais il en faut du courage !

— Mon cher, c'est une sainte.

— On dirait qu'elle est sans vie, dit Obdulia ; comme elle est pâle ! Comme elle est *amorphe* ! On dirait du stuc.

— Moi, je crois qu'elle est morte de honte, dit Visita à l'oreille de la Marquise.

Doña Rufina soupirait en prenant un air de compassion.

— Cette idée de marcher pieds nus, souligna-t-elle, a été une absurdité. Elle va passer huit jours au lit avec les pieds en miettes.

La baronne de la Dette flottante, définitivement domiciliée à Vetusta, osa même dire, en haussant les épaules :

— On aura beau dire, de tels excès ne sont pas dignes... de personnes décentes.

Le Marquis appuya l'idée d'une façon très érudite.

— C'est une piété de transtibérine.

— C'est juste, dit la baronne, qui ne se souvenait plus, sur le moment, de ce qu'était une transtibérine.

Comme au Tribunal, sur tous les balcons du parcours, après le passage de la procession, après avoir contemplé et admiré la beauté et le courage de la Régente, on murmurait déjà et l'on trouvait de graves inconvénients à « ce trait d'audace inouïe ».

Foja, au Cercle, loin de Mesía et de don Víctor, disait pis que pendre du Magistral et de la Régente. « Tout cela est indigne. C'est fait pour donner des ailes au Grand Vicaire. Ce qu'a fait la Régente, les curés de campagne le paieront. Et puis, à femme mariée, bride haute et au foyer. »

— Sans compter, ajoutait Joaquín Orgaz, que cela prête à exagérations et abus. L'année prochaine, nous allons voir Obdulia Fandiño pieds nus... jusqu'à la jambe, au bras de Vinaigre.

Le mot fit beaucoup rire.

Mais on remarqua aussi qu'Orgaz disait cela parce que ses prétentions amoureuses n'avaient débouché sur rien, ou tout au moins pas sur grand-chose.

La pieuse populace admirait l'humilité de cette dame sans chercher la petite bête. « Voilà qui était vraiment imiter le Christ. S'associer, comme n'importe qui, avec M. Vinaigre, le pénitent, et parcourir pieds nus toute la ville...! Allons! C'était une sainte ! »

Quant à don Víctor, au moment où le Magistral et Ana passaient sous son balcon, il demanda à Mesía :

— Ils sont là ?

— Oui, les voici...

Et l'époux lui-même tendit le cou... et passa la tête. Il vit tout, et fit un saut en arrière.

— L'infâme! C'est un infâme! Il me l'a fanatisée!

Il frissonna. A cet instant, la fanfare du bataillon qui escortait le défilé se mit à jouer une marche funèbre.

Le pauvre Quintanar laissa échapper deux larmes. En entendant cette musique, il s'imagina qu'il était veuf, que c'était l'enterrement de sa femme.

— Courage, don Víctor, lui dit Mesía en se retournant vers lui et en s'éloignant du balcon. Ils sont loin.

— Non, je ne veux pas la revoir. Je souffre trop!

— Courage... Tout cela passera...

Et Mesía posa sa main sur l'épaule du vieil homme.

Celui-ci, attendri et reconnaissant, se mit debout; il essaya d'entourer de ses bras le dos et la poitrine de son ami et s'exclama d'une voix solennelle entrecoupée de sanglots :

— Je le jure sur l'honorabilité de mon nom! Plutôt que cela, je préfère la voir dans les bras d'un amant!

« Oui, mille fois oui, ajouta-t-il, qu'on lui trouve un amant, qu'on me la séduise; tout, plutôt que de la voir dans les bras du fanatisme...!

Et il étreignit avec chaleur la main que don Alvaro lui offrait.

La marche funèbre retentissait au loin. Le *ching ching* des cymbales, le *boum boum* de la grosse caisse servaient de fond aux grandiloquentes paroles de Quintanar.

— Que serait-ce de l'homme dans ces tourmentes de la vie, si l'amitié n'offrait pas au pauvre naufragé une planche où s'accrocher.

— *Ching, ching, ching! Boum, boum, boum!*

— Oui, mon ami! Plutôt séduite que fanatisée...!

— Vous pouvez compter sur ma solide amitié, don Víctor; les hommes sont faits pour s'entraider...

— Je le sais, Mesía, je le sais... Fermez la fenêtre, car c'est comme si j'avais cette maudite grosse caisse dans la tête!

Chapitre vingt-sept

— Dix heures ! Tu as entendu ? La pendule de la salle à manger a sonné dix heures... Si nous remontions... ?

— Attends un peu; attends que l'heure sonne à la cathédrale.

— A la cathédrale! Crois-tu qu'on l'entende d'ici, ma petite? Qu'on entende l'horloge du clocher...? Tu sais qu'il y a plus d'une demi-lieue...

— Mais si, on l'entend, je t'assure que oui, quand les nuits sont calmes comme aujourd'hui. Tu ne l'avais jamais remarqué? Attends cinq minutes et tu entendras les cloches... tristes et étouffées par la distance...

— Il est vrai que la nuit est belle...

— On se croirait au mois d'août.

— Quand je contemple le ciel,

d'innombrables lueurs étoilé,
je baisse à terre les yeux...

Pardonne-moi, mon enfant, involontairement je reviens à mes vers...

— Et alors? Tant mieux, Quintanar, c'est très beau. C'est *la Nuit Sereine*, oui vraiment; ce poème qui fait doucement pleurer... Quand j'étais petite et que je lisais mes premiers vers, c'était mon auteur préféré.

Le souvenir de Fray Luis de León traversa l'esprit d'Ana comme un léger nuage, lui inspirant une mélancolie un peu amère. Elle secoua la tête, se leva et dit :

— Donne-moi ton bras, Quintanar; allons faire un tour dans l'allée des poiriers, en attendant que madame la tour de la cathédrale se décide à chanter l'heure...

— De tout cœur, *mia sposa cara.*

Le couple disparut sous la voûte assez basse d'une allée de poiriers français en espalier. La lune traversait par endroits le feuillage naissant, semant l'obscur chemin de flaques de lumière.

— C'est une nuit splendide pour la fin mai, dit Ana en s'appuyant de tout son poids sur le bras de son mari.

— C'est vrai; c'est vrai, mai s'achève aujourd'hui. Demain, juin. Juin, la canne au poing. Tu aimes la pêche? Le Soto, tu sais, cette rivière qui coule juste après Pumarada de Chusquín...

— Oui, je connais... où se baignent Obdulia et Visita certains étés avant d'aller à la mer.

— Tout juste... Eh bien, d'après le Marquis, il y a des truites exquises dans le Soto. Veux-tu que j'écrive à Frígilis, pour qu'il nous envoie deux cannes à pêche et tout ce qu'il faut?

— Oui, oui, magnifique! Nous pêcherons.

Don Víctor, satisfait, serra davantage le bras de sa femme passé sous le sien et lui prit la main comme un ténor d'opéra. Il se mit à chanter :

Lasciami, lasciami
oh lasciami partir...

Il se tut et s'arrêta. Un rayon de lune lui tombait sur le nez. Il regarda son épouse qui se tourna aussi vers son mari.

— Tu aimes *les Huguenots*? Tu te souviens? Comme ce ténor de Valladolid les chantait mal... Mais écoute... vois quelle idée... quelle belle idée... Imagine-toi ici, au milieu du Vivero, là, près de l'étang, imagine Gayarre ou Masini chantant... dans cette nuit tranquille, dans ce silence... et nous ici, sous cette voûte... écoutant... écoutant... on devrait chanter les opéras ainsi... Que nous manque-t-il d'autre maintenant? De la musique; rien de plus que de la musique... Un superbe panorama... la brise... le feuillage... la lune... tout cela accompagné d'un bon quatuor... le paradis! Oh, les vers... les vers ne parlent pas toujours aussi bien qu'une portée. Je suis pour la chanson, pour la poésie effectivement accompagnée de la lyre ou du phorminx... Sais-tu ce qu'était le *phorminx*?

Ana sourit et décrivit l'instrument grec à son brave époux.

— Ma chère, tu es une érudite.

Un léger nuage passa encore sur le front d'Ana.

L'horloge de la cathédrale, à une demi-lieue du Vivero, sonna lentement dix heures vibrantes, emplissant l'air de mélancolie.

— C'est vrai qu'on l'entend, dit Quintanar.

Un silence passa, commentaire de l'heure, et il ajouta :

— Nous allons souper?

— Allons-y! s'écria Ana.

Lâchant le bras de don Víctor, elle s'élança, soulevant un peu le pan de la *matinée* * qu'elle portait, et se perdit dans l'obscurité de la voûte. Quintanar la suivit en criant :

— Attends, attends... folle, tu peux trébucher.

Quand il déboucha à la lumière, avec le ciel pour plafond, il aperçut son épouse en haut de l'escalier de marbre, une main sur la poignée dorée de la porte de la maison et le bras droit tendu vers la lune, une fleur entre les doigts.

— Eh, salut, Quintanar! Que penses-tu de mon effet de lune... ?

— Magnifique, une statue magnifique... une idée originale... écoute : « L'Aurore suppliant Diane de hâter le cours de la nuit... »

Ana applaudit et passa le seuil. Don Víctor la suivit en se disant à lui-même à haute voix :

— Chère petite ! Elle n'est plus la même... Ce Benítez me l'a sauvée... Elle n'est plus la même... Ma douce enfant!

Ils soupèrent dans la vaisselle du Marquis. Ils avaient tous deux bon appétit. Ana parlait parfois la bouche pleine, se penchant vers Quintanar qui souriait, mâchant vigoureusement et brandissant son couteau en approuvant du chef.

— La maison est gaie même la nuit, dit-elle.

Et elle ajouta :

— Tiens, épluche-moi cette pomme...

— « Épluche-moi cette pomme, épluche-moi cette pomme... » Où ai-je déjà entendu cela... ? Ah, oui...

Et il s'étrangla de rire.

— Mais voyons, qu'as-tu?

— Cela vient d'une zarzuela... Une zarzuela d'un académicien... Tu vas voir... il s'agit de la marquise de Pompadour : un monsieur Beltrand est à sa recherche; dans un moulin, il tombe sur une paysanne... et comme il est naturel, ils partagent leur repas, pour être plus précis, ils mangent des pommes.

— Comme toi et moi.

— Tout juste. Or donc, la paysanne, comme il est naturel aussi, prend un couteau.

— Pour tuer Beltrand...

— Non, pour éplucher la pomme...

— C'est tout à fait invraisemblable.

— Beltrand et l'orchestre sont de ton avis. L'orchestre se hérisse d'effroi avec force trémolos de violons et fait donner toutes ses clarinettes; Beltrand chante, non moins effrayé :

(il chante, debout)

Ciel! Elle épluche
la pomme exquise;
C'est la marquise
de Pompadour...
de Pompadour... !

Ana pouffa de rire. Elle se réjouit de bon cœur de l'extravagance de l'académicien et de l'esprit de son mari. « En vérité, Quintanar n'était plus le même. »

Petra servit le thé.

— Anselmo est revenu de Vetusta ? demanda le maître.

— Oui, Monsieur, il y a une heure...

— Il a apporté les cartouches ?

— Oui, Monsieur.

— Et le millet ?

— Oui, Monsieur.

— Eh bien dis-lui que demain matin, très tôt, il doit retourner à la ville, avec un message pour M. Crespo. Non... je vais le lui dire moi-même... Je vais lui écrire deux mots, qu'en penses-tu, Ana ? Cet Anselmo est si bête...

Le maître de maison quitta la salle à manger.

Tandis qu'elle levait la table, Petra dit :

— Si Madame veut quelque chose... moi aussi je pense aller à Vetusta demain à l'aube... je dois voir la repasseuse... si vous voulez que je vous porte un message... à Mme la marquise... ou...

— Oui : tu me porteras deux lettres ; je les laisserai ce soir sur la table du cabinet où tu les prendras demain, sans faire de bruit pour ne pas nous réveiller.

— Ne vous inquiétez pas.

Une heure plus tard, don Víctor s'endormait dans un des deux lits d'une grande chambre ornée de stucs. Dans le cabinet contigu, Ana écrivait d'une plume alerte qui semblait siffler doucement en courant sur le papier satiné.

— Ne tarde pas ; n'écris pas trop, cela peut te faire du mal. Tu sais ce qu'a dit Benítez.

— Oui, je le sais ; tais-toi et dors.

Ana écrivit d'abord à son médecin traitant, l'ancien remplaçant de Somoza. Benítez, jeune homme de peu de mots et de grand savoir, observateur et taciturne, avait permis à sa malade, la Régente, d'écrire, si cet exercice la distrayait, aux heures où le village n'offrait pas de loisir plus attractif. « Écrivez-moi, de temps en temps, en me racontant ce qu'à votre avis je dois savoir. Mais si ces mauvaises chimères vous rendent encore malade, ne rentrez pas dans les détails, quelques généralités suffisent... »

Ana écrivait : « ... Bonnes nouvelles. Que des bonnes nouvelles. Plus de visions : je ne vois plus de fourmis dans l'air, ni de bulles, ni rien de tout cela ; j'en parle sans craindre qu'elles reviennent : je me sens capable de lire Maudsley et Luys, avec toutes les illustrations de cervelles et autres organes intérieurs, sans frayeur ni dégoût. Je parle à Quintanar de ma peur de la folie comme de la manie d'un étranger. Je suis sûre de ma santé. Merci, mon ami, je vous la dois. Si vous ne m'interdisiez pas de *philosopher*, je vous expliquerais ici-même pourquoi je suis si sûre que je dois au rythme de vie que vous m'avez imposé le bonheur ineffable de cette santé sereine, de ce plaisir raffiné de vivre avec un sang pur et frais dans une atmosphère saine... mais pas de rhétorique; je me souviens combien les phrases vous déplaisent... Bref, je suis comme une horloge, ce qui est votre expression préférée. Le régime est suivi avec une scrupulosité toute religieuse. La peur garde la maison des voleurs et je suis l'esclave de l'hygiène. Tout plutôt que de revenir en arrière. Je continue mon journal, dans lequel je ne me permets pas le luxe de me perdre en considérations *psychologiques* puisque vous me les interdisez aussi. J'écris tous les jours quelque chose, quelques lignes seulement. Vous voyez que je vous obéis en tout. Adieu. Venez sans tarder. Quintanar vous salue... en ronflant. Il ronfle, c'est un fait. *En d'autres temps*, la Régente aurait pris cela pour un malheur de plus, envoyé tout exprès par le *destin* pour la mettre à l'épreuve. Un mari qui ronfle! Horreur... Il suffit. Je vois que vous tordez le nez. Assez bavardé. Dites à Frígilis de venir avec vous, ou même avant. Mon époux a beau dire, si Crespo ne vient pas me préparer ma canne à pêche et convaincre les truites de se laisser attraper, nous n'y arriverons pas. Encore adieu. L'esclave de votre régime, votre bien affectionnée,

ANITA OZORES DE QUINTANAR. »

Après avoir signé et fermé cette lettre, Ana en reprit une autre qu'elle avait commencé d'écrire dans la matinée.

Sa plume allait moins vite maintenant, et s'arrêtait dans les ornements.

Par caprice, la Régente essayait d'imiter l'écriture de la missive à laquelle elle répondait et qu'elle avait sous les yeux.

« ... Ne vous plaignez pas que je sois trop concise dans mes explications. Je vous l'ai déjà dit, mon ami, Benítez m'interdit, et je crois qu'il a raison, de trop analyser, de scruter tous les détails de mes pensées. A la seule idée d'avoir à le faire, d'avoir à les décortiquer, je suis prise d'appréhension et crains d'éprouver encore cette horrible faiblesse de mon cerveau... Ne parlons plus de cela. C'est déjà bien si je vous écris, car on me l'a interdit. Mais comprenons-nous bien. Ce n'est pas de vous écrire qui est interdit. C'est plus clair maintenant ? Ce qui est interdit, c'est de trop écrire, à qui que ce soit, et surtout sur des sujets sérieux.

« Quand retournons-nous à Vetusta ? Je l'ignore, Fermín, je l'ignore.

« Je vais beaucoup mieux. C'est vrai. Mais il faut obéir à qui commande. Benítez est énergique, il parle peu mais bien; il m'a promis de me guérir si je lui obéis, et de m'abandonner si on le trompe ou si l'on méprise ses ordres. Je suis décidée à obéir. Vous me l'avez toujours dit : l'essentiel est d'avoir la santé.

« Serait-ce de la tiédeur ? Non, Fermín, mille fois non. Je vous en convaincrai à mon retour.

« Je prie peu ? C'est vrai. Mais c'est peut-être trop demander pour ma santé. Si je contais à Quintanar ou Benítez les tourments que me causent toutes ces prières, en dépit de ma guérison...! Vous dites que je ne parle dans mes lettres que de don Víctor et du médecin. Mais de quoi voulez-vous que je vous entretienne ? Ici, je ne vois que mon mari ; et Benítez vient de me sauver la vie, et sans doute la raison... Vous n'aimez pas que je vous expose mes craintes de sombrer dans la folie, je le sais... mais elles ont vraiment existé et par ces mots, je vous invite à vous joindre à moi pour remercier mon médecin, dont je vous parle tant, d'être cause de mon *salut intellectuel.* Mon *grand frère spirituel* m'aurait-il aimée sans mon âme ou si celle-ci était obscurcie par la folie... ?

« Tout est bien fini... ? Non et non. Rien n'est fini. Tout reviendra en son temps. Sauf les visites chez doña Petronila. Ne me demandez pas pourquoi, mais je suis bien décidée à ne plus retourner chez cette femme. Et... c'est tout. *Je ne peux m'étendre davantage.* Cela m'est interdit (encore !). Je viens de souper. Votre plus fidèle amie et pénitente reconnaissante,

ANA OZORES. »

« P.S. — On voit que je suis de bonne humeur ? C'est aussi vrai. Cela vient de ma santé. Si j'avais l'esprit chagrin et mal tourné, je croirais que cette bonne humeur vous contrarie, à en juger par le *ton* sur lequel vous le dites. Pardon pour toutes mes fautes. »

Ana relut sa lettre entièrement. Elle raya quelques mots, réfléchit et les récrivit au-dessus des ratures.

Et, tandis qu'elle passait la langue sur la colle de l'enveloppe, tournant la tête à droite et à gauche, elle haussa les épaules et murmura à mi-voix :

— Il n'a pas de quoi se sentir offensé.

Elle se coucha dans le lit blanc et avenant qui était à côté de celui de Quintanar.

Le vieil homme se levait plus tôt qu'Ana et allait l'attendre dans le jardin. A huit heures, ils prenaient ensemble leur chocolat dans ce qu'il appelait avec un orgueil emphatique *la serre* *.

— Si c'était à nous... ! se disait parfois Quintanar en contemplant les plantes exotiques et les rayons chargés de vases étrusques et japonais plus ou moins authentiques.

La Régente ne se préoccupait pas des titres de propriété du Vivero ; elle jouissait de la nature, de la santé et du luxe relatif accumulé par les Vegallana dans leur fameuse résidence, sans penser à autre chose qu'à en profiter. Elle vivait là comme dans un bain, à l'efficacité duquel elle croyait.

Don Víctor sortit du jardin, traversa des prés, des pommeraies et des champs de maïs, cherchant entre les cahutes voisines par où descendre jusqu'au Soto ; il choisit le long des berges le meilleur endroit où s'installer et pêcher, dès le retour d'Anselmo avec les affaires nécessaires.

Ana, pendant les heures de grande chaleur (elle était déjà considérable), monta dans son cabinet et, après avoir lu un peu, étendue sur son lit blanc, elle s'approcha de l'écritoire en palissandre et feuilleta son journal. Elle faisait toujours ainsi : avant de commencer à écrire, elle parcourait quelques pages au hasard...

Elle lut la première, qu'elle savait presque par cœur. Elle la lut avec un amour d'artiste. L'écriture, nerveuse et très rapide n'était intelligible que pour Ana. Elle commençait ainsi :

« Mémoires...! Journal...! Pourquoi pas? Benítez y consent. »

« *Mémoires de Personne*, pourrait dire un facétieux... Mais comme je serais la seule à lire cela... Ridicule? Pourquoi donc? Encore plus ridicule serait de ne plus écrire (puisque cette activité me plaît et ne me nuit point, si je n'en abuse pas) sous le beau prétexte que, le *monde* l'apprenant, je serais traitée de prétentieuse, de bas-bleu... ou de romantique, comme dit Visita. Dieu merci, cette peur du qu'en-dira-t-on est révolue. La santé m'a rendue plus indépendante. Surtout, que peuvent dire les gens puisque personne ne me lira? Même pas Quintanar. Il n'a jamais compris mon écriture quand j'écris vite. Je suis seule, complètement seule. Je parle avec moi-même, secret absolu. Je peux rire, pleurer, chanter, parler avec Dieu, avec les oiseaux, avec le sang frais et sain que je sens couler dans mes veines. Commençons par un hymne. Faisons de la poésie en prose. « Salut à toi, Santé! Je te dois mes idées neuves, cette vigueur de l'âme, cet oubli des larves et des chimères... et l'équilibre de mon esprit, que m'a apporté le calme tant attendu... » J'interromps mon hymne parce que Quintanar jure qu'il meurt de faim et il m'appelle en bas, dans la salle à manger, une olive dans la bouche... Je descends, je descends...! J'arrive!

....

« Le Vivero, 1er mai...

« Il pleut, il est cinq heures du soir et il a plu toute la journée. *In illo tempore*, cela aurait suffit à me rendre malheureuse. J'aurais pensé à l'insignifiance — et à l'humidité — des choses humaines, au grand ennui universel, etc., etc. Et maintenant, je trouve naturel et même amusant qu'il pleuve. Qu'est donc cette eau qui tombe sur ces collines, ces prés et ces bois? La coiffure de la nature. Demain, le soleil fera briller cette verdure détrempée. Et puis, ici, à la campagne, la pluie est une musique. Tandis que Quintanar fait sa sieste (nouvelle habitude) en ronflant (vieux défaut digne de respect), j'ouvre la fenêtre et j'entends

l'eau qui tombe
sur les feuilles
et les ailes
des colombes

qui s'ébrouent sur le petit toit de leur pigeonnier carré, entrant et sortant par les étroites ouvertures. Ce pigeonnier tient du sérail ou de la maison de rapport, selon le point de vue. La vie commune, avec ses moments de lassitude, d'insouciance, de paresse publique, se reflète dans les postures de ces colombes, leurs petits pas, leur façon de se secouer les ailes. Des couples se rejoignent par habitude, *par devoir*, mais s'ennuient comme si chacun vivait en plein désert. « Soudain, le mâle (je suppose qu'il s'agit du mâle) a une idée, un remords, *improvise* une passion *qu'il est bien loin d'éprouver*, embrasse sa femelle, fait la roue, lance sa *roucoulade* et hérisse ses plumes... Elle, surprise, sans sortir de sa torpeur, répond par de tièdes caresses; bientôt, fatigués, somnolents, trouvant plus voluptueux de se laisser mouiller en restant immobiles, le jabot gonflé, qu'en se contant fleurette, nos deux oiseaux reviennent à leur calme et à leur quiétude, sans rancœur ni malice, sans se plaindre de leur mutuelle froideur. Raisonnables colombes...! Quintanar ronfle; j'écris... Marche arrière, cette phrase n'allait pas. Elle contenait une pointe d'ironie; et il y a toujours de la bile dans l'ironie... Les boissons amères ouvrent l'appétit, mais mieux vaut s'en passer. Passons à autre chose. »

....

« Il pleut encore. Aucune importance. Le déluge ne m'arracherait pas aujourd'hui un geste d'impatience. La fenêtre est fermée et les ruissellements de l'eau sur les vitres me dissimulent le paysage. Víctor est sorti avec Frígilis (deuxième visite du brave Crespo, le seul grand homme que je connaisse de vue). Sous un parapluie appartenant à Pinón de Pepa (le fermier du Marquis), ils parcourent, comme s'ils s'abritaient sous une tente, les forêts de chênes que mon mari qualifie toujours de séculaires. Ils vont vérifier je ne sais quelle expérience de chimie, invention de Frígilis, à l'en croire. Dieu les rende heureux et les garde les pieds au sec! Aujourd'hui, je me sens attirée par l'histoire et les souvenirs. Je ne les crains pas. Un peu plus de cinq semaines ont passé et j'ai l'impression que tout cela, c'est de l'histoire ancienne.

« Oh, ces trois jours! Je croyais être prostituée d'une façon étrange (ici, l'écriture de la Régente devient presque indéchiffrable pour elle-même). Tout Vetusta m'avait vue, les pieds nus, au milieu d'une procession, presque au bras de Vinaigre! Et trois jours clouée au fond d'un fauteuil les pieds embrasés de douleurs dont je rougissais! J'ai appelé Somoza, qui s'est dérobé. Benítez, son remplaçant, est venu, froid et silencieux; mais j'ai compris qu'il m'observait avec attention quand je ne le regardais pas. Il devait croire que je sombrais dans la folie. Il le nie, prétendant que tout cela s'explique par l'exaltation religieuse et la délicatesse morale qui m'a poussée à me sacrifier au bien de celui que je croyais offensé par mes pensées et mes affronts. Quand il se décide à parler, Benítez ressemble aussi à un confesseur. Je lui ai révélé des secrets de ma vie intérieure comme si je lui expliquais les symptômes d'une maladie. Quand je lui parlais, je m'apercevais qu'en dépit de son masque impassible, il m'apprenait par cœur... Des pieds, le mal me monta à la tête. J'eus de la fièvre, je m'alitai... et je fus la proie de cette terreur... de cette terreur panique de la folie. Je ne veux même pas parler de cela avec moi-même. Cela suffit pour aujourd'hui; je vais essayer de me souvenir de la *Casta diva* au piano... avec un doigt. »

....

Ana tourna quelques pages sans vouloir les lire. Elle y avait consigné l'histoire des jours qui avaient suivi la procession, célèbre dans les annales de Vetusta. Oui, elle s'était crue prostituée; cette publicité dévote lui paraissait une espèce de sacrifice babylonien, comme si on l'avait livrée au temple de Bêl pour la veille mystérieuse. Et puis elle avait honte : elle se sentait aussi ridicule que lorsqu'on l'avait accusée d'être une femme de lettres. Elle n'osait sortir dans la rue. Elle devinait le quolibet dans la bouche des passants; elle était l'objet de toutes les médisances et les groupes ne parlaient, selon elle, que de sa folie. « Elle avait été ridicule, elle avait fait une sottise »; cette idée fixe la torturait. Si elle voulait y échapper, la douleur de ses pieds brûlants, comme embrasés de honte, ne cessait de la lui rappeler! ces pieds qui s'étaient offerts aux regards de la foule, nus une soirée entière.

Si elle cherchait refuge auprès de la religion et du Magistral, son mal était encore pis, parce qu'elle sentait que sa foi, cette foi inébranlable, résolument orthodoxe, se dissolvait dans son âme. Quant à sainte Thérèse, elle avait fini par ne plus pouvoir la lire; elle préférait cela à la torture de l'analyse irrévérente à laquelle, elle, Ana, se livrait involontairement face aux idées et aux phrases de la sainte. Et le Magistral? Cette intense compassion qui l'avait encore précipitée aux pieds de cet homme n'existait plus. Les triomphes étaient sans doute montés à la tête de don Fermín. De toute façon, Ana n'avait plus pitié de lui; elle le voyait triomphant, abusant peut-être de sa victoire, humiliant l'ennemi...; elle y voyait clair, maintenant; tout au moins y voyait-elle moins trouble qu'auparavant. Elle avait dû être un instrument entre les mains de son *grand frère spirituel*. Certes, De Pas n'avait plus jamais exprimé, dans un mouvement pathétique qui l'aurait perdu, ni jalousie, ni amour, ni rien de comparable : Ana, l'observant avec des yeux d'inquisiteur — non sans quelque remords —, ne put déceler le moindre symptôme de passion mondaine. Voyait-elle mal? Dissimulait-il bien? Ou bien n'y avait-il rien? Le fait est que l'ancienne dévotion ne revenait pas, sa foi s'étiolait, et les anciennes théories que, sans s'en rendre compte, elle avait entendues développer par son père, Ana les devinait en elle.

Un panthéisme vague, poétique, bienveillant et romantique, ou mieux, un déisme champêtre à la Rousseau, sentimental et optimiste de bout en bout, quoique un tantinet triste et sombre, c'était tout cela qu'Ana découvrait maintenant au fond d'elle-même, et qu'elle s'obstinait encore à considérer comme pure religion chrétienne. Pas question pour elle ni d'apostasier, ni même de philosopher; cela aussi lui semblait ridicule, mais sans le vouloir, les idées, les protestations, les critiques se bousculaient dans son esprit et dans son cœur. C'était une nouvelle torture. Malgré tout, elle se confessait souvent encore auprès de don Fermín. Elle lui vouait maintenant une fidélité d'usage; elle redoutait les remords, si elle manquait à ce qu'elle croyait devoir à cet homme. Elle redoutait surtout, si elle rompait ses relations dévotes avec lui, d'avoir une réaction de pitié, de repentir et d'imaginaire piété qui l'entraînerait dans une nouvelle folie comme celle du Vendredi Saint. Tant d'idées et de sentiments contraires, sa vie recluse et la conscience qu'en elle une douleur et une révolte menaçaient d'exploser, furent les multiples causes des crises nerveuses que Benítez soignait du mieux qu'il pouvait.

Ana s'était intimement persuadée qu'elle allait devenir folle. A l'exaltation des sentiments succédait un marasme qui entraînait son esprit dans une atonie morale; pendant cette période elle était indifférente à la vertu ou au crime, au tourment ou à la gloire, au bien ou au mal; et ce souvenir l'horrifiait. « Dieu, comme elle disait, partait en miettes dans sa tête et elle avait l'impression de s'abandonner à la torture et à la panique d'avoir une volonté sans force; le comble du tourment était le mépris de la logique, la mise en doute des lois de la pensée et de la parole et, enfin, la disparition de la conscience de sa propre unité; la Régente croyait que ses facultés morales se séparaient, qu'au fond d'elle-même plus personne n'était elle, Ana, essentielle et authentique... elle était saisie de vertige et de terreur et réagissait par des cris et des spasmes périphériques.

Longtemps, elle oublia tout pour ne penser qu'à sa santé. L'idée de la folie et la peur de la douleur inconnue, étrange, du cerveau en décomposition, l'horrifiaient. Elle appela Benítez de toute son âme : cet élan et son obéissance aveugle aux prescriptions du médecin marquèrent le début de sa convalescence.

Il parla d'alimentation, d'exercice et même de bains, mais il insista avant tout sur le changement de vie, les distractions, le grand air, la gaieté, les émotions tranquilles. A la campagne, à la campagne! fut le cri du salut, et Ana et Quintanar (qui avait eu aussi très peur) ne cessèrent de crier du soir au matin : à la campagne, à la campagne!

Mais où, à la campagne? Ils n'avaient pas de résidence d'été dans la province de Vetusta. Don Víctor était toujours propriétaire en Aragon.

Dans un mouvement d'audace, beaucoup plus héroïque que ne pouvait le supposer son mari, elle osa dire :

— Quintanar, que penses-tu de cette idée...? Aller passer quelques mois, jusqu'à l'hiver...

— Où?

— Chez toi, à la Almunia de don Godino.

Don Víctor sauta en l'air.

— Ma petite, pour l'amour de Dieu...! Je ne suis plus d'âge à tant secouer mes pauvres os... La Almunia...! Du fond du cœur... autrefois, mais maintenant! J'aime ma patrie, bien sûr, je suis aragonais de cœur, et je suis de l'avis du poète, qui dit qu'heureux est celui qui n'a vu

que le fleuve traversant sa patrie;

mais je suis aujourd'hui plus vétustain qu'autre chose, et un autre poète l'a dit aussi, le prince Esquilache :

Heureux homme pour qui se trouve la patrie
non pas où il est né, mais où il l'a choisie.

La Almunia de don Godino! Quelle idée... Et puis nous séparer de Frígilis, de don Alvaro, du Marquis, de Benítez, impossible!

Il n'en fut plus question. Au fond d'elle-même, Ana se réjouit du tempérament profondément vétustain de cet Aragonais.

Elle se dissimula cette joie. Elle crut avoir fait son devoir sur ce point.

Mais où iraient-ils passer ces quelques mois à la campagne que Benítez exigeait comme une condition indispensable à la guérison d'Ana?

Un jour, on en parlait chez Vegallana. Outre Quintanar, le Marquis et la Marquise, Alvaro et Paco étaient présents.

— Le médecin, disait l'ex-régent, exige que le lieu où nous irons réunisse un certain nombre de conditions difficiles à remplir.

— Voyons, dit le Marquis.

— Il doit être près de Vetusta pour que Benítez puisse nous rendre de fréquentes visites et qu'il soit possible de transporter Ana en ville rapidement en cas d'urgence; il doit être assez confortable, agréable, offrir un paysage gai, avoir de l'eau courante à proximité, de l'herbe fraîche, du lait de vache... que sais-je encore!

Don Alvaro eut subitement une idée. Il se pencha à l'oreille de Paco et dit :

— Le Vivero!

Paco comprit et admira. « Seul le génie avait de telles révélations! »

Sans se rendre compte qu'il apportait son aide à des plans méphistophéliques, il dit à voix basse :

— Papa, je ne connais qu'une seule résidence remplissant les conditions dictées par Benítez... et elle est à notre disposition...

Et le Marquis, la Marquise et leur fils, heureux de leur trouvaille, s'écrièrent à l'unisson :

— Le Vivero!

— Bravo, bravo, eurêka! s'époumonait le Marquis. Paco a raison, au Vivero! Vous allez au Vivero.

Et la Marquise :

— Excellente idée! C'est parfait! Et nous nous verrons souvent avant d'aller aux bains...

Don Víctor protesta.

— Comment cela, le Vivero! Et vous?

— Nous n'y allons pas cette année.

— Ou nous irons beaucoup plus tard.

— Et quand nous irons, nous tiendrons tous.

— Nous y avons déjà dormi à plus de vingt personnes, observa Alvaro, et chacun en toute indépendance.

— Bien sûr, c'est comme un couvent.

— N'en parlons plus, n'en parlons plus.

— Comment, n'en parlons plus? Et mes scrupules?

En dépit des scrupules de don Víctor, il fut décrété que sa femme et lui, et les domestiques qu'ils voudraient emmener, iraient passer les quelques mois qu'exigeait Benítez au Vivero, où ils seraient les maîtres absolus... Taratata, les Vegallana n'admirent aucune objection.

— N'étaient-ils point parents?

— Certes, dut répondre Quintanar fièrement.

En apprenant la nouvelle, Ana comprit que cela n'avait rien à voir avec la Almunia de don Godino. Mais elle ne voulut pas penser aux dangers que comportait un séjour au Vivero. Elle détestait maintenant se creuser la cervelle. Néanmoins, sans en rechercher les causes, elle fut heureuse toute la journée comme une fille comblée dans ses désirs les plus vifs, et son plaisir fut encore plus intense le lendemain matin, au réveil, quand elle se dit : « Je vais au Vivero mener une vie de paysanne, courir, respirer, grossir... mener une vie joyeuse... je trouverai le soleil, l'eau qui coule, les feuillages... la santé... » Et comme un accompagnement musical berçant ces perspectives, Ana devinait un espoir indécis, comme une saveur parfumée... elle ne voulait pas chercher de quel espoir il s'agissait... Mais le fait est que le monde paraissait s'égayer, que l'idée du Vivero la fortifiait comme un plaisir positif, de ceux dont on jouit tant que durent les illusions. « Ce Benítez la rajeunissait. »

Après avoir parcouru les passages de son livre de mémoires rapportant, à sa manière, ce qui a été brièvement résumé, Ana trouva la page où elle avait rapidement jeté ses impressions quand elle était arrivée au Vivero, un jour d'avril qui avait un air de juin, amène, chaud, dégagé. Elle s'y arrêta.

Elle lut cette page avec délices, ravie non du style mais des souvenirs. La voici :

....

« Œillet et Romarin changèrent brutalement de direction; le landau vira sans bruit, nous secouant un peu en quittant la route de Santianes et les roues rebondirent sur l'étroit chemin fraîchement caillouté du Vivero; les saules, comme une pluie de verdure en suspension dans l'air, nous chatouillaient de la pointe de leurs branches, errant sur nos fronts comme des mèches poussées par la brise. On ouvrit le grand portail de la vieille enceinte et les chevaux arrachèrent des étincelles aux pavés de l'ancienne *borderie,* envahissant de leur fracas le silence du grand manoir, vide et fermé. S'il n'avait tenu qu'à moi, nous serions restés là, à vivre dans cette immense maison flanquée de deux tours de pierre noircie et ornée d'arcades reposant sur des colonnes... mais la voiture poursuivit son trot. Par vanité, le Marquis voulait qu'on accédât au Vivero *habitable* en passant devant cette ancienne demeure seigneuriale... Les roues se taisent, comme si on leur avait mis une housse, les sabots ardents d'Œillet et de Romarin foulent sans bruit le sable brillant, blanc et fin de la large avenue flanquée d'un parapet en marbre orné de pots de fleurs et de rosettes de plantes exotiques.

« La *maison neuve* sourit quand nous nous arrêtons devant la coquette marquise de l'entrée; silence général... un temps. La parole est au soleil... contentons-nous d'en jouir; la propreté, la correction, l'élégance semblent être ici l'œuvre de la nature, et le feuillage, l'éclat de sa verdure, les chuchotements de la brise discrète, la beauté des perspectives, le vol gracieux de milliers d'oiseaux, ont l'air d'importations de luxe; ici, richesse et nature sont réunies; le soleil, ce courtisan du *confort* *, redouble d'éclat... L'étrange chose ! Jusqu'aujourd'hui, je n'avais jamais vu le Vivero, ce qui s'appelle voir, jusqu'aujourd'hui, je n'avais jamais compris cette harmonie intime du luxe et de la campagne. C'es bien ainsi. Il doit y avoir des recoins sur cette terre où rien n'est laid, ni pauvre ni triste.

« Paco et la Marquise nous ont accompagnés pour prendre possession des lieux, ils mangent avec nous et cette après-midi, au coucher du soleil, ils rentrent à Vetusta.

« Maintenant, nous sommes seuls. J'examine toute la maison. Au rez-de-chaussée, salon, billard, cabinet-bibliothèque, galerie de couture donnant sur le jardin, entourée de vitres, la salle à manger d'où on accède à la serre par l'escalier de marbre blanc. Quelle gaieté! Tout est vitres, fleurs, plantes aux feuilles gigantesques, aux couleurs vives et rares. Ce qui me ravit le plus, c'est le caprice du Marquis, au premier étage : une galerie fermée par des vitres fait le tour de l'édifice. J'ai parcouru deux fois ce corridor comme si je n'avais jamais vu le Vivero. Comment se fait-il que tout me paraisse neuf, plus beau, plus élégant, plus poétique? Quintanar est enchanté, et j'ai l'impression qu'il est un peu jaloux. »

....

« Vie merveilleuse. Le printemps est entré dans mon âme. Je me lève tôt. Le bain me fortifie et réjouit mon esprit. Étendue dans le bassin, la main sous le jet, je me laisse alanguir par l'eau tiède et mon imagination, comme assoupie, ne va pas au-delà d'images plastiques, douces et tranquilles. Je grelotte ensuite dans ma serviette et retrouve avec plaisir la chaleur de mon corps, heureuse de la vie que je sens circuler dans mes veines. La tête est solide; je ne suis jamais mortifiée par des idées trop subtiles et alambiquées... Je pense peu, vaguement, et le détail des événements quotidiens qui m'entourent absorbe presque toute mon attention. Benítez peut être satisfait. Ma santé n'en sera que plus vigoureuse. C'est cela, vivre : jouir du doux plaisir de végéter au soleil. »

....

« Et pourtant, il y a des heures où les vibrations des choses me parlent d'une mélodie secrète de sentiments et d'idées. Quelle est cette espérance d'un bien incertain ? Parfois, j'ai l'impression que le Vivero est un décor de théâtre ou de roman. Le bois me semble alors plus solitaire, le manoir aussi. On dirait une solitude méditative. Tout est plongé dans un silence réfléchi, évoquant les cris de joie et de plaisir qui ont naguère retenti ou se préparent à retentir du vacarme de fêtes futures... J'insiste sur ce point, on se croirait un peu sur une scène avant le début de la pièce. Les Vétustains qui ont le bonheur d'être invités aux sorties du Vivero sont les personnages des pièces que l'on joue ici... Obdulia, Visita, Edelmira, Paco, Joaquinito, Alvaro... et tant d'autres ont parlé ici, ont chanté, couru, joué, dansé... et ri, surtout... Et je hume un reste de cette gaieté révolue, ou bien je pressens la gaieté à venir. Oui, Quintanar a raison, c'est le paradis : que nous manque-t-il ? D'après Quintanar, rien que la musique... Oh, qu'il ne s'afflige pas pour si peu! je cours au salon jouer avec mon index, mon seul doigt musicien, *La donna è mobile*. Obdulia trouve cela ridicule...! Une dame qui ne sait jouer du piano qu'avec un doigt! »

....

« Quintanar est heureux. Et il est si bon! Comme il s'occupe de moi! Que de soins, que d'attentions! Il n'est plus le même. Il pense plus à moi qu'à sa marqueterie. Il passe des jours entiers sans rien scier! Quelle âme n'a pas sa poésie au fond d'elle-même. Sa gaieté est trop bruyante, mais elle est sincère. Je ne pourrais vivre ici sans lui. Je l'imagine absent, je me vois toute seule, j'ai peur et je sens le poids de la solitude... Donc il ne me dérange pas, donc je me plais en sa compagnie. »

....

« Petra, même Petra, je l'aime ici, à la campagne. Elle s'habille comme les paysannes de la contrée, chante avec elles à la *borderie*, entre dans la danse et embouche la *guimbarde* avec talent. Hier, à la tombée de la nuit, près du vieux portail, elle jouait, la languette d'acier vibrant entre ses lèvres, des airs monotones du pays, empreints d'une suave tristesse. Pepe, le fermier, chantait des mélodies andalouses naturalisées vétustaines... et Petra faisait vibrer la *guimbarde* plaintive, et je sentais de douces larmes au fond de mon cœur... et une vague espérance venait à nouveau illuminer mon esprit. Plus la languette de la *guimbarde* était triste, plus l'espérance et la joie grandissaient en moi. Tout cela est santé, rien que santé. »

....

« J'ai apporté au Vivero quelques livres de mon père. Il y a des années que je ne les avais pas ouverts. Quintanar les avait dans les tiroirs les plus hauts de ses armoires.

« Que d'impressions! J'ai retrouvé, entre les pages d'une *Mythologie illustrée*, des brins d'herbe de Loreto... ils étaient en poussière; des feuilles écrites où j'ai reconnu mes griffonnages d'enfant... et un marin dessiné de ma plume qui, selon la légende qui l'accompagne, était *Germán.* »

....

« Benítez condamnerait probablement cet appétit de lecture et m'interdirait ce goût démesuré. Que de choses nouvelles je trouve dans ces livres, que je comprenais à peine à Loreto! Les dieux, les héros, la vie au grand air, l'art pour religion, un ciel plein de passions humaines, le bonheur de ce monde... l'oubli des profondes tristesses, de l'avenir incertain... un peuple jeune, sain en somme... Je voudrais savoir dessiner pour donner forme à ces images de la Mythologie qui m'assaillent. »

....

Ana, après avoir lu ces pages et d'autres encore, écrivit ses impressions de ces derniers jours. Don Víctor vint l'interrompre pour lui annoncer qu'il avait installé sa tente au bord de la rivière, dans un endroit agréable et frais, près d'une tache d'ombre au fond de l'eau où il y aurait infailliblement des truites.

Dès ce soir-là, ils se mirent à pêcher. Ils n'attrapaient pas grand-chose, mais en parlaient beaucoup. Ana lisait, assise sur son tabouret de toile blanche à franges bleues, tenant sa canne de la main gauche, ne faisant que l'effort d'empêcher que le courant l'emportât.

Tandis que, sur les berges du Soto, à une demi-lieue de Vetusta, en compagnie de Quintanar, elle laissait échapper des truites hilares, son imagination, remontant aux temps et lieux de l'Antiquité, se baignait dans la rivière Céphise, aspirait le parfum des roses du vallon de Tempé, s'envolait jusqu'au Scamandre, escaladait le Taygète et sautait d'île en île, de Lesbos aux Cyclades, de Chypre à la Sicile...

Anita partit ainsi en voyage avec Bacchus, parcourant l'Inde ou naviguant sur cet esquif prodigieux au mât fleuri d'où pendaient grappes et vrilles de vigne, quand elle dut soudain sauter sur la rive prosaïque du Soto, rappelée par la voix de l'ex-régent :

— Mais ma petite, ils te mangent ton appât! criait-il.

N'importe; Ana était heureuse et Quintanar aussi. « Il n'est plus le même! » se disait-elle. « Elle n'est plus la même! » se disait-il.

Le temps volait. Vinrent les chaleurs de juin. Vetusta en été est une Andalousie printanière. Chaque matin, *à la fraîche,* Ana parcourait le jardin et secouait les branches chargées de cerises, en compagnie de don Víctor, Pepe le fermier, et Petra; ils remplissaient de ce corail humide et luisant de grands paniers tapissés de feuilles de figuier; la Régente éprouvait une singulière volupté, saine et souriante, à passer sa délicate et blanche main sur les cerises se pressant sur la verdure de ces feuilles larges et brodées. Ces paniers allaient à Vetusta, chez le Marquis et parfois chez ses amis. Un matin, Ana aperçut Petra et Pepe garnissant des fruits les plus rouges une petite corbeille de paille blanche ornée de mèches de couleurs. Elle s'approcha pour les aider.

— Pour qui est-ce? demanda-t-elle soudain.

— Pour don Alvaro, répondit Petra.

— Oui, je vais la lui porter moi-même à son auberge, ajouta Pepe, souriant déjà au pourboire qui se profilait à l'horizon.

Ana sentit sa main trembler sur les cerises et ce contact lui parut subitement plus doux et plus voluptueux.

Et comme personne ne la regardait, en cachette, sans penser à ce qu'elle faisait, sans pouvoir se retenir, comme une collégienne amoureuse, elle embrassa fougueusement la paille blanche de la corbeille. Elle baisa les cerises aussi... et en mordit même une qu'elle laissa là, à peine marquée par la trace de deux dents.

Effrayée de son audace, elle y pensa toute la journée, sans en avoir honte.

« C'était aussi un effet de la santé! »

La veille de la Saint-Pierre, le Magistral reçut dans la soirée un carton du marquis de Vegallana, l'invitant à passer la journée du lendemain au Vivero, dès qu'il serait libéré de ses devoirs à la cathédrale, en compagnie des propriétaires de la maison, des hôtes actuels, les Quintanar, et de nombreux autres amis. Le Vivero faisait partie de la paroisse rurale de San Pedro de Santianes; cette année, Pepe le fermier était l'ordonnateur de la fête paroissiale, et il était bien décidé à mettre les petits plats dans les grands, « pour faire honneur à Monsieur le Marquis ».

Anita, dans le post-scriptum de sa dernière lettre, disait à son confesseur : « Le Marquis m'a dit qu'il compte vous inviter à la fête de la Saint-Pierre. Nous en sommes les *ordonnateurs*... J'espère que vous viendrez. Sinon, ce serait un affront terrible. »

« Oui, oui, j'irai, se disait don Fermín en se retournant dans son lit. Que n'ai-je le courage de n'y point aller, de les ignorer, pour tout oublier... mais je suis fatigué de lutter contre cette maudite obsession qui a toujours raison de moi. Oui, puisque je finirai bien par m'y rendre, puisque je suis sûr de prendre finalement le chemin du Vivero, mieux vaut m'épargner la torture de la bataille et m'avouer vaincu. J'irai. »

Et il ne put dormir une heure de suite de toute la nuit. Mais c'était déjà une vieille habitude. Depuis qu'Anita « *s'était remise à le tromper* », don Fermín ne connaissait plus un instant de repos.

Comme le Marquis ne lui avait pas proposé de faire le voyage dans sa voiture (signe probable d'une certaine froideur préméditée que De Pas feignit de ne pas remarquer), M. le chanoine dut aller en personne louer une berline. Il demanda qu'on l'attendît au bout de l'Espolón à dix heures précises. Il se rendit à la cathédrale mais, ne pouvant rester en place, à neuf heures et demie il était sur la route de Santianes et du Vivero, et ne cessait de la traverser, agité, pâle, et d'une humeur massacrante.

« Que vais-je faire là-bas ? L'autre y sera certainement. Qu'est-ce que je vais y faire ? Maudit Vivero ! » La berline tardait. De Pas ne tenait pas en place. La voiture sale et démantibulée arriva enfin, au pas de tortue.

— Au Vivero, en vitesse! cria don Fermín en se laissant tomber comme du plomb sur la banquette dure qui gémit.

Le cocher sourit, fouetta l'air de son fouet et le cheval exténué se lança sur la route pendant deux ou trois minutes, mais comme si c'était un manque d'égard pour son grand âge, il reprit son allure paresseuse sans provoquer aucune protestation.

Le Magistral se souvint que dans cette même berline, ou tout au moins dans une voiture de la même compagnie, il pleurait d'allégresse quelques semaines plus tôt, l'âme pleine d'espérance et de projets qui émoustillaient ses sens jusqu'au plus profond de ses entrailles. Mais maintenant, un pressentiment lui soufflait que tout était fini, qu'Ana n'était plus sienne, qu'il allait la perdre, et que cette expédition au Vivero était ridicule; si Mesía s'y trouvait, ce qui était presque sûr, tous les atouts seraient du côté du petit-maître. Le Grand Vicaire portait un manteau en fin tissu d'alpaga muni de tout petits boutons, et un collet taillé en forme d'ailes de chauve-souris. Son costume rappelait celui de Méphistophélès dans l'acte de la sérénade de *Faust.* Il avait longuement hésité : que mettrait-il ? La soutane lui pesait de plus en plus et il ne supportait plus la cape ecclésiastique. Le long chapeau lui était odieux; trop court, il était maniéré, ridicule, digne d'un don Custodio ; fermé, il faisait démodé ; trop ouvert, indigne d'un Grand Vicaire. Une redingote ? *Vade retro !* Non, un curé en redingote se transforme inévitablement en curé de campagne ou en prêtre libéral. Le Magistral avait rarement recours à de tels vêtements. Oh, s'il pouvait s'habiller en chasseur, sa veste en peau bien ajustée, son gros pantalon lui prenant bien la cuisse, ses bottes d'équitation, son chapeau à la Schomberg... alors, oui, il s'habillerait en civil, et sa vanité lui soufflait qu'il n'aurait pas à redouter la comparaison avec cet homme arrogant qu'il haïssait. Oui, qu'il haïssait. Don Fermín ne se le cachait plus. Il ne donnait pas de nom à sa passion, mais il revendiquait tous ses droits et était loin d'éprouver le moindre remords. « Il était curé, curé, une chose ridicule, au point où on en était. » Il avait compris qu'Ana manifestait sa répugnance devant le chanoine dès que le chanoine voulait lui démontrer qu'il était aussi un homme. « Et il était un homme, Dieu savait qu'il en était un! Autant et même plus que l'autre, capable de le briser entre ses bras, de le lancer en l'air comme une balle...! » Il ne pensait plus à ses tristesses ni à sa colère. Il regardait, hébété, les accidents du paysage, les poteaux télégraphiques qu'il laissait derrière lui de loin en loin. Il dut relever les vitres des portières parce que la poussière l'étouffait. Le soleil l'importunait et le brûlait; il n'y avait pas de rideau. Le voyage était interminable. Cette demi-lieue s'étirait indéfiniment. « Le Marquis s'était comporté grossièrement en ne lui proposant pas une place dans sa voiture. C'était de sa faute puisqu'il avait accepté l'invitation. Mais comment faire autrement? »

Il entendit le fracas de sabots de chevaux piétinant le gravier fraîchement étalé, derrière la berline. Qui étaient ces cavaliers? Il se pencha et reconnut don Alvaro et Paco qui passèrent au galop de deux superbes chevaux blancs de pure race espagnole.

Ils ne le virent pas; le plaisir de la course les absorbait et ils ne remarquèrent pas la misérable berline qui continuait à marcher au pas. Insensible à toute noble émulation, la misérable rosse continua d'avancer le moins possible, convaincue que le bonheur n'était au terme d'aucune course en ce bas monde. Pour mal manger, on arrive toujours à temps. Telle était sa philosophie. Le cocher était sans doute un disciple du cheval.

Quand le Magistral arriva au Vivero, il n'y avait plus aucun invité dans la maison, ni le Marquis, ni la Marquise, ni les Quintanar.

Petra l'accueillit, en costume de paysanne, d'une coquetterie provocante, la tête couverte de boucles d'or, le mantelet de velours attaché derrière, par-dessus le corsage fait de bandes de soie écarlate moulant son corps élancé; une jupe à larges plis, en taffetas vert, en recouvrait une autre, rouge, qu'on entrevoyait au-dessus de ses pieds chaussés de bottines en toile. Elle était belle et le savait. Elle sourit au Magistral et dit :

— Les maîtres sont à San Pedro.

— Je m'en doutais, ma fille, mais je suis mort de soif et...

La paysanne supposée servit au Magistral, sous la gloriette du jardin, un délicieux rafraîchissement artistement improvisé.

— Dieu te le rendra, Petrica.

Et ils parlèrent.

Ils parlèrent de la vie que ses maîtres menaient ici.

Petra dit qu'Ana n'était plus la même : quelle gaieté! Quelle pétulance! Plus question de s'enfermer dans une chapelle des heures et des heures, plus question de prier des siècles et des siècles, plus question de passer des éternités à lire sainte Thérèse... Allons, elle n'était plus la même. Sa santé? Comme un chêne.

— Paco est là ? demanda soudain De Pas.

— Oui, Monsieur, depuis un quart d'heure. Lui et don Alvaro sont arrivés à bride abattue ; ils ont pris un rafraîchissement, comme vous, et ils ont filé à San Pedro... Je crois qu'ils avaient manqué la messe et voulaient entendre celle de la fête...

A ce moment-là retentirent vers l'orient de bruyantes explosions de pétards chargés de dynamite.

— Ils en sont à l'élévation, commenta la servante.

Petra observait du coin de l'œil l'impatience du Magistral qui lui demanda :

— L'église n'est pas loin, je crois, en passant par le bois ? N'est-ce pas ?

— Oui, Monsieur, mais il y a trois allées qui se croisent et on peut tomber sur la rivière au lieu de... si vous voulez, je peux vous accompagner moi-même ; je n'ai rien à faire ici pour le moment...

— Si tu es assez aimable...

Petra passa devant le Magistral. Ils quittèrent le jardin par une petite porte et pénétrèrent dans un bois de chênes corpulents et de rouvres rudes et tordus. Ce bois couvrait les flancs d'un coteau jusqu'à la cime, où il était encore plus touffu. Ils gravissaient un petit raidillon et don Fermín voyait les dessous irisés de bayette aux couleurs criardes que Petra montrait sans crainte, un pouce de son jupon blanc tout brodé et un peu de son bas de soie ajourée, coquetterie raffinée qui ôtait toute authenticité au costume et par le fait même lui donnait un charme piquant.

— Quelle chaleur, don Fermín ! disait la blonde, essuyant la sueur de son front avec un mouchoir de batiste ordinaire.

— Oh que oui, ma blonde enfant ! répondit le Magistral déboutonnant son maudit manteau à collet et soufflant avec force.

— Et pourtant, vous ne devez pas sentir la fatigue, car j'ai entendu dire qu'à Matalerejo vous courez comme un daim sur les crêtes...

— Qui te l'a dit ?

— Bah ! Teresina...

— Vous êtes bien amies, hein ?

— Très.

Silence. Tous deux méditent. Le chanoine renoue le dialogue.

— Ne t'y trompe pas ; moi, tel que tu me vois, je suis un paysan ; je sais jouer aux quilles comme pas deux...

Petra s'arrêta et se retourna pour regarder don Fermín qui faisait semblant de lancer une boule en chêne sur la piste concave devant lui...

La servante rit et reprit sa route.

— Non, dit-elle, pas besoin de dire que vous êtes fort : on le voit.

Ils se turent.

De l'autre côté de la colline, des pétards de dynamite éclatèrent, plus proches, et bientôt on entendit, filtrés par les ramages des arbres, la musette et le tambourin au son tremblé ; les voix parvenaient, étouffées par la distance.

La musette allait droit au cœur du Grand Vicaire et de Petra, paysans tous deux. Ils se regardèrent encore et se sourirent.

— Ils reviennent, dit Petra, s'arrêtant encore.

— Nous arrivons trop tard ?

— Oui, c'est sûr; le cortège passera par le chemin du bas et quand nous arriverons à l'église, ils seront déjà au Vivero...

— En sorte que...

— En sorte qu'il vaut mieux s'en retourner. Aïe, don Fermín, pardonnez-moi cette marche... ce dérangement...!

— Mais non, ma fille, il n'y a pas de quoi... au contraire... On est très bien ici... cette ombre... mais je suis un peu fatigué... et avec ta permission... entre ces racines, sur ce tas d'herbe fauchée, verte et fraîche... hein ? Qu'en penses-tu ? Je vais m'asseoir un peu...

Sitôt dit, sitôt fait.

Petra, n'osant pas s'asseoir et ne voulant pas abandonner son poste, regarda à terre en rougissant, fit des gestes félins et se mit à tordre une pointe de son tablier...

— Fatigué ? Allons! risqua-t-elle, un homme comme vous...

La musette et le tambour emplissaient les voûtes de verdure de leurs flots de musique, tantôt allègre, tantôt mélancolique, toujours empreinte de parfums champêtres idéaux et de souvenirs amènes.

Le Magistral mordillait de longues herbes âpres, un sourire amer aux lèvres. « Ironie du sort! Le fruit qui s'offrait, qui lui tombait dans la bouche, là... dédaigné... et l'impossible fruit convoité... d'autant plus impossible qu'il était plus convoité... Cependant, pour rendre sa situation au Vivero moins ridicule, il lui semblait opportun de mettre en œuvre ce qu'il méditait. Et puis, il devait mettre de son côté la servante de la Régente, la faire sienne, totalement sienne... »

— Petra...

— Monsieur ? s'écria-t-elle en feignant la frayeur.

— Tu cherches à grandir ? Tu es assez jolie fille comme cela. Voyons, ne sois pas sotte... si tu n'es pas pressée... tu peux t'asseoir... De toute façon, j'aimerais te demander... quelques petites choses au sujet de...

— Ce que vous voudrez, don Fermín. On ne voit absolument personne par ici : peu de gens traversent le bois pour aller à l'église, et ceux qui y vont empruntent le sentier d'en bas... Il passe rarement âme qui vive par en haut. Mais si vous voulez parler à l'aise, il y a une cabane un peu plus haut, qu'on appelle la maison du bûcheron; elle est fraîche et les sièges y sont très confortables.

— C'est parfait. Nous y parlerons plus à l'aise. Allons-y.

Il se leva et ils se mirent en marche. Ils montaient en silence. Le bois s'épaississait.

La musette et le tambour retentissaient maintenant très loin, comme l'ébauche d'un son.

En arrivant à la maison du bûcheron, Petra se laissa tomber dans l'herbe, un peu à l'écart de don Fermín; et, rouge comme sa jupe de dessous, elle le regarda audacieusement en face, avec des yeux sérieux et éloquents.

Le Magistral s'assit à l'intérieur de la cabane.

Ils parlèrent.

Don Fermín avait quelque raison de redouter le moment de la rencontre avec le cortège, comme disait Petra. Une demi-heure après, entrant dans le jardin par la petite porte du bois, la première chose qu'il aperçut, ce fut la Régente, dans le puits à sec rempli de foin, et don Alvaro à côté d'elle, se défendant et la défendant des assauts d'Obdulia, Visita, Edelmira, Paco, Joaquín et don Víctor, lesquels déversaient sur eux tout le foin qu'ils pouvaient arracher par poignées d'une meule dressée dans une proche pommeraie appartenant à Pepe le fermier.

De la galerie du premier étage, le Marquis criait :

— Fous que vous êtes! Je vais lâcher les chiens, vous abîmez le foin de Pepe... Que va manger le troupeau? Fous...! Pepe, sur son trente et un, non loin du puits, laissait faire, laissait dire, se grattait la tête et souriait, heureux...

— Laissez donc, m'sieur, laissez *sautailler* ces messieurs-dames, le *fin,* j' le ramasserai... Ça n' fait ran...

La Régente, la tête couverte de foin, les yeux mi-clos, n'aperçut le Magistral qu'à la fin du jeu, quand elle sortit du puits... aidée par don Alvaro et par ceux qui étaient dehors.

Elle ne rougit pas d'avoir été vue en telle posture par son confesseur... Elle le salua aimablement, gaiement, et repartit en courant vers le jardin en compagnie d'Obdulia, de Visita et d'Edelmira poursuivies par Paco, Joaquín, don Alvaro et don Víctor.

Le Marquis accapara le Magistral et le conduisit au salon où se trouvaient la Marquise, la femme du Gouverneur civil, la Baronne et sa fille aînée (qui ne voulait pas courir avec *ces fous*), le Baron, Ripamilán, Bermúdez (qui ne voulait pas courir non plus), Benítez (le médecin d'Anita) et d'autres Vétustains illustres.

— Voyez-vous, monsieur le Grand Vicaire, dit Vegallana, la fête se divise en deux parties : comme Pepe en est l'ordonnateur, il a invité tous les curés de la région, quatorze si je ne me trompe; je leur ai proposé de venir ici manger avec nous, mais comme certains d'entre eux sont rustauds, j'ai compris qu'ils préféraient fuir le commerce des dames et des jouvenceaux de la ville, aussi leur a-t-on dressé une table dans l'ancienne bâtisse, où je pense aller leur tenir compagnie. J'ai demandé à Ripamilán de venir avec moi, mais il ne veut pas... Si vous étiez assez aimable pour m'accompagner, ces braves prêtres se sentiraient infiniment honorés... Vous comprenez, comme vous êtes le Grand Vicaire!

Pas moyen d'y échapper. Le Magistral dut manger avec le Marquis et les curés dans la vieille bâtisse.

Petra dirigeait le service de la *table de campagne*; elle était encore en costume du pays, le visage écarlate, les boucles de son front avaient des éclats dorés, et ses yeux vifs, éloquents, pleins d'une joie maligne qui chavirait les cœurs des paysans et de quelques curés de campagne, renvoyaient des éclairs de braise.

A l'heure du café, don Fermín n'y tint plus, il s'échappa comme il put et retourna à la maison neuve, où les réjouissances faisaient un vacarme de tous les diables. Au moment où il entra, don Víctor (un bonnet *pointu* sur la tête) chantait en duo avec Ripamilán, rajeuni, près du piano, sur lequel don Alvaro tapait comme il pouvait, un cigare entre les dents, balançant le corps, ouvrant et fermant ses yeux brillants aveuglés par la fumée de son cigare.

Les dames n'étaient plus là. La Marquise, la femme du Gouverneur et la Baronne se promenaient dans le jardin; la *jeunesse,* Obdulia, Visita, Ana, Edelmira et la fille du Baron couraient toutes seules dans le bois.

On les entendait crier de la galerie vitrée. Obdulia, Visita et Edelmira appelaient les hommes avec force rires et cris.

Joaquín s'en aperçut et proposa à Paco d'abandonner le concert de Quintanar et de don Cayetano pour aller courir après ces *gueuses*...

— Attends un peu, répondit Paco, qui aimait beaucoup les très anciens airs de Ripamilán et commençait à se lasser de sa cousine.

Quand Quintanar et l'Archiprêtre eurent la voix cassée, ce qui ne tarda point, on laissa le piano et l'on accéda aux désirs d'Orgaz. Celui-ci, Paco, Mesía et Bermúdez sortirent et pénétrèrent dans le bois. « On n'entendait plus les cris de ces *gueuses.* » « S'étaient-elles cachées ? » « Sans doute. »

« Que chacun les cherche de son côté. »

« Excellente idée ! »

Ils se dispersèrent et ne tardèrent pas à se perdre de vue.

Dès qu'il se vit seul, Bermúdez s'assit dans l'herbe. Une rencontre solitaire avec une de ces dames ou demoiselles dans une épaisse forêt de chênes séculaires lui semblait une situation exigeant une éloquence particulière dont il ne se sentait pas capable. Et pourtant, il aurait fait ses délices d'une conversation intime avec Obdulia ou Ana *sur le vert tapis*!

Le Magistral dut rester avec Ripamilán, don Víctor, le Gouverneur, Benítez et d'autres messieurs sérieux. Benítez était jeune, mais il préférait faire sa digestion assis, en fumant un bon cigare.

Don Víctor s'approcha du médecin, dans l'embrasure d'une fenêtre, et De Pas put entendre le dialogue qui s'engagea.

— Oh, vous ne pouvez vous imaginer tout ce que je vous dois.

— A moi, don Víctor ?

— Oui, à vous; Ana n'est plus la même. Quelle gaieté, quelle santé, quel appétit! Finies les pensées torturées, la dévotion exagérée, les chimères, les nerfs... les folies... comme celle de la procession... Oh, chaque fois que je me la rappelle, cela me crispe les... Eh bien, plus rien, fini. Elle-même a honte de ce qui s'est passé. Elle s'est convaincue que la sainteté n'est plus l'affaire de ce siècle. Nous sommes au siècle des lumières, et non au siècle des saints, ne croyez-vous pas, monsieur Benítez ?

— Si, monsieur, dit le médecin en souriant, entre deux bouffées de cigare.

— Donc, vous pensez que ma femme est complètement guérie... ? Radicalement... ?

— Doña Ana, mon cher ami, n'était pas malade; je vous l'ai dit cent fois; ce qu'elle avait pouvait se soigner par un simple changement de vie; mais ce n'était pas une maladie... c'est pourquoi on ne peut vraiment dire qu'elle est guérie... pour le reste... cette même gaieté excessive, cet optimisme, cet oubli systématique de ses anciennes angoisses... ne sont que le revers de la même médaille.

— Comment ? Vous m'effrayez.

— Il n'y a pas de quoi. Doña Ana est ainsi, plutôt excessive... vive... exaltée... il lui faut beaucoup d'activité, un stimulant... il lui faut...

Benítez mâchait son cigare et regardait don Víctor qui écarquillait les yeux avec une mystérieuse expression de pitié un peu burlesque.

— Que lui faut-il ?

— Tout cela... un puissant stimulant, quelque chose qui accapare son attention avec... force...; une activité... intense... bref, tout cela... car elle est excessive par tempérament... Hier, elle était mystique et amoureuse du ciel; aujourd'hui elle mange bien, se promène au grand air parmi les arbres et les fleurs... et elle aime la bonne vie, la nature, elle est obsédée par sa santé...

— C'est vrai; la pauvrette ne parle que de sa santé.

— La pauvrette ? Pourquoi pauvrette ?

— Pourquoi ? Mais à cause de ses outrances... de ces stimulants dont elle a besoin...

— Qu'est-ce que cela peut bien faire ? Son tempérament l'exige...

— Alors, vous croyez qu'hier elle était dévote, exagérément dévote parce que... il y avait peut-être quelqu'un qui influait sur son esprit dans un certain sens... ?

— Exact. C'est fort probable.

Don Víctor, tête en l'air comme d'habitude, parlait sans souci d'être entendu, sans voir le Magistral qui, feignant de lire un journal et de s'entretenir par moments avec Ripamilán, s'efforçait de ne pas perdre un mot du dialogue au coin de la fenêtre.

— Alors... le changement d'Anita est dû à... une autre influence... ? Son goût pour la campagne, pour le rire et les distractions est dû à... une nouvelle cause ?

— Oui, monsieur; c'est un aphorisme médical : *ubi irritatio ibi fluxus.*

— Parfaitement! *Ubi irritatio...* exact, *ibi... fluxus*! Lumineux! Mais cette nouvelle cause... où est-elle ? Je vois l'autre, le clergé, le jésuitisme... mais celle-ci ? Qui représente cette nouvelle influence... cette nouvelle *irritatio,* si on peut dire... ?

— Mais c'est évident : nous. Le nouveau régime, l'hygiène, le Vivero... vous... moi... une saine nourriture... le lait... l'air... le foin... les odeurs d'étable... la brise du matin..., etc., etc.

— Assez, assez; j'ai compris... l'hygiène... le lait... les odeurs du troupeau... c'est magnifique...! Donc, Ana est sauvée!

— Oui, monsieur.

— Parce que cette exagération nouvelle ne peut nous mener à rien de mauvais... ?

Benítez cracha un bout de son cigare, qu'il avait coupé avec ses dents, et répondit, toujours avec le même sourire :

— A rien de mauvais...

— Sainte Barbe! s'écria Quintanar qui se dressa sur ses jambes en fermant les yeux.

Après l'éclair qui l'avait ébloui, un coup de tonnerre retentit, qui fit trembler les murs. Les conversations cessèrent et tout le monde se leva; Ripamilán et don Víctor étaient tout pâles. C'étaient deux hommes très courageux qui se mettaient à trembler au moindre coup de tonnerre. Ripamilán, quoique un peu sourd depuis quelques années, avait parfaitement entendu la décharge des nuages et il ne se sentait pas bien. Il n'était pas assez intime pour demander un coussin sous lequel il pourrait se cacher la tête, comme il faisait chez lui.

Tous les invités, à l'exception des deux craintifs, s'approchèrent des fenêtres pour regarder pleuvoir. L'eau tombait à torrents. Au bout du jardin, on distinguait la Marquise et les dames qui l'accompagnaient, réfugiées sous la coupole du belvédère dominant le paysage, dans un angle du domaine, près du mur.

— Et nos jeunes gens ? interrogea Ripamilán effrayé, feignant de craindre pour les autres.

Il appelait *nos jeunes gens* ceux qui étaient dans le bois.

— C'est vrai! Que sont-ils devenus ? Il faut aller les chercher... Ils vont être dans un état... s'exclama Quintanar, se souvenant de sa femme, envahi de remords de ne pas l'avoir dit plus tôt.

Le Magistral ne pensait qu'à cela, mais il se taisait. Il était dans les affres du purgatoire et maintenant, c'était le comble. « Les autres dans le bois... et le ciel déversant des trombes sur eux... Jusqu'où irait la galanterie de don Alvaro dans cette circonstance! »

— Il faut aller les chercher, disait le Gouverneur civil.

— Il faut leur porter des parapluies...

— Et il se trouve que la Marquise est immobilisée en bas par l'averse et ne peut rien faire...

— Et le Marquis est avec ses curés dans la vieille bâtisse, il ne peut venir donner aucun ordre...

On délibéra longuement sur ce qu'il fallait faire.

— Il faut sauver les naufragés, dit le Baron en manière de plaisanterie.

Le Magistral, qui était sorti du salon, revint avec deux grands parapluies de campagne verts, en percale. Il en donna un à don Víctor :

— Allez, Quintanar, dit-il, vous êtes chasseur... moi aussi... on va aller jusqu'au bois! Allons-y!

Et il le dévorait des yeux en disant ces mots, l'insultait, et les aiguilles de ses pupilles le traitaient d'idiot, de pied plat et de choses pires encore.

— Bravo, bravo! s'écrièrent ces messieurs, applaudissant l'héroïsme d'autrui.

Un coup de tonnerre formidable éclata en même temps que la foudre au-dessus de la maison, faisant pâlir les plus vaillants.

— Allons, allons, vite! cria le Magistral, dont la pâleur ne devait rien à la tourmente. Le tonnerre résonnait dans sa tête comme un éclat de rire de son infortune, comme un sarcasme du diable qui se gaussait de lui et de sa misérable condition de prêtre.

— Mais, don Fermín, risqua Quintanar, précisément en tant que chasseur... je sais que c'est dangereux... les arbres attirent la foudre... Là-haut, il y a aussi des lauriers, et le laurier attire l'électricité; il vaudrait mieux des pins! Mais le laurier...!

— Que voulez-vous dire? Que les autres peuvent bien être foudroyés? Ne voyez-vous pas que doña Ana est avec eux...

— Oui, c'est vrai... Mais Pepe ne pourrait-il pas y aller avec un domestique... avec Anselmo...? Vous allez mouiller votre manteau... et votre soutane...

— Allons jusqu'au bois! Don Víctor, allons-y! rugit le Grand Vicaire.

La voix terrible fut couverte par un coup de tonnerre plus épouvantable que les précédents.

— Messieurs, dit Ripamilán qui s'était caché au fond d'une alcôve, ne vous inquiétez pas, ces jeunes gens doivent être à couvert.

— Comment, à couvert...?

— Oui, Fermín, n'ayez pas peur. A couvert... dans la maison du bûcheron. Vous ne la connaissez pas, c'est une cabane rustique que le Marquis a fait construire en chaume et en torchis là-haut, au plus profond du bois...

Le Magistral ne voulut pas en entendre davantage. Il sortit, un parapluie sous le bras, et jeta l'autre aux pieds de don Víctor.

Ce dernier ramassa cette arme défensive, qu'il appela bouclier dans son for intérieur et, sans piper, emboîta le pas « de ce fou de Magistral », sans pouvoir s'expliquer pourquoi c'était eux deux, et pas les domestiques, qui devaient aller chercher la Régente.

Ces messieurs du salon ne comprenaient pas non plus; ils souriaient avec une malice à peine déguisée en disant que la conduite du Magistral était un mystère.

— Don Víctor avait raison, observa le Baron, pourquoi ne pas envoyer les domestiques ?

— On dirait aussi, intervint le Gouverneur, qu'on nous donne une leçon, et spécialement à vous dont la fille est là-bas...

Ripamilán crut que la foudre qui éclata à cet instant traversait la maison de part en part.

La peur était maintenant générale.

— Allons, allons, messieurs, dit l'Archiprêtre du fond de l'alcôve, l'heure de la prière a sonné ; avec votre permission, je vais prier... *In nomine Patris...*

Chapitre vingt-huit

— Où allez-vous ? Sous le belvédère, la Marquise interpellait le Magistral et don Víctor qui, à vingt pas l'un de l'autre parcouraient le bois, trempés jusqu'aux os, les ailes de leur chapeau et les plis de leurs vêtements ruisselant d'eau.

— En Enfer ! Je ne sais où me mène cet homme ! répondit don Víctor sans trop crier, furieux, occupé à maintenir ouvert son parapluie qui heurtait les branches et s'accrochait aux ronces.

La Marquise continuait de vociférer, parlant par signes, mais don Víctor ne comprenait rien et don Fermín ne l'entendait même pas.

— Mais attendez donc, brave homme; attendez, réfléchissons; arrêtons un plan...! Où m'emmenez-vous ?

Apparemment, le brave homme n'entendait pas non plus Quintanar, parce qu'il continuait de monter à grands pas, sans jamais regarder derrière lui.

D'une branche à l'autre, entre les troncs, dans toutes les directions, montaient et descendaient des toiles d'araignée qui pénétraient dans les yeux et la bouche de l'ex-régent, lequel crachait et secouait ces toiles délicates avec rage et dégoût.

— C'est un vrai métier à tisser, hurlait-il, et il s'emmêlait dans les fils comme si c'étaient des cables, essayait de les éviter, trébuchait, glissait et tombait sur les genoux, blasphémant contre son habitude.

— C'est bien des idées de gosses d'aller s'amuser dans le bois... Il n'y a que des araignées et des épines... Attendez, don Fermín, par les onze mille vierges... galopantes! je suis perdu, je vais tomber.

Le tonnerre lui répondit et la frayeur le fit choir à genoux.

Il n'osa plus blasphémer.

— Don Fermín! don Fermín! Attendez, au nom de l'humanité!

De Pas s'arrêta, se retourna et le toisa de sa hauteur avec pitié et, dissimulant sa colère, il lui lança la phrase la moins méchante qui lui passa par la tête :

— Vous n'avez vraiment pas l'air d'un chasseur.

— Je suis un chasseur au sec, mon cher, mais là, c'est le déluge, un bombardement... et j'ai des araignées plein l'estomac... et par-dessus tout, j'aime les actions héroïques qui servent à quelque chose. *Nisi utile est id quod facimus, stulta est gloria*, a dit Baglivi. Voyons, où allons-nous, dites-le si vous le savez?

— Chercher doña Ana qui doit être... en train de se perdre...

— Se perdre! Bah! Vous les croyez idiots? Ils sont certainement à couvert... Vous vous imaginez vraiment qu'ils sont en train de gober... des araignées et de patauger comme nous? Et puis, n'ont-ils pas des jambes pour rentrer à la maison? Ne connaissent-ils pas le chemin? Vous direz que nous leur portons des parapluies, mais à quoi servent-ils?

Le Magistral rougit. En effet, sous bois, les parapluies ne servaient à rien.

— Faites ce que vous voudrez, s'exclama-t-il, moi, je continue.

— Vous voulez me donner une leçon, répliqua don Víctor un peu vexé, continuant la pénible ascension.

— Non, monsieur.

— Si, monsieur ; c'est... être plus royaliste que le roi. Il me semble que ma femme m'importe davantage qu'à quiconque... Et pardonnez-moi l'expression... mais, franchement, ce que nous faisons est digne d'un don Quichotte.

Quintanar comprit qu'il venait de proférer une insolence, mais il était furieux et ne voulut pas se reprendre.

Le premier mouvement de don Fermín fut d'assener le manche du parapluie sur la tête de cet homme qu'il trouvait en ce moment complètement idiot; mais pour de multiples raisons, il se retint... et continua de monter en silence.

Il ne pensait qu'à marcher; toutes ces insultes ne lui faisaient pas plus d'effet que celles qu'on aurait pu lancer d'un rivage à un naufragé... Il avait deux idées rivées à l'esprit par des clous de feu : *Ubi irritatio ibi fluxus* pour la première; et la seconde : ils doivent être dans la maison du bûcheron! Le Grand Vicaire ne croyait pas en une Providence utilisant les jeux du hasard ou des combinaisons théâtrales pour donner des leçons, mais il liait superstitieusement ses souvenirs du matin, sa promenade et sa conversation avec Petra, aux scènes non moins champêtres dans lesquelles il craignait — quelle grossièreté — que la Régente fût compromise.

« *Ubi irritatio ibi fluxus*! se disait-il; c'est vrai, c'est vrai... j'ai été aveugle... la femme est toujours la femme, la plus pure... est femme... et j'ai été un imbécile dès le premier jour... Maintenant, il est trop tard... et je l'ai perdue à tout jamais. Et cet infâme... »

Il se mit à monter en courant.

« Mais cet homme est fou! » pensait Quintanar qui le suivait en haletant, vingt pas derrière et la langue pendante.

Le Magistral essayait de se repérer, de se rappeler par où il était descendu quelques heures auparavant de la maison du bûcheron. Il se perdait, confondait les marques, allait et venait... suivi de don Víctor repoussant les araignées comme si c'étaient des lions, se libérant de leurs toiles comme si c'étaient des chaînes.

« Le mieux est de prendre par la plus grande pente, l'endroit se trouve au point le plus élevé... mais en haut, il y a un plateau, allez chercher... »

Il s'arrêta. Comme si don Víctor n'avait rien dit, d'un air aimable et avec une voix suppliante et douce il proposa :

— Monsieur Quintanar, si nous voulons les trouver, il faut nous séparer; voulez-vous bien monter par là, sur la droite...

Don Víctor ne voulait pas, mais le Magistral insista et, par de fines allusions à l'évidente frayeur de son compagnon, il réussit encore à le piquer au vif, l'obligeant à prendre sur la droite.

Alors, dès qu'il se vit seul, De Pas se mit à monter en courant de toutes ses forces, trébuchant contre les troncs, les ronces, les branches tombantes et le bois mort... Il était comme aveugle; son cœur, éclatant de jalousie et de colère, lui soufflait qu'il allait surprendre don Alvaro et la Régente en pleine conversation amoureuse, pour le moins. « Pourquoi? Le plus probable n'était-il pas qu'ils fussent en compagnie de Paco, Joaquín, Visita, Obdulia et les autres qui étaient montés dans la forêt? » Non, non, criait son pressentiment. Et il raisonnait ainsi : don Alvaro a l'expérience de ces aventures, il aura su se débrouiller pour se retrouver seul avec elle. Paco et Joaquín n'y auront point fait obstacle et auront également fait le nécessaire pour retrouver Obdulia et Edelmira, respectivement. Visitación les y aura aidés. Bermúdez est un idiot... ils sont sûrement seuls. Et il se remit à courir de toutes ses forces, trébuchant sans cesse, traînant péniblement son manteau trempé qui pesait une tonne, et sa soutane déchirée par endroits, maculée de boue et de toiles d'araignée mouillées. Sa bouche et ses yeux aussi étaient recouverts de fils gluants, fins, emmêlés.

Il parvint au plus haut, au plus touffu. Les coups de tonnerre, encore formidables, retentissaient loin de là. Il s'était trompé, la cabane n'était pas de ce côté-là. Il repartit sur la droite, écartant avec peine les épines de cent plantes sauvages qui lui barraient le passage. Il aperçut enfin, entre les branches, la cahute rustique... Quelqu'un bougeait à l'intérieur... Il s'élança comme un fou, sans savoir ce qu'il ferait s'il trouvait là ce qu'il attendait..., prêt à tuer s'il le fallait... aveugle...

— Sacrebleu! Vous m'avez fait une de ces peurs... cria don Víctor qui se reposait là, sur un banc rustique, tordant fortement son chapeau mou d'où ruisselait un torrent d'eau claire.

— Ils ne sont pas là! dit le Magistral, sans penser aux soupçons que pouvaient éveiller son aspect, sa conduite, sa voix tremblante, tout ce qui dénonçait à l'évidence sa passion, sa jalousie, son indignation de mari outragé, absurde chez lui.

Mais don Víctor aussi était préoccupé. Il avait une bonne raison de l'être :

— Regardez ce que j'ai trouvé ici. Et il sortit de sa poche, du bout des doigts, une jarretière de soie rouge avec une boucle en argent.

— Qu'est-ce que c'est ? demanda De Pas, sans pouvoir cacher son anxiété.

— Une jarretière de ma femme ! répondit le mari, tranquille comme Baptiste, mais surpris par l'étrangeté de sa trouvaille.

— Une jarretière de votre femme !

Le Magistral ouvrit la bouche de stupéfaction, ébahi de la stupidité de cet homme qui ne soupçonnait encore rien.

— Je veux dire, poursuivit Quintanar, une jarretière qui a appartenu à ma femme mais qui, à ce que je sais, ne lui appartient plus... Je sais qu'elle ne s'en sert plus... depuis qu'elle a grossi à cause du grand air de la campagne... le lait... etc., elle les a données à sa femme de chambre... à Petra. Donc, cette jarretière... est à Petra. Petra est venue ici. Cela m'intrigue... Pourquoi est-elle venue ici... perdre ses jarretières ? Voilà ce qui m'intrigue, et il m'a semblé opportun de vous donner ces explications... Elle fait partie de ma maison, elle est à mon service et son honneur me concerne... Et j'en suis sûr, cette jarretière est à Petra.

Don Fermín était rouge de honte, il le sentait. Cette aventure, qui aurait pu être tragique, tournait au comique, au ridicule, et le remords de cette farce commença à lui picoter le cerveau, avec des pointes de migraine... Par chance, don Víctor, à ce qu'observa De Pas, n'était pas d'humeur à se pencher sur le déshonneur d'autrui, le sien lui suffisait ; il était aussi devenu cramoisi. Le Magistral comprit par quels cheminements tortueux l'ex-régent avait reconnu les jarretières de sa femme.

Quintanar était honteux, mais il était aussi jaloux.

De Pas ne pouvait soupçonner jusqu'où allait la faiblesse de don Víctor, qui se disait en lui-même : « Probablement, ce prêtre, médisant comme les autres, va-t-il soupçonner ce qui n'a pas lieu d'être. »

A la vérité, don Víctor avait fini par céder, jusqu'à un certain point, aux avances de Petra.

Mais se souvenant de tout ce qu'il devait à son épouse, de ce qu'il se devait à lui-même, de ce qu'il devait à son âge et de quelques autres dettes et surtout de ce que la fatalité de son destin ne lui avait jamais permis de mener à son terme naturel certain type d'entreprise, il devait avouer qu'il avait reculé sur *ce chemin de perdition* depuis le jour où une tentative de séduction avait fait long feu, à cause de la feinte pudeur de la servante. « En somme, il n'avait pu se rendre maître des charmes de la femme de chambre, mais ses premières et dernières passes amoureuses lui avaient apporté la conviction que la Régente avait donné à Petra les jarretières que l'aimant époux lui avait offertes. »

« Comment avait-il pu lâcher le morceau devant le Magistral ? »

« C'était inexplicable; la jalousie, si l'on pouvait l'appeler ainsi, l'avait fait parler tout haut. Mais il méprisait par ailleurs la lubrique blonde du fond du cœur... et c'est seulement dans un moment d'excitation... de son esprit qu'il avait pu... »

La tempête était loin... Les arbres ruisselaient encore de l'eau des nuages, mais le ciel redevenait bleu.

Don Víctor prit la parole pour dire quelque chose :

— Vous allez voir que cela va revenir cette nuit... Un autre nuage arrive là-bas, qui a mauvaise allure... regardez, entre ces branches...

— Nous allons redescendre avant qu'il pleuve encore, déclara De Pas, qui aurait voulu être six pieds sous terre.

Ils avaient peur l'un de l'autre.

Ils descendirent en silence, pensant à la jarretière de Petra.

Avant d'arriver au jardin, ils rencontrèrent Pepe le fermier qui les héla de loin, entre les arbres.

— Don Víctor, don Víctor... eh, don Víctor... par ici.

— Que se passe-t-il ? Ils sont revenus ? Un malheur ?

— Un malheur ? Pas du tout, ces messieurs-dames étaient bien tranquillement à la maison quand vous étiez déjà à mi-pente... Ils sont à peine mouillés... Je suis parti à leur recherche aux premières gouttes sur ordre de Mme la Marquise... J'ai été avec la voiture bâchée jusqu'à l'allée des Harnais où je savais trouver monsieur Paco, parce que c'est le chemin le plus court et que la maison de Chinto est à quatre pas de là... Les dames sont toutes chez Chinto, à peine mouillées... parce que, quand il commence à pleuvoir, on est à l'abri sous les arbres... Ils sont donc tous à la maison, morts de rire, sauf madame Anita, qui craint pour vous et... pour m'sieu le curé...

— Mais comment se fait-il que madame la marquise ne nous ait pas avertis... ?

— Ben, à ce qu'elle dit, elle vous a appelés de toutes ses forces mais vous n'y prêtiez pas attention; elle voulait vous dire que la voiture était en route...

Et Pepe se tordait de rire.

— Ah, pour en être une c'en est une, hi, hi... Les pauvres ! vous n'êtes point beaux à voir... surtout m'sieu le curé qui m'a tout l'air d'un vrai *écéomo*[27], excusez la comparaison, mais dirait-on pas une soupe... Oh, là, là ! mais dans quel état il a mis son mantiau... et sa soutane, comme qui dirait une vraie mare...

Pepe avait raison. De Pas et don Víctor se regardaient et se trouvaient l'air de vrais naufragés.

— Venez, venez, mes pauvres, avec cette trempée l'eau va vous pénétrer jusqu'aux os et vous donner des romantismes...

— C'est déjà fait, Pepe, c'est déjà fait.

27. *Écéomo :* Ecce homo.

— Madame Ana, elle a mis du linge au chaud pour vous, et je crois ben qu'y en a aussi pour m'sieu le curé; sinon, j'ai une fine chemise comme pourrait en porter une princesse...

Au lieu de franchir la petite porte par où ils étaient partis, pour revenir dans le jardin, le Magistral contourna la clôture et entra dans la remise où il se fit préparer sa misérable berline de louage.

Don Víctor ne s'aperçut même pas de son départ, tant il était absorbé.

Le Magistral rencontra le Marquis qui ne voulait pas le laisser aller dans cet état...

— Mais vous allez attraper une pneumonie... Changez-vous... on va trouver du linge...

Il n'y eut pas moyen de le convaincre.

— Saluez la marquise de ma part. Je serai chez moi sans tarder...

Il quitta le Vivero, pas aussi vite qu'il l'aurait voulu, mais à un prétendu trot qui revint progressivement à un pas à peine normal.

— Mais enfin, secouez cet animal, criait don Fermín au cocher. Ne voyez-vous pas que je suis trempé jusqu'aux os... et que je veux arriver chez moi le plus vite possible.

Le cocher, devant la perspective d'un pourboire, lâcha deux formidables coups de fouet sur l'échine de la rosse, qui paya pour la colère rentrée que le Grand Vicaire gardait par devers lui depuis tant d'heures. Le chanoine aurait volontiers déchargé ces coups de fouet sur le visage de Mesía.

Le pauvre et lamentable véhicule atteignit les premières maisons des faubourgs de Vetusta à la nuit tombante. Une nouvelle tempête menaçait, comme l'avait annoncé don Víctor. Le ciel était couvert de nuages sombres qui noircissaient à vue d'œil. De longs éclairs barraient l'horizon au nord et à l'ouest et, de temps en temps, un grondement de tonnerre roulait au loin.

Le cœur de don Fermín étouffait de dégoût, de mépris de lui-même. Quelle journée! pensait-il. Quelle journée! Il ne lui restait même pas le réconfort de pouvoir s'apitoyer sur lui-même; il l'avait bien cherché; le monde était tel que le montrait le confessionnal, un tas d'ordure; les grandes et nobles passions étaient des rêves, des chimères, une hypocrisie du vice... Il en était une belle preuve, car il avait beau se sentir divinement amoureux, il tombait et tombait encore dans des aventures grossières et satisfaisait comme un infâme ses appétits les plus bas. Parce qu'enfin Teresina... faisait partie de la maison, mais Petra venait d'ailleurs, de chez Ana. Il ne cherchait plus à se disculper par des sophismes machiavéliques, comme l'opportunité de mettre la servante de son côté. « Il aurait obtenu la même chose avec quelques pièces d'or. » « Et don Víctor? Encore un infâme doublé d'un imbécile méritant bien tous les malheurs à venir, comme lui, comme Ana aussi les méritait, comme le méritait le monde entier, qui était un cloaque... Oh, ces éclairs devraient mettre le feu au monde entier, si l'on voulait faire justice une bonne fois pour toutes! »

Ce qui l'irritait le plus était que sa conscience l'incluait aussi dans le mépris général... « Tout était petit, dégoûtant, bas... lui comme le reste. »

« Et ce qu'avait dit le médecin? *Ubi irritatio...* autrement dit, Ana tomberait dans les bras de don Alvaro... cette chute était fatale...! Et mysticisme par-ci, grand frère spirituel par-là... à quoi cela avait-il servi? Farce, hypocrisie, hypocrisie inconsciente, comme la sienne, comme celle de l'univers entier... »

Le Magistral claquait des dents. Le froid le fit penser au linge, et le linge à sa mère.

« Encore autre chose. Que dira-t-elle en me voyant arriver ainsi? Je vais devoir inventer un mensonge. Bah! Un de plus, quelle importance...? Et les autres là-bas... bien installés... S'ils le veulent, ils peuvent commettre leurs turpitudes sous les yeux de ce pauvre idiot de mari... Oh, qui est ici le mari? Qui est ici l'offensé? Moi! moi qui sens l'offense, qui la pressens, qui la flaire dans l'air... pas lui qui ne la voit même pas quand on la lui met sous les yeux... »

Il faillit se jeter hors de la voiture, et, à pied, à toute vitesse, retourner au Vivero, furieux, pour surprendre « ce que ses pressentiments tenaient pour certain, ce qui ne s'était sans doute pas passé dans le bois, mais se passerait dans la maison... au milieu de ces ivrognes perfides et de ces femmes lascives, folles et dissimulées... »

Un coup de tonnerre qui éclata au-dessus de Vetusta servit d'accompagnement à la colère du chanoine.

— Oui! Voilà! rugit-il en ouvrant la portière et en descendant devant chez lui. Cela ne peut se résoudre que par la foudre!

Et il entra après avoir réglé le cocher.

La foudre tant espérée l'attendait en haut de l'escalier, prête à éclater sur sa tête.

Quand il se coucha ce soir-là, il se dit que de sa vie il n'avait jamais eu une si violente querelle avec sa mère, et il ne lui avait jamais vu autant d'emplâtres de suif sur les tempes.

La dernière idée qui le poursuivait, en s'endormant, celle qui le tourmentait et le lancinait le plus, était celle du ridicule.

« Que d'aventures grotesques... quelle dérision horrible et comique pendant toute cette journée! Et... la responsable de tout cela, c'était cette odieuse, cette répugnante soutane... »

Les dernières pensées du Magistral furent des malédictions. Mais malgré tout, il s'endormit, rendu de fatigue.

Au Vivero, les invités avaient fait contre mauvaise fortune bon cœur et, tandis que dans la vieille bâtisse les curés de campagne, le Marquis et quelques autres messieurs de Vetusta jouaient à l'hombre d'abord, puis au pharaon que le clergé de la campagne appelait *la santina* [28], dans la partie neuve, les hommes et les femmes qui avaient voulu gambader dans les prairies en fête s'amusaient comme ils pouvaient : danses, piano, chants ou jeux de cache-cache dans toute la maison. On n'allait pas au Vivero pour autre chose, c'était bien connu. Visitación, Obdulia et même Edelmira connaissaient mieux que quiconque les recoins et les portes les mieux dissimulées, et toutes les règles de ce jeu enfantin auquel elles s'adonnaient, sans égard pour les cheveux blancs de bon nombre de ces joyeuses personnes.

Don Víctor fut accueilli en triomphe; triomphe burlesque : certains, parmi lesquels Visita et Paco, voulaient le couronner, mais il préféra courir dans sa chambre pour se changer de la tête aux pieds.

La Régente l'accompagna pour l'aider.

— Et don Fermín? demanda-t-elle.

— Ton don Fermín est un hurluberlu, mon enfant, avec ta permission, répondit Quintanar de mauvaise humeur, tandis qu'il changeait de chaussettes.

Et il raconta à sa femme tout ce qui leur était arrivé, sauf la découverte de la jarretière.

Ana reconnut que De Pas avait poussé la galanterie jusqu'au ridicule, surtout de la part d'un prêtre.

— Qui doit se soucier le plus de ma femme, lui ou moi? ne cessait de répéter le mari, comme argument suprême contre le Magistral.

« Oui, pensait Ana, don Alvaro a raison, cet homme... est jaloux, comme un amant... et il a commis aujourd'hui une imprudence... Je dois l'éviter, Alvaro a raison. »

Les jours précédents, Mesía et Paco étaient souvent venus au Vivero, à cheval; Mesía avait trouvé la Régente expansive, gaie, détendue; et sans prononcer un mot d'amour, il avait pu lui donner des conseils à base d'hygiène principalement, assurait-il.

« Le mysticisme était une exaltation des nerfs. »

Ana partageait cette opinion, encore impressionnée par les souvenirs de ses fantasmes.

« En outre, le Magistral n'était pas un mystique; avec beaucoup d'indulgence, on pouvait dire qu'il essayait de se gagner les femmes de condition pour élargir son influence de plus en plus. »

Quand don Alvaro eut l'audace de parler ainsi, leurs confidences avaient atteint un haut degré d'intimité.

On ne parlait pas d'amour; Mesía se faisait violence pour respecter la Régente, au point qu'il ne la touchait même pas du bout des doigts. Elle lui en savait gré et, comme aux temps anciens, elle s'étourdissait, sans voir les dangers de cette amitié; elle y parvenait mieux qu'auparavant.

28. *La santina* : d'après G. Sobejano, les Asturiens appelaient la Vierge de Covadonge « la Santina ».

« Ma santé, songeait-elle, exige que je sois comme les autres : plus question de se creuser la tête ou de se lancer dans des considérations quichottesques et excessives : je veux la paix, je veux la sérénité... être comme les autres. Mon honneur n'en souffrira pas... et les scrupules me ramèneraient à la folie et à mes horribles chimères... »

Et elle tremblait, à l'évocation des tristesses et des terreurs passées.

La passion, moins tapageuse qu'autrefois, subreptice, continuait de miner le terrain et répondait par des sophismes aux faibles soubresauts de sa conscience.

Quand Quintanar lui rapporta l'attitude déplacée du Magistral, Ana eut d'abord une réaction de haine. « Comment ? Son propre confesseur la compromettait ? Si don Víctor avait été différent, n'aurait-il pas soupçonné don Alvaro ou le chanoine lui-même ? N'était-il pas évident que c'était de la jalousie ? Il ne manquait plus que cela! Quelle horreur! Pouah! Des amours avec un prêtre! »

Et maintenant, l'image de don Alvaro lui apparaissait souriante, élégante, fraîche et vive. « En fin de compte, cela s'inscrivait dans les lois naturelles et sociales... au moins était-ce moins répugnant... moins ridicule... absolument pas ridicule... mais un chanoine...! »

Et le péché d'aimer un Mesía lui semblait être moins que rien, surtout si cela lui permettait d'échapper aux assiduités d'un Magistral... « Mais qu'avait bien pu s'imaginer ce curé ? »

La Régente avait oublié le « grand frère spirituel » et l'huile que, sans mauvaise intention, sans l'ombre de la moindre coquetterie, elle avait jetée sur le feu qui maintenant lui faisait honte. La passion, encouragée par sa vie nouvelle, triomphante, prête à éclater, lui soufflait sophisme sur sophisme pour trouver répugnante, odieuse, criminelle, la conduite du Grand Vicaire, noble et chevaleresque celle de Mesía.

Ce dernier, ce matin même dans le puits rempli de foin, auparavant sur le parvis de l'église, dans les chemins, quand ils marchaient derrière le tambour et la musette, dans le bois, puis dans la voiture de Pepe où ils étaient montés ensemble, elle assise presque sur ses genoux, par la force des choses, plus tard au salon, partout et tout au long du jour il lui avait fait comprendre qu'il l'adorait, « mais il ne le lui avait pas dit, par respect... tant il l'aimait ».

Comparant les deux attitudes, Anita trouvait abominable celle du prêtre.

Elle ne trouva pas le temps de le dire à don Alvaro.

Sur le ton de la confidence, qui mit le dandy aux anges, elle lui demanda, dès qu'elle put lui parler loin des oreilles indiscrètes :

— Que pensez-vous de la conduite du Magistral ?

Ce qu'en pensait don Alvaro ? Abominable! Il l'avait bien dit, lui, don Alvaro ? Il fallait se méfier du Grand Vicaire, etc., etc.

— Oui, Ana, il est amoureux de vous, amoureux fou... Il y a longtemps que je m'en suis aperçu... parce que... parce que...

Et Alvaro souriait d'un air qui disait clairement tout; il y avait même un accompagnement musical des plus délicieux que la Régente croyait entendre au fond de ses entrailles; une musique qui s'échappait de ses yeux et de sa bouche... « Comment dire? C'était un ravissement infiniment plus fort que tous les *mysticismes.* »

Tandis qu'ils parlaient ainsi, comme deux *nouveaux frères spirituels,* la nuit tombait et l'on entendait les grondements lointains du tonnerre; le ciel était traversé des mêmes éclairs qui avaient surpris don Fermín à son entrée dans Vetusta. Ana et Mesía étaient seuls, appuyés sur la rambarde de la galerie du premier étage, dans un angle de ce couloir vitré qui faisait le tour de la maison. En bas, dans le salon, la plupart des invités s'apprêtaient à rentrer à Vetusta, mais certains choisissaient l'hospitalité du Vivero que leur offraient le Marquis et la Marquise pour la nuit. Tout était bruit, mouvement, ordres confus, plaisanteries, hésitations, ceux qui restaient se décidaient soudain à prendre la route, d'autres qui se disposaient à prendre place dans une voiture rentraient dans la maison, prêts à « dormir par terre s'il le fallait ». Bien évidemment, Ripamilán accepta le lit que lui proposa la Marquise « pour lui tout seul ».

— La tempête revient et je ne veux pas plaisanter avec l'électricité; je sais que le déplacement d'une voiture attire la foudre... Je reste, je reste.

Les filles du Baron préférèrent défier la tempête. Leur père était plutôt partisan de rester, mais il fut obligé de les suivre. Le Gouverneur aussi monta dans leur voiture, mais son épouse resta chez le Marquis. Bermúdez rentra à Vetusta ; Visitación, Obdulia, Edelmira, Paco et Mesía restaient.

Tandis qu'en bas on débattait de ces sujets ardus avec force cris et va-et-vient, Edelmira, Obdulia, Visita, Paco et Joaquín couraient comme des fous dans le couloir du premier étage. Visitación était un peu ivre, non tant d'avoir bu que de s'être beaucoup agitée; Obdulia disait qu'elle avait un clou dans la tempe : elle avait bu davantage, mais les tourbillons du bal, les émotions fortes du jeu de cache-cache, la maintenaient sur pied tant elle était excitée; Edelmira, qui savait maintenant comment on s'amusait chez son oncle et sa tante, était rouge comme un coquelicot et laissait éclater sa joie. Sa gaieté était communicative et attachante. Paco la pinçait sans pitié et elle lui mettait les bras en pièces; Joaquín Orgaz, qui avait obtenu quelques avantages concrets dans l'amour toujours éphémère d'Obdulia, pinçait aussi. Il y avait des courses, des bousculades, des cris, des contacts furtifs, des sauts, des frayeurs, des surprises. En ce moment, tandis qu'Ana et Alvaro parlaient, penchés sur la galerie sans se soucier de l'eau éclaboussant leur visage, ni des éclairs traversant l'horizon noir qui leur faisait face, les autres, dans l'obscurité de l'étroit couloir, jouaient à un jeu d'enfant qu'on appelait à Vetusta le *pot-brûle* et qui consistait à cacher un foulard converti en fouet, et à le chercher, guidé par les indications suivantes : chaud ou froid. Celui qui le trouve poursuit les autres à coups de fouet tant qu'ils n'ont pas trouvé refuge auprès de la mère. Ce jeu innocent donnait prétexte à de nombreux et savoureux incidents entre ces joueurs pleins de malice. Souvent, deux mains, celle d'une femme et celle d'un homme, cherchaient le *pot-brûle* dans le même trou; on se bousculait en courant, et la vérité historique oblige à dire, en dépit de l'invraisemblance, que, bien souvent, ces *jeunes gens* courant comme des fous tous ensemble dans l'étroite galerie pour échapper au fouet, tombaient à terre en un tas confus, tandis que le fouet leur caressait les épaules.

Tandis que d'en bas montaient les bruits confus et les murmures des adieux et des préparatifs de départ, que derrière, retentissaient les cris de ceux qui couraient dans la galerie et que là-haut, dans le ciel, on entendait de temps en temps le grondement du tonnerre, la Régente, insensible aux gouttes d'eau sur son visage, ravie de cette fraîcheur, écoutait pour la première fois de sa vie une déclaration d'amour passionnée mais respectueuse, discrète, empreinte d'idéalisme, semée de réticences et d'euphémismes voulus par les circonstances et l'état d'Anita, ce qui en faisait tout le charme, irrésistible pour cette femme qui ressentait les émotions de ses quinze ans alors qu'elle frisait la trentaine.

Elle n'avait ni le courage ni l'envie de faire taire don Alvaro, de le remettre à sa place, de lui faire considérer qui elle était. « Il en tenait compte et se contenait parfaitement, au regard de ce qu'il assurait éprouver, et qu'il éprouvait sans nul doute. »

« Non, non, qu'il ne se taise pas, qu'il parle toute la vie », clamait-elle de toute son âme. Et Ana, les joues en feu, tout près desquelles chuchotait le Président du Cercle, oubliait en cet instant qu'elle était mariée, qu'elle avait été *mystique,* qu'il existait même des maris et des Grands Vicaires de par le monde. Elle se sentait basculer dans un abîme de fleurs. Elle tombait, certes, mais elle *tombait au ciel.*

Le peu de conscience qui lui restait lui permettait d'être attentive à la minute présente, et surtout de comparer les délices dans lesquelles elle baignait avec celles qu'elle avait trouvées dans la méditation religieuse. Il y avait dans cette dernière un effort douloureux, une froideur abstraite et, pour tout dire, quelque chose de maladif, une exaltation malsaine; or, dans ce qui lui arrivait maintenant, elle était dans un état de passivité exempt d'effort, de froideur : il n'y avait que plaisir, force et santé... Pas trace d'abstraction, pas question de se représenter ce qui n'était pas là, c'était une jouissance positive, tangible, immédiate, un bonheur sans réserve, qui n'aspirait à rien d'autre qu'à l'espérance de le voir durer éternellement. « Non, ce n'était pas le chemin de la folie. »

Don Alvaro était éloquent; il ne demandait rien, pas même une réponse; bien plus, il pleurait sans pleurer vraiment, « par pure gratitude, simplement parce qu'on daignait l'écouter ». « Il s'était tu si longtemps! Mille préjugés, un million d'obstacles s'opposaient à son bonheur? Il le savait bien; il la suppliait de lui accorder sa pitié et le bonheur de le laisser parler, de se faire entendre et de n'être pas tenu pour un sot, un *vulgaire* libertin, ce que la *foule stupide* avait voulu faire de lui. »

Ana avait toujours aimé qu'on traitât la foule de *stupide*; pour elle, le signe de la *distinction* spirituelle était dans le mépris du vulgaire, des Vétustains. La Régente avait ce défaut, sans doute hérité de son père : pour se distinguer de la *masse des croyants,* il lui fallait recourir à la théorie très répandue aujourd'hui de la *foule idiote* et de la *bêtise humaine,* etc., etc.

Par chance, don Alvaro maniait ce ressort à la perfection : il était capable de mépriser, le cas échéant, le soleil de midi lui-même s'il s'opposait à ses passions. « Tout était préjugé, petitesse d'esprit... Mais de quel droit allait-il obliger Ana à suivre ses idées et à mépriser les malicieuses et grossières représentations du vulgaire ? Oh, non, il savait bien que les *faits* étaient contre lui... En fin de compte, qui était-il ? Un homme parlant d'amour à une dame appartenant à un autre devant les hommes... Oui, il le savait; il n'exigeait pas qu'Ana se plaçât au-dessus de tant de traditions, de lois et de coutumes, lieux communs et habitudes qui le condamnaient; bien sûr, le monde était peuplé de femmes, toutes plus vertueuses les unes que les autres, qui savaient à quoi s'en tenir, suivant à la lettre cette loi morale condamnant l'amour de Mesía; mais pouvait-il demander à Ana, éduquée par des fanatiques, ayant passé sa jeunesse dans une ville comme Vetusta, pouvait-il lui demander qu'elle daignât nourrir sa passion d'une petite espérance ? Oh, non, il savait trop bien que non... c'était déjà beaucoup qu'elle l'entendît. Combien d'années avait-il passé sans pouvoir l'approcher ! Comme il avait souffert... ! Mais enfin, il fallait oublier ce temps. Sa douleur avait été infinie... infinie... mais elle était largement compensée par le bonheur de cet instant. Ana se taisait, écoutait... à quel autre bonheur pouvait-il prétendre... ? »

A la lueur d'un éclair, la Régente vit les yeux d'Alvaro brillants et baignés de larmes.

Il avait aussi les joues humides... elle n'imagina pas que ce pouvait être l'eau du ciel.

« Cet homme était en train de pleurer... l'homme le plus beau qu'elle eût jamais vu, le compagnon de ses rêves, qui aurait dû être celui de toute sa vie... ! »

« Mais pourquoi parlait-il de reconnaissance ? Parce qu'elle ne l'interrompait pas ? S'il savait... s'il savait qu'elle ne pouvait proférer un son... ! »

Ana éprouvait un plaisir *purement matériel,* à son avis, en un point d'elle-même qui n'était ni le ventre ni le cœur, mais se situait entre les deux. Oui, le plaisir était *purement matériel,* mais son intensité le rendait grandiose, sublime. « Quand la jouissance était si forte, c'est qu'elle était permise. »

Alvaro, considérant le travail de sape suffisamment avancé, supplia qu'on lui répondît quelque chose; lui pardonnait-on cette déclaration, était-il détesté, le trouvait-on ridicule... se moquait-on de lui, etc. Ana, s'écartant du bras dont le contact l'embrasait, fit une moue enfantine, mais sans ombre de coquetterie et, effarouchée, comme un animal faible, sauvage, blessé, elle émit une plainte... la plainte gutturale, profonde, câline, d'une noble et tendre victime, le sursaut de la vertu expirante dans cet esprit qui, jusqu'alors, n'avait connu que la solitude.

Et elle s'écarta de don Alvaro, appela Visita... et l'embrassa nerveusement. Elle dit enfin, quand elle put parler :

— A quoi jouez-vous, fous que vous êtes... ?

— A rien, maintenant... Nous jouions à *pot-brûle,* mais Paco et Edelmira sont quelque part de l'autre côté, mesurant qui des deux a le plus de force, d'elle ou de lui... Viens, viens, tu verras quelle poigne a Edelmira.

Dans un coin de la plus obscure des galeries étaient entassés les autres compagnons de jeu; Edelmira et Paco, dos contre dos, comme on danse parfois la *muñeira,* surtout au théâtre, mesuraient leur force... Paco avait du mal à contenir les violentes poussées de sa cousine qui exultait au-delà de toute expression, s'incrustait dans le corps de son cousin, plus tendre que le sien, s'efforçant de le vaincre en le faisant avancer tandis qu'elle reculait. Edelmira finit par l'emporter et Paco, sifflé par les présents, proposa de lutter de front, les mains appuyées sur les épaules de l'adversaire. Ainsi fut fait. Cette fois-ci, Paco gagna.

Joaquín proposa la même chose à Obdulia; Visita décida de se mesurer avec la Régente. Joaquín et Ana gagnèrent. Don Alvaro, qui n'avait personne avec qui se mesurer, se souvint de la scène de la balançoire où le maudit De Pas l'avait vaincu... Il l'avait maintenant sous sa botte. »

« Ruse vaut mieux que force. »

Puis vinrent les exercices corporels; le bruit de la pluie, les lueurs des éclairs, les coups de tonnerre lointains, l'obscurité ambiante, les vapeurs du souper, l'exiguïté du couloir, tout les encourageait, les précipitait vers cette joie champêtre, vers ces jeux brutaux, d'une lascivité subreptice, tempérés d'instinct par leur éducation. Mais il y eut encore des pincements, des cris, des coups de poing assenés par les femmes sur la tête des hommes. Ana n'avait jamais assisté à des scènes semblables ; au début, don Alvaro et elle ne prirent pas une part active à ces ébats, mais la Régente finit par être pincée, jamais par Mesía, mais par Obdulia et Visita, et, dans la mêlée générale, Ana sentit plus d'une fois, sans l'avoir recherchée, la pression du dos d'Alvaro contre le sien; elle avait beau s'écarter dès qu'elle s'en rendait compte, ce contact délicieux et d'une saveur particulière revenait la solliciter et Ana éprouvait alors des émotions étranges et nouvelles, une inquiétude alarmante, des suffocations soudaines et une sorte de soif de tout son corps lui ôtant la conscience de ce qui n'était pas ce recoin obscur et étroit où ils chantaient, riaient et sautaient... Comme une lointaine musique, si tendre dans sa douceur, elle se rappelait la déclaration amoureuse de Mesía jusque dans les moindres détails...

Épuisés par tant d'agitation, de démonstrations de force, de heurts et de vaines excitations, Paco et Joaquín, bien avant Edelmira, Obdulia et Visita, cessèrent de courir et de *polissonner*; redevenus sérieux, rendus mélancoliques par la fatigue, ils se mirent à contempler la lune qui surgit de l'horizon comme une lanterne sur un champ de bataille où les nuages en lambeaux gisaient aux quatre coins du ciel.

Paco, d'une voix passable de baryton, chanta des extraits de *la Favorite* et de *la Somnambule*; Joaquín *lança quelques malagueñas,* comme il disait; la tristesse de sa voix contrastait avec la gaieté brillant dans ses yeux fixés sur ceux d'Obdulia qui avait décidé de récompenser de ses faveurs, enfin, presque toutes, le genre canaille. Par bonheur, Joaquín se contentait de cet *accessit.*

Don Víctor s'ennuyait en bas et monta quand il entendit chanter le *Spirto gentil.* Il était d'humeur musicale. Chanter les opéras, à sa façon, et entendre chanter plus *juste* que lui, le ravissait, et si tout cela avait eu lieu au clair de lune, c'eût été soie sur soie.

Tous ensemble, respirant la fraîcheur du soir, contemplant la lune pointant sous la voûte des nuages aux formes capricieuses et les déchirant en lambeaux, ils chantaient à l'unisson ou chacun à leur tour et parlaient à voix basse, comme si la langueur de leur corps et de leur âme respectait mieux la majesté de la nature assoupie.

Don Víctor était plus excité que tout autre. Il s'approcha de Mesía et réussit à entamer une conversation personnelle avec lui; trouvant son ami plus attentif que jamais, plus cordial, plus affectueux, il ne tarda pas à lui ouvrir tout grand son cœur.

Les autres étaient déjà lassés de la lune, des opéras et des *malagueñas,* mais don Víctor, qui avait mangé abondamment et s'était adonné à de fréquentes libations, persistait à ouvrir son cœur à Mesía qui lui prêtait une attention muette et irréprochable.

— Voyez-vous, disait le vieil homme, je ne sais comme je suis, mais sans me prétendre un don Juan, j'ai toujours eu de la chance dans mes tentatives amoureuses; les femmes auprès de qui je me suis risqué ont rarement repoussé mes avances... mais je dois tout vous dire : je ne sais par quelle tiédeur ou faiblesse de caractère, par quelle froideur du sang ou je ne sais quoi d'autre, la plupart de mes aventures n'ont jamais été jusqu'à leur terme... Je n'ai pas le don de la constance.

— Pourtant il est indispensable.

— Je le vois bien, mais je ne l'ai pas. Mes passions sont des feux follets; plus de dix femmes se sont offertes à moi... et je peux dire que très peu d'entre elles, sans doute aucune, n'a été mienne, ce qui s'appelle mienne... Sans aller chercher plus loin...

Don Víctor, dans la chaleur de l'amitié, sûr que Mesía serait muet comme une tombe, lui rapporta les persécutions dont il avait été victime, les provocations lascives de Petra, et il avoua qu'enfin, après avoir résisté longtemps, des années, comme Joseph... il avait eu un moment d'aveuglement... et il avait joué le tout pour le tout. Mais rien! comme d'habitude. Il avait suffi que la fille opposât la résistance dictée par sa fausse pudeur pour que lui, assuré de vaincre, perdît courage et renonçât à son projet insensé, se contentant de quelques faveurs et de la connaissance exacte de la beauté qu'il ne posséderait pas.

De fil en aiguille, il en vint à parler de la découverte de la jarretière, sans préciser toutefois qu'elle avait appartenu à sa femme. Offrir des jarretières à son épouse lui semblait une faiblesse indigne d'un mari « du monde ». Il demanda conseil à Mesía sur sa conduite future à l'égard de Petra.

— Dois-je la congédier?

— Êtes-vous jaloux?

— Non, monsieur, je ne suis pas comme le chien du jardinier... [29] mais j'avoue qu'au début j'étais plutôt mécontent d'avoir découvert cette preuve de sa légèreté.

— Mais êtes-vous certain que c'est la jarretière de Petra?

— Ah, oui, j'en suis absolument certain.

Et Quintanar de parler, de parler encore, sans avoir l'air de vouloir s'arrêter.

La chambre où dormaient Ana et don Víctor avait une fenêtre donnant sur la galerie, toute proche de l'endroit où conversaient les deux amis.

La Régente l'ouvrit soudain et appela son mari.

— Alors, Víctor, tu ne te couches pas, aujourd'hui?

Les deux amis se retournèrent.

Quintanar avait les yeux brillants et les joues en feu... Ses confidences l'avaient rajeuni...

— Mais quelle heure est-il, mon enfant?

— Très tard... Tu sais bien qu'à la campagne, nous nous couchons tôt. Le Marquis et la Marquise se sont déjà retirés. Elle vient d'appeler Edelmira qui dort dans sa chambre.

— Des lubies de mère, dit Paco de mauvaise humeur, surgissant au bout de la galerie. Edelmira préférait dormir avec Obdulia, comme c'est naturel... et voilà que doña Rufina la fait coucher dans sa propre alcôve. Des lubies... des caprices de mère...

— Obdulia n'est en état de dormir avec personne, intervint Visita qui sortait de la chambre contiguë à celle d'Ana.

— Mais qu'a-t-elle ?

— Une *ribote*, je pense, une cuite due à mille choses, au bruit, à la

29. *Le chien du jardinier:* de l'expression proverbiale : « Le chien du jardinier ne mange pas les choux et ne les laisse pas manger. » *Le chien du jardinier* est le titre d'une pièce de Lope de Vega.

fatigue et même au vin... allez savoir; le fait est qu'elle est en train de gémir dans son lit et ne veut voir personne dormir avec elle, qu'elle veut dormir seule...; je vais aller auprès d'elle : je vais mettre mon lit à côté du sien... Bonne nuit...

Elle s'approcha de la fenêtre, saisit la Régente par les épaules, lui parla à l'oreille, lui couvrit le visage de baisers sonores et courut à sa chambre, lançant au passage une moue de commisération burlesque à Joaquinito Orgaz qui, la mort dans l'âme et déconfit, errait dans les couloirs.

— Allons, allons, tu vois bien que chacun se retire. Víctor, au lit.

Ana souriait, belle et fraîche, dans la simplicité de sa toilette de nuit.

— Et vous autres? dit Quintanar.

— Nous, répondit Paco, nous n'avons plus de lit, parce que l'épouse du Gouverneur a eu la fantaisie d'avoir peur du tonnerre et a voulu rester dormir ici...

— Et alors...? interrogea Ana en souriant.

— Alors, nous dormirons sur un sofa.

— Bien, bien, bonne nuit.

— Attends un peu, petite sotte, regarde la belle nuit que nous avons... Nous pouvons encore parler un peu...

— Je n'ai pas sommeil; Paco a raison, parlons, dit don Víctor qui venait d'entrer dans sa chambre pour mettre ses pantoufles et son bonnet à pompon doré.

— Comment cela, parler? Non monsieur..., au lit...

Et Ana, involontairement coquette, provocante et gracieuse, fit mine de fermer la fenêtre et les volets intérieurs...

Par une grimace, Mesía la supplia d'attendre...

Parlant sur le ton de la confidence, commentant les événements du jour, les plaisanteries et les jeux, ils restèrent près d'une heure ensemble, à la lueur de la lune; Ana et son mari étaient à l'intérieur, Paco, Joaquín et Alvaro dans la galerie...

Don Víctor était aux anges. Voir son Anita gaie, expansive et, tout près de son lit, ses jeunes amis dont la compagnie le rajeunissait aussi, que souhaiter de plus? Pas l'ombre d'un soupçon n'effleurait le noble esprit de l'ex-régent. Tout était silencieux dans la maison, tout le monde dormait, et l'on n'entendait que le doux murmure d'un chuchotement dans ce recoin de galerie, devant cette fenêtre ouverte. Ils étaient parfois deux ou trois à parler en même temps, mais à voix basse, ce qui donnait plus d'intimité et d'intérêt à leurs propos. Parfois, Ana évitait le regard de don Alvaro qui fumait, le coude appuyé tout près de ceux d'Anita, penchée, elle aussi, dans l'embrasure de la fenêtre; parfois encore, le plus souvent, leurs yeux se rencontraient et échangeaient, sans qu'on y pût rien faire, des mots d'amour de plus en plus éloquents.

Par moments, don Alvaro glissait un regard d'envie et de convoitise à l'intérieur de l'alcôve... Ana surprit quelques-uns de ces coups d'œil et compatit aux tourments du galant amoureux, sans se choquer de son indiscrète curiosité.

Don Víctor n'avait pas l'air de vouloir mettre fin à cette parlote et Ana se crut dans l'obligation d'intervenir :

— Allez, allez, à demain; Víctor, rentre, rentre.

Et elle ferma la fenêtre au nez de don Alvaro et des autres freluquets. Paco et Joaquín disparurent dans l'obscurité du couloir. Quintanar leur tournait déjà le dos, en manches de chemise au fond de sa chambre. Don Alvaro ne bougeait pas; il vit la Régente, à travers les carreaux, fermant lentement les volets. Elle, au milieu, dans un rai de lumière, le regardait, sérieuse, douce... quand il ne resta plus qu'un interstice, elle lui lança un sourire espiègle. Elle entrouvrit la fenêtre un peu plus... et il vit de nouveau tout son visage.

— Adieu, adieu, dormez bien! dit Ana derrière la vitre, puis elle ferma brutalement les volets et tira la targette.

Il y eut beaucoup de fêtes comme celle de la Saint-Pierre pendant le mois de juillet, autour du Vivero. Le Marquis et ses amis n'en manquèrent presque aucune. Quintanar et madame attendaient les Vétustains dans la propriété. Et parfois à pied, parfois en voiture, on se mettait en route, on traversait ces hameaux pittoresques où on entendait ces chants monotones mais toujours agréables, doux et mélancoliques des danses locales et on rentrait à la tombée de la nuit en chantant et en mangeant des noisettes, au milieu des laboureurs et des paysannes, maîtres et fermiers confondus en un mélange qui attendrissait don Víctor : « Voyez-vous, disait-il, on peut fort bien réaliser l'égalité et la fraternité... il n'est de meilleure chose ni de plus poétique. »

Mesía et Paco ne manquaient pas une de ces sorties; de plus, ils rendaient visite à la Régente tous les trois ou quatre jours. Parfois, après déjeuner, vers les quatre heures, Ana et Quintanar allaient attendre leurs amis sur la route de Santianes. Don Víctor commençait à mal supporter la solitude et ces visites lui ravissaient l'âme. En apercevant au loin, à l'extrémité de ce long et mince ruban qu'était la route, les silhouettes des deux puissants chevaux blancs de Mesía et de Vegallana, Ana éprouvait un plaisir qui lui paraissait enfantin... et une impatience qui la mettait sur les nerfs et ne faisait que croître à mesure que les silhouettes se rapprochaient et qu'elle distinguait mieux les traits des chevaux et de leurs cavaliers.

Devant Alvaro, Visitación et Paco n'osaient plus faire la moindre allusion à ses prétentions amoureuses : ils le laissaient faire, voyant à *l'air angélique* du don Juan qu'il était prêt à triompher, que c'était peut-être déjà fait, et ils comprenaient que la pudeur, la réserve plutôt, exigeait un silence absolu sur cette affaire. Don Alvaro appréciait « la délicatesse » de ses complices et se taisait aussi, serein et satisfait.

A la fin du mois commença la dispersion générale; tous ceux qui avaient quatre sous, et même ceux qui n'en avaient plus, quittèrent la capitale, à la recherche de la fraîcheur des plages.

Don Víctor, fou de plaisir, partit du Vivero avec sa femme et Petra pour s'installer dans le plus joli port de la province, La Costa, ville florissante très à la mode, plus riche que Vetusta, grand centre de cabotage. Les années précédentes, Quintanar passait le mois d'août à Palomares, comme aussi Visita, Obdulia et parfois le Marquis, sa femme et Mesía.

— Il y a deux ans que je n'ai pas pris de vacances d'été! disait Quintanar, gai comme un gamin.

La Régente avait préféré La Costa à Palomares, parce que le Magistral avait supplié qu'elle n'allât pas aux bains, mais si le médecin l'exigeait, qu'au moins elle évitât Palomares. Ana ne voulut pas contredire ce désir de son confesseur et elle transigea.

« Nous allons à La Costa », dit-elle dans sa réponse à la lettre de don Fermín. Ce dernier tenait en piètre estime les effets moraux des bains de tout le littoral Cantabrique, et surtout les bains de Palomares. La plupart des pénitents revenant de ce village de pêcheurs avaient la conscience encombrée de menus péchés, qui le faisaient sourire chez d'autres mais qui, chez la Régente, lui auraient fort déplu.

Don Fermín comprenait que son influence était en baisse, que la foi d'Ana faiblissait à mesure que croissait son scepticisme. Comme il redoutait de perdre tout à fait sa chère Régente, au grand dam de son orgueil et de sa jalousie, il faisait contre mauvaise fortune bon cœur, feignait de ne rien voir et maintenait son pouvoir spirituel claudicant « en y plaçant des étais de tolérance et des contreforts de patience ». Il soulageait sa colère sur l'Évêque et la curie ecclésiastique. Son pouvoir était de plus en plus grand et sa tyrannie de plus en plus cruelle. Le clergé paroissial, ce clergé que Foja prétendait tant respecter, payait les progrès de don Alvaro dans le cœur d'Ana.

Ana aussi préférait ce *modus vivendi*; elle ne voulait pas de retour en arrière, craignant d'être assaillie de remords, de pitié et de chimères, craignant même de rechuter si elle rompait soudain avec le Grand Vicaire.

« Je me connais, se disait-elle; je sais bien qu'après tout, j'ai une certaine affection pour lui et, si je renonçais à son amitié, une voix insupportable ne cesserait de crier en sa faveur. C'est mieux ainsi; puisqu'il dissimule et feint de ne pas remarquer le changement, comme il ne se plaint plus comme au début, laissons les choses en l'état; je veux la paix, la paix, assez de batailles là-dedans. »

Don Alvaro, sur le ton confidentiel qu'il avait adopté depuis sa déclaration, avait vaguement expliqué qu'il valait mieux ne pas irriter don Fermín qu'il croyait toujours capable de nuire, d'une façon ou d'une autre. Ana, bien que don Alvaro ne fût jamais très explicite sur ce point, comprenait ce que son ami, son *nouveau frère*, voulait dire et elle approuvait sa prudence.

Tout cela explique pourquoi le Grand Vicaire put oser émettre ce désir qui, autrefois, aurait été imposé comme un décret sans exposé des motifs.

Ana alla donc à La Costa. Pour sauver les apparences, Mesía passa cinq jours à Palomares, puis il courut à Saint-Sébastien et débarqua à La Costa le jour de la fête de Notre-Dame, par le vapeur de Bilbao, neuf et étincelant.

Don Víctor était ravi de faire un séjour à l'auberge. Il avait choisi la plus luxueuse, à l'endroit le plus bruyant et le plus agité du port. Mesía s'y installa aussi, s'étant laissé convaincre par les prières de son ami, l'ex-régent.

Vingt jours plus tard, ils rentraient tous les trois ensemble à Vetusta; Benítez félicita la Régente pour la notable amélioration de son état; il pouvait maintenant lui garantir la santé; quel teint! quel minois! Quelle *solidité* il découvrait en elle!

Don Víctor se pâmait d'aise. « Oh, la mer, rien de tel, et la table d'hôte, la maison de bains, les promenades sur le port, les concerts en plein air... et les théâtres, les cirques! » Quintanar était heureux de vivre! Sa femme était une perle, la plus belle de la province, comme elle l'avait toujours été, mais maintenant sienne et d'une humeur nouvelle, gaie, active, égale à celle que Dieu lui avait donnée à lui...

— Et moi? Hein? Comment me trouvez-vous, monsieur Benítez?

— Magnifique, magnifique aussi; un vrai jeune homme.

— Je vous crois!

— Et cette vieille branche? Cette vieille branche décatie, comment va-t-elle? — et il donnait de petites tapes dans le dos de Mesía. En voilà un qui m'a tout l'air d'un jeune homme.

Et Quintanar d'ajouter, en se tournant vers un Frígilis maussade et souffreteux :

— En revanche, toi, tu es bon pour l'hospice... Et pourtant, tu ne cesses de nous rebattre les oreilles de ton hygiène et de ta vie d'arbre séculaire. Non, sûr que tu n'arriveras pas au siècle, fossile...

Et il embrassait et étreignait Frígilis pour qu'il ne fût point jaloux de Mesía. Quintanar était heureux et voulait que le fussent aussi tous les siens, sa femme, ses domestiques, ses amis, ses relations même, le monde entier.

Si Mesía lui demandait sur le ton de la plaisanterie :

— Comment va Kempis? Que pense Kempis de ceci?

L'autre répondait :

— Qui? la peste soit de Kempis...! Je vais faire des travaux dans cette maison. Je vais blanchir la cour et les couloirs, tapisser la salle à manger et ravaler la pierre de la façade. Vous verrez comme elle est d'un beau jaune, après sablage. Assez d'obscurité, assez de noirceur, assez de tristesse.

Mesía avait fini par convaincre la Régente qu'à vrai dire, don Víctor devenait en quelque sorte... un père pour elle. Ce qu'elle avait toujours plus ou moins pensé.

Néanmoins, elle lui devait honneur et, malgré tant d'intimité, en dépit de cet amour implicitement déclaré, Ana pouvait dire que don Alvaro n'avait jamais posé ses lèvres sur cette peau dont le contact l'obsédait.

Mesía n'était pas pressé. « Cette épouse n'était pas comme les autres; il fallait la conquérir comme une vierge; en réalité, il était son premier amour et une attaque brutale l'aurait effarouchée, lui ôtant toutes ses illusions. Et puis, il se sentait rajeunir, dans cette situation d'amant platonique, dans cette tendre intimité où il était le seul à prononcer des paroles d'amour, mais où leurs regards, leurs sourires et mille gestes silencieux, jamais déshonnêtes ni grossiers, en prononçaient bien davantage.

« Par ailleurs, il était toujours un peu alangui et abattu en été. Il calculait, avec la frivolité affectée et naturelle à la fois du matérialiste pratique, qu'en hiver il se sentirait fort comme un chêne et que la Régente serait douce et docile comme un agneau. En outre, une inconvenance pouvait, sinon tout perdre, du moins retarder les choses et leur ôter le piquant et la saveur qu'elles avaient. On verrait, on verrait sans tarder. »

En attendant, la vie s'écoulait délicieusement. Le don Juan un peu mûr qui, comme il disait, *était déjà sur le retour* *, se sentait transformé par la jeunesse d'Anita et sa passion véhémente et idéale. Don Alvaro ne se souvenait pas d'avoir tant désiré une femme, ni d'avoir autant joui qu'à présent avec des amours platoniques ainsi qu'il qualifiait celles qui n'étaient pas consommées.

La Régente, quant à elle, avait entamé sa chute et, dans sa chute, elle était heureuse; elle en sentait le vertige dans ses entrailles, mais si, certains jours, au lieu de pensées joyeuses elle trouvait au réveil, dans un fond de bile, des idées tristes, une sorte de remords, elle s'en guérissait vite grâce à une nouvelle métaphysique naturaliste que, sans s'en rendre compte, elle s'était créée de toute urgence pour satisfaire son irrésistible tendance à transformer toujours les événements de sa vie en généralités et en abstractions.

Mais Ana, si douée pour les raisonnements, avait peu de temps à leur consacrer. La vie n'était que distractions, excursions, bombances, théâtre, promenades. Entre la demeure du Marquis et celle de Quintanar s'était établie une sorte de cohabitation à laquelle étaient associés Obdulia, Visita, Alvaro, Joaquín et quelques autres amis intimes.

On allait très souvent au Vivero; on courait dans la forêt, dans la galerie entourant la maison, dans le jardin et sur les berges de la rivière. Tous semblaient complices. Obdulia et Visita adoraient la Régente, étaient esclaves de ses caprices, la dévoraient de baisers, jurant qu'elles étaient heureuses de la voir si sociable, si *humanisée.* Et jamais une allusion coquine, jamais une question indiscrète, jamais une surprise importune. Personne en ce lieu ne parlait du péril que seul Quintanar ignorait. Souvent, quand un orage comme celui de la fête de Saint-Pierre éclatait sur le Vivero, tous les invités passaient la nuit sur place. Sans le faire exprès, mais sans l'éviter non plus, Ana se trouvait souvent en contact avec don Alvaro, pressée contre lui dans les voitures, les loges, les bals, les bois, plusieurs fois par semaine.

Un jour de novembre, un des rares beaux jours de l'été de la Saint-Martin, on fit la dernière sortie de l'année au Vivero.

L'allégresse était extrême. *Ces jeunes gens,* comme les appelait encore Ripamilán, toujours de la partie en dépit de son âge, ces jeunes gens dont les meilleurs souvenirs de leurs jeux facétieux étaient liés à la résidence de Vegallana quittaient à regret ce refuge de leurs printemps ou de leurs automnes. Ils voulaient savourer jusqu'à la dernière goutte la joie folle de la liberté en plein champ, des confidences secrètes et piquantes au fond des bois. Jamais Visita ne *fit l'enfant* de meilleure bonne foi, jamais Obdulia ne fit faire à Joaquín *plus de bêtises,* selon ses dires farcis d'euphémismes; Edelmira et Paco firent la paix après une brouillerie de huit jours; même les personnes âgées chantèrent, dansèrent un menuet et coururent sous les arbres; don Víctor fut infernal et tomba dans la rivière qu'il prétendait franchir d'un saut, dans un passage resserré.

Au matin, quand Ana et Alvaro se tendirent la main, avant de monter dans la voiture, ils découvrirent sous leur peau et dans leurs veines des impressions nouvelles. La veille au soir, Alvaro avait dit qu'il voulait mourir. Il ne demandait rien, mais il voulait mourir. Pendant tout le chemin, de Vetusta au Vivero, Ana ne fit que répéter tout bas, à l'oreille d'Alvaro : « Aujourd'hui, c'est le dernier jour. »

Après le repas, les adeptes du Vivero furent tous très préoccupés par l'idée que l'après-midi serait très courte. Joaquín et Obdulia savaient que le monde entier était leur patrie : « mais pas comme ici! » Edelmira et Paco regrettaient les cachettes de la vieille demeure qu'ils allaient bientôt quitter... Avant le dernier accès de folie, la dernière course dans le bois et la dernière partie de rire, il y eut un quart d'heure de mélancolie... de fatigue mêlée de tristesse. L'après-midi serait courte, et elle serait la dernière. Visita s'assit au piano pour jouer la polka de *Salacie,* un ballet fantastique à grand spectacle qu'on donnait ces soirs-là à Vetusta. *Salacie,* fille de la mer, tirait ses sœurs de l'océan et, sans que l'on sache pourquoi, elle amenait les bacchantes à se lancer sur la plage dans un ballet infernal; Ana se souvint de l'effet causé par cette polka sur ses sens... « Les bacchantes! l'Asie... les thyrses, la peau de tigre de Bacchus. » Ana avait beaucoup de souvenirs mythologiques et elle avait bien vite oublié la pauvreté de la mise en scène du théâtre de Vetusta et les ballerines médiocrement jolies, pour se transporter dans une région imaginaire d'Orient où sa fantaisie, plus ou moins bien informée, se représentait, au fond de forêts mystérieuses, les courses frénétiques de bacchantes rendues folles par la musique stridente et les libations de perpétuelles orgies au grand air. La bacchante! une fanatique de la nature, ivre de jeux, d'une vie exubérante et sauvage; le plaisir sans trêve, le plaisir sans mesure et sans crainte; une course effrénée à travers champs, au-dessus des abîmes, une chute délicieuse dans l'inconnu, dans le péril incertain de précipices ou de ramures traîtresses et foisonnantes... Tandis que Visita évoquait de méchante manière sur le piano cette humble polka de *Salacie,* qui n'avait d'intérêt que par son modèle, la Régente berçait son esprit de tous les fantasmes de ses lectures, de ses rêves et de sa passion excitée.

Elle eut soudain envie de regarder une *Illustration* qui traînait sur une table basse. « La dernière fleur », disait la légende d'une gravure sur laquelle Ana fixa son attention. Dans un jardin, en automne, une belle femme d'une trentaine d'années aspirait avec frénésie une fleur et la pressait contre son visage... la dernière...

— Allons, allons, au bois! s'écria à ce moment-là Obdulia du jardin. Au bois, au bois! allons dire adieu aux arbres...

Visitación martela les touches, bousculant le rythme de sa polka... et referma le piano violemment.

— Au bois! Au bois! criait-on du haut en bas.

On sortit par la petite porte, pour saluer rouvres, chênes, aubépines, ronces, fougères et herbes fraîches et vertes de l'arrière-saison.

Ce soir-là, on termina la fête à Vetusta; c'était l'adieu au beau temps; l'hiver allait revenir, le déluge était aux portes... Et un souper fut improvisé pour tous ces gens. A minuit, après avoir dansé, chanté, et joué, beaucoup avaient très faim; on avait mangé tôt; d'autres se contentèrent de croquer quelques friandises et de boire. La nuit était si sereine et dégagée qu'on se croyait au début de septembre, aussi soupa-t-on dans la nouvelle serre inaugurée ce jour-là; elle était grande, haute, confortable, construite sur un modèle parisien. Don Alvaro, qui s'y connaissait en la matière, dit qu'elle ressemblait, en plus petit, à celle de la princesse Mathilde. Obdulia fut jalouse de cette référence, mais en ressentit de l'orgueil. Un homme qui avait été son amant pouvait parler de la *serre* * de la princesse Mathilde!

On dîna là. Dans le salon jaune, où l'on avait dansé après être rentré à Vetusta (grâce au renfort de quelques invités), les bougies dans les candélabres s'éteignaient toutes seules, soufflées par le vent qui s'engouffrait par une fenêtre grande ouverte. Les domestiques n'avaient éteint que le lustre en cristal. Les chaises étaient en désordre; sur le tapis maculé de boue du Vivero gisaient deux ou trois livres, des bouts de papier, des pétales de fleurs et une tige de bégonia, comme un morceau de vieux brocart. Le salon avait l'air épuisé. Les personnages des gravures délicates et provocantes de la Marquise ricanaient, dans leurs postures faussement gracieuses, outrées et maniérées. Il n'y avait là aucune douceur; les meubles en désordre, dans des positions inusitées, paraissaient en révolte, menaçant de raconter même aux sourds ce qu'ils savaient et taisaient depuis tant d'années. Le vaste sofa jaune, plus sage et plus expérimenté que les autres, ne pipait mot et restait à son poste.

Une rafale de vent éteignit la dernière lumière qui éclairait le cadre solitaire. L'horloge de la cathédrale sonna minuit. La porte du salon s'ouvrit et deux formes parurent. Le tapis étouffa aussitôt les pas. La seule clarté venait de la rue, due à la nouvelle lune et au réverbère d'en face, expression du respect de la nouvelle municipalité à l'égard de la maison du Marquis. Par la porte ouverte, on entendait au loin les bruits des serviteurs dans la cuisine, des rires et le *crin-crin* d'une guitare jouée timidement, avec un certain respect pour les maîtres; cette rumeur se mêlait à une autre plus étouffée venue du jardin à travers les vitres de la serre et parvenant au salon comme le murmure lointain d'un quartier populeux.

Les deux formes étaient Mesía et Quintanar qui, en veine de confidences, assommait son ami intime du récit de ses aventures de jeunesse, du temps de La Almunia de don Godino.

Don Alvaro se laissa tomber sur le sofa, somnolent et rêveur; il n'entendait pas don Víctor, mais la voix du désir ardent, brutal, qui criait : « Aujourd'hui, aujourd'hui, maintenant, ici, ici-même! »

Et l'ex-régent, trouvant les ombres du salon, la discrète lumière du réverbère d'en face et d'un quartier de lune appropriées à la confession de ses incartades érotiques, poursuivait son récit, qu'il coupait de temps à autre pour dire, en manière de refrain :

— Mais quelle fatalité! Croyez-vous qu'en fin de compte je l'aie faite mienne! Pas du tout, monsieur! Vous pouvez prendre l'air étonné... Comme toujours, il m'a manqué la constance, la décision, l'enthousiasme... et je ne suis pas arrivé jusqu'au dessert cher ami. Je ne sais ce que c'est; il arrive toujours la même chose... au moment critique, je manque de courage... et je dirais presque de désir...

Alors que don Víctor reprenait une fois encore ce refrain, Mesía voulut bien y prêter attention; il entendit « rester sur ma faim », « manque de courage »... et il prit une suprême résolution, presque avec colère :

« Cet idiot me fait honte, sans le savoir... Puisqu'il le veut, qu'il en soit ainsi... Cette nuit, j'en finis... et si je peux, ici-même... »

Peu après, don Víctor lui-même s'étant lassé de ses confessions, les deux amis retournèrent à table, où régnait la douce fraternité des bonnes digestions après les soupers grandioses. Anita n'était pas là.

Alvaro sortit sans être vu, tout au moins sans qu'on pût savoir s'il sortait ou non, et il rentra dans la maison. Il y avait toujours autant de bruit dans la cuisine. Tout le reste était silencieux. Il retourna au salon. Il n'y avait personne. « Ce n'était pas possible. » Il pénétra dans le boudoir de la Marquise... Il ne discerna dans l'ombre aucune silhouette humaine. Il n'y avait que des chaises et des fauteuils. Mais aucune forme féminine. « Ce n'était pas possible. » Avec la foi qu'il avait dans ses prémonitions, et c'était toute sa religion, Alvaro chercha encore dans l'obscurité..., et, arrivé près de la fenêtre entrebâillée, l'ouvrit...

— Ana !

— Doux Jésus !

Chapitre vingt-neuf

« Le jour de Noël, venez partager la dinde avec nous. On me l'a envoyée de León, farcie aux noix. Ce sera exquis. J'ai en outre du vin de mes terres, un Valdiñón de derrière les fagots... »

Mesía tint sa promesse et, le jour de Noël, déjeuna dans la demeure des Ozores. Le salon était maintenant tapissé en bleu et or à carreaux ; on avait conservé la grande cheminée churriguerresque, avec ses sirènes pulpeuses et leurs opulents seins de plâtre. Don Víctor s'était contenté de passer une couche d'un blanc grisâtre (*discret,* comme il disait) sur cette profusion de corniches, volutes, acanthes, feuillages et scoties.

Au dessert, le maître de maison prit un air songeur. A la dérobée, il suivait du regard les allées et venues de Petra qui faisait le service. Après le café, don Alvaro s'aperçut que son ami était impatient. Depuis l'été, depuis qu'ils avaient vécu ensemble à l'auberge de La Costa, don Víctor s'était habitué à avoir don Alvaro comme commensal; il le trouvait plus disert et plus sympathique à table que nulle part ailleurs et l'invitait souvent à dîner. Mais en général, après avoir parlé tout son soûl, Quintanar se levait, allait faire un tour dans le Parc, s'habillait, toujours en chantant, laissant ainsi Anita et son ami seuls une longue demi-heure. Ce n'était pas le cas aujourd'hui. Il ne bougeait pas. Ana et Alvaro se regardaient, s'interrogeant du regard sur cette nouveauté.

La Régente se pencha un instant pour ramasser une serviette tombée à terre et don Víctor fit un signe à Mesía, qui voulait dire clairement :

« Elle me gêne; si elle partait... nous pourrions parler. »

Mesía haussa les épaules.

Quand Ana releva la tête en souriant à don Alvaro, ce dernier, à l'insu de Quintanar, lui montra la porte du seul mouvement de ses yeux.

Ana sortit aussitôt.

— Grâce à Dieu! dit son mari en respirant profondément. J'ai cru aujourd'hui qu'elle ne partirait jamais.

Il avait même oublié que, d'habitude, c'était lui qui partait.

— Maintenant, nous allons pouvoir parler.

— Je vous écoute, répondit Alvaro tranquillement, tirant sur son havane et cachant son visage derrière la fumée (selon sa vieille habitude d'*embrumer* quand cela l'arrangeait).

« Allons bon, quelle mouche l'a piqué? » se demanda-t-il avec une crainte vague qu'il ne s'expliquait pas.

Don Víctor rapprocha sa chaise de celle de l'autre et lui déclara, sur le ton qu'on prend pour les grandes révélations :

— Actuellement, tout me sourit. Je suis heureux dans mon foyer, je n'ai plus aucun rôle dans la vie publique, je ne crains plus l'invasion dévorante de l'Église, dont l'influence délétère... mais cette Petra, on dirait qu'elle cherche à me contrarier.

Sursaut de Mesía.

— Expliquez-vous. Vous êtes revenu à la charge?

— Oui et non... Je veux dire... il y a eu des escarmouches... des explications... des trêves... des promesses de respecter... ce que cette fichue drôlesse ne veut pas qu'on respecte... en résumé : elle est vexée parce que je préfère la paix de mon ménage, la pureté de mon lit, de ma couche nuptiale en quelque sorte, à la satisfaction de plaisirs éphémères... Me comprenez-vous? Elle fait semblant de s'emporter pour défendre son honneur qu'en fin de compte personne ici ne menace sérieusement, et ce qui l'irrite en réalité, c'est ma froideur...

— Mais que fait-elle? Voyons voir...

— Sachez, Alvaro, que pour rien au monde je ne voudrais faire de peine à mon Anita, qui est maintenant le modèle des épouses; elle a toujours été bonne, mais autrefois elle avait ses caprices, vous vous souvenez...

— Oui, oui... au fait.

— Maintenant, la pauvrette accède à mes moindres désirs. Je dis blanc, et elle dit blanc. Elle a même perdu cette exaltation un peu sauvage, ce goût excessif pour les plaisirs bucoliques, cette préoccupation exclusive pour la santé au grand air, pour l'exercice, pour l'hygiène en somme... Les extrêmes sont mauvais, et Benítez m'a dit que la véritable guérison d'Ana surviendrait quand elle serait moins attentive à la santé de son corps, sans retourner pour autant — il n'en est pas question — au souci excessif et fou de son âme. Ce serait le pire de tout!

— Mais... vous ne me dites pas...

— J'y viens; Ana a maintenant atteint un équilibre qui est la garantie de la santé à laquelle nous aspirions depuis si longtemps; il n'y a plus de nerfs... je veux dire qu'elle ne nous fait plus ces frayeurs; elle n'a plus jamais de velléités de sainteté, elle ne me remplit plus la maison de soutanes... bref, elle n'est plus la même, et je ne veux à aucun prix perdre la paix dont je jouis maintenant. Or... Petra... peut, et je crois même qu'elle veut tout compromettre.

— Mais voyons, que fait Petra?

— Elle compromet la paix de cette maison; je crains qu'elle veuille nous dominer en se prévalant de ma fausse situation, archi-fausse... je le reconnais. Ne comprenez-vous pas que n'importe quelle révélation de cette... petite catin hypocrite serait un coup terrible pour Ana ?

— Mais que se passe-t-il, monsieur ? Parlez clair et vite, s'écria Mesía avec impatience, plus intéressé par le sujet que ne pouvait le supposer son ami.

— Plus bas, Alvaro, plus bas. Ce qui se passe ? Beaucoup de choses. Petra sait que je veux éviter à tout prix de faire de la peine à ma femme, parce que je crains que la moindre crise nerveuse anéantisse tout et nous ramène en arrière. Une tromperie, mon manque de fidélité découvert, la renverrait à coup sûr à ses anciennes pensées, à son mépris du monde, et elle se consolerait avec la religion et nous nous retrouverions avec M. le Magistral encore une fois... Tout plutôt que cela ! Il faut éviter à tout prix qu'Ana apprenne que moi, dans un moment d'aveuglement de mon esprit et de mes sens, j'ai été capable de solliciter les faveurs de cette *scortum,* comme les appelle don Saturnino.

— Mais pourquoi Ana l'apprendrait-elle ? Après tout, il n'y a rien à apprendre...

— Si, ce qu'il y a suffirait à poignarder la pauvrette. Je la connais... Et surtout, si Petra dit ce qu'il en est, mon épouse imaginera le reste, tout ce qui n'est pas.

— Mais Petra... ? Achevez. A-t-elle dit quelque chose ? A-t-elle menacé de dire... ?

— Voilà bien la question. Elle parle haut, est insolente, travaille peu, n'admet pas les remontrances et aspire à se mettre sur un pied d'égalité absurde...

— Absurde...

— Et l'infâme, avec qui croyez-vous qu'elle est la plus hautaine, la plus fière, la plus insolente ? Avec moi ? Cela semblerait tout naturel. Eh bien, pas du tout, avec Ana...! Incroyable, non, avec Ana...!

Du nuage de fumée qui l'enveloppait, don Alvaro répondit :

— Cela se comprend... elle vous fait un chantage; elle est peut-être jalouse !

— C'est ce que je me dis... « Supporte que ta femme essuie les insolences de celle dont tu as voulu faire ta concubine... ou je lui dis tout. » Tel est le langage de la conduite de cette mérétrice sournoise. Et maintenant, un conseil, une solution. Que faire ? Souffrir en silence ? Absurde. Et puis Anita peut perdre patience car si elle n'a rien dit jusqu'à présent, c'est grâce à ce qui lui reste de l'époque où elle était presque une sainte... Mais si elle prend la mouche, si elle soupçonne... si... pauvre de moi !

— Du calme, voyons, du calme.

— Que faisons-nous, Alvaro, que faisons-nous ?
— C'est très simple.
— Simple !
— Il faut renvoyer Petra de cette maison.
Don Víctor sauta sur sa chaise.
— Voilà qui s'appelle trancher dans le vif...
— Il n'y a pas d'autre solution. La renvoyer.
Don Víctor exposa les difficultés et les dangers du remède, mais don Alvaro promit de tout aplanir. « Il savait comment traiter ces gens-là. Un heureux hasard voulait que, dans l'auberge où il vivait comme un coq en pâte depuis tant d'années, on cherchât une jeune fille pour servir les hôtes. Petra convenait comme un gant; elle serait flattée de la proposition; don Alvaro la lui ferait lui-même et si, par un hasard extraordinaire, elle résistait, il saurait trouver les menaces qui... », etc., etc. Don Víctor confia toute l'affaire à son ami et partit au Cercle, rasséréné.
— Vous restez pour préparer le terrain, hein ?
— Mais oui, bien sûr, je vais tout arranger.
A peine don Víctor eut-il fait claquer la porte de l'escalier qu'Ana entra dans la salle à manger, effrayée. Elle allait parler quand Petra entra pour débarrasser; elle se tut et fit semblant de lire *El Lábaro*. La femme de chambre sortit et Ana demanda :
— Qu'y a-t-il, Alvaro... ?
— Il y a que tu n'as plus de raison de m'empêcher de venir la nuit.
— Je ne te comprends pas...
— Petra quitte cette maison. Finis les espions.
— Petra ? Petra s'en va ?
— Oui, il m'a chargé de la congédier; il dit qu'elle est insolente, qu'elle est grossière avec toi...
— Mon Dieu ! Il a remarqué... ?
— Mais oui, petite sotte, mais n'aie pas peur... il prend la lorgnette par le mauvais bout...
Mesía expliqua l'affaire à la Régente. Il l'avait déjà mise au courant de tout et de bien d'autres choses encore. Les tentatives de ce pauvre don Víctor étaient pour la Régente, grâce aux calomnies d'Alvaro, des délits consommés. Mais elle n'attribuait pas l'insolence de la servante à cela; elle craignait qu'elle eût découvert ses amours avec Mesía et que cette hauteur, ce défi constant de ses regards, de ses sourires et de ses mimiques, fussent autant de menaces de révéler son secret à don Víctor.
— Tu vois bien que ce n'était pas ce que tu craignais... Il est très possible, probable même, que la pauvre fille ne se doute de rien, que son effronterie ne soit qu'un moyen de menacer son maître...
Ana rougit. Tout cela la répugnait. « Ce mari auquel elle avait sacrifié

le meilleur de son existence n'était pas seulement un maniaque, un homme froid à son endroit, sans consistance, mais il poursuivait les servantes en pleine nuit dans les couloirs, les surprenait dans leur chambre, voyait peut-être leurs jarretières...! C'était dégoûtant! De la jalousie? Pas du tout! C'était du dégoût, et une espèce de remords rétrospectif d'avoir sacrifié sa vie à un tel homme. Oui, sa vie, qui était sa jeunesse. »

« Alvaro, songeait encore Ana, avait eu tort de lui révéler ces bassesses, de trahir Quintanar, tout indigne qu'il fût, et surtout de lui faire honte à elle avec le récit des aventures ridicules et répugnantes du vieillard. » Mais comme elle s'efforçait de laver de toute faute son Mesía, son seigneur, l'homme à qui elle s'était donnée corps et âme *pour la vie* (selon elle), elle eut tôt fait de le disculper, se disant que le pauvre Alvaro agissait par amour, pour tirer de l'esprit d'Ana tout scrupule, toute considération pouvant la lier encore à ce vieux qui avait fait de la meilleure part de sa vie un désert de tristesse.

« Anita n'aimait pas non plus voir son Alvaro mêlé à des soucis domestiques comme de congédier des servantes; elle aimait encore moins le trouver si expert en la matière; tout cela était si vulgaire et si bas que c'en devenait répugnant, mais comment agir autrement? Alvaro le faisait pour elle, pour jouir tranquillement de ce bonheur qui lui avait coûté tant d'années de martyre... »

Ces petites taches, et bien d'autres, qu'elle découvrait chez Mesía, l'obligeaient à recourir peu à peu à cet esprit d'analyse endiablé qui conduisait à la folie, croyait-elle, et Ana s'arrangeait pour en faire autant d'étoiles éblouissantes de beauté. Quand l'idée de perdre Mesía s'emparait d'elle, elle tremblait d'horreur, comme autrefois quand elle craignait de perdre Jésus.

Les premiers mots d'amour qu'Ana, vaincue, osa murmurer d'une voix tendre et passionnée à l'oreille de son vainqueur, non pas le jour de sa reddition, mais beaucoup plus tard, furent pour lui demander de faire serment de fidélité...

« Pour toujours, Alvaro, pour toujours, jure-le-moi; si ce n'est pas pour toujours, c'est une ignominie, c'est un crime infâme, vil... »

Mesía avait juré et continuait de jurer une éternité d'amour.

L'idée de la solitude, *après tout cela,* horrifiait plus encore la Régente qu'à l'époque où elle s'était fait une première image de l'Enfer.

L'amour permettait de vivre n'importe où, n'importe comment, sans penser à autre chose qu'à l'amour lui-même... Mais sans lui... reviendraient les noirs fantômes qu'elle sentait parfois s'agiter au fond de sa tête, comme surgis d'un horizon très lointain, premières ombres d'une nuit éternelle, vide, effroyable. Ana sentait que la fin de cet amour, de cette passion dévorante, forte, neuve, qui l'habitait pour la première fois de sa vie, serait pour elle le début de la folie.

« Oui, Alvaro, si tu m'abandonnes, à coup sûr je deviendrai folle; j'ai peur de mon esprit quand tu n'es pas là, quand je ne pense pas à toi. Avec toi, je ne pense qu'à t'aimer. »

Elle tenait de tels propos dans les bras de son amant, heureuse sans hypocrisie, sans cette timidité, forte et réelle au début, gênante pour Mesía, mais qui ne laissa place à aucune simulation quand elle disparut. Ana se livrait à l'amour avec toute la véhémence de son tempérament et une sorte de fureur que Mesía appelait grossièrement, à part soi, une vieille faim.

Le premier mois, il fut effrayé. S'il maudit, dans les premiers jours, une ignorance et des scrupules (*absurdes chez une femme mariée de trente ans,* selon la philosophie du Président du Cercle), il vit bientôt ses désirs comblés au-delà de toute mesure, et il s'inquiéta d'un « autre aspect » de ses amours. Jamais il n'avait été plus heureux. Voulait-il satisfaire son amour-propre, alors que l'âge commençait à lui faire quelques misères ? Eh bien Ana, la plus belle femme de Vetusta, l'adorait; et elle l'adorait pour lui, pour sa personne, pour son corps, pour *le physique.* Souvent, quand il lui prenait l'envie de se répandre en paroles, elle lui fermait la bouche de la main et lui répondait, extasiée d'amour : « Ne parle pas. » Mesía ne le prenait pas mal; il reconnaissait qu'il valait mieux se taire, se laisser adorer comme un beau garçon. Voulait-il satisfaire les caprices de sa chair repue, jouir des délices de ses sens aiguisés ? Alors, l'ignorance même d'Ana, la force de sa passion, les circonstances de sa vie passée, son état d'esprit et sa beauté rendaient faciles les jouissances alambiquées de ce coq madré et usé, mais qui n'avait pas peur de mourir de plaisir. Et malgré tant de félicité, Mesía était inquiet.

— Vous avez mauvaise mine, lui disait Somoza.

— Attention, renchérissait Visitación.

Il remarquait lui-même que son visage perdait la belle mine retrouvée pendant ces mois de vie saine, d'exercice et d'abstinence qu'il avait prudemment observée avant de lancer son attaque décisive contre la forteresse de la Régente.

Oui, il sentait de temps en temps quelque chose qui faisait *crac* dans son corps. Il était rongé de l'intérieur. Il ne craignait pas la maladie pour la maladie, la vieillesse pour la vieillesse, non; il était un brave soldat de l'amour, un héros du plaisir, il saurait mourir sur le champ de bataille. Son inquiétude avait une autre cause. Mourir, d'accord; mais déchoir, et déchoir en présence d'Ana était horrible; c'était ridicule et infâme. Oui, avec l'âge, il manquait à son serment en perdant ses forces. Il se souvenait non sans frémir d'épisodes révolus où des faiblesses passagères, dues à un abus des plaisirs, l'avaient contraint à recourir à des expédients humiliants, tout juste bons à raconter, entre deux éclats de rire, à Paco, Joaquín, et autres noceurs du Cercle, aux dernières heures de la nuit; bons à raconter après, quand la vigueur était revenue et que ces expédients risibles n'étaient plus nécessaires, quoique aussi odieux que la misère et ses masques. Feindre jeunesse, virilité, constance dans l'amour physique paraissait à don Alvaro du même ordre que les recherches de l'apparat de la pauvreté décrites par Quevedo dans *le Grand Filou* [30]. Plus d'une fois, lui aussi, après s'être prodigué, il avait été un Grand Filou de l'amour... Mais les fourberies d'antan n'étaient plus possibles aujourd'hui, même si le besoin s'en faisait sentir... « Non, plutôt fuir ou se tirer une balle dans la tête. Ana, la pauvre Ana, avait droit à une jeunesse éternelle et inépuisable. » Mais ces idées moroses, ces appréhensions de l'âge, étaient peu fréquentes : la plupart du temps, le don Juan vétustain n'éprouvait aucune inquiétude et savourait cet amour qu'il considérait comme la plus grande gloire de sa vie. Pour sa part, il se reconnaissait aussi amoureux qu'il pouvait l'être d'une personne autre que de lui-même. Après le Président du Cercle, personne sur cette terre ne lui paraissait plus digne d'adoration que sa docile Ana, sa chère Ana frénétique d'amour, comme il l'avait toujours espéré, même aux jours où il était le plus repoussé. Don Alvaro ne voulait pas s'avouer qu'il fut un temps où il avait perdu espoir de vaincre la Régente. Elle était tellement vaincue, maintenant!

Il s'en aperçut mieux que jamais quand il dut livrer une dure bataille pour transporter dans la demeure des Ozores le nid de leurs amours adultères. Ana refusa, pleura, supplia... « Non, non, pas cela, Alvaro, mon Dieu non, cela, jamais. » Et elle résista plusieurs jours aux suppliques de son amant qui se plaignait de jouir mal, à la hâte et dans l'inconfort, de son amour. Ils se voyaient presque toujours chez Vegallana, où ils échangeaient précipitamment quelques caresses furtives; laisser couler des heures de voluptueuse intimité dans la paix et la sécurité était impossible, s'ils ne trouvaient pas un endroit moins exposé aux surprises, aux rencontres et aux faux-semblants. Ana ne voulait pas de rendez-vous dans un lieu d'amour qu'Alvaro promettait de chercher ; d'ailleurs, ce dernier reconnaissait qu'il était difficile de trouver un lieu sûr dans une ville *aussi arriérée* que Vetusta. Et ce qu'il trouverait finirait par répugner à Ana, et comme chez elle l'imagination était prépondérante, le mépris de l'auberge pouvait la mener au dégoût de l'adultère... Pas d'autre moyen que de prendre pour asile la demeure des Ozores. C'était le plus sûr, le plus tranquille, le plus commode. Alvaro comprenait les scrupules d'Ana, mais il les combattit et en vint à bout. Cependant, si les obstacles d'un ordre purement moral, les *scrupules mystiques,* comme disait Alvaro, expression impropre autant qu'horriblement grossière, furent écartés, par la force de la passion, les *obstacles matériels,* les précautions dictées par la crainte suscitèrent des difficultés beaucoup plus importantes. Don Alvaro se doutait que, s'il ne mettait pas de son côté une servante, la femme de chambre si possible, tout devenait, sinon impossible, du moins très difficile, mais il n'osa pas exposer cette idée à Anita; il la voyait trop

30. *Le Grand Filou :* il s'agit de *Historia de la vida del Buscón, llamado don Pablo, ejemplo de vagamundos y espejos de tacaños* (1626), de Francisco de Quevedo.

méfiante et dissimulant mal son antipathie à l'égard de Petra; il comprit aussi que la Régente était trop neuve dans ce genre d'aventures pour atteindre au cynisme de se gagner les servantes, moins encore en sachant qu'elles étaient convoitées par son mari.

Mais conquérir la servante à l'insu de la maîtresse était autre chose. Petra n'avait-elle pas l'humeur légère? L'aventure de la jarretière et d'autres qu'il connaissait ne prouvaient-elles pas qu'il était très facile d'intéresser cette fille à sa personne? Si. Aussitôt dit, aussitôt fait. En l'absence d'Ana et de don Víctor, derrière une porte, dans les couloirs, n'importe où, don Alvaro commença le siège de Petra qui se rendit beaucoup plus vite qu'il n'avait prévu. Mais il y avait un très grave inconvénient. La fille était, ou feignait d'être désintéressée, et préférait les jeux du fol amour aux pourboires; elle offrait ses services — par quelques sous-entendus discrets et des actes bien pesés — en échange d'attentions que Mesía n'était pas en mesure de prodiguer. « Pauvre Ana, elle était loin de se douter de toutes ces complications! » Don Alvaro n'en savait pas non plus autant qu'il s'imaginait. Il ignorait par exemple que Petra pouvait s'offrir le luxe de bien le servir sans idée de lucre, sans autre salaire que l'amour que notre coq vétustain ne pouvait plus se permettre de dilapider : elle n'était pas ennemie du vil métal, et l'ambition d'améliorer son sort, d'atteindre d'autres *sphères,* comme elle disait, était loin de laisser indifférente cette âme concupiscente de la tête aux pieds, mais elle cherchait autre chose en Mesía; elle l'aimait parce qu'il était bel homme, et elle jouait à sa façon un bon tour à sa maîtresse abhorrée, qu'elle accusait d'être « hypocrite, coquette et orgueilleuse »; elle l'aimait par vanité, et le servait selon ses désirs parce qu'elle assouvissait ainsi sa passion favorite, après la luxure sans doute : son désir de vengeance. Elle se vengeait maintenant, en protégeant les amours de Mesía et d'Ana, « de cet idiot de don Víctor » qui se mettait en tête de compromettre les filles sans connaître la chanson; elle se vengeait de la Régente elle-même qui tombait, tombait, grâce à elle, dans un trou sans fond, se retrouvant — sans que cette petite hypocrite s'en doutât — au pouvoir de sa servante, laquelle pourrait tout dévoiler au moment venu. Madame était entre ses griffes, que désirer de plus? Toutes les nuits, pendant quelques heures, l'honneur et peut-être la vie de son maître ne tenaient plus qu'à un fil qu'elle, Petra, tenait entre ses mains, et si elle voulait, si elle en avait envie, plaf! tout s'écroulait soudain... et le monde prenait feu. Et comme si, au lieu d'un plaisir et d'une joie, tout cela était pour Petra une charge, un travail, le plus bel homme de Vetusta lui payait ses services en *amours distinguées,* ce qu'elle avait toujours dégusté avec le plus de ravissement, par un instinct de distinction qui l'avait toujours dominée. Mais cette diablesse savourait une vengeance bien plus succulente que toutes les autres. Et le Magistral? le Magistral avait voulu la tromper, il l'avait faite sienne; elle s'était donnée, croyant accéder incontinent à la place la plus convoitée à Vetusta, celle de Teresina. Petra savait que doña Paula plaçait fort bien les gens ayant servi chez elle. Teresina, qui s'attendait à tout moment à obtenir une place de dame d'importance quelque part, pour administrer certains biens de son maître après qu'on l'aurait mariée à un beau garçon, Teresina l'avait informée de ce qu'elle n'avait pu observer ni deviner, elle lui avait ouvert les yeux et fait monter l'eau à la bouche; Petra comprenait que la maison du Magistral était le plus sûr chemin pour arriver à se marier, à être une *dame* ou presque... Le moment était venu ; après la fête de Saint-Pierre, ce n'était plus qu'une question de semaines, à son avis, il fallait guetter le bon moment; Teresina trouverait bientôt une bonne place et elle la remplacerait... Mais il n'en fut rien; le Magistral ignorait Petra. Quand il lui adressa enfin la parole ce ne fut pas pour l'entretenir de ce qui l'intéressait directement, mais... quelle honte! pour l'acheter comme espionne. Certes, le Grand Vicaire lui promit qu'elle aurait bientôt la place de Teresina, avec tous les avantages dont son amie jouissait et dont elle jouirait à son tour; on l'avait néanmoins trompée, ou plutôt, elle s'était trompée; mais cela l'orgueilleuse blonde ne voulait pas le reconnaître. En effet, à son avis, le Magistral était l'amant de doña Ana depuis longtemps, et la vanité de la servante avait interprété la scène du bois du Vivero comme le triomphe de sa beauté faisant tomber le chanoine dans le péché d'inconstance. Petra crut que don Fermín l'aimait maintenant comme il avait auparavant aimé Ana, sa patronne. Des caprices comme celui-ci, elle en avait connu d'autres. Quand elle fut convaincue que don Fermín, en dépit des apparences, était ivre de jalousie et follement épris de la Régente, quoique à mille lieues d'être jamais son amant, quand elle vit qu'elle, Petra, n'était qu'un instrument entre ses mains, la colère, l'envie, l'orgueil, la luxure s'emparèrent de son âme comme autant de serpents; mais elle sut bien vite les faire taire, dissimuler, et elle se contenta d'assouvir sa ladrerie. Elle accepta les propositions du chanoine. Elle entrerait au service de don Fermín le jour où il faudrait quitter celui des Ozores, mais, en attendant, elle continuerait à servir chez eux, bien payée, mieux payée qu'elle ne pouvait le penser. Le chanoine saurait tout ce qui se passait : si doña Ana recevait des visites, qui entrait quand don Víctor n'était pas là, qui restait après le départ du maître, etc., etc.

Petra promit de tout raconter. Elle feignit d'avoir oublié certaines promesses d'un autre ordre qui avaient échappé au prêtre dans le feu de l'action, un beau matin, au Vivero, et dont il rougissait encore. Voyant que Petra était toute disposée à le servir pour de l'argent, don Fermín regretta d'autant plus d'avoir commencé par le chemin absurde, indigne, d'une séduction... ridicule. Il avait honte de cette aventure qui lui en rappelait d'autres, parce qu'elle contredisait d'une certaine façon cet échafaudage de sophismes justifiant sa passion pour la Régente. « La grande pureté de l'amour que je ressens excuse tout. » « Mais cet amour s'accommode-t-il d'aventures comme celle du bois? Bien sûr que non », lui soufflait sa conscience. C'est pourquoi Petra lui répugnait maintenant. Mais il ne pouvait faire autrement que de l'utiliser.

Petra vivait heureuse au milieu de ces intrigues compliquées dont elle était la seule à tenir le fil. Pour le moment, le seul qu'elle servît loyalement était Mesía; il payait en amour, quoiqu'il se fît un peu tirer l'oreille, et elle l'aidait de son mieux, parce qu'ainsi, elle satisfaisait ses propres désirs : enfoncer sa maîtresse, la tenir entre ses mains, et se moquer cruellement de *cet idiot de maître* et de l'indigne chanoine. La fine mouche se réservait, dans l'avenir, le droit de vendre don Alvaro et d'aider son maître, celui qui payait et devait la faire gouvernante, don Fermín. Quand cela se passerait-il? On verrait. Si don Alvaro ne se comportait pas bien, — ce qui pouvait arriver —, si elle se lassait, ou si Teresina quittait sa place, s'il lui fallait s'y précipiter par crainte qu'une autre la prît, alors il conviendrait peut-être de tout mettre en branle. En attendant, don Fermín n'avait, par Petra, que de vagues informations qui suffisaient à le maintenir sur des charbons ardents et à le rendre fou furieux, avec la torture supplémentaire d'être obligé de dissimuler son courroux au monde et plus particulièrement à doña Paula.

En sorte que si don Alvaro pouvait dire avec raison : « Pauvre Ana, qui ne sait rien de tout cela! », Petra pouvait aussi s'exclamer : « Pauvre don Alvaro, qui ne connaît pas le quart de ce qu'il devrait savoir! »

Le Président du Cercle abusa la Régente sans y voir d'inconvénient. D'après lui, il était juste de respecter les scrupules de cette adultère débutante (encore une expression grossière du séducteur) qui ne pouvait se résoudre à prendre Petra pour entremetteuse; mais il était équitable que, sans en parler à Ana, en feignant de se défier aussi de la femme de chambre il profitât de ses services, précieux en de telles circonstances. La question était d'entrer tous les soirs dans la chambre de la Régente par la fenêtre. C'était vite dit, mais le faire présentait de sérieuses difficultés. Où donnait le balcon du cabinet de toilette? Sur le Parc. Comment pouvait-on entrer dans le Parc? Par la porte. Mais qui avait la clé de la porte? Frígilis en avait une; pas la peine d'y compter. Et l'autre? Don Víctor. On pouvait la lui soustraire, mais Petra dit qu'elle ne voulait pas s'y risquer; mêler des clés à cette histoire était délicat et pouvait la compromettre. La meilleure solution était que Monsieur sautât pardessus le mur. Justement, don Alvaro avait des jambes très longues. Ainsi, la mise en scène était parfaite : doña Ana, assurée que don Alvaro sautait le mur, ne pouvait soupçonner aussi aisément qu'il avait des complicités dans la place. Arriver sous le balcon, escalader la grille du rez-de-chaussée et se retrouver sur la balustrade en fer était chose facile pour un tel homme.

Don Alvaro faisant tout cela sans l'aide directe et immédiate de Petra, doña Ana trouvait très vraisemblables les ruses déployées par son amant pour entrer dans sa chambre. Le rôle de Petra consistait à faire le guet, pour éviter que don Alvaro fût surpris en entrant ou sortant, et pour faire croire à doña Ana qu'elle, la femme de chambre, n'avait jamais, de toute la nuit, la possibilité de remarquer la présence de l'amant. Elle devait en outre, le cas échéant, lancer un cri d'alarme et combiner les horaires. Le service de Petra tenait un peu de la responsabilité d'un chef de gare. Don Alvaro savait (don Víctor le lui avait dit) que l'ex-régent et Frígilis, la saison venue, partaient à la chasse beaucoup plus tôt que ne se l'imaginait Ana. Petra était chargée de réveiller son maître, parce qu'Anselmo s'endormait immanquablement et ne remplissait pas sa mission : Frígilis arrivait dans le Parc à l'heure convenue, il aboyait... alors seulement don Víctor descendait. Don Tomás finit par déplorer que ses aboiements n'éveillassent pas toujours le maître ni la servante, et qu'on le fît trop attendre; pour éviter disputes et factions, il fut décidé que Crespo et Quintanar se retrouveraient dans le Parc à la même heure, sans qu'il fût nécessaire à quiconque d'aboyer. Pour plus de sécurité, don Víctor acheta un réveille-matin qui avait une sonnerie de tremblement de terre et, grâce à cet avertissement automatique, comme il disait, il fut désormais à l'heure aux rendez-vous. Presque chaque matin, Quintanar et Crespo arrivaient en même temps dans le Parc. Le train qui les conduisait aux marais et collines de Palomares partait un peu plus tard cette année-là et ils n'avaient pas besoin de se lever avant le jour.

Don Alvaro devait savoir tout cela pour ne pas risquer d'entrer en collision avec Frígilis ou même avec don Víctor. Ce dernier, sans se douter de ce qu'il faisait, l'informa lui-même de ses propres heures de départ; Petra l'informa des derniers détails qu'il avait encore à connaître. Ainsi, aucun risque. Franchir le mur posa quelques problèmes, mais, un soir, dans la rue des Fossés déserte, le don Juan aménagea, en déplaçant quelques pierres et en grattant la chaux, deux ou trois marches bien dissimulées dans le mur, vers l'angle; il fit aussi des crevasses et des fentes soigneusement camouflées qui lui permirent de prendre appui pour faciliter son ascension; ainsi fut vaincu l'obstacle principal. A l'intérieur, ce fut un jeu d'enfant. Mine de rien, un vieux tonneau négligemment appuyé contre le mur et les restes d'un espalier constituèrent des échelons suffisants que don Alvaro pouvait monter ou descendre, côté Parc, à la vitesse voulue par les circonstances. Cette échelle cachée, don Alvaro la comparait à ces boîtes d'allumettes où était imprimée la légende populaire : où est la bergère ? Où est l'échelle ? Quand on l'avait vue une fois, on ne voyait plus qu'elle, mais celui à qui on ne l'avait pas montrée ne la remarquait pas.

Le plus difficile restait à faire, persuader la Régente d'ouvrir sa fenêtre. Comme on ne pouvait lui parler des garanties de sécurité que don Alvaro avait dans la maison, on ne pouvait presque rien opposer à ses arguments relatifs aux soupçons probables de l'antipathique Petra. Mais don Alvaro, qui avait triomphé du plus dur, finit par triompher du plus facile : Ana comprit enfin qu'il était impossible, voire ridicule, de refuser de recevoir dans sa chambre un homme à qui elle s'était donnée complètement. La chasteté de la couche nuptiale ou mieux, ex-nuptiale !, importait beaucoup, mais la chasteté de l'épouse elle-même ne valait-elle pas davantage ? Ces sophismes, sa passion, les demandes répétées donnèrent la victoire à Mesía qui, s'il ne put apaiser les sursauts d'Ana (au moindre bruit, elle croyait reconnaître Petra en train d'espionner), parvenait souvent à lui faire tout oublier pour jouir du délice amoureux dans lequel il savait l'envelopper, comme dans un nuage empoisonné d'opium.

Les jours passaient ; Ana était tout effrayée de se voir capable d'accueillir un homme dans son alcôve si peu de temps après sa chute, elle qui avait su lutter tant d'années avant de succomber.

Ce soir de Noël, après avoir débarrassé le café, Petra sortit et alla chez le Magistral.

Dona Paula la reçut. Elles étaient maintenant très amies. La mère du Grand Vicaire connaissait la profonde sympathie unissant Teresina à la femme de chambre de la Régente; par l'actuelle servante de *monsieur* (son fils), elle savait que, dans l'esprit de Fermín, Petra était destinée à remplacer Teresa le jour imminent où celle-ci aurait mérité la récompense attendue de quitter cette maison, mariée, pour administrer certains biens *de famille* du Grand Vicaire. Doña Paula, qui comprenait vite, voulant, fidèle à sa politique, satisfaire ce désir filial, et le satisfaire sous une forme pure et irréprochable, prit les devants et décida d'offrir elle-même à Petra cette place que la lubrique blonde ambitionnait tant. La proposition fut faite ce soir-là. Teresina allait quitter la maison d'un jour à l'autre. Petra accepta sans hésiter, tremblant de joie. Il lui fallut attendre d'être de retour chez elle pour s'apercevoir que cette aubaine allait causer le malheur de beaucoup et même, dans une certaine mesure, faire tort à elle-même. Finis ses amours avec don Alvaro, amours de plus en plus rares, chichement mesurées par l'aimable libertin qui multipliait les pourboires et espaçait les caresses, mais en définitive *amours distinguées* dont elle était très fière ! Que faire ? Sans aucun doute être prudente, cueillir le fruit convoité, saisir cette *prébende,* entrer dans la demeure du Magistral. Pour cela, il fallait envoyer promener tout le reste, rompre ce fil qu'elle tenait entre ses doigts et dont dépendaient l'honneur, la tranquillité et peut-être la vie de plusieurs personnes. A cette idée, Petra haussa les épaules. Elle crut voir la Régente choir et s'écraser, le Magistral choir et s'écraser, don Víctor réduit en compote, don Alvaro lui-même rouler à terre en mille morceaux. Tant pis. Le moment était venu. Si elle manquait l'occasion, cette place laissée vacante par Teresina, une autre pouvait venir et adieu future *distinction.* Elle ne pouvait faire autrement que d'occuper ce poste immédiatement. Mais alors il fallait tout dire au Grand Vicaire, parce que, une fois hors de cette demeure, elle ne pourrait plus espionner ni aider celui qui la payait pour ouvrir les yeux de ce stupide don Víctor qui, naturellement, voudrait se venger et châtier les coupables; c'était la volonté du chanoine, puisqu'il ne pouvait, avec sa cape sur le dos, aller défier don Alvaro. Petra s'y retrouvait fort bien dans ces intrigues parce qu'elle lisait des feuilletons, la collection de *Las Novedades* qu'autrefois doña Anuncia avait abandonnée dans son grenier, et elle savait qui doit défier qui, quand on découvre les amours d'une femme mariée. C'est le mari qui défie, et non un prétendant éconduit, encore moins s'il s'agit d'un curé. Il n'y avait aucun doute, le Magistral avait besoin d'elle dans la maison à l'instant critique... si elle s'en allait avant ou après, elle ne lui était plus d'aucune utilité, il pouvait la renvoyer pour cette raison. Il fallait agir très vite, immédiatement. Mais que faire ? Une trahison, c'était entendu, mais comment... ?

Elle y pensait encore en entrant dans la salle à manger, à la nuit tombée, pour allumer la lampe. Elle sentit qu'on la saisissait par la taille et qu'on lui donnait un baiser sur la nuque.

« C'était l'autre; le pauvre, il ne savait pas ce qui l'attendait! »

Après sa conversation avec Ana, don Alvaro l'avait éloignée pour rester seul dans la salle à manger et « lancer l'attaque » sur Petra et lui proposer, entre deux caresses (qui lui coûtaient de plus en plus!), de changer de maîtres. Il n'était pas certain qu'il y eût une place à l'auberge, mais il y régnait en maître et saurait en imposer une. Avec toute la diplomatie que peut déployer un homme qui se croit politique avant tout et qui fait profession de séducteur, il offrit à la jeune fille ce nouveau poste, « qui serait très amusant, et lucratif comme pas deux ». Don Víctor la craignait, doña Ana aussi, chacun pour une raison différente, et lui, don Alvaro, serait beaucoup mieux servi si Petra consentait à quitter la maison.

« Tu comprends, ma fille, tu as commis une faute : traiter ta maîtresse avec hauteur, avec insolence; en soi, ce n'est déjà pas bien, mais en plus elle en a été effrayée, croyant que tu savais quelque chose et que tu abusais de ton secret; il a eu peur aussi, craignant ton chantage, et tu me fais du tort, comme tu peux le comprendre, parce que... tu vois... elle est effrayée... méfiante... et j'en fais les frais. Je n'ai plus besoin de toi dans cette maison, parce que je peux désormais entrer et sortir sans guide... alors que là-bas... à l'auberge tu peux nous être utile... En outre... »

En outre, don Alvaro comprenait qu'il ne pouvait plus payer les services de Petra en démonstrations d'amour, parce qu'il devenait de plus en plus urgent de les économiser; s'il emmenait cette fille à l'auberge, d'autres hôtes avides de ce genre de friandises sauraient l'occuper; quant à lui, il la comblerait désormais de pourboires. En somme, par bien des aspects, Petra la gênait dans la demeure des Ozores. Mais il ne pouvait lui en avouer les raisons.

— Monsieur, dit Petra qui, en dépit de sa récente résolution éprouva une blessure de trois pouces dans son orgueil, Monsieur n'a pas besoin de se donner tant de mal pour me convaincre que je dois quitter cette maison.

— Mais non, ma fille, voyons, si tu le prends en mauvaise part, je n'insiste pas.

— Mais non, Monsieur, laissez-moi vous expliquer... Je veux bien partir ; tout à fait d'accord... mais pour ce qui est d'aller à l'auberge, pas question. Qu'on ait ses caprices et sa bonne volonté est une chose, vous comprenez ? mais c'en est une autre d'être offerte aux amis, d'être promenée de-ci de-là... et...

— Mais chère Petra, il ne s'agit pas de cela, c'est pour ton bien que je...

Don Alvero baissait le ton et Petra le haussait.

Mais la rusée jeune fille, qui savait se dominer quand c'était pour son bien, se maîtrisa, et, changeant de ton et d'attitude, Petra s'excusa, dissimula sa colère et dit que tout était parfait, qu'elle-même demanderait son compte et s'en irait contente, non à l'auberge, mais dans une autre maison; une proposition qu'on lui avait faite mais dont elle ne pouvait encore rien dire pour le moment. Pour le reste, ils restaient amis, et si Monsieur, don Alvaro, avait besoin d'elle, elle restait à sa disposition, parce qu'une parole était une parole ; pour ce qui était de se taire, elle serait comme une tombe. Elle avait tout fait par affection pour une personne, il n'y avait pas de raison de le cacher, et par charité pour une autre, mariée à un vieux gâteux, bon à rien et *toqué,* que c'en était une pitié.

Petra trompa de nouveau Mesía. Elle lui consentit même de nouvelles démonstrations de gratitude dont il se jura que ce seraient les dernières, pour des raisons d'économie qui l'obsédaient.

Ce soir-là, au Cercle, don Víctor apprit que Petra demanderait son compte et s'en irait le lendemain. Quel soulagement ! Quintanar respira comme une forge et étreignit son ami. « Il lui devait plus encore que la vie, la tranquillité de son foyer domestique. »

Don Fermín travaillait dans son bureau, les pieds enveloppés dans un vieux châle de sa mère; il écrivait à la lueur blafarde et maussade de la matinée nuageuse. Il fut distrait par un bruit, leva les yeux et vit doña Paula dans l'encadrement de la porte, pâle, plus pâle que de coutume.

— Qu'y a-t-il, mère?

— Il y a ici Petra, de chez Quintanar, qui veut te parler.

— Me parler...! Si tôt? Quelle heure est-il?

— Neuf heures... Elle dit que c'est urgent... Elle a l'air effrayée... sa voix tremble...

Le Magistral devint aussi pâle que sa mère et se leva machinalement :

— Qu'elle entre, qu'elle entre...

Doña Paula fit demi-tour et sortit dans le couloir, après avoir caressé son fils d'un regard de compassion maternelle.

— Entre... dit-elle à Petra qui, tout de noir vêtue, attendait, la tête penchée sur la poitrine.

Doña Paula voulait dévorer des yeux le secret de la servante. De quoi s'agissait-il ? Elle hésita un instant... faillit interroger... mais se retint et répéta :

— Allons, ma fille, entre.

« Ma fille... se dit Petra, elle me veut chez elle; mon avenir est assuré. »

— Qu'y a-t-il ? cria le Magistral en s'approchant de la servante, comme s'il voulait venir au-devant des nouvelles.

Petra vit qu'ils étaient seuls... et elle éclata en sanglots.

Don Fermín eut un mouvement d'impatience que Petra ne vit pas, parce qu'elle avait les yeux baissés. Le chanoine aurait voulu parler, mais il ne le pouvait pas. Il sentait autour de sa gorge des mains d'airain, et il avait le dos et les jambes secoués de légers tremblements, glacés et incessants.

— Vite! Que se passe-t-il... ? put-il enfin demander.

Petra, sans cesser de geindre, dit qu'elle voulait qu'il l'entendît en confession; elle ne savait pas si ce qu'elle allait faire était une bonne action ou un péché; elle voulait le servir, servir son maître, servir Dieu; en fin de compte, la religion était aussi l'intérêt du prochain, mais... elle se demandait... elle ne savait si elle devait...

— Parle...! Parle...! Je te dis de parler, et vite... Qu'y a-t-il, Petra, qu'y a-t-il... ? Don Fermín appuya discrètement sa main sur la table. Il y eut une pause.

— Parle, pour l'amour de Dieu.

— En confession ?

— Petra, parle... vite...

— Monsieur, je vous ai promis de... tout vous dire...

— Oui, tout, parle.

— Mais maintenant je ne sais... je ne sais... si je dois...

Don Fermín courut à la porte, la vérouilla de l'intérieur, revint aussitôt sur ses pas et, la mine défaite, saisit avec force le bras de la servante et s'écria :

— Assez tergiversé, parle ou je t'arrache les mots de la gorge!

Petra le regarda en face, feignant crainte et humilité : « Elle voulait voir la tête que ferait le chanoine en apprenant que cette grande madame le roulait. »

« Petra expliqua sans détour qu'elle avait vu de ses propres yeux ce qu'elle n'aurait jamais cru voir. Le meilleur ami de son maître, ce don Alvaro qui ne quittait pas don Víctor de la journée... pénétrait le soir venu dans la chambre de Madame par la fenêtre et y restait jusqu'au matin. Elle, Petra, croyant qu'elle se faisait des idées, s'était mise à espionner, pensant ainsi dissiper certains soupçons, et elle l'avait surpris un soir... hélas, c'était bien vrai... cet infâme avait perverti Madame, une sainte... Don Fermín avait raison de redouter...! »

Petra parlait toujours, mais il y avait longtemps que De Pas ne l'écoutait plus.

Dès qu'il eut compris de quoi il retournait, avant d'entendre les phrases crues que la lubrique blonde employait pour décrire l'assaut de la demeure des Ozores par le don Juan vétustain, don Fermín pivota sur ses talons, comme s'il allait s'effondrer, fit deux pas incertains, atteignit la fenêtre et posa sa tête contre les carreaux. Il semblait regarder la rue. Mais il avait les yeux fermés.

Il entendait Petra sans bien comprendre son bavardage; le ton de cette voix aiguë et larmoyante l'importunait, mais pas ce qu'elle disait, car le chanoine n'y prêtait plus attention; il voulait la faire taire, mais il ne le pouvait, il ne pouvait parler, il ne pouvait bouger...

Petra parla tout son soûl. Quand elle se tut, on n'entendit plus que les sons étouffés de la rue, les roues d'une voiture passant au loin, les cris d'un marchand ambulant proposant à pleine voix des serviettes et des dentelles fines.

Le Magistral se disait que la vitre glacée pressant son front était comme une lame qui lui découpait peu à peu la cervelle; il pensait aussi que sa mère, en le faisant rêver d'une soutane, l'avait rendu si malheureux, si misérable, qu'il était la seule chose digne de pitié en ce monde. L'idée vulgaire, fausse et grossière de comparer un prêtre à un eunuque s'insinua dans son esprit en même temps que l'humidité de la vitre glacée. « Oui, il était comme un eunuque amoureux, un objet de risée, une chose répugnante tant elle était ridicule... Sa femme, la Régente, qui était sa femme, sa femme légitime, non devant Dieu ni devant les hommes mais devant eux deux, à ses yeux surtout, face à son amour, à sa volonté de fer, à toutes les tendresses de son cœur, la Régente, sa sœur spirituelle, sa femme, son épouse, son humble épouse... l'avait trompé, l'avait déshonoré, comme une femme quelconque; et lui, assoiffé de sang, ne pensant qu'à tordre le cou de cet infâme, à l'étouffer entre ses bras, sûr d'y parvenir, sûr de le vaincre, de le terrasser, de le piétiner, de le réduire en miettes, en poussière, en fumée, lui, qu'un chiffon ignominieux entravait comme un bagnard, comme une chèvre, comme un cheval enclos dans un pré, lui, curé plus que misérable, caricature d'homme déguisé en anaphrodite, il devait se taire, se mordre la langue, les mains, le cœur, son corps tout entier, et ne pas toucher à l'autre, l'infâme, le couard qui lui crachait au visage, parce qu'il avait les mains liées... Qui le retenait? Le monde entier... Vingt siècles de religion, des millions d'esprits aveugles, paresseux, qui ne voyaient pas l'absurde parce qu'ils n'en souffraient pas, qui appelaient grandeur, abnégation, vertu, ce qui était un supplice injuste, barbare, stupide et surtout cruel... cruel... des centaines de papes, des douzaines de conciles, des milliers de peuples, des millions de pierres de cathédrales, de calvaires et de couvents... toute l'histoire, toute la civilisation, un monde de plomb, pesaient sur lui, sur ses bras, sur ses jambes comme autant de fers... Ana, qui lui avait consacré son âme, la fidélité d'un amour surhumain, le trompait comme s'il était un vulgaire mari imbécile, de chair et d'os... Elle l'abandonnait pour se donner à un misérable dandy, un fat, un godelureau de pacotille, un homme de plâtre, une statue creuse...! Et le monde ne pouvait même pas le plaindre, et sa mère qui croyait l'adorer ne pouvait lui apporter aucun réconfort, pas même celui de ses bras et de ses larmes... S'il se mourait, sa mère serait à ses pieds, caressant ses cheveux, pleurant de désespoir; mais ce qui lui arrivait était pire que la mort, bien pire que d'être condamné... et sa mère n'avait pas une larme, pas un baiser, pas une angoisse, pas même un regard... Il ne pouvait parler, elle ne pouvait deviner, elle ne le devait pas... Il restait un devoir suprême, la dissimulation; silence... pas une plainte, pas un geste! Il voulait se précipiter, poursuivre les traîtres, les tuer... Ah oui? Eh bien, silence... il ne fallait pas lever le petit doigt, pas mettre un pied dehors... Si, dans un moment, à l'office, à l'office! Dire la messe, sans doute... et recevoir Dieu! » Le Grand Vicaire sentit un rire satanique lui secouer le corps; oui, le diable se gaussait dans ses entrailles... et ce rire profond qui plongeait ses racines dans son ventre, dans sa poitrine, l'étouffait... et l'asphyxiait...!

Il ouvrit la fenêtre d'un coup de poing et l'air froid et humide lui apporta une idée lointaine de la réalité; il entendit la toux discrète de Petra qui attendait derrière lui, les yeux fixés sur sa nuque.

Don Fermín referma la baie, se retourna et regarda avec des yeux d'idiot la blonde séchant ses larmes vulgaires. « Ne lui fallait-il pas un instrument pour lutter, pour faire mal? Voilà le seul dont il disposait. »

Petra se taisait, immobile, attendant de servir son maître.

Elle jouissait avec volupté de voir souffrir le chanoine, mais elle voulait davantage, elle voulait continuer son œuvre; qu'on lui ordonnât d'enfoncer dans l'âme de sa maîtresse, cette femme orgueilleuse, toutes ces épines qu'elle venait de planter dans la chair de ce fou de prêtre.

Une voix lente, rauque, atone, qui ne semblait pas venir du bureau, une voix de ventriloque demanda :

— Et toi, que comptes-tu faire... maintenant ?

— Moi... ? quitter cette maison, Monsieur... « Il ne veut pas être franc ? se dit Petra, eh bien qu'il souffre ; il viendra me chercher où je voudrai qu'il vienne. » Quitter cette maison, réitéra-t-elle. Ai-je le choix ? Je ne veux, par mon silence, renforcer la honte de mon maître ; je ne peux y remédier mais je peux quitter cette maison.

— Mais... tu fais bon marché de l'honneur de don Víctor ? C'est ta façon de le remercier du pain... qu'il te donne depuis tant d'années...

— Mais Monsieur, que puis-je faire pour lui ?

— Rien, si tu t'en vas.

— Mais on me renvoie.

— Eux?

— Oui, eux; hier, M. Alvaro (c'est lui qui commande, là-bas... parce que le maître est aveugle et ne voit que par ses yeux), M. Alvaro m'a proprement mise dehors. Je dois partir aujourd'hui. Il m'a offert une place à l'auberge, mais je préfère encore me retrouver à la rue...

— Tu viendras ici, Petra, dit la voix caverneuse qui s'efforçait vainement d'être douce.

Petra se remit à pleurer. « Comment pourrait-elle rendre tant de charité, etc., etc.? »

Cet attendrissement facilita le traité; chacun y mettant un peu du sien, ils aboutirent à un accord infâme qui avait tout d'une intrigue vile et sordide; au début, on feignit la pureté, on invoqua les intérêts supérieurs, mais on oublia vite ces formules; finalement, le Magistral offrit à la jeune fille d'assurer son avenir, de satisfaire ses ambitions; et elle, de son côté, s'engagea à placer Quintanar en face de son infortune de façon si évidente et si concrète que ce monsieur, s'il avait un peu de sang d'homme dans les veines, saurait châtier les traîtres comme ils le méritaient.

A la fin de cette conversation, ils parlaient comme deux complices d'un crime difficile. Le Magistral était avare de mots, hormi de ceux qui éclairaient son projet. « Qu'allait faire Petra pour mettre cette infamie sous les yeux de ce stupide Quintanar? Des révélations? On ne pouvait les lui faire. Des lettres anonymes? C'était risqué... » « Quoi! Pas question, rien de tout cela; il allait voir », répétait Petra avec un plaisir d'artiste, ayant oublié son rôle.

Il y avait là deux criminels fanatiques, mais aucun témoin de l'ignominie; chacun voyait sa vengeance, pas le crime de l'autre ni la noirceur du pacte.

Quand Petra sortit de chez le Magistral, ce dernier sentit en lui poindre un homme nouveau, l'homme qui blessait à mort par vengeance, le criminel aveuglé par la passion, « l'assassin, oui, l'assassin; cette fille était son instrument, lui était l'assassin. Cela ne le gênait pas, non.. mille morts, mille morts pour les infâmes ». « Que ferait don Víctor ? De quelle ancienne pièce de théâtre se souviendrait-il pour se venger dans les règles de cet affront ? La tuerait-il d'abord ? Irait-il défier l'autre ? »

Le lendemain, 27 décembre, don Víctor et Frígilis devaient prendre le train pour Roca Tajada à huit heures cinquante pour être dans les marais de Palomares aux environs de neuf heures et demie. C'était un peu tard pour commencer à traquer les canards et les butors, mais la compagnie n'allait pas affréter un train spécial pour les chasseurs. On se levait donc moins tôt que les années précédentes. Quintanar remontait son réveil pour le faire sonner avec un fracas épouvantable à huit heures précises. En un clin d'œil, il s'habillait, se lavait et descendait dans le Parc où il attendait Frígilis deux ou trois minutes, s'il n'était pas déjà là, et, le temps d'arriver à la gare, il ne leur restait que quelques instants avant le départ du train mixte.

Quintanar se réveilla ce matin-là d'un sommeil agréable et profond — dont il était peu coutumier —, avec plus de frayeur que de coutume, étourdi par la sonnerie stridente, une sorte de râle métallique, haletant et frénétique. Il eut du mal à vaincre sa paresse, bâilla plusieurs fois et se décida à sauter du lit, en dépit de son corps assoupi qui se plaignait d'une heure si matinale et importune. Sa torpeur semblait lui dire qu'il était plus tôt que les autres jours, que le réveil mentait effrontément et que l'heure ne devait pas être, loin s'en fallait, celle indiquée sur le cadran. Le chasseur ne prêta garde à ces raisonnements et, sans cesser de bâiller et de s'étirer, il alla au lavabo où il commença par se plonger la tête dans l'eau froide. Telle était la réponse de don Víctor aux suggestions de la chair misérable qui prétendait retourner se vautrer dans les plumes.

Quand il eut *les idées un peu plus claires,* il reconnut en toute impartialité que sa paresse, ce matin, n'était pas une fantaisie. « Il devait être en effet beaucoup plus tôt que le prétendait le réveil. Pourtant, il était sûr que celui-ci n'avançait pas : il l'avait remonté de sa main et l'avait mis à l'heure le matin précédent. Et malgré tout, il devait être beaucoup plus tôt que ce qu'il annonçait ; il ne pouvait être huit heures, ni même sept, il le voyait au sommeil qui revenait, en dépit de ses ablutions, et la faible lumière du jour le lui disait de façon encore plus autorisée. » « Aujourd'hui, le lever du soleil doit être à sept heures vingt, à quelques minutes près ; or le soleil n'est pas encore levé, c'est indéniable ; certes, l'épais brouillard et les lourds nuages cendreux qui bouchent le ciel obscurcissent le jour, mais qu'importe, le soleil n'est pas encore levé, cette obscurité est trop profonde, il ne doit même pas être sept heures. » Il ne pouvait pas consulter sa montre, parce que la veille, en la remontant, il avait trouvé le spiral cassé.

« Le mieux est d'appeler. »

Il sortit dans les couloirs en pantoufles.

— Petra! Petra! dit-il en voulant crier sans faire de bruit. Petra, Petra... Mais diantre! Comment peut-elle répondre puisqu'elle n'est plus ici... Ah, sacrées habitudes... l'homme est un animal fait d'habitudes.

Don Víctor soupira. Il se réjouissait du fond du cœur de se voir délivré de ce témoin, semi-victime de ses faiblesses; et pourtant, en reconnaissant qu'il criait maintenant en vain « Petra! », il éprouvait une étrange et poétique mélancolie. « Mystères du cœur humain! »

— Servanda! Servanda! Anselmo! Anselmo!

Personne ne répondait.

— Aucun doute, il est très tôt. Ce n'est même pas l'heure du lever des domestiques. Mais alors? Qui a avancé mon réveil...? Un réveil et une montre en panne en deux jours...! Quand le malheur entre dans une maison...

Don Víctor se reprit à douter. Les serviteurs ne s'étaient-ils pas rendormis ? Cette faible lumière n'était-elle pas due à la forte densité des nuages ? Pourquoi ne pas faire confiance à son réveil, puisque personne n'avait pu y toucher ? Et puis, qui pouvait avoir intérêt à l'avancer ? Qui oserait une telle plaisanterie ? Quintanar passa à la conviction contraire : il se dit qu'il pouvait bien être huit heures, il s'habilla en hâte, saisit le flacon d'anis et en but une gorgée, comme le faisait toujours cet ennemi juré du chocolat quand il partait à la chasse, et, passant à son épaule un sac garni d'appétissantes provisions, il descendit dans le jardin par l'escalier du couloir, sur la pointe des pieds, comme toujours, pour ne pas troubler le silence de la maison. « Mais les domestiques l'entendraient à son retour. Paresseux! Maintenant, il n'avait plus le temps de rien faire... Frígilis devait déjà être dans le Parc, l'attendant avec impatience... »

— Mais alors, s'il est vraiment huit heures, de ma vie je n'ai jamais vu de jour plus sombre. Et pourtant, le brouillard n'est pas très épais... non... et le ciel n'est pas si bouché... Je n'y comprends rien.

Quintanar arriva sous la tonnelle, leur lieu de rendez-vous... Chose étrange, Frígilis n'était pas là! Serait-il dans le Parc...? Il mit son fusil à l'épaule et quitta la gloriette.

A ce moment-là, l'horloge de la cathédrale égrena trois coups, comme en bâillant.

Don Víctor s'arrêta, songeur, posa la crosse de son arme sur le sable humide de l'allée et s'exclama :

— On me l'a avancé! Mais qui ? Est-il huit heures moins le quart, ou sept heures moins le quart ? Cette obscurité...!

Sans savoir pourquoi, il ressentit une angoisse étrange, « apparemment, lui aussi avait ses nerfs ». Sans en comprendre la cause, cette incertitude le préoccupait et le gênait beaucoup. « Quelle incertitude ? Il s'était fourvoyé; avec cette lumière, il ne pouvait être huit heures; il était sept heures moins le quart et c'était le petit jour, il en était sûr, maintenant... Mais alors, qui avait avancé son réveil de plus d'une heure ? Qui et pourquoi ? Et surtout, pourquoi cet incident anodin l'atteignait-il tant ? Que pressentait-il ? Pourquoi avait-il l'impression qu'il allait se trouver mal... ? »

Il s'était remis à marcher en direction de la maison qu'on voyait entre les branches dépouillées des arbres plantés serrés en cet endroit. Il entendit un bruit, comme une fenêtre ouverte avec précaution; il fit encore deux pas entre les troncs qui l'empêchaient de savoir de quoi il s'agissait, et finit par apercevoir une baie de sa maison qu'on refermait, et un homme apparemment très grand qui se laissait glisser le long de la balustrade, cherchant du pied la grille d'une fenêtre du rez-de-chaussée pour y prendre appui avant de sauter sur un monticule de terre.

«C'était le balcon d'Anita. »

L'homme s'enveloppa dans une cape aux revers écarlate ; évitant le sable des allées, sautant d'un massif de fleurs à l'autre, puis bondissant à travers le gazon, il atteignit la muraille, dans l'angle qui donnait sur la ruelle des Fossés; d'un saut il se jucha sur un fût à moitié pourri qu'on avait abandonné là et, se servant de bouts de bois fixés dans la pierre — vestiges d'un espalier, il parvint, grâce à ses longues jambes, à se retrouver à califourchon sur le mur.

Don Víctor l'avait suivi de loin, entre les arbres; il avait armé son fusil sans y penser, par instinct, comme à la chasse, mais il n'avait pas visé le fugitif. « Il voulait d'abord savoir qui c'était. » Deviner ne lui suffisait pas.

En dépit de la faible clarté de l'aube, quand cet homme fut à cheval sur la muraille, le propriétaire du Parc n'eut plus aucun doute.

« C'est Alvaro! » se dit don Víctor, et il mit en joue.

Mesía était paisible, regardant vers la ruelle, le visage penché, uniquement attentif à chercher les pierres et les creux qui lui servaient de marches dans cette descente.

« C'est Alvaro! » se répéta don Víctor, qui avait la tête de son ami au bout du canon de son fusil.

« Il était derrière les arbres; l'autre aurait beau regarder vers le Parc, il ne le verrait pas. Il pouvait attendre, réfléchir, il avait le temps, c'était une cible facile; quand l'autre se déplacerait pour se laisser glisser... ce serait le moment. »

« Mais il mettait des années, il mettait des siècles. On ne pouvait vivre ainsi, avec ce canon pesant des quintaux, des tonnes de plomb, et on ne pouvait vivre avec ce froid qui vous rongeait le corps et l'âme... Il aurait préféré se retrouver de l'autre côté du fusil, là-bas, sur le mur... Oui, oui, il aurait échangé sa place. Et pourtant, l'autre allait mourir. »

« C'était Alvaro, et il n'en avait plus que pour une minute! Tomberait-il dans le Parc ou dans la ruelle...? »

Il ne tomba point; il descendit sans hâte du côté de la rue des Fossés, tranquille, en habitué d'une nouvelle escalade, connaissant bien les pierres du mur. Don Víctor le vit disparaître sans cesser de le viser et sans oser bouger son doigt posé sur la détente; Mesía était déjà dans la ruelle quand son ami visait toujours le ciel.

— Misérable! J'aurais dû le tuer! s'écria don Víctor quand il n'était plus temps; et comme assailli de remords, il courut au portail du Parc, l'ouvrit, sortit dans la ruelle et se précipita à l'angle où son ennemi avait sauté. On ne voyait personne. Quintanar s'approcha du mur et vit dans les pierres et les crevasses *l'escalier de son déshonneur.*

« Oui, maintenant il le voyait parfaitement; il ne voyait même plus que cela; et combien de fois était-il passé devant sans soupçonner que par ce mur on accédait à l'alcôve de la Régente! » Il rentra dans le Parc et examina la paroi de ce côté-là. Le fût à demi-pourri qui y était adossé, comme par hasard, et les montants de l'espalier détruit, formaient d'autres marches; celles-ci, il les voyait vingt fois par jour et jusqu'à présent il ne s'était pas douté de ce que c'était : une échelle! Il y vit le symbole de sa vie : là se trouvaient, bien en évidence, les signes de son déshonneur, les marches de la trahison; cette fausse amitié, cette façon de supporter son *théâtre* et ses confidences, de le monter contre M. le Magistral... tout cela était une autre échelle qu'il n'avait jamais vue jusqu'alors, et maintenant, il ne voyait plus autre chose.

« Et Ana ? Ana ! Elle était là, dans la maison, dans son lit; elle était entre ses mains, il pouvait la tuer, il devait la tuer. Puisqu'il avait épargné la vie de l'autre... pour quelques heures, rien de plus, pourquoi ne pas commencer par elle ? Oui, oui, tout de suite, tout de suite, il était décidé, c'était clair, il fallait tuer, qui en doutait ? Mais auparavant... auparavant, il voulait réfléchir, il lui fallait calculer... oui, les conséquences du délit... parce qu'enfin, c'était un délit... C'étaient des infâmes, ils avaient trompé l'époux, l'ami... mais il allait être un assassin, digne d'excuses et de tout ce qu'on voudra, mais un assassin. »

Il s'assit sur un banc de pierre. Mais il se releva aussitôt : le froid du siège l'avait transpercé jusqu'aux os; il éprouvait une étrange paresse dans tout le corps, un égoïsme physique qui parut à don Víctor indigne de lui et des circonstances. Il avait très froid et très sommeil. Involontairement, il y pensait en toute clarté, tandis que les idées qui se rapportaient à son malheur, son opprobe, sa honte, étaient rétives, fuyantes, se mêlaient et refusaient de s'ordonner sous une forme rationnelle.

Il pénétra sous la tonnelle et s'assit dans un fauteuil à bascule. De là, on voyait le balcon d'où don Alvaro avait sauté.

L'horloge de la cathédrale égrena sept heures.

Ces sept coups figèrent dans l'esprit abasourdi de Quintanar la triste réalité... « On avait avancé son réveil. Qui ? Petra, sûrement Petra. C'était une vengeance. Oh ! Une vengeance bien faite. Il trouvait maintenant absurde d'avoir confondu la faible lueur de l'aube avec un ciel nuageux. Et si Petra n'avait pas avancé son réveil ou s'il s'était méfié, peut-être aurait-il ignoré toute sa vie cet horrible malheur... ce malheur qui mettait fin pour toujours à son honneur. Cette paresse d'être malheureux, de souffrir, alliée à la paresse du corps qui réclamait à grands cris ses oreillers et ses draps chauds, engourdissait l'âme de don Víctor qui ne voulait plus bouger, ni sentir, ni penser, ni même vivre. Agir l'horrifiait... Oh, comme il aurait aimé que le temps s'arrêtât ! Mais non, il ne s'arrêtait pas, il passait et l'entraînait à sa suite; il lui criait : bouge, fais quelque chose, fais ton devoir; c'est le moment de tenir tes promesses, tue, brûle, hurle, annonce ta vengeance au monde, renonce à ta tranquillité pour toujours, puise ton énergie au fond de ton sommeil, arrache à tes bâillements les accents de l'honneur outragé, joue ton rôle, c'est à toi, ce n'est pas Perales qui déclame, c'est toi, ce n'est pas Calderón qui invente une affaire d'honneur, c'est la vie, ton maudit sort, c'est le monde misérable que tu croyais si gai, fait pour rire et réciter des vers... Va, va, cours, monte et tue la dame, défie ensuite le galant et tue-le aussi... Il n'y a pas d'autre solution. Et il était incapable, malgré tout cela, de remuer ni pied ni main, il tombait de sommeil et détestait cet état de veille qui lui apportait tant de misères, tant de malheurs, et qui n'en finissait pas! »

« Mais son heure était venue. C'était son drame de cape et d'épée. Le monde aussi en connaissait. Mais comme ils étaient laids, comme ils étaient horribles! Comment pouvait-on se délecter autant de ces trahisons, de ces morts, de ces haines versifiées au théâtre? Comme l'homme était mauvais! Pourquoi se divertir de ses infortunes chez autrui, si elles vous blessaient tant quand elles vous touchaient? Et lui, le misérable, l'homme indigne, le couard, il philosophait tandis que son honneur n'était pas encore vengé...! Il fallait s'y mettre, le temps passait! Autre torture! L'ordre de la représentation, l'ordre du drame! Par où allait-il commencer, qu'allait-il dire, qu'allait-il faire, comment tuerait-il la femme, comment affronterait-il l'homme? »

L'horloge de la cathédrale égrena sept heures et demie.

D'un bond Quintanar sauta sur ses pieds.

— La demie! Une demi-heure en une minute; et je n'ai pas entendu le quart...

« Et Frígilis va arriver... et je n'ai rien décidé... »

Don Víctor eut clairement conscience que sa volonté était inerte, qu'il ne pouvait se décider. Il se méprisa profondément, mais plus profond que le mépris fut le réconfort qu'il éprouva en comprenant qu'il n'avait le courage de tuer personne ainsi, de façon si soudaine.

— Ou je monte et la tue dans l'instant, avant l'arrivée de Tomás, ou je ne la tue pas aujourd'hui...

Il retomba dans le fauteuil à bascule, son angoisse apaisée par le relâchement de ses résolutions, car il ne luttait plus contre sa volonté impuissante; ses sentiments recouvrèrent une partie de leur vigueur et la douleur de la trahison le saisit pour la première fois assez violemment pour lui arracher des larmes.

Il pleura comme un vieillard, et pensa qu'il l'était devenu. Une telle idée ne lui était jamais venue. Son tempérament l'abusait, feignait une jeunesse sans fin; la douleur soudaine du malheur, tombée sur lui comme une averse, avait délavé son esprit chenu.

« Hélas oui, il était un pauvre vieillard; un pauvre vieillard qu'on trompait, qu'on bafouait. Il arrivait à l'âge où il allait avoir besoin d'une compagne, d'un bâton de vieillesse... et le bâton se brisait entre ses doigts, la compagne le trahissait, il allait se retrouver seul... seul; la femme et l'ami l'abandonnaient... »

La douleur, cet attendrissement sur soi-même, firent venir à son esprit des idées plus naturelles et opportunes que celles qu'avait suscitées, dans les hallucinations de la fièvre et de l'insomnie, son indignation déformée par ses lectures romantiques et combattue par sa paresse, son égoïsme et la faiblesse de son caractère.

Il ne ressentait aucune jalousie en cet instant, ni la honte de son déshonneur, il avait oublié le monde et le ridicule qui retomberait sur lui; il ne pensait qu'à la trahison, à la tromperie de cette Ana à qui il avait donné son honneur, sa vie, tout. Hélas, il s'apercevait maintenant que son amour était plus profond qu'il ne l'aurait cru : il aimait plus que jamais et voyait clairement que ce n'était pas la passion d'un amant ni d'un mari épris, mais celle d'un tendre ami, et d'un père... oui, d'un père affectionné, indulgent, et avide de soins et d'attentions!

« La tuer! C'était facile à dire, mais la tuer...! Allons, allons... les comédiens tuent sans hésiter, les poètes aussi, parce qu'ils ne tuent pas vraiment... mais une personne honnête, un chrétien ne tue pas ainsi, tout à coup, sans mourir lui-même de douleur, les personnes avec qui il vit uni par tous les liens de l'affection, de l'habitude... Son Ana était comme sa fille... Et il ressentait son infamie comme peut la ressentir un père : il voulait punir, se venger, mais tuer... c'était trop. Non, il n'en aurait pas le courage, ni aujourd'hui, ni demain, ni jamais, à quoi bon s'abuser soi-même ? Tue celui qui s'aveugle, celui qui hait; il n'était pas aveugle et n'avait pas de haine, il était triste à mourir, baigné de larmes glacées; il sentait sa blessure, comprenait l'ingratitude d'Ana, mais il ne la haïssait pas; il ne voulait — et ne pourrait — la tuer. L'autre, si; Alvaro devait mourir, mais face à face, en duel, et pas d'une balle, non; il le tuerait à l'épée, c'était plus noble, plus digne de lui. Frígilis devait se charger de tout. Mais quand ? Maintenant ? Dès qu'il arriverait ? Non... il n'osait pas non plus le lui dire de but en blanc. Après avoir parlé à quelqu'un de cette honteuse découverte, il n'y aurait pas moyen de faire marche arrière, c'est-à-dire de changer d'avis, de différer ou de modifier la vengeance. Dès qu'on le saurait, il faudrait agir vite, radicalement ; ainsi l'exigeaient le monde et le code de l'honneur ; en définitive, il était un mari trompé... Elle, il faudrait la conduire dans un couvent. Quant à lui, il rentrerait dans son pays, si Mesía ne le tuait pas; il se réfugierait à La Almunia de don Godino. »

A ce point de ses réflexions, l'infortuné époux se souvint qu'Ana, quelques mois auparavant, lui avait proposé un voyage à La Almunia. « S'il l'avait accepté, peut-être aurait-on pu éviter ce malheur... irréparable! Oui, irréparable, qui pouvait en douter ? »

« Et Petra ? Maudite Petra...! C'est elle qui me rend si malheureux, elle qui me précipite au fond de ce puits de noir chagrin d'où je ne sortirai plus, quand bien même je tuerais le monde entier, mettrais Mesía en pièces et enterrerais vive cette pauvre Ana... ! Ah, Ana aussi va être bien malheureuse ! »

La cathédrale égrena huit heures. « Huit heures ! Je devrais me réveiller maintenant... et ne rien savoir. »

Cette pensée le fit rougir. Dans son esprit éclata le mot grossier qu'utilise le vulgaire dans son mauvais parler pour désigner les maris qui tolèrent leur deshonneur... De nouveau la colère s'empara de lui, et, d'un souffle violent, balaya sa douleur attendrie... « Vengeance!

Vengeance! se dit-il, ou je suis un misérable, un être digne de mépris... »

Il entendit des pas sur le sable, releva la tête et aperçut Frígilis devant lui.

— Bonjour ! On dirait qu'on s'est levé tôt, dit Crespo, qui aimait bien être toujours le premier.

— Allez, on y va, repartit don Víctor après s'être remis debout et avoir mis son fusil en bandoulière.

La présence de Frígilis l'avait effrayé; il mit cette faiblesse à profit pour prendre soudain un parti. Il se décida enfin. Il décida de se taire, de dissimuler, d'aller à la chasse. « Là-bas, dans les prairies des marais, seul à l'affût, pendant cette triste journée qui allait être si longue, il réfléchirait... et au retour il aurait sans doute conçu un plan, il en parlerait à Tomás et l'enverrait jeter son défi à l'autre, s'il décidait de procéder ainsi. Pour le moment, silence et dissimulation. On ne pouvait pas tout faire sauter sur un coup de tête. La découverte qu'il devait à Petra ne devait pas être révélée n'importe comment. Il pouvait tout dire à Frígilis, mais en son temps. »

Ils sortirent du Parc. Quintanar lui-même ferma la grille avec sa clé. Crespo était parti en avant. Don Víctor regarda au fond du jardin, vers la demeure qui lui paraissait maintenant changée... « Que faisait-il ? Était-il un poltron repoussant sa vengeance ? Non, parce que... ils ne soupçonnaient rien, ils ne s'enfuiraient pas, aucun danger! Silence et dissimulation, c'était ce qu'il fallait dans l'immédiat. Et beaucoup réfléchir. Quoi qu'il décidât, ce serait grave! » l'idée de la responsabilité immense de ses prochains actes l'angoissait. Sentir que de sa volonté, toujours versatile, impressionnable et faible, allaient maintenant dépendre des événements si importants, le sort de plusieurs personnes, le plongeait dans une espèce de panique muette et désespérée. Il avait des velléités d'appeler Frígilis, de tout lui dire, de tout remettre entre ses mains... Frígilis avait beau être un rêveur, il avait, le moment venu, plus de bon sens que lui; il aurait plus de sens pratique... Que ferait-il ? »

Dans l'immédiat, suivre Tomás jusqu'à la gare. Et se taire. Il serait toujours temps de parler.

Le ciel était toujours cendreux; comme tombant des cintres, des nuages de plus en plus nombreux et plombés apparaissaient derrière les pics et plateaux du Corfín, roulaient sur ses flancs, se traînaient sur ses cimes, glissaient vers Vetusta et emplissaient l'espace d'une tristesse grise, muette et sourde.

« Il ne fait pas froid », fit observer Frígilis en arrivant à la gare. Il n'avait, pour s'abriter, que son écharpe à carreaux. Mais il prétendait que sa veste valait le cuir d'un proboscidien : ni les balles, ni les rhumes ne pouvaient la traverser.

Quintanar, en revanche, le corps emmitouflé dans sa grosse capote, devait faire des efforts pour ne pas claquer des dents.

— Non, il ne fait pas très froid! dit-il, par crainte de se trahir.

« Par chance, c'est un somnambule qui ne cherche jamais à savoir si les autres ont une tête à rire ou à pleurer. Je dois être pâle et défait... mais cet égoïste ne voit rien du tout. »

Ils montèrent dans une voiture de troisième classe. Sur sa banquette, Frígilis rencontra d'anciennes connaissances, deux éleveurs de retour de Castille qui, après avoir passé la nuit à Vetusta, rentraient dans la chaleur de leur foyer, au fond de la campagne. Crespo, comme s'il n'y avait au monde ni peines ni amis en train de s'y noyer, gai, arborant cet air insolemment réjoui que lui inspiraient les gelées matinales les plus froides de l'année, se frottait les mains et parlait du prix du bétail, des avantages du métayage, loquace comme on ne le voyait jamais à Vetusta. Il semblait qu'à mesure que le train s'éloignait des toits d'un rouge sale, presque noir, de cette ville triste, plongée dans le sommeil et la brume, l'âme de Frígilis prenait son essor, que ses poumons d'airain respiraient à leur aise.

« Cet aveugle si malencontreusement joyeux et bavard ne soupçonnait pas que son ami, son meilleur ami, avait eu la tentation, au démarrage du train, de se précipiter sur le quai, puis celle de se précipiter par la fenêtre sur la voie et de courir, de courir à perdre haleine jusqu'à Vetusta, d'entrer dans la demeure des Ozores et de larder de coups de poignard le sein d'une infâme... »

Oui, c'était ce qu'avait failli faire don Víctor, étouffant de honte et de colère face à ce vil adultère, face à lui-même, quand il avait senti que le train s'ébranlait et l'éloignait des lieux du crime, de son déshonneur et de sa nécessaire vengeance...

« Je suis un misérable, je suis un misérable! » hurlait Quintanar dans son for intérieur tandis que le train volait, laissant Vetusta loin derrière lui, si loin, qu'au-delà des collines et des arbres dénudés, on ne voyait plus que la tour de la cathédrale, comme une banderole noire se détachant sur le fond blanchâtre du Corfín enveloppé de brume qu'un soleil timide éclairait par le travers.

« Je fuis mon déshonneur au lieu de laver l'affront, je le fuis... cela n'a pas de nom... oh, si... il y en a un! » Et vlan! le nom que cela portait, selon Quintanar, éclatait comme un bâton de dynamite dans l'esprit du pauvre vieillard.

« Voilà ce que je suis, voilà! » Et il se le répétait à lui-même en toutes lettres et si haut qu'il lui semblait impossible que ses voisins ne l'entendissent pas.

« Mais le train s'éloignait de Vetusta, sifflait, le sifflait, et il n'avait pas le courage de se lancer dehors, de retourner à la ville... il allait attendre plus de douze heures avant de revoir sa demeure, il différait sa vengeance de plus de douze heures...! »

Ils traversèrent un tunnel et il ne resta plus rien de Vetusta ni de son paysage. C'était un autre panorama; ils tournaient le dos à la montagne;

des sommets rougeoyants, des coteaux monotones s'éloignaient comme une houle symétrique et bouchaient l'horizon, à gauche de la voie. De ce côté-là, le ciel était sombre, les nuages bas, s'effilochant comme de grands sacs de linge sale sur les collines lointaines; à droite, des champs de maïs, déserts maintenant, laissaient apparaître la terre, noire d'humidité; entre les taches de terre nue s'insinuaient des bois rabrougris, par endroits, et des pommeraies tristes maintenant avec leurs pommiers sans feuilles et leurs branches effilées, comme des mains et des doigts de squelettes. De ce côté, le ciel semblait vouloir se dégager, la brume faisait pâlir les nuages hauts et ténus qui commençaient à se déchirer. Sur l'horizon, vers la mer, s'étalait une frange laiteuse, uniforme et d'une teinte constante. Sur les châtaigneraies aux allures de ruines montrant au grand jour ce qui était le mystère de leur feuillage en été, sur les forêts de rouvres, les champs dénudés et les tristes pommeraies passaient de temps en temps, en formation de triangle macédonien, des bandes de corbeaux allant vers la mer, naufragés de la brume, silencieux parfois, et parfois plaintifs, lançant leurs croassements lugubres qui atteignaient le sol étouffés, comme une lamentation souterraine.

Tandis que Frígilis débattait de la convenance d'abandonner le maïs et de se consacrer à la culture intensive des prés, don Víctor, la tête appuyée sur le dur dossier d'une voiture de troisième classe, regardait le ciel sombre et voyait disparaître dans le brouillard une phalange de corbeaux aux confins de ce désert d'espace. C'était une tache d'encre, puis une impression du regard, puis rien.

« Lugarejo, deux minutes d'arrêt! » s'écria une voix rapide et rauque.

Don Víctor passa la tête par la fenêtre. La gare, triste cabane glacée, toute peinte d'une couleur chocolat, était à portée de sa main, ou peu s'en fallait. Au-dessus de l'entrée, une femme blonde d'une trentaine d'années était à la fenêtre, donnant le sein à un enfant.

« C'est la femme du chef de gare. Ils vivent dans ce désert. Les bienheureux! », songea Quintanar.

Le chef de gare passa. On aurait dit un mendiant. Il était jeune, plus jeune que la femme qu'on voyait à la fenêtre.

« Ils doivent s'aimer. Elle au moins doit lui être fidèle. »

« Après s'être abandonné à cette conjecture, don Víctor se laissa retomber sur son siège. Il ferma les yeux et dissimula son visage comme il put avec sa main. Le train s'ébranla de nouveau. Les fracas du fer et du bois et les trépidations régulières faisaient comme un chant qui appelait le sommeil. Quintanar, sans le vouloir, mesurait le rythme des roues, lourdes et grinçantes, avec la cadence d'une marche que chantait sa grive, l'orgueil de sa maison... Puis il compara l'allure du train à celle d'une certaine polka... et puis il s'endormit.

Une demi-heure plus tard, ils arrivaient à la gare où ils descendaient du train pour prendre à pied la route qui les conduisait aux marais de Palomares.

Don Víctor s'éveilla en sursaut : Frígilis lui avait donné une tape sur l'épaule.

Il avait rêvé de mille sottises incohérentes : lui-même, habillé comme un chanoine à l'office, mariait don Alvaro et la Régente dans l'église paroissiale du Vivero. Don Alvaro aussi était en tenue ecclésiastique, mais il avait moustaches et barbiche... Puis, tout trois s'étaient mis à chanter la scène du piano du *Barbier*; don Víctor, quant à lui, s'était approché de la rampe pour déclamer d'une voix fêlée :

Quando la mia Rosina...

comme un seul spectateur, le public de l'orchestre s'était mis à croasser en l'entendant... Les fauteuils étaient pleins de corbeaux qui ouvraient tout grand le bec et tordaient le cou avec des ondulations de couleuvre... « Un cauchemar », se dit Quintanar en se mettant à marcher, encore à moitié endormi, sur la route descendant de Palomares. Ils étaient à Roca Tajada; à droite, le mont Areo s'élevait à pic, fendu par ce défilé, gorge resserrée où ne passaient que l'étroite route et l'Abroño que le chemin franchissait au milieu du défilé, perpendiculairement à la rivière, par un pont de pierre blanche.

Après avoir mangé à Roca Tajada, à la taverne de Matiella, buraliste et maçon, grand ami de Frígilis, nos deux amis chasseurs quittèrent la grand-route pour rejoindre, par les prairies fangeuses d'herbe haute, vert foncé, les berges de l'Abroño, plus large en cet endroit, bordé d'ajoncs et de sable, ridé de vertes vaguelettes venues de la mer toute proche.

Frígilis et Quintanar traversèrent la rivière en barque et entreprirent de gravir une colline surmontée d'un hameau de maisons blanches, séparées par des pommeraies et des bois de lauriers, de pins à la cime large et ronde, et de minces peupliers. Le ton vert des pinèdes, des lauriers et de quelques orangers de jardins, se détachant sur le vert plus clair des prairies en pentes, propres et comme découpées au ciseau, égayait le sommet et tranchait sur le ciel laiteux et les murs blancs qui absorbaient la lumière du jour, diffuse et comme cernée par les nuages ténus. A mesure qu'ils gravissaient le flanc du coteau, première marche vers la colline, la terre devenait plus ferme, l'herbe s'éclaircissait et se raréfiait. Frígilis s'arrêta pour contempler le mont Areo qui lui faisait face, la rivière serpentant à ses pieds et la frange de mer bleutée semée de taches blanches qu'il apercevait dans un coin de l'horizon, et qui paraissait plus élevée que le cours d'eau, comme une sombre paroi montant jusqu'aux nuages.

Quintanar s'assit sur un rocher que la prairie avait laissé à découvert. Ils virent venir de l'Areo, passant très haut au-dessus de la rivière, un vol de grives d'eau. Quand elles furent à portée de fusil, Frígilis tira ses cartouches, mais si malencontreusement qu'il ne réussit qu'à disperser leurs rangs serrés.

— Tire donc, nigaud! s'écria Crespo, furieux.

Quintanar se leva, visa et fit feu; quatre grives d'eau tombèrent, atteintes par les plombs qui — se dit don Víctor en cet instant — auraient dû se trouver dans la cervelle de son ami, ce traître, cet infâme don Alvaro.

« Oui, ce coup lui était destiné; les grives innocentes tombaient par poignées quand le ravisseur de son honneur vivait encore. » Et, chose étrange, en visant la tête d'Alvaro, dans le Parc, il ne se souvenait pas que la cartouche mortelle était chargée à plomb; il la croyait à chevrotines ou à balle.

Bien à contrecœur, en dépit du malheur qui l'écrasait, le chasseur éprouva le plaisir de la vanité satisfaite. « Frígilis avait tiré deux fois et... rien; lui, une seule et... quatre... Oui, quatre, là, par terre, saignant dans la prairie, mêlant leurs gouttes rouges à la gelée blanche qui recouvrait l'herbe. »

Une demi-heure après, Frígilis prenait sa revanche en tuant un superbe canard marin. Quintanar, pour le plaisir, tua un corbeau qu'il ne ramassa même pas.

Ils chassèrent jusqu'à midi, l'heure de manger leurs provisions. Les chiens de Frígilis s'ennuyaient. Cette chasse où ils jouaient un rôle secondaire leur paraissaient une honte; ils bâillaient et obéissaient à peine à la voix de leur maître.

Après avoir pris leur repas froid et bu quelques bonnes gorgées, don Víctor sentit sa peine quadrupler en intensité. Tout lui semblait très clair, toute l'énormité de sa découverte du matin lui faisait l'effet d'un classique traité d'histoire. Ce qui s'était passé, ce qui allait se passer, s'étalait sous ses yeux comme un panorama. Il était démangé du désir de parler et de l'envie de pleurer. Pourquoi n'ouvrait-il pas son cœur à son ami bien-aimé, au seul, à son seul et véritable ami? Il ne l'ouvrit point. « Ce n'était pas le moment. »

Ils se séparèrent pour traquer un vol de pies-grièches qui passaient d'un pré à l'autre, toujours en éveil. Ces oiseaux-là n'étaient pas comestibles, mais Frígilis leur avait déclaré la guerre parce qu'ils se moquaient des chasseurs avec une sorte d'ironie et de sarcasme qui semblaient intentionnés. Ils attendaient, *feignaient* d'être distraits, dissimulaient leur vigilance et, au moment où Frígilis s'apprêtait à tirer, caché derrière un buisson... ces maudits s'envolaient en criant comme des sorcières surprises en plein sabbat. Voilà pourquoi il les pourchassait obstinément, avec hargne.

Ils se séparèrent. Si les pies-grièches s'élançaient d'un côté, abandonnant un pré qu'elles avaient teint de leur plumage noir, elles se trouvaient sous le tir de Crespo; si elles partaient de l'autre côté, c'était don Víctor qui tirait.

Ce dernier se retrouva seul, sur un coteau dominant la vallée. Le soleil n'était pas parvenu à dissiper la brume ; on le distinguait à travers un rideau blanchâtre, comme une lune de théâtre faite d'une tache d'huile étalée sur du papier. Au loin, criaient des oiseaux de mauvais augure annonçant l'hiver, qu'on voyait apparaître ensuite sous les nuages, volant hors de portée, sans craindre les chasseurs, mais tristes, las de la vie, supposait Quintanar.

« La campagne était mélancolique. L'hiver semblait tout nu. Et pourtant, comme la nature était belle! Comme elle avait l'air paisible...! C'étaient les hommes et eux seuls qui avaient engendré les haines, les trahisons, les lois de convention qui mettent l'infortune au cœur! » La philosophie de Frígilis, ce penseur agronome méprisant la société et ses *faux principes,* avec ses préjugés, ses outrances et ses violences, apparut à Quintanar, dont le corps rassasié réclamait sa sieste, comme étant la philosophie véritable, le savoir unique, éternel. « Vetusta était là-bas, derrière quantité de montagnes, et qu'était-elle comparée au vaste monde? Rien, un point. Et toutes les villes, tous les trous où l'homme, cette fourmi, bâtissait son abri, qu'étaient-ils, comparés aux forêts vierges, aux déserts, aux cordillères, aux vastes mers...? Rien. Et les lois de l'honneur, tous les préjugés de la vie en société, qu'étaient-ils à côté de ces grandes et immuables lois naturelles auxquelles obéissaient les astres du ciel, les vagues de l'océan, le feu du centre de la terre et la sève circulant dans les plantes? »

Un moment, Quintanar eut le vif désir de se laisser pousser branches et racines, de se couvrir de mousse comme un de ces chênes séculaires qu'il voyait sur les cimes du mont Areo. « Végéter était bien mieux que vivre. »

Au loin, il entendit un coup de feu, puis le tintamarre des pies-grièches s'envolant avec force cris stridents; il les vit passer au-dessus de sa tête mais ne bougea point. « Qu'elles aillent au diable. » Il pensait à Thomas Kempis. Oui, Kempis, qu'il avait oublié, avait raison : la croix était partout. « Règle, disait le sage ascète, règle et ordonne toutes choses à l'aune de ton point de vue et de ta volonté, et tu découvriras que toujours quelque chose te fera souffrir, ne t'en déplaise. Tu trouveras toujours la croix. »

Il se souvenait aussi de : « Tu penseras parfois que Dieu t'abandonne, ou bien tu seras mortifié par ton prochain; pis encore, tu seras importun à toi-même. »

« Oui, mon prochain me mortifie, et je m'importune moi-même. Je me fais du mal à m'en faire saigner le cœur... Je ne sais que faire, ni même que penser. Anita me trompe, c'est une infâme, oui... mais moi, ne l'ai-je pas trompée? De quel droit ai-je uni ma froideur de vieillard distrait et ennuyeux aux ardeurs et aux rêves de sa jeunesse romantique et exaltée? Et pourquoi me suis-je targué de mon âge pour ne point servir comme soldat du mariage si j'ai prétendu, plus tard, me battre comme contrebandier de l'adultère ? N'y a-t-il pas aussi d'homme adultère, en dépit de ce que prétendent les lois ? »

Tant de philosophie l'agaçait, mais il ne pouvait faire autrement. Il comprenait que ces réflexions l'éloignaient de sa vengeance, qu'au fond de lui-même il n'en voulait plus, qu'il voulait châtier avec la droiture d'un juge et sauver son honneur, rien de plus. Cela même l'irritait. Puis, il s'attendrissait derechef sur lui-même, évoquait encore l'image de sa vieillesse solitaire... et les butors, là-haut dans le ciel gris, psalmodiaient leurs plaintes comme on réciterait le Kempis dans une langue inconnue.

« Oui, la tristesse était universelle ; le monde n'était que pourriture ; et l'être humain, plus pourri que tout. »

Et toujours, il en tirait la conclusion qu'il ne savait pas ce qu'il devait faire, ce qu'il devait penser, ni même ce qu'il devait éprouver.

« De toute façon, les drames de cape et d'épée mentaient honteusement ; le monde n'était pas ce qu'ils disaient : on ne transperce pas le corps de son prochain en lui laissant à peine le temps de réciter un quatrain. Les hommes d'honneur, gent chrétienne, ne tuent pas autant, et pas si vite. »

Ce soir-là, alors qu'ils rentraient seuls à Vetusta dans un wagon de seconde, redoutant le froid des troisième classe, Frígilis, qui contemplait le triste paysage à la lueur de la lune (cette fois, elle l'avait emporté sur le soleil et avait su déchirer le rideau de nuages), Frígilis entendit derrière lui un soupir semblable à un souffle de mine. Il tourna la tête et dit :

— Mais enfin, que t'arrive-t-il ? Toute la journée, je t'ai vu préoccupé, tout triste... Que se passe-t-il ?

La lampe du plafond, qui éclairait deux compartiments, perçait à peine les ténèbres de cette voiture qui ressemblait à un corbillard.

Frígilis distinguait mal le visage de don Víctor, mais il l'entendit soudain pleurer comme un enfant, et il sentit la tête lourde et chenue de son ami s'appuyer sur son épaule. Oui, le pauvre vieil homme se laissait aller, avec affection et confiance, avec tout le poids d'un mort qui s'affaisse. On aurait dit qu'il abdiquait toute pensée, toute initiative.

— Tomás, j'ai besoin de tes conseils. Je suis très malheureux ; écoute...

Chapitre trente

— Et maintenant, fais bien attention à ce que tu vas faire.

— Tu n'entres pas?

— Non, non... Je suis pressé, j'ai à faire.

— Alors tu me laisses seul!

— Je repasserai si tu veux... mais... il vaudrait mieux que tu te couches vite. Demain, je viendrai tôt.

— Je te ferai remarquer que je n'ai pas dit oui.

— Bon, bon... adieu.

— Attends, attends... ne me laisse pas seul... pas tout de suite. Je ne t'ai pas dit oui; peut-être que... j'y réfléchirai davantage et... que je me déciderai à prendre la direction opposée.

— Mais pour le moment, Víctor, prudence et dissimulation... Enfin, si tu ne veux pas risquer un malheur. Tu le sais bien...

— Oui, oui! Benítez pense qu'une grande frayeur, une impression forte...

— Peuvent la tuer; exactement.

— Elle est malade!

— Oui, bien plus que tu ne crois.

— Elle est malade! Et une frayeur, une grande frayeur... peut la tuer.

— Exactement, comme tu le dis.

— Et je dois rentrer, garder par devers moi toute ma rancœur, ravaler tout ce fiel... et faire semblant, parler avec elle pour qu'elle ne se doute de rien et ne s'effarouche point... et ne meure pas sur place...

— Oui, Víctor, oui; tu dois faire tout cela.

— Mais reconnais, Tomás, que c'est plus facile à dire qu'à faire; admets que le marteau de cette porte me fait peur, comprends qu'il m'inspire autant de répulsion que si c'était du fer en fusion...

Frígilis ne répondit pas à ces propos.

Ils venaient de la gare et se trouvaient devant le portail de la demeure des Ozores, à peine éclairé, par endroits, par une lanterne dorée suspendue sous la voûte.

Quintanar n'avait pas le courage de monter chez lui. Il ne voulait pas frapper. « On lui ouvrirait, Ana viendrait à sa rencontre, oserait lui sourire comme à son habitude, offrirait peut-être son front à ses lèvres pour qu'il y déposât un baiser... Et il lui faudrait sourire, l'embrasser, se taire... et aller se coucher en toute sérénité, comme chaque soir... Tomás devait comprendre que c'était trop... »

En outre, les révélations de Frígilis concernant la santé d'Ana avaient fait à l'ex-régent l'effet d'un coup de massue sur la tête. « Cette gaieté, cette exaltation qui l'avaient conduite... au crime, à l'infamie d'une trahison... étaient une maladie! Ana pouvait mourir soudainement, à tout moment; une impression extraordinaire, de douleur comme de joie, mais de douleur surtout, pouvait l'emporter en quelques heures... » Voilà ce qu'avait répondu Frígilis à l'histoire de son ami. Fusillons Mesía, si cela peut te consoler, avait-il dit, mais il faut attendre, il faut éviter le scandale, et surtout, il faut éviter la frayeur et l'effroi qui saisiraient ta femme si tu pénétrais dans son alcôve comme les maris sur scène... Ana, coupable selon les lois divines et humaines, ne l'était pas au point de mériter la mort, du point de vue de Frígilis.

— Qui veut la tuer? Pas moi! avait interrompu don Víctor en entendant ces mots.

Mais Frígilis avait répliqué :

— C'est pourtant ce que tu veux, si tu lui dis que tu sais tout. Il faut réfléchir à ce qu'il faut faire; je ne dis pas que tu dois lui pardonner, que c'est là la seule solution; mais reconnais que le pardon est aussi une solution.

— Lui pardonner, c'est composer avec mon déshonneur...

— On a le temps de voir. Es-tu chrétien?

— Oui, de tout mon cœur, de plus en plus... Tu sais, je ne vois plus pour mon âme d'autre refuge que la religion.

— Bon, alors si tu es chrétien, nous verrons si tu dois pardonner ou non. Mais il ne s'agit pas encore de cela : il s'agit de ne pas couper la voie du pardon avant de voir s'il est possible. Ne porte pas encore à ta femme ce coup mortel d'entrer dans sa chambre en t'écriant : « A mort l'épouse infidèle! », auquel elle répondra : « Jésus, Jésus, Jésus! » avant de tomber raide. Je ne sais si elle dirait « Jésus, Jésus », mais je suis sûr qu'elle tomberait. Tu comprends, avant de la tuer, il faut voir si nous en avons le droit.

— Non, je ne l'ai pas, ma conscience me le dit...

— Elle a raison. Et je n'ai pas le droit de te conseiller une solution tragique. Quand je t'ai marié avec elle, parce que c'est moi qui t'ai marié, Víctor, tu t'en souviens, j'ai cru faire votre bonheur à tous les deux...

— Tu ne semblais pas t'être trompé. Tu avais fait le mien. Le sien aussi... apparemment pendant plus de dix ans.

— Apparemment; mais le ver était dans le fruit... Pendant dix années, elle a été bien : la vie est courte... C'est déjà quelque chose.

— Écoute, Frígilis, ta philosophie n'est pas faite pour consoler un mari dans ma situation... Je sais déjà tout ce que tu peux me dire, et beaucoup plus... Ce n'est pas ce qui va me consoler...

— Dans ta situation, à mon avis, la consolation ne peut venir qu'avec le temps et une lente et longue réflexion... Mais pour l'instant, il ne s'agit pas de toi, il s'agit d'elle. Tu t'obstines à vouloir larder le corps de Mesía de coups de fleuret ou d'épée ? Soit; mais il faut voir quand et comment. Il faut garder son calme. Maintenant que tu connais la maladie d'Ana, secret que Benítez m'a imposé et que je trahis vu la gravité de la situation, maintenant que tu sais qu'elle peut succomber devant une telle révélation...

— Mais ce qu'elle fait n'est-il point pire que de savoir que je le sais ? Qui te prouve qu'elle ne me méprisera pas, qu'elle ne cherchera pas à s'enfuir avec l'autre ?

— Víctor, ne sois pas idiot! L'autre... est une fripouille. Il s'est contenté d'attendre que tombe le fruit mûr... Elle n'est pas amoureuse de Mesía... Dès qu'elle verra que c'est un poltron qui l'abandonne plutôt que de se battre pour elle... elle le méprisera, le maudira... et les remords la ramèneront à toi, qu'elle a toujours aimé.

— Qu'elle a aimé!

— Oui, plus qu'un père. Est-il meilleure preuve que tout son passé ? Pourquoi s'est-elle faite mystique... ? Et la pauvre... a dû aussi subir des attaques... d'un autre côté, il me semble... de... mais bon, ne parlons pas de cela. Pourquoi a-t-elle lutté comme elle l'a fait sans aucun doute ? Parce qu'elle t'aimait... parce qu'elle t'aime... elle t'aime beaucoup...

— Et elle me trahit!

— Elle te trahit ! Elle te trahit... ! Bon, n'en parlons plus... tu as dit que tu ne voulais pas de ma philosophie. En tout cas, si tu déclenches là-haut la scène de l'honneur outragé, elle sera immédiatement suivie d'un enterrement.

— Fichtre, tu dis les choses d'une façon...!

— C'est la vérité. Un drame complet. Mais en dernier recours, si la colère t'aveugle à ce point, si tu ne peux entendre mes arguments ni ta conscience qui, pourtant, te parle clair, frappe, monte, fais scandale, brûle la maison... Ou plutôt n'en fais pas tant, car en quelques mots, tu effraieras suffisamment Ana pour qu'elle tombe raide et qu'éclate en son corps une de ces choses auxquelles tu ne crois pas, mais qui sont à la vie ce que les fils sont au télégraphe. Si tu es furieux, si tu ne peux te contenir, toi aussi tu auras des excuses, quoi que tu fasses. (Pause). Sinon, Quintanar, Dieu ne t'accordera pas son pardon.

Crespo prononça ces derniers mots d'une voix solennelle, grave, vibrante, qui fit trembler son ami.

C'est après ce dialogue, commencé sur le chemin de la gare à la maison et poursuivi sous le porche, que Quintanar s'approcha de la porte pour soulever le marteau, tandis que Frígilis s'exclamait :

— Et maintenant, fais bien attention à ce que tu vas faire.

Frígilis était pressé et voulait quitter don Víctor le plus tôt possible pour courir à la recherche de don Alvaro et le prévenir de ce que Quintanar connaissait sa trahison, pour l'empêcher d'escalader le Parc cette nuit-là et de se rendre à son rendez-vous, comme il était sans doute convenu. Crespo pensait que don Víctor ne soupçonnait pas - il n'avait d'ailleurs jamais soupçonné grand-chose — que cette nuit-là se répéterait la scène de la nuit précédente, qui devait déjà être une vieille habitude : don Alvaro, qui n'avait pas vu sa victime aux aguets dans le Parc, pouvait fort bien recommencer, être surpris par Quintanar, et il était alors impossible d'éviter une tragédie. En outre, Frígilis avait la conviction que don Alvaro s'enfuirait de Vetusta dès qu'il lui aurait dit que Quintanar voulait le provoquer en duel. Il avait de bonnes raisons de croire que le don Juan était un poltron.

« Et ce don Víctor qui ne voulait pas le lâcher! »

Finalement, après s'être de nouveau engagé à dissimuler, à cacher sa douleur, sa colère, et le reste, mais pour cette seule nuit, le digne régent en retraite frappa un coup de marteau énergique et concis qui retentit dans la cour comme au temps où la maison était honorable et le chef de famille respecté, voire aimé.

— Adieu, adieu, à demain matin, tôt! dit Frígilis en se dégageant de la main tremblante qui s'accrochait à son bras.

« Égoïste, se dit don Víctor en se retrouvant seul, c'est le seul être au monde qui m'aime... et il est égoïste! »

La porte s'ouvrit. Il hésita un instant... Il eut la sensation qu'un courant d'air gelé sortait de la cour...

Il entra, et en se retournant vers le portail pour fermer la porte, il vit qu'entrait derrière lui un fantôme immense et noir; pas à pas, au-delà de l'entrée, il s'approchait de lui et ôtait son chapeau, un chapeau d'ecclésiastique.

— Mon cher don Víctor! dit une voix mielleuse et tremblante.

— Comment! Vous? C'est vous... monsieur le Magistral...! Un frisson glacé, signe précurseur d'une syncope, parcourut tout le corps de l'ex-régent, tandis qu'il ajoutait, feignant une voix sereine : A quoi dois-je... à pareille heure... l'honneur? Que se passe-t-il...? Quelque malheur...?

« Mais cet homme ne sait-il donc rien? » se demanda De Pas, qui avait l'air d'un déterré.

Il regarda don Víctor à la lueur de la lampe de l'escalier et lui vit le visage défait; et don Víctor trouva l'autre si pâle, et avec un tel regard, qu'il lui inspira une terreur vague, superstitieuse, la terreur du mal incertain. Jusque-là, le Magistral n'avait pas dit un mot, se contentant de serrer la main de don Víctor et de l'inviter, d'un geste à la fois gracieux et énergique, à gravir cet escalier.

— Mais que se passe-t-il ? répéta don Víctor à voix basse sur le premier palier.

— Vous revenez de la chasse ? répondit l'autre d'une voix faible.

— Oui, monsieur, avec Crespo. Mais qu'arrive-t-il ? Il y a si longtemps... et à pareille heure...

— Dans votre bureau, votre bureau... Il n'y a pas de quoi s'alarmer... dans votre bureau...

Anselmo éclairait son maître suivi du Magistral dans les couloirs de la demeure.

« Il ne demande pas où est Ana », se dit De Pas.

— Madame n'a pas entendu frapper, elle est dans son boudoir... Monsieur veut-il que je la prévienne ? interrogea Anselmo.

— Hein ? Non, non, laisse... je veux dire... si M. le Magistral veut me parler seul à seul... et le maître de maison se retourna en prononçant ces mots.

— Oui, parfait ; dans votre bureau... entrons dans votre bureau...

Ils entrèrent. Les tremblements de Víctor étaient maintenant visibles. « Qu'allait lui dire cet homme ? Que voulait-il...? »

Anselmo alluma deux lampes à huile et sortit.

— Écoute, si madame me demande, dis-lui que j'arrive... que je suis occupé... qu'elle m'attende dans sa chambre... N'est-ce point cela ? Ne désirez-vous pas que nous soyons seuls ?

Le Magistral approuva du chef, tandis qu'il fixait des yeux la porte que franchissait Anselmo.

« Ça y est, il était là, il fallait parler... Qu'allait-il dire ? Situation terrible : il devait raconter quelque chose, et pas l'ombre d'une idée ne venait l'éclairer ; il ne savait absolument rien de ce qu'il convenait de dire. Comment parler avant d'avoir interrogé ? Que savait don Víctor ? Telle était la question... Ce qu'il savait déterminerait ses paroles... mais non, ce n'était pas cela... il fallait commencer par s'expliquer. Il était dans de beaux draps. » Le Magistral avait le sentiment d'avoir été surpris ici-même, dans le bureau de don Víctor, en train de lui dérober les chandeliers d'argent où brûlaient les bougies.

Quintanar claquait des dents et interrogeait de ses yeux écarquillés et ahuris.

« Dites-moi... », disaient ces pupilles brillantes qui n'avaient pour le moment d'autre expression qu'un ton interrogateur.

« Il fallait parler. »

— Auriez-vous... près de vous... un petit peu d'eau... ? dit don Fermín qui étouffait et ne pouvait décoller sa langue de son palais.

Don Víctor chercha de l'eau et en trouva dans un verre, sur sa table de nuit. L'eau était mauvaise, saturée de poussière. Don Fermín s'attendait à lui trouver un goût de vinaigre. Il était au calvaire. Il se retrouvait dans cette maison parce qu'il n'avait pu faire autrement : il savait qu'il lui fallait être là, faire quelque chose, voir, chercher sa vengeance, mais il ignorait comment. « Il était, à près de dix heures du soir, dans le bureau du mari de la femme qui le trompait, lui, De Pas, et qui trompait le mari ; que faisait-il ici ? Qu'allait-il dire ? » La mémoire excitée du Magistral passa en revue toutes les stations de ce jour de Passion. Tandis qu'il buvait son verre d'eau et essuyait ses lèvres minces et pâles, les émotions de cette journée traversaient son esprit comme une purge amère. Ce matin-là, il s'était réveillé fiévreux. Inquiet, il avait appelé sa mère mais, ne pouvant lui expliquer la cause de son mal, il avait préféré feindre une bonne santé, se lever et partir. Les rues, les gens avaient à ses yeux l'éclat jaunâtre de cierges lointains ; les pas et les voix lui parvenaient étouffés, les corps solides lui semblaient tous creux, tout lui paraissait avoir la fragilité du rêve. Il croyait éprouver une cruauté de fauve, un égoïsme de pierre, une indifférence universelle ; pourquoi les Vétustains s'entretenaient-ils de mille et mille sujets dont il n'avait que faire et pourquoi personne ne devinait-il sa douleur, ne le plaignait ni ne l'aidait à maudire les traîtres et à les châtier ? Il avait marché dans les rues et avait rejoint la Promenade d'été, si triste maintenant avec son sable humide brodé de traces de ruissellements d'eau, avec ses arbres nus et gelés. Il avait marché, à grands pas rageurs, comme s'il avait voulu déchirer sa soutane avec ses genoux, cette soutane qui s'emmêlait dans ses jambes, comme une ironie du sort, un chiffon de carnaval pendu autour du cou.

« C'était lui, lui, le mari, songeait-il, et non pas cet idiot qui n'avait encore tué personne (et il était déjà midi) et qui pourtant devait tout savoir depuis sept heures du matin. Les lois du monde, quelle farce ! Don Víctor avait le droit de se venger mais n'en avait pas le désir : lui, il avait le désir, le besoin de tuer et de dévorer ses victimes, mais il n'en avait pas le droit... Il était prêtre, chanoine, prébendé. Autant de ricanements d'un destin qui se gaussait de lui de tous côtés. » Don Fermín avait la tête pleine de toute une mythologie de divinités moqueuses se conjurant contre le misérable Magistral de Vetusta.

La soutane, fouettée par ses jambes vigoureuses, faisait : *frout, frout, frout*, comme un bruit de chaînes impossibles à rompre.

Sans le faire exprès, De Pas était passé devant l'auberge de Mesía. « Il savait que don Alvaro était chez lui, dans son lit. Si, comme il le redoutait, don Víctor ne l'avait pas empêché de sortir du Parc des Ozores, si rien n'était arrivé, don Alvaro reposait tranquillement sur sa couche, après les fatigues du plaisir. Il pouvait monter, entrer dans sa chambre, et l'étouffer sur place... dans son lit, au milieu des oreillers... Et c'était ce qu'il devait faire ; sinon, il était un poltron ; il craignait sa mère, le monde, la justice... Il craignait le scandale, avait peur d'être reconnu comme un criminel ; il était prisonnier de l'inertie de sa vie ordinaire, sans grandes aventures... il était un poltron : un homme de cœur serait monté, aurait tué. Et si le monde, si ces Vétustains imbéciles, si sa mère, l'Évêque, le pape avaient demandé pourquoi, il aurait répondu de toutes ses forces, du haut de la chaire si nécessaire : idiots, pourquoi ai-je tué ? Parce qu'on m'a ravi ma femme, parce que ma femme m'a trompé, parce que j'avais respecté le corps de cette infâme pour conserver son âme, et elle, prostituée comme toutes les femmes, me ravit mon âme parce que je n'ai pas pris son corps aussi... Je les tue tous les deux parce que j'ai oublié les paroles de son médecin, j'ai oublié que *ubi irritatio ibi fluxus*, j'ai oublié d'être avec elle aussi grossier qu'avec les autres ; j'ai oublié que sa chair divine était une chair humaine, j'ai eu peur de sa pudeur et sa pudeur m'a bien eu ; j'ai cru à la sainteté de son corps et sa pourriture m'empoisonne l'âme... Je tue parce qu'elle m'a trompé ; parce que ses yeux étaient fixés au fond des miens et m'appelaient grand frère spirituel à l'unisson de ses lèvres qui prononçaient aussi ces mots en souriant ; je tue parce que je le dois, je tue parce que je le peux, parce que je suis fort, parce que je suis homme... parce que je suis un fauve... »

Mais il ne tua point. Il s'approcha de la conciergerie et demanda... Mgr l'Évêque de Nauplie, de passage à Vetusta.

— Il est sorti, lui répondit-on.

Et don Fermín, inconscient de ce qu'il faisait, plia une carte qu'il laissa au concierge.

Puis il rentra chez lui.

Il s'enferma dans son bureau, fit savoir qu'il n'y était pour personne et se mit à tourner en rond dans cette étroite chambre comme dans une cage.

Il s'assit et écrivit deux feuillets. C'était une lettre à la Régente. Il la relut et la déchira en mille morceaux. Il se remit à marcher, revint écrire, déchira encore sans jamais cesser de se planter les ongles dans la tête.

Dans ces lettres qu'il détruisait, il pleurait, gémissait, maudissait, suppliait, rugissait, flattait. Ces filets tortueux et serrés d'encre fine rappelaient parfois le cloaque des immondices gisant au fond de l'âme du Magistral : l'orgueil, la colère, la lascivité trompée, étouffée et défiée s'épanchaient à gros bouillons, comme un purin épais. La passion s'exprimait alors avec le murmure rauque et guttural des flots d'ordures s'écoulant dans un fossé. Parfois encore, les fantasmes de l'idéalisme du prêtre exprimaient des plaintes de tourterelle ; il se souvenait sans rancœur, comme dans une élégie, des jours de douce, intime et tendre amitié, des sourires promettant la fidélité éternelle des esprits, des rendez-vous au ciel, des promesses ferventes, des aimables familiarités ; il se souvenait de ces matins d'été, parmi les fleurs et la rosée, de leurs espérances mystiques et des conversations délicieuses, du bonheur présent, comparable au bonheur futur. Mais les hurlements du vent s'infiltraient entre ces plaintes de tourterelle, secouant la ramure, l'ouragan rugissait encore, le tonnerre éclatait et une ironie cruelle et grossière déchirait la feuille comme un éclair fendant le ciel noir. « Et pour qui Ana renonçait-elle au salut de son âme, à la compagnie des saints et à l'amitié d'un cœur fidèle et confiant...! Pour un don Juan de pacotille, pour un mirliflore de faubourg, pour un *Parisien* * de passage, pour un joli torse, pour un Narcisse stupide, pour un égoïste en plâtre, pour une âme dont l'Enfer ne voudrait pas tant elle était inconsistante, insipide et creuse... ! Mais il comprenait maintenant la cause de cet amour : la lascivité impure. Elle s'était éprise de la chair molle, de moins encore, des habits du tailleur, de l'habileté de la repasseuse, de l'art du savetier, de l'allure du cheval, des sottises de la rumeur publique, des scandales du libertin, du caprice, de l'oisiveté, de la poussière, de l'air... Hypocrite... Hypocrite... dépravée, condamnée sans appel, parce qu'elle était vile, indigne, menteuse, fausse... » Quand il en arrivait là, furieux contre lui-même, le Magistral lacérait ces feuillets, enrageant de ne pouvoir insulter, tuer, exterminer par écrit, sans recourir à des mots insultants, mortels, exterminateurs. « Impossible d'envoyer cela sous enveloppe à une femme, même si cette femme le méritait. Non, il était plus noble de dégainer un poignard pour frapper, que de le faire avec ces mots empoisonnés, dissimulés dans une enveloppe parfumée. »

Il se remettait à écrire, cherchait à se calmer, mais, en fin de compte, l'indignation et la franchise nécessaires à sa passion éclataient : c'était alors lui-même qui apparaissait comme hypocrite, dépravé, abusant le monde entier. « Oui, oui, disait-il, je me le niais à moi-même, mais je t'aimais pour moi; je voulais, au tréfonds de mes entrailles, sans m'en rendre compte, comme on respire sans y penser, je voulais te posséder, arriver à te montrer que l'amour, notre amour, devait être l'essentiel; que tout le reste n'était que mensonges, enfantillages, paroles inutiles; que m'aimer était la seule entreprise réelle, la seule chose sérieuse, et t'aimer l'était encore plus, et fuir, s'il le fallait; et jeter le masque et cet habit noir, et être enfin moi-même, loin d'ici où je ne peux l'être : oui, Anita, oui, j'étais un homme, ne le savais-tu pas? C'est pour cela que tu m'as trompé ? Eh bien, vois-tu, d'un coup je peux anéantir ton amant. Il a peur de moi, sache-le, même quand je le regarde. S'il me rencontrait en rase campagne, seul à seul, il partirait en courant... Je suis ton époux, tu me l'as promis de mille manières, ton don Víctor n'est rien, vois comme il ne se plaint même pas : je suis ton maître, tu me l'as juré à ta façon; je régnais sur ton âme, ce qui est l'essentiel; tu es toute à moi, surtout parce que je t'aime comme ton misérable Vétustain et ton Aragonais sont incapables de le faire. Que peuvent-ils savoir, Anita, des choses que nous savons toi et moi... ? Oui, des choses que tu savais... et que tu a oubliées... pour un peu de chair molle, pourléchée par toutes les mauvaises femmes de la ville... Tu embrasses la chair de l'orgie, ces lèvres qui ont goûté à toutes les pustules de l'adultère, à toutes les blessures du stupre, à... »

Et don Fermín déchira cette lettre, en fit mille morceaux de plus que les précédentes. Il ne se résolvait pas à jeter au panier ces petits morceaux noirs et blancs et le sol paraissait couvert de neige; il piétinait furieusement ces ruines de son indignation artistique, souhaitant pour sa colère et sa vengeance quelque chose de plus succulent que la froideur et le silence de l'encre et du panier.

Il ressortit de chez lui, parcourut les arcades de la Place Neuve, devant la maison des Ozores.

« Qu'avait-il bien pu se passer ? Don Víctor avait-il découvert quelque chose ? Non, s'il y avait eu quelque chose, on le saurait. Si don Víctor avait déchargé son fusil sur don Alvaro, si un duel se préparait, on le saurait; on ne savait rien de rien, donc il ne s'était rien passé. »

Deux ou trois fois, avant la tombée de la nuit, le Magistral pénétra sous la voûte obscure de la Rinconada. Il voulait savoir, épier les bruits... mais il n'osait frapper... « Que venait-il faire ici ? Qui l'appelait dans cette maison où autrefois ses conseils avaient tant de poids, où il était si respecté et même aimé ? Personne. Il ne devait pas entrer. » Il n'entra point. « D'ailleurs, se dit-il tandis qu'il s'éloignait, si je me retrouve face à elle, je ne sais ce que je ferai. Si ce mari indigne qui a du sang de navet lui pardonne, moi... moi je ne lui pardonne pas, et si je la tenais entre mes mains, à ma portée, au moins... Dieu seul sait ce que je ferais. Non, je ne dois pas entrer dans cette maison, je me perdrais, et les perdrais tous. »

Et il rentra chez lui.

Doña Paula pénétra dans son bureau. Ils parlèrent de leurs affaires commerciales, des questions concernant l'Évêché, de beaucoup d'autres choses; mais rien ne fut dit concernant ce qui préoccupait le fils et la mère.

« On ne pouvait en parler », songeait-il.

« On ne pouvait en parler, même entre nous », songeait-elle.

Sa mère savait tout. Elle avait acheté le secret à Petra.

D'autre part, ses services de police secrète et ses observations directes lui avaient permis de comprendre que son fils avait perdu tout pouvoir sur la Régente. Si elle la maudissait auparavant parce qu'elle la croyait aimée de son Fermo, elle la haïssait maintenant parce que le mépris, la dérision, la tromperie l'atteignaient aussi. Mépriser son fils, l'abandonner pour un joli-cœur défraîchi comme don Alvaro! L'orgueil maternel bondissait de colère dans le sein de doña Paula. « Son fils était ce qu'il y avait de mieux au monde. S'éprendre de lui était un péché, car il était prêtre; mais c'était un plus grand péché encore que de le tromper, de lui planter ces épines dans le cœur... Et dire qu'il n'y avait pas moyen de se venger! Non, il n'y en avait pas. » Et doña Paula redoutait par-dessus tout que le Magistral ne pût maîtriser sa jalousie et sa colère, et qu'il commît quelque délit scandaleux.

Elle était désespérée de ne pouvoir le consoler ni le conseiller.

Doña Paula avait une idée sur le moyen de châtier les infâmes, surtout ce joli-cœur décati : il s'agissait de divulguer le crime, répandre la nouvelle de cet abominable adultère et exciter le quichottesque don

Víctor pour le précipiter, toutes lances dehors, contre don Alvaro.

« Mais de cela, on ne pouvait rien dire à Fermo. »

Doña Paula entrait, sortait, parlait de tout, observait les traits de son fils, cette pâleur, cette voix rauque, ses mains tremblantes, ses allées et venues dans le bureau.

« Que n'aurait-elle donné pour lui souffler le moyen de se venger! Oui, le fils de ses entrailles méritait bien qu'on lui arrachât ces épines du cœur. C'était un si bon fils! Il avait si bien su conserver et accroître le prestige qu'on lui disputait! » Quand doña Paula s'aperçut « qu'aucun scandale n'éclatait », que don Fermín montrait une discrétion et une prudence incomparables dans ses étranges relations avec la Régente, elle lui pardonna tout et cessa de le harceler de ses admonestations. Depuis le triomphe de son fils sur l'impiété, symbolisée par don Pompeyo Guimarán, depuis cette glorieuse conversion, sa mère l'admirait avec une ferveur accrue et cherchait à l'aider dans la satisfaction de ses désirs intimes, gardant toujours les distances requises par ce qu'elle considérait comme de la décence.

Non, on ne pouvait parler de ce qui les touchait tous les deux; doña Paula finit par laisser don Fermín seul, elle monta dans sa chambre où elle veilla, décidée à épier les pas de son fils qui continuait de s'agiter en-dessous; elle l'entendait confusément.

Oui, don Fermín, qui ferma la porte à clé dès qu'il se retrouva seul, s'agitait beaucoup : il était fiévreux. Il échafaudait des projets fous, des crimes de tragédie, auxquels il renonçait aussitôt. « Il était lié de tous côtés. » Les atrocités qu'il imaginait, sublimes chez tout autre, lui paraissaient dans son cas avant tout grotesques, ridicules.

Mais cette soutane lui brûlait le corps. L'idée fixe qu'il était déguisé devint une obsession intolérable. Sans savoir ce qu'il faisait et sans pouvoir s'en empêcher, il courut à son armoire, en tira son costume de chasse, qu'il portait quelques années auparavant à Matalerejo, quand il poursuivait les animaux nuisibles dans les montagnes, et en deux minutes, le prêtre se transforma en montagnard svelte et robuste, la taille bien prise dans ce vêtement sombre moulant son corps musclé, d'une élégance naturelle et virile, encore plein de jeunesse. Il se regarda dans le miroir. « Voilà vraiment un homme. » La Régente ne l'avait jamais vu ainsi.

« Dans l'armoire, il y avait un couteau de chasse. »

Il le chercha, le trouva et le suspendit à sa ceinture de cuir noir. La lame brillait, et le fil souligné par les rayons de lumière paraissait avoir une expression en harmonie avec la passion du prêtre. Le Magistral croyait entendre *une musique* dans ce fil suggestif.

« Il pouvait sortir de chez lui, il faisait nuit, nuit noire, il y aurait peu de gens dans les rues, personne ne le reconnaîtrait sous ce costume de chasseur montagnard; il pouvait aller attendre don Alvaro dans la rue des Fossés, à l'angle où Petra disait l'avoir vu grimper un soir. Don Alvaro, si don Víctor n'avait rien dévoilé, ou s'il ignorait que don Víctor l'eût découvert, reviendrait comme sans doute toutes les nuits précédentes... et lui, don Fermín, pouvait l'attendre au pied du mur, dans la rue, dans l'obscurité... et là, dans un corps à corps où il l'obligerait à se battre, il le vaincrait, le mettrait à terre, le tuerait... Voilà à quoi servirait ce couteau! »

Doña Paula s'agita au-dessus. Les planches du plafond grincèrent.

Comme si les idées de la mère, traversant le bois, avaient pénétré le cerveau du fils, don Fermín se dit soudain :

« Mais non, sottises que tout cela; je ne peux assassiner cet infâme au poignard... Ce n'est pas mon genre de courage. C'est digne d'un roman imbécile. A quoi bon penser à ce que je ne ferai jamais? Le seul moyen, c'est d'utiliser le courage, les idées romantiques et chevaleresques de don Víctor; rangeons le couteau : ma langue me tiendra lieu d'épée... »

Et don Fermín ôta sa vareuse brune, posa son chapeau à larges bords, dégrafa sa ceinture noire, rangea tous ces vêtements ainsi que le couteau dans l'armoire et passa sa soutane et sa cape, comme une armure. « Oui, telle était sa cuirasse, telles étaient ses armes. »

« Maintenant! Je vais le voir maintenant. Si cet idiot est allé chasser à Palomares, à cette heure il doit être de retour ou sur le point d'arriver : c'est l'heure du train. Je vais chez lui... »

Et il sortit.

« Si ma mère s'en mêle, je lui dirai qu'un malade m'attend pour se confesser à moi sans retard... »

En effet, quand doña Paula entendit son fils dans le couloir, elle descendit en courant.

— Où vas-tu?

Il lui débita son mensonge.

Elle feignit de le croire et le laissa partir parce qu'elle devina à son visage, à sa voix, à tout, que son fils n'était pas aveugle et n'allait pas faire un scandale.

« Peut-être avait-il imaginé la même chose qu'elle. »

Et don Fermín de Pas arriva à la demeure des Ozores, vit don Tomás Crespo disparaître au bout de la place, entra sous le portail et se décida à saluer don Víctor qui ouvrait la porte et à monter avec lui; et il était prêt à lui parler, à l'interroger, à le conseiller... à lui souffler sa nécessaire vengeance... et il ne savait comment commencer.

Après avoir vidé son verre d'eau poussiéreuse, le Magistral ne savait toujours pas ce qu'il allait dire.

Mais les yeux de Quintanar continuaient de l'interroger, ébahis, et don Fermín parla...

— Mon ami, je suis partagé entre le désir de satisfaire votre impatience et la crainte de ne savoir aborder un sujet épineux, et, malheureusement, en dépit de toutes précautions oratoires, d'un abord peu agréable...

— Au fait, monsieur le Magistral.

— L'heure de ma visite, le fait qu'elles soient si rares dans cette maison depuis quelque temps, tout cela peut contribuer...

— Oui, monsieur, cela contribue... Mais allez-y. Que se passe-t-il, don Fermín? Par les plaies du Christ!

— J'ai aussi à vous parler du Christ, et de ses plaies, de ses épines et de la croix...

— Par pitié...

— Don Víctor, avant de parler, j'ai besoin que vous m'éclairiez sur votre état d'âme.

— Que voulez-vous dire?

— Vous êtes pâle, visiblement préoccupé, sans doute sous le poids d'un grand souci; je l'ai remarqué en entrant, à la lueur de la lampe de l'escalier...

— Et vous aussi... vous êtes...

La voix de Quintanar tremblait.

— C'est exactement ce que je veux savoir; si vous connaissez la raison de ma visite, tout au moins en partie, cela m'évitera d'avoir à aborder les préliminaires particulièrement désagréables d'une question...

— Mais de quoi s'agit-il? Par les onze mille vierges...!

— Monsieur Quintanar, vous êtes un bon chrétien, et moi un prêtre; si vous avez quelque chose à... dire... quelque conseil à demander... Moi aussi, je viens vous parler de ce que je sais en tant que prêtre, mais la conscience de la personne qui m'en a informé exige précisément que je fasse cette démarche...

Don Víctor sauta sur ses pieds.

Le Magistral était très satisfait de lui-même, parce qu'enfin, il voyait clair. Il savait quel devait être son chemin.

— Une personne... qui vous a demandé de venir chez moi à pareille heure...?

— Don Víctor, dites-moi si vous savez quelque chose d'un sujet qui vous touche de très près, et si sa découverte est la cause de l'altération de votre visage... Il me faut commencer par là.

— Oui, monsieur, je sais aujourd'hui quelque chose que je ne savais pas hier... qui me touche de très près, je le crois bien! Plus que toute ma vie... Mais si vous ne parlez pas plus clairement, je me demande si je dois... si je peux...

— Maintenant oui, maintenant, je peux parler plus clairement.

— Une personne... vous disiez...

— Une personne qui a protégé un... crime qui vous porte tort... elle s'est rendue, repentante, au tribunal de la pénitence pour y confesser sa complicité honteuse... et me dire que sa conscience l'avait accusée et que, comme première mesure de réparation... elle vous avait donné la possibilité de découvrir cette... ignominie... mais que, redoutant de nouveaux malheurs à cause de sa maladroite façon d'agir... elle s'empressait de me révéler ce qu'elle savait, pour voir si l'on pouvait éviter de nouveaux crimes... car en définitive, une violence... une vengeance sanglante... serait un crime...

Don Fermín s'interrompit pour respecter la douleur de don Víctor qui s'était laissé tomber sur un sofa et se tenait la tête à deux mains.

— Petra... c'est Petra ? interrogea don Víctor avec le ton particulier de celui qui donne la réponse à sa question.

— La malheureuse n'a pas compris tout de suite que sa conduite pouvait causer de nouveaux ravages. C'est la raison de ma présence, don Víctor, les empêcher s'il est encore temps... Au nom du Crucifié, don Víctor, que s'est-il passé ?

— Rien, mais il est encore temps! répondit le mari trompé, debout, les poings serrés, rouge de honte, comme s'il se trouvait en chemise au milieu de la place; furieux à l'idée qu'il ne s'était *rien* passé ici, aucun crime dont il aurait dû être l'auteur, ainsi que l'exigeaient les lois de l'honneur... et du théâtre. Rien, rien. Mais cela viendra, il y aura du sang... vous êtes au courant ? Cette femme a publié mon déshonneur... ? C'était une vengeance, pas un repentir; c'est une vengeance, mais cela n'a pas grande importance. L'important, c'est que le monde sait...! Pauvre Quintanar! Pauvre de moi...!

Et l'infortuné vieillard retomba dans le sofa, terrassé par cette même torpeur léthargique qui lui avait ôté tout courage ce matin-là.

« Tout le monde le sait », avait dit don Víctor, et ces mots suggérèrent à don Fermín un autre mensonge utile.

Mais il dit auparavant :

— Don Víctor, je ne suis pas étonné que votre douleur ne vous laisse ni le temps ni la force de réfléchir... mais je n'ai pas dit que tout le monde savait... je ne suis pas tout le monde, je suis un confesseur.

— Mais vous ne croyez pas que Petra a pu raconter... ?

— Petra, non, mais... malheureusement...

— Et puis, c'est mon honneur qui importe, et non que tout le monde le sache ou l'ignore... De toute façon, on connaîtra bientôt ma vengeance et on pourra être au courant de tout.

Et il se mit à tourner en rond dans son bureau.

De Pas se leva aussi.

— Par malheur, enchaîna-t-il, la médisance s'est emparée depuis quelque temps de certaines rumeurs, d'apparences...

Don Víctor poussa un rugissement :

— Mon Dieu! Quoi ? Cela aussi ? Le monde dit... ? Vetusta tout entière parle... ?

Et il se plantait les ongles dans la tête, s'arrachait les cheveux.

Tandis que Quintanar se livrait à ces débordements et démonstrations de douleur et de honte, don Fermín s'étendait longuement sur le sujet. « Hélas, oui, depuis des mois, depuis l'été, peut-être bien avant, les visites fréquentes de don Alvaro à l'hôtel des Ozores et son intimité étaient l'objet de murmures. C'était le pire, après la tragédie elle-même. C'était le pire parce que le Magistral, connaissant les idées exaltées de don Víctor sur l'honneur, craignait que celui-ci, cédant à une impulsion excusable quoique injustifiée, sourd aux voix de la religion, prît le parti d'une terrible vengeance sur la personne de don Alvaro, dont le crime était des plus répugnants et dignes de châtiment. Mais, cher ami, si lui, le Magistral, en tant qu'homme et homme d'expérience, s'expliquait la colère terrible qui devait habiter don Víctor, et s'il comprenait, excusait jusqu'à un certain point ses désirs de prompte et féroce vengeance, si telle était sa position en tant qu'homme, en tant que prêtre d'une religion de paix et de pardon, il devait conseiller et encourager de son mieux l'attitude pondérée que requiert la morale en de telles circonstances. » Don Víctor, le visage dans les mains, faisait des signes de dénégation et secouait la tête comme s'il avait voulu l'arracher du reste du corps.

« Mais que pourrait donc répondre Quintanar au Magistral, que ce dernier ne comprît pas... Oui, oui, à bien regarder les faits comme les regarde le monde, ils appelaient le sang; et qui plus est, non seulement pour satisfaire le désir de vengeance mais pour pouvoir retrouver au milieu des autres ce que le monde appelle la dignité, il fallait, conformément aux lois de la société et aux exigences des us et idées ambiants, que don Víctor partît à la recherche de Mesía : il le provoquerait en duel, le tuerait s'il le pouvait, ou l'exécuterait sans autre forme de procès, faisant ainsi prompte justice s'il le surprenait *in fraganti*, sur le fait, ou juste après. Ainsi s'étaient comportés d'illustres personnages qui faisaient l'admiration des hommes, chantés et célébrés dans les poèmes et les tragédies. Le Magistral savait tout cela fort bien. » En effet, il avait mis tant de chaleur et d'éloquence à exposer « les *raisons* qui, du point de vue du monde, conseillaient de verser le sang » qu'ensuite, se souvenant qu'il devait défendre le parti contraire, encourager la charité, le pardon et l'amour du prochain, l'oubli des affronts et le respect de la croix, le Magistral, épuisé par les efforts antérieurs, ne fut plus le même, et il se montra emprunté, vulgaire et froid comme dans un sermon de village. Don Víctor ne perçait pas son intention, mais ressentait les effets de la perfidie du chanoine. « Oui, se disait l'ex-régent, tandis que le prêtre énumérait encore les sacrifices d'amour-propre, d'honneur et de tant d'autres choses que la religion exigeait d'un bon chrétien trompé par sa femme, oui, j'ai été aveugle, j'ai eu un comportement indigne, j'aurais dû tuer Mesía à coups de chevrotines en haut du mur, ou bien courir aussitôt chez lui et l'obliger à se battre à mort sur-le-champ; le monde sait tout, Vetusta tout entière me prend pour... un... pour un... » Et don Víctor sautait jusqu'au plafond en entendant au fond de lui-même le mot honteux.

Alors, les phrases froides et sans conviction du Magistral recommandant le pardon et l'oubli sonnaient creux, comme une vaine rhéorique, à ses oreilles : « Ce saint homme ignorait ce qu'était un outrage de cet ordre et ce qu'exigeait la société. »

Pour que le prêtre cessât de l'importuner et de le lasser avec des sermons insipides, dépourvus de vie et d'onction, don Víctor feignit de céder; il déclara qu'il ne commettrait aucune folie, qu'il réfléchirait, qu'il essaierait de concilier les exigences de son honneur avec ce que la religion lui demandait...

Don Fermín s'alarma alors; il crut avoir perdu du terrain et revint à la charge. Il dressa un tableau haut en couleurs du mépris dont le monde enveloppe le mari miséricordieux que la malice croit consentant...

Don Víctor, en écoutant le Magistral, s'imaginait être le plus méprisable des hommes s'il ne faisait pas une action d'éclat... « Oh oui, au plus vite... Dès qu'il ferait jour, il entamerait les démarches, enverrait deux témoins à don Alvaro; il fallait le tuer. »

Don Fermín fut rassuré par l'exaltation et la colère affichées par le magistrat. « Oui, il avait son homme, la machine était prête : le canon par lequel lui, don Fermín, allait décharger sa haine mortelle, était chargé jusqu'à la gueule. »

Don Víctor ne parlait pas. Adossé au mur, dans un coin, il geignait...

« Il n'y avait plus rien à faire ici. » Le Magistral prit congé. Mais, au moment de franchir le seuil, avant de sortir, il se retourna soudain et fit un geste solennel, comme un prêtre d'opéra, avant de s'exclamer :

— Le père spirituel que j'ai été et que je crois encore être exige de vous, exige au nom de Dieu... que... si cette... nuit... vous surpreniez... un nouvel.. attentat... si cet infâme, qui ignore que vous savez tout, revenait ce soir... Je sais que c'est beaucoup demander... mais un assassinat n'a jamais d'excuses aux yeux de Dieu, même s'il en a aux yeux du monde... Empêchez que cet homme arrive jusqu'ici... mais... pas de sang, don Víctor, pas de sang, au nom de celui qu'a versé le Crucifié pour nous tous...!

« C'est vrai, se dit don Víctor quand il se retrouva seul, c'est vrai! Et moi, stupide, idiot que je suis, je n'y avais pas pensé? Cet homme doit revenir cette nuit... Et moi, pour que la frayeur ne la tue pas, j'allais encore laisser... laisser...! Et je n'y pensais pas...! »

La porte s'ouvrit et la Régente entra.

Elle était pâle, portait un peignoir blanc et marchait sans faire de bruit. Ses yeux paraissaient plus grands que jamais et regardaient avec une fixité qui donnait le frisson... A Quintanar en tout cas, qui recula d'un pas, terrorisé comme par la présence d'un fantôme. Avant de penser à la trahison de cette femme, il se souvint du grand danger que courait la vie d'Ana, si une émotion forte la secouait. Don Víctor ne crut pas voir son épouse, mais la Traviata dans la scène où elle meurt en chantant. Le pauvre vieil homme éprouva une compassion superstitieuse; cet être évanescent qui surgisssait soudain, marchant comme un fantôme, il l'aimait en cet instant avec tout l'amour d'un père craignant pour la vie de sa fille, et le redoutait en même temps, comme une chose venue d'un autre monde... « Comme il était facile d'assassiner d'un mot cette pauvre malade si fragile qui n'était peut-être pas même responsable de sa faute! Oh, cela non, il ne la tuerait jamais, ne tournerait jamais contre elle ni poignard, ni fusil, ni mot foudroyant... »

— Qui était-ce? demanda Ana tranquillement.

— Le Magistral, répondit don Víctor qui supposait que sa femme connaissait la réponse à sa question.

Ana se troubla.

— Que voulait-il... à pareille heure? interrogea-t-elle, dissimulant ses craintes.

— Ce qu'il venait faire? Des histoires de politique... Les rapports entre l'Évêque et le Gouverneur... cette affaire des élections qui se rapprochent... enfin... des histoires de politique.

La Régente n'insista pas. Elle se retira sans s'être approchée de son mari, qui ne chercha pas non plus à déposer sur son front le baiser qu'il lui donnait le soir avant d'aller au lit.

Quintanar respira quand il se retrouva seul. « Il s'en était bien sorti. Il ne s'était pas trahi. Anita n'avait pu deviner... Il avait la conscience tranquille, signe qu'il avait bien agi jusqu'à présent. »

Il demanda son thé, qui constituait son souper les jours où il chassait et mangeait froid; il ordonna aux domestiques d'aller au lit et à onze heures et demie, sur la pointe des pieds et sans rien renverser malgré l'obscurité, il descendit dans le Parc en pantoufles, armé de son fusil. Il l'avait chargé avec des chevrotines.

« Oh, oui! Le Magistral, sans le vouloir, lui avait suggéré une excellente idée. Il ne fallait pas de sang, hein? Oh, tiens donc, si jamais don Alvaro revenait cette nuit... il mourrait, et le monde pouvait s'écrouler. Ana pouvait prendre peur, tomber raide, on pouvait l'arrêter... N'importe quoi... mais s'il revenait, il mourrait. » De même qu'il s'était senti la conscience tranquille quelques instants auparavant en maîtrisant son courroux devant Ana, de même était-il satisfait devant cette résolution de tuer le voleur de son honneur s'il revenait.

La nuit était sombre, le froid intense. Don Víctor fut obligé de remonter dans sa chambre pour chercher sa cape. Il risquait de faire du bruit, et l'autre pouvait avoir le temps d'arriver et d'escalader le balcon... mais il ne pouvait rester en taille. Il gèlerait. Il alla chercher sa cape aussi vite que possible et, bien emmitoufflé, il se remit en faction sous la tonnelle, d'où il voyait le profil du mur se détacher confusément sur le ciel noir; il verrait aussi le balcon de la chambre s'il s'ouvrait pour faire entrer don Alvaro.

Il entendit sonner minuit, une heure, deux heures... Il n'entendit pas trois heures, car il devait somnoler un peu, bien qu'il ne voulût pas l'admettre... A quatre heures, ne pouvant plus résister au froid ni au sommeil, délirant, ayant perdu conscience de soi-même et du monde ambiant, trébuchant à chaque pas, il remonta dans sa chambre, chercha son lit à tâtons, se déshabilla machinalement, se blottit dans les draps et tomba dans un sommeil fébrile peuplé de fantômes ardents et de monstres douloureux.

Ce jour-là, à l'heure du café, contrairement à leur habitude, on ne vit au Cercle ni Mesía, ni Ronzal, ni le capitaine Bedoya, ni le colonel Fulgosio.

A peine Foja, l'ancien maire, l'eut-il remarqué, qu'il s'exclama d'un air mystérieux :

— Messieurs, quand je dis qu'il y a anguille sous roche...

— Quelle anguille ? demanda don Frutos Redondo, l'*indiano*.

Ils étaient, comme toujours à pareille heure, dans la salle contiguë au cabinet rouge, celle du jeu de l'hombre.

Tous les présents entourèrent Foja, qui ajouta :

— Notez bien qu'aujourd'hui, on n'a vu ni Ronzal, ni le capitaine, ni le colonel. Je le sentais venir. Il n'y a pas de fumée...

— Mais de quelle fumée s'agit-il ? interrogea Orgaz père qui savait quelque chose.

Joaquinito, prenant un air très entendu, dit :

— D'aucune, messieurs, d'aucune, vous dis-je...

— Eh bien, avec votre permission, je sais qu'il y a vraiment du nouveau. Je le sais de source sûre... A cette heure, Quintanar a déjà dû envoyer ses témoins à don Alvaro.

— Des témoins! Pourquoi ? demanda Redondo.

— Allons! Ne faites pas l'innocent. Vous savez fort bien pourquoi. A la vérité, c'était un vrai scandale.

Joaquín Orgaz prit la défense de don Alvaro.

Mais Foja n'attaquait pas Mesía, il attaquait don Víctor qui avait toléré si longtemps cette infamie.

— Comment savez-vous qu'il la tolérait ? Il ne savait rien. S'il provoque l'autre en duel maintenant, c'est sans doute qu'il a découvert quelque chose...

— Ou qu'il s'est lassé d'accepter...

— Ou peut-être n'y aura-t-il pas de duel du tout...

Toute l'après-midi, il ne fut question que de cela. Ronzal arriva vers le soir. D'abord, personne n'osa l'interroger. Foja renonça bientôt à toute prudence et demanda à Tromblon, en lui donnant une petite tape sur l'épaule :

— Vous êtes témoin ?

— Témoin de quoi ? repartit Ronzal d'un air sévère et mystérieux, comme un homme cauteleux opposant un mur de glace à une question indiscrète.

— Témoin du duel à mort entre Mesía et Quintanar...

— Mais qui vous a dit... ? Je vous donne ma parole... je veux dire... je ne sais pas... je nie... Vous êtes un sot et vous dites n'importe quoi. Croyez-vous qu'on traite d'un sujet aussi sérieux au café ?

— Voyez! Je vous le disais bien, s'écria Foja triomphalement, sans faire cas de ces insultes.

Ronzal nia et s'obstina à ne rien dire, mais on voyait combien il lui en coûtait.

Il regarda sa montre plusieurs fois et prit Joaquinito Orgaz à part pour lui demander, de manière à être entendu des autres :

— Savez-vous si don Pedro, le maître d'équitation, a encore des sabres de... ?

Et il continua à voix basse.

Orgaz ne savait rien ; Ronzal eut une grimace de contrariété et quitta le Cercle en disant :

— Adieu, messieurs.

— Vous voyez? Je vous le disais bien. Il va y avoir un duel.

Ces messieurs décidèrent de siéger sans interruption. Les garçons allumèrent les lampes à gaz et la réunion nocturne prolongea sans discontinuer celle de l'après-midi. Quelques-uns allèrent souper et revinrent. A huit heures, on ne parlait que du duel dans tout le Cercle. Les joueurs de billard délaissèrent leurs queues et envahirent le salon des potins, à l'affût des nouvelles; même *ceux d'en haut,* dans la chambre du crime, qui d'ordinaire laissaient passer les révolutions sans daigner s'informer, envoyaient leurs émissaires en bas pour savoir de quoi il retournait.

Un duel à Vetusta était un événement des plus extraordinaires. De temps en temps, deux messieurs se gifflaient sur l'Espolón ou dans quelque autre lieu public, mais cela n'allait pas plus loin. Les insultes ne tiraient jamais à conséquence. Il n'y avait jamais eu de salle d'armes à Vetusta. Plusieurs années auparavant, un commandant en retraite avait voulu gagner sa vie en donnant des leçons de sabre; le jeune Marquis, Orgaz père et fils, Ronzal et quelques autres se mirent avec ardeur à se laisser rouer de coups, mais ils se lassèrent vite et le commandant n'eut plus d'autre solution que de se mettre à emprunter des douros aux uns et aux autres.

La cité ne gardait le souvenir que de deux défis qui eussent débouché *sur le terrain*; un de Mesía, il y avait bien longtemps, quand il était tout jeune; Frígilis, seul Vétustain à avoir assisté à la rencontre, avait été le témoin de son adversaire.

Il n'avait jamais voulu dire ce qui s'était passé, mais il était certain que ni Mesía ni son adversaire n'avaient gardé le lit ne fût-ce qu'un seul jour après le duel.

L'autre défi avait concerné un directeur du Trésor et son caissier pour une question de comptabilité. Qui avait puisé dans la caisse, toi ou moi ? Ils s'étaient battus au premier sang. Le caissier avait eu le cou égratigné, parce que le financier faisait de grands moulinets avec son sabre, avec l'intention de décapiter son adversaire. Les chroniques vétustaines ne connaissaient pas d'autres défis *ayant fini sur le terrain.*

On débattit longtemps, ce soir-là, pour passer le temps en attendant les nouvelles, de la légitimité de cette *coutume barbare que nous avions héritée du Moyen Age.*

Orgaz père, qui avait quelque érudition, quoique greffier de profession, assura que le duel était un reste des ordalies.

Don Frutos admit que c'était possible, mais que toutes les ordalies du monde ne le feraient pas se battre. Il en appelait au juge en cas d'offense, et s'il n'y avait pas d'autre moyen, une bastonnade réglait la question.

— Le fils de ma mère ne consentira jamais à se faire expédier par un spadassin qui n'a pas eu besoin de travailler pour gagner son pain.

— Pourtant, objecta Orgaz père, il y a des circonstances... l'honneur... la société... Tenez, Fígaro [31] condamne le duel, et reconnaît qu'il se battrait si nécessaire...

— Il faut croire que je ne suis pas un vulgaire barbier, mon bon monsieur, s'écria don Frutos, j'ai quelque chose à perdre.

Il fallut expliquer à don Frutos qui était Fígaro; mais quoique ainsi édifié, Redondo, que tant de discussions et de cris faisaient transpirer abondamment, se mit à vociférer à qui voulait l'entendre que, de toute façon, il mettrait en miettes celui qui le défierait...

— En ce qui me concerne, dit l'ancien maire, je m'en remets à la justice... un acte criminel, la loi est formelle...

— Quant à moi, s'exclama solennellement Orgaz père, debout et la voix tremblante, je ne ferais rien de tout cela. Si celui qui me défie est habile aux armes, je l'oblige à accepter un duel aux conditions suivantes : (attention générale) à deux pas de distance (il mesure deux grands pas et se plante face à don Frutos qui se raidit, soudain sérieux), un pistolet chargé, l'autre non chargé (Orgaz pâlit à l'idée que les choses pourraient se passer comme il le raconte). Un, deux, trois (il frappe trois fois dans ses mains) et Pan! Que Dieu et saint Pierre bénissent celui qui tombe! Voilà ma façon de me battre. La question n'est pas d'être habile, mais d'avoir du courage.

— Bravo! Bravo! Très bien! s'écria la majeure partie de l'auditoire, comme s'il entendait ces propos pour la première fois.

Chaque fois qu'il était question de défis, Foja, don Frutos, Orgaz et d'autres messieurs tenaient les mêmes discours.

Les sociétaires attendirent vainement les nouvelles. De toute la soirée, ils ne virent paraître ni Ronzal, ni Fulgosio, ni Bedoya, qui étaient, disait-on, les témoins, sans compter Frígilis. C'était vrai. Crespo eut beau

31. *Fígaro* : pseudonyme de l'écrivain et journaliste espagnol Mariano José de Larra (1809-1837).

recommander le secret le plus absolu à toutes les personnes intervenant dans cette triste affaire, on ne sait comment (quoiqu'on soupçonnât Ronzal) la rumeur de la vérité se répandit bientôt dans Vetusta. Les auteurs de ces indiscrétions étaient Petra et Ronzal. Petra, par vengeance et méchanceté, avait parlé, avait raconté à certaines amies *ce qui arrivait* à son ancienne maîtresse. « Pourquoi elle avait quitté cette maison ? A cause de ceci et de cela. » Tromblon, que l'honneur d'avoir la confiance de Quintanar avait gonflé de vanité, n'avait pu résister à la tentation de laisser *transparaître* son secret. Le fait est que, dans tout Vetusta, on ne parlait pas d'autre chose.

Le Gouverneur disait chez lui qu'on ne devait point lui parler de cette affaire, que son devoir et son autorité étaient en flagrante contradiction avec son devoir de gentilhomme, qu'il lui fallait se boucher les yeux et les oreilles, et qu'il s'en tiendrait à cette attitude...

Un jour passa, puis un autre, et l'on ne savait toujours rien.

— Cette histoire de duel n'était-elle pas un *bobard* ? se demandait Foja, au Cercle.

C'est alors que Joaquinito Orgaz, qui savait tout par le jeune Marquis, lâcha le morceau.

— Non, ce n'était pas une plaisanterie, c'était pour de bon. Duel à mort.

Mais les témoins, maladroits, n'avaient pas su agir, en dépit des prétentions du colonel Fulgosio soutenant qu'il connaissait le code de l'honneur sur le bout du doigt : les armes étaient introuvables. On avait d'abord parlé de sabres, mais impossible de trouver des sabres de duel; il n'y en avait aucun à Vetusta, ou leurs possesseurs ne voulaient pas les prêter. On s'était tourné vers les pistolets... mais impossible également de trouver des pistolets convenables. « Je crois, commentait Joaquinito, et Paco est de cet avis, que c'est invraisemblable et que Frígilis veut faire traîner l'affaire en longueur, avec l'espoir de convaincre Mesía de quitter la ville. »

— C'est indigne ! s'écria Foja.

— C'était la première solution envisagée. Le soir même du jour où, semble-t-il (c'est tout au moins ce qu'on raconte), don Víctor a découvert son déshonneur, Frígilis est allé voir Mesía et l'a supplié de quitter Vetusta le plus tôt possible. Mesía l'a raconté *par le menu* à Paco.

— Bon, et alors ?

— C'est tout. Mesía, comme il était naturel, s'y est opposé, prétendant que Quintanar et tout Vetusta pouvaient attribuer son absence à la peur. Mais Frígilis, qui a une influence certaine sur don Alvaro, l'a obligé a donner sa parole d'honneur qu'il prendrait le train de Madrid le lendemain. Il paraîtrait que Quintanar a eu la vie d'Alvaro entre ses mains : il aurait pu le tuer d'un coup de fusil, et il ne l'a pas fait. Frígilis invoquait ce fait et les droits du mari outragé pour obliger Mesía à fuir. « Ce n'est pas de la lâcheté — ce seraient ses paroles —, c'est se rendre justice à soi-même, vous méritez la mort pour votre trahison, et je commue la peine en vous condamnant à l'exil.

— C'est ce qu'a dit Crespo?

— Exactement.

— Ce Frígilis, quand même!

— Il est très intime avec Alvaro, qui le respecte infiniment.

— Bon, et alors?

— C'est tout. Alvaro a donné sa parole. Mais le lendemain, hier matin, alors que notre don Juan était en train de faire ses valises pour s'éclipser, Frígilis et Ronzal se sont présentés chez lui pour préparer le duel. Il semble qu'au petit matin don Víctor ait appelé Frígilis pour qu'il aille en compagnie de Tromblon défier le séducteur; Frígilis a été contraint d'obéir, parce qu'en apprenant que l'autre comptait s'enfuir, Quintanar a menacé de le poursuivre au bout du monde, de le traiter de lâche dans les journaux, dans la rue... Il était furieux.

— Évidemment, comme au théâtre!

— Le fait est que Frígilis a dû rendre à Mesía sa parole de fuir et lui demander de chercher des témoins.

— Et Mesía?

— Il a renoncé à son voyage, bien sûr, et cherché des témoins; ils voulaient que je fusse l'un d'eux (mensonge) mais finalement... comme je suis très ami avec chacun des deux... alors, on en a cherché d'autres... sans les trouver... Sauf Fulgosio, qui se mêle toujours de ces histoires... et Bedoya, qui en fin de compte est un militaire...

En général, Joaquinito était bien informé. Mesía avait tout raconté au jeune Marquis qui avait été le voir à l'auberge.

Ce qu'il ne lui avait pas dit, c'était qu'il avait très peur; autant il se réjouissait de voir rompues des relations qui allaient ruiner le peu de santé qui lui restait, et le rendre ridicule aux yeux même d'Ana, autant il était terrifié à l'idée de se retrouver face à face avec don Víctor, une épée ou un pistolet à la main.

Il accepta aussitôt la première proposition de Frígilis.

« C'était bien naturel! Il devait fuir. De quel droit causerait-il la mort d'un homme qui lui avait épargné la vie le matin même, et auquel il avait ravi l'honneur? Il s'enfuirait; le lendemain, sans faute, il prendrait le train. »

Frígilis s'y attendait, car il savait à quoi s'en tenir quant au courage d'Alvaro.

En effet, il avait été témoin de ce duel mystérieux auquel les membres du Cercle faisaient allusion. Pour une femme, don Alvaro avait été défié en combat singulier par un homme étranger à la ville; les témoins étaient tous de la garnison, à l'exception de Frígilis, seul Vétustain à assister au combat. C'était un duel au sabre, à Montico, sous les arbres, le soir, au crépuscule. Mesía et son adversaire étaient en manches de chemise (Frígilis s'en souvenait comme si c'était arrivé la veille), ils étaient en manches de chemise, sabre au poing... tous deux pâles, tremblant de froid et de peur. Le ciel couvert menaçait de déverser des torrents de pluie. Les deux *combattants* regardaient les nuages. Frígilis comprit ce qu'ils désiraient. Le combat singulier commença et, au premier choc des lames, un coup de tonnerre retentit et des gouttes d'eau grosses comme le poing se mirent à tomber. Mesía et son adversaire tremblaient comme les branches des arbres battus par le vent... L'averse fut si violente que les témoins suspendirent le duel... qui ne reprit pas. « Ils n'étaient pas venus se battre contre les éléments. » Mesía s'en sortit indemne et Crespo, implicitement, lui donna l'assurance qu'il garderait le secret de cette rencontre ridicule et de la lâcheté du don Juan vétustain.

Au souvenir de tout cela, Frígilis ne ménagea pas Mesía, ce soir mémorable où il lui intima de fuir. Mais — Joaquín Orgaz avait raison — le lendemain, il dut rendre sa parole à don Alvaro. Ce dernier ne devait plus fuir. Quintanar s'entêtait à vouloir se battre; il était aragonais et n'en démordrait pas.

« Je ne sais qui me l'a changé. Hier soir, il semblait résolu, ou presque, à adopter une solution pacifique, se contentant de vous voir disparaître; or aujourd'hui, en allant le voir, j'ai trouvé M. Ronzal ici présent à côté du lit de mon ami. »

Ronzal salua.

Mesía avait pâli. Il était en train d'entasser du linge dans une grande malle et il s'interrompit.

— En sorte que...

— ... Vous devez chercher des témoins.

Frígilis était mécontent que don Víctor, sans l'avoir consulté, eût fait appel à Ronzal. Quintanar croyait en l'énergie du conseiller de Pernueces et savait qu'il n'aimait pas don Alvaro. D'après l'ex-magistrat, c'était un bon témoin. Une erreur, de l'avis de Frígilis.

Le malheur, c'est qu'il n'y eut pas moyen de dissuader Quintanar.

— Cela n'attendra pas un jour de plus! Puisque mon déshonneur est public, que ma réparation soit aussi publique, et je la veux prompte et terrible.

— Mais tu es fiévreux, tu es malade...

— Qu'importe. Tant mieux. Si vous n'allez pas défier cet homme, je me lève et vais chercher moi-même d'autres témoins.

Pas moyen de faire autrement.

Bien à contrecœur, et dissimulant son effroi du mieux qu'il pouvait, Mesía partit à la recherche de ses deux témoins.

On convint d'un duel au sabre. Mais impossible d'en trouver qui fussent convenables. Et quelques difficultés surgirent sur des points de détail. Une journée passa.

Le lendemain matin, on décida d'un combat au pistolet.

Don Víctor conçut alors son plan. Il était ravi que ce fût un duel au pistolet.

Mais impossible encore de trouver des pistolets de duel.

Une autre journée s'écoula.

Don Víctor se leva le matin suivant, après avoir passé soixante-dix heures au lit, cloué par la fièvre un jour entier, traversant des états d'angoisse et d'impatience, dissimulant toujours en présence d'Ana qui le soignait avec dévouement.

Pendant ces longues heures de lit, avec l'abattement consécutif à la fièvre, survinrent des accès de mélancolie et de méditations philosophico-religieuses. Don Víctor sentit que son courage faiblissait, non par son attachement à sa propre vie, qui ne lui semblait pas en grand danger face à don Alvaro, mais par crainte des remords. Quand il apprit qu'on avait choisi le pistolet, il décida de ne point tuer son adversaire. « Il viserait aux jambes et l'autre s'en tirerait en boitant. Mesía ne risquait guère de l'atteindre en tirant à vingt pas; ou alors ce serait le fait du hasard. »

Sans qu'Ana eût le moindre soupçon, parce que Mesía avait accompli la promesse faite à Frígilis de lui annoncer par écrit son départ pour un bref et urgent voyage électoral, sans qu'Ana eût le moindre soupçon qu'il s'agissait de la vie ou de la mort de son époux et de son amant, don Víctor sortit de chez lui par la porte du Parc en compagnie de Frígilis, à l'heure où ils partaient à la chasse.

Ronzal les attendait dans la ruelle des Fossés. La matinée était froide et la gelée sur l'herbe avait l'air d'une fine couche de neige.

Une voiture les attendait sur la route de Santianes; Benítez, le médecin d'Ana, était à l'intérieur. Don Víctor pâlit en le voyant, mais aucun autre signe ne trahit son émotion.

Ils parlèrent à peine durant le voyage et arrivèrent au mur d'enceinte du Vivero. Ils descendirent, contournèrent la propriété du Marquis, s'engagèrent dans le bois de chênes où plusieurs mois auparavant, don Víctor avait cherché sa femme avec l'aide du Magistral. « Que de choses il s'expliquait maintenant qu'il n'avait pas comprises alors! » Peu importait. En vérité, de la fureur qui avait ravagé son cœur après la visite nocturne de don Fermín, il ne restait que quelques braises étouffées : il ne haïssait plus don Alvaro et n'imaginait plus la vie impossible tant que vivrait cet homme; la philosophie et la religion triomphaient dans le cœur de don Víctor. Il était résolu à ne point tuer.

Ils atteignaient le sommet du bois; il y avait là un plateau, et, dans une clairière, assez de place pour compter facilement plus de trente pas. Les dernières conditions du duel étaient les suivantes : vingt-cinq pas de distance, chacun pouvant avancer de cinq. Entre deux frappements de mains, intervalles qui devaient être très courts, on pouvait viser. En réalité, Fulgosio, le colonel, n'avait jamais assisté à un duel au pistolet, quoiqu'il affirmât en avoir vu beaucoup, et Ronzal et Bedoya, de leur vie n'avaient jamais été mêlés à de telles affaires. Seul Frígilis avait vu le duel manqué de Mesía. Ces conditions, le colonel les avait puisées dans un roman français que lui avait prêté Bedoya. La seule originalité était que Fulgosio jurait que son honneur de soldat ne lui permettait pas d'autoriser un simulacre de duel, car au pistolet, à pareille distance, à un ordre crié et sans pouvoir viser, entre deux *novices,* Mesía pouvant être considéré comme novice au pistolet, c'était comme battre l'eau avec un bâton.

Bedoya se dit que don Víctor était bon tireur, mais il n'osa pas opposer d'objections à son collègue. La partie adverse n'eut rien à objecter non plus.

Arrivés sur le plateau, lieu du duel, don Víctor et les siens trouvèrent le terrain vide. Quinze minutes plus tard, apparurent entre les arbres dépouillés don Alvaro et ses témoins, accompagnés de M. Robustiano Somoza. Mesía était beau, le teint pâle et mat, dans son costume noir et fermé, élégant et impeccable.

La vue de son ennemi fit venir des larmes à don Víctor. En cet instant, il aurait volontiers crié : je pardonne! je pardonne...! comme Jésus sur la croix. Quintanar n'avait pas peur, mais défaillait de tristesse; « Comme l'ironie du sort était amère! C'était lui qui allait tirer sur ce bel homme qui aurait rendu Anita heureuse, si elle s'était éprise de lui dix ans plus tôt! Et lui... lui, Quintanar, coulerait en ce moment des heures paisibles à la Cour Suprême ou à La Almunia de don Godino...! Se tuer ainsi était absurde... Mais pas moyen de faire autrement. La preuve en était qu'on l'appelait, qu'on lui glissait un froid pistolet dans la main... »

Frígilis, serein, par dignité, mais redoutant un accident (Mesía pouvait trouver le courage de tirer et, accidentellement aussi, blesser Víctor), Frígilis serra la main de Quintanar en le laissant à son poste d'honneur.

Témoins et médecins s'écartèrent à bonne distance, parce que tous craignaient *une balle perdue.*

Involontairement, don Alvaro pensa à Dieu. Cette idée accrut son effroi; il se souvint que cette piété ne lui venait que lorsqu'il était bien malade, dans la solitude de son lit de vieux garçon...

Frígilis était effrayé du courage de cet homme.

Mesía lui-même s'expliquait mal comment il avait pu arriver jusque-là.

Il y pensait encore en visant don Víctor, sans le voir, ni lui ni rien d'autre, sans force pour presser la détente; il entendit frapper trois fois des mains et une détonation aussitôt après. La balle de Quintanar brûla le pantalon ajusté du mirliflore.

Ce dernier sentit soudain une force étrange lui gonfler le cœur; il était robuste, son sang se remit à circuler avec énergie. Son instinct de conservation s'éveilla impétueusement. « Il fallait se défendre. Si l'autre tirait encore, il le tuerait : c'était don Víctor, le grand chasseur! »

Mesía avança de cinq pas et visa. En cet instant, il se sentait courageux comme personne. C'était un élan du cœur! Le pouls était ferme. Il croyait voir la tête de don Víctor à la pointe de son pistolet. Il pressa doucement la détente glacée et... crut avoir manqué sa cible. « Non, non, ce n'était pas lui qui avait tiré, c'était son élan du cœur. »

Don Víctor, face contre terre, se tordait dans l'herbe couverte de gelée blanche.

La balle de Mesía avait pénétré dans la vessie, qui était pleine.

C'est ce que les médecins découvrirent peu après, dans la maison neuve du Vivero où l'on transporta comme on put le corps inerte du digne magistrat. Don Víctor gisait sur la couche même où, quelques mois auparavant, il dormait comme un bienheureux.

Les deux médecins étaient penchés sur lui; Frígilis avait des larmes glacées au bord des yeux; Ronzal était stupéfait et le colonel Fulgosio plein de remords. Bedoya venait de partir avec Mesía qui devait prendre le train pour Madrid quelques heures après, trois jours plus tard que ne l'avait prévu Frígilis.

Pepe, le fermier du marquis, bouche bée, accablé, hébété, attendait les ordres, debout dans la chambre contiguë à celle du moribond. Il vit Frígilis sortir, maudissant le ciel de ses poings, se croyant seul.

— Que se passe-t-il, Monsieur? Comment va ce brave M. Quintanar...?

— La vessie pleine... la péritonite de... je ne sais qui... d'après ce qu'ils disent.

— La quoi Monsieur?

— N'importe... il meurt bel et bien!

Et Frígilis entra dans une chambre plongée dans l'ombre pour y pleurer seul.

Peu après, Pepe vit sortir le colonel Fulgosio, suivi de Somoza, le médecin.

— Et le transporter à Vetusta...? disait le militaire.

— Impossible! Pas question! Et à quoi bon? Il va mourir avant ce soir.

Traditionnellement, Somoza se trompait, prévoyant trop tôt le décès de ses malades.

Cette fois-ci, son erreur consista à donner à don Víctor plus de temps à vivre que ne lui en accorda la balle de don Alvaro.

Quintanar mourut à onze heures du matin.

....

Le mois de mai mérita bien son nom, cette année-là, à Vetusta. L'étrange chose!

Les éternels nuages du Corfín avaient déversé toutes leurs humeurs en mars et avril. Les Vétustains sortaient dans la rue comme le corbeau dut sortir de l'arche de Noé, et tous comprenaient pourquoi il n'était pas revenu. Après deux mois passés sous l'eau, il était si doux de voir le ciel bleu, respirer l'air et se promener dans les vertes prairies tapissées de pâquerettes qui font des étincelles de soleil!

Tout Vetusta se promenait.

Mais Frígilis ne put obtenir d'Ana qu'elle mît le pied dehors.

— Mais mon enfant, c'est un suicide. Vous savez bien ce qu'a dit Benítez, que l'exercice vous est indispensable, que ces maudits nerfs ne se tairont que si on les emmène prendre l'air, voir le soleil... allons, Anita, pour l'amour de Dieu, soyez raisonnable... un peu de charité... pour vous-même. Nous sortirons le matin très tôt, si vous voulez; la Grande Promenade est si belle à cette heure! ou bien au crépuscule, nous prendrons le frais sur une route... Assurément, mon enfant, vous allez retomber malade.

— Non, je ne sors pas... et Ana hochait la tête comme les aveugles. Pour l'amour de Dieu, don Tomás, assez, ne me tourmentez plus avec cette idée... je sortirai plus tard... je ne sais pas quand. Pour le moment, la rue me fait horreur... Oh non, je vous en prie... non! Je vous en prie, laissez-moi.

Et elle joignait les mains et s'emportait; Frígilis n'avait plus qu'à se taire.

Ana était restée huit jours entre la vie et la mort, un mois entier au lit avant d'être hors de danger, deux mois convalescente, victime d'attaques nerveuses aux formes étranges, qu'elle-même prenait chaque fois pour de nouvelles maladies.

Frígilis avait dit à la Régente que Quintanar était dans les marais de Palomares, blessé, qu'il avait reçu un coup de fusil et... Mais Ana, épouvantée, soupçonnant la vérité, avait exigé qu'on la conduisît immédiatement aux marais de Palomares.

« C'était impossible, il n'y avait pas de train avant le lendemain... »

« Alors une voiture, une voiture... On me trompe; si c'était vrai, vous seriez auprès de Víctor... »

Frígilis justifia sa présence du mieux qu'il put.

Ces pieux mensonges furent inutiles, Ana était prête à partir seule à la recherche de son Víctor... Il fallut lui dire la vérité : la mort de son époux. Elle voulut voir le corps, mais elle ne put bouger; elle tomba sans connaissance et s'éveilla dans son lit. Pendant deux jours, Frígilis crut l'avoir abusée, en attribuant ce malheur à un accident de chasse. Mais Ana n'admettait que la vérité, pas ce qu'on lui racontait; l'absence de Mesía et la mort de Víctor expliquèrent tout.

Une après-midi, trois jours après la catastrophe, en l'absence de Frígilis, Anselmo remit à sa maîtresse une lettre où, de Madrid, don Alvaro expliquait sa disparition et son silence.

Quand, au crépuscule, Crespo entra dans la chambre d'Ana, il l'appela en vain deux, trois fois... Il demanda de la lumière, effrayé, et découvrit son amie, gisant comme morte; sur le drap se trouvait le pli parfumé de Mesía.

Peu après, tandis que Benítez ramenait la Régente à la vie avec des antispasmodiques et qu'il prescrivait d'autres médicaments pour faire face à de nouveaux dangers, aux complications du système nerveux, Frígilis, dans le boudoir, lisait la lettre de celui qu'il n'appelait plus, en son for intérieur, que le « lâche assassin »; après avoir lu cette lettre immonde, il la froissa dans ses poings de paysan et proféra d'une voix rauque :

— Idiot! Infâme! Rustre! Idiot!

Sur ce papier qui sentait la cocotte, don Alvaro évoquait son crime, la mort de Quintanar, l'*aveuglement de la passion*, en phrases romantiques et maladroites. « Il avait fui parce que... »

— Parce que tu as eu peur de la justice et de moi-même, lâche! se dit Frígilis.

« Il avait fui parce que le remords l'avait entraîné loin d'*elle*... Mais l'amour lui commandait de revenir. Reviendrait-il? Ana croyait-elle qu'il le devait? Ou bien devaient-ils se retrouver ailleurs, à Madrid, par exemple? » Tout sonnait faux, était bête et froid, dans ce message écrit par un égoïste incapable d'aimer vraiment les autres, et non moins incapable d'être digne dans les circonstances où le sort et ses crimes l'avaient mis.

Ana, qui n'avait pu terminer la lecture de cette lettre, qui était retombée sur l'oreiller comme morte dès qu'elle eut lu dans la fange de ces lignes la confirmation incontestable de ses soupçons, Ana ne put alors prendre conscience de la petitesse de cet esprit misérable qu'abritait le si joli corps qu'elle avait cru aimer vraiment et dont ses sens s'étaient réellement épris, à leur manière. Non, la Régente ne s'aperçut de cela que beaucoup plus tard.

Dans le délire de la grave et longue maladie que Benítez combattit désespérément, ce qui tourmentait l'esprit d'Ana, c'était le remords mêlé aux folles visions causées par la fièvre.

De nouveau, elle craignit de mourir, de nouveau elle eut une peur panique de la folie, l'effrayante angoisse de perdre le jugement et d'en avoir conscience; et de nouveau cette terreur surpassant tout autre effroi la poussa à chercher le repos et à suivre les prescriptions de ce froid médecin, toujours fidèle, toujours attentif, toujours intelligent.

Pendant des jours, elle ne pensa ni à son adultère, ni à Quintanar; mais ce fut au début de sa convalescence, quand le corps encore faible retrouva l'amour de la vie, à laquelle il s'accrochait comme un naufragé las de lutter contre la houle de la mort amère et ténébreuse.

Ses forces nouvelles et la nourriture firent réapparaître le fantôme du crime. Oh, le mal était évident! Elle était condamnée. C'était clair comme le jour. Mais par moments, quand elle méditait, songeant à sa faute, à sa double faute, à la mort de Quintanar surtout, au remords qui occupait une place concrète dans sa conscience, comme un mal palpable, un désespoir défini, évident, se mêlait, comme une brume passant devant un corps, une terreur confuse plus effroyable que l'enfer, la terreur de la folie, l'angoisse de perdre la raison; Ana ne distinguait plus son crime aussi nettement, elle ne savait qui discutait en elle, inventant des sophismes sans réplique qui ne soulageaient pas la douleur du remords mais faisaient douter de tout, de la justice, des crimes, de la piété, de Dieu, de la logique et de l'âme... d'Ana. « Non, rien n'existe, se disait cet esprit tourmenté, mis à part ce jeu de souffrances, cet enchevêtrement de contradictions qui peuvent te faire mal à l'infini; il n'y a aucune raison pour que cesse cette torture mentale où l'on doute de tout, même de soi-même, mais pas de la douleur, seule chose qui atteigne encore ton dernier point sensible, dont on ne sait ni comme il est, ni où il est, mais qui souffre, puisque tu souffres. »

Ces logomachies de ses voix intérieures étaient des évidences pour la malade, parce qu'elle ne se parlait ainsi qu'en fonction de ce qu'elle ressentait; et tout ce qu'elle pensait, elle l'observait en elle : elle en arrivait à ne plus croire qu'en sa douleur.

Et, pour elle, sortir de ce chaos déchirant, retourner à l'évidence de la vie, de la logique, de l'ordre, était comme une consolation, comme de respirer l'air pur, de sentir la terre ferme sous ses pieds, ou de retrouver la lumière, même s'il ne s'agissait que de ressusciter le souvenir d'un adultère infâme et d'un mari trompé, atteint par la balle d'un misérable lâche qui fuyait un mort et n'avait pas fui le crime.

Et ce plaisir neuf, cette complaisance égoïste qu'elle ne pouvait éviter, qu'elle éprouvait quoiqu'elle s'en défendît, était un nouveau remords.

Elle surprenait en elle le sentiment d'un bien-être confus quand sa logique fonctionnait normalement, quand elle croyait aux lois morales et se voyait coupable, évidemment coupable, selon des principes que sa raison admettait. C'était horrible, mais enfin, c'était vivre sur la terre ferme et non sur une masse mouvante et maladive de folies nées de ses caprices intellectuels, ou sur une espèce de *tremblement de terre* intérieur, la pire chose que ses sens pussent porter jusqu'à son esprit.

Ana décrivit tout cela de son mieux à Benítez, éludant ce qui se rapportait à ses remords.

Mais il comprit ce qu'elle disait et ce qu'elle taisait, et déclara que, dans l'immédiat, elle devait d'abord se mettre hors de danger de mort.

— Vous désirez un suicide?

— Oh non, pas cela!

— Eh bien, si nous ne devons pas nous suicider, nous devons soigner le corps, et la santé du corps exige une nouvelle fois... tout le contraire de ce que vous faites. Vous croyez, madame, qu'il est de votre devoir de vous tourmenter en évoquant, en aimant ce qui n'est plus... et en haïssant ce qui n'aurait pas dû être... Tout cela serait bel et bon si vous aviez la force d'affronter cet embrouillamini dans votre esprit. Vous ne l'avez pas. Oubli, paix, silence intérieur, conversations avec le monde, avec le printemps qui commence et vient nous aider à vivre... Je vous promets que le jour où je vous verrai hors de danger, saine et sauve, je vous dirai, si vous voulez : Anita, vous avez assez de santé maintenant pour commencer à vous torturer vous-même.

Frígilis abondait dans le même sens.

Mais personne d'autre ne lui parlait, parce qu'Anselmo savait à peine articuler un mot, Servanda allait et venait comme une poupée articulée... et les autres Vétustains ne venaient plus dans la demeure des Ozores depuis la mort de don Víctor.

Ils ne venaient plus. Vetusta-la-Noble était scandalisée, horrifiée. Les bons Vétustains se cachaient les uns aux autres, avec une mine d'hypocrite componction, le plaisir intime que leur causait *ce grand scandale digne d'un roman*, cet événement qui brisait la monotonie éternelle de cette morne ville. Mais rares étaient ceux qui se réjouissaient ostensiblement de ce qui était arrivé. C'était un scandale! La révélation d'un adultère! Un duel! Un mari, un ex-régent du Tribunal tué d'un coup de pistolet dans la vessie! A Vetusta, même au temps de la Révolution, il n'y avait jamais eu de coups de feu. Personne n'avait dépensé une cartouche pour la conquête des droits inaliénables de l'homme. Ce coup de feu de Mesía, dont la Régente était responsable, interrompait cette pacifique tradition du crime silencieux, bien élevé et circonspect. Il était notoire que beaucoup de grandes dames de la Encimada et de la Colonia trompaient, avaient trompé ou étaient sur le point de tromper leurs époux respectifs, mais pas jusqu'à échanger des coups de pistolet! L'envie qui, jusqu'alors, avait pris le masque de l'admiration, étala au grand jour le jaune de sa chair. On s'aperçut que la beauté et la réputation de vertu de la Régente étaient jalousées non seulement par Visitación Olías de Cuervo, Obdulia Fandiño et la baronne de la Dette flottante, mais aussi par la femme du Gouverneur, par Mme Páez, Mme Carraspique, Mme Rianzares (Constantin le Grand), les servantes de la Marquise et toute l'aristocratie, par toute la classe moyenne et même les femmes du peuple... et, qui l'eût cru ! par la Marquise en personne, cette doña Rufina, libérale au point d'absoudre, magnanime, ses propres *légèretés* de jeunesse... et combien d'autres!

Toutes les femmes de Vetusta critiquaient Ana Ozores et beaucoup d'hommes imbus de la même mentalité qu'elles, la jalousaient et en disaient pis que pendre. Gloucester au chapitre et don Custodio à ses côtés parlaient de scandale, d'hypocrisie, de perversion, de déportements babyloniens; au Cercle, Ronzal, Foja, les Orgaz jetaient de la boue à pleines mains sur l'honneur défunt de cette pauvre veuve enfermée entre quatre murs.

La ville connaissait la catastrophe depuis quelques heures à peine, quand Obdulia Fandiño descendit dans la rue, arborant son plus grand chapeau, sa robe la plus serrée aux hanches et ses jupons les plus froufroutants, pour respirer l'air de la médisance, humer le scandale et savourer cet arrière-goût du crime passant de bouche en bouche comme un gâteau, une friandise un rien poisseuse que tous auraient léchée, en dissimulant leur plaisir.

« Vous voyez bien ? disaient les regards triomphants de Mme Fandiño, nous sommes toutes les mêmes. »

Et sa bouche disait :

– Pauvre Ana ! Perdue sans remède ! Quelle tête pourra-t-elle prendre en public ? Elle qui était si romantique ! Pourquoi fallait-il qu'une chose... pareille tombe sur elle... pour être ainsi publiée à cor et à cri à la face de tous ?

— Vous souvenez-vous de la Procession du Vendredi Saint ? interrogeait le Baron.

— Oui, comparez... Qui l'aurait cru... !

— Moi ! s'exclama la Marquise. Ce culot m'avait l'air suspect... cette façon de se promener pieds nus... *malorum signum.*

— Oui, *malorum signum*, répétait la Baronne, comme si elle avait dit : *et cum spiritu tuo.*

— Et surtout, le scandale ! ajoutait doña Rufina indignée, après avoir marqué une pause.

— Le scandale ! répétait-on en chœur.

— L'imprudence, la maladresse !

— Vous l'avez dit !

— Pauvre don Víctor !

— Oui, le pauvre, et Dieu lui aura pardonné... mais lui, il l'avait mérité.

— On ne peut plus mérité !

— Voyez comme cette amitié si intime...

— Était scandaleuse.

— C'était...

— Nauséabond !

C'était le commentaire du marquis de Vegallana, qui avait semé la campagne environnante d'enfants illégitimes.

Ces conversations étaient pour Obdulia comme le triomphe de sa réputation. Elle n'avait jamais été la cause de pareil scandale. Tout Vetusta savait qui était Obdulia... mais elle n'avait jamais été cause d'aucun scandale.

Oui, oui, il n'y avait pire chose que le scandale, et ce funeste duel aussi était une complication. Mesía s'était enfui et vivait à Madrid... On parlait de ses amours renouées avec *la ministre* de Palomares... Vetusta avait perdu deux de ses personnages les plus importants... par la faute d'Ana et de sa maladresse.

Pour la punir, on rompit avec elle toute relation. Personne n'alla la voir. Pas même le jeune Marquis, que l'idée de recueillir cet héritage de Mesía avait effleuré.

La formule de cette rupture, de ce cordon sanitaire, fut la suivante :

— Il faut l'isoler...! Pas la moindre relation avec la *fille de la danseuse italienne*!

L'honneur d'avoir ressuscité cette expression revint à la baronne de la Barcaza.

Si Ripamilán avait pu sortir de chez lui, il n'aurait pas respecté cet accord cruel du *grand monde*. Mais le pauvre don Cayetano s'était couché pour ne plus se relever. Il vécut ainsi, toujours content, deux années encore.

Il mit un terme à son pèlerinage sur cette terre en chantant et récitant des vers de Villegas.

La Régente n'eut à fermer sa porte à personne, comme elle se l'était promis, parce que personne ne vint la voir; on sut qu'elle était très malade, et les plus charitables se contentèrent de demander aux domestiques ou à Benítez comment allait la malade, qu'ils appelaient maintenant *cette malheureuse*.

Ana préférait cette solitude; elle l'aurait exigée si Vetusta n'était pas allée au devant de ses désirs. Mais quand, convalescente, elle se remit à penser au monde qui l'entourait, aux années à venir, elle perçut toute la froideur ambiante et la saveur amère de la méchanceté universelle. « Tous l'abandonnaient! Elle le méritait, mais... de toute façon, ces Vétustains qu'elle avait toujours méprisés, même lorsqu'ils l'adulaient et la choyaient, étaient des scélérats! »

La veuve de Quintanar résolut de suivre de son mieux les conseils de Benítez. Elle pensait le moins possible à ses remords, à sa solitude, à son triste avenir, d'une lugubre monotonie.

Dès que la force de son corps ressuscité le lui permit, elle se lança dans des travaux d'aiguille et s'entêta, avec une volonté de fer, à trouver charmants le point de *crochet* * et le point de *maille* *.

Elle détestait les livres quels qu'ils fussent; tout raisonnement l'incitait à penser à ses malheurs; il s'agissait de ne pas réfléchir. Elle y arrivait parfois. Elle s'imaginait alors que le meilleur de son âme s'endormait tandis que veillait en elle assez d'esprit pour être aussi femme que tant d'autres.

Elle finit par comprendre ces après-midi interminables qu'Anselmo passait dans la cour, accroupi et caressant le chat. Se taire, vivre, dans le seul but de se sentir bien et de laisser couler les heures, c'était quelque chose! Peut-être ce qu'il y avait de mieux. Cela devait conduire à la mort... Et Ana y allait sans crainte. Elle n'avait pas peur de mourir; ce qu'elle voulait, c'était mourir sans sombrer dans la folie d'un cerveau affaibli...

Quand Benítez la surprenait dans ces moments de calme muet et chagrin, Ana l'interrogeait avec un sourire de moribonde :

— Vous êtes content?

Et le médecin répondait, avec un sourire froid et mélancolique :

— Très, Ana, très... Je suis ravi que vous soyez obéissante...

Mais quand Benítez et Crespo se retrouvaient seuls, le docteur disait :

— Ana m'inquiète...

— Mais je la trouve parfois tout à fait paisible...

— Oui, c'est précisément pour cela... qu'elle m'inquiète. Il faut l'obliger à se distraire.

Frígilis se proposa de la décider à se distraire.

Voilà pourquoi il la suppliait de partir en promenade avec lui : le mois de mai arrivait, souriant, sec, tempéré, sans nuages, comme rarement Vetusta en avait connu.

Mais il n'obtint rien, Anita le suppliant à deux mains qu'on la laissât en paix, en repos dans sa demeure. Crespo décida donc de divertir sa pauvre amie dans sa propre maison.

« S'il pouvait obtenir qu'elle prît goût aux arbres et aux fleurs! »

On ne perdait rien à essayer. Il essaya.

Ana l'écoutait pour lui faire plaisir, les yeux fixés sur lui, descendant dans le Parc quand on abordait les leçons pratiques. Frígilis finit par s'enthousiasmer et raconta un soir l'histoire de son grand triomphe, l'acclimatation de l'*Eucalyptus globulus* dans la région de Vetusta.

Pendant la maladie de son amie, don Tomás Crespo, se défiant du zèle d'Anselmo et de Servanda, s'était installé chez les Ozores sans demander la permission à personne. Il avait transporté ses pénates de l'auberge où il vivait depuis l'année soixante, au rez-de-chaussée de cette demeure. Le boudoir et l'alcôve d'Ana se trouvaient au-dessus de la chambre que choisit Frígilis. C'est là qu'il s'établit, le plus modestement du monde, sans gêner personne, pour veiller sur la Régente et accourir au moindre danger.

Il déjeunait et dînait à l'auberge, mais dormait dans cette maison.

Ana n'en sut rien jusqu'au jour où, déjà convalescente, elle se plaignit de sa solitude. Elle avoua qu'elle avait parfois peur la nuit. Le brave Frígilis, rouge comme une tomate, l'informa timidement qu'il y avait plus d'un mois et demi qu'il avait pris la liberté de venir dormir au-dessous de la Régente. Les serviteurs avaient ordre de n'en rien dire à Madame.

Quand elle sut cela, Ana se crut moins seule dans la tristesse de ses nuits. Le secret levé, Frígilis se mit à tousser fort exprès, du rez-de-chaussée, pour qu'Ana l'entendît, avec l'air de dire : « Ne crains rien, je suis là. »

Mais comme la malice est informée de tout, on sut cela aussi dans Vetusta. On prétendit que Frígilis avait pris pension chez la Régente, dans la très noble demeure des Ozores.

Les uns disaient :

— C'est un geste charitable. La pauvre doit manquer de ressources et avec l'aide de Frígilis... elle pourra s'en sortir.

Et le *grand monde* faisait sur ses doigts le compte de ce qui pouvait rester à Anita. « Il ne devait rien lui rester. »

— Elle n'a pas de rentes.

— Celles de son mari, celles de don Víctor en Aragon, ne lui appartiennent pas.

— Elle n'a pas dû demander de pension de veuvage...

— C'eût été ignoble...!

— Je crois bien! Réclamer une telle pension... elle... la cause de la mort de ce digne magistrat!

— C'eût été indigne.

— Indigne.

— Et il n'est plus décent qu'elle vive dans la demeure des Ozores.

— C'est évident, car si son époux la lui a offerte, dit-on, c'est néanmoins lui qui l'a achetée aux tantes d'Ana, et non par des acquêts, mais en vendant ses propriétés de La Almunia.

— Quoi qu'il en soit, elle ne doit pas rester dans cette maison.

— En sorte qu'on ne sait de quoi elle vit.

— Je vous le disais : elle s'occupe de Frígilis, qui doit la payer largement.

— Sûrement, parce qu'il est toqué et n'a pas de scrupules... mais il est gentil.

— Gentil... relativement, commentait le Marquis, que la goutte commençait à travailler et qui distillait une morale sévère et une humeur noire comme du charbon.

Et, se souvenant du mot qui avait fait tant d'effet en d'autres circonstances, il concluait par ces paroles :

— De toute façon, le fait de vivre sous le même toit que la veuve infidèle de son meilleur ami, c'est... c'est nauséabond!

Et personne n'osait le contredire.

Tous ces scrupules exprimés par les familiers des Vegallana tourmentaient aussi la Régente. Dès qu'elle se sentit assez forte pour descendre au jardin, elle s'ouvrit à Frígilis de ce qui la tourmentait depuis longtemps.

— Je... je voudrais quitter cette maison... Cette maison... en définitive... n'est pas à moi... Elle appartient aux héritiers de Víctor, à sa sœur doña Paquita, qui a des enfants... et...

Frígilis se mit en colère. Qu'est-ce que cela signifiait ? Il avait déjà tout arrangé. Il avait écrit à Saragosse, et doña Paquita se contentait de La Almunia. « C'était suffisant. Cette maison appartenait à Ana légalement et moralement. »

Ana céda parce qu'elle n'avait plus assez d'énergie pour se mesurer à une forte volonté.

Elle opposa plus de résistance pour signer les documents que lui présenta Frígilis, quand il décida de réclamer la pension de veuvage à laquelle la Régente avait droit.

— Cela non, non, don Tomás, plutôt mourir de faim!

Et en effet, la faim, une pauvreté triste et gênante menaçaient la veuve si elle ne faisait pas valoir ses droits de succession.

Ana dit qu'elle préférait revendiquer la pension d'orpheline qui lui revenait comme fille de militaire.

— Vous pouvez toujours courir... Elle se monte à rien du tout... Je ne sais même pas si nous pourrions...

Frígilis, non sans rougir de son audace, falsifia la signature d'Ana et, quelques mois plus tard, lui présenta sa première allocation de veuve.

Elle était dans un tel besoin, dans une telle impossibilité de trouver un autre moyen de vivre, qu'après avoir pleuré et refusé plus de cent fois, elle accepta ce triste argent de son veuvage et signa désormais elle-même les documents.

Benítez et Frígilis y voyaient de tristes symptômes. « Cette volonté s'éteignait, se disait Crespo; autrefois, Ana aurait préféré demander l'aumône... Maintenant, elle cède... incapable de lutter. »

Et les larmes lui venaient aux yeux.

« Si j'étais riche... mais je suis si pauvre... »

— Et puis, ajoutait-il, il n'y a évidemment aucune honte à toucher ces quatre sous... Elle croit que si... mais ce n'est pas vrai... Cet argent est à elle. »

Ainsi vivait Ana.

Quand elle fut hors de danger, Benítez espaça ses visites à la veuve.

Servanda et Anselmo étaient fidèles, sans doute aimaient-ils leur maîtresse, mais ils étaient incapables de le lui montrer. Ils obéissaient et servaient comme des ombres. Le chat lui tenait mieux compagnie qu'eux deux.

Frígilis était l'ami fidèle, le compagnon de ses peines.

Il parlait peu.

Mais elle se consolait en se disant : « Crespo est là. »

Tout doucement, la santé revenait dans le corps toujours beau d'Ana Ozores.

Et non sans quelque remords de conscience, elle sentait revenir un attachement à la vie, un désir d'activité. Un jour vint où elle en eut assez de végéter aux côtés de Frígilis, de le voir faire ses semailles et plantations dans le jardin, d'entendre ses apologies de l'Eucalyptus.

Elle s'était promis de ne pas sortir de la maison, or celle-ci lui faisait l'effet maintenant d'une prison trop étroite.

Elle s'éveilla un matin en se disant que cette année-là, elle *n'était pas en règle* avec l'Église. Et puis, elle pouvait maintenant quitter cette triste demeure pour aller à la messe. Oui, désormais elle irait à la messe, très tôt, bien dissimulée sous un voile épais, à la chapelle de la Victoire, toute proche de là.

Elle irait aussi se confesser.

Sans plus ni moins de foi qu'auparavant, accoutumée à ne plus penser à *ces grandes choses* qui la rendaient folle, Anita Ozores revint aux pratiques religieuses, se jurant à elle-même de ne plus jamais se laisser emporter par ce *faux mysticisme* qui lui faisait honte. « La vision de Dieu... sainte Thérèse... Tout cela était passé pour ne plus revenir... La terreur de l'Enfer ne la tourmentait plus, quoiqu'elle se crût damnée par son péché, mais elle ne trouvait plus de consolation dans ces explosions d'amour idéal qui, autrefois, lui montraient comme une évidence le surnaturel et la divinité. »

Fuir la douleur et les pensées, un point c'est tout. Et cette piété machinale, cette façon de prier et d'entendre la messe comme les autres femmes, lui convenait, comme une religion compatible avec le marasme de son âme. Et puis, sans en avoir conscience, la *religion vulgaire* (ainsi l'appelait-elle en son for intérieur) lui servait de prétexte pour manquer à son engagement de ne jamais sortir de chez elle.

Octobre arriva; une après-midi où soufflait un vent du sud chaud et paresseux, Ana sortit de l'hôtel des Ozores, toute vêtue de noir, un voile épais rabattu sur le visage; elle entra dans la cathédrale silencieuse et solitaire. L'office était terminé.

Quelques chanoines et bénéficiers occupaient leurs confessionnaux respectifs, disséminés dans les chapelles latérales et entre les piliers de l'abside, derrière le maître-autel.

Il y avait si longtemps qu'elle n'était pas venue là!

Comme quelqu'un revient dans sa patrie, Ana sentit monter des larmes attendries. Mais quelle tristesse dans ce que lui disait ce temple à travers ses voûtes, ses colonnes, ses vitraux, ses nefs, ses chapelles... à travers tout ce qu'il contenait et qui s'adressait aux souvenirs de la Régente...!

Ce parfum singulier de la cathédrale, qui ne ressemblait à aucun autre, ce parfum si frais, voluptueux et intime, l'atteignait au fond de l'âme comme une sourde musique pénétrant dans son cœur sans passer par ses oreilles.

« Ah, si la foi pouvait revenir! Si elle pouvait pleurer comme Madeleine aux pieds de Jésus! »

Et pour la première fois depuis bien longtemps, retentit dans sa tête cette explosion qui lui faisait toujours l'effet d'une voix surnaturelle, elle sentit dans ses entrailles enfler cette tendresse qui lui montait à la gorge et la menaçait d'un étranglement délicieux... Des larmes jaillirent, et sans y prendre garde, Ana pénétra dans la chapelle obscure où, si souvent, le Magistral l'avait entretenue du ciel et de l'amour des âmes.

« Qui l'avait conduite ici? Elle l'ignorait. Elle venait se confesser avec n'importe qui et, sans savoir comment, elle se retrouvait à deux pas du confessionnal de ce grand frère spirituel que le monde avait calomnié par sa faute, et qu'elle-même, conseillée par les sophismes d'une passion grossière qui l'avait aveuglée, qu'elle-même avait calomnié aussi, croyant que l'affection de ce prêtre était un amour grossier (comme celui de cet infâme Alvaro) alors qu'il s'agissait sans doute d'une tendresse pure qu'elle n'avait pas comprise, du fait de sa propre sottise. »

« Retrouver cette amitié, était-ce un rêve ? L'élan qui l'avait précipitée dans cette chapelle, était-ce une voix venue d'en haut ou un caprice de l'hystérie, de cette maudite maladie qui constituait parfois la chose la plus intime de son désir et de sa pensée, sa nature même ? » Du fond du cœur, Ana demanda à Dieu, qu'elle croyait voir clairement en cet instant, que cette voix fût la Sienne, que le Magistral fût ce frère spirituel en qui elle avait cru si longtemps, et non ce soupirant lascif dépeint par l'infâme Mesía. Ana pria avec ferveur, comme au temps de sa piété exaltée et elle crut possible le retour à la foi, à l'amour de Dieu et de la vie ; elle crut pouvoir sortir des limbes de cette somnolence de l'esprit pire que l'Enfer ; elle crut voir son salut en s'accrochant à la planche de cet édicule sacré qui connaissait si bien ses rêves et ses douleurs...

La faible clarté venue de la nef et les scintillements blafards et mystérieux de la lampe de la chapelle se mêlaient, au-dessus de l'autel, sur le visage anémique de Jésus, toujours aussi triste et blafard, dont la vie de statue était concentrée dans ses yeux de cristal reflétant une idée fixe, éternelle... Quatre ou cinq formes noires emplissaient la chapelle. Dans le confessionnal, on percevait les chuchotements d'une bigote, comme la rumeur des mouches traversant l'air en plein été.

Le Magistral était à son poste.

Quand la Régente entra dans la chapelle, il la reconnut malgré son voile. Il écoutait distraitement le caquetage de la pénitente, le regard tourné vers la grille de l'entrée, et soudain, cette silhouette connue et aimée surgit comme dans un rêve. La taille, l'allure de cette ombre, la génuflexion devant l'autel, et d'autres signes que lui seul connaissait et qu'il reconnaissait lui crièrent, comme une explosion dans son esprit : « C'est Ana! »

La bigote, derrière sa jalousie, continuait avec le ronron de ses péchés. Le Magistral ne l'entendait pas, il n'entendait que les rugissements de sa passion qui vociféraient en lui.

La bigote se tut et le prêtre revint à la réalité; comme une machine à donner la bénédiction, il pardonna les fautes de la dévote et, de la même main, fit signe à une autre femme de s'approcher du guichet laissé vacant.

Ana avait décidé de s'approcher aussi, de soulever son voile devant cette grille de baguettes entrecroisées et de demander pardon, à travers cette claire-voie, à Dieu et à son frère spirituel; si le pardon n'était pas possible, elle demanderait la pénitence sans l'absolution, elle demanderait la foi perdue, endormie ou brisée, elle ne savait pas, elle demanderait la foi même au prix de la terreur de l'Enfer... Elle voulait pleurer en ce lieu où elle avait si souvent pleuré, parfois avec amertume, parfois souriant de plaisir à travers ses larmes ; elle voulait rencontrer le Magistral de l'époque où elle voyait en lui l'émissaire de Dieu, elle voulait la foi, la charité... et puis le châtiment de ses péchés, si elle méritait un plus grand châtiment que cette obscurité, et que cet engourdissement de son âme...

Le confessionnal grinçait de temps en temps, comme s'il craquait de tous ses os.

Le Magistral donna une autre absolution et appela d'un geste une autre bigote... La chapelle se dépeuplait. Quatre ou cinq formes noires, toutes absoutes, sortirent silencieusement l'une après l'autre; il ne resta plus enfin que la Régente, sur l'estrade de l'autel, et le Grand Vicaire dans son confessionnal.

Il se faisait tard. La cathédrale était déserte. La nuit tombait à l'intérieur.

Le souffle court, Ana attendait, prête à avancer, le signe qui l'inviterait à s'approcher de la jalousie...

Mais le confessionnal restait muet. La main n'apparaissait pas, le bois ne grinçait plus.

Jésus, en bois sculpté, les lèvres livides entrouvertes et le regard de cristal figé, avait l'air dominé par l'effroi, comme s'il attendait une scène tragique imminente.

Ana, devant ce silence, éprouva une terreur étrange...

Les secondes passaient, puis les minutes, très lentement, et la main n'appelait toujours pas...

La Régente, qui était à genoux, se mit debout avec une ardeur nerveuse qui lui venait dans les grandes crises... et elle risqua un pas en direction du confessionnal.

Le noir édicule grinça alors violemment et une ombre immense et noire en jaillit. A la lueur de la lampe, Ana aperçut un visage très pâle et des yeux qui mordaient comme le feu, fixes, sans expression, comme ceux de Jésus au-dessus de l'autel...

Le Magistral tendit un bras, fit un pas d'assassin vers la Régente qui recula, terrorisée, et trébucha contre l'estrade. Ana voulut crier, appeler au secours, mais elle ne put. Elle tomba assise sur le plancher, la bouche grande ouverte, les yeux épouvantés, les mains tendues vers l'ennemi, car sa terreur lui disait qu'il allait l'assassiner.

Le Magistral s'arrêta et croisa les bras sur son ventre. Il ne pouvait parler et ne le voulait pas. Il tremblait de tous ses membres; il tendit de nouveau les bras vers Ana... fit un autre pas en avant... puis, s'enfonçant les ongles dans le cou, fit demi-tour, comme s'il allait s'effondrer, et, d'un pas faible et incertain, sortit de la chapelle. Quand il se retrouva dans l'arrière-chœur, rassemblant tout son courage, marchant à l'aveuglette, il essaya de ne pas heurter les piliers et parvint jusqu'à la sacristie sans tomber ni même tituber.

Ana, terrassée par l'épouvante, s'affaissa en avant sur le sol de marbre noir et blanc et perdit connaissance.

La cathédrale était déserte. L'ombre des piliers et des voûtes se rejoignait, plongeant le temple dans les ténèbres.

Celedonio, l'acolyte efféminé, grand et maigre, avec sa soutane courte et sale, passait de chapelle en chapelle et fermait les grilles. Les clés de son trousseau s'entrechoquaient bruyamment.

Il arriva à la chapelle du Magistral et la ferma avec fracas.

Après avoir fermé, il eut l'impression d'avoir entendu quelque chose à l'intérieur ; il colla son visage contre la grille et regarda au fond, scrutant l'obscurité. Il crut voir sous la lampe une ombre plus grande que de coutume...

Il redoubla d'attention et perçut un murmure, comme une faible plainte, comme un soupir.

Il ouvrit, entra et reconnut la Régente évanouie.

Celedonio éprouva un désir ignoble, une perversion de sa perversion lascive : pour jouir d'un plaisir nouveau ou pour voir s'il en tirerait jouissance, il pencha son visage répugnant sur celui de la Régente et baisa ses lèvres.

Ana revint à la vie, déchirant les brumes d'un délire qui lui donnait la nausée.

Elle avait cru sentir sur sa bouche le ventre froid et visqueux d'un crapaud.

ACHEVÉ D'IMPRIMER
LE 2 AVRIL 1992
SUR LES PRESSES DE
L'IMPRIMERIE HÉRISSEY
À ÉVREUX (EURE)

35.67.7784.04
ISBN 221-302-0124
N° d'éditeur : 7839
N° d'imprimeur : 57588
Dépôt légal : avril 1992
Imprimé en France

35.7784.8